第十三卷

中华经典藏书

北京出版社

史学经典（二）

北京出版社

本 卷 目 录

史学经典（二）

史学经典

（二）

史 记

（下）

〔汉〕司马迁　撰

史记卷十八

高祖功臣侯者年表第六

　　太史公曰：古者人臣功有五品，以德立宗庙定社稷曰勋，以言曰劳，用力曰功，明其等曰伐，积日曰阅。封爵之誓曰："使河如带，泰山若厉，国以永宁，爰及苗裔。"①始未尝不欲固其根本，而枝叶稍陵夷衰微也②。

　　余读高祖侯功臣，察其首封，所以失之者，曰：异哉所闻！《书》曰"协和万国"，迁于夏、商，或数千岁。盖周封八百，幽、厉之后，见于《春秋》。《尚书》有唐、虞之侯伯，历三代千有余载，自全以蕃卫天子，岂非笃于仁义，奉上法哉？汉兴，功臣受封者百有余人。天下初定，故大城名都散亡，户口可得而数者十二三，是以大侯不过万家，小者五六百户。后数世，民咸归乡里，户益息③，萧、曹、绛、灌之属或至四万④，小侯自倍，富厚如之。子孙骄溢⑤，忘其先，淫嬖⑥。至太初百年之间，见侯五⑦，余皆坐法陨命亡国，耗矣⑧。罔亦少密焉⑨，然皆身无兢兢于当世之禁云。

　　居今之世，志古之道⑩，所以自镜也，未必尽同。帝王者各殊礼而异务，要以成功为统纪⑪，岂可绲乎⑫？观所以得尊宠及所以废辱，亦当世得失之林也，何必旧闻？于是谨其终始，表其文，颇有所不尽本末；著其明，疑者阙之。后有君子，欲推而列之，得以览焉。

---

①带：衣带。　　厉：同"砺"，磨刀石。　　爰（yuán，音元）：及，到。

②陵夷：由盛到衰。衰落，衰颓。

③户益息：户口日益增加。息，滋息。

④萧、曹、绛、灌：即酂侯萧何、平阳侯曹参、绛侯周勃、颖阴侯灌婴。

⑤骄溢：骄奢过度。溢，满溢，过度。

⑥淫嬖：淫乱邪僻。

⑦见侯五：现存侯爵只剩下五人。见，读作"现"。

⑧耗：尽，无。

⑨罔：法网。　　少密：稍微严密。

⑩志：通"志"。记取，记住。

⑪统纪：纲纪。

⑫绲（hùn，音混）：通"混"。混同，混合。

国名	侯功	高祖十二	孝惠七	高后八	孝文二十三	孝景十六	建元至元封六年三十六，太初已后十八。	侯第
								索隐 姚氏曰："萧何第一，曹参二，张敖三，周勃四，樊哙五，郦商六，奚涓七，夏侯婴八，灌婴九，傅宽十，靳歙十一，王陵十二，陈武十三，王吸十四，薛欧十五，周昌十六，丁复十七，虫逢十八。《史记》与《汉表》同。而《楚汉春秋》则不同者，陆贾记事在高祖、惠帝时。《汉书》是后定功臣等列，及陈平受吕后命而定，或已改邑号，故人名亦别。且高祖初定唯十八侯，吕后令陈平终竟以下列侯第录，凡一百四十三人也。"
平阳	以中涓从起沛，至霸上，侯。以将军入汉，以左丞相出征齐、魏，以右丞相为平阳侯，万六百户。	七 六年十二月甲申，懿侯曹参元年。	五其二年为相国。	二 六年十月，靖侯窋元年。	八 十九 四年，夷侯时元年。	三 十三 四年，夷侯时元年。	十元肖五年，恭侯襄元年。 十六元鼎三年，今侯宗元年。 二四征和二年，侯宗坐太子死，国除。	二 索隐 《汉书音义》曰："曹参位第二而表在首，萧何位第一而表在十三者，以封先后故也。又案：封参在六年十二月，封何在六年正月，高祖十月因秦改元，故十二月在正月前也。"《汉表》具记位次，而亦依封前后录也。
信武	以中涓从起宛、胸，入汉，以骑都尉定三秦，击项羽，别定江陵，侯，五千三百户。以车骑将军攻黥布、陈豨。	七 六年十二月甲申，肃侯靳歙元年。	七	五 三 六年，夷侯亭元年。	十八 后三年，侯亭坐事国人过律，夺侯，国除。			十一
清阳	以中涓从起丰，至霸上，为骑郎将，入汉，以将军击项羽功，侯，三千一百户。	七 六年十二月甲申，定侯王吸元年。	七	八	七元年，哀侯强元年。 十六八年，孝侯伉元年。	四 十二五年，哀侯不害元年。	七 元光二年，侯不害薨，无后，国除。	十四
汝阴	以令史从降沛，为太仆，常奉车，为滕公竟定天下，入汉中，全孝惠、鲁元，侯，六千九百户。常为太仆。	七 六年十二月甲申，文侯夏侯婴元年。	七	八	八 七九年，夷侯灶元年。 八十六年，恭侯赐元年。	十六	七元光二年，侯颇元年。 十九元鼎二年，侯颇坐尚公主，与父御婢奸罪自杀，国除。	八

国名	侯功	高祖十二	孝惠七	高后八	孝文二十三	孝景十六	建元至元封六年三十六，太初已后十八。元年尽后二年十八。	侯第
阳陵	以舍人从起横阳，至霸上，为骑将，入汉，定三秦，属淮阴，定齐，为齐丞相，侯，二千六百户。	七 六年十二月甲申，景侯傅宽元年。	五 二 六年，顷侯靖元年。	八	十四 九 十五年，恭侯则元年。	三 十三 前四年，侯偃元年。	十八 元狩元年，偃坐与淮南王谋反，国除。	十
广严	以中涓从起沛，至霸上，为连敖，入汉，以骑将定燕、赵，得将军，侯，二千二百户。	七 六年十二月甲申，壮侯召欧元年。	七	八	十三 十一年，恭侯嘉元年。十二年，戴侯胜元年。至后七年嘉薨，无后，国除。			二十八
广平	以舍人从起丰，至霸上，为郎中，入汉，以将军击项羽，锺离眛功，侯，四千五百户。	七 六年十二月甲申，敬侯薛欧元年。	七	八 元年，靖侯山元年。	十八 五 后三年，侯泽元年。	八 五 中二年，有罪，绝。平棘五中年，复封节侯泽元年。三前十年，为丞相。	十五 三 元朔四年侯穰元年。元狩元年，穰受淮南王财物称臣，在赦诏前问谩罪，国除。	十五
博阳	以舍人从起砀，以刺客将，入汉，以都尉击项羽荥阳，绝甬道，击杀追卒功，侯。	七 六年十二月甲申，壮侯陈濞元年。	七	八	十八 五 后三年，侯始元年。	塞二中年，复封始。后元年，始有罪，国除。四前五年，侯始有罪，国除。		十九

国名	侯功	高祖十二	孝惠七	高后八	孝文二十三	孝景十六	建元至元封六年三十六，太初元年尽后元二年十八。	侯第
曲逆	以故楚都尉，汉王二年初从修武，为都尉，迁为护军中尉，出六奇计，定天下，侯五千户。	七 六年十二月甲申，献侯陈平元年。	七 其五年，为左丞相。	八 其元年，徙为右丞相；后专为丞相，相孝文二年。	二 二三年，恭侯买元年。 十九 五年，简侯恬元年。	四 十二 五年，侯何元年。	十 元光五年，侯何坐略人妻，弃市，国除。	四十七
堂邑	以自定东阳，为将，属项梁，为楚柱国。四岁，项羽死，属汉，定豫章、浙江都浙自立为王壮息，侯，千八百户。复相楚元王十一年。	七 六年十二月甲申，安侯陈婴元年。	七	四 四 五年，恭侯禄元年。	二 二十一 三年，夷侯午元年。	十六	十一 元光六年，季须元年。 十三 元鼎元年，侯须坐母长公主卒，未除服奸，兄弟争财，当死，自杀，国除。	八十六
周昌	以昌后兄初起以客从入汉为侯。还定三秦，将兵先入砀。汉王之解彭城，往从之，复发兵佐高祖定天下，功侯。	三 六年正月丙戌，令武侯吕泽元年。 四 九年子台封郦侯元年。	七					
建成	以昌后兄初起以客从，击三秦。汉王入汉，而释之还丰沛，奉卫吕宣王、太上皇。天下已平，封释之为建成侯。	七 六年正月丙戌，康侯释之元年。	二 五 三年，侯则元年。有罪。	胡陵七元年，封则。七年，五月丙寅，赵王禄为国除。弟大中大夫昌禄元年。禄以赵王谋为不善，大臣诛禄，遂灭昌。				

国名	侯功	高祖十二	孝惠七	高后八	孝文二十三	孝景十六	建元至元封六年三十六，太初元年尽后元二年十八。	侯第
留	以厩将从起下邳，以韩申徒下韩国，言上张旗志，秦王恐，降，解上与项羽之郤，为汉王请汉中地，常计谋平天下，侯，万户。	七 六年正月丙午，文成侯张良元年。	七	二　六 三年，不疑元年。	四 五年，侯不疑坐与门大夫谋杀故楚内史，当死，赎为城旦，国除。			六十二
射阳	兵初起，与诸侯共击秦，为楚左令尹，汉王与项羽有郤于鸿门，项伯缠解难，以破羽缠尝有功，封射阳侯。	七 六年正月丙午，侯项缠元年。赐姓刘氏。	二 三年，侯缠卒。嗣子睢有罪，国除。					
酂	以客初起从入汉，为丞相，备守蜀及关中，给军食，佐上定诸侯，为法令，立宗庙，侯，八千户。	七 六年正月丙午，文终侯萧何元年。元年，为丞相；九年，为相国。	二　五 三年，哀侯禄元年。	一　七 二年，懿侯同元年。同，禄弟。	七 后四年，炀侯遗元年。同有罪，封何小子延元年。	筑阳十九 三后五年，侯则元年。一有罪。 武阳七前二年，封炀侯遗弟幽侯嘉元年。 八中二年，侯胜元年。	酂十三元朔二年侯胜坐孙恭侯庆元年。 三元狩三年封何曾孙恭侯庆元年。 三元狩六年侯寿成元年。 十元封四年寿成为太常，牺牲不如令，国除。	一

国名	侯功	高祖十二	孝惠七	高后八	孝文二十三	孝景十六	建元至元封六年三十六，太初已后十八。	侯第
曲周	以将军从起岐，攻长社以南，别定汉中及蜀，定三秦，击项羽，侯，四千八百户。	七 六年正月丙午，景侯郦商元年。	七	八	二十三 元年，侯寄元年。	九 有罪。 缪 七 中三年，封他子侯靖坚元年。	九元 五元光四年康侯遂元年 十一元朔三年侯宗元年 二元鼎二年侯遂元年 八后元二年侯终根坐咒诅诛，国除。	六
绛	以中涓从起沛，至霸上，为侯。定三秦，食邑，为将军。入汉，定陇西，击项羽守峣关，定泗水、东海。八千一百户。	七 六年正月丙午，武侯周勃元年。	七	八 其四年为太尉。	十一 后二年封勃子亚夫元年。 六 十二年，侯胜之元年。 条 六元年 十二年为右丞相三年免，复为丞相。	十三 其三年为太尉；七年为丞相有罪国除。 平 三元年 后元年，封勃子侯坚元年。	十六元朔五年，侯建德元年。 十二元鼎五年，侯建德坐酎金，国除。	四
舞阳	以舍人起沛，从至霸上，为侯。入汉，定三秦，为将军，击项籍，再益封。从破燕，执韩信，侯，五千户。	七 六年正月丙午，武侯樊哙元年。 其七年，为将军、相国三月。	六 一 七年，侯伉元年。吕须子。	八 坐吕氏诛，族。	二十三 元年，封哙子荒侯市人元年。	六 七年，侯它广元年。 六 中六年，侯它广非市人子，国除。		五

国名	侯功	高祖十二	孝惠七	高后八	孝文二十三	孝景十六	建元至元封六年三十六，太初元年尽后元二年十八。	侯第
颍阴	以中涓从起砀，至霸上，为昌文君。入汉，定三秦，食邑。以车骑将军属淮阴，定齐、淮南及下邑，杀项籍，侯，五千户。	七 六年正月丙午，懿侯灌婴元年。	七	八	四 其一为太尉；三为丞相。 十九 五年平侯何元年。	九 中三年，侯强元年。 七	六 有罪，绝。 九 元光二年，封婴孙贤为临汝侯。侯贤元年。 元朔五年，侯贤行赇罪，国除。	九
汾阴	初起以职志击破秦，入汉，出关，以内史坚守敖仓，以御史大夫定诸侯，比清阳侯，二千八百户。	七 六年正月丙午，悼侯周昌元年。	三 建平四 四年，哀侯开方元年。	八	四 前五年，侯意元年。 十三 有罪，绝。	安阳 中二年封昌孙左车。 八	建元元年，有罪，国除。	十六
梁邹	兵初起，以谒者从击破秦，入汉，以将军击定诸侯功，比博阳侯，二千八百户。	七 六年正月丙午，孝侯武儒元年。	四 三 五年，侯最元年。	八	二十三	十六	六 元光元年，顷侯婴齐元年。 三 元光四年，侯山柎元年。 二十 元鼎五年，侯山柎坐酎金，国除。	二十

国名	侯功	高祖十二	孝惠七	高后八	孝文二十三	孝景十六	建元至元封六年三十六，太初已后十八。元封六年，太初元年尽后十八。	侯第
成	兵初起，以舍人从击秦，为都尉；入汉，定三秦。出关，以将军定诸侯功，比厌次侯，二千八百户。	七 六年正月丙午，敬侯董渫元年。	七 元年，康侯赤元年。	八	二十三	六 有罪，绝。 五 节氏中五年，复封康侯赤元年。	三 建元四年，恭侯罢军元年。 五 元光三年，侯朝元年。 十二 元狩三年，侯朝为济南太守，与成阳王女通，不敬，国除。	二十五
蓼	以执盾前元年从起砀，以左司马入汉，为将军，三以都尉击项羽，属韩信，功侯。	七 六年正月丙午，侯孔藂元年。	七	八	八 九年，侯臧元年。 十五	十六	十四 元朔三年，侯臧坐为太常南陵桥坏衣冠车不得度，国除。	三十
费	以舍人前元年从起砀，以左司马入汉，用都尉属韩信，击项羽有功，为将军，定会稽、浙江、湖阳，侯。	七 六年正月丙午，圉侯陈贺元年。	七	八	二十三 元年，共侯常元年。	一二 元年，侯偃元年。中二年，有罪，绝。	巢四 后三年，最蒙，无后，国除。 八 中六年，封贺子侯最元年。	

国名	侯功	高祖十二	孝惠七	高后八	孝文二十三	孝景十六	建元至元封六年三十六，太初元年尽后元二年十八。	侯第
阳夏	以特将将卒五百人，前元年从起宛、朐，至霸上，为侯，以游击将别定代，已破臧荼，封豨为阳夏侯。	五 六年正月丙午，侯陈豨元年。 十年，豨以赵相国将兵守代。汉使召豨，豨反，其与黄王等略代，立自为王，杀汉灵丘。						
隆虑	以卒从起砀，以连敖，入汉，以长铍都尉击项羽有功，侯。	七 六年正月丁未，哀侯周灶元年。	七	八	十七 六 后二年，侯通元年。	七 中元年，侯通有罪，国除。		三十四
阳都	以赵将从起邺，至霸上，为楼烦将，入汉，定三秦，别降翟王，属悼武王，杀龙且彭城，为大司马，破羽叶，拜为将军，忠臣，侯，七千八百户。	七 六年正月戊申，敬侯丁复元年。	七	五 三 六年，侯宁元年。	九 十四 十年，侯安成元年。	一 二年，侯安成有罪，国除。		十七
新阳	以汉五年用左令尹初从，功比堂邑侯，千户。	七 六年正月壬子，胡侯吕清元年。	三	四 四年，侯项臣元年。	八 六 九年，怀侯义元年。 九 十五年，惠侯它元年。	四 五年，恭侯善元年。 七 中三年，侯谭元年。	二十八 元鼎五年，侯谭坐酎金国除。	八十一

国名	侯功	高祖十二	孝惠七	高后八	孝文二十三	孝景十六	建元至元封六年三十六，太初已后十八。元年尽后元二年。	侯第
东武	以户卫起薛，属悼武王，破秦军杠里，杨熊军曲遇，入汉为越将军，定三秦，以都尉坚守敖仓，为将军，破籍军，功侯，二千户。	七　六年正月戊午，贞侯郭蒙元年。	七	五	三　六年，侯它元年。	五　六年，侯它弃市，国除。		四十一
汁方	以赵将前三年从定诸侯，侯，二千五百户，功比平定齿。故沛豪，有力，与上有郄，故晚从。	七　六年三月戊子，肃侯雍齿元年。	二　五　三年，荒侯巨元年。	八	二十三	二　十三年，侯野元年。　四　中六年，终侯桓元年。	二十八　元鼎五年，终侯桓耐，坐金，国除。	五十七
棘蒲	以将军前元年率将二千五百人起薛，别救东阿，至霸上，二岁十月入汉，击齐历下军田既，功侯。	七　六年三月丙申，刚侯陈武元年。	七	八	十六　后元年，侯武薨，嗣子奇反，不得置后，国除。			十三
都昌	以舍人前元年从起沛，以骑队率先降翟王，房章邯，功侯。	七　六年三月庚子，庄侯朱轸元年。	七	八　元年，刚侯率元年。	七　十六　八年，夷侯诎元年。	二　元年，恭侯偃元年。　五　三年，侯辟强元年。	中元年，辟强薨，无后，国除。	二十三

国名	侯功	高祖十二	孝惠七	高后八	孝文二十三	孝景十六	建元至元封六年三十六，太初已后十八。元鼎三年尽后元二年元年	侯第
武强	以舍人从至霸上，以骑将入汉，还击项羽，属丞相宁，功侯，用将军击黥布，侯。	七 六年三月庚子，庄侯庄不识元年。	七	六 二 七年，简侯婴元年。	十七 六 后二年，侯翟元年。	十六	二十五 元鼎二年，侯青坐为丞相长史与朱买臣等逮御史大夫汤不直，国除。	三十三
黄	以越户将从破秦，入汉，定三秦，以都尉击项羽，千六百户，功比侯。	二 六年三月庚子，恭侯齐台元年。 五 八年，恭侯方山元年。	七	八	二 二年，炀侯赤元年。 二十一 二十一年，康侯遗元年。	十六	十六 元朔五年，侯倩元年。 八 元鼎元年，侯倩坐杀人弃市，国除。	三十六
海阳	以越队将从破秦，入汉，定三秦，以都尉击项羽，侯，千八百户。	七 六年三月庚子，齐信侯摇毋余元年。	二 五 三年，哀侯招襄元年。	四 四 五年，康侯建元年。	二十三	三 四年，哀侯省元年。 十 中六年，侯省薨，无后，国除。		三十七
南安	以河南将军汉王三年降晋阳，以亚将破臧荼，侯，九百户。	七 六年三月庚子，庄侯宣虎元年。	七	八	八 十一 十九年，共侯戎元年。 四 后四年，侯千秋元年。	七 中元年，千秋坐伤人免。		六十三

国名	侯功	高祖十二	孝惠七	高后八	孝文二十三	孝景十六	建元至元封六年三十六，太初已后十八。元封六年三十六，太初元年尽后元二年十八。	侯第
肥如	以魏太仆三年初从，以车骑都尉破龙且及彭城，侯，千户。	七 六年三月庚寅，敬侯蔡寅元年。	七	八	二 十四 十三年，庄侯成元年。	七 后元年，侯奴元年。	元年，侯奴薨，无后，国除。	六十六
曲城	以曲城户将卒三十七人初从起砀，至霸上，为执珪，为二队将，属悼武王，入汉，定三秦，以都尉破项军陈下，功侯，四千户。为将军，击燕、代，拔之。	七 六年三月庚子，圉侯蛊逢元年。	七	八	八元年，侯捷元年。有罪，绝。 五后三年，复封恭侯捷元年。	十三有罪，绝。 五中五年，复封恭侯捷元年。	一建元二年，侯皋柔元年。 二元鼎三年，侯皋柔为南守知不赤钱赋，国除。 十五五年，侯皋柔坐汝太知不赤钱赋，用侧为国除。	十八
河阳	以卒前元年起砀从，以二队将入汉，击项羽，身得郎将处，功侯。以丞相定齐地。	七 六年三月庚子，庄侯陈涓元年。	七	八	三元年，侯信元年。 四年，侯信坐不人过月六，夺侯，国除。			二十九
淮阴	兵初起，以卒从项梁，梁死属项羽为郎中，至咸阳，亡从入汉，为连敖典客，萧何言为大将军，别定魏、齐，为王，徙楚，坐擅发兵，废为淮阴侯。	五 六年四月，侯韩信元年。 十一年，信谋反关中，吕后诛信，夷三族，国除。						

国名	侯功	高祖十二	孝惠七	高后八	孝文二十三	孝景十六	建元至元封六年三十六，太初元年尽后十八。	侯第
芒	以门尉前元年初起砀，至霸上，为武定君，入汉，还定三秦，以都尉击项羽，侯。	三，六年，侯昭元年。九年，侯昭有罪，国除。				十一孝景三年，昭故侯将兵从太尉亚夫击吴楚有功，复侯。三，后元年三月，侯申元年。	十七　元朔六年，侯申坐尚南宫公主不敬，国除。	
故市	以执盾初起，入汉，为河上守，迁为假相，击项羽，侯，千户，功比平定侯。	二，六年四月癸未，侯阎泽赤元年。四，九年，夷侯毋害元年。	七	八	十九　四，后四年，侯续元年。	四　十二，孝景五年，侯嗣。	二十八　鼎五年，侯坐酎金国除。	五十五
柳丘	以连敖从起薛，以二队将入汉，定三秦，以都尉破项籍军，为将军，侯，千户。	七，六年六月丁亥，齐侯戎赐元年。	七	四　四，五年，定侯安国元年。	二十三	三，四年，敬侯嘉成元年。十，后元年，侯角嗣，有罪，国除。		二十六
魏其	以舍人从沛，以郎入汉，为周信侯，定三秦，迁为郎中骑将，破籍东城，侯，千户。	七，六年六月丁亥，庄侯周定元年。	七	四　四，五年，侯闲元年。	二十三	二，前三年，侯闲反，国除。		四十四

国名	侯功	高祖十二	孝惠七	高后八	孝文二十三	孝景十六	建元至元封六年三十六，太初元年尽后元二年十八。	侯第
祁	以执盾汉王三年初从晋阳，以连敖击项籍，汉王败走，贺方将军击楚，追骑以故不得进。汉王顾谓贺："子留彭城，用执圭东击羽，急绝其近壁。"侯，千四百户。	七　六年六月丁亥，谷侯缯贺元年。	七	八	十一　十二　十二年，顷侯湖元年。	五　十一　六年，侯它元年。	八　元光二年，侯它坐从射擅罢，不敬，国除。	五十一
平	兵初起，以舍人从击秦，以郎中入汉，以将军定诸侯，守洛阳，功比费侯贺，千三百户。	六　六年六月，丁亥，悼侯沛嘉元年。　一　十二年，靖侯奴元年。	七	八	十五　八　十六年，侯执元年。	十一　中五年，侯执有罪，国除。		三十二
鲁	以舍人从起沛，至咸阳为郎中，入汉，以将军从定诸侯，侯，四千八百户，功比舞阳侯。死事，母代侯。	六　六年中，母侯疵元年。	七	四　五年，母侯薨，无后，国除。				七
故城	兵初起，以谒者从汉，以将军击诸侯，以右丞相备守淮阳，功比厌次侯，二千户。	六　六年中，庄侯尹恢元年。	七	二　五　三年，侯开方元年。	二　三年，侯方夺侯，为关内侯。			二十六

国名	侯功	高祖十二	孝惠七	高后八	孝文二十三	孝景十六	建元至元封六年三十六，太初已后十八。	侯第
任	以骑都尉汉五年从起东垣，击燕、代，属雍齿，有功，侯。为车骑将军。	七　六年，侯张越元年。	七	二　三年，侯越坐匿死罪，免为庶人，国除。				
棘丘	以执盾队史前元年从起砀，破秦，以治粟内史入汉，以上郡守击定西魏地，功侯。	七　六年，侯襄元年。	七	四　四年，侯襄夺侯，为士伍，国除。				
阿陵	以连敖前元年从起单父，以塞疏人汉。	七　六年七月庚寅，顷侯郭亭元年。	七	八	二　二十一年，三惠欧元年。	一八二前年，侯客年有绝。　南四中六年，靖侯延居元年。	一元光六年，侯则元年。　十七元鼎五年，侯则坐酎金，国除。	二十七
昌武	初起以舍人从，以郎中入汉，定三秦，以郎中将击诸侯，侯，九百八十户，比魏其侯。	七　六年七月庚寅，靖信侯单宁元年。	五　二六年，夷侯如意元年。	八	二十三	十　六中四年，康侯贾成元年。	十元光五年，侯得元年。　四元朔三年，侯坐伤人二旬内死，弃市，国除。	四十五
高苑	初起以舍人从，入汉，定三秦，以中尉破籍，侯，千六百户，比斥丘侯。	七　六年七月戊戌，制侯丙倩元年。	七　元年，简侯得元年。	八	十五　八十六年，孝侯元年。	十六　侯信元年。	二建元元年，侯信元年。　建元三年，侯信坐出属闲侯，国除。	四十一

国名	侯功	高祖十二	孝惠七	高后八	孝文二十三	孝景十六	建元至元封六年三十六,太初已后十八。	侯第
宣曲	以卒从起留，以骑将入汉，定三秦，破籍荥阳，为郎骑将，破钟离眛军固陵，侯，六百七十户。	七 六年七月戊戌，齐侯丁义元年。	七	八	十 十一年，侯通元年。	四 有罪，除。	发娄五中年，复封通元年，元中六年，通有罪，国除。	四十三
绛阳	以越将从起留，入汉，定三秦，击臧荼，侯，七百四十户。从攻马邑及布。	七 六年七月戊戌，齐侯华无害元年。	七	八	三 十六 四后四年，恭侯勃齐元年。	三 四年，侯禄元年。	四年，侯禄坐出界，有罪，国除。	四十六
东茅	以舍人从起砀，至霸上，以二队入汉，定三秦，以都尉击项羽，破臧荼，侯。捕韩信，为将军，益邑千户。	七 六年八月丙辰，敬侯刘钊元年。	七	八	二 三年，侯吉元年。	十六年，侯吉夺爵，国除。		四十八
斥丘	以舍人从起丰，以左司马入汉，以亚将攻籍，为东郡都尉，击破籍武城，侯，为汉中尉，击布，为斥丘侯，千户。	七 六年八月丙辰，懿侯唐厉元年。	七	八	八 十三 十九年，恭侯龟元年。 二后六年，侯贤元年。	十六	二十五 元鼎二年，侯尊元年。 三 元鼎五年，侯尊坐酎金，国除。	四十
台	以舍人从起砀，用队率入汉，以都尉击籍，籍死，转击临江，属将军贾，功侯。以将军击燕。	七 六年八月甲子，定侯戴野元年。	七	八	三 二十四年，侯才元年。	二 三年，侯才反，国除。		三十五

国名	侯功	高祖十二	孝惠七	高后八	孝文二十三	孝景十六	建元至元封六年三十六,太初元年尽后元二年十八。	侯第
安国	以客从起丰,以厩将别定东郡、南阳,从至霸上。入汉,守丰。上东,因从战不利,奉孝惠鲁元出睢水中,及坚守丰,封雍侯,五千户。	七六年八月甲子,武侯王陵定侯安国。	其六年,为右丞相。七	七一八年哀侯忌元年。	二十三元年,终侯游元年。	十六	二十建元元年三月,安侯辟方元年。八狩元年,侯定元年。鼎五年,侯定坐酎金,国除。	十二
乐成	以中涓骑从起砀中,为骑将,入汉,定三秦,侯。以都尉击籍,属灌婴,杀龙且,更为乐成侯,千户。	七六年八月甲子,节侯丁礼元年。	七	八	四十五年,夷侯马客从元年。一后七年,武侯客元年。	十六	二十五元鼎二年,侯义元年。三元鼎五年,侯义坐言利不道弃市,国除。	四十二
辟阳	以舍人初起,侍吕后、孝惠沛三岁十月,吕后入楚,食其从一岁,侯。	七六年八月甲子,幽侯审食其元年。	七	八	三二十四年,侯平元年。	二三年,平反,国除。		五十九
安平	以谒者汉王三年初从,定诸侯,有功秩,举萧何,功侯,二千户。	七六年八月甲子,敬侯谔千秋元年。	二孝惠三年,简侯嘉元年。五	七一八年,顷侯应元年。	十三十十四年,炀侯寄元年。	十五一后三年,侯但元年。	十八元狩元年,坐南陵遗淮南王女书尽弃国除。元狩元年,与淮南王通,称南臣尽力市。	六十一

国名	侯功	高祖十二	孝惠七	高后八	孝文二十三	孝景十六	建元至元封六年三十六，太初尽后十八。元封六年，太初元年二。	侯第
蒯成	以舍人从起沛，至霸上，侯，入汉，定三秦，食邑池阳。击项羽军荥阳，绝甬道，从出，度平阴，遇淮阴侯军襄国。楚约分鸿沟，以緤为信，战不利，不敢离上，侯，三千三百户。	七，六年八月甲子，尊侯周緤元年。十二年十月乙未，定蒯成。	七	八	五，薨昌，緤子代侯应元年。罪，国绝除。	八，中二年，侯中居元年。一元，郸中年，封緤康侯应元年。	二十六，元鼎三年，居坐为太常有罪，国除。	二十一
北平	以客从起阳武，至霸上，为常山守，得陈余，为代相，徙赵相，侯。为计相四岁，淮南相十四岁。千三百户。	七，六年八月丁丑，文侯张仓元年。	七	八	二十三，其四为丞相。五岁罢。	五，八六年，康侯奉元年。三后元年，侯预元年。	四，建元五年，侯坐临诸侯丧后，不敬，国除。	六十五
高胡	以卒从起杠里，入汉，以都尉击籍，以都尉定燕，侯，千户。	六年中，侯陈夫乞元年。	七	八	四，五年，殇侯程嗣。薨，无后，国除。			八十二
厌次	以慎将前元年从起留，入汉，以都尉守广武，功侯。	六年中，侯元顷元年。	七	八	五元年，侯贺元年。	六年，侯贺谋反，国除。		二十四
平皋	项它，汉六年初从，赐姓为刘氏。功比戴侯彭祖，五百八十户。	六，七年十月癸亥，炀侯刘它元年。	四，三五年，恭侯远元年。	八	二十三	十六元年，节侯光元年。	二十八，建元元年，侯胜元年。元鼎五年，侯胜坐酎金，国除。	百二十一

国名	侯功	高祖十二	孝惠七	高后八	孝文二十三	孝景十六	建元至元封六年三十六 元年尽后元二年三十一 太初已后十八。	侯第
复阳	以卒从起薛，以将军入汉，以右司马击项籍，侯，千户。	六 七年十月甲子，刚侯陈胥元年。	七	八	十 十三 十一年，恭侯嘉元年。	五 十一 十六年，康侯拾元年。	十二 元朔二年，侯强元年。 七 元狩二年，父非子，坐拾国除。	四十九
阳河	以中谒者从入汉，以郎中骑从定诸侯，侯，五百户，功比高胡侯。	三 七年十月甲子，齐京侯元年。 十年，侯安国元年。	七	八	二十三	十 六 中四年，侯午元年。中绝。	坤山 三 三 二七 三元封元年，侯仁元年。 二元鼎四年，恭侯章元年。 十 二征和三年十月，仁与母坐祝诅，大逆无道，国除。	八十三
朝阳	以舍人从起薛，以连敖入汉，以都尉击项羽，后攻韩王信，侯，千户。	六 七年三月壬寅，齐侯华寄元年。	七	八 元年，文侯要元年。	十三 十 十四年，侯当元年。	十六	十三 二 元朔二年，侯当坐教人上书枉法罪，国除。	六十九
棘阳	以卒从起胡陵，入汉，以郎将迎左丞相军以击项籍，侯，千户。	六 七年七月丙申，庄侯杜得臣元年。	七	八	五 十八 六年，质侯但元年。	十六	九 元光四年，怀侯武元年。 七 元朔五年，侯武薨，无后，国除。	八十一

国名	侯功	高祖十二	孝惠七	高后八	孝文二十三	孝景十六	建元至元封六年三十六，太初元年尽后元二年十八。		侯第
涅阳	以骑士汉王二年从出关，以郎将击斩项羽，侯，千五百户，比杜衍侯。	六庄侯吕胜元年。七年中，	七	八	四　五年，侯成子实非当侯，不为，国除。				百四
平棘	以客从起亢父，斩章邯所署蜀守，用燕相侯，千户。	六懿侯执元年。七年中，	七	七	五　一八年，侯辟强元年。	六年，侯辟强罪为鬼薪，国除。			六十四
羹颉	以高祖兄子从军，击韩王信，为郎中将。信母尝有罪高祖微时，太上怜之，故封为羹颉侯。	六侯刘信元年。七年中，	七		元年，信有罪，削爵一级为关内侯。				
深泽	以赵将汉王三年降，属淮阴侯，定赵、齐、楚，以击平城，侯，七百户。	五八年十月癸丑，齐侯赵将夜元年。	七	一　夺三年复一绝　绝年封一绝	四十四年，复封将夜元年。	六后二年，戴侯头元年。　七三年，侯循元年。罪，绝。　二	更五中五年，封头子夷侯胡元年。　十六	元朔五年，侯蒙，夷胡无后，国除。	九十八
柏至	以骈怜从起昌邑，以说卫入汉，以中尉击籍，侯，千户。	六戊辰，靖侯许温元年。七年十月	七	一　六三年，复封温如。故　二年，有罪，绝。	十四元年，简侯禄元年。　九十五年，哀侯昌元年。	十六	七元光二年，共侯安如元年。　十三元狩三年，侯福元年。	五元鼎二年，侯福有罪，国除。	五十八

国名	侯功	高祖十二	孝惠七	高后八	孝文二十三	孝景十六	建元至元封六年三十六，太初元年尽后元二年十八。	侯第
中水	以郎中骑将汉王元年从起好畤，以司马击龙且，复共斩项羽，侯，千五百户。	六己巳庄侯马童元年。七年正月	七	八	九 三十年，夷侯青肩元年。十三年，共侯青肩元年。	十六	五建元六年，靖侯德元年。一元光元年，侯宜成元年。二元鼎五年，宜成坐酎金，国除。	百一
杜衍	以郎中骑汉王三年从起下邳，属淮阴，从灌婴共斩项羽，侯，千七百户。	六己巳王侯翳元年。七年正月	七	五 三六年，共侯福元年。	四 二十二年，侯市臣元年。 七五年，侯翁元年。	十二有罪，绝。 三后元年，封子侯强郢元年。	九元光四年，侯定国元年。十二元狩四年，侯定国有罪，国除。	百二
赤泉	以郎中骑将汉王二年从起杜，属淮阴，后从灌婴共斩项羽，侯，千九百户。	六己巳庄侯杨喜元年。七年正月	七	七 元年，夺，绝。 二年，复封。	十一 二十二年，定侯殷元年。 三四年，侯无害元年。 临汝六有罪，绝。	五中五年，复封侯无害元年。 七元光二年，侯无害有罪，国除。	百三
枸	以燕将军汉王四年从曹咎军，为燕相，告燕王荼反，侯，以燕相国定卢奴，千九百户。	五丙辰，顷侯温骄元年。八年十月	七	八	五 十七 后七年，文侯仁元年。 一六年，侯河元年。	十中四年，侯河有罪，国除。	九十一
武原	汉七年，以梁将军初从击韩信、陈豨、黥布功，侯，二千八百户，功比高陵。	五丙寅，靖侯卫胠元年。八年十二月丁未	三 四四年，共侯寄元年。	八	二十三	十三 三四年，侯不害元年。 十二后元年，不害坐葬律不坐过国除。	九十三

国名	侯功	高祖十二	孝惠七	高后八	孝文二十三	孝景十六	建元至元封六年三十六，太初元年尽后元二年十八。	侯第
磨	以赵卫将军汉王三年从起卢奴，击项羽敖仓下，为将军，攻臧荼有功，侯，千户。	五 八年七月癸酉，简侯程黑元年。	七	二 六三年，孝侯厘元年。	十六 七后元年，侯灶元年。	七中元年，灶有罪，国除。		九十二
橚	高帝七年，为将军，以击代陈豨有功，侯，六百户。	五 八年十二月丁未，抵侯陈错元年。	二 五三年，怀侯婴元年。	八	六 十四十七年，共侯应元年。 三后五年，侯安元年。	十六	十二不得，千秋父。 七元狩二年，侯千秋元年。 九元鼎五年，侯千秋坐酎金，国除。	百二十四
宋子	以赵羽林将军汉三年从，击定诸侯，功比磨侯，五百四十户。	四 以初从，八年十月丁卯，惠侯许瘛元年。 一十二年，共侯不疑元年。	七	八	九 十四十年，侯九元年。	八中二年，侯九坐买塞外禁物罪，国除。		九十九
猗氏	以舍人从起丰，入汉，以都尉击项羽，侯，二千四百户。	五 八年三月丙戌，敬侯陈遬元年。	六 一七年，靖侯交元年。	八	二十三	二 三年，顷侯差元年。 元年，夔后，无国除。		五十
清	以弩将初起，从入汉，以都尉击项羽、代，侯，比彭侯，千户。	五 八年三月丙戌，简侯空中元年。	七元年，顷侯圣元年。	八	七 十六八年，康侯鲋元年。	十六	二十二元狩三年，恭侯石元年。 七元鼎四年，侯生元年。 一元鼎五年，生坐酎金，国除。	七十一

国名	侯功	高祖十二	孝惠七	高后八	孝文二十三	孝景十六	建元至元封六年三十六，太初已后十八。元封六年，太初元年尽后十八。	侯第
强	以客吏初起，从入汉，以都尉击项羽、代，侯，比彭侯，千户。	八三月丙，简侯留元。 二十一年，戴侯章元年。	七	八	十二三年，侯服元年。	二十五年，侯服有罪，国除。		七十二
彭	以卒从起薛，以弩将入汉，以都尉击项羽、代，侯，千户。	五丙戌，简侯秦同元年。 八年三月戌，简侯秦同元年。	七	八	二 二十一三年，戴侯执元年。	二十三年，侯武元年。	十一后元年，侯武有罪，国除。	七十
吴房	以郎中骑将汉王元年从起下邳、击阳夏，以都尉斩项羽，有功，侯，七百户。	五辛卯，庄侯杨武元年。 八年三月辛卯，庄侯杨武元年。	七	八	十二 十一三年，侯去疾元年。	十四后元年，去疾有罪，国除。		九十四
宁	以舍人从起砀，入汉，以都尉击臧荼功，侯，千户。	五辛酉，庄侯魏选元年。 八年四月辛酉，庄侯魏选元年。	七	八	十五 八十六年，恭侯连元年。	三元年，侯指元年。	四年，侯坐出界有罪，国除。	七十八
昌	以齐将汉王四年从淮阴侯起无盐，定齐，击籍及韩王信于代，侯，千户。	五戊申，圉侯卢卿元年。 八年六月戊申，圉侯卢卿元年。	七	八	十四 九十五年，侯通元年。	二 三年，侯通反，国除。		百九

国名	侯功	高祖十二	孝惠七	高后八	孝文二十三	孝景十六	建元至元封六年三十六，太初已后十八。	侯第
共	以齐将汉王四年从淮阴侯起临淄，击籍及韩王信于平城，有功，侯，千二百户。	五壬子六月，庄侯罢师元年。八年	七	八	六七年，惠侯党元年。八十五年，怀侯商元年。五后四后，侯商甍，无后，国除。			百十四
阏氏	以代太尉汉王三年降，为雁门守，以特将平代反寇，侯，千户。	四八六月壬子，恭侯解元年。一二十年，侯它元年，甍，无后，绝。			十四二年封恭侯腹文遗年。八十六年，恭侯胜之元年。	五十一前六年，侯平元年。	二十八元鼎五年，侯平坐酎金，国除。	百
安丘	以卒从起方与，属魏豹，二岁五月，以执铍入汉，以司马击籍，以将军定代，侯，三千户。	五癸酉七月，懿侯张说元年。八年	七	八	十二十一十三年，恭侯奴元年。	二十三四年，康侯新元年。一三年，敬侯执元年。	十八元狩元年，侯指元年。九元鼎四年，侯指坐入上林谋鹿，国除。	六十七
合阳	高祖兄。兵初起，侍太公守丰，天下已平，以六年正月立仲为代王，高祖匈奴攻代，王弃国亡，废为合阳侯。	五丙午九月，侯刘仲元年。八年	二仲子濞，为吴王。	以子王，仲为顷侯。以吴故尊谥代侯。				

国名	侯功	高祖十二	孝惠七	高后八	孝文二十三	孝景十六	建元至元封六年三十六，太初已后十八。		侯第
襄平	兵初起，纪成以将军从击破秦，入汉，定三秦，功比平定侯。战好畤，死事，子通袭成功，侯。	八年后九月丙午，侯纪通元年。	五月 七	八	二十三	九	七中三年，康侯相夫元年。	十二元塑元年，侯夷吾元年。／十九元封元年，夷吾薨，无后，国除。	
龙	以卒从，汉王元年起霸上，以谒者击籍，斩曹咎户，侯，千户。	八年后九月己未，敬侯陈署元年。	七 六	二七年，侯坚元年。	十六	后元年，侯坚夺侯，国除。		八十四	
繁	以赵骑将从，汉三年从击诸侯，侯，比吴房侯，千五百户。	九年十一月壬寅，庄侯强瞻元年。	四 三五年，康侯昫独元年。	八	二十三	三 六四年，侯寄元年。	七中三年，侯安国元年。	十八 狩元年，国人杀元元安为所国除。	九十五
陆梁	诏以为列侯，自置吏，受令长沙王。	三九三月丙辰，共侯须毋元年。	一十二年，侯元年。	七	八 十八	五后三年，侯庆忌元年。	元年，侯冉元年。 十六	二十八 鼎元五年，侯冉坐酎金国除。	百三十七
高京	周苛起兵，以内史从击破秦，为御史大夫入汉，围取诸侯，坚守荥阳，功比辟阳，苛以御史大夫死事。子成为后，袭侯。	九戌四月寅，侯周成元年。	七	八	二十 五后五年，坐反系死，国绝。	绳中元年，谋反，封成孙应元年。	侯平嗣，不得元。	狩元年，坐太不治陵，敬除。元四平为常缮园不国	六十

国名	侯功	高祖十二	孝惠七	高后八	孝文二十三	孝景十六	建元至元封六年三十六，太初已后十八。	侯第
离	失此侯始所起及所绝。	九年四月戊寅，邓弱元年。						
义陵	以长沙柱国侯，千五百户。	九年九月丙子，侯吴程元年。	三	四　四年，侯种元年。六　七年，侯霓，无后，国除皆失谥。				百三十四
宣平	兵初起，张耳诛秦相，合诸侯兵钜鹿，破秦定赵，为常山王。陈余反，袭耳，弃国，与大臣归汉，汉定赵，为王。卒，子敖嗣。其臣贯高不善，废为侯。	四　九年四月，武侯张敖元年。	七	六　平薨，子偃为鲁王，信薨，子偃为鲁王，除。	十五　元年，以故鲁王为南宫侯。	八　八年，哀侯欧元年。九　七中三年，侯生元年。	睢阳八年，七元光三年，封偃孙侯广元年。十三元鼎二年，侯昌元年。太初三年，侯昌为太常，乏祠，国除。三元罪，绝。	三
东阳	高祖六年，为中大夫，以河间守击陈豨力战功，侯，千三百户。	二　十一年十二月癸巳，武侯张相如元年。	七	八	十五　后五十六年，共侯殷元年。	三后五年，戴侯安国元年。三　十三四年，哀侯强元年。	建元元年，侯强薨，无后，国除。	百十八

国名	侯功	高祖十二	孝惠七	高后八	孝文二十三	孝景十六	建元至元封六年三十六，太初元年尽后元二年十八。	侯第
开封	以右司马汉王五年初从，以中慰击燕，定代，侯，比共侯，二千户。	一十一年十二月丙辰，闵侯陶舍元年。 一十二年，夷侯青元年。	七	八	二十三	九景帝时，为丞相。	七中三年，节侯偃元年。 十元光五年，侯睢元年。 十八元鼎五年，侯睢坐酎金，国除。	百十五
沛	高祖兄合阳侯刘仲子，侯。	一十一年十二月癸巳，侯刘濞元年。 十二年十月辛丑，侯濞为吴王，国除。						
慎阳	为淮阴舍人，告淮阴侯信反，侯，二千户。	一十一年十二月甲寅，侯栾说元年。 二	七	八	二十二	十二 四中六年，靖侯愿之元年。	二十二建元元年，侯买之元年。 元狩五年，侯买之坐铸白金弃市，国除。	百三十一
禾成	以卒汉五年初从，以郎中击代，斩陈稀，侯，千九百户。	二十一年正月己未，孝侯公孙耳元年。	七	八	四五年，怀侯渐元年。 九十四年，侯渐薨，无后，国除。			百十七
堂阳	以中涓从起沛，以郎入汉，以将军击籍，为惠侯。坐守荥阳降楚免，后复来，以郎击籍，为上党守，击稀，侯，八百户。	二十一年正月己未，哀侯孙赤元年。	七	八元年，侯德元年。	二十三	十二中六年，侯德有罪，国除。		七十七

国名	侯功	高祖十二	孝惠七	高后八	孝文二十三	孝景十六	建元至元封六年三十六，太初已后十八。	侯第
祝阿	以客从起蓫桑，以上队将入汉，以将军定魏太原，破井陉，属淮阴侯，以缻度军击籍及攻豨，侯，八百户。	二 十一年正月己未，孝侯高邑元年。	七	八	四 五年，侯成元年。	十四 三 后三年，侯成坐事人过律，国除。		七十四
长脩	以汉二年用御史初从出关，以内史击诸侯，功比须昌侯，以廷尉死事，千九百户。	二 十一年正月丙辰，平侯杜恬元年。	二	五 三年，怀侯中元年。	八 四 十九 五年，侯喜元年。	八罪绝。 阳平 五中年，复封侯相夫元年。	三十三 元封四年，侯相夫坐为太常令无当乐人郑舞如令，阑出函谷关，国除。	百八
江邑	以汉五年为御史，用奇计徙御史大夫周昌为赵相而代之，从击陈豨，功侯，六百户。	二 十一年正月辛未，侯赵尧元年。	七	八	元年，侯尧有罪，国除。			
营陵	以汉三年为郎中，击项羽，以将军击陈豨，得王黄，为侯。与高祖疏属刘氏，世为卫尉。万二千户。	二 十一年，侯刘泽元年。	七	五 六年，侯泽为琅邪王，国除。				八十八

国名	侯功	高祖十二	孝惠七	高后八	孝文二十三	孝景十六	建元至元封六年三十六,太初已后十八。	侯第
土军	高祖六年为中地守,以廷尉击陈豨,侯,千二百户。就国,后为燕相。	二 十一年二月丁亥,武侯宣义元年。	五 二 六年,孝侯莫如元年。	八	二十三	二 十四 三年,康侯平元年。	五 建元二年,侯生元年。 八 元朔二年,坐人与妻奸,国除。	百一十二
广阿	以客从起沛,为御史,守丰二岁,击籍,为上党守,陈豨反,坚守,侯,千八百户。后迁御史大夫。	二 十一年二月丁亥,懿侯任敖元年。	七	八	二十 一 十三年,夷侯竟元年。 二十四年,敬侯但元年。	十六	四 建元五年,侯越元年。 二十一 元鼎二年,侯越坐为太常庙酒酸,不敬,国除。	八十九
须昌	以谒者汉王元年初起汉中,雍军塞陈,谒上,上计欲还,衍言从他道,道通,后为河间守,陈豨反,诛都尉相如,功侯,千四百户。	二 十一年二月己酉,贞侯赵衍元年。	七	八	十五 四 十六年,戴侯福元年。 后四年,侯不害元年。	四 五年,侯不害有罪,国除。		百七
临辕	初起从为郎,以都尉守蕲城,以中尉侯,五百户。	二 十一年二月乙酉,坚侯戚鳃元年。	四 三 五年,夷侯触龙元年。	八	二十三	三 十三 四年,共侯忠元年。	三 建元四年,侯贤元年。 二十五 元鼎五年,侯贤坐酎金,国除。	百十六
汲	高祖六年为太仆,击代豨,有功,侯,千二百户。为赵太傅。	二 十一年二月己巳,终侯公上不害元年。	一 六 二年,夷侯武元年。	八	十三 十 十四年,康侯通元年。	十六	一 九 建元二年,侯广德元年。 元光五年,广坐妻精大逆罪,颇连广德,广德弃市,国除。	百二十三

国名	侯功	高祖十二	孝惠七	高后八	孝文二十三	孝景十六	建元至元封六年三十六，太初元年尽后元二年十八。	侯第
宁陵	以舍人从陈留，以郎入汉，破曹咎成皋，为上解随马，以都尉击陈豨，功侯，千户。	二 十一年二月辛亥，夷侯吕臣元年。	七	八	十 十三年，戴侯射元年。	三 四年，惠侯始元年。	一 五年，侯始薨，无后，国除。	七十三
汾阳	以郎中骑千人前二年从起阳夏，击项羽，以中尉破钟离昧，功侯。	二 十一年二月辛亥，侯靳强元年。	七	二 六 三年，共侯解元年。	二十三	四 十二 五年，康侯胡元年。绝。	江邹 十九 元鼎五年，侯石元年。太四五丁，侯石坐为太行仆，治畜夫年，益纵年，国除。始年四月卯，侯石坐为常太行事可。	九十六
戴	以卒从起沛，以卒开沛城门，为太公仆；以中厩令击豨，侯，千二百户。	二 十一年三月癸酉，敬侯彭祖元年。	七	二 六 三年，共侯悼元年。	七 十六 八年，夷侯安国元年。	十六	十六 元朔五年，侯安期元年。 十二 元鼎五年，侯蒙元年。 二五 后元元年五月甲戌，坐祝诅，无道，国除。	百二十六
衍	以汉二年为燕令，以都尉下楚九城，坚守燕，侯，九百户。	二 十一年七月乙巳，简侯翟盱元年。	七	三 二 二四年，祇侯山元年。 三 六年，节侯嘉元年。	二十三	十六	二 建元三年，侯不疑元年。 十 元朔元年，不疑坐挟书论罪，国除。	百三十

国名	侯功	高祖十二	孝惠七	高后八	孝文二十三	孝景十六	建元至元封六年三十六,太初元年尽后元二年十八。	侯第
平州	汉王四年,以燕相从击籍,还击荼,以故二千石将为列侯,千户。	二十一年八月甲辰,共侯昭涉掉尾元年。	七	八	一三二年,戴侯福元年。四五年,怀侯它人元年。十五九年,孝侯马童元年。	十四 二后二年,侯眛元年。	三十三 元狩五年,侯眛坐行驰道中更呵驰去罪,国除。	百十一
中牟	以卒从起沛,入汉以郎中击布,功侯,二千三百户。始高祖微时,有急,给高祖一马,故得侯。	一十二年十月乙未,共侯单父圣元年。	七	八	七 一十三年,戴侯终根元年。十五八年,敬侯缯根元年。	十六	十元光五年,侯舜元年。十八元鼎五年,侯舜坐酎金,国除。	百二十五
邔	以故群盗长为临江将,已而为汉击临江王及诸侯,破布,功侯,千户。	十二年十月戊戌,庄侯黄极中元年。	七	八	十一 九十二年,庆侯荣盛元年。三后五年,共侯明元年。	十六	十六元朔五年,侯遂元年。八元鼎元年,遂坐卖宅县官故贵,国除。	百十三
博阳	以卒从起丰,以队卒入汉,击籍成皋,有功为将军,布反,定吴郡,侯,千四百户。	一十二年十月辛丑,节侯周聚元年。	七	八	八 十五九年,侯遬元年。	十一 中五年,侯遬夺爵一级,国除。		五十三
阳义	以荆令尹汉王五年初从,击钟离眛及陈公利几,破之,徙为汉大夫,从至陈,取韩信,还为中尉,从击布,功侯,二千户。	一十二年十月壬寅,定侯灵常元年。	七	六 二七年,共侯贺元年。	六七年,哀侯胜元年。	六十二年,侯胜堯,无后,国除。		百十九

国名	侯功	高祖十二	孝惠七	高后八	孝文二十三	孝景十六	建元至元封六年三十六，太初元年尽后元二年十八。	侯第
下相	以客从起沛，用兵从击破齐田解军，以楚丞相坚守彭城，距布军，功侯，二千户。	一十二年十月己酉，庄侯冷耳元年。	七	八	二 二十一三年侯慎元年。	二 三年三月，侯慎反，国除。		八十五
德	以代顷王子侯。顷王，吴王濞父也；广，濞之弟也。	一十二年十一月庚辰，哀侯刘广元年。	七	二 六三年，顷侯通元年。	二十三	五 十一六年，侯龁元年。	二十七 一元鼎四年，侯何元年。 元鼎五年，侯何坐酎金，国除。	百二十七
高陵	以骑司马汉王元年从起废丘，以都尉破田横、龙且，追籍至东城，以将军击布，九百户。	一十二年十二月丁亥，圉侯王周元年。	七	二 六三年，惠侯并弓元年。	十二 十一十三年，侯行元年。	二 三年，反，国除。		九十二
期思	淮南王布中大夫，有郄，上书告布反，侯，二千户。布尽杀其宗族。	一十二年十二月癸卯，康侯贲赫元年。	七	八	十三 十四年，赫薨，无后，国除。			百三十二
谷陵	以卒从，前二年起柘，击籍，定代，为将军，功侯。	一十二年正月乙丑，定侯冯溪元年。	七	八	六 十七十七年，共侯熊元年。	二三年，隐侯卬元年。 二 十二五年，献侯解元年。	三 建元四年，侯偃元年。	百五

国名	侯功	高祖十二	孝惠七	高后八	孝文二十三	孝景十六	建元至元封六年十六，元封元年八。	至元封六年，太初已尽后元二年十八。	侯第
戚	以都尉汉二年初起栎阳，攻废丘，破之，因击项籍，别属韩信破齐军，攻臧荼，迁为将军，击信，侯，千户。	一 十二年十二月癸卯，圉侯季必元年。	七	八	三 二十四年，齐侯班元年。	十六	二 建元三年，侯信成元年。	二十 元狩五年，侯信成坐为太常，纵丞相侵道壖，不敬，国除。	九十
壮	以楚将汉王三年降，起临济，以郎中击籍、陈豨，功侯，六百户。	一 十二年正月乙丑，敬侯许倩元年。	七	八	二十二	十五 一 十二年，共侯恢元年。	一 建元二年，侯广宗元年。 九 元光五年，殇侯广则元年。	十五 元鼎元年，侯广宗坐酎金，国除。	百十一
成阳	以魏郎汉王二年从起阳武，击籍，属魏豹，豹反，属相国彭越，以太原尉定代，侯，六百户。	一 十二年正月乙酉，定侯意元年。	七	八	十 十三 十一年，侯信元年。	十六	建元元年，侯信罪鬼薪，国除。		百一十
桃	以客从汉王二年从起定陶，以大谒者击布，侯，千户。为淮阴守。项氏亲也，赐姓。	一 十二年三月丁巳，安侯刘襄元年。	七	一 夺，绝。 七 二年，复封襄。	九 十四 十年，哀侯舍元年。	十六 景帝时，为丞相。	十三 建元元年，厉侯申元年。 十五 元朔二年，侯自为元年。	元鼎五年，侯自为坐酎金，国除。	百三十五

国名	侯功	高祖十二	孝惠七	高后八	孝文二十三	孝景十六	建元至元封六年三十六，太初已后十八。（元年尽后元二年）		侯第
高梁	食其，兵起以客从击破秦，以列侯入汉，还定诸侯，常使约和诸侯列卒兵聚，侯，功比平侯嘉；以死事，子疥袭食其功侯，九百户。	一十二年三月丙寅，共侯郦疥元年。	七	八	二十三	十六	八元光三年，侯勃元年。	十元狩元年，坐诈衡山王取金，当死，病死，国除。	六十六
纪	以中涓从起丰，以骑将入汉，以将军击籍，后攻卢绾，侯，七百户。	一十二年六月壬辰，匡侯陈仓元年。	七	二　　六三年，夷侯开元年。	十七　　六后二年，侯阳元年。	二三年，阳反，国除。			八十
甘泉	以车司马汉王元年初从起高陵，属刘贾，以都尉从军，侯。	一十二年六月壬辰，侯王竟元年。	六　　一七年，戴侯莫摇元年。	八	十　　十三十一年，侯嫖元年。	九　　十年，侯嫖有罪，国除。			百六
煮枣	以越连敖从起丰，别以郎将入汉，击诸侯，以都尉侯，九百户。	一十二年六月壬辰，靖侯赤元年。	七	八	一　　二十二二年，赤子康侯武元年。	八中二年，侯昌元年。	二中四年，有罪，国除。		七十五
张	以中涓骑从起丰，以郎将入汉，从击诸侯，七百户。	一十二年六月壬辰，节侯毛泽元年。	七	八	十　　二十一十一年，夷侯庆元年。	十　三十三年，侯舜元年。	十二中六年，侯舜有罪，国除。		七十九
鄢陵	以卒从起丰，入汉，以都尉击籍、荼，侯，七百户。	一十二年中，庄侯朱濞元年。	七	三　　五四年，恭侯庆元年。	六七年，恭侯庆薨，无后，国除。				五十二

国名	侯功	高祖十二	孝惠七	高后八	孝文二十三	孝景十六	建元至元封六年三十六，太初元年尽后元二年十八。	侯第
菌	以中涓前元年从起单父，不入关，以击籍、布、燕王绾，得南阳，侯，二千七百户。	十二年，庄侯张平元年。 一	七	四 四五年，侯胜元年。	三 四年，侯胜有罪，国除。			四十八

史记卷十九

惠景间侯者年表第七

太史公读列封至便侯[1]，曰：有以也夫[2]！长沙王者，著《令甲》[3]，称其忠焉。昔高祖定天下，功臣非同姓疆土而王者八国[4]。至孝惠时，唯独长沙全，禅五世[5]，以无嗣绝，竟无过，为藩守职，信矣。故其泽流枝庶[6]，毋功而侯者数人。及孝惠讫孝景间五十载，追修高祖时遗功臣，及从代来、吴楚之劳、诸侯子弟若肺腑、外国归义[7]，封者九十有余。咸表始终，当世仁义成功之著者也。

①列封：指历代封侯的档案资料。　　便侯：指长沙王吴芮之子吴浅。便，音鞭。

②有以也夫：意谓有道理。

③著《令甲》：列入《功令汇编》甲集中。汉非刘氏不王，吴芮以忠封王，以非制，故特著令。

④八国：齐王韩信、韩王信、燕王卢绾、梁王彭越、赵王张耳、淮南王英布、临江王共敖、长沙王吴芮。

⑤禅：传。

⑥枝庶：长子称宗子或嫡子，其兄弟称枝子，妾生之子称庶子。

⑦从代来：指跟随孝文帝从代来的人。

国名	侯功	孝惠七	高后八	孝文二十三	孝景十六	建元至元封六年三十六	太初已后
便	长沙王子，侯，二千户。	七 元年九月，顷侯吴浅元年。	八	二十二 一后七年，恭侯信元年。	五 十一前六年，侯广志元年。	二十八 元鼎五年，侯千秋坐酎金，国除。	

国名	侯功	孝惠七	高后八	孝文二十三	孝景十六	建元至元封六年三十六	太初已后
轪	长沙相,侯,七百户。	六 二年四月庚子,侯利仓元年。	二　六 三年,侯豨元年。	十五　八 十六年,侯彭祖元年。	十六	三十 元封元年,侯秩为东海太守,行过不请,擅发卒兵为卫,当斩,会赦,国除。	
平都	以齐将,高祖三年降,定齐,侯,千户。	三 五年六月乙亥,孝侯刘到元年。	八	二　二十一 三年,侯成元年。	十四 后二年,侯成有罪,国除。		

上孝惠时三

国名	侯功	孝惠七	高后八	孝文二十三	孝景十六	建元至元封六年三十六	太初已后
扶柳	高后姊长姁子,侯。		七　八年, 元年侯坐吕 四月氏事 庚寅,诛, 侯吕国除。 平元 年。				
郊	吕后兄悼武王身佐高祖定天下,吕氏佐高祖治天下,天下大安封武王少子产为郊侯。		五　六　八年 元年七月九月, 四月壬辰,产以 辛卯,产为吕王汉, 侯吕吕王,谋为 产元,国善臣, 年。除。不大诛产,遂灭诸吕。				
南宫	以父越人为高祖骑将,从军,以大中大夫侯。		七　八年, 元年侯买 四月坐吕 丙寅,氏事 侯张诛, 买元国除。 年。				
梧	以军匠从起郏,入汉,后为少府,作长乐、未央宫,筑长安城,先就,功侯,五百户。	六 元年四月乙酉,齐侯阳成延元年。	二　七 七年,敬侯去疾元年。	二十三	九　七 中三年,靖侯偃元年。	七　八　十四 元光三年,侯戎奴元年。　元狩五年,侯戎奴坐谋杀季父弃市,国除。	

国名	侯功	孝惠七	高后八	孝文二十三	孝景十六	建元至元封六年三十六	太初已后
平定	以卒从高祖起留，以家车吏入汉，以枭骑都尉击项籍，得楼烦将功，用齐丞相侯。一云项涓。		八　元年四月乙酉，敬侯齐受元年。	一　四二年，齐侯市人元年。　十八六年，恭侯应元年。	十六	七元光二年，康侯延居元年。　十八元鼎二年，侯昌元年。　二元鼎四年，侯昌有罪，国除。	
博成	以悼武王郎中，兵初起，从高祖击丰，攻雍丘，击项籍，力战，奉卫悼武王出荥阳，功侯。		三元年四月乙酉，敬侯冯无择元年。　四四年，侯代元年。　八年，侯代坐吕氏事诛，国除。				
沛	吕后兄康侯少子，侯，奉吕宣王寝园。		七元年四月乙酉，侯吕种元年。　一为不其侯。　八年，侯种坐吕氏事诛，国除。				
襄成	孝惠子，侯。		一元年四月辛卯，侯义元年。　二年侯义为常山王，国除。				
轵	孝惠子，侯。		三元年四月辛卯，侯朝元年。　四年，侯朝为常山王，国除。				

国名	侯功	孝惠七	高后八	孝文二十三	孝景十六	建元至元封六年三十六	太初已后
壶关	孝惠子，侯。		四 元年四月辛卯，侯武元年。　五年，侯武为淮阳王，国除。				
沅陵	长沙嗣成王子，侯。		八 元年十一月壬申，顷侯吴阳元年。	十七　　六 后二年，顷侯福元年。	十一　四中五年，哀侯周元年。	后三年，侯周薨，无后，国除。	
上邳	楚元王子，侯。		七 二年五月丙申，侯刘郢客元年。	一 二年，侯郢客为楚王，国除。			
朱虚	齐悼惠王子，侯。		七 二年五月丙申，侯刘章元年。	一 二年，侯章为城阳王，国除。			
昌平	孝惠子，侯。		三 四年二月癸未，侯太元年。　七年，太为吕王，国除。				
赘其	吕后昆弟子，用淮阳丞相侯。		四 四年四月丙申，侯吕胜元年。　八年，侯胜坐吕氏事诛，国除。				
中邑	以执矛从高祖入汉，以中尉破曹咎，用吕相侯，六百户。		五 四年四月丙申，贞侯朱通元年。	十七　　六 后二年，侯悼元年。	十五 后三年，侯悼有罪，国除。		
乐平	以队卒从高祖起沛，属皇诉，以郎击陈余，用卫尉侯，六百户。		二 四年四月丙申，简侯卫无择元年。　三 六年，恭侯胜元年。	二十三	十五　　一 后三年，侯侈元年。	五 建元六年，侯侈坐以买田宅不法，又请求吏罪，国除。	

国名	侯功	孝惠七	高后八	孝文二十三	孝景十六	建元至元封六年三十六	太初已后
山都	高祖五年为郎中柱下令,以卫将军击陈狶,用梁相侯。		五 四年四月丙申,贞侯王恬开元年。	三 二十 四年,惠侯中黄元年。	三 十三 四年,敬侯独龙元年。	二十三 八 元狩 元封 五年, 元年, 侯当 侯当 元年。 坐与 奴阑 人上 林苑, 国除。	
松兹	兵初起,以舍人从起沛,以郎中入汉,还,得雍王邯家属功,用常山丞相侯。		五 四年四月丙申,夷侯徐厉元年	六 十七 七年,康侯悼元年。	十二 四 中六年,侯偃元年。	五 建元六年,侯偃有罪,国除。	
戚陶	以卒从高祖起单父,为吕氏舍人,度吕(氏)后淮之功,用河南守侯,五百户。		五 四年四月丙申,夷侯周信元年。	十一 三 十二 十五 年, 年, 孝侯 侯勃 勃元 有罪, 年。 国除。			
俞	以连敖从高祖破秦,入汉,以都尉定诸侯,功比朝阳侯。婴死,子它袭功,用太中大夫侯。		四 四年 八年, 四月 侯它 丙申, 坐吕 侯吕 氏事 它元 诛, 年。 国除。				
滕	以舍人、郎中,十二岁,以都尉屯田霸上,用楚相侯。		四 四年 八年, 四月 侯更 丙申, 始坐 侯吕 吕氏 更始 事诛, 元年。 国除。				
醴陵	以卒从,汉王二年初起栎阳,以卒吏击项籍,为河内都尉,用长沙相侯,六百户。		五 三 四年四月丙申,侯越元年。	四年,侯越有罪,国除。			
吕成	吕后昆弟子,侯。		四 四年 八年, 四月 侯忿 丙申, 坐吕 侯吕 氏事 忿元 诛, 年。 国除。				
东牟	齐悼惠王子,侯。		三 一 六年四月丁酉,侯刘兴居元年。	二年,侯兴居为济北王,国除。			

国名	侯功	孝惠七	高后八	孝文二十三	孝景十六	建元至元封六年三十六	太初已后
锤	吕肃王子，侯。		二 六年四月丁酉，侯吕通元年。　八年，侯通为燕王，坐吕氏事，国除。				
信都	以张敖、鲁元太后子侯。		一 八年四月丁酉，侯张侈元年。	元年，侯侈有罪，国除。			
乐昌	以张敖、鲁元太后子侯。		一 八年四月丁酉，侯张受元年。	元年，侯受有罪，国除。			
祝兹	吕后昆弟子，侯。		八年四月丁酉，侯吕荣元年。坐吕氏事诛，国除。				
建陵	以大谒者侯，宦者，多奇计。		八年四月丁酉，侯张泽元年。九月，夺侯，国除。				
东平	以燕王吕通弟侯。		八年五月丙辰，侯吕庄元年。坐吕氏事诛，国除。				
上高后时三十一							
阳信	高祖十二年为郎。以典客夺赵王吕禄印，关殿门拒吕产等入，共尊立孝文，侯，二千户。			十四 元年三月辛丑，侯刘揭元年。　九 十五年，侯中意元年。	五 六年，侯中意有罪，国除。		
轵	高祖十年为郎，从军，十七岁为太中大夫，迎孝文代，用车骑将军迎太后，侯，万户。薄太后弟。			十 元年四月乙巳，侯薄昭元年。　十三 十一年，易侯戎奴元年。	十六　一	建元二年，侯梁元年。	
壮武	以家吏从高祖起山东，以都尉从守荥阳，食邑。以代中尉劝代王人，骖乘至代邸，王卒为帝，功侯，千四百户。			二十三 元年四月辛亥，侯宋昌元年。	十一 中四年，侯昌夺侯，国除。		

国名	侯功	孝惠七	高后八	孝文二十三		孝景十六		建元至元封 六年三十六		太初已后
清都	以齐哀王舅父侯。			五 元年 四月 辛未， 侯驷 钧元 年。	前六 年， 钧有 罪， 国除。					
周阳	以淮南厉王舅父侯。			五 元年 四月 辛未， 侯赵 兼元 年。	前六 年， 兼有 罪， 国除。					
樊	以睢阳令从高祖初起阿，以韩家子还定北地，用常山相侯，千二百户。			十四 元年 六月 丙寅， 侯蔡 兼元年。	九 十五 年， 康侯 客元 年。	九	七 中三 年， 恭侯 平元 年。	十三 元朔 二年， 侯辟 方元 年。	十四 元鼎 四年， 侯辟 方有 罪， 国除。	
管	齐悼惠王子，侯。			二 四年 五月 甲寅， 恭侯 刘罢 军元 年。	十八 六年， 侯戎 奴元 年。	二	三年， 侯戎 奴反， 国除。			
瓜丘	齐悼惠王子。			十一 四年 五月 甲寅， 侯刘 宁国 元年。	九 十五 年， 侯偃 元年。	二	三年， 侯偃 反， 国除。			
营	齐悼惠王子，侯。			十 四年 五月 甲寅， 平侯 刘信 都元 年。	十 四 年， 侯广 元年。	二	三年， 侯广 反， 国除。			
杨虚	齐悼惠王子，侯。			十二 四年 五月 甲寅， 恭侯 刘将 庐元 年。	十六 年， 侯将 庐为 齐王， 有罪， 国除。					

国名	侯功	孝惠七	高后八	孝文二十三		孝景十六	建元至元封六年三十六	太初已后
朸	齐悼惠王子，侯。			十二四年五月甲寅，侯刘辟光元年。	十六年，侯辟光为济南王，国除。			
安都	齐悼惠王子，侯。			十二四年五月甲寅，侯刘志元年。	十六年，侯志为济北王，国除。			
平昌	齐悼惠王子，侯。			十二四年五月甲寅，侯刘卬元年。	十六年，侯卬为胶西王，国除。			
武城	齐悼惠王子，侯。			十二四年五月甲寅，侯刘贤元年。	十六年，侯贤为菑川王，国除。			
白石	齐悼惠王子，侯。			十二四年五月甲寅，侯刘雄渠元年。	十六年，侯雄渠为胶东王，国除。			
波陵	以阳陵君侯。			五七年三月甲寅，康侯魏驷元年。	十二年，康侯魏驷甍，无后，国除。			
南郪	以信平君侯。			一七年三月丙寅，侯起元年。	孝文时坐后父故夺爵级，关内侯。			

国名	侯功	孝惠七	高后八	孝文二十三	孝景十六	建元至元封 六年三十六	太初已后
阜陵	以淮南厉王子侯。			八 八年 五月 丙午， 侯刘 安元 年。 十六年，安为淮南王，国除。			
安阳	以淮南厉王子侯。			八 八年 五月 丙午， 侯勃 元年 十六年，侯勃为衡山王，国除。			
阳周	以淮南厉王子侯。			八 八年 五月 丙午， 侯刘 赐元 年。 十六年，侯赐为庐江王，国除。			
东城	以淮南厉王子侯。			七 八年 五月 丙午， 哀侯 刘良 元年。 十五年，侯良薨，无后，国除。			
犂	以齐相召平子侯，千四百一十户。			十一 十年 四月 癸丑， 顷侯 召奴 元年。 三 后五 年， 侯泽 元年。	十六	十六 元朔 五年， 侯延 元年。 十九 元封 六年， 侯延 坐不 出持 马， 斩， 国除。	
瓶	以北地都尉孙印，匈奴入北地，力战死事，子侯。			十 十四年三月丁巳，侯孙单元年。	二 前三年，侯单谋反，国除。		
弓高	以匈奴相国降，故韩王信孽子，侯，千二百三十七户。			八 十六年六月丙子，庄侯韩颓当元年。	十六 前元年，侯则元年。	十六 元朔 五年， 侯则 薨， 元后， 国除。	
襄成	以匈奴相国降侯，故韩王信太子之子，侯，千四百三十二户。			七 十六年六月丙子，哀侯韩婴元年。	一 后七年，侯泽之元年。	十六 十五 元朔 四年， 侯泽 之坐 诈病 不从， 不敬， 国除。	

国名	侯功	孝惠七	高后八	孝文二十三	孝景十六	建元至元封六年三十六		太初已后
故安	孝文元年，举淮阳守从高祖入汉功侯，食邑五百户；用丞相侯，一千七百一十二户。			五 后三年四月丁巳，节侯申屠嘉元年。	二 / 十四 前三年，恭侯蔑元年。	十九 元狩二年，清安侯臾元年。	五 元鼎元年，臾坐为九江太守有罪，国除。	
章武	以孝文后弟侯，万一千八百六十九户。			一 后七年六月乙卯，景侯窦广国元年。	六 / 十 前七年，恭侯完元年。	八 元光三年，侯常坐元年。	十 元狩元年，侯常坐谋杀人未杀罪，国除。	
南皮	以孝文后兄窦长君子侯，六千四百六十户。			一 后七年六月乙卯，侯窦彭祖元年。	十六	五 建元六年，夷侯良元年。 五 元光五年，侯桑林元年。	十八 元鼎五年，侯桑林坐酎金罪，国除。	
上孝文时二十九								
平陆	楚元王子，侯，三千二百六十七户。				二 元年四月乙巳，侯刘礼元年。 三年，侯礼为楚王，国除。			

国名	侯功	孝惠七	高后八	孝文二十三	孝景十六	建元至元封六年三十六	太初已后
休	楚元王子,侯。				二元年四月乙巳,侯富元年。 三年,侯富以兄子戎为楚王反,富与家属至长安北阙自归,不能相教,上印绶。诏复王。后以平陆侯为楚王,更封富为红侯。		
沈犹	楚元王子,侯,千三百八十户。				十六元年四月乙巳,夷侯刘秽元年。	四建元五年,侯受元年。 十八元狩五年,侯受坐故为宗正听谒不具宗室,不敬,国除。	
红	楚元王子,侯,千七百五十户。				四三年四月乙巳,庄侯富元年。 一前七年,悼侯澄元年。 九中元年,敬侯发元年。	十五元朔四年,侯章元年。 一元朔五年,侯章薨,无后,国除。	
宛朐	楚元王子,侯。				二元年四月乙巳,侯刘执元年。 三年,侯执反,国除。		
魏其	以大将军屯荥阳,扞吴楚七国,侯,三千三百五十户。				十四三年六月乙巳,侯窦婴元年。	九建元元年为丞相,二岁免。 元光四年,侯婴坐争灌夫事上书称为先帝诏,矫制害,弃市,国除。	

国名	侯功	孝惠七	高后八	孝文二十三	孝景十六	建元至元封六年三十六	太初已后
棘乐	楚元王子，侯，户千二百一十三。				十四三年八月壬子，敬侯刘调元年。	一建元二年，恭侯应元年。　十一元朔元年，侯庆元年。　十六元鼎五年，侯庆坐酎金，国除。	
俞	以将军吴楚反时击齐有功。布故彭越舍人，越反时布使齐，还已枭越，布祭哭之，当亨，出忠言，高祖舍之。黥布反，布为都尉，侯，户千八百。				六六年四月丁卯，侯栾布元年。　中五年，侯布薨。	十元狩六年，侯贲坐为太常庙牺牲不如令，有罪，国除。	
建陵	以将军击吴楚功，用中尉侯，户一千三百一十。				十一六年四月丁卯，敬侯卫绾元年。	十元光五年，侯信元年。　十八元鼎五年，侯信坐酎金，国除。	
建平	以将军击吴楚功，用江都相侯，户三千一百五十。				十一六年四月丁卯，哀侯程嘉元年。	七元光二年，节侯横元年。　一元光三年，回侯元年。　一元光四年，侯回薨，无后，国除。	
平曲	以将军击吴楚功，用陇西太守侯，户三千二百二十。				五六年四月己巳，侯公孙昆邪元年。　中四年，侯昆邪有罪，国除。太仆贺父。		

国名	侯功	孝惠七	高后八	孝文二十三	孝景十六	建元至元封六年三十六	太初已后
江阳	以将军击吴楚功，用赵相侯，户二千五百四十一。				四，六年四月壬申，康侯苏嘉元年。　七，三中年，懿侯卢元年。	二建元三年，侯明元年。　十六元朔六年，侯雕元年。　十一元鼎五年，侯雕坐酎金，国除。	
遽	以赵相建德，王遂反，建德不听，死事，子侯，户千九百七十。				六中二年四月乙巳，侯横元年。　后二年，侯横有罪，国除。		
新市	以赵内史王慎，王遂反，慎不听，死事，子侯，户一千十四。				五中二年四月乙巳，侯王康元年。　三后元年，殇侯始昌元年。	九　元光四年，殇侯始昌为人所杀，国除。	
商陵	以楚太傅赵夷吾，王戊反，不听，死事，子侯，千四五十户。				八中二年四月乙巳，侯赵周元年。	二十九　元鼎五年，侯周坐为丞相知列侯酎金轻，下廷尉，自杀，国除。	
山阳	以楚相张尚，王戊反，尚不听，死事，子侯，户千一百一十四。				八中二年四月乙巳，侯张当居元年。	十六　元朔五年，侯当居坐为太常程博士弟子故不以实罪，国除。	
安陵	以匈奴王降侯，户一千五百一十七。				七中三年十一月庚子，侯子军元年。	五　建元六年，侯子军薨，无后，国除。	
垣	以匈奴王降侯。				三中三年十二月丁丑，侯赐元年。　六年，赐死，不得及嗣。		

国名	侯功	孝惠七	高后八	孝文二十三	孝景十六	建元至元封六年三十六	太初已后
道	以匈奴王降侯，户五千五百六十九。				中三年十二月丁丑，侯隆强元年。不得隆强嗣。		后元年四月甲辰，侯则坐使巫齐少君祠祝诅，大逆无道，国除。
容成	以匈奴王降侯，七百户。				七 中三年十二月丁丑，侯唯徐卢元年。	十四 建元元年，康侯绰元年。　二十二 元朔三年，侯光元年。	十八 后二年，三月壬辰，侯光坐祠祝诅，国除。
易	以匈奴王降侯。				六 中三年十二月丁丑，侯仆黥元年。　后二年，侯仆黥薨，无嗣。		
范阳	以匈奴王降侯，户千一百九十七。				七 中三年十二月丁丑，端侯代元年。	七 元光二年，怀侯德元年。　二 元光四年，侯德薨，无后，国除。	
翕	以匈奴王降侯。				七 中三年十二月丁丑，侯邯郸元年。	九 元光四年，侯邯郸坐行来不请长信，不敬，国除。	
亚谷	以匈奴东胡王降，故燕王卢绾子侯，千五百户。				二 中五年四月丁巳，简侯它父元年。　三 后元年，安侯种元年。	十一 建元元年，康侯偏元年。　二十五 元光六年，侯贺元年。	十五 征和二年七月辛巳，侯贺坐太子事，国除。

国名	侯功	孝惠七	高后八	孝文二十三	孝景十六	建元至元封六年三十六	太初已后
隆虑	以长公主嫖子侯，户四千一百二十六。				五 中五年五月丁丑，侯蟜元年。	二十四 元鼎元年，侯蟜坐母长公主薨未除服，奸，禽兽行，当死，自杀，国除。	
乘氏	以梁孝王子侯。				五 中五年五月丁卯，侯买元年。 中六年，侯买嗣为梁王，国除。		
桓邑	以梁孝王子侯。				一 中五年五月丁卯，侯明元年。 中六年，为济川王，国除。		
盖	以孝景后兄侯，户二千八百九十。				五 中五年五月甲戌，靖侯王信元年。	二十 元狩三年，侯偃元年。 八 元鼎五年，侯偃坐酎金，国除。	
塞	以御史大夫前将兵击吴楚功侯，户千四十六。				三 后元年八月，侯直不疑元年。	三 建元四年，侯相如元年。 十二 元朔四年，侯坚元年。 十三 元鼎五年，坚坐酎金，国除。	
武安	以孝景后同母弟侯，户八千二百一十四。				一 后三年三月，侯田蚡元年。	九 元光四年，侯梧元年。 五 元朔三年，侯梧坐衣襜褕入宫廷中，不敬，国除。	

国名	侯功	孝惠七	高后八	孝文二十三	孝景十六	建元至元封 六年三十六	太初已后
周阳	以孝景后同母弟侯，户六千二十六。				一 后三年三月，懿侯田胜元年。	十一 元光六年，侯彭祖元年。	八 元狩二年，侯彭祖坐当归与章侯宅不与罪，国除。	

上孝景时三十（一）

史记卷二十

建元以来侯者年表第八

　　太史公曰：匈奴绝和亲，攻当路塞[1]；闽越擅伐，东瓯请降。二夷交侵[2]，当盛汉之隆，以此知功臣受封侔于祖考矣。何者？自《诗》《书》称三代，"戎、狄是膺，荆、荼是征"[3]，齐桓越燕伐山戎，武灵王以区区赵服单于，秦缪用百里霸西戎[4]，吴、楚之君以诸侯役百越。况乃以中国一统，明天子在上，兼文武，席卷四海，内辑亿万之众，岂以晏然不为边境征伐哉！自是后，遂出师北讨强胡，南诛劲越，将卒以次封矣。

①攻当路塞：谓攻犯边境要塞。
②二夷：指匈奴、南越。
③膺：击伐。荼：读作"舒"。征：音澄，惩罚。
④百里：即百里奚。

国名	侯功	元光	元朔	元狩	元鼎	元封	太初已后
翕	匈奴相降，侯。元朔二年，属车骑将军，击匈奴有功，益封。	三 四年七月壬午，侯赵信元年。	五 六年，侯信为前将军击匈奴，遇单于兵，败，信降匈奴，国除。				
持装	匈奴都尉降，侯。	六年后九月丙寅，侯乐元年。	六	六	元年，侯乐死，无后，国除。		

国名	侯功	元光	元朔	元狩	元鼎	元封	太初已后
亲阳	匈奴相降，侯。		三 二年 十月 癸巳， 侯月 氏元 年。　五年， 侯月 氏坐 亡斩， 国除。				
若阳	匈奴相降，侯。		三 二年 十月 癸巳， 侯猛 元年。　五年， 侯猛 坐亡 斩， 国除。				
长平	以元朔二年再以车骑将军击匈奴，取朔方、河南功侯。元朔五年，以大将军击匈奴，破右贤王，益封三千户。		五 二年三月丙辰，烈侯卫青元年。	六	六	六	太初元年，今侯伉元年。
平陵	以都尉从车骑将军青击匈奴功侯。以元朔五年，用游击将军从大将军，益封。		五 二年三月丙辰，侯苏建元年。	六	六年，侯建为右将军，与翕侯信俱败，独身脱来归，当斩，赎，国除。	六	
岸头	以都尉从车骑将军青击匈奴功侯。元朔六年，从大将军，益封。		五 二年六月壬辰，侯张次公元年。	元年，次公坐与淮南王女奸，及受财物罪，国除。			
平津	以丞相诏所褒侯。		四 五年十一月乙丑，献侯公孙弘元年。	二 · 三年， 侯庆 元年。四	六	三 四年，侯庆坐为山阳太守有罪，国除。	
涉安	以匈奴单于太子降侯。		一 三年 四月 丙子， 侯于 单元 年。　五月， 卒， 无后， 国除。				
昌武	以匈奴王降侯。以昌武侯从骠骑将军击左贤王功，益封。		三 四年十月庚申，坚侯赵安稽元年。	六	六 一	五 二年，侯充国元年。	太初元年，侯充国薨，亡后，国除。

国名	侯功	元光	元朔	元狩	元鼎	元封	太初已后
襄城	以匈奴相国降侯。		三 四年十月庚申，侯无龙元年。	六	六	六	一 太初二年，无龙从浞野侯战死。 二三年，侯病已元年。
南㖴	以骑将军从大将军青击匈奴得王功侯。太初二年，以丞相封为葛绎侯。		二 五年四月丁未，侯公孙贺元年。	六	四 五年，贺坐酎金，国除，绝，七岁。		十三 太初二年三月丁卯，封葛绎侯。征和二年，贺子敬声有罪，国除。
合骑	以护军都尉三从大将军击匈奴，至右贤王庭，得王功侯。元朔六年益封。		二 五年四月丁未，侯公孙敖元年。	一 二年，侯敖将兵击匈奴，与骠骑将军期，后，畏懦，当斩，赎为庶人，国除。			
乐安	以轻车将军再从大将军青击匈奴得王功侯。		二 五年四月丁未，侯李蔡元年。	四 五年，侯蔡以丞相盗孝景园神道壖地罪，自杀，国除。			
龙额	以都尉从大将军青击匈奴得王功侯。元鼎六年，以横海将军击东越功，为案道侯。		二 五年四月丁未，侯韩说元年。	六	四 五年，侯说坐酎金，国绝。二岁复侯。	六 元年五月丁卯，案道侯说元年。	十三 征和二年，子长代，有罪，绝。子曾复封为龙额侯。
随成	以校尉三从大将军青击匈奴，攻农吾，先登石累，得王功侯。		二 五年四月乙卯，侯赵不虞元年。	三 三年，侯不虞坐为定襄都尉，匈奴败太守，以闻非实，谩，国除。			
从平	以校尉三从大将军青击匈奴，至右贤王庭，数为雁行上石山先登功侯。		二 五年四月乙卯，公孙戎奴元年。	一 二年，侯戎奴坐为上郡太守发兵击匈奴，不以闻，谩，国除。			

国名	侯功	元光	元朔	元狩	元鼎	元封	太初已后
涉轵	以校尉三从大将军击匈奴,至右贤王庭,得王,虏阏氏功侯。		二五年四月丁未,侯李朔元年。	元年,侯朔有罪,国除。			
宜春	以父大将军青破右贤王功侯。		二五年四月丁未,侯卫伉元年。	六	元年,侯伉坐矫制不害,国除。		
阴安	以父大将军青破右贤王功侯。		二五年四月丁未,侯卫不疑元年。	六	四 五年,侯不疑坐酎金,国除。		
发干	以父大将军青破右贤王功侯。		二五年四月丁未,侯卫登元年。	六	四 五年,侯登坐酎金,国除。		
博望	以校尉从大将军六年击匈奴,知水道,及前使绝域大夏功侯。		一六年三月甲辰,侯张骞元年。	一二年,侯骞坐以将军击匈奴畏懦,当斩,赎,国除。			
冠军	以嫖姚校尉再从大将军,六年从大将军击匈奴,斩相国功侯。元狩二年,以骠骑将军击匈奴,至祁连,益封;迎浑邪王,益封;击左右贤王,益封。		一六年四月壬申,景桓侯霍去病元年。	六	六 元年,哀侯嬗元年。	元年,哀侯嬗薨,无后,国除。	
众利	以上谷太守四从大将军,六年击匈奴,首虏千级以上功侯。		一六年五月壬辰,侯郝贤元年。	一二年,侯贤坐为上谷太守入戍卒财物上计谩罪,国除。			
潦	以匈奴赵王降,侯。			一元年七月壬午,悼侯赵王媛訾元年。 二年,媛訾死,无后,国除。			

国名	侯功	元光	元朔	元狩	元鼎	元封	太初已后
宜冠	以校尉从骠骑将军二年再出击匈奴功侯。故匈奴归义。			二 二年正月乙亥，侯高不识元年。	四年，不识击匈奴，战军功增首不以实，当斩，赎罪，国除。		
煇渠	以校尉从骠骑将军二年再出击匈奴，得王功侯。以校尉从骠骑将军二年虏五王功，益封。故匈奴归义。			五 二年二月乙丑，忠侯仆多元年。	三 四年，侯电元年。	六	四
从骠	以司马再从骠骑将军数深入匈奴，得两王子骑将功侯。以匈河将军元封三年击楼兰功，复侯。			五 二年五月丁丑，侯赵破奴元年。	四 五年，侯破奴坐酎金，国除。	浞野四 一 三年，侯破奴元年。	二年，侯破奴以浚稽将军击匈奴，失军，为虏所得，国除。
下麾	以匈奴王降侯。			五 二年六月乙亥，侯呼毒尼元年。	四 二 五年，炀侯伊即轩元年。	六	四
漯阴	以匈奴浑邪王将众十万降侯，万户。			四 二年七月壬午，定侯浑邪元年。	六 五 元年。魏侯苏元年。	五年，魏侯苏薨，无后，国除。	
煇渠	以匈奴王降侯。			四 三年七月壬午，悼侯扁訾元年。	一 二年，侯扁訾死，无后，国除。		
河綦	以匈奴右王与浑邪降侯。			四 三年七月壬午，康侯乌犂元年。	二 四 三年，余利鞮元年。	六	四
常乐	以匈奴大当户与浑邪降侯。			四 三年七月壬午，肥侯稠雕元年。	六	六 二	太初三年，今侯广汉元年。

国名	侯功	元光	元朔	元狩	元鼎	元封	太初已后
符离	以右北平太守从骠骑将军四年击右王，将重会期，首虏二千七百人功侯。			三 四年六月丁卯，侯路博德元年。	六	六	太初元年，侯路博德有罪，国除。
壮	以匈奴归义因淳王从骠骑将军四年击左王，以少破多，捕虏二千一百人功侯。			三 四年六月丁卯，侯复陆支元年。	二 四 三年，今侯偃元年。	六	四
众利	以匈奴归义楼刿王从骠骑将军四年击右王，手自剑合功侯。			三 四年六月丁卯，质侯伊即轩元年。	六 五	一 六年，今侯当时元年。	四
湘成	以匈奴符离王降侯。			三 四 四年六月丁卯，侯敞屠洛元年。	五年，侯敞屠洛坐酎金，国除。		
义阳	以北地都尉从骠骑将军四年击左王，得王功侯。			三 四年六月丁卯，侯卫山元年。	六	六	四
散	以匈奴都尉降侯。			三 四年六月丁卯，侯董荼吾元年。	六	六 二 	二 太初三年，今侯安汉元年。
臧马	以匈奴王降侯。			一 四年六月丁卯，康侯延年元年。	五年，侯延年死，不得置后，国除。		
周子南君	以周后绍封。				三 三 四年十一月丁卯，侯姬嘉元年。	三 四年，君买元年。	四
乐通	以方术侯。				一 四年四月乙巳，侯五利将军栾大元年。	五年，侯大有罪，斩，国除。		

国名	侯功	元光	元朔	元狩	元鼎	元封	太初已后
瞭	以匈奴归义王降侯。				一 四年六月丙午，侯次公元年。 五年，侯次公坐酎金，国除。		
术阳	以南越王兄越高昌侯				一 四年，侯建德元年。 五年，侯建德有罪，国除。		
龙亢	以校尉摎乐击南越，死事，子侯。				二 五年三月壬午，侯广德元年。	六 六年，侯广德有罪诛，国除。	
成安	以校尉韩千秋击南越死事，子侯。				二 五年三月壬子，侯延年元年。	六 六年，侯延年有罪，国除。	
昆	以属国大且渠击匈奴功侯。				二 五年五月戊戌，侯渠复累元年。	六	四
骐	以属国骑击匈奴，捕单于兄功侯。				二 五年六月壬子，侯驹几元年。	六	四
梁期	以属国都尉五年间出击匈奴，得复累缔缦等功侯。				二 五年七月辛巳，侯任破胡元年。	六	四
牧丘	以丞相及先人万石积德谨行侯。				二 五年九月丁丑，恪侯石庆元年。	六	二　二 三年，侯德元年。
瞭	以南越将降侯。				一 六年三月乙酉，侯毕取元年。	六	四
将梁	以楼船将军击南越，椎锋却敌侯。				一 六年三月乙酉，侯杨仆元年。	三 四年，侯仆有罪，国除。	
安道	以南越揭阳令闻汉兵至自定降侯。				一 六年三月乙酉，侯揭阳令史定元年。	六	四
随桃	以南越苍梧王闻汉兵至降侯。				一 六年四月癸亥，侯赵光元年。	六	四

国名	侯功	元光	元朔	元狩	元鼎	元封	太初已后
湘成	以南越桂林监闻汉兵破番禺，谕瓯骆兵四十余万降侯。				一 六年五月壬申，侯监居翁元年。	六	四
海常	以伏波司马捕得南越王建德功侯。				一 六年七月乙酉，庄侯苏弘元年。	六	太初元年，侯弘死，无后，国除。
北石	以故东越衍侯佐繇王斩余善功侯。					六 元年正月壬午，侯吴阳元年。	三 太初四年，今侯首元年。
下郦	以故瓯骆左将斩西于王功侯。					六 元年四月丁酉，侯左将黄同元年。	四
缭嫈	以故校尉从横海将军说击东越功侯。					一 元年五月己卯，侯刘福元年。　二年，侯福有罪，国除。	
藥儿	以军卒斩东越徇北将军功侯。					六 元年闰月癸卯，庄侯辕终古元年。	太初元年，终古死，无后，国除。
开陵	以故东越建成侯与繇王共斩东越王余善功侯。					六 元年闰月癸卯，侯建成元年。	
临蔡	以故南越郎闻汉兵破番禺，为伏波得南越相吕嘉功侯。					六 元年闰月癸卯，侯孙都元年。	
东成	以故东越繇王斩东越王余善功侯，万户。					六 元年闰月癸卯，侯居服元年。	
无锡	以东越将军汉兵至弃军降侯。				六 元年，侯多军元年。		
涉都	以父弃故南海守，汉兵至以城邑降，子侯。					六 元年中，侯嘉元年。	二 太初二年，侯嘉薨，无后，国除。

国名	侯功	元光	元朔	元狩	元鼎	元封	太初已后
平州	以朝鲜将汉兵至降侯。					一 三年 四年，四月 侯唊 丁卯 薨，侯唊 无后，元年。 国除。	
荻苴	以朝鲜相汉兵至围之降侯。					四 三年四月，侯朝鲜相韩阴元年。	
涵清	以朝鲜尼谿相使人杀其王右渠来降侯。					四 三年六月丙辰，侯朝鲜尼谿相参元年。	
骐兹	以小月氏若苴王将众降侯。					三 四年十一月丁卯侯稽谷姑元年。	太初元年，侯稽谷姑薨，无后，国除。
浩	以故中郎将将兵捕得车师王功侯。					一 四 四年正月甲申，侯王恢元年。 四年四月，侯恢坐使酒泉矫制害，当死，赎，国除。封凡三月。	
瓡讘	以小月氏王将众千骑降侯。					二 一 四年正月乙酉，侯扜者元年。 六年，侯胜元年。	
几	以朝鲜王子汉兵围朝鲜降侯。					二 四年三月癸未，侯张路归义元年。 六年，侯张使降朝鲜，谋反，死，国除。	
涅阳	以朝鲜相路人，汉兵至，首先降，道死，其子侯。					三 二 四年三月壬寅，康侯子最元年。	太初二年，侯最死，无后，国除。

上太史公本表

国名	侯功	元光	元朔	元狩	元鼎	元封	太初已后
当涂	魏不害,以圉守尉捕淮阳反者公孙勇等侯。						
蒲	苏昌,以圉尉史捕淮阳反者公孙勇等侯。						
潦阳	江德,以园廐啬夫共捕淮阳反者公孙勇等侯。						
富民	田千秋,家在长陵。以故高庙寝郎上书谏孝武曰:"子弄父兵,罪当笞。父子之怒,自古有之。蚩尤畔父,黄帝涉江。"上书至意,拜为大鸿胪。征和四年为丞相,封三千户。至昭帝时病死,子顺代立,为虎牙将军,击匈奴,不至质,诛死,国除。						
上孝武封国名							

　　后进好事儒者褚先生曰:太史公记事尽于孝武之事,故复修记孝昭以来功臣侯者,编于下方,令后好事者得览观成败长短绝世之适,得以自戒焉。当世之君子,行权合变,度时施宜,希世用事,以建功有土封侯,立名当世,岂不盛哉!观其持满守成之道,皆不谦让,骄蹇争权,喜扬声誉,知进不知退,终以杀身灭国。以三得之①,及身失之,不能传功于后世,令恩德流子孙,岂不悲哉!大龙雒侯曾为前将军,世俗顺善,厚重谨信,不与政事,退让爱人。其先起于晋六卿之世,有土君国以来,为王侯,子孙相承不绝,历年经世,以至于今,凡百余岁,岂可与功臣及身失之者同日而语之哉?悲夫,后世其诫之!

①以三得之:指上文所谓"行权合变,度时施宜,希世用事"。

博陆	霍光,家在平阳。以兄骠骑将军故贵。前事武帝,觉捕得侍中谋反者马何罗等功侯,三千户。中辅幼主昭帝,为大将军。谨信,用事擅治,尊为大司马,益封邑万户。后事宣帝。历事三主,天下信向之,益封二万户。子禹代立,谋反,族灭,国除。
秺	金翁叔名日磾。以匈奴休屠王太子从浑邪王将众五万,降汉归义,侍中,事武帝,觉捕侍中谋反者马何罗等功侯,三千户。中事昭帝,谨厚,益封三千户。子弘代立,为奉车都尉,事宣帝。
安阳	上官桀,家在陇西。以善骑射从军。稍贵,事武帝,为左将军。觉捕斩侍中谋反者马何罗弟重合侯通功侯,三千户。中事昭帝,与大将军霍光争权,因以谋反,族灭,国除。
桑乐	上官安。以父桀为将军故贵,侍中,事昭帝。安女为昭帝夫人,立为皇后故侯,三千户。骄蹇,与大将军霍光争权,因以父子谋反,族灭,国除。
富平	张安世,家在杜陵。以故御史大夫张汤子武帝时给事尚书,为尚书令。事昭帝,谨厚习事,为光禄勋右将军、辅政十三年,无适过,侯,三千户。及事宣帝,代霍光为大司马,用事,益封万六千户。子延寿代立,为太仆,侍中。
义阳	傅介子,家在北地。以从军为郎,为平乐监。昭帝时,刺杀外国王,天子下诏书曰:"平乐监傅介子使外国,杀楼兰王,以直报怨,不烦师,有功,其以邑千三百户封介子为义阳侯。"子厉代立,争财相告,有罪,国除。
商利	王山,齐人也。故为丞相史,会骑将军上官安谋反,山说安与俱入丞相,斩安。山以军功为侯,三千户。上书愿治民,为代太守。为人所上书言,系狱当死,会赦,出为庶人,国除。
建平	杜延年。以故御史大夫杜周子给事大将军幕府,发觉谋反者骑将军上官安等罪,封为侯,邑二千七百户,拜为太仆。元年,出为西河太守。五凤三年,入为御史大夫。
弋阳	任宫。以故上林尉捕格谋反者左将军上官桀,杀之便门,封为侯,二千户。后为太常,及行卫尉事。节俭谨信,以寿终,传于子孙。
宜城	燕仓。以故大将军幕府军吏发谋反者骑将军上官安罪有功,封侯,邑二千户。为汝南太守,有能名。

宜春	王䜣，家在齐。本小吏佐史，稍迁至右辅都尉。武帝数幸扶风郡，䜣共置办，拜为右扶风。至孝昭时，代桑弘羊为御史大夫。元凤三年，代田千秋为丞相，封二千户。立二年，为人所上书言暴，自杀，不殊。子代立，为属国都尉。
安平	杨敞，家在华阴。故给事大将军幕府，稍迁至大司农，为御史大夫。元凤六年，代王䜣为丞相，封二千户。立二年，病死。子贲代立，十三年病死。子翁君代立，为典属国。三岁，以季父恽故出恶言，系狱当死，得免，为庶人，国除。
上孝昭时所封国名	
阳平	蔡义，家在温。故师受《韩诗》，为博士，给事大将军幕府，为杜城门候。入侍中，授昭帝《韩诗》，为御史大夫。是时年八十，衰老，常两人扶持乃能行。然公卿大臣议，以为人主师，当以为相。以元平元年代杨敞为丞相，封二千户。病死，绝无后，国除。
扶阳	韦贤，家在鲁。通《诗》、《礼》、《尚书》，为博士，授鲁大儒，入侍中，为昭帝师，迁为光禄大夫，大鸿胪，长信少府。以为人主师，本始三年代蔡义为丞相，封扶阳侯，千八百户。为丞相五岁，多恩，不习吏事，免相就第，病死。子玄成代立，为太常。坐祠庙骑，夺爵，为关内侯。
平陵	范明友，家在陇西。以家世习外国事，使护西羌。事昭帝，拜为度辽将军，击乌桓功侯，二千户。取霍光女为妻。地节四年，与诸霍子禹等谋反，族灭，国除。
营平	赵充国。以陇西骑士从军得官，侍中，事武帝。数将兵击匈奴有功，为护军都尉，侍中，事昭帝。昭帝崩，议立宣帝，决疑定策，以安宗庙功侯，封二千五百户。
阳成	田延年。以军吏事昭帝；发觉上官桀谋反事，后留迟不得封，为大司农。本造废昌邑王议立宣帝，决疑定策，以安宗庙功侯，二千七百户。逢昭帝崩，方上事内急，因以盗都内钱三千万。发觉，自杀，国除。
平丘	王迁，家在卫。为尚书郎，习刀笔之文。侍中，事昭帝。帝崩，立宣帝，决疑定策，以安宗庙功侯，二千户。为光禄大夫，秩中二千石。坐受诸侯王金钱财，漏泄中事，诛死，国除。
乐成	霍山。山者，大将军光兄子也。光未死时上书曰："臣兄骠骑将军去病从军有功，病死，赐谥景桓侯，绝无后，臣光愿以所封东武阳邑三千五百户分与山。"天子许之，拜山为侯。后坐谋反，族灭，国除。
冠军	霍云。以大将军兄骠骑将军适孙为侯。地节三年，天子下诏书曰："骠骑将军去病击匈奴有功，封为冠军侯。薨卒，子侯代立，病死无后。《春秋》之义，善善及子孙，其以邑三千户封云为冠军侯。"后坐谋反，族灭，国除。
平恩	许广汉，家昌邑。坐事下蚕室，独有一女，嫁之。宣帝未立时，素与广汉出入相通，卜相者言当大贵，以故广汉施恩甚厚。地节三年，封为侯，邑三千户。病死无后，国除。
昌水	田广明。故郎，为司马，稍迁至南郡都尉、淮阳太守、鸿胪、左冯翊。昭帝崩，议废昌邑王，立宣帝，决疑定策，以安宗庙。本始三年，封为侯，邑二千三百户。为御史大夫。后为祁连将军，击匈奴，军不至质，当死，自杀，国除。
高平	魏相，家在济阴。少学《易》，为府卒史，以贤良举为茂陵令，迁河南太守。坐贼杀不辜，系狱，当死，会赦，免为庶人。有诏守茂陵令，为杨州刺史，入为谏议大夫，复为河南太守，迁为大司农、御史大夫。地节三年，潜毁韦贤，代为丞相，封千五百户。病死，长子宾代立，坐祠庙失侯。
博望	许中翁。以平恩侯许广汉弟封为侯，邑二千户。亦故有私恩，为长乐卫尉。死，子延年代立。
乐平	许翁孙。以平恩侯许广汉少弟故为侯，封二千户。拜为强弩将军，击破西羌，还，更拜为大司马、光禄勋。亦故有私恩，故得封。嗜酒好色，以早病死。子汤代立。
将陵	史子回。以宣帝大母家封为侯，二千六百户，与平台侯昆弟行也。子回妻宜君，故成王孙，嫉妒，绞杀侍婢四十余人，盗断妇人初产子臂膝以为媚道。为人所上书言，论弃市。子回以外家故，不失侯。
平台	史子叔。以宣帝大母家封为侯，二千五百户。卫太子时，史氏内一女于太子，嫁一女鲁王，今见鲁王亦史氏外孙也。外家有亲，以故贵，数得赏赐。
乐陵	史子长。以宣帝大母家贵，侍中，重厚忠信。以发觉霍氏谋反事，封三千五百户。

博成	张章,父故颖川人,为长安亭长。失官,之北阙上书,寄宿霍氏第舍,卧马枥间,夜闻养马奴相与语,言诸霍氏子孙欲谋反状,因上书告反,为侯,封三千户。
都成	金安上,先故匈奴。以发觉故大将军霍光子禹等谋反事有功,封侯,二千八百户。安上者,奉车都尉禾宅侯从群子。行谨善,退让以自持,欲传功德于子孙。
平通	杨恽,家在华阴,故丞相杨敞少子,任为郎。好士,自喜知人,居众人中常与人颜色,以故高昌侯董忠引与屏语,言霍氏谋反状,共发觉告反侯,二千户,为光禄勋。到五凤四年,作为妖言,大逆罪腰斩,国除。
高昌	董忠,父故颖川阳翟人,以习书记诣长安。忠有材力,能骑射,用短兵,给事期门。与张章相习知,章告语忠霍禹谋反状,忠以语常侍骑郎杨恽,共发觉告反,侯,二千户。今为奉骑都尉,侍中。坐祠宗庙乘小车,夺百户。
爰戚	赵成。用发觉楚国事侯,二千三百户。地节元年,楚王与广陵王谋反,成发觉反状,天子推恩广德义,下诏书曰"无治广陵王",广陵不变更。后复坐祝诅灭国,自杀,国除。今帝复立子为广陵王。
酇	地节三年,天子下诏书曰:"朕闻汉之兴,相国萧何功第一,今绝无后,朕甚怜之,其以邑三千户封萧何玄孙建世为酇侯。"
平昌	土长君,家在赵国,常山广望邑人也。卫太子时,嫁太子家,为太子男史皇孙为配,生子男,绝不闻声问,行且四十余岁,至今元康元年中,诏征,立以为侯,封五千户。宣帝舅父也。
乐昌	王稚君,家在赵国,常山广望邑人也。以宣帝舅父外家封为侯,邑五千户。平昌侯王长君弟也。
邛成	王奉光,家在房陵。以女立为宣帝皇后,故封千五百户。言奉光初生时,夜见光其上,传闻者以为当贵云。后果以女故为侯。
安远	郑吉,家在会稽。以卒伍起从军为郎,使护将弛刑士田渠梨。会匈奴单于死,国乱,相攻,日逐王将众来降汉,先使语吉,吉将吏卒数百人往迎之。众颇有欲还者,斩杀其渠率,遂与俱入汉。以军功侯,二千户。
博阳	邴吉,家在鲁。本以治狱为御史属,给事大将军幕府。常施旧恩宣帝,迁为御史大夫,封侯,二千户。神爵二年,代魏相为丞相。立五岁,病死。子翁孟代立,为将军,侍中。甘露元年,坐祠宗庙不乘大车而骑至庙门,有罪,夺爵,为关内侯。
建成	黄霸,家在阳夏,以役使徙云阳。以廉吏为河内守丞,迁为廷尉监,行丞相长史事。坐见知夏侯胜非诏书大不敬罪,久系狱三岁,从胜学《尚书》。会赦,以贤良举为扬州刺史,颖川太守。善化,男女异路,耕者让畔,赐黄金百斤,秩中二千石。居颖川,入为太子太傅,迁御史大夫。五凤三年,代邴吉为丞相。封千八百户。
西平	于定国,家在东海。本以治狱给事为廷尉史,稍迁御史中丞。上书谏昌邑王,迁为光禄大夫,为廷尉。乃师受《春秋》,变道行化,谨厚爱人。迁为御史大夫,代黄霸为丞相。
	上孝宣时所封
阳平	王稚君,家在魏郡。故丞相史。女为太子妃。太子立为帝,女为皇后,故侯,千二百户。初元以来,方盛贵用事,游宦求官于京师者多得其力,未闻其有知略广宣于国家也。

史记卷二十一

建元以来王子侯者年表第九

制诏御史："诸侯王或欲推私恩分子弟邑者，令各条上，朕且临定其号名。"

太史公曰：盛哉，天子之德！一人有庆，天下赖之。

国名	王子号	元光	元朔	元狩	元鼎	元封	太初
兹	河间献王子。	二 五年正月壬子，侯刘明元年。	二 三年，侯明坐谋反杀人，弃市，国除。				
安成	长沙定王子。	一 六年七月乙巳，思侯刘苍元年。	六	六	六 元年，今侯自当元年。	六	四
宜春	长沙定王子。	一 六年七月乙巳，侯刘成元年。	六	六	四 五年，侯成坐酎金，国除。		
句容	长沙定王子。	一 六年七月乙巳，哀侯刘党元年。	元年，哀侯党薨，无后，国除。				
句陵	长沙定王子。	一 六年七月乙巳，侯刘福元年。	六	六	四 五年，侯福坐酎金，国除。		
杏山	楚安王子。	一 六年后九月壬戌，侯刘成元年。	六	六	四 五年，侯成坐酎金，国除。		
浮丘	楚安王子。	一 六年后九月壬戌，侯刘不审元年。	六	四 五年，侯霸元年。	二 四 五年，侯霸坐酎金，国除。		
广戚	鲁共王子。		六 元年十月丁酉，节侯刘择元年。	六 元年，侯始元年。	四 五年，侯始坐酎金，国除。		

国名	王子号	元光	元朔	元狩	元鼎	元封	太初
丹杨	江都易王子。		六 元年十二月甲辰,哀侯敢元年。	元狩元年,侯敢薨,无后,国除。			
盱台	江都易王子。		六 元年十二月甲辰,侯刘象之元年。	六	四 五年,侯象之坐酎金,国除。		
湖孰	江都易王子。		六 元年正月丁卯,顷侯刘胥元年。	六	四 二 五年,今侯圣元年。	六	四
秩阳	江都易王子。		六 元年正月丁卯,终侯刘沸元年。	六 三 四年,终侯沸薨,无后,国除。			
睢陵	江都易王子。		六 元年正月丁卯,侯刘定国元年。	六 四 五年,侯定国坐酎金,国除。			
龙丘	江都易王子。		五 二年五月乙巳,侯刘代元年。	六 四 五年,侯代坐酎金,国除。			
张梁	江都易王子。		五 二年五月乙巳,哀侯刘仁元年。	六 二 三年,今侯顺元年。	四	六	四
剧	菑川懿王子。		五 二年五月乙巳,原侯刘错元年。	六 一 二年,孝侯广昌元年。	五	六	四
壤	菑川懿王子。		五 二年五月乙巳,夷侯刘高遂元年。	六	六 元年,今侯延元年。	六	六	四
平望	菑川懿王子。		五 二年五月乙巳,夷侯刘赏元年。	二 四 三年,今侯楚人元年。	六	六	四
临原	菑川懿王子。		五 二年五月乙巳,敬侯刘始昌元年。	六	六	六	四
葛魁	菑川懿王子。		五 二年五月乙巳,节侯刘宽元年。	三 三 四年,侯戚元年。	二 三年,侯戚坐杀人,弃市,国除。		

中华经典藏书

国名	王子号	元光	元朔	元狩	元鼎	元封	太初
益都	菑川懿王子。		五 二年五月乙巳,侯刘胡元年。	六	六	六	四
平酌	菑川懿王子。		五 二年五月乙巳,戴侯刘强元年。	六	六 元年,思侯中时元年。	六	四
剧魁	菑川懿王子。		五 二年五月乙巳,夷侯刘墨元年。	六	六	三 元年,侯昭元年。 三 四年,侯德元年。	四
寿梁	菑川懿王子。		五 二年五月乙巳,侯刘守元年。	六	四 五年,侯守坐酎金,国除。		
平度	菑川懿王子。		五 二年五月乙巳,侯刘衍元年。	六	六	六	四
宜成	菑川懿王子。		五 二年五月乙巳,康侯刘偃元年。	六	六 元年,侯福元年。	六	元年,侯福坐杀弟,弃市,国除。
临朐	菑川懿王子。		五 二年五月乙巳,哀侯刘奴元年。	六	六	六	四
雷	城阳共王子。		五 二年五月甲戌,侯刘稀元年。	六	五 五年,侯稀坐酎金,国除。		
东莞	城阳共王子。		三 二年五月甲戌侯刘吉元年。	五年,侯吉有瘤疾,不朝,废,国除。			
辟	城阳共王子。		三 二年五月甲戌节侯刘壮元年。	二 五年,侯朋元年。	六	四 五年,侯朋坐酎金,国除。		
尉文	赵敬肃王子。		五 二年六月甲午节侯刘丙元年。	元年,侯犊元年。	四 五年,侯犊坐酎金,国除。		

国名	王子号	元光	元朔	元狩	元鼎	元封	太初
封斯	赵敬肃王子。		五 二年六月甲午, 共侯刘胡阳元 年。	六	六	六 二	二 三年,今侯 如意元年。
榆丘	赵敬肃王子。		五 二年六月甲午, 侯刘寿福元年。	六 四	五年,侯寿 福坐酎金, 国除。		
襄嚵	赵敬肃王子。		五 二年六月甲午, 侯刘建元年。	六 四	五年侯建 坐酎金,国 除。		
邯会	赵敬肃王子。		五 二年六月甲午, 侯刘仁元年。	六	六	六	四
朝	赵敬肃王子。		五 二年六月甲午, 侯刘义元年。	六 二	四 三年,今侯 禄元年。	六	四
东城	赵敬肃王子。		五 二年六月甲午, 侯刘遗元年。	六	元年,侯遗有罪, 国除。		
阴城	赵敬肃王子。		五 二年六月甲午, 侯刘苍元年。	六	六	元年,侯苍有罪, 国除。	
广望	中山靖王子。		五 二年六月甲午, 侯刘安中元年。	六	六	六	四
将梁	中山靖王子。		五 二年六月甲午, 侯刘朝平元年。	六 四	五年,侯朝 平坐酎金, 国除。		
新馆	中山靖王子。		五 二年六月甲午, 侯刘未央元年。	六 四	五年,侯未 央坐酎金, 国除。		
新处	中山靖王子。		五 二年六月甲千, 侯刘嘉元年。	六 四	五年,侯嘉 坐酎金,国 除。		
陉城	中山靖王子。		五 二年六月甲午, 侯刘贞元年。	六 四	五年,侯贞 坐酎金,国 除。		

国名	王子号	元光	元朔	元狩	元鼎	元封	太初
蒲领	广川惠王子。		四 三年十月癸酉， 侯刘嘉元年。				
西熊	广川惠王子。		四 三年十月癸酉， 侯刘明元年。				
枣强	广川惠王子。		四 三年十月癸酉， 侯刘晏元年。				
毕梁	广川惠王子。		四 三年十月癸酉， 侯刘婴元年。	六	六	三 四年，侯婴 有 罪，国 除。	
房光	河间献王子。		四 三年十月癸酉， 侯刘殷元年。	六	元年，侯殷有罪， 国除。		
距阳	河间献王子。		四 三年十月癸酉， 侯刘匄元年。	四　　　二 五年，侯渡 元年。	四 五年，侯渡 有 罪，国 除。		
娄	河间献王子。		四 三年十月癸酉， 侯刘邈元年。	六	六	六 元年，今侯婴元 年。	四
阿武	河间献王子。		四 三年十月癸酉， 湣侯刘豫元年。	六	六	六　　二 三年，今侯 宽元年。	二
参户	河间献王子。		四 三年十月癸酉， 侯刘勉元年。	六	六	六	四
州乡	河间献王子。		四 三年十月癸酉， 节侯刘禁元年。	六	六	五　　　一 六年，今侯 惠元年。	四
成平	河间献王子。		四 三年十月癸酉， 侯刘礼元年。	二 三年，侯礼 有 罪，国 除。			
广	河间献王子。		四 三年十月癸酉， 侯刘顺元年。	六	四 五年，侯顺 坐酎金，国 除。		

国名	王子号	元光	元朔	元狩	元鼎	元封	太初
盖胥	河间献王子。		四 三年十月癸酉， 侯刘让元年。	六	四 五年，侯让 坐酎金，国 除。		
陪安	济北贞王子。		四 三年十月癸酉， 康侯刘不害元 年。	六	一　　　　二 二年，　三年， 哀侯　侯秦 秦客　客甍， 元年。　无后， 　　　国除。		
荣简	济北贞王子。		四 三年十月癸酉， 侯刘骞元年。	二 三年，侯骞 有罪，国 除。			
周坚	济北贞王子。		四 三年十月癸酉， 侯刘何元年。	四　　二 五年，侯当 时元年。	四 五年，侯当 时坐酎金， 国除。		
安阳	济北贞王子。		四 三年十月癸酉， 侯刘桀元年。	六	六	六	四
五椐	济北贞王子。		四 三年十月癸酉， 侯刘腹丘元年。	六	四 五年，侯腹 丘坐酎金， 国除。		
富	济北贞王子。		四 三年十月癸酉， 侯刘袭元年。	六	六	六	四
陪	济北贞王子。		四 三年十月癸酉， 缪侯刘明元年。		六	二　　　　二 三年，　五年， 侯邑　侯邑 元年。　坐酎 　　　金， 　　　国除。	
丛	济北贞王子。		四 三年十月癸酉， 侯刘信元年。	六	四 五年，侯信 坐酎金，国 除。		
平	济北贞王子。		四 三年十月癸酉， 侯刘遂元年。	元年，侯遂有罪， 国除。			
羽	济北贞王子。		四 三年十月癸酉， 侯刘成元年。	六	六	六	四

国名	王子号	元光	元朔	元狩	元鼎	元封	太初
胡母	济北贞王子。		四 三年十月癸酉， 侯刘楚元年。	六	四 五年，侯楚 坐酎金，国 除。		
离石	代共王子。		四 三年正月壬戌， 侯刘绾元年。	六	六	六	四
邵	代共王子。		四 三年正月壬戌， 侯刘慎元年。	六	六	六	四
利昌	代共王子。		四 三年正月壬戌， 侯刘嘉元年。	六	六	六	四
蔺	代共王子。		三年正月壬戌， 侯刘憙元年。				
临河	代共王子。		三年正月壬戌， 侯刘贤元年。				
隰成	代共王子。		三年正月壬戌， 侯刘忠元年。				
土军	代共王子。		三年正月壬戌， 侯刘郢客元年。		侯郢客坐与人妻 奸，弃市。		
皋狼	代共王子。		三年正月壬戌， 侯刘迁元年。				
千章	代共王子。		三年正月壬戌， 侯刘遇元年。				
博阳	齐孝王子。		四 三年三月乙卯， 康侯刘就元年。	六	二 三年， 侯终 吉元 年。　　五年， 　　侯终 　　吉坐 　　酎金， 　　国除。		
宁阳	鲁共王子。		四 三年三月乙卯， 节侯刘恢元年。	六	六	六	四
瑕丘	鲁共王子。		四 三年三月乙卯， 节侯刘贞元年。	六	六	六	四
公丘	鲁共王子。		四 三年三月乙卯， 夷侯刘顺元年。	六	六	六	四

国名	王子号	元光	元朔	元狩	元鼎	元封	太初
郁狼	鲁共王子。		四 三年三月乙卯， 侯刘骑元年。	六 四	五年，侯骑 坐酎金，国 除。		
西昌	鲁共王子。		四 三年三月乙卯， 侯刘敬元年。	六 四	五年，侯敬 坐酎金，国 除。		
陉城	中山靖王子。		四 三年三月癸酉， 侯刘义元年。	六	四 五年，侯义 坐酎金，国 除。		
邯平	赵敬肃王子。		四 三年四月庚辰， 侯刘顺元年。	六 四	五年，侯顺 坐酎金，国 除。		
武始	赵敬肃王子。		四 三年四月庚辰， 侯刘昌元年。	六	六	六	四
象氏	赵敬肃王子。		四 三年四月庚辰， 节侯刘贺元年。	六	六 二	四 三年，思侯 安德元年。	四
易			四 三年四月庚辰， 安侯刘平元年。	六	六 四	二 五年，今侯 种元年。	四
洛陵	长沙定王子。		三 一 四年三月乙丑， 侯刘章元年。	二年，侯章 有 罪，国 除。			
攸舆	长沙定王子。		三 四年三月乙丑， 侯刘则元年。	六	六	六	元年，侯则篡死 罪，弃市，国除。
茶陵	长沙定王子。		三 四年三月乙丑， 侯刘欣元年。	六 一	五 六 二年，哀侯 阳元年。		元年，侯阳薨，无 后，国除。
建成	长沙定王子。		三 五 四年二月乙丑， 侯刘拾元年。	六年，侯拾 坐不朝，不 敬，国除。			
安众	长沙定王子。		三 四年三月乙丑， 康侯刘丹元年。	六	六 五	一 六年，今侯 山拊元年。	四

国名	王子号	元光	元朔	元狩	元鼎	元封	太初
叶	长沙定王子。		三 四年三月乙丑，康侯刘嘉元年。	六	四 五年，侯嘉坐酎金，国除。		
利乡	城阳共王子。		三 四年三月乙丑，康侯刘婴元年。	二 三年，侯婴有罪，国除。			
有利	城阳共王子。		三 四年三月乙丑，侯刘钉元年。	元年，侯钉坐遗淮南书称臣，弃市，国除。			
东平	城阳共王子。		三 四年三月乙丑，侯刘庆元年。	二 三年，侯庆坐与姊妹奸，有罪，国除。			
运平	城阳共王子。		三 四年三月乙丑，侯刘訢元年。	六	四 五年，侯訢坐酎金，国除。		
山州	城阳共王子。		三 四年三月乙丑，侯刘齿元年。	六	四 五年，侯齿坐酎金，国除。		
海常	城阳共王子。		三 四年三月乙丑，侯刘福元年。	六	四 五年，侯福坐酎金，国除。		
钧丘	城阳共王子。		三 四年三月乙丑，侯刘宪元年。	三　三 四年，今侯执德元年。	六	六	四
南城	城阳共王子。		三 四年三月乙丑，侯刘贞元年。	六	六	六	四
广陵	城阳共王子。		三 四年三月乙丑，常侯刘表元年。	四　二 五年，侯成元年。	四 五年，侯成坐酎金，国除。		
庄原	城阳共王子。		三 四年三月乙丑，侯刘皋元年。	六	四 五年，侯皋坐酎金，国除。		
临乐	中山靖王子。		三 四年四月甲午，敦侯刘光元年。	六	六	五 六年，今侯建元年。	四
东野	中山靖王子。		三 四年四月甲午，侯刘章元年。	六	六	六	四

国名	王子号	元光	元朔	元狩	元鼎	元封	太初
高平	中山靖王子。		三 四年四月甲午， 侯刘嘉元年。	六	四 五年，侯嘉 坐酎金，国 除。		
广川	中山靖王子。		三 四年四月甲午， 侯刘颇元年。	六	四 五年，侯颇 坐酎金，国 除。		
千钟	河间献王子。		三 四年四月甲午， 侯刘摇元年。	一 二年，侯阴 不使人为 秋请，有 罪，国除。			
披阳	齐孝王子。		三 四年四月乙卯， 敬侯刘燕元年。	六	四 五年，今侯 隅元年。	二 	六	四
定	齐孝王子。		三 四年四月乙卯， 敬侯刘越元年。	六	三 四年，今侯 德元年。	三	六	四
稻	齐孝王子。		三 四年四月乙卯， 夷侯刘定元年。	六	二 三年，今侯 都阳元年。	四	六	四
山	齐孝王子。		三 四年四月乙卯， 侯刘国元年。	六	六		六	四
繁安	齐孝王子。		三 四年四月乙卯， 侯刘忠元年。	六	六		六	三 四年，今侯 寿元年。	一
柳	齐孝王子。		三 四年四月乙卯， 康侯刘阳元年。	六	三 四年，侯罢 师元年。	三	四 五年，今侯 自为元年。	二	四
云	齐孝王子。		三 四年四月乙卯， 夷侯刘信元年。	六	五 六年，今侯 岁发元年。	一	六	四
牟平	齐孝王子。		三 四年四月乙卯， 共侯刘渫元年。	二 三年，今侯 奴元年。	四	六	六	四
柴	齐孝王子。		三 四年四月乙卯， 原侯刘代元年。	六	六		六	四
柏阳	赵敬肃王子。		二 五年十一月辛 酉，侯刘终古元 年。	六	六		六	四

国名	王子号	元光	元朔	元狩	元鼎	元封	太初
鄗	赵敬肃王子。		二 五年十一月辛酉,侯刘延年元年。	六	四 五年,侯延年坐酎金,国除。		
桑丘	中山靖王子。		二 五年十一月辛酉,节侯刘洋元年。	六	三　三 四年,今侯德元年。	六	四
高丘	中山靖王子。		二 五年三月癸酉,哀侯刘破胡元年。	六	元年,侯破胡薨,无后,国除。		
柳宿	中山靖王子。		二 五年三月癸酉,夷侯刘盖元年。	二　四 三年,侯苏元年。	四 五年,侯苏坐酎金,国除。		
戎丘	中山上靖王子		二 五年三月癸酉,侯刘让元年。	六	四 五年,侯让坐酎金,国除。		
樊舆	中山靖王子。		二 五年三月癸酉,节侯刘条元年。	六	六	六	四
曲成	中山靖王子。		二 五年三月癸酉,侯刘万岁元年。	六	四 五年,侯万岁坐酎金,国除。		
安郭	中山靖王子。		二 五年三月癸酉,侯刘博元年。	六	六	六	四
安险	中山靖王子。		二 五年三月癸酉,侯刘应元年。	六	四 五年,侯应坐酎金,国除。		
安遥	中山靖王子。		二 五年三月癸酉,侯刘恢元年。	六	四 五年,侯恢坐酎金,国除。		
夫夷	长沙定王子。		二 五年三月癸酉,敬侯刘义元年。	六	四　六 五年,今侯禹元年。	六	四
春陵	长沙定王子。		二 五年六月壬子,侯刘买元年。	六	六	六	四

国名	王子号	元光	元朔	元狩	元鼎	元封	太初
都梁	长沙定王子。		二 五年六月壬子，敬侯刘遂元年。	六	六 元年，今侯系元年。	六	四
洮阳	长沙定王子。		二 五年六月壬子，靖侯刘狗彘元年。	五 六年，侯狗彘薨，无后，国除。			
泉陵	长沙定王子。		二 五年六月壬子，节侯刘贤元年。	六	六	六	四
终弋	衡山王赐子。		一 六年四月丁丑，侯刘广置元年。	六 四	五年，侯广置坐酎金，国除。		
麦	城阳顷王子。			六 元年四月戊寅，侯刘昌元年。	四 五年，侯昌坐酎金，国除。		
钜合	城阳顷王子。			六 元年四月戊寅，侯刘发元年。	四 五年，侯发坐酎金，国除。		
昌	城阳顷王子。			六 元年四月戊寅，侯刘差元年。	四 五年，侯差坐酎金，国除。		
贳	城阳顷王子。			六 元年四月戊寅，侯刘方元年。	四 五年，侯方坐酎金，国除。		
雩殷	城阳顷王子。			六 元年四月戊寅，康侯刘泽元年。	六		
石洛	城阳顷王子。			六 元年四月戊寅，侯刘敬元年。	六	六	四
扶滞	城阳顷王子。			六 元年四月戊寅，侯刘昆吾元年。	六	六	四
挍	城阳顷王子。			六 元年四月戊寅，侯刘霸元年。	六	六	四

国名	王子号	元光	元朔	元狩	元鼎	元封	太初
杝	城阳顷王子。			六 元年四月戊寅,侯刘让元年。	六	六	四
父城	城阳顷王子。			六 元年四月戊寅,侯刘光元年。	四 五年,侯光坐酎金,国除。		
庸	城阳顷王子。			六 元年四月戊寅,侯刘谭元年。	六	六	四
瞿	城阳顷王子。			六 元年四月戊寅,侯刘寿元年。	四 五年,侯寿坐酎金,国除。		
鳣	城阳顷王子。			六 元年四月戊寅,侯刘应元年。	四 五年,侯应坐酎金,国除。		
彭	城阳顷王子。			六 元年四月戊寅,侯刘偃元年。	四 五年,侯偃坐酎金,国除。		
瓡	城阳顷王子。			六 元年四月戊寅,侯刘息元年。	六	六	四
虚水	城阳顷王子。			六 元年四月戊寅,侯刘禹元年。	六	六	四
东淮	城阳顷王子。			六 元年四月戊寅,侯刘类元年。	四 五年,侯类坐酎金,国除。		
枸	城阳顷王子。			六 元年四月戊寅,侯刘买元年。	四 五年,侯买坐酎金,国除。		
涓	城阳顷王子。			六 元年四月戊寅,侯刘不疑元年。	四 五年,侯不疑坐酎金,国除。		
陆	菑川靖王子。			六 元年四月戊寅,侯刘何元年。	六	六	四
广饶	菑川靖王子。			六 元年十月辛卯,康侯刘国元年。	六	六	四

国名	王子号	元光	元朔	元狩	元鼎	元封	太初
缾	菑川靖王子。			六 元年十月辛卯, 侯刘成元年。	六	六	四
俞闾	菑川靖王子。			六 元年十月辛卯, 侯刘不害元年。	六	六	四
甘井	广川穆王子。			六 元年十月乙酉, 侯刘元元年。	六	六	四
襄陵	广川穆王子。			六 元年十月乙酉, 侯刘圣元年。	六	六	四
皋虞	胶东康王子。				三　　　三 元年　　四年, 五月　　今侯 丙午,　处元 侯刘　年。 建元 年。	六	四
魏其	胶东康王子。				六 元年五月丙午, 畅侯刘昌元年。	六	四
祝兹	胶东康王子。				四　　　　五年, 元年　　延坐 五月　　弃印 丙午,　绶出 侯刘　国, 延元　不敬, 年。　国除。		

史记卷二十二

汉兴以来将相名臣年表第十

		大事记 (索隐 谓诛伐、封建、薨、叛。)	相位 (索隐 置立丞相、太尉、三公也。)	将位 (索隐 命将兴师。)	御史大夫位 (索隐 亚相也。)
公元前206	高皇帝元年	春，沛公为汉王，之南郑。秋，还定雍。	一 丞相萧何守汉中。		御史大夫周苛守荥阳。
205	二	春，定塞、翟、魏、河南、韩、殷国。夏，伐项籍，至彭城。立太子。还据荥阳。	二 守关中。	一 太尉长安侯卢绾。	
204	三	魏豹反。使韩信别定魏，伐赵。楚围我荥阳。	三	二	
203	四	使韩信别定齐及燕，太公自楚归，与楚界洪渠。	四	三 。死，阳荥守苛周	御史大夫汾阴侯周昌。
202	五	冬，破楚垓下，杀项籍。春，王践皇帝位定陶。入都关中。	五 。官尉太罢	四 后九月，绾为燕王。	
201	六	尊太公为太上皇。刘仲为代王。立大市。更命咸阳曰长安。	六	封为酂侯。张苍为计相。	
200	七	长乐宫成，自栎阳徙长安。伐匈奴，匈奴围我平城。	七		
199	八	击韩信反虏于赵城。贯高作乱，明年觉，诛之。匈奴攻代王，代王弃国亡，废为郃阳侯。	八		
198	九	未央宫成，置酒前殿，太上皇辇上坐，帝奉玉卮上寿，曰："始常以臣不如仲力，今臣功孰与仲多？"太上皇笑，殿上称万岁。徙齐田，楚昭、屈、景于关中。	九 迁为相国。		御史大夫昌为赵丞相。
197	十	太上皇崩。陈豨反代地。	十		御史大夫江邑侯赵尧。
196	十一	诛淮阴、彭越。/黥布反。	十一	周勃为太尉。攻代。后官省。	
195	十二	冬，击布。还过沛。夏，上崩，葬长陵。	十二		
194	孝惠元年	赵隐王如意死。始作长安城西北方。除诸侯丞相为相。	十三		

		大事记	相位	将位	御史大夫位
193	二	楚元王、齐悼惠王来朝。　七月辛未,何薨。	十四 七月癸巳,齐相平阳侯曹参为相国。		
192	三	初作长安城。蜀湔氐反,击之。	二		
191	四	三月甲子,赦,无所复作。	三		
190	五	为高祖立庙于沛城成,置歌儿一百二十人。　八月乙丑,参卒。	四		
189	六	七月,齐悼惠王薨。立太仓、西市。	一 十月己巳,安国侯王陵为右丞相。曲逆侯陈平为左丞相。	罪抵尧	广阿侯任敖为御史大夫。
188	七	卜崩。大臣用张辟强计,吕氏权重,以吕台为吕王。立少帝。九月辛巳,葬安陵。	二		
187	高后元年	王孝惠诸子。置孝悌力田。	三 十一月甲子,徙平为右丞相。辟阳侯审食其为左丞相。		
186	二	十二月,吕王台薨,子嘉代立为吕王。行八铢钱。	四　　　　二 平。　　食其。		平阳侯曹窋为御史大夫。
185	三		五　　　　三		
184	四	废少帝,更立常山王弘为帝。	六　　　　四 置太尉官。	一 绛侯周勃为太尉。	
183	五	八月,淮阳王薨,以其弟壶关侯武为淮阳王。令戍卒岁更。	七　　　　五	二	
182	六	以吕产为吕王。四月丁酉,赦天下。昼昏。	八　　　　六	三	
181	七	赵王幽死,以吕禄为赵王。梁王徙赵,自杀。	九　　　　七	四	
180	八	七月,高后崩。九月,诛诸吕。后九月,代王至,践皇帝位。　后九月,相免其食。	十　　　　八 七月辛巳,为帝太傅。九月壬戌,复为丞相。	五 隆虑侯灶为将军,击南赵。	御史大夫苍。
179	孝文元年	除收孥相坐律。立太子。赐民爵。	十一 十一月辛巳,平徙为左丞相。太尉绛侯周勃为右丞相。	六 勃为相,颍阴侯灌婴为太尉。	
178	二	除诽谤律。皇子武为代王,参为太原王,揖为梁王。　十月,丞相平薨。	一 十一月乙亥,绛侯勃复为丞相。	一	

		大事记	相位	将位	御史大夫位
177	三	徙代王武为淮阳王。上幸太原。济北王反。匈奴大入上郡以地尽与太原，太原更号代。 　国之，相免勃，子壬月一十	一 十二月乙亥，太尉颍阴侯灌婴为丞相。 　官尉太罢	二 棘蒲侯陈武为大将军，击济北。昌侯卢卿、共侯卢罢师、宁侯遬、深泽侯将夜皆为将军，属武祁侯贺，将兵屯荥阳。	
176	四	 　卒婴，已巳月二十	一 正月甲午，御史大夫北平侯张苍为丞相。	安丘侯张说为将军，击胡，出代。	关中侯申屠嘉为御史大夫。
175	五	除钱律，民得铸钱。	二		
174	六	废淮南王，迁严道，道死雍。	三		
173	七	四月丙子，初置南陵。	四		
172	八	卒公胜侯阴汝仆太	五		
171	九	温室钟自鸣。以芷阳乡为霸陵。	六		御史大夫敬。
170	十	诸侯王皆至长安。	七		
169	十一	上幸代。地动。	八		
168	十二	河决东郡金堤。徙淮阳王为梁王。	九		
167	十三	除肉刑及田租税律、戍卒令。	十		
166	十四	匈奴大入萧关，发兵击之，及屯长安旁。	十一	成侯董赤、内史栾布、昌侯卢卿、隆虑侯灶、宁侯遬皆为将军，东阳侯张相如为大将军，皆击匈奴。中尉周舍、郎中令张武皆为将军，屯长安旁。	
165	十五	黄龙见成纪。上始郊见雍五帝。	十二		
164	十六	上如郊见渭阳五帝。	十三		
163	后元年	新垣平诈言方士，觉，诛之。	十四		
162	二	匈奴和亲。地动。 　相免苍，辰戊月八	十五 八月庚午，御史大夫申屠嘉为丞相，封故安侯。		御史大夫青。
161	三	置谷口邑。	二		
160	四		三		
159	五	上幸雍。	四		

		大事记	相位	将位	御史大夫位
158	六	匈奴三万人入上郡,二万人入云中。	五	以中大夫令免为车骑将军,军飞狐;故楚相苏意为将军,军句注;将军张武屯北地;河内守周亚夫为将军,军细柳;宗正刘礼军霸上;祝兹侯徐厉军棘门;以备胡。数月,胡去,亦罢。	
157	七	六月己亥,孝文皇帝崩。丁未,太子立。民出临三日,葬霸陵。	六	中尉亚夫为车骑将军,郎中令张武为复土将军,属国捍为将屯将军。詹事戎奴为车骑将军,侍太后。	
156	孝景元年	立孝文皇帝庙,郡国为太宗庙。	七　。官徒司置		
155	一	立皇子德为河间王,阏为临江王,余为淮阳王,非为汝南王,彭祖为广川王,发为长沙王。四月中,孝文太后崩。	八开封侯陶青为丞相。　。卒嘉		御史大夫错。
154	三	吴楚七国反,发兵击,皆破之。皇子端为胶西王,胜为中山王。	二　。官尉太置	中尉条侯周亚夫为太尉,击吴楚;曲周侯郦寄为将军,击赵;窦婴为大将军,屯荥阳;栾布为将军,击齐。	
153	四	立太子。	三	二太尉亚夫。	御史大夫蚡。
152	五	置阳陵邑。　。卒苍张侯平北相丞	四	三	
151	六	徙广川王彭祖为赵王。	五	四	御史大夫阳陵侯岑迈。
150	七	废太子荣为临江王。四月丁巳,胶东王立为太子。　。相罢青	六月乙巳,太尉条侯亚夫为丞相。　。官尉太罢	五迁为丞相。	御史大夫舍。
149	中元年		二		
148	二	皇子越为广川王,寄为胶东王。	三		
147	三	皇子乘为清河王。　。相免夫亚	四御史大夫桃侯刘舍为丞相。		御史大夫绾。
146	四	临江王徵,自杀,葬蓝田,燕数万为衔土置冢上。	二		
145	五	皇子舜为常山王。	三		
144	六	梁孝王武薨。分梁为五国,王诸子:子买为梁王,明为济川王,彭离为济东王,定为山阳王,不识为济阴王。	四		

		大事记	相位	将位	御史大夫位
143	后元年	五月,地动。七月乙巳,日蚀。	五 八月壬辰,御史大夫建陵侯卫绾为丞相。 相免舍		御史大夫不疑。
142	二		二	六月丁丑,御史大夫岑迈卒。	
141	三	正月甲子,孝景皇帝崩。二月丙子,太子立。	三		
140	孝武建元元年		四 魏其侯窦婴为丞相。 相免绾	武安侯田蚡为太尉。 置太尉。	御史大夫抵。
139	二	置茂陵。	二月乙未,太常柏至侯许昌为丞相。 相免婴	太尉官罢。 太尉免蚡。	御史大夫赵绾。
138	三	东瓯王广武侯望率其众四万余人来降,处庐江郡。	二		
137	四		三		御史大夫青翟。
136	五	行三分钱。	四		
135	六	正月,闽越王反。孝景太后崩。 相免昌	五 六月癸巳,武安侯田蚡为丞相。	傅太子太为霍青	御史大夫安国。
134	元光元年		二		
133	二	帝初之雍,郊见五畤。	三	夏,御史大夫韩安国为护军将军,卫尉李广为骁骑将军,太仆公孙贺为轻车将军,大行王恢为将屯将军,太中大夫李息为材官将军,篡单于马邑,不合,诛恢。	
132	三	五月丙子,河决于瓠子。	四		
131	四	十二月丁亥,地动。 卒蚡	五 平棘侯薛泽为丞相。		御史大夫欧。
130	五	十月,族灌夫家,弃魏其侯市。	二		
129	六	南夷始置邮亭。	三	太中大夫卫青为车骑将军,出上谷;卫尉李广为骁骑将军,出雁门;大中大夫公孙敖为骑将军,代;太仆公孙贺为轻车将军,出云中;皆击匈奴。	
128	元朔元年	卫夫人立为皇后。	四	车骑将军青出雁门,击匈奴。卫尉韩安国为将屯将军,军代,明年,屯渔阳卒。	

	大事记	相位	将位	御史大夫位
127 二		五	春,车骑将军卫青出云中,至高阙,取河南地。	
126 三	匈奴杀代太守友。	六		御史大夫弘。
125 四	匈奴入定襄、代、上郡。	七		
124 五	匈奴杀代都尉朱英。	八 十一月乙丑,御史大夫公孙弘为丞相,封平津侯。 。相免泽	春,长平侯卫青为大将军,击右贤。卫尉苏建为游击将军,属青。左内史李沮为强弩将军,太仆贺为车骑将军,代相李蔡为轻车将军,岸头侯张次公为将军,大行息为将军:皆属大将军,击匈奴。	
123 六		二	大将军青再出定襄击胡。合骑侯公孙敖为中将军,太仆贺为左将军,郎中令李广为后将军。翕侯赵信为前将军,败降匈奴。卫尉苏建为右将军,败,身脱。左内史李沮为强弩将军。皆属青。	
122 元狩元年	十月中,淮南王安、衡山王赐谋反,皆自杀,国除。	三		御史大夫蔡。
121 二	匈奴入雁门、代郡。江都王建反。胶东王子庆立为六安王。 。卒弘	四 御史大夫乐安侯李蔡为丞相。	冠军侯霍去病为骠骑将军,击胡,至祁连;合骑侯敖为将军,出北地;博望侯张骞、郎中令李广为将军,出右北平。	御史大夫汤。
120 三	匈奴入右北平、定襄。	二		
119 四		三	大将军青出定襄,郎中令李广为前将军,太仆公孙贺为左将军,主爵赵食其为右将军,平阳侯曹襄为后将军;击单于。	
118 五	 。杀自,埙,园侵坐蔡	四 太子少傅武强侯庄青翟为丞相。		
117 六	四月乙巳,皇子闳为齐王,旦为燕王,胥为广陵王。	二		
116 元鼎元年		三		
115 二	 　杀自,罪有翟青	四 太子太傅高陵侯赵周为丞相。	 　。杀自,罪有汤	御史大夫庆。
114 三		二		

		大事记	相位	将位	御史大夫位
113	四	立常山宪王子平为真定王,商为泗水王。六月中,河东汾阴得宝鼎。	三		
112	五	三月中,南越相嘉反,杀其王及汉使者。　　。杀自,金酎坐周,月八	四　九月辛巳,御史大夫石庆为丞相,封牧丘侯。	卫尉路博德为伏波将军,出桂阳;主爵杨仆为 楼船将军,出豫章;皆破南越。	
111	六	十二月,东越反。	二	故龙额侯韩说为横海将军,出会稽;楼船将军杨仆出豫章;中尉王温舒出会稽;皆破东越。	御史大夫式。
110	元封元年		三		御史大夫宽。
109	二		四	秋,楼船将军杨仆、左将军荀彘出辽东,击朝鲜。	
108	三		五		
107	四		六		
106	五		七		
105	六		八		
104	太初元年	改历,以正月为岁首。	九		
103	二	。卒庆,寅戌月正	十　三月丁卯,太仆公孙贺为丞相,封葛绎侯。		
102	三		二		御史大夫延广。
101	四		三		
100	天汉元年		四		御史大夫卿。
99	二		五		
98	三		六		御史大夫周。
97	四		七	春,贰师将军李广利出朔方,至余吾水上;游击将军韩说出五原;因杅将军公孙敖;皆击匈奴。	
96	太始元年		八		
95	二		九		
94	三		十		御史大夫胜之。
93	四		十一		
92	征和元年	。死蛊为坐贺,冬	十二		

		大事记	相位	将位	御史大夫位
91	二	七月壬午,太子发兵,杀游击将军说、使者江充。	三月丁巳,涿郡太守刘屈氂为丞相,封彭城侯。		御史大夫成。
90	三	。斩蛊因氂屈刘,月六	二	春,贰师将军李广利出朔方,以兵降胡。重合侯莽通出酒泉,御史大夫商丘成出河西,击匈奴。	
89	四		六月丁巳,大鸿胪田千秋为丞相,封富民侯。		
88	后元元年		二		
87	二		三	二月己巳,光禄大夫霍光为大将军,博陆侯;都尉金日磾为车骑将军,秺侯;太仆安阳侯上官桀为大将军。	
86	孝昭始元元年		四　。卒磾日金,月九		
85	二		五		
84	三		六		
83	四		七	三月癸酉,卫尉王莽为左将军,骑都尉上官安为车骑将军。	
82	五		八		
81	六		九		
80	元凤元年		十	九月庚午,光禄勋张安世为右将军。	御史大夫诉。
79	二		十一		
78	三		十二	十二月庚寅,中郎将范明友为度辽将军,击乌丸。	
77	四		三月乙丑,御史大夫王诉为丞相,封富春侯。　。卒千秋田,戌甲月三		御史大夫杨敞。
76	五		。卒訢,戌庚月二十　二		
75	六		十一月乙丑,御史大夫杨敞为丞相,封安平侯。	九月庚寅,卫尉平陵侯范明友为度辽将军,击乌丸。	
74	元平年元年	。卒敞	九月戊戌,御史大夫蔡义为丞相,封阳平侯。	四月甲申,光禄大夫龙额侯韩曾为前将军。五月丁酉,水衡都尉赵充国为后将军,右将军张安世为车骑将军。	御史大夫昌水侯田广明。

	大事记	相位	将位	御史大夫位
73	孝宣本始元年	二		
72	二	三	七月庚寅，御史大夫田广明为祁连将军，龙𩽍侯韩曾为后将军，营平侯赵充国为蒲类将军，度辽将军平陵侯范明友为云中太守，富民侯田顺为虎牙将军；皆击匈奴。	
71	三　三月戊子，皇后崩。　蠤义，丑乙月六	六月甲辰，长信少府韦贤为丞相，封扶阳侯。田广明、田顺击胡还，皆自杀。充国夺将军印。		御史大夫魏相。
70	四　十月乙卯，立霍后。	二		
69	地节元年	三		
68	二	四　卒光军将，午庚月三	二月丁卯，侍中、中郎将霍禹为右将军。	
67	三　立太子。　斥百金赐，老贤，申甲月五	六月壬辰，御史大夫魏相为丞相，封高平侯。	七月，安世为大司马、卫将军。禹为大司马。	御史大夫邴吉。
66	四	二　斩腰禹，寅壬月七		
65	元康元年	三		
64	二	四		
63	三	五		
62	四	六　卒世安，寅丙月八		
61	神爵元年　上郊甘泉太畤，汾阴后土。	七	四月，乐成侯许延寿为强弩将军。后将军充国击羌。酒泉太守辛武贤为破羌将军。韩曾为大司马、车骑将军。	
60	二　上郊雍五畤。役栩出宝璧玉器。	八		
59	三　卒相，月三	四月戊戌，御史大夫邴吉为丞相，封博阳侯。		御史大夫望之。
58	四	二		
57	五凤元年	三		
56	二	四　卒曾，丑己月五	五月，延寿为大司马、车骑将军。	御史大夫霸。
55	三　卒吉，月正	三月壬申，御史大夫黄霸为丞相，封建成侯。		御史大夫延年。
54	四	二		

		大事记	相位	将位	御史大夫位
53	甘露元年		三 。卒寿延，未丁月三		
52	二	赦殊死，赐高年及鳏寡孤独帛，女子牛酒。	四		御史大夫定国。
51	三	。霸薨，丑己月三	七月丁巳，御史大夫于定国为丞相，封西平侯。		太仆陈万年为御史大夫。
50	四		二		
49	黄龙元年		三	乐陵侯史子长为大司马、车骑将军。太子太傅萧望之为前将军。	
48	孝元初元元年		四		
47	二		五		
46	三		六	十二月，执金吾冯奉世为右将军。	
45	四		七		
44	五		八	二月丁巳，平恩侯许嘉为左将军。	中少府贡禹为御史大夫。十二月丁未，长信少府薛广德为御史大夫。
43	永光元年		九 。就第，免长子，月七	九月，卫尉平昌侯王接为大司马、车骑将军。 。免德广，月二	七月，太子太傅韦玄成为御史大夫 。免国定，寅戊月十
42	二	三月壬戌朔，日蚀。	二月丁酉，御史大夫韦玄成为丞相，封扶阳侯。丞相贤子。	七月，太常任千秋为奋武将军，击西羌；云中太守韩次君为建威将军，击羌。后不行。	二月丁酉，右扶风郑弘为御史大夫。
41	三		二	右将军平恩侯许嘉为车骑将军，侍中、光禄大夫乐昌侯王商为右将军，右将军冯奉世为左将军。	
40	四		三		
39	五		四		
38	建昭元年		五		
37	二		六		光禄勋匡衡为御史大夫。 。免弘
36	三	。成玄，辰甲月六	七月癸亥，御史大夫匡衡为丞相，封乐安侯。		卫尉繁延寿为御史大夫。
35	四		二		
34	五		三		
33	竟宁元年		四	六月己未，卫尉杨平侯王凤为大司马、大将军 。卒寿延	三月丙寅，太子少傅张谭为御史大夫。

	大事记	相位	将位	御史大夫位
32	孝成建始元年	五		
31	二	六		
30	三	七	十月,右将军乐昌侯王商为光禄大夫、右将军,执金吾弋阳侯任千秋为右将军	廷尉尹忠为御为大夫。
	免衡,丑丁月二十	印上嘉诏勋禄光遣,丑癸月八 斤百二金赐,免,绶	免谭	
29	四	三月甲申,右将军乐昌侯王商为右丞相。	任千秋为左将军,长乐卫尉史丹为右将军。	少府张忠为御史大夫。
			杀刺自忠尹,亥己月十	
28	河平元年	二		
27	二	三		
26	三	四	十月辛卯,史丹为左将军,太仆平安侯王章为右将军。	
25	四	免商相丞,寅壬月四	六月丙午,诸吏散骑光禄大夫张禹为丞相。	
24	阳朔元年	二		
23	二	三	卒忠张	六月,太仆王音为御史大夫。
22	三		九月甲子,御史大夫王音为车骑将军。	十月乙卯,光禄勋于永为御史大夫。
21	四	安平勋禄光军将右,丑乙月七 卒章王侯	卒永,戌壬月闰	
20	鸿嘉元年 卒禹月三	四月庚辰,薛宣为丞相。		

史记卷二十三

礼书第一

太史公曰：洋洋美德乎①！宰制万物，役使群众，岂人力也哉？余至大行礼官②，观三代损益，乃知缘人情而制礼，依人性而作仪，其所由来尚矣。

人道经纬万端③，规矩无所不贯④，诱进以仁义，束缚以刑罚，故德厚者位尊，禄重者宠荣，所以总一海内而整齐万民也⑤。人体安驾乘⑥，为之金舆错衡以繁其饰⑦；目好五色，为之黼黻文章以表其能⑧；耳乐钟磬，为之调谐八音以荡其心⑨；口甘五味，为之庶羞酸咸以致其美⑩；情好珍善⑪，为之琢磨圭璧以通其意。故大路越席⑫，皮弁布裳⑬，朱弦洞越⑭，大羹玄酒⑮，所以防其淫侈，救其雕敝⑯。是以君臣朝廷尊卑贵贱之序，下及黎庶车舆、衣服、宫室、饮食、嫁娶、丧祭之分，事有宜适，物有节文。仲尼曰："禘自既灌而往者⑰，吾不欲观之矣⑱。"

周衰，礼废乐坏，大小相逾，管仲之家，兼备三归⑲。循法守正者见侮于世，奢溢僭差者谓之显荣。自子夏，门人之高弟也，犹云"出见纷华盛丽而说，入闻夫子之道而乐，二者心战，未能自决"，而况中庸以下⑳，渐渍于失教，被服于成俗乎㉑？孔子曰"必也正名"，于卫所居不合㉒。仲尼没后，受业之徒沉湮而不举，或适齐、楚，或入河、海，岂不痛哉！

至秦有天下，悉内六国礼仪㉓，采择其善，虽不合圣制，其尊君抑臣，朝廷济济㉔，依古以来。至于高祖，光有四海㉕，叔孙通颇有所增益减损，大抵皆袭秦故。自天子称号下至佐僚及宫室官名，少所变改。孝文即位，有司议欲定仪礼。孝文好道家之学，以为繁礼饰貌，无益于治，躬化谓何耳㉖，故罢去之。孝景时，御史大夫晁错明于世务刑名，数干谏孝景曰："诸侯藩辅，臣子一例，古今之制也。今大国专治异政，不禀京师，恐不可传后。"孝景用其计，而六国畔逆，以错首名，天子诛错以解难。事在《袁盎》语中。是后官者养交安禄而已㉗，莫敢复议。

今上即位㉘，招致儒术之士，令共定仪，十余年不就。或言古者太平，万民和喜，瑞应辨至㉙，乃采风俗，定制作。上闻之，制诏御史曰："盖受命而王，各有所由兴，殊路而同归，谓因民而作，追俗为制也。议者咸称太古，百姓何望？汉亦一家之事，典法不传，谓子孙何？化隆者闳博㉚，治浅者褊狭，可不勉与！"乃以太初之元改正朔，易服色，封太山，定宗庙百官之仪，以为典常，垂之于后云。

礼由人起。人生有欲，欲而不得则不能无忿，忿而无度量则争，争则乱。先王恶其乱，故制礼义以养人之欲㉛，给人之求，使欲不穷于物，物不屈于欲㉜，二者相待而长，是礼之所起也。故礼者养也。稻粱五味，所以养口也；椒兰芬茝，所以养鼻也；钟鼓管弦，所以养耳也；刻镂文章㉝，所以养目也；疏房床第几席，所以养体也。故礼者养也。

君子既得其养，又好其辨也。所谓辨者，贵贱有等，长少有差，贫富轻重皆有称。故天子大路越席㉞，所以养体也；侧载臭茝㉟，所以养鼻也；前有错衡，所以养目也；和鸾之声㊱，步中《武》、《象》㊲，骤中《韶》、《濩》㊳，所以养耳也；龙旂九斿㊴，所以养信也；寝兕持虎㊵，鲛韅弥龙㊶，所以养威也。故大路之马，必信至教顺，然后乘之，所以养安也。孰知夫出死要节之所以养生也[42]，孰知夫轻费用之所以养财也，孰知夫恭敬辞让之所以养安也，孰知夫礼义文理之所以养情也。

人苟生之为见，若者必死[43]；苟利之为见，若者必害；怠惰之为安，若者必危；情胜之为安，若者必灭。故圣人一之于礼义[44]，则两得之矣[45]；一之于情性，则两失之矣。故儒者将使人两得之者也，墨者将使人两失之者也。是儒墨之分。

治辨之极也[46]，强固之本也，威行之道也，功名之总也。王公由之，所以一天下，臣诸侯也；弗由之，所以捐社稷也。故坚革利兵不足以为胜，高城深池不足以为固，严令繁刑不足以为威。由其道则行，不由其道则废。楚人鲛革犀兕，所以为甲，坚如金石；宛之巨铁施[47]，钻如蜂虿[48]，轻利剽遬[49]，卒如熛风[50]。然而兵殆于垂涉[51]，唐昧死焉[52]；庄蹻起[53]，楚分而为四参。是岂无坚革利兵哉？其所以统之者非其道故也。汝、颍以为险，江、汉以为池，阻之以邓林，缘之以方城，然而秦师至鄢郢，举若振槁[54]。是岂无固塞险阻哉？其所以统之者非其道故也。纣剖比干，囚箕子，为炮格，刑杀无辜，时臣下懔然[55]，莫必其命[56]。然而周师至，而令不行乎下，不能用其民。是岂令不严，刑不峻哉？其所以统之者非其道故也。

古者之兵，戈矛弓矢而已，然而敌国不待试而诎[57]。城郭不集，沟池不掘，固塞不树，机变不张，然而国晏然不畏外而固者，无他故焉，明道而均分之，时使而诚爱之，则下应之如景响。有不由命者，然后俟之以刑，则民知罪矣。故刑一人而天下服。罪人不尤其上，知罪之在己也。是故刑罚省而威行如流，无他故焉，由其道故也。故由其道则行，不由其道则废。古者帝尧之治天下也，盖杀一人刑二人而天下治。《传》曰"威厉而不试，刑措而不用"。

天地者，生之本也；先祖者，类之本也；君师者，治之本也。无天地恶生[58]？无先祖恶出？无君师恶治？三者偏亡[59]，则无安人。故礼，上事天，下事地，尊先祖而隆君师，是礼之三本也。

故王者天太祖[60]，诸侯不敢怀[61]，大夫士有常宗[62]，所以辨贵贱。贵贱治，得之本也[63]。郊畴乎天子[64]，社至乎诸侯[65]，函及士大夫[66]，所以辨尊者事尊，卑者事卑，宜巨者巨，宜小者小。故有天下者事七世，有一国者事五世，有五乘之地者事三世，有三乘之地者事二世，有特牲而食者不得立宗庙[67]，所以辨积厚者流泽广，积薄者流泽狭也。

大飨上玄尊[68]，俎上腥鱼[69]，先大羹，贵食饮之本也。大飨上玄尊而用薄酒，食先黍稷而饭稻粱，祭哜先大羹而饱庶羞[70]，贵本而亲用也[71]。贵本之谓文[72]，亲用之谓理，两者合而成文，以归太一[73]，是谓大隆[74]。故尊之上玄尊也，俎之上腥鱼也，豆之先大羹[75]，一也[76]。利爵弗啐也[77]，成事俎弗尝也[78]，三侑之弗食也[79]，大昏之未废齐也[80]，大庙之未内尸也[81]，始绝之未小敛[82]，一也。大路之素帱也，郊之麻绖[83]，丧服之先散麻[84]，一也。三年哭之不反[85]也，《清庙》之歌一倡而三叹[86]，县一钟尚拊膈[87]，朱弦而通越[88]，一也。

凡礼始乎脱[89]，成乎文[90]，终乎税[91]。故至备，情文俱尽；其次，情文代胜[92]；其下，复情以归太一[93]。天地以合，日月以明，四时以序，星辰以行，江河以流，万物以昌；好恶以节，喜怒以当；以为下则顺，以为上则明。

太史公曰：至矣哉[94]！立隆以为极[95]，而天下莫之能益损也。本末相顺，终始相应，至文有以辨，至察有以说。天下从之者治，不从者乱；从之者安，不从者危。小人不能则也[96]。

礼之貌诚深矣[97]，坚白同异之察[98]，入焉而弱[99]。其貌诚大矣，擅作典制褊陋之说，入焉而望[100]。其貌诚高矣，暴慢恣睢[101]，轻俗以为高之属，入焉而队[102]。故绳诚陈[103]，则不可欺以曲直；衡诚县[104]，则不可欺以轻重；规矩诚错[105]，则不可欺以方员；君子审礼，则不可欺以诈伪。故绳者，直之至也；衡者，平之至也；规矩者，方员之至也；礼者，人道之极也。然而不法礼者不足礼，谓之无方之民^⑩；法礼足礼，谓之有方之士。礼之中，能思索，谓之能虑；能虑勿易，谓之能固。能虑能固，加好之焉，圣矣。天者，高之极也；地者，下之极也；日月者，明之极也；无穷者，广大之极也；圣人者，道之极也。

以财物为用，以贵贱为文，以多少为异，以隆杀为要^⑩。文貌繁，情欲省，礼之隆也；文貌省，情欲繁，礼之杀也；文貌情欲相为内外表里，并行而杂，礼之中流也。君子上致其隆，下尽其杀，而中处其中。步骤驰骋广骛不外，是以君子之性守宫庭也^⑩。人域是域^⑩，士君子也。外是，民也^⑪。于是中焉，房皇周浃^⑪，曲得其次序，圣人也。故厚者，礼之积也；大者，礼之广也；高者，礼之隆也；明者，礼之尽也。

---

① 洋洋：盛大貌，广远天涯貌。喻指礼。

② 大行：秦官名。掌管礼仪。

③ 人道：为人之道。亦指社会伦理等级关系。　　经纬万端：谓千头万绪。

④ 规矩：校正圆形和方形的两种工具。此指礼法、法度或原则、标准、成规。

⑤ 总一：统一。

⑥ 安：舒适。　　驾乘：驾马乘车。

⑦ 错衡：纹衡。衡：车辕的衡木。

⑧ 黼黻文章：古代礼服上所刺绣的色彩绚丽的花纹。白与黑叫黼，黑与青叫黻，青与赤叫文，赤与白叫章。

⑨ 八音：金（钟镈）、石（石磬）、丝（琴瑟）、竹（箫管）、土（埙）、匏（笙）、革（鼓）、木（柷敔）。

⑩ 庶羞：多种菜肴。

⑪ 珍善：指珍奇美好的东西。

⑫ 大路：装饰素朴的天子用车。　　越席：蒲草席。

⑬ 皮弁：鹿皮做的帽。

⑭ 朱弦：用熟丝制的琴弦。亦泛指琴瑟类的弦乐器。　　洞越：贯通瑟底的孔。

⑮ 大羹：不加佐料的大锅肉汤，犹高汤。　　玄酒：以水代酒。

⑯ 雕敝：雕饰奢侈之弊。

⑰ 禘：天子、诸侯举行祭祀祖先的隆重典礼。　　灌：古代祭祀的一种仪式。斟酒浇地以求神降临。

⑱ 吾不欲观之矣：孔子认为鲁宗庙将鲁僖公的神主排在其兄鲁闵公神位的前头，不合尊卑秩序，破坏等级名分，故说从第一次献酒后就不想看下去了。

⑲ 三归：一说有三处家园，一说娶三姓之女为妻。

⑳ 中庸以下：指中等平常以下的人。

㉑ 被服：蒙受；感化。

㉒ 不合：指卫灵公好战好色，与孔子的主张不合。

㉓ 内：读"纳"。采纳，接受，吸收。

㉔ 济济：威仪堂堂。

㉕ 光：通"广"。

㉖ 躬化：以身作则倡导教化。

㉗ 养交：豢养其私交以成朋党。拉拢关系。

㉘ 今上：当今皇上。指汉武帝。

㉙ 瑞应：祥瑞兆应。　　辨：音义同"遍"。遍及；周遍。

㉚ 化隆：教化隆盛。

㉛ 养：调节养护，调养。

㉜ 屈：竭尽。

㉝ 文章：纹采。

㉞ 大路：亦作"大辂"。天子所乘之车。　　越席：用蒲草编织的席。即蒲席。越（huó，音活），一种蒲属植物，其茎可编席。

㉟臭茝：香草。臭，香也。

㊱和鸾：和、鸾都是铃。

㊲步：犹缓。谓车缓缓行进时。　　　《武》、《象》：周武王之乐曰《武》，舞曰《象》。

㊳骤：车行疾速时。　　《韶》：舜乐。　　《濩》汤乐。

㊴旂：同"旗"。　　斿（liú，音流）：同"旒"。旗子上的飘带。

㊵寝兕（sì，音四）：天子车轮上所画的卧着的独角犀。　　持虎：以猛兽皮所作的车饰。

㊶鲛鞈：以鲛鱼皮所饰的鞈。鞈，即马腹带。　　弥龙：车轭末端的龙头装饰。

㊷孰知：犹谁能真正懂得。　　出死要节：谓牺牲生命以要求名节。

㊸苟生：苟且偷生。　　若者：这样的人。

㊹一之于礼义：用礼义来涵盖一切。

㊺两：两者。指礼义与情性。

㊻治辨之极：指礼义为治国、辨名分的最高准则。

㊼巨铁：刚硬的铁。　　施：矛。

㊽虿（chài，音差）：蝎类毒虫。

㊾剽遬：疾速。

㊿熛（biāo，音标）风：疾风。熛，迅疾。

51垂涉：楚地名。

52唐眜：楚大将名。

53起：指起兵作乱。

54振槁：摇撼枯木；摧枯拉朽。

55憯然：心惊胆寒。

56莫必其命：无人必保其性命。

57诎：屈服。

58恶：何；怎么。

59偏亡：指三者任缺其一。

60天太祖：谓王者可以太祖与天相配。

61不敢怀：谓诸侯不敢怀有以先祖配天的念头。

62常宗：尊诸侯之别子为百世不迁的大宗。

63得：通"德"。伦理道德。

64郊：郊祀祭天之礼。　　畤：止

65社：祭社稷之礼。

66函及：包括。谓社祭之礼自天子到诸侯及包括士大夫阶层在内，均可祭祀。

67特牲而食者：指庶人。特，通"持"。

68大飨：在宗庙合祭祖先。　　玄尊：盛清水代酒的酒杯。

69俎：盛祭品的器皿。　　腥鱼：即生鱼。

70祭哜：行祭礼时举食器至齿以示品尝。哜，至齿。

71贵本：谓先祭献先祖以玄酒、黍稷、大羹等乃贵在饮食的初始品种。　　亲用：谓随后敬献以薄酒、稻粱、庶羞，则是顾及所可享用的食品。

72文：指礼之仪式。

73太一：天地之本；天道自然的原则。

74大隆：礼之至高至盛、尽善尽美。

75豆：盛食品的器皿。

76一也：道理是一样的。

77利爵弗啐：谓祭祀将毕，祝者虽接受佐食者所献的酒，但不真正喝下去。啐，入口。

78成事：卒哭之祭。　　俎弗尝：不尝俎中生鱼。

79侑：劝食。

80大昏：大婚礼。　　废齐：指举行醮礼。

○31大庙之未内尸：祭太庙礼中尸尚未入庙前。尸，以活人代表死者受祭。

○32始绝：指亲人刚刚去世。

○33麻绖：麻布帽。

○34散麻：服丧时系在腰间的散垂之麻。

○35不反：指哭声直放，不回环曲折。

○36一倡而三叹：一人领唱，三人随声相和。

○37县：同"悬"。　　　　拊膈：不击钟而拊钟格。

○38越：瑟底的孔。

○39脱：粗疏简略。

○40文：指仪文的增饰定制。

○41说：读"悦"。和悦人情。

○42代胜：指情胜于文或文胜于情。

○43太一：指天地未分前的混沌之气，即元气。《孔子家语·礼运》："夫礼必本于太一。"

○44至矣哉：谓礼实在太完美了。

○45立隆以为极：谓建立尽善尽美的礼仪制度作为最高准则。

○46则：效法。

○47礼之貌：指礼的表现形式，即礼制仪文。

○48坚白同异：指公孙龙的"离坚白"与惠施的"合同异"之说。　　察：明辨。

○49人：谓人于礼义之中。　　弱：失败；站不住脚；自比不如。

○100望：比量，比视，比较。意谓只要与礼一比就比得相形见绌了。

○101暴慢恣睢：粗暴傲慢放任自得。

○102队：古"坠"字。坠落。

○103陈：陈设，陈列。

○104县：同"悬"。

○105错：设置。

○106无方之民：谓不知礼法之人。

○107隆杀：厚薄。杀，减少。　　要：原则。

○108宫庭：比喻范围。谓指守礼不渝。

○109域：界域，引申为规范。

○110外是：谓违背礼义的规范。　　民：此指无知的普通人。

○111房皇：读"彷徨"。犹徘徊。　　周浃：普遍深入。

史记卷二十四

乐书第二

太史公曰：余每读《虞书》①，至于君臣相敕②，维是几安③，而股肱不良④，万事堕坏，未尝不流涕也。成王作颂⑤，推己惩艾⑥，悲彼家难，可不谓战战恐惧，善守善终哉？君子不为约则修德⑦，满则弃礼。佚能思初⑧，安能维始，沐浴膏泽而歌咏勤苦⑨，非大德谁能如斯！《传》曰"治定功成，礼乐乃兴"。海内人道益深，其德益至，所乐者益异。满而不损则溢，盈而不持则倾。凡作乐者，所以节乐。君子以谦退为礼，以损减为乐，乐其如此也。以为州异国殊，情习不同，故博采风俗，协比声律⑩，以补短移化，助流政教。天子躬于明堂临观，而万民咸荡涤邪秽，斟酌饱满，以饰厥性⑪。故云《雅》、《颂》之音理而民正，嘄噭之声兴而士奋⑫，郑、卫之曲动而心淫。及其调和谐合，鸟兽尽感，而况怀五常⑬，含好恶，自然之势也？

治道亏缺而郑音兴起，封君世辟⑭，名显邻州，争以相高。自仲尼不能与齐优遂容于鲁⑮，虽退正乐以诱世，作五章以刺时，犹莫之化。陵迟以至六国⑯，流沔沉佚⑰，遂往不返，卒于丧身灭宗，并国于秦。

秦二世尤以为娱。丞相李斯进谏曰："放弃《诗》、《书》，极意声色，祖伊所以惧也⑱。轻积细过，恣心长夜，纣所以亡也。"赵高曰："五帝、三王乐各殊名，示不相袭。上自朝廷，下至人民，得以接欢喜，合殷勤。非此，和说不通，解泽不流⑲，亦各一世之化，度时之乐，何必华山之騄耳而后行远乎⑳？"二世然之。

高祖过沛，诗《三侯之章》㉑，令小儿歌之。高祖崩，令沛得以四时歌舞宗庙。孝惠、孝文、孝景无所增更，于乐府习常肆旧而已㉒。

至今上即位，作十九章，令侍中李延年次序其声，拜为协律都尉。通一经之士不能独知其辞，皆集会五经家㉓，相与共讲习读之，乃能通知其意，多尔雅之文。

汉家常以正月上辛祠太一甘泉㉔，以昏时夜祠，到明而终。常有流星经于祠坛上。使僮男僮女七十人俱歌。春歌《青阳》，夏歌《朱明》，秋歌《西暤》，冬歌《玄冥》。世多有，故不论。

又尝得神马渥洼水中，复次以为《太一之歌》。歌曲曰："太一贡兮天马下，霑赤汗兮沫流赭。聘容与兮跇万里，今安匹兮龙为友。"后伐大宛得千里马，马名"蒲梢"，次作以为歌。歌诗曰："天马来兮从西极，经万里兮归有德。承灵威兮降外国，涉流沙兮四夷服。"中尉汲黯进曰："凡王者作乐，上以承祖宗，下以化兆民。今陛下得马，诗以为歌，协于宗庙，先帝百姓岂能知其音耶？"上默然不说。丞相公孙弘曰："黯诽谤圣制，当族㉕。"

凡音之起，由人心生也。人心之动，物使之然也。感于物而动，故形于声，声相应，故生变；变成方，谓之音；比音而乐之，及干戚羽旄㉖，谓之乐也。乐者，音之所由生也，其本在人心感于物也。是故其哀心感者，其声噍以杀㉗；其乐心感者，其声啴以缓㉘；其喜心感者，其声发以散㉙；其怒心感者，其声粗以厉；其敬心感者，其声直以廉㉚；其爱心感者，其声和以柔。六者非性也，感于物而后动，是故先王慎所以感之。故礼以导其志，乐以和其声，政以壹其行㉛，刑以防其奸。礼乐刑政，其极一也㉜，所以同民心而出治道也㉝。

凡音者，生人心者也。情动于中，故形于声，声成文谓之音㉞。是故治世之音安以乐，其正和㉟；乱世之音怨以怒，其正乖㊱；亡国之音哀以思，其民困。声音之道，与正通矣。宫为君，商为臣，角为民，徵为事，羽为物。五者不乱，则无怗懘之音矣㊲。宫乱则荒，其君骄；商乱则搥㊳，其臣坏；角乱则忧，其民怨；徵乱则哀，其事勤㊴；羽乱则危，其财匮。五者皆乱，迭相陵㊵，谓之慢㊶。如此则国之灭亡无日矣。郑、卫之音，乱世之音也，比于慢矣㊷。桑间、濮上之音㊸，亡国之音也，其政散，其民流，诬上行私而不可止。

凡音者，生于人心者也；乐者，通于伦理者也。是故知声而不知音者，禽兽是也；知音而不知乐者，众庶是也。唯君子为能知乐。是故审声以知音，审音以知乐，审乐以知政，而治道备矣。是故不知声者不可与言音，不知音者不可与言乐。知乐则几于礼矣。礼乐皆得，谓之有德。德者，得也。是故乐之隆，非极音也㊹；食飨之礼㊺，非极味也。清庙之瑟，朱弦而疏越，一倡而三叹，有遗音者矣㊻。大飨之礼，尚玄酒而俎腥鱼，大羹不和，有遗味者矣。是故先王之制礼乐也，非以极口腹耳目之欲也，将以教民平好恶而反人道之正也㊼。

人生而静，天之性也；感于物而动，性之颂也㊽。物至知知㊾，然后好恶形焉。好恶无节于内，知诱于外，不能反己[50]，天理灭矣。夫物之感人无穷，而人之好恶无节，则是物至而人化物也[51]。人化物也者，灭天理而穷人欲者也。于是有悖逆诈伪之心，有淫佚作乱之事。是故强者胁弱，众者暴寡，知者诈愚，勇者苦怯[52]，疾病不养，老幼孤寡不得其所，此大乱之道也。是故先王制礼乐，人为之节：衰麻哭泣，所以节丧纪也；钟鼓干戚，所以和安乐也；婚姻冠笄，所以别男女也；射乡食飨，所以正交接也。礼节民心，乐和民声，政以行之，刑以防之。礼乐刑政四达而不悖，则王道备矣。

乐者为同，礼者为异[53]。同则相亲，异则相敬。乐胜则流，礼胜则离。合情饰貌者[54]，礼乐之事也。礼义立，则贵贱等矣[55]；乐文同，则上下和矣；好恶著，则贤不肖别矣；刑禁暴，爵举贤，则政均矣。仁以爱之，义以正之，如此则民治行矣。

乐由中出，礼自外作。乐由中出，故静；礼自外作，故文[56]。大乐必易，大礼必简。乐至则无怨，礼至则不争。揖让而治天下者，礼乐之谓也。暴民不作，诸侯宾服，兵革不试，五刑不用，百姓无患，天子不怒，如此则乐达矣。合父子之亲，明长幼之序，以敬四海之内，天子如此，则礼行矣。

大乐与天地同和，大礼与天地同节。和，故百物不失；节，故祀天祭地。明则有礼乐，幽则有鬼神，如此则四海之内合敬同爱矣。礼者，殊事合敬者也；乐者，异文合爱者也。礼乐之情同，故明王以相沿也。故事与时并，名与功偕。故钟鼓管磬羽籥干戚，乐之器也；诎信俯仰缀兆舒疾[57]，乐之文也。簠簋俎豆制度文章[58]，礼之器也；升降上下周旋裼袭[59]，礼之文也。故知礼乐之情者能作，识礼乐之文者能术。作者之谓圣，术者之谓明。明圣者，术作之谓也。

乐者，天地之和也；礼者，天地之序也。和，故百物皆化；序，故群物皆别。乐由天作，礼以地制。过制则乱，过作则暴。明于天地，然后能兴礼乐也。论伦无患，乐之情也；欣喜欢爱，乐之官也。中正无邪，礼之质也；庄敬恭顺，礼之制也。若夫礼乐之施于金石，越于声音，用于宗庙社稷，事于山川鬼神，则此所以与民同也。

王者功成作乐，治定制礼。其功大者其乐备，其治辨者其礼具。干戚之舞，非备乐也；亨孰而祀[60]，非达礼也。五帝殊时，不相沿乐；三王异世，不相袭礼。乐极则忧，礼粗则偏矣[61]。及夫敦乐而无忧[62]，礼备而不偏者，其唯大圣乎？天高地下，万物散殊，而礼制行也；流而不息，合同而化，而乐兴也。春作夏长，仁也；秋敛冬藏，义也。仁近于乐，义近于礼。乐者敦和，率神而从天[63]；礼者辨宜，居鬼而从地[64]。故圣人作乐以应天，作礼以配地。礼乐明备，天地官矣[65]。

天尊地卑，君臣定矣。高卑已陈，贵贱位矣。动静有常，小大殊矣。方以类聚[66]，物以群分，则性命不同矣。在天成象，在地成形，如此则礼者天地之别也。地气上际，天气下降，阴阳相摩，天地相荡，鼓之以雷霆，奋之以风雨，动之以四时，暖之以日月，而百化兴焉，如此则乐者天地之和也。

化不时则不生，男女无别则乱登[67]，此天地之情也。及夫礼乐之极乎天而蟠乎地[68]，行乎阴阳而通乎鬼神，穷高极远而测深厚，乐著太始而礼居成物[69]。著不息者天也，著不动者地也。一动一静者，天地之间也。故圣人曰"礼云乐云"[70]。

昔者舜作五弦之琴，以歌《南风》；夔始作乐[71]，以赏诸侯。故天子之为乐也，以赏诸侯之有德者也。德盛而教尊，五谷时孰，然后赏之以乐。故其治民劳者，其舞行级远[72]；其治民佚者，其舞行级短。故观其舞而知其德，闻其谥而知其行。《太章》，章之也[73]；《咸池》，备也[74]；《韶》，继也[75]；《夏》，大也[76]；殷周之乐尽也。

天地之道，寒暑不时则疾，风雨不节则饥。教者[77]，民之寒暑也，教不时则伤世。事者[78]，民之风雨也，事不节则无功。然则先王之为乐也，以法治也，善则行象德矣。夫豢豕为酒，非以为祸也，而狱讼益烦，则酒之流生祸也。是故先王因为酒礼，一献之礼，宾主百拜，终日饮酒而不得醉焉，此先王之所以备酒祸也。故酒食者，所以合欢也。

乐者，所以象德也；礼者，所以闭淫也。是故先王有大事⑦，必有礼以哀之；有大福，必有礼以乐之：哀乐之分，皆以礼终。

乐也者，施也；礼也者，报也⑧。乐，乐其所自生；而礼，反其所自始。乐章德，礼报情反始也。所谓大路者，天子之舆也；龙旂九旒，天子之旌也；青黑缘者，天子之葆龟也⑧；从之以牛羊之群，则所以赠诸侯也。

乐也者，情之不可变者也；礼也者，理之不可易者也。乐统同，礼别异，礼乐之说贯乎人情矣。穷本知变，乐之情也；著诚去伪，礼之经也。礼乐顺天地之诚，达神明之德，降兴上下之神，而凝是精粗之体，领父子君臣之节。

是故大人举礼乐，则天地将为昭焉。天地欣合，阴阳相得，煦妪覆育万物⑧，然后草木茂，区萌达⑧，羽翮奋⑧，角觡生⑧，蛰虫昭苏，羽者妪伏⑧，毛者孕鬻⑧，胎生者不殰而卵生者不殈⑧，则乐之道归焉耳。

乐者，非谓黄钟大吕弦歌干扬也，乐之末节也，故童者舞之；布筵席，陈樽俎，列笾豆，以升降为礼者，礼之末节也，故有司掌之。乐师辩乎声诗，故北面而弦；宗祝辩乎宗庙之礼，故后尸⑧；商祝辩乎丧礼，故后主人。是故德成而上，蓺成而下；行成而先，事成而后。是故先王有上有下，有先有后，然后可以有制于天下也。

乐者，圣人之所乐也，而可以善民心。其感人深，其风移俗易，故先王著其教焉。

夫人有血气心知之性，而无哀乐喜怒之常，应感起物而动，然后心术形焉。是故志微焦衰之音作，而民思忧；啴缓慢易繁文简节之音作⑧，而民康乐；粗厉猛起奋末广贲之音作，而民刚毅；廉直经正庄诚之音作，而民肃敬；宽裕肉好顺成和动之音作⑨，而民慈爱；流辟邪散狄成涤滥之音作⑫，而民淫乱。

是故先王本之情性，稽之度数，制之礼义，合生气之和⑬，道五常之行，使之阳而不散，阴而不密，刚气不怒、柔气不慑，四畅交于中而发作于外⑭，皆安其位而不相夺。然后立之学等⑮，广其节奏，省其文采，以绳德厚也。类小大之称，比终始之序⑯，以象事行⑰，使亲疏贵贱长幼男女之理皆形见于乐：故曰"乐观其深矣"。

土敝则草木不长⑱，水烦则鱼鳖不大⑲，气衰则生物不育，世乱则礼废而乐淫。是故其声哀而不庄，乐而不安，慢易以犯节⑳，流湎以忘本⑩。广则容奸，狭则思欲，感涤荡之气而灭平和之德，是以君子贱之也。

凡奸声感人而逆气应之，逆气成象而淫乐兴焉⑩。正声感人而顺气应之，顺气成象而和乐兴焉。倡和有应，回邪曲直各归其分，而万物之理以类相动也。

是故君子反情以和其志⑩，比类以成其行。奸声乱色不留聪明⑩，淫乐废礼不接于心术，惰慢邪辟之气不设于身体，使耳目鼻口心知百体皆由顺正⑩，以行其义。然后发以声音，文以琴瑟，动以干戚，饰以羽旄，从以箫管，奋至德之光，动四气之和，以著万物之理。是故清明象天，广大象地，终始象四时，周旋象风雨；五色成文而不乱，八风从律而不奸，百度得数而有常；小大相成，终始相生，倡和清浊，代相为经。故乐行而伦清，耳目聪明，血气和平，移风易俗，天下皆宁。故曰"乐者，乐也"。君子乐得其道，小人乐得其欲。以道制欲，则乐而不乱；以欲忘道，则惑而不乐。是故君子反情以和其志，广乐以成其教，乐行而民乡方⑩，可以观德矣。

德者，性之端也；乐者，德之华也；金石丝竹，乐之器也。诗，言其志也；歌，咏其声也；舞，动其容也。三者本乎心，然后乐气从之⑩。是故情深而文明，气盛而化神，和顺积中而英华发外，唯乐不可以为伪。

乐者，心之动也；声者，乐之象也；文采节奏，声之饰也。君子动其本，乐其象，然后治其饰。是故先鼓以警戒，三步以见方[108]，再始以著往，复乱以饬归[109]，奋疾而不拔也[110]，极幽而不隐。独乐其志，不厌其道；备举其道，不私其欲。是以情见而义立，乐终而德尊；君子以好善，小人以息过：故曰"生民之道，乐为大焉"。

君子曰："礼乐不可以斯须去身[111]。"致乐以治心，则易直子谅之心油然生矣[112]。易直子谅之心生则乐，乐则安，安则久，久则天，天则神。天则不言而信，神则不怒而威。致乐，以治心者也；致礼，以治躬者也。治躬则庄敬，庄敬则严威。心中斯须不和不乐，而鄙诈之心入之矣；外貌斯须不庄不敬，而慢易之心入之矣。故乐也者，动于内者也；礼也者，动于外者也。乐极和，礼极顺。内和而外顺，则民瞻其颜色而弗与争也，望其容貌而民不生易慢焉。德辉动乎内而民莫不承听，理发乎外而民莫不承顺，故曰"知礼乐之道，举而错之天下无难矣[115]"。

乐也者，动于内者也；礼也者，动于外者也。故礼主其谦，乐主其盈。礼谦而进，以进为文；乐盈而反[116]，以反为文。礼谦而不进则销；乐盈而不反则放。故礼有报而乐有反。礼得其报则乐，乐得其反则安。礼之报，乐之反，其义一也。

夫乐者乐也，人情之所不能免也。乐必发诸声音，形于动静，人道也。声音动静，性术之变，尽于此矣。故人不能无乐，乐不能无形。形而不为道，不能无乱。先王恶其乱，故制《雅》、《颂》之声以道之，使其声足以乐而不流，使其文足以纶而不息，使其曲直繁省廉肉节奏[113]，足以感动人之善心而已矣，不使放心邪气得接焉，是先王立乐之方也。是故乐在宗庙之中，君臣上下同听之，则莫不和敬；在族长乡里之中，长幼同听之，则莫不和顺；在闺门之内，父子兄弟同听之，则莫不和亲。故乐者，审一以定和，比物以饰节，节奏合以成文。所以合和父子君臣，附亲万民也，是先王立乐之方也。故听其《雅》、《颂》之声，志意得广焉；执其干戚，习其俯仰诎信[116]，容貌得庄焉；行其缀兆[117]，要其节奏，行列得正焉，进退得齐焉。故乐者天地之齐，中和之纪[118]，人情之所不能免也。

夫乐者，先王之所以饰喜也；军旅铁钺者，先王之所以饰怒也[119]。故先王之喜怒皆得其齐矣。喜则天下和之，怒则暴乱者畏之。先王之道，礼乐可谓盛矣。

魏文侯问于子夏曰："吾端冕而听古乐则唯恐卧，听郑、卫之音则不知倦。敢问古乐之如彼，何也？新乐之如此，何也？"子夏答曰："今夫古乐，进旅而退旅[120]，和正以广，弦匏笙簧合守拊鼓[121]，始奏以文，止乱以武，治乱以相，讯疾以雅[122]。君子于是语，于是道古，修身及家，平均天下：此古乐之发也。今夫新乐，进俯退俯[123]，奸声以淫，溺而不止，及优侏儒，獶杂子女，不知父子。乐终不可以语，不可以道古：此新乐之发也。今君之所问者乐也，所好者音也。夫乐之与音，相近而不同。"

文侯曰："敢问如何？"子夏答曰："夫古者天地顺而四时当，民有德而五谷昌，疾疢不作而无妖祥，此之谓大当。然后圣人作为父子君臣以为之纪纲。纪纲既正，天下大定。天下大定，然后正六律，和五声，弦歌诗颂，此之谓德音，德音之谓乐。《诗》曰：'莫其德音，其德克明。克明克类，克长克君。王此大邦，克顺克俾。俾于文王，其德靡悔。既受帝祉，施于孙子。'此之谓也。今君之所好者，其溺音与？"

文侯曰："敢问溺音者何从出也？"子夏答曰："郑音好滥淫志，宋音燕女溺志[124]，卫音趣数烦志[125]，齐音骜辟骄志[126]。四者皆淫于色而害于德，是以祭祀不用也。《诗》曰：'肃雍和鸣，先祖是听。'夫肃肃，敬也；雍雍，和也。夫敬以和，何事不行？为人君者，谨其所好恶而已矣。君好之则臣为之，上行之则民从之。《诗》曰'诱民孔易[127]'，此之谓也。然后圣人作为鞉鼓椌楬埙簨⑳。此六者，德音之音也。然后钟磬竽瑟以和之，干戚旄狄以舞之。此所以祭先王之庙也，所以献酬酳酢也，所以官序贵贱各得宜也，此所以示后世有尊卑长幼序也。钟声铿，铿以立号，号以立横⑭，横以立武，君子听钟声则思武臣。石声磬⑭，磬以立别⑮，别以致死，君子听磬声则思死封疆之臣。丝声哀，哀以立廉，廉以立志，君子听琴瑟之声则思志义之臣。竹声滥，滥以立会，会以聚众，君子听竽笙箫管之声则思畜聚之臣。鼓鼙之声欢，欢以立动，动以进众，君子听鼓鼙之声则思将帅之臣。君子之听音，非听其铿锵铣锵而已也，彼亦有所合之也。"

宾牟贾侍坐于孔子，孔子与之言及乐，曰："夫《武》之备戒之已久⑫，何也？"

答曰："病不得其众也。"

"永叹之⑬，淫液之⑭，何也？"

答曰："恐不逮事也。"

"发扬蹈厉之已蚤⑮，何也？"

答曰："及时事也。"

"《武》坐致右宪左⑯，何也？"

答曰："非《武》坐也？"

"声淫及商⑰，何也？"

答曰："非《武》音也。"

子曰："若非《武》音，则何音也？"

答曰："有司失其传也。如非有司失其传，则武王之志荒矣。"

子曰："唯丘之闻诸苌弘⑱，亦若吾子之言是也。"

宾牟贾起，免席而请曰："夫《武》之备戒之已久，则既闻命矣。敢问迟之迟而又久，何也？"

子曰："居⑲，吾语汝。夫乐者，象成者也⑩。总干而山立⑪，武王之事也；发扬蹈厉，太公之志也；武乱皆坐，周召之治也。且夫《武》，始而北出，再成而灭商，三成而南，四成而南国是疆⑫，五成而分陕，周公左，召公右，六成复缀⑬，以崇天子，夹振之而四伐⑭，盛威于中国也。分夹而进，事蚤济也。久立于缀，以待诸侯之至也。且夫女独未闻牧野之语乎？武王克殷反商，未及下车，而封黄帝之后于蓟，封帝尧之后于祝，封帝舜之后于陈；下车而封夏后氏之后于杞，封殷之后于宋，封王子比干之墓，释箕子之囚，使之行商容而复其位。庶民弛政⑮，庶士倍禄。济河而西⑯。马散华山之阳而弗复乘；牛散桃林之野而不复服；车甲衅而藏之府库而弗复用；倒载干戈，苞之以虎皮；将率之士，使为诸侯，名之曰"建橐"：然后天下知武王之不复用兵也。散军而郊射，左射《狸首》，右射《驺虞》，而贯革之射息也；裨冕搢笏⑰，而虎贲之士税剑也⑱；祀乎明堂，而民知孝；朝觐，然后诸侯知所以臣；耕藉⑲，然后诸侯知所以敬。五者天下之大教也。食三老五更于太学，天子袒而割牲，执酱而馈，执爵而酳，冕而总干，所以教诸侯之悌也。若此，则周道四达，礼乐交通，则夫《武》之迟久，不亦宜乎？"

子贡见师乙而问焉，曰："赐闻声歌各有宜也，如赐者宜何歌也？"师乙曰："乙，贱工也，何足以问所宜。请诵其所闻，而吾子自执焉。宽而静，柔而正者，宜歌《颂》；广大而静，疏达而信者，宜歌《大雅》；恭俭而好礼者，宜歌《小雅》；正直清廉而谦者，宜歌《风》；肆直而慈爱者，宜歌《商》；温良而能断者，宜歌《齐》。夫歌者，直己而陈德，动己而天地应焉，四时和焉，星辰理焉，万物育焉。故《商》者，五帝之遗声也，商人志之，故谓之《商》；《齐》者，三代之遗声也，齐人志之，故谓之《齐》。明乎《商》之诗者，临事而屡断；明乎《齐》之诗者，见利而让也。临事而屡断，勇也；见利而让，义也。有勇有义，非歌孰能保此？故歌者，上如抗，下如队，曲如折，止如槁木，居中矩，句中钩，累累乎殷如贯珠。故歌之为言也，长言之也。说之，故言之；言之不足，故长言之；长言之不足，故嗟叹之；嗟叹之不足，故不知手之舞之足之蹈之。"《子贡问乐》。

凡音由于人心。天之与人有以相通，如景之象形[⑦]，响之应声。故为善者天报之以福，为恶者天与之以殃，其自然者也。故舜弹五弦之琴，歌《南风》之诗而天下治；纣为朝歌北鄙之音，身死国亡。舜之道何弘也？纣之道何隘也？夫《南风》之诗者，生长之音也，舜乐好之，乐与天地同意，得万国之欢心，故天下治也。夫朝歌者不时也，北者败也，鄙者陋也，纣乐好之，与万国殊心，诸侯不附，百姓不亲，天下畔之，故身死国亡。

而卫灵公之时，将之晋，至于濮水之上舍，夜半时闻鼓琴声，问左右，皆对曰"不闻"，乃召师涓曰："吾闻鼓琴音，问左右，皆不闻。其状似鬼神，为我听而写之。"师涓曰："诺。"因端坐援琴，听而写之。明日，曰："臣得之矣，然未习也，请宿习之。"灵公曰："可。"因复宿。明日，报曰："习矣。"即去之晋，见晋平公。平公置酒于施惠之台，酒酣，灵公曰："今者来，闻新声，请奏之。"平公曰："可"。即令师涓坐师旷旁，援琴鼓之。未终，师旷抚而止之曰："此亡国之声也，不可遂。"平公曰："何道出？"师旷曰："师延所作也。与纣为靡靡之乐，武王伐纣，师延东走，自投濮水之中，故闻此声必于濮水之上，先闻此声者国削。"平公曰："寡人所好者音也，愿遂闻之。"师涓鼓而终之。

平公曰："音无此最悲乎[⑥]？"师旷曰："有。"平公曰："可得闻乎？"师旷曰："君德义薄，不可以听之。"平公曰："寡人所好者音也，愿闻之。"师旷不得已，援琴而鼓之。一奏之，有玄鹤二八集乎廊门；再奏之，延颈而鸣，舒翼而舞。平公大喜，起而为师旷寿[⑥]。反坐，问曰："音无此最悲乎？"师旷曰："有。昔者黄帝以大合鬼神，今君德义薄，不足以听之。听之将败。"平公曰："寡人老矣，所好者音也，愿遂闻之。"师旷不得已，援琴而鼓之。一奏之，有白云从西北起；再奏之，大风至而雨随之，飞廊瓦，左右皆奔走。平公恐惧，伏于廊屋之间。晋国大旱，赤地三年。听者或吉或凶，夫乐不可妄兴也。

太史公曰：夫上古明王举乐者，非以娱心自乐，快意恣欲，将欲为治也。正教者皆始于音，音正而行正。故音乐者，所以动荡血脉，通流精神而和正心也。故宫动脾而和正圣，商动肺而和正义，角动肝而和正仁，徵动心而和正礼，羽动肾而和正智。故乐所以内辅正心而外异贵贱也；上以事宗庙，下以变化黎庶也。琴长八尺一寸，正度也。弦大者为宫，而居中央，君也。商张右傍，其余大小相次，不失其次序，则君臣之位正矣。故闻宫音，使人温舒而广大；闻商音，使人方正而好义；闻角音，使人恻隐而爱人；闻徵音，使人乐善而好施；闻羽音，使人整齐而好礼。夫礼由外入，乐自内出。故君子不可须臾离礼，须臾离礼则暴慢之行穷外；不可须臾离乐，须臾离乐则奸邪之行穷内。故乐音者，君子之所养义也。夫古者，天子诸侯听钟磬未尝离于庭，卿大夫听琴瑟之音未尝离于前，所以养行义而防淫佚也。夫淫佚生于无礼，故圣王使人耳闻《雅》、《颂》之音，目视威仪之礼，足行恭敬之容，口言仁义之道。故君子终日言而邪辟无由入也。

---

① 《虞书》：指《尚书》中的《皋陶谟》。

② 相敕：互相告诫。

③ 维是几安：思念天下安危。维，思。几，危险。

④ 股肱：喻左右大臣。

⑤ 颂：指《周颂·小毖》。

⑥ 惩艾（yì，音义）：亦作"惩乂"、"惩刈"，"惩忿"。惩戒，戒惧，儆戒。

⑦约：卑下，卑微；贫困，困顿。

⑧佚：安乐，安逸。

⑨沐浴膏泽：蒙受恩惠。

⑩协比：调和，使和谐。

⑪厥：代词。其。

⑫嗷（jiào，音叫）噭（jī，音机）：大喊大叫之声，形容激奋。

⑬五常：指仁义礼智信。

⑭封君：受有封邑的贵族。　世辟：世主。辟，音 bì，亦国君。

⑮齐优：指齐国乐人。　遂容：并容，并立。

⑯ 陵迟：败坏，衰败。指礼乐废坏。

⑰流沔：流连沉溺。　沉佚：沉溺放纵。

⑱祖伊：殷纣王时贤臣，曾谏纣王。

⑲解泽：施布恩泽。解，读蟹，散布。

⑳騄耳：良马名。

㉑《三侯之章》：指汉高祖所作《大风歌》。其辞曰："大风起兮云飞扬，威加海内兮归故乡，安得猛士兮守四方！""侯"，语辞也。"兮"，亦语辞。诗有三"兮"，故亦作"三侯"。

㉒肄：练习。　旧：指旧曲。

㉓五经家：指《诗》《书》《礼》《易》《春秋》五经博士。

㉔上辛：上旬辛日。　祠：祭。　太一：指北极尊神。　甘泉：即甘泉宫。

㉕族：诛灭全族。

㉖干戚：楯和斧，武舞所执。　羽旄：雉羽和旄牛尾，文舞所执。

㉗噍以杀：急遽而短促。

㉘啴以缓：轻松而舒缓。

㉙发以散：兴奋而流畅。

㉚廉：有棱角。

㉛壹：同"一"。统一；一致。

㉜极：终极目的。

㉝出：显现，实现。

㉞文：此指节奏。

㉟正：通"政"。政治。

㊱乖：乖乱不正常。

㊲沾懘：沾滞不畅。

㊳槌：颓废邪僻。

㊴事：指劳役。　勤：过多；繁重。

㊵ 迭相陵：互相陵越，互相冲突。

㊶慢：漫无条理。

㊷比：接近。

㊸桑间、濮上：卫国地名，男女幽会之处。后世因以为淫风的代词。

㊹ 极音：谓穷钟鼓之音。

㊺食飨：指宗庙祭享。

㊻遗音：犹余音。

㊼反：回返。

㊽颂（róng，音容）：义同"容"。容受，收容。明白。《礼记·乐记》作"欲"。欲望。

㊾知知：以智知之。前"知"音智，心智。

㊿反己：返回原来"人生而静"的静态。

(51)人化物：人随物而变化。

(52)苦怯：苦待懦怯者。苦，使受苦，折磨。

(53)同：指协同感情。　　异：指区别尊卑。

(54)合情：调和感情。　　饰貌：约束行为。

(55)等：等差有序。

(56)文：犹动，动态，指举止仪容。

(57)诎信俯仰：屈，伸、俯、仰。指舞姿。诎，屈、弯。信，伸。　　级兆舒疾：聚、散、缓、速口指舞步。级，合拢。兆，分散。

(58)簠（fǔ，音府）簋（guǐ，音轨）俎（zǔ，音组）豆：均为祭祀时盛祭品的礼器。　　制度文章：指行礼的各种礼仪规范。

(59)升降上下周旋裼袭：升堂降阶、或上或下、进退回转、卷袖展袖。

(60)亨孰：用熟食祭享。

(61)偏：偏差，偏失。

(62)敦：厚。敦厚。

(63)率神：谓因循先圣之神气。率，循也。

(64)居鬼：谓遵循先贤之志。居，居其所为。

(65)官：谓各得其位，各尽其所能。

(66)方以类聚：谓同类事物相聚一起。方，品类，类别。

(67)登：成，造成。

(68)极：至，上达。　　蟠：犹委。

(69)著：表明，显示。　　太始：即太初。居：处于，存在。　　成物：成形之物。

(70)“礼云乐云”：引自《论语·阳货》。

(71)夔：舜时乐官。

(72)舞行级远：舞蹈行列间隔距离大。谓听乐起舞的人少。下句“级短”，谓间隔距离小，因欣然参加舞蹈的人很多。

(73)《太章》：尧时之乐。　　章：章明，表彰。

(74)《咸池》：黄帝之乐。咸，训义皆；池，训义施。　　备：谓美德备施。

(75)《韶》：舜时之乐。　　继：谓继尧之美德。

(76)《夏》禹时之乐。　　大：谓光大尧舜美德。

(77)教者：指乐之教化。

(78)事者：指礼的规范。

(79)大事：指死丧之事。

(80)报：谓礼尚往来，有施有报。

(81)葆龟：即宝龟，其甲壳边缘呈青绿色。

(82)煦妪：温暖而慈爱。

(83)区萌达：谓草木萌芽勾曲生出。曲出曰区，如菽豆之类；直出曰萌，如稻稷之类。

(84)羽翮：鸟类。　　奋：奋飞。

(85)角觡：兽类。牛羊有鰓曰角，麋鹿无鰓曰觡。

(86)羽者：指鸟。　　妪伏：伏体孵卵。

(87)毛者：指兽。　　孕鬻：怀孕生育。

(88)殰：胎死在内。　　殈：卵裂。

(89)后尸：跟在代表受祭者“尸”的身后。

(90)啴：舒畅。

(91)肉好：谓音之园润。

(92)狄成：节奏急促。

(93)生气：指阴阳之气。

(94)四：指阴阳刚柔四气。

(95)等：等差，等级。

(96)比终始之序：排比五声高低终始的顺序。始于宫，终于羽。

(97)以象事行：以象征人事行为。

(98)土敝：土地过度垦植耕种。

⑨烦：过份骚扰搅动。

⑩犯节：违犯节奏。

⑩忘本：忽略音乐的本旨。

⑩成象：谓人们乐于习之而成风气。

⑩反情：溯源（回返）自然之情性。

⑭不留聪明：不留存于耳目之中。

⑮百体：身体百节，全身每一部分。

⑯乡方：走向正道。乡，通"向"。方，道也。

⑰三者：指志、声、容。　　乐气：指诗、歌、舞。

⑱三步以见方：谓舞前先走三步，以示方将舞之势。

⑲复乱以饬归：谓舞蹈完成时鸣金铙以整行列，舞者归位。

⑩不拔：不倾侧跌倒。

⑪斯须：俄顷，片刻时间。

⑫易：和易。　　直：正直。　　子：慈爱。　　谅：诚信。

⑬错：通"措"。举措。

⑭反：谓自我抑制。

⑮曲直繁省廉肉：宛转、直抒、繁复、简略、棱隅、园润。

⑯诎信：屈伸。

⑰缀兆：乐舞中舞者的行列位置。

⑱纪：总要。

⑲饰怒：表达威严。

⑳旅：同，俱。

㉑合守拊鼓：均须遵守拊与鼓的节制。

㉒文：指悠美的鼓声。　　武：指急骤的击金声。　　相、雅：均为乐器。

㉓俯：曲扭。

㉔燕女：欢快娇柔。

㉕趣数：急速而数变。

㉖骜辟：高傲邪僻。

㉗孔：甚，很。

㉘鞉（táo，音逃）：小鼓。　　椌（qiāng，音枪）、楬：木质乐器。　　埙：土制乐器。　　箎：竹制的笛。

㉙号以立横：谓号令可以振作士气。

㉚硁：果劲有力。

㉛别：明辨是非。

㉜《武》之备戒之已久：谓周代《大武》乐曲奏乐时先击鼓警示，使舞者备戒很久时间。

㉝永叹：亦作"咏叹"。

㉞淫液：声音绵延不绝。

㉟发扬蹈厉：起舞之初，扬手顿足，勃然作色，动作猛烈。

㊱坐：跪。　　致右：右膝至地。　　宪左：左脚抬起。

㊲声淫及商：歌声绵延深淫带有商音。

㊳苌弘：周大夫。

㊴居：请坐下。

㊵象成：取象于功业成就。

㊶总干而山立：手持大盾，凝立不动。

㊷四成而南国是疆：谓四奏象征南方宾服周室而成为国之疆域。

㊸复缀：舞者回复原位，象兵还振旅。缀，排列成行之舞位。

㊹夹振之而四伐：谓两执铎夹舞者，每摇振一次，舞者连作四次击刺动作。伐，一击一刺为一伐。

㊺政：读征。征役，苛役。

(146)济：渡。　　河：指黄河。
(147)裨冕搢笏：穿戴礼服冠帽，腰插笏板。
(148)税剑：解下刀剑。
(149)耕藉：天子亲耕藉田。
(150)景：古影字。
(151)最悲：最动人心弦。
(152)寿：敬酒。

史记卷二十五

律书第三

王者制事立法，物度轨则，壹禀于六律[1]，六律为万事根本焉。其于兵械尤所重，故云“望敌知吉凶，闻声效胜负”，百王不易之道也。武王伐纣，吹律听声，推孟春以至于季冬，杀气相并，而音尚宫。同声相从，物之自然，何足怪哉？

兵者，圣人所以讨强暴，平乱世，夷险阻，救危殆。自含齿戴角之兽见犯则校[2]，而况于人怀好恶喜怒之气？喜则爱心生，怒则毒螫加，情性之理也。昔黄帝有涿鹿之战，以定火灾[3]；颛顼有共工之陈，以平水害；成汤有南巢之伐，以殄夏乱。递兴递废，胜者用事，所受于天也。

自是之后，名士迭兴，晋用咎犯[4]，而齐用王子[5]，吴用孙武，申明军约，赏罚必信，卒伯诸侯，兼列邦土[6]，虽不及三代之诰誓，然身宠君尊，当世显扬，可不谓荣焉？岂与世儒暗于大较[7]，不权轻重，猥云德化，不当用兵，大至君辱失守，小乃侵犯削弱，遂执不移等哉[8]！故教笞不可废于家，刑罚不可捐于国[9]，诛伐不可偃于天下。用之有巧拙，行之有逆顺耳。

夏桀、殷纣，手搏豺狼，足追四马，勇非微也；百战克胜，诸侯慑服，权非轻也。秦二世宿军无用之地，连兵于边陲，力非弱也；结怨匈奴，絓祸於越，势非寡也。及其威尽势极，闾巷之人为敌国，咎生穷武之不知足[10]，甘得之心不息也。

高祖有天下，三边外畔[11]，大国之王虽称蕃辅，臣节未尽。会高祖厌苦军事，亦有萧、张之谋，故偃武一休息，羁縻不备[12]。

历至孝文即位，将军陈武等议曰：“南越、朝鲜自全秦时内属为臣子，后且拥兵阻阨，选蠕观望[13]。高祖时天下新定，人民小安，未可复兴兵。今陛下仁惠抚百姓，恩泽加海内，宜及士民乐用，征讨逆党，以一封疆。”孝文曰：“朕能任衣冠[14]，念不到此。会吕氏之乱，功臣宗室共不羞耻，误居正位，常战战慄慄，恐事之不终。且兵凶器，虽克所愿，动亦耗病，谓百姓远方何？又先帝知劳民不可烦，故不以为意，朕岂自谓能？今匈奴内侵，军吏无功，边民父子荷兵日久，朕常为动心伤痛，无日忘之。今未能销距[15]，愿且坚边设候，结和通使，休宁北陲，为功多矣。且无议军。”故百姓无内外之徭，得息肩于田亩，天下殷富，粟至十余钱，鸣鸡吠狗，烟火万里，可谓和乐者乎！

太史公曰：文帝时，会天下新去汤火，人民乐业，因其欲然，能不扰乱，故百姓遂安。自年六七十翁亦未尝至市井，游敖嬉戏如小儿状。孔子所称有德君子者邪！

《书》曰"七正"，二十八舍⑯。律历，天所以通五行八正之气⑰，天所以成孰万物也。舍者，日月所舍。舍者，舒气也。

"不周风"居西北，主杀生。东壁居不周风东，主辟生气而东之，至于营室。营室者，主营胎阳气而产之，东至于危。危，垝也，言阳气之垝，故曰危。十月也，律中应钟。应钟者，阳气之应，不用事也。其于十二子为亥⑱。亥者，该也，言阳气藏于下，故该也。

"广莫风"居北方。广莫者，言阳气在下，阴莫阳广大也，故曰广莫。东至于虚。虚者，能实能虚，言阳气冬则宛藏于虚，日冬至则一阴下藏，一阳上舒，故曰虚。东至于须女。言万物变动其所，阴阳气未相离，尚相胥如也⑲，故曰须女。十一月也，律中黄钟。黄钟者，阳气踵黄泉而出也。其于十二子为子。子者，滋也；滋者，言万物滋于下也。其于十母为壬癸⑳。壬之为言任也，言阳气任养万物于下也；癸之为言揆也，言万物可揆度，故曰癸。东至牵牛。牵牛者，言阳气牵引万物出之也。牛者，冒也，言地虽冻，能冒而生也。牛者，耕植种万物也。东至于建星。建星者，建诸生也。十二月也，律中大吕。大吕者，其于十二子为丑。丑者，纽也。言阳气在上未降，万物厄纽未敢出也。

"条风"居东北，主出万物。条之言条治万物而出之，故曰条风。南至于箕。箕者，言万物根棋，故曰箕。正月也，律中泰蔟。泰蔟者，言万物蔟生也。其于十二子为寅。寅言万物始生蚓然也㉑，故曰寅。南至于尾，言万物始生如尾也。南至于心，言万物始生有华心也。南至于房。房者，言万物门户也，至于门则出矣。

"明庶风"居东方。明庶者，明众物尽出也。二月也，律中夹钟。夹钟者，言阴阳相夹厕也㉒。其于十二子为卯。卯之为言茂也，言万物茂也。其于十母为甲乙。甲者，言万物剖符甲而出也；乙者，言万物生轧轧也㉓。南至于氐。氐者，言万物皆至也。南至于亢。亢者，言万物亢见也㉔。南至于角。角者，言万物皆有枝格如角也。三月也，律中姑洗。姑洗者，言万物洗生。其于十二子为辰。辰者，言万物之蜄也。

"清明风"居东南维㉕，主风吹万物而西之，至于轸。轸者，言万物益大而轸轸然㉖。西至于翼。翼者，言万物皆有羽翼也。四月也，律中仲吕。仲吕者，言万物尽旅而西行也。其于十二子为巳。巳者，言阳气之已尽也。西至于七星。七星者，阳数成于七，故曰七星。西至于张。张者，言万物皆张也。西至于注。注者，言万物之始衰，阳气下注，故曰注。五月也，律中蕤宾。蕤宾者，言阴气幼少，故曰蕤；痿阳不用事，故曰宾。

"景风"居南方。景者，言阳气道竟㉗，故曰景风。其于十二子为午。午者，阴阳交，故曰午。其于十母为丙丁。丙者，言阳道著明，故曰丙；丁者，言万物之丁壮也，故曰丁。西至于弧。弧者，言万物之吴落且就死也㉘。西至于狼。狼者，言万物可度量，断万物，故曰狼。

"凉风"居西南维，主地。地者，沈夺万物气也。六月也，律中林钟。林钟者，言万物就死气林林然。其于十二子为未。未者，言万物皆成，有滋味也。北至于罚。罚者，言万物气夺可伐也。北至于参。参言万物可参也，故曰参。七月也，律中夷则。夷则，言阴气之贼万物也㉙。其于十二子为申。申者，言阴用事，申贼万物，故曰申。北至于浊。浊者，触也，言万物皆触死也，故曰浊。北至于留。留者，言阳气之稽留也，故曰留。八月也，律中南吕。南吕者，言阳气之旅入藏也。其于十二子为酉。酉者，万物之老也，故曰酉。

"阊阖风"居西方。阊者，倡也；阖者，藏也。言阳气道万物，阖黄泉也。其于十母为庚辛。庚者，言阴气庚万物，故曰庚；辛者，言万物之辛生，故曰辛。北至于胃。胃者，言阳气就藏，皆胃胃也㉚，北至于娄。娄者，呼万物且内之也。北至于奎。奎者，主毒螫杀万物也，奎而藏之。九月也，律中无射。无射者，阴气盛用事，阳气无余也，故曰无射。其于十二子为戌。戌者，言万物尽灭，故曰戌。

律数：

九九八十一，以为宫。

三分去一，五十四，以为徵。

三分益一，七十二，以为商。

三分去一，四十八，以为羽。

三分益一，六十四，以为角。

黄钟：长八寸七分一，宫。

大吕：长七寸五分三分二。

太蔟：长七寸十分二，角。

夹钟：长六寸七分三分一。

姑洗：长六寸十分四，羽。

仲吕：长五寸九分三分二，徵。

蕤宾：长五寸六分三分二。

林钟：长五寸十分四，角。

夷则：长五寸三分二，商。

南吕：长四寸十分八，徵。

无射：长四寸四分三分二。

应钟：长四寸二分三分二，羽。

生钟分[31]：

子：一分。

丑：三分二。

寅：九分八。

卯：二十七分十六。

辰：八十一分六十四。

巳：二百四十三分一百二十八。

午：七百二十九分五百一十二。

未：二千一百八十七分一千二十四。

申：六千五百六十一分四千九十六。

酉：一万九千六百八十三分八千一百九十二。

戌：五万九千四十九分三万二千七百六十八。

亥：十七万七千一百四十七分六万五千五百三十六。

生黄钟术曰：以下生者，倍其实，三其法[32]。以上生者，四其实，三其法。上九[33]，商八，羽七，角六，宫五，徵九。置一而九三之以为法[34]。实如法[35]，得长一寸。凡得九寸，命曰"黄钟之宫"。故曰：音始于宫，穷于角；数始于一，终于十，成于三；气始于冬至，周而复生。

神生于无，形成于有，形然后数，形而成声，故曰神使气，气就形。形理如类有可类[36]。或未形而未类，或同形而同类。类而可班[37]，类而可识。圣人知天地识之别，故从有以至未有，以得细若气，微若声。然圣人因神而存之，虽妙必效情[38]，核其华道者明矣[39]。非有圣心以乘聪明，孰能存天地之神而成形之情哉？神者，物受之而不能知及其去来，故圣人畏而欲存之。唯欲存之，神之亦存。其欲存之者，故莫贵焉。

太史公曰：在璇玑玉衡以齐七政④，即天地二十八宿。十母、十二子、钟律调自上古。建律、运历、造日度④，可据而度也。合符节，通道德，即从斯之谓也。

①六律：古代乐音标准名。以管之长短分别声音之高低清浊，乐器的音调皆以此为准。乐律有十二，由低至高之序列为：1、黄钟，2、大吕，3、太簇，4、夹钟，5、姑洗，6、仲吕，7、蕤宾，8、林钟，9、夷则，10、南吕，11、无射，12、应钟。其中奇数为阳律，叫六律；偶数为阴律，叫六吕。合称律吕。

②校：计较；角力。

③火灾：相传蚩尤为神农之后，神农以火德治天下，黄帝灭蚩尤，即谓平定火德王造成的灾害。

④咎犯：即狐偃。晋文公之舅，字子犯。咎，借作"舅"。

⑤王子：齐将王子成父。

⑥兼列邦土：指咎犯、王子成父、孙武等人都得以分封国土。列，通"裂"，裂土而封。邦，古与"封"通。

⑦大较：大法。

⑧遂执不移：固执不变。　等：等同，相等。意谓上述"名士"岂可与"世儒"相提并论。

⑨捐：捐弃，废除。

⑩咎：灾祸。指夏桀、殷纣、秦二世等亡国之祸。

⑪三边外畔：指匈奴、朝鲜、南越皆未内附。

⑫羁縻：牵制笼络。　不备：不设军备战。

⑬选蠕：蠢蠢欲动貌。

⑭衣冠：士大夫之称。意指文治。

⑮销距：销弭边患，抗拒匈奴。

⑯七正：日、月、五星。　二十八舍：即二十八宿。

⑰八正之气：八节之气，以应八方之风，即下文分述的不周风、广莫风、条风、明庶风、清明风、景风、凉风、闾阖风。

⑱十二子：指地支。

⑲相胥：互相需求。

⑳十母：指天干。

㉑蝡然：谓万物初生时如蚯蚓一样蠕动。

㉒夹厕：夹杂在一起。

㉓轧轧：密密麻麻。

㉔冘见：昂然地出现。

㉕东南维：东南隅。

㉖轸轸然：繁盛。

㉗道竟：运行已经竟尽。

㉘吴落：凋落。

㉙贼：戕贼。

㉚胃胃：像胃一样地被包围起来。

㉛生钟分：生钟律之法。以分数为单位，求各律的比例。

㉜以下生者：指阳生阴。如以黄钟为基数，下生林钟。　倍其实：实数（被除数）乘以二倍。　三其法：法数（除数）乘以三倍。其数学公式为乘以 2/3。

㉝上九：谓五声之数以九为最高。

㉞置一而九三之以为法：设一为基数，连乘九次三，并以此数为法数。

㉟实如法：若实数与法数相等。

㊱如类：如同各类事物。　可类：均可归类。

㊲班：分别，区别。

㊳妙：微妙。　效：犹见，揭示。

㊴核：钻研。　华道：神妙之道。

㊵在旋玑玉衡以齐七政：谓通过考察北斗七星（旋玑玉衡）以度量日月五星（七政）的运行。

㉔建律、运历、造日度：建立律吕、推算历法、制造各种度量衡。

史记卷二十六

历 书 第 四

昔自在古，历建正作于孟春。于时冰泮发蛰①，百草奋兴，秭𫛢先滜②。物乃岁具，生于东，次顺四时，卒于冬分。时鸡三号，卒明。抚十二月节，卒于丑③。日月成，故明也。明者孟也，幽者幼也，幽明者雌雄也。雌雄代兴，而顺至正之统也。日归于西，起明于东；月归于东，起明于西。正不率天④，又不由人，则凡事易坏而难成矣。

王者易姓受命，必慎始初，改正朔，易服色，推本天元⑤，顺承厥意。

太史公曰：神农以前尚矣。盖黄帝考定星历，建立五行，起消息⑥，正闰余⑦，于是有天地神祇物类之官，是谓五官。各司其序，不相乱也。民是以能有信，神是以能有明德。民神异业，敬而不渎，故神降之嘉生⑧。民以物享，灾祸不生，所求不匮。

少皞氏之衰也，九黎乱德，民神杂扰，不可放物⑨，祸灾荐至⑩，莫尽其气⑪。颛顼受之，乃命南正重司天以属神⑫，命火正黎司地以属民，使复旧常，无相侵渎。

其后三苗服九黎之德，故二官咸废所职，而闰余乖次⑬，孟陬殄灭⑭，摄提无纪⑮，历数失序。尧复遂重、黎之后不忘旧者，使复典之，而立羲、和之官⑯。明时正度⑰，则阴阳调，风雨节，茂气至，民无夭疫。年耆禅舜，申戒文祖⑱，云"天之历数在尔躬"。舜亦以命禹。由是观之，王者所重也。

夏正以正月，殷正以十二月，周正以十一月。盖三王之正若循环，穷则反本。天下有道，则不失纪序；无道，则正朔不行于诸侯。

幽、厉之后，周室微，陪臣执政，史不记时，君不告朔⑲。故畴人子弟分散⑳，或在诸夏㉑，或在夷狄，是以其禨祥废而不统㉒。周襄王二十六年闰三月㉓，而《春秋》非之。先王之正时也，履端于始㉔，举正于中㉕，归邪于终㉖。履端于始，序则不愆㉗；举正于中，民则不惑；归邪于终，事则不悖。

其后战国并争，在于强国禽敌，救急解纷而已，岂遑念斯哉！是时独有邹衍，明于五德之传㉘，而散消息之分，以显诸侯。而亦因秦灭六国，兵戎极烦，又升至尊之日浅，未暇遑也。而亦颇推五胜㉙，而自以为获水德之瑞，更名河曰"德水"，而正以十月，色上黑。然历度闰余，未能睹其真也。

汉兴，高祖曰"北畤待我而起㉚"，亦自以为获水德之瑞。虽明习历及张苍等，咸以为然。是时天下初定，方纲纪大基，高后女主，皆未遑，故袭秦正朔服色。

至孝文时，鲁人公孙臣以终始五德上书，言"汉得土德，宜更元，改正朔，易服色。当有瑞，瑞黄龙见"。事下丞相张苍，张苍亦学律历，以为非是，罢之。其后黄龙见成纪，张苍自黜，所欲论著不成。而新垣平以望气见，颇言正历服色事，贵幸，后作乱㉛，故孝文帝废不复问。

至今上即位㉜，招致方士唐都，分其天部㉝，而巴落下闳运算转历㉞，然后日辰之度与夏正同。乃改元，更官号，封泰山。因诏御史曰："乃者，有司言星度之未定也，广延宣问，以理星度，未能詹也。盖闻昔者黄帝合而不死㉟，名察度验，定清浊，起五部，建气物分数，然盖尚矣。书缺乐弛，朕甚悯焉。朕唯未能循明也，轴绩日分㊱，率应水德之胜㊲。今日顺夏至，黄钟为宫，林钟为徵，太蔟为商，南吕为羽，姑洗为角。自是以后，气复正，羽声复清，名复正变，以至子日当冬至，则阴阳离合之道行焉。十一月甲子朔旦冬至已詹，其更以七年为太初元年。年名'焉逢摄提格㊳'，月名'毕聚㊴'，日得甲子，夜半朔旦冬至。"

历术甲子篇㊵：

太初元年，岁名"焉逢摄提格"，月名"毕聚"，日得甲子，夜半朔旦冬至。

正北㊶

十二㊷

无大余，无小余㊸；

无大余，无小余；

　焉逢摄提格。太初元年。

　十二

大余五十四，小余三百四十八㊹；

大余五，小余八㊺；

　端蒙单阏㊻。二年。

　闰十三

大余四十八，小余六百九十六；

大余十，小余十六；

　游兆执徐。三年。

　十二

大余十二，小余六百三；

大余十五；小余二十四；

　强梧大荒落。四年。

　十二

大余七，小余十一；

大余二十一，无小余；

　徒维敦牂。天汉元年。

　闰十三

大余一，小余三百五十九；

大余二十六，小余八；

　祝犁协洽。二年。

　十二

大余二十五，小余二百六十六；

大余三十一，小余十六；

　商横涒滩。三年。

　十二

大余十九，小余六百一十四；

大余三十六，小余二十四；

　　　昭阳作鄂。四年。
　　　闰十三
大余十四，小余二十二；
大余四十二，无小余；
　　　横艾淹茂。太始元年。
　　　十二
大余三十七，小余八百六十九；
大余四十七，小余八；
　　　尚章大渊献。二年。
　　　闰十三
大余三十二，小余二百七十七；
大余五十二，小余一十六；
　　　焉逢困敦。三年。
　　　十二
大余五十六，小余一百八十四；
大余五十七，小余二十四；
　　　端蒙赤奋若。四年。
　　　十二
大余五十，小余五百三十二；
大余三，无小余；
　　　游兆摄提格。征和元年。
　　　闰十三
大余四十四，小余八百八十；
大余八，小余八；
　　　强梧单阏。二年。
　　　十二
大余八，小余七百八十七；
大余十三，小余十六；
　　　徒维执徐。三年。
　　　十二
大余三，小余一百九十五；
大余十八，小余二十四；
　　　祝犁大芒落。四年。
　　　闰十三
大余五十七，小余五百四十三；
大余二十四，无小余；
　　　商横敦牂。后元元年。
　　　十二
大余二十一，小余四百五十；
大余二十九，小余八；

　　　昭阳汁洽。二年。

　　　闰十三

大余十五，小余七百九十八；

大余三十四，小余十六；

　　　横艾涒滩。始元元年。

　　　正西

　　　十二

大余三十九，小余七百五；

大余三十九，小余二十四；

　　　尚章作噩。二年。

　　　十二

大余三十四，小余一百一十三；

大余四十五，无小余；

　　　焉逢淹茂。三年。

　　　闰十三

大余二十八，小余四百六十一；

大余五十，小余八；

　　　端蒙大渊献。四年。

　　　十二

大余五十二，小余三百六十八；

大余五十五；小余十六；

　　　游兆困敦。五年。

　　　十二

大余四十六，小余七百一十六；

无大余，小余二十四；

　　　强梧赤奋若。六年。

　　　闰十三

大余四十一，小余一百二十四；

大余六，无小余；

　　　徒维摄提格。元凤元年。

　　　十二

大余五，小余三十一；

大余十一，小余八；

　　　祝犁单阏。二年。

　　　十二

大余五十九，小余三百七十九；

大余十六，小余十六；

　　　商横执徐。三年。

　　　闰十三

大余五十三，小余七百二十七；

大余二十一，小余二十四；

　　昭阳大荒落。四年。

　　十二

大余十七，小余六百三十四；

大余二十七，无小余；

　　横艾敦牂。五年。

　　闰十三

大余十二，小余四十二；

大余三十二，小余八；

　　尚章汁洽。六年。

　　十二

大余三十五，小余八百八十九；

大余二十七，小余十六；

　　焉逢涒滩。元平元年。

　　十二

大余三十，小余二百九十七；

大余四十二，小余二十四；

　　端蒙作噩。本始元年。

　　闰十三

大余二十四，小余六百四十五；

大余四十八，无小余；

　　游兆阉茂。二年。

　　十二

大余四十八，小余五百五十二；

大余五十三，小余八；

　　强梧大渊献。三年。

　　十二

大余四十二，小余九百；

大余五十八，小余十六；

　　徒维困敦。四年。

　　闰十三

大余三十七，小余三百八；

大余三，小余二十四；

　　祝犁赤奋若。地节元年。

　　十二

大余一，小余二百一十五；

大余九，无小余；

　　商横摄提格。二年。

　　闰十三

大余五十五，小余五百六十三；

大余十四，小余八；

　　昭阳单阏。三年。

　　正南

　　十二

大余十九，小余四百七十；

大余十九，小余十六；

　　横艾执徐。四年。

　　十二

大余十三，小余八百一十八；

大余二十四，小余二十四；

　　尚章大荒落。元康元年。

　　闰十三

大余八，小余二百二十六；

大余三十，无小余。

　　焉逢敦牂。二年。

　　十二

大余三十二，小余一百三十三；

大余三十五，小余八；

　　端蒙协洽。三年。

　　十二

大余二十六，小余四百八十一；

大余四十，小余十六；

　　游兆涒滩。四年。

　　闰十三

大余二十，小余八百二十九；

大余四十五，小余二十四；

　　强梧作噩。神雀元年。

　　十二

大余四十四，小余七百三十六；

大余五十一，无小余；

　　徒维淹茂。二年。

　　十二

大余三十九，小余一百四十四；

大余五十六，小余八；

　　祝犁大渊献。三年。

　　闰十三

大余三十三，小余四百九十二；

大余一，小余十六；

　　商横困敦。四年。

　　十二

大余五十七，小余三百九十九；
大余六，小余二十四；
　　　昭阳赤奋若。五凤元年。
　　　闰十三
大余五十一，小余七百四十七；
大余十二，无小余；
　　　横艾摄提格。二年。
　　　十二
大余十五，小余六百五十四；
大余十七，小余八；
　　　尚章单阏。三年。
　　　十二
大余十，小余六十二；
大余二十二，小余十六；
　　　焉逢执徐。四年。
　　　闰十三
大余四，小余四百一十；
大余二十七，小余二十四；
　　　端蒙大荒落。甘露元年。
　　　十二
大余二十八，小余三百一十七；
大余三十三，无小余。
　　　游兆敦牂。二年。
　　　十二
大余二十二，小余六百六十五；
大余三十八，小余八；
　　　强梧协洽。三年。
　　　闰十三
大余十七，小余七十三；
大余四十三，小余十六；
　　　徒维涒滩。四年。
　　　十二
大余四十，小余九百二十；
大余四十八，小余二十四。
　　　祝犁作噩。黄龙元年。
　　　闰十三
大余三十五，小余三百二十八；
大余五十四，无小余；
　　　商横淹茂。初元元年。
　　　正东

十二

大余五十九，小余二百三十五；

大余五十九，小余八；

　　昭阳大渊献。二年。

十二

大余五十三，小余五百八十三；

大余四，小余十六；

　　横艾困敦。三年。

闰十三

大余四十七，小余九百三十一；

大余九，小余二十四。

　　尚章赤奋若。四年。

十二

大余十一，小余八百三十八；

大余十五，无小余；

　　焉逢摄提格。五年。

十二

大余六，小余二百四十六；

大余二十，小余八；

　　端蒙单阏。永光元年。

闰十三

无大余，小余五百九十四；

大余二十五，小余十六；

　　游兆执徐。二年。

十二

大余二十四，小余五百一；

大余三十，小余二十四；

　　强梧大荒落。三年。

十二

大余十八，小余八百四十九；

大余三十六，无小余；

　　徒维敦牂。四年。

闰十三

大余十三，小余二百五十七；

大余四十一，小余八；

　　祝犁协洽。五年。

十二

大余三十七，小余一百六十四；

大余四十六，小余十六；

　　商横涒滩。建昭元年。

闰十三

大余三十一，小余五百一十二；

大余五十一，小余二十四；

　　昭阳作噩。二年。

　　十二

大余五十五，小余四百一十九；

大余五十七，无小余；

　　横艾阉茂。三年。

　　十二

大余四十九，小余七百六十七；

大余二，小余八；

　　尚章大渊献。四年。

　　闰十三

大余四十四，小余一百七十五；

大余七，小余十六；

　　焉逢困敦。五年。

　　十二

大余八，小余八十二；

大余十二，小余二十四；

　　端蒙赤奋若。竟宁元年。

　　十二

大余二，小余四百三十；

大余十八，无小余；

　　游兆摄提格。建始元年。

　　闰十三

大余五十六，小余七百七十八；

大余二十三，小余八；

　　强梧单阏。二年。

　　十二

大余二十，小余六百八十五；

大余二十八，小余十六；

　　徒维执徐。三年。

　　闰十三

大余十五，小余九十三；

大余三十三，小余二十四；

　　祝犁大荒落。四年。

　　右《历书》⑪。大余者，日也。小余者，月也⑱。端蒙者，年名也。支：丑名赤奋若，寅名摄提格。干：丙名游兆。正北，冬至加子时；正西，加酉时；正南，加午时；正东，加卯时。

①冰泮（pàn，音盼）：冰融解了。　　发蛰：冬眠的昆虫开始活动。

②秭鴂：亦作"子规"。杜鹃。　　滈（hào，音号）：通"嘷"。鸣叫。

③卒于丑：正月建于孟春，即寅月，十二月为丑月，至丑，一岁尽。

④正不率天：谓如为政不遵循天意。正，政也。率：遵循。

⑤天元：即上元，又称历元。

⑥消息：指阴阳消长。

⑦闰余：以岁之余为闰。

⑧嘉生：嘉谷，即好庄稼。

⑨放物：区分事类。

⑩荐至：接踵而来，纷至沓来。

⑪莫尽其气：谓人谁也没能享尽天年。即难得善终。气，受命之气。

⑫南正：即木正，司天之官。天是阳，南是阳位，木亦阳，故木正即南正。　　重：人名。

⑬乖次：错乱编次。谓推历不能计算年月的余分，以致失闰。

⑭孟陬殄灭：即正月不正。正月叫孟陬月，因闰余乖错，故正月不正。

⑮摄提：星名。随北斗星斗杓所指，建十二月，指示季节。

⑯羲、和之官：指尧立羲氏、和氏为掌历之官。

⑰明时：推明时令。　　正度：匡正历度。

⑱文祖：尧的祖庙。

⑲告朔：周天子于每年秋冬之交把第二年的历书颁发给诸侯，称"颁告朔"。诸侯藏之祖庙，至朔行告庙听政之礼。

⑳畴人：职掌历算的人。

㉑诸夏：中原各诸侯国的总称。

㉒礼祥：古代占星术通过观察天象以知吉凶之兆的方法。机为凶兆。祥为吉兆。

㉓闰三月：指鲁文公元年将闰置于三月。

㉔履端于始：年历的推算始于正月朔旦。履，步也，故推历叫步历。

㉕举正于中：以中气所在来定十二节月的名称和置闰，这种方法称为"以中为建"。

㉖归邪于终：亦作"归余于终"。谓将每月一节气和一中气比一个朔望月多出的那一两日，积日成月，在年终置闰。邪，读作余。

㉗愆：差错。

㉘五德：即五行之德。

㉙五胜：五德相胜，即互相生克。秦以周为火德，故以水德胜之。

㉚北畤：象征水德的黑帝祠庙。

㉛后作乱：后来诈伪乱事。

㉜今上：指汉武帝。

㉝分其天部：谓将天依二十八宿分距度。

㉞巴：巴郡　　落下闳：闳字长公，隐于落下。著名历法学家。　　运算转历：运算天体运行，改制历法。

㉟合而不死：谓黄帝作历，合于天象，终而复始，循环无穷。

㊱䌷绩日分：筹算日行分度。

㊲率应水德之胜：谓全应着克胜水德的，汉当为土德。

㊳焉逢摄提格：太岁纪年名。干支纪年即甲寅年。甲曰焉逢，寅曰摄提格。

㊴毕聚：指月亮的位置正在毕与娵訾之间。

㊵历术甲子篇：以甲子命历术为篇首。

㊶正北：指冬至点的时辰即卯时在正北。以下正东指午时，正南指酉时，正西指子时。

㊷十二：平年十二个月。有闰月则为"闰十三"。

㊸无大余，无小余：每一年名下列有两行大余、小余。上行指朔日干支，下行指冬至日干支。大余，即不满一甲（六十）余下的日数。小余，即不满一日（包括夜）余下的分数。

㊹大余五十四，小余三百四十八：读作朔日干支大余五十四日，小余三百四十八分。以下，上行读同。

㊺大余五，小余八：读作冬至日干支大余五日，小余八分。以下，下行读同。

⑯端蒙单阏：乙卯年。以下岁名，不注干支纪年，依干支顺序排列即可。

⑰右：今横排本当改作"上"字。

⑱月："分"字之误。小余为日分。

史记卷二十七

天官书第五

中宫天极星①，其一明者，太一常居也②。旁三星，三公③，或曰子属。后句四星④，末大星，正妃；余三星，后宫之属也。环之匡卫十二星，藩臣。皆曰紫宫⑤。

前列直斗口三星⑥，随北端兑⑦，若见若不，曰阴德，或曰天一。紫宫左三星曰天枪，右五星曰天棓，后六星绝汉抵营室⑧，曰阁道。

北斗七星，所谓"旋、玑、玉衡以齐七政⑨"。杓携龙角⑩，衡殷南斗⑪，魁枕参首⑫。用昏建者杓⑬；杓，自华以西南⑭。夜半建者衡；衡，殷中州河、济之间。平旦建者魁；魁，海岱以东北也。斗为帝车，运于中央，临制四乡。分阴阳，建四时，均五行，移节度，定诸纪，皆系于斗。

斗魁戴匡六星曰文昌宫⑮：一曰上将，二曰次将，三曰贵相，四曰司命，五曰司中，六曰司禄。在斗魁中，贵人之牢。魁下六星，两两相比者，名曰三能。三能色齐，君臣和；不齐，为乖戾。辅星明近⑯，辅臣亲强；斥小，疏弱⑰。

杓端有两星；一内为矛，招摇；一外为盾，天锋。有句圜十五星，属杓，曰贱人之牢。其牢中星实则囚多，虚则开出。

天一、枪、棓、矛、盾动摇⑱，角大，兵起。

东宫苍龙，房、心⑲。心为明堂，大星天王，前后星子属。不欲直，直则天王失计。房为府，曰天驷。其阴，右骖。旁有两星曰衿；北一星曰舝⑳。东北曲十二星曰旗。旗中四星曰天市；中六星曰市楼。市中星众者实。其虚则秏。房南众星曰骑官。

左角，李㉑；右角，将。大角者，天王帝廷。其两旁各有三星，鼎足句之，曰摄提。摄提者，直斗杓所指，以建时节，故曰"摄提格"。亢为疏庙，主疾。其南北两大星，曰南门。氐为天根，主疫。

尾为九子，曰君臣；斥绝，不和。箕为敖客，曰口舌。

火犯守角，则有战。房、心，王者恶之也。

南宫朱鸟，权、衡。衡，太微，三光之廷。匡卫十二星，藩臣：西，将；东，相；南四星，执法；中，端门；门左右，掖门。门内六星，诸侯。其内五星，五帝坐㉒。后聚一十五星蔚然，曰郎位；傍一大星，将位也。月、五星顺入，轨道，司其出，所守，天子所诛也。其逆入，若不轨道，以所犯命之；中坐，成形，皆群下从谋也。金、火尤甚㉓。廷藩西有隋星五，曰少微，士大夫。权，轩辕。轩辕，黄龙体。前大星，女主象；旁小星，御者后宫属。月、五星守犯者，如衡占。

东井为水事。其西曲星曰钺。钺北，北河；南，南河。两河，天阙，间为关梁。舆鬼，鬼祠事，中白者为质。火守南北河，兵起，谷不登。故德成衡，观成潢，伤成钺，祸成井，诛成质。

柳为鸟注㉔，主木草。七星，颈，为员官，主急事。张，素㉕，为厨，主觞客。翼为羽翮，主远客。

轸为车，主风。其旁有一小星，曰长沙，星星不欲明，明与四星等。若五星入轸中，兵大起。轸南众星曰天库楼，库有五车。车星角若益众，及不具，无处车马。

西宫咸池，曰天五潢。五潢，五帝车舍。火入，旱；金，兵；水，水。中有三柱，柱不具，兵起。

奎曰封豕，为沟渎。娄为聚众。胃为天仓，其南众星曰廥积。

昴曰髦头，胡星也，为白衣会。毕曰罕车，为边兵，主弋猎。其大星旁小星为附耳。附耳摇动，有谗乱臣在侧。昴、毕间为天街。其阴，阴国；阳，阳国。

参为白虎。三星直者，是为衡石。下有三星，兑，曰罚，为斩艾事㉖。其外四星，左右肩股也。小三星隅置，曰觜觿，为虎首，主葆旅事。其南有四星，曰天厕。厕下一星，曰天矢。矢黄则吉；青、白、黑，凶。其西有句曲九星，三处罗：一曰天旗，二曰天苑，三曰九游。其东有大星曰狼。狼角变色，多盗贼。下有四星曰弧，直狼。狼比地有大星㉗，曰南极老人。老人见，治安；不见，兵起。常以秋分时候之于南郊。

附耳入毕中，兵起。

北宫玄武，虚、危。危为盖屋；虚为哭泣之事。其南有众星，曰羽林天军。军西为垒，或曰钺。旁有一大星为北落。北落若微亡㉘，军星动角益希㉙，及五星犯北落，入军，军起。火、金、水尤甚：火，军忧；水，水患；木、土，军吉。危东六星，两两相比，曰司空。

营室为清庙，曰离宫、阁道。汉中四星㉚，曰天驷。旁一星，曰王良。王良策马，车骑满野。旁有八星，绝汉，曰天潢。天潢旁，江星。江星动，人涉水。

杵、臼四星，在危南。匏瓜，有青黑星守之，鱼盐贵。

南斗为庙，其北建星。建星者，旗也。牵牛为牺牲。其北河鼓。河鼓大星，上将；左右，左右将。婺女，其北织女。织女，天女孙也。

察日、月之行以揆岁星顺逆㉛。曰东方木，主春，日甲乙。义失者㉜，罚出岁星。岁星嬴缩，以其舍命国。所在国不可伐，可以罚人。其趋舍而前曰嬴，退舍曰缩。嬴，其国有兵不复；缩，其国有忧，将亡，国倾败。其所在，五星皆从而聚于一舍，其下之国，可以义致天下。

以摄提格岁：岁阴左行在寅，岁星右转居丑。正月，与斗、牵牛晨出东方，名曰监德，色苍苍有光。其失次㉝，有应见柳。岁早㉞，水；晚，旱。

岁星出，东行十二度，百日而止，反逆行，逆行八度，百日，复东行。岁行三十度十六分度之七，率日行十二分度之一，十二岁而周天。出常东方，以晨；入于西方，用昏。

单阏岁：岁阴在卯，星居子。以二月与婺女、虚、危晨出，曰降入，大有光。其失次，有应见张，其岁大水。

执徐岁：岁阴在辰，星居亥。以三月与营室、东壁晨出，曰青章，青青甚章。其失次，有应见轸。岁早，旱；晚，水。

大荒骆岁：岁阴在巳，星居戌。以四月与奎、娄晨出，曰跰踵。熊熊赤色，有光。其失次，有应见亢。

敦牂岁：岁阴在午，星居酉。以五月与胃、昴、毕晨出，曰开明，炎炎有光。偃兵；唯利公王，不利治兵。其失次，有应见房。岁早，旱；晚，水。

叶洽岁：岁阴在未，星居申。以六月与觜觿、参晨出，曰长列，昭昭有光。利行兵。其失次，有应见箕。

涒滩岁：岁阴在申，星居未。以七月与东井、舆鬼晨出，曰大音，昭昭白。其失次，有应见牵牛。

作鄂岁：岁阴在酉，星居午。以八月与柳、七星、张晨出，曰长王，作作有芒㉟。国其昌，熟谷。其失次，有应见危。有旱而昌，有女丧，民疾。

阉茂岁：岁阴在戌，星居巳。以九月与翼、轸晨出，曰天睢，白色大明。其失次，有应见东壁。岁水，女丧。

大渊献岁：岁阴在亥，星居辰。以十月与角、亢晨出，曰大章。苍苍然，星若跃而阴出旦，是谓"正平"。起师旅，其率必武；其国有德，将有四海。其失次，有应见娄。

困敦岁：岁阴在子，星居卯。以十一月与氐、房、心晨出，曰天泉，玄色甚明。江池其昌，不利起兵。其失次，有应见昴。

赤奋若岁：岁阴在丑，星居寅。以十二月与尾、箕晨出，曰大皓，黯然黑色甚明。其失次，有应见参。

当居不居，居之又左右摇，未当去去之，与他星会，其国凶。所居久，国有德厚。其角动，乍小乍大，若色数变，人主有忧。

其失次舍以下㊱，进而东北，三月生天棓，长四丈，末兑；进而东南，三月生彗星，长二丈，类彗；退而西北，三月生天櫼，长四丈，末兑；退而西南，三月生天枪，长数丈，两头兑。谨视其所见之国，不可举事用兵。其出如浮如沉，其国有土功㊲；如沉如浮，其野亡㊳。色赤而有角，其所居国昌。迎角而战者，不胜。星色赤黄而沉，所居野大穰。色青白而赤灰，所居野有忧。岁星入月，其野有逐相；与太白斗㊴，其野有破军。

岁星一曰摄提，曰重华，曰应星，曰纪星。营室为清庙，岁星庙也。

察刚气以处荧惑㊵，曰南方火，主夏，日丙、丁。礼失，罚出荧惑，荧惑失行是也。出则有兵，入则兵散。以其舍命国。荧惑为勃乱，残贼、疾、丧、饥、兵。反道二舍以上，居之，三月有殃，五月受兵，七月半亡地，九月太半亡地。因与俱出入，国绝祀。居之，殃还至，虽大当小；久而至，当小反大。其南为丈夫丧，北为女子丧。若角动绕环之，及乍前乍后，左右，殃益大。与他星斗，光相逮，为害；不相逮，不害。五星皆从而聚于一舍，其下国可以礼致天下。

法㊶，出东行十六舍而止；逆行二舍；六旬，复东行，自所止数十舍，十月而入西方；伏行五月，出东方。其出西方曰"反明"，主命者恶之。东行急，一日行一度半。其行东、西、南、北疾也，兵各聚其下，用战，顺之胜，逆之败。荧惑从太白，军忧；离之，军却。出太白阴，有分军；行其阳，有偏将战。当其行，太白逮之，破军杀将。其入守犯太微、轩辕、营室，主命恶之。心为明堂，荧惑庙也。谨候此。

历斗之会以定填星之位㊷。曰中央土，主季夏，日戊、己，黄帝，主德，女主象也。岁填一宿，其所居国吉。未当居而居，若已去而复还，还居之，其国得土，不，乃得女。若当居而不居，既已居之，又西东去，其国失土，不，乃失女，不可举事用兵。其居久，其国福厚；易，福薄。

其一名曰地侯，主岁㊸。岁行十三度百十二分度之五，日行二十八分度之一，二十八岁周天。其所居，五星皆从而聚于一舍，其下之国，可以重致天下。礼、德、义、杀、刑尽失，而填星乃为之动摇。

赢，为王不宁；其缩，有军不复。填星，有色黄，九芒，音曰黄钟宫。其失次上二三宿曰赢，有主命不成；不，乃大水。失次下二三宿曰缩，有后戚㊹，其岁不复；不，乃天裂若地动。

斗为文太室，填星庙，天子之星也。

木星与土合，为内乱、饥，主勿用战，败；水㊺，则变谋而更事；火，为旱；金，为白衣会，若水。金在南曰牝牡，年谷熟。金在北，岁偏无㊻。火与水合为焠，与金合为铄，为丧，皆不可举事，用兵，大败。土为忧，主孽卿，大饥，战败，为北军㊼，军困，举事大败。土与水合，穰而拥阏，有覆军，其国不可举事。出，亡地；入，得地。金，为疾，为内兵，亡地。三星若合，其宿地国，外内有兵与丧，改立公王。四星合，兵丧并起，君子忧，小人流。五星合，是为易行㊽，有德，受庆，改立大人，掩有四方，子孙蕃昌；无德，受殃若亡。五星皆大，其事亦大；皆小，事亦小。

早出者为赢，赢者为客；晚出者为缩，缩者为主人。必有天应见于杓星。同舍为合，相凌为斗，七寸以内必之矣。

五星色白圜，为丧旱；赤圜，则中不平，为兵；青圜，为忧水；黑圜，为疾，多死；黄圜，则吉。赤角犯我城，黄角地之争，白角哭泣之声，青角有兵忧，黑角则水。意，行穷兵之所终。五星同色，天下偃兵，百姓宁昌。春风秋雨，冬寒夏暑，动摇常以此。

填星出百二十日而逆西行，西行百二十日反东行。见三百三十日而入，入三十日复出东方。太岁在甲寅，镇星在东壁，故在营室。

察日行以处位太白。曰西方，秋，日庚、辛，主杀。杀失者，罚出太白。太白失行，以其舍命国。其出行十八舍二百四十日而入。入东方，伏行十一舍百三十日；其入西方，伏行三舍十六日而出。当出不出，当入不入，是谓失舍，不有破军，必有国君之篡。

其纪上元，以摄提格之岁，与营室晨出东方，至角而入；与营室夕出西方，至角而入。与角晨出，入毕；与角夕出，入毕。与毕晨出，入箕；与毕夕出，入箕。与箕晨出，入柳；与箕夕出，入柳。与柳晨出，入营室；与柳夕出，入营室。凡出入东西各五，为八岁，二百二十日，复与营室晨出东方。其大率，岁一周天。其始出东方，行迟，率日半度，一百二十日，必逆行一二舍；上极而反㊾，东行，行日一度半，一百二十日入。其庳㊿，近日，曰明星，柔；高，远日，曰大器，刚。其始出西方，行疾，率日一度半，百二十日；上极而行迟，日半度，百二十日，且入㈤，必逆行一二舍而入。其庳，近日，曰大白，柔；高，远日，曰大相，刚。出以辰、戌，入以丑、未。

当出不出，未当入而入，天下偃兵，兵在外，入㈤。未当出而出，当入而不入，天下起兵，有破国。其当期出也，其国昌。其出东为东，入东为北方；出西为西，入西为南方。所居久，其乡利㈤；易，其乡凶。

出西至东，正西国吉。出东至西，正东国吉。其出不经天㈤；经天，天下革政。

小以角动㈤，兵起。始出大，后小，兵弱；出小，后大，兵强。出高，用兵深吉，浅凶；庳，浅吉，深凶。日方南金居其南，日方北金居其北，曰赢，侯王不宁，用兵进吉退凶。日方南金居其北，日方北金居其南，曰缩，侯王有忧，用兵退吉进凶。用兵象太白：太白行疾，疾行；迟，迟行。角，敢战。动摇躁，躁。圜以静，静。顺角所指，吉；反之，皆凶。出则出兵，入则入兵。赤角，有战；白角，有丧；黑圜角，忧，有水事；青圜小角，忧，有木事；黄圜和角，有土事，有年㊻。其已出三日而复，有微入，入三日乃复盛出，是谓奭，其下国有军败将北。其已入三日又复微出，出三日而复盛入，其下国有忧，师有粮食兵革，遗人用之㊼，卒虽众，将为人虏。其出西失行，外国败；其出东失行，中国败。其色大圜黄滜㊽，可为好事；其圜大赤，兵盛不战。

太白白，比狼；赤，比心；黄，比参左肩；苍，比参右肩；黑，比奎大星。五星皆从太白而聚乎一舍，其下之国可以兵从天下。居实，有得也；居虚，无得也。行胜色，色胜位，有位胜无位，有色胜无色，行得尽胜之。出而留桑榆间，疾其下国。上而疾，未尽其日，过参天㉙，疾其对国。上复下，下复上，有反将。其入月，将僇㉚。金、木星合，光，其下战不合，兵虽起而不斗；合相毁㉛，野有破军。出西方，昏而出阴，阴兵强；暮食出，小弱；夜半出，中弱；鸡鸣出，大弱：是谓阴陷于阳。其在东方，乘明而出阳，阳兵之强；鸡鸣出，小弱；夜半出，中弱；昏出，大弱：是谓阳陷于阴。太白伏也，以出兵，兵有殃。其出卯南，南胜北方；出卯北，北胜南方；正在卯，东国利。出西北，北胜南方；出西南，南胜北方；正在酉，西国胜。其与列星相犯，小战；五星，大战。其相犯，太白出其南，南国败；出其北，北国败。行疾，武；不行，文。色白五芒，出早为月蚀，晚为天夭及彗星，将发其国。出东为德，举事左之迎之，吉。出西为刑，举事右之背之，吉。反之皆凶。太白光见景，战胜。昼见而经天，是谓争明，强国弱，小国强，女主昌㉜。

亢为疏庙㉝，太白庙也。太白，大臣也，其号上公。其他名殷星、太正、营星、观星、宫星、明星、大衰、大泽、终星、大相、天浩、序星、月纬。大司马位谨候此。

察日辰之会，以治辰星之位㉞。曰北方水，太阴之精，主冬，日壬、癸。刑失者，罚出辰星，以其宿命国。

是正四时㉟：仲春春分，夕出郊奎、娄、胃东五舍㊱，为齐；仲夏夏至，夕出郊东井、舆鬼、柳东七舍，为楚；仲秋秋分，夕出郊角、亢、氐、房东四舍，为汉；仲冬冬至，晨出郊东方，与尾、箕、斗、牵牛俱西，为中国。其出入常以辰、戌、丑、未。

其早，为月蚀；晚，为彗星及天夭。其时宜效不效为失，追兵在外不战。一时不出，其时不和；四时不出，天下大饥。其当效而出也，色白为旱，黄为五谷熟，赤为兵，黑为水。出东方，大而白，有兵于外，解。常在东方，其赤，中国胜；其西而赤，外国利。无兵于外而赤，兵起。其与太白俱出东方，皆赤而角，外国大败，中国胜；其与太白俱出西方，皆赤而角，外国利。五星分天之中，积于东方，中国利；积于西方，外国用兵者利。五星皆从辰星而聚于一舍，其所舍之国可以法致天下。辰星不出，太白为客；其出，太白为主。出而与太白不相从，野虽有军，不战。出东方，太白出西方；若出西方，太白出东方，为格㊲，野虽有兵不战。失其时而出，为当寒反温，当温反寒。当出不出，是谓击卒，兵大起。其入太白中而上出，破军杀将，客军胜；下出，客亡地。辰星来抵太白，太白不去，将死。正旗上出，破军杀将，客胜；下出，客亡地。视旗所指，以命破军。其绕环太白，若与斗，大战，客胜。兔过太白㊳，间可椷剑㊴，小战，客胜。兔居太白前，军罢；出太白左，小战；摩太白，有数万人战，主人吏死；出太白右，去三尺，军急约战。青角，兵忧；黑角，水。赤行，穷兵之所终。

兔七命㊵，曰小正、辰星、天櫼、安周星、细爽、能星、钩星。其色黄而小，出而易处，天下之文变而不善矣。兔五色：青圜，忧；白圜，丧；赤圜，中不平；黑圜，吉；赤角，犯我城；黄角，地之争；白角，号泣之声。其出东方，行四舍四十八日，其数三十日，而反入于东方；其出西方，行四舍四十八日，其数二十日，而反入于西方。其一候之营室、角、毕、箕、柳。出房、心间，地动。

辰星之色：春，青黄；夏，赤白；秋，青白，而岁熟；冬，黄而不明。即变其色，其时不昌。春不见，大风，秋则不实㊶。夏不见，有六十日之旱，月蚀。秋不见，有兵，春则不生。冬不见，阴雨六十日，有流邑，夏则不长。

角、亢、氐，兖州㊷。房、心，豫州。尾、箕，幽州。斗，江、湖。牵牛、婺女，杨州。

虚、危，青州。营室至东壁，并州。奎、娄、胃，徐州。昂、毕，冀州。觜觿、参，益州。东井、舆鬼，雍州。柳、七星、张，三河。翼、轸，荆州。

七星为员官，辰星庙，蛮夷星也。

两军相当，日晕；晕等，力钧；厚长大，有胜；薄短小，无胜。重抱，大破[73]；无抱，为和；背，为不和，为分离相去。直为自立，立侯王，破军杀将。负且戴[74]，有喜。围在中，中胜；在外，外胜。青外赤中，以和相去；赤外青中，以恶相去。气晕，先至而后去，居军胜；先至先去，前利后病；后至后去，前病后利；后至先去，前后皆病，居军不胜。见而去，其发疾，虽胜无功。见半日以上，功大。白虹屈短，上下兑，有者下大流血。日晕制胜，近期三十日，远期六十日。

其食，食所不利；复生，生所利；而食益尽，为主位。以其直及日所宿，加以日时，用命其国也。

月行中道[75]，安宁和平。阴间，多水，阴事。外北三尺，阴星。北三尺，太阴，大水、兵。阳间，骄恣。阳星，多暴狱。太阳，大旱丧也。角、天门，十月为四月，十一月为五月，十二月为六月，水发，近三尺，远五尺。犯四辅，辅臣诛。行南、北河，以阴阳言，旱水兵丧。

月蚀岁星[76]，其宿地，饥若亡。荧惑也乱，填星也下犯上，太白也强国以战败，辰星也女乱。蚀大角，主命者恶之；心，则为内贼乱也；列星，其宿地忧。

月食始日，五月者六，六月者五，五月复六，六月者一，而五月者五，凡百一十三月而复始。故月蚀，常也；日蚀，为不臧也[77]。甲、乙[78]，四海之外，日月不占。丙、丁，江、淮、海岱也。戊、己，中州、河、济也。庚、辛，华山以西。壬、癸，恒山以北。日蚀，国君；月蚀，将相当之。

国皇星，大而赤，状类南极。所出，其下起兵，兵强，其冲不利。

昭明星，大而白，无角，乍上乍下。所出国，起兵，多变。

五残星，出正东东方之野。其星状类辰星，去地可六丈。

大贼星，出正南南方之野。星去地可六丈，大而赤，数动，有光。

司危星，出正西西方之野。星去地可六丈，大而白，类太白。

狱汉星，出正北北方之野。星去地可六丈，大而赤，数动，察之中青。此四野星所出，出非其方，其下有兵，冲不利。

四填星，所出四隅，去地可四丈。

地维、咸光，亦出四隅，去地可三丈，若月始出。所见，下有乱；乱者亡，有德者昌。

烛星，状如太白，其出也不行。见则灭。所烛者，城邑乱。

如星非星，如云非云，命曰归邪。归邪出，必有归国者。

星者，金之散气，其本曰火。星众，国吉；少，则凶。

汉者，亦金之散气，其本曰水。汉，星多，多水；少，则旱，其大经也。

天鼓，有音如雷非雷，音在地而下及地。其所往者，兵发其下。

天狗，状如大奔星，有声，其下止地，类狗。所堕及，望之如火光炎炎冲天。其下圜如数顷田处，上兑者则有黄色，千里破军杀将。

格泽星者，如炎火之状。黄白，起地而上。下大，上兑。其见也，不种而获；不有土功，必有大害。

蚩尤之旗，类彗而后曲，象旗。见则王者征伐四方。

旬始，出于北斗旁，状如雄鸡。其怒，青黑，象伏鳖。

枉矢，类大流星，蛇行而仓黑，望之如有毛羽然。

长庚，如一匹布著天。此星见，兵起。

星坠至地，则石也。河、济之间，时有坠星。

天精而见景星^⑦。景星者，德星也。其状无常，常出于有道之国。

凡望云气，仰而望之，三四百里；平望，在桑榆上，千余二千里；登高而望之，下属地者三千里。云气有兽居上者，胜。

自华以南，气下黑上赤。嵩高、三河之郊，气正赤。恒山之北，气下黑上青。勃、碣、海、岱之间，气皆黑。江、淮之间，气皆白。

徒气白^⑧。土功气黄。车气乍高乍下，往往而聚。骑气卑而布。卒气抟。前卑而后高者，疾；前方而后高者，兑；后兑而卑者，却。其气平者其行徐。前高而后卑者，不止而反。气相遇者，卑胜高，兑胜方。气来卑而循车通者，不过三四日，去之五六里见。气来高七八尺者，不过五六日，去之十余里见。气来高丈余二丈者，不过三四十日，去之五六十里见。

稍云精白者^⑪，其将悍，其士怯。其大根而前绝远者，当战。青白，其前低者，战胜；其前赤而仰者，战不胜。阵云如立垣。杼云类杼。轴云抟，两端兑。杓云如绳者，居前亘天，其半半天。其蜺者类阙旗故^⑫。钩云句曲。诸此云见，以五色合占。而泽抟密^⑬，其见动人，乃有占；兵必起，合斗其直。

王朔所候，决于日旁。日旁云气，人主象。皆如其形以占。

故北夷之气如群畜穹闾，南夷之气类舟船幡旗。大水处，败军场，破国之虚^⑭，下有积钱，金宝之上，皆有气，不可不察。海旁蜃气象楼台；广野气成宫阙然。云气各象其山川人民所聚积。

故候息耗者^⑮，入国邑，视封疆田畴之正治，城郭室屋门户之润泽，次至车服畜产精华。实息者，吉；虚耗者，凶。

若烟非烟，若云非云，郁郁纷纷，萧索轮囷^⑯，是谓卿云。卿云，喜气也。若雾非雾，衣冠而不濡，见则其域被甲而趋。

夫雷电、虾虹、辟历、夜明者，阳气之动者也，春夏则发，秋冬则藏，故候者无不司之。

天开县物，地动坼绝。山崩及徙，川塞溪垘，水澹地长，泽竭见象。城郭门闾，闺臬槀枯；宫庙邸第，人民所次。谣俗车服，观民饮食。五谷草木，观其所属。仓府厩库，四通之路。六畜禽兽，所产去就。鱼鳖鸟鼠，观其所处。鬼哭若呼，其人逢俉^⑰。化言，诚然^⑱。

凡候岁美恶，谨候岁始。岁始或冬至日，产气始萌。腊明日^⑲，人众卒岁，一会饮食，发阳气，故曰初岁。正月旦，王者岁首；立春日，四时之始也。四始者，候之日。

而汉魏鲜集腊明正月旦决八风^⑳。风从南方来，大旱；西南，小旱；西方，有兵；西北，戎菽为，小雨，趣兵；北方，为中岁；东北，为上岁；东方，大水；东南，民有疾疫，岁恶。故八风各与其冲对，课多者为胜。多胜少，久胜亟，疾胜徐。旦至食，为麦；食至日昳^㉑，为稷；昳至餔^㉒，为黍；餔至下餔，为菽；下餔至日入，为麻。欲终日有云有风有日，日当其时者，深而多实；无云有风日，当其时，浅而多实；有云风，无日，当其时，深而少实；有日，无云，不风，当其时者，稼有败。如食顷^㉓，小败；熟五斗米顷，大败。则风复起，有云，其稼复起。各以其时用云色占种所宜。其雨雪若寒，岁恶。

是日光明，听都邑人民之声。声宫，则岁善，吉；商，则有兵；徵，旱；羽，水；角，岁恶。

或从正月旦比数雨。率日食一升，至七升而极；过之，不占。数至十二日，日直其月，占水旱。为其环域千里内占，则为天下候，竟正月。月所离列宿，日、风、云，占其国。然必察太岁所在。在金，穰；水，毁；木，饥；火，旱。此其大经也㉞。

正月上甲，风从东方，宜蚕；风从西方，若旦黄云，恶。

冬至短极，县土炭，炭动，鹿解角，兰根出，泉水跃，略以知日至，要决晷景㉟。岁星所在，五谷逢昌。其对为冲，岁乃有殃。

太史公曰：自初生民以来，世主曷尝不历日月星辰㊱？及至五家、三代，绍而明之㊲，内冠带，外夷狄，分中国为十有二州，仰则观象于天，俯则法类于地。天则有日月，地则有阴阳。天有五星，地有五行。天则有列宿，地则有州域。三光者㊳，阴阳之精，气本在地，而圣人统理之。

幽、厉以往，尚矣。所见天变，皆国殊窟穴㊴，家占物怪，以合时应，其文图籍机祥不法。是以孔子论六经，纪异而说不书㊵。至天道命，不传；传其人，不待告；告非其人，虽言不著。

昔之传天数者㊶：高辛之前，重、黎；于唐、虞，羲、和；有夏，昆吾；殷商，巫咸；周室，史佚、苌弘；于宋，子韦；郑则裨灶；在齐，甘公；楚，唐眜；赵，尹皋；魏，石申。

夫天运，三十岁一小变，百年中变，五百载大变。三大变一纪，三纪而大备，此其大数也。为国者必贵三五㊷。上下各千岁，然后天人之际续备。

太史公推古天变，未有可考于今者。盖略以春秋二百四十二年之间，日蚀三十六，彗星三见，宋襄公时星陨如雨。天子微，诸侯力政，五伯代兴，更为主命。自是之后，众暴寡，大并小。秦、楚、吴、越，夷狄也，为强伯。田氏篡齐，三家分晋，并为战国。争于攻取，兵革更起，城邑数屠，因以饥馑疾疫焦苦，臣主共忧患，其察机祥候星气尤急。近世十二诸侯七国相王，言从衡者继踵㊸，而皋、唐、甘、石因时务论其书传，故其占验凌杂米盐㊹。

二十八舍主十二州，斗秉兼之，所从来久矣。秦之疆也，候在太白，占于狼、弧。吴、楚之疆，候在荧惑，占于鸟衡。燕、齐之疆，候在辰星，占于虚、危。宋、郑之疆，候在岁星，占于房、心。晋之疆，亦候在辰星，占于参、罚。

及秦并吞三晋、燕、代，自河、山以南者中国㊺。中国于四海内则在东南，为阳；阳则日、岁星、荧惑、填星；占于街南，毕主之㊻。其西北则胡、貉、月氏诸衣旃裘引弓之民，为阴；阴则月、太白、辰星，占于街北，昴主之。故中国山川东北流，其维㊼，首在陇、蜀，尾没于勃、碣。是以秦、晋好用兵，复占太白，太白主中国；而胡、貉数侵掠，独占辰星，辰星出入躁疾，常主夷狄。其大经也。此更为客主人㊽。荧惑为孛，外则理兵，内则理政。故曰"虽有明天子，必视荧惑所在"。诸侯更强，时灾异记，无可录者。

秦始皇之时，十五年彗星四见，久者八十日，长或竟天。其后秦遂以兵灭六王，并中国，外攘四夷，死人如乱麻。因以张楚并起，三十年之间兵相骀藉㊾，不可胜数。自蚩尤以来，未尝若斯也。

项羽救巨鹿，枉矢西流，山东遂合从诸侯，西坑秦人，诛屠咸阳。

汉之兴，五星聚于东井。平城之围㊿，月晕参、毕七重。诸吕作乱，日蚀，昼晦。吴楚七国叛逆，彗星数丈，天狗过梁野；及兵起，遂伏尸流血其下。元光、元狩，蚩尤之旗再见，长则半天。其后京师师四出，诛夷狄者数十年，而伐胡尤甚。越之亡，荧惑守斗；朝鲜之拔，星茀于河戍[51]；兵征大宛，星茀招摇。此者荦荦大者[52]。若至委曲小变，不可胜道。由是观之，未有不先形见而应随之者也。

夫自汉之为天数者，星则唐都，气则王朔，占岁则魏鲜。故甘、石历五星法，唯独荧惑有反逆行。逆行所守，及他星逆行，日月薄蚀，皆以为占。

　　余观史记，考行事，百年之中，五星无出而不反逆行，反逆行，尝盛大而变色；日月薄蚀，行南北有时。此其大度也，故紫宫、房心、权衡、咸池、虚危列宿部星，此天之五官坐位也，为经，不移徙，大小有差，阔狭有常。水、火、金、木、填星，此五星者，天之五佐，为纬，见伏有时，所过行赢缩有度。

　　日变修德，月变省刑，星变结和。凡天变，过度乃占。国君强大，有德有昌；弱小，饰诈者亡。太上修德，其次修政，其次修救，其次修禳，正下无之。夫常星之变希见[⑩]，而三光之占亟用[⑪]。日月晕适，云风，此天之客气，其发见亦有大运。然其与政事俯仰，最近天人之符。此五者，天之感动。为天数者，必通三五[⑫]。终始古今，深观时变，察其精粗，则天官备矣。

　　苍帝行德，天门为之开。赤帝行德，天牢为之空。黄帝行德，天矢为之起。风从西北来，必以庚、辛。一秋中，五至，大赦；三至，小赦。白帝行德，以正月二十日、二十一日，月晕围，常大赦载，谓有太阳也。一曰：白帝行德，毕、昴为之围。围三暮，德乃成；不三暮及围不合，德不成。二曰：以辰围，不出其旬。黑帝行德，天关为之动。天行德，天子更立年；不德，风雨破石。三能、三衡者，天廷也。客星出天廷，有奇令。

---

　　①中宫：指北极星所在的区域。古代将星空划分为五大区域，称为"五宫"。宫意区域或舍。　　天极星：即北极星，为中宫的主要星座。

　　②太一：即天帝，或称帝星。

　　③三公：太尉、司徒、司空。

　　④句：曲成勾形。

　　⑤皆曰紫宫：上述各星合称紫宫，即中宫，又称紫微宫。

　　⑥直斗口：当着北斗的斗口。

　　⑦随北端兑：北面成椭园形而星形尖锐。

　　⑧绝汉抵营室：横渡银河直达营室星。

　　⑨七政：指日、月及五星。

　　⑩杓携龙角：斗杓连着东"苍龙"七宿的"角宿"。

　　⑪衡殷南斗：斗衡正对着斗的中央。

　　⑫魁枕参首：斗魁枕于"参宿"的头部。

　　⑬昏建：以黄昏为建。建，北斗所指辰位。

　　⑭华：指华山。

　　⑮戴匡：谓像戴着箩筐一样。

　　⑯辅星：在北斗第六星旁边。

　　⑰斥小，疏弱：谓辅星如果远离，暗淡无光，象征辅臣疏远，国家衰弱。

　　⑱动摇：指星光闪烁。

　　⑲房、心：谓房、心二宿是东宫即苍龙之宫中的主要星座。

　　⑳辖（音辖）：天驷星的车辖。

　　㉑李：通理，执法之官，主刑法。

　　㉒五帝坐：中央黄帝，东方苍帝，南方赤帝，西方白帝，北方黑帝。

　　㉓金、火尤甚：谓金星和火星犯帝坐，其祸害尤甚。

　　㉔柳为鸟注：柳宿是朱鸟的喙。

　　㉕素：嗉囊。

　　㉖兑：读锐，上小下大成锥形。　　罚：读伐。　　斩艾：斩伐艾刈。

　　㉗狼比地：天狼星下靠近地平线。

　　㉘微亡：光度微弱甚至不见。

　　㉙军星动角益希：谓如果羽林军星移动、生芒角，或星数减少。

㉚汉：即银河。
㉛岁星：即木星。
㉜义失者：指失义的国家。
㉝失次：行不到应有位次。
㉞岁早：岁星出现早。
㉟作作有芒：灼灼有光芒。
㊱失次舍以下：谓岁星失次超过一舍以上。
㊲其国有土功：谓岁星所当之国的土地将会扩张。
㊳其野亡：谓国家会丧失郊野之地。
㊴与太白斗：岁星与太白（金星）相遇。
㊵荧惑：即火星。
㊶法：指荧惑步法，即运行周期。
㊷历：观察。　斗：指南斗。　填星：即土星。
㊸主岁：主管年岁的丰歉。
㊹有后戚：王后有悲戚。
㊺水：指木星与水星合。下句火、金，指木星与火星合、与金星合。
㊻岁偏无：当年一无收成。
㊼为北军：军队败北。
㊽易行：改易五行，即更易天命，意改朝换代。
㊾上极而反：谓逆行上至轨道的顶端而后返回。
㊿庳（bì，音毕）：低下。
(51)旦入：疑为“且入”。
(52)入：谓兵应调回。
(53)其乡利：所主的方向有利
(54)经天：行经全天。
(55)小以角动：谓金星小而有芒角闪动。
(56)有年：有收成。
(57)遗人用之：白白送给他人享用。
(58)黄滜：色黄而润泽。
(59)过参天：已经走过了天空的三分之一。
(60)将僇：有将被诛戮。
(61)合相毁：谓金、木二星合而光相掩毁。
(62)女主昌：女主统治的国家昌盛。
(63)疏庙：即外庙。
(64)辰星：即水星。
(65)是正四时：谓水星的位置可用来测定四季。
(66)郊：为“效”之误。效，出现。下同。
(67)格：相对，不和同。
(68)兔：兔星。水星的别名。
(69)间可械剑：其间有可容一剑的空隙。械，容纳。
(70)七命：即七名。
(71)不实：没有收成。
(72)角、亢、氐，兖州：角、亢、氐是兖州的分野。二十八宿与地上各州域相对应。下文各句同此。
(73)重抱，大破：日晕重重，云气合抱向日，两军将大破。
(74)负：云气在日之下。　戴：云气在日之上如戴帽状。
(75)中道：房宿四星的中间。
(76)月蚀岁星：谓月掩岁星，即星在月后。

⑦不臧：不常。

⑧甲、乙：指甲、乙之日。

⑨精：清朗。

⑩徒：徒众，流民。

⑪稍云：动荡不定的云。

⑫其蜺者类阙旗故：谓霓旗象一条屈伸的旗子，故只有一半长。蜺，亦作"蜺"。

⑧泽抟密：指云气润泽成团，密集一起。

⑭虚：同"墟"，废墟。

⑮候：占候。 息耗：生息与虚耗。

⑯萧索轮囷：内中萧疏，外缘如圆形的囷仓。

⑰逢悟：相逢而惊。

⑱化言：传言。化，"讹"字之误。

⑲腊明日：腊月初九。腊日（十二月初八）的第二天。

⑳魏鲜：人名。汉代占候者。

㉑日昳：日偏午，未时。

㉒餔：晚饭时，即申时。

㉓食顷：一顿饭的时间。

㉔大经：大略的原则。

㉕晷景：日晷测影。景：同"影"。

㉖世主：指历代君主。

㉗绍：继承。 明：发扬光大。

㉘三光：指日、月、星。

㉙殊：异，不同。 窍穴：洞穴。指灾异现象及其遗迹。

⑩说：指对天变灾异之应验的解说。 不书：不予记载。

⑩天数：天象术数之学。

⑩三五：指三十岁一小变、五百岁一大变。

⑩从衡：合纵连横之术。

⑩米盐：喻指如米盐般的琐屑细碎之事。

⑩河、山：指黄河、华山。 中国：指中原。

⑩街南：天街之南。毕星、昴星之间为天街。 毕主之：街南为毕星，主阳。

⑩其维：指山川的源头。

⑩更为客主人：交相为主客。

⑩驰藉：践踏；蹂躏。

⑩平城之围：指汉高祖七年（公元前200年）在平城被匈奴围困七天七夜。

⑪茀：孛星。 河戍：井宿东北之北河星，又称北戍。

⑫荤荤：明显易见。

⑬常星：指恒星。 希：通"稀"。

⑭亟：频繁；时常。

⑮三五：此指日月星三光和五大行星。

史记卷二十八

封禅书第六

自古受命帝王，曷尝不封禅①？盖有无其应而用事者矣②，未有睹符瑞见而不臻乎泰山者也③。虽受命而功不至，至梁父矣而德不洽④，洽矣而日有不暇给⑤，是以即事用希⑥。《传》曰："三年不为礼，礼必废；三年不为乐，乐必坏。"每世之隆，则封禅答焉，及衰而息。厥旷远者千有余载⑦，近者数百载，故其仪阙然堙灭，其详不可得而记闻云。

《尚书》曰，舜在璇玑玉衡⑧，以齐七政⑨。遂类于上帝，禋于六宗，望山川，遍群神⑩。辑五瑞⑪，择吉月日，见四岳诸牧，还瑞。岁二月，东巡狩，至于岱宗。岱宗，泰山也。柴⑫，望秩于山川。遂觐东后。东后者，诸侯也。合时月正日，同律度量衡，修五礼⑬，五玉、三帛、二生、一死贽⑭。五月，巡狩至南岳。南岳，衡山也。八月，巡狩至西岳。西岳，华山也。十一月，巡狩至北岳。北岳，恒山也。皆如岱宗之礼。中岳，嵩高也⑮。五载一巡狩。

禹遵之。后十四世，至帝孔甲，淫德好神，神渎，二龙去之。其后三世，汤伐桀，欲迁夏社，不可。作《夏社》。后八世，至帝太戊，有桑谷生于廷，一暮大拱，惧。伊陟曰："妖不胜德。"太戊修德，桑谷死。伊陟赞巫咸，巫咸之兴自此始。后十四世，帝武丁得傅说为相，殷复兴焉，称高宗。有雉登鼎耳雊⑯，武丁惧。祖己曰："修德。"武丁从之，位以永宁。后五世，帝武乙慢神而震死。后三世，帝纣淫乱，武王伐之。由此观之，始未尝不肃祗，后稍怠慢也。

《周官》曰，冬日至，祀天于南郊，迎长日之至⑰；夏日至，祭地祗。皆用乐舞，而神乃可得而礼也。天子祭天下名山大川，五岳视三公，四渎视诸侯⑱，诸侯祭其疆内名山大川。四渎者，江、河、淮、济也。天子曰明堂、辟雍，诸侯曰泮宫⑲。

周公既相成王，郊祀后稷以配天⑳，宗祀文王于明堂以配上帝。自禹兴而修社祀，后稷稼穑，故有稷祠。郊社所从来尚矣㉑。

自周克殷后十四世，世益衰，礼乐废，诸侯恣行，而幽王为犬戎所败，周东徙雒邑。秦襄公攻戎救周，始列为诸侯。秦襄公既侯，居西垂，自以为主少皞之神，作西畤，祠白帝，其牲用骝驹黄牛羝羊各一云。其后十六年，秦文公东猎汧、渭之间，卜居之而吉。文公梦黄蛇自天下属地，其口止于鄜衍。文公问史敦。敦曰："此上帝之征，君其祠之。"于是作鄜畤，用三牲郊祭白帝焉。

自未作鄜畤也，而雍旁故有吴阳武畤，雍东有好畤，皆废无祠。或曰："自古以雍州积高，神明之隩，故立畤郊上帝，诸神祠皆聚云。盖黄帝时尝用事，虽晚周亦郊焉。"其语不经见，缙绅者不道。

作鄜畤后九年，文公获若石云，于陈仓北阪城祠之。其神或岁不至，或岁数来，来也常以夜，光辉若流星，从东南来集于祠城，则若雄鸡，其声殷云，野鸡夜雊。以一牢祠㉒，命曰陈宝。

作鄜畤后七十八年，秦德公既立，卜居雍，"后子孙饮马于河"，遂都雍。雍之诸祠自此兴。

用三百牢于鄜畤。作伏祠，磔狗邑四门，以御蛊灾㉓。

德公立二年卒，其后四年，秦宣公作密畤于渭南，祭青帝。其后十四年，秦缪公立，病卧五日不寤；寤，乃言梦见上帝，上帝命缪公平晋乱。史书而记，藏之府。而后世皆曰"秦缪公上天。"

秦缪公即位九年，齐桓公既霸，会诸侯于葵丘，而欲封禅。管仲曰："古者封泰山禅梁父者七十二家，而夷吾所记者十有二焉。昔无怀氏封泰山，禅云云㉔；虙羲封泰山，禅云云；神农封泰山，禅云云；炎帝封泰山，禅云云；黄帝封泰山，禅亭亭；颛顼封泰山，禅云云；帝喾封泰山，禅云云；尧封泰山，禅云云；舜封泰山，禅云云；禹封泰山，禅会稽；汤封泰山，禅云云；周成王封泰山，禅社首：皆受命然后得封禅。"桓公曰："寡人北伐山戎，过孤竹；西伐大夏，涉流沙，束马悬车，上卑耳之山；南伐至召陵，登熊耳山以望江、汉。兵车之会三㉕，而乘车之会六，九合诸侯，一匡天下，诸侯莫违我。昔三代受命，亦何以异乎？"于是管仲睹桓公不可穷以辞，因设之以事，曰："古之封禅，鄗上之黍，北里之禾，所以为盛；江淮之间，一茅三脊，所以为藉也。东海致比目之鱼，西海致比翼之鸟，然后物有不召而自至者十有五焉。今凤皇麒麟不来，嘉谷不生，而蓬蒿藜莠茂，鸱枭数至，而欲封禅，毋乃不可乎？"于是桓公乃止。是岁，秦缪公内晋君夷吾。其后三置晋国之君，平其乱。缪公立三十九年而卒。

其后百有余年，而孔子论述六艺，传略言易姓而王，封泰山禅乎梁父者七十余王矣，其俎豆之礼不章㉖，盖难言之。或问禘之说㉗，孔子曰："不知。知禘之说，其于天下也视其掌。"诗云纣在位，文王受命，政不及泰山。武王克殷二年，天下未宁而崩。爰周德之洽维成王，成王之封禅则近之矣。及后陪臣执政，季氏旅于泰山，仲尼讥之。

是时，苌弘以方事周灵王㉘，诸侯莫朝周；周力少，苌弘乃明鬼神事，设射狸首。狸首者，诸侯之不来者。依物怪欲以致诸侯。诸侯不从，而晋人执杀苌弘。周人之言方怪者自苌弘。

其后百余年，秦灵公作吴阳上畤，祭黄帝；作下畤，祭炎帝。

后四十八年，周太史儋见秦献公曰："秦始与周合，合而离，五百岁当复合，合十七年而霸王出焉。"栎阳雨金，秦献公自以为得金瑞，故作畦畤栎阳，而祀白帝。

其后百二十岁而秦灭周，周之九鼎入于秦。或曰宋太丘社亡，而鼎没于泗水彭城下。

其后百一十五年而秦并天下。

秦始皇既并天下而帝。或曰："黄帝得土德，黄龙地螾见㉙。夏得木德，青龙止于郊，草木畅茂。殷得金德，银自山溢。周得火德，有赤乌之符。今秦变周，水德之时。昔秦文公出猎，获黑龙，此其水德之瑞。"于是秦更命河曰"德水"，以冬十月为年首，色上黑，度以六为名，音上大吕，事统上法㉚。

即帝位三年，东巡郡县，祠驺峄山，颂秦功业。于是征从齐、鲁之儒生博士七十人，至乎泰山下。诸儒生或议曰："古者封禅为蒲车㉛，恶伤山之土石草木；埽地而祭，席用菹秸，言其易遵也。"始皇闻此议各乖异，难施用，由此绌儒生。而遂除车道，上自泰山阳至巅，立石颂秦始皇帝德，明其得封也。从阴道下，禅于梁父。其礼颇采太祝之祀雍上帝所用，而封藏皆秘之，世不得而记也。始皇之上泰山，中阪遇暴风雨，休于大树下。诸儒生既绌，不得与用于封事之礼，闻始皇遇风雨，则讥之。

于是，始皇遂东游海上，行礼祠名山大川及八神，求仙人羡门之属㉜。八神将自古而有之，或曰太公以来作之。齐所以为齐，以天齐也。其祀绝，莫知起时。八神：一曰天主，祠天齐。天齐渊水，居临菑南郊山下者。二曰地主，祠泰山梁父。盖天好阴，祠之必于高山之下，小山之上，命曰"畤"；地贵阳，祭之必于泽中圜丘云。三曰兵主，祠蚩尤。蚩尤在东平陆监乡，齐之西境也。四曰阴主，祠三山。五曰阳主，祠之罘。六曰月主，祠之莱山。皆在齐北，并勃海。七曰日主，祠成山。成山斗入海。最居齐东北隅，以迎日出云。八曰四时主，祠琅邪。琅邪在齐东方，盖岁之所始。皆各用一牢具祠，而巫祝所损益。珪币杂异焉③。

自齐威、宣之时，驺子之徒论著终始五德之运④，及秦帝而齐人奏之，故始皇采用之。而宋毋忌、正伯侨、充尚、羡门高最后皆燕人，为方仙道，形解销化，依于鬼神之事。驺衍以阴阳主运显于诸侯，而燕、齐海上之方士传其术不能通，然则怪迂阿谀苟合之徒自此兴，不可胜数也。

自威、宣、燕昭使人入海求蓬莱、方丈、瀛洲。此三神山者，其传在勃海中，去人不远；患且至，则船风引而去。盖尝有至者，诸仙人及不死之药皆在焉。其物禽兽尽白，而黄金银为宫阙。未至，望之如云；及到，三神山反居水下。临之，风辄引去。终莫能至云。世主莫不甘心焉。及至秦始皇并天下，至海上，则方士言之不可胜数。始皇自以为至海上而恐不及矣。使人乃赍童男女入海求之。船交海中，皆以风为解。曰未能至，望见之焉。其明年，始皇复游海上，至琅邪，过恒山，从上党归。后三年，游碣石，考入海方士，从上郡归。后五年，始皇南至湘山，遂登会稽，并海上，冀遇海中三神山之奇药。不得，还至沙丘，崩。

二世元年，东巡碣石，并海南，历泰山，至会稽，皆礼祠之，而刻勒始皇所立石书旁，以章始皇之功德。其秋，诸侯畔秦。三年而二世弑死。

始皇封禅之后十二岁，秦亡。诸儒生疾秦焚《诗》《书》，诛僇文学，百姓怨其法，天下畔之，皆讹曰："始皇上泰山，为暴风雨所击，不得封禅。"此岂所谓无其德而用事者邪？

昔三代之居皆在河、洛之间，故嵩高为中岳，而四岳各如其方，四渎咸在山东。至秦称帝，都咸阳，则五岳、四渎皆并在东方。自五帝以至秦，轶兴轶衰，名山大川或在诸侯，或在天子，其礼损益世殊，不可胜记。及秦并天下，令祠官所常奉天地名山大川鬼神可得而序也。

于是，自殽以东，名山五，大川祠二。曰太室。太室，嵩高也。恒山，泰山，会稽，湘山。水曰济，曰淮。春以脯酒为岁祠⑤，因泮冻⑥，秋涸冻⑦，冬塞祷祠⑧。其牲用牛犊各一，牢具珪币各异。

自华以西，名山七，名川四。曰华山，薄山。薄山者，衰山也。岳山，歧山，吴岳，鸿冢，渎山。渎山，蜀之汶山。水曰河，祠临晋；沔，祠汉中；湫渊，祠朝那；江水，祠蜀。亦春秋泮涸祷塞，如东方名山川；而牲牛犊牢具珪币各异。而四大冢鸿、岐、吴、岳⑨，皆有尝禾⑩。

陈宝节来祠⑪。其河加有尝醪⑫。此皆在雍州之域，近天子之都，故加车一乘，骝驹四。

霸、产、长水、沣、涝、泾、渭皆非大川，以近咸阳，尽得比山川祠，而无诸加。

汧、洛二渊，鸣泽、蒲山、岳嶻山之属，为小山川，亦皆岁祷塞泮涸祠，礼不必同。

而雍有日、月、参、辰、南北斗、荧惑、太白、岁星、填星、辰星、二十八宿、风伯、雨师、四海、九臣、十四臣、诸布、诸严、诸逑之属；百有余庙。西亦有数十祠。于湖有周天子祠。于下邽有天神。沣、滈有昭明、天子辟池。于杜、亳有三社主之祠、寿星祠；而雍菅庙亦有杜主。杜主，故周之右将军，其在秦中，最小鬼之神者。各以岁时奉祠。

唯雍四畤上帝为尊，其光景动人民唯陈宝。故雍四畤，春以为岁祷，因泮冻，秋涸冻，冬塞祠，五月尝驹，及四仲之月月祠，若陈宝节来一祠。春夏用骍，秋冬用骝。畤驹四匹，木禺龙栾车一驷⑬，木禺车马一驷，各如其帝色。黄犊羔各四，珪币各有数，皆生瘗埋⑭，无俎豆之具。三年一郊。秦以冬十月为岁首，故常以十月上宿郊见⑮，通权火⑯，拜于咸阳之旁，而衣上白，其用如经祠云。西畤、畦畤，祠如其故，上不亲往⑰。

诸此祠皆太祝常主，以岁时奉祠之。至如他名山川诸鬼及八神之属，上过则祠，去则已。郡县远方神祠者，民各自奉祠，不领于天子之祝官。祝官有秘祝，即有灾祥，辄祝祠移过于下。

汉兴。高祖之微时，尝杀大蛇。有物曰："蛇，白帝子也，而杀者赤帝子。"高祖初起，祷丰粉榆社。徇沛，为沛公，则祠蚩尤，衅鼓旗。遂以十月至灞上，与诸侯平咸阳，立为汉王。因以十月为年首，而色上赤。

二年，东击项籍而还，入关，问："故秦时上帝祠何帝也？"对曰："四帝，有白、青、黄、赤帝之祠。"高祖曰："吾闻天有五帝，而有四，何也？"莫知其说。于是高祖曰："吾知之矣，乃待我而具五也。"乃立黑帝祠，命曰北畤。有司进祠，上不亲往。悉召故秦祝官，复置太祝、太宰，如其故仪礼。因令县为公社⑱。下诏曰："吾甚重祠而敬祭，今上帝之祭及山川诸神当祠者，各以其时礼祠之如故。"

后四岁，天下已定，诏御史，令丰谨治粉榆社，常以四时，春以羊彘祠之。令祝官立蚩尤之祠于长安。长安置祠祝官、女巫。其梁巫，祠天、地、天社、天水、房中、堂上之属；晋巫，祠五帝、东君、云中君、司命、巫社、巫祠、族人、先炊之属；秦巫，祠社主、巫保、族累之属；荆巫，祠堂下、巫先、司命、施糜之属；九天巫，祠九天。皆以岁时祠宫中。其河巫祠河于临晋，而南山巫祠南山秦中。秦中者，二世皇帝。各有时日。

其后二岁，或曰周兴而邑郮，立后稷之祠，至今血食天下。于是高祖制诏御史："其令郡国县立灵星祠，常以岁时祠以牛。"

高祖十年春，有司请令县常以春二月及腊祠社稷以羊豕，民里社各自财以祠。制曰："可。"

其后十八年，孝文帝即位。即位十三年，下诏曰；"今秘祝移过于下，朕甚不取。自今除之。"

始名山大川在诸候，诸候祝各自奉祠，天子官不领。及齐、淮南国废，令太祝尽以岁时致礼如故。是岁，制曰："朕即位十三年于今，赖宗庙之灵，社稷之福，方内艾安，民人靡疾。间者比年登，朕之不德，何以飨此？皆上帝诸神之赐也。盖闻古者飨其德必报其功，欲有增诸神词，有司议增雍五畤路车各一乘⑲，驾被具；西畤、畦畤禺车各一乘，禺马四匹，驾被具；其河、湫、汉水加玉各二；及诸祠，各增广坛场，珪币俎豆以差加之。而祝釐者归福于朕，百姓不与焉，自今祝致敬，毋有所祈。"

鲁人公孙臣上书曰："始秦得水德，今汉受之，推终始传，则汉当土德，土德之应黄龙见。宜改正朔，易服色，色上黄。"是时丞相张苍好律历，以为汉乃水德之始，故河决金堤，其符也。年始冬十月，色外黑内赤，与德相应，如公孙臣言，非也。罢之。后三岁，黄龙见成纪。文帝乃召公孙臣，拜为博士，与诸生草改历服色事。其夏，下诏曰："异物之神见于成纪，无害于民，岁以有年。朕祈郊上帝诸神，礼官议，无讳以劳朕。"有司皆曰："古者天子夏亲郊，祀上帝于郊，故曰郊。"于是夏四月，文帝始郊见雍五畤祠，衣皆上赤。

其明年，赵人新垣平以望气见上，言："长安东北有神气，成五采，若人冠絻焉。或曰东北神明之舍，西方神明之墓也。天瑞下，宜立祠上帝，以合符应。"于是作渭阳五帝庙，同宇，帝一殿，面各五门，各如其帝色。祠所用及仪亦如雍五畤。

夏四月，文帝亲拜霸、渭之会，以郊见渭阳五帝。五帝庙南临渭，北穿蒲池沟水，权火举而祠，若光辉然属天焉⑳。于是贵平上大夫，赐累千金。而使博士诸生刺《六经》中作《王制》㉑，谋议巡狩封禅事。

文帝出长门，若见五人于道北，遂因其直北立五帝坛，祠以五牢具。

其明年，新垣平使人持玉杯，上书阙下献之。平言上曰："阙下有宝玉气来者。"已视之，果有献玉杯者，刻曰"人主延寿"。平又言"臣候日再中㉒"。居顷之，日却复中。于是始更以十七年为元年，令天下大酺。

平言曰："周鼎亡在泗水中，今河溢通泗，臣望东北汾阴直有金宝气，意周鼎其出乎？兆见不迎则不至。"于是上使使治庙汾阴南，临河，欲祠出周鼎。人有上书告新垣平所言气神事皆诈也。下平吏治，诛夷新垣平。自是之后，文帝怠于改正朔服色神明之事，而渭阳、长门五帝使祠官领，以时致礼，不往焉。

明年，匈奴数入边，兴兵守御。后岁少不登㊳。

数年而孝景即位。十六年，祠官各以岁时祠如故，无有所兴，至今天子。

今天子初即位，尤敬鬼神之祀㊴。

元年，汉兴已六十余岁矣，天下艾安，搢绅之属皆望天子封禅改正度也，而上乡儒术，招贤良，赵绾、王臧等以文学为公卿，欲议古立明堂城南，以朝诸侯。草巡狩封禅改历服色事，未就。会窦太后治黄老言，不好儒术，使人微伺得赵绾等奸利事，召案绾、臧，绾、臧自杀，诸所兴为皆废。后六年，窦太后崩。其明年，征文学之士公孙弘等。

明年，今上初至雍，郊见五畤。后常三岁一郊。是时上求神君，舍之上林中蹄氏观。神君者，长陵女子，以子死，见神于先后宛若。宛若祠之其室，民多往祠。平原君往祠，其后子孙以尊显。及今上即位，则厚礼置祠之内中。闻其言，不见其人云。

是时，李少君亦以祠灶、谷道、却老方见上，上尊之。少君者，故深泽侯舍人，主方。匿其年及其生长，常自谓七十，能使物，却老。其游以方遍诸侯。无妻子。人闻其能使物及不死，更馈遗之，常余金钱衣食。人皆以为不治生业而饶给，又不知其何所人，愈信，争事之。少君资好方，善为巧发奇中。尝从武安侯饮，坐中有九十余老人，少君乃言与其大父游射处，老人为儿时从其大父，识其处，一坐尽惊。少君见上，上有故铜器。问少君。少君曰："此器齐桓公十年陈于柏寝。"已而案其刻，果齐桓公器，一宫尽骇，以为少君神，数百岁人也。

少君言上曰："祠灶则致物，致物而丹沙可化为黄金。黄金成，以为饮食器则益寿，益寿而海中蓬莱仙者乃可见，见之以封禅则不死，黄帝是也。臣尝游海上，见安期生，安期生食巨枣，大如瓜。安期生仙者，通蓬莱中，合则见人，不合则隐。"于是，天子始亲祠灶，遣方士入海求蓬莱安期生之属，而事化丹沙诸药齐为黄金矣。居久之，李少君病死，天子以为化去不死，而使黄锤、史宽舒受其方。求蓬莱安期生莫能得，而海上燕、齐怪迂之方士多更来言神事矣。

亳人谬忌奏祠太一方，曰："天神贵者太一，太一佐曰五帝。古者天子以春秋祭太一东南郊，用太牢，七日，为坛开八通之鬼道。"于是天子令太祝立其祠长安东南郊，常奉祠如忌方。其后，人有上书，言"古者天子三年壹用太牢祠神三一：天一、地一、太一"。天子许之，令太祝领祠之于忌太一坛上，如其方。后人复有上书，言"古者天子常以春解祠，祠黄帝用一枭破镜；冥羊用羊；祠马行用一青牡马；太一、泽山君地长用牛；武夷君用干鱼；阴阳使者以一牛"。令祠官领之如其方，而祠于忌太一坛旁。

其后，天子苑有白鹿，以其皮为币，以发瑞应，造白金焉。

其明年，郊雍，获一角兽，若麃然。有司曰："陛下肃祇郊祀，上帝报享，锡一角兽，盖麟云。"于是以荐五畤，畤加一牛以燎。锡诸侯白金，风符应合于天也。于是济北王以为天子且封禅，乃上书献泰山及其旁邑，天子以他县偿之。常山王有罪，迁，天子封其弟于真定，以续先王祀，而以常山为郡。然后五岳皆在天子之郡。

其明年，齐人少翁以鬼神方见上。上有所幸王夫人。夫人卒，少翁以方盖夜致王夫人及灶鬼之貌云，天子自帷中望见焉。于是乃拜少翁为文成将军。赏赐甚多，以客礼礼之。文成言曰："上即欲与神通，宫室被服非象神，神物不至。"乃作画云气车，及各以胜日驾车辟恶鬼。又作甘泉宫，中为台室，画天、地、太一诸鬼神，而置祭具以致天神。居岁余，其方益衰，神不至。乃为帛书以饭牛，详不知，言曰此牛腹中有奇。杀视得书，书言甚怪，天子识其手书，问其人，果是伪书，于是诛文成将军，隐之。

其后则又作柏梁、铜柱、承露仙人掌之属矣。

文成死明年，天子病鼎湖甚，巫医无所不致，不愈。游水发根言上郡有巫，病而鬼神下之。上召置祠之甘泉。及病，使人问神君。神君言曰："天子无忧病，病少愈，强与我会甘泉。"于是病愈，遂起，幸甘泉，病良已。大赦，置寿宫神君。寿宫神君最贵者太一，其佐曰大禁、司命之属，皆从之。非可得见，闻其言，言与人音等。时去时来，来则风肃然。居室帷中。时昼言，然常以夜。天子祓，然后入。因巫为主人，关饮食，所以言，行下。又置寿宫、北宫，张羽旗，设供具，以礼神君。神君所言，上使人受书其言，命之曰"画法"。其所语，世俗之所知也，无绝殊者，而天子心独喜。其事秘，世莫知也。

其后三年，有司言"元"宜以天瑞命，不宜以一二数。一"元"曰"建"，二"元"以长星曰"光"，三"元"以郊得一角兽曰"狩"云。

其明年冬，天子郊雍，议曰："今上帝朕亲郊，而后土无祀，则礼不答也。"有司与太史公、祠官宽舒议："天地牲角茧栗。今陛下亲祠后土，后土宜于泽中圜丘为五坛，坛一黄犊太牢具，已祠尽瘗，而从祠衣上黄。"于是天子遂东，始立后土祠汾阴脽丘，如宽舒等议。上亲望拜，如上帝礼。礼毕，天子遂至荥阳而还。过洛阳，下诏曰："三代邈绝，远矣难存。其以三十里地封周后为周子南君，以奉其先祀焉。"是岁，天子始巡郡县。浸寻于泰山矣。

其春，乐城侯上书言栾大。栾大，胶东宫人，故尝与文成将军同师，已而为胶东王尚方。而乐成侯姊为康王后，无子，康王死，他姬子立为王。而康后有淫行，与王不相中，相危以法。康后闻文成已死，而欲自媚于上，乃遣栾大因乐成侯求见，言方。天子既诛文成，后悔其早死，惜其方不尽，及见栾大，大说。大为人长美，言多方略，而敢为大言，处之不疑。大言曰："臣常往来海中，见安期、羡门之属。顾以臣为贱，不信臣。又以为康王诸侯耳，不足与方。臣数言康王，康王又不用臣。臣之师曰：'黄金可成，而河决可塞，不死之药可得，仙人可致也。'然臣恐效文成，则方士皆奄口，恶敢言方哉！"上曰："文成食马肝死耳。子诚能修其方，我何爱乎！"大曰："臣师非有求人，人者求之。陛下必欲致之，则贵其使者，令有亲属，以客礼待之，勿卑，使各佩其信印，乃可使通言于神人，神人尚肯邪不邪。致尊其使，然后可致也。"于是上使验小方。斗棋，棋自相触击。

是时，上方忧河决，而黄金不就，乃拜大为五利将军，居月余，得四印，佩天士将军、地士将军、大通将军印。制诏御史："昔禹疏九江，决四渎。间者河溢皋陆，堤繇不息。朕临天下二十有八年，天若遗朕士而大通焉。乾称'蜚龙'，'鸿渐于般'，朕意庶几与焉。其以二千户封地士将军大为乐通侯。"赐列侯甲第，僮千人。乘舆斥车马帷幄器物以充其家。又以卫长公主妻之，赍金万斤，更命其邑曰当利公主。天子亲如五利之第。使者存问供给相属于道。自大主将相以下，皆置酒其家，献遗之。于是天子又刻玉印曰"天道将军"，使使衣羽衣，夜立白茅上，五利将军亦衣羽衣，夜立白茅上受印，以示不臣也。而佩"天道"者，且为天子道天神也。于是五利常夜祠其家，欲以下神。神未至而百鬼集矣。然颇能使之。其后装治行东入海求其师云。大见数月，佩六印，贵震天下，而海上燕、齐之间，莫不扼腕而自言有禁方、能神仙矣。

其夏六月中，汾阴巫锦为民祠魏脽后土营旁，见地如钩状，掊视得鼎。鼎大异于众鼎，文镂无款识，怪之，言吏。吏告河东太守胜，胜以闻。天子使使验问巫得鼎无奸诈，乃以礼祠，迎鼎至甘泉，从行，上荐。至中山，曭晻，有黄云盖焉。有麃过，上自射之，因以祭云。至长安，公卿大人皆议请尊宝鼎。天子曰："间者河溢，岁数不登，故巡祭后土，祈为百姓育谷。今岁丰庀未报，鼎曷为出哉？"有司皆曰："闻昔泰帝兴神鼎一，一者壹统，天地万物所系终也。黄帝作宝鼎三，象天地人。禹收九牧之金，铸九鼎。皆尝亨鬺上帝鬼神。遭圣则兴，鼎迁于夏、商。周德衰，宋之社亡，鼎乃沦没，伏而不见。《颂》云'自堂徂基，自羊徂牛；鼐鼎及鼒，不虞不骜，胡考之休'。今鼎至甘泉，光润龙变，承休无疆。合兹中山，有黄白云降盖，若兽为符，路弓乘矢，集获坛下，报祠大享。唯受命而帝者心知其意而合德焉。鼎宜见于祖祢，藏于帝廷，以合明应。"制曰："可。"

入海求蓬莱者，言蓬莱不远，而不能至者，殆不见其气。上乃遣望气佐候其气云。

其秋，上幸雍，且郊。或曰"五帝，太一之佐也，宜立太一而上亲郊之。"上疑未定。齐人公孙卿曰："今年得宝鼎，其冬辛巳朔旦冬至，与黄帝时等。"卿有札书曰："黄帝得宝鼎宛朐，问于鬼臾区。鬼臾区对曰：'帝得宝鼎神策，是岁己酉朔旦冬至，得天之纪，终而复始。'于是黄帝迎日推策，后率二十岁复朔旦冬至，凡二十推，三百八十年，黄帝仙登于天。"卿因所忠欲奏之。所忠视其书不经，疑其妄书，谢曰："宝鼎事已决矣，尚何以为！"卿因嬖人奏之。上大说。乃召问卿。对曰："受此书申公，申公已死。"上曰："申公何人也？"卿曰："申公，齐人。与安期生通，受黄帝言，无书，独有此鼎书。曰'汉兴复当黄帝之时'，曰'汉之圣者在高祖之孙且曾孙也，宝鼎出而与神通，封禅。封禅七十二王，唯黄帝得上泰山封'。申公曰：'汉主亦当上封，上封则能仙登天矣。黄帝时万诸侯，而神灵之封居七千。天下名山八，而三在蛮夷，五在中国。中国华山、首山、太室、泰山、东莱，此五山，黄帝之所常游，与神会。黄帝且战且学仙。患百姓非其道者，乃断斩非鬼神者。百余岁然后得与神通。黄帝郊雍上帝，宿三月。鬼臾区号大鸿，死葬雍，故鸿冢是也。其后黄帝接万灵明廷。明廷者，甘泉也。所谓寒门者，谷口也。黄帝采首山铜，铸鼎于荆山下。鼎既成，有龙垂胡髯下迎黄帝。黄帝上骑，群臣后宫从上者七十余人，龙乃上去。余小臣不得上，乃悉持龙髯，龙髯拔，坠，堕黄帝之弓。百姓仰望黄帝既上天，乃抱其弓与胡髯号，故后世因名其处曰鼎湖，其弓曰乌号。'"于是天子曰："嗟乎！吾诚得如黄帝，吾视去妻子如脱躧耳。"乃拜卿为郎，东使候神于太室。

上遂郊雍，至陇西，西登崆峒，幸甘泉，令祠官宽舒等具太一祠坛，祠坛放薄忌太一坛，坛三垓。五帝坛环居其下，各如其方，黄帝西南，除八通鬼道。太一，其所用如雍一畤物，而加醴枣脯之属，杀一狸牛以为俎豆牢具。而五帝独有俎豆醴进。其下四方地，为醊食群神从者及北斗云。已祠，胙余皆燎之。其牛色白，鹿居其中，彘在鹿中，水而洎之。祭日以牛，祭月以羊彘特。太一祝宰则衣紫及绣。五帝各如其色，日赤，月白。

十一月辛巳朔旦冬至，昧爽，天子始郊拜太一。朝朝日，夕夕月，则揖；而见太一如雍郊礼。其赞飨曰："天始以宝鼎神策授皇帝，朔而又朔，终而复始。皇帝敬拜见焉。"而衣上黄。其祠列火满坛，坛旁亨炊具。有司云"祠上有光焉。"公卿言"皇帝始郊见太一云阳，有司奉瑄玉嘉牲荐飨。是夜有美光，及昼，黄气上属天。"太史公、祠官宽舒等曰："神灵之休，祐福兆祥，宜因此地光域立太畤坛以明应。令太祝领，秋及腊间祠。三岁天子一郊见。"

其秋，为伐南越，告祷太一。以牡荆画幡日月北斗登龙，以象太一三星，为太一锋，命曰"灵旗"。为兵祷，则太史奉以指所伐国。

而五利将军使不敢入海，之泰山祠。上使人随验，实毋所见。五利妄言见其师，其方尽，多不雠，上乃诛五利。

其冬，公孙卿候神河南，言见仙人迹缑氏城上，有物如雉，往来城上，天子亲幸缑氏城视迹。问卿："得毋效文成、五利乎？"卿曰："仙者非有求人主，人主者求之。其道非少宽假，神不来。言神事，事如迂诞，积以岁乃可致也。"于是郡国各除道，缮治宫观名山神祠所，以望幸矣。

其春，既灭南越，上有嬖臣李延年以好音见。上善之，下公卿议，曰："民间祠尚有鼓舞乐，今郊祀而无乐，岂称乎？"公卿曰："古者祠天地皆有乐，而神祇可得而礼。"或曰"太帝使素女鼓五十弦瑟，悲，帝禁不止，故破其瑟为二十五弦。"于是塞南越，祷祠太一、后土，始用乐舞，益召歌儿，作二十五弦及空侯琴瑟自此起。

其来年冬，上议曰："古者先振兵泽旅，然后封禅。"乃遂北巡朔方，勒兵十余万，还祭黄帝冢桥山，释兵须如。上曰："吾闻黄帝不死，今有冢，何也？"或对曰："皇帝已仙上天，群臣葬其衣冠。"既至甘泉。为且用事泰山，先类祠太一。

自得宝鼎，上与公卿诸生议封禅。封禅用希旷绝，莫知其仪礼，而群儒采封禅《尚书》、《周官》、《王制》之望祀射牛事。齐人丁公年九十余，曰："封禅者，合不死之名也。秦皇帝不得上封。陛下必欲上，稍上即无风雨，遂上封矣。"上于是乃令诸儒习射牛，草封禅仪。数年，至且行。天子既闻公孙卿及方士之言，黄帝以上封禅，皆致怪物与神通，欲放黄帝以上接神仙人蓬莱士，高世比德于九皇，而颇采儒术以文之。群儒既已不能辨明封禅事，又牵拘于《诗》《书》古文而不得骋。上为封禅祠器示群儒，群儒或曰："不与古同"。徐偃又曰"太常诸生行礼不如鲁善"。周霸属图封禅事。于是上绌偃、霸，而尽罢诸儒不用。

三月，遂东幸缑氏，礼登中岳太室。从官在山下闻若有言"万岁"云。问上，上不言；问下，下不言。于是以三百户封泰室奉祠，命曰"崇高邑"。东上泰山，泰山之草木叶未生，乃令人上石立之太山巅。上遂东巡海上，行礼祠八神。齐人之上疏言神怪奇方者以万数，然无验者。乃益发船，令言海中神山者数千人求蓬莱神人。公孙卿持节常先行候名山，至东莱，言夜见大人，长数丈，就之则不见，见其迹甚大，类禽兽云，群臣有言见一老父牵狗，言"吾欲见巨公"，已忽不见。上即见大迹，未信，及群臣有言老父，则大以为仙人也。宿留海上，予方士传车及间使求仙人以千数。

四月，还至奉高。上念诸儒及方士言封禅人人殊，不经，难施行。天子至梁父，礼祠地主。乙卯，令侍中儒者皮弁荐绅，射牛行事。封太山下东方，如郊祠太一之礼。封广丈二尺，高九尺，其下则有玉牒书，书秘。礼毕，天子独与侍中奉车子侯上泰山，亦有封。其事皆禁。明日，下阴道。丙辰，禅泰山下址东北肃然山，如祭后土礼。天子皆亲拜见，衣上黄而尽用乐焉。江淮间一茅三脊为神藉，五色土益杂封。纵远方奇兽蜚禽及白雉诸物，颇以加礼。兕牛犀象之属不用。皆至泰山祭后土。封禅祠；其夜若有光，昼有白云起封中。

天子从禅还，坐明堂，群臣更上寿。于是制诏御史："朕以眇眇之身承至尊。兢兢焉惧不任。维德菲薄，不明于礼乐。修祠太一，若有象景光，屑如有望，震于怪物，欲止不敢，遂登封泰山，至于梁父，而后禅肃然。自新，嘉与士大夫更始，赐民百户牛一酒十石，加年八十孤寡布帛二匹。复博、奉高、蛇丘、历城，无出今年租税。其大赦天下，如乙卯赦令。行所过毋有复作。事在二年前，皆勿听治。"又下诏曰："古者天子五载一巡狩，用事泰山，诸侯有朝宿地。其令诸侯各治邸泰山下。"

天子既已封泰山，无风雨灾，而方士更言蓬莱诸神若将可得，于是上欣然庶几遇之，乃复东至海上望，冀遇蓬莱焉。奉车子侯暴病，一日死。上乃遂去，并海上，北至碣石，巡自辽西，历北边至九原。五月，反至甘泉。有司言宝鼎出为元鼎，以今年为元封元年。

其秋，有星茀于东井。后十余日，有星茀于三能。望气王朔言："候独见填星出如瓜，食顷复入焉。"有司皆曰："陛下建汉家封禅，天其报德星云。"

其来年冬，郊雍五帝。还，拜祝祠太一。赞飨曰："德星昭衍，厥维休祥。寿星仍出，渊耀光明。信星昭见，皇帝敬拜太祝之享。"其春，公孙卿言见神人东莱山，若云"欲见天子"。天子于是幸缑氏城，拜卿为中大夫。遂至东莱，宿留之数日，无所见，见大人迹云。复遣方士求神怪、采芝药以千数。是岁旱。于是天子既出无名，乃祷万里沙，过祠泰山。还至瓠子，自临塞决河。留二日，沉祠而去。使二卿将卒塞决河。徙二渠，复禹之故迹焉。

是时，既灭两越，越人勇之乃言"越人俗鬼，而其祠皆见鬼，数有效。昔东瓯王敬鬼，寿百六十岁。后世怠慢，故衰耗"。乃令越巫立越祝祠，安台无坛，亦祠天神上帝百鬼，而以鸡卜。上信之，越祠鸡卜始用。

公孙卿曰："仙人可见，而上往常遽，以故不见。今陛下可为观，如缑城，置脯枣，神人宜可致也。且仙人好楼居。"于是上令长安则作蜚廉桂观，甘泉则作益延寿观，使卿持节设具而候神人。乃作通天茎台。置祠具其下，将招来仙神人之属。于是甘泉更置前殿，始广诸宫室。夏，有芝生殿房内中。天子为塞河，兴通天台，若见有光云，乃下诏："甘泉房中生芝九茎，赦天下，毋有复作。"

其明年，伐朝鲜。夏，旱。公孙卿曰："黄帝时封则天旱，乾封三年。"上乃下诏曰："天旱，意乾封乎？其令天下尊祠灵星焉。"

其明年，上郊雍，通回中道，巡之。春，至鸣泽，从西河归。其明年冬，上巡南郡，至江陵而东。登礼灊之天柱山，号曰南岳。浮江，自寻阳出枞阳，过彭蠡，礼其名山川。北至琅邪，并海上。四月中，至奉高修封焉。

初，天子封泰山，泰山东北址古时有明堂处，处险不敞。上欲治明堂奉高旁，未晓其制度。济南人公玊 带上黄帝时明堂图。明堂图中有一殿，四面无壁，以茅盖，通水，圜宫垣，为复道，上有楼，从西南入，命曰昆仑。天子从之入，以拜祠上帝焉。于是上令奉高作明堂汶上，如带图，及五年修封，则祠太一、五帝于明堂上坐，令高皇帝祠坐对之。祠后土于下房，以二十太牢。天子从昆仑道入，始拜明堂如郊礼。礼毕，燎堂下。而上又上泰山，自有秘祠其巅。而泰山下祠五帝，各如其方，黄帝并赤帝，而有司侍祠焉。山上举火，下悉应之。

其后二岁，十一月甲子朔旦冬至，推历者以本统。天子亲至泰山，以十一月甲子朔旦冬日祠上帝明堂，毋修封禅。其赞飨曰："天增授皇帝太元神策，周而复始。皇帝敬拜太一。"东至海上。考入海及方士求神者，莫验，然益遣，冀遇之。十一月乙酉，柏梁灾。十二月甲午朔，上亲禅高里，祠后土。临勃海，将以望祀蓬莱之属，冀至殊廷焉。

上还，以柏梁灾故，朝受计甘泉。公孙卿曰："黄帝就青灵台，十二日烧，黄帝乃治明廷。明廷，甘泉也。"方士多言古帝王有都甘泉者。其后天子又朝诸侯甘泉，甘泉作诸侯邸。勇之乃曰："越俗有火灾，复起屋必以大，用胜服之。"于是作建章宫，度为千门万户。前殿度高未央，其东则凤阙，高二十余丈。其西则唐中，数十里虎圈。其北治大池，渐台高二十余丈，命曰太液池，中有蓬莱、方丈、瀛洲、壶梁，象海中神山龟鱼之属。其南有玉堂、璧门、大鸟之属。乃立神明台、井干楼，度五十丈，辇道相属焉。

夏，汉改历，以正月为岁首，而色上黄。官名更印章以五字，为太初元年。是岁，西伐大宛。蝗大起。丁夫人、洛阳虞初等以方祠诅匈奴、大宛焉。

其明年，有司上言雍五畤无牢熟具，芬芳不备。乃令祠官进畤犊牢具，色食所胜，而以木禺马代驹焉。独五月尝驹，行亲郊用驹及诸名山川用驹者，悉以木禺马代。行过，乃用驹。他礼如故。

其明年，东巡海上，考神仙之属，未有验者。方士有言"黄帝时为五城十二楼，以候神人于执期，命曰迎年"。上许，作之如方，命曰明年。上亲礼祠上帝焉。公玊 带曰："黄帝时虽封泰山，然风后、封臣、岐伯令黄帝封东泰山，禅凡山，合符，然后不死焉。"天子既令设祠具，至东泰山，东泰山卑小，不称其声，乃令祠官礼之，而不封禅焉。其后，令带奉祠候神物。夏，遂还泰山，修五年之礼如前，而加以禅祠石闾。石闾者，在泰山下址南方，方士多言此仙人之闾也，故上亲禅焉。

其后五年，复至泰山修封，还过祭恒山。

今天子所兴祠，太一、后土，三年亲郊祠，建汉家封禅，五年一修封。薄忌太一及三一、冥羊、马行、赤星。五，宽舒之祠官以岁时致礼。凡六祠，皆太祝领之。至如八神诸神，明年、凡山他名祠，行过则祠，行去则已。方士所兴祠，各自主，其人终则已，祠官不主。他祠皆如其故，今上封禅，其后十二岁而还遍于五岳四渎矣。而方士之候祠神人，入海求蓬莱，终无有验。而公孙卿之候神者，犹以大人之迹为解，无有效。天子益怠厌方士之怪迂语矣。然羁縻不绝，冀遇其真。自此之后，方士言神祠者弥众，然其效可睹矣。

太史公曰：余从巡祭天地诸神名山川而封禅焉。入寿宫侍祠神语，究观方士祠官之意，于是退而论次自古以来用事于鬼神者，具见其表里。后有君子，得以览焉。若至俎豆珪币之详，献酬之礼，则有司存。

---

①曷：通"何"。

②应：感应；应验

③符瑞：吉祥的征兆。多指帝王受命的征兆。

④梁父：山名。泰山下的一座小山。古代帝王常在此山祭祀山川。至梁父，指封禅事。

德不洽：恩泽未普及天下。洽，普遍。

⑤日有不暇给：指没有时间举行封禅大典。

⑥希：同"稀"。很少；不多。

⑦厥：同"其"。指登泰山封禅。　　旷：废绝的时间。

⑧璇玑玉衡：观测天象的仪器。

⑨七政：古代天文术语。一说指日、月及金木水火土五星。一说指北斗七星。一说指天、地、人和四时。

⑩类、禋、望：各为祭祀礼名。

⑪五瑞：公侯伯子男五等爵位的瑞玉。

⑫柴：祭祀礼名。用火焚柴祭祀。

⑬五礼：吉、凶、宾、军、嘉五种礼制。

⑭五玉：五等瑞玉。　　三帛：玄、纁、黄三种颜色的帛。　　二生：小羊和雁。　　一死：雉。　　贽：初次拜访所执的礼物；执物的求见。

⑮嵩高：即嵩山。亦名太室，又名外方。

⑯雊：雄鸡鸣叫声。

⑰长日：冬至后白天一天天长起来。

⑱四渎：指长江、黄河、淮水、济水。

⑲明堂：天子议事、颁布政令之所在。　　辟雍：周代的太学。　　泮宫：诸侯的学宫。

⑳后稷：周代始祖。

㉑郊社：郊祀、社祀的总称。即祭天祀社。社，土地神。

㉒一牢：用一牛祭祀。如用羊、豕而无牛叫少牢，用牛、羊、豕三牲叫太牢。

㉓蛊灾：厉鬼的灾患。

㉔云云：山名。在梁父山以东。

㉕兵车之会三：谓征伐而会盟有三次。

㉖俎豆：盛祭祀礼物的两种礼器。俎豆之礼，指祭祀的礼仪。　　章：通"彰"，明白。

㉗禘：天子、诸侯举行各种祭祀的隆重大典。

㉘方：方术。

㉙地蟥：即蚯蚓。

㉚事统上法：谓一切政务依法令行事。上，通"尚"。

㉛蒲车：用蒲草包裹轮子的车。

㉜羡门：古代仙人，名子高。

㉝珪币杂异：珪玉、币帛多少不一。

㉞驺子：即邹衍，战国时人，阴阳家，宣扬五德始终循环论。五德：金木火水土五德。运：运转不息。

㉟脯：干肉。

㊱泮冻：解冻。

㊲涸冻：凝结冰冻。

㊳冬塞祷祠：赛神报福。塞：同"赛"

㊴四大冢：即四大山。

㊵尝：祭名。谓秋天新谷初出，用以尝新祭祀。

㊶陈宝节来祠：谓陈宝祠的神应时来享祭礼。

㊷河：指河神。　　醪：甜酒。

㊸木禺龙：木偶龙。　　栾车：带铃的车。

㊹皆生瘗埋：牲品皆活埋。

㊺十月上宿郊见：十月上旬斋戒郊祭以见上帝。

㊻权火：古代祭祀时所举的燎火。

㊼上：指皇帝。

㊽公社：犹官社。

㊾路车：天子、诸侯所乘之车。

㊿光辉然属天：光辉上连天际。

○51刺：采取。

○52候日再中：等候西偏的太阳再回天正中。

○53岁少不登：年成略为歉收。

○54本卷自此句以下文字，与卷十二《孝武本纪》同。注释省。

史记卷二十九

河渠书第七

《夏书》曰：禹抑洪水十三年，过家不入门。陆行载车，水行载舟，泥行蹈毳①，山行即桥。以别九州，随山浚川，任土作贡②。通九道，陂九泽，度九山。然河灾衍溢，害中国也尤甚。唯是为务。故道河自积石历龙门③，南到华阴，东下砥柱，及孟津、雒汭，至于大邳。于是禹以为河所从来者高，水湍悍，难以行平地，数为败④，乃厮二渠以引其河⑤。北载之高地，过降水，至于大陆，播为九河，同为逆河，入于勃海。九川既疏，九泽既洒，诸夏艾安⑥，功施于三代。

自是之后，荥阳下引河东南为鸿沟，以通宋、郑、陈、蔡、曹、卫，与济、汝、淮、泗会。

于楚，西方则通渠汉水、云梦之野，东方则通沟江、淮之间。于吴，则通渠三江、五湖。于齐，则通菑、济之间。于蜀，蜀守冰凿离碓[7]，辟沫水之害，穿二江成都之中。此渠皆可行舟，有余则用溉浸，百姓飨其利。至于所过，往往引其水益用溉田畴之渠，以万亿计，然莫足数也。

西门豹引漳水溉邺，以富魏之河内。

而韩闻秦之好兴事，欲罢之[8]，毋令东伐，乃使水工郑国间说秦，令凿泾水自中山西邸瓠口为渠，并北山东注洛三百余里，欲以溉田。中作而觉[9]，秦欲杀郑国。郑国曰："始臣为间，然渠成亦秦之利也。"秦以为然，卒使就渠。渠就，用注填阏之水，溉泽卤之地四万余顷，收皆亩一钟[10]。于是关中为沃野，无凶年，秦以富强，卒并诸侯，因命曰郑国渠。

汉兴三十九年，孝文时河决酸枣，东溃金堤，于是东郡大兴卒塞之。其后四十有余年，今天子元光之中，而河决于瓠子，东南注巨野，通于淮、泗。于是天子使汲黯、郑当时兴人徒塞之，辄复坏，是时武安侯田蚡为丞相，其奉邑食鄃。鄃居河北，河决而南则鄃无水灾，邑收多。蚡言于上曰："江河之决皆天事，未易以人力为强塞，塞之未必应天[11]。"而望气用数者亦以为然。于是天子久之不事复塞也。

是时，郑当时为大农，言曰："异时关东漕粟从渭中上，度六月而罢，而漕水道九百余里，时有难处。引渭穿渠起长安，并南山下，至河三百余里，径[12]，易漕，度可令三月罢；而渠下民田万余顷，又可得以溉田。此损漕省卒[13]，而益肥关中之地，得谷。"天子以为然，令齐人水工徐伯表[14]，悉发卒数万人穿漕渠，三岁而通。通，以漕，大便利。其后漕稍多，而渠下之民颇得以溉田矣。

其后，河东守番系言："漕从山东西，岁百余万石，更砥柱之限[15]，败亡甚多，而亦烦费。穿渠引汾溉皮氏、汾阴下，引河溉汾阴、蒲坂下，度可得五千顷。五千顷故尽河壖弃地[16]，民茭牧其中耳，今溉田之，度可得谷二百万石以上。谷从渭上，与关中无异，而砥柱之东可无复漕。"天子以为然，发卒数万人作渠田。数岁，河移徙，渠不利，则田者不能偿种[17]。久之，河东渠田废，予越人[18]，令少府以为稍入[19]。

其后，人有上书欲通褒斜道及漕事[20]，下御史大夫张汤。汤问其事，因言："抵蜀从故道，故道多阪[21]，回远[22]。今穿褒斜道，少阪，近四百里；而褒水通沔，斜水通渭，皆可以行船漕。漕从南阳上沔入褒，褒之绝水至斜，间百余里，以车转，从斜下下渭。如此，汉中之谷可致，山东从沔无限，便于砥柱之漕。且褒、斜材木竹箭之饶，拟于巴蜀。"天子以为然，拜汤子卬为汉中守，发数万人作褒斜道五百余里。道果便近，而水湍石，不可漕。

其后，庄熊罴言："临晋民愿穿洛以溉重泉以东万余顷故卤地。诚得水，可令亩十石。"于是为发卒万余人穿渠，自征引洛水至商颜山下。岸善崩，乃凿井，深者四十余丈。往往为井，井下相通行水。水颓以绝商颜[23]，东至山岭十余里间。井渠之生自此始。穿渠得龙骨，故名曰龙首渠。作之十余岁，渠颇通，犹未得其饶。

自河决瓠子后二十余岁，岁因以数不登，而梁、楚之地尤甚。天子既封禅巡祭山川，其明年，旱，乾封少雨[24]。天子乃使汲仁、郭昌发卒数万人塞瓠子决。于是天子已用事万里沙，则还自临决河，沈白马玉璧于河，令群臣从官自将军已下皆负薪寘决河。是时东郡烧草，以故薪柴少，而下淇园之竹以为楗[25]。

天子既临河决，悼功之不成，乃作歌曰："瓠子决兮将奈何？皓皓旰旰兮闾殚为河[26]！殚为河兮地不得宁，功无已时兮吾山平。吾山平兮巨野溢，鱼沸郁兮柏冬日[27]。延道弛兮离常流，蛟龙骋兮方远游。归旧川兮神哉沛，不封禅兮安知外！为我谓河伯兮何不仁，泛滥不止兮愁吾人？啮桑浮兮淮、泗满，久不反兮水维缓[28]。"一曰："河汤汤兮激潺湲[29]，北渡污兮浚流难[30]。搴长茭兮沈美玉，河伯许兮薪不属。薪不属兮卫人罪，烧萧条兮噫乎何以御水！颓林竹兮楗石菑③，宣房塞兮万福来。"于是卒塞瓠子，筑宫其上，名曰宣房宫。而道河北行二渠，复禹旧迹，而梁、楚之地复宁，无水灾。

自是之后，用事者争言水利。朔方、西河、河西、酒泉皆引河及川谷以溉田，而关中辅渠、灵轵引堵水，汝南、九江引淮，东海引巨定，泰山下引汶水，皆穿渠为溉田，各万余顷。佗小渠披山通道者，不可胜言，然其著者在宣房。

太史公曰：余南登庐山，观禹疏九江，遂至于会稽太湟，上姑苏，望五湖；东窥洛汭、大邳，迎河，行淮、泗、济、漯、洛渠；西瞻蜀之岷山及离碓；北自龙门至于朔方。曰：甚哉，水之为利害也！余从负薪塞宣房，悲《瓠子》之诗而作《河渠书》。

---

①毳：通"橇"。在泥路上行走的交通工具。

②任土作贡：凭土地的肥瘠来规定贡赋。

③道：通"导"，疏道。　　历；经过。

④数为败：多次造成水患。

⑤厮：分开。

⑥艾安：平安，安宁。

⑦蜀守：指蜀郡太守李冰。　　离碓：即今都江堰。

⑧欲罢之：意谓欲使秦国消耗人力财力。罢，通"疲"，疲劳。

⑨中作而觉：谓工程进行中发觉郑国原是韩派来的间谍。

⑩钟：古代容量单位。一钟，六斛四斗，合今219市斤。

⑪应天：合于天意。

⑫径：径直；捷便。

⑬损漕：减少运输时间。　　省卒：节省人力。

⑭表：测量渠道标记。

⑮更砥柱之限：经过砥柱急流的险地。更，经过。限：即险。

⑯河壖弃地：河边不耕种的土地。

⑰不能偿种：收获之粮少于种子粮。

⑱予越人：给予江浙移民耕种。

⑲令少府以为稍人：谓只收少量租税，以充少府收入。

⑳褒斜：褒水和斜水。二水同源分流。

㉑阪：斜坡。

㉒回远：迂回曲折而辽远。

㉓潎：水向下流。

㉔乾封：烘干封土。

㉕楗：堵决口的桩。

㉖皓皓旰旰：浩浩瀚瀚。形容水势浩大。　　间殚为河：州间都成了河。

㉗沸郁：旺盛的样子。　　柏，通"迫"。

㉘水维缓：水的纲维都涣散了。意谓水失去约束。

㉙浕浸：波涛滚滚。

㉚汙：通"迁"。迁运。

㉛颓林竹：毁坏竹林。颓，颓毁，毁坏。　　石菑（zì，音自）：堵塞决口立楗时所用的垔石。

史记卷三十

平准书第八

汉兴，接秦之弊，丈夫从军旅，老弱转粮饷，作业剧而财匮①，自天子不能具钧驷②，而将相或乘牛车，齐民无藏盖③。于是为秦钱重难用，更令民铸钱，一黄金一斤，约法省禁。而不轨逐利之民④，蓄积余业以稽市物⑤，物踊腾粜，米至石万钱，马一匹则百金。

天下已平，高祖乃令贾人不得衣丝乘车，重租税以困辱之。孝惠、高后时，为天下初定，复弛商贾之律，然市井之子孙亦不得仕宦为吏⑥。量吏禄，度官用，以赋丁民。而山川园池市井租税之入，自天子以至于封君汤沐邑⑦，皆各为私奉养焉，不领于天下之经费。漕转山东粟⑧，以给中都官⑨，岁不过数十万石。

至孝文时，荚钱益多，轻，乃更铸四铢钱，其文为"半两"，令民纵得自铸钱。故吴，诸侯也，以即山铸钱，富埒天子⑩，其后卒以叛逆⑪。邓通，大夫也，以铸钱财过王者。故吴、邓氏钱布天下，而铸钱之禁生焉。

匈奴数侵盗北边，屯戍者多，边粟不足给食当食者。于是募民能输及转粟于边者拜爵，爵得至大庶长。

孝景时，上郡以西旱，亦复修卖爵令，而贱其价以招民⑫；及徒复作⑬，得输粟县官以除罪⑭。益造苑马以广用，而宫室列观舆马益增修矣⑮。

至今上即位数岁，汉兴七十余年之间，国家无事，非遇水旱之灾，民则人给家足，都鄙廪庾皆满，而府库余货财。京师之钱累巨万，贯朽而不可校⑯。太仓之粟陈陈相因⑰，充溢露积于外，至腐败不可食。众庶街巷有马，阡陌之间成群，而乘字牝者傧而不得聚会⑱。守闾阎者食粱肉，为吏者长子孙，居官者以为姓号。故人人自爱而重犯法，先行义而后绌耻辱焉。当此之时，网疏而民富⑲，役财骄溢，或至兼并豪党之徒，以武断于乡曲⑳。宗室有土公卿大夫以下，争于奢侈，室庐舆服僭于上，无限度。物盛而衰，固其变也。

自是之后，严助、朱买臣等招来东瓯，事两越，江、淮之间萧然烦费矣。唐蒙、司马相如开路西南夷，凿山通道千余里，以广巴蜀，巴蜀之民罢焉。彭吴贾灭朝鲜㉑，置沧海之郡，则燕、齐之间靡然发动㉒。及王恢设谋马邑㉓，匈奴绝和亲，侵扰北边，兵连而不解，天下苦其劳，而干戈日滋。行者赍，居者送㉔，中外骚扰而相奉，百姓抏弊以巧法㉕，财赂衰耗而不赡㉖。入物者补官，出货者除罪，选举陵迟㉗，廉耻相冒，武力进用，法严令具，兴利之臣自此始也。

其后，汉将岁以数万骑出击胡，及车骑将军卫青取匈奴河南地，筑朔方。当是时，汉通西南夷道，作者数万人㉘，千里负担馈粮，率十余钟致一石㉙，散币于邛、僰以集之。数岁道不通，蛮夷因以数攻，吏发兵诛之。悉巴、蜀租赋不足以更之㉚，乃募豪民田南夷㉛，入粟县官，而内受钱于都内。东至沧海之郡，人徒之费拟于南夷。又兴十余万人筑卫朔方，转漕甚辽远，自山东咸被其劳，费数十百巨万，府库益虚。乃募民能入奴婢得以终身复，为郎增秩㉜，及入羊为郎，始于此。

其后四年，而汉遣大将将六将军、军十余万击右贤王㉝，获首虏万五千级。明年，大将军将六将军仍再出击胡，得首虏万九千级。捕斩首虏之士受赐黄金二十余万斤，虏数万人皆得厚赏，衣食仰给县官㉞；而汉军之士马死者十余万，兵甲之财、转漕之费不与焉㉟。于是大农陈藏钱经耗，赋税既竭，犹不足以奉战士。有司言："天子曰：'朕闻五帝之教不相复而治，禹、汤之法不同道而王，所由殊路，而建德一也。北边未安，朕甚悼之。日者㊱，大将军攻匈奴，斩首虏万九千级，留蹛无所食㊲。议令民得买爵及赎禁锢免减罪。'请置赏官，命曰武功爵。级十七万㊳，凡直三十余万金。诸买武功爵官首者试补吏，先除㊴；千夫如五大夫，其有罪又减二等；爵得至乐卿。以显军功。"军功多用越等㊵，大者封侯卿大夫，小者郎吏。吏道杂而多端，则官职耗废㊶。

自公孙弘以《春秋》之义绳臣下取汉相，张汤用峻文决理为廷尉㊷，于是见知之法生㊸，而废格沮诽穷治之狱用矣㊹。其明年，淮南、衡山、江都王谋反迹见，而公卿寻端治之，竟其党与，而坐死者数万人，长吏益惨急而法令明察。当是之时，招尊方正贤良文学之士，或至公卿大夫。公孙弘以汉相，布被，食不重味，为天下先。然无益于俗，稍骛于功利矣。

其明年，骠骑仍再出击胡，获首四万。其秋，浑邪王率数万之众来降，于是汉发车二万乘迎之，既至，受赏，赐及有功之士。是岁费凡百余巨万。

初，先是往十余岁河决观㊺，梁、楚之地固已数困，而缘河之郡堤塞河，辄决坏，费不可胜计。其后，番系欲省底柱之漕，穿汾、河渠以为溉田，作者数万人；郑当时为渭漕渠回远，凿直渠自长安至华阴，作者数万人；朔方亦穿渠，作者数万人。各历二三期㊻，功未就，费亦各巨万十数。

天子为伐胡，盛养马，马之来食长安者数万匹，卒牵掌者关中不足，乃调旁近郡。而胡降者皆衣食县官，县官不给，天子乃损膳，解乘舆驷㊼，出御府禁藏以赡之。

其明年，山东被水灾，民多饥乏，于是天子遣使者虚郡国仓廥以振贫民。犹不足，又募豪富人相贷假㊽。尚不能相救，乃徙贫民于关以西，及充朔方以南新秦中，七十余万口，衣食皆仰给县官。数岁，假予产业，使者分部护之，冠盖相望。其费以亿计，不可胜数，于是县官大空。

而富商大贾或蹛财役贫㊾，转毂百数㊿，废居居邑[51]，封君皆低首仰给。冶铸煮盐，财或累万金，而不佐国家之急，黎民重困。于是天子与公卿议，更钱造币以赡用，而摧浮淫并兼之徒[52]。是时禁苑有白鹿而少府多银锡。自孝文更造四铢钱，至是岁四十余年，从建元以来，用少，县官往往即多铜山而铸钱，民亦间盗铸钱，不可胜数。钱益多而轻，物益少而贵。有司言曰："古者皮币，诸侯以聘享。金有三等，黄金为上，白金为中，赤金为下[53]。今半两钱法重四铢，而奸或盗摩钱里取镕[54]，钱益轻薄而物贵，则远方用币烦费不省。"乃以白鹿皮方尺，缘以藻缋[55]，为皮币，直四十万。王侯宗室朝觐聘享，必以皮币荐璧，然后得行。又造银锡为白金，以为天用莫如龙，地用莫如马，人用莫如龟，故白金三品：其一曰重八两，圜之，其文龙，名曰"白选"，直三千；二曰以重差小，方之，其文马，直五百；三曰复小，椭之，其文龟，直三百。令县官销半两钱，更铸三铢钱，文如其重。盗铸诸金钱罪皆死，而吏民之盗铸白金者不可胜数。

于是以东郭咸阳、孔仅为大农丞，领盐铁事；桑弘羊以计算用事，侍中。咸阳，齐之大煮盐，孔仅，南阳大冶，皆致生累千金[56]，故郑当时进言。弘羊，雒阳贾人子，以心计，年十三侍中。故三人言利事析秋豪矣[57]。

法既益严，吏多废免。兵革数动，民多买复及五大夫，征发之士益鲜。于是除千夫五大夫为吏，不欲者出马；故吏皆适令伐棘上林，作昆明池。

其明年，大将军、骠骑大出击胡，得首虏八九万级，赏赐五十万金，汉军马死者十余万匹，转漕车甲之费不与焉。是时财匮，战士颇不得禄矣。

有司言三铢钱轻，易奸诈，乃更请诸郡国铸五铢钱，周郭其下[58]，令不可磨取镕焉。大农上盐铁丞孔仅、咸阳言⑤⑨："山海，天地之藏也，皆宜属少府，陛下不私，以属大农佐赋。愿募民自给费，因官器作煮盐，官与牢盆⑥⑩。浮食奇民欲擅管山海之货⑥①，以致富羡⑥②，役利细民，其沮事之议，不可胜听。敢私铸铁器煮盐者，钛左趾⑥③，没入其器物。郡不出铁者，置小铁官，便属在所县。"使孔仅、东郭咸阳乘传举行天下盐铁⑥④，作官府，除故盐铁家富者为吏。吏道益杂，不选，而多贾人矣。

商贾以币之变，多积货逐利。于是公卿言："郡国颇被灾害，贫民无产业者，募徙广饶之地。陛下损膳省用，出禁钱以振元元⑥⑤，宽贷赋，而民不齐出于南亩⑥⑥，商贾滋众。贫者畜积无有，皆仰县官。异时算轺车贾人缗钱皆有差⑥⑦，请算如故。诸贾人末作贳贷卖买⑥⑧，居邑稽诸物，及商以取利者，虽无市籍，各以其物自占⑥⑨，率缗钱二千而一算⑦⑩。诸作有租及铸，率缗钱四千一算。非吏比者三老、北边骑士⑦①，轺车以一算；商贾人轺车二算；船五丈以上一算。匿不自占，占不悉，戍边一岁，没入缗钱。有能告者，以其半畀之⑦②。贾人有市籍者，及其家属，皆无得籍名田，以便农，敢犯令，没入田、僮。"

天子乃思卜式之言，召拜式为中郎，爵左庶长，赐田十顷，布告天下，使明知之。

初，卜式者，河南人也，以田畜为事。亲死，式有少弟，弟壮，式脱身出分，独取畜羊百余，田宅财物尽予弟。式入山牧十余岁，羊致千余头，买田宅。而其弟尽破其业，式辄复分予弟者数矣。是时汉方数使将击匈奴，卜式上书，愿输家之半县官助边。天子使使问式："欲官乎？"式曰："臣少牧，不习仕宦，不愿也。"使问曰："家岂有冤，欲言事乎？"式曰："臣生与人无分争。式邑人贫者贷之，不善者教顺之，所居人皆从式，式何故见冤于人！无所欲言也。"使者曰："苟如此，子何欲而然？"式曰："天子诛匈奴，愚以为贤者宜死节于边，有财者宜输委⑦③，如此而匈奴可灭也。"使者具其言入以闻。天子以语丞相弘。弘曰："此非人情。不轨之臣，不可以为化而乱法，愿陛下勿许。"于是上久不报式，数岁，乃罢式。式归，复田牧。岁余，会军数出，浑邪王等降，县官费众，仓库空。其明年，贫民大徙，皆仰给县官，无以尽赡。卜式持钱二十万予河南守，以给徙民。河南上富人助贫人者籍⑦④，天子见卜式名，识之，曰："是固前而欲输其家半助边。"乃赐式外繇四百人，式又尽复予县官。是时富豪皆争匿财，唯式尤欲输之助费。天子于是以式终长者，故尊显以风百姓⑦⑤。

初，式不愿为郎。上曰："吾有羊上林中，欲令子牧之。"式乃拜为郎，布衣屩而牧羊⑦⑥。岁余，羊肥息。上过，见其羊，善之。式曰："非独羊也，治民亦犹是也。以时起居，恶者辄斥去，毋令败群。"上以式为奇，拜为缑氏令试之，缑氏便之。迁为成皋令，将漕最。上以为式朴忠，拜为齐王太傅。

而孔仅之使天下铸作器，三年中拜为大农，列于九卿。而桑弘羊为大农丞，筦诸会计事，稍稍置均输以通货物矣。

始令吏得入谷补官，郎至六百石。

自造白金五铢钱后五岁，赦吏民之坐盗铸金钱死者数十万人。其不发觉相杀者，不可胜计。赦自出者百余万人。然不能半自出⑦⑦，天下大抵无虑皆铸金钱矣。犯者众，吏不能尽诛取，于是遣博士褚大、徐偃等分曹循行郡国，举兼并之徒守相为利者⑦⑧。而御史大夫张汤方隆贵用事，减宣、杜周等为中丞，义纵、尹齐、王温舒等用惨急刻深为九卿，而直指夏兰之属始出矣⑦⑨。

而大农颜异诛。初，异为济南亭长，以廉直稍迁至九卿⑧⑩。上与张汤既造白鹿皮币，问异，异曰："今王侯朝贺以苍璧，直数千，而其皮荐反四十万⑧①，本末不相称。"天子不说。张汤又与异有邻，及有人告异以它议，事下张汤治异。异与客语，客语初令下有不便者，异不应，微反唇⑧②。汤奏当异，九卿见令不便，不入言而腹诽，论死。自是之后，有腹诽之法比，而公卿大夫多谄谀取容矣。

天子既下缗钱令而尊卜式，百姓终莫分财佐县官，于是告缗钱纵矣⑧。

郡国多奸铸钱，钱多轻，而公卿请令京师铸钟官赤侧⑧，一当五⑧，赋官用非赤侧不得行。白金稍贱，民不宝用，县官以令禁之，无益。岁余，白金终废不行。

是岁也，张汤死，而民不思。

其后二岁，赤侧钱贱，民巧法用之，不便，又废。于是悉禁郡国无铸钱，专令上林三官铸。钱既多，而令天下非三官钱不得行，诸郡国所前铸钱皆废销之，输其铜三官。而民之铸钱益少，计其费不能相当，唯真工大奸乃盗为之。

卜式相齐，而杨可告缗遍天下，中家以上大抵皆遇告。杜周治之，狱少反者⑧。乃分遣御史、廷尉正监分曹往，即治郡国缗钱，得民财物以亿计，奴婢以千万数，田大县数百顷，小县百余顷，宅亦如之。于是商贾中家以上大率破，民偷甘食好衣，不事畜藏之产业，而县官有盐铁缗钱之故，用益饶矣。

益广关⑧，置左右辅⑧。

初，大农筦盐铁官布多⑧，置水衡⑧，欲以主盐铁，及杨可告缗钱，上林财物众，乃令水衡主上林。上林既充满，益广。是时越欲与汉用船战逐。乃大修昆明池，列观环之。治楼船，高十余丈，旗帜加其上，甚壮。于是天子感之，乃作柏梁台，高数十丈。宫室之修，由此日丽。

乃分缗钱诸官，而水衡、少府、大农、太仆各置农官，往往即郡县比没入田田之⑩。其没入奴婢，分诸苑养狗马禽兽及与诸官。诸官益杂置多，徒奴婢众，而下河漕度四百万石，及官自籴乃足。

所忠言："世家子弟富人或斗鸡走狗马，弋猎博戏，乱齐民。"乃征诸犯令，相引数千人，命曰："株送徒⑩"。入财者得补郎，郎选衰矣。是时山东被河灾，及岁不登数年，人或相食，方一二千里。天子怜之，诏曰："江南火耕水耨，令饥民得流就食江淮间，欲留，留处。⑩"遣使冠盖相属于道，护之，下巴蜀粟以振之。

其明年，天子始巡郡国。东度河，河东守不意行至，不辨⑭，自杀。行西逾陇，陇西守以行往卒⑮，天子从官不得食，陇西守自杀。于是上北出萧关，从数万骑，猎新秦中，以勒边兵而归。新秦中或千里无亭徼⑯，于是诛北地太守以下，而令民得畜牧边县，官假马母，三岁而归，及息什一，以除告缗，用充仞新秦中⑰。

既得宝鼎，立后土、太一祠，公卿议封禅事，而天下郡国皆豫治道桥，缮故宫，及当驰道县，县治官储，设供具，而望以待幸。

其明年，南越反，西羌侵边为桀。于是天子为山东不赡，赦天下囚，因南方楼船卒二十余万人击南越，数万人发三河以西骑击西羌，又数万人度河筑令居。初置张掖、酒泉郡，而上郡、朔方、西河、河西开田官，斥塞卒六十万人戍田之。中国缮道馈粮，远者三千，近者千余里，皆仰给大农。边兵不足⑧，乃发武库工官兵器以赡之。车骑马乏绝，县官钱少，买马难得，乃著令，令封君以下至三百石以上吏，以差出牝马天下亭⑩，亭有畜牸马⑩，岁课息⑩。

齐相卜式上书曰："臣闻主忧臣辱。南越反，臣愿父子与齐习船者往死之。"天子下诏曰："卜式虽躬耕牧，不以为利，有余辄助县官之用。今天下不幸有急，而式奋愿父子死之，虽未战，可谓义形于内。赐爵关内侯，金六十斤，田十顷。"布告天下，天下莫应。列侯以百数，皆莫求从军击羌、越。至酎⑩，少府省金，而列侯坐酎金失侯者百余人。乃拜式为御史大夫。式既在位，见郡国多不便县官作盐铁，铁器苦恶⑩，贾贵⑩，或强令民卖买之。而船有算，商者少，物贵，乃因孔仅言船算事。上由是不悦卜式。

汉连兵三岁，诛羌，灭南越。番禺以西至蜀南者置初郡十七，且以其故俗治，毋赋税。南阳、汉中以往郡，各以地比给初郡吏卒奉食币物，传车马被具。而初郡时时小反，杀吏，汉发南方吏卒往诛之，间岁万余人，费皆仰给大农。大农以均输调盐铁助赋，故能赡之。然兵所过县，为以訾给，毋乏而已①，不敢言擅赋法矣。

其明年，元封元年，卜式贬秩为太子太傅，而桑弘羊为治粟都尉，领大农，尽代仅筦天下盐铁②。弘羊以诸官各自市，相与争，物故腾跃，而天下赋输或不偿其僦费③，乃请置大农部丞数十人，分部主郡国，各往往县置均输盐铁官，令远方各以其物贵时商贾所转贩者为赋，而相灌输，置平准于京师，都受天下委输。召工官治车诸器，皆仰给大农。大农之诸官尽笼天下之货物，贵即卖之，贱则买之。如此，富商大贾无所牟大利，则反本④，而万物不得腾踊。故抑天下物，名曰"平准"。天子以为然，许之。于是天子北至朔方，东到泰山，巡海上，并北边以归。所过赏赐，用帛百余万匹，钱金以巨万计，皆取足大农。

弘羊又请令吏得入粟补官，及罪人赎罪。令民能入粟甘泉各有差，以复终身⑤，不告缗⑥。他郡各输急处，而诸农各致粟，山东漕益岁六百万石。一岁之中，太仓、甘泉仓满，边余谷诸物均输帛五百万匹。民不益赋而天下用饶。于是弘羊赐爵左庶长，黄金再百斤焉。

是岁小旱，上令官求雨。卜式言曰："县官当食租衣税而已，今弘羊令吏坐市列肆⑦，贩物求利。亨弘羊⑧，天乃雨。"

太史公曰：农工商交易之路通，而龟、贝、金、钱、刀、布之币兴焉。所从来久远，自高辛氏之前尚矣，靡得而记云⑨。故《书》道唐虞之际，《诗》述殷周之世，安宁则长庠序⑩，先本绌末，以礼义防于利。事变多故而亦反是。是以物盛则衰，时极而转，一质一文⑪，终始之变也。《禹贡》九州，各因其土地所宜，人民所多少而纳职焉。汤、武承弊易变，使民不倦，各兢兢所以为治，而稍陵迟衰微。齐桓公用管仲之谋，通轻重之权，徼山海之业⑫，以朝诸侯，用区区之齐显成霸名。魏用李克，尽地力，为强君。自是之后，天下争于战国，贵诈力而贱仁义，先富有而后推让。故庶人之富者或累巨万，而贫者或不厌糟糠；有国强者或并群小以臣诸侯，而弱国或绝祀而灭世。以至于秦，卒并海内。虞、夏之币，金为三品：或黄，或白，或赤；或钱、或布、或刀、或龟贝。及至秦，中一国之币为二等⑬，黄金以溢名，为上币；铜钱识曰半两，重如其文，为下币。而珠玉、龟贝、银锡之属为器饰宝藏，不为币。然各随时而轻重无常。于是外攘夷狄，内兴功业，海内之士力耕不足粮饷⑭，女子纺绩不足衣服。古者尝竭天下之资财以奉其上，犹自以为不足也。无异故云⑮，事势之流，相激使然，曷足怪焉？

---

①剧：多。

②钧驷：四匹同色马。

③齐民：平民。　　无藏盖：指无储藏之物。

④不轨：不守法令。

⑤蓄积余业：囤积货物。　　稽：贮滞；留待。

⑥市井之子孙：商人子弟。

⑦封君汤沐邑：封君的采邑。汤沐邑，本周代供诸侯朝见天子时住宿并沐浴斋戒的封地。

⑧漕转：水运为漕，陆运为转。

⑨中都官：京师各官府。

⑩埒（liè，音列）：等同，相等。

⑪叛逆：指吴楚七国之乱。

⑫贱其价：降低爵位的卖价。

⑬徒复作：囚徒欲免除服役。复，免除。作，服役。

⑭县官：指代朝廷。

⑮列观：指成列的台榭。

⑯贯：串钱的绳子。每千文为一贯。　　　校：计数。

⑰太仓：京师粮仓。

⑱字牝：母马。　　　傧：通"摈"。排斥，排挤，摈弃。

⑲网疏：指法令宽松。

⑳武断于乡曲：谓横行乡里。

㉑贾：谋求。为要。

㉒靡然发动：谓普遍受到极大扰动。

㉓设谋马邑：指在马邑设伏兵诱杀匈奴单于之谋。

㉔行者赍，居者送：谓出征者自带衣食费用，留居者也得输送物资。

㉕抏弊：贫弊；疲困。

㉖不赡：不足；不够用。

㉗陵迟：喻名存实亡。

㉘作者：服劳役的人。

㉙钟：合六石四斗。　　　致：运到。

㉚更：偿付。

㉛田：屯垦。

㉜为郎增秩：本身为"郎"，如捐献奴婢入官，可以增加官秩。

㉝大将：指大将军卫青。　　将：率领。

㉞仰给县官：由政府供给。

㉟不与焉：不计在内。

㊱日者：前些日子，前些时候。

㊲留蹛：指屯驻的将士。蹛：通"滞"。

㊳级十七万：谓"武功爵"每级卖价十七万。

㊴除：任用，录用。

㊵越等：超越等级授爵。

㊶耗废：虚滥败坏。

㊷峻文：严峻的法令条文。

㊸见知之法：发现他人不法或知情不报而应判为故纵罪的法令。

㊹废格沮诽：指破坏、阻扰、沮败、诽谤国家法令。

㊺观：指观县。

㊻朞：一周年。

㊼解乘舆驷：谓天子解去自己的车马。

㊽贷假：指借粮。

㊾蹛财：囤积财物。　　　役贫：操纵贫民生计。

㊿转毂：指运粮车。

51废居：贱价买进，贵价卖出。废，卖出。居，储存。　　　居邑：居谷于邑中，以待贵卖。

52浮淫：轻薄淫佚。

53白金：银。　　　赤金：铜。

54铬：铜屑。

55缘以藻缋：卷边加以彩画。

56致生：善于生财。

57秋豪：喻细致。豪，通"毫"。

58周郭其下：在钱的周围加铸突起的一道边廓。

(59)上：向皇帝上奏。

(60)牢盆：煮盐器具。

(61) 浮食奇民：指不亲事生产而食之民。汉代多指诸侯贵族，此处亦指富商大贾。

(62)富羡：富饶。

(63)钛（dì，音地）：脚镣类刑具，用以钳足趾。

(64)传：驿车。

(65)元元：黎民百姓。

(66)南亩：农田。

(67)轺车：小车。　　缗钱：指商人的资产。

(68) 末作：古代指工商业。　　贳贷：赊借。

(69)自占：自己估价。

(70)一算：汉代商贾税的一个计数单位。

(71)非吏比者：非吏而得与吏比者。　　三老：掌教化的乡官。

(72)畀：赏给。

(73)输委：谓捐输财物。委，交给。

(74)籍：名册。

(75) 风：讽谕。

(76)屩：草鞋。

(77)不能半自出：自首的还不到一半。

(78) 守相：郡守、诸侯相。

(79)直指：官名。办案治狱的官。

(80)稍迁：慢慢升迁。

(81) 皮荐：指垫着苍璧的皮币。

(82)微反唇：嘴唇微微动了一下，即未出言。

(83)纵：犹盛行。

(84)钟官赤侧：铸钱官所铸的“赤侧钱”，即以赤铜为边的一种钱。

(85)一当五：一个“赤侧钱”兑换五个“五铢钱”。

(86)反：平反，翻案。

(87)益广关：扩大关中领地，即将函谷关东移三百里于今河南新安县界。

(88)左右辅：指左冯翊、右扶风二辅。

(89)官布：即官钱。布，泉布。

(90)水衡：即水衡都尉

(91)比：不久前。　　田田：前田字名词。后田字动词，耕种，垦植。

(92)株送徒：即株连犯。

(93)留处：就地落户。

(94)不辨：一切供应准备 不及。辨，读办。

(95)卒：通“猝”，仓促。

(96)亭徼：候亭与徼塞，即防御工事。

(97)充仞：充足。

(98)兵：指武器。

(99)以差：按等级。　　亭：驿亭。

(100)畜牸马：养殖育驹的母马。

(101)岁课息：按年征税。

(102)至酎：到酎祭宗庙时。酎，专用于祭祀的一种好酒。

(103)省金：谓检查诸侯献以助祭的“酎金”的分量成色。

(104)苦恶：粗劣。

(105)贾：通“价”。

⑩ 赍给：供应。赍，同"资"。

⑩ 仅：指孔仅。

⑩ 傲费：运载费用。

⑩ 反本：回到立国的根本，即回到农业上。

⑩ 以复终身：终身免役。

⑪ 不告缗：不须缴本钱税。

⑫ 坐市列肆：坐于市井做买卖。

⑬ 亨：读烹，烹杀。

⑭ 靡：没有。

⑮ 长庠序：重视教育。殷称序，周称庠。

⑯ 一质一文：谓有时尚朴质，有时多节文。

⑰ 徼：求取，引申为开采、开发。

⑱ 中：折中。

⑲ 士：指男子。

⑳ 无异故：没有别的原因。

史记卷三十一

吴太伯世家第一

　　吴太伯，太伯弟仲雍，皆周太王之子，而王季历之兄也。季历贤，而有圣子昌，太王欲立季历以及昌，于是太伯、仲雍二人乃奔荆蛮，文身断发，示不可用，以避季历。季历果立，是为王季，而昌为文王。太伯之奔荆蛮，自号句吴。荆蛮义之，从而归之千余家，立为吴太伯。

　　太伯卒，无子，弟仲雍立，是为吴仲雍。仲雍卒，子季简立。季简卒，子叔达立。叔达卒，子周章立。是时周武王克殷，求太伯、仲雍之后，得周章。周章已君吴，因而封之。乃封周章弟虞仲於周之北故夏虚，是为虞仲，列为诸侯。

　　周章卒，子熊遂立。熊遂卒，子柯相立。柯相卒，子强鸠夷立，强鸠夷卒，子馀桥疑吾立。馀桥疑吾卒，子柯卢立。柯卢卒，子周繇立。周繇卒，子屈羽立。屈羽卒，子夷吾立。夷吾卒，子禽处立。禽处卒，子转立。转卒，子颇高立。颇高卒，子句卑立。是时晋献公灭周北虞公，以开晋伐虢也。句卑卒，子去齐立。去齐卒，子寿梦立。寿梦立而吴始益大，称王。

　　自太伯作吴，五世而武王克殷，封其后为二：其一虞，在中国；其一吴，在夷蛮。十二世而晋灭中国之虞。中国之虞灭二世，而夷蛮之吴兴。大凡从太伯至寿梦十九世。

　　王寿梦二年，楚之亡大夫申公巫臣怨楚将子反而奔晋，自晋使吴，教吴用兵乘车，令其子为吴行人①，吴于是始通于中国。吴伐楚。十六年，楚共王伐吴，至衡山。

　　二十五年，王寿梦卒。寿梦有子四人，长曰诸樊，次曰馀祭，次曰馀眜，次曰季札。季札贤，而寿梦欲立之，季札让不可，于是乃立长子诸樊，摄行事当国。

　　王诸樊元年，诸樊已除丧，让位季札。季札谢曰："曹宣公之卒也，诸侯与曹人不义曹君②，将立子臧，子臧去之，以成曹君，君子曰"能守节矣"。君义嗣③，谁敢干君！有国，非吾节也。札虽不材，愿附于子臧之义。"吴人固立季札，季札弃其室而耕，乃舍之。秋，吴伐楚，楚败我师。四年，晋平公初立。

十三年，王诸樊卒。有命授弟馀祭，欲传以次，必致国于季札而止，以称先王寿梦之意，且嘉季札之义，兄弟皆欲致国，令以渐至焉④。季札封于延陵，故号曰延陵季子。

王馀祭三年，齐相庆封有罪，自齐来奔吴。吴予庆封朱方之县，以为奉邑，以女妻之，富于在齐。

四年，吴使季札聘于鲁⑤，请观周乐。为歌《周南》、《召南》，曰："美哉，始基之矣，犹未也⑥。然勤而不怨。"歌《邶》、《鄘》、《卫》，曰："美哉，渊乎⑦，忧而不困者也。吾闻卫康叔、武公之德如是，是其《卫风》乎？"歌《王》，曰："美哉，思而不惧⑧，其周之东乎⑨？歌《郑》，曰："其细已甚，民不堪也，是其先亡乎？"歌《齐》，曰："美哉，泱泱乎大风也哉⑩。表东海者⑪，其太公乎⑫？国未可量也。"歌《豳》，曰："美哉，荡荡乎，乐而不淫，其周公之东乎？"歌《秦》，曰："此之谓夏声。夫能夏则大，大之至也，其周之旧乎？"歌《魏》，曰："美哉，沨沨乎⑬，大而宽，俭而易，行以德辅，此则盟主也。"歌《唐》，曰："思深哉，其有陶唐氏之遗风乎？不然，何忧之远也？非令德之后，谁能若是！"歌《陈》，曰："国无主，其能久乎？"自《郐》以下，无讥焉⑭。歌《小雅》，曰："美哉，思而不贰⑮，怨而不言，其周德之衰乎？犹有先王之遗民也。"歌《大雅》，曰："广哉，熙熙乎⑯，曲而有直体⑰，其文王之德乎？"歌《颂》。曰："至矣哉⑱，直而不倨⑲，曲而不诎⑳，近而不逼㉑，远而不携㉒，迁而不淫㉓，复而不厌㉔，哀而不愁，乐而不荒，用而不匮，广而不宣㉕，施而不费，取而不贪，处而不底㉖，行而不流。五声和㉗，八风平㉘，节有度，守有序㉙，盛德之所同也。"见舞《象箾》、《南籥》者，曰："美哉，犹有憾㉚。"见舞《大武》，曰："美哉，周之盛也其若此乎？"见舞《韶护》者，曰："圣人之弘也，犹有惭德，圣人之难也！"见舞《大夏》，曰："美哉，勤而不德㉛！非禹其谁能及之？"见舞《招箾》，曰："德至矣哉，大矣，如天之无不焘也㉜，如地之无不载也，虽甚盛德，无以加矣。观止矣，若有他乐，吾不敢观。"

去鲁，遂使齐。说晏平仲曰："子速纳邑与政㉝，无邑无政，乃免于难。齐国之政将有所归，未得所归，难未息也。"故晏子因陈桓子以纳政与邑，是以免于栾、高之难。

去齐，使于郑。见子产，如旧交。谓子产曰："郑之执政侈㉞，难将至矣，政必及子。子为政，慎以礼。不然，郑国将败。"去郑，适卫。说蘧瑗、史狗、史𫐉、公子荆、公叔发、公子朝曰："卫多君子，未有患也。"

自卫如晋，将舍于宿，闻钟声，曰："异哉！吾闻之，辩而不德，必加于戮。夫子获罪于君以在此，惧犹不足，而又可以畔乎？夫子之在此，犹燕之巢于幕也。君在殡而可以乐乎㉟？"遂去。文子闻之，终身不听琴瑟。

适晋，说赵文子、韩宣子、魏献子曰："晋国其萃于三家乎㊱！"将去，谓叔向曰："吾子勉之！君侈而多良，大夫皆富，政将在三家。吾子直，必思自免于难。"

季札之初使，北过徐君。徐君好季札剑，口弗敢言。季札心知之，为使上国，未献。还至徐，徐君已死，于是乃解其宝剑，系之徐君冢树而去。从者曰："徐君已死，尚谁予乎？"季子曰："不然。始吾心已许之，岂以死倍吾心哉㊲！"

七年，楚公子围弑其王夹敖而代立，是为灵王。十年，楚灵王会诸侯而以伐吴之朱方，以诛齐庆封。吴亦攻楚，取三邑而去。十一年，楚伐吴，至雩娄。十二年，楚复来伐，次于乾溪，楚师败走。十七年，王馀祭卒，弟馀昧立。

王馀昧二年，楚公子弃疾弑其君灵王代立焉。

四年，王馀昧卒，欲授弟季札。季札让，逃去。于是吴人曰："先王有命，兄卒弟代立，必致季子。季子今逃位，则王馀眛后立，今卒，其子当代。”乃立王馀眛之子僚为王。

王僚二年，公子光伐楚，败而亡王舟。光惧，袭楚，复得王舟而还。

五年，楚之亡臣伍子胥来奔，公子光客之。公子光者，王诸樊之子也。常以为：“吾父兄弟四人，当传至季子。季子即不受国，光父先立，即不传季子，光当立。”阴纳贤士，欲以袭王僚。

八年，吴使公子光伐楚，败楚师，迎楚故太子建母于居巢以归。因北伐，败陈、蔡之师。九年，公子光伐楚，拔居巢、钟离。初，楚边邑卑梁氏之处女与吴边邑之女争桑，二女家怒相灭，两国边邑长闻之，怒而相攻，灭吴之边邑。吴王怒，故遂伐楚，取两都而去。

伍子胥之初奔吴，说吴王僚以伐楚之利。公子光曰：“胥之父兄为僇于楚，欲自报其仇耳。未见其利。”于是伍员知光有他志⊛，乃求勇士专诸，见之光。光喜，乃客伍子胥。子胥退而耕于野，以待专诸之事。

十二年冬，楚平王卒。十三年春，吴欲因楚丧而伐之，使公子盖馀、烛庸以兵围楚之六、灊。使季札于晋，以观诸侯之变。楚发兵绝吴兵后，吴兵不得还。于是吴公子光曰：“此时不可失也。”告专诸曰：“不索何获！我真王嗣，当立，吾欲求之。季子虽至，不吾废也。”专诸曰：“王僚可杀也。母老子弱，而两公子将兵攻楚，楚绝其路。方今吴外困于楚，而内空无骨鲠之臣，是无奈我何。”光曰：“我身，子之身也。”四月丙子，光伏甲士于窟室㉞，而谒王僚饮㊵。王僚使兵陈于道，自王宫至光之家，门阶户席，皆王僚之亲也，人夹持铍㊶。公子光详为足疾，入于窟室，使专诸置匕首于炙鱼之中以进食，手匕首刺王僚，铍交于匈㊷，遂弑王僚。公子光竟代立为王，是为吴王阖庐。阖庐乃以专诸子为卿。

季子至，曰：“苟先君无废祀，民人无废主，社稷有奉，乃吾君也。吾敢谁怨乎？哀死事生㊸，以待天命㊹。非我生乱，立者从之，先人之道也㊺。”复命，哭僚墓，复位而待。吴公子烛庸、盖馀二人将兵遇围于楚者，闻公子光弑王僚自立，乃以其兵降楚，楚封之于舒。

王阖庐元年，举伍子胥为行人而与谋国事。楚诛伯州犁，其孙伯嚭亡奔吴，吴以为大夫。

三年，吴王阖庐与子胥、伯嚭将兵伐楚，拔舒，杀吴亡将二公子。光谋欲入郢，将军孙武曰：“民劳，未可，待之。”四年，伐楚，取六与灊。五年，伐越，败之。六年，楚使子常、囊瓦伐吴。迎而击之，大败楚军于豫章，取楚之居巢而还。

九年，吴王阖庐请伍子胥、孙武曰：“始子之言郢未可入，今果如何？”二子对曰：“楚将子常贪，而唐、蔡皆怨之。王必欲大伐，必得唐、蔡乃可。”阖庐从之，悉兴师，与唐、蔡西伐楚，至于汉水。楚亦发兵拒吴，夹水陈㊻。吴王阖庐弟夫㮤欲战，阖庐弗许。夫㮤曰：“王已属臣兵，兵以利为上，尚何待焉？”遂以其部五千人袭冒楚，楚兵大败，走。于是吴王遂纵兵追之。比至郢，五战，楚五败。楚昭王亡出郢，奔郧。郧公弟欲弑昭王，昭王与郧公奔随。而吴兵遂入郢。子胥、伯嚭鞭平王之尸以报父仇。

十年春，越闻吴王之在郢，国空，乃伐吴。吴使别兵击越。楚告急秦，秦遣兵求楚击吴，吴师败。阖庐弟夫㮤见秦、越交败吴，吴王留楚不去，夫㮤亡归吴而自立为吴王。阖庐闻之，乃引兵归，攻夫㮤。夫㮤败奔楚。楚昭王乃得以九月复入郢，而封夫㮤于堂谿，为堂谿氏。

十一年，吴王使太子夫差伐楚，取番。楚恐而去郢徙鄀。

十五年，孔子相鲁。

十九年夏，吴伐越，越王句践迎击之樵李。越使死士挑战，三行造吴师㊼，呼，自刭。吴师观之，越因伐吴，败之姑苏，伤吴王阖庐指，军却七里。吴王病伤而死。阖庐使立太子夫差，谓曰：“尔而忘句践杀汝父乎？”对曰：“不敢！”三年，乃报越。

王夫差元年，以大夫伯嚭为太宰。习战射，常以报越为志。二年，吴王悉精兵以伐越，败之夫椒，报姑苏也。越王句践乃以甲兵五千人栖于会稽，使大夫种因吴太宰嚭而行成⑱。请委国为臣妾⑲。吴王将许之，伍子胥谏曰："昔有过氏杀斟灌以伐斟寻，灭夏后帝相。帝相之妃后缗方娠，逃于有仍而生少康。少康为有仍牧正⑳。有过又欲杀少康，少康奔有虞。有虞思夏德，于是妻之以二女而邑之于纶，有田一成㉑，有众一旅㉒。后遂收夏众，抚其官职，使人诱之，遂灭有过氏，复禹之绩，祀夏配天，不失旧物。今吴不如有过之强，而句践大于少康。今不因此而灭之，又将宽之，不亦难乎！且句践为人能辛苦，今不灭，后必悔之。"吴王不听，听太宰嚭，卒许越平㉓，与盟而罢兵去。

七年，吴王夫差闻齐景公死而大臣争宠，新君弱，乃兴师北伐齐。子胥谏曰："越王句践食不重味㉔，衣不重采㉕，吊死问疾，且欲有所用其众。此人不死，必为吴患。今越在腹心疾而王不先，而务齐，不亦谬乎！"吴王不听，遂北伐齐，败齐师于艾陵。至缯，召鲁哀公而徵百牢。季康子使子贡以周礼说太宰嚭，乃得止。因留略地于齐、鲁之南。九年，为驺伐鲁，至，与鲁盟乃去。十年，因伐齐而归。十一年，复北伐齐。

越王句践率其众以朝吴，厚献遗之，吴王喜。唯子胥惧，曰："是弃吴也㉖。"谏曰："越在腹心，今得志于齐，犹石田㉗，无所用。且《盘庚之诰》有颠越勿遗㉘，商之以兴。"吴王不听，使子胥于齐，子胥属其子于齐鲍氏㉙，还报吴王。吴王闻之，大怒，赐子胥属镂之剑以死㉚。将死，曰："树吾墓上以梓，令可为器㉛。抉吾眼置之吴东门，以观越之灭吴也。"

齐鲍氏弑齐悼公。吴王闻之，哭于军门外三日，乃从海上攻齐。齐人败吴，吴王乃引兵归。

十三年，吴召鲁、卫之君会于橐皋。

十四年春，吴王北会诸侯于黄池，欲霸中国以全周室。六月丙子，越王句践伐吴。乙酉，越五千人与吴战。丙戌，虏吴太子友。丁亥，入吴。吴人告败于王夫差，夫差恶其闻也。或泄其语，吴王怒，斩七人于幕下。七月辛丑，吴王与晋定公争长。吴王曰："于周室我为长。"晋定公曰："于姬姓我为伯。"赵鞅怒，将伐吴，乃长晋定公。吴王已盟，与晋别，欲伐宋。太宰嚭曰："可胜而不能居也。"乃引兵归国。国亡太子，内空，王居外久，士皆罢敝㉜，于是乃使厚币以与越平。

十五年，齐田常杀简公。

十八年，越益强。越王句践率兵复伐败吴师于笠泽。楚灭陈。

二十年，越王句践复伐吴。二十一年，遂围吴。二十三年十一月丁卯，越败吴。越王句践欲迁吴王夫差于甬东，予百家居之。吴王曰："孤老矣，不能事君王也。吾悔不用子胥之言，自令陷此。"遂自刭死。越王灭吴，诛太宰嚭，以为不忠，而归。

太史公曰：孔子言："太伯可谓至德矣，三以天下让，民无得而称焉。"余读《春秋》古文，乃知中国之虞与荆蛮句吴兄弟也。延陵季子之仁心，慕义无穷，见微而知清浊。呜呼，又何其闳览博物君子也㉝！

①行人：官名。掌管接待国宾之行人之官。国与国之间的使者亦称行人。
②曹君：指曹成公。成公因杀太子而自立，诸侯和曹国人认为成公不义。
③君义嗣：谓诸樊是嫡长子，嗣位合于礼义。
④渐至：谓季札诸兄长欲依次渐进把君位传给季札。
⑤聘：出使。
⑥未：谓未尽善尽美。

⑦渊乎：指乐曲深沉，说明德化深远。

⑧思而不惧：虽有忧思，但无恐惧之感。

⑨其周之东：谓《王风》该是周室东迁以后的诗章。

⑩泱泱乎：指音节深远弘大　　大风：大国之风范。

⑪表：表率。

⑫ 太公：指姜太公。

⑬沨沨乎：音节中正平和；中庸之声。

⑭无讥焉：不予评论。

⑮不贰：无叛离之心。

⑯熙熙乎：音节宽宏和乐。

⑰ 曲而有直体：指旋律曲折柔缓而刚直有劲。

⑱至矣哉：美至极点。

⑲直而不倨：刚直有劲而不倨傲。

⑳曲而不诎：曲折婉转而不卑屈。

㉑不逼：不局促逼隘。

㉒不携：不散漫游移。

㉓迁而不淫：变化多样而不放荡无度。

㉔复而不厌：反复回旋而不令人厌烦。

㉕不宣：不宣露，不自显。

㉖处而不底：谓声音有时停顿而未中断。底，止住。

㉗五声：宫、商、角、徵、羽。

㉘八风：指八音，金、石、土、革、丝、木、匏、竹。

㉙守有序：八音不相夺，各守其分，各有次序。守：遵守；遵循；奉行。

㉚感：音，义同"憾"。遗憾。

㉛不德：不自以为有德。

㉜焘：覆盖。

㉝纳：交还。

㉞执政：执政者。指郑穆公之子、子产之弟伯有。　　侈：荒淫无度。

㉟ 君在殡：指卫献公死而未葬。

㊱萃：集中。

㊲倍：通"背"。违背。

㊳ 他志：别有所图。

㊴窟室：地下室。

㊵谒：迎请，邀请。

㊶ 人夹持铍：两旁卫士皆持利刃。

㊷铍交于匈：此谓专诸亦被数把利刃交相刺进胸部。匈，同"胸"。

㊸哀死事生：哀悼死者，事奉生者。

㊹待：顺应。

㊺道：指遗训。

㊻夹水陈：吴楚两军隔着汉水摆开阵势。

㊼三行：排成三行。

㊽ 行成：求和。

㊾臣妾：奴仆。

㊿牧正：牧畜之长。

(51)一成：方十里。

(52)一旅：五百人。

(53)平：平和，和解。

(54)食不重味：同“食不二味”。吃饭不吃两样菜。

(55)衣不重采：亦作“衣不兼采”。不穿两种色采的衣服。谓衣着朴素，不求华丽。

(56)弃：背弃，背叛。

(57)石田：不可耕作之田。

(58)颠越：陨落，坠落。

(59)属：同“嘱”。托付。

(60)属镂：剑名。

(61)器：意指棺材。

(62)罢敝：疲惫不堪。

(63)闳览博物：见闻宏富，博识事物。

史记卷三十二

齐太公世家第二

太公望吕尚者，东海上人。其先祖尝为四岳，佐禹平水土甚有功。虞、夏之际封于吕，或封于申，姓姜氏。夏、商之时，申、吕或封枝庶子孙，或为庶人，尚其后苗裔也。本姓姜氏，从其封姓，故曰吕尚。

吕尚盖尝穷困，年老矣，以渔钓奸周西伯①。西伯将出猎，卜之，曰“所获非龙非彲，非虎非罴；所获霸王之辅。”于是周西伯猎，果遇太公于渭之阳，与语大说，曰：“自吾先君太公曰：‘当有圣人适周，周以兴。’子真是邪？吾太公望子久矣。”故号之曰“太公望”，载与俱归，立为师。

或曰：太公博闻，尝事纣。纣无道，去之。游说诸侯，无所遇，而卒西归周西伯。或曰：吕尚处士，隐海滨。周西伯拘羑里，散宜生、闳夭素知而招吕尚。吕尚亦曰：“吾闻西伯贤，又善养老，盍往焉。”三人者为西伯求美女、奇物，献之于纣，以赎西伯。西伯得以出，反国。言吕尚所以事周虽异，然要之为文、武师。

周西伯昌之脱羑里归，与吕尚阴谋修德以倾商政，其事多兵权与奇计，故后世之言兵及周之阴权皆宗太公为本谋。周西伯政平，及断虞、芮之讼，而诗人称西伯受命曰文王。伐崇、密须、犬夷，大作丰邑。天下三分，其二归周者，太公之谋计居多。

文王崩，武王即位。九年，欲修文王业，东伐以观诸侯集否。师行，师尚父②左杖黄钺，右把白旄以誓，曰：“苍兕苍兕③，总尔众庶，与尔舟楫，后至者斩！”遂至盟津。诸侯不期而会者八百诸侯。诸侯皆曰：“纣可伐也。”武王曰：“未可。”还师，与太公作此《太誓》。

居二年，纣杀王子比干，囚箕子。武王将伐纣，卜，龟兆不吉，风雨暴至。群公尽惧，唯太公强之劝武王，武王于是遂行。十一年正月甲子，誓于牧野，伐商纣。纣师败绩。纣反走，登鹿台，遂追斩纣。明日，武王立于社，群公奉明水④，卫康叔封布采席⑤，师尚父牵牲，史佚策祝⑥，以告神讨纣之罪。散鹿台之钱，发巨桥之粟，以振贫民。封比干墓，释箕子囚。迁九鼎，修周政，与天下更始。师尚父谋居多。

于是武王已平商而王天下，封师尚父于齐营丘。东就国，道宿行迟。逆旅之人曰："吾闻时难得而易失。客寝甚安，殆非就国者也。"太公闻之，夜衣而行，犁明至国。莱侯来伐，与之争营丘。营丘边莱。莱人，夷也，会纣之乱而周初定，未能集远方，是以与太公争国。

太公至国，修政，因其俗，简其礼，通商工之业，便鱼盐之利，而人民多归齐，齐为大国。及周成王少时，管、蔡作乱，淮夷畔周，乃使召康公命太公曰："东至海，西至河，南至穆陵，北至无棣，五侯九伯，实得征之。"齐由此得征伐，为大国。都营丘。

盖太公之卒百有余年，子丁公吕伋立。丁公卒，子乙公得立。乙公卒，子癸公慈母立。癸公卒，子哀公不辰立。

哀公时，纪侯谮之周，周烹哀公而立其弟静⑦，是为胡公。胡公徙都薄姑，而当周夷王之时。

哀公之同母少弟山怨胡公，乃与其党率营丘人袭攻杀胡公而自立，是为献公。献公元年，尽逐胡公子，因徙薄姑都，治临菑。

九年，献公卒，子武公寿立。武公九年，周厉王出奔，居彘。十年，王室乱，大臣行政，号曰"共和"。二十四年，周宣王初立。

二十六年，武公卒，子厉公无忌立。厉公暴虐，故胡公子复入齐，齐人欲立之，乃与攻杀厉公。胡公子亦战死。齐人乃立厉公子赤为君，是为文公，而诛杀厉公者七十人。

文公十二年卒，子成公脱立。成公九年卒，子庄公购立。

庄公二十四年，犬戎杀幽王，周东徙雒。秦始列为诸侯。五十六年，晋弑其君昭侯。

六十四年，庄公卒，子釐公禄甫立。

釐公九年，鲁隐公初立。十九年，鲁桓公弑其兄隐公而自立为君。

二十五年，北戎伐齐。郑使太子忽来救齐，齐欲妻之。忽曰："郑小齐大，非我敌⑧。"遂辞之。

三十二年，釐公同母弟夷仲年死。其子曰公孙无知，釐公爱之，令其秩服奉养比太子⑨。

三十三年，釐公卒，太子诸儿立，是为襄公。

襄公元年，始为太子时，尝与无知斗，及立，绌无知秩服，无知怨。

四年，鲁桓公与夫人如齐。齐襄公故尝私通鲁夫人。鲁夫人者，襄公女弟也，自釐公时嫁为鲁桓公妇，及桓公来而襄公复通焉。鲁桓公知之，怒夫人，夫人以告齐襄公。齐襄公与鲁君饮，醉之，使力士彭生抱上鲁君车，因拉杀鲁桓公，桓公下车则死矣。鲁人以为让⑩，而齐襄公杀彭生以谢鲁。

八年，伐纪，纪迁去其邑。

十二年，初，襄公使连称、管至父戍葵丘⑪，瓜时而往，及瓜而代。往戍一岁，卒瓜时而公弗为发代。或为请代，公弗许。故此二人怒，因公孙无知谋作乱。连称有从妹在公宫，无宠，使之间襄公，曰"事成以女为无知夫人"。冬十二月，襄公游姑棼，遂猎沛丘。见彘，从者曰"彭生"。公怒，射之，彘人立而啼。公惧，坠车伤足，失屦。反而鞭主屦者茀三百。茀出宫。而无知、连称、管至父等闻公伤，乃遂率其众袭宫。逢主屦茀，茀曰："且无入惊宫，惊宫未易入也。"无知弗信，茀示之创⑫，乃信之。待宫外，令茀先入。茀先入，即匿襄公户间。良久，无知等恐，遂入宫。茀反与宫中及公之幸臣攻无知等，不胜，皆死。无知入宫，求公不得。或见人足于户间，发视，乃襄公，遂弑之，而无知自立为齐君。

桓公元年春，齐君无知游于雍林。雍林人尝有怨无知，及其往游，雍林人袭杀无知，告齐大夫曰："无知弑襄公自立，臣谨行诛。唯大夫更立公子之当立者，唯命是听。"

初，襄公之醉杀鲁桓公，通其夫人，杀诛数不当，淫于妇人，数欺大臣，群弟恐祸及，故次弟纠奔鲁。其母鲁女也。管仲、召忽傅之。次弟小白奔莒，鲍叔傅之。小白母，卫女也，有宠于釐公。小白自少好善大夫高傒。及雍林人杀无知，议立君，高、国先阴召小白于莒。鲁闻无知死，亦发兵送公子纠，而使管仲别将兵遮莒道，射中小白带钩。小白详死，管仲使人驰报鲁。鲁送纠者行益迟，六日至齐，则小白已入，高傒立之，是为桓公。

桓公之中钩，详死以误管仲，已而载温车中驰行，亦有高、国内应，故得先入立，发兵距鲁。秋，与鲁战于乾时，鲁兵败走，齐兵掩绝鲁归道。齐遗鲁书曰："子纠兄弟，弗忍诛，请鲁自杀之。召忽、管仲仇也，请得而甘心醢之[13]。不然，将围鲁。"鲁人患之，遂杀子纠于笙渎。召忽自杀，管仲请囚。桓公之立，发兵攻鲁，心欲杀管仲。鲍叔牙曰："臣幸得从君，君竟以立。君之尊，臣无以增君。君将治齐，即高傒与叔牙足也。君且欲霸王，非管夷吾不可。夷吾所居国国重，不可失也。"于是桓公从之，乃详为召管仲欲甘心，实欲用之。管仲知之，故请往。鲍叔牙迎受管仲，及堂阜而脱桎梏[14]，斋被而见桓公[15]。桓公厚礼以为大夫，任政。

桓公既得管仲，与鲍叔、隰朋、高傒修齐国政，连五家之兵[16]，设轻重、鱼盐之利[17]，以赡贫穷，禄贤能，齐人皆说。

二年，伐灭郯，郯子奔莒。初，桓公亡时，过郯，郯无礼，故伐之。

五年，伐鲁，鲁将师败。鲁庄公请献遂邑以平，桓公许，与鲁会柯而盟。鲁将盟，曹沫以匕首劫桓公于坛上，曰："反鲁之侵地[18]"桓公许之。已而曹沫去匕首，北面就臣位。桓公后悔，欲无与鲁地而杀曹沫。管仲曰："夫劫许之而倍信杀之，愈一小快耳，而弃信于诸侯，失天下之援，不可。"于是遂与曹沫三败所亡地于鲁。诸侯闻之，皆信齐而欲附焉。七年，诸侯会桓公于甄，而桓公于是始霸焉。

十四年，陈厉公子完，号敬仲，来奔齐。齐桓公欲以为卿，让；于是以为工正。田成子常之祖也。

二十三年，山戎伐燕，燕告急于齐。齐桓公救燕，遂伐山戎，至于孤竹而还。燕庄公遂送桓公入齐境。桓公曰："非天子，诸侯相送不出境，吾不可以无礼于燕。"于是分沟割燕君所至与燕，命燕君复修召公之政，纳贡于周，如成、康之时。诸侯闻之，皆从齐。

二十七年，鲁湣公母曰哀姜，桓公女弟也。哀姜淫于鲁公子庆父，庆父弑湣公，哀姜欲立庆父，鲁人更立釐公。桓公召哀姜，杀之。

二十八年，卫文公有狄乱，告急于齐。齐率诸侯城楚丘而立卫君。

二十九年，桓公与夫人蔡姬戏船中。蔡姬习水，荡公，公惧，止之，不止，出船，怒，归蔡姬，弗绝[19]。蔡亦怒，嫁其女。桓公闻而怒，兴师往伐。

三十年春，齐桓公率诸侯伐蔡，蔡溃。遂伐楚。楚成王兴师问曰："何故涉吾地？"管仲对曰："昔召康公命我先君太公曰：'五侯九伯，若实征之[20]，以夹辅周室。'赐我先君履[21]，东至海，西至河，南至穆陵，北至无棣。楚贡包茅不入[22]，王祭不具，是以来责。昭王南征不复[23]，是以来问。"楚王曰："贡之不入，有之，寡人罪也，敢不共乎！昭王之出不复，君其问之水滨[24]。"齐师进次于陉[25]。夏，楚王使屈完将兵捍齐，齐师退次召陵。桓公矜屈完以其众。屈完曰："君以道则可，若不，则楚方城以为城，江、汉以为沟，君安能进乎？"乃与屈完盟而去。过陈，陈袁涛涂诈齐，令出东方，觉。秋，齐伐陈。是岁，晋杀太子申生。

三十五年夏，会诸侯于葵丘。周襄王使宰孔赐桓公文、武胙、彤弓矢、大路[26]，命无拜。桓公欲许之，管仲曰"不可"，乃下拜受赐。秋，复会诸侯于葵丘，益有骄色。周使宰孔会。诸侯颇有叛者。晋侯病，后，遇宰孔。宰孔曰："齐侯骄矣，弟无行[27]。"从之。是岁，晋献公卒，里克杀奚齐、卓子，秦穆公以夫人入公子夷吾为晋君。桓公于是讨晋乱，至高梁，使隰朋立晋君，还。

是时周室微，唯齐、楚、秦、晋为强。晋初与会，献公死，国内乱。秦穆公辟远，不与中国会盟。楚成王初收荆蛮有之，夷狄自置㉗。唯独齐为中国会盟，而桓公能宣其德，故诸侯宾会。于是桓公称曰："寡人南伐至召陵，望熊山；北伐山戎、离枝、孤竹；西伐大夏，涉流沙；束马悬车登太行，至卑耳山而还。诸侯莫违寡人。寡人兵车之会三，乘车之会六，九合诸侯，一匡天下㉘。昔三代受命，有何以异于此乎？吾欲封泰山，禅梁父。"管仲固谏，不听，乃说桓公以远方珍怪物至乃得封，桓公乃止。

三十八年，周襄王弟带与戎、翟合谋伐周，齐使管仲平戎于周。周欲以上卿礼管仲，管仲顿首曰："臣陪臣㉙，安敢！"三让，乃受下卿礼以见。三十九年，周襄王弟带来奔齐。齐使仲孙请王，为带谢。襄王怒，弗听。

四十一年，秦穆公虏晋惠公，复归之。是岁，管仲、隰朋皆卒。管仲病，桓公问曰："群臣谁可相者？"管仲曰："知臣莫如君。"公曰："易牙如何？"对曰："杀子以适君，非人情，不可。"公曰："开方如何？"对曰："倍亲以适君，非人情，难近。"公曰："竖刀如何？"对曰："自宫以适君，非人情，难亲。"管仲死，而桓公不用管仲言，卒近用三子㉚，三子专权。

四十二年，戎伐周，周告急于齐，齐令诸侯各发卒戍周。是岁，晋公子重耳来，桓公妻之。

四十三年。初，齐桓公之夫人三：曰王姬、徐姬、蔡姬，皆无子。桓公好内㉛，多内宠，如夫人者六人：长卫姬，生无诡；少卫姬，生惠公元；郑姬，生孝公昭；葛嬴，生昭公潘；密姬，生懿公商人；宋华子，生公子雍。桓公与管仲属孝公于宋襄公，以为太子。雍巫有宠于卫共姬，因宦者竖刀以厚献于桓公，亦有宠，桓公许之立无诡。管仲卒，五公子皆求立。冬十月乙亥，齐桓公卒。易牙入，与竖刀因内宠杀群吏㉜，而立公子无诡为君。太子昭奔宋。

桓公病，五公子各树党争立。及桓公卒，遂相攻，以故宫中空，莫敢棺。桓公尸在床上六十七日，尸虫出于户。十二月乙亥，无诡立，乃棺赴。辛巳夜，敛殡。

桓公十有余子，要其后立者五人㉝：无诡立三月死，无谥；次孝公；次昭公；次懿公；次惠公。孝公元年三月，宋襄公率诸侯兵送齐太子昭而伐齐。齐人恐，杀其君无诡。齐人将立太子昭，四公子之徒攻太子，太子走宋，宋遂与齐人四公子战。五月，宋败齐四公子师而立太子昭，是为齐孝公。宋以桓公与管仲属之太子，故来征之。以乱故，八月乃葬齐桓公。

六年春，齐伐宋，以其不同盟于齐也。夏，宋襄公卒。七年，晋文公立。

十年，孝公卒，孝公弟潘因卫公子开方杀孝公子而立潘，是为昭公。昭公，桓公子也，其母曰葛嬴。

昭公元年，晋文公败楚于城濮，而会诸侯践土，朝周，天子使晋称伯。六年，翟侵齐。晋文公卒。秦兵败于殽。十二年，秦穆公卒。

十九年五月，昭公卒，子舍立为齐君。舍之母无宠于昭公，国人莫畏。昭公之弟商人以桓公死争立而不得，阴交贤士，附爱百姓，百姓说。及昭公卒，子舍立孤弱，即与众十月即墓上弑齐君舍，而商人自立，是为懿公。懿公，桓公子也，其母曰密姬。

懿公四年春，初，懿公为公子时，与丙戎之父猎，争获不胜，及即位，断丙戎父足，而使丙戎仆。庸职之妻好㉟，公内之宫㊱，使庸职骖乘㊲。五月，懿公游于申池，二人浴，戏。职曰："断足子！"戎曰："夺妻者！"二人俱病此言，乃怨。谋与公游竹中，二人弑懿公车上，弃竹中而亡去。

懿公之立，骄，民不附。齐人废其子而迎公子元于卫，立之，是为惠公。惠公，桓公子也。

其母卫女，曰少卫姬，避齐乱，故在卫。

惠公二年，长翟来，王子城父攻杀之，埋之于北门。晋赵穿弑其君灵公。

十年，惠公卒，子顷公无野立。初，崔杼有宠于惠公，惠公卒，高、国畏其偪也，逐之崔杼奔卫。

顷公元年，楚庄王强，伐陈，二年，围郑，郑伯降，已复国郑伯。

六年春，晋使郤克于齐，齐使夫人帷中而观之。郤克上，夫人笑之。郤克曰："不是报㊳，不复涉河！"归，请伐齐，晋侯弗许。齐使至晋，郤克执齐使者四人河内，杀之。八年，晋伐齐，齐以公子强质晋，晋兵去。十年春，齐伐鲁、卫。鲁、卫大夫如晋请师，皆因郤克。晋使郤克以车八百乘为中军将，士燮将上军，栾书将下军，以救鲁、卫，伐齐。六月壬申，与齐侯兵合靡笄下。癸酉，陈于鞍。逢丑父为齐顷公右㊴。顷公曰："驰之，破晋军会食㊵。"射伤郤克，流血至履。克欲还入壁，其御曰："我始入㊶，再伤㊷，不敢言疾，恐惧士卒，愿子忍之。"遂复战。战，齐急，丑父恐齐侯得，乃易处㊸，顷公为右，车絓于木而止㊹。晋小将韩厥伏齐侯车前，曰"寡君使臣救鲁、卫"，戏之。丑父使顷公下取饮，因得亡，脱去，入其军。晋郤克欲杀丑父，丑父曰："代君死而见僇㊺，后人臣无忠其君者矣。"克舍之，丑父遂得亡归齐。于是晋军追齐至马陵。齐侯请以宝器谢，不听；必得笑克者萧桐叔子，令齐东亩㊻。对曰："叔子，齐君母。齐君母亦犹晋君母，子安置之？且子以义伐而以暴为后，其可乎？"于是乃许，令反鲁、卫之侵地。

十一年，晋初置六卿，赏鞍之功。齐顷公朝晋，欲尊王晋景公，晋景公不敢受，乃归。归而顷公弛苑囿㊼，薄赋敛，振孤问疾，虚积聚以救民㊽，民亦大说。厚礼诸侯。竟顷公卒，百姓附，诸侯不犯。

十七年，顷公卒，子灵公环立。

灵公九年，晋栾书弑其君厉公。十年，晋悼公伐齐，齐令公子光质晋。十九年，立子光为太子，高厚傅之，令会诸侯盟于钟离。二十七年，晋使中行献子伐齐。齐师败，灵公走入临菑。晏婴止灵公，灵公弗从。曰："君亦无勇矣！"晋兵遂围临菑，临菑城守不敢出，晋焚郭中而去。

二十八年，初，灵公取鲁女，生子光，以为太子。仲姬，戎姬。戎姬嬖㊾，仲姬生子牙，属之戎姬。戎姬请以为太子，公许之。仲姬曰："不可。光之立，列于诸侯矣，今无故废之，君必悔之。"公曰："在我耳。"遂东太子光㊿，使高厚傅牙为太子。灵公疾，崔杼迎故太子光而立之，是为庄公。庄公杀戎姬。五月壬辰，灵公卒，庄公即位，执太子牙于句窦之丘，杀之。八月，崔杼杀高厚。晋闻齐乱，伐齐，至高唐。

庄公三年，晋大夫栾盈奔齐，庄公厚客待之。晏婴、田文之谏，公弗听。四年，齐庄公使栾盈间入晋曲沃为内应(51)，以兵随之，上太行，入孟门。栾盈败，齐兵还，取朝歌。

六年，初，棠公妻好，棠公死，崔杼取之。庄公通之，数如崔氏，以崔杼之冠赐人。侍者曰："不可。"崔杼怒，因其伐晋，欲与晋合谋袭齐而不得间。庄公尝笞宦者贾举，贾举复侍，为崔杼间公以报怨(52)。五月，莒子朝齐，齐以甲戌飨之。崔杼称病不视事。乙亥，公问崔杼病，遂从崔杼妻。崔杼妻入室，与崔杼自闭户不出，公拥柱而歌。宦者贾举遮公从官而入(53)，闭门，崔杼之徒持兵从中起。公登台而请解，不许；请盟，不许；请自杀于庙，不许。皆曰："君之臣杼疾病，不能听命。近于公宫。陪臣争趣有淫者(54)，不知二命。"公逾墙，射中公股，公反坠，遂弑之。晏婴立崔杼门外，曰："君为社稷死则死之(55)，为社稷亡则亡之。若为己死己亡，非其私暱(56)，谁敢任之！"门开而入，枕公尸而哭，三踊而出(57)。人谓崔杼："必杀之。"崔杼曰："民之望也，舍之得民。"

丁丑，崔杼立庄公异母弟杵臼，是为景公。景公母，鲁叔孙宣伯女也。景公立，以崔杼为右相，庆封为左相。二相恐乱起，乃与国人盟曰："不与崔、庆者死！"晏子仰天曰："婴所不获，唯忠于君利社稷者是从！"不肯盟。庆封欲杀晏子，崔杼曰："忠臣也，舍之。"齐太史书曰"崔杼弑庄公"，崔杼杀之。其弟复书，崔杼复杀之。少弟复书，崔杼乃舍之。

景公元年，初，崔杼生子成及强，其母死，取东郭女，生明。东郭女使其前夫子无咎与其弟偃相崔氏。成有罪，二相急治之，立明为太子。成请老于崔，崔杼许之，二相弗听，曰："崔，宗邑，不可。"成、强怒，告庆封。庆封与崔杼有郤，欲其败也。成、强杀无咎、偃于崔杼家，家皆奔亡。崔杼怒，无人，使一宦者御，见庆封。庆封曰："请为子诛之。"使崔杼仇卢蒲嫳攻崔氏，杀成、强，尽灭崔氏，崔杼妇自杀。崔杼毋归，亦自杀。庆封为相国，专权。

三年十月，庆封出猎。初，庆封已杀崔杼，益骄，嗜酒好猎，不听政令。庆舍用政，已有内郤㊳。田文之谓桓子曰："乱将作。"田、鲍、高、栾氏相与谋庆氏。庆舍发甲围庆封宫，四家徒共击破之。庆封还，不得入，奔鲁。齐人让鲁，封奔吴。吴与之朱方，聚其族而居之，富于在齐。其秋，齐人徙葬庄公，戮崔杼尸于市以说众。

九年，景公使晏婴之晋，与叔向私语曰："齐政卒归田氏。田氏虽无大德，以公权私㊴，有德于民，民爱之。"十二年，景公如晋，见平公，欲与伐燕。十八年，公复如晋，见昭公。二十六年，猎鲁郊，因入鲁，与晏婴俱问鲁礼。三十一年，鲁昭公辟季氏难，奔齐。齐欲以千社封之㊵，子家止昭公，昭公乃请齐伐鲁，取郓以居昭公。

三十二年，彗星见。景公坐柏寝，叹曰："堂堂㊶！谁有此乎？"群臣皆泣，晏子笑，公怒。晏子曰："臣笑群臣谀甚。"景公曰："彗星出东北，当齐分野㊷，寡人以为忧。"晏子曰："君高台深池，赋敛如弗得，刑罚恐弗胜，茀星将出㊸，彗星何惧乎？"公曰："可禳否？"晏子曰："使神可祝而来，亦可禳而去也。百姓苦怨以万数，而君令一人禳之，安能胜众口乎？"是时景公好治宫室，聚狗马，奢侈，厚赋重刑，故晏子以此谏之。

四十二年，吴王阖闾伐楚，入郢。

四十七年，鲁阳虎攻其君，不胜，奔齐，请齐伐鲁。鲍子谏景公，乃囚阳虎。阳虎得亡，奔晋。

四十八年，与鲁定公好会夹谷。犁锄曰："孔丘知礼而怯，请令莱人为乐，因执鲁君，可得志。"景公害孔丘相鲁㊹，惧其霸，故从犁锄之计。方会，进莱乐，孔子历阶上，使有司执莱人斩之，以礼让景公。景公惭，乃归鲁侵地以谢，而罢去。是岁，晏婴卒。

五十五年，范、中行反其君于晋，晋攻之急，来请粟。田乞欲为乱，树党于逆臣，说景公曰："范、中行数有德于齐，不可不救。"乃使乞救而输之粟。

五十八年夏，景公夫人燕姬適子死。景公宠妾芮姬生子荼。荼少，其母贱，无行，诸大夫恐其为嗣，乃言愿择诸子长贤者为太子。景公老，恶言嗣事，又爱荼母，欲立之，惮发之口㊺，乃谓诸大夫曰："为乐耳，国何患无君乎？"秋，景公病，命国惠子、高昭子立少子荼为太子，逐群公子，迁之莱。景公卒，太子荼立，是为晏孺子。冬，未葬，而群公子畏诛，皆出亡。荼诸异母兄公子寿、驹、黔奔卫公子驵、阳生奔鲁。莱人歌之曰："景公死乎弗与埋，三军事乎弗与谋，师乎师乎㊻，胡党之乎㊼？"

晏孺子元年春，田乞伪事高、国者，每朝，乞骖乘，言曰："子得君，大夫皆自危，欲谋作乱。"又谓诸大夫曰："高昭子可畏，及未发，先之。"大夫从之。六月，田乞、鲍牧乃与大夫以兵入公宫，攻高昭子。昭子闻之，与国惠子救公。公师败，田乞之徒追之，国惠子奔莒，遂反杀高昭子。晏圉奔鲁。八月，齐秉意兹㊽。田乞败二相，乃使人之鲁召公子阳生。阳生至齐，私匿田乞家。十月戊子，田乞请诸大夫曰："常之母有鱼菽之祭㊾，幸来会饮。"会饮，田乞盛阳生橐中⑦，置坐中央，发橐出阳生，曰："此乃齐君矣！"大夫皆伏谒。将与大夫盟而立之，鲍牧醉，乞诬大夫曰："吾与鲍牧谋共立阳生。"鲍牧怒曰："子忘景公之命乎？"诸大夫相视欲悔，阳生前，顿首曰："可则立之，否则已。"鲍牧恐祸起，乃复曰："皆景公子也，何为不可！"乃与盟，立阳生，是为悼公。悼公入宫，使人迁晏孺子于骀，杀之幕下，而逐孺子母芮子。芮子故贱而孺子少，故无权，国人轻之。

悼公元年，齐伐鲁，取讙、阐。初，阳生亡在鲁，季康子以其妹妻之。及归即位，使迎之。季姬与季鲂侯通，言其情，鲁弗敢与，故齐伐鲁，竟迎季姬。季姬嬖，齐复归鲁侵地。

鲍子与悼公有郤，不善。四年，吴、鲁伐齐南方。鲍子弑悼公，赴于吴。吴王夫差哭於军门外三日，将从海人讨齐。齐人败之，吴师乃去。晋赵鞅伐齐，至赖而去。齐人共立悼公子壬，是为简公。

简公四年春。初，简公与父阳生俱在鲁也，监止有宠焉，及即位，使为政。田成子惮之，骤顾于朝⑦。御鞅言简公曰："田、监不可并也，君其择焉。"弗听。子我夕⑦，田逆杀人，逢之，遂捕以入。田氏方睦，使囚病而遗守囚者酒，醉而杀守者，得亡。子我盟诸田于陈宗。初，田豹欲为子我臣，使公孙言豹，豹有丧而止。后卒以为臣，幸于子我。子我谓曰："吾尽逐田氏而立女⑦，可乎？"对曰："我远田氏矣⑦。且其违者不过数人，何尽逐焉！"遂告田氏。子行曰⑦："彼得君⑦，弗先⑦，必祸子。"子行舍于公宫。

夏五月壬申，成子兄弟四乘如公⑦。子我在幄，出迎之，遂入，闭门。宦者御之，子行杀宦者。公与妇人饮酒于檀台，成子迁诸寝⑦。公执戈将击之，太史子余曰："非不利也，将除害也。"成子出舍于库⑩，闻公犹怒，将出，曰："何所无君！"子行拔剑曰："需，事之贼也⑩。谁非田宗？所不杀子者有如田宗⑩。"乃止。子我归，属徒攻闱与大门，皆弗胜，乃出⑩。田氏追之。丰丘人执子我以告，杀之郭关。成子将杀大陆子方，田逆请而免之。以公命取车于道，出雍门。田豹与之车，弗受，曰："逆为余请，豹与余车，余有私焉。事子我而有私于其仇，何以见鲁、卫之士？"

庚辰，田常执简公于徐州，公曰："余蚤从御鞅言，不及此。"甲午，田常弑简公于徐州。田常乃立简公弟骜，是为平公。平公即位，田常相之，专齐之政，割齐安平以东为田氏封邑。

平公八年，越灭吴。二十五年卒，子宣公积立。

宣公五十一年卒，子康公贷立。田会反廪丘。

康公二年，韩、魏、赵始列为诸侯。十九年，田常曾孙田和始为诸侯，迁康公海滨。

二十六年，康公卒，吕氏遂绝其祀。田氏卒有齐国，为齐威王，强于天下。

太史公曰：吾适齐，自泰山属之琅邪，北被于海⑭，膏壤二千里⑮，其民阔达多匿知⑯，其天性也。以太公之圣，建国本，桓公之盛，修善政，以为诸侯会盟，称伯，不亦宜乎？洋洋哉，固大国之风也！

---

①奸（gān，音干）：干求；请托。

②师尚父：即太公望吕尚。父，男子之美称。

③苍兕：水兽，九头，用以主舟楫的官名。

④明水：清水，用鉴在月下接取的明洁之水。

⑤布：铺展。

⑥策祝：奉策书祝祷。

⑦烹：烹刑。用鼎镬煮人的酷刑。

⑧非我敌：谓郑齐两国通婚，不是门当户对。敌，匹对，匹配。

⑨比：比照。

⑩让：责问。

⑪戍：戍守。

⑫创：指被鞭打后的创伤。

⑬醢（hǎi，音海）：古代酷刑。将人剁成肉酱。

⑭桎梏：刑具。

⑮斋祓：斋戒祭祀。

⑯五家之兵：五家为轨，十轨为里，四里为连，十连为乡，依此编制军队。

⑰轻重：国家调节商品货币流通、控制物价的均衡经济政策。《管子》有《轻重篇》。

⑱反：同"返"。归还。

⑲弗绝：未断绝夫妻关系。

⑳若：你，汝，指齐国。

㉑履：践履，践踏，指征伐的范围。

㉒包茅：成捆的青茅，用以滤酒。

㉓不复：指周昭王未能回国。

㉔问之水滨：谓昭王死于汉水中，楚不担此责任，故说"问之水滨"。

㉕次：驻扎。

㉖文武胙：祭祀文王、武王的祭肉。　　彤弓矢：朱红色的弓箭。　　大路：车辆。

㉗无行：不必赴会。

㉘夷狄自置：谓楚以夷狄之俗治国。

㉙一匡天下：谓指定周襄王为太子之位。

㉚陪臣：臣之臣，即诸侯的大夫。

㉛三子：指易牙、开方、竖刀。

㉜好内：好女色。

㉝内宠：指卫共姬，即无诡母长卫姬。

㉞要：总计。

㉟好：貌美。

㊱内：同"纳"。

㊲骖乘：随车卫士。

㊳不是报：此仇不报。

㊴右：车右，即随车卫士。

㊵会食：聚餐庆祝。

㊶始入：谓刚上阵。

㊷再伤：受伤二处。

㊸易处：交换坐位。

㊹絓：通"挂"。绊住，挂住；悬挂。

㊺僇（lù，音陆）：通"戮"。杀戮。侮辱。

㊻东亩：把陇亩改成东行，其意在于使晋军车马便于向齐国东进。

㊼弛苑囿：开放苑囿为农田，由民耕种。

㊽虚积聚：拨放府库积聚的钱粮。

㊾嬖（bì，音璧）：宠幸，得宠。

㊿东：谓放逐到东方边疆。

51 间人：乘隙偷人，秘密进入。

52 间公：暗中侦伺齐庄公。

53 遮：拦阻，拦住。　　从官：随从。

54争趣：赶快追拿。

55则死之：此指臣子应追随国君而死。

56私暱：指私近之臣，近臣。

57三踊：古代丧礼，向死者跳脚号哭，以示哀痛。

58内郤：指庆封、庆舍父子之间已有嫌隙。

59以公权私：假公济私。

60千社：二十五家为一社，千社为两万五千家。

61堂堂：形容盛大、高敞、光耀。此亦指堂堂之国。

62分野：与星次相对应的地域。古时以十二星次的位置划分地面上国家的位置与之相对应。天上称分星，地上称分野。

63茀（bèi，音背）星：客星侵犯分野之星。谓其害较彗星尤甚。

64害：忧虑，担忧。

65惮发之口：不敢由自己口中说出来。

66师：众，徒众。指众公子。

67胡：同"何"。　　党：处所。意谓众公子何所适？

68秉意兹：齐大夫。上句有"晏围奔鲁"，此句言秉意兹"亦奔鲁"。

69常：指田常，即田乞之子。　　鱼菽：鱼和豆。此客套语，意即菲薄菜肴。

70橐：袋。

71骤顾：数次顾视。骤，副词，屡次，数次，频频。

72子我：监止之字。　　夕：黄昏上朝理事之时。

73女：汝，你。

74远田氏：田氏的旁系远族。

75子行：田逆之字。

76得君：得到国君的宠信。

77弗先：不先下手。

78四乘：四辆车。

79寝：寝宫。

80舍于库：住在武库中。

81需，事之贼：迟疑则害事。需，迟疑等待。贼，败坏，伤害。

82所不杀子者有如田宗：谓我不杀你就不姓田。

83出：出逃。

84被：及，达到，延伸到。

85膏壤：肥沃土壤。

86阔达：豁达，大方。　　匿知：深藏智慧，含蓄。

史记卷三十三

鲁周公世家第三

周公旦者，周武王弟也。自文王在时，旦为子孝，笃仁，异于群子。及武王即位，旦常辅翼武王，用事居多。武王九年，东伐至盟津，周公辅行。十一年，伐纣，至牧野，周公佐武王，作《牧誓》。破殷，入商宫。已杀纣，周公把大钺，召公把小钺，以夹武王，衅社①，告纣之罪于天及殷民。释箕子之囚。封纣子武庚禄父，使管叔、蔡叔傅之②，以续殷祀。遍封功臣同姓戚者。封周公旦于少昊之虚曲阜③，是为鲁公。周公不就封，留佐武王。

武王克殷二年，天下未集④，武王有疾，不豫⑤，群臣惧，太公、召公乃缪卜⑥。周公曰："未可以戚我先王⑦。"周公于是乃自以为质⑧，设三坛，周公北面立，戴璧秉圭，告于太王、王季、文王。史策祝曰⑨："惟尔元孙王发，勤劳阻疾。若尔三王是有负子之责于天，以旦代王发之身。旦巧能，多材多艺，能事鬼神。乃王发不如旦多材多艺，不能事鬼神。乃命于帝庭⑩，敷佑四方⑪，用能定汝子孙于下地，四方之民罔不敬畏。无坠天之降葆命⑫，我先王亦永有所依归⑬。今我其即命于元龟⑭，尔之许我，我以其璧与圭归，以俟尔命⑮。尔不许我，我乃屏璧与圭⑯。"周公已令史策告太王、王季、文王，欲代武王发，于是乃即三王而卜⑰。卜人皆曰吉，发书视之，信吉⑱。周公喜，开籥⑲，乃见书遇吉。周公入贺武王曰："王其无害。旦新受命三王，维长终是图⑳。兹道能念予一人㉑。"周公藏其策金縢匮中，诫守者勿敢言。明日，武王有瘳㉒。

其后武王既崩，成王少，在强葆之中㉓。周公恐天下闻武王崩而畔，周公乃践阼代成王摄行政当国。管叔及其群弟流言于国曰："周公将不利于成王。"周公乃告太公望、召公奭曰："我之所以弗辟而摄行政者㉔，恐天下畔周，无以告我先王太王、王季、文王。三王之忧劳天下久矣，于今而后成。武王蚤终，成王少，将以成周，我所以为之若此。"于是卒相成王，而使其子伯禽代就封于鲁。周公戒伯禽曰："我文王之子，武王之弟，成王之叔父，我于天下亦不贱矣㉕。然我一沐三捉发，一饭三吐哺㉖，起以待士，犹恐失天下之贤人。子之鲁，慎无以国骄人。"

管、蔡、武庚等果率淮夷而反。周公乃奉成王命，兴师东伐，作《大诰》。遂诛管叔，杀武庚，放蔡叔。收殷余民，以封康叔于卫，封微子于宋；以奉殷祀。宁淮夷东土，二年而毕定。诸侯咸服宗周。

天降祉福，唐叔得禾，异母同颖㉗，献之成王，成王命唐叔以馈周公于东土，作《馈禾》。周公既受命禾，嘉天子命，作《嘉禾》。东土以集，周公归报成王，乃为诗贻王，命之曰《鸱鸮》。王亦未敢训周公。

成王七年二月乙未，王朝步自周至丰，使太保召公先之雒相土㉘。其三月，周公往营成周雒邑，卜居焉，曰吉，遂国之。

成王长，能听政。于是周公乃还政于成王，成王临朝。周公之代成王治，南面倍依以朝诸侯㉙。及七年后，还政成王，北面就臣位，匔匔如畏然㉚。

初，成王少时，病，周公乃自揃其蚤沈之河，以祝于神曰㉛："王少未有识，奸神命者乃旦也㉜。"亦藏其策于府。成王病有瘳。及成王用事，人或谮周公㉝，周公奔楚。成王发府，见周公祷书，乃泣，反周公㉞。

周公归，恐成王壮，治有所淫佚，乃作《多士》，作《毋逸》。《毋逸》称："为人父母，为业至长久，子孙骄奢忘之，以亡其家，为人子可不慎乎！故昔在殷王中宗，严恭敬畏天命，自度治民㉟，震惧不敢荒宁㊱，故中宗飨国七十五年。其在高宗，久劳于外，为与小人㊲，作其即位，乃有亮暗㊳，三年不言，言乃欢㊴，不敢荒宁，密靖殷国㊵，至于小大无怨，故高宗飨国五十五年。其在祖甲，不义惟王，久为小人于外，知小人之依，能保施小民，不侮鳏寡，故祖甲飨国三十三年。"《多士》称曰："自汤至于帝乙，无不率祀明德，帝无不配天者。在今后嗣王纣，诞淫厥佚，不顾天及民之从也。其民皆可诛。""文王日中昃不暇食㊶，飨国五十年。"作此以诫成王。

成王在丰，天下已安，周之官政未次序㊷，于是周公作《周官》，官别其宜。作《立政》，以便百姓。百姓说。

周公在丰，病，将没，曰："必葬我成周，以明吾不敢离成王。"周公既卒，成王亦让，葬周公于毕，从文王，以明予小子不敢臣周公也㊸。

周公卒后，秋未获，暴风雷，禾尽偃，大木尽拔。周国大恐。成王与大夫朝服以开金縢书，王乃得周公所自以为功代武王之说。二公及王乃问史百执事，史百执事曰："信有，昔周公命我勿敢言。"成王执书以泣，曰："自今后其无缪卜乎！昔周公勤劳王家，惟予幼人弗及知。今天动威以彰周公之德，惟朕小子其迎，我国家礼亦宜之。"王出郊，天乃雨，反风，禾尽起。二公命国人，凡大木所偃，尽起而筑之㊹。岁则大孰㊺。于是成王乃命鲁得郊祭文王。鲁有天子礼乐者，以褒周公之德也。

周公卒，子伯禽固已前受封，是为鲁公。鲁公伯禽之初受封之鲁，三年而后报政周公。周公曰："何迟也？"伯禽曰："变其俗，革其礼，丧三年然后除之，故迟。"太公亦封於齐，五月而报政周公。周公曰："何疾也？"曰："吾简其君臣礼，从其俗为也。"及后闻伯禽报政迟，乃叹曰："呜呼，鲁后世其北面事齐矣！夫政不简不易，民不有近；平易近民，民必归之。"

伯禽即位之后，有管、蔡等反也，淮夷、徐戎亦并兴反。于是伯禽率师伐之于肸，作《肸誓》曰："陈尔甲胄，无敢不善。无敢伤牿㊻。马牛其风㊼，臣妾逋逃，勿敢越逐，敬复之。无敢寇攘㊽，逾墙垣。鲁人三郊三隧㊾，峙尔刍茭、糗粮、桢干㊿，无敢不逮㉛。我甲、戌筑而征徐戎，无敢不及，有大刑。"作此《肸誓》，遂平徐戎，定鲁。

鲁公伯禽卒，子考公酋立。考公四年卒，立弟熙，是谓炀公。炀公筑茅阙门。六年卒，子幽公宰立。幽公十四年，幽公弟㵒杀幽公而自立，是为魏公。魏公五十年卒，子厉公擢立。厉公三十七年卒，鲁人立其弟具，是为献公。献公三十二年卒，子真公濞立。

真公十四年，周厉王无道，出奔彘，共和行政。二十九年，周宣王即位。

三十年，真公卒，弟敖立，是为武公。

武公九年春，武公与长子括、少子戏，西朝周宣王。宣王爱戏，欲立戏为鲁太子。周之樊仲山父谏宣王曰："废长立少，不顺，不顺，必犯王命，犯王命，必诛之，故出令不可不顺也。令之不行，政之不立；行而不顺，民将弃上。夫下事上，少事长，所以为顺。今天子建诸侯，立其少，是教民逆也。若鲁从之，诸侯效之，王命将有所壅㉜；若弗从而诛之，是自诛王命也。诛之亦失，不诛亦失，王其图之。"宣王弗听，卒立戏为鲁太子。夏，武公归而卒，戏立，是为懿公。

懿公九年，懿公兄括之子伯御与鲁人攻弑懿公，而立伯御为君。伯御即位十一年，周宣王伐鲁，杀其君伯御，而问鲁公子能道顺诸侯者㉝，以为鲁后。樊穆仲曰："鲁懿公弟称，肃恭明神，敬事耆老，赋事行刑㉞，必问于遗训而咨于固实㉟，不干所问，不犯所咨。"宣王曰"然，能训治其民矣。"乃立称于夷宫，是为孝公。自是后，诸侯多畔王命。

孝公二十五年，诸侯畔周，犬戎杀幽王。秦始列为诸侯。

二十七年，孝公卒，子弗湟立，是为惠公。

惠公三十年，晋人弑其君昭侯。四十五年，晋人又弑其君孝侯。

四十六年，惠公卒，长庶子息摄当国，行君事，是为隐公。初，隐公适夫人无子㊱，公贱妾声子生子息。息长，为娶于宋。宋女至而好，惠公夺而自妻之。生子允。登宋女为夫人㊲，以允为太子。及惠公卒，为允少故，鲁人共令息摄政，不言"即位"。

隐公五年，观渔于棠。八年，与郑易天子之太山之邑祊及许田㊳，君子讥之。

十一年冬，公子挥谄谓隐公曰："百姓便君，君其遂立。吾请为君杀子允，君以我为相。"隐公曰："有先君命。吾为允少，故摄代。今允长矣，吾方营菟裘之地而老焉㊴，以授子允政。"挥惧子允闻而反诛之，乃反谮隐公于子允曰："隐公欲遂立，去子，子其图之。请为子杀隐公。"子允许诺。十一月，隐公祭钟巫，齐于社圃㊵，馆于苐氏㊶。挥使人弑隐公于苐氏，而立子允为君，是为桓公。

桓公元年，郑以璧易天子之许田。二年，以宋之赂鼎入于太庙，君子讥之。

三年，使挥迎妇于齐为夫人。六年，夫人生子，与桓公同日，故名曰同。同长，为太子。

十六年，会于曹，伐郑，入厉公。

十八年春，公将有行，遂与夫人如齐。申繻谏止，公不听，遂如齐。齐襄公通桓公夫人。公怒夫人，夫人以告齐侯。夏四月丙子，齐襄公飨公，公醉，使公子彭生抱鲁桓公，因命彭生折其胁⑫，公死于车。鲁人告于齐曰："寡君畏君之威，不敢宁居，来修好礼。礼成而不反，无所归咎，请得彭生以除丑于诸侯。"齐人杀彭生以说鲁。立太子同，是为庄公。庄公母夫人因留齐，不敢归鲁。

庄公五年冬，伐卫，内卫惠公。

八年，齐公子纠来奔。九年，鲁欲内子纠于齐，后桓公⑬，桓公发兵击鲁，鲁急，杀子纠。召忽死。齐告鲁生致管仲⑭。鲁人施伯曰："齐欲得管仲，非杀之也，将用之，用之则为鲁患。不如杀，以其尸与之。"庄公不听，遂囚管仲与齐。齐人相管仲。

十三年，鲁庄公与曹沫会齐桓公于柯，曹沫劫齐桓公，求鲁侵地，已盟而释桓公。桓公欲背约，管仲谏，卒归鲁侵地。十五年，齐桓公始霸。二十三年，庄公如齐观社⑮。

三十二年，初，庄公筑台临党氏，见孟女，说而爱之，许立为夫人，割臂以盟。孟女生子斑。斑长，说梁氏女，往观。圉人荦自墙外与梁氏女戏⑯。斑怒，鞭荦。庄公闻之，曰："荦有力焉，遂杀之，是未可鞭而置也。"斑未得杀。会庄公有疾。庄公有三弟，长曰庆父，次曰叔牙，次曰季友。庄公取齐女为夫人曰哀姜。哀姜无子。哀姜娣曰叔姜，生子开。庄公无适嗣，爱孟女，欲立其子斑。庄公病，而问嗣于弟叔牙。叔牙曰："一继一及⑰，鲁之常也。庆父在，可为嗣，君何忧？"庄公患叔牙欲立庆父，退而问季友。季友曰："请以死立斑也。"庄公曰："曩者叔牙欲立庆父，奈何？"季友以庄公命命牙待于鍼巫氏，使鍼季劫饮叔牙以鸩，曰："饮此则有后奉祀；不然，死且无后。"牙遂饮鸩而死，鲁立其子为叔孙氏。八月癸亥，庄公卒，季友竟立子斑为君，如庄公命。侍丧，舍于党氏

先时庆父与哀姜私通，欲立哀姜娣子开。及庄公卒而季友立斑，十月己未，庆父使圉人荦杀鲁公子斑于党氏。季友奔陈。庆父竟立庄公子开，是为湣公。

湣公二年，庆父与哀姜通益甚。哀姜与庆父谋杀湣公而立庆父。庆父使卜齮袭杀湣公于武闱。季友闻之，自陈与湣公弟申如邾，请鲁求内之。鲁人欲诛庆父。庆父恐，奔莒。于是季友奉子申入，立之，是为釐公。釐公亦庄公少子。哀姜恐，奔邾。季友以赂如莒求庆父，庆父归，使人杀庆父，庆父请奔，弗听，乃使大夫奚斯行哭而往。庆父闻奚斯音，乃自杀。齐桓公闻哀姜与庆父乱以危鲁，乃召之邾而杀之，以其尸归，戮之鲁。鲁釐公请而葬之。

季友母陈女，故亡在陈，陈故佐送季友及子申。季友之将生也，父鲁桓公使人卜之，曰："男也，其名曰'友'，间于两社⑱，为公室辅。季友亡，则鲁不昌。"及生，有文在掌曰"友"，遂以名之，号为成季。其后为季氏，庆父后为孟氏也。

釐公元年，以汶阳鄪封季友。季友为相。

九年，晋里克杀其君奚齐、卓子。齐桓公率釐公讨晋乱，至高梁而还，立晋惠公。十七年，齐桓公卒。二十四年，晋文公即位。

三十三年，釐公卒，子兴立，是为文公。

文公元年，楚太子商臣弑其父成王，代立。三年，文公朝晋襄公。

十一年十月甲午，鲁败翟于鹹，获长翟乔如，富父终甥舂其喉以戈⑲，杀之，埋其首于子驹

之门，以命宣伯⑦。

初，宋武公之世，鄋瞒伐宋，司徒皇父帅师御之，以败翟于长丘，获长翟缘斯。晋之灭路，获乔如弟焚如。齐惠公二年，鄋瞒伐齐，齐王子城父获其弟荣如，埋其首于北门。卫人获其季弟简如。鄋瞒由是遂亡。

十五年季文子使于晋。

十八年二月，文公卒。文公有二妃：长妃齐女为哀姜，生子恶及视；次妃敬嬴，嬖爱，生子俀。俀私事襄仲，襄仲欲立之，叔仲曰不可。襄仲请齐惠公，惠公新立，欲亲鲁，许之。冬十月，襄仲杀子恶及视而立俀，是为宣公。哀姜归齐，哭而过市，曰："天乎！襄仲为不道，杀适立庶！"市人皆哭，鲁人谓之"哀姜"。鲁由此公室卑，三桓强⑦。

宣公俀十二年，楚庄王强，围郑。郑伯降，复国之。

十八年，宣公卒，子成公黑肱立，是为成公。季文子曰："使我杀适立庶失大援者⑦，襄仲。"襄仲立宣公，公孙归父有宠。宣公欲去三桓，与晋谋伐三桓。会宣公卒，季文子怨之，归父奔齐。

成公二年春，齐伐取我隆。夏，公与晋郤克败齐顷公于鞍，齐复归我侵地。四年，成公如晋，晋景公不敬鲁。鲁欲背晋合于楚，或谏，乃不。十年，成公如晋。晋景公卒，因留成公送葬，鲁讳之⑦。十五年，始与吴王寿梦会钟离。

十六年，宣伯告晋，欲诛季文子。文子有义，晋人弗许。

十八年，成公卒，子午立，是为襄公。是时襄公三岁也。

襄公元年，晋立悼公。往年冬，晋栾书弑其君厉公。四年，襄公朝晋。

五年，季文子卒。家无衣帛之妾，厩无食粟之马，府无金玉，以相三君。⑦君子曰："季文子廉忠矣。"

九年，与晋伐郑。晋悼公冠襄公于卫⑦，季武子从，相行礼。

十一年，三桓氏分为三军。

十二年，朝晋。十六年，晋平公即位。二十一年，朝晋平公。

二十二年，孔丘生。

二十五年，齐崔杼弑其君庄公，立其弟景公。

二十九年，吴延陵季子使鲁，问周乐，尽知其意，鲁人敬焉。

三十一年六月，襄公卒。其九月，太子卒。鲁人立齐归之子裯为君，是为昭公。

昭公年十九，犹有童心。穆叔不欲立，曰："太子死。有母弟可立，不即立长⑦，年钧择贤⑦，义钧则卜之⑦：今裯非适嗣，且又居丧意不在戚而有喜色，若果立，必为季氏忧。"季武子弗听，卒立之。比及葬，三易衰⑦。君子曰："是不终也。"

昭公三年，朝晋至河，晋平公谢还之，鲁耻焉。四年，楚灵王会诸侯于申，昭公称病不往。七年，季武子卒。八年，楚灵王就章华台，召昭公。昭公往贺，赐昭公宝器，已而悔，复诈取之。十二年，朝晋至河，晋平公谢还之。十三年，楚公子弃疾弑其君灵王，代立。十五年，朝晋，晋留之葬晋昭公，鲁耻之。二十年，齐景公与晏子狩竟，因入鲁问礼。二十一年，朝晋至河，晋谢还之。

二十五年春，鸲鹆来巢。师己曰："文、成之世童谣曰'鸲鹆来巢，公在乾侯。鸲鹆人处，公在外野'。"

季氏与郈氏斗鸡，季氏芥鸡羽⑧，郈氏金距⑧。季平子怒而侵郈氏，郈昭伯亦怒平子。臧昭伯之弟会伪谗臧氏，匿季氏，臧昭伯因季氏人。季平子怒，囚臧氏老⑧。臧、郈氏以难告昭公。

昭公九月戊戌伐季氏，遂入。平子登台请曰："君以谗不察臣罪，诛之，请迁沂上。"弗许。请囚于鄪，弗许。请以五乘亡，弗许。子家驹曰："君其许之。政自季氏久矣，为徒者众，众将合谋。"弗听。郈氏曰："必杀之。"叔孙氏之臣戾谓其众曰："无季氏与有，孰利？"皆曰："无季氏是无叔孙氏。"戾曰："然，救季氏！"遂败公师。孟懿子闻叔孙氏胜，亦杀郈昭伯。郈昭伯为公使，故孟氏得之。三家共伐公，公遂奔。己亥，公至于齐。齐景公曰："请致千社待君⑧。"子家曰："弃周公之业而臣于齐，可乎？"乃止。子家曰："齐景公无信，不如早之晋。"弗从。叔孙见公还，见平子，平子顿首。初欲迎昭公，孟孙、季孙后悔，乃止。

二十六年春，齐伐鲁，取郓而居昭公焉。夏，齐景公将内公，令无受鲁赂。申丰、汝贾许齐臣高龁、子将粟五千庾⑧。子将言于齐侯曰："群臣不能事鲁君，有异焉。宋元公为鲁如晋，求内之，道卒。叔孙昭子求内其君，无病而死。不知天弃鲁乎？抑鲁君有罪于鬼神也？愿君且待。"齐景公从之。

二十八年，昭公如晋，求入。季平子私于晋六卿，六卿受季氏赂，谏晋君，晋君乃止，居昭公乾侯。二十九年，昭公如郓。齐景公使人赐昭公书，自谓"主君"，昭公耻之，怒而去乾侯。三十一年，晋欲内昭公，召季平子。平子布衣跣行，因六卿谢罪。六卿为言曰："晋欲内昭公，众不从。"晋人止。三十二年，昭公卒于乾侯。鲁人共立昭公弟宋为君，是为定公。

定公立，赵简子问史墨曰："季氏亡乎？"史墨对曰："不亡。季友有大功于鲁，受鄪为上卿，至于文子、武子，世增其业。鲁文公卒，东门遂杀适立庶，鲁君于是失国政。政在季氏，于今四君矣。民不知君，何以得国！是以为君慎器与名，不可以假人。"

定公五年，季平子卒。阳虎私怒，囚季桓子，与盟，乃舍之。七年，齐伐我，取郓，以为鲁阳虎邑以从政。八年，阳虎欲尽杀三桓适，而更立其所善庶子以代之，载季桓子将杀之，桓子诈而得脱。三桓共攻阳虎，阳虎居阳关。九年，鲁伐阳虎，阳虎奔齐，已而奔晋赵氏。

十年，定公与齐景公会于夹谷，孔子行相事。齐欲袭鲁君，孔子以礼历阶，诛齐淫乐，齐侯惧，乃止，归鲁侵地而谢过。十二年，使仲由毁三桓城，收其甲兵。孟氏不肯堕城，伐之，不克而止。季桓子受齐女乐，孔子去。

十五年，定公卒，子将立，是为哀公。

哀公五年，齐景公卒。六年，齐田乞弑其君孺子。

七年，吴王夫差强，伐齐，至缯，征百牢于鲁⑧。季康子使子贡说吴王及太宰嚭，以礼诎之。吴王曰："我文身，不足责礼。"乃止。

八年，吴为邹伐鲁，至城下，盟而去。齐伐我，取三邑。十年，伐齐南边。十一年，齐伐鲁。季氏用冉有有功，思孔子，孔子自卫归鲁。

十四年，齐田常弑其君简公于徐州。孔子请伐之，哀公不听。十五年，使子服景伯、子贡为介，适齐，齐归我侵地。田常初相，欲亲诸侯。

十六年，孔子卒。

二十二年，越王句践灭吴王夫差。

二十七年春，季康子卒。夏，哀公患三桓，将欲因诸侯以劫之，三桓亦患公作难，故君臣多间⑧。公游于陵阪，遇孟武伯于街，曰："请问余及死乎⑧？"对曰："不知也。"公欲以越伐三桓。八月，哀公如陉氏。三桓攻公，公奔于卫，去如邹，遂如越。国人迎哀公复归，卒于有山氏。子宁立，是为悼公。

悼公之时，三桓胜，鲁如小侯，卑于三桓之家。

十三年，三晋灭智伯，分其地有之。

三十七年，悼公卒，子嘉立，是为元公。元公二十一年卒，子显立，是为穆公。穆公三十三年卒，子奋立，是为共公。共公二十二年卒，子屯立，是为康公。康公九年卒，子匽立，是为景公。景公二十九年卒，子叔立，是为平公。是时六国皆称王。

平公十二年，秦惠王卒。二十年，平公卒，子贾立，是为文公。文公元年，楚怀王死于秦。二十三年，文公卒，子雠立，是为顷公。

顷公二年，秦拔楚之郢，楚顷王东徙于陈。十九年，楚伐我，取徐州。二十四年，楚考烈王伐灭鲁。顷公亡，迁于下邑，为家人⑧，鲁绝祀。顷公卒于柯。

鲁起周公至顷公，凡三十四世。

太史公曰：余闻孔子称曰："甚矣鲁道之衰也！洙、泗之间龂龂如也⑧"。观庆父及叔牙闵公之际，何其乱也！隐、桓之事；襄仲杀适立庶；三家北面为臣，亲攻昭公，昭公以奔。至其揖让之礼则从矣，而行事何其戾也⑩！

---

① 衅社：以牲血祭社。

② 傅：辅佐。

③ 虚：通"墟"。

④ 未集：未定，尚未定定。

⑤ 不豫：天子有病的讳称。豫，安适。

⑥ 缪卜：恭敬占卜。

⑦ 戚：使忧愁。

⑧ 质：抵押。谓以自身为质。

⑨ 史策：内史作策文。

⑩ 命于帝庭：谓武王受命于上天。

⑪ 敷佑四方：广布德泽，佑助四方百姓。

⑫ 无坠：不要失落。　葆命：宝贵的国运。葆，同"宝"。

⑬ 依归：指承祀于宗庙。

⑭ 命于元龟：听命于大龟。元龟，大龟。卜问凶吉。

⑮ 俟：等待。

⑯ 屏：摒弃；扔在一边。

⑰ 即：至……前；靠近，接近。

⑱ 信吉：果然吉利。

⑲ 籥（yuè，音月）：藏占兆书的管。

⑳ 维长终是图：将为周谋长远之图。

㉑ 兹道能念予一人：意谓这说明三王很能体念天子。兹，此。予一人，古代帝王的自称。

㉒ 瘳：病愈。

㉓ 强葆：即襁褓。

㉔ 弗辟：谓不避流言蜚语。辟，同"避"。

㉕ 不贱：谓地位不低。

㉖ 一沐三捉发，一饭三吐哺：洗一次头三次提起头发，吃一顿饭三次放饭碗，此周公自言不敢怠慢贤士。

㉗ 母：同"亩"。颖：穗。

㉘ 相土：勘察地理环境。

㉙ 南面倍依：背着屏风，面向南。

㉚ 匑匑（qióng，音穷）：谨敬貌。

㉛ 自揃其蚤：自剪其指爪。蚤，借作爪。

㉜奸神命：干犯神的意旨。
㉝谮：背后诬告。
㉞反：召回。
㉟自度：自己恪守法度。
㊱荒宁：荒怠自安。
㊲小人：指普通百姓。
㊳亮暗：居丧。
㊴言乃欢：谓三年后，高宗开口说话，臣民喜悦。
㊵密靖：安靖。
㊶中昃：日中及日偏斜，指过午。
㊷官政未次序：指各级政府机构还未系统建立起来。
㊸予小子：古代帝王对先王或长辈的自称。
㊹筑之：重新栽紧。
㊺大孰：大丰收。孰，通“熟”。
㊻牿：拦牛马的圈。
㊼风：走失，走逸。
㊽寇攘：劫抢。
㊾三郊三隧：南西北三面近郊和远郊。邑外曰郊，郊外曰隧。东郊留守。
㊿峙：准备。　刍茭：草料。　糗粮：干粮。　桢干：筑墙工具。
(51)不逮：不足，过错；不及。
(52)壅：阻塞。无法顺行。
(53)道顺：领导训服。道，音、义同“导”。顺，通“训”。
(54)赋事行刑：处事行法。
(55)遗训：指先王遗训。固实：指祖宗成规。
(56)適：同“嫡”。
(57)登：升。
(58)易：交换。
(59)老：终老。
(60)齐：斋戒。齐：同“斋”。
(61)馆于芀氏：谓住在大夫芀氏之家。
(62)折其胁：折断胁下肋骨。
(63)后：落于后面。此谓行动比桓公晚了一步。
(64)生致：活着送到。
(65)观社：国君祭社借以阅军，故称。
(66)圉人：养马人。
(67)一继一及：父子相传曰继，兄弟相承曰及。
(68)两社：鲁之周社、亳社，为大臣治事之所在。间于两社，意将为朝建执政，辅佐公室。
(69)舂其喉：刺其喉。舂，犹冲。
(70)宣伯：叔孙得臣之子。得臣以乔如命名其子，以表旌其功。
(71)三桓：鲁桓之三子：庆父之后为孟孙氏，叔牙之后为叔孙氏，季友之后为季孙氏。三家共执鲁政，称三桓，又称三家。
(72)失大援：谓指襄仲杀嫡立庶亲楚，使鲁失去齐、晋之援助。
(73)鲁讳之：指鲁史讳而不提成公留晋送葬这件事。
(74)三君：宣公、成公、襄公。
(75)冠；行冠礼。
(76)不即立长：谓如无母弟，则可立庶子之长。
(77)年钧：年岁相同。
(78)义钧：贤能相等。

⑦三易衰（cuī，音崔）：三次更换丧服。衰，古代丧服。

⑧芥鸡羽：亦省作"芥羽"。捣芥子播在鸡翅膀上，用以坌敌鸡的眼睛。

㉛金距：装在斗鸡脚爪上的金属假距。

㉜臧氏老：指臧氏的家臣。

㉝千社：一社为二十五家，千社为二万五千家。齐景公欲以二万五千家的土地送鲁昭公。

㉞庾：十六斗。五千庾共八万斗。

㉟百牢：一百头牛。

㊱多间：多有隔阂。

㊲及死：得以寿终。

㊳家人：平民，庶人。

㊴訚訚（yín，音银）：争辩的样子。

㊵戾：违逆；乖张。

史记卷三十四

燕召公世家第四

召公奭与周同姓，姓姬氏。周武王之灭纣，封召公于北燕。

其在成王时，召公为三公①。自陕以西，召公主之；自陕以东，周公主之。成王既幼，周公摄政，当国践祚②，召公疑之，作《君奭》。《君奭》不说周公。周公乃称："汤时有伊尹，假于皇天③；在太戊时，则有若伊陟、臣扈，假于上帝，巫咸治王家；在祖乙时，则有若巫贤；在武丁时，则有若甘般；率维兹有陈④，保乂有殷⑤。"于是召公乃说。

召公之治西方，甚得兆民和。召公巡行乡邑，有棠树，决狱政事其下，自侯伯至庶人各得其所，无失职者。召公卒，而民人思召公之政，怀棠树不敢伐，哥咏之，作《甘棠》之诗。

自召公已下九世至惠侯。燕惠侯当周厉王奔彘，共和之时。

惠侯卒，子釐侯立。是岁，周宣王初即位。釐侯二十一年，郑桓公初封于郑。三十六年，釐侯卒，子顷侯立。

顷侯二十年，周幽王淫乱，为犬戎所弑。秦始列为诸侯。

二十四年，顷侯卒，子哀侯立。哀侯二年卒，子郑侯立。郑侯三十六年卒，子缪侯立。

缪侯七年，而鲁隐公元年也。十八年卒，子宣侯立。宣侯十三年卒，子桓侯立。桓侯七年卒，子庄公立。

庄公十二年，齐桓公始霸。十六年，与宋、卫共伐周惠王，惠王出奔温，立惠王弟颓为周王。十七年，郑执燕仲父而内惠王于周⑥。二十七年，山戎来侵我，齐桓公救燕，遂北伐山戎而还。燕君送齐桓公出境，桓公因割燕所至地予燕，使燕共贡天子，如成周时职；使燕复修召公之法。三十三年卒，子襄公立。

襄公二十六年，晋文公为践土之会，称伯。三十一年，秦师败于殽。三十七年，秦穆公卒。四十年，襄公卒，桓公立。

桓公十六年卒，宣公立。宣公十五年卒，昭公立。昭公十三年卒，武公立。是岁晋灭三郤大夫⑦。

武公十九年卒，文公立。文公六年卒，懿公立。懿公元年，齐崔杼弑其君庄公。四年卒，子惠公立。

惠公元年，齐高止来奔。六年，惠公多宠姬，公欲去诸大夫而立宠姬宋，大夫共诛姬宋，惠公惧，奔齐。四年，齐高偃如晋，请共伐燕，入其君。晋平公许，与齐伐燕，入惠公。惠公至燕而死。燕立悼公。

悼公七年卒，共公立。共公五年卒，平公立。晋公室卑，六卿始强大。平公十八年，吴王阖闾破楚入郢。十七年卒，简公立，简公十二年卒，献公立。晋赵鞅围范、中行于朝歌。献公十二年，齐田常弑其君简公。十四年，孔子卒。二十八年，献公卒，孝公立。

孝公十二年，韩、魏、赵灭知伯，分其地，三晋强。

十五年，孝公卒，成公立。成公十六年卒，湣公立。湣公三十一年卒，釐公立。是岁，三晋列为诸侯。

釐公三十年，伐败齐于林营。釐公卒，桓公立。桓公十一年卒，文公立。是岁，秦献公卒。秦益强。

文公十九年，齐威王卒。二十八年，苏秦始来见，说文公。文公予车马金帛以至赵，赵肃侯用之。因约六国，为从长⑧。秦惠王以其女为燕太子妇。

二十九年，文公卒，太子立，是为易王。

易王初立，齐宣王因燕丧伐我，取十城。苏秦说齐，使复归燕十城。十年，燕君为王。苏秦与燕文公夫人私通，惧诛，乃说王使齐为反间，欲以乱齐。易王立十二年卒，子燕哙立。

燕哙既立，齐人杀苏秦。苏秦之在燕，与其相子之为婚，而苏代与子之交。及苏秦死，而齐宣王复用苏代。燕哙三年，与楚、三晋攻秦，不胜而还。子之相燕，贵重，主断。苏代为齐使于燕，燕王问曰："齐王奚如⑨？"对曰："必不霸。"燕王曰："何也？"对曰："不信其臣。"苏代欲以激燕王以尊子之也。于是燕王大信子之。子之因遗苏代百金⑩，而听其所使。

鹿毛寿谓燕王："不如以国让相子之。人之谓尧贤者，以其让天下于许由，许由不受，有让天下之名而实不失天下。今王以国让于子之，子之必不敢受，是王与尧同行也。"燕王因属国于子之，子之大重。或曰："禹荐益，已而以启人为吏⑪。及老，而以启人为不足任乎天下，传之于益。已而启与交党攻益，夺之。天下谓禹名传天下于益，已而实令启自取之。今王言属国于子之，而吏无非太子人者，是名属子之而实太子用事也。"王因收印自三百石吏已上而效之子之⑫。子之南面行王事，而哙老不听政，顾为臣⑬，国事皆决于子之。

三年，国大乱，百姓恫恐。将军市被与太子平谋，将攻子之。诸将谓齐湣王曰："因而赴之，破燕必矣。"齐王因令人谓燕太子平曰："寡人闻太子之义，将废私而立公，饬君臣之义⑭，明父子之位。寡人之国小，不足以为先后⑮，虽然，则唯太子所以令之。"太子因要党聚众⑯，将军市被围公宫，攻子之，不克，将军市被及百姓反攻太子平，将军市被死，以徇。因构难数月⑰，死者数万，众人恫恐，百姓离志。孟轲谓齐王曰："今伐燕，此文、武之时，不可失也。"王因令章子将五都之兵以因北地之众以伐燕。士卒不战，城门不闭，燕君哙死，齐大胜。燕子之亡二年，而燕人共立太子平，是为燕昭王。

燕昭王于破燕之后即位，卑身厚币以招贤者⑱，谓郭隗曰："齐因孤之国乱而袭破燕，孤极知燕小力少，不足以报。然诚得贤士以共国⑲，以雪先王之耻，孤之愿也。先生视可者，得身事之。"郭隗曰："王必欲致士，先从隗始。况贤于隗者，岂远千里哉！"于是昭王为隗改筑宫而师事之。乐毅自魏往，邹衍自齐往，剧辛自赵往，士争趋燕。燕王吊死问孤，与百姓同甘苦。

二十八年，燕国殷富，士卒乐轶轻战⑳，于是遂以乐毅为上将军，与秦、楚、三晋合谋以伐齐。齐兵败，湣王出亡于外。燕兵独追北，入至临淄，尽取齐宝，烧其宫室宗庙。齐城之不下者，独唯聊、莒、即墨，其余皆属燕，六岁。

昭王三十三年，卒，子惠王立。

惠王为太子时，与乐毅有隙，及即位，疑毅，使骑劫代将。乐毅亡走赵。齐田单以即墨击败燕军，骑劫死，燕兵引归，齐悉复得其故城。湣王死于莒，乃立其子为襄王。

惠王七年卒。韩、魏、楚共伐燕。燕武成王立。

武成王七年，齐田单伐我，拔中阳。十三年，秦败赵于长平四十余万。十四年，武成王卒，子孝王立。

孝王元年，秦围邯郸者解去。三年卒，子今王喜立。

今王喜四年，秦昭王卒。燕王命相栗腹约欢赵，以五百金为赵王酒。还报燕王曰："赵王壮者皆死长平，其孤未壮，可伐也。"王召昌国君乐间问之。对曰："赵四战之国㉑，其民习兵，不可伐。"王曰："吾以五而伐一。"对曰："不可。"燕王怒，群臣皆以为可。卒起二军，车二千乘，栗腹将而攻鄗，卿秦攻代。唯独大夫将渠谓燕王曰："与人通关约交，以五百金饮人之王，使者报而反攻之，不祥，兵无成功。"燕王不听，自将偏军随之。将渠引燕王绶止之曰㉒："王必无自往，往无成功。"王蹴之以足。将渠泣曰："臣非以自为，为王也！"燕军至宋子，赵使廉颇将，击破栗腹于鄗。乐乘破卿秦于代。乐间奔赵。廉颇逐之五百余里，围其国。燕人请和，赵人不许，必令将渠处和。燕相将渠以处和。赵听将渠，解燕围。

六年，秦灭东周，置三川郡。七年，秦拔赵榆次三十七城，秦置大原郡。九年，秦王政初即位。十年，赵使廉颇将攻繁阳，拔之。赵孝成王卒，悼襄王立。使乐乘代廉颇，廉颇不听，攻乐乘，乐乘走，廉颇奔大梁。十二年，赵使李牧攻燕，拔武遂、方城。剧辛故居赵，与庞煖善，已而亡走燕。燕见赵数困于秦，而廉颇去，令庞煖将也，欲因赵弊攻之㉓。问剧辛，辛曰："庞煖易与耳。"燕使剧辛将击赵，赵使庞煖击之，取燕军二万，杀剧辛。秦拔魏二十城，置东郡。十九年，秦拔赵之邺九城。赵悼襄王卒。二十三年，太子丹质于秦，亡归燕。二十五年，秦虏灭韩王安，置颍川郡。二十七年，秦虏赵王迁，灭赵。赵公子嘉自立为代王。

燕见秦且灭六国，秦兵临易水，祸且至燕。太子丹阴养壮士二十人，使荆轲献督亢地图于秦，因袭刺秦王。秦王觉，杀轲，使将军王翦击燕。二十九年，秦攻拔我蓟，燕王亡，徙居辽东，斩丹以献秦。三十年，秦灭魏。

三十三年，秦拔辽东，虏燕王喜，卒灭燕。是岁，秦将王贲亦虏代王嘉。

太史公曰：召公奭可谓仁矣！甘棠且思之，况其人乎？燕外迫蛮貉，内措齐晋㉔，崎岖强国之间，最为弱小，几灭者数矣。然社稷血食者八九百岁㉕，于姬姓独后亡，岂非召公之烈邪㉖！

---

①三公：太师、太傅、太保。

②当国践祚：掌管国事，践登天子之位。谓周公代行天子之权。

③假于皇天：谓功大至于天帝。假（gé，音格），至，到。

④率维兹有陈：谓这些人佐政，均有陈列之功。

⑤保乂：亦作"保艾"。安治，安定。

⑥内：同"纳"。接纳；接引。

⑦三郤大夫：指郤至、郤锜、郤犨三家。

⑧从长：合纵的领袖。从，同"纵"。

⑨齐王奚如：齐王这个人怎么样？奚，疑问代词。

⑩遗：赠送。

⑪启人：启的臣属。

⑫印自三百石吏已上：俸禄三百石以上官吏的印信。　效：呈给；交给。

⑬顾为臣：反居臣子之位。

⑭饬：整顿，整饬。

⑮先后：意谓追随左右。

⑯要：通"邀"。

⑰构难：结仇交战。

⑱卑身：自身谦恭。

⑲共国：共同治国。

⑳乐轶：亦作"乐逸"。悠闲安乐。　轻战：轻忽战事，不怕打仗。

㉑四战之国：四面作战的国家。赵东邻燕，西接秦，南错韩、魏，北连胡、貉，故言"四战之地"。

㉒引：拉住。　绥：绥带。

㉓弊：破败，衰败。

㉔措："错"之借字。交错，交接，交杂。

㉕血食：谓享受牲牢的祭祀。

㉖烈：功业，德业。

史记卷三十五

管蔡世家第五

　　管叔鲜、蔡叔度者，周文王子而武王弟也。武王同母兄弟十人。母曰太姒①，文王正妃也。其长子曰伯邑考，次曰武王发，次曰管叔鲜，次曰周公旦，次曰蔡叔度，次曰曹叔振铎，次曰成叔武，次曰霍叔处，次曰康叔封，次曰冉季载。冉季载最少。同母昆弟十人，唯发、旦贤，左右辅文王，故文王舍伯邑考而以发为太子。及文王崩而发立，是为武王。伯邑考既已前卒矣。

　　武王已克殷纣，平天下，封功臣昆弟。于是，封叔鲜于管，封叔度于蔡——二人相纣子武庚禄父，治殷遗民；封叔旦于鲁而相周。为周公；封叔振铎于曹；封叔武于成；封叔处于霍。康叔封、冉季载皆少，未得封。

　　武王既崩，成王少，周公旦专王室。管叔、蔡叔疑周公之为不利于成王，乃挟武庚以作乱。周公旦承成王命伐诛武庚，杀管叔，而放蔡叔，迁之；与车十乘，徒七十人从。而分殷余民为二：其一封微子启于宋，以续殷祀；其一封康叔为卫君，是为卫康叔，封季载于冉。冉季、康叔皆有驯行②，于是周公举康叔为周司寇，冉季为周司空，以佐成王治，皆有令名于天下。

　　蔡叔度既迁而死。其子曰胡，胡乃改行，率德驯善。周公闻之，而举胡以为鲁卿士，鲁国治。于是周公言于成王，复封胡于蔡，以奉蔡叔之祀，是为蔡仲。余五叔皆就国，无为天子吏者。

　　蔡仲卒，子蔡伯荒立。蔡伯荒卒，子宫侯立。宫侯卒，子厉侯立，厉侯卒，子武侯立。武侯之时，周厉王失国，奔彘，共和行政，诸侯多叛周。

武侯卒，子夷侯立。夷侯十一年，周宣王即立。二十八年，夷侯卒，子釐侯所事立。

釐侯三十九年，周幽王为犬戎所杀，周室卑而东徙。秦始得列为诸侯。

四十八年，釐侯卒，子共侯兴立。共侯二年卒，子戴侯立。戴侯十年卒，子宣侯措父立。

宣侯二十八年，鲁隐公初立。三十五年，宣侯卒，子桓侯封人立。桓侯三年，鲁弑其君隐公。二十年，桓侯卒，弟哀侯献舞立。

哀侯十一年，初，哀侯娶陈，息侯亦娶陈。息夫人将归，过蔡，蔡侯不敬。息侯怒，请楚文王："来伐我，我求救于蔡，蔡必来，楚因击之，可以有功。"楚文王从之，虏蔡哀侯以归。哀侯留九岁，死于楚。凡立二十年卒。蔡人立其子肸，是为缪侯。

缪侯以其女弟为齐桓公夫人。十八年，齐桓公与蔡女戏船中，夫人荡舟，桓公止之，不止，公怒，归蔡女而不绝也③。蔡侯怒，嫁其弟④。齐桓公怒，伐蔡，蔡溃，遂虏缪侯，南至楚邵陵。已而诸侯为蔡谢齐，齐侯归蔡侯。二十九年，缪侯卒，子庄侯甲午立。

庄侯三年，齐桓公卒。十四年，晋文公败楚于城濮。二十年，楚太子商臣弑其父成王代立。二十五年，秦穆公卒。三十三年，楚庄王即位。三十四年，庄侯卒，子文侯申立。

文侯十四年，楚庄王伐陈，杀夏徵舒。十五年，楚围郑，郑降楚，楚复醳之⑤。二十年，文侯卒，子景侯固立。

景侯元年，楚庄王卒。四十九年，景侯为太子般娶妇于楚，而景侯通焉。太子弑景侯而自立，是为灵侯。

灵侯二年，楚公子围弑其王郏敖而自立，为灵王。九年，陈司徒招弑其君哀公。楚使公子弃疾灭陈而有之。十二年，楚灵王以灵侯弑其父，诱蔡灵侯于申，伏甲饮之，醉而杀之，刑其士卒七十人。令公子弃疾围蔡。十一月，灭蔡，使弃疾为蔡公。

楚灭蔡三岁，楚公子弃疾弑其君灵王代立，为平王。平王乃求蔡景侯少子庐，立之，是为平侯。是年，楚亦复立陈。楚平王初立，欲亲诸侯，故复立陈、蔡后。

平侯九年卒，灵侯般之孙东国攻平侯子而自立，是为悼侯。悼侯父曰隐太子友。隐太子友者，灵侯之太子，平侯立而杀隐太子，故平侯卒而隐太子之子东国攻平侯子而代立，是为悼侯。悼侯三年卒，弟昭侯申立。

昭侯十年，朝楚昭王，持美裘二，献其一于昭王而自衣其一。楚相子常欲之，不与。子常谗蔡侯，留之楚三年。蔡侯知之，乃献其裘于子常。子常受之，乃言归蔡侯。蔡侯归而之晋，请与晋伐楚。

十三年春，与卫灵公会邵陵。蔡侯私于周苌弘以求长于卫⑥；卫使史鳔言康叔之功德，乃长卫。夏，为晋灭沈，楚怒，攻蔡。蔡昭侯使其子为质于吴，以共伐楚。冬，与吴王阖闾遂破楚入郢。蔡怨子常，子常恐，奔郑。十四年，吴去而楚昭王复国。十六年，楚令尹为其民泣以谋蔡，蔡昭侯惧。二十六年，孔子如蔡。楚昭王伐蔡，蔡恐，告急于吴。吴为蔡远，约迁以自近，易以相救。昭侯私许，不与大夫计。吴人来救蔡，因迁蔡于州来。二十八年，昭侯将朝于吴，大夫恐其复迁，乃令贼利杀昭侯，已而诛贼利以解过⑦，而立昭侯子朔，是为成侯。

成侯四年，宋灭曹。十年，齐田常弑其君简公。十三年，楚灭陈。十九年，成侯卒，子声侯产立。声侯十五年卒，子元侯立。元侯六年卒，子侯齐立。

侯齐四年，楚惠王灭蔡，蔡侯齐亡，蔡遂绝祀。后陈灭三十三年⑧。

伯邑考，其后不知所封。武王发，其后为周，有本纪言。管叔鲜作乱诛死，无后。周公旦，其后为鲁，有世家言，蔡叔度，其后为蔡，有世家言。曹叔振铎，其后为曹，有世家言。成叔武，其后世无所见。霍叔处，其后晋献公时灭霍。康叔封，其后为卫，有世家言。冉季载，其后世无所见。

太史公曰：管蔡作乱，无足载者。然周武王崩，成王少，天下既疑，赖同母之弟成叔、冉季之属十人为辅拂，是以诸侯卒宗周，故附之世家言。

曹叔振铎者，周武王弟也。武王已克殷纣，封叔振铎于曹。

叔振铎卒，子太伯脾立。太伯卒，子仲君平立。仲君平卒，子宫伯侯立。宫伯侯卒，子孝伯云立，孝伯云卒，子夷伯喜立。

夷伯二十三年，周厉王奔于彘。

三十年卒，弟幽伯强立。幽伯九年，弟苏杀幽伯代立，是为戴伯。戴伯元年，周宣王已立三岁。三十年，戴伯卒，子惠伯兕立。

惠伯二十五年，周幽王为犬戎所杀，因东徙，益卑，诸侯畔之。秦始列为诸侯。

三十六年，惠伯卒，子石甫立，其弟武杀之代立，是为缪公。缪公三年卒，子桓公终生立。

桓公三十五年，鲁隐公立。四十五年，鲁弑其君隐公。四十六年，宋华父督弑其君殇公及孔父。五十五年，桓公卒，子庄公夕姑立。

庄公二十三年，齐桓公始霸。

三十一年，庄公卒，子釐公夷立。釐公九年卒，子昭公班立。昭公六年，齐桓公败蔡，遂至楚召陵。九年，昭公卒，子共公襄立。

共公十六年，初，晋公子重耳其亡过曹，曹君无礼，欲观其骈胁⑨。釐负羁谏，不听，私善于重耳。二十一年，晋文公重耳伐曹，虏共公以归，令军毋入釐负羁之宗族间。或说晋文公曰："昔齐桓公会诸侯，复异姓，今君囚曹君，灭同姓，何以令于诸侯？"晋乃复归共公。

二十五年，晋文公卒。三十五年，共公卒，子文公寿立。文公二十三年卒，子宣公强立。宣公十七年卒，弟成公负刍立。

成公三年，晋厉公伐曹，虏成公以归，已复释之。五年，晋栾书、中行偃使程滑弑其君厉公。二十三年，成公卒，子武公胜立。武公二十六年，楚公子弃疾弑其君灵王代立。二十七年，武公卒，子平公须立。平公四年卒，子悼公午立。是岁、宋、卫、陈、郑皆火。

悼公八年，宋景公立。九年，悼公朝于宋，宋因之；曹立其弟野，是为声公。悼公死于宋，归葬。

声公五年，平公弟通弑声公代立，是为隐公。隐公四年，声公弟露弑隐公代立，是为靖公。靖公四年卒，子伯阳立。

伯阳三年，国人有梦众君子立于社宫⑩，谋欲亡曹，曹叔振铎止之，请待公孙强，许之。旦，求之曹，无此人，梦者戒其子曰："我亡，尔闻公孙强为政，必去曹⑪，无离曹祸⑫。"及伯阳即位，好田弋之事⑬。六年，曹野人公孙强亦好田弋，获白雁而献之，且言田弋之说，因访政事。伯阳大说之，有宠，使为司城以听政。梦者之子乃亡去。

公孙强言霸说于曹伯。十四年，曹伯从之，乃背晋干宋⑭。宋景公伐之，晋人不救。十五年，宋灭曹，执曹伯阳及公孙强以归而杀之。曹遂绝其祀。

太史公曰："余寻曹共公之不用僖负羁，乃乘轩者三百人⑮，知唯德之不建。及振铎之梦，岂不欲引曹之祀者哉⑯？如公孙强不修厥政，叔铎之祀忽诸⑰。

①姒（sì，音四）。

②驯行：犹善行。驯，顺。

③不绝：谓未断绝夫妻关系。

④弟：指女弟，妹妹，即荡舟之姬。

⑤醳：音、义同"释"。释放。

⑥长于卫：居于卫侯之前。长，尊。

⑦解过：免除罪过。

⑧后：晚于。

⑨骈胁：连在一起的肋骨。

⑩社宫：古代祭祀土神的宫室。

⑪去：离开。

⑫离：遭受。

⑬田弋：田猎弋射。

⑭背：背离，背弃。　干：侵犯。

⑮乘轩者三百人：轩，本大夫所乘之车，而曹共公却让三百美人乘坐这种车。

⑯引曹之祀：延长曹国的祖祀。

⑰忽诸：忽然断绝。指曹国突然败亡。

史记卷三十六

陈杞世家第六

陈胡公满者，虞帝舜之后也。昔舜为庶人时，尧妻之二女，居于妫汭，其后因为氏姓，姓妫氏。舜已崩，传禹天下，而舜子商均为封国。夏后之时，或失或续。至于周武王克殷纣，乃复求舜后，得妫满，封之于陈，以奉帝舜祀，是为胡公。

胡公卒，子申公犀侯立。申公卒，弟相公皋羊立。相公卒，立申公子突，是为孝公。孝公卒，子慎公圉戎立。慎公当周厉王时。慎公卒，子幽公宁立。

幽公十二年，周厉王奔于彘。二十三年，幽公卒，子釐公孝立。

釐公六年，周宣王即位。三十六年，釐公卒，子武公灵立。武公十五年卒，子夷公说立，是岁，周幽王即位。夷公三年卒，弟平公燮立。平公七年，周幽王为犬戎所杀，周东徙，秦始列为诸侯。二十三年，平公卒，子文公圉立。

文公元年，取蔡女，生子佗。十年，文公卒，长子桓公鲍立。

桓公二十三年，鲁隐公初立。二十六年，卫杀其君州吁。三十三年，鲁弑其君隐公。三十八年正月甲戌己丑，桓公鲍卒。桓公弟佗，其母蔡女，故蔡人为佗杀五父及桓公太子免而立佗，是为厉公。桓公病而乱作，国人分散，故再赴①。

厉公二年，生子敬仲完。周太史过陈，陈厉公使以《周易》筮之②，卦得《观》之《否》③："是为观国之光，利用宾于王。此其代陈有国乎？不在此，其在异国？非此其身，在其子孙。若在异国，必姜姓。姜姓，太岳之后。物莫能两大，陈衰，此其昌乎？"

厉公取蔡女，蔡女与蔡人乱，厉公数如蔡淫④。七年，厉公所杀桓公太子免之三弟，长曰跃，中曰林，少曰杵臼，共令蔡人诱厉公以好女，与蔡人共杀厉公而立跃，是为利公。利公者，桓公子也。利公立五月卒，立中弟林，是为庄公。庄公七年卒，少弟杵臼立，是为宣公。

宣公三年，楚武王卒，楚始强。十七年，周惠王娶陈女为后。二十一年，宣公后有嬖姬生子款，欲立之，乃杀其太子御寇。御寇素爱厉公子完，完惧祸及己，乃奔齐。齐桓公欲使陈完为卿，完曰："羁旅之臣⑤，幸得免负檐⑥，君之惠也，不敢当高位。"桓公使为工正。齐懿仲欲妻陈敬仲，卜之，占曰："是谓凤皇于飞⑦，和鸣锵锵。有妫之后，将育于姜。五世其昌，并于正卿⑧。八世之后，莫之与京⑨。"三十七年，齐桓公伐蔡，蔡败；南侵楚，至召陵，还过陈。陈大夫辕涛涂恶其过陈，诈齐令出东道。东道恶，桓公怒，执陈辕涛涂。是岁，晋献公杀其太子申生。四十五年，宣公卒，子款立，是为穆公。穆公五年，齐桓公卒。十六年，晋文公败楚师于城濮。是岁，穆公卒，子共公朔立。共公六年，楚太子商臣弑其父成王代立，是为穆王。十一年，秦穆公卒。十八年，共公卒，子灵公平国立。

灵公元年，楚庄王即位。六年，楚伐陈。十年，陈及楚平。十四年，灵公与其大夫孔宁、仪行父皆通于夏姬⑩，衷其衣以戏于朝⑪。泄治谏曰："君臣淫乱，民何效焉？"灵公以告二子，二子请杀泄冶，公弗禁，遂杀泄冶。十五年，灵公与二子饮于夏氏，公戏二子曰："徵舒似汝。"二子曰："亦似公。"徵舒怒。灵公罢酒出，徵舒伏弩厩门射杀灵公。孔宁、仪行父皆奔楚，灵公太子午奔晋。徵舒自立为陈侯。徵舒，故陈大夫也。夏姬，御叔之妻，舒之母也。

成公元年冬，楚庄王为夏徵舒杀灵公率诸侯伐陈，谓陈曰："无惊，吾诛徵舒而已"。已诛徵舒，因县陈而有之，群臣毕贺。申叔时使于齐来还，独不贺。庄王问其故，对曰："鄙语有之：牵牛径人田⑫，田主夺之牛，径则有罪矣，夺之牛，不亦甚乎？今王以徵舒为贼弑君，故征兵诸侯，以义伐之，已而取之，以利其地，则后何以令于天下！是以不贺。"庄王曰："善"。乃迎陈灵公太子午于晋而立之，复君陈如故，是为成公。孔子读史记至楚复陈，曰："贤哉楚庄王轻千乘之国而重一言。"八年，楚庄王卒。二十九年，陈倍楚盟。三十年，楚共王伐陈。是岁，成公卒，子哀公弱立，楚以陈丧，罢兵去。

哀公三年，楚围陈，复释之。二十八年，楚公子围弑其君郏敖自立，为灵王。

三十四年，初，哀公娶郑，长姬生悼太子师，少姬生偃。二嬖妾，长妾生留，少妾生胜。留有宠哀公，哀公属之其弟司徒招⑬。哀公病，三月，招杀悼太子，立留为太子。哀公怒，欲诛招，招发兵围守哀公，哀公自经杀⑭。招卒立留为陈君。四月，陈使使赴楚。楚灵王闻陈乱，乃杀陈使者，使公子弃疾发兵伐陈。陈君留奔郑。九月，楚围陈，十一月，灭陈，使弃疾为陈公。

招之杀悼太子也，太子之子名吴，出奔晋。晋平公问太史赵曰："陈遂亡乎？"对曰："陈，颛顼之族。陈氏得政于齐，乃卒亡。自幕至于瞽瞍，无违命。舜重之以明德。至于遂，世世守之。及胡公，周赐之姓，使祀虞帝。且盛德之后，必百世祀。虞之世未也，其在齐乎？"

楚灵王灭陈五岁，楚公子弃疾弑灵王代立，是为平王。

平王初立，欲得和诸侯，乃求故陈悼太子师之子吴，立为陈侯，是为惠公。惠公立，探续哀公卒时年而为元，空籍五岁矣⑮。十年，陈火。十五年，吴王僚使公子光伐陈，取胡、沈而去。二十八年，吴王阖闾与子胥败楚入郢。是年，惠公卒，子怀公柳立。

怀公元年，吴破楚，在郢，召陈侯。陈侯欲往，大夫曰："吴新得意。楚王虽亡，与陈有故，不可倍。"怀公乃以疾谢吴。四年，吴复召怀公。怀公恐，如吴。吴怒其前不往，留之，因卒吴。陈乃立怀公之子越，是为湣公。

湣公六年，孔子适陈。吴王夫差伐陈，取三邑而去。十三年，吴复来伐陈，陈告急楚，楚昭王来救，军于城父，吴师去。是年，楚昭王卒于城父。时孔子在陈。十五年，宋灭曹。十六年，吴王夫差伐齐，败之艾陵，使人召陈侯。陈侯恐，如吴。楚伐陈。二十一年，齐田常弑其君简公。二十三年，楚之白公胜杀令尹子西、子綦，袭惠王。叶公攻败白公，白公自杀。二十四年，楚惠王复国，以兵北伐，杀陈湣公，遂灭陈而有之。是岁，孔子卒。

杞东楼公者，夏后禹之后苗裔也。殷时或封或绝。周武王克殷纣，求禹之后，得东楼公，封之于杞，以奉夏后氏祀。

东楼公生西楼公，西楼公生题公，题公生谟娶公。谟娶公当周厉王时。谟娶公生武公。武公立四十七年卒，子靖公立。靖公二十三年卒，子共公立。共公八年卒，子惠公立。惠公十八年卒，弟桓公姑容立。桓公十七年卒，子孝公匄立。孝公十七年卒，弟文公益姑立。文公十四年卒，弟平公郁立。平公十八年卒，子悼公成立。悼公十二年卒，子隐公乞立。七月，隐公弟遂弑隐公自立，是为釐公。釐公十九年卒，子湣公维立。湣公十五年，楚惠王灭陈。十六年，湣公弟阏路弑湣公代立，是为哀公。哀公立十年卒，湣公子遬立，是为出公。出公十二年卒，子简公春立。立一年，楚惠王之四十四年，灭杞。杞后陈亡三十四年。

杞小微，其事不足称述。

舜之后，周武王封之陈，至楚惠王灭之，有世家言。禹之后，周武王封之杞，楚惠王火之，有世家言。契之后为殷，殷有本纪言。殷破，周封其后于宋，齐湣王灭之，有世家言。后稷之后为周，秦昭王灭之，有本纪言。皋陶之后，或封英、六，楚穆王灭之，无谱。伯夷之后，至周武王复封于齐，曰太公望，陈氏灭之，有世家言。伯翳之后，至周平王时封为秦，项羽灭之，有本纪言。垂、益、夔、龙，其后不知所封，不见也。右十一人者，皆唐虞之际名有功德臣也；其五人之后皆至帝王，余乃为显诸侯。滕、薛、驺，夏、殷、周之间封也，小，不足齿列，弗论也。

周武王时，侯伯尚千余人。及幽、厉之后，诸侯力攻相并。江、黄、胡、沈之属，不可胜数，故弗采著于传云。

太史公曰：舜之德可谓至矣！禅位于夏，而后世血食者历三代[16]。及楚灭陈，而田常得政于齐，卒为建国，百世不绝，苗裔兹兹，有土者不乏焉。至禹，于周则杞，微甚，不足数也。楚惠王灭杞，其后越王句践兴。

---

①赴：报丧，讣告。

②筮：用蓍（shī，音诗）草算卦。

③观：卦名。 否：卦名。

④如：到，去。

⑤羁：寄宿。 旅：过客。

⑥负檐：没有房子住。

⑦凤：雄性神鸟。 皇：雌性神鸟。

⑧并：并列。

⑨京：大；盛。

⑩通：指通奸。

⑪衷：穿。

⑫径：直往，直奔。

⑬属：托付，嘱托。

⑭自经杀：自杀。经，上吊。

⑮空籍五岁：在时间表上空出五年。

⑯血食：祭祀祖先的贡品。

史记卷三十七

卫康叔世家第七

卫康叔，名封，周武王同母少弟也，其次尚有冉季。冉季最少。

武王已克殷纣，复以殷余民封纣子武庚禄父，比诸侯，以奉其先祀勿绝。为武庚未集①，恐其有贼心，武王乃令其弟管叔、蔡叔傅相武庚禄父，以和其民。武王既崩，成王少，周公旦代成王治，当国。管叔、蔡叔疑周公，乃与武庚禄父作乱，欲攻成周。周公旦以成王命兴师伐殷，杀武庚禄父、管叔，放蔡叔，以武庚殷余民封康叔为卫君，居河、淇间故商墟。

周公旦惧康叔齿少，乃申告康叔曰："必求殷之贤人君子长者，问其先殷所以兴，所以亡，而务爱民。"告以纣所以亡者以淫于酒，酒之失，妇人是用，故纣之乱自此始。为《梓材》，示君子可法则。故谓之《康诰》、《酒诰》、《梓材》以命之。康叔之国，既以此命，能和集其民，民大说。

成王长，用事，举康叔为周司寇，赐卫宝祭器，以章有德。

康叔卒，子康伯代立。康伯卒，子考伯立。考伯卒，子嗣伯立。嗣伯卒，子𤸷伯立。𤸷伯卒，子靖伯立。靖伯卒，子贞伯立。贞伯卒，子顷侯立。

顷侯厚赂周夷王，夷王命卫为侯。顷侯立十二年卒，子釐侯立。

釐侯十三年，周厉王出奔于彘，共和行政焉。二十八年，周宣王立。

四十二年，釐侯卒，太子共伯余立为君。共伯弟和有宠于釐侯，多予之赂；和以其赂赂士，以袭攻共伯于墓上，共伯入釐侯羡自杀②。卫人因葬之釐侯旁，谥曰共伯，而立和为卫侯，是为武公。

武公即位，修康叔之政，百姓和集。四十二年，犬戎杀周幽王，武公将兵往佐周，平戎甚有功。周平王命武公为公。五十五年，卒，子庄公扬立。

庄公五年，取齐女为夫人，好而无子③。又取陈女为夫人，生子，蚤死。陈女女弟亦幸于庄公，而生完。完母死，庄公令夫人齐女子之，立为太子。庄公有宠妾，生子州吁。十八年，州吁长，好兵，庄公使将。石碏谏庄公曰："庶子好兵，使将，乱自此起。"不听。二十三年，庄公卒，太子完立，是为桓公。

桓公二年，弟州吁骄奢，桓公绌之，州吁出奔。十三年，郑伯弟段攻其兄，不胜，亡，而州吁求与之友。十六年，州吁收聚卫亡人以袭杀桓公。州吁自立为卫君。为郑伯弟段欲伐郑，请宋、陈、蔡与俱，三国皆许州吁。州吁新立，好兵，弑桓公，卫人皆不爱。石碏乃因桓公母家于陈，详为善州吁。至郑郊，石碏与陈侯共谋，使右宰丑进食，因杀州吁于濮，而迎桓公弟晋于邢而立之，是为宣公。

宣公七年，鲁弑其君隐公。九年，宋督弑其君殇公，及孔父。十年，晋曲沃庄伯弑其君哀侯。十八年，初，宣公爱夫人夷姜，夷姜生子伋，以为太子，而令右公子傅之。右公子为太子取齐女，未入室，而宣公见所欲为太子妇者好，说而自取之④，更为太子取他女。宣公得齐女，生子寿、子朔，令左公子傅之。太子伋母死，宣公正夫人与朔共谗恶太子伋。宣公自以其夺太子妻也，心恶太子，欲废之。及闻其恶，大怒，乃使太子伋于齐而令盗遮界上杀之，与太子白旄，而告界盗见持白旄者杀之。且行，子朔之兄寿，太子异母弟也，知朔之恶太子而君欲杀之，乃谓太子曰："界盗见太子白旄，即杀太子，太子可毋行。"太子曰："逆父命求生，不可。"遂行。寿见太子不止，乃盗其白旄而先驰至界。界盗见其验，即杀之。寿已死，而太子伋又至，谓盗曰："所当杀乃我也。"盗并杀太子伋，以报宣公。宣公乃以子朔为太子。十九年，宣公卒，太子朔立，是为惠公。

左右公子不平朔之立也，惠公四年，左右公子怨惠公之谗杀前太子伋而代立，乃作乱，攻惠公，立太子伋之弟黔牟为君，惠公奔齐。

卫君黔牟立八年，齐襄公率诸侯奉王命共伐卫，纳卫惠公，诛左右公子。卫君黔牟奔于周，惠公复立。惠公立三年出亡，亡八年复入，与前通年凡十三年矣。二十五年，惠公怨周之容舍黔牟，与燕伐周。周惠王奔温。卫、燕立惠王弟穨为王。二十九年，郑复纳惠王。三十一年，惠公卒，子懿公赤立。

懿公即位，好鹤，淫乐奢侈。九年，翟伐卫，卫懿公欲发兵，兵或畔。大臣言曰："君好鹤，鹤可令击翟。"翟于是遂入，杀懿公。

懿公之立也，百姓大臣皆不服。自懿公父惠公朔之谗杀太子伋代立至于懿公，常欲败之，卒灭惠公之后而更立黔牟之弟昭伯顽之子申为君，是为戴公。

戴公申元年卒。齐桓公以卫数乱，乃率诸侯伐翟，为卫筑楚丘，立戴公弟燬为卫君，是为文公。文公以乱故奔齐，齐人入之。

初，翟杀懿公也，卫人怜之，思复立宣公前死太子伋之后。伋子又死，而代伋死者子寿又无子。太子伋同母弟二人：其一曰黔牟，黔牟尝代惠公为君，八年复去；其二曰昭伯。昭伯、黔牟皆已前死，故立昭伯子申为戴公。戴公卒，复立其弟燬为文公。文公初立，轻赋平罪，身自劳，与百姓同苦，以收卫民。十六年，晋公子重耳过，无礼。十七年，齐桓公卒。二十五年，文公卒，子成公郑立。

成公三年，晋欲假道于卫救宋，成公不许。晋更从南河度⑤，救宋。征师于卫，卫大夫欲许，成公不肯。大夫元咺攻成公，成公出奔。晋文公重耳伐卫，分其地予宋，讨前过无礼及不救宋患也。卫成公遂出奔陈。二岁，如周求入，与晋文公会。晋使人鸩卫成公⑥。成公私于周主鸩，令薄⑦，得不死。已而周为请晋文公，卒入之卫，而诛元咺，卫君瑕出奔。七年，晋文公卒。十二年，成公朝晋襄公。十四年，秦穆公卒。二十六年，齐邴歜弑其君懿公。三十五年，成公卒，子穆公遫立。

穆公二年，楚庄王伐陈，杀夏徵舒。三年，楚庄王围郑。郑降，复释之。十一年，孙良夫救鲁伐齐，复得侵地。穆公卒，子定公臧立。定公十二年卒，子献公衎立。

献公十三年，公令师曹教宫妾鼓琴。妾不善，曹笞之。妾以幸恶曹于公，公亦笞曹三百。十八年，献公戒孙文子、甯惠子食，皆往。日旰不召⑧，而去射鸿于囿。二子从之，公不释射服与之言，二子怒。如宿，孙文子子数侍公饮，使师曹歌《巧言》之卒章。师曹又怒公之尝笞三百，乃歌之，欲以怒孙文子，报卫献公。文子语蘧伯玉，伯玉曰："臣不知也。"遂攻出献公。献公奔齐，齐置卫献公于聚邑。孙文子、甯惠子共立定公弟秋为卫君，是为殇公。

殇公秋立，封孙文子林父于宿。十二年，甯喜与孙林父争宠相恶，殇公使甯喜攻孙林父。林父奔晋，复求入故卫献公。献公在齐，齐景公闻之，与卫献公如晋求入。晋为伐卫，诱与盟。卫殇公会晋平公，平公执殇公与甯喜而复入卫献公。献公亡在外十二年而入。

献公后元年，诛甯喜。三年，吴延陵季子使过卫，见蘧伯玉、史鰌，曰："卫多君子，其国无故。"过宿，孙林父为击磬，曰："不乐，音大悲，使卫乱乃此矣。"是年，献公卒，子襄公恶立。

襄公六年，楚灵王会诸侯，襄公称病不往。九年，襄公卒。

初，襄公有贱妾，幸之，有身，梦有人谓曰："我康叔也，令若子必有卫，名而子曰'元'"。妾怪之，问孔成子。成子曰："康叔者，卫祖也。"及生子，男也，以告襄公。襄公曰："天所置也。"名之曰元。襄公夫人无子，于是乃立元为嗣，是为灵公。

灵公五年，朝晋昭公。六年，楚公子弃疾弑灵王自立，为平王。十一年，火。三十八年，孔子来，禄之如鲁。后有隙，孔子去。后复来。三十九年，太子蒯聩与灵公夫人南子有恶，欲杀南子。蒯聩与其徒戏阳遫谋，朝，使杀夫人。戏阳后悔，不果。蒯聩数目之，夫人觉之，惧，呼曰："太子欲杀我！"灵公怒，太子蒯聩奔宋，已而之晋赵氏。四十二年春，灵公游于郊，令子郢仆。郢，灵公少子也，字子南。灵公怨太子出奔，谓郢曰："我将立若为后。"郢对曰："郢不足以辱社稷，君更图之。"夏，灵公卒，夫人命子郢为太子，曰："此灵公命也。"郢曰："亡人太子蒯聩之子辄在也，不敢当。"于是卫乃以辄为君，是为出公。

六月乙酉，赵简子欲入蒯聩，乃令阳虎诈命卫十余人衰绖归⑨，简子送蒯聩。卫人闻之，发兵击蒯聩。蒯聩不得入，入宿而保，卫人亦罢兵。

出公辄四年，齐田乞弑其君孺子。八年，齐鲍子弑其君悼公。孔子自陈入卫。九年，孔文子问兵于仲尼，仲尼不对。其后鲁迎仲尼，仲尼反鲁。十二年，初，孔圉文子取太子蒯聩之姊，生悝。孔氏之竖浑良夫美好，孔文子卒，良夫通于悝母。太子在宿，悝母使良夫于太子。太子与良夫言曰："苟能入我国，报子以乘轩⑩，免子三死，毋所与。"与之盟，许以悝母为妻。闰月，良夫与太子入，舍孔氏之外圃。昏，二人蒙衣而乘，宦者罗御，如孔氏。孔氏之老栾宁问之⑪，称姻妾以告。遂入，适伯姬氏。既食，悝母仗戈而先，太子与五人介⑫，舆猳从之⑬。伯姬劫悝于厕，强盟之，遂劫以登台。栾宁将饮酒，炙未熟，闻乱，使告仲由。召护驾乘车，行爵食炙，奉出公辄奔鲁。

仲由将入，遇子羔将出，曰："门已闭矣。"子路曰："吾姑至矣。"子羔曰："不及，莫践其难。"子路曰："食焉不辟其难⑭。"子羔遂出。子路入，及门，公孙敢阖门，曰："毋入为也！"子路曰："是公孙也？求利而逃其难。由不然，利其禄，必救其患。"有使者出，子路乃得入。曰："太子焉用孔悝？虽杀之，必或继之。"且曰："太子无勇。若燔台，必舍孔叔。"太子闻之，惧，下石乞、盂黡敌子路，以戈击之，割缨。子路曰："君子死，冠不免。"结缨而死。孔子闻卫乱，曰："嗟乎！柴也其来乎？由也其死矣。"孔悝竟立太子蒯聩，是为庄公。

庄公蒯聩者，出公父也，居外，怨大夫莫迎立。元年即位，欲尽诛大臣，曰："寡人居外久矣，子亦尝闻之乎？"群臣欲作乱，乃止。二年，鲁孔丘卒。三年，庄公上城，见戎州。曰："戎虏何为是？"戎州病之。十月，戎州告赵简子，简子围卫。十一月，庄公出奔。卫人立公子班师为卫君。齐伐卫，虏班师，更立公子起为卫君。

卫君起元年，卫石曼尃逐其君起，起奔齐。卫出公辄自齐复归立。初，出公立十二年亡，亡在外四年复入。出公后元年，赏从亡者。立二十一年卒，出公季父黔攻出公子而自立，是为悼公。

悼公五年卒，子敬公弗立。敬公十九年卒，子昭公纠立。是时三晋强，卫如小侯，属之。

昭公六年，公子亹弑之代立，是为怀公。怀公十一年，公子穨弑怀公而代立，是为慎公。慎公父，公子适；适父，敬公也。慎公四十二年卒，子声公训立。声公十一年卒，子成侯速立。

成侯十一年，公孙鞅入秦。十六年，卫更贬号曰侯。

二十九年，成侯卒，子平侯立。平侯八年卒，子嗣君立。

嗣君五年，更贬号曰君，独有濮阳。

四十二年卒，子怀君立。怀君三十一年，朝魏。魏囚杀怀君。魏更立嗣君弟，是为元君。元君为魏婿，故魏立之。

元君十四年，秦拔魏东地，秦初置东郡，更徙卫野王县，而并濮阳为东郡。二十五年，元君卒，子君角立。

君角九年，秦并天下，立为始皇帝。二十一年，二世废君角为庶人，卫绝祀。

太史公曰：余读世家言，至于宣公之太子以妇见诛，弟寿争死以相让，此与晋太子申生不敢明骊姬之过同，俱恶伤父之志。然卒死亡，何其悲也！或父子相杀，兄弟相灭，亦独何哉？

---

①未集：不安定，不服。

②羡（yán，音言）：通"延"，墓道。

③好：容貌美。

④说：喜爱；喜欢。

⑤度：通"渡"。

⑥鸩：用鸩酒（毒酒）杀人。

⑦令薄：使人少放鸩毒。

⑧盱：晚。

⑨衰（cuī，音催）：通"缞"，古代丧服的一种。　　绖（dié，音叠）：旧时用麻做的丧带，系在腰上或头上。

⑩乘轩：大夫乘坐的车。

⑪老：家臣。

⑫介：身被胄甲。

⑬猳：猪，用于盟誓用的牺牲。

⑭食：食人俸禄。

史记卷三十八

宋微子世家第八

微子开者，殷帝乙之首子而帝纣之庶兄也。纣既立，不明，淫乱于政，微子数谏，纣不听。及祖伊以周西伯昌之修德，灭阞国，惧祸至，以告纣。纣曰："我生不有命在天乎？是何能为！"于是微子度纣终不可谏，欲死之。及去，未能自决，乃问于太师、少师曰："殷不有治政，不治四方。我祖遂陈于上，纣沈湎于酒，妇人是用，乱败汤德于下。殷既小大好草窃奸宄①，卿士师师非度②，皆有罪辜，乃无维获③；小民乃并兴，相为敌雠。今殷其典丧④，若涉水无津涯。殷遂丧，越至于今⑤"曰："太师，少师，我其发出往？吾家保于丧？今女无故告予，颠跻⑥，如之何其?"太师若曰:"王子,天笃下菑亡殷国⑦,乃毋畏畏⑧,不用老长。今殷民乃陋淫神祇之祀⑨。今诚得治国,国治身死不恨。为死,终不得治,不如去。"遂亡。

箕子者,纣亲戚也。纣始为象箸⑩,箕子叹曰:"彼为象箸,必为玉杯⑪;为杯,则必思远方珍怪之物而御之矣。舆马宫室之渐自此始,不可振也。"纣为淫泆,箕子谏,不听。人或曰:"可以去矣。"箕子曰:"为人臣谏不听而去,是彰君之恶而自说于民,吾不忍为也。"乃被发详狂而为奴。遂隐而鼓琴以自悲,故传之曰《箕子操》。

王子比干者,亦纣之亲戚也。见箕子谏不听而为奴,则曰:"君有过而不以死争,则百姓何辜!"乃直言谏纣。纣怒曰:"吾闻圣人之心有七窍,信有诸乎?"乃遂杀王子比干,刳视其心。

微子曰:"父子有骨肉,而臣主以义属。故父有过,子三谏不听,则随而号之;人臣三谏不听,则其义可以去矣。"于是太师、少师乃劝微子去,遂行。

周武王伐纣克殷,微子乃持其祭器造于军门,肉袒面缚,左牵羊,右把茅,膝行而前以告。于是武王乃释微子,复其位如故。

武王封纣子武庚禄父以续殷祀,使管叔、蔡叔傅相之。武王既克殷,访问箕子。武王曰:"于乎!维天阴定下民⑫,相和其居,我不知其常伦所序⑬。"

箕子对曰:"在昔鲧陻鸿水⑭,汩陈其五行⑮,帝乃震怒,不从鸿范九等,常伦所斁。鲧则殛死,禹乃嗣兴,天乃锡禹鸿范九等⑯,常伦所序。

初一曰五行;二曰五事;三曰八政;四曰五纪;五曰皇极;六曰三德;七曰稽疑;八曰庶征;九曰向用五福,畏用六极。

五行:一曰水,二曰火,三曰木,四曰金,五曰土。水曰润下,火曰炎上,木曰曲直,金曰从革⑰,土曰稼穑。润下作咸⑱,炎上作苦,曲直作酸,从革作辛,稼穑作甘。

五事:一曰貌,二曰言,三曰视,四曰听,五曰思。貌曰恭,言曰从⑲,视曰明,听曰聪,思曰睿。恭作肃,从作治,明作智,聪作谋,睿作圣。

八政:一曰食,二曰货,三曰祀,四曰司空,五曰司徒,六曰司寇,七曰宾,八曰师。

五纪:一曰岁,二曰月,三曰日,四曰星辰,五曰历数。

皇极:皇建其有极⑳。敛时五福㉑,用傅锡其庶民㉒,维时其庶民于女极㉓。锡女保极:凡厥庶民,毋有淫朋㉔,人毋有比德㉕,维皇作极。凡厥庶民,有猷有为有守㉖,女则念之㉗。不协于极㉘,不离于咎㉙,皇则受之㉚。而安而色㉛,曰:'予所好德。'女则锡之福。时人斯其维皇之极。毋侮鳏寡而畏高明。人之有能有为,使羞其行,而国其昌。凡厥正人㉜,既富方谷㉝,女不能使有好于而家㉞,时人斯其辜㉟。于其毋好,女虽锡之福,其作女用咎㊱。毋偏毋颇㊲,遵王之义。毋有作好,遵王之道。毋有作恶,遵王之路。毋偏毋党,王道荡荡。毋党毋偏,王道平平。毋反毋侧,王道正直。会其有极㊳,归其有极。曰:王,极之傅言㊴,是夷是训㊵,于帝其顺㊶。凡厥庶民,极之傅言,是顺是行,以近天子之光。曰:天子作民父母,以为天下王。

三德:一曰正直,二曰刚克,三曰柔克㊷。平康正直㊸,强不友刚克㊹,内友柔克。沈渐刚克㊺,高明柔克㊻,维辟作福㊼,维辟作威,维辟玉食。臣无有作福作威玉食。臣有作福作威玉食,其害于而家,凶于而国,人用侧颇辟,民用僭忒。

稽疑:择建立卜筮人。乃命卜筮,曰雨,曰济,曰涕,曰雾,曰克,曰贞,曰悔,凡七。卜五,占之用二,衍贰㊽。立时人为卜筮,三人占则从二人之言。女则有大疑,谋及女心,谋及卿士,谋及庶人,谋及卜筮。女则从,龟从,筮从,卿士从,庶民从,是之谓大同,而身其康强,而子孙其逢吉。女则从,龟从,筮从,卿士逆,庶民逆,吉。卿士从,龟从,筮从,女则逆,庶民逆,吉。庶民从,龟从,筮从,女则逆,卿士逆,吉。女则从,龟从,筮逆,卿士逆,庶民逆，作内吉，作外凶。龟筮共违于人，用静吉，用作凶。

庶征：曰雨，曰阳，曰奥㊾，曰寒，曰风，曰时。五者来备，各以其序，庶草繁庑㊿。一极备(51)，凶(52)；一极亡，凶。曰休征(53)：曰肃(54)，时雨若(55)，曰治，时旸若；曰知，时奥若；曰谋，时寒若；曰圣，时风若。曰咎征：曰狂，常雨若；曰僭，常旸若；曰舒，常奥若；曰急，常寒若；曰雾，常风若。王眚(56)，维岁；卿士，维月；师尹，维日。岁月日时毋易，百谷用成(57)，治用明，畯民用章(58)，家用平康。日月岁时既易，百谷用不成，治用昏不明，畯民用微，家用不宁。庶民维星，星有好风，星有好雨。日月之行，有冬有夏。月之从星，则以风雨。

五福：一曰寿，二曰富，三曰康宁，四曰攸好德(59)，五曰考终命(60)。六极：一曰凶短折(61)，二曰疾，三曰忧，四曰贫，五曰恶，六曰弱。

于是武王乃封箕子于朝鲜而不臣也。

其后箕子朝周，过故殷虚，感宫室毁坏，生禾黍，箕子伤之，欲哭，则不可；欲泣，为其近妇人(62)，乃作《麦秀之诗》以歌咏之。其诗曰："麦秀渐渐兮，禾黍油油。彼狡僮兮，不与我好兮！"所谓狡童者，纣也。殷民闻之，皆为流涕。

武王崩，成王少，周公旦代行政当国。管、蔡疑之，乃与武庚作乱，欲袭成王、周公。周公既承成王命诛武庚，杀管叔，放蔡叔，乃命微子开代殷后，奉其先祀，作《微子之命》以申之，国于宋。微子故能仁贤，乃代武庚，故殷之余民甚戴爱之。

微子开卒，立其弟衍，是为微仲。微仲卒，子宋公稽立。宋公稽卒，子丁公申立。丁公申卒，子湣公共立。湣公共卒，弟炀公熙立。炀公即位，湣公子鲋祀弑炀公而自立，曰："我当立"，是为厉公。厉公卒，子釐公举立。

釐公十七年，周厉王出奔彘。

二十八年，釐公卒，子惠公𪾢立。惠公四年，周宣王即位。三十年，惠公卒，子哀公立。哀公元年卒，子戴公立。

戴公二十九年，周幽王为犬戎所杀，秦始列为诸侯。

三十四年，戴公卒，子武公司空立。武公生女为鲁惠公夫人，生鲁桓公。十八年，武公卒，子宣公力立。

宣公有太子与夷。十九年，宣公病，让其弟和，曰："父死子继，兄死弟及，天下通义也。我其立和。"和亦三让而受之。宣公卒，弟和立，是为穆公。

穆公九年，病，召大司马孔父谓曰："先君宣公舍太子与夷而立我，我不敢忘。我死，必立与夷也。"孔父曰："群臣皆愿立公子冯。"穆公曰："毋立冯，吾不可以负宣公。"于是穆公使冯出居于郑。八月庚辰，穆公卒，兄宣公子与夷立，是为殇公。君子闻之，曰："宋宣公可谓知人矣，立其弟以成义，然卒其子复享之。"

殇公元年，卫公子州吁弑其君完自立，欲得诸侯，使告于宋曰："冯在郑，必为乱，可与我伐之。"宋许之，与伐郑，至东门而还。二年，郑伐宋，以报东门之役。其后诸侯数来侵伐。九年，大司马孔父嘉妻好，出，道遇太宰华督，督说，目而观之。督利孔父妻，乃使人宣言国中曰："殇公即位十年耳，而十一战，民苦不堪，皆孔父为之，我且杀孔父以宁民。"是岁，鲁弑其君隐公。十年，华督攻杀孔父，取其妻。殇公怒，遂弑殇公，而迎穆公子冯于郑而立之，是为庄公。

庄公元年，华督为相。九年，执郑之祭仲，要以立突为郑君。祭仲许，竟立突。十九年，庄公卒，子湣公捷立。

湣公七年，齐桓公即位。九年，宋水，鲁使臧文仲往吊水。湣公自罪曰："寡人以不能事鬼神，政不修，故水。"臧文仲善此言。此言乃公子子鱼教湣公也。十年夏，宋伐鲁，战于乘丘，鲁生虏宋南宫万。宋人请万，万归宋。十一年秋，湣公与南宫万猎，因博争行，湣公怒，辱之，曰："始吾敬若；今若，鲁虏也。"万有力，病此言，遂以局杀湣公于蒙泽。大夫仇牧闻之，以兵造公门。万搏牧，牧齿著门阖死。因杀太宰华督，乃更立公子游为君。诸公子奔萧，公子御说奔亳。万弟南宫牛将兵围亳。冬，萧及宋之诸公子共击杀南宫牛，弑宋新君游而立湣公弟御说，是为桓公。宋万奔陈。宋人请以赂陈。陈人使妇人饮之醇酒，以革裹之，归宋。宋人醢万也㊻。

桓公二年，诸侯伐宋，至郊而去。三年，齐桓公始霸。二十三年，迎卫公子燬于齐，立之，是为卫文公。文公女弟为桓公夫人。秦穆公即位。三十年，桓公病，太子兹甫让其庶兄目夷为嗣。桓公义太子意，竟不听。三十一年春，桓公卒，太子兹甫立，是为襄公。以其庶兄目夷为相。未葬，而齐桓公会诸侯于葵丘，襄公往会。

襄公七年，宋地霣星如雨，与雨偕下；六鹢退蜚㊽，风疾也。

八年，齐桓公卒，宋欲为盟会。十二年春，宋襄公为鹿上之盟，以求诸侯于楚，楚人许之。公子目夷谏曰："小国争盟，祸也。"不听。秋，诸侯会宋公盟于盂。目夷曰："祸其在此乎？君欲已甚，何以堪之！"于是楚执宋襄公以伐宋。冬，会于亳，以释宋公。子鱼曰："祸犹未也。"十三年夏，宋伐郑。子鱼曰："祸在此矣。"秋，楚伐宋以救郑。襄公将战，子鱼谏曰："天之弃商久矣，不可。"冬，十一月，襄公与楚成王战于泓。楚人未济，目夷曰："彼众我寡，及其未济击之。"公不听。已济未陈，又曰："可击。"公曰："待其已陈。"陈成，宋人击之。宋师大败，襄公伤股。国人皆怨公。公曰："君子不困人于厄㊾，不鼓不成列。"子鱼曰："兵以胜为功，何常言与！必如公言，即奴事之耳，又何战为？"

楚成王已救郑，郑享之；去而取郑二姬以归。叔瞻曰："成王无礼，其不没乎？为礼卒于无别，有以知其不遂霸也。"

是年，晋公子重耳过宋，襄公以伤于楚，欲得晋援，厚礼重耳以马二十乘。

十四年夏，襄公病伤于泓而竟卒，子成公王臣立。

成公元年，晋文公即位。三年，倍楚盟亲晋，以有德于文公也。四年，楚成王伐宋，宋告急于晋。五年，晋文公救宋，楚兵去。九年，晋文公卒。十一年，楚太子商臣弑其父成王代立。十六年，秦穆公卒。

十七年，成公卒。成公弟御杀太子及大司马公孙固，而自立为君。宋人共杀君御而立成公少子杵臼，是为昭公。

昭公四年，宋败长翟缘斯于长丘。七年，楚庄王即位。九年，昭公无道，国人不附。昭公弟鲍革，贤而下士。先，襄公夫人欲通于公子鲍，不可，乃助之施于国，因大夫华元为右师。昭公出猎，夫人王姬使卫伯攻杀昭公杵臼。弟鲍革立，是为文公。

文公元年，晋率诸侯伐宋，责以弑君，闻文公定立，乃去。二年，昭公子因文公母弟须与武、缪、戴、庄、桓之族为乱，文公尽诛之，出武、缪之族。

四年春，楚命郑伐宋。宋使华元将，郑败宋，囚华元。

华元之将战，杀羊以食士，其御羊羹不及，故怨，驰入郑军，故宋师败，得囚华元。宋以兵车百乘文马四百匹赎华元。未尽入，华元亡归宋。

十四年，楚庄王围郑。郑伯降楚，楚复释之。

十六年，楚使过宋，宋有前仇，执楚使。九月，楚庄王围宋。十七年，楚以围宋五月不解，宋城中急，无食。华元乃夜私见楚将子反，子反告庄王。王问："城中何如？"曰："析骨而炊，易子而食。"庄王曰："诚哉言！我军亦有二日粮。"以信故，遂罢兵去。

二十二年，文公卒，子共公瑕立。始厚葬。君子讥华元不臣矣。

共公十年，华元善楚将子重，又善晋将栾书，两盟晋楚。十三年，共公卒，华元为右师，鱼石为左师。司马唐山攻杀太子肥，欲杀华元。华元奔晋，鱼石止之，至河乃还，诛唐山，乃立共公少子成，是为平公。

平公三年，楚共王拔宋之彭城，以封宋左师鱼石。四年，诸侯共诛鱼石，而归彭城于宋。三十五年，楚公子围弑其君自立，为灵王。四十四年，平公卒，子元公佐立。

元公三年，楚公子弃疾弑灵王，自立为平王。八年，宋火。十年，元公毋信，诈杀诸公子，大夫华、向氏作乱。楚平王太子建来奔，见诸华氏相攻乱，建去如郑。十五年，元公为鲁昭公避季氏居外，为之求入鲁，行道卒，子景公头曼立。

景公十六年，鲁阳虎来奔，已复去。二十五年，孔子过宋，宋司马桓魋恶之，欲杀孔子，孔子微服去。三十年，曹倍宋，又倍晋，宋伐曹，晋不救，遂灭曹有之。三十六年，齐田常弑简公。

三十七年，楚惠王灭陈。荧惑守心。心，宋之分野也。景公忧之。司星子韦曰："可移于相。"景公曰："相，吾之股肱。"曰："可移于民。"景公曰："君者待民。"曰："可移于岁。"景公曰："岁饥民困，吾谁为君！"子韦曰："天高听卑。君有君人之言三，荧惑宜有动。"于是候之，果徙三度。

六十四年，景公卒。宋公子特攻杀太子而自立，是为昭公。昭公者，元公之曾庶孙也。昭公父公孙纠，纠父公子褍秦，褍秦即元公少子也。景公杀昭公父纠，故昭公怨杀太子而自立。

昭公四十七年卒，子悼公购由立。悼公八年卒，子休公田立。休公田二十三年卒，子辟公辟兵立。辟公三年卒，子剔成立。剔成四十一年，剔成弟偃攻袭剔成，剔成败奔齐，偃自立为宋君。

君偃十一年，自立为王。东败齐，取五城；南败楚，取地三百里；西败魏军，乃与齐、魏为敌国。盛血以韦囊，县而射之，命曰"射天"。淫于酒、妇人。群臣谏者辄射之。于是诸侯皆曰"桀宋"；"宋其复为纣所为，不可不诛。"告齐伐宋。王偃立四十七年，齐湣王与魏、楚伐宋、杀王偃，遂灭宋而三分其地。

太史公曰：孔子称："微子去之，箕子为之奴，比干谏而死，殷有三仁焉。"《春秋》讥宋之乱自宣公废太子而立弟，国以不宁者十世。襄公之时，修行仁义，欲为盟主。其大夫正考父美之，故追道契、汤、高宗，殷所以兴，作《商颂》。襄公既败于泓，而君子或以为多，伤中国阙礼义，褒之也，宋襄之有礼让也。

---

①殷既小大好草窃奸宄：殷朝的上上下下都热衷于为草野寇盗、奸宄窃贼。

②非度：为非作歹。

③乃无维获：（群臣相互攻夺）没有爵禄可以经常享有的人。言官吏更换频繁。

④典丧：沦丧，趋向不亡。典，沦。

⑤越至于今：就在今天。越，于。

⑥颠跻：堕于非议之中。

⑦菑：灾难。

⑧畏畏：害怕天威。

⑨陋淫：轻慢，羞辱。　　神：天。　　祇：地。

⑩象箸：象牙筷子。

⑪玉桮：玉杯。

⑫阴：默许。

⑬常伦所序：法定的道理与次序。

⑭陻：堵塞。　　鸿水：洪水。

⑮汩：扰乱，破坏。　　五行：河道。

⑯锡：通"赐"。

⑰从革：根据人的需要而改变形状。革，变化。

⑱咸：水卤味咸。

⑲言曰从：言语为听从。

⑳皇建其有极：君主建立君权要有法则。

㉑敛：采取。　　时：这。

㉒傅：普遍。

㉓于：重视。

㉔淫朋：结为奸党。

㉕人：百官。　　比：比附，比较。

㉖有猷：有谋略。　　有守：有操守。

㉗念：挂念，重视。

㉘不协于极：举止不合法度。协，符合。

㉙不离于咎：没有陷人罪恶。离，通"罹"。

㉚受：宽容，容纳。

㉛而安而色：和颜悦色。安，和悦。

㉜正人：百官。

㉝既富方谷：已经享有常俸。方，经常。谷，爵禄，俸禄。

㉞有好于而家：对国家有所贡献。好，贡献。家，国家。

㉟时人斯其辜：这些就会有怨言。辜，责怪，怨言。

㊱其作女用咎：他们会使你施行恶政。咎，恶政。

㊲颇：偏颇，不正。

㊳会其有极：凝聚在一起要有法则。

㊴极之傅言：以上陈述的法则。傅，陈述。

㊵是夷是训：一定要宣传教导。夷，宣扬。

㊶帝：天帝，上帝。

㊷柔克：过分柔顺。克，过分，超常。

㊸平康：中正平和。

㊹友：亲近。

㊺沈渐：抑制。

㊻高明：推崇。

㊼维辟作福：只有君主才有权给人造福。

㊽衍：推演。　　貣：变化。

㊾奥：温暖。

㊿繁庑：茂盛。

(51)一极备：某一个气候过分。

52凶：灾害，灾年。

53休征：吉兆。

54肃：肃敬。

55时雨若：像及时雨。

56眚：通"省（xǐng，音醒）"。视察政事。

⑤用成：因此成熟。

⑤畯民用章：杰出的人才因此得到重用。畯：有才的。章，通"彰"，表彰，显明。

⑤攸：通"由"，遵行。

⑥考终命：老而善终。考，年老。

⑥凶短折：早死。死于儿时称"凶"，死于少时称"短"，未婚而亡称"折"。

⑥为其近妇人：因为哭泣起来会像妇人。

⑥醢（hǎi，音海）：古代刑罚名，把人杀死后剁成肉酱。

⑥鹢（yì，音义）：一种善高飞的水鸟。　蜚：通"飞"。

⑤厄：艰危，灾难。

史记卷三十九

晋世家第九

晋唐叔虞者，周武王子而成王弟。初，武王与叔虞母会时，梦天谓武王曰："余命女生子，名虞，余与之唐。"及生子，文在其手曰"虞"，故遂因命之曰虞。

武王崩，成王立，唐有乱，周公诛灭唐。成王与叔虞戏，削桐叶为珪以与叔虞，曰："以此封若。"史佚因请择日立叔虞。成王曰："吾与之戏耳。"史佚曰："天子无戏言。言则史书之，礼成之，乐歌之。"于是遂封叔虞于唐。唐在河、汾之东，方百里，故曰唐叔虞。姓姬氏，字子于。

唐叔子燮，是为晋侯。晋侯子宁族，是为武侯。武侯之子服人，是为成侯。成侯子福，是为厉侯。厉侯之子宜臼，是为靖侯。靖侯已来，年纪可推。自唐叔至靖侯五世，无其年数。靖侯十七年，周厉王迷惑暴虐，国人作乱，厉王出奔于彘，大臣行政，故曰"共和"。十八年，靖侯卒，子釐侯司徒立。釐侯十四年，周宣王初立。十八年，釐侯卒，子献侯籍立。献侯十一年卒，子穆侯费王立。

穆侯四年，取齐女姜氏为夫人。七年，伐条。生太子仇。十年，伐千亩，有功。生少子，名曰成师。晋人师服曰："异哉，君之命子也！太子曰仇，仇者雠也。少子曰成师，成师大号，成之者也。名，自命也；物，自定也。今适庶名反逆，此后晋其能毋乱乎？"

二十七年，穆侯卒，弟殇叔自立，太子仇出奔。殇叔三年，周宣王崩。四年，穆侯太子仇率其徒袭殇叔而立，是为文侯。

文侯十年，周幽王无道，犬戎杀幽王，周东徙。而秦襄公始列为诸侯。

三十五年，文侯仇卒，子昭侯伯立。

昭侯元年，封文侯弟成师于曲沃。曲沃邑大于翼。翼，晋君都邑也。成师封曲沃，号为桓叔。靖侯庶孙栾宾相桓叔。桓叔是时年五十八矣，好德，晋国之众皆附焉。君子曰："晋之乱其在曲沃矣。末大于本而得民心，不乱何待？"

七年，晋大臣潘父弑其君昭侯而迎曲沃桓叔。桓叔欲入晋，晋人发兵攻桓叔。桓叔败，还归曲沃。晋人共立昭侯子平为君，是为孝侯。诛潘父。

孝侯八年，曲沃桓叔卒，子鳝代桓叔，是为曲沃庄伯。孝侯十五年，曲沃庄伯弑其君晋孝侯于翼。晋人攻曲沃庄伯，庄伯复入曲沃。晋人复立孝侯子郄为君，是为鄂侯。

鄂侯二年，鲁隐公初立。鄂侯六年卒。曲沃庄伯闻晋鄂侯卒，乃兴兵伐晋。周平王使虢公将兵伐曲沃庄伯，庄伯走保曲沃。晋人共立鄂侯子光，是为哀侯。

哀侯二年曲沃庄伯卒，子称代庄伯立，是为曲沃武公。哀侯六年，鲁弑其君隐公。哀侯八年，晋侵陉廷。陉廷与曲沃武公谋，九年，伐晋于汾旁，虏哀侯。晋人乃立哀侯子小子为君，是为小子侯。

小子元年，曲沃武公使韩万杀所虏晋哀侯。曲沃益强，晋无如之何。晋小子之四年，曲沃武公诱召晋小子杀之。周桓王使虢仲伐曲沃武公，武公入于曲沃，乃立晋哀侯弟缗为晋侯。

晋侯缗四年，宋执郑祭仲而立突为郑君。晋侯十九年，齐人管至父弑其君襄公。

晋侯二十八年，齐桓公始霸。曲沃武公伐晋侯缗，灭之，尽以其宝器赂献于周釐王。釐王命曲沃武公为晋君，列为诸侯，于是尽并晋地而有之。曲沃武公已即位三十七年矣，更号曰晋武公。晋武公始都晋国，前即位曲沃，通年三十八年。

武公称者，先晋穆侯曾孙也，曲沃桓叔孙也。桓叔者，始封曲沃。武公，庄伯子也。自桓叔初封曲沃以至武公灭晋也，凡六十七岁，而卒代晋为诸侯。武公代晋二岁，卒。与曲沃通年，即位凡三十九年而卒。子献公诡诸立。

献公元年，周惠王弟颓攻惠王，惠王出奔，居郑之栎邑。

五年，伐骊戎，得骊姬、骊姬弟，俱爱幸之。

八年，士蒍说公曰："故晋之群公子多，不诛，乱且起。"乃使尽杀诸公子，而城聚都之，命曰绛，始都绛。九年，晋群公子既亡奔虢，虢以其故再伐晋，弗克。十年，晋欲伐虢，士蒍曰："且待其乱。"

十二年，骊姬生奚齐。献公有意废太子，乃曰："曲沃吾先祖宗庙所在，而蒲边秦，屈边翟，不使诸子居之，我惧焉。"于是使太子申生居曲沃，公子重耳居蒲，公子夷吾居屈。献公与骊姬子奚齐居绛。晋国以此知太子不立也。太子申生，其母齐桓公女也，曰齐姜，早死。申生同母女弟为秦穆公夫人。重耳母，翟之狐氏女也。夷吾母，重耳母女弟也。献公子八人，而太子申生、重耳、夷吾皆有贤行。及得骊姬，乃远此三子。

十六年，晋献公作二军。公将上军，太子申生将下军，赵夙御戎，毕万为右，伐灭霍，灭魏，灭耿。还，为太子城曲沃，赐赵夙耿，赐毕万魏，以为大夫。士蒍曰："太子不得立矣。分之都城，而位以卿，先为之极，又安得立！不如逃之，无使罪至。为吴太伯，不亦可乎，犹有令名。"太子不从。卜偃曰："毕万之后必大。万，盈数也；魏，大名也。以是始赏，天开之矣。天子曰兆民，诸侯曰万民，今命之大，以从盈数，其必有众。"初，毕万卜仕于晋国，遇屯之比[①]。辛廖占之曰："吉。屯固比入，吉孰大焉。其后必蕃昌。"

十七年，晋侯使太子申生伐东山。里克谏献公曰："太子奉冢祀社稷之粢盛，以朝夕视君膳者也，故曰冢子。君行则守，有守则从，从曰抚军，守曰监国，古之制也。夫率师，专行谋也；誓军旅，君与国政之所图也，非太子之事也。师在制命而已，禀命则不威，专命则不孝，故君之嗣适不可以帅师。君失其官，率师不威，将安用之？"公曰："寡人有子，未知其太子谁立。"里克不对而退，见太子。太子曰："吾其废乎？"里克曰："太子勉之！教以军旅，不共是惧，何故废乎？且子惧不孝，毋惧不得立。修己而不责人，则免于难。"太子帅师，公衣之偏衣[②]，佩之金玦。里克谢病，不从太子。太子遂伐东山。

十九年，献公曰："始吾先君庄伯、武公之诛晋乱，而虢常助晋伐我，又匿晋亡公子，果为乱。弗诛，后遗子孙忧。"乃使荀息以屈产之乘假道于虞[③]。虞假道，遂伐虢，取其下阳以归。

献公私谓骊姬曰："吾欲废太子，以奚齐代之。"骊姬泣曰："太子之立，诸侯皆已知之，而数将兵，百姓附之，奈何以贱妾之故废適立庶？君必行之，妾自杀也。"骊姬详誉太子④，而阴令人谮恶太子，而欲立其子。

二十一年，骊姬谓太子曰："君梦见齐姜，太子速祭曲沃，归釐于君。"太子于是祭其母齐姜于曲沃，上其荐胙于献公⑤。献公时出猎，置胙于宫中。骊姬使人置毒药胙中。居二日，献公从猎来还，宰人上胙献公，献公欲飨之。骊姬从旁止之，曰："胙所从来远，宜试之。"祭地，地坟⑥；与犬，犬死；与小臣，小臣死。骊姬泣曰："太子何忍也！其父而欲弑代之，况他人乎？且君老矣，旦暮之人，曾不能待而欲弑之！"谓献公曰："太子所以然者，不过以妾及奚齐之故。妾愿子母辟之他国，若早自杀，毋徒使母子为太子所鱼肉也。始君欲废之，妾犹恨之；至于今，妾殊自失于此。"太子闻之，奔新城。献公怒，乃诛其傅杜原款。或谓太子曰："为此药者乃骊姬也，太子何不自辞明之？"太子曰："吾君老矣，非骊姬，寝不安，食不甘。即辞之，君且怒之。不可。"或谓太子曰："可奔他国。"太子曰："被此恶名以出，人谁内我？我自杀耳。"十二月戊申，申生自杀于新城。

此时重耳、夷吾来朝。人或告骊姬曰："二公子怨骊姬谮杀太子。"骊姬恐，因谮二公子："申生之药胙，二公子知之。"二子闻之，恐，重耳走蒲，夷吾走屈，保其城，自备守。初，献公使士蒍为二公子筑蒲、屈城，弗就。夷吾以告公，公怒士蒍。士蒍谢曰："边城少寇，安用之？"退而歌曰："狐裘蒙茸，一国三公，吾谁适从！"卒就城。及申生死，二子亦归保其城。

二十二年，献公怒二子不辞而去，果有谋矣，乃使兵伐蒲。蒲人之宦者勃鞮命重耳促自杀。重耳逾垣，宦者追斩其衣袪。重耳遂奔翟。使人伐屈，屈城守，不可下。

是岁也，晋复假道于虞以伐虢。虞之大夫宫之奇谏虞君曰："晋不可假道也，是且灭虞。"虞君曰："晋我同姓，不宜伐我。"宫之奇曰："太伯、虞仲，太王之子也，太伯亡去，是以不嗣。虢仲、虢叔，王季之子也，为文王卿士，其记勋在王室，藏于盟府。将虢是灭，何爱于虞？且虞之亲能亲于桓、庄之族乎？桓、庄之族何罪，尽灭之。虞之与虢，唇之与齿，唇亡则齿寒。"虞公不听，遂许晋。宫之奇以其族去虞。其冬，晋灭虢，虢公丑奔周。还，袭灭虞，虏虞公及其大夫井伯百里奚以媵秦穆姬⑦，而修虞祀。荀息牵曩所遗虞屈产之乘马奉之献公，献公笑曰："马则吾马，齿亦老矣！"

二十三年，献公遂发贾华等伐屈，屈溃。夷吾将奔翟。冀芮曰："不可！重耳已在矣。今往，晋必移兵伐翟，翟畏晋，祸且及。不如走梁，梁近于秦，秦强，吾君百岁后可以求入焉。"遂奔梁。二十五年，晋伐翟，翟以重耳故，亦击晋于啮桑，晋兵解而去。

当此时，晋强，西有河西，与秦接境，北边翟，东至河内。骊姬弟生悼子。

二十六年夏，齐桓公大会诸侯于葵丘。晋献公病，行后，未至，逢周之宰孔。宰孔曰："齐桓公益骄，不务德而务远略，诸侯弗平。君弟毋会，毋如晋何。"献公亦病，复还归。病甚，乃谓荀息曰："吾以奚齐为后，年少，诸大臣不服，恐乱起，子能立之乎？"荀息曰："能。"献公曰："何以为验？"对曰："使死者复生，生者不惭⑧，为之验。"于是遂属奚齐于荀息。荀息为相，主国政。秋九月，献公卒。里克、邳郑欲内重耳，以三公子之徒作乱，谓荀息曰："三怨将起，秦、晋辅之，子将何如？"荀息曰："吾不可负先君言。"十月，里克杀奚齐于丧次，献公未葬也。荀息将死之，或曰不如立奚齐弟悼子而傅之，荀息立悼子而葬献公。十一月，里克弑悼子于朝，荀息死之。君子曰："《诗》所谓'白珪之玷，犹可磨也，斯言之玷，不可为也'，其荀息之谓乎！不负其言。"初，献公将伐骊戎，卜曰："齿牙为祸"。及破骊戎，获骊姬，爱之，竟以乱晋。

里克等已杀奚齐、悼子，使人迎公子重耳于翟，欲立之。重耳谢曰："负父之命出奔，父死不得修人子之礼侍丧，重耳何敢入？大夫其更立他子。"还报里克，里克使迎夷吾于梁。夷吾欲往，吕省、郤芮曰："内犹有公子可立者而外求，难信。计非之秦，辅强国之威以入，恐危。"乃使郤芮厚赂秦，约曰："即得入，请以晋河西之地与秦。"及遗里克书曰："诚得立，请遂封子于汾阳之邑。"秦缪公乃发兵送夷吾于晋。齐桓公闻晋内乱，亦率诸侯如晋。秦兵与夷吾亦至晋，齐乃使隰朋会秦俱入夷吾，立为晋君，是为惠公。齐桓公至晋之高梁而还归。

惠公夷吾元年，使邳郑谢秦曰："始夷吾以河西地许君，今幸得入立。大臣曰：'地者先君之地，君亡在外，何以得擅许秦者？'寡人争之弗能得，故谢秦。"亦不与里克汾阳邑，而夺之权。四月，周襄王使周公忌父会齐、秦大夫共礼晋惠公。惠公以重耳在外，畏里克为变，赐里克死，谓曰："微里子寡人不得立。虽然，子亦杀二君一大夫，为子君者不亦难乎？"里克对曰："不有所废，君何以兴？欲诛之，其无辞乎？乃言为此！臣闻命矣。"遂伏剑而死。于是邳郑使谢秦未还，故不及难。

晋君改葬恭太子申生。秋，狐突之下国，遇申生，申生与载而告之曰："夷吾无礼，余得请于帝，将以晋与秦，秦将祀余。"狐突对曰："臣闻神不食非其宗，君其祀毋乃绝乎？君其图之。"申生曰："诺！吾将复请帝。后十日，新城西偏将有巫者见我焉。"许之，遂不见。及期而往，复见，申生告之曰："帝许罚有罪矣，弊于韩。"儿乃谣曰："恭太子更葬矣，后十四年，晋亦不昌，昌乃在兄。"

邳郑使秦，闻里克诛，乃说秦缪公曰："吕省、郤称、冀芮实为不从。若重赂与谋，出晋君，入重耳，事必就。"秦缪公许之，使人与归报晋，厚赂三子。三子曰："币厚言甘，此必邳郑卖我于秦。"遂杀邳郑及里克、邳郑之党七舆大夫。邳郑子豹奔秦，言伐晋，缪公弗听。

惠公之立，倍秦地及里克，诛七舆大夫，国人不附。二年，周使召公过礼晋惠公，惠公礼倨⑨，召公讥之。

四年，晋饥，乞籴于秦。缪公问百里奚，百里奚曰："天灾流行，国家代有，救灾恤邻，国之道也。与之。"邳郑子豹曰："伐之。"缪公曰："其君是恶，其民何罪！"卒与粟，自雍属绛。

五年，秦饥，请籴于晋。晋君谋之，庆郑曰："以秦得立，已而倍其地约。晋饥而秦贷我，今秦饥请籴，与之何疑？而谋之！"虢射曰："往年天以晋赐秦，秦弗知取而贷我。今天以秦赐晋，晋其可以逆天乎？遂伐之。"惠公用虢射谋，不与秦粟，而发兵且伐秦。秦大怒，亦发兵伐晋。

六年春，秦缪公将兵伐晋。晋惠公谓庆郑曰："秦师深矣，奈何？"郑曰："秦内君，君倍其赂；晋饥秦输粟，秦饥而晋倍之，乃欲因其饥伐之：其深不亦宜乎！"晋卜御右庆郑，皆吉。公曰："郑不孙⑩。"乃更令步阳御戎，家仆徒为右，进兵。九月壬戌，秦缪公、晋惠公合战韩原。惠公马骜不行⑪，秦兵至，公窘，召庆郑为御。郑曰："不用卜，败不亦当乎？"遂去。更令梁繇靡御，虢射为右，辂秦缪公⑫。缪公壮士冒败晋军，晋军败，遂失秦缪公，反获晋公以归。秦将以祀上帝。晋君姊为缪公夫人，衰绖涕泣。公曰："得晋侯将以为乐，今乃如此。且吾闻箕子见唐叔之初封，曰'其后必当大矣'，晋庸可灭乎！"乃与晋侯盟王城而许之归。晋侯亦使吕省等报国人曰："孤虽得归，毋面目见社稷，卜日立子圉。"晋人闻之，皆哭。秦缪公问吕省："晋国和乎？"对曰："不和。小人惧失君亡亲，不惮立子圉，曰'必报雠，宁事戎、狄'。其君子则爱君而知罪，以待秦命，曰'必报德'。有此二故，不和。"于是秦缪公更舍晋惠公，馈之七牢⑬。十一月，归晋侯。晋侯至国，诛庆郑，修政教。谋曰："重耳在外，诸侯多利内之。"欲使人杀重耳于狄。重耳闻之，如齐。

八年，使太子圉质秦。初，惠公亡在梁，梁伯以其女妻之，生一男一女。梁伯卜之，男为人臣，女为人妾，故名男为圉，女为妾。

十年，秦灭梁。梁伯好土功，治城沟，民力罢，怨，其众数相惊，曰"秦寇至"。民恐惑，秦竟灭之。

十三年，晋惠公病，内有数子。太子圉曰："吾母家在梁，梁今秦灭之，我外轻于秦而内无援于国。君即不起，病大夫轻，更立他公子。"乃谋与其妻俱亡归。秦女曰："子一国太子，辱在此。秦使婢子侍，以固子之心。子亡矣，我不从子，亦不敢言。"子圉遂亡归晋。十四年九月，惠公卒，太子圉立，是为怀公。

子圉之亡，秦怨之，乃求公子重耳，欲内之。子圉之立，畏秦之伐也，乃令国中诸从重耳亡者与期，期尽不到者尽灭其家。狐突之子毛及偃从重耳在秦，弗肯召。怀公怒，囚狐突。突曰："臣子事重耳有年数矣，今召之，是教之反君也，何以教之？"怀公卒杀狐突。秦缪公乃发兵送内重耳，使人告栾、郤之党为内应，杀怀公于高梁，入重耳。重耳立，是为文公。

晋文公重耳，晋献公之子也。自少好士，年十七，有贤士五人：曰赵衰；狐偃咎犯，文公舅也；贾佗；先轸；魏武子。自献公为太子时，重耳固已成人矣。献公即位，重耳年二十一。献公十三年，以骊姬故，重耳备蒲城守秦。献公二十一年，献公杀太子申生，骊姬谗之，恐，不辞献公而守蒲城。献公二十二年，献公使宦者履鞮趣杀重耳。重耳逾垣，宦者逐斩其衣袪。重耳遂奔狄。狄，其母国也。是时重耳年四十三。从此五士，其余不名者数十人，至狄。

狄伐咎如，得二女：以长女妻重耳，生伯鯈、叔刘；以少女妻赵衰，生盾。居狄五岁而晋献公卒，里克已杀奚齐、悼子，乃使人迎，欲立重耳。重耳畏杀，因固谢，不敢入。已而，晋更迎其弟夷吾立之，是为惠公。惠公七年，畏重耳。乃使宦者履鞮与壮士欲杀重耳。重耳闻之，乃谋赵衰等曰："始吾奔狄，非以为可用与，以近易通，故且休足。休足久矣，固愿徙之大国。夫齐桓公好善，志在霸王，收恤诸侯。今闻管仲、隰朋死，此亦欲得贤佐，盍往乎？"于是遂行。重耳谓其妻曰："待我二十五年不来，乃嫁。"其妻笑曰："犁二十五年[14]，吾冢上柏大矣。虽然，妾待子。"重耳居狄凡十二年而去。

过卫，卫文公不礼，去。过五鹿，饥而从野人乞食，野人盛土器中进之。重耳怒。赵衰曰："土者，有土也，君其拜受之。"

至齐，齐桓公厚礼，而以宗女妻之，有马二十乘，重耳安之。重耳至齐二岁而桓公卒，会竖刀等为内乱，齐孝公之立，诸侯兵数至。留齐凡五岁，重耳爱齐女，毋去心。赵衰、咎犯乃于桑下谋行。齐女侍者在桑上闻之，以告其主。其主乃杀侍者，劝重耳趣行。重耳曰："人生安乐，孰知其他！必死于此，不能去。"齐女曰："子一国公子，穷而来此，数士者以子为命。子不疾反国，报劳臣，而怀女德，窃为子羞之。且不求，何时得功？"乃与赵衰等谋，醉重耳，载以行。行远而觉，重耳大怒，引戈欲杀咎犯。咎犯曰："杀臣成子，偃之愿也。"重耳曰："事不成，我食舅氏之肉。"咎犯曰："事不成，犯肉腥臊，何足食！"乃止，遂行。

过曹，曹共公不礼，欲观重耳骈胁。曹大夫釐负羁曰："晋公子贤，又同姓，穷来过我，奈何不礼！"共公不从其谋。负羁乃私遗重耳食，置璧其下。重耳受其食，还其璧，去。

过宋。宋襄公新困兵于楚，伤于泓，闻重耳贤，乃以国礼礼于重耳。宋司马公孙固善于咎犯，曰："宋小国新困，不足以求入，更之大国。"乃去。

过郑，郑文公弗礼。郑叔瞻谏其君曰："晋公子贤，而其从者皆国相，且又同姓。郑之出自厉王，而晋之出自武王。"郑君曰："诸侯亡公子过此者众，安可尽礼？"叔瞻曰："君不礼，不如杀之，且后为国患。"郑君不听。

　　重耳去之楚，楚成王以适诸侯礼待之，重耳谢不敢当。赵衰曰："子亡在外十余年，小国轻子，况大国乎？今楚大国而固遇子，子其毋让，此天开子也。"遂以客礼见之。成王厚遇重耳，重耳甚卑。成王曰："子即反国，何以报寡人？"重耳曰："羽毛齿角玉帛，君王所余，未知所以报。"王曰："虽然，何以报不榖？"重耳曰："即不得已，与君王以兵车会平原广泽，请辟王三舍。"楚将子玉怒曰："王遇晋公子至厚，今重耳言不孙，请杀之。"成王曰："晋公子贤而困于外久，从者皆国器，此天所置，庸可杀乎？且言何以易之！"居楚数月，而晋太子圉亡秦，秦怨之，闻重耳在楚，乃召之。成王曰："楚远，更数国乃至晋。秦晋接境，秦君贤，子其勉行！"厚送重耳。

　　重耳至秦，缪公以宗女五人妻重耳，故子圉妻与往。重耳不欲受，司空季子曰："其国且伐，况其故妻乎？且受以结秦亲而求入，子乃拘小礼，忘大丑乎？"遂受。缪公大欢，与重耳饮。赵衰歌《黍苗》诗。缪公曰："知子欲急反国矣！"赵衰与重耳下，再拜曰："孤臣之仰君，如百谷之望时雨。"

　　是时晋惠公十四年秋。惠公以九月卒，子圉立。十一月，葬惠公。十二月，晋国大夫栾、郤等闻重耳在秦，皆阴来劝重耳、赵衰等反国，为内应甚众。于是秦缪公乃发兵与重耳归晋。晋闻秦兵来，亦发兵拒之。然皆阴知公子重耳入也。唯惠公之故贵臣吕、郤之属不欲立重耳。重耳出亡凡十九岁而得入，时年六十二矣，晋人多附焉。

　　文公元年春，秦送重耳至河。咎犯曰："臣从君周旋天下，过亦多矣。臣犹知之，况于君乎？请从此去矣。"重耳曰："若反国，所不与子犯共者河伯视之！"乃投璧河中，以与子犯盟。是时介子推从，在船中，乃笑曰："天实开公子，而子犯以为己功而要市于君，固足羞也。吾不忍与同位。"乃自隐渡河。秦兵围令狐晋军于庐柳。二月辛丑，咎犯与秦晋大夫盟于郇。壬寅，重耳入于晋师。丙午，入于曲沃。丁未，朝于武宫，即位为晋君，是为文公。群臣皆往。怀公圉奔高梁。戊申，使人杀怀公。

　　怀公故大臣吕省、郤芮本不附文公，文公立，恐诛，乃欲与其徒谋烧公宫，杀文公。文公不知。始尝欲杀文公宦者履鞮知其谋，欲以告文公，解前罪，求见文公。文公不见，使人让曰："蒲城之事，女斩予袪。其后我从狄君猎，女为惠公来求杀我。惠公与女期三日至，而女一日至，何速也？女其念之。"宦者曰："臣刀锯之余，不敢以二心事君倍主，故得罪于君。君已反国，其毋蒲、翟乎？且管仲射钩，桓公以霸。今刑余之人以事告而君不见，祸又且及矣。"于是见之。遂以吕、郤等告文公。文公欲召吕、郤，吕、郤等党多，文公恐初入国，国人卖己，乃为微行，会秦缪公于王城，国人莫知。三月己丑，吕、郤等果反，焚公宫，不得文公。文公之卫徒与战，吕、郤等引兵欲奔，秦缪公诱吕、郤等，杀之河上，晋国复而文公得归。夏，迎夫人于秦，秦所与文公妻者卒为夫人。秦送三千人为卫，以备晋乱。

　　文公修政，施惠百姓；赏从亡者及功臣，大者封邑，小者尊爵。未尽行赏，周襄王以弟带难出居郑地，来告急晋。晋初定，欲发兵，恐他乱起，是以赏从亡未至隐者介子推。推亦不言禄，禄亦不及。推曰："献公子九人，唯君在矣。惠、怀无亲，外内弃之；天未绝晋，必将有主，主晋祀者，非君而谁？天实开之，二三子以为己力，不亦诬乎？窃人之财，犹曰是盗，况贪天之功以为己力乎？下冒其罪，上赏其奸，上下相蒙，难与处矣！"其母曰："盍亦求之，以死谁怼？"推曰："尤而效之，罪有甚焉。且出怨言，不食其禄。"母曰："亦使知之，若何？"对曰："言，身之文也。身欲隐，安用文？文之，是求显也。"其母曰："能如此乎？与女偕隐。"至死不复见。

　　介子推从者怜之，乃悬书宫门曰："龙欲上天，五蛇为辅。龙已升云，四蛇各入其宇，一蛇独怨，终不见处所。"文公出，见其书，曰："此介子推也。吾方忧王室，未图其功。"使人召之，则亡。遂求所在，闻其入绵上山中，于是文公环绵上山中而封之，以为介推田，号曰介山，"以记吾过，且旌善人"。

从亡贱臣壶叔曰："君三行赏，赏不及臣，敢请罪。"文公报曰："夫导我以仁义，防我以德惠，此受上赏。辅我以行，卒以成立，此受次赏。矢石之难，汗马之劳，此复受次赏。若以力事我而无补吾缺者，此复受次赏。三赏之后，故且及子。"晋人闻之，皆说。

二年春，秦军河上，将入王。赵衰曰："求霸莫如入王尊周。周、晋同姓，晋不先入王，后秦入之，毋以令于天下。方今尊王，晋之资也。"三月甲辰，晋乃发兵至阳樊，围温，入襄王于周。四月，杀王弟带。周襄王赐晋河内阳樊之地。

四年，楚成王及诸侯围宋，宋公孙固如晋告急。先轸曰："报施定霸，于今在矣。"狐偃曰："楚新得曹而初婚于卫，若伐曹、卫，楚必救之，则宋免矣。"于是晋作三军。赵衰举郤縠将中军，郤臻佐之；使狐偃将上军，狐毛佐之，命赵衰为卿；栾枝将下军，先轸佐之；荀林父御戎，魏犨为右，往伐。冬十二月，晋兵先下山东，而以原封赵衰。

五年春，晋文公欲伐曹，假道于卫，卫人弗许。还自河南度，侵曹，伐卫。正月，取五鹿。二月，晋侯、齐侯盟于敛盂。卫侯请盟晋，晋人不许。卫侯欲与楚，国人不欲，故出其君以说晋。卫侯居襄牛，公子买守卫。楚救卫，不卒。晋侯围曹。三月丙午，晋师入曹，数之以其不用釐负羁言，而用美女乘轩者三百人也。令军毋入僖负羁宗家以报德。楚围宋，宋复告急晋。文公欲救则攻楚，为楚尝有德，不欲伐也；欲释宋，宋又尝有德于晋，患之。先轸曰："执曹伯，分曹、卫地以与宋，楚急曹、卫，其势宜释宋。"于是文公从之。而楚成王乃引兵归。

楚将子玉曰："王遇晋至厚，今知楚急曹、卫而故伐之，是轻王。"王曰："晋侯亡在外十九年，困日久矣，果得反国，险厄尽知之，能用其民，天之所开，不可当。"子玉请曰："非敢必有功，愿以间执谗慝之口也。"楚王怒，少与之兵。于是子玉使宛春告晋："请复卫侯而封曹，臣亦释宋。"咎犯曰："子玉无礼矣，君取一，臣取二，勿许。"先轸曰："定人之谓礼。楚一言定三国，子一言而亡之，我则毋礼。不许楚，是弃宋也。不如私许曹、卫以诱之，执宛春以怒楚，既战而后图之。"晋侯乃囚宛春于卫，且私许复曹、卫。曹、卫告绝于楚。楚得臣怒，击晋师，晋师退。军吏曰："为何退？"文公曰："昔在楚，约退三舍，可倍乎？"楚师欲去，得臣不肯。四月戊辰，宋公、齐将、秦将与晋侯次城濮。己巳，与楚兵合战，楚兵败，得臣收余兵去。甲午，晋师还至衡雍，作王宫于践土。

初，郑助楚，楚败，惧，使人请盟晋侯。晋侯与郑伯盟。

五月丁未，献楚俘于周，驷介百乘，徒兵千。天子使王子虎命晋侯为伯，赐大辂，彤弓矢百，玈弓矢千，秬鬯一卣，珪瓒，虎贲三百人。晋侯三辞，然后稽首受之。周作《晋文侯命》："王若曰：父义和，丕显文、武，能慎明德，昭登于上，布闻在下，维时上帝集厥命于文、武。恤朕身，继予一人永其在位。"于是晋文公称伯。癸亥，王子虎盟诸侯于王庭。

晋焚楚军，火数日不息，文公叹。左右曰："胜楚而君犹忧，何？"文公曰："吾闻能战胜安者唯圣人，是以惧。且子玉犹在，庸可喜乎？"子玉之败而归，楚成王怒其不用其言，贪与晋战，让责子玉。子玉自杀。晋文公曰："我击其外，楚诛其内，内外相应。"于是乃喜。

六月，晋人复入卫侯。壬午，晋侯度河北归国。行赏，狐偃为首。或曰："城濮之事，先轸之谋。"文公曰："城濮之事，偃说我毋失信。先轸曰：'军事胜为右'。吾用之以胜。然此一时之说，偃言万世之功，奈何以一时之利而加万世功乎？是以先之。"

冬，晋侯会诸侯于温，欲率之朝周。力未能，恐其有畔者，乃使人言周襄王狩于河阳。壬申，遂率诸侯朝王于践土。孔子读史记至文公，曰"诸侯无召王""王狩河阳"者《春秋》讳之也。

丁丑，诸侯围许。曹伯臣或说晋侯曰："齐桓公合诸侯而国异姓，今君为会而灭同姓。曹，叔振铎之后；晋，唐叔之后。合诸侯而灭兄弟，非礼。"晋侯说，复曹伯。

于是晋始作三行。荀林父将中行，先縠将右行，先蔑将左行。

七年，晋文公、秦缪公共围郑，以其无礼于文公亡过时，及城濮时郑助楚也。围郑，欲得叔瞻。叔瞻闻之，自杀。郑持叔瞻告晋。晋曰："必得郑君而甘心焉。"郑恐，乃间令使谓秦缪公曰："亡郑厚晋，于晋得矣，而秦未为利。君何不解郑，得为东道交？"秦伯说，罢兵。晋亦罢兵。

九年冬，晋文公卒，子襄公欢立。是岁郑伯亦卒。

郑人或卖其国于秦，秦缪公发兵往袭郑。十二月，秦兵过我郊。襄公元年春，秦师过周，无礼，王孙满讥之。兵至滑，郑贾人弦高将市于周，遇之，以十二牛劳秦师。秦师惊而还，灭滑而去。

晋先轸曰："秦伯不用蹇叔，反其众心，此可击。"栾枝曰："未报先君施于秦，击之，不可。"先轸曰："秦侮吾孤，伐吾同姓，何德之报？"遂击之。襄公墨衰绖⑮。四月，败秦师于殽，虏秦三将孟明视、西乞秫、白乙丙以归，遂墨以葬文公。文公夫人秦女，谓襄公曰："秦欲得其三将戮之。"公许，遣之。先轸闻之，谓襄公曰："患生矣。"轸乃追秦将。秦将渡河，已在船中，顿首谢，卒不反。

后三年，秦果使孟明伐晋，报殽之败，取晋汪以归。四年，秦缪公大兴兵伐我，度河，取王官，封殽尸而去。晋恐，不敢出，遂城守。五年，晋伐秦，取新城，报王官役也。六年，赵衰成子、栾贞子、咎季子犯、霍伯皆卒。赵盾代赵衰执政。

七年八月，襄公卒。太子夷皋少，晋人以难故，欲立长君。赵盾曰："立襄公弟雍。好善而长，先君爱之；且近于秦，秦故好也。立善则固，事长则顺，奉爱则孝，结旧好则安。"贾季曰："不如其弟乐。辰嬴嬖于二君，立其子，民必安之。"赵盾曰："辰嬴贱，班在九人下，其子何震之有！且为二君嬖，淫也。为先君子，不能求大而出在小国，僻也。母淫子僻，无威；陈小而远，无援，将何可乎？"使士会如秦迎公子雍。贾季亦使人召公子乐于陈。赵盾废贾季，以其杀阳处父。十月，葬襄公。十一月，贾季奔翟。是岁，秦缪公亦卒。

灵公元年四月，秦康公曰："昔文公之入也无卫，故有吕、郤之患。"乃多与公子雍卫。太子母缪嬴日夜抱太子以号泣于朝，曰："先君何罪？其嗣亦何罪？舍適而外求君，将安置此？"出朝，则抱以适赵盾所，顿首曰："先君奉此子而属之子，曰'此子材，吾受其赐；不材，吾怨子'。今君卒，言犹在耳，而弃之，若何？"赵盾与诸大夫皆患缪嬴，且畏诛，乃背所迎而立太子夷皋，是为灵公。发兵以距秦送公子雍者。赵盾为将，往击秦，败之令狐。先蔑、随会亡奔秦。秋，齐、宋、卫、郑、曹、许君皆会赵盾，盟于扈，以灵公初立故也。

四年，伐秦，取少梁。秦亦取晋之郩。六年，秦康公伐晋，取羁马。晋侯怒，使赵盾、赵穿、郤缺击秦，大战河曲，赵穿最有功。七年，晋六卿患随会之在秦，常为晋乱，乃详令魏寿余反晋降秦。秦使随会之魏，因执会以归晋。

八年，周顷王崩，公卿争权，故不赴。晋使赵盾以车八百乘平周乱而立匡王。是年，楚庄王初即位。十二年，齐人弑其君懿公。

十四年，灵公壮，侈，厚敛以彫墙⑯；从台上弹人，观其避丸也。宰夫胹熊蹯不熟，灵公怒，杀宰夫，使妇人持其尸出弃之，过朝。赵盾、随会前数谏，不听；已又见死人手，二人前谏。随会先谏，不听。灵公患之，使鉏麑刺赵盾。盾闺门开，居处节⑰，鉏麑退，叹曰："杀忠臣，弃君命，罪一也。"遂触树而死。

初，盾常田首山⑱，见桑下有饿人。饿人，示眯明也。盾与之食，食其半。问其故，曰："宦三年，未知母之存不，愿遗母。"盾义之，益与之饭肉。已而为晋宰夫，赵盾弗复知也。九月，晋灵公饮赵盾酒，伏甲将攻盾。公宰示眯明知之，恐盾醉不能起，而进曰："君赐臣，觞三行可以罢。"欲以去赵盾，令先，毋及难。盾既去，灵公伏士未会，先纵啮狗名敖。明为盾搏杀狗。盾曰："弃人用狗，虽猛何为？"然不知明之为阴德也。已而灵公纵伏士出逐赵盾，示眯明反击灵公之伏士，伏士不能进，而竟脱盾。盾问其故，曰："我桑下饿人。"问其名，弗告。明亦因亡去。

盾遂奔，未出晋境。乙丑，盾昆弟将军赵穿袭杀灵公于桃园，而迎赵盾。赵盾素贵，得民和；灵公少，侈，民不附，故为弑易。盾复位。晋太史董狐书曰"赵盾弑其君"，以视于朝。盾曰："弑者赵穿，我无罪。"太史曰："子为正卿，而亡不出境，反不诛国乱，非子而谁？"孔子闻之，曰："董狐，古之良史也，书法不隐。宣子，良大夫也，为法受恶。惜也，出疆乃免。"

赵盾使赵穿迎襄公弟黑臀于周而立之，是为成公。

成公者，文公少子，其母周女也。壬申，朝于武宫。

成公元年，赐赵氏为公族。伐郑，郑倍晋故也。三年，郑伯初立，附晋而弃楚。楚怒，伐郑，晋往救之。六年，伐秦，虏秦将赤。七年，成公与楚庄王争强，会诸侯于扈。陈畏楚，不会。晋使中行桓子伐陈，因救郑，与楚战，败楚师。是年，成公卒，子景公据立。

景公元年春，陈大夫夏徵舒弑其君灵公。二年，楚庄王伐陈，诛徵舒。

三年，楚庄王围郑，郑告急晋。晋使荀林父将中军，随会将上军，赵朔将下军，郤克、栾书、先縠、韩厥、巩朔佐之。六月，至河。闻楚已服郑，郑伯肉袒与盟而去，荀林父欲还。先縠曰："凡来救郑，不至不可，将率离心。"卒度河。楚已服郑，欲饮马于河为名而去。楚与晋军大战。郑新附楚，畏之，反助楚攻晋。晋军败，走河，争度，船中人指甚众。楚虏我将智罃。归而林父曰："臣为督将，军败当诛，请死。"景公欲许之。随会曰："昔文公之与楚战城濮，成王归杀子玉，而文公乃喜。今楚已败我师，又诛其将，是助楚杀仇也。"乃止。

四年，先縠以首计而败晋军河上，恐诛，乃奔翟，与翟谋伐晋。晋觉，乃族縠。縠，先轸子也。

五年，伐郑，为助楚故也。是时楚庄王强，以挫晋兵河上也。

六年，楚伐宋，宋来告急晋，晋欲救之，伯宗谋曰："楚，天方开之，不可当。"乃使解扬绐为救宋。郑人执与楚，楚厚赐，使反其言，令宋急下。解扬绐许之⑲，卒致晋君言。楚欲杀之，或谏，乃归解扬。

七年，晋使随会灭赤狄。

八年，使郤克于齐。齐顷公母从楼上观而笑之。所以然者，郤克偻⑳，而鲁使蹇㉑，卫使眇㉒，故齐亦令人如之以导客。郤克怒，归至河上，曰："不报齐者，河伯视之！"至国，请君，欲伐齐。景公问知其故，曰："子之怨，安足以烦国！"弗听。魏文子请老休，辟郤克，克执政。

九年，楚庄王卒。晋伐齐，齐使太子强为质于晋，晋兵罢。

十一年春，齐伐鲁，取隆。鲁告急卫，卫与鲁皆因郤克告急于晋。晋乃使郤克、栾书、韩厥以兵车八百乘与鲁、卫共伐齐。夏，与顷公战于鞍，伤困顷公。顷公乃与其右易位，下取饮，以得脱去。齐师败走，晋追北至齐。顷公献宝器以求平，不听。郤克曰："必得萧桐姪子为质。"齐使曰："萧桐姪子，顷公母；顷公母犹晋君母，奈何必得之？不义，请复战。"晋乃许与平而去。

楚申公巫臣盗夏姬以奔晋，晋以巫臣为邢大夫。

十二年冬，齐顷公如晋，欲上尊晋景公为王，景公让不敢。晋始作六军，韩厥、巩朔、赵穿、荀骓、赵括、赵旃皆为卿。智䓨自楚归。

十三年，鲁成公朝晋，晋弗敬，鲁怒去，倍晋。晋伐郑，取汜。

十四年，梁山崩。问伯宗，伯宗以为不足怪也。

十六年，楚将子反怨巫臣，灭其族。巫臣怒，遗子反书曰：“必令子罢于奔命！”乃请使吴，令其子为吴行人，教吴乘车用兵。吴晋始通，约伐楚。

十七年，诛赵同、赵括，族灭之，韩厥曰：“赵衰、赵盾之功岂可忘乎？奈何绝祀！”乃复令赵庶子武为赵后，复与之邑。

十九年夏，景公病，立其太子寿曼为君，是为厉公。后月余，景公卒。

厉公元年，初立，欲和诸侯，与秦桓公夹河而盟。归而秦倍盟，与翟谋伐晋。三年，使吕相让秦，因与诸侯伐秦。至泾，败秦于麻隧，虏其将成差。

五年，三郤谗伯宗，杀之。伯宗以好直谏得此祸，国人以是不附厉公。

六年春，郑倍晋与楚盟，晋怒。栾书曰：“不可以当吾世而失诸侯。”乃发兵。厉公自将，五月度河。闻楚兵来救，范文子请公欲还。郤至曰：“发兵诛逆，见强辟之，无以令诸侯。”遂与战。癸巳，射中楚共王目，楚兵败于鄢陵。子反收余兵，拊循欲复战，晋患之。共王召子反，其侍者竖阳谷进酒，子反醉，不能见。王怒，让子反，子反死。王遂引兵归。晋由此威诸侯，欲以令天下求霸。

厉公多外嬖姬，归，欲尽去群大夫而立诸姬兄弟。宠姬兄曰胥童，尝与郤至有怨，及栾书又怨郤至不用其计而遂败楚，乃使人间谢楚。楚来诈厉公曰：“鄢陵之战，实至召楚，欲作乱，内子周立之。会与国不具，是以事不成。”厉公告栾书。栾书曰：“其殆有矣！愿公试使人之周，微考之。”果使郤至于周。栾书又使公子周见郤至，郤至不知见卖也。厉公验之，信然，遂怨郤至，欲杀之。八年，厉公猎，与姬饮，郤至杀豕奉进，宦者夺之。郤至射杀宦者。公怒，曰：“季子欺予！”将诛三郤，未发也。郤锜欲攻公，曰：“我虽死，公亦病矣。”郤至曰：“信不反君，智不害民，勇不作乱。失此三者，谁与我？我死耳！”十二月壬午，公令胥童以兵八百人袭攻杀三郤。胥童因以劫栾书、中行偃于朝，曰：“不杀二子，患必及公。”公曰：“一旦杀三卿，寡人不忍益也。”对曰：“人将忍君。”公弗听，谢栾书等以诛郤氏罪：“大夫复位。”二子顿首曰：“幸甚幸甚！”公使胥童为卿。闰月乙卯，厉公游匠骊氏，栾书、中行偃以其党袭捕厉公，囚之，杀胥童，而使人迎公子周于周而立之，是为悼公。

悼公元年正月庚申，栾书、中行偃弑厉公，葬之以一乘车。厉公囚六日死，死十日庚午，智䓨迎公子周来，至绛，刑鸡与大夫盟而立之，是为悼公。辛巳，朝武宫。二月乙酉，即位。

悼公周者，其大父捷，晋襄公少子也，不得立，号为桓叔，桓叔最爱。桓叔生惠伯谈，谈生悼公周。周之立，年十四矣。悼公曰：“大父、父皆不得立而辟难于周，客死焉。寡人自以疏远，毋几为君。今大夫不忘文、襄之意而惠立桓叔之后，赖宗庙大夫之灵，得奉晋祀，岂敢不战战乎？大夫其亦佐寡人！”于是逐不臣者七人，修旧功，施德惠，收文公入时功臣后。秋，伐郑。郑师败，遂至陈。

三年，晋会诸侯。悼公问群臣可用者，祁傒举解狐。解狐，傒之仇。复问，举其子祁午。君子曰：“祁傒可谓不党矣！外举不隐仇，内举不隐子。”方会诸侯，悼公弟杨干乱行，魏绛戮其仆。悼公怒，或谏公，公卒贤绛，任之政，使和戎，戎大亲附。十一年，悼公曰：“自吾用魏绛，九合诸侯，和戎、翟，魏子之力也。”赐之乐。三让乃受之。冬，秦取我栎。

十四年，晋使六卿率诸侯伐秦，度泾，大败秦军，至棫林而去。

十五年，悼公问治国于师旷。师旷曰："惟仁义为本。"冬，悼公卒，子平公彪立。

平公元年，伐齐，齐灵公与战靡下，齐师败走。晏婴曰："君亦毋勇，何不止战？"遂去。晋追，遂围临菑，尽烧屠其郭中。东至膠，南至沂，齐皆城守，晋乃引兵归。

六年，鲁襄公朝晋。晋栾逞有罪，奔齐。八年，齐庄公微遣栾逞于曲沃，以兵随之。齐兵上太行，栾逞从曲沃中反，袭入绛。绛不戒，平公欲自杀，范献子止公，以其徒击逞，逞败走曲沃。曲沃攻逞，逞死，遂灭栾氏宗。逞者，栾书孙也。其入绛，与魏氏谋。齐庄公闻逞败，乃还，取晋之朝歌去，以报临菑之役也。

十年，齐崔杼弑其君庄公。晋因齐乱，伐败齐于高唐去，报太行之役也。

十四年，吴延陵季子来使，与赵文子、韩宣子、魏献子语曰："晋国之政，卒归此三家矣。"

十九年，齐使晏婴如晋，与叔向语。叔向曰："晋，季世也。公厚赋为台池而不恤政，政在私门，其可久乎？"晏子然之。

二十二年，伐燕。二十六年，平公卒，子昭公夷立。

昭公六年卒。六卿强，公室卑。子顷公去疾立。

顷公六年，周景王崩，王子争立。晋六卿平王室乱，立敬王。

九年，鲁季氏逐其君昭公，昭公居乾侯。十一年，卫、宋使使请晋纳鲁君。季平子私赂范献子，献子受之，乃谓晋君曰："季氏无罪。"不果入鲁君。

十二年，晋之宗家祁傒孙，叔向子，相恶于君。六卿欲弱公室，乃遂以法尽灭其族，而分其邑为十县，各令其子为大夫。晋益弱，六卿皆大。

十四年，顷公卒，子定公午立。

定公十一年，鲁阳虎奔晋，赵鞅简子舍之。十二年，孔子相鲁。

十五年，赵鞅使邯郸大夫午，不信，欲杀午，午与中行寅、范吉射亲攻赵鞅，鞅走保晋阳。定公围晋阳。荀栎、韩不信、魏侈与范、中行为仇，乃移兵伐范、中行。范、中行反，晋君击之，败范、中行。范、中行走朝歌，保之。韩、魏为赵鞅谢晋君，乃赦赵鞅，复位。二十二年，晋败范、中行氏，二子奔齐。

三十年，定公与吴王夫差会黄池，争长，赵鞅时从，卒长吴。

三十一年，齐田常弑其君简公，而立简公弟骜为平公。三十三年，孔子卒。

三十七年，定公卒，子出公凿立。

出公十七年，知伯与赵、韩、魏共分范、中行地以为邑。出公怒，告齐、鲁，欲以伐四卿。四卿恐，遂反攻出公。出公奔齐，道死。故知伯乃立昭公曾孙骄为晋君，是为哀公。

哀公大父雍，晋昭公少子也，号为戴子。戴子生忌。忌善知伯，蚤死，故知伯欲尽并晋，未敢，乃立忌子骄为君。当是时，晋国政皆决知伯，晋哀公不得有所制。知伯遂有范、中行地，最强。

哀公四年，赵襄子、韩康子、魏桓子共杀知伯，尽并其地。

十八年，哀公卒，子幽公柳立。

幽公之时，晋畏，反朝韩、赵、魏之君。独有绛、曲沃，余皆入三晋。

十五年，魏文侯初立。十八年，幽公淫妇人，夜窃出邑中，盗杀幽公。魏文侯以兵诛晋乱，立幽公子止，是为烈公。

烈公十九年，周威烈王赐赵、韩、魏皆命为诸侯。

二十七年，烈公卒，子孝公顷立。孝公九年，魏武侯初立，袭邯郸，不胜而去。十七年，孝公卒，子静公俱酒立。是岁，齐威王元年也。

静公二年，魏武侯、韩哀侯、赵敬侯灭晋后而三分其地。静公迁为家人，晋绝不祀。

太史公曰：晋文公，古所谓明君也，亡居外十九年，至困约㉓，及即位而行赏，尚忘介子推，况骄主乎？灵公既弑，其后成、景致严，至厉大刻，大夫惧诛，祸作。悼公以后日衰，六卿专权。故君道之御其臣下，固不易哉！

---

①屯：卦名。　比：卦名。

②公衣之偏衣：晋献公赐给太子与自己穿的衣服颜色有一半相同的衣服穿。

③屈产之乘：屈产名马所驾的战车。

④详："佯"，假装。

⑤荐：进献祭品。　胙：祭祀时用的肉，祭毕分送给参与祭祀的人。

⑥坟：小土堆。

⑦媵：女子出嫁的陪嫁品。

⑧惭：羞愧。

⑨倨：傲慢无礼。

⑩孙：通"逊"，恭顺。

⑪絷：马重陷入泥里。

⑫挌：迎击。

⑬牢：祭品。

⑭犁：等到。

⑮墨：染成墨色。　衰绖：丧服。

⑯彤：画。

⑰居处节：坐在那里完全符合礼制的要求。

⑱田：打猎。

⑲绐（dài，音怠）：欺骗。

⑳偻：曲背。

㉑蹇（jiǎn，音简）：跛足。

㉒眇：一只眼睛。

㉓困约：处境艰难。

史记卷四十

楚世家第十

楚之先祖出自帝颛顼高阳。高阳者，黄帝之孙，昌意之子也。高阳生称，称生卷章，卷章生重黎。重黎为帝喾高辛居火正①，甚有功，能光融天下，帝喾命曰祝融。共工氏作乱，帝喾使重黎诛之而不尽。帝乃以庚寅日诛重黎，而以其弟吴回为重黎后，复居火正，为祝融。

吴回生陆终。陆终生子六人，坼剖而产焉。其长一曰昆吾；二曰参胡；三曰彭祖；四曰会人；五曰曹姓；六曰季连，芈姓，楚其后也。昆吾氏，夏之时尝为侯伯，桀之时汤灭之。彭祖氏，殷之时尝为侯伯，殷之末世灭彭祖氏。季连生附沮，附沮生穴熊。其后中微，或在中国，或在蛮夷，弗能纪其世。

周文王之时，季连之苗裔曰鬻熊。鬻熊子事文王，蚤卒。其子曰熊丽。熊丽生熊狂，熊狂生熊绎。

熊绎当周成王之时，举文、武勤劳之后嗣，而封熊绎于楚蛮，封以子男之田，姓芈氏，居丹阳。楚子熊绎与鲁公伯禽、卫康叔子牟、晋侯燮、齐太公子吕伋俱事成王。

熊绎生熊艾，熊艾生熊䵣，熊䵣生熊胜。熊胜以弟熊杨为后。熊杨生熊渠。

熊渠生子三人。当周夷王之时，王室微，诸侯或不朝，相伐。熊渠甚得江汉间民和，乃兴兵伐庸、杨粤，至于鄂。熊渠曰："我蛮夷也，不与中国之号谥。"乃立其长子康为句亶王，中子红为鄂王，少子执疵为越章王，皆在江上楚蛮之地。及周厉王之时，暴虐，熊渠畏其伐楚，亦去其王。

后为熊毋康，毋康蚤死。熊渠卒，子熊挚红立。挚红卒，其弟弑而代立，曰熊延。熊延生熊勇。

熊勇六年，而周人作乱，攻厉王，厉王出奔彘。熊勇十年，卒，弟熊严为后。

熊严十年，卒，有子四人，长子伯霜，中子仲雪，次子叔堪，少子季徇。熊严卒，长子伯霜代立，是为熊霜。

熊霜元年，周宣王初立。熊霜六年，卒，三弟争立。仲雪死；叔堪亡，避难于濮；而少弟季徇立，是为熊徇。熊徇十六年，郑桓公初封于郑。二十二年，熊徇卒，子熊咢立。熊咢九年，卒，子熊仪立，是为若敖。

若敖二十年，周幽王为犬戎所弑，周东徙，而秦襄公始列为诸侯。

二十七年，若敖卒，子熊坎立，是为霄敖。霄敖六年，卒，子熊眴立，是为蚡冒。蚡冒十三年，晋始乱，以曲沃之故。蚡冒十七年，卒。蚡冒弟熊通弑蚡冒子而代立，是为楚武王。

武王十七年，晋之曲沃庄伯弑主国晋孝侯。十九年，郑伯弟段作乱。二十一年，郑侵天子之田。二十三年，卫弑其君桓公。二十九年，鲁弑其君隐公。三十一年，宋太宰华督弑其君殇公。

三十五年，楚伐随。随曰："我无罪！"楚曰："我蛮夷也！今诸侯皆为叛相侵，或相杀。我有敝甲，欲以观中国之政，请王室尊吾号。"随人为之周，请尊楚。王室不听，还报楚。三十七年，楚熊通怒曰："吾先鬻熊，文王之师也，蚤终。成王举我先公，乃以子男田令居楚，蛮夷皆率服，而王不加位，我自尊耳。"乃自立，为武王，与随人盟而去。于是始开濮地而有之。

五十一年，周召随侯，数以立楚为王②。楚怒，以随背己，伐随。武王卒师中而兵罢。子文王熊赀立，始都郢。

文王二年，伐申过邓。邓人曰："楚王易取。"邓侯不许也。六年，伐蔡，虏蔡哀侯以归，已而释之。楚强，陵江汉间小国，小国皆畏之。十一年，齐桓公始霸，楚亦始大。

十二年，伐邓，灭之。十三年，卒，子熊囏立，是为庄敖。庄敖五年，欲杀其弟熊恽，恽奔随，与随袭弑庄敖代立，是为成王。

成王恽元年，初即位，布德施惠，结旧好于诸侯。使人献天子，天子赐胙，曰："镇尔南方夷越之乱，无侵中国。"于是楚地千里。

十六年，齐桓公以兵侵楚，至陉山。楚成王使将军屈完以兵御之，与桓公盟。桓公数以周之赋不入王室，楚许之，乃去。

十八年，成王以兵北伐许，许君肉袒谢，乃释之。二十二年，伐黄。二十六年，灭英。

　　三十三年，宋襄公欲为盟会，召楚。楚王怒曰："召我，我将好往袭辱之。"遂行，至盂，遂执辱宋公，已而归之。三十四年，郑文公南朝楚。楚成王北伐宋，败之泓，射伤宋襄公，襄公遂病创死。

　　三十五年，晋公子重耳过楚，成王以诸侯客礼飨，而厚送之于秦。

　　三十九年，鲁僖公来请兵以伐齐，楚使申侯将兵伐齐，取谷，置齐桓公子雍焉。齐桓公七子皆奔楚，楚尽以为上大夫。灭夔，夔不祀祝融、鬻熊故也。

　　夏，伐宋，宋告急于晋，晋救宋，成王罢归。将军子玉请战，成王曰："重耳亡居外久，卒得反国，天之所开，不可当。"子玉固请，乃与之少师而去。晋果败子玉于城濮。成王怒，诛子玉。

　　四十六年。初，成王将以商臣为太子，语令尹子上。子上曰："君之齿未也③，而又多内宠，绌乃乱也。楚国之举常在少者。且商臣蜂目而豺声，忍人也，不可立也。"王不听，立之。后又欲立子职而绌太子商臣。商臣闻而未审也，告其傅潘崇曰："何以得其实？"崇曰："飨王之宠姬江芈而勿敬也。"商臣从之。江芈怒曰："宜乎王之欲杀若而立职也。"商臣告潘崇曰："信矣！"崇曰："能事之乎？"曰："不能！""能亡去乎？"曰："不能！""能行大事乎？"曰："能！"冬十月，商臣以宫卫兵围成王。成王请食熊蹯而死，不听。丁未，成王自绞杀。商臣代立，是为穆王。

　　穆王立，以其太子宫予潘崇，使为太师，掌国事。穆王三年，灭江。四年，灭六、蓼。六、蓼，皋陶之后。八年，伐陈。十二年，卒。子庄王侣立。

　　庄王即位三年，不出号令，日夜为乐，令国中曰："有敢谏者死无赦！"伍举入谏。庄王左抱郑姬，右抱越女，坐钟鼓之间。伍举曰："愿有进。"隐曰④："有鸟在于阜⑤，三年不蜚不鸣，是何鸟也？"庄王曰："三年不蜚⑥，蜚将冲天；三年不鸣，鸣将惊人。举退矣，吾知之矣。"居数月，淫益甚。大夫苏从乃入谏。王曰："若不闻令乎？"对曰："杀身以明君，臣之愿也。"于是乃罢淫乐，听政，所诛者数百人，所进者数百人，任伍举、苏从以政，国人大说。是岁灭庸。六年，伐宋，获五百乘。

　　八年，伐陆浑戎，遂至洛，观兵于周郊。周定王使王孙满劳楚王。楚王问鼎小大轻重，对曰："在德不在鼎。"庄王曰："子无阻九鼎！楚国折钩之喙⑦，足以为九鼎。"王孙满曰："呜呼！君王其忘之乎？昔虞夏之盛，远方皆至，贡金九牧，铸鼎象物，百物而为之备，使民知神奸。桀有乱德，鼎迁于殷，载祀六百。殷纣暴虐，鼎迁于周。德之休明，虽小必重；其奸回昏乱，虽大必轻。昔成王定鼎于郏鄏，卜世三十，卜年七百，天所命也。周德虽衰，天命未改。鼎之轻重，未可问也！"楚王乃归。

　　九年，相若敖氏。人或谗之王，恐诛，反攻王，王击灭若敖氏之族。十三年，灭舒。

　　十六年，伐陈，杀夏徵舒。徵舒弑其君，故诛之也。已破陈，即县之⑧。群臣皆贺，申叔时使齐来，不贺。王问，对曰："鄙语曰'牵牛径人田，田主取其牛。'径者则不直矣，取之牛不亦甚乎？且王以陈之乱而率诸侯伐之，以义伐之而贪其县，亦何以复令于天下！"庄王乃复国陈后。

　　十七年春，楚庄王围郑，三月克之。入自皇门，郑伯肉袒牵羊以逆，曰："孤不天，不能事君，君用怀怒，以及敝邑，孤之罪也。敢不惟命是听！宾之南海，若以臣妾赐诸侯，亦惟命是听。若君不忘厉、宣、桓、武，不绝其社稷，使改事君，孤之愿也，非所敢望也。敢布腹心。"楚群臣曰："王勿许！"庄王曰："其君能下人，必能信用其民，庸可绝乎？"庄王自手旗，左右麾军，引兵去三十里而舍，遂许之平。潘尪入盟，子良出质。夏六月，晋救郑，与楚战，大败晋师河上，遂至衡雍而归。

二十年，围宋，以杀楚使也。围宋五月，城中食尽，易子而食，析骨而炊。宋毕元出告以情。庄王曰："君子哉！"遂罢兵去。

二十三年，庄王卒，子共王审立。

共王十六年，晋伐郑。郑告急，共王救郑。与晋兵战鄢陵，晋败楚，射中共王目。共王召将军子反。子反嗜酒，从者竖阳榖进酒，醉。王怒，射杀子反，遂罢兵归。

三十一年，共王卒，子康王招立。康王立十五年卒，子员立，是为郏敖。

康王宠弟公子围、子比、子晳、弃疾。郏敖三年，以其季父康王弟公子围为令尹，主兵事。四年，围使郑，道闻王疾而还。十二月己酉，围入问王疾，绞而弑之，遂杀其子莫及平夏。使使赴于郑。伍举问曰："谁为后？"对曰："寡大夫围。"伍举更曰："共王之子围为长。"子比奔晋，而围立，是为灵王。

灵王三年六月，楚使使告晋，欲会诸侯。诸侯皆会楚于申。伍举曰："昔夏启有钧台之飨，商汤有景亳之命，周武王有盟津之誓，成王有岐阳之蒐，康王有丰宫之朝，穆王有涂山之会，齐桓有召陵之师，晋文有践土之盟，君其何用？"灵王曰："用桓公。"时郑子产在焉。于是晋、宋、鲁、卫不往。灵王已盟，有骄色。伍举曰："桀为有仍之会，有缗叛之。纣为黎山之会，东夷叛之，幽王为太室之盟，戎、翟叛之。居其慎终！"

七月，楚以诸侯兵伐吴，围朱方。八月，克之，囚庆封，灭其族。以封徇⑨，曰："无效齐庆封弑其君而弱其孤，以盟诸大夫！"封反曰："莫如楚共王庶子围弑其君兄之子员而代之立！"于是灵王使疾杀之。

七年，就章华台，下令内亡人实之。

八年，使公子弃疾将兵灭陈。十年，召蔡侯，醉而杀之。使弃疾定蔡，因为陈蔡公。

十一年，伐徐以恐吴。灵王次于乾溪以待之。王曰："齐、晋、鲁、卫，其封皆受宝器，我独不。今吾使使周求鼎以为分，其予我乎？"析父对曰："其予君王哉！昔我先王熊绎辟在荆山，荜露蓝蒌，以处草莽，跋涉山林以事天子，唯是桃弧棘矢以共王事。齐，王舅也；晋及鲁、卫，王母弟也：楚是以无分而彼皆有。周今与四国服事君王，将惟命是从，岂敢爱鼎？"灵王曰："昔我皇祖伯父昆吾旧许是宅，今郑人贪其田，不我予，今我求之，其予我乎？"对曰："周不爱鼎，郑安敢爱田？"灵王曰："昔诸侯远我而畏晋，今吾大城陈、蔡、不羹，赋皆千乘，诸侯畏我乎？"对曰："畏哉！"灵王喜曰："析父善言古事焉！"

十二年春，楚灵王乐乾溪，不能去也。国人苦役。初，灵王会兵于申，僇越大夫常寿过，杀蔡大夫观起。起子从亡在吴，乃劝吴王伐楚，为间越大夫常寿过而作乱，为吴间。使矫公子弃疾命召公子比于晋，至蔡，与吴、越兵欲袭蔡。令公子比见弃疾，与盟于邓。遂入杀灵王太子禄，立子比为王，公子子晳为令尹，弃疾为司马。先除王宫，观从从师子乾溪，令楚众曰："国有王矣。先归，复爵邑田室。后者迁之⑩。"楚众皆溃，去灵王而归。

灵王闻太子禄之死也，自投车下而曰："人之爱子亦如是乎？"侍者曰："甚是。"王曰："余杀人之子多矣，能无及此乎？"右尹曰："请待于郊以听国人。"王曰："众怒不可犯。"曰："且入大县而乞师于诸侯。"王曰："皆叛矣！"又曰："且奔诸侯以听大国之虑。"王曰："大福不再，祗取辱耳。"于是王乘舟将欲入鄢。右尹度王不用其计，惧俱死，亦去王亡。

灵王于是独傍徨山中，野人莫敢入王。王行遇其故锏人，谓曰："为我求食，我已不食三日矣。"锏人曰："新王下法，有敢饟王从王者，罪及三族，且又无所得食。"王因枕其股而卧。锏人又以土自代，逃去。王觉而弗见，遂饥弗能起。芋尹申无宇之子申亥曰："吾父再犯王命，王弗诛，恩孰大焉！"乃求王，遇王饥于釐泽，奉之以归。夏五月癸丑，王死申亥家，申亥以二女从死，并葬之。

是时楚国虽已立比为王，畏灵王复来，又不闻灵王死，故观从谓初王比曰："不杀弃疾，虽得国犹受祸。"王曰："余不忍。"从曰："人将忍王。"王不听，乃去。弃疾归。国人每夜惊，曰："灵王入矣！"乙卯夜，弃疾使船人从江上走呼曰："灵王至矣！"国人愈惊。又使曼成然告初王比及令尹子晳曰："王至矣！国人将杀君，司马将至矣！君蚤自图，无取辱焉。众怒如水火，不可救也。"初王及子晳遂自杀。丙辰，弃疾即位为王，改名熊居，是为平王。

平王以诈弑两王而自立，恐国人及诸侯叛之，乃施惠百姓。复陈、蔡之地而立其后如故，归郑之侵地。存恤国中，修政教。吴以楚乱故，获五率以归⑪。平王谓观从："恣尔所欲。"欲为卜尹，王许之。

初，共王有宠子五人，无適立，乃望祭群神，请神决之，使主社稷，而阴与巴姬埋璧于室内，召五公子齐而入。康王跨之⑫，灵王肘加之，子比、子晳皆远之。平王幼，抱其上而拜、压纽。故康王以长立，至其子失之；围为灵王，及身而弑；子比为王十余日，子晳不得立，又俱诛。四子皆绝无后。唯独弃疾后立，为平王，竟续楚祀。如其神符。

初，子比自晋归，韩宣子问叔向曰："子比其济乎⑬？"对曰："不就。"宣子曰："同恶相求，如市贾焉，何为不就？"对曰："无与同好，谁与同恶？取国有五难：有宠无人，一也；有人无主，二也；有主无谋，三也；有谋而无民，四也；有民而无德，五也。子比在晋十三年矣，晋、楚之从不闻通者，可谓无人矣；族尽亲叛，可谓无主矣；无衅而动，可谓无谋矣；为羁终世，可谓无民矣；亡无爱徵，可谓无德矣。王虐而不忌，子比涉五难以弑君，谁能济之！有楚国者，其弃疾乎？君陈、蔡，方城外属焉。苟慝不作，盗贼伏隐，私欲不违，民无怨心。先神命之，国民信之。芈姓有乱，必季实立，楚之常也。子比之官，则右尹也；数其贵宠，则庶子也；以神所命，则又远之；民无怀焉，将何以立？"宣子曰："齐桓、晋文不亦是乎？"对曰："齐桓，卫姬之子也，有宠于釐公。有鲍叔牙、宾须无、隰朋以为辅，有莒、卫以为外主，有高、国以为内主。从善如流，施惠不倦。有国，不亦宜乎？昔我文公，狐季姬之子也，有宠于献公，好学不倦；生十七年，有士五人，有先大夫子余、子犯以为腹心，有魏犨、贾佗以为股肱，有齐、宋、秦、楚以为外主，有栾、郤、狐、先以为内主。亡十九年，守志弥笃。惠、怀弃民，民从而与之。故文公有国，不亦宜乎？子比无施于民，无援于外，去晋，晋不送；归楚，楚不迎。何以有国？"子比果不终焉，卒立者弃疾，如叔向言也。

平王二年，使费无忌如秦为太子建取妇。妇好，来，未至，无忌先归，说平王曰："秦女好，可自娶，为太子更求。"平王听之，卒自娶秦女，生熊珍。更为太子娶。是时伍奢为太子太傅，无忌为少傅。无忌无宠于太子，常谗恶太子建。建时年十五矣，其母蔡女也，无宠于王，王稍益疏外建也。

六年，使太子建居城父，守边。无忌又日夜谗太子建于王曰："自无忌入秦女，太子怨，亦不能无望于王，王少自备焉。且太子居城父，擅兵，外交诸侯，且欲入矣。"平王召其傅伍奢责之。伍奢知无忌谗，乃曰："王奈何以小臣疏骨肉？"无忌曰："今不制，后悔也！"于是王遂囚伍奢。乃令司马奋扬召太子建，欲诛之。太子闻之，亡奔宋。

无忌曰："伍奢有二子，不杀者为楚国患。盍以免其父召之，必至。"于是王使使谓奢："能致二子则生，不能将死。"奢曰："尚至，胥不至。"王曰："何也？"奢曰："尚之为人，廉，死节，慈孝而仁，闻召而免父，必至，不顾其死。胥之为人，智而好谋，勇而矜功，知来必死，必不来。然为楚国忧者必此子。"于是王使人召之，曰："来，吾免尔父。"伍尚谓伍胥曰："闻父免而莫奔，不孝也；父戮莫报，无谋也；度能任事，知也。子其行矣，我其归死。"伍尚遂归。伍胥弯弓属矢，出见使者，曰："父有罪，何以召其子为？"将射，使者还走，遂出奔吴。伍奢闻之，曰："胥亡，楚国危哉。"楚人逐杀伍奢及尚。

十年，楚太子建母在居巢，开吴。吴使公子光伐楚，遂败陈、蔡，取太子建母而去。楚恐，城郢。

初，吴之边邑卑梁与楚边邑钟离小童争桑，两家交怒相攻，灭卑梁人。卑梁大夫怒，发邑兵攻钟离。楚王闻之怒，发国兵灭卑梁。吴王闻之怒，亦发兵，使公子光因建母家攻楚，遂灭钟离、居巢。楚乃恐而城郢。

十三年，平王卒。将军子常曰："太子珍少，且其母乃前太子建所当娶也。"欲立令尹子西。子西，平王之庶弟也，有义。子西曰："国有常法，更立则乱，言之则致诛。"乃立太子珍，是为昭王。

昭王元年，楚众不说费无忌，以其谗亡太子建，杀伍奢子父与郤宛。宛之宗姓伯氏子嚭及子胥皆奔吴，吴兵数侵楚，楚人怨无忌甚。楚令尹子常诛无忌以说众，众乃喜。

四年，吴三公子奔楚，楚封之以捍吴[14]。五年，吴伐取楚之六、潜。七年，楚使子常伐吴，吴大败楚于豫章。

十年冬，吴王阖闾、伍子胥、伯嚭与唐、蔡俱伐楚，楚大败。吴兵遂入郢，辱平王之墓，以伍子胥故也。吴兵之来，楚使子常以兵迎之，夹汉水阵。吴伐败子常，子常亡奔郑。楚兵走，吴乘胜逐之，五战及郢。己卯，昭王出奔。庚辰，吴人入郢。

昭王亡也至云梦。云梦不知其王也，射伤王。王走郧。郧公之弟怀曰："平王杀吾父，今我杀其子，不亦可乎？"勋公止之，然恐其弑昭王，乃与王出奔随。吴王闻昭王往，即进击随，谓随人曰："周之子孙封于江汉之间者，楚尽灭之。"欲杀昭王。王从臣子綦乃深匿王，自以为王，谓随人曰："以我予吴。"随人卜予吴，不吉，乃谢吴王曰："昭王亡，不在随。"吴请入自索之，随不听，吴亦罢去。

昭王之出郢也，使申鲍胥请救于秦。秦以车五百乘救楚，楚亦收余散兵，与秦击吴。十一年六月，败吴于稷。会吴王弟夫概见吴王兵伤败，乃亡归，自立为王。阖闾闻之，引兵去楚，归击夫概。夫概败，奔楚，楚封之堂溪，号为堂溪氏。

楚昭王灭唐。九月，归入郢。十二年，吴复伐楚，取番。楚恐，去郢，北徙都鄀。

十六年，孔子相鲁。二十年，楚灭顿，灭胡。二十一年，吴王阖闾伐越。越王句践射伤吴王，遂死。吴由此怨越而不西伐楚。

二十七年春，吴伐陈，楚昭王救之，军城父。十月，昭王病于军中，有赤云如鸟，夹日而蜚。昭王问周太史，太史曰："是害于楚王，然可移于将相。"将相闻是言，乃请自以身祷于神。昭王曰："将相，孤之股肱也，今移祸，庸去是身乎！"弗听。卜而河为祟，大夫请祷河。昭王曰："自吾先王受封，望不过江、汉，而河非所获罪也。"止不许。孔子在陈，闻是言，曰："楚昭王通大道矣。其不失国，宜哉！"

昭王病甚，乃召诸公子大夫曰："孤不佞，再辱楚国之师，今乃得以天寿终，孤之幸也。"让其弟公子申为王，不可。又让次弟公子结，亦不可。乃又让次弟公子闾，五让，乃后许为王。将战，庚寅，昭王卒于军中。子闾曰："王病甚，舍其子让群臣，臣所以许王，以广王意也。今君王卒，臣岂敢忘君王之意乎！"乃与子西、子綦谋，伏师闭涂，迎越女之子章立之，是为惠王。然后罢兵归，葬昭王。

惠王二年，子西召故平王太子建之子胜于吴，以为巢大夫，号曰白公。白公好兵而下士，欲报仇。六年，白公请兵令尹子西伐郑。初，白公父建亡在郑，郑杀之，白公亡走吴，子西复召之，故以此怨郑，欲伐之。子西许而未为发兵。八年，晋伐郑，郑告急楚，楚使子西救郑，受赂而去。白公胜怒，乃遂与勇力死士石乞等袭杀令尹子西、子綦于朝，因劫惠王，置之高府，欲弑之。惠王从者屈固负王亡走昭王夫人宫。白公自立为王。月余，会叶公来救楚，楚惠王之徒与共攻白公，杀之。惠王乃复位。是岁也，灭陈而县之。

十三年，吴王夫差强，陵齐、晋，来伐楚。十六年，越灭吴。四十二年，楚灭蔡。四十四年，楚灭杞。与秦平。是时越已灭吴而不能正江、淮北；楚东侵，广地至泗上。

五十七年，惠王卒，子简王中立。

简王元年，北伐灭莒。八年，魏文侯、韩武子、赵桓子始列为诸侯。

二十四年，简王卒，子声王当立。声王六年，盗杀声王，子悼王熊疑立。悼王二年，三晋来伐楚，至乘丘而还。四年，楚伐周。郑杀子阳。九年，伐韩，取负黍。十一年，三晋伐楚，败我大梁、榆关。楚厚赂秦，与之平。二十一年，悼王卒，子肃王臧立。

肃王四年，蜀伐楚，取兹方。于是楚为扞关以距之。十年，魏取我鲁阳。十一年，肃王卒，无子，立其弟熊良夫，是为宣王。

宣王六年，周天子贺秦献公。秦始复强，而三晋益大，魏惠王、齐威王尤强。三十年，秦封卫鞅于商，南侵楚。是年，宣王卒，子威王熊商立。

威王六年，周显王致文武胙于秦惠王。

七年，齐孟尝君父田婴欺楚，楚威王伐齐，败之于徐州，而令齐必逐田婴。田婴恐，张丑伪谓楚王曰："王所以战胜于徐州者，田盼子不用也。盼子者，有功于国，而百姓为之用。婴子弗善而用申纪。申纪者，大臣不附，百姓不为用，故王胜之也。今王逐婴子，婴子逐，盼子必用矣。复搏其士卒以与王遇，必不便于王矣。"楚王因弗逐也。

十一年，威王卒，子怀王熊槐立。魏闻楚丧，伐楚，取我陉山。

怀王元年，张仪始相秦惠王。四年，秦惠王初称王。

六年，楚使柱国昭阳将兵而攻魏，破之于襄陵，得八邑。又移兵而攻齐，齐王患之。陈轸适为秦使齐，齐王曰："为之奈何？"陈轸曰："王勿忧，请令罢之。"即往见昭阳军中，曰："愿闻楚国之法，破军杀将者何以贵之？"昭阳曰："其官为上柱国，封上爵执珪。"陈轸曰："其有贵于此者乎？昭阳曰："令尹。"陈轸曰："今君已为令尹矣，此国冠之上。臣请得譬之：人有遗其舍人一卮酒者，舍人相谓曰：'数人饮此，不足以遍，请遂画地为蛇，蛇先成者独饮之。'一人曰：'吾蛇先成。'举酒而起，曰：'吾能为之足。'及其为之足，而后成人夺之酒而饮之，曰：'蛇固无足，今为之足，是非蛇也。'今君相楚而攻魏，破军杀将，功莫大焉，冠之上不可以加矣。今又移兵而攻齐，攻齐胜之，官爵不加于此；攻之不胜，身死爵夺，有毁于楚。此为蛇为足之说也。不若引兵而去以德齐，此持满之术也。"昭阳曰："善。"引兵而去。

燕、韩君初称王。秦使张仪与楚、齐、魏相会，盟啮桑。

十一年，苏秦约从山东六国共攻秦，楚怀王为从长。至函谷关，秦出兵击六国，六国兵皆引而归，齐独后。十二年，齐湣王伐败赵、魏军，秦亦伐败韩，与齐争长。

十六年，秦欲伐齐，而楚与齐从亲，秦惠王患之，乃宣言张仪免相，使张仪南见楚王，谓楚王曰："敝邑之王所甚说者无先大王，虽仪之所甚愿为门阑之厮者亦无先大王。敝邑之王所甚憎者无先齐王，虽仪之所甚憎者亦无先齐王。而大王和之，是以敝邑之王不得事王，而令仪亦不得为门阑之厮也。王为仪闭关而绝齐，今使使者从仪西取故秦所分楚商于之地方六百里，如是则齐弱矣。是北弱齐，西德于秦，私商于以为富，此一计而三利俱至也。"怀王大悦，乃置相玺于张仪，日与置酒，宣言'吾复得吾商于之地'。群臣皆贺，而陈轸独吊。怀王曰："何故？"陈轸对曰："秦之所为重王者，以王之有齐也。今地未可得而齐交先绝，是楚孤也。夫秦又何重孤国哉，必轻楚矣。且先出地而后绝齐，则秦计不为。先绝齐而后责地，则必见欺于张仪。见欺于张仪，则王必怨之。怨之，是西起秦患，北绝齐交。西起秦患，北绝齐交，则两国之兵必至。臣故吊。"楚王弗听，因使一将军西受封地。

张仪至秦，详醉坠车，称病不出三月，地不可得。楚王曰："仪以吾绝齐为尚薄邪？"乃使勇士宋遗北辱齐王。齐王大怒，折楚符而合于秦。秦齐交合，张仪乃起朝，谓楚将军曰："子何不受地？从某至某，广袤六里。"楚将军曰："臣之所以见命者六百里，不闻六里。"即以归报怀王。怀王大怒，兴师将伐秦。陈轸又曰："伐秦非计也。不如因赂之一名都，与之伐齐，是我亡于秦，取偿于齐也，吾国尚可全。今王已绝于齐而责欺于秦，是吾合秦齐之交而来天下之兵也，国必大伤矣。"楚王不听，遂绝和于秦，发兵西攻秦。秦亦发兵击之。

十七年春，与秦战丹阳，秦大败我军，斩甲士八万，虏我大将军屈匄、裨将军逢侯丑等七十余人，遂取汉中之郡。楚怀王大怒，乃悉国兵复袭秦，战于蓝田，大败楚军。韩、魏闻楚之困，乃南袭楚，至于邓。楚闻，乃引兵归。

十八年，秦使使约复与楚亲，分汉中之半以和楚。楚王曰："愿得张仪，不愿得地。"张仪闻之，请之楚。秦王曰："楚且甘心于子，奈何？"张仪曰："臣善其左右靳尚，靳尚又能得事于楚王幸姬郑袖，袖所言无不从者。且仪以前使负楚以商于之约，今秦楚大战，有恶，臣非面自谢楚不解。且大王在，楚不宜敢取仪。诚杀仪以便国，臣之愿也。"仪遂使楚。至，怀王不见，因而囚张仪，欲杀之。仪私于靳尚，靳尚为请怀王曰："拘张仪，秦王必怒。天下见楚无秦，必轻王矣。"又谓夫人郑袖曰："秦王甚爱张仪，而王欲杀之，今将以上庸之地六县赂楚，以美人聘楚王，以宫中善歌者为之媵。楚王重地，秦女必贵，而夫人必斥矣。夫人不若言而出之。"郑袖卒言张仪于王而出之。仪出，怀王因善遇仪，仪因说楚王以叛从约而与秦合亲，约婚姻。张仪已去，屈原使从齐来，谏王曰："何不诛张仪？"怀王悔，使人追仪，弗及。是岁，秦惠王卒。

二十年，齐湣王欲为从长，恶楚之与秦合，乃使使遗楚王书曰："寡人患楚之不察于尊名也。今秦惠王死，武王立，张仪走魏，樗里疾、公孙衍用，而楚事秦。夫樗里疾善乎韩，而公孙衍善乎魏。楚必事秦，韩、魏恐，必因二人求合于秦，则燕、赵亦宜事秦。四国争事秦，则楚为郡县矣。王何不与寡人并力收韩、魏、燕、赵，与为从而尊周室，以案兵息民，令于天下？莫敢不乐听，则王名成矣。王率诸侯并伐，破秦必矣。王取武关、蜀、汉之地，私吴、越之富而擅江海之利，韩、魏割上党，西薄函谷，则楚之强百万也。且王欺于张仪，亡地汉中，兵锉蓝田，天下莫不代王怀怒。今乃欲先事秦！愿大王孰计之。"

楚王业已欲和于秦，见齐王书，犹豫不决，下其议群臣。群臣或言和秦，或曰听齐。昭睢曰："王虽东取地于越，不足以刷耻；必且取地于秦，而后足以刷耻于诸侯。王不如深善齐、韩以重樗里疾，如是则王得韩、齐之重以求地矣。秦破韩宜阳，而韩犹复事秦者，以先王墓在平阳，而秦之武遂去之七十里，以故尤畏秦。不然，秦攻三川，赵攻上党，楚攻河外，韩必亡。楚之救韩，不能使韩不亡，然存韩者，楚也。韩已得武遂于秦，以河山为塞，所报德莫如楚厚，臣以为其事王必疾。齐之所信于韩者，以韩公子昧为齐相也。韩已得武遂于秦，王甚善之，使之以齐、韩重樗里疾，疾得齐、韩之重，其主弗敢弃疾也。今又益之以楚之重，樗里子必言秦，复与楚之侵地矣。"于是怀王许之，竟不合秦，而合齐以善韩。

二十四年，倍齐而合秦。秦昭王初立，乃厚赂于楚。楚往迎妇。二十五年，怀王入与秦昭王盟，约于黄棘。秦复与楚上庸。二十六年，齐、韩、魏为楚负其从亲而合于秦，三国共伐楚。楚使太子入质于秦而请救。秦乃遣客卿通将兵救楚，三国引兵去。二十七年，秦大夫有私与楚太子斗，楚太子杀之而亡归。二十八年，秦乃与齐、韩、魏共攻楚，杀楚将唐昧，取我重丘而去。二十九年，秦复攻楚，大破楚，楚军死者二万，杀我将军景缺。怀王恐，乃使太子为质于齐以求平。三十年，秦复伐楚，取八城。秦昭王遗楚王书曰："始寡人与王约为弟兄，盟于黄棘，太子为质，至欢也。太子陵杀寡人之重臣，不谢而亡去，寡人诚不胜怒，使兵侵君王之边。今闻君王乃令太子质于齐以求平。寡人与楚接境壤界，故为婚姻，所从相亲久矣。而今秦楚不欢，则无以令诸侯。寡人愿与君王会武关，而相约，结盟而去，寡人之愿也。敢以闻下执事。"楚怀王见秦王书，患之。欲往，恐见欺；无往，恐秦怒。昭睢曰："王毋行，而发兵自守耳。秦虎狼，不可信，有并诸侯之心。"怀王子子兰劝王行，曰："奈何绝秦之欢心！"于是往会秦昭王。昭王诈令一将军伏兵武关，号为秦王。楚王至，则闭武关，遂与西至咸阳，朝章台，如蕃臣，不与亢礼。楚怀王大怒，悔不用昭子言。秦因留楚王，要以割巫、黔中之郡。楚王欲盟，秦欲先得地。楚王怒曰："秦诈我而又强要我以地！"不复许秦。秦因留之。楚大臣患之，乃相与谋曰："吾王在秦不得还，要以割地，而太子为质于齐，齐、秦合谋，则楚无国矣。"乃欲立怀王子在国者。昭睢曰："王与太子俱困于诸侯，而今又倍王命而立其庶子，不宜。"乃诈赴于齐。齐湣王谓其相曰："不若留太子以求楚之淮北。"相曰："不可！郢中立王，是吾抱空质而行不义于天下也。"或曰："不然！郢中立王，因与其新王市曰'予我下东国，吾为王杀太子，不然，将与三国共立之'，然则东国必可得矣。"齐王卒用其相计而归楚太子。太子横至，立为王，是为顷襄王。乃告于秦曰："赖社稷神灵，国有王矣！"

顷襄王横元年，秦要怀王不可得地，楚立王以应秦，秦昭王怒，发兵出武关攻楚，大败楚军，斩首五万，取析十五城而去。二年，楚怀王亡逃归，秦觉之，遮楚道，怀王恐，乃从间道走赵以求归。赵主父在代，其子惠王初立，行王事，恐，不敢入楚王。楚王欲走魏，秦追至，遂与秦使复之秦。怀王遂发病。顷襄王三年，怀王卒于秦，秦归其丧于楚。楚人皆怜之，如悲亲戚。诸侯由是不直秦，秦楚绝。

六年，秦使白起伐韩于伊阙，大胜，斩首二十四万。秦乃遗楚王书曰："楚倍秦，秦且率诸侯伐楚，争一旦之命。愿王之饬士卒，得一乐战。"楚顷襄王患之，乃谋复与秦平。七年，楚迎妇于秦，秦楚复平。

十一年，齐秦各自称为帝；月余，复归帝为王。

十四年，楚顷襄王与秦昭王好会于宛，结和亲。十五年，楚王与秦、三晋、燕、共伐齐，取淮北。十六年，与秦昭王好会于鄢。其秋，复与秦王会穰。

十八年，楚人有好以弱弓微缴加归雁之上者，顷襄王闻，召而问之。对曰："小臣之好射鶀雁[15]，罗鸾[16]，小矢之发也，何足为大王道也。且称楚之大，因大王之贤，所弋非直此也。昔者三王以弋道德，五霸以弋战国。故秦、魏、燕、赵者，鶀雁也；齐、鲁、韩、卫者，青首也；驺、费、郯、邳者，罗鸾也。外其余则不足射者。见鸟六双，以王何取？王何不以圣人为弓，以勇士为缴，时张而射之？此六双者，可得而囊载也。其乐非特朝昔之乐也，其获非特凫雁之实也。王朝张弓而射魏之大梁之南，加其右臂而径属之于韩，则中国之路绝而上蔡之郡坏矣。还射圉之东，解魏左肘而外击定陶，则魏之东外弃而大宋、方与二郡者举矣。且魏断二臂，颠越矣；膺击郯国，大梁可得而有也。王綪缴兰台，饮马西河，定魏大梁，此一发之乐也。若王之于弋诚好而不厌，则出宝弓，碆新缴，射噣鸟于东海，还盖长城以为防，朝射东莒，夕发浿丘，夜加即墨，顾据午道，则长城之东收而太山之北举矣。西结境于赵而北达于燕，三国布䲷[17]，则从不待约而可成也。北游目于燕之辽东而南登望于越之会稽，此再发之乐也。若夫泗上十二诸侯，左萦而右拂之，可一旦而尽也。今秦破韩以为长忧，得列城而不敢守也；伐魏而无功，击赵而顾病，则秦魏之勇力屈矣，楚之故地汉中、析、郦可得而复有也。王出宝弓，弨新缴，涉鄳塞，而待秦之倦也，山东、河内可得而一也。劳民休众，南面称王矣。故曰：秦为大鸟，负海内而处，东面而立，左臂据赵之西南，右臂傅楚鄢郢，膺击韩魏，垂头中国，处既形便，势有地利，奋翼鼓䎗，方三千里，则秦未可得独招而夜射也。"欲以激怒襄王，故对以此言。襄王因召与语，遂言曰："夫先王为秦所欺而客死于外，怨莫大焉。今以匹夫有怨，尚有报万乘，白公、子胥是也。今楚之地方五千里，带甲百万，犹足以踊跃中野也，而坐受困，臣窃为大王弗取也。"于是顷襄王遣使于诸侯，复为从，欲以伐秦。秦闻之，发兵来伐楚。

楚欲与齐韩连和伐秦，因欲图周。周王赧使武公谓楚相昭子曰："三国以兵割周郊地以便输，而南器以尊楚，臣以为不然。夫弑共主，臣世君，大国不亲；以众胁寡，小国不附。大国不亲，小国不附，不可以致名实。名实不得，不足以伤民。夫有图周之声，非所以为号也。"昭子曰："乃图周则无之。虽然，周何故不可图也？"对曰："军不五不攻，城不十不围。夫一周为二十晋，公之所知也。韩尝以二十万之众辱于晋之城下，锐士死，中士伤，而晋不拔。公之无百韩以图周，此天下之所知也。夫怨结于两周以塞驺鲁之心，交绝于齐，声失天下，其为事危矣。夫危两周以厚三川，方城之外必为韩弱矣。何以知其然也？西周之地，绝长补短，不过百里。名为天下共主，裂其地不足以肥国，得其众不足以劲兵。虽无攻之，名为弑君。然而好事之君，喜攻之臣，发号用兵，未尝不以周为终始。是何也？见祭器在焉，欲器之至而忘弑君之乱。今韩以器之在楚，臣恐天下以器雠楚也。臣请譬之：夫虎肉臊，其兵利身，人犹攻之也。若使泽中之麋蒙虎之皮，人之攻之必万于虎矣。裂楚之地，足以肥国；诎楚之名，足以尊主。今子将以欲诛残天下之共主，居三代之传器，吞三翮六翼，以高世主，非贪而何？《周书》曰：'欲起无先。'故器南则兵至矣。"于是楚计辍不行。

十九年，秦伐楚，楚军败，割上庸、汉北地予秦。二十年，秦将白起拔我西陵。二十一年，秦将白起遂拔我郢，烧先王墓夷陵。楚襄王兵散，遂不复战，东北保于陈城。二十二年，秦复拔我巫、黔中郡。

二十三年，襄王乃收东地兵，得十余万，复西取秦所拔我江旁十五邑以为郡，距秦。二十七年，使三万人助三晋伐燕，复与秦平，而入太子为质于秦。楚使左徒侍太子于秦。

三十六年，顷襄王病，太子亡归。秋，顷襄王卒，太子熊元代立，是为考烈王。考烈王以左徒为令尹，封以吴，号春申君。

考烈王元年，纳州于秦以平。是时楚益弱。

六年，秦围邯郸，赵告急楚，楚遣将军景阳救赵。七年，至新中。秦兵去。十二年，秦昭王卒，楚王使春申君吊祠于秦。十六年，秦庄襄王卒，秦王赵政立。二十二年，与诸侯共伐秦，不利而去。楚东徙都寿春，命曰郢。

二十五年，考烈王卒，子幽王悍立。李园杀春申君。幽王三年，秦、魏伐楚。秦相吕不韦卒。九年，秦灭韩。十年，幽王卒，同母弟犹代立，是为哀王。哀王立二月余，哀王庶兄负刍之徒袭杀哀王而立负刍为王。是岁，秦虏赵王迁。

王负刍元年，燕太子丹使荆轲刺秦王。二年，秦使将军伐楚，大破楚军，亡十余城。三年，秦灭魏。四年，秦将王翦破我军于蕲，而杀将军项燕。

五年，秦将王翦、蒙武遂破楚国，虏楚王负刍，灭楚名为郡云。

太史公曰：楚灵王方会诸侯于申，诛齐庆封，作章华台，求周九鼎之时，志小天下；及饿死于申亥之家，为天下笑。操行之不得，悲夫！势之于人也，可不慎与？弃疾以乱立，嬖淫秦女，甚乎哉，几再亡国！

---

①火正：掌火之官。

②数：责备。

③齿：年龄。

④隐：隐藏其意。

⑤阜：土山。

⑥蜚：通"飞"。

⑦折钩之喙：指楚国军力强大。钩，戟头上的弯曲部分。喙，钩口的尖部。

⑧县之：设立县。

⑨徇：通"殉"，殉葬。

⑩迁：贬谪；放逐。

⑪率：通"帅"。主将。

⑫跨之：指从壁上迈过。

⑬济：成功。

⑭捍：遮蔽；抵御。

⑮鴺：小雁。

⑯鸗（lóng，音龙）：小鸟。

⑰趐：通"翅"。

史记卷四十一

越王勾践世家第十一

越王勾践，其先禹之苗裔，而夏后帝少康之庶子也。封于会稽，以奉守禹之祀。文身断发，披草莱而邑焉。后二十余世，至于允常。允常之时，与吴王阖庐战而相怨伐。允常卒，子勾践立，是为越王。

元年，吴王阖庐闻允常死，乃兴师伐越。越王勾践使死士挑战，三行，至吴陈，呼而自刭。吴师观之，越因袭击吴师，吴师败于槜李，射伤吴王阖庐。阖庐且死，告其子夫差曰："必毋忘越！"

三年，勾践闻吴王夫差日夜勒兵，且以报越。越欲先吴未发往伐之。范蠡谏曰："不可！臣闻：兵者，凶器也；战者，逆德也；争者，事之末也。阴谋逆德，好用凶器，试身于所末，上帝禁之，行者不利。"越王曰："吾已决之矣。"遂兴师。吴王闻之，悉发精兵击越，败之夫椒。越王乃以余兵五千人保栖于会稽。吴王追而围之。

越王谓范蠡曰："以不听子故至于此，为之奈何？"蠡对曰："持满者与天①，定倾者与人，节事者以地。卑辞厚礼以遗之，不许，而身与之市。"勾践曰："诺。"乃令大夫种行成于吴②。膝行顿首曰："君王亡臣勾践使陪臣种敢告下执事：勾践请为臣，妻为妾。"吴王将许之，子胥言于吴王曰："天以越赐吴，勿许也。"种还，以报勾践。勾践欲杀妻子，燔宝器，触战以死。种止勾践曰："夫吴太宰嚭贪，可诱以利，请间行言之③。"于是勾践乃以美女、宝器令种间献吴太宰嚭。嚭受，乃见大夫种于吴王。种顿首言曰："愿大王赦勾践之罪，尽入其宝器。不幸不赦，勾践将尽杀其妻子，燔其宝器，悉五千人触战，必有当也④。"嚭因说吴王曰："越以服为臣，若将赦之，此国之利也。"吴王将许之，子胥进谏曰："今不灭越，后必悔之。勾践贤君，种、蠡良臣，若反国，将为乱。"吴王弗听，卒赦越，罢兵而归。

勾践之困会稽也，喟然叹曰："吾终于此乎？"种曰："汤系夏台，文王囚羑里，晋重耳奔翟，齐小白奔莒，其卒王霸。由是观之，何遽不为福乎？"

吴既赦越，越王勾践反国，乃苦身焦思，置胆于坐，坐卧即仰胆，饮食亦尝胆也，曰："女忘会稽之耻邪？"身自耕作，夫人自织，食不加肉，衣不重采，折节下贤人，厚遇宾客，振贫吊死，与百姓同其劳。欲使范蠡治国政，蠡对曰："兵甲之事，种不如蠡；填抚国家⑤，亲附百姓，蠡不如种。"于是举国政属大夫种，而使范蠡与大夫柘稽行成，为质于吴。二岁而吴归蠡。

勾践自会稽归七年，拊循其士民，欲用以报吴。大夫逢同谏曰："国新流亡，今乃复殷给，缮饰备利，吴必惧，惧则难必至。且鸷鸟之击也，必匿其形。今大夫吴兵加齐、晋，怨深于楚、越，名高天下，实害周室，德少而功多，必淫自矜。为越计，莫若结齐，亲楚，附晋，以厚吴。吴之志广，必轻战。是我连其权，三国伐之，越承其弊，可克也。"勾践曰："善！"

居二年，吴王将伐齐，子胥谏曰："未可！臣闻勾践食不重味，与百姓同苦乐。此人不死，必为国患。吴有越，腹心之疾，齐与吴，疥癣也⑥。愿王释齐，先越。"吴王弗听，遂伐齐，败之艾陵，虏齐高、国以归。让子胥。子胥曰："王毋喜！"王怒，子胥欲自杀，王闻而止之。越大夫种曰："臣观吴王政骄矣，请试尝之贷粟，以卜其事。"请贷，吴王欲与，子胥谏勿与，王遂与之，越乃私喜。子胥言曰："王不听谏，后三年吴其墟乎！"太宰嚭闻之，乃数与子胥争越议，因谗子胥曰："伍员貌忠而实忍人，其父兄不顾，安能顾王？王前欲伐齐，员强谏。已而有功，用是反怨王。王不备伍员，员必为乱。"与逢同共谋，谗之王。王始不从，乃使子胥于齐，闻其托子于鲍氏，王乃大怒，曰："伍员果欺寡人！"役反，使人赐子胥属镂剑以自杀。子胥大笑曰："我令而父霸，我又立若。若初欲分吴国半予我，我不受。已，今若反以谗诛我。嗟乎，嗟乎，一人固不能独立！"报使者曰："必取吾眼置吴东门，以观越兵入也！"于是吴任嚭政。

居三年，勾践召范蠡曰："吴已杀子胥，导谀者众，可乎？"对曰："未可！"

至明年春，吴王北会诸侯于黄池。吴国精兵从王，惟独老弱与太子留守。勾践复问范蠡，蠡曰："可矣。"乃发习流二千人⑦，教士四万人⑧，君子六千人⑨，诸御千人⑩，伐吴。吴师败，遂杀吴太子。吴告急于王，王方会诸侯于黄池，惧天下闻之，乃秘之。吴王已盟黄池，乃使人厚礼以请成越。越自度亦未能灭吴，乃与吴平。

其后四年，越复伐吴。吴士民罢弊，轻锐尽死于齐、晋，而越大破吴，因而留围之三年。吴师败，越遂复栖吴王于姑苏之山。吴王使公孙雄肉袒膝行而前，请成越王，曰："孤臣夫差敢布腹心，异日尝得罪于会稽，夫差不敢逆命，得与君王成以归。今君王举玉趾而诛孤臣，孤臣惟命是听，意者亦欲如会稽之赦孤臣之罪乎？"勾践不忍，欲许之，范蠡曰："会稽之事，天以越赐吴，吴不取。今天以吴赐越，越其可逆天乎？且夫君王蚤朝晏罢⑪，非为吴邪？谋之二十二年，一旦而弃之，可乎？且夫天与弗取，反受其咎。'伐柯者其则不远'，君忘会稽之厄乎？"勾践曰："吾欲听子言，吾不忍其使者。"范蠡乃鼓进兵⑫，曰："王已属政于执事，使者去，不者且得罪。"吴使者泣而去。勾践怜之，乃使人谓吴王曰："吾置王甬东，君百家。"吴王谢曰："吾老矣，不能事君王！"遂自杀。乃蔽其面，曰："吾无面以见子胥也！"越王乃葬吴王，而诛太宰嚭。

勾践已平吴，乃以兵北渡淮，与齐、晋诸侯会于徐州，致贡于周。周元王使人赐勾践胙，命为伯。勾践已去，渡淮南，以淮上地与楚，归吴所侵宋地于宋，与鲁泗东方百里。当是时，越兵横行于江、淮东，诸侯毕贺，号称霸王。

范蠡遂去，自齐遗大夫种书曰："蜚鸟尽，良弓藏；狡兔死，走狗烹。越王为人长颈鸟喙，可与共患难，不可与共乐。子何不去？"种见书，称病不朝。人或谗种且作乱，越王乃赐种剑，曰："子教寡人伐吴七术，寡人用其三而败吴，其四在子，子为我从先王试之。"种遂自杀。

勾践卒，子王鼫与立。王鼫与卒，子王不寿立。王不寿卒，子王翁立。王翁卒，子王翳立。王翳卒，子王之侯立。王子侯卒，子王无强立。

王无强时，越兴师北伐齐，西伐楚，与中国争强。当楚威王之时，越北伐齐，齐威王使人说越王曰："越不伐楚，大不王，小不伯。图越之所为不伐楚者，为不得晋也。韩、魏固不攻楚。韩之攻楚，覆其军，杀其将，则叶、阳翟危；魏亦覆其军，杀其将，则陈、上蔡不安。故二晋之事越也，不至于覆军杀将，马汗之力不效。所重于得晋者何也？"越王曰："所求于晋者，不至顿刃接兵，而况于攻城围邑乎？愿魏以聚大梁之下，愿齐之试兵南阳莒地，以聚常、郯之境，则方城之外不南，淮、泗之间不东，商、於、析、郦、宗胡之地，夏路以左，不足以备秦，江南、泗上不足以待越矣。则齐、秦、韩、魏得志于楚也，是二晋不战而分地，不耕而获之。不此之为，而顿刃于河山之间以为齐、秦用，所待者如此其失计，奈何其以此王也！"齐使者曰："幸也越之不亡也！吾不贵其用智之如目，见豪毛而不见其睫也。今王知晋之失计，而不自知越之过，是'目论'也。王所待于晋者，非有马汗之力也，又非可与合军连和也，将待之以分楚众也。今楚众已分，何待于晋？"越王曰："奈何？"曰："楚三大夫张九军，北围曲沃、於中，以至无假之关者三千七百里，景翠之军北聚鲁、齐、南阳，分有大此者乎？且王之所求者，斗晋、楚也；晋、楚不斗，越兵不起，是知二五而不知十也。此时不攻楚，臣以是知越大不王，小不伯。复雠、庞、长沙，楚之粟也；竟泽陵，楚之材也。越窥兵通无假之关，此四邑者不上贡事于郢矣。臣闻之，图王不王，其敝可以伯。然而不伯者，王道失也。故愿大王之转攻楚也。"

于是越遂释齐而伐楚。楚威王兴兵而伐之，大败越，杀王无强，尽取故吴地至浙江，北破齐于徐州。而越以此散，诸族子争立，或为王，或为君，滨于江南海上，服朝于楚。

后七世，至闽君摇，佐诸侯平秦。汉高帝复以摇为越王，以奉越后。东越，闽君，皆其后也。

范蠡事越王勾践，既苦身戮力，与勾践深谋二十余年，竟灭吴，报会稽之耻；北渡兵于淮以临齐、晋，号令中国，以尊周室，勾践以霸，而范蠡称上将军。还反国，范蠡以为大名之下难以久居，且勾践为人可与同患，难与处安，为书辞勾践曰："臣闻主忧臣劳，主辱臣死。昔者君王辱于会稽，所以不死，为此事也。今既以雪耻，臣请从会稽之诛。"勾践曰："孤将与子分国而有之。不然，将加诛于子。"范蠡曰："君行令，臣行意。"乃装其轻宝珠玉，自与其私徒属乘舟浮海以行，终不反。于是勾践表会稽山以为范蠡奉邑。

范蠡浮海出齐，变姓名，自谓鸱夷子皮，耕于海畔，苦身戮力，父子治产，居无几何，致产数十万。齐人闻其贤，以为相。范蠡喟然叹曰："居家则致千金，居官则至卿相，此布衣之极也。久受尊名，不祥。"乃归相印，尽散其财，以分与知友乡党，而怀其重宝，间行以去，止于陶，以为此天下之中，交易有无之路通，为生可以致富矣。于是自谓陶朱公。复约要父子耕畜，废居，候时转物，逐什一之利。居无何，则致赀累巨万。天下称陶朱公。

朱公居陶，生少子。少子及壮，而朱公中男杀人，囚于楚。朱公曰："杀人而死，职也。然吾闻千金之子不死于市。"告其少子往视之。乃装黄金千溢[13]，置褐器中，载以一牛车，且遣其少子。朱公长男固请欲行，朱公不听。长男曰："家有长子曰家督，今弟有罪，大人不遣，乃遣少弟，是吾不肖。"欲自杀。其母为言曰："今遣少子，未必能生中子也，而先空亡长男，奈何？"朱公不得已而遣长子，为一封书遗故所善庄生，曰："至则进千金于庄生所，听其所为，慎无与争事。"长男既行，亦自私赍数百金。至楚，庄生家负郭⑭，披藜藋到门，居甚贫。然长男发书进千金，如其父言。庄生曰："可疾去矣，慎毋留！即弟出，勿问所以然。"长男既去，不过庄生而私留，以其私赍献遗楚国贵人用事者。

庄生虽居穷阎，然以廉直闻于国，自楚王以下皆师尊之。及朱公进金，非有意受也，欲以成事后复归之以为信耳。故金至，谓其妇曰："此朱公之金。有如病不宿诫，后复归，勿动。"而朱公长男不知其意，以为殊无短长也。

庄生间时入见楚王，言"某星宿某，此则害于楚。"楚王素信庄生，曰："今为奈何？"庄生曰："独以德为可以除之。"楚王曰："生休矣，寡人将行之。"王乃使使者封三钱之府⑮。楚贵人惊告朱公长男曰："王且赦。"曰："何以也？"曰："每王且赦，常封三钱之府。昨暮王使使封之。"朱公长男以为赦，弟固当出也，重千金虚弃庄生，无所为也，乃复见庄生。庄生惊曰："若不去邪？"长男曰："固未也。初为事弟，弟今议自赦，故辞生去。"庄生知其意欲复得其金，曰："若自入室取金。"长男即自入室取金持去，独自欢幸。

庄生羞为儿子所卖，乃入见楚王曰："臣前言某星事，王言欲以修德报之。今臣出，道路皆言陶之富人朱公之子杀人囚楚，其家多持金钱赂王左右，故王非能恤楚国而赦，乃以朱公子故也。"楚王大怒曰："寡人虽不德耳，奈何以朱公之子故而施惠乎！"令论杀朱公子。明日，遂下赦令。朱公长男竟持其弟丧归。

至，其母及邑人尽哀之，惟朱公独笑，曰："吾固知必杀其弟也！彼非不爱其弟，顾有所不能忍者也。是少与我俱，见苦，为生难，故重弃财。至如少弟者，生而见我富，乘坚驱良逐狡兔，岂知财所从来，故轻弃之，非所惜吝。前日吾所为欲遣少子，固为其能弃财故也。而长者不能，故卒以杀其弟，事之理也，无足悲者。吾日夜固以望其丧之来也。"

故范蠡三徙，成名于天下，非苟去而已，所止必成名。卒老死于陶，故世传曰陶朱公。

太史公曰：禹之功大矣，渐九川⑯，定九州，至于今诸夏艾安。及苗裔勾践，苦身焦思，终灭强吴，北观兵中国，以尊周室，号称霸王。勾践可不谓贤哉！盖有禹之遗烈焉。范蠡三迁皆有荣名，名垂后世。臣主若此，欲毋显，得乎？"

---

①持满者与天：意为功成名就者与天同道，盈而不溢。

②行成：求和。成，和平。

③间行：私下里交往。

④当：指死者相当。

⑤填：通"镇"。

⑥瘨（xiǎn，音显）：通"癣"。

⑦习流：受过军事训练的罪徒。

⑧教士：常备兵；经常接受军事训练的军士。

⑨君子：国君的亲兵。

⑩诸御：各级将官。

⑪蚤：通"早"。

⑫鼓：提；操。　　兵：兵器。

⑬溢：通"镒"，古代黄金称量单位。

⑭负郭：靠近外城。

⑮三钱：指黄、铜、铁三种钱币。

⑯渐：疏通。

史记卷四十二

郑世家第十二

郑桓公友者，周厉王少子，而宣王庶弟也。宣王立二十二年，友初封于郑。封三十三岁，百姓皆便，爱之。幽王以为司徒，和集周民，周民皆说。河、洛之间，人便思之。为司徒一岁，幽王以褒后故，王室治多邪，诸侯或畔之。于是桓公问太史伯曰："王室多故，予安逃死乎？"太史伯对曰："独洛之东土，河、济之南可居。"公曰："何以？"对曰："地近虢、郐，虢、郐之君贪而好利，百姓不附。今公为司徒，民皆爱公。公诚请居之，虢、郐之君见公方用事，轻分公地。公诚居之，虢、郐之民皆公之民也。"公曰："吾欲南之江上，何如？"对曰："昔祝融为高辛氏火正，其功大矣，而其于周未有兴者，楚其后也。周衰，楚必兴。兴，非郑之利也。"公曰："吾欲居西方，何如？"对曰："其民贪而好利，难久居。"公曰："周衰，何国兴者？"对曰："齐、秦、晋、楚乎？夫齐，姜姓，伯夷之后也，伯夷佐尧典礼。秦，嬴姓，伯翳之后也，伯翳佐舜怀柔百物。及楚之先，皆尝有功于天下。而周武王克纣后，成王封叔虞于唐，其地阻险，以此有德，与周衰并，亦必兴矣。"桓公曰："善。"于是卒言王，东徙其民洛东，而虢、郐果献十邑，竟国之①。

二岁，犬戎杀幽王于骊山下，并杀桓公。郑人共立其子掘突，是为武公。

武公十年，娶申侯女为夫人，曰武姜。生太子寤生，生之难②，及生，夫人弗爱。后生少子叔段，段生易，夫人爱之。二十七年，武公疾。夫人请公，欲立段为太子，公弗听。是岁，武公卒，寤生立，是为庄公。

庄公元年，封弟段于京，号太叔。祭仲曰："京大于国，非所以封庶也。"庄公曰："武姜欲之，我弗敢夺也。"段至京，缮治甲兵，与其母武姜谋袭郑。二十二年，段果袭郑，武姜为内应。庄公发兵伐段，段走。伐京，京人畔段，段出走鄢。鄢溃，段出奔共。于是庄公迁其母武姜于城颍，誓言曰："不至黄泉，毋相见也！"居岁余，已悔，思母。颍谷之考叔有献于公，公赐食。考叔曰："臣有母，请君食赐臣母。"庄公曰："我甚思母，恶负盟，奈何？"考叔曰："穿地至黄泉，则相见矣。"于是遂从之，见母。

二十四年，宋缪公卒，公子冯奔郑。郑侵周地，取禾。二十五年，卫州吁弑其君桓公，自立，与宋伐郑，以冯故也。二十七年，始朝周桓王。桓王怒其取禾，弗礼也。二十九年，庄公怒周弗礼，与鲁易祊、许田。三十三年，宋杀孔父。三十七年，庄公不朝周。周桓王率陈、蔡、虢、卫伐郑。庄公与祭仲、高渠弥发兵自救，王师大败。祝瞻射中王臂。祝瞻请从之③，郑伯止之，曰："犯长且难之，况敢陵天子乎？"乃止。夜令祭仲问王疾。三十八年，北戎伐齐，齐使求救，郑遣太子忽将兵救齐。齐釐公欲妻之。忽谢曰："我小国，非齐敌也。"时祭仲与俱，劝使取之，曰："君多内宠，太子无大援将不立，三公子皆君也。"所谓三公子者，太子忽，其弟突，次弟子亹也。

四十三年，郑庄公卒。初，祭仲甚有宠于庄公，庄公使为卿。公使娶邓女，生太子忽，故祭仲立之，是为昭公。

庄公又娶宋雍氏女，生厉公突。雍氏有宠于宋。宋庄公闻祭仲之立忽，乃使人诱召祭仲而执之，曰："不立突，将死。"亦执突以求赂焉。祭仲许宋，与宋盟，以突归，立之。昭公忽闻祭仲以宋要立其弟突。九月丁亥，忽出奔卫。己亥，突至郑，立，是为厉公。

厉公四年，祭仲专国政。厉公患之，阴使其婿雍纠，欲杀祭仲。纠妻，祭仲女也，知之。谓其母曰："父与夫孰亲？"母曰："父一而已，人尽夫也。"女乃告祭仲。祭仲反杀雍纠，戮之于市。厉公无奈祭仲何，怒纠，曰："谋及妇人，死固宜哉！"夏，厉公出居边邑栎。祭仲迎昭公忽，六月乙亥，复入郑，即位。

秋，郑厉公突因栎人杀其大夫单伯，遂居之。诸侯闻厉公出奔，伐郑，弗克而去。宋颇予厉公兵，自守于栎，郑以故亦不伐栎。

昭公二年。自昭公为太子时，父庄公欲以高渠弥为卿，太子忽恶之，庄公弗听，卒用渠弥为卿。及昭公即位，惧其杀己，冬十月辛卯，渠弥与昭公出猎，射杀昭公于野。祭仲与渠弥不敢入厉公，乃更立昭公弟子亹为君。是为子亹也，无谥号。

子亹元年七月，齐襄公会诸侯于首止。郑子亹往会，高渠弥相，从，祭仲称疾不行。所以然者，子亹自齐襄公为公子之时，尝会斗，相仇，及会诸侯，祭仲请子亹无行。子亹曰："齐强，而厉公居栎，即不往，是率诸侯伐我，内厉公。我不如往，往何遽必辱，且又何至是！"卒行，于是祭仲恐齐并杀之，故称疾。子亹至，不谢齐侯。齐侯怒，遂伏甲而杀子亹。高渠弥亡归，归与祭仲谋，召子亹弟公子婴于陈而立之，是为郑子。是岁，齐襄公使彭生醉拉杀鲁桓公。

郑子八年，齐人管至父等作乱，弑其君襄公。十二年，宋人长万弑其君湣公。郑祭仲死。十四年，故郑亡厉公突在栎者使人诱劫郑大夫甫瑕，要以求入。瑕曰："舍我④！我为君杀郑子而入君。"厉公与盟，乃舍之。六月甲子，瑕杀郑子及其二子，而迎厉公突。突自栎复入即位。

初，内蛇与外蛇斗于郑南门中，内蛇死。居六年，厉公果复入。入而让其伯父原曰：："我亡国外居，伯父无意入我，亦甚矣！"原曰："事君无二心，人臣之职也。原知罪矣！"遂自杀。厉公于是谓甫瑕曰："子之事君有二心矣。"遂诛之。瑕曰："重德不报，诚然哉！"

厉公突后元年，齐桓公始霸。五年，燕、卫与周惠王弟穨伐王，王出奔温；立弟穨为王。六年，惠王告急郑，厉公发兵击周王子穨，弗胜。于是与周惠王归，王居于栎。七年春，郑厉公与虢叔袭杀王子穨而入惠王于周。

秋，厉公卒，子文公踕立。厉公初立四岁，亡居栎，居栎十七岁，复入，立七岁，与亡凡二十八年。

文公十七年，齐桓公以兵破蔡，遂伐楚，至召陵。

二十四年，文公之贱妾曰燕姞，梦天与之兰⑤，曰："余为伯鯈。余，尔祖也。以是为而子，兰有国香。"以梦告文公，文公幸之，而予之草兰为符。遂生子，名曰兰。

三十六年，晋公子重耳过，文公弗礼。文公弟叔詹曰："重耳贤，且又同姓，穷而过君，不可无礼。"文公曰："诸侯亡公子过者多矣，安能尽礼？"詹曰："君如弗礼，遂杀之；弗杀，使即反国，为郑忧矣。"文公弗听。

三十七年春，晋公子重耳反国，立，是为文公。秋，郑入滑，滑听命，已而反与卫，于是郑伐滑。周襄王使伯犕请滑⑥。郑文公怨惠王之亡在栎，而文公父厉公入之，而惠王不赐厉公爵禄，又怨襄王之与卫、滑，故不听襄王请而囚伯犕。王怒，与翟人伐郑，弗克。冬，翟攻伐襄王，襄王出奔郑，郑文公居王于氾。三十八年，晋文公入襄王成周。

四十一年，助楚击晋。自晋文公之过无礼，故背晋助楚。

四十三年，晋文公与秦穆公共围郑，讨其助楚攻晋者及文公过时之无礼也。

初，郑文公有三夫人，宠子五人，皆以罪早死。公怒，溉逐群公子⑦。子兰奔晋，从晋文公围郑。时兰事晋文公甚谨，爱幸之，乃私于晋，以求入郑为太子。晋于是欲得叔詹为僇。郑文公恐，不敢谓叔詹言。詹闻，言于郑君曰："臣谓君，君不听臣，晋卒为患。然晋所以围郑，以詹。詹死而赦郑国，詹之愿也。"乃自杀。郑人以詹尸与晋。晋文公曰："必欲一见郑君，辱之而去。"郑人患之，乃使人私于秦曰："破郑益晋，非秦之利也。"秦兵罢。晋文公欲入兰为太子，以告郑。郑大夫石癸曰："吾闻姞姓乃后稷之元妃，其后当有兴者。子兰母，其后也。且夫人子尽已死，余庶子无如兰贤。今围急，晋以为请，利孰大焉？"遂许晋，与盟，而卒立子兰为太子，晋兵乃罢去。

四十五年，文公卒，子兰立，是为缪公。

缪公元年春，秦缪公使三将将兵欲袭郑，至滑，逢郑贾人弦高诈以十二牛劳军，故秦兵不至而还，晋败之于崤。初，往年郑文公之卒也，郑司城缯贺以郑情卖之，秦兵故来。

三年，郑发兵，从晋伐秦，败秦兵于汪。

往年楚太子商臣弑其父成王代立。二十一年，与宋华元伐郑。华元杀羊食士，不与其御羊斟，怒以驰郑，郑囚华元。宋赎华元，元亦亡去。晋使赵穿以兵伐郑。

二十二年，郑缪公卒，子夷立，是为灵公。

灵公元年春，楚献鼋于灵公。子家、子公将朝灵公，子公之食指动，谓子家曰："佗日指动，必食异物。"及入，见灵公进鼋羹，子公笑曰："果然！"灵公问其笑故，具告灵公。灵公召之，独弗予羹。子公怒，染其指⑧，尝之而出。公怒，欲杀子公。子公与子家谋先。夏，弑灵公。郑人欲立灵公弟去疾，去疾让曰："必以贤，则去疾不肖；必以顺，则公子坚长。"坚者，灵公庶弟，去疾之兄也。于是乃立子坚，是为襄公。

襄公立，将尽去缪氏。缪氏者，杀灵公子公之族家也。去疾曰："必去缪氏，我将去之。"乃止。皆以为大夫。

襄公元年，楚怒郑受宋赂纵华元，伐郑。郑背楚，与晋亲。五年，楚复伐郑，晋来救之。六年，子家卒，国人复逐其族，以其弑灵公也。七年，郑与晋盟鄢陵。

八年，楚庄王以郑与晋盟，来伐，围郑三月，郑以城降楚。楚王入自皇门，郑襄公肉袒擎羊以迎，曰："孤不能事边邑，使君王怀怒以及弊邑，孤之罪也⑨。敢不惟命是听。君王迁之江南，及以赐诸侯，亦惟命是听。若君王不忘厉、宣王，桓、武公，哀不忍绝其社稷，锡不毛之地，使复得改事君王，孤之愿也，然非所敢望也。敢布腹心，惟命是听。"庄王为却三十里而后舍。楚群臣曰："自郢至此，士大夫亦久劳矣。今得国，舍之，何如？"庄王曰："所为伐，伐不服也。今已服，尚何求乎？"卒去。晋闻楚之伐郑，发兵救郑。其来持两端，故迟；比至河，楚兵已去，晋将率或欲渡，或欲还，卒渡河。庄王闻，还击晋。郑反助楚，大破晋军于河上。

十年，晋来伐郑，以其反晋而亲楚也。

十一年，楚庄王伐宋，宋告急于晋。晋景公欲发兵救宋，伯宗谏晋君曰："天方开楚，未可伐也。"乃求壮士得霍人解扬，字子虎，诓楚，令宋毋降。过郑，郑与楚亲，乃执解扬而献楚。楚王厚赐，与约，使反其言，令宋趣降，三要乃许。于是楚登解扬楼车，令呼宋。遂负楚约而致其晋君命曰："晋方悉国兵以救宋，宋虽急，慎毋降楚，晋兵今至矣！"楚庄王大怒，将杀之。解扬曰："君能制命为义，臣能承命为信。受吾君命以出，有死无陨。"庄王曰："若之许我，已而背之，其信安在？"解扬曰："所以许王，欲以成吾君命也！"将死，顾谓楚军曰："为人臣无忘尽忠得死者！"楚王诸弟皆谏王赦之，于是赦解扬使归。晋爵之为上卿。

十八年，襄公卒，子悼公费立。

悼公元年，鄬公恶郑于楚，悼公使弟睔于楚自讼，讼不直，楚囚睔。于是郑悼公来与晋平，遂亲。睔私于楚子反，子反言归睔于都。

二年，楚伐郑，晋兵来救。是岁，悼公卒，立其弟睔，是为成公。

成公三年，楚共王曰："郑成公孤有德焉！"使人来与盟。成公私于盟。秋，成公朝晋，晋曰："郑私平于楚。"执之，使栾书伐郑。

四年春，郑患晋围，公子如乃立成公庶兄繻为君。其四月，晋闻郑立君，乃归成公。郑人闻成公归，亦杀君繻，迎成立。晋兵去。

十年，背晋盟，盟于楚。晋厉公怒，发兵伐郑。楚共王救郑。晋、楚战鄢陵，楚兵败，晋射伤楚共工目，俱罢而去。

十三年，晋悼公伐郑，兵于洧上。郑城守，晋亦去。

十四年，成公卒，子恽立，是为釐公。

釐公五年，郑相子驷朝釐公，釐公不礼。子驷怒，使厨人药杀釐公，赴诸侯曰："釐公暴病卒。"立釐公子嘉。嘉时年五岁，是为简公。

简公元年，诸公子谋欲诛相子驷。子驷觉之，反尽诛诸公子。二年，晋伐郑，郑与盟。晋去。冬，又与楚盟。子驷畏诛，故两亲晋、楚。三年，相子驷欲自立为君，公子子孔使尉止杀相子驷而代之。子孔又欲自立，子产曰："子驷为不可，诛之，今又效之，是乱无时息也。"于是子孔从之，而相郑简公。

四年，晋怒郑与楚盟，伐郑，郑与盟。楚共王救郑，败晋兵。简公欲与晋平，楚又囚郑使者。

十二年，简公怒相子孔专国权，诛之，而以子产为卿。十九年，简公如晋请卫君还，而封子产以六邑。子产让，受其三邑。

二十二年，吴使延陵季子于郑，见子产如旧交，谓子产曰："郑之执政者侈，难将至，政将及子。子为政，必以礼；不然，郑将败。"子产厚遇季子。

二十三年，诸公子争宠相杀，又欲杀子产。公子或谏曰："子产仁人，郑所以存者，子产也。勿杀！"乃止。

二十五，郑使子产于晋，问平公疾。平公曰："卜而曰实沈、台骀为祟，史官莫知，敢问？"对曰："高辛氏有二子，长曰阏伯，季曰实沈，居旷林[10]，不相能也[11]，曰操干戈以相征伐。后帝弗臧[12]，迁阏伯于商丘，主辰[13]，商人是因，故辰为商星。迁实沈于大夏，主参，唐人是因，服事夏、商，其季世曰唐叔虞。当武王邑姜方娠大叔，梦帝谓己：'余命而子曰虞，乃与之唐，属之参而蕃育其子孙。'及生，有文在其掌曰'虞'，遂以命之。及成王灭唐而国大叔焉。故参为晋星。由是观之，则实沈，参神也。昔金天氏有裔子曰昧，为玄冥师，生允格、台骀。台骀能业其官，宣汾、洮，障大泽，以处太原。帝用嘉之，国之汾川。沈、姒、蓐、黄实守其祀。今晋主汾川而灭之。由是观之，则台骀，汾、洮神也。然是二者不害君身。山川之神，则水旱之灾，祟之[14]；日月星辰之神，则雪霜风雨不时，祟之；若君疾，饮食哀乐女色所生也。"平公及叔向曰："善！博物君子也！"厚为之礼于子产。

二十七年夏，郑简公朝晋。冬，畏楚灵王之强，又朝楚，子产从。二十八年，郑君病，使子产会诸侯，与楚灵王盟于申，诛齐庆封。

三十六年，简公卒，子定公宁立。秋，定公朝晋昭公。

定公元年，楚公子弃疾弑其君灵王而自立，为平王。欲行德诸侯，归灵王所侵郑地于郑。

四年，晋昭公卒，其六卿强，公室卑。子产谓韩宣子曰："为政必以德，毋忘所以立。"

六年，郑火，公欲禳之。子产曰："不如修德。"

八年，楚太子建来奔。

十年，太子建与晋谋袭郑。郑杀建，建子胜奔吴。

十一年，定公如晋。晋与郑谋，诛周乱臣，入敬王于周。

十三年，定公卒，子献公虿立。献公十三年卒，子声公胜立。当是时，晋六卿强，侵夺郑，郑遂弱。

声公五年，郑相子产卒。郑人皆哭泣，悲之如亡亲戚。子产者，郑成公少子也，为人仁，爱人，事君忠厚。孔子尝过郑，与子产如兄弟云。及闻子产死，孔子为泣曰："古之遗爱也！"

八年，晋范、中行氏反晋，告急于郑，郑救之。晋伐郑，败郑军于铁。

十四年，宋景公灭曹，二十年，齐田常弑其君简公，而常相于齐。二十二年，楚惠王灭陈。孔子卒。三十六年，晋知伯伐郑，取九邑。

三十七年，声公卒，子哀公易立。

哀公八年，郑人弑哀公而立声公弟丑，是为共公。

共公三年，三晋灭知伯。三十一年，共公卒，子幽公已立。

幽公元年，韩武子伐郑，杀幽公。郑人立幽公弟骀，是为繻公。

繻公十五年，韩景侯伐郑，取雍丘，郑城京。十六年，郑伐韩，败韩兵于负黍。二十年，韩、赵、魏列为诸侯。二十三年，郑围韩之阳翟。

二十五年，郑君杀其相子阳。二十七年，子阳之党共弑繻公骀而立幽公弟乙为君，是为郑君。

郑君乙立二年，郑负黍反，复归韩。十一年，韩伐郑，取阳城。二十一年，韩哀侯灭郑，并其国。

太史公曰：语有之，"以权利合者，权利尽而交疏"，甫瑕是也。甫瑕虽以劫杀郑子内厉公，厉公终背而杀之，此与晋之里克何异？守节如荀息，身死而不能存奚齐。变所从来，亦多故矣！

①竟国之：最后把国家安置在这里。

②生之难：分娩时难产。

③从：追击；追赶。

④舍：释放。

⑤兰：香草。

⑥请滑：为滑国求情。

⑦溉：悉数；尽。

⑧染其指：把手指伸到羹里。

⑨獘：通"弊"。

⑩旷：大；广。

⑪相能：相让；相互容忍。

⑫臧：善。

⑬主辰：主掌祭祀辰神。辰，大火。

⑭祟（yíng，音营）：古代禳灾之祭。

史记卷四十三

赵世家第十三

赵氏之先，与秦共祖。至中衍，为帝大戊御。其后世蜚廉有子二人，而命其一子曰恶来，事纣，为周所杀，其后为秦。恶来弟曰季胜，其后为赵。

季胜生孟增。孟增幸于周成王，是为宅皋狼。皋狼生衡父，衡父生造父。造父幸于周缪工。造父取骥之乘匹①，与桃林盗骊、骅骝、騄耳，献之缪王。缪王使造父御，西巡狩，见西王母，乐之忘归。而徐偃王反，缪王日驰千里马，攻徐偃王，大破之。乃赐造父以赵城，由此为赵氏。

自造父已下六世至奄父，曰公仲，周宣王时伐戎，为御。及千亩战，奄父脱宣王②。奄父生叔带。叔带之时，周幽王无道，去周如晋，事晋文侯，始建赵氏于晋国。自叔带以下，赵宗益兴，五世而至赵夙。

赵夙，晋献公之十六年伐霍、魏、耿，而赵夙为将伐霍，霍公求奔齐。晋大旱，卜之，曰："霍太山为祟"。使赵夙召霍君于齐，复之，以奉霍太山之祀，晋复穰。晋献公赐赵夙耿。

夙生共孟，当鲁闵公之元年也。共孟生赵衰，字子余。

赵衰卜事晋献公及诸公子，莫吉；卜事公子重耳，吉，即事重耳。重耳以骊姬之乱亡奔翟，赵衰从。翟伐廧咎如，得二女，翟以其少女妻重耳，长女妻赵衰而生盾。初，重耳在晋时，赵衰妻亦生赵同、赵括、赵婴齐。赵衰从重耳出亡，凡十九年，得反国。重耳为晋文公，赵衰为原大夫，居原，任国政。文公所以反国及霸，多赵衰计策，语在晋事中。

赵衰既反晋，晋之妻固要迎翟妻，而以其子盾为適嗣，晋妻三子皆下事之。晋襄公之六年，而赵衰卒，谥为成季。

赵盾代成季任国政二年而晋襄公卒。太子夷皋年少，盾为国多难，欲立襄公弟雍。雍时在秦，使使迎之。太子母日夜啼泣，顿首谓赵盾曰："先君何罪，释其適子而更求君？"赵盾患之，恐其宗与大夫袭诛之，乃遂立太子，是为灵公，发兵距所迎襄公弟于秦者。灵公既立，赵盾益专国政。

灵公立十四年，益骄。赵盾骤谏，灵公弗听。及食熊蹯，胹不熟③，杀宰人，持其尸出，赵盾见之。灵公由此惧，欲杀盾。盾素仁，爱人，尝所食桑下饿人反扞救盾④，盾以得亡。未出境，而赵穿弑灵公而立襄公弟黑臀，是为成公。赵盾复反，任国政。君子讥盾"为正卿，亡不出境，反不讨贼"，故太史书曰："赵盾弑其君"。晋景公时而赵盾卒，谥为宣孟，子朔嗣。

赵朔，晋景公之三年，朔为晋将下军救郑，与楚庄王战河上，朔娶晋成公姊为夫人。

晋景公之三年，大夫屠岸贾欲诛赵氏。初，赵盾在时，梦见叔带持要而哭⑤，甚悲；已而笑，拊手且歌⑥。盾卜之，兆绝而后好。赵史援占之，曰："此梦甚恶，非君之身，乃君之子，然亦君之咎。至孙，赵将世益衰。"

屠岸贾者，始有宠于灵公，及至于景公而贾为司寇，将作难，乃治灵公之贼以致赵盾⑦，遍告诸将曰："盾虽不知，犹为贼首。以臣弑君，子孙在朝，何以惩罪？请诛之。"韩厥曰："灵公遇贼，赵盾在外，吾先君以为无罪，故不诛。今诸君将诛其后，是非先君之意。而今妄诛，妄诛谓之乱。臣有大事而君不闻，是无君也。"屠岸贾不听。韩厥告赵朔趣亡⑧，朔不肯，曰："子必不绝赵祀，朔死不恨。"韩厥许诺，称疾不出。贾不请，而擅与诸将攻赵氏于下宫，杀赵朔、赵同、赵括、赵婴齐，皆灭其族。

赵朔妻成公姊，有遗腹，走公宫匿。赵朔客曰公孙杵臼，杵臼谓朔友人程婴曰："胡不死？"程婴曰："朔之妇有遗腹，若幸而男，吾奉之；即女也，吾徐死耳⑨。"居无何，而朔妇免身⑩，生男。屠岸贾闻之，索于宫中。夫人置儿绔中，祝曰⑪："赵宗灭乎，若号；即不灭，若无声。"及索，儿竟无声。已脱，程婴谓公孙杵臼曰："今一索不得，后必且复索之，奈何？"公孙杵臼曰："立孤与死孰难？"程婴曰："死易，立孤难耳。"公孙杵臼曰："赵氏先君遇子厚，子强为其难者，吾为其易者，请先死。"乃二人谋取他人婴儿负之，衣以文葆⑫，匿山中。程婴出，谬谓诸将军曰："婴不肖，不能立赵孤儿，谁能与我千金，吾告赵氏孤处。"诸将皆喜，许之，发师随程婴攻公孙杵臼。杵臼谬曰："小人哉程婴！昔下宫之难不能死，与我谋匿赵氏孤儿，今又卖我。纵不能立，而忍卖之乎？"抱儿呼曰："天乎！天乎！赵氏孤儿何罪？请活之，独杀杵臼可也。"诸将不许，遂杀杵臼与孤儿。诸将以为赵氏孤儿良已死⑬，皆喜。然赵氏真孤乃反在，程婴卒与俱匿山中。

居十五年，晋景公疾，卜之，大业之后不遂者为祟。景公问韩厥，厥知赵孤在，乃曰："大业之后在晋绝祀者，其赵氏乎？夫自中衍者皆嬴姓也。中衍人面鸟噣⑭，降佐殷帝大戊及周天子，皆有明德。下及幽、厉无道，而叔带去周适晋，事先君文侯，至于成公，世有立功，未尝绝祀。今吾君独灭赵宗，国人哀之，故见龟策。唯君图之。"景公问："赵尚有后子孙乎？"韩厥具以实告。于是景公乃与韩厥谋立赵孤儿，召而匿之宫中。诸将入问疾，景公因韩厥之众以胁诸将而见赵孤。赵孤名曰武。诸将不得已，乃曰："昔下宫之难，屠岸贾为之，矫以君命，并命群臣。非然，孰敢作难！微君之疾⑮，群臣固且请立赵后。今君有命，群臣之愿也。"于是召赵武、程婴遍拜诸将，遂反与程婴、赵武攻屠岸贾，灭其族。复与赵武田邑如故。

及赵武冠，为成人，程婴乃辞诸大夫，谓赵武曰："昔下宫之难，皆能死。我非不能死，我思立赵氏之后。今赵武既立，为成人，复故位，我将下报赵宣孟与公孙杵臼。"赵武啼泣顿首固请，曰："武愿苦筋骨以报子至死，而子忍去我死乎！"程婴曰："不可！彼以我为能成事，故先我死；今我不报，是以我事为不成。"遂自杀。赵武服齐衰三年，为之祭邑，春秋祠之，世世勿绝。

赵氏复位十一年，而晋厉公杀其大夫三郤。栾书畏及，乃遂弑其君厉公，更立襄公曾孙周，是为悼公。晋由此大夫稍强。

赵武续赵宗二十七年，晋平公立。平公十二年，而赵武为正卿。十三年，吴延陵季子使于晋，曰："晋国之政卒归于赵武子、韩宣子、魏献子之后矣。"赵武死，谥为文子。

文子生景叔。景叔之时，齐景公使晏婴于晋，晏婴与晋叔向语。婴曰："齐之政后卒归田氏。"叔向亦曰："晋国之政将归六卿。六卿侈矣⑯，而吾君不能恤也⑰。"

赵景叔卒，生赵鞅，是为简子。

赵简子在位，晋顷公之九年，简子将合诸侯戍于周。其明年，入周敬王于周，辟弟子朝之故也。

晋顷公之十二年，六卿以法诛公族祁氏、羊舌氏，分其邑为十县，六卿各令其族为之大夫。晋公室由此益弱。

后十三年，鲁贼臣阳虎来奔，赵简子受赂，厚遇之。

赵简子疾，五日不知人，大夫皆惧。医扁鹊视之，出，董安于问，扁鹊曰："血脉治也，而何怪！在昔秦缪公尝如此，七日而寤。寤之日，告公孙支与子舆曰：'我之帝所甚乐。吾所以久者，适有学也。帝告我：'晋国将大乱，五世不安；其后将霸，未老而死；霸者之子且令而国男女无别。'公孙支书而藏之，秦谶于是出矣⑱。献公之乱，文公之霸，而襄公败秦师于殽而归纵淫，此子之所闻。今主君之疾与之同，不出三日疾必间⑲，间必有言也。"

居二日半，简子寤。语大夫曰："我之帝所甚乐，与百神游于钧天，广乐九奏万舞，不类三代之乐，其声动人心。有一熊欲来援我⑳，帝命我射之，中熊，熊死。又有一罴来，我又射之，中罴，罴死。帝甚喜，赐我二笥，皆有副。吾见儿在帝侧，帝属我一翟犬，曰：'及而子之壮也，以赐之'。帝告我：'晋国且世衰，七世而亡，嬴姓将大败周人于范魁之西，而亦不能有也。今余思虞舜之勋，适余将以其胄女孟姚配而七世之孙。'"董安于受言而书藏之。以扁鹊言告简子，简子赐扁鹊田四万亩。

他日，简子出，有人当道，辟之不去，从者怒，将刃之。当道者曰："吾欲有谒于主君。"从者以闻。简子召之，曰："譆，吾有所见子晰也㉑。"当道者曰："屏左右，愿有谒。"简子屏人。当道者曰："主君之疾，臣在帝侧。"简子曰："然，有之。子之见我，我何为？"当道者曰："帝令主君射熊与罴，皆死。"简子曰："是，且何也？"当道者曰："晋国且有大难，主君首之。帝令主君灭二卿，夫熊与罴皆其祖也。"简子曰："帝赐我二笥，皆有副，何也？"当道者曰："主君之子将克二国于翟，皆子姓也。"简子曰："吾见儿在帝侧，帝属我一翟犬，曰'及而子之长以赐之'。夫儿何谓以赐翟犬？"当道者曰："儿，主君之子也。翟犬者，代之先也。主君之子且必有代。及主君之后嗣，且有革政而胡服，并二国于翟。"简子问其姓而延之以官㉒。当道者曰："臣野人，致帝命耳。"遂不见。简子书藏之府。

异日，姑布子卿见简子，简子遍召诸子相之，子卿曰："无为将军者。"简子曰："赵氏其灭乎？"子卿曰："吾尝见一子于路，殆君之子也。"简子召子毋恤。毋恤至，则子卿起曰："此真将军矣！"简子曰："此其母贱，翟婢也，奚道贵哉？"子卿曰："天所授，虽贱必贵。"自是之后，简子尽召诸子与语，毋恤最贤。简子乃告诸子曰："吾藏宝符于常山上，先得者赏。"诸子驰之常山上，求，无所得。毋恤还，曰："已得符矣。"简子曰："奏之。"毋恤曰："从常山上临代，代可取也。"简子于是知毋恤果贤，乃废太子伯鲁，而以毋恤为太子。

后二年，晋定公之十四年，范、中行作乱。明年春，简子谓邯郸大夫午曰："归我卫士五百家，吾将置之晋阳。"午许诺，归而其父兄不听，倍言。赵鞅捕午，囚之晋阳，乃告邯郸人曰："我私有诛午也，诸君欲谁立？"遂杀午。赵稷、涉宾以邯郸反。晋君使籍秦围邯郸。荀寅、范吉射与午善，不肯助秦而谋作乱，董安于知之。十月，范、中行氏伐赵鞅，鞅奔晋阳，晋人围之。范吉射、荀寅仇人魏襄等谋逐荀寅，以梁婴父代之；逐吉射，以范皋绎代之。荀栎言于晋侯曰："君命大臣，始乱者死。今三臣始乱而独逐鞅，用刑不均。请皆逐之。"十一月，荀栎、韩不佞、魏哆奉公命以伐范、中行氏，不克。范、中行氏反伐公，公击之，范、中行败走。丁未，二子奔朝歌。韩、魏以赵氏为请。十二月辛未，赵鞅入绛，盟于公宫。

其明年，知伯文子谓赵鞅曰："范、中行虽信为乱，安于发之，是安于与谋也。晋国有法，始乱者死。夫二子已伏罪而安于独在。"赵鞅患之。安于曰："臣死，赵氏定，晋国宁，吾死晚矣。"遂自杀。赵氏以告知伯，然后赵氏宁。

孔子闻赵简子不请晋君而执邯郸午，保晋阳，故书《春秋》曰："赵鞅以晋阳畔。"

赵简子有臣曰周舍，好直谏。周舍死，简子每听朝，常不悦，大夫请罪，简子曰："大夫无罪。吾闻千羊之皮不如一狐之腋。诸大夫朝，徒闻唯唯，不闻周舍之鄂鄂㉓，是以忧也。"简子由此能附赵邑而怀晋人。

晋定公十八年，赵简子围范、中行于朝歌，中行文子奔邯郸。明年，卫灵公卒。简子与阳虎送卫太子蒯聩于卫，卫不内，居戚。

晋定公二十一年，简子拔邯郸，中行文子奔柏人。简子又围柏人，中行文子、范昭子遂奔齐。赵竟有邯郸、柏人。范、中行余邑入于晋。赵名晋卿，实专晋权，奉邑侔于诸侯㉔。

晋定公三十年，定公与吴王夫差争长于黄池，赵简子从晋定公，卒长吴。定公三十七年卒，而简子除三年之丧，期而已。是岁，越王勾践灭吴。

晋出公十一年，知伯伐郑。越简子疾，使太子毋恤将而围郑。知伯醉，以酒灌击毋恤。毋恤群臣请死之。毋恤曰："君所以置毋恤，为能忍詢。"然亦慍知伯。知伯归，因谓简子，使废毋恤，简子不听。毋恤由此怨知伯。

晋出公十七年，简子卒，太子毋恤代立，是为襄子。

赵襄子元年，越围吴。襄子降丧食，使楚隆问吴王。

襄子姊前为代王夫人。简子既葬，未除服，北登夏屋，请代王，使厨人操铜枓以食代王及从者㉕，行斟㉖，阴令宰人各以枓击杀代王及从官，遂兴兵平代地。其姊闻之，泣而呼天，摩笄自杀㉗。代人怜之，所死地名之为摩笄之山。遂以代封伯鲁子周，为代成君。伯鲁者，襄子兄，故太子。太子早死，故封其子。

襄子立四年，知伯与赵、韩、魏尽分其范、中行故地。晋出公怒，告齐、鲁，欲以伐四卿。四卿恐，遂共攻出公。出公奔齐，道死。知伯乃立昭公曾孙骄，是为晋懿公。知伯益骄，请地韩、魏，韩、魏与之；请地赵，赵不与，以其围郑之辱。知伯怒，遂率韩、魏攻赵。

赵襄子惧，乃奔保晋阳。原过从，后，至于王泽，见三人，自带以上可见，自带以下不可见。与原过竹二节，莫通，曰："为我以是遗赵毋恤。"原过既至，以告襄子。襄子齐三日㉒，亲自剖竹，有朱书曰："赵毋恤，余霍泰山山阳侯天使也。三月丙戌，余将使女反灭知氏。女亦立我百邑，余将赐女林胡之地。至于后世，且有伉王，赤黑，龙面而鸟噣，鬓麋髭髯，大膺大胸，修下而冯，左衽界乘，奄有河宗，至于休溷诸貉，南伐晋别㉔，北灭黑姑。"襄子再拜，受三神之令。

三国攻晋阳，岁余，引汾水灌其城，城不浸者三版㉚。城中悬釜而炊，易子而食。群臣皆有外心，礼益慢，唯高共不敢失礼。襄子惧，乃夜使相张孟同私于韩、魏。韩、魏与合谋，以三月丙戌，三国反灭知氏，共分其地。于是襄子行赏，高共为上。张孟同曰："晋阳之难，唯共无功。"襄子曰："方晋阳急，群臣皆懈，惟共不敢失人臣礼，是以先之。"于是赵北有代，南并知氏，强于韩、魏。遂祠三神于百邑，使原过主霍泰山祠祀。

其后娶空同氏，生五子。襄子为伯鲁之不立也，不肯立子，且必欲传位与伯鲁子代成君。成君先死，乃取代成君子浣立为太子。襄子立三十三年卒，浣立，是为献侯。

献侯少即位，治中牟。襄子弟桓子逐献侯，自立于代，一年卒。国人曰桓子立非襄子意，乃共杀其子而复迎立献侯。十年，中山武公初立。十三年，城平邑。十五年，献侯卒；子烈侯籍立。

烈侯元年，魏文侯伐中山，使太子击守之。六年，魏、韩、赵皆相立为诸侯。追尊献子为献侯。

烈侯好音，谓相国公仲连曰："寡人有爱，可以贵之乎？"公仲曰："富之可，贵之则否。"烈侯曰："然。夫郑歌者枪、石二人，吾赐之田，人万亩！"公仲曰："诺。"不与。居一月，烈侯从代来，问歌者田。公仲曰："求，未有可者。"有顷，烈侯复问。公仲终不与，乃称疾不朝。番吾君自代来，谓公仲曰："君实好善，而未知所持。今公仲相赵，于今四年，亦有进士乎？"公仲曰："未也。"番吾君曰："牛畜、荀欣、徐越皆可。"公仲乃进三人。及朝，烈侯复问："歌者田何如？"公仲曰："方使择其善者。"牛畜侍烈侯以仁义，约以王道，烈侯追然。明日，荀欣侍以选练举贤，任官使能。明日，徐越侍以节财俭用，察度功德，所与无不充③，君说。烈侯使使谓相国曰："歌者之田且止。"官牛畜为师，荀欣为中尉，徐越为内史，赐相国衣二袭②。

九年，烈侯卒，弟武公立。武公十三年卒，赵复立烈侯太子章，是为敬侯。是岁，魏文侯卒。

敬侯元年，武公子朝作乱，不克，出奔魏。赵始都邯郸。

二年，败齐于灵丘。三年，救魏于廪丘，大败齐人。四年，魏败我兔台。筑刚平以侵卫。五年，齐、魏为卫攻赵，取我刚平。六年，借兵于楚，伐魏，取棘蒲。八年，拔魏黄城。九年，伐齐，齐伐燕，赵救燕。十年，与中山战于房子。十一年，魏、韩、赵共灭晋，分其地。伐中山，又战于中人。十二年，敬侯卒，了成侯种立。

成侯元年，公子胜与成侯争立，为乱。二年六月，雨雪。三年，太戊午为相。伐卫，取乡邑七十三。魏败我蔺。四年，与秦战高安，败之。五年，伐齐于鄄。魏败我怀。攻郑，败之，以与韩，韩与我长子。六年，中山筑长城。伐魏，败涿泽，围魏惠王。七年，侵齐，至长城。与韩攻周。八年，与韩分周以为两。九年，与齐战阿下。十年，攻卫，取甄。十一年，秦攻魏，赵救之石阿。十二年，秦攻魏少梁，赵救之。十三年，秦献公使庶长国伐魏少梁，虏其太子痤。魏败我浍，取皮牢。成侯与韩昭侯遇上党③。十四年，与韩攻秦。十五年，助魏攻齐。十六年，与韩、魏分晋，封晋君以端氏。十七年，成侯与魏惠王遇葛孽。十九年，与齐、宋会平陆，与燕会阿。二十年，魏献荣椽，因以为檀台。二十一年，魏围我邯郸。二十二年，魏惠王拔我邯郸，齐亦败魏于桂陵。二十四年，魏归我邯郸，与魏盟漳水上。秦攻我蔺。二十五年，成侯卒。公子继与太子肃侯争立，继败，亡奔韩。

肃侯元年，夺晋君端氏，徙处屯留。二年，与魏惠王遇于阴晋。三年，公子范袭邯郸，不胜而死。四年，朝天子。六年，攻齐，拔高唐。七年，公子刻攻魏首垣。十一年，秦孝公使商君伐魏，虏其将公子卬。赵伐魏。十二年，秦孝公卒。商君死。十五年，起寿陵。魏惠王卒。十六年，肃侯游大陵，出于鹿门，太戊午扣马曰④："耕事方急，一日不作，百日不食。"肃侯下车谢。十七年，围魏黄，不克。筑长城。十八年，齐、魏伐我，我决河水灌之，兵去。二十二年，张仪相秦。赵疵与秦战，败，秦杀疵河西，取我蔺、离石。二十三年，韩举与齐、魏战，死于桑丘。二十四年，肃侯卒。秦、楚、燕、齐、魏出锐师各万人来会葬。子武灵王立。

武灵王元年，阳文君赵豹相。梁襄王与太子嗣、韩宣王与太子仓来朝信宫。武灵王少，未能听政，博闻师三人，左右司过三人。及听政，先问先王贵臣肥义，加其秩；国三老年八十，月致其礼。

三年，城鄗。四年，与韩会于区鼠。五年，娶韩女为夫人。

八年，韩击秦，不胜而去。五国相王，赵独否，曰："无其实，敢处其名乎！"令国人谓己曰"君"。

九年，与韩、魏共击秦。秦败我，斩首八万级。齐败我观泽。十年，秦取我中都及西阳。齐破燕。燕相子之为君，君反为臣。十一年，王召公子职于韩，立以为燕王，使乐池送之。十三年，秦拔我蔺，虏将军赵庄。楚、魏王来，过邯郸。十四年，赵何攻魏。

十六年，秦惠王卒。王游大陵。他日，王梦见处女鼓琴而歌诗曰："美人荧荧兮，颜若苕之荣。命乎命乎，曾无我嬴！"异日，王饮酒乐，数言所梦，想见其状。吴广闻之，因夫人而内其女娃嬴，孟姚也。孟姚甚有宠于王，是为惠后。

十七年，王出九门，为野台，以望齐、中山之境。

十八年，秦武王与孟说举龙文赤鼎，绝膑而死㉟。赵王使代相赵固迎公子稷于燕，送归，立为秦王，是为昭王。

十九年春正月，大朝信宫。召肥义与议天下，五日而毕。王北略中山之地，至于房子，遂之代，北至无穷，西至河，登黄华之上。召楼缓谋曰："我先王因世之变，以长南藩之地，属阻漳、滏之险，立长城，又取蔺、郭狼，败林人于荏，而功未遂。今中山在我腹心，北有燕，东有胡，西有林胡、楼烦、秦、韩之边，而无强兵之救，是亡社稷，奈何？夫有高世之名，必有遗俗之累。吾欲胡服。"楼缓曰："善。"群臣皆不欲。

于是肥义侍，王曰："简、襄主之烈，计胡、翟之利。为人臣者，宠有孝悌长幼顺明之节，通有补民益主之业，此两者臣之分也。今吾欲继襄主之迹，开于胡、翟之乡，而卒世不见也。为㊱，敌弱，用力少而功多，可以毋尽百姓之劳，而序往古之勋。夫有高世之功者，负遗俗之累；有独智之虑者，任骜民之怨。今吾将胡服骑射以教百姓，而世必议寡人，奈何？"肥义曰："臣闻疑事无功，疑行无名。王既定负遗俗之虑，殆无顾天下之议矣。夫论至德者不和于俗，成大功者不谋于众。昔者舜舞有苗，禹袒裸国，非以养欲而乐志也，务以论德而约功也。愚者闇成事，智者睹未形，则王何疑焉？"王曰："吾不疑胡服也，吾恐天下笑我也。狂夫之乐，智者哀焉；愚者所笑，贤者察焉。世有顺我者，胡服之功未可知也。虽驱世以笑我，胡地中山吾必有之。"于是遂胡服矣。

使王继告公子成曰："寡人胡服，将以朝也，亦欲叔服之。家听于亲而国听于君，古今之公行也。子不反亲，臣不逆君，兄弟之通义也。今寡人作教易服而叔不服，吾恐天下议之也。制国有常，利民为本；从政有经，令行为上。明德先论于贱，而行政先信于贵。今胡服之意，非以养欲而乐志也；事有所止而功有所出㊲，事成功立，然后善也。今寡人恐叔之逆从政之经，以辅叔之议。且寡人闻之：事利国者，行无邪，因贵戚者，名不累。故愿慕公叔之义，以成胡服之功。使继谒之叔，请服焉。"公子成再拜稽首曰："臣固闻王之胡服也。臣不佞，寝疾，未能趋走以滋进也。王命之，臣敢对，因竭其愚忠。曰：臣闻中国者，盖聪明徇智之所居也，万物财用之所聚也，贤圣之所教也，仁义之所施也，《诗》《书》礼乐之所用也，异敏技能之所试也，远方之所观赴也，蛮夷之所义行也。今王舍此而袭远方之服，变古之教，易古之道，逆人之心，而怫学者，离中国，故臣愿王图之也。"使者以报。王曰："吾固闻叔之疾也，我将自往请之。"

王遂往之公子成家，因自请之，曰："夫服者，所以便用也；礼者，所以便事也。圣人观乡而顺宜，因事而制礼，所以利其民而厚其国也。夫剪发文身，错臂左衽，瓯越之民也。黑齿雕题，却冠秫绌，大吴之国也。故礼服莫同，其便一也。乡异而用变，事异而礼易。是以圣人果可以利其国，不一其用；果可以便其事，不同其礼。儒者一师而俗异，中国同礼而教离，况于山谷之便乎？故去就之变，智者不能一；远近之服，贤圣不能同。穷乡多异，曲学多辩。不知而不疑，异于己而不非者，公焉而众求尽善也。今叔之所言者俗也，吾所言者所以制俗也。吾国东有河、薄洛之水，与齐、中山同之，无舟楫之用。自常山以至代、上党，东有燕、东胡之境，而西有楼烦、秦、韩之边，今无骑射之备。故寡人无舟楫之用，夹水居之民，将何以守河、薄洛之水？变服骑射，以备燕、三胡、秦、韩之边。且昔者简主不塞晋阳以及上党，而襄主并戎取代以攘诸胡，此愚智所明也。先时中山负齐之强兵，侵暴吾地，系累吾民，引水围鄗。微社稷之神灵，则鄗几于不守也。先王丑之，而怨未能报也。今骑射之备，近可以便上党之形，而远可以报中山之怨。而叔顺中国之俗以逆简、襄之意，恶变服之名以忘鄗事之丑，非寡人之所望也。"公子成再拜稽首，曰："臣愚，不达于王之义，敢道世俗之闻，臣之罪也。今王将继简、襄之意以顺先王之志，臣敢不听命乎！"再拜稽首。乃赐胡服。明日，服而朝。于是始出胡服令也。

赵文、赵造、周袑、赵俊皆谏止王毋胡服，如故法便。王曰："先王不同俗，何古之法？帝王不相袭，何礼之循？虑戏、神农教而不诛，黄帝、尧、舜诛而不怒。及至三王，随时制法，因事制礼。法度制令各顺其宜，衣服器械各便其用。故礼也，不必一道，而便国不必古。圣人之兴也不相袭而王，夏、殷之衰也不易礼而灭。然则反古未可非，而循礼未足多也。且服奇者志淫，则是邹、鲁无奇行也；俗辟者民易，则是吴、越无秀士也。且圣人利身谓之服，便事谓之礼。夫进退之节，衣服之制者，所以齐常民也，非所以论贤者也。故齐民与俗流，贤者与变俱。故谚曰：'以书御者不尽马之情，以古制今者不达事之变。'循法之功，不足以高世；法古之学，不足以制今。子不及也。"遂胡服招骑射。

二十年，王略中山地，至宁葭；西略胡地，至榆中。林胡王献马。归，使楼缓之秦，仇液之韩，王贲之楚，富丁之魏，赵爵之齐。代相赵固主胡，致其兵。

二十一年，攻中山。赵袑为右军，许钧为左军，公子章为中军，王并将之。牛翦将车骑，赵希并将胡、代。赵与之陉，合军曲阳，攻取丹丘、华阳、鸱之塞。王军取鄗、石邑、封龙、东垣。中山献四邑和，王许之，罢兵。二十三年，攻中山。二十五年，惠后卒。使周袑胡服傅王子何。二十六年，复攻中山，攘地北至燕、代，西至云中、九原。

二十七年五月戊申，大朝于东宫，传国，立王子何以为王。王庙见礼毕，出临朝。大夫悉为臣，肥义为相国，并傅王。是为惠文王。惠文王，惠后吴娃子也。武灵王自号为主父。

主父欲令子主治国，而身胡服将士大夫西北略胡地，而欲从云中、九原直南袭秦，于是诈自为使者入秦。秦昭王不知，已而怪其状甚伟，非人臣之度，使人逐之，而主父驰已脱关矣。审问之，乃主父也，秦人大惊。主父所以入秦者，欲自略地形，因观秦王之为人也。

惠文王二年，主父行新地，遂出代，西遇楼烦王于西河，而致其兵。

三年，灭中山，迁其王于肤施。起灵寿，北地方从，代道大通。还归，行赏，大赦，置酒酺五日，封长子章为代安阳君。章素侈，心不服其弟所立。主父又使田不礼相章也。

李兑谓肥义曰："公子章强壮而志骄，党众而欲大，殆有私乎？田不礼之为人也，忍杀而骄。二人相得，必有谋阴贼起，一出身徼幸⑧。夫小人有欲，轻虑浅谋，徒见其利而不顾其害，同类相推，俱入祸门。以吾观之，必不久矣。子任重而势大，乱之所始，祸之所集也，子必先患。仁者爱万物而智者备祸于未形，不仁不智，何以为国？子奚不称疾毋出，传政于公子成？毋为怨府，毋为祸梯。"肥义曰："不可！昔者主父以王属义也，曰：'毋变而度，毋异而虑，坚守一心，以殁而世'。义再拜受命而籍之⑨。今畏不礼之难而忘吾籍，变孰大焉。进受严命，退而不全，负孰甚焉。变负之臣，不容于刑。谚曰：'死者复生，生者不愧。'吾言已在前矣，吾欲全吾言，安得全吾身！且夫贞臣也，难至而节见；忠臣也，累至而行明。子则有赐而忠我矣，虽然，吾有语在前者也，终不敢失。"李兑曰："诺，子勉之矣！吾见子已今年耳。"涕泣而出。李兑数见公子成，以备田不礼之事。

异日，肥义谓信期曰："公子与田不礼甚可忧也。其于义也声善而实恶，此为人也不子不臣。吾闻之也，奸臣在朝，国之残也；谗臣在中，主之蠹也。此人贪而欲大，内得主而外为暴。矫令为慢，以擅一旦之命，不难为也，祸且逮国。今吾忧之，夜而忘寐，饥而忘食。盗贼出人不可不备。自今以来，若有召王者必见吾面，我将先以身当之，无故而王乃入。"信期曰："善哉，吾得闻此也！"

四年，朝群臣，安阳君亦来朝。主父令王听朝，而自从旁观窥群臣宗室之礼。见其长子章偄然也④，反北面为臣，诎于其弟，心怜之，于是乃欲分赵而王章于代，计未决而辍。

主父及王游沙丘，异宫，公子章即以其徒与田不礼作乱，诈以主父令召王。肥义先入，杀之。高信即与王战。公子成与李兑自国至，乃起四邑之兵入距难，杀公子章及田不礼，灭其党贼而定王室。公子成为相，号安平君；李兑为司寇。公子章之败，往走主父，主父开之，成、兑因围主父宫。公子章死，公子成、李兑谋曰："以章故围主父，即解兵，吾属夷矣。"乃遂围主父。令宫中人"后出者夷"，宫中人悉出。主父欲出不得，又不得食，探爵鷇而食之④，三月余而饿死沙丘宫。主父定死，乃发丧赴诸侯。

是时王少，成、兑专政，畏诛，故围主父。主父初以长子章为太子，后得吴娃，爱之，为不出者数岁，生子何，乃废太子章而立何为王。吴娃死，爱弛，怜故太子，欲两王之，犹豫未决，故乱起，以至父子俱死，为天下笑，岂不痛乎！

五年，与燕鄚、易。八年，城南行唐。九年，赵梁将，与齐合军攻韩，至鲁关下。及十年，秦自置为西帝。十一年，董叔与魏氏伐宋，得河阳于魏。秦取梗阳。十二年，赵梁将攻齐。十三年，韩徐为将，攻齐。公主死。十四年，相国乐毅将赵、秦、韩、魏、燕攻齐，取灵丘，与秦会中阳。十五年，燕昭王来见。赵与韩、魏、秦共击齐，齐王败走，燕独深入，取临菑。

十六年，秦复与赵数击齐，齐人患之。苏厉为齐遗赵王书曰："臣闻古之贤君，其德行非布于海内也，教顺非洽于民人也，祭祀时享非数常于鬼神也④。甘露降，时雨至，年谷丰孰，民不疾疫，众人善之，然而贤主图之。今足下之贤行功力，非数加于秦也；怨毒积怒，非素深于齐也。秦、赵与国，以强征兵于韩，秦诚爱赵乎？其实憎齐乎？物之甚者，贤主察之。秦非爱赵而憎齐也，欲亡韩而吞二周，故以齐餤天下。恐事之不合，故出兵以劫魏、赵；恐天下畏己也，故出质以为信；恐天下亟反也，故征兵于韩以威之。声以德与国，实而伐空韩，臣以秦计为必出于此。夫物固有势异而患同者，楚久伐而中山亡，今齐久伐而韩必亡。破齐，王与六国分其利也。亡韩，秦独擅之。收二周，西取祭器，秦独私之。赋田计功，王之获利孰与秦多？说士之计曰：'韩亡三川，魏亡晋国，市朝未变而祸已及矣'。燕尽齐之北地，去沙丘、巨鹿敛三百里，韩之上党去邯郸百里，燕、秦谋王之河山，间三百里而通矣。秦之上郡近挺关，至于榆中者千五百里，秦以三郡攻王之上党，羊肠之西、勾注之南非王有已。逾勾注，斩常山而守之，三百里而通于燕、代马胡犬不东下，昆山之玉不出，此三宝者亦非王有已。王久伐齐，从强秦攻韩，其祸必至于此。愿王熟虑之。且齐之所以伐者，以事王也；天下属行④，以谋王也。燕、秦之约成而兵出有日矣。五国三分王之地，齐倍五国之约而殉王之患，西兵以禁强秦，秦废帝请服，反高平、根柔于魏，反巠分、先俞于赵。齐之事王，宜为上佼④，而今乃抵罪，臣恐天下后事王者之不敢自必也。愿王孰计之也。今王毋与天下攻齐，天下必以王为义。齐抱社稷而厚事王，天下必尽重王义。王以天下善秦，秦暴，王以天下禁之，是一世之名宠制于王也。"于是赵乃辍，谢秦不击齐。

王与燕王遇。廉颇将，攻齐昔阳，取之。

十七年，乐毅将赵师攻魏伯阳。而秦怨赵不与己击齐，伐赵，拔我两城。十八年，秦拔我石城。王再之卫东阳，决河水，伐魏氏。大潦⑤，漳水出。魏冉来相赵。十九年，秦取我二城。赵与魏伯阳。赵奢将，攻齐麦丘，取之。二十年，廉颇将，攻齐。王与秦昭王遇西河外。

二十一年，赵徙漳水武平西。二十二年，大疫。置公子丹为太子。

二十三年，楼昌将，攻魏几，不能取。十二月，廉颇将，攻几，取之。二十四年，廉颇将，攻魏房子，拔之，因城而还。又攻安阳，取之。二十五年，燕周将，攻昌城、高唐，取之。与魏共击秦。秦将白起破我华阳，得一将军。二十六年，取东胡欧代地。二十七年，徙漳水武平南。

封赵豹为平阳君。河水出，大潦。二十八年，蔺相如伐齐，至平邑。罢城北九门大城。燕将成安君公孙操弑其王。二十九年，秦、韩相攻，而围阏与。赵使赵奢将，击秦，大破秦军阏与下，赐号为马服君。

三十三年，惠文王卒，太子丹立，是为孝成王。

孝成王元年，秦伐我，拔三城。赵王新立，太后用事，秦急攻之。赵氏求救于齐，齐曰："必以长安君为质，兵乃出。"太后不肯，大臣强谏。太后明谓左右曰："复言长安君为质者，老妇必唾其面。"左师触龙言愿见太后，太后盛气而胥之[46]。入，徐趋而坐，自谢曰："老臣病足，曾不能疾走，不得见久矣。窃自恕，而恐太后体之有所苦也，故愿望见太后。"太后曰："老妇恃辇而行耳。"曰："食得毋衰乎？"曰："恃粥耳。"曰："老臣间者殊不欲食，乃强步，日三四里，少益嗜食，和于身也。"太后曰："老妇不能。"太后不和之色少解。左师公曰："老臣贱息舒祺最少[47]，不肖，而臣衰，窃怜爱之，愿得补黑衣之缺以卫王宫，昧死以闻。"太后曰："敬诺。年几何矣？"对曰："十五岁矣。虽少，愿及未填沟壑而托之。"太后曰："丈夫亦爱怜少子乎？"对曰："甚于妇人。"太后笑曰："妇人异甚。"对曰："老臣窃以为媪之爱燕后贤于长安君。"太后曰："君过矣，不若长安君之甚。"左师公曰："父母爱子，则为之计深远。媪之送燕后也，持其踵，为之泣，念其远也，亦哀之矣。已行，非弗思也，祭祀则祝之曰'必勿使反'，岂非计长久，为子孙相继为王也哉？"太后曰："然。"左师公曰："今三世以前，至于赵主之子孙为侯者，其继有在者乎？"曰："无有。"曰："微独赵，诸侯有在者乎？"曰："老妇不闻也。"曰："此其近者祸及其身，远者及其子孙。岂人主之子侯则不善哉？位尊而无功，奉厚而无劳，而挟重器多也。今媪尊长安君之位，而封之以膏腴之地，多与之重器，而不及今令有功于国，一旦山陵崩，长安君何以自托于赵？老臣以媪为长安君之计短也，故以为爱之不若燕后。"太后曰："诺，恣君之所使之[48]。"于是为长安君约车百乘，质于齐，齐兵乃出。

子义闻之，曰："人主之子，骨肉之亲也，犹不能持无功之尊，无劳之奉，而守金玉之重也，而况于予乎？"

齐安平君田单将赵师而攻燕中阳，拔之。又攻韩注人，拔之。二年，惠文后卒，田单为相。

四年，王梦衣偏裻之衣[49]，乘飞龙上天，不至而坠，见金玉之积如山。明日，王召筮史敢占之，曰："梦衣偏裻之衣者，残也。乘飞龙上天不至而坠者，有气而无实也。见金玉之积如山者，忧也。"

后三日，韩氏上党守冯亭使者至，曰："韩不能守上党，入之于秦。其吏民皆安为赵，不欲为秦。有城市邑十七，愿再拜入之赵，财王所以赐吏民[50]。"王大喜，召平阳君豹，告之曰："冯亭入城市邑十七，受之何如？"对曰："圣人甚祸无故之利。"王曰："人怀吾德，何谓无故乎？"对曰："夫秦蚕食韩氏地，中绝不令相通，固自以为坐而受上党之地也。韩氏所以不入于秦者，欲嫁其祸于赵也。秦服其劳而赵受其利，虽强大不能得之于小弱，小弱顾能得之于强大乎？岂可谓非无故之利哉！且夫秦以牛田之水通粮，蚕食上乘倍战者，裂上国之地，其政行，不可与为难，必勿受也。"王曰："今发百万之军而攻，逾年历岁未得一城也。今以城市邑十七币吾国[51]，此大利也。"

赵豹出，王召平原君与赵禹而告之。对曰："发百万之军而攻，逾岁未得一城，今坐受城市邑十七，此大利，不可失也。"王曰："善。"乃令赵胜受地，告冯亭曰："敝国使者臣胜，敝国君使胜致命，以万户都三封太守，千户都三封县令，皆世世为侯，吏民皆益爵三级，吏民能相安，皆赐之六金。"冯亭垂涕不见使者，曰："吾不处三不义也：为主守地，不能死固，不义一矣；入之秦，不听主令，不义二矣。卖主地而食之，不义三矣。"赵遂发兵取上党。廉颇将军军长平。

七年，廉颇免而赵括代将。秦人围赵括，赵括以军降，卒四十余万皆坑之。王悔不听赵豹之计，故有长平之祸焉。

王还，不听秦，秦围邯郸。武垣令傅豹、王容、苏射率燕众反燕地。赵以灵丘封楚相春申君。

八年，平原君如楚请救。还，楚来救，及魏公子无忌亦来救，秦围邯郸乃解。

十年，燕攻昌壮，五月拔之。赵将乐乘、庆舍攻秦信梁军，破之。太子死。而秦攻西周，拔之。徒父祺出。十一年，城元氏，县上原。武阳君郑安平死，收其地。十二年，邯郸廥烧③②。十四年，平原君赵胜死。

十五年，以尉文封相国廉 颇为信平君。燕王令丞相栗腹约欢，以五百金为赵王酒，还归，报燕王曰："赵氏壮者皆死长平，其孤未壮，可伐也。"王召昌国君乐间而问之，对曰："赵，四战之国也③③，其民习兵，伐之不可。"王曰："吾以众伐寡，二而伐一，可乎？"对曰："不可！"王曰："吾即以五而伐一，可乎？"对曰："不可！"燕王大怒，群臣皆以为可。燕卒起二军，车二千乘，栗腹将而攻鄗，卿秦将而攻代。廉颇为赵将，破杀栗腹，虏卿秦、乐间。

十六年，廉颇围燕。以乐乘为武襄君。十七年，假相大将武襄君攻燕③④，围其国。十八年，延陵钧率帅从相国信平君助魏攻燕。秦拔我榆次三十七城。十九年，赵与燕易土；以龙兑、汾门、临乐与燕；燕以葛、武阳、平舒与赵。

二十年，秦王政初立，秦拔我晋阳。

二十一年，孝成王卒。廉颇将，攻繁阳，取之。使乐乘代之，廉颇攻乐乘，乐乘走，廉颇亡入魏。子偃立，是为悼襄王。

悼襄王元年，大备魏③⑤，欲通平邑、中牟之道，不成。

二年，李牧将，攻燕，拔武遂、方城。秦召春平君，因而留之。泄钧为之谓文信侯曰："春平君者，赵王甚爱之而郎中妒之，故相与谋曰'春平君入秦，秦必留之'，故相与谋而内之秦也。今君留之，是绝赵而郎中之计中也。君不如遣春平君而留平都。春平君者言行信于王，王必厚割赵而赎平都。"文信侯曰："善。"因遣之。城韩皋。

三年，庞煖将，攻燕，禽其将剧辛。四年，庞煖将赵、楚、魏、燕之锐师攻秦蕞，不拔；移攻齐，取饶安。五年，傅抵将，居平邑；庆舍将东阳河外师，守河梁。六年，封长安君以饶。魏与赵邺。

九年，赵攻燕，取貍阳城。兵未罢，秦攻邺，拔之。悼襄王卒，子幽缪王迁立。

幽缪王迁元年，城柏人。二年，秦攻武城，扈辄率师救之，军败，死焉。

三年，秦攻赤丽、宜安，李牧率师与战肥下，却之。封牧为武安君。四年，秦攻番吾，李牧与之战，却之。

五年，代地大动，自乐徐以西，北至平阴，台屋墙垣太半坏，地坼东西百三十步。六年，大饥，民讹言曰："赵为号，秦为笑。以为不信，视地之生毛。"

七年，秦人攻赵，赵大将李牧、将军司马尚将，击之。李牧诛，司马尚免，赵葱及齐将颜聚代之。赵葱军破，颜聚亡去。以王迁降。

八年十月，邯郸为秦。

太史公曰：吾闻冯王孙曰："赵王迁，其母倡也③⑥，嬖于悼襄王③⑦。悼襄王废適子嘉而立迁。迁素无行，信谗，故诛其良将李牧，用郭开。"岂不谬哉！秦既虏迁，赵之亡大夫共立嘉为王。王代六岁，秦进兵破嘉，遂灭赵以为郡。

①取骥之乘匹：指调选八匹骏马加以训调。乘，四匹马。匹，两匹马。

②脱：脱险。

③胹（ér，音而）：煮。

④扞（hàn，音汉）：护卫；捍卫。

⑤持要：抱着腰。

⑥拊手：拍手。

⑦贼：杀害；凶手。

⑧趣：赶急；急忙。

⑨徐：不急不迫。

⑩免身：分娩。

⑪祝：祈祷。

⑫文葆：带花纹的婴儿小被子。

⑬良：的确；确实。

⑭噣（zhòu，音咒）：鸟嘴。

⑮微：若不是。

⑯侈：放肆；放纵。

⑰恤：担忧；忧虑。

⑱谶（chèn，音衬）：预言；预兆。

⑲间：病愈。

⑳援：拉；拽。

㉑有所见：曾经见过。

㉒延：邀请。

㉓鄂鄂：直言敢谏的样子。

㉔伴：相等。

㉕枓（dòu，音斗）：厨具。

㉖行斟：正在进餐之时。

㉗笄（jī，音机）：簪子。

㉘齐：通"斋"，斋戒。

㉙晋别：晋国别邑。指韩国和魏国。

㉚版：古八尺为一版。

㉛所与：指劝谏之语。

㉜袭：套。古代衣服量词。

㉝遇：会见。

㉞扣：牵；拽。

㉟绝：折断；骨折。

㊱为：指改穿胡服。

㊲止：达到目的。　　出：指成功。

㊳出身：执掌政权。

㊴籍：记录。

㊵偬然：颓丧的样子。

㊶爵：通"雀"。殻（kòu，音扣）：待哺的雏鸟。

㊷时：四时。　　享：祭品。　　常：通"尝"。

㊸天下属行：指秦曾与齐相约称东、西帝，联合诸国灭赵之事。

㊹佼：交往。上佼：上等之交。

㊺潦（lào，音涝）：雨大成灾。

㊻胥：等待。

㊼息：子女。

㊽恣：任凭；听凭。

㊾偏裻之衣：左右颜色不同的衣服。裻（dū，音督），衣背缝。

㊿财：通"裁"，裁决。

51币：赠送。

52庈：存放刍草的仓库。

53四战：四面均可受敌进攻。

54假：代理。

55大备：古礼的一种。

56倡：歌舞女。

57嬖：宠爱；受宠。

史记卷四十四

魏世家第十四

魏之先，毕公高之后也。毕公高与周同姓。武王之伐纣，而高封于毕，于是为毕姓。其后绝封，为庶人，或在中国，或在夷狄。其苗裔曰毕万，事晋献公。

献公之十六年，赵夙为御，毕万为右，以伐霍、耿、魏，灭之。以耿封赵夙，以魏封毕万，为大夫。卜偃曰："毕万之后必大矣。万，满数也；魏，大名也。以是始赏，天开之矣。天子曰兆民，诸侯曰万民。今命之大，以从满数，其必有众。"

初，毕万卜事晋，遇"屯"之"比"①。辛廖占之，曰："吉，屯固比入，吉孰大焉？其必蕃昌。"

毕万封十一年，晋献公卒，四子争更立，晋乱。而毕万之世弥大，从其国名为魏氏。生武子。魏武子以魏诸子事晋公子重耳。晋献公之二十一年，武子从重耳出亡。十九年反，重耳立为晋文公，而令魏武子袭魏氏之后封，列为大夫，治于魏。生悼子。

魏悼子徙治霍。生魏绛。

魏绛事晋悼公。悼公三年，会诸侯。悼公弟杨干乱行，魏绛僇辱杨干。悼公怒曰："合诸侯以为荣，今辱吾弟！"将诛魏绛。或说悼公，悼公止。卒任魏绛政，使和戎、翟，戎、翟亲附。悼公之十一年，曰："自吾用魏绛，八年之中，九合诸侯，戎、翟和，子之力也！"赐之乐，三让，然后受之。徙治安邑。魏绛卒，谥为昭子。生魏嬴。嬴生魏献子。

献子事晋昭公。昭公卒而六卿强，公室卑。

晋顷公之十二年，韩宣子老，魏献子为国政。晋宗室祁氏、羊舌氏相恶，六卿诛之，尽取其邑为十县，六卿各令其子为之大夫。献子与赵简子、中行文子、范献子并为晋卿。

其后十四岁，而孔子相鲁。后四岁，赵简子以晋阳之乱也，而与韩、魏共攻范、中行氏。

魏献子生魏侈。魏侈与赵鞅共攻范、中行氏。

魏侈之孙曰魏桓子，与韩康子、赵襄子共伐灭知伯，分其地。

桓子之孙曰文侯都。魏文侯元年，秦灵公之元年也。与韩武子、赵桓子、周威王同时。

六年，城少梁。十三年，使子击围繁、庞，出其民。十六年，伐秦，筑临晋元里。

十七年，伐中山，使子击守之，赵仓唐傅之。子击逢文侯之师田子方于朝歌，引车避，下谒。田子方不为礼。子击因问曰："富贵者骄人乎？且贫贱者骄人乎？"子方曰："亦贫贱者骄人耳。夫诸侯而骄人则失其国，大夫而骄人则失其家。贫贱者，行不合，言不用，则去之楚、越，若脱躔然②，奈何其同之哉！"子击不怿而去③。西攻秦，至郑而还，筑洛阴、合阳。

二十二年，魏、赵、韩列为诸侯。二十四年，秦伐我，至阳狐。二十五年，子击生子罃。

文侯受子夏经艺，客段干木，过其间，未尝不轼也④。秦尝欲伐魏，或曰："魏君贤人是礼，国人称仁，上下和合，未可图也。"文侯由此得誉于诸侯。

任西门豹守邺，而河内称治。

魏文侯谓李克曰："先生尝教寡人曰：'家贫则思良妻，国乱则思良相。'今所置非成则璜，二子何如？"李克对曰："臣闻之，卑不谋尊，疏不谋戚，臣在阙门之外，不敢当命。"文侯曰："先生临事勿让。"李克曰："君不察故也。居视其所亲，富视其所与，达视其所举，穷视其所不为，贫视其所不取，五者足以定之矣，何待克哉！"文侯曰："先生就舍，寡人之相定矣。"

李克趋而出，过翟璜之家，翟璜曰："今者闻君召先生而卜相，果谁为之？"李克曰："魏成子为相矣。"翟璜忿然作色曰："以耳目之所睹记，臣何负于魏成子⑤？西河之守，臣之所进也。君内以邺为忧，臣进西门豹。君谋欲伐中山，臣进乐羊。中山以拔，无使守之，臣进先生。君之子无傅，臣进屈侯鲋。臣何以负于魏成子！"李克曰："且子之言克于子之君者，岂将比周以求大官哉？君问而置相'非成则璜，二子何如'。克对曰：'君不察故也。居视其所亲，富视其所与，达视其所举，穷视其所不为，贫视其所不取，五者足以定之矣，何待克哉？'是以知魏成子之为相也。且子安得与魏成子比乎？魏成子以食禄千钟，什九在外，什一在内，是以东得卜子夏、田子方、段干木。此三人者，君皆师之。子之所进五人者，君皆臣之。子恶得与魏成子比也？"翟璜逡巡再拜⑥，曰："璜，鄙人也，失对，愿卒为弟子。"

二十六年，虢山崩，壅河。

三十二年，伐郑。城酸枣。败秦于注。三十五年，齐伐取我襄陵。三十六年，秦侵我阴晋。

三十八年，伐秦，败我武下，得其将识。是岁，文侯卒，子击立，是为武侯。

魏武侯元年，赵敬侯初立，公子朔为乱，不胜，奔魏，与魏袭邯郸，魏败而去。二年，城安邑、王垣。七年，伐齐，至桑丘。九年，翟败我于浍。使吴起伐齐，至灵丘。齐威王初立。十一年，与韩、赵三分晋地，灭其后。十三年，秦献公县栎阳。十五年，败赵北蔺。十六年，伐楚，取鲁阳。武侯卒，子罃立，是为惠王。

惠王元年。初，武侯卒也，子罃与公中缓争为太子。公孙颀自宋入赵，自赵入韩，谓韩懿侯曰："魏罃与公中缓争为太子，君亦闻之乎？今魏罃得王错，挟上党，固半国也。因而除之，破魏必矣，不可失也！"懿侯说，乃与赵成侯合军并兵以伐魏，战于浊泽，魏氏大败，魏君围。赵谓韩曰："除魏君，立公中缓，割地而退，我且利。"韩曰："不可！杀魏君，人必曰暴；割地而退，人必曰贪。不如两分之。魏分为两，不强于宋、卫，则我终无魏之患矣。"赵不听。韩不说，以其少卒夜去⑦。惠王之所以身不死、国不分者，二家谋不和也。若从一家之谋，则魏必分矣。故曰"君终无适子，其国可破也"。

二年，魏败韩于马陵，败赵于怀。三年，齐败我观。五年，与韩会宅阳。城武堵。为秦所败。六年，伐取宋仪台。九年，伐败韩于浍。与秦战少梁，虏我将公孙痤，取庞。秦献公卒，子孝公立。

十年，伐取赵皮牢。彗星见。十二年，星昼坠，有声。十四年，与赵会鄗。十五年，鲁、卫、宋、郑君来朝。十六年，与秦孝公会杜平。侵宋黄池，宋复取之。十七年，与秦战元里，秦取我少梁。围赵邯郸，十八年，拔邯郸。赵请救于齐，齐使田忌、孙膑救赵，败魏桂陵。十九年，诸侯围我襄陵。筑长城，塞固阳。二十年，归赵邯郸，与盟漳水上。二十一年，与秦会彤。赵成侯卒。二十八年，齐威王卒。中山君相魏。

三十年，魏伐赵，赵告急齐。齐宣王用孙子计，救赵击魏。魏遂大兴师，使庞涓将，而令太子申为上将军。过外黄，外黄徐子谓太子曰："臣有百战百胜之术。"太子曰："可得闻乎？"客曰："固愿效之。"曰："太子自将攻齐，大胜并莒，则富不过有魏，贵不益为王。若战不胜齐，则万世无魏矣。此臣之百战百胜之术也。"太子曰："诺，请必从公之言而还矣。"客曰："太子虽欲还，不得矣。彼劝太子战攻，欲啜汁者众⑧。太子虽欲还，恐不得矣。"太子因欲还，其御曰："将出而还，与北同。"太子果与齐人战，败于马陵。齐虏魏太子申，杀将军涓，军遂大破。

三十一年，秦、赵、齐共伐我。秦将商君诈我将军公子卬而袭夺其军，破之。秦用商君，东地至河，而齐、赵数破我。安邑近秦，于是徙治大梁。以公子赫为太子。

三十三年，秦孝公卒，商君亡秦归魏，魏怒，不入。三十五年，与齐宣王会平阿南。

惠王数被于军旅，卑礼厚币以招贤者。邹衍、淳于髡、孟轲皆至梁。梁惠王曰："寡人不佞，兵三折于外，太子虏，上将死，国以空虚，以羞先君宗庙社稷，寡人甚丑之。叟不远千里，辱幸至敝邑之廷，将何以利吾国？"孟轲曰："君不可以言利若是。夫君欲利则大夫欲利，大夫欲利则庶人欲利，上下争利，国则危矣。为人君，仁义而已矣，何以利为？"

三十六年，复与齐王会甄。是岁，惠王卒，子襄王立。

襄王元年，与诸侯会徐州，相王也⑨。追尊父惠王为王。

五年，秦败我龙贾军四万五千于雕阴，围我焦、曲沃。予秦河西之地。六年，与秦会应。秦取我汾阴、皮氏、焦。魏伐楚，败之陉山。七年，魏尽入上郡于秦。秦降我蒲阳。八年，秦归我焦、曲沃。十二年，楚败我襄陵。诸侯执政与秦相张仪会啮桑。十三年，张仪相魏。魏有女子化为丈夫。秦取我曲沃、平周。十六年，襄王卒，子哀王立。张仪复归秦。

哀王元年，五国共攻秦，不胜而去。二年，齐败我观津。五年，秦使樗里子伐取我曲沃、走犀首岸门。六年，秦来立公子政为太子。与秦会临晋。七年，攻齐。与秦伐燕。

八年，伐卫，拔列城二。卫君患之。如耳见卫君曰："请罢魏兵，免成陵君，可乎？"卫君曰："先生果能，孤请世世以卫事先生。"如耳见成陵君曰："昔者魏伐赵，断羊肠，拔阏与，约斩赵，赵分而为二，所以不亡者，魏为从主也。今卫已迫亡，将西请事于秦。与其以秦醳卫⑩，不如以魏醳卫，卫之德魏必终无穷。"成陵君曰："诺。"如耳见魏王曰："臣有谒于卫。卫故周室之别也，其称小国，多宝器。今国迫于难而宝器不出者，其心以为攻卫醳卫不以王为主，故宝器虽出必不入于王也。臣窃料之，先言醳卫者必受卫者也。"如耳出，成陵君入，以其言见魏王。魏王听其说，罢其兵，免成陵君，终身不见。

九年，与秦王会临晋。张仪、魏章皆归于魏。魏相田需死，楚害张仪、犀首、薛公。楚相昭鱼谓苏代曰："田需死，吾恐张仪、犀首、薛公有一人相魏者也。"代曰："然相者欲谁而君便之？"昭鱼曰："吾欲太子之自相也。"代曰："请为君北，必相之。"昭鱼曰："奈何？"对曰："君其为梁王，代请说君。"昭鱼曰："奈何？"对曰："代也从楚来，昭鱼甚忧，曰：'田需死，吾恐张仪、犀首、薛公有一人相魏者也。'代曰：'梁王，长主也，必不相张仪。张仪相，必右秦而左魏。犀首相，必右韩而左魏。薛公相，必右齐而左魏。梁王，长主也，必不便也。'王曰：'然则寡人孰相？'代曰：'莫若太子之自相。太子之自相，是三人者皆以太子为非常相也，皆将务以其国事魏，欲得丞相玺也。以魏之强，而三万乘之国辅之，魏必安矣。故曰莫若太子之自相也。'"

遂北见梁王，以此告之。太子果相魏。

十年，张仪死。十一年，与秦武王会应。十二年，太子朝于秦。秦来伐我皮氏，未拔而解。十四年，秦来归武王后。十六年，秦拔我蒲反、阳晋、封陵。十七年，与秦会临晋。秦予我蒲反。十八年，与秦伐楚。二十一年，与齐、韩共败秦军函谷。二十三年，秦复予我河外及封陵为和。哀王卒，子昭王立。

昭王元年，秦拔我襄城。二年，与秦战，我不利。三年，佐韩攻秦，秦将白起败我军伊阙二十四万。六年，予秦河东地方四百里。芒卯以诈重⑪。七年，秦拔我城大小六十一。八年，秦昭王为西帝，齐湣王为东帝。月余，皆复称王归帝。九年，秦拔我新垣、曲阳之城。十年，齐灭宋，宋王死我温。十二年，与秦、赵、韩、燕共伐齐，败之济西，湣王出亡。燕独入临菑。与秦王会西周。十三年，秦拔我安城。兵到大梁，去。十八年，秦拔郢，楚王徙陈。十九年，昭王卒，子安釐王立。

安釐王元年，秦拔我两城。二年，又拔我二城，军大梁下。韩来救。予秦温以和。三年，秦拔我四城，斩首四万。四年，秦破我及韩、赵，杀十五万人，走我将芒卯。魏将段干子请予秦南阳以和。苏代谓魏王曰："欲玺者，段干子也；欲地者，秦也。今王使欲地者制玺，使欲玺者制地，魏氏地不尽则不知已。且夫以地事秦，譬犹抱薪救火，薪不尽，火不灭。"王曰："是则然也。虽然，事始已行，不可更矣。"对曰："王独不见夫博之所以贵枭者⑫，便则食⑬，不便则止矣。今王曰'事始已行，不可更'，是何王之用智不如用枭也？"

九年，秦拔我怀。十年，秦太子外质于魏死。十一年，秦拔我郪丘。

秦昭王谓左右曰："今时韩、魏与始孰强？"对曰："不如始强。"王曰："今时如耳、魏齐与孟尝、芒卯孰贤？"对曰："不如。"王曰："以孟尝、芒卯之贤，率强韩、魏以攻秦，犹无奈寡人何也。今以无能之如耳、魏齐而率弱韩、魏以伐秦，其无奈寡人何亦明矣。"左右皆曰："甚然。"中旗冯琴⑭，而对曰："王之料天下过矣。当晋六卿之时，知氏最强，灭范、中行，又率韩、魏之兵以围赵襄子于晋阳，决晋水以灌晋阳之城，不湛者三版⑮。知伯行水，魏桓子御，韩康子为参乘。知伯曰：'吾始不知水之可以亡人之国也，乃今知之。'汾水可以灌安邑，绛水可以灌平阳。魏桓子肘韩康子，韩康子履魏桓子，肘足接于车上，而知氏地分，身死国亡，为天下笑。今秦兵虽强，不能过知氏；韩、魏虽弱，尚贤其在晋阳之下也。此方其用肘足之时也，愿王之勿易也！"于是秦王恐。

齐、楚相约而攻魏，魏使人求救于秦，冠盖相望也，而秦救不至。魏人有唐雎者，年九十余矣，谓魏王曰："老臣请西说秦王，令兵先臣出。"魏王再拜，遂约车而遣之。唐雎到，入见秦王。秦王曰："丈人芒然乃远至此，甚苦矣！夫魏之来求救数矣，寡人知魏之急已。"唐雎对曰："大王已知魏之急而救不发者，臣窃以为用策之臣无任矣。夫魏，一万乘之国也，然所以西面而事秦，称东藩、受冠带、祠春秋者，以秦之强足以为与也⑯。今齐、楚之兵已合于魏郊矣，而秦救不发，亦将赖其未急也。使之大急，彼且割地而约从，王尚何救焉？必待其急而救之，是失一东藩之魏而强二敌之齐、楚，则王何利焉？"于是秦昭王遽为发兵救魏。魏氏复定。

赵使人谓魏王曰："为我杀范痤，吾请献七十里之地。"魏王曰："诺。"使吏捕之，围而未杀。痤因上屋骑危⑰，谓使者曰："与其以死痤市，不如以生痤市。有如痤死，赵不予王地，则王将奈何？故不若与先定割地，然后杀痤。"魏王曰："善。"痤因上书信陵君曰："痤，故魏之免相也，赵以地杀痤而魏王听之，有如强秦亦将袭赵之欲，则君且奈何？"信陵君言于王，而出之。

魏王以秦救之故，欲亲秦而伐韩，以求故地。无忌谓魏王曰："秦与戎翟同俗，有虎狼之心，贪戾好利无信，不识礼义德行。苟有利焉，不顾亲戚兄弟，若禽兽耳，此天下之所识也，非有所施厚积德也。故太后母也，而以忧死；穰侯舅也，功莫大焉，而竟逐之；两弟无罪，而再夺之国。此于亲戚若此，而况于仇雠之国乎？今王与秦共伐韩而益近秦患，臣甚惑之。而王不识则不明，群臣莫以闻则不忠。今韩氏以一女子奉一弱主，内有大乱，外交强秦、魏之兵，王以为不亡乎？韩亡，秦有郑地，与大梁邻，王以为安乎？王欲得故地，今负强秦之亲，王以为利乎？秦非无事之国也，韩亡之后必将更事，更事必就易与利，就易与利必不伐楚与赵矣。是何也？夫越山逾河，绝韩上党而攻强赵，是复阏与之事，秦必不为也。若道河内，倍邺、朝歌⑱，绝漳、滏水，与赵兵决于邯郸之郊，是知伯之祸也，秦又不敢。伐楚，道涉谷，行三千里，而攻冥厄之塞，所行甚远，所攻甚难，秦又不为也。若道河外，倍大梁，右上蔡、召陵，与楚兵决于陈郊，秦又不敢。故曰秦必不伐楚与赵矣，又不攻卫与齐矣。夫韩亡之后，兵出之日，非魏无攻已。秦固有怀、茅、邢丘，城垝津以临河内，河内共、汲必危；有郑地，得垣雍，决荥泽水灌大梁，大梁必亡。王之使者出，过而恶安陵氏于秦，秦之欲诛之久矣。秦叶阳、昆阳与舞阳邻，听使者之恶之，随安陵氏而亡之，绕舞阳之北，以东临许，南国必危，国无害乎？夫憎韩不爱安陵氏，可也；夫不患秦之不爱南国，非也。异日者，秦在河西晋，国去梁千里，有河山以阑之⑲，有周、韩以间之。从林乡军以至于今，秦七攻魏，五入囿中，边城尽拔，文台堕，垂都焚，林木伐，麋鹿尽，而国继以围。又长驱梁北，东至陶、卫之郊，北至平监。所亡于秦者，山南山北，河外河内，大县数十，名都数百。秦乃在河西晋，去梁千里，而祸若是矣。又况于使秦无韩，有郑地，无河山而阑之，无周、韩而间之，去大梁百里，祸必由此矣。异日者，从之不成也，楚、魏疑而韩不可得也。今韩受兵三年，秦桡之以讲⑳。识亡不听，投质于赵，请为天下雁行顿刃，楚、赵必集兵，皆识秦之欲无穷也，非尽亡天下之国而臣海内必不休矣。是故臣愿以从事王，王速受楚、赵之约，而挟韩之质以存韩，而求故地，韩必效之。此士民不劳而故地得，其功多于与秦共伐韩，而又与强秦邻之祸也。夫存韩安魏而利天下，此亦王之天时已。通韩上党于共、宁，使道安成，出入赋之，是魏重质韩以其上党也。今有其赋，足以富国，韩必德魏、爱魏、重魏、畏魏，韩必不敢反魏，是韩则魏之县也。魏得韩以为县，卫、大梁、河外必安矣。今不存韩，二周、安陵必危，楚、赵大破，卫、齐甚畏，天下西向而驰秦入朝而为臣不久矣。”

二十年，秦围邯郸，信陵君无忌矫夺将军晋鄙兵以救赵，赵得全。无忌因留赵。二十六年，秦昭王卒。

三十年，无忌归魏，率五国兵攻秦，败之河外，走蒙骜。魏太子增质于秦，秦怒，欲囚魏太子增。或为增谓秦王曰：“公孙喜固谓魏相曰：‘请以魏疾击秦，秦王怒，必囚增。魏王又怒，击秦，秦必伤。’今王囚增，是喜之计中也。故不若贵增而合魏，以疑之于齐、韩。”秦乃止增。三十一年，秦王政初立。

三十四年，安釐王卒，太子增立，是为景湣王。信陵君无忌卒。

景湣王元年，秦拔我二十城，以为秦东郡。二年，秦拔我朝歌。卫徙野王。三年，秦拔我汲。五年，秦拔我垣、蒲阳、衍。十五年，景湣王卒，子王假立。

王假元年，燕太子丹使荆轲刺秦王，秦王觉之。三年，秦灌大梁，虏王假，遂灭魏以为郡县。

太史公曰：吾适故大梁之墟，墟中人曰：“秦之破梁，引河沟而灌大梁，三月城坏，王请降，遂灭魏。”说者皆曰魏以不用信陵君故，国削弱至于亡。余以为不然。天方令秦平海内，其业未成，魏虽得阿衡之佐，曷益乎？

①屯：卦名。　　比：卦名。

②蹝（xǐ，音洗）：鞋。

③怿（yì，音义）：喜悦。

④轼：凭轼致敬。轼，古时车箱前供人站立时凭倚的横木。

⑤靡：低，差。

⑥逡巡：迟疑的样子。

⑦少卒：精锐部队。

⑧欲啜汁者：指希望立功得勋者。

⑨相王：互相尊称为王。

⑩醳（shì，音释）：通"释"。释放。

⑪以诈重：以智诈而受重用。

⑫博：下棋。　　枭：枭形棋子。

⑬食：（下棋）吃对方棋子。

⑭冯：推开。

⑮湛：浸泡。

⑯与：指答应结亲为和。

⑰危：屋脊。

⑱倍：沿着。

⑲阑：通"拦"。阻隔。

⑳桡（náo，音挠）：通"挠"。扰乱。　　讲：讲和。

史记卷四十五

韩世家第十五

　　韩之先与周同姓，姓姬氏。其后苗裔事晋，得封于韩原，曰韩武子。武子后三世有韩厥，从封姓，为韩氏。

　　韩厥，晋景公之三年，晋司寇屠岸贾将作乱，诛灵公之贼赵盾，赵盾已死矣。欲诛其子赵朔，韩厥止贾，贾不听。厥告赵朔，令亡。朔曰："子必能不绝赵祀，死不恨矣。"韩厥许之。及贾诛赵氏，厥称疾不出。程婴、公孙杵臼之藏赵孤赵武也，厥知之。

　　景公十一年，厥与郤克将兵八百乘伐齐，败齐顷公于鞍，获逢丑父。于是晋作六卿，而韩厥在一卿之位，号为献子。

　　晋景公十七年，病，卜大业之不遂者为祟①。韩厥称赵成季之功，今后无祀，以感景公。景公问曰："尚有世乎②？"厥于是言赵武，而复与故赵氏田邑，续赵氏祀。

　　晋悼公之七年，韩献子老。献子卒，子宣子代。宣子徙居州。

　　晋平公十四年，吴季札使晋，曰："晋国之政卒归于韩、魏、赵矣。"

　　晋顷公十二年，韩宣子与赵、魏共分祁氏、羊舌氏十县。

　　晋定公十五年，宣子与赵简子侵伐范、中行氏。宣子卒，子贞子代立。贞子徙居平阳。

　　贞子卒，子简子代。简子卒，子庄子代。庄子卒，子康子代。康子与赵襄子、魏桓子共败知伯，分其地，地益大，大于诸侯。

康子卒，子武子代。武子二年，伐郑，杀其君幽公。十六年，武子卒，子景侯立。

景侯虔元年，伐郑，取雍丘。二年，郑败我负黍。六年，与赵、魏俱得列为诸侯。九年，郑围我阳翟。景侯卒，子列侯取立。

列侯三年，聂政杀韩相侠累。九年，秦伐我宜阳，取六邑。十三年，列侯卒，子文侯立。是岁魏文侯卒。

文侯二年，伐郑，取阳城。伐宋，到彭城，执宋君。七年，伐齐，至桑丘。郑反晋。九年，伐齐，至灵丘。十年，文侯卒，子哀侯立。

哀侯元年，与赵、魏分晋国。二年，灭郑，因徙都郑。六年，韩严弑其君哀侯，而子懿侯立。

懿侯二年，魏败我马陵。五年，与魏惠王会宅阳。九年，魏败我浍。十二年，懿侯卒，子昭侯立。

昭侯元年，秦败我西山。二年，宋取我黄池。魏取朱。六年，伐东周，取陵观、邢丘。八年，申不害相韩，修术行道，国内以治，诸侯不来侵伐。十年，韩姬弑其君悼公。十一年，昭侯如秦。二十二年，申不害死。二十四年，秦来，拔我宜阳。

二十五年，旱，作高门。屈宜臼曰："昭侯不出此门。何也？不时。吾所谓时者，非时日也，人固有利不利时。昭侯尝利矣，不作高门。往年秦拔宜阳，今年旱，昭侯不以此时恤民之急，而顾益奢，此谓'时绌举赢③'。"二十六年，高门成，昭侯卒，果不出此门。子宣惠王立。

宣惠王五年，张仪相秦，八年，魏败我将韩举。十一年，君号为王。与赵会区鼠。十四年，秦伐败我鄢。

十六年，秦败我修鱼，虏得韩将鲅、申差于浊泽。韩氏急，公仲谓韩王曰："与国非可恃也，今秦之欲伐楚久矣，王不如因张仪为和于秦，赂以一名都，具甲，与之南伐楚，此以一易二之计也。"韩王曰："善。"乃警公仲之行，将西购于秦④。楚王闻之大恐，召陈轸告之。陈轸曰："秦之欲伐楚久矣，今又得韩之名都一而具甲，秦、韩并兵而伐楚，此秦所祷祀而求也。今已得之矣，楚国必伐矣。王听臣为之警四境之内，起师言救韩，命战车满道路，发信臣，多其车，重其币，使信王之救己也。纵韩不能听我，韩必德王也，必不为雁行以来，是秦、韩不和也，兵虽至，楚不大病也。为能听我绝和于秦，秦必大怒，以厚怨韩。韩之南交楚，必轻秦；轻秦，其应秦必不敬：是因秦、韩之兵而免楚国之患也。"楚王曰："善。"乃警四境之内，兴师言救韩。命战车满道路，发信臣，多其车，重其币。谓韩王曰："不榖国虽小，已悉发之矣。愿大国遂肆志于秦，不榖将以楚殉韩。"韩王闻之大说，乃止公仲之行。公仲曰："不可。夫以实伐我者秦也，以虚名救我者楚也。王恃楚之虚名，而轻绝强秦之敌，王必为天下大笑。且楚、韩非兄弟之国也，又非素约而谋伐秦也⑤。已有伐形，因发兵言救韩，此必陈轸之谋也。且王已使人报于秦矣，今不行，是欺秦也。夫轻欺强秦而信楚之谋臣，恐王必悔之。"韩王不听，遂绝于秦。秦因大怒，益甲伐韩。大战，楚救不至韩。十九年，大破我岸门。太子仓质于秦以和。

二十一年，与秦共攻楚，败楚将屈丐，斩首八万于丹阳。是岁，宣惠王卒，太子仓立，是为襄王。

襄王四年，与秦武王会临晋。其秋，秦使甘茂攻我宜阳。五年，秦拔我宜阳，斩首六万。秦武王卒。六年，秦复与我武遂。九年，秦复取我武遂。十年，太子婴朝秦而归。十一年，秦伐我，取穰。与秦伐楚，败楚将唐眛。

十二年，太子婴死。公子咎、公子虮虱争为太子。时虮虱质于楚。苏代谓韩咎曰："虮虱亡在楚，楚王欲内之甚。今楚兵十余万在方城之外，公何不令楚王筑万室之都雍氏之旁，韩必起兵以救之，公必将矣⑥。公因以韩、楚之兵奉蚳虮而内之，其听公必矣，必以楚、韩封公也。"韩咎从其计。

楚围雍氏，韩求救于秦。秦未为发，使公孙昧入韩。公仲曰："子以秦为且救韩乎？"对曰："秦王之言曰'请道南郑、蓝田，出兵于楚以待公'，殆不合矣。"公仲曰："子以为果乎？"对曰："秦王必祖张仪之故智⑦。楚威王攻梁也，张仪谓秦王曰：'与楚攻魏，魏折而入于楚，韩固其与国也，是秦孤也。不如出兵以到之⑧，魏、楚大战，秦取西河之外以归。'今其状阳言与韩⑨，其实阴善楚。公待秦而到，必轻与楚战。楚阴得秦之不用也，必易与公相支也。公战而胜楚，遂与公乘楚，施三川而归。公战不胜楚，楚塞三川守之，公不能救也。窃为公患之。司马庚三反于郢，甘茂与昭鱼遇于商于，其言收玺，实类有约也。"公仲恐，曰："然则奈何？"曰："公必先韩而后秦，先身而后张仪。公不如亟以国合于齐、楚，齐、楚必委国于公。公之所恶者张仪也，其实犹不无秦也。"于是楚解雍氏围。

苏代又谓秦太后弟芈戎曰："公叔伯婴恐秦、楚之内蚳虮也，公何不为韩求质子于楚？楚王听，入质子于韩，则公叔伯婴知秦、楚之不以蚳虮为事，必以韩合于秦、楚。秦、楚挟韩以窘魏，魏氏不敢合于齐，是齐孤也。公又为秦求质子于楚，楚不听，怨结于韩。韩挟齐、魏以围楚，楚必重公。公挟秦、楚之重以积德于韩，公叔伯婴必以国待公。"于是蚳虮竟不得归韩。韩立咎为太子。齐、魏王来。

十四年，与齐、魏王共击秦，至函谷而军焉。十六年，秦与我河外及武遂。襄王卒，太子咎立，是为釐王。

釐王三年，使公孙喜率周、魏攻秦。秦败我二十四万，虏喜伊阙。五年，秦拔我宛。六年，与秦武遂地二百里。十年，秦败我师于夏山。十二年，与秦昭王会西周而佐秦攻齐。齐败，湣王出亡。十四年，与秦会两周间。二十一年，使暴𧉅救魏，为秦所败，𧉅走开封。

二十三年，赵、魏攻我华阳。韩告急于秦，秦不救。韩相国谓陈筮曰："事急，愿公虽病，为一宿之行。"陈筮见穰侯。穰侯曰："事急乎？故使公来。"陈筮曰："未急也。"穰侯怒曰："是可以为公之主使乎？夫冠盖相望，告敝邑甚急，公来言未急，何也？"陈筮曰："彼韩急则将变而佗从⑩，以未急，故复来耳。"穰侯曰："公无见王，请今发兵救韩。"八日而至，败赵、魏于华阳之下。是岁，釐王卒，子桓惠王立。

桓惠王元年，伐燕。九年，秦拔我陉，城汾旁。十年，秦击我于太行，我上党郡守以上党郡降赵。十四年，秦拔赵上党，杀马服子卒四十余万于长平。十七年，秦拔我阳城、负黍。二十二年，秦昭王卒。二十四年，秦拔我城皋、荥阳。二十六年，秦悉拔我上党。二十九年，秦拔我十三城。三十四年，桓惠王卒，子王安立。

王安五年，秦攻韩，韩急，使韩非使秦，秦留非，因杀之。

九年，秦虏王安，尽入其地，为颍川郡。韩遂亡。

太史公曰：韩厥之感晋景公，绍赵孤之子武⑪，以成程婴、公孙杵臼之义，此天下之阴德也⑫。韩氏之功，于晋未睹其大者也。然与赵、魏终为诸侯十余世，宜乎哉！

①大业：赵氏的远祖。　　不遂：绝后。

②世：后代；继承人。

③绌：不足；没落。赢：多余。

④购：通"媾'。讲和。

⑤素：向来；一向。

⑥将：强大。

⑦祖：学习；仿照。

⑧到：欺骗。

⑨阳：通"佯"。假装。

⑩佗从：追随他人。佗，通"他"。

⑪绍：继承。

⑫阴德：私下施予恩惠。

史记卷四十六

田敬仲完世家第十六

　　陈完者，陈厉公他之子也。完生，周太史过陈，陈厉公使卜完，卦得《观》之《否》①："是为观国之光，利用宾于王。此其代陈有国乎？不在此而在异国乎？非此其身也，在其子孙。若在异国，必姜姓。姜姓，四岳之后。物莫能两大，陈衰，此其昌乎？"

　　厉公者，陈文公少子也，其母蔡女。文公卒，厉公兄鲍立，是为桓公。桓公与他异母。及桓公病，蔡人为他杀桓公鲍及太子免，而立他，为厉公。厉公既立，娶蔡女。蔡女淫于蔡人，数归，厉公亦数如蔡。桓公之少子林怨厉公杀其父与兄，乃令蔡人诱厉公而杀之。林自立，是为庄公。故陈完不得立，为陈大夫。厉公之杀，以淫出国。故《春秋》曰："蔡人杀陈佗。"罪之也。

　　庄公卒，立弟杵臼，是为宣公。宣公二十一年，杀其太子御寇。御寇与完相爱，恐祸及己，完故奔齐。齐桓公欲使为卿，辞曰："羁旅之臣幸得免负檐，君之惠也，不敢当高位。"桓公使为工正。齐懿仲欲妻完，卜之，占曰："是谓凤皇于蜚，和鸣锵锵。有妫之后，将育于姜。五世其昌，并于正卿。八世之后，莫之与京。"卒妻完。完之奔齐，齐桓公立十四年矣。

　　完卒，谥为敬仲。仲生稺孟夷。敬仲之如齐，以陈字为田氏。

　　田稺孟夷生湣孟庄。田湣孟庄生文子须无。田文子事齐庄公。晋之大夫栾逞作乱于晋，来奔齐，齐庄公厚客之。晏婴与田文子谏，庄公弗听。

　　文子卒，生桓子无宇。田桓子无宇有力，事齐庄公，甚有宠。

　　无宇卒，生武子开与釐子乞。田釐子乞事齐景公，为大夫。其收赋税于民以小斗受之，其禀予民以大斗，行阴德于民，而景公弗禁。由此田氏得齐众心，宗族益强，民思田氏。晏子数谏景公，景公弗听。已而使于晋，与叔向私语曰："齐国之政其卒归于田氏矣。"

　　晏婴卒后，范、中行氏反晋。晋攻之急，范、中行请粟于齐。田乞欲为乱，树党于诸侯，乃说景公曰："范、中行数有德于齐，齐不可不救。"齐使田乞救之，而输之粟。

　　景公太子死，后有宠姬曰芮子，生子荼。景公病，命其相国惠子与高昭子以子荼为太子。景公卒，两相高、国立荼，是为晏孺子。而田乞不说，欲立景公他子阳生。阳生素与乞欢。晏孺子之立也，阳生奔鲁。田乞伪事高昭子、国惠子者，每朝，代参乘，言曰："始诸大夫不欲立孺子。孺子既立，君相之，大夫皆自危，谋作乱。"又绐大夫曰："高昭子可畏也，及未发先之。"诸大夫从之。田乞、鲍牧与大夫以兵入公室，攻高昭子。昭子闻之，与国惠子救公。公师败。田乞之众追国惠子，惠子奔莒。遂返杀高昭子。晏圉奔鲁。

田乞使人之鲁，迎阳生。阳生至齐，匿田乞家。请诸大夫，曰："常之母有鱼菽之祭，幸而来会饮。"会饮田氏。田乞盛阳生橐中，置坐中央。发橐，出阳生，曰："此乃齐君矣。"大夫皆伏谒。将盟立之，田乞诬曰："吾与鲍牧谋共立阳生也。"鲍牧怒，曰："大夫忘景公之命乎？"诸大夫欲悔。阳生乃顿首曰："可则立之，不可则已。"鲍牧恐祸及己，乃复曰："皆景公之子，何为不可？"遂立阳生于田乞之家，是为悼公。乃使人迁晏孺子于骀，而杀孺子荼。悼公既立，田乞为相，专齐政。

四年，田乞卒，子常代立，是为田成子。

鲍牧与齐悼公有郤[2]，弑悼公。齐人共立其子壬，是为简公。田常成子与监止俱为左、右相，相简公。田常心害监止。监止幸于简公，权弗能去，于是田常复修釐子之政，以大斗出贷，以小斗收。齐人歌之曰："妪乎采芑，归乎田成子！"齐大夫朝，御鞅谏简公，曰："田、监不可并也。君其择焉！"君弗听。

子我者，监止之宗人也，常与田氏有郤[3]。田氏疏族田豹事子我，有宠。子我曰："吾欲尽灭田氏适[4]，以豹代田氏宗。"豹曰："臣于田氏疏矣。"不听。已而豹谓田氏曰："子我将诛田氏，田氏弗先，祸及矣！"子我舍公宫，田常兄弟四人乘，如公宫，欲杀子我。子我闭门。简公与妇人饮檀台，将欲击田常。太史子余曰："田常非敢为乱，将除害。"简公乃止。田常出，闻简公怒，恐诛，将出亡。田子行曰："需[5]，事之贼也。"田常于是击子我。子我率其徒攻田氏，不胜，出亡。田氏之徒追杀子我及监止。

简公出奔，田氏之徒追执简公于徐州。简公曰："早从御鞅之言，不及此难！"田氏之徒恐简公复立而诛己，遂杀简公。简公立四年而杀。于是田常立简公弟骜，是为平公。平公即位，田常为相。

田常既杀简公，惧诸侯共诛己，乃尽归鲁、卫侵地，西约晋、韩、魏、赵氏，南通吴、越之使，修功行赏，亲于百姓，以故齐复定。

田常言于齐平公曰："德施，人之所欲，君其行之；刑罚，人之所恶，臣请行之。"行之五年，齐国之政皆归田常。田常于是尽诛鲍、晏、监止及公族之强者，而割齐自安平以东至琅邪，自为封邑。封邑大于平公之所食。

田常乃选齐国中女子长七尺以上为后宫，后宫以百数，而使宾客舍人出入后宫者不禁。及田常卒，有七十余男。

田常卒，子襄子盘代立，相齐。常谥为成子。

田襄子既相齐宣公，三晋杀知伯，分其地。襄子使其兄弟宗人尽为齐都邑大夫，与三晋通使，且以有齐国。

襄子卒，子庄子白立。田庄子相齐宣公。宣公四十三年，伐晋，毁黄城，围阳狐。明年，伐鲁、葛及安陵。明年，取鲁之一城。

庄子卒，子太公和立。田太公相齐宣公。宣公四十八年，取鲁之郕。明年，宣公与郑人会西城。伐卫，取贯丘。宣公五十一年卒，田会自廪丘反。

宣公卒，子康公贷立。贷立十四年，淫于酒、妇人，不听政，太公乃迁康公于海上，食一城，以奉其先祀。明年，鲁败齐平陆。三年，太公与魏文侯会浊泽，求为诸侯。魏文侯乃使使言周天子及诸侯，请立齐相田和为诸侯。周天子许之。康公之十九年，田和立为齐侯，列于周室，纪元年。

齐侯太公和立二年，和卒，子桓公午立。桓公午五年，秦、魏攻韩，韩求救于齐。齐桓公召大臣而谋曰："早救之孰与晚救之？"驺忌曰："不若勿救。"段干朋曰："不救，则韩且折而入于魏，不若救之。"田臣思曰："过矣君之谋也！秦、魏攻韩，楚、赵必救之，是天以燕予齐也。"桓公曰："善。"乃阴告韩使者而遣之。韩自以为得齐之救，因与秦、魏战。楚、赵闻之，果起兵而救之。齐因起兵袭燕国，取桑丘。

六年，救卫。桓公卒，子威王因齐立。是岁，故齐康公卒，绝无后，奉邑皆入田氏。

齐威王元年，三晋因齐丧来伐我灵丘。三年，三晋灭晋后而分其地。六年，鲁伐我，入阳关。晋伐我，至博陵。七年，卫伐我，取薛陵。九年，赵伐我，取甄。

威王初即位以来，不治，委政卿大夫。九年之间，诸侯并伐，国人不治。于是威王召即墨大夫而语之曰："自子之居即墨也，毁言日至。然吾使人视即墨，田野辟，民人给，官无留事，东方以宁。是子不事吾左右以求誉也。"封之万家。召阿大夫语曰："自子之守阿，誉言日闻。然使使视阿，田野不辟，民贫苦。昔日赵攻甄，子弗能救。卫取薛陵，子弗知。是子以币厚吾左右以求誉也。"是日，烹阿大夫，及左右尝誉者皆并烹之。遂起兵西击赵、卫，败魏于浊泽而围惠王。惠王请献观以和解，赵人归我长城。于是齐国震惧，人人不敢饰非，务尽其诚，齐国大治。诸侯闻之，莫敢致兵于齐二十余年。

驺忌子以鼓琴见威王，威王说而舍之右室。须臾，王鼓琴，驺忌子推户入曰："善哉鼓琴！"王勃然不说，去琴按剑曰："夫子见容未察，何以知其善也？"驺忌子曰："夫大弦浊以春温者，君也；小弦廉折以清者，相也；攫之深、醳之愉者，政令也；钧谐以鸣，大小相益，回邪而不相害者，四时也。吾是以知其善也。"王曰："善语音。"驺忌子曰："何独语音，夫治国家而弭人民皆在其中⑥。"王又勃然不说，曰："若夫语五音之纪，信未有如夫子者也。若夫治国家而弭人民，又何为乎丝桐之间？"驺忌子曰："夫大弦浊以春温者，君也；小弦廉折以清者，相也；攫之深而舍之愉者，政令也；钧谐以鸣，大小相益，回邪而不相害者，四时也。夫复而不乱者，所以治昌也；连而径者，所以存亡也。故曰琴音调而天下治。夫治国家而弭人民者，无若乎五音者。"王曰："善。"

驺忌子见三月而受相印。淳于髡见之曰："善说哉！髡有愚志，愿陈诸前。"驺忌子曰："谨受教。"淳于髡曰："得全全昌⑦，失全全亡。"驺忌子曰："谨受令，请谨毋离前。"淳于髡曰："狶膏棘轴，所以为滑也，然而不能运方穿⑧。"驺忌子曰："谨受令，请谨事左右。"淳于髡曰："弓胶昔干⑨，所以为合也，然而不能傅合疏罅⑩。"驺忌子曰："谨受令，请谨自附于万民。"淳于髡曰："狐裘虽敝，不可补以黄狗之皮。"驺忌子曰："谨受令，请谨择君子，毋杂小人其间。"淳于髡曰："大车不较，不能载其常任；琴瑟不较，不能成其五音。"驺忌子曰："谨受令，请谨修法律而督奸吏。"淳于髡说，毕，趋出，至门，而面其仆曰："是人者，吾语之微言五，其应我若响之应声，是人必封不久矣。"居期年，封以下邳，号曰成侯。

威王二十三年，与赵王会平陆。二十四年，与魏王会田于郊。魏王问曰："王亦有宝乎？"威王曰："无有。"梁王曰："若寡人国小也，尚有径寸之珠照车前后各十二乘者十枚，奈何以万乘之国而无宝乎？"威王曰："寡人之所以为宝与王异。吾臣有檀子者，使守南城，则楚人不敢为寇东取，泗上十二诸侯皆来朝。吾臣有肦子者，使守高唐，则赵人不敢东渔于河。吾吏有黔夫者，使守徐州，则燕人祭北门，赵人祭西门，徙而从者七千余家。吾臣有种首者，使备盗贼，则道不拾遗。将以照千里，岂特十二乘哉！"梁惠王惭，不怿而去。

二十六年，魏惠王围邯郸，赵求救于齐。齐威王召大臣而谋曰："救赵孰与勿救？"驺忌子曰："不如勿救。"段干朋曰："不救则不义，且不利。"威王曰："何也？"对曰："夫魏氏并邯郸，其于齐何利哉？且夫救赵而军其郊，是赵不伐而魏全也。故不如南攻襄陵以獘魏①，邯郸拔而乘魏之獘。"威王从其计。

其后成侯驺忌与田忌不善，公孙阅谓成侯忌曰："公何不谋伐魏，田忌必将。战胜有功，则公之谋中也；战不胜，非前死则后北，而命在公矣。"于是成侯言威王，使田忌南攻襄陵。十月，邯郸拔，齐因起兵击魏，大败之桂陵。于是齐最强于诸侯，自称为王，以令天下。三十三年，杀其大夫牟辛。

三十五年，公孙阅又谓成侯忌曰："公何不令人操十金卜于市，曰'我田忌之人也。吾三战而三胜，声威天下。欲为大事，亦吉乎不吉乎'？"卜者出，因令人捕为之卜者，验其辞于王之所。田忌闻之，因率其徒袭攻临淄，求成侯，不胜而奔。

三十六年，威王卒，子宣王辟强立。

宣王元年，秦用商鞅。周致伯于秦孝公。

二年，魏伐赵。赵与韩亲，共击魏。赵不利，战于南梁。宣王召田忌复故位。韩氏请救于齐，宣王召大臣而谋曰："早救孰与晚救？"驺忌子曰："不如勿救。"田忌曰："弗救，则韩且折而入于魏，不如早救之。"孙子曰："夫韩、魏之兵未獘而救之，是吾代韩受魏之兵，顾反听命于韩也。且魏有破国之志，韩见亡，必东面而诉于齐矣。吾因深结韩之亲而晚承魏之獘，则可重利而得尊名也。"宣王曰："善。"乃阴告韩之使者而遣之。韩因恃齐，五战不胜，而东委国于齐。齐因起兵，使田忌、田婴将，孙子为师，救韩、赵以击魏，大败之马陵，杀其将庞涓，虏魏太子申。其后三晋之王皆因田婴朝齐王于博望，盟而去。

七年，与魏王会平阿南。明年，复会甄。魏惠王卒。明年，与魏襄王会徐州，诸侯相王也。十年，楚围我徐州。十一年，与魏伐赵，赵决河水灌齐、魏，兵罢。十八年，秦惠王称王。

宣王喜文学游说之士，自如驺衍、淳于髡、田骈、接予、慎到、环渊之徒七十六人，皆赐列第，为上大夫，不治而议论。是以齐稷下学士复盛，且数百千人。

十九年，宣王卒，子湣王地立。

湣王元年，秦使张仪与诸侯执政会于啮桑。三年，封田婴于薛。四年，迎妇于秦。七年，与宋攻魏，败之观泽。

十二年，攻魏。楚围雍氏，秦败屈丐。苏代谓田轸曰："臣愿有谒于公，其为事甚完，使楚利公，成为福，不成亦为福。今者臣立于门，客有言曰魏王谓韩冯、张仪曰：'煮枣将拔，齐兵又进，子来救寡人则可矣；不救寡人，寡人弗能拔。'此特转辞也。秦、韩之兵毋东，旬余，则魏氏转韩从秦，秦逐张仪，交臂而事齐、楚，此公之事成也。田轸曰："奈何使无东？"对曰："韩冯之救魏之辞，必不谓韩王曰'冯以为魏，'必曰'冯将以秦、韩之兵东却齐、宋，冯因抟三国之兵②，乘屈丐之獘，南割于楚，故地必尽得之矣。'张仪救魏之辞，必不谓秦王曰'仪以为魏'，必曰'仪且以秦、韩之兵东距齐、宋，仪将抟三国之兵，乘屈丐之獘，南割于楚，名存亡国，实伐三川而归，此王业也。'公令楚王与韩氏地，使秦制和，谓秦王曰："请与韩地，而王以施三川，韩氏之兵不用而得地于楚。'韩冯之东兵之辞且谓秦何？曰'秦兵不用而得三川，伐楚、韩以窘魏，魏氏不敢东，是孤齐也，'张仪之东兵之辞且谓何？曰'秦、韩欲地而兵有案，声威发于魏，魏氏之欲不失齐、楚者有资矣'。魏氏转秦、韩争事齐、楚，楚王欲而无与地，公令秦，韩之兵不用而得地，有一大德也。秦、韩之王劫于韩冯、张仪而东兵以徇服魏，公常执左券以责于秦、韩③，此其善于公而恶张子多资矣。"

　　十三年，秦惠王卒。二十三年，与秦击败楚于重丘。二十四年，秦使泾阳君质于齐。二十五年，归泾阳君于秦。孟尝君薛文入秦，即相秦。文亡去。二十六年，齐与韩、魏共攻秦，至函谷，军焉。二十八年，秦与韩河外以和，兵罢。二十九年，赵杀其主父。齐佐赵，灭中山。

　　三十六年，王为东帝，秦昭王为西帝。苏代自燕来，入齐，见于章华东门。齐王曰："嘻，善，子来！秦使魏冉致帝，子以为何如？"对曰："王之问臣也卒⑭，而患之所从来微⑮。愿王受之，而勿备称也⑯。秦称之，天下安之，王乃称之，无后也；且让争帝名，无伤也。秦称之，天下恶之，王因勿称，以收天下，此大资也。且天下立两帝，王以天下为尊齐乎？尊秦乎？"王曰："尊秦。"曰："释帝，天下爱齐乎？爱秦乎？"王曰："爱齐而憎秦。"曰："两帝立约伐赵，孰与伐桀宋之利？"王曰："伐桀宋利。"对曰："夫约钧⑰，然与秦为帝而天下独尊秦而轻齐，释帝则天下爱齐而憎秦，伐赵不如伐桀宋之利，故愿王明释帝以收天下，倍约宾秦⑱，无争重，而王以其间举宋。夫有宋，卫之阳地危；有济西，赵之阿东国危；有淮北，楚之东国危；有陶、平陆，梁门不开。释帝而贷之以伐桀宋之事，国重而名尊，燕、楚所以形服⑲，天下莫敢不听，此汤、武之举也。敬秦以为名，而后使天下憎之，此所谓以卑为尊者也。愿王孰虑之。"于是齐去帝，复为王。秦亦去帝位。

　　三十八年，伐宋。秦昭王怒曰："吾爱宋与爱新城、阳晋同。韩聂与吾友也，而攻吾所爱，何也？"苏代为齐谓秦王曰："韩聂之攻宋，所以为王也。齐强，辅之以宋，楚、魏必恐，恐必西事秦，是王不烦一兵，不伤一士，无事而割安邑也，此韩聂之所祷于王也。"秦王曰："吾患齐之难知。一从一衡，其说何也？"对曰："天下国令齐可知乎？齐以攻宋，其知事秦以万乘之国自辅，不西事秦则宋治不安。中国白头游敖之士皆积智欲离齐、秦之交，伏式结轶西驰者⑳，未有一人言善齐者也；伏式结轶东驰者，未有一人言善秦者也。何则？皆不欲齐、秦之合也。何晋、楚之智而齐、秦之愚也！晋、楚合必议齐、秦，齐、秦合必图晋、楚，请以此决事。"秦王曰："诺。"于是齐遂伐宋，宋王出亡，死于温。齐南割楚之淮北，西侵三晋，欲以并周室，为天子。泗上诸侯邹、鲁之君皆称臣，诸侯恐惧。

　　三十九年，秦来伐，拔我列城九。

　　四十年，燕、秦、楚、三晋合谋，各出锐师以伐，败我济西。王解而却㉑。燕将乐毅遂入临淄，尽取齐之宝藏器。湣王出亡，之卫。卫君辟宫舍之，称臣而共具。湣王不逊，卫人侵之㉒。湣王去，走邹、鲁，有骄色，邹、鲁君弗内，遂走莒。楚使淖齿将兵救齐，因相齐湣王。淖齿遂杀湣王而与燕共分齐之侵地、卤器㉓。

　　湣王之遇杀，其子法章变名姓为莒太史敫家庸㉔。太史敫女奇法章状貌，以为非恒人，怜而常窃衣食之，而与私通焉。淖齿既以去莒，莒中人及齐亡臣相聚，求湣王子，欲立之。法章惧其诛己也，久之，乃敢自言"我湣王子也"。于是莒人共立法章，是为襄王。以保莒城而布告齐国中："王已立，在莒矣。"

　　襄王既立，立太史氏女为王后，是为君王后，生子建。太史敫曰："女不取媒因自嫁，非吾种也，污吾世。"终身不睹君王后。君王后贤，不以不睹故失人子之礼。

　　襄王在莒五年，田单以即墨攻破燕军，迎襄王于莒，入临淄，齐故地尽复属齐。齐封田单为安平君。

　　十四年，秦击我刚寿。十九年，襄王卒，子建立。

　　王建立六年，秦攻赵，齐、楚救之。秦计曰："齐、楚救赵，亲则退兵，不亲遂攻之。"赵无食，请粟于齐，齐不听。周子曰："不如听之以退秦兵，不听则秦兵不却，是秦之计中而齐、楚之计过也。且赵之于齐、楚，捍蔽也，犹齿之有唇也，唇亡则齿寒。今日亡赵，明日患及齐、楚。且救赵之务，宜若奉漏瓮沃焦釜也。夫救赵，高义也；却秦兵，显名也。义救亡国，威却强秦之兵，不务为此而务爱粟，为国计者过矣。"齐王弗听。秦破赵于长平四十余万，遂围邯郸。

十六年，秦灭周。君王后卒。二十三年，秦置东郡。二十八年，王入朝秦，秦王政置酒咸阳。三十五年，秦灭韩。三十七年，秦灭赵。三十八年，燕使荆轲刺秦王，秦王觉，杀轲。明年，秦破燕，燕王亡走辽东。明年，秦灭魏，秦兵次于历下。四十二年，秦灭楚。明年，虏代王嘉。灭燕王喜。

四十四年，秦兵击齐。齐王听相后胜计，不战，以兵降秦。秦虏王建，迁之共，遂灭齐为郡。天下壹并于秦，秦王政立号为皇帝。

始，君王后贤，事秦谨，与诸侯信，齐亦东边海上。秦日夜攻三晋、燕、楚，五国各自救于秦，以故王建立四十余年不受兵。君王后死，后胜相齐，多受秦间金，多使宾客入秦，秦又多予金，客皆为反间，劝王去从朝秦，不修攻战之备，不助五国攻秦，秦以故得灭五国。五国已亡，秦兵卒入临淄，民莫敢格者。王建遂降，迁于共。故齐人怨王建不早与诸侯合从攻秦，听奸臣宾客以亡其国，歌之曰："松耶柏耶？住建共者客耶？"疾建用客之不详也。

太史公曰：盖孔子晚而喜《易》。《易》之为术，幽明远矣，非通人达才孰能注意焉？故周太史之卦田敬仲完，占至十世之后；及完奔齐，懿仲卜之亦云。田乞及常所以比犯二君，专齐国之政，非必事势之渐然也，盖若遵厌兆祥云。

---

①观：卦名。　　否：卦名。

②郤（xī，音西）：不和；怨恨。

③郤：不和；怨恨。

④適：正宗；本族。

⑤需：迟疑；犹豫不决。

⑥弭：安抚；安定。

⑦得全：人臣事君礼数周全不失。　　昌：身名俱获。

⑧不能运方穿：插车轴的孔做成方形就不能运转。

⑨昔：旧的；用久的。　　干：弓体。

⑩罅（xià，音下）：裂缝。

⑪獘：败坏；疲困。

⑫抟：通"专"。垄断；专权。

⑬执左券：喻行事有把握。　　责：任事。

⑭卒：通"猝"。仓猝；突然。

⑮微：不明；隐微。

⑯备：全；尽。

⑰钧：相同。

⑱宾：以礼相待。

⑲形服：归附；顺从。

⑳式：通"轼"。车扶手。　　轶：车辙。

㉑解：溃散。　　却：败退。

㉒侵：进攻；攻击。

㉓卤：通"掳"。掠夺。　　器：宝器。

㉔庸：仆人；佣人。

史记卷四十七

孔子世家第十七

　·孔子生鲁昌平乡陬邑。其先宋人也，曰孔防叔。防叔生伯夏，伯夏生叔梁纥。纥与颜氏女野合而生孔子，祷于尼丘得孔子。鲁襄公二十二年而孔子生。生而首上圩顶①，故因名曰丘云。字仲尼，姓孔氏。

　　丘生而叔梁纥死，葬于防山。防山在鲁东，由是孔子疑其父墓处，母讳之也。孔子为儿嬉戏，常陈俎豆②，设礼容。孔子母死，乃殡五父之衢，盖其慎也③。郰人挽父之母诲孔子父墓，然后往合葬于防焉。

　　孔子要绖④，季氏飨士⑤，孔子与往。阳虎绌曰⑥："季氏飨士，非敢飨子也。"孔子由是退。

　　孔子年十七，鲁大夫孟釐子病且死，诫其嗣懿子曰："孔丘，圣人之后，灭于宋。其祖弗父何始有宋而嗣让厉公。及正考父佐戴、武、宣公，三命兹益恭，故鼎铭云：'一命而偻，再命而伛，三命而俯，循墙而走，亦莫敢余侮⑦，饘于是⑧，粥于是，以糊余口。'其恭如是。吾闻圣人之后，虽不当世⑨，必有达者。今孔丘年少好礼，其达者欤？吾即没，若必师之。"及釐子卒，懿子与鲁人南宫敬叔往学礼焉。是岁，季武子卒，平子代立。

　　孔子贫且贱。及长，尝为季氏史⑩，料量平⑪；尝为司职吏而畜蕃息。由是为司空。已而去鲁，斥乎齐，逐乎宋、卫，困于陈、蔡之间，于是反鲁。孔子长九尺有六寸，人皆谓之"长人"而异之。鲁复善待，由是反鲁。

　　鲁南宫敬叔言鲁君曰："请与孔子适周。"鲁君与之一乘车、两马、一竖子俱，适周问礼，盖见老子云。辞去，而老子送之，曰："吾闻富贵者送人以财，仁人者送人以言。吾不能富贵，窃仁人之号，送子以言，曰：'聪明深察而近于死者，好议人者也；博辩广大危其身者，发人之恶者也。为人子者毋以有己，为人臣者毋以有己。'"孔子自周反于鲁，弟子稍益进焉。⑫

　　是时也，晋平公淫，六卿擅权，东伐诸侯；楚灵王兵强，陵轹中国⑬；齐大而近于鲁。鲁小弱，附于楚，则晋怒；附于晋，则楚来伐；不备于齐，齐师侵鲁。

　　鲁昭公之二十年，而孔子盖年三十矣。齐景公与晏婴来适鲁⑭，景公问孔子曰："昔秦穆公国小处辟，其霸何也？"对曰："秦，国虽小，其志大；处虽辟，行中正。身举五羖，爵之大夫，起累绁之中⑮，与语三日，授之以政。以此取之，虽王可也，期霸小矣。"景公说。

　　孔子年三十五，而季平子与郈昭伯以斗鸡故得罪鲁昭公，昭公率师击平子。平子与孟氏、叔孙氏三家共攻昭公。昭公师败，奔于齐，齐处昭公乾侯。其后顷之，鲁乱。孔子适齐，为高昭子家臣，欲以通乎景公。与齐太师语乐，闻《韶》音，学之，三月不知肉味，齐人称之。

　　景公问政孔子，孔子曰："君君，臣臣，父父，子子。"景公曰："善哉！信如君不君，臣不臣，父不父，子不子，虽有粟，吾岂得而食诸！"他日又复问政于孔子，孔子曰："政在节财。"景公说，将欲以尼溪田封孔子。晏婴进曰："夫儒者滑稽而不可轨法；倨傲自顺，不可以为下；崇丧遂哀，破产厚葬，不可以为俗；游说乞贷，不可以为国。自大贤之息，周室既衰，礼乐缺有间。今孔子盛容饰，繁登降之礼、趋详之节，累世不能殚其学⑯，当年不能究其礼。君欲用之以移齐俗，非所以先细民也。"后景公敬见孔子，不问其礼。异日，景公止孔子曰："奉子以季氏，吾不能。"以季、孟之间待之。齐大夫欲害孔子，孔子闻之。景公曰："吾老矣，弗能用也。"孔子遂行，反乎鲁。

孔子年四十二，鲁昭公卒于乾侯，定公立。定公立五年，夏，季平子卒，桓子嗣立。季桓子穿井得土缶⑰，中若羊，问仲尼云"得狗"。仲尼曰："以丘所闻，羊也。丘闻之，木石之怪夔、罔阆，水之怪龙、罔象，土之怪坟羊⑱。"

吴伐赵，堕会稽，得骨节专车。吴使使问仲尼："骨何者最大？"仲尼曰："禹致群神于会稽山，防风氏后至，禹杀而戮之，其节专车，此为大矣。"吴客曰："谁为神？"仲尼曰："山川之神足以纲纪天下，其守为神，社稷为公侯，皆属于王者。"客曰："防风何守？"仲尼曰："汪罔氏之君守封、禺之山，为釐姓。在虞、夏、商为汪罔，于周为长翟，今谓之大人。"客曰："人长几何？"仲尼曰："僬侥氏三尺，短之至也。长者不过十之，数之极也。"于是吴客曰："善哉圣人！"

桓子嬖臣曰仲梁怀，与阳虎有隙。阳虎欲逐怀，公山不狃止之。其秋，怀益骄，阳虎执怀。桓子怒，阳虎因囚桓子，与盟而醳之⑲。阳虎由此益轻季氏。季氏亦僭于公室。陪臣执国政⑳，是以鲁自大夫以下皆僭，离于正道。故孔子不仕，退而修诗、书、礼、乐，弟子弥众，至自远方，莫不受业焉。

定公八年，公山不狃不得意于季氏，因阳虎为乱，欲废三桓之適㉑，更立其庶孽阳虎素所善者，遂执季桓子。桓子诈之，得脱。定公九年，阳虎不胜，奔于齐。是时孔子年五十。

公山不狃以费畔季氏，使人召孔子。孔子循道弥久，温温无所试，莫能己用，曰："盖周文、武起丰镐而王，今费虽小，傥庶几乎！"欲往。子路不说，止孔子。孔子曰："夫召我者岂徒哉？如用我，其为东周乎！"然亦卒不行。

其后定公以孔子为中都宰，一年，四方皆则之。由中都宰为司空，由司空为大司寇。

定公十年春，及齐平㉒。夏，齐大夫黎鉏言于景公曰："鲁用孔丘，其势危齐。"乃使使告鲁为好会，会于夹谷。鲁定公且以乘车好往。孔子摄相事，曰："臣闻有文事者必有武备，有武事者必有文备。古者诸侯出疆，必具官以从。请具左右司马。"定公曰："诺。"具左右司马。会齐侯夹谷，为坛位，土阶三等，以会遇之礼相见，揖让而登。献酬之礼毕，齐有司趋而进曰："请奏四方之乐。"景公曰："诺。"于是旄旌羽袯矛戟剑拨鼓噪而至。孔子趋而进，历阶而登，不尽一等，举袂而言曰："吾两君为好会，夷狄之乐何为于此！请命有司！"有司却之，不去，则左右视晏子与景公。景公心作，麾而去之。有顷，齐有司趋而进曰："请奏宫中之乐。"景公曰："诺。"优倡侏儒为戏而前。孔子趋而进，历阶而登，不尽一等，曰："匹夫而荧惑诸侯者罪当诛！请命有司！"有司加法焉，手足异处。景公惧而动，知义不若㉓，归而大恐，告其群臣曰："鲁以君子之道辅其君，而子独以夷狄之道教寡人，使得罪于鲁君，为之奈何？"有司进对曰："君子有过则谢以质㉔，小人有过则谢以文㉕。君若悼㉖，则谢以质。"于是齐侯乃归所侵鲁之郓、汶阳、龟阴之田以谢过。

定公十三年夏，孔子言于定公曰："臣无藏甲，大夫毋百雉之城。"使仲由为季氏宰，将堕三都。于是叔孙氏先堕郈。季氏将堕费，公山不狃、叔孙辄率费人袭鲁。公与三子入于季氏之宫，登武子之台。费人攻之，弗克，入及公侧。孔子命申句须、乐颀下伐之，费人北。国人追之，败诸姑蔑。二子奔齐，遂堕费。将堕成，公敛处父谓孟孙曰："堕成，齐人必至于北门。且成，孟氏之保鄣；无成，是无孟氏也。我将弗堕。"十二月，公围成，弗克。

定公十四年，孔子年五十六，由大司寇行摄相事，有喜色。门人曰："闻君子祸至不惧，福至不喜。”孔子曰：“有是言也。不曰‘乐其以贵下人’乎？”于是诛鲁大夫乱政者少正卯。与闻国政三月，粥羔豚者弗饰贾；男女行者别于涂；涂不拾遗；四方之客至乎邑者不求有司，皆予之以归。

　　齐人闻而惧，曰：“孔子为政必霸，霸则吾地近焉，我之为先并矣。盍致地焉？”黎锄曰：“请先尝沮之；沮之而不可，则致地，庸迟乎！”于是选齐国中女子好者八十人，皆衣文衣而舞《康乐》，文马三十驷，遗鲁君，陈女乐、文马于鲁城南高门外。季桓子微服往观再三，将受，乃语鲁君为周道游，往观终日，怠于政事。子路曰：“夫子可以行矣。”孔子曰：“鲁今且郊，如致膰乎大夫㉗，则吾犹可以止。”桓子卒受齐女乐，三日不听政；郊，又不致膰俎于大夫。孔子遂行，宿乎屯。而师己送，曰：“夫子则非罪。”孔子曰：“吾歌可夫？”歌曰：“彼妇之口㉘，可以出走；彼妇之谒，可以死败。盖优哉游哉，维以卒岁！”师己反，桓子曰：“孔子亦何言？”师己以实告。桓子喟然叹曰：“夫子罪我以群婢故也夫！”

　　孔子遂适卫，主于子路妻兄颜浊邹家㉙。卫灵公问孔子：“居鲁得禄几何？”对曰：“奉粟六万。”卫人亦致粟六万。居顷之，或谮孔子于卫灵公。灵公使公孙余假一出一入㉚。孔子恐获罪焉，居十月，去卫。

　　将适陈，过匡，颜刻为仆，以其策指之曰：“昔吾入此，由彼缺也㉛。”匡人闻之，以为鲁之阳虎。阳虎尝暴匡人。匡人于是遂止孔子。孔子状类阳虎，拘焉五日。颜渊后，子曰：“吾以汝为死矣。”颜渊曰：“子在，回何敢死！”匡人拘孔子益急，弟子惧。孔子曰：“文王既没，文不在兹乎？天之将丧斯文也，后死者不得与于斯文也。天之未丧斯文也，匡人其如予何？”孔子使从者为宁武子臣于卫，然后得去。

　　去即过蒲。月余，反乎卫，主蘧伯玉家。灵公夫人有南子者，使人谓孔子曰：“四方之君子不辱欲与寡君为兄弟者，必见寡小君。寡小君愿见。”孔子辞谢，不得已而见之。夫人在绤帷中，孔子入门，北面稽首。夫人自帷中再拜，环佩玉声璆然。孔子曰：“吾乡为弗见㉜，见之礼答焉。”子路不说，孔子矢之曰：“予所不者，天厌之！天厌之！”居卫月余，灵公与夫人同车，宦者雍渠参乘，出，使孔子为次乘，招摇市过之。孔子曰：“吾未见好德如好色者也。”于是丑之。去卫，过曹。是岁，鲁定公卒。

　　孔子去曹适宋，与弟子习礼大树下。宋司马桓魋欲杀孔子，拔其树。孔子去，弟子曰：“可以速矣。”孔子曰：“天生德于予，桓魋其如予何？”

　　孔子适郑，与弟子相失，孔子独立郭东门。郑人或谓子贡曰：“东门有人，其颡似尧，其项类皋陶，其肩类子产，然自要以下不及禹三寸，累累若丧家之狗。”子贡以实告孔子。孔子欣然笑曰：“形状，末也。而谓似丧家之狗，然哉！然哉！”

　　孔子遂至陈，主于司城贞子家。岁余，吴王夫差伐陈，取三邑而去。赵鞅伐朝歌，楚围蔡，蔡迁于吴。吴败越王勾践会稽。

　　有隼集于陈廷而死，楛矢贯之，石砮㉝，矢长尺有咫。陈湣公使使问仲尼，仲尼曰：“隼来远矣，此肃慎之矢也。昔武王克商，通道九夷百蛮，使各以其方贿来贡，使无忘职业。于是肃慎贡楛矢石砮，长尺有咫。先王欲昭其令德，以肃慎矢分大姬，配虞胡公而封诸陈。分同姓以珍玉，展亲；分异姓以远方职，使无忘服㉞。故分陈以肃慎矢。”试求之故府，果得之。

　　孔子居陈三岁，会晋、楚争强，更伐陈。及吴侵陈，陈常被寇。孔子曰：“归与！归与！吾党之小子狂简㉟，进取不忘其初。”于是孔子去陈。

　　过蒲，会公叔氏以蒲畔，蒲人止孔子。弟子有公良孺者，以私车五乘从孔子。其为人长，贤，有勇力，谓曰：“吾昔从夫子遇难于匡，今又遇难于此，命也已。吾与夫子再罹难，宁斗而死。"斗甚疾。蒲人惧，谓孔子曰："苟毋适卫，吾出子。"与之盟，出孔子东门。孔子遂适卫。子贡曰："盟可负邪？"孔子曰："要盟也㊱，神不听。"

卫灵公闻孔子来，喜，郊迎，问曰："蒲可伐乎？"对曰："可。"灵公曰："吾大夫以为不可。今蒲，卫之所以待晋、楚也㊲，以卫伐之，无乃不可乎？"孔子曰："其男子有死之志，妇人有保西河之志。吾所伐者不过四五人。"灵公曰："善。"然不伐蒲。

灵公老，怠于政，不用孔子。孔子喟然叹曰："苟有用我者，期月而已，三年有成。"孔子行。

佛肸为中牟宰。赵简子攻范、中行，伐中牟。佛肸畔，使人召孔子。孔子欲往。子路曰："由闻诸夫子，'其身亲为不善者，君子不入也'。今佛肸亲以中牟畔，子欲往，如之何？"孔子曰："有是言也。不曰坚乎，磨而不磷㊳；不曰白乎，涅而不淄㊴。我岂瓠瓜也哉㊵，焉能系而不食？"

孔子击磬，有荷蒉而过门者㊶，曰："有心哉，击磬乎！硁硁乎㊷，莫己知也夫而已矣！"

孔子学鼓琴师襄子，十日不进。师襄子曰："可以益矣。"孔子曰："丘已习其曲矣，未得其数也。"有间，曰："已习其数，可以益矣。"孔子曰："丘未得其志也。"有间，曰："已习其志，可以益矣。"孔子曰："丘未得其为人也。"有间，有所穆然深思焉，有所怡然高望而远志焉，曰："丘得其为人，黯然而黑，几然而长，眼如望羊，如王四国，非文王其谁能为此也！"师襄子辟席再拜，曰："师盖云《文王操》也。"

孔子既不得用于卫，将西见赵简子。至于河而闻窦鸣犊、舜华之死也，临河而叹曰："美哉水，洋洋乎！丘之不济此，命也夫！"子贡趋而进曰："敢问何谓也？"孔子曰："窦鸣犊、舜华，晋国之贤大夫也。赵简子未得志之时，须此两人而后从政；及其已得志，杀之乃从政。丘闻之也，刳胎杀夭则麒麟不至郊，竭泽涸渔则蛟龙不合阴阳，覆巢毁卵则凤皇不翔。何则？君子讳伤其类也。夫鸟兽之于不义也尚知辟之，而况乎丘哉！"乃还息乎陬乡，作为《陬操》以哀之。而反乎卫，入主蘧伯玉家。

他日，灵公问兵陈。孔子曰："俎豆之事则尝闻之，军旅之事未之学也。"明日，与孔子语，见蜚雁，仰视之，色不在孔子。孔子遂行，复如陈。

夏，卫灵公卒，立孙辄，是为卫出公。六月，赵鞅内太子蒯聩于戚。阳虎使太子絻㊸，八人衰绖，伪自卫迎者，哭而入，遂居焉。冬，蔡迁于州来。是岁鲁哀公三年，面孔子年六十矣。齐助卫围戚，以卫太子蒯聩在故也。

夏，鲁桓、釐庙燔，南宫敬叔救火。孔子在陈，闻之，曰："灾必于桓、釐庙乎？"已而果然。

秋，季桓子病，辇而见鲁城，喟然叹曰："昔此国几兴矣，以吾获罪于孔子，故不兴也。"顾谓其嗣康子曰："我即死，若必相鲁；相鲁，必召仲尼。"后数日，桓子卒，康子代立。已葬，欲召仲尼。公之鱼曰："昔吾先君用之不终，终为诸侯笑。今又用之，不能终，是再为诸侯笑。"康子曰："则谁召而可？"曰："必召冉求。"于是使使召冉求。冉求将行，孔子曰："鲁人召求，非小用之，将大用之也。"是日，孔子曰："归乎归乎！吾党之小子狂简，斐然成章，吾不知所以裁之。"子贡知孔子思归，送冉求，因诚曰："即用，以孔子为招"云。

冉求既去，明年，孔子自陈迁于蔡。蔡昭公将如吴，吴召之也。前昭公欺其臣迁州来，后将往，大夫惧复迁，公孙翩射杀昭公。楚侵蔡。秋，齐景公卒。

明年，孔子自蔡如叶。叶公问政，孔子曰："政在来远附迩。"他日，叶公问孔子于子路，子路不对。孔子闻之，曰："由，尔何不对曰'其为人也，学道不倦，诲人不厌，发愤忘食，乐以忘忧，不知老之将至'云尔。"

去叶，反于蔡。长沮、桀溺耦而耕，孔子以为隐者，使子路问津焉。长沮曰："彼执舆者为谁？"子路曰："为孔丘。"曰："是鲁孔丘与？"曰："然。"曰："是知津矣。"桀溺谓子路曰："子为谁？"曰："为仲由。"曰："子，孔丘之徒与？"曰："然。"桀溺曰："悠悠者天下皆是也，而谁以易之？且与其从辟人之士，岂若从辟世之士哉！"耰而不辍。子路以告孔子，孔子怃然曰："鸟兽不可与同群。天下有道，丘不与易也。"

他日，子路行，遇荷蓧丈人④，曰："子见夫子乎？"丈人曰："四体不勤，五谷不分，孰为夫子！"植其杖而芸⑤。子路以告，孔子曰："隐者也。"复往，则亡。

孔子迁于蔡三岁，吴伐陈。楚救陈，军于城父。闻孔子在陈、蔡之间，楚使人聘孔子。孔子将往拜礼，陈蔡大夫谋曰："孔子贤者，所刺讥皆中诸侯之疾。今者久留陈、蔡之间，诸大夫所设行皆非仲尼之意。今楚，大国也，来聘孔子。孔子用于楚，则陈、蔡用事大夫危矣。"于是乃相与发徒役围孔子于野。不得行，绝粮，从者病，莫能兴⑥。孔子讲诵弦歌不衰。子路愠见曰："君子亦有穷乎？"孔子曰："君子固穷，小人穷斯滥矣。"子贡色作，孔子曰："赐，尔以予为多学而识之者与？"曰："然。非与？"孔子曰："非也。予一以贯之。"孔子知弟子有愠心，乃召子路而问曰："《诗》云'匪兕匪虎，率彼旷野'。吾道非邪？吾何为于此？"子路曰："意者吾未仁邪？人之不我信也；意者吾未知邪？人之不我行也。"孔子曰："有是乎！由，譬使仁者而必信，安有伯夷、叔齐？使知者而必行，安有王子比干？"子路出，子贡入见。孔子曰："赐，《诗》云'匪兕匪虎，率彼旷野'。吾道非邪？吾何为于此？"子贡曰："夫子之道至大也，故天下莫能容夫子。夫子盖少贬焉？"孔子曰："赐，良农能稼而不能为穑⑰，良工能巧而不能为顺⑱。君子能修其道，纲而纪之，统而理之，而不能为容。今尔不修尔道而求为容。赐，而志不远矣！"子贡出，颜回入见。孔子曰："回，《诗》云'匪兕匪虎，率彼旷野'。吾道非邪？吾何为于此？"颜回曰："夫子之道至大，故天下莫能容。虽然，夫子推而行之，不容何病⑲？不容，然后见君子！夫道之不修也，是吾丑也；夫道既已大修而不用，是有国者之丑也。不容何病？不容，然后见君子！"孔子欣然而笑曰："有是哉颜氏之子！使尔多财，吾为尔宰。"

于是使子贡至楚。楚昭王兴师迎孔子，然后得免。

昭王将以书社地七百里封孔子㊿。楚令尹子西曰："王之使使诸侯有如子贡者乎？"曰："无有。""王之辅相有如颜回者乎？"曰："无有。""王之将率有如子路者乎？"曰："无有。""王之官尹有如宰予者乎？"曰："无有。""且楚之祖封于周，号为子男五十里。今孔丘述三、五之法㉑，明周、召之业㉒，王若用之，则楚安得世世堂堂方数千里乎？夫文王在丰，武王在镐，百里之君卒王天下。今孔丘得据土壤，贤弟子为佐，非楚之福也。"昭王乃止。其秋，楚昭王卒于城父。

楚狂接舆歌而过孔子，曰："凤兮凤兮，何德之衰！往者不可谏兮，来者犹可追也！已而已而，今之从政者殆而！"孔子下，欲与之言，趋而去，弗得与之言。

于是孔子自楚反乎卫。是岁也，孔子年六十三，而鲁哀公六年也。

其明年，吴与鲁会缯，征百牢㉓。太宰嚭召季康子。康子使子贡往，然后得已。

孔子曰："鲁、卫之政，兄弟也。"是时，卫君辄父不得立，在外，诸侯数以为让。而孔子弟子多仕于卫，卫君欲得孔子为政。子路曰："卫君待子而为政，子将奚先？"孔子曰："必也正名乎！"子路曰："有是哉，子之迂也㉔！何其正也？"孔子曰："野哉由也㉕！夫名不正则言不顺，言不顺则事不成，事不成则礼乐不兴，礼乐不兴则刑罚不中，刑罚不中则民无所错手足矣。夫君子为之必可名，言之必可行。君子于其言，无所苟而已矣。"

其明年，冉有为季氏将师，与齐战于郎，克之。季康子曰："子之于军旅，学之乎？性之乎?"冉有曰:"学之于孔子。"季康子曰:"孔子何如人哉?"对曰:"用之有名,播之百姓,质诸鬼神而无憾。求之至于此道,虽累千社,夫子不利也。"康子曰:"我欲召之,可乎?"对曰:"欲召之,则毋以小人固之,则可矣。"而卫孔文子将攻太叔,问策于仲尼。仲尼辞不知,退而命载而行,曰:"鸟能择木,木岂能择鸟乎!"文子固止。会季康子逐公华、公宾、公林,以币迎孔子。孔子归鲁。

孔子之去鲁凡十四岁而反乎鲁。

鲁哀公问政,对曰:"政在选臣。"季康子问政,曰:"举直错诸枉㉞,则枉者直。"康子患盗,孔子曰:"苟子之不欲,虽赏之不窃。"然鲁终不能用孔子,孔子亦不求仕。

孔子之时,周室微而礼乐废,《诗》《书》缺。追迹三代之礼,序《书传》,上纪唐、虞之际,下至秦缪,编次其事,曰:"夏礼吾能言之,杞不足征也。殷礼吾能言之,宋不足征也。足,则吾能征之矣。"观殷、夏所损益,曰:"后虽百世可知也,以一文一质。周监二代,郁郁乎文哉。吾从周。"故《书传》、《礼记》自孔氏。

孔子语鲁大师:"乐其可知也。始作翕如㊾,纵之纯如㊿、皦如㊶、绎如也㊿,以成。""吾自卫反鲁,然后乐正㊿,《雅》、《颂》各得其所。"

古者《诗》三千余篇,及至孔子,去其重,取可施于礼义,上采契、后稷,中述殷、周之盛,至幽、厉之缺,始于衽席㊿,故曰:"《关雎》之乱以为《风》始,《鹿鸣》为《小雅》始,《文王》为《大雅》始,《清庙》为《颂》始。"三百五篇孔子皆弦歌之,以求合《韶》、《武》、《雅》、《颂》之音。礼乐自此可得而述,以备王道,成六艺。

孔子晚而喜《易》,序《彖》、《系》、《象》、《说卦》、《文言》。读《易》,韦编三绝㊿,曰:"假我数年,若是,我于《易》则彬彬矣㊿。"

孔子以《诗》、《书》、礼、乐教,弟子盖三千焉,身通六艺者七十有二人。如颜浊邹之徒,颇受业者甚众。

孔子以四教:文,行,忠,信。绝四:毋意㊿,毋必,毋固,毋我。所慎:齐,战,疾。子罕言利,与命,与仁。不愤不启,举一隅不以三隅反,则弗复也。

其于乡党,恂恂似不能言者㊿。其于宗庙朝廷,辩辩言,唯谨尔。朝,与上大夫言,闿闿如也㊿;与下大夫言,侃侃如也㊿。入公门,鞠躬如也;趋进,翼如也。君召使傧,色勃如也㊿。君命召。不俟驾行矣。

鱼馁㊿,肉败,割不正,不食。席不正,不坐。食于有丧者之侧,未尝饱也。

是日哭,则不歌。见齐衰、瞽者,虽童子必变。

"三人行,必有我师。""德之不修,学之不讲,闻义不能徙,不善不能改,是吾忧也。"使人歌,善,则使复之,然后和之。

子不语:怪、力、乱、神。

子贡曰:"夫子之文章,可得闻也。夫子言天道与性命,弗可得闻也已。"颜渊喟然叹曰:"仰之弥高,钻之弥坚。瞻之在前,忽焉在后。夫子循循然善诱人,博我以文,约我以礼,欲罢不能。既竭我才,如有所立,卓尔。虽欲从之,蔑由也已㊿。"达巷党人曰:"大哉孔子,博学而无所成名。"子闻之曰:"我何执?执御乎?执射乎?我执御矣。"牢曰:"子云'不试㊿,故艺㊿'。"

鲁哀公十四年春,狩大野。叔孙氏车子鉏商获兽,以为不祥。仲尼视之,曰:"麟也。"取之。曰:"河不出图,洛不出书,吾已矣夫㊿!"

颜渊死,孔子曰:"天丧予!"及西狩见麟,曰:"吾道穷矣!"喟然叹曰:"莫知我夫!"子贡曰："何为莫知子？"子曰："不怨天，不尤人，下学而上达，知我者其天乎！"

"不降其志，不辱其身，伯夷、叔齐乎！"谓"柳下惠、少连降志辱身矣"。谓"虞仲、夷逸隐居放言，行中清，废中权⑮"。"我则异于是，无可无不可"。

子曰："弗乎弗乎，君子病没世而名不称焉。吾道不行矣，吾何以自见于后世哉？"乃因史记作《春秋》，上至隐公，下讫哀公十四年，十二公。据鲁，亲周，故殷，运之三代。约其文辞而指博。故吴、楚之君自称王，而《春秋》贬之曰"子"；践土之会实召周天子，而《春秋》讳之曰："天王狩于河阳。"推此类，以绳当世贬损之义。后有王者举而开之⑯。《春秋》之义行，则天下乱臣贼子惧焉。

孔子在位听讼，文辞有可与人共者，弗独有也。至于为《春秋》，笔则笔⑰，削则削，子夏之徒不能赞一辞。弟子受《春秋》，孔子曰："后世知丘者以《春秋》，而罪丘者亦以《春秋》。"

明岁，子路死于卫。孔子病，子贡请见。孔子方负杖逍遥于门，曰："赐，汝来何其晚也？"孔子因叹，歌曰："太山坏乎！梁柱摧乎！哲人萎乎！"因以涕下。谓子贡曰："天下无道久矣，莫能宗予。夏人殡于东阶，周人于西阶，殷人两柱间。昨暮予梦坐奠两柱之间，予始殷人也。"后七日卒。

孔子年七十三，以鲁哀公十六年四月己丑卒。

哀公诔之曰⑱："旻天不吊⑲，不憗遗一老⑳，俾屏余一人以在位，茕茕余在疚㉑。呜呼哀哉！尼父，毋自律！"子贡曰："君其不没于鲁乎！夫子之言曰：'礼失则昏，名失则愆。失志为昏，失所为愆。'生不能用，死而诔之，非礼也。称'余一人'，非名也。"

孔子葬鲁城北泗上，弟子皆服三年。三年心丧毕，相诀而去，则哭，各复尽哀；或复留。唯子贡庐于冢上，凡六年，然后去。弟子及鲁人往从冢而家者百有余室，因命曰孔里。鲁世世相传以岁时奉祠孔子冢，而诸儒亦讲礼乡饮大射于孔子冢。孔子冢大一顷，故所居堂弟子内，后世因庙，藏孔子衣冠琴车书，至于汉二百余年不绝。高皇帝过鲁，以太牢祠焉。诸侯卿相至，常先谒，然后从政。

孔子生鲤，字伯鱼。伯鱼年五十，先孔子死。

伯鱼生伋，字子思，年六十二。尝困于宋。子思作《中庸》。

子思生白，字子上，年四十七。子上生求，字子家，年四十五。子家生箕，字子京，年四十六。子京生穿，字子高，年五十一，子高生子慎，年五十七，尝为魏相。

子慎生鲋，年五十七，为陈王涉博士，死于陈下。

鲋弟子襄，年五十七。尝为孝惠皇帝博士，迁为长沙太守。长九尺六寸。

子襄生忠，年五十七。忠生武，武生延年及安国。安国为今皇帝博士，至临淮太守，早卒。安国生卬，卬生驩。

太史公曰：《诗》有之："高山仰止，景行行止㉒。"虽不能至，然心乡往之。余读孔氏书，想见其为人。适鲁，观仲尼庙堂车服礼器，诸生以时习礼其家，余低回留之不能去云。天下君王至于贤人众矣，当时则荣，没则已焉。孔子布衣，传十余世，学者宗之。自天子王侯，中国言"六艺"者折中于夫子，可谓至圣矣！

---

①圩：凹。

②俎豆：器皿名，用于祭祀。

③盖其慎也：指孔子不知父亲墓在何处，所以谨慎地将母亲安葬在五父之衢。

④要绖：指服丧。要，通"腰"。绖（dié，音迭），丧服的麻带，在首为首绖，在腰为腰绖。

⑤飨（xiǎng，音响）：用酒食款待人。

⑥绌：贬退。

⑦莫敢余侮：别人不敢侮慢。

⑧饘（zhān，音毡）：厚粥，稠粥。

⑨当：担任要职。

⑩史：通"吏"，小官吏。

⑪料量平：进出仓库的账目清楚。孔子为主掌仓库的小吏。

⑫进：增多。

⑬陵轹：欺凌；蹂躏。轹（lì，音利），欺凌。

⑭适：到。

⑮累绁：亦作"缧绁"。拘系犯人的绳索，引申为囚禁。

⑯殚（dān，音单）：竭尽。

⑰缶（fǒu，音否）：盛水器皿，口小腹大。

⑱坟羊：未长成尚分不出雌雄的羊。

⑲醳：通"释"。释放。

⑳陪臣：诸侯手下的大臣。

㉑適：通"嫡"。正宗后代。

㉒及齐平：与齐国和好。及，与。平，和好。

㉓不若：不详。

㉔谢：认罪；认错。　　质：朴实；缺乏文采，与"文"相对。

㉕文：有文采；华美，与"质"相对。

㉖悼：恐惧。

㉗膰：祭祀用的烤肉。祭祀完毕赏赐给大臣，以示尊重。

㉘彼妇：指那些齐国美女。

㉙主：通"住"。居住；留宿。

㉚一出一入：指率领军队在孔子居处往来，以相威胁。

㉛缺：指城墙上因战争而留下的缺口。

㉜乡：向来；从来。

㉝笯：箭簇。

㉞服：服从于武王。

㉟狂简：行事张狂，不切实际。

㊱要：要挟。

㊲待：等待。蒲国在晋、楚与卫国之间，晋、楚袭卫必过蒲。

㊳磷：磨薄；削弱。此句"坚"和下句"白"都指石头的两个属性。

㊴涅：染黑。　　淄：通"缁"。黑色。

㊵瓠（hú，音胡）瓜：葫芦。

㊶荷：担；扛。　　蒉：草编的筐子。

㊷硁（kēng，音坑）：击石声。

㊸絻（wèn，音问）：古代丧服之一。亦指穿这种丧服。

㊹莜（diào，音吊）：竹器名。

㊺芸：除草。

㊻兴：起；起身。

㊼稼：种植。　　穑：收获。

㊽顺：合乎人意。

㊾病：担忧；忧虑。

(50)书社：古代二十五家为一社，书写社人姓名于册籍，称为“书社”。
(51)三、五之法：指三皇、五帝的治国之道。
(52)周：周公。　召：召公。
(53)牢：祭祀用的牺牲。
(54)子之迂也：先生扯远了。迂，远。
(55)野：粗鲁；鄙野。
(56)举直：选拔正直的人。　错诸枉：废置邪枉之人。错，废置。
(57)翕：协调；和谐。
(58)纯：善好；美。
(59)皦（jiǎo，音矫）：清晰。
(60)绎：连续不断。
(61)正：修整；整理。
(62)衽席：床席。
(63)韦编：古代用竹简写书，用熟牛皮条将竹简编联起来，称“韦编”。韦，熟牛皮。
(64)彬彬：华盛；丰富。
(65)意：任意；任性。
(66)恂恂：温良恭顺的样子。
(67)訚訚（yín，音银）：和悦而能直言的样子。
(68)侃侃：和言悦色的样子。
(69)色勃：变色。
(70)馁：臭烂。
(71)蔑由也已：不能达到孔子所教导的境界。蔑，不能。由，犹。
(72)不试：不被重用。
(73)故艺：所以精通六艺。
(74)吾已矣夫：我是看不到了。　河图：八卦。
(75)废：自动放弃权力。
(76)开：发扬，发展。
(77)笔：记载；记述。
(78)诔（lěi，音垒）：古代用以表彰死者德行并致哀悼的文辞。
(79)旻天：老天；天。　吊：善。
(80)慭：愿意，宁肯。
(81)茕茕（qióng，音穷）：孤独无依的样子。　疚：病。
(82)景行：高尚的德行。

史记卷四十八

陈涉世家第十八

陈胜者，阳城人也，字涉。吴广者，阳夏人也，字叔。

陈涉少时，尝与人佣耕，辍耕之垄上①，怅恨久之，曰：“苟富贵，无相忘！”庸者笑而应曰②：“若为庸耕，何富贵也？”陈涉太息曰③：“嗟乎！燕雀安知鸿鹄之志哉！”

二世元年七月，发闾左适戍渔阳，九百人屯大泽乡。陈胜、吴广皆次当行，为屯长。会天大雨，道不通，度已失期。失期，法皆斩。陈胜、吴广乃谋曰："今亡亦死，举大计亦死。等死，死国可乎？"陈胜曰："天下苦秦久矣。吾闻二世，少子也，不当立，当立者乃公子扶苏。扶苏以数谏故，上使外将兵。今或闻无罪，二世杀之。百姓多闻其贤，未知其死也。项燕为楚将，数有功，爱士卒，楚人怜之，或以为死，或以为亡。今诚以吾众诈自称公子扶苏、项燕，为天下唱④，宜多应者。"吴广以为然，乃行卜。卜者知其指意，曰："足下事皆成，有功。然足下卜之鬼乎！"陈胜、吴广喜，念鬼⑤，曰："此教我先威众耳。"乃丹书帛曰"陈胜王"，置人所罾鱼腹中⑥。卒买鱼烹食，得鱼腹中书，固以怪之矣。又间令吴广之次所旁丛祠中，夜篝火，狐鸣呼曰："大楚兴，陈胜王"。卒皆夜惊恐。且日，卒中往往语，皆指目陈胜。

吴广素爱人，士卒多为用者。将尉醉，广故数言欲亡，忿恚尉，令辱之，以激怒其众。尉果笞广。尉剑挺，广起，夺而杀尉。陈胜佐之，并杀两尉。召令徒属曰："公等遇雨，皆已失期，失期当斩。藉弟令毋斩⑦，而戍死者固十六七。且壮士不死即已，死即举大名耳，王侯将相宁有种乎？"徒属皆曰："敬受命。"乃诈称公子扶苏、项燕，从民欲也。袒右，称大楚。为坛而盟，祭以尉首。陈胜自立为将军，吴广为都尉。攻大泽乡，收而攻蕲。蕲下，乃令符离人葛婴将兵徇蕲以东⑧。攻铚、酂、苦、柘、谯，皆下之。行收兵，比至陈，车六七百乘，骑千余，卒数万人。攻陈，陈守、令皆不在，独守丞与战谯门中。弗胜，守丞死。乃入据陈。数日，号令召三老、豪杰与皆来会计事。三老、豪杰皆曰："将军身被坚执锐，伐无道，诛暴秦，复立楚国之社稷，功宜为王。"陈涉乃立为王，号为"张楚"。

当此时，诸郡县苦秦吏者，皆刑其长吏，杀之以应陈涉。乃以吴叔为假王，监诸将以西击荥阳。令陈人武臣、张耳、陈余徇赵地，令汝阴人邓宗徇九江郡。当此时，楚兵数千人为聚者不可胜数。

葛婴至东城，立襄强为楚王。婴后闻陈王已立，因杀襄强还报。至陈，陈王诛杀葛婴。

陈王令魏人周市北徇魏地。吴广围荥阳。李由为三川守，守荥阳，吴叔弗能下。陈王征国之豪杰与计，以上蔡人房君蔡赐为上柱国。

周文，陈之贤人也，尝为项燕军视日，事春申君，自言习兵，陈王与之将军印，西击秦。行收兵至关，车千乘，卒数十万，至戏，军焉。秦令少府章邯免郦山徒、人奴产子，悉发以击楚大军，尽败之。周文败，走出关，止次曹阳二三月。章邯追败之。复走次渑池十余日。章邯击，大破之。周文自刭，军遂不战。

武臣到邯郸，自立为赵王，陈余为大将军，张耳、召骚为左右丞相。陈王怒，捕系武臣等家室，欲诛之。柱国曰："秦未亡而诛赵王将相家属，此生一秦也。不如因而立之。"陈王乃遣使者贺赵，而徙系武臣等家属宫中，而封耳子张敖为成都君，趣赵兵亟入关。赵王将相相与谋曰："王王赵，非楚意也。楚已诛秦，必加兵于赵。计莫如毋西兵，使使北徇燕地以自广也。赵，南据大河，北有燕、代，楚虽胜秦，不敢制赵。若楚不胜秦，必重赵。赵乘秦之獘，可以得志于天下。"赵王以为然，因不西兵，而遣故上谷卒史韩广将兵北徇燕地。

燕故贵人豪杰谓韩广曰："楚已立王，赵又已立王。燕虽小，亦万乘之国也，愿将军立为燕王。"韩广曰："广母在赵，不可。"燕人曰："赵方西忧秦，南忧楚，其力不能禁我。且以楚之强，不敢害赵王将相之家，赵独安敢害将军之家？"韩广以为然，乃自立为燕王。居数月，赵奉燕王母及家属归之燕。

当此之时，诸将之徇地者，不可胜数。周市北徇地至狄，狄人田儋杀狄令，自立为齐王，以齐反击周市。市军散，还至魏地，欲立魏后故宁陵君咎为魏王。时咎在陈王所，不得之魏。魏地已定，欲相与立周市为魏王，周市不肯。使者五反，陈王乃立宁陵君咎为魏王，遣之国。周市卒为相。

将军田臧等相与谋曰："周章军已破矣，秦兵旦暮至，我围荥阳城弗能下，秦军至，必大败。不如少遗兵，足以守荥阳，悉精兵迎秦军。今假王骄，不知兵权，不可与计，非诛之，事恐败。"因相与矫王令以诛吴叔，献其首于陈王。陈王使使赐田臧楚令尹印，使为上将。田臧乃使诸将李归等守荥阳城，自以精兵西迎秦军于敖仓。与战，田臧死，军破。章邯进兵击李归等荥阳下，破之，李归等死。

阳城人邓说将兵居郏，章邯别将击破之，邓说军散，走陈。铚人伍徐将兵居许，章邯击破之，伍徐军皆散，走陈。陈王诛邓说。

陈王初立时，陵人秦嘉、铚人董绁、符离人朱鸡石、取虑人郑布、徐人丁疾等皆特起，将兵围东海守庆于郯。陈王闻，乃使武平君畔为将军，临郯下军，秦嘉不受命。嘉自立为大司马，恶属武平君。告军吏曰："武平君年少，不知兵事，勿听！"因矫以王命杀武平君畔。

章邯已破伍徐，击陈，柱国房君死。章邯又进兵击陈西张贺军。陈王出监战，军破，张贺死。

腊月，陈王之汝阴，还至下城父，其御庄贾杀以降秦。陈胜葬砀，谥曰隐王。

陈王故涓人将军吕臣为仓头军，起新阳，攻陈，下之，杀庄贾，复以陈为楚。

初，陈王至陈，令铚人宋留将兵定南阳，入武关。留已徇南阳，闻陈王死，南阳复为秦。宋留不能入武关，乃东至新蔡，遇秦军，宋留以军降秦。秦传留至咸阳，车裂留以徇。

秦嘉等闻陈王军破，出走，乃立景驹为楚王。引兵之方与，欲击秦军定陶下。使公孙庆使齐王，欲与并力俱进。齐王曰："闻陈王战败，不知其死生，楚安得不请而立王！"公孙庆曰："齐不请楚而立王，楚何故请齐而立王？且楚首事，当令于天下。"田儋诛杀公孙庆。

秦左右校复攻陈，下之，吕将军走，收兵复聚。鄱盗当阳君黥布之兵相收，复击秦左、右校，破之青波，复以陈为楚。会项梁立怀王孙心为楚王。

陈胜王凡六月。已为王，王陈。其故人尝与庸耕者闻之，之陈，扣宫门曰："吾欲见涉。"宫门令欲缚之。自辩数，乃置，不肯为通。陈王出，遮道而呼涉。陈王闻之，乃召见，载与俱归，入宫，见殿屋帷帐，客曰："夥颐！涉之为王沈沈者！"楚人谓多为夥，故天下传之，夥涉为王，由陈涉始。客出入愈益发舒，言陈王故情。或说陈王曰："客愚无知，颛妄言，轻威。"陈王斩之。诸陈王故人皆自引去，由是无亲陈王者。陈王以朱房为中正，胡武为司过，主司群臣。诸将徇地，至，令之不是者，系而罪之，以苛察为忠。其所不善者，弗下吏，辄自治之。陈王信用之。诸将以其故不亲附，此其所以败也。

陈胜虽已死，其所置遣侯王将相竟亡秦，由涉首事也。高祖时为陈涉置守冢三十家砀，至今血食。

---

①辍耕：停止耕种。

②庸者：受雇为人耕地者。

③太息：叹息。

④唱：同"倡"。倡导。

⑤念鬼：想借鬼神来成事。

⑥罾（zēng，音增）：用网捕鱼；鱼网。

⑦藉：假如。

⑧徇：攻略。

史记卷四十九

外戚世家第十九

自古受命帝王及继体守文之君，非独内德茂也，盖亦有外戚之助焉。夏之兴也以涂山①，而桀之放也以末喜②；殷之兴也以有娀③，纣之杀也嬖妲己；周之兴也以姜原及大任④，而幽王之禽也淫于褒姒⑤。故《易》基乾坤⑥，《诗》始《关雎》，《书》美厘降⑦，《春秋》讥不亲迎。夫妇之际，人道之大伦也。礼之用，唯婚姻为兢兢。夫乐调而四时和，阴阳之变，万物之统也。可不慎与？人能弘道，无如命何。甚哉，妃匹之爱⑧，君不能得之于臣，父不能得之于子，况卑下乎！既欢合矣，或不能成子姓⑨；能成子姓矣，或不能要其终。岂非命也哉？孔子罕称命，盖难言之也。非通幽明之变，恶能识乎性命哉？

太史公曰：秦以前尚略矣，其详靡得而记焉。汉兴，吕娥姁为高祖正后，男为太子。及晚节色衰爱弛，而戚夫人有宠，其子如意几代太子者数矣。及高祖崩，吕后夷戚氏，诛赵王，而高祖后宫唯独无宠疏远者得无恙。

吕后长女为宣平侯张敖妻，敖女为孝惠皇后。吕太后以重亲故，欲其生子万方，终无子，诈取后宫人子为子。及孝惠帝崩，天下初定未久，继嗣不明。于是贵外家，王诸吕以为辅，而以吕禄女为少帝后，欲连固根本牢甚。然无益也。

高后崩，合葬长陵。禄、产等惧诛，谋作乱。大臣征之，天诱其统，卒灭吕氏。唯独置孝惠皇后居北宫。迎立代王，是为孝文帝，奉汉宗庙。此岂非天邪？非天命孰能当之？

薄太后，父吴人，姓薄氏，秦时与故魏王宗家女魏媪通，生薄姬，而薄父死山阴，因葬焉。

及诸侯畔秦，魏豹立为魏王，而魏媪内其女于魏宫。媪之许负所相，相薄姬，云："当生天子。"是时项羽方与汉王相距荥阳，天下未有所定。豹初与汉击楚，及闻许负言，心独喜，因背汉而畔，中立，更与楚连和。汉使曹参等击虏魏王豹，以其国为郡，而薄姬输织室。豹已死，汉王入织室，见薄姬有色，诏内后宫，岁余不得幸。始，姬少时，与管夫人、赵子儿相爱，约曰："先贵无相忘。"已而管夫人、赵子儿先幸汉王。汉王坐河南宫成皋台，此两美人相与笑薄姬初时约。汉王闻之，问其故，两人具以实告汉王。汉王心惨然，怜薄姬，是日召而幸之。薄姬曰："昨暮夜妾梦苍龙据吾腹。"高帝曰："此贵征也，吾为女遂成之。"一幸生男，是为代王，其后薄姬希见高祖。

高祖崩，诸御幸姬戚夫人之属，吕太后怒，皆幽之，不得出宫。而薄姬以希见故，得出，从子之代，为代王太后。太后弟薄昭从如代。

代王立十七年，高后崩。大臣议立后，疾外家吕氏强，皆称薄氏仁善，故迎代王，立为孝文皇帝，而太后改号曰皇太后，弟薄昭封为轵侯。

薄太后母亦前死，葬栎阳北。于是乃追尊薄父为灵文侯，会稽郡置园邑三百家，长丞已下吏奉守冢，寝庙上食祠如法。而栎阳北亦置灵文侯夫人园，如灵文侯园仪。薄太后以为母家魏王后，早失父母，其奉薄太后诸魏有力者，于是召复魏氏，赏赐各以亲疏受之。薄氏侯者凡一人。

薄太后后文帝二年，以孝景帝前二年崩，葬南陵。以吕后会葬长陵，故特自起陵，近孝文皇帝霸陵。

窦太后，赵之清河观津人也。吕太后时，窦姬以良家子入宫侍太后，太后出宫人以赐诸王，各五人，窦姬与在行中。窦姬家在清河，欲如赵，近家，请其主遣宦者吏：“必置我籍赵之伍中。”宦者忘之，误置其籍代伍中。籍奏，诏可，当行。窦姬涕泣，怨其宦者，不欲往，相强，乃肯行。至代，代王独幸窦姬，生女嫖，后生两男。而代王王后生四男。先，代王未入立为帝而王后卒。及代王立为帝，而王后所生四男更病死。孝文帝立数月，公卿请立太子，而窦姬长男最长，立为太子。立窦姬为皇后，女嫖为长公主。其明年，立少子武为代王，已而又徙梁，是为梁孝王。

窦皇后亲早卒⑩，葬观津。于是薄太后乃诏有司，追尊窦后父为安成侯，母曰安成夫人；令清河置园邑二百家，长丞奉守，比灵文园法。

窦皇后兄窦长君，弟曰窦广国，字少君。少君年四五岁时，家贫，为人所略卖，其家不知其处。传十余家，至宜阳，为其主入山作炭，暮卧岸下百余人，岸崩，尽压杀卧者，少君独得脱，不死。自卜数日当为侯，从其家之长安。闻窦皇后新立，家在观津，姓窦氏。广国去时虽小，识其县名及姓，又常与其姊采桑堕，用为符信，上书自陈。窦皇后言之于文帝，召见，问之，具言其故，果是。又复问他何以为验⑪，对曰：“姊去我西时，与我决于传舍中，丐沐沐我⑫，请食饭我，乃去。”于是窦后持之而泣，泣涕交横下。侍御左右皆伏地泣，助皇后悲哀。乃厚赐田宅金钱，封公昆弟，家于长安。

绛侯、灌将军等曰：“吾属不死，命乃且县此两人⑬。两人所出微，不可不为择师傅宾客，又复效吕氏大事也。”于是乃选长者士之有节行者与居。窦长君、少君由此为退让君子，不敢以尊贵骄人。

窦皇后病，失明。文帝幸邯郸慎夫人、尹姬，皆毋子。孝文帝崩。孝景帝立，乃封广国为章武侯。长君前死，封其子彭祖为南皮侯。吴楚反时，窦太后从昆弟子窦婴，任侠自喜，将兵，以军功为魏其侯。窦氏凡三人为侯。

窦太后好黄帝、老子言，帝及太子、诸窦不得不读《黄帝》、《老子》，尊其术。

窦太后后孝景帝六岁崩，合葬霸陵。遗诏尽以东宫金钱财物赐长公主嫖。

王太后，槐里人，母曰臧儿。臧儿者，故燕王臧荼孙也。臧儿嫁为槐里王仲妻，生男曰信，与两女。而仲死，臧儿更嫁长陵田氏，生男蚡、胜。臧儿长女嫁为金王孙妇，生一女矣，而臧儿卜筮之，曰两女皆当贵。因欲奇两女，乃夺金氏。金氏怒，不肯予决，乃内之太子宫。太子幸爱之，生三女一男。男方在身时，王美人梦日入其怀，以告太子，太子曰：“此贵征也。”未生而孝文帝崩，孝景帝即位。王夫人生男。

先是臧儿又入其少女儿姁，儿姁生四男。

景帝为太子时，薄太后以薄氏女为妃。及景帝立，立妃曰薄皇后，皇后毋子，毋宠。薄太后崩，废薄皇后。

景帝长男荣，其母栗姬。栗姬，齐人也。立荣为太子。长公主嫖有女，欲予为妃。栗姬妒，而景帝诸美人皆因长公主见景帝，得贵幸，皆过栗姬⑭。栗姬日怨怒，谢长公主，不许。长公主欲予王夫人，王夫人许之。长公主怒，而日谗栗姬短于景帝曰：“栗姬与诸贵夫人幸姬会，常使侍者祝唾其背，挟邪媚道。”景帝以故望之⑮。

景帝尝体不安，心不乐，属诸子为王者于栗姬，曰：“百岁后，善视之。”栗姬怒，不肯应，言不逊。景帝恚，心嗛之而未发也⑯。

长公主日誉王夫人男之美，景帝亦贤之，又有曩者所梦日符，计未有所定。王夫人知帝望栗姬，因怒未解，阴使人趣大臣立栗姬为皇后。大行奏事毕，曰："'子以母贵，母以子贵'，今太子母无号，宜立为皇后。"景帝怒曰："是而所宜言邪？"遂案诛大行，而废太子为临江王。栗姬愈恚恨，不得见，以忧死。卒立王夫人为皇后，其男为太子，封皇后兄信为盖侯。

景帝崩，太子袭号为皇帝。尊皇太后母臧儿为平原君。封田蚡为武安侯，胜为周阳侯。

景帝十三男，一男为帝，十二男皆为王。而儿姁早卒，其四子皆为王。王太后长女号曰平阳公主，次为南宫公主，次为林虑公主。

盖侯信好酒。田蚡、胜贪，巧于文辞。王仲早死，葬槐里，追尊为共侯。置园邑二百家。及平原君卒，从田氏葬长陵，置园比共侯园。而王太后后孝景帝十六岁，以元朔四年崩，合葬阳陵。王太后家凡三人为侯。

卫皇后，字子夫，生微矣。盖其家号曰卫氏，出平阳侯邑。子夫为平阳主讴者⑰。武帝初即位，数岁无子。平阳主求诸良家子女十余人，饰，置家。武帝祓霸上⑱，还，因过平阳主。主见所侍美人，上弗说。既饮，讴者进，上望见，独说卫子夫。是日，武帝起更衣，子夫侍尚衣轩中，得幸。上还坐，欢甚，赐平阳主金千斤。主因奏子夫奉送入宫。子夫上车，平阳主拊其背曰："行矣，强饭，勉之！即贵，无相忘。"入宫岁余，竟不复幸。武帝择宫人不中用者，斥出归之。卫子夫得见，涕泣请出。上怜之，复幸，遂有身，尊宠日隆。召其兄卫长君、弟青为侍中。而子夫后大幸，有宠，凡生三女一男。男名据。

初，上为太子时，娶长公主女为妃。立为帝，妃立为皇后，姓陈氏，无子。上之得为嗣，大长公主有力焉，以故陈皇后骄贵。闻卫子夫大幸，恚，几死者数矣。上愈怒。陈皇后挟妇人媚道，其事颇觉。于是废陈皇后，而立卫子夫为皇后。

陈皇后母大长公主，景帝姊也，数让武帝姊平阳公主，曰："帝非我不得立，已而弃捐吾女，壹何不自喜而倍本乎？"平阳公主曰："用无子故废耳。"陈皇后求子，与医钱凡九千万，然竟无子。

卫子夫已立为皇后。先是卫长君死，乃以卫青为将军，击胡有功，封为长平侯。青三子在襁褓中，皆封为列侯。及卫皇后所谓姊卫少儿，少儿生子霍去病，以军功封冠军侯，号骠骑将军。青号大将军。立卫皇后子据为太子。卫氏枝属以军功起家，五人为侯。

及卫后色衰，赵之王夫人幸，有子，为齐王。

王夫人早卒。而中山李夫人有宠，有男一人，为昌邑王。

李夫人早卒，其兄李延年以音幸，号协律。协律者，故倡也。兄弟皆坐奸，族。是时其长兄广利为贰师将军，伐大宛，不及诛，还，而上既夷李氏。后怜其家，乃封为海西侯。

他姬子二人为燕王、广陵王。其母无宠，以忧死。

及李夫人卒，则有尹婕妤之属，更有宠。然皆以倡见，非王侯有土之士女，不可以配人主也。

---

①涂山：古国名，夏禹曾娶妻于此。

②放：放纵；恣纵。 末喜：人名，一作妹喜。

③有娀：古国名，殷商之祖契母为简狄，为有娀国女。

④姜原：人名，帝喾上妃。 大任：人名，周文王之母。

⑤禽：通"擒"。

⑥乾坤：乾坤为阴阳之极。

⑦厘：通"嫠"，寡妇。

⑧妃（pèi，音沛）：配。

⑨子姓：子孙后代。

⑩亲：父母。

⑪验：证明，证据。

⑫丐：乞求。　沐：米汁。动词为"洗发"。

⑬命乃且县此两人：我们的生命就将悬在这两个人身上了。

⑭过：说坏话。

⑮望：怨恨。

⑯嗛：怨恨。

⑰讴者：歌手；为人唱歌助兴之人。

⑱祓（fú，音浮）：除灾仪式。

史记卷五十

楚元王世家第二十

楚元王刘交者，高祖之同母少弟也，字游。

高祖兄弟四人。长兄伯，伯早卒。始高祖微时，尝辟事①，时时与宾客过巨嫂食②，嫂厌叔。叔与客来，嫂详为羹尽③，栎釜④，宾客以故去。已而视釜中尚有羹，高祖由此怨其嫂。及高祖为帝，封昆弟，而伯子独不得封。太上皇以为言，高祖曰："某非忘封之也，为其母不长者耳⑤。"于是乃封其子信为羹颉侯。而王次兄仲于代。

高祖六年，已禽楚王韩信于陈，乃以弟交为楚王，都彭城。即位二十三年卒，子夷王郢立。夷王四年卒，子王戊立。

王戊立二十年，冬，坐为薄太后服私奸⑥，削东海郡。春，戊与吴王合谋反，其相张尚、太傅赵夷吾谏，不听。戊则杀尚、夷吾，起兵与吴西攻梁，破棘壁，至昌邑南，与汉将周亚夫战。汉绝吴、楚粮道，士卒饥，吴王走，楚王戊自杀，军遂降汉。

汉已平吴、楚，孝景帝欲以德侯子续吴，以元王子礼续楚。窦太后曰："吴王，老人也，宜为宗室顺善，今乃首率七国，绝乱天下，奈何续其后？"不许吴，许立楚后。是时礼为汉宗正。乃拜礼为楚王，奉元王宗庙，是为楚文王。

文王立三年卒，子安王道立。安王二十二年卒，子襄王注立。襄王立十四卒，子王纯代立。王纯立，地节二年，中人上书告楚王谋反，王自杀，国除，入汉，为彭城郡。

赵王刘遂者，其父高祖中子，名友，谥曰"幽"。幽王以忧死，故为"幽"。高后王吕禄于赵，一岁而高后崩。大臣诛诸吕、吕禄等，乃立幽王子遂为赵王。

孝文帝即位二年，立遂弟辟强，取赵之河间郡为河间王，是为文王。立十三年卒，子哀王福立。一年卒，无子，绝后，国除，入于汉。

遂既王赵二十六年，孝景帝时坐晁错，以適削赵王常山之郡。吴、楚反，赵王遂与合谋起兵。其相建德、内史王悍谏，不听，遂烧杀建德、王悍，发兵屯其西界，欲待吴与俱西，北使匈奴，与连和攻汉，汉使曲周侯郦寄击之。赵王遂还，城守邯郸。相距七月。吴、楚败于梁，不能西。匈奴闻之，亦止，不肯入汉边。栾布自破齐还，乃并兵引水灌赵城。赵城坏，赵王自杀，邯郸遂降。赵幽王绝后。

太史公曰：国之将兴，必有祯祥，君子用而小人退。国之将亡，贤人隐，乱臣贵。使楚王戊毋刑申公，遵其言，赵任防与先生，岂有篡杀之谋，为天下僇哉⑦？贤人乎！贤人乎！非质有其内，恶能用之哉？甚矣！"安危在出令，存亡在所任"，诚哉是言也！

────────────────────

①辟事：为官府办事。

②巨嫂：长嫂。

③详：通"佯"。

④栎釜：用勺子刮锅。

⑤长：长者；年长。

⑥服：服丧。　　　私奸：与宫人通奸。

⑦僇：通"戮"。

史记卷五十一

荆燕世家第二十一

　　荆王刘贾者，诸刘不知其何属。初起时，汉王元年，还定三秦，刘贾为将军，定塞地，从东击项籍。

　　汉四年，汉王之败成皋，北渡河，得张耳、韩信军，军修武①，深沟高垒，使刘贾将二万人，骑数百，渡白马津入楚地，烧其积聚，以破其业，无以给项王军食。已而楚兵击刘贾，贾辄壁不肯与战，而与彭越相保。

　　汉五年，汉王追项籍至固陵，使刘贾南渡淮围寿春。还至，使人间，招楚大司马周殷。周殷反楚，佐刘贾举九江，迎武王黥布兵，皆会垓下，共击项籍。汉王因使刘贾将九江兵，与太尉卢绾西南击临江王共尉。共尉已死，以临江为南郡。

　　汉六年春，会诸侯于陈，废楚王信，囚之，分其地为二国。当是时也，高祖子幼，昆弟少，又不贤，欲王同姓以镇天下，乃诏曰："将军刘贾有功，及择子弟可以为王者。"群臣皆曰："立刘贾为荆王，王淮东五十二城；高祖弟交为楚王，王淮西三十六城。"因立子肥为齐王。始王昆弟刘氏也。

　　高祖十一年秋，淮南王黥布反，东击荆。荆王贾与战，不胜，走富陵，为布军所杀。高祖自击破布。十二年，立沛侯刘濞为吴王，王故荆地。

　　燕王刘泽者，诸刘远属也。高帝三年，泽为郎中，高帝十一年，泽以将军击陈豨，得王黄，为营陵侯。

　　高后时，齐人田生游，乏资，以画干营陵侯泽②。泽大说之，用金二百斤为田生寿。田生已得金，即归齐。二年，泽使人谓田生曰："弗与矣。"田生如长安，不见泽，而假大宅，令其子求事吕后所幸大谒者张子卿。居数月，田生子请张卿临，亲修具。张卿许往。田生盛帷帐共具，譬如列侯。张卿惊。酒酣，乃屏人说张卿曰："臣观诸侯王邸弟百余，皆高祖一切功臣。今吕氏雅故本推毂高帝就天下③，功至大，又亲戚太后之重。太后春秋长，诸吕弱，太后欲立吕产为王，王代。太后又重发之，恐大臣不听。今卿最幸，大臣所敬，何不风大臣以闻太后④，太后必喜。诸吕已王，万户侯亦卿之有。太后心欲之，而卿为内臣，不急发，恐祸及身矣。"张卿大然之。乃风大臣语太后。太后朝，因问大臣，大臣请立吕产为吕王。太后赐张卿千斤金，张卿以其半与田生。田生弗受，因说之曰："吕产王也，诸大臣未大服。今营陵侯泽，诸刘，为大将军，独此尚怏望⑤。今卿言太后，列十余县王之。彼得王，喜去，诸吕王益固矣。"张卿入言，太后然之。乃以营陵侯刘泽为琅邪王。琅邪王乃与田生之国。田生劝泽急行，毋留。出关，太后果使人追止之；已出，即还。

　　及太后崩，琅邪王泽乃曰："帝少，诸吕用事，刘氏孤弱。"乃引兵与齐王合谋西，欲诛诸吕。至梁，闻汉遣灌将军屯荥阳，泽还兵备西界，遂跳驱至长安⑥。代王亦从代至。诸将相与琅邪王共立代王为天子。天子乃徙泽为燕王，乃复以琅邪予齐，复故地。

　　泽王燕二年，薨，谥为敬王。传子嘉，为康王。

　　至孙定国，与父康王姬奸，生子，男一人。夺弟妻为姬。与子女三人奸。定国有所欲诛杀臣肥如令郢人，郢人等告定国，定国使谒者以他法劾捕格杀郢人以灭口。至元朔元年，郢人昆弟复上书具言定国阴事，以此发觉。诏下公卿，皆议曰："定国禽兽行，乱人伦，逆天，当诛。"上许之，定国自杀，国除为郡。

　　太史公曰：荆王王也，由汉初定，天下未集，故刘贾虽属疏，然以策为王，填江、淮之间⑦。刘泽之王，权激吕氏，然刘泽卒南面称孤者三世。事发相重⑧，岂不为伟乎！

---

　　①军：驻军；驻扎。

　　②干：求取恩宠。

　　③雅故：平素；素心。　　推毂：助人举事。

　　④风："通"讽"。暗示；用含蓄的话劝告。

　　⑤怏望：抱怨；不满。

　　⑥跳驱：疾驰。

　　⑦填：通"镇"。镇抚；镇守。

　　⑧事发相重：指刘泽送金给田生，田生向张卿进言，张卿又言于吕后，最后刘泽得封王。

史记卷五十二

齐悼惠王世家第二十二

齐悼惠王刘肥者，高祖长庶男也。其母外妇也，曰曹氏。高祖六年，立肥为齐王，食七十城，诸民能齐言者皆予齐王①。

齐王，孝惠帝兄也。孝惠帝二年，齐王入朝。惠帝与齐王燕饮，亢礼如家人。吕太后怒，且诛齐王。齐王惧不得脱，乃用其内史勋计，献城阳郡以为鲁元公主汤沐邑。吕太后喜，乃得辞，就国。

悼惠王即位十三年，以惠帝六年卒。子襄立，是为哀王。

哀王元年，孝惠帝崩，吕太后称制，天下事皆决于高后。二年，高后立其兄子郦侯吕台为吕王，割齐之济南郡，为吕王奉邑。

哀王三年，其弟章入宿卫于汉，吕太后封为朱虚侯，以吕禄女妻之。后四年，封章弟兴居为东牟侯，皆宿卫长安中。

哀王八年，高后割齐琅邪郡，立营陵侯刘泽为琅邪王。其明年，赵王友入朝，幽死于邸。三赵王皆废。高后立诸吕为三王，擅权用事。

朱虚侯年二十，有气力，忿刘氏不得职，尝入侍高后燕饮，高后令朱虚侯刘章为酒吏。章自请曰：“臣，将种也，请得以军法行酒。”高后曰：“可。”酒酣，章进饮歌舞。已而曰：“请为太后言耕田歌。”高后儿子畜之②，笑曰：“顾而父知田耳。若生而为王子，安知田乎？”章曰：“臣知之”。太后曰：“试为我言田。”章曰：“深耕穊种③，立苗欲疏，非其种者，锄而去之。”吕后默然。顷之，诸吕有一人醉，亡酒，章追，拔剑斩之而还，报曰：“有亡酒一人，臣谨行法斩之。”太后左右皆大惊，业已许其军法，无以罪也。因罢。自是之后，诸吕惮朱虚侯，虽大臣皆依朱虚侯，刘氏为益强。

其明年，高后崩。赵王吕禄为上将军，吕王产为相国，皆居长安中，聚兵以威大臣，欲为乱。朱虚侯章以吕禄女为妇，知其谋，乃使人阴出告其兄齐王，欲令发兵西，朱虚侯、东牟侯为内应，以诛诸吕，因立齐王为帝。

齐王既闻此计，乃与其舅父驷钧、郎中令祝午、中尉魏勃阴谋发兵。齐相召平闻之，乃发卒卫王宫。魏勃绐召平曰：“王欲发兵，非有汉虎符验也。而相君围王，固善。勃请为君将兵卫卫王。”召平信之，乃使魏勃将兵围王宫。勃既将兵，使围相府。召平曰：“嗟乎！道家之言‘当断不断，反受其乱’，乃是也。”遂自杀。于是齐王以驷钧为相，魏勃为将军，祝午为内史，悉发国中兵。使祝午东诈琅邪王曰：“吕氏作乱，齐王发兵欲西诛之。齐王自以儿子，年少，不习兵革之事，愿举国委大王。大王自高帝将也，习战事。齐王不敢离兵，使臣请大王幸之临淄见齐王计事，并将齐兵以西平关中之乱。”琅邪王信之，以为然，乃驰见齐王。齐王与魏勃等因留琅邪王，而使祝午尽发琅邪国而并将其兵。

琅邪王刘泽既见欺，不得反国，乃说齐王曰：“齐悼惠王，高皇帝长子，推本言之，而大王高皇帝適长孙也。当立。今诸大臣孤疑未有所定，而泽于刘氏最为长年，大臣固待泽决计。今大王留臣，无为也，不如使我入关计事。"齐王以为然，乃益具车送琅邪王。

琅邪王既行，齐遂举兵西攻吕国之济南。于是齐哀王遗诸侯王书曰："高帝平定天下，王诸子弟，悼惠王于齐。悼惠王薨，惠帝使留侯张良立臣为齐王。惠帝崩，高后用事，春秋高，听诸吕擅废高帝所立，又杀三赵王，灭梁、燕、赵以王诸吕，分齐国为四。忠臣进谏，上惑乱不听。今高后崩，皇帝春秋富④，未能治天下，固恃大臣诸侯。今诸吕又擅自尊官，聚兵严威，劫列侯忠臣，矫制以令天下，宗庙所以危。今寡人率兵入诛不当为王者。"

汉闻齐发兵而西，相国吕产乃遣大将军灌婴东击之。灌婴至荥阳，乃谋曰："诸吕将兵居关中，欲危刘氏而自立。我今破齐还报，是益吕氏资也。"乃留兵屯荥阳，使使喻齐王及诸侯，与连和，以待吕氏之变而共诛之。齐王闻之，乃西取其故济南郡，亦屯兵于齐西界以待约。

吕禄、吕产欲作乱关中，朱虚侯与太尉勃、丞相平等诛之。朱虚侯首先斩吕产，于是太尉勃等乃得尽诛诸吕。而琅邪王亦从齐至长安。

大臣议欲立齐王。而琅邪王及大臣曰："齐王母家驷钧，恶戾，虎而冠者也。方以吕氏故几乱天下，今又立齐王，是欲复为吕氏也。代王母家薄氏，君子长者；且代王又亲高帝子，于今见在，且最为长。以子则顺，以善人则大臣安。"于是大臣乃谋迎立代王，而遣朱虚侯以诛吕氏事告齐王，令罢兵。

灌婴在荥阳，闻魏勃本教齐王反，既诛吕氏，罢齐兵，使使召责问魏勃。勃曰："失火之家，岂暇先言大人而后救火乎！"因退立，股战而栗，恐不能言者，终无他语。灌将军熟视笑曰："人谓魏勃勇，妄庸人耳，何能为乎！"乃罢魏勃。魏勃父以善鼓琴见秦皇帝。及魏勃少时，欲求见齐相曹参，家贫无以自通，乃常独早夜埽齐相舍人门外。相舍人怪之，以为物⑤，而伺之，得勃。勃曰："愿见相君，无因，故为子埽，欲以求见。"于是舍人见勃曹参，因以为舍人。一为参御，言事，参以为贤，言之齐悼惠王。悼惠王召见，则拜为内史，始，悼惠王得自置二千石。及悼惠王卒而哀王立，勃用事，重于齐相。

王既罢兵归，而代王来立，是为孝文帝。

孝文帝元年，尽以高后时所割齐之城阳、琅邪、济南郡复与齐，而徙琅邪王王燕，益封朱虚侯、东牟侯各二千户。

是岁，齐哀王卒，太子则立，是为文王。

齐文王元年，汉以齐之城阳郡立朱虚侯为城阳王，以齐济北郡立东牟侯为济北王。

二年，济北王反，汉诛杀之，地入于汉。

后二年，孝文帝尽封齐悼惠王子罢军等七人，皆为列侯。

齐文王立十四年卒，无子，国除，地入于汉。

后一岁，孝文帝以所封悼惠王子分齐为王，齐孝王将闾以悼惠王子杨虚侯为齐王。故齐别郡尽以王悼惠王子：子志为济北王，子辟光为济南王，子贤为淄川王，子卬为胶西王，子雄渠为胶东王，与城阳、齐，凡七王。

齐孝王十一年，吴王濞、楚王戊反，兴兵，西，告诸侯曰："将诛汉贼臣晁错以安宗庙。"胶西、胶东、淄川、济南皆擅发兵应吴、楚，欲与齐。齐孝王狐疑，城守，不听。三国兵共围齐。齐王使路中大夫告于天子。天子复令路中大夫还告齐王："善坚守，吾兵今破吴、楚矣。"路中大夫至，三国兵围临淄数重，无从入。三国将劫，与路中大夫盟，曰："若反言汉已破矣，齐趣下三国；不，且见屠。"路中大夫既许之，至城下，望见齐王，曰："汉已发兵百万，使太尉周亚夫击破吴、楚，方引兵救齐，齐必坚守，无下！"三国将诛路中大夫。

　　齐初围急，阴与三国通谋，约未定，会闻路中大夫从汉来，喜，及其大臣乃复劝王毋下三国[6]。居无何，汉将栾布、平阳侯等兵至齐，击破三国兵，解齐围。已而复闻齐初与三国有谋，将欲移兵伐齐。齐孝王惧，乃饮药自杀。景帝闻之，以为齐首善，以迫劫有谋，非其罪也，乃立孝王太子寿为齐王，是为懿王，续齐后。而胶西、胶东、济南、淄川王咸诛灭，地入于汉。徙济北王王淄川。

　　齐懿王立二十二年卒，子次景立，是为厉王。

　　齐厉王，其母曰纪太后，太后取其弟纪氏女为厉王后。王不爱纪氏女，太后欲其家重宠，令其长女纪翁主入王宫，正其后宫，毋令得近王，欲令爱纪氏女。王因与其姊翁主奸。

　　齐有宦者徐甲，入事汉皇太后。皇太后有爱女曰修成君，修成君非刘氏，太后怜之。修成君有女名娥，太后欲嫁之于诸侯，宦者甲乃请使齐，必令王上书请娥。皇太后喜，使甲之齐。是时齐人主父偃知甲之使齐以取后事，亦因谓甲："即事成，幸言偃女愿得充王后宫。"甲既至齐，风以此事。纪太后大怒，曰："王有后，后宫具备。且甲，齐贫人，急乃为宦者，入事汉，无补益，乃欲乱吾王家！且主父偃何为者？乃欲以女充后宫！"徐甲人穷[7]，还报皇太后曰："王已愿尚娥，然有一害，恐如燕王！"燕王者，与其子昆弟奸，新坐以死，亡国，故以燕感太后。太后曰："无复言嫁女齐事。"事浸浔闻于天子[8]。主父偃由此亦与齐有卻。

　　主父偃方幸于天子，用事，因言："齐临淄十万户，市租千金，人众殷富，巨于长安，此非天子亲弟爱子不得王此。今齐王于亲属益疏。"乃从容言[9]："吕太后时齐欲反，吴、楚时孝王几为乱。今闻齐王与其姊乱。"于是天子乃拜主父偃为齐相，且正其事。主父偃既至齐，乃急治王后宫宦者为王通于姊翁主所者，令其辞证皆引王。王年少，惧大罪为吏所执诛，乃饮药自杀。绝无后。

　　是时赵王惧主父偃一出废齐，恐其渐疏骨肉，乃上书言偃受金及轻重之短。天子亦既囚偃。公孙弘言："齐王以忧死，毋后，国入汉，非诛偃无以塞天下之望。"遂诛偃。

　　齐厉王立五年死，毋后，国入于汉。

　　齐悼惠王后尚有二国：城阳及淄川。淄川地比齐。天子怜齐，为悼惠王冢园在郡，割临淄东环悼惠王冢园邑尽以予淄川，以奉悼惠王祭祀。

　　城阳景王章，齐悼惠王子，以朱虚侯与大臣共诛诸吕，而章身首先斩相国吕王产于未央宫。孝文帝既立，益封章二千户，赐金千斤。孝文二年，以齐之城阳郡立章为城阳王。立二年卒，子喜立，是为共王。

　　共王八年，徙王淮南。四年，复还王城阳。凡三十三年卒，子延立，是为顷王。

　　顷王二十六年卒，子义立，是为敬王。敬王九年卒，子武立，是为惠王。惠王十一年卒，子顺立，是为荒王。荒王四十六年卒，子恢立，是为戴王。戴王八年卒，子景立，至建始三年，十五岁，卒。

　　济北王兴居，齐悼惠王子，以东牟侯助大臣诛诸吕，功少。及文帝从代来，兴居曰："请与太仆婴入清宫。"废少帝，共与大臣尊立孝文帝。

　　孝文帝二年，以齐之济北郡立兴居为济北王，与城阳王俱立。立二年，反。始大臣诛吕氏时，朱虚侯功尤大，许尽以赵地王朱虚侯，尽以梁地王东牟侯。及孝文帝立，闻朱虚、东牟之初欲立齐王，故绌其功。及二年，王诸子，乃割齐二郡以王章、兴居。章、兴居自以失职夺功。章死，而兴居闻匈奴大入汉，汉多发兵，使丞相灌婴击之，文帝亲幸太原，以为天子自击胡，遂发兵反于济北。天子闻之，罢丞相及行兵，皆归长安。使棘蒲侯柴将军击破虏济北王，王自杀，地入于汉，为郡。

　　后十三年，文帝十六年，复以齐悼惠王子安都侯志为济北王。十一年，吴、楚反时，志坚守，不与诸侯合谋，吴、楚已平，徙志王淄川。

　　济南王辟光，齐悼惠王子，以勒侯孝文十六年为济南王。十一年，与吴、楚反。汉击破，杀辟光，以济南为郡，地入于汉。

　　淄川王贤，齐悼惠王子，以武城侯文帝十六年为淄川王。十一年，与吴、楚反，汉击破，杀贤。

　　天子因徙济北王志王淄川。志亦齐悼惠王子，以安都侯王济北。淄川王反，毋后，乃徙济北王王淄川，凡立三十五年卒，谥为懿王。子建代立，是为靖王，二十年卒。子遗代立，是为顷王，三十六年卒。子终古立，是为思王，二十八年卒。子尚立，是为孝王，五年卒。子横立，至建始三年，十一岁，卒。

　　胶西王卬，齐悼惠王子，以昌平侯文帝十六年为胶西王。十一年，与吴、楚反。汉击破，杀卬，地入于汉，为胶西郡。

　　胶东王雄渠，齐悼惠王子，以白石侯文帝十六年为胶东王。十一年，与吴、楚反，汉击破，杀雄渠，地入于汉，为胶东郡。

　　太史公曰：诸侯大国无过齐悼惠王。以海内初定，子弟少，激秦之无尺土封[10]，故大封同姓，以填万民之心。及后分裂，固其理也。

---

①齐言：操齐地口音。

②儿子畜之：像对待小孩一样抚养他。

③稯（jī，音即）：稠密。

④春秋富：比喻年幼。

⑤物：怪物。

⑥下：屈服；投降。

⑦穷：困窘。

⑧浸淫：逐渐。

⑨从容：怂恿；蛊惑。

⑩激：鉴于。　　　秦之无尺土封：秦朝没有封诸子到各地为王。

史记卷五十三

萧相国世家第二十三

　　萧相国何者，沛丰人也，以文无害为沛主吏掾①。

　　高祖为布衣时，何数以吏事护高祖。高祖为亭长，常左右之。高祖以吏繇咸阳，吏皆送奉钱三，何独以五。

秦御史监郡者与从事，常辨之②。何乃给泗水卒史事，第一。秦御史欲入言征何，何固请，得毋行。

及高祖起为沛公，何常为丞，督事。沛公至咸阳，诸将皆争走金帛财物之府分之，何独先入收秦丞相御史律令图书藏之。沛公为汉王，以何为丞相。项王与诸侯屠烧咸阳而去。汉王所以具知天下厄塞，户口多少，强弱之处，民所疾苦者，以何具得秦图书也。何进言韩信，汉王以信为大将军。语在《淮阴侯》事中。

汉王引兵东定三秦，何以丞相留收巴、蜀，填抚谕告，使给军食。汉二年，汉王与诸侯击楚，何守关中，侍太子，治栎阳。为法令约束，立宗庙社稷宫室县邑，辄奏上，可，许以从事；即不及奏上，辄以便宜施行，上来以闻。关中事计户口转漕给军，汉王数失军遁去，何常兴关中卒，辄补缺。上以此专属任何关中事。

汉三年，汉王与项羽相距京、索之间，上数使使劳苦丞相。鲍生谓丞相曰："王暴衣露盖，数使使劳苦君者，有疑君心也。为君计，莫若遣君子孙昆弟能胜兵者悉诣军所，上必益信君。"于是何从其计，汉王大说。

汉五年，既杀项羽，定天下，论功行封。群臣争功，岁余功不决。高祖以萧何功最盛，封为酇侯，所食邑多。功臣皆曰："臣等身被坚执锐，多者百余战，少者数十合，攻城略地，大小各有差。今萧何未尝有汗马之劳，徒持文墨议论，不战，顾反居臣等上，何也?"高帝曰："诸君知猎乎?"曰："知之。""知猎狗乎?"曰："知之。"高帝曰："夫猎，追杀兽兔者，狗也；而发踪指示兽处者，人也。今诸君徒能得走兽耳，功狗也。至如萧何，发踪指示，功人也。且诸君独以身随我，多者两三人。今萧何举宗数十人皆随我，功不可忘也。"群臣皆莫敢言。

列侯毕已受封，及奏位次，皆曰："平阳侯曹参身被七十创，攻城略地，功最多，宜第一。"上已桡功臣③，多封萧何，至位次未有以复难之，然必欲何第一。关内侯鄂君进曰："群臣议皆误。夫曹参虽有野战略地之功，此特一时之事。夫上与楚相距五岁，常失军亡众，逃身遁者数矣。然萧何常从关中遣军补其处，非上所诏令召，而数万众会上之乏绝者数矣。夫汉与楚相守荥阳数年，军无见粮，萧何转漕关中，给食不乏。陛下虽数亡山东，萧何常全关中以待陛下，此万世之功也。今虽亡曹参等百数，何缺于汉? 汉得之不必待以全，奈何欲以一旦之功而加万世之功哉? 萧何第一，曹参次之。"高祖曰："善。"于是乃令萧何第一，赐带剑履上殿，入朝不趋。

上曰："吾闻进贤受上赏。萧何功虽高，得鄂君乃益明。"于是因鄂君故所食关内侯邑封为安平侯。是日，悉封何父子兄弟十余人，皆有食邑。乃益封何二千户，以帝尝繇咸阳时"何送我独赢奉钱二"也。

汉十一年，陈豨反，高祖自将，至邯郸。未罢，淮阴侯谋反关中，吕后用萧何计，诛淮阴侯，语在《淮阴》事中。上已闻淮阴侯诛，使使拜丞相何为相国，益封五千户，令卒五百人、一都尉为相国卫。诸君皆贺，召平独吊。召平者，故秦东陵侯。秦破，为布衣，贫，种瓜于长安城东，瓜美，故世俗谓之"东陵瓜"，从召平以为名也。召平谓相国曰："祸自此始矣。上暴露于外而君守于中，非被矢石之事而益君封置卫者，以今者淮阴侯新反于中，疑君心矣。夫置卫卫君，非以宠君也。愿君让封勿受，悉以家私财佐军，则上心说。"相国从其计，高帝乃大喜。

汉十二年秋，黥布反，上自将击之，数使使问相国何为。相国为上在军，乃拊循勉力百姓，悉以所有佐军，如陈豨时。客有说相国曰："君灭族不久矣! 夫君位为相国，功第一，可复加哉? 然君初入关中，得百姓心，十余年矣，皆附君，常复孳孳得民和④。上所为数问君者，畏君倾动关中，今君胡不多买田地，贱贳贷以自污? 上心乃安。"于是相国从其计，上乃大说。

上罢布军归，民道遮行上书，言相国贱强买民田宅数千万。上至，相国谒。上笑曰："夫相国乃利民！"民所上书皆以与相国，曰："君自谢民。"相国因为民请曰："长安地狭，上林中多空地，弃，愿令民得入田，毋收稿为禽兽食。"上大怒曰："相国多受贾人财物，乃为请吾苑。"乃下相国廷尉，械系之。数日，王卫尉侍，前问曰："相国何大罪，陛下系之暴也⑤？"上曰："吾闻李斯相秦皇帝，有善归主，有恶自与。今相国多受贾竖金而为民请吾苑，以自媚于民，故系治之。"王卫尉曰："夫职事苟有便于民而请之，真宰相事，陛下奈何乃疑相国受贾人钱乎？且陛下距楚数岁，陈豨、黥布反，陛下自将而往。当是时，相国守关中，摇足则关以西非陛下有也。相国不以此时为利，今乃利贾人之金乎？且秦以不闻其过亡天下，李斯之分过，又何足法哉。陛下何疑宰相之浅也。"高帝不怿。是日，使使持节赦出相国。相国年老，素恭谨，入，徒跣谢。高帝曰："相国休矣！相国为民请苑，吾不许，我不过为桀、纣主，而相国为贤相。吾故系相国，欲令百姓闻吾过也。"

何素不与曹参相能，及何病，孝惠自临视相国病，因问曰："君即百岁后，谁可代君者？"对曰："知臣莫如主。"孝惠曰："曹参何如？"何顿首曰："帝得之矣！臣死不恨矣！"

何置田宅必居穷处，为家不治垣屋，曰："后世贤，师吾俭；不贤，毋为势家所夺。"

孝惠二年，相国何卒，谥为文终侯。

后嗣以罪失侯者四世，绝，天子辄复求何后，封续酂侯，功臣莫得比焉。

太史公曰：萧相国何于秦时为刀笔吏，录录未有奇节。及汉兴，依日月之末光，何谨守管籥⑥，因民之疾秦法，顺流与之更始。淮阴、黥布等皆以诛灭，而何之勋烂焉。位冠群臣，声施后世，与闳夭、散宜生等争烈矣。

---

①文无害：指萧何办事公平、公正。

②辨：明辨。

③桡：屈服；削弱。

④孳孳：努力不懈的样子。

⑤暴：突然。

⑥籥（yuè，音跃）：通"钥"。锁钥。

史记卷五十四

曹相国世家第二十四

平阳侯曹参者，沛人也。秦时为沛狱掾，而萧何为主吏，居县为豪吏矣。

高祖为沛公而初起也，参以中涓从。将击胡陵、方与，攻秦监公军，大破之。东下薛，击泗水守军薛郭西。复攻胡陵，取之。徙守方与。方与反为魏，击之。丰反为魏，攻之。赐爵七大夫。击秦司马尼军砀东，破之，取砀、狐父、祁善置。又攻下邑以西，至虞，击章邯车骑。攻爰戚及亢父，先登，迁为五大夫。北救阿，击章邯军，陷陈，追至濮阳。攻定陶，取临济。南救雍丘，击李由军，破之，杀李由，虏秦候一人。秦将章邯破杀项梁也，沛公与项羽引而东。楚怀王以沛公为砀郡长，将砀郡兵。于是乃封参为执帛，号曰建成君。迁为戚公，属砀郡①。

其后从攻东郡尉军，破之成武南。击王离军成阳南，复攻之杠里，大破之。追北，西至开封，击赵贲军，破之，围赵贲开封城中。西击秦将杨熊军于曲遇，破之，虏秦司马及御史各一人。迁为执珪。从攻阳武，下轩辕、缑氏，绝河津，还击赵贲军尸北，破之。从南攻犨，与南阳守齮战阳城郭东，陷陈，取宛，虏齮，尽定南阳郡。从西攻武关、峣关，取之。前攻秦军蓝田南，又夜击其北，秦军大破，遂至咸阳，灭秦。

项羽至，以沛公为汉王。汉王封参为建成侯。从至汉中，迁为将军。从还定三秦，初攻下辩、故道、雍、斄。击章平军于好畤南，破之，围好畤，取壤乡。击三秦军壤东及高栎，破之。复围章平，章平出好畤走。因击赵贲、内史保军，破之。东取咸阳，更名曰新城。参将兵守景陵二十日，三秦使章平等攻参，参出击，大破之，赐食邑于宁秦，参以将军引兵围章邯于废丘。以中尉从汉王出临晋关。至河内，下修武，渡围津，东击龙且、项他定陶，破之。东取砀、萧、彭城，击项籍军，汉军大败走。参以中尉围取雍丘。王武反于外黄，程处反于燕，往击，尽破之。柱天侯反于衍氏，又进破取衍氏。击羽婴于昆阳，追至叶，还攻武强，困至荥阳。参自汉中为将军中尉，从击诸侯及项羽，败，还至荥阳，凡二岁。

高祖二年，拜为假左丞相，入屯兵关中。月余，魏王豹反，以假左丞相别与韩信东攻魏将军孙遫军东张，大破之。因攻安邑，得魏将王襄。击魏王于曲阳，追至武垣，生得魏王豹。取平阳，得魏王母妻子，尽定魏地，凡五十二城。赐食邑平阳。因从韩信击赵相国夏说军于邬东，大破之，斩夏说。韩信与故常山王张耳引兵下井陉，击成安君，而令参还围赵别将戚将军于邬城中。戚将军出走，追斩之。乃引兵诣敖仓汉王之所。韩信已破赵，为相国，东击齐。参以右丞相属韩信，攻破齐历下军，遂取临淄。还定济北郡，攻著、漯阴、平原、鬲、卢。已而从韩信击龙且军于上假密，大破之，斩龙且，虏其将军周兰。定齐，凡得七十余县。得故齐王田广相田光，其守相许章，用故齐胶东将军田既。韩信为齐王，引兵诣陈，与汉王共破项羽。而参留，平齐未服者。

项籍已死，天下定，汉王为皇帝，韩信徙为楚王，齐为郡。参归汉相印。高帝以长子肥为齐王，而以参为齐相国。以高祖六年赐爵列侯。与诸侯剖符②，世世勿绝。食邑平阳万六百三十户，号曰平阳侯，除前所食邑。

以齐相国击陈豨将张春军，破之。黥布反，参以齐相国从悼惠王将兵车骑十二万人，与高祖会击黥布军，大破之。南至蕲，还定竹邑、相、萧、留。

参功：凡下二国，县一百二十二；得王二人，相三人，将军六人，大莫敖、郡守、司马、候、御史各一人。

孝惠帝元年，除《诸侯相国法》，更以参为齐丞相。参之相齐，齐七十城。天下初定，悼惠王富于春秋③。参尽召长老、诸生，问所以安集百姓。如齐故诸儒以百数，言人人殊，参未知所定。闻胶西有盖公，善治黄老言，使人厚币请之。既见盖公，盖公为言"治道贵清静而民自定"，推此类具言之。参于是避正堂，舍盖公焉。其治要用黄老术，故相齐九年，齐国安集，大称贤相。

惠帝二年，萧何卒。参闻之，告舍人趣治行："吾将入相。"居无何，使者果召参。参去，属其后相曰④："以齐狱市为寄，慎勿扰也。"后相曰："治无大于此者乎？"参曰："不然，夫狱市者，所以并容也，今君扰之，奸人安所容也？吾是以先之。"

参始微时，与萧何善；及为将相，有郤。至何且死，所推贤唯参。参代何为汉相国，举事无所变更，一遵萧何约束。择郡国吏木讷于文辞、重厚长者，即召除为丞相史。吏之言文刻深、欲务声名者，辄斥去之。日夜饮醇酒。卿大夫已下吏及宾客见参不事事，来者皆欲有言。至者，参辄饮以醇酒，间之，欲有所言，复饮之，醉而后去，终莫得开说，以为常。

相舍后园近吏舍，吏舍日饮歌呼。从吏恶之，无如之何，乃请参游园中。闻吏醉歌呼，从吏幸相国召按之⑤。乃反取酒，张坐饮⑥，亦歌呼与相应和。

参见人之有细过，专掩匿覆盖之，府中无事。

参子窋，为中大夫。惠帝怪相国不治事，以为"岂少朕与"？乃谓窋曰："若归，试私从容问而父曰：'高帝新弃群臣，帝富于春秋，君为相，日饮，无所请事，何以忧天下乎？'然无言吾告若也。"窋既洗沐归，间侍，自从其所谏参。参怒，而笞窋二百，曰："趣入侍，天下事非若所当言也。"至朝时，惠帝让参曰："与窋胡治乎？乃者我使谏君也。"参免冠谢曰："陛下自察圣武孰与高帝？"上曰："朕乃安敢望先帝乎！"曰："陛下观臣能孰与萧何贤？"上曰："君似不及也。"参曰："陛下言之是也。且高帝与萧何定天下，法令既明，今陛下垂拱，参等守职，遵而勿失，不亦可乎？"惠帝曰："善！君休矣！"

参为汉相国，出入三年。卒，谥懿侯。子窋代侯。百姓歌之曰："萧何为法，顜若画一⑦；曹参代之，守而勿失。载其清净，民以宁一。"

平阳侯窋，高后时为御史大夫。孝文帝立，免，为侯。立二十九年卒，谥为静侯。子奇代侯，立七年卒，谥为简侯。子时代侯。时尚平阳公主，生子襄。时病疠，归国，立二十三年卒，谥夷侯。子襄代侯。襄尚卫长公主，生子宗，立十六年卒，谥为共侯。子宗代侯。征和二年中，宗坐太子死，国除。

太史公曰：曹相国参攻城野战之功所以能多若此者，以与淮阴侯俱。及信已灭⑧，而列侯成功，唯独参擅其名，参为汉相国，清静极言合道。然百姓离秦之酷后，参与休息无为，故天下俱称其美矣。

---

①属：通"主"。主持，主掌。

②剖符：古代帝王分封诸侯、功臣时，将符节剖分为二，双方各执一边，以作为信守的约证。

③富于春秋：年龄轻；正当壮年。

④属：通"嘱"。嘱托；嘱咐。

⑤幸：希望；期望。　　按：查处；整治。

⑥张：通"帐"。陈设帷帐。

⑦顜（jiǎng，音讲）：直；明。

⑧信：淮阴侯韩信。

史记卷五十五

留侯世家第二十五

留侯张良者，其先韩人也。大父开地，相韩昭侯、宣惠王、襄哀王。父平，相釐王、悼惠王。悼惠王二十三年，平卒。卒二十岁，秦灭韩。良年少，未宦事韩。韩破，良家僮三百人，弟死不葬，悉以家财求客刺秦王，为韩报仇，以大父、父五世相韩故。

良尝学礼淮阳，东见仓海君，得力士，为铁椎重百二十斤。秦皇帝东游，良与客狙击秦皇帝博浪沙中，误中副车。秦皇帝大怒，大索天下，求贼甚急，为张良故也。良乃更名姓，亡匿下邳。

良尝闲，从容步游下邳圯上①，有一老父，衣褐，至良所，直堕其履圯下②，顾谓良曰："孺子，下取履!"良鄂然，欲殴之，为其老，强忍，下取履。父曰："履我!"良业为取履，因长跪履之。父以足受，笑而去。良殊大惊，随目之。父去里所，复还，曰："孺子可教矣。后五日平明，与我会此。"良因怪之，跪曰："诺。"五日平明，良往。父已先在，怒曰："与老人期③，后，何也?"去，曰："后五日早会。"五日鸡鸣，良往。父又先在，复怒曰："后，何也?"去，曰："后五日复早来。"五日，良夜未半往。有顷，父亦来，喜曰："当如是。"出一编书，曰："读此则为王者师矣。后十年兴，十三年孺子见我济北，谷城山下黄石即我矣。"遂去，无他言，不复见。旦日视其书，乃《太公兵法》也。良因异之，常习诵读之。

居下邳，为任侠。项伯常杀人④，从良匿。

后十年，陈涉等起兵，良亦聚少年百余人。景驹自立为楚假王，在留。良欲往从之，道遇沛公。沛公将数千人，略地下邳西，遂属焉。沛公拜良为厩将。良数以《太公兵法》说沛公，沛公善之，常用其策。良为他人言，皆不省。良曰："沛公殆天授⑤。"故遂从之，不去见景驹。

及沛公之薛，见项梁。项梁立楚怀王。良乃说项梁曰："君已立楚后，而韩诸公子横阳君成贤，可立为王，益树党。"项梁使良求韩成，立以为韩王。以良为韩申徒，与韩王将千余人西略韩地，得数城。秦辄复取之。往来为游兵颍川。

沛公之从洛阳南出轘辕，良引兵从沛公，下韩十余城，击破杨熊军。沛公乃令韩王成留守阳翟，与良俱南，攻下宛，西入武关，沛公欲以兵二万人击秦峣下军，良说曰："秦兵尚强，未可轻。臣闻：其将屠者子，贾竖易动以利⑥。愿沛公且留壁⑦，使人先行，为五万人具食，益为张旗帜诸山上，为疑兵，令郦食其持重宝啖秦将⑧。"秦将果畔，欲连和俱西袭咸阳。沛公欲听之，良曰："此独其将欲叛耳，恐士卒不从。不从必危，不如因其解击之⑨。"沛公乃引兵击秦军，大破之。逐北至蓝田，再战，秦兵竟败。遂至咸阳，秦王子婴降沛公。

沛公入秦宫，宫室帷帐狗马重宝妇女以千数，意欲留居之。樊哙谏沛公出舍，沛公不听。良曰："夫秦为无道，故沛公得至此。夫为天下除残贼，宜缟素为资⑩。今始入秦，即安其乐，此所谓'助桀为虐'，且'忠言逆耳利于行，毒药苦口利于病'。愿沛公听樊哙言。"沛公乃还军霸上。

项羽至鸿门下，欲击沛公。项伯乃夜驰入沛公军，私见张良，欲与俱去。良曰："臣为韩王送沛公，今事有急，亡去不义。"乃具以语沛公。沛公大惊，曰："为将奈何？"良曰："沛公诚欲倍项羽邪？"沛公曰："鲰生教我距关无内诸侯，秦地可尽王，故听之。"良曰："沛公自度能却项羽乎？"沛公默然良久，曰："固不能也。今为奈何？"良乃固要项伯⑪。项伯见沛公。沛公与饮为寿，结宾婚。令项伯具言沛公不敢倍项羽，所以距关者，备他盗也。及见项羽后解，语在《项羽》事中。

汉元年正月，沛公为汉王，王巴、蜀。汉王赐良金百溢，珠二斗，良具以献项伯。汉王亦因令良厚遗项伯，使请汉中地。项王乃许之，遂得汉中地。汉王之国，良送至褒中，遣良归韩。良因说汉王曰："王何不烧绝所过栈道，示天下无还心，以固项王意。"乃使良还。行，烧绝栈道。

良至韩，韩王成以良从汉王故，项王不遣成之国，从与俱东。良说项王曰："汉王烧绝栈道，无还心矣。"乃以齐王田荣反书告项王。项王以此无西忧汉心，而发兵北击齐。

项王竟不肯遣韩王，乃以为侯，又杀之彭城。良亡，间行归汉王。汉王亦已还定三秦矣。复以良为成信侯，从东击楚。至彭城，汉败而还。至下邑，汉王下马踞鞍而问曰："吾欲捐关以东等，弃之，谁可与共功者？"良进曰："九江王黥布，楚枭将，与项王有郄；彭越与齐王田荣反梁地：此两人可急使。而汉王之将独韩信可属大事，当一面。即欲捐之，捐之此三人，则楚可破也。"汉王乃遣随何说九江王布，而使人连彭越。及魏王豹反，使韩信将兵击之，因举燕、代、齐、赵。然卒破楚者，此三人力也。

张良多病，未尝特将也⑫，常为画策臣，时时从汉王。

汉三年，项羽急围汉王荥阳。汉王恐忧，与郦食其谋桡楚权⑬，食其曰："昔汤伐桀，封其后于杞；武王伐纣，封其后于宋。今秦失德弃义，侵伐诸侯社稷，灭六国之后，使无立锥之地。陛下诚能复立六国后世，毕已受印，此其君臣百姓必皆戴陛下之德，莫不乡风慕义⑭，愿为臣妾。德义已行，陛下南乡称霸，楚必敛衽而朝⑮。"汉王曰："善！趣刻印，先生因行佩之矣。"

食其未行，张良从外来谒。汉王方食，曰："子房前！客有为我计桡楚权者。"具以郦生语告于子房曰："何如？"良曰："谁为陛下画此计者？陛下事去矣。"汉王曰："何哉？"张良对曰："臣请藉前箸为大王筹之⑯。"曰："昔者汤伐桀而封其后于杞者，度能制桀之死命也。今陛下能制项籍之死命乎？"曰："未能也。""其不可一也。武王伐纣，封其后于宋者，度能得纣之头也。今陛下能得项籍之头乎？"曰："未能也。""其不可二也。武王子殷，表商容之间，释箕子之拘，封比干之墓。今陛下能封圣人之墓，表贤者之间，式智者之门乎⑰？"曰："未能也。""其不可三也。发巨桥之粟，散鹿台之钱，以赐贫穷。今陛下能散府库以赐贫穷乎？"曰："未能也。""其不可四矣。殷事已毕，偃革为轩，倒置干戈，覆以虎皮，以示天下不复用兵。今陛下能偃武行文，不复用兵乎？"曰："未能也。""其不可五矣。休马华山之阳，示以无所为。今陛下能休马无所用乎？"曰："未能也。""其不可六矣。放牛桃林之阴，以示不复输积。今陛下能放牛不复输积乎？"曰："未能也。""其不可七矣。且天下游士离其亲戚，弃坟墓，去故旧，从陛下游者，徒欲日夜望咫尺之地。今复六国，立韩、魏、燕、赵、齐、楚之后，天上游士各归事其主，从其亲戚，反其故旧坟墓，陛下与谁取天下乎？其不可八矣。且夫楚唯无强，六国立者复桡而从之，陛下焉得而臣之？诚用客之谋，陛下事去矣。"汉王辍食吐哺，骂曰："竖儒，几败而公事！"令趣销印。

汉四年，韩信破齐而欲自立为齐王，汉王怒。张良说汉王，汉王使良授齐王信印，语在《淮阴》事中。

其秋，汉王追楚至阳夏南，战不利而壁固陵，诸侯期不至。良说汉王，汉王用其计，诸侯皆至。语在《项籍》事中。

汉六年正月，封功臣。良未尝有战斗功，高帝曰："运筹策帷帐中，决胜千里外，子房功也。自择齐三万户。"良曰："始臣起下邳，与上会留，此天以臣授陛下。陛下用臣计，幸而时中，臣愿封留足矣，不敢当三万户。"乃封张良为留侯，与萧何等俱封。

六年，上已封大功臣二十余人，其余日夜争功不决，未得行封。上在洛阳南宫，从复道望见诸将往往相与坐沙中语。上曰："此何语？"留侯曰："陛下不知乎？此谋反耳。"上曰："天下属安定，何故反乎？"留侯曰："陛下起布衣，以此属取天下；今陛下为天子，而所封皆萧、曹故人所亲爱，而所诛者皆生平所仇怨。今军吏计功，以天下不足遍封，此属畏陛下不能尽封，恐又见疑平生过失及诛，故即相聚谋反耳。"上乃忧曰："为之奈何？"留侯曰："上平生所憎，群臣所共知，谁最甚者？"上曰："雍齿与我故，数尝窘辱我。我欲杀之，为其功多，故不忍。"留侯曰："今急先封雍齿以示群臣，群臣见雍齿封，则人人自坚矣。"于是上乃置酒，封雍齿为什方侯，而急趣丞相、御史定功行封。群臣罢酒，皆喜曰："雍齿尚为侯，我属无患矣！"

刘敬说高帝曰："都关中。"上疑之。左右大臣皆山东人，多劝上都洛阳："洛阳东有成皋，西有殽、黾，倍河，向伊、洛，其固亦足恃。"留侯曰："洛阳虽有此固，其中小，不过数百里，田地薄，四面受敌，此非用武之国也。夫关中左殽、函、右陇、蜀，沃野千里，南有巴、蜀之饶，北有胡苑之利，阻三面而守，独以一面东制诸侯。诸侯安定，河、渭漕挽天下，西给京师，诸侯有变，顺流而下，足以委输。此所谓金城千里，天府之国也，刘敬说是也。"于是高帝即日驾，西都关中。

留侯从入关。留侯性多病，即道引不食谷，杜门不出岁余。

上欲废太子，立戚夫人子赵王如意。大臣多谏争，未能得坚决者也。吕后恐，不知所为。人或谓吕后曰："留侯善画计策，上信用之。"吕后乃使建成侯吕泽劫留侯，曰："君常为上谋臣，今上欲易太子，君安得高枕而卧乎？"留侯曰："始上数在困急之中，幸用臣策。今天下安定，以爱欲易太子，骨肉之间，虽臣等百余人何益。"吕泽强要曰："为我画计。"留侯曰："此难以口舌争也。顾上有不能致者，天下有四人。四人者年老矣，皆以为上慢侮人，故逃匿山中，义不为汉臣，然上高此四人。今公诚能无爱金玉璧帛，令太子为书，卑辞安车，因使辩士固请，宜来。来，以为客，时时从入朝，令上见之，则必异而问之。问之，上知此四人贤，则一助也。"于是吕后令吕泽使人奉太子书，卑辞厚礼，迎此四人。四人至，客建成侯所。

汉十一年，黥布反，上病，欲使太子将，往击之。四人相谓曰："凡来者，将以存太子。太子将兵，事危矣。"乃说建成侯曰："太子将兵，有功则位不益太子；无功还，则从此受祸矣。且太子所与俱诸将，皆尝与上定天下枭将也，今使太子将之，此无异使羊将狼也，皆不肯为尽力，其无功必矣。臣闻'母爱者子抱'，今戚夫人日夜侍御，赵王如意常抱居前，上曰：'终不使不肖子居爱子之上。'明乎其代太子位必矣。君何不急请吕后承间为上泣言："黥布，天下猛将也，善用兵，今诸将皆陛下故等夷⑱，乃令太子将此属，无异使羊将狼，莫肯为用。且使布闻之，则鼓行而西耳。上虽病，强载辎车，卧而护之，诸将不敢不尽力。上虽苦，为妻子自强。'"于是吕泽立夜见吕后，吕后承间为上泣涕而言，如四人意。上曰："吾惟竖子固不足遣，而公自行耳。"于是上自将兵而东，群臣居守，皆送至灞上。留侯病，自强起，至曲邮，见上曰："臣宜从，病甚。楚人剽疾，愿上无与楚人争锋。"因说上曰："令太子为将军，监关中兵。"上曰："子房虽病，强卧而傅太子。"是时叔孙通为太傅，留侯行少傅事。

汉十二年，上从击破布军归，疾益甚，愈欲易太子。留侯谏，不听，因疾不视事。叔孙太傅称说引古今，以死争太子。上详许之，犹欲易之。及燕⑲，置酒，太子侍。四人从太子，年皆八十有余，须眉皓白，衣冠甚伟。上怪之，问曰："彼何为者？"四人前对，各言名姓，曰东园公，甪里先生，绮里季，夏黄公。上乃大惊，曰："吾求公数岁，公辟逃我，今公何自从吾儿游乎？"四人皆曰："陛下轻士善骂，臣等义不受辱，故恐而亡匿。窃闻太子为人仁孝，恭敬爱士，天下莫不延颈欲为太子死者，故臣等来耳。"上曰："烦公幸卒调护太子。"

四人为寿已毕，趋去。上目送之，召戚夫人指示四人者曰："我欲易之，彼四人辅之，羽翼已成，难动矣。吕后真而主矣。"戚夫人泣，上曰："为我楚舞，吾为若楚歌。"歌曰："鸿鹄高飞，一举千里。羽翮已就，横绝四海。横绝四海，当可奈何！虽有矰缴^⑳，尚安所施！"歌数，阕^㉑，戚夫人嘘唏流涕，上起去，罢酒。竟不易太子者，留侯本招此四人之力也。

留侯从上击代，出奇计马邑下，及立萧何相国，所与上从容言天下事甚众，非天下所以存亡，故不著。留侯乃称曰："家世相韩，及韩灭，不爱万金之资，为韩报仇强秦，天下振动。今以三寸舌为帝者师，封万户，位列侯，此布衣之极，于良足矣。愿弃人间事，欲从赤松子游耳。"乃学辟谷，道引轻身。会高帝崩，吕后德留侯，乃强食之，曰："人生一世间，如白驹过隙，何至自苦如此乎！"留侯不得已，强听而食。

后八年卒，谥为文成侯，子不疑代侯。

子房始所见下邳圯上老父与《太公书》者，后十三年从高帝过济北，果见谷城山下黄石，取而葆祠之。留侯死，并葬黄石冢。每上冢伏腊，祠黄石。

留侯不疑，孝文帝五年坐不敬，国除。

太史公曰：学者多言无鬼神，然言有物。至如留侯所见老父予书，亦可怪矣。高祖离困者数矣，而留侯常有功力焉，岂可谓非天乎？上曰："夫运筹策帷帐之中，决胜千里外，吾不如子房。"余以为其人计魁梧奇伟，至见其图，状貌如妇人好女。盖孔子曰："以貌取人，失之子羽。"留侯亦云。

---

① 圯：桥。

② 履：鞋。

③ 期：约会；约期。

④ 常：通"尝"。曾经。

⑤ 殆：大概。

⑥ 贾竖：商人。

⑦ 壁：营垒。

⑧ 唉：引诱；利诱。

⑨ 解：通"懈"。松懈。

⑩ 缟：未经染色的绢。　　缟素：不着色的衣服。　　资：凭借；凭附。

⑪ 要：通"邀"。邀请。

⑫ 特将：单独统兵作战。

⑬ 桡：扰乱；削弱。

⑭ 乡：通"向"。向往。

⑮ 袪：衣袖，衣襟。

⑯ 箸：筷子。

⑰ 式：通"轼"。凭轼致意；致敬。轼，古代车箱前供乘者凭倚的横木。遇长者，或经长者之门，乘车者起立扶轼致敬。

⑱ 夷：诸人。

⑲ 燕：饮宴。

⑳ 矰（zēng，音增）：古代射鸟短箭，后系细绳。　　缴（zhuó，音苗）：系在矰上的丝绳。

㉑ 阕（què，音确）：完毕；曲终。

史记卷五十六

陈丞相世家第二十六

陈丞相平者,阳武户牖乡人也。少时家贫,好读书,有田三十亩,独与兄伯居。伯常耕田,纵平使游学。平为人长大美色。人或谓陈平曰:"贫何食而肥若是?"其嫂嫉平之不视家生产,曰:"亦食糠核耳。有叔如此,不如无有。"伯闻之,逐其妇而弃之。

及平长,可娶妻,富人莫肯与者,贫者平亦耻之。久之,户牖富人有张负,张负女孙五嫁而夫辄死,人莫敢娶。平欲得之。邑中有丧,平贫,侍丧,以先往后罢为助。张负既见之丧所,独视伟平,平亦以故后去。负随平至其家,家乃负郭穷巷,以弊席为门,然门外多有长者车辙。张负归,谓其子仲曰:"吾欲以女孙予陈平。"张仲曰:"平贫不事事,一县中尽笑其所为,独奈何予女乎?"负曰:"人固有好美如陈平而长贫贱者乎?"卒与女。为平贫,乃假贷币以聘,予酒肉之资以内妇。负诫其孙曰:"毋以贫故,事人不谨。事兄伯如事父,事嫂如母。"平既娶张氏女,赍用益饶,游道日广。

里中社,平为宰,分肉食甚均。父老曰:"善,陈孺子之为宰!"平曰:"嗟乎,使平得宰天下,亦如是肉矣。"

陈涉起而王陈,使周市略定魏地,立魏咎为魏王,与秦军相攻于临济。陈平固已前谢其兄伯,从少年往事魏王咎于临济。魏王以为太仆。说魏王,不听;人或谗之,陈平亡去。

久之,项羽略地至河上,陈平往归之,从入破秦,赐平爵卿。项羽之东王彭城也,汉王还定三秦而东,殷王反楚。项羽乃以平为信武君,将魏王咎客在楚者以往,击降殷王而还。项王使项悍拜平为都尉,赐金二十溢。居无何,汉王攻下殷。项王怒,将诛定殷者将吏。陈平惧诛,乃封其金与印,使使归项王,而平身间行杖剑亡。渡河,船人见其美丈夫独行,疑其亡将,要中当有金玉宝器①,目之,欲杀平。平恐,乃解衣裸而佐刺船②。船人知其无有,乃止。

平遂至修武降汉,因魏无知求见汉王,汉王召入。是时万石君奋为汉王中涓,受平谒,入见平。平等七人俱进,赐食。王曰:"罢,就舍矣。"平曰:"臣为事来,所言不可以过今日。"于是汉王与语而说之,问曰:"子之居楚何官?"曰:"为都尉。"是日乃拜平为都尉,使为参乘,典护军。诸将尽讙③,曰:"大王一日得楚之亡卒,未知其高下,而即与同载,反使监护军长者!"汉王闻之,愈益幸平。遂与东伐项王。至彭城,为楚所败。引而还,收散兵至荥阳,以平为亚将,属于韩王信,军广武。

绛侯、灌婴等咸谗陈平曰:"平虽美丈夫,如冠玉耳,其中未必有也。臣闻平居家时,盗其嫂;事魏不容,亡归楚;归楚不中,又亡归汉。今日大王尊官之,令护军。臣闻平受诸将金,金多者得善处,金少者得恶处。平,反覆乱臣也,愿王察之。"汉王疑之,召让魏无知。无知曰:"臣所言者,能也;陛下所问者,行也。今有尾生、孝己之行而无益于胜负之数,陛下何暇用之乎?楚、汉相距,臣进奇谋之士,顾其计诚足以利国家不耳。且盗嫂、受金又何足疑乎?"汉王召让平曰:"先生事魏不中,遂事楚而去,今又从吾游,信者固多心乎?"平曰:"臣事魏王,魏王不能用臣说，故去事项王。项王不能信人，其所任爱，非诸项即妻之昆弟，虽有奇士不能用，平乃去楚。闻汉王之能用人，故归大王。臣躶身来，不受金无以为资。诚臣计画有可采者，愿大王用之；使无可用者，金具在，请封输官，得请骸骨。"汉王乃谢，厚赐，拜为护军中尉，尽护诸将。诸将乃不敢复言。

其后，楚急攻，绝汉甬道，围汉王于荥阳城。久之，汉王患之，请割荥阳以西以和。项王不听，汉王谓陈平曰："天下纷纷，何时定乎？"陈平曰："项王为人，恭敬爱人，士之廉节好礼者多归之。至于行功爵邑，重之，士亦以此不附。今大王慢而少礼，士廉节者不来；然大王能饶人以爵邑，士之顽钝嗜利无耻者亦多归汉④。诚各去其两短，袭其两长，天下指麾则定矣。然大王恣侮人，不能得廉节之士。顾楚有可乱者，彼项王骨鲠之臣亚父、钟离眜、龙且、周殷之属，不过数人耳。大王诚能出捐数万斤金，行反间，间其君臣，以疑其心，项王为人意忌信谗，必内相诛。汉因举兵而攻之，破楚必矣。"汉王以为然，乃出黄金四万斤与陈平，恣所为，不问其出入。

陈平既多以金纵反间于楚军，宣言诸将钟离眜等为项王将，功多矣，然而终不得裂地而王，欲与汉为一，以灭项氏而分王其地。项羽果意不信钟离眜等。项王既疑之，使使至汉。汉王为太牢具，举进。见楚使，即详惊曰："吾以为亚父使，乃项王使！"复持去，更以恶草具进楚使。楚使归，具以报项王。项王果大疑亚父，亚父欲急攻下荥阳城，项王不信，不肯听。亚父闻项王疑之，乃怒曰："天下事大定矣，君王自为之！愿请骸骨归！"归，未至彭城，疽发背而死。陈平乃夜出女子二千人荥阳城东门，楚因击之，陈平乃与汉王从城西门夜出去。遂入关，收散兵复东。

其明年，淮阴侯破齐，自立为齐王，使使言之汉王。汉王大怒而骂，陈平蹑汉王。汉王亦悟，乃厚遇齐使，使张子房卒立信为齐王。封平以户牖乡。用其奇计策，卒灭楚。常以护军中尉从定燕王臧荼⑤。

汉六年，人有上书告楚王韩信反。高帝问诸将，诸将曰："亟发兵坑竖子耳。"高帝默然。问陈平，平固辞谢，曰："诸将云何？"上具告之。陈平曰："人之上书言信反，有知之者乎？"曰："未有。"曰："信知之乎？"曰："不知。"陈平曰："陛下精兵孰与楚？"上曰："不能过。"平曰："陛下将用兵有能过韩信者乎？"上曰："莫及也。"平曰："今兵不如楚精，而将不能及，而举兵攻之，是趣之战也，窃为陛下危之。"上曰："为之奈何？"平曰："古者天子巡狩，会诸侯。南方有云梦，陛下弟出伪游云梦⑥，会诸侯于陈。陈，楚之西界，信闻天子以好出游，其势必无事而郊迎谒。谒，而陛下因禽之，此特一力士之事耳。"高帝以为然，乃发使告诸侯会陈："吾将南游云梦。"上因随以行。行未至陈，楚王信果郊迎道中。高帝豫具武士⑦，见信至，即执缚之，载后车。信呼曰："天下已定，我固当烹！"高帝顾谓信曰："若毋声！而反明矣！"武士反接之。遂会诸侯于陈，尽定楚地。还至洛阳，赦信以为淮阴侯，而与功臣剖符定封。

于是与平剖符，世世勿绝。为户牖侯。平辞曰："此非臣之功也。"上曰："吾用先生谋计，战胜克敌，非功而何？"平曰："非魏无知臣安得进？"上曰："若子可谓不背本矣！"乃复赏魏无知。其明年，以护军中尉从攻反者韩王信于代。卒至平城，为匈奴所围，七日不得食。高帝用陈平奇计，使单于阏氏，围以得开。高帝既出，其计秘，世莫得闻。

高帝南过曲逆，上其城，望见其屋室甚大，曰："壮哉县！吾行天下，独见洛阳与是耳。"顾问御史曰："曲逆户口几何？"对曰："始秦时三万余户，间者兵数起，多亡匿，今见五千户。"于是乃诏御史，更以陈平为曲逆侯，尽食之，除前所食户牖。

其后常以护军中尉从攻陈豨及黥布。凡六出奇计，辄益邑，凡六益封。奇计或颇秘，世莫能闻也。

高帝从破布军还，病创，徐行至长安。燕王卢绾反，上使樊哙以相国将兵攻之。既行，人有短恶哙者。高帝怒曰："哙见吾病，乃冀我死也。"用陈平谋而召绛侯周勃受诏床下，曰："陈平亟驰传载勃代哙将，平至军中即斩哙头！"二人既受诏，驰传未至军，行计之曰："樊哙，帝之故人也，功多，且又乃吕后弟吕媭之夫，有亲且贵，帝以忿怒故，欲斩之，则恐后悔。宁囚而致上，上自诛之。"未至军，为坛，以节召樊哙。哙受诏，即反接载槛车，传诣长安，而令绛侯勃代将，将兵定燕反县。

平行闻高帝崩，平恐吕太后及吕媭谗怒，乃驰传先去。逢使者诏平与灌婴屯于荥阳。平受诏，立复驰至宫，哭甚哀，因奏事丧前。吕太后哀之，曰："君劳，出休矣。"平畏谗之就，因固请得宿卫中。太后乃以为郎中令，曰："傅教孝惠。"是后吕媭谗乃不得行。樊哙至，则赦，复爵邑。

孝惠帝六年，相国曹参卒，以安国侯王陵为右丞相，陈平为左丞相。

王陵者，故沛人，始为县豪。高祖微时，兄事陵。陵少文，任气，好直言。及高祖起沛，入至咸阳，陵亦自聚党数千人，居南阳，不肯从沛公。及汉王之还攻项籍，陵乃以兵属汉。项羽取陵母置军中，陵使至，则东乡坐陵母，欲以招陵。陵母既私送使者，泣曰："为老妾语陵，谨事汉王。汉王，长者也，无以老妾故持二心。妾以死送使者。"遂伏剑而死。项王怒，烹陵母。陵卒从汉王定天下。以善雍齿，雍齿，高帝之仇，而陵本无意从高帝，以故晚封，为安国侯。

安国侯既为右丞相，二岁，孝惠帝崩。高后欲立诸吕为王，问王陵，王陵曰："不可。"问陈平，陈平曰："可。"吕太后怒，乃详迁陵为帝太傅，实不用陵。陵怒，谢疾免。杜门竟不朝请，七年而卒。

陵之免丞相，吕太后乃徙平为右丞相，以辟阳侯审食其为左丞相。左丞相不治，常给事于中。

食其亦沛人。汉王之败彭城西，楚取太上皇、吕后为质，食其以舍人侍吕后。其后从破项籍为侯，幸于吕太后。及为相，居中，百官皆因决事。

吕媭常以前陈平为高帝谋执樊哙，数谗曰："陈平为相非治事，日饮醇酒，戏妇女。"陈平闻，日益甚。吕太后闻之，私独喜。面质吕媭于陈平曰："鄙语曰'儿妇人口不可用'，顾君与我何如耳。无畏吕媭之谗也。"

吕太后立诸吕为王，陈平伪听之。及吕太后崩，平与太尉勃合谋，卒诛诸吕，立孝文皇帝，陈平本谋也。审食其免相。

孝文帝立，以为太尉勃亲以兵诛吕氏，功多；陈平欲让勃尊位，乃谢病。孝文帝初立，怪平病，问之。平曰："高祖时，勃功不如臣平。及诛诸吕，臣功亦不如勃。愿以右丞相让勃。"于是孝文帝乃以绛侯勃为右丞相，位次第一；平徙为左丞相，位次第二。赐平金千斤，益封三千户。

居顷之，孝文皇帝既益明习国家事，朝而问右丞相勃曰："天下一岁决狱几何？"勃谢曰："不知。"问："天下一岁钱谷出入几何？"勃又谢不知，汗出沾背，愧不能对。于是上亦问左丞相平。平曰："有主者。"上曰："主者谓谁？"平曰："陛下即问决狱，责廷尉；问钱谷，责治粟内史。"上曰："苟各有主者，而君所主者何事也？"平谢曰："主臣。陛下不知其驽下，使待罪宰相。宰相者；上佐天子理阴阳、顺四时，下育万物之宜；外镇抚四夷诸侯，内亲附百姓，使卿大夫各得任其职焉。"孝文帝乃称善。右丞相大惭，出而让陈平曰："君独不素教我对！"陈平笑曰："君居其位，不知其任邪？且陛下即问长安中盗贼数，君欲强对邪？"于是绛侯自知其能不如平远矣。居顷之，绛侯谢病请免相，陈平专为一丞相。

孝文帝二年，丞相陈平卒，谥为献侯。子共侯买代侯。二年卒，子简侯恢代侯。二十三年卒，子何代侯。二十三年，何坐略人妻，弃市，国除。

始陈平曰："我多阴谋，是道家之所禁。吾世即废，亦已矣，终不能复起，以吾多阴祸也。"然其后曾孙陈掌以卫氏亲贵戚，愿得续封陈氏，然终不得。

太史公曰：陈丞相平少时，本好黄帝、老子之术。方其割肉俎上之时，其意固已远矣。倾侧扰攘楚、魏之间，卒归高帝。常出奇计，救纷纠之难，振国家之患。及吕后时，事多故矣，然平竟自脱，定宗庙，以荣名终，称贤相，岂不善始善终哉！非知谋孰能当此者乎？

①要：通"腰"。
②刺船：划船；用篙撑船。
③讙（xuān，音宣）：喧哗。
④顽钝：品行不端。无志节。
⑤常：曾经。
⑥弟：通"第"。但；只。
⑦豫：通"预"。预先。

史记卷五十七

绛侯周勃世家第二十七

绛侯周勃者，沛人也。其先卷人，徙沛。勃以织薄曲为生。常为人吹箫给丧事，材官引强①。

高祖之为沛公，初起，勃以中涓从攻胡陵，下方与。方与反，与战，却適②。攻丰。击秦军砀东。还军留及萧。复攻砀，破之。下下邑，先登，赐爵五大夫。攻蒙、虞，取之。击章邯车骑，殿③。定魏地。攻爰戚、东缗，以往至栗，取之。攻啮桑，先登。击秦军阿下，破之。追至濮阳，下甄城。攻都关、定陶，袭取宛朐，得单父令。夜袭取临济，攻张，以前至卷，破之。击李由军雍丘下。攻开封，先至城下，为多④。后章邯破杀项梁，沛公与项羽引兵东如砀。自初起沛还至砀，一岁二月。

楚怀王封沛公号安武侯，为砀郡长。沛公拜勃为虎贲令，以令从沛公定魏地。攻东郡尉于城武，破之。击王离军，破之。攻长社，先登，攻颍阳、缑氏，绝河津。击赵贲军尸北。南攻南阳守齮，破武关、峣关。破秦军于蓝田，至咸阳，灭秦。

项羽至，以沛公为汉王。汉王赐勃爵为威武侯。从入汉中，拜为将军。还定三秦，至秦，赐食邑怀德。攻槐里、好畤，最⑤。击赵贲、内史保于咸阳，最。北攻漆，击章平、姚卬军。西定汧，还下郿、频阳。围章邯废丘。破西丞。击盗巴军，破之。攻上邽。东守峣关，转击项籍。攻曲逆，最。还守敖仓，追项籍。籍已死，因东定楚地泗水、东海郡，凡得二十二县。还守洛阳、栎阳，赐与颍阴侯共食钟离。以将军从高帝击反者燕王臧荼，破之易下。所将卒当驰道，为多，赐爵列侯，剖符世世勿绝。食绛八千一百八十户，号绛侯。

以将军从高帝击反韩王信于代，降下霍人。以前至武泉，击胡骑，破之武泉北。转攻韩信军铜鞮，破之。还，降太原六城。击韩信胡骑晋阳下，破之。下晋阳。后击韩信军于硰石，破之，追北八十里。还攻楼烦三城，因击胡骑平城下，所将卒当驰道，为多。勃迁为太尉。

击陈豨，屠马邑。所将卒斩豨将军乘马缔。击韩信、陈豨、赵利军于楼烦，破之。得豨将宋最、雁门守圈。因转攻得云中守遬、丞相箕肆、将勋。定雁门郡十七县，云中郡十二县。因复击豨灵丘，破之，斩豨，得豨丞相程纵、将军陈武、都尉高肆，定代郡九县。

燕王卢绾反，勃以相国代樊哙将击，下蓟，得绾大将抵、丞相偃、守陉、太尉弱、御史大夫施，屠浑都。破绾军上兰，复击破绾军沮阳。追至长城，定上谷十二县、右北平十六县、辽西辽东二十九县、渔阳二十二县。最从高帝得相国一人、丞相二人、将军二千石各三人[6]；别破军二，下城三，定郡五、县七十九，得丞相、大将各一人。

勃为人木强敦厚，高帝以为可属大事。勃不好文学，每召诸生说士，东乡坐而责之："趣为我语。"其椎少文如此[7]。

勃既定燕而归，高祖已崩矣，以列侯事孝惠帝。孝惠帝六年，置太尉官，以勃为太尉。十岁，高后崩。吕禄以赵王为汉上将军，吕产以吕王为汉相国，秉汉权，欲危刘氏。勃为太尉，不得入军门。陈平为丞相，不得任事。于是勃与平谋，卒诛诸吕而立孝文皇帝，其语在《吕后》、《孝文》事中。

文帝既立，以勃为右丞相，赐金五千斤，食邑万户。居月余，人或说勃曰："君既诛诸吕，立代王，威震天下，而君受厚赏，处尊位，以宠，久之即祸及身矣。"勃惧，亦自危，乃谢请归相印。上许之。岁余，丞相平卒，上复以勃为丞相。十余月，上曰："前日吾诏列侯就国，或未能行，丞相吾所重，其率先之。"乃免相就国。

岁余，每河东守尉行县至绛，绛侯勃自畏恐诛，常被甲，令家人持兵以见之。其后人有上书告勃欲反，下廷尉。廷尉下其事长安，逮捕勃治之。勃恐，不知置辞。吏稍侵辱之。勃以千金与狱吏，狱吏乃书牍背示之曰："以公主为证"。公主者，孝文帝女也，勃太子胜之尚之，故狱吏教引为证。勃之益封受赐，尽以予薄昭。及系急，薄昭为言薄太后，太后亦以为无反事。文帝朝，太后以冒絮提文帝[8]，曰："绛侯绾皇帝玺[9]，将兵于北军，不以此时反，今居一小县，顾欲反邪？"文帝既见绛侯狱辞，乃谢曰："吏方验而出之。"于是使使持节赦绛侯，复爵邑。绛侯既出，曰："吾尝将百万军，然安知狱吏之贵乎！"

绛侯复就国，孝文帝十一年卒，谥为武侯。

子胜之代侯。六岁，尚公主不相中，坐杀人，国除。绝一岁，文帝乃择绛侯勃子贤者河内守亚夫，封为条侯，续绛侯后。

条侯亚夫自未侯为河内守时，许负相之，曰："君后三岁而侯。侯八岁为将相，持国秉，贵重矣，于人臣无两。其后九岁而君饿死。"亚夫笑曰："臣之兄已代父侯矣，有如卒，子当代，亚夫何说侯乎？然既已贵如负言，又何说饿死？指示我。"许负指其口，曰："有从理入口，此饿死法也。"居三岁，其兄绛侯胜之有罪，孝文帝择绛侯子贤者，皆推亚夫，乃封亚夫为条侯，续绛侯后。

文帝之后六年，匈奴大入边。乃以宗正刘礼为将军，军霸上；祝兹侯徐厉为将军，军棘门；以河内守亚夫为将军，军细柳：以备胡。上自劳军。至霸上及棘门军，直驰入，将以下骑送迎。已而之细柳军。军士吏被甲，锐兵刃，彀弓弩，持满，天子先驱至，不得入。先驱曰："天子且至！"军门都尉曰："将军令曰'军中闻将军令，不闻天子之诏'。"居无何，上至，又不得入。于是上乃使使持节诏将军："吾欲入劳军。"亚夫乃传言开壁门。壁门士吏谓从属车骑曰："将军约，军中不得驱驰。"于是天子乃按辔徐行。至营，将军亚夫持兵揖曰："介胄之士不拜，请以军礼见。"天子为动，改容式车。使人称谢："皇帝敬劳将军。"成礼而去。既出军门，群臣皆惊。文帝曰："嗟乎，此真将军矣！曩者霸上、棘门军，若儿戏耳，其将固可袭而虏也；至于亚夫，可得而犯邪？"称善者久之。月余，三军皆罢，乃拜亚夫为中尉。

孝文且崩时，诫太子曰："即有缓急，周亚夫真可任将兵。"文帝崩，拜亚夫为车骑将军。

孝景三年，吴、楚反。亚夫以中尉为太尉，东击吴、楚。因自请上曰："楚兵剽轻，难与争锋，愿以梁委之⑩；绝其粮道，乃可制。"上许之。

太尉既会兵荥阳，吴方攻梁，梁急，请救。太尉引兵东北走昌邑，深壁而守。梁日使使请太尉，太尉守便宜，不肯往。梁上书言景帝，景帝使使诏救梁，太尉不奉诏，坚壁不出，而使轻骑兵弓高侯等绝吴、楚兵后食道。吴兵乏粮，饥，数欲挑战，终不出。夜，军中惊，内相攻击扰乱，至于太尉帐下，太尉终卧不起。顷之，复定。后吴奔壁东南陬⑪，太尉使备西北。已而其精兵果奔西北，不得入。吴兵既饿，乃引而去。太尉出精兵追击，大破之。吴王濞弃其军，而与壮士数千人亡走，保于江南丹徒。汉兵因乘胜，遂尽虏之，降其兵，购吴王千金。月余，越人斩吴王头以告。凡相攻守三月，而吴、楚破平。于是诸将乃以太尉计谋为是。由此梁孝王与太尉有卻。

归，复置太尉官。五岁，迁为丞相，景帝甚重之。景帝废栗太子，丞相固争之，不得。景帝由此疏之。而梁孝王每朝，常与太后言条侯之短。

窦太后曰："皇后兄王信可侯也。"景帝让曰："始南皮、章武侯先帝不侯，乃臣即位乃侯之。信未得封也。"窦太后曰："人主各以时行耳。自窦长君在时，竟不得侯，死后乃封其子彭祖顾得侯。吾甚恨之。帝趣侯信也！"景帝曰："请得与丞相议之。"丞相议之，亚夫曰："高皇帝约'非刘氏不得王，非有功不得侯。不如约，天下共击之'。今信虽皇后兄，无功，侯之，非约也。"景帝默然而止。

其后匈奴王唯徐卢等五人降，景帝欲侯之以劝后。丞相亚夫曰："彼背其主降陛下，陛下侯之，则何以责人臣不守节者乎？"景帝曰："丞相议不可用。"乃悉封唯徐卢等为列侯。亚夫因谢病。景帝中三年，以病免相。

顷之，景帝居禁中，召条侯，赐食。独置大胾⑫，无切肉，又不置箸⑬。条侯心不平，顾谓尚席取箸。景帝视而笑曰："此不足君所乎？"条侯免冠谢。上起，条侯因趋出。景帝以目送之，曰："此怏怏者非少主臣也！"

居无何，条侯子为父买工官尚方甲楯五百被可以葬者⑭。取庸苦之，不予钱。庸知其盗买县官器⑮，怒而上变告子，事连污条侯。书既闻上，上下吏⑯，吏簿责条侯，条侯不对。景帝骂之曰："吾不用也。"召诣廷尉。廷尉责曰："君侯欲反邪？"亚夫曰："臣所买器，乃葬器也，何谓反邪？"吏曰："君侯纵不反地上，即欲反地下耳。"吏侵之益急。初，吏捕条侯，条侯欲自杀，夫人止之，以故不得死，遂入廷尉。因不食五日，呕血而死。国除。

绝一岁，景帝乃更封绛侯勃他子坚为平曲侯，续绛侯后。十九年卒，谥为共侯。子建德代侯，十三年，为太子太傅。坐酎金不善，元鼎五年，有罪，国除。

条侯果饿死。死后，景帝乃封王信为盖侯。

太史公曰：绛侯周勃始为布衣时，鄙朴人也，才能不过凡庸。及从高祖定天下，在将相位，诸吕欲作乱，勃匡国家难，复之乎正。虽伊尹、周公，何以加哉！亚夫之用兵，持威重，执坚刃，穰苴曷有加焉！足己而不学⑰，守节不逊，终以穷困。悲夫！

---

①强：强弓。

②适：通"敌"。却适，击退敌人。

③殿：获得最低等的战功称殿。

④多：获得中等的战功称多。

⑤最：获得上等战功称最。

⑥最：总共；总计。

⑦椎：朴实；迟钝。

⑧冒絮：头巾。　提：掷。

⑨绌：系；盘结。

⑩委：托付；送致。

⑪陇：通"隔"。

⑫截（刂，首字）：人块内。

⑬楮（zhù，音著）：筷子。

⑭被：具；套。

⑮县官：天子，皇帝。

⑯下吏：交给司法官吏审问。

⑰足己：认为自己足智多谋。　不学：不学古人。

史记卷五十八

梁孝王世家第二十八

梁孝王武者，孝文皇帝子也，而与孝景帝同母。母，窦太后也。

孝文帝凡四男：长子曰太子，是为孝景帝；次子武；次子参；次子胜。孝文帝即位二年，以武为代王，以参为太原王，以胜为梁王。二岁，徙代王为淮阳王。以代尽与太原王，号曰代王。参立十七年，孝文后二年卒，谥为孝王。子登嗣立，是为代共王。立二十九年，元光二年卒。子义立，是为代王。十九年，汉广关，以常山为限，而徙代王王清河。清河王徙以元鼎三年也。

初，武为淮阳王十年，而梁王胜卒，谥为梁怀王。怀王最少子，爱幸异于他子。其明年，徙淮阳王武为梁王。梁王之初王梁，孝文帝之十二年也。梁王自初王通历已十一年矣。

梁王十四年，入朝。十七年，十八年，比年入朝，留，其明年，乃之国。二十一年，入朝。二十二年，孝文帝崩。二十四年，入朝。二十五年，复入朝。是时上未置太子也。上与梁王燕饮，尝从容言曰："千秋万岁后传于王。"王辞谢。虽知非至言，然心内喜。太后亦然。

其春，吴、楚、齐、赵七国反。吴、楚先击梁棘壁，杀数万人。梁孝王城守睢阳，而使韩安国、张羽等为大将军，以距吴、楚。吴、楚以梁为限，不敢过而西，与太尉亚夫等相距三月。吴、楚破，而梁所破杀虏略与汉中分。明年，汉立太子。其后梁最亲，有功，又为大国，居天下膏腴地。地北界泰山，西至高阳，四十余城，皆多大县。

孝王，窦太后少子也，爱之，赏赐不可胜道。于是孝王筑东苑，方三百余里。广睢阳城七十里。大治宫室，为复道，自宫连属于平台三十余里。得赐天子旌旗，出从千乘万骑。东西驰猎，拟于天子；出言跸①，入言警②。招延四方豪桀，自山以东游说之士莫不毕至：齐人羊胜、公孙诡、邹阳之属。公孙诡多奇邪计，初见王，赐千金，官至中尉，梁号之曰公孙将军。梁多作兵器弩弓矛数十万，而府库金钱且百巨万，珠玉宝器多于京师。

二十九年十月，梁孝王入朝。景帝使使持节乘舆驷马，迎梁王于关下。既朝，上疏因留，以太后亲故。王入则侍景帝同辇，出则同车游猎，射禽兽上林中。梁之侍中、郎、谒者著籍引出入天子殿门，与汉宦官无异。

十一月，上废栗太子，窦太后心欲以孝王为后嗣。大臣及袁盎等有所关说于景帝，窦太后义格③，亦遂不复言以梁王为嗣事由此。以事秘，世莫知。乃辞归国。

其夏四月，上立胶东王为太子。梁王怨袁盎及议臣，乃与羊胜、公孙诡之属阴使人刺杀袁盎及他议臣十余人。逐其贼，未得也，于是天子意梁王④。逐贼，果梁使之。乃遣使冠盖相望于道，覆按梁，捕公孙诡、羊胜。公孙诡、羊胜匿王后宫。使者责二千石急，梁相轩丘豹及内史韩安国进谏王，王乃令胜、诡皆自杀，出之。上由此怨望于梁王。梁王恐，乃使韩安国因长公主谢罪太后，然后得释。

上怒稍解，因上书请朝，既至关，茅兰说王，使乘布车，从两骑入，匿于长公主园。汉使使迎王，王已入关，车骑尽居外，不知王处。太后泣曰："帝杀吾子！"景帝忧恐。于是梁王伏斧质于阙下谢罪，然后太后、景帝大喜，相泣，复如故。悉召王从官入关。然景帝益疏王，不同车辇矣。

三十五年冬，复朝，上疏欲留，上弗许。归国，意忽忽不乐。北猎良山，有献牛，足出背上，孝王恶之。六月中，病热，六日卒，谥曰孝王。

孝王慈孝，每闻太后病，口不能食，居不安寝，常欲留长安侍太后。太后亦爱之。及闻梁王薨，窦太后哭极哀，不食，曰："帝果杀吾子！"景帝哀惧，不知所为。与长公主计之，乃分梁为五国，尽立孝王男五人为王，女五人皆食汤沐邑。于是奏之太后，太后乃说，为帝加壹餐。

梁孝王长子买为梁王，是为共王；子明为济川王；子彭离为济东王；子定为山阳王；子不识为济阴王。

孝王未死时，财以巨万计，不可胜数。及死，藏府余黄金尚四十余万斤，他财物称是。

梁共王三年，景帝崩。共王立七年卒，子襄立，是为平王。

梁平王襄十四年。母曰陈太后。共王母曰李太后。李太后，亲平王之大母也，而平王之后姓任，曰任王后。任王后甚有宠于平王襄。初，孝王在时，有罍樽，直千金⑤。孝王诫后世，善保罍樽，无得以与人。任王后闻而欲得罍樽。平王大母李太后曰："先王有命，无得以罍樽与人。他物虽百巨万，犹自恣也。"任王后绝欲得之。平王襄直使人开府取罍樽，赐任王后。李太后大怒，汉使者来，欲自言，平王襄及任王后遮止，闭门，李太后与争门，措指，遂不得见汉使者。李太后亦私与食官长及郎中尹霸等士通乱，而王与任王后以此使人风止李太后，李太后内有淫行，亦已。后病薨。病时，任后未尝请病；薨，又不持丧。

元朔中，睢阳人类犴反者，人有辱其父，而与淮阳太守客出同车。太守客出下车，类犴反杀其仇于车上而去。淮阳太守怒，以让梁二千石。二千石以下求反其急，执反亲戚。反知国阴事，乃上变事，具告知王与大母争樽状。时丞相以下见知之，欲以伤梁长吏。其书闻天子，天子下吏验问，有之，公卿请废襄为庶人。天子曰："李太后有淫行，而梁王襄无良师傅，故陷不义。"乃削梁八城，枭任王后首于市。梁余尚有十城。襄立三十九年卒，谥为平王。子无伤立为梁王也。

济川王明者，梁孝王子，以桓邑侯孝景中六年为济川王。七岁，坐射杀其中尉，汉有司请诛，天子弗忍诛，废明为庶人，迁房陵，地入于汉为郡。

济东王彭离者，梁孝王子，以孝景中六年为济东王。二十九年，彭离骄悍，无人君礼，昏暮私与其奴、亡命少年数十人行剽杀人，取财物以为好。所杀发觉者百余人，国皆知之，莫敢夜行。所杀者子上书言，汉有司请诛，上不忍，废以为庶人，迁上庸，地入于汉，为大河郡。

山阳哀王定者，梁孝王子，以孝景中六年为山阳王。九年卒，无子，国除，地入于汉，为山阳郡。

济阴哀王不识者，梁孝王子，以孝景中六年为济阴王。一岁卒，无子，国除，地入于汉，为济阴郡。

太史公曰：梁孝王虽以亲爱之故，王膏腴之地，然会汉家隆盛，百姓殷富，故能植其财货，广宫室，车服拟于天子。然亦僭矣。

---

①趡：清道。
②警：皇帝辇动称警。
③义：通"议"。心思；想法。　格：受阻。
④意：怀疑。
⑤直：通"值"。价值。

史记卷五十九

五宗世家第二十九

孝景皇帝子凡十三人为王，而母五人，同母者为宗亲。栗姬子曰荣、德、阏于。程姬子曰余、非、端。贾夫人子曰彭祖、胜。唐姬子曰发。王夫人儿姁子曰越、寄、乘、舜。

河间献王德，以孝景帝前二年用皇子为河间王。好儒学，被服造次必于儒者①。山东诸儒多从之游。二十六年卒。子共王不害立，四年卒。子刚王基代立，十二年卒。子顷王授代立。

临江哀王阏于，以孝景帝前二年用皇子为临江王。三年卒，无后，国除为郡。

临江闵王荣，以孝景前四年为皇太子，四岁废，用故太子为临江王。四年，坐侵庙壖垣为宫②，上征荣。荣行，祖于江陵北门③。既已上车，轴折车废。江陵父老流涕窃言曰："吾王不反矣！"荣至，诣中尉府簿。中尉郅都责讯王，王恐，自杀。葬蓝田。燕数万衔土置冢上。百姓怜之。

荣最长，死无后，国除，地入于汉，为南郡。

右三国本王，皆栗姬之子也。

鲁共王余，以孝景前二年用皇子为淮阳王。二年，吴、楚反破后，以孝景前三年徙为鲁王。好治宫室苑囿狗马。季年好音，不喜辞辩。为人吃。二十六年卒。子光代为王。初好音舆马；晚节啬，惟恐不足于财。

江都易王非，以孝景前二年用皇子为汝南王。吴、楚反时，非年十五，有材力，上书愿击吴。景帝赐非将军印，击吴。吴已破，二岁，徙为江都王，治吴故国，以军功赐天子旌旗。元光五年，匈奴大入汉为贼，非上书愿击匈奴，上不许。非好气力，治宫观，招四方豪桀，骄奢甚。

立二十六年卒。子建立为王，七年自杀。淮南、衡山谋反时，建颇闻其谋。自以为国近淮南，恐一日发，为所并，即阴作兵器，而时佩其父所赐将军印，载天子旗以出。易王死未葬，建有所说易王宠美人淖姬，夜使人迎与奸服舍中。及淮南事发，治党与，颇及江都王建。建恐，因使人多持金钱，事绝其狱④。而又信巫祝，使人祷祠妄言。建又尽与其姊弟奸。事既闻，汉公卿请捕治建。天子不忍，使大臣即讯王。王服所犯，遂自杀。国除，地入于汉，为广陵郡。

胶西于王端，以孝景前三年吴、楚七国反破后，端用皇子为胶西王。端为人贼戾，又阴痿，一近妇人，病之数月。而有爱幸少年为郎。为郎者顷之与后宫乱，端禽灭之，及杀其子母。数犯上法，汉公卿数请诛端，天子为兄弟之故，不忍，而端所为滋甚。有司再请削其国，去太半。端心愠，遂为无訾省⑤，府库坏，漏尽，腐财物以巨万计，终不得收徙。令吏毋得收租赋。端皆去卫，封其宫门，从一门出游。数变名姓，为布衣，之他郡国。

相、二千石往者，奉汉法以治。端辄求其罪告之，无罪者诈药杀之。所以设诈究变⑥，强足以距谏，智足以饰非。相、二千石从王治，则汉绳以法。故胶西小国，而所杀伤二千石甚众。

立四十七年卒。竟无男代后，国除，地入于汉，为胶西郡。

右三国本王，皆程姬之子也。

赵王彭祖，以孝景前二年用皇子为广川王。赵王遂反破后，彭祖王广川。四年，徙为赵王。十五年，孝景帝崩。彭祖为人巧佞卑谄，足恭而心刻深⑦。好法律，持诡辩以中人⑧。彭祖多内宠姬及子孙。相、二千石欲奉汉法以治，则害于王家。是以每相、二千石至，彭祖衣皁布衣，自行迎，除二千石舍，多设疑事以作动之，得二千石失言，中忌讳，辄书之。二千石欲治者，则以此迫劫；不听，乃上书告及污以奸利事。彭祖立五十余年，相、二千石无能满二岁，辄以罪去，大者死，小者刑，以故二千石莫敢治。而赵王擅权，使使即县为贾人榷会，入多于国经租税。以是赵王家多金钱，然所赐姬诸子，亦尽之矣。彭祖取故江都易王宠姬王建所盗与奸淖姬者为姬，甚爱之。

彭祖不好治宫室、机祥⑨，好为吏事。上书愿督国中盗贼。常夜从走卒行徼邯郸中。诸使过客以彭祖险陂，莫敢留邯郸。

其太子丹与其女及同产姊奸。与其客江充有郤，充告丹，丹以故废。赵更立太子。

中山靖王胜，以孝景前三年用皇子为中山王。十四年，孝景帝崩。胜为人乐酒好内，有子枝属百二十余人。常与兄赵王相非，曰：“兄为王，专代吏治事。王者当日听音乐声色。”赵王亦非之，曰：“中山王徒日淫。不佐天子拊循百姓，何以称为藩臣！”立四十二年卒。子哀王昌立，一年卒。子昆侈代为中山王。

右二国本王，皆贾夫人之子也。

长沙定王发，发之母唐姬，故程姬侍者。景帝召程姬，程姬有所辟⑩，不愿进，而饰侍者唐儿，使夜进。上醉不知，以为程姬而幸之，遂有身。已乃觉非程姬也。及生子，因命曰发。以孝景前二年用皇子为长沙王。以其母微，无宠，故王卑湿贫国。立二十七年卒。子康王庸立，二十八卒。子鲋鮈立为长沙王。

右一国本王，唐姬之子也。

广川惠王越，以孝景中二年用皇子为广川王，十二年卒。子齐立为王。齐有幸臣桑距。已而有罪，欲诛距，距亡，王因禽其宗族。距怨王，乃上书告王齐与同产奸。自是之后，王齐数上书告言汉公卿及幸臣所忠等。

胶东康王寄，以孝景中二年用皇子为胶东王，二十八年卒。淮南王谋反时，寄微闻其事，私作楼车镞矢战守备，候淮南之起。及吏治淮南之事，辞出之①。寄于上最亲，意伤之，发病而死，不敢置后。于是上闻寄有长子者名贤，母无宠；少子名庆，母爱幸，寄常欲立之，为不次，因有过，遂无言。上怜之，乃以贤为胶东王，奉康王嗣；而封庆于故衡山地，为六安王。

胶东王贤立十四年卒，谥为哀王。子庆为王。

六安王庆，以元狩二年用胶东康王子为六安王。

清河哀王乘，以孝景中三年用皇子为清河王。十二年卒，无子，国除，地入于汉，为清河郡。

常山宪王舜，以孝景中五年用皇子为常山王。舜最亲，景帝少子，骄怠多淫，数犯禁，上常宽释之。立三十二年卒。太子勃代立为王。

初，宪王舜有所不爱姬生长男棁。棁以母无宠故，亦不得幸于王。王后修生太子勃。王内多，所幸姬生子平、子商，王后希得幸。及宪王病甚，诸幸姬常侍病，故王后亦以妒媢不常侍病⑫，辄归舍。医进药，太子勃不自尝药，又不宿留侍病。及王薨，王后、太子乃至，宪王雅不以长子棁为人数⑬，及薨，又不分与财物。郎或说太子、王后，令诸子与长子棁共分财物，太子、王后不听。太子代立，又不收恤棁。棁怨王后、太子。汉使者视宪王丧，棁自言宪王病时，王后、太子不侍，及薨，六日出舍，太子勃私奸，饮酒，博戏，击筑，与女子载驰，环城过市，入牢视囚。天子遣大行骞验王后及问王勃，请逮勃所与奸诸证左，王又匿之。吏求捕，勃大急，使人致击笞掠，擅出汉所疑囚者。有司请诛宪王后修及王勃。上以修素无行，使棁陷之罪，勃无良师傅，不忍诛。有司请废王后修，徙王勃以家属处房陵，上许之。

勃王数月，迁于房陵，国绝。月余，天子为最亲，乃诏有司曰："常山宪王早夭，后、妾不和，適、孽诬争，陷于不义，以灭国，朕甚闵焉。其封宪王子平三万户，为真定王；封子商三万户，为泗水王。"

真定王平，元鼎四年用常山宪王子为真定王。

泗水思王商，以元鼎四年用常山宪山王子为泗水王，十一年卒。子哀王安世立，十一年卒，无子。于是上怜泗水王绝，乃立安世弟贺为泗水王。

右四国本王，皆王夫人儿姁子也。其后汉益封其支子为六安王、泗水王二国。凡儿姁子孙，于今为六王。

太史公曰：高祖时诸侯皆赋，得自除内史以下，汉独为置丞相，黄金印。诸侯自除御史、廷尉、正、博士，拟于天子。自吴、楚反后，五宗王世，汉为置二千石，去"丞相"曰"相"，银印。诸侯独得食租税，夺之权。其后诸侯贫者或乘牛车也。

---

①被服：衣着打扮。　　造次：行为举止。

②墙：城下田；余地。

③祖：行神。上路前祭祀该神。

④事绝其狱：通过私下活动平灭自己的案狱。

⑤无訾省：不节省财用。

⑥究变：想尽一切变化。

⑦心刻深：心无仁恩。

⑧中人：中伤人。

⑨机祥：祈禳；信奉鬼神。

⑩有所辟：意谓程姬来了月经。

⑪辞出之：供辞中牵涉到他。

⑫媢（mào，音冒）：嫉妒。

⑬雅：向来；素常。　　不以长子栎为人数：不把长子刘栎当自己的孩子看待。

史记卷六十

三王世家第三十

"大司马臣去病昧死再拜上疏皇帝陛下①：陛下过听，使臣去病待罪行间。宜专边塞之思虑，暴骸中野无以报，乃敢惟他议以干用事者。诚见陛下忧劳天下，哀怜百姓以自忘，亏膳贬乐，损郎员。皇子赖天，能胜衣趋拜，至今无号位师傅官。陛下恭让不恤，群臣私望，不敢越职而言。臣窃不胜犬马心，昧死愿陛下诏有司，因盛夏吉时定皇子位，唯陛下幸察。臣去病昧死再拜以闻皇帝陛下。"三月乙亥，御史臣光守尚书令奏未央宫。制曰："下御史。"

六年三月戊申朔，乙亥，御史大夫臣光、守尚书令，丞非，下御史书到，言："丞相臣青翟、御史大夫臣汤、太常臣充、大行令臣息、太子少傅臣安，行宗正事昧死上言：大司马去病上疏曰：'陛下过听，使臣去病待罪行间。宜专边塞之思虑，暴骸中野无以报，乃敢惟他议以干用事者。诚见陛下忧劳天下，哀怜百姓以自忘，亏膳贬乐，损郎员。皇子赖天，能胜衣趋拜，至今无号位师傅官。陛下恭让不恤，群臣私望，不敢越职而言。臣窃不胜犬马心，昧死愿陛下诏有司，因盛夏吉时定皇子位，唯愿陛下幸察。'制曰'下御史。'臣谨与中二千石、二千石臣贺等议：古者裂地立国，并建诸侯以承天子，所以尊宗庙重社稷也。今臣去病上疏，不忘其职，因以宣恩，乃道天子卑让自贬以劳天下，虑皇子未有号位。臣青翟、臣汤等宜奉义遵职，愚憧而不逮事。方今盛夏吉时，臣青翟、臣汤等昧死请立皇子臣闳、臣旦、臣胥为诸侯王。昧死请所立国名。"

制曰："盖闻周封八百，姬姓并列，或子、男、附庸。《礼》'支子不祭'。云并建诸侯所以重社稷，朕无闻焉。且天非为君生民也。朕之不德，海内未洽，乃以未教成者强君连城，即股肱何劝②？其更议以列侯家之。"

三月丙子，奏未央宫。"丞相臣青翟、御史大夫臣汤昧死言：臣谨与列侯臣婴齐、中二千石二千石臣贺、谏大夫博士臣安等议曰：伏闻周封八百，姬姓并列，奉承天子。康叔以祖考显③，而伯禽以周公立，咸为建国诸侯，以相傅为辅。百官奉宪，各遵其职，而国统备矣。窃以为并建诸侯所以重社稷者，四海诸侯各以其职奉贡祭。支子不得奉祭宗祖，礼也。封建使守藩国，帝王所以扶德施化。陛下奉承天统，明开圣绪，尊贤显功，兴灭继绝。续萧文终之后于酂，褒厉群臣平津侯等。昭六亲之序，明天施之属，使诸侯王封君得推私恩分子弟户邑，锡号尊建百有余国④。而家皇子为列侯，则尊卑相逾⑤，列位失序，不可以垂统于万世。臣请立臣闳、臣旦、臣胥为诸侯王。"三月丙子，奏未央宫。

制曰："康叔亲属有十而独尊者，褒有德也。周公祭天命郊，故鲁有白牡、骍刚之牲⑥。群公不毛⑦，贤不肖差也⑧。'高山仰之，景行向之'，朕甚慕焉。所以抑未成，家以列侯可。"

四月戊寅，奏未央宫。"丞相臣青翟、御史大夫臣汤昧死言：臣青翟等与列侯、吏二千石、谏大夫、博士臣庆等议：昧死奏请立皇子为诸侯王。制曰：'康叔亲属有十而独尊者，褒有德也。周公祭天命郊，故鲁有白牡、骍刚之牲。群公不毛，贤不肖差也。"高山仰之，景行向之"，朕甚慕焉。所以抑未成，家以列侯可。'臣青翟、臣汤、博士臣将行等伏闻：康叔亲属有十，武王继体，周公辅成王，其八人皆以祖考之尊建为大国。康叔之年幼，周公在三公之位，而伯禽据国于鲁，盖爵命之时，未至成人。康叔后捍禄父之难⑨，伯禽殄淮夷之乱⑩。昔五帝异制，周爵五等⑪，春秋三等⑫，皆因时而序尊卑。高皇帝拨乱世反诸正，昭至德，定海内，封建诸侯，爵位二等。皇子或在襁褓而立为诸侯王，奉承天子，为万世法则，不可易。陛下躬亲仁义，体行圣德，表里文武；显慈孝之行，广贤能之路；内褒有德，外讨强暴；极临北海，西溱月氏、匈奴、西域⑬，举国奉师；舆械之费，不赋于民；虚御府之藏以赏元戎⑭，开禁仓以振贫穷，减戍卒之半。百蛮之君，靡不乡风，承流称意；远方殊俗，重译而朝⑮，泽及方外。故珍兽至，嘉谷兴，天应甚彰。今诸侯支子封至诸侯王，而家皇子为列侯。臣青翟、臣汤等窃伏孰计之，皆以为尊卑失序，使天下失望，不可。臣请立臣闳、臣旦、臣胥为诸侯王。"四月癸未，奏未央宫。留中不下。

"丞相臣青翟、太仆臣贺、行御史大夫事太常臣充、太子少傅臣安，行宗正事昧死言；臣青翟等前奏大司马臣去病上疏言，皇子未有号位，臣谨与御史大夫臣汤、中二千石、二千石、谏大夫、博士臣庆等昧死请立皇子臣闳等为诸侯王。陛下让文武，躬自切，及皇子未教。群臣之议，儒者称其术，或诣其心。陛下固辞弗许，家皇子为列侯。臣青翟等窃与列侯臣寿成等二十七人议，皆曰以为尊卑失序。高皇帝建天下，为汉太祖，王子孙，广支辅。先帝法则弗改，所以宣至尊也。臣请令史官择吉日，具礼仪上，御史奏舆地图，他皆如前故事。"制曰："可。"

四月丙申，奏未央宫。"太仆臣贺行御史大夫事昧死言：太常臣充言卜入四月二十八日乙巳，可立诸侯王。臣昧死奏舆地图，请所立国名。礼仪别奏。臣昧死请。"制曰："立皇子闳为齐王，旦为燕王，胥为广陵王。"

四月丁酉，奏未央宫。六年四月戊寅朔，癸卯，御史大夫汤下丞相，丞相下中二千石，二千石下郡太守、诸侯相，丞书从事下当用者。如律令。

"维六年四月乙巳，皇帝使御史大夫汤庙立子闳为齐王。曰：於戏⑯，小子闳，受兹青社⑰！朕承祖考，维稽古，建尔国家，封于东土，世为汉藩辅。於戏念哉！恭朕之诏，惟命不于常。人之好德，克明显光。义之不图，俾君子怠。悉尔心，允执其中，天禄永终。厥有愆不臧，乃凶于而国，害于尔躬。於戏，保国艾民，可不敬与！王其戒之。"

右齐王策。

"维六年四月乙巳，皇帝使御史大夫汤庙立子旦为燕王。曰：於戏！小子旦，受兹玄社⑱！朕承祖考，维稽古，建尔国家，封于北土，世为汉藩辅。於戏！荤粥氏虐老兽心⑲，侵犯寇盗，加以奸巧边萌⑳。於戏！朕命将率徂征厥罪，万夫长，千夫长，三十有二君皆来，降期奔师㉑。荤粥徙域，北州以绥。悉尔心，毋作怨，毋俷德㉒，毋乃废备㉓。非教士不得从征。於戏！保国艾民，可不敬与！王其戒之。"

右燕王策。

"维六年四月乙巳，皇帝使御史大夫汤庙立子胥为广陵王。曰：於戏！小子胥，受兹赤社㉕！朕承祖考，维稽古建尔国家，封于南土，世为汉藩辅。古人有言曰：'大江之南，五湖之间，其人轻心。杨州保疆，三代要服，不及以政。'於戏！悉尔心，战战兢兢，乃惠乃顺，毋侗好轶㉖，毋迩宵人㉗，维法维则。《书》云：'臣不作威，不作福，靡有后羞。'於戏！保国艾民，可不敬与！王其戒之。"

右广陵王策。

太史公曰：古人有言曰"爱之欲其富，亲之欲其贵"。故王者疆土建国，封立子弟，所以褒亲亲、序骨肉、尊先祖、贵支体、广同姓于天下也。是以形势强而王室安，自古至今，所由来久矣，非有异也，故弗论著也。燕齐之事，无足采者。然封立三王，天子恭让，群臣守义，文辞烂然，甚可观也，是以附之《世家》。

---

①去病：霍去病。

②股肱：指左右重臣。　　劝：奖励；勉励。

③祖考：祖先。

④锡：通"赐"。

⑤逾：逾越。

⑥白牡：祭祀用的白色公车。　　骍刚：祭祀用的赤色公牛。

⑦不毛：不纯色。

⑧差：分别等级。

⑨捍：保卫。

⑩殄：灭绝；平灭。

⑪周爵五等：指公、侯、伯、子、男五等爵位。

⑫春秋三等：春秋时随以殷商三等爵制，即公、侯、伯。

⑬溱（zhēn，音真）：至；到来。

⑭元戎：指出征将士。

⑮重译：辗转翻译。

⑯於戏：意同呜呼。

⑰青社：青土。古代帝王以五色土为太社，分封诸侯时以其国方位授土。授东方诸侯以青土。

⑱玄社：黑土。授北方诸侯。

⑲荤粥氏：指匈奴。

⑳边萌：边民。

㉑降期：降旗；偃旗。

㉒俾：非。

㉓备：武备。

㉔非教士不得从征：不知礼者不得从军出征。

㉕赤社：红土。授南方诸侯。

㉖毋侗好轶：不要干好逸游乐之事。侗，无知。

㉗迩：接近。　　宵人：小人；奸人。

史记卷六十一

伯夷列传第一

夫学者载籍极博,犹考信于六艺。《诗》、《书》虽缺,然虞、夏之文可知也。尧将逊位,让于虞舜;舜、禹之间,岳牧咸荐,乃试之于位,典职数十年,功用既兴,然后授政。示天下重器,王者大统,传天下若斯之难也。而说者曰①:尧让天下于许由,许由不受,耻之,逃隐;及夏之时,有卞随、务光者,此何以称焉②?

太史公曰:余登箕山,其上盖有许由冢云。孔子序列古之仁、圣、贤人,如吴太伯、伯夷之伦详矣。余以所闻由、光义至高,其文辞不少概见③,何哉?

孔子曰:"伯夷、叔齐,不念旧恶,怨是用希。""求仁得仁,又何怨乎?"余悲伯夷之意,睹轶诗可异焉④。其传曰:

伯夷、叔齐,孤竹君之二子也。父欲立叔齐。及父卒,叔齐让伯夷。伯夷曰:"父命也。"遂逃去。叔齐亦不肯立,而逃之。国人立其中子。于是伯夷、叔齐闻西伯昌善养老,盍往归焉。及至,西伯卒,武王载木主⑤,号为文王,东伐纣。伯夷、叔齐叩马而谏曰:"父死不葬,爰及干戈⑥,可谓孝乎?以臣弑君,可谓仁乎?"左右欲兵之。太公曰:"此义人也。"扶而去之。武王已平殷乱,天下宗周,而伯夷、叔齐耻之,义不食周粟,隐于首阳山,采薇而食之。及饿且死,作歌,其辞曰:"登彼西山兮,采其薇矣。以暴易暴兮,不知其非矣。神农、虞、夏夏忽焉没兮,我安适归矣?于嗟徂兮⑦?命之衰矣⑧!"遂饿死于首阳山。由此观之,怨邪非邪?

或曰:"天道无亲,常与善人。"若伯夷、叔齐,可谓善人者非邪?积仁絜行如此而饿死!且七十子之徒,仲尼独荐颜渊为好学。然回也屡空,糟糠不厌⑨,而卒早夭。天之报施善人,其何如哉?盗跖日杀不辜,肝人之肉,暴戾恣睢,聚党数千人横行天下,竟以寿终。是遵何德哉?此其尤大彰明较著者也。若至近世,操行不轨,专犯忌讳,而终身逸乐,富厚累世不绝。或择地而蹈之⑩,时然后出言⑪,行不由径⑫,非公正不发愤,而遇祸灾者,不可胜数也。余甚惑焉,倘所谓天道,是邪非邪?

子曰:"道不同,不相为谋。"亦各从其志也。故曰"富贵如可求,虽执鞭之士,吾亦为之。如不可求,从吾所好"。"岁寒,然后知松柏之后凋"。举世混浊,清士乃见,岂以其重若彼、其轻若此哉?

"君子疾没世而名不称焉。"贾子曰:"贪夫徇财,烈士徇名,夸者死权⑬,众庶冯生⑭。""同明相照,同类相求。""云从龙,风从虎,圣人作而万物睹。"伯夷、叔齐虽贤,得夫子而名益彰。颜渊虽笃学,附骥尾而行益显。岩穴之士,趣舍有时若此,类名堙灭而不称,悲夫!闾巷之人,欲砥行立名者,非附青云之士⑮,恶能施于后世哉?

①说者:指诸子著述。

②此何以称焉：这些事迹都是从何而来的呢？因许由、卞随和务光之事皆未见史载，所以司马迁出此言。

③不少概见：很少见到。概：略。

④轶：通"逸"、"佚"。散失、轶诗：指未被孔子编入《诗经》300篇的诗。可异焉：完全不一样。言轶诗中体现出怨词与孔子所称伯夷、叔齐求仁无怨不相符。轶诗即指《采薇》，其诗称："我安适归矣，于嗟徂兮，命之衰矣！"这明显是怨词。

⑤木主：木头雕的文王像。

⑥爰：通"援"。拿；持。

⑦于嗟：叹词。徂：死；亡。

⑧衰：薄。

⑨不厌：吃不饱。

⑩蹈：踩；踏。

⑪时：合于时宜。

⑫径：喻不正当门路。

⑬夸者：自夸自己权势的人。

⑭冯：凭靠；恃。

⑮青云之士：德高名望之士。

史记卷六十二

管晏列传第二

管仲夷吾者，颍上人也，少时常与鲍叔牙游，鲍叔知其贤。管仲贫困，常欺鲍叔，鲍叔终善遇之，不以为言。已而鲍叔事齐公子小白，管仲事公子纠。及小白立为桓公，公子纠死，管仲囚焉。鲍叔遂进管仲。

管仲既用，任政于齐，齐桓公以霸，九合诸侯，一匡天下，管仲之谋也。

管仲曰："吾始困时，尝与鲍叔贾，分财利多自与，鲍叔不以我为贪，知我贫也。吾尝为鲍叔谋事而更穷困，鲍叔不以我为愚，知时有利不利也。吾尝三仕三见逐于君，鲍叔不以我为不肖，知我不遭时也。吾尝三战三走，鲍叔不以我为怯，知我有老母也。公子纠败，召忽死之，吾幽囚受辱，鲍叔不以我为无耻，知我不羞小节而耻功名不显于天下也。生我者父母，知我者鲍子也。"

鲍叔既进管仲，以身下之；子孙世禄于齐，有封邑者十余世，常为名大夫。天下不多管仲之贤而多鲍叔能知人也①。

管仲既任政相齐，以区区之齐在海滨，通货积财，富国强兵，与俗同好恶。故其称曰："仓廪实而知礼节，衣食足而知荣辱，上服度则六亲固②。四维不张③，国乃灭亡。下令如流水之原，令顺民心。"故论卑而易行④。俗之所欲，因而予之；俗之所否，因而去之。

其为政也，善因祸而为福，转败而为功。贵轻重⑤，慎权衡。桓公实怒少姬⑥，南袭蔡；管仲因而伐楚，责包茅⑦不入贡于周室。桓公实北征山戎，而管仲因而令燕修召公之政。于柯之会，桓公欲背曹沫之约，管仲因而信之，诸侯由是归齐。故曰："知与之为取，政之宝也。"

管仲富拟于公室，有三归、反坫⑧，齐人不以为侈。管仲卒，齐国遵其政，常强于诸侯。后百余年而有晏子焉。

晏平仲婴者，莱之夷维人也，事齐灵公、庄公、景公，以节俭力行重于齐。既相齐，食不重肉⑨，妾不衣帛。其在朝，君语及之，即危言⑩；语不及之，即危行⑪。国有道，即顺命；无道，即衡命⑫。以此三世显名于诸侯。

越石父，贤，在缧绁中⑬。晏子出，遭之涂⑭，解左骖赎之，载归。弗谢，入闺⑮。久之，越石父请绝⑯。晏子愯然，摄衣冠谢曰："婴虽不仁，免子于厄，何子求绝之速也？"石父曰："不然。吾闻君子诎于不知己而信于知己者。方吾在缧绁中，彼不知我也。夫子既已感寤而赎我，是知己；知己而无礼，固不如在缧绁之中。"晏子于是延入为上客。

晏子为齐相，出，其御之妻从门间而窥其夫。其夫为相御，拥大盖，策驷马，意气扬扬，甚自得也。既而归，其妻请去。夫问其故。妻曰："晏子长不满六尺，身相齐国，名显诸侯。今者妾观其出，志念深矣，常有以自下者。今子长八尺，乃为人仆御，然子之意自以为足，妾是以求去也。"其后夫自抑损。晏子怪而问之，御以实对。晏子荐以为大夫。

太史公曰：吾读管氏《牧民》、《山高》、《乘马》、《轻重》、《九府》，及《晏子春秋》，详哉其言之也。既见其著书，欲观其行事，故次其传⑰。至其书，世多有之，是以不论，论其轶事。

管仲世所谓贤臣，然孔子小之⑱。岂以为周道衰微，桓公既贤，而不勉之至王，乃称霸哉？语曰"将顺其美，匡救其恶，故上下能相亲也"。岂管仲之谓乎？

方晏子伏庄公尸哭之，成礼然后去，岂所谓"见义不为无勇"者邪？至其谏说，犯君之颜，此所谓"进思尽忠，退思补过"者哉！假令晏子而在，余虽为之执鞭，所忻慕焉。

---

①多：称颂；称赞。

②上服度：君主遵守法度。   六亲：指民众。

③四维：指礼、义、廉、耻。

④论卑：政令鲜少。

⑤轻重：钱。

⑥桓公实怒少姬：齐桓公与蔡姬划船游玩，蔡姬故意使船摇摆，吓唬桓公。桓公很生气，将其遣送回国。蔡国又将其嫁给别人，桓公怒而发兵，攻打蔡国。

⑦包茅：古代祭祀时，用于过滤酒中渣滓的青茅。后代指诸侯向天子的进贡物品。

⑧三归：有多种解释：一为市租的三份归管仲；二为管仲娶了三姓的女子；三为管仲有三处家庭；四为管仲筑三归之台；五为管仲封地的名称；六为管仲藏财币的府库。反坫：周代诸侯宴会时的一种礼节。坫（diàn，音店），古代设于堂中两楹间的土台，低者供诸侯相会饮酒时置放空杯，高者用来置放来会诸侯所馈赠的玉圭等物。

⑨重：色味浓。

⑩危言：直言。危，端正，正直。

⑪危行：直行。

⑫衡命：权衡政令的得失。

⑬缧绁：囚禁。

⑭涂：通"途"。道路。

⑮闺：宫中的小门。

⑯请绝：告辞。

⑰次：按次序排列。

⑱小：小看。

史记卷六十三

老子韩非列传第三

老子者，楚苦县厉乡曲仁里人也，姓李氏，名耳，字聃，周守藏室之史也。

孔子适周，将问礼于老子。老子曰："子所言者，其人与骨皆已朽矣，独其言在耳。且君子得其时则驾①，不得其时则蓬累而行②。吾闻之，良贾深藏若虚；君子盛德，容貌若愚。去子之骄气与多欲，态色与淫志③，是皆无益于子之身。吾所以告子，若是而已。"

孔子去，谓弟子曰："鸟，吾知其能飞；鱼，吾知其能游；兽，吾知其能走。走者可以为罔④，游者可以为纶⑤，飞者可以为矰⑥。至于龙，吾不能知，其乘风云而上天？吾今日见老子，其犹龙邪！"

老子修道德，其学以自隐无名为务。居周久之，见周之衰，乃遂去。至关，关令尹喜曰："子将隐矣，强为我著书⑦。"于是老子乃著书上下篇，言道德之意五千余言，而去，莫知其所终。

或曰老莱子亦楚人也，著书十五篇，言道家之用，与孔子同时云。

盖老子百有六十余岁，或言二百余岁，以其修道而养寿也。

自孔子死之后百二十九年，而史记周太史儋见秦献公曰："始秦与周合，合五百岁而离，离七十岁而霸王者出焉。"或曰儋即老子，或曰非也，世莫知其然否。老子，隐君子也。

老子之子名宗，宗为魏将，封于段干。宗子注，注子宫，宫玄孙假。假仕于汉孝文帝。而假之子解为胶西王卬太傅，因家于齐焉。

世之学老子者则绌儒学，儒学亦绌老子。"道不同不相为谋"，岂谓是邪？李耳无为自化，清静自正⑧。

庄子者，蒙人也，名周。周尝为蒙漆园吏，与梁惠王、齐宣王同时。其学无所不窥，然其要本归于老子之言⑨。故其著书十余万言，大抵率寓言也⑩。作《渔父》、《盗跖》、《胠箧》，以诋訾孔子之徒⑪，以明老子之术。《畏累虚》、《亢桑子》之属，皆空语无事实。然善属书离辞⑫，指事类情，用剽剥儒、墨⑬，虽当世宿学不能自解免也，其言洸洋自恣以适己⑭，故自王公大人不能器之⑮。

楚威王闻庄周贤，使使厚币迎之，许以为相。庄周笑谓楚使者曰："千金，重利；卿相，尊位也。子独不见郊祭之牺牛乎？养食之数岁，衣以文绣，以入太庙。当是之时，虽欲为孤豚，岂可得乎？子亟去，无污我。我宁游戏污渎之中自快⑯，无为有国者所羁。终身不仕，以快吾志焉！"

申不害者，京人也，故郑之贱臣，学术以干韩昭侯⑰，昭侯用为相。内修政教，外应诸侯，十五年。终申子之身，国治兵强，无侵韩者。

申子之学本于黄老而主刑名。著书二篇，号曰《申子》。

韩非者，韩之诸公子也。喜刑名法术之学，而其归本于黄老。非为人口吃，不能道说，而善著书。与李斯俱事荀卿，斯自以为不如非。

非见韩之削弱，数以书谏韩王，韩王不能用。于是韩非疾治国不务修明其法制、执势以御其臣下、富国强兵而以求人任贤，反举浮淫之蠹而加之于功实之上；以为儒者用文乱法，而侠者以武犯禁；宽则宠名誉之人，急则用介胄之士；今者所养非所用，所用非所养；悲廉直不容于邪枉之臣，观往者得失之变，故作《孤愤》、《五蠹》、《内外储》、《说林》、《说难》十余万言。

然韩非知说之难，为《说难》书甚具，终死于秦，不能自脱。

《说难》曰：

凡说之难，非吾知之有以说之难也，又非吾辩之难能明吾意之难也，又非吾敢横失能尽之难也[18]。凡说之难，在知所说之心，可以吾说当之。

所说出于为名高者也，而说之以厚利，则见下节而遇卑贱，必弃远矣；所说出于厚利者也，而说之以名高，则见无心而远事情，必不收矣。所说实为厚利而显为名高者也，而说之以名高，则阳收其身而实疏之；若说之以厚利，则阴用其言而显弃其身。此之不可不知也。

夫事以密成，语以泄败，未必其身泄之也。而语及其所匿之事，如是者身危。贵人有过端，而说者明言善议以推其恶者，则身危。周泽未渥也而语极知[19]，说行而有功则德亡，说不行而有败则见疑，如是者身危。夫贵人得计而欲自以为功，说者与知焉，则身危。彼显有所出事[20]，乃自以为他故[21]，说者与知焉，则身危。强之以其所必不为，止之以其所不能已者，身危。故曰：与之论大人，则以为间己；与之论细人，则以为粥权[22]。论其所爱，则以为借资；论其所憎，则以为尝己。径省其辞，则不知而屈之；泛滥博文，则多而久之。顺事陈意，则曰怯懦而不尽；虑事广肆，则曰草野而倨侮。此说之难，不可不知也。

凡说之务，在知饰所说之所敬而灭其所丑。彼自知其计，则毋以其失穷之；自勇其断，则毋以其敌怒之；自多其力，则毋以其难概之[23]。规异事与同计，誉异人与同行者，则以饰之无伤也。有与同失者，则明饰其无失也。大忠无所拂悟，辞言无所击排，乃后申其辩知焉。此所以亲近不疑，知尽之难也。得旷日弥久，而周泽既渥，深计而不疑，交争而不罪，乃明计利害以致其功，直指是非以饰其身，以此相持，此说之成也。

伊尹为庖，百里奚为虏，皆所由干其上也。故此二子者，皆圣人也，犹不能无役身而涉世如此其污也，则非能仕之所设也。

宋有富人，天雨墙坏。其子曰"不筑且有盗"。其邻人之父亦云。暮而果大亡其财，其家甚知其子而疑邻人之父。

昔者郑武公欲伐胡，乃以其子妻之。因问群臣曰："吾欲用兵，谁可伐者？"关其思曰："胡可伐。"乃戮关其思，曰："胡，兄弟之国也，子言伐之，何也？"胡君闻之，以郑为亲己而不备郑。郑人袭胡，取之。

此二说者，其知皆当矣，然而甚者为戮，薄者见疑。非知之难也，处知则难矣。

昔者弥子瑕见爱于卫君。卫国之法，窃驾君车者罪至刖。既而弥子之母病，人闻，往夜告之，弥子矫驾君车而出。君闻之而贤之曰："孝哉！为母之故而犯刖罪！"与君游果园，弥子食桃而甘，不尽而奉君。君曰："爱我哉，忘其口而念我！"及弥子色衰而爱弛，得罪于君。君曰："是尝矫驾吾车，又尝食我以其余桃。"故弥子之行未变于初也，前见贤而后获罪者，爱憎之至变也。故有爱于主，则知当而加亲；见憎于主，则罪当而加疏。故谏说之士不可不察爱憎之主而后说之矣。

夫龙之为虫也，可扰狎而骑也[24]。然其喉下有逆鳞径尺，人有婴之[25]，则必杀人。人主亦有逆鳞，说之者能无婴人主之逆鳞，则几矣。

　　人或传其书至秦。秦王见《孤愤》、《五蠹》之书，曰："嗟乎，寡人得见此人与之游，死不恨矣！"李斯曰："此韩非之所著书也。"秦因急攻韩。韩王始不用非，及急，乃遣非使秦。秦王悦之。未信用。李斯、姚贾害之，毁之曰："韩非，韩之诸公子也。今王欲并诸侯，非终为韩不为秦，此人之情也。今王不用，久留而归之，此自遗患也。不如以过法诛之。"秦王以为然，下吏治非。李斯使人遗非药，使自杀。韩非欲自陈，不得见。秦王后悔之，使人赦之，非已死矣。

　　申子、韩子皆著书，传于后世，学者多有。余独悲韩子为《说难》而不能自脱耳。

　　太史公曰：老子所贵道，虚无因应变化于无为，故著书辞称微妙难识。庄子散道德，放论，要亦归之自然。申子卑卑㉖，施之于名实。韩子引绳墨，切事情，明是非，其极惨礉少恩㉗。皆原于道德之意，而老子深远矣。

---

①君子得其时则驾：君子得明主赏识则驾车而行。

②蓬累：扶持。

③态色：恣态的容色。　　淫志：淫欲之志。

④罔：通"网"。

⑤纶：钓丝。

⑥矰：古代射鸟的短箭。后系丝绳以收回。

⑦强：竭力；尽力。

⑧清静自正：清心寡欲便能得事理之本。

⑨要：纲要；要点。

⑩率：大率；通常。

⑪诋訿：诋毁。

⑫属书：著书立说。　　离辞：分析辞句。

⑬剽剥：攻击。

⑭洸洋：犹"汪洋"。水无边无际之貌。

⑮器：器重。

⑯渎：小沟渠。

⑰术：指刑名之术。　　干：做事；受重用。

⑱横失（yì，音义）：纵横如意，无所顾忌。

⑲周泽未渥：恩宠尚不深厚。周，亲密；泽，恩惠；渥，深厚。

⑳出事：做事；干事。

㉑他故：别的事情。

㉒粥权：卖弄权势。粥，通"鬻"。卖。

㉓概：平抑；限制。

㉔扰：驯养。　　狎：戏弄；亲近。

㉕婴：触动。

㉖卑卑：自强不息状。

㉗惨礉：残酷苛刻。

史记卷六十四

司马穰苴列传第四

司马穰苴者，田完之苗裔也。齐景公时，晋伐阿、甄，而燕侵河上，齐师败绩，景公患之。晏婴乃荐田穰苴曰："穰苴虽田氏庶孽，然其人文能附众、武能威敌，愿君试之。"景公召穰苴，与语兵事，大说之，以为将军，将兵捍燕、晋之师。穰苴曰："臣素卑贱，君擢之间伍之中①，加之大夫之上，士卒未附，百姓不信，人微权轻。愿得君之宠臣，国之所尊，以监军，乃可。"于是景公许之，使庄贾往。穰苴既辞，与庄贾约曰："旦日日中会于军门。"穰苴先驰至军，立表下漏待贾②。贾素骄贵，以为将己之军而己为监，不甚急；亲戚左右送之，留饮。日中而贾不至，穰苴则仆表决漏，入，行军勒兵，申明约束。约束既定，夕时，庄贾乃至。穰苴曰："何后期为？"贾谢曰："不佞大夫亲戚送之，故留。"穰苴曰："将受命之日则忘其家，临军约束则忘其亲，援枹鼓之急则忘其身③。今敌国深侵，邦内骚动，士卒暴露于境；君寝不安席，食不甘味；百姓之命皆悬于君，何谓相送乎！"召军正问曰："军法期而后至者云何？"对曰："当斩。"庄贾惧，使人驰报景公，请救。既往，未及反，于是遂斩庄贾以徇三军。三军之士皆振栗。久之，景公遣使者持节赦贾，驰入军中。穰苴曰："将在军，君令有所不受。"问军正曰："驰三军，法何？"正曰："当斩。"使者大惧。穰苴曰："君之使不可杀之。"乃斩其仆、车之左驸、马之左骖，以徇三军。遣使者还报，然后行。士卒次舍，井灶饮食，问疾医药，身自拊循之。悉取将军之资粮享士卒，身与士卒平分粮食，最比其羸弱者。三日而后勒兵，病者皆求行，争奋出为之赴战。晋师闻之，为罢去。燕师闻之，度水而解。于是追击之，遂取所亡封内故境而引兵归。未至国，释兵旅，解约束，誓盟而后入邑。景公与诸大夫郊迎，劳师成礼，然后反归寝。既见穰苴，尊为大司马。田氏日以益尊于齐。

已而大夫鲍氏、高、国之属害之，谮于景公。景公退穰苴。苴发疾而死。田乞、田豹之徒由此怨高、国等。其后及田常杀简公，尽灭高子、国子之族。至常曾孙和，因自立为齐威王，用兵行威，大放穰苴之法。而诸侯朝齐。

齐威王使大夫追论古者《司马兵法》而附穰苴于其中，因号曰《司马穰苴兵法》。

太史公曰：余读《司马兵法》，闳廓深远，虽三代征伐，未能竟其义，如其文也，亦少褒矣。若夫穰苴，区区为小国行师，何暇及《司马兵法》之揖让乎？世既多《司马兵法》，以故不论，著穰苴之列传焉。

①擢：提拔。

②立表：立木。视木影以知时辰。　　下漏：下漏水。以知时刻。

③枹（fú，音浮）：鼓槌。

史记卷六十五

孙子吴起列传第五

孙子武者，齐人也。以兵法见于吴王阖庐。阖庐曰："子之十三篇，吾尽观之矣。可以小试勒兵乎？"对曰："可。"阖庐曰："可试以妇人乎？"曰："可。"于是许之，出宫中美女，得百八十人。孙子分为二队，以王之宠姬二人各为队长，皆令持戟，令之曰："汝知而心与左右手背乎？"妇人曰："知之。"孙子曰："前，则视心；左，视左手；右，视右手；后，即视背。"妇人曰："诺。"约束既布，乃设铁钺，即三令五申之。于是鼓之右，妇人大笑。孙子曰："约束不明，申令不熟，将之罪也。"复三令五申而鼓之左，妇人复大笑。孙子曰："约束不明，申令不熟，将之罪也；既已明而不如法者，吏士之罪也。"乃欲斩左右队长。吴王从台上观，见且斩爱姬，大骇，趣使使下令曰："寡人已知将军能用兵矣。寡人非此二姬，食不甘味，愿勿斩也。"孙子曰："臣既已受命为将，'将在军，君命有所不受'。"遂斩队长二人以徇，用其次为队长。于是，复鼓之。妇人左右前后跪起皆中规矩绳墨①，无敢出声。于是孙子使使报王曰："兵既整齐，王可试下观之，唯王所欲用之，虽赴水火犹可也。"吴王曰："将军罢休就舍，寡人不愿下观。"孙子曰："王徒好其言，不能用其实。"

于是阖庐知孙子能用兵，卒以为将。西破强楚，入郢；北威齐、晋，显名诸侯，孙子与有力焉。

孙武既死，后百余岁有孙膑。膑生阿、鄄之间。膑亦孙武之后世子孙也。孙膑尝与庞涓俱学兵法。庞涓既事魏，得为惠王将军，而自以为能不及孙膑，乃阴使召孙膑。膑至，庞涓恐其贤于己，疾之，则以法刑断其两足而黥之，欲隐勿见。齐使者如梁，孙膑以刑徒阴见，说齐使。齐使以为奇，窃载与之齐。齐将田忌善而客待之。忌数与齐诸公子驰逐重射②，孙子见其马足不甚相远，马有上、中、下辈。于是孙子谓田忌曰："君弟重射③，臣能令君胜。"田忌信然之，与王及诸公子逐射千金。及临质④，孙子曰："今以君之下驷与彼上驷，取君上驷与彼中驷，取君中驷与彼下驷。"既驰三辈毕⑤，而田忌一不胜而再胜，卒得王千金。于是忌进孙子于威王。威王问兵法，遂以为师。

其后，魏伐赵，赵急，请救于齐。齐威王欲将孙膑，膑辞谢曰："刑余之人，不可！"于是乃以田忌为将，而孙子为师，居辎车中，坐为计谋，田忌欲引兵之赵，孙子曰："夫解杂乱纷纠者不控卷⑥，救斗者不搏撠⑦；批亢捣虚⑧，形格势禁，则自为解耳。今梁、赵相攻，轻兵锐卒必竭于外，老弱罢于内。君不若引兵疾走大梁，据其街路，冲其方虚，彼必释赵而自救。是我一举解赵之围而收弊于魏也。"田忌从之，魏果去邯郸，与齐战于桂陵，大破梁军。

后十三岁，魏与赵攻韩，韩告急于齐。齐使田忌将而往，直走大梁。魏将庞涓闻之，去韩而归，齐军既已过而西矣。孙子谓田忌曰："彼三晋之兵，素悍勇而轻齐，齐号为怯。善战者，因其势而利导之。兵法：百里而趣利者蹶上将⑨，五十里而趣利者军半至。使齐军入魏地为十万灶，明日为五万灶，又明日为三万灶。"庞涓行三日，大喜，曰："我固知齐军怯，入吾地三日，士卒亡者过半矣。"乃弃其步军,与其轻锐倍日并行逐之。孙子度其行,暮当至马陵。马陵道狭,而旁多阻隘,可伏兵。乃斫大树,白而书之曰:"庞涓死于此树之下。"于是令齐军善射者万弩,夹道而伏,期曰:"暮见火举而俱发。"庞涓果夜至斫木下,见白书,乃钻火烛之。读其书未毕,齐军万弩俱发,魏军大乱相失。庞涓自知智穷兵败,乃自刭,曰:"遂成竖子之名!"齐因乘胜尽破其军,虏魏太子申以归。孙膑以此名显天下,世传其兵法。

吴起者,卫人也,好用兵,尝学于曾子。事鲁君。齐人攻鲁,鲁欲将吴起,吴起取齐女为妻,而鲁疑之。吴起于是欲就名,遂杀其妻,以明不与齐也。鲁卒以为将,将而攻齐,大破之。

鲁人或恶吴起曰:"起之为人,猜忍人也。其少时,家累千金,游仕不遂,遂破其家,乡党笑之,吴起杀其谤己者三十余人,而东出卫郭门。与其母诀,啮臂而盟曰:'起不为卿相,不复入卫。'遂事曾子。居顷之,其母死,起终不归。曾子薄之,而与起绝。起乃之鲁,学兵法以事鲁君。鲁君疑之,起杀妻以求将。夫鲁,小国,而有战胜之名,则诸侯图鲁矣。且鲁、卫,兄弟之国也,而君用起,则是弃卫。"鲁君疑之,谢吴起。

吴起于是闻魏文侯贤,欲事之。文侯问李克曰:"吴起何如人哉?"李克曰:"起贪而好色。然用兵,司马穰苴不能过也。"于是魏文侯以为将,击秦,拔五城。

起之为将,与士卒最下者同衣食;卧不设席,行不骑乘,亲裹赢粮,与士卒分劳苦。卒有病疽者,起为吮之。卒母闻而哭之。人曰:"子卒也。而将军自吮其疽,何哭为?"母曰:"非然也。往年吴公吮其父,其父战不旋踵,遂死于敌。吴公今又吮其子,妾不知其死所矣。是以哭之。"

文侯以吴起善用兵,廉平,尽能得士心,乃以为西河守,以拒秦、韩。

魏文侯既卒,起事其子武侯。武侯浮西河而下,中流,顾而谓吴起曰:"美哉乎山河之固,此魏国之宝也!"起对曰:"在德不在险。昔三苗氏左洞庭,右彭蠡,德义不修,禹灭之。夏桀之居,左河、济、右泰、华,伊阙在其南,羊肠在其北[⑩],修政不仁,汤放之。殷纣之国,左孟门,右太行,常山在其北,大河经其南,修政不德,武王杀之。由此观之,在德不在险。若君不修德,舟中之人尽为敌国也。"武侯曰:"善。"

吴起为西河守,甚有声名。魏置相,相田文。吴起不悦,谓田文曰:"请与子论功,可乎?"田文曰:"可。"起曰:"将三军,使士卒乐死,敌国不敢谋,子孰与起?"文曰:"不如子。"起曰:"治百官,亲万民,实府库,子孰与起?"文曰:"不如子。"起曰:"守西河而秦兵不敢东乡[⑪],韩、赵宾从,子孰与起?"文曰:"不如子。"起曰:"此三者,子皆出吾下,而位加吾上,何也?"文曰:"主少国疑,大臣未附,百姓不信,方是之时,属之于子乎?属之于我乎?"起默然良久,曰:"属之子矣。"文曰:"此乃吾所以居子之上也。"吴起乃自知弗如田文。

田文既死,公叔为相,尚魏公主,而害吴起。公叔之仆曰:"起易去也。"公叔曰:"奈何?"其仆曰:"吴起为人节廉而自喜名也。君因先与武侯言曰:'夫吴起贤人也,而侯之国小,又与强秦壤界,臣窃恐起之无留心也。'武侯即曰:'奈何?'君因谓武侯曰:'试延以公主[⑫],起有留心,则必受之;无留心,则必辞矣。以此卜之。'君因召吴起而与归,即令公主怒而轻君。吴起见公主之贱君也,则必辞。"于是,吴起见公主之贱魏相,果辞魏武侯。武侯疑之而弗信也。吴起惧得罪,遂去,即之楚。

楚悼王素闻起贤,至则相楚。明法审令,捐不急之官;废公族疏远者,以抚养战斗之士;要在强兵,破驰说之言从横者。于是南平百越;北并陈、蔡,却三晋;西伐秦。诸侯患楚之强。故楚之贵戚尽欲害吴起。及悼王死,宗室大臣作乱而攻吴起。吴起走之王尸而伏之,击起之徒因射刺吴起,并中悼王。

悼王既葬,太子立,乃使令尹尽诛射吴起而并中王尸者,坐射起而夷宗死者七十余家。

太史公曰：世俗所称师旅，皆道《孙子》十三篇、吴起《兵法》，世多有，故弗论，论其行事所施设者。语曰："能行之者未必能言，能言之者未必能行。"孙子筹策庞涓明矣，然不能早救患于被刑。吴起说武侯以形势不如德，然行之于楚，以刻暴少恩亡其躯。悲夫！

①中：符合。规矩绳墨：命令要求。

②重射：好射。

③弟：但。

④质：对射。

⑤辈：种类。

⑥卷：通"拳"。控卷：出拳打人。

⑦搏撠：持撠刺人。

⑧批亢：排除对抗。

⑨蹶：失败；挫折。

⑩羊肠：指羊肠坂，古代太行上著名的通道。在今山西晋城南。

⑪乡：通"向"。东乡：向东进攻。

⑫延：邀请。

史记卷六十六

伍子胥列传第六

伍子胥者，楚人也，名员。员父曰伍奢，员兄曰伍尚。其先曰伍举，以直谏事楚庄王，有显，故其后世有名于楚。

楚平王有太子，名曰建，使伍奢为太傅，费无忌为少傅。无忌不忠于太子建。平王使无忌为太子取妇于秦，秦女好，无忌驰归报平王曰："秦女绝美，王可自取，而更为太子取妇。"平王遂自取秦女而绝爱幸之，生子轸。更为太子取妇。

无忌既以秦女自媚于平王，因去太子而事平王。恐一旦平王卒而太子立，杀己，乃因谗太子建。建母，蔡女也，无宠于平王。平王稍益疏建，使建守城父，备边兵。

顷之，无忌又日夜言太子短于王，曰："太子以秦女之故，不能无怨望，愿王少自备也。自太子居城父，将兵，外交诸侯，且欲入为乱矣。"平王乃召其太傅伍奢考问之。伍奢知无忌谗太子于平王，因曰："王独奈何以谗贼小臣疏骨肉之亲乎？"无忌曰："王今不制，其事成矣。王且见禽。"于是平王怒，囚伍奢，而使城父司马奋扬往杀太子。行未至，奋扬使人先告太子："太子急去，不然将诛。"太子建亡奔宋。

无忌言于平王曰："伍奢有二子，皆贤，不诛且为楚忧。可以其父质而召之，不然且为楚患。"王使使谓伍奢曰："能致汝二子则生，不能则死。"伍奢曰："尚为人仁，呼必来。员为人刚戾忍诟①，能成大事，彼见来之并禽，其势必不来。"王不听，使人召二子，曰："来，吾生汝父；不来，今杀奢也。"伍尚欲往，员曰："楚之召我兄弟，非欲以生我父也，恐有脱者后生患，故以父为质，诈召二子。二子到，则父子俱死？何益父之死？往而令仇不得报耳。不如奔他国，借力以雪父之耻。俱灭，无为也。"伍尚曰："我知往终不能全父命。然恨父召我以求生而不往，后不能雪耻，终为天下笑耳。"谓员："可去矣！汝能报杀父之仇。我将归死。"尚既就执，使者捕伍胥。伍胥贯弓执矢向使者，使者不敢进，伍胥遂亡。闻太子建之在宋，往从之。奢闻子胥之亡也，曰："楚国君臣且苦兵矣！"伍尚至楚，楚并杀奢与尚也。

伍胥既至宋，宋有华氏之乱，乃与太子建俱奔于郑。郑人甚善之。太子建又适晋，晋顷公曰："太子既善郑，郑信太子。太子能为我内应，而我攻其外，灭郑必矣。灭郑而封太子。"太子乃还郑。事未会，会自私欲杀其从者，从者知其谋，乃告之于郑。郑定公与子产诛杀太子建。建有子名胜。伍胥惧，乃与胜俱奔吴。到昭关，昭关欲执之。伍胥遂与胜独身步走，几不得脱。追者在后，至江，江上有一渔父乘船，知伍胥之急，乃渡伍胥。伍胥既渡，解其剑曰："此剑直百金，以与父。"父曰："楚国之法，得伍胥者赐粟五万石，爵执珪，岂徒百金剑邪！"不受。伍胥未至吴而疾，止中道，乞食。至于吴，吴王僚方用事，公子光为将，伍胥乃因公子光以求见吴王。

久之，楚平王以其边邑钟离与吴边邑卑梁氏俱蚕，两女子争桑相攻，乃大怒，至于两国举兵相伐。吴使公子光伐楚，拔其钟离、居巢而归。伍子胥说吴王僚曰："楚可破也。愿复遣公子光。"公子光谓吴王曰："彼伍胥父兄为戮于楚，而劝王伐楚者，欲以自报其仇耳。伐楚，未可破也。"伍胥知公子光有内志，欲杀王而自立，未可说以外事，乃进专诸于公子光，退而与太子建之子胜耕于野。

五年而楚平王卒。初，平王所夺太子建秦女生子轸，及平王卒，轸竟立为后，是为昭王。吴王僚因楚丧，使二公子将兵往袭楚，楚发兵绝吴兵之后，不得归。吴国内空，而公子光乃令专诸袭刺吴王僚而自立，是为吴王阖庐。阖庐既立，得志，乃召伍员以为行人，而与谋国事。

楚诛其大臣郤宛、伯州犁。伯州犁之孙伯嚭亡奔吴，吴亦以嚭为大夫。前王僚所遣二公子将兵伐楚者，道绝不得归，后闻阖庐弑王僚自立，遂以其兵降楚，楚封之于舒。

阖庐立三年，乃兴师，与伍胥、伯嚭伐楚，拔舒，遂禽故吴反二将军。因欲至郢，将军孙武曰："民劳，未可，且待之。"乃归。

四年，吴伐楚，取六与灊。五年，伐越，败之。六年，楚昭王使公子囊瓦将兵伐吴。吴使伍员迎击，大破楚军于豫章，取楚之居巢。

九年，吴王阖庐谓子胥、孙武曰："始子言郢未可入，今果何如？"二子对曰："楚将囊瓦贪，而唐、蔡皆怨之。王必欲大伐之，必先得唐、蔡乃可。"阖庐听之，悉兴师与唐、蔡伐楚，与楚夹汉水而陈②。吴王之弟夫概将兵请从，王不听。遂以其属五千人击楚将子常，子常败走，奔郑。于是吴乘胜而前，五战，遂至郢。己卯，楚昭王出奔。庚辰，吴王入郢。

昭王出亡，入云梦；盗击王，王走郧。郧公弟怀曰："平王杀我父，我杀其子，不亦可乎？"郧公恐其弟杀王，与王奔随。吴兵围随，谓随人曰："周之子孙在汉川者，楚尽灭之。"随人欲杀王，王子綦匿王，己自为王以当。随人卜与王于吴，不吉，乃谢吴不与王。

始伍员与申包胥为交，员之亡也，谓包胥曰："我必覆楚。"包胥曰："我必存之。"及吴兵入郢，伍子胥求昭王。既不得，乃掘楚平王墓，出其尸，鞭之三百，然后已。申包胥亡于山中，使人谓子胥曰："子之报仇，其以甚乎！吾闻之：人众者胜天，天定亦能破人。今子故平王之臣，亲北面而事之，今至于僇死人，此岂其无天道之极乎？"伍子胥曰："为我谢申包胥曰：吾日莫途远，吾故倒行而逆施之。"于是申包胥走秦告急，求救于秦。秦不许。包胥立于秦廷，昼夜哭，七日七夜，不绝其声。秦哀公怜之，曰："楚虽无道，有臣若是，可无存乎！"乃遣车五百乘救楚击吴。六月，败吴兵于稷。会吴王久留楚求昭王，而阖庐弟夫概乃亡归，自立为王。阖庐闻之，乃释楚而归击其弟夫概。夫概败走，遂奔楚。楚昭王见吴有内乱，乃复入郢。封夫概于堂溪，为堂溪氏。楚复与吴战，败吴，吴王乃归。

后二岁，阖庐使太子夫差将兵伐楚，取番。楚惧吴复大来，乃去郢，徙于鄀。当是时，吴以伍子胥、孙武之谋，西破强楚，北威齐、晋，南服越人。

其后四年，孔子相鲁。

后五年，伐越。越王勾践迎击，败吴于姑苏，伤阖庐指，军却。阖庐病创，将死，谓太子夫差曰："尔忘勾践杀尔父乎？"夫差对曰："不敢忘。"是夕，阖庐死。夫差既立为王，以伯嚭为太宰，习战射。二年后伐越，败越于夫湫。越王勾践乃以余兵五千人栖于会稽之上，使大夫种厚币遗吴太宰嚭以请和，求委国为臣妾。吴王将许之，伍子胥谏曰："越王为人能辛苦，今王不灭，后必悔之。"吴王不听，用太宰嚭计，与越平③。

其后五年，而吴王闻齐景公死而大臣争宠，新君弱，乃兴师北伐齐。伍子胥谏曰："勾践食不重味④，吊死问疾，且欲有所用之也。此人不死，必为吴患。今吴之有越，犹人之有腹心疾也。而王不先越而乃务齐，不亦谬乎！"吴王不听，伐齐，大败齐师于艾陵，遂威邹、鲁之君以归。益疏子胥之谋。

其后四年，吴王将北伐齐，越王勾践用子贡之谋，乃率其众以助吴，而重宝以献遗太宰嚭。太宰嚭既数受越赂，其爱信越殊甚，日夜为言于吴王。吴王信用嚭之计。伍子胥谏曰：夫越，腹心之病。今信其浮辞诈伪而贪齐，破齐，譬犹石田，无所用之。且《盘庚之诰》曰：'有颠越不恭，劓殄灭之，俾无遗育，无使易种于兹邑⑤。'此商之所以兴。愿王释齐而先越；若不然，后将悔之无及。"而吴王不听，使子胥于齐。子胥临行，谓其子曰："吾数谏王，王不用，吾今见吴之亡矣。汝与吴俱亡，无益也。"乃属其子于齐鲍牧，而还报吴。

吴太宰嚭既与子胥有隙，因谗曰："子胥为人刚暴，少恩，猜贼，其怨望恐为深祸也。前日王欲伐齐，子胥以为不可，王卒伐之而有大功。子胥耻其计谋不用，乃反怨望。而今王又复伐齐，子胥专愎强谏，沮毁用事，徒幸吴之败以自胜其计谋耳。今王自行，悉国中武力以伐齐，而子胥谏不用，因辍谢，详病不行⑥。王不可不备，此起祸不难。且嚭使人微伺之，其使于齐也，乃属其子于齐之鲍氏。夫为人臣，内不得意，外倚诸侯，自以为先王之谋臣，今不见用，常鞅鞅怨望。愿王早图之。"吴王曰："微子之言，吾亦疑之。"乃使使赐伍子胥属镂之剑，曰："子以此死。"伍子胥仰天叹曰："嗟乎！谗臣嚭为乱矣，王乃反诛我。我令若父霸。自若未立时，诸公子争立，我以死争之于先王，几不得立。若既得立，欲分吴国予我，我顾不敢望也。然今若听谀臣言以杀长者！"乃告其舍人曰："必树吾墓上以梓⑦，令可以为器⑧；而抉吾眼县吴东门之上，以观越寇之入灭吴也。"乃自刭死。吴王闻之大怒，乃取子胥尸盛以鸱夷革，浮之江中。吴人怜之，为立祠于江上，因命曰胥山。

吴王既诛伍子胥，遂伐齐。齐鲍氏杀其君悼公而立阳生。吴王欲讨其贼⑨，不胜而去。其后二年，吴王召鲁、卫之君会之橐皋。其明年，因北大会诸侯于黄池，以令周室。越王勾践袭杀吴太子，破吴兵。吴王闻之，乃归，使使厚币与越平。后九年，越王勾践遂灭吴，杀王夫差；而诛太宰嚭，以不忠于其君，而外受重赂，与己比周也⑩。

伍子胥初所与俱亡故楚太子建之子胜者，在于吴。吴王夫差之时，楚惠王欲召胜归楚。叶公谏曰："胜好勇而阴求死士，殆有私乎！"惠王不听，遂召胜。使居楚之边邑鄢，号曰白公。白公归楚三年而吴诛子胥。

白公胜既归楚，怨郑之杀其父，乃阴养死士，求报郑。归楚五年，请伐郑，楚令尹子西许之，兵未发而晋伐郑，郑请救于楚。楚使子西往救，与盟而还。白公胜怒曰："非郑之仇，乃子西也。"胜自砺剑，人问曰："何以为？"胜曰："欲以杀子西。"子西闻之，笑曰："胜如卵耳，何能为也！"

其后四岁，白公胜与石乞袭杀楚令尹子西、司马子綦于朝。石乞曰："不杀王，不可。"乃劫王如高府。石乞从者屈固负楚惠王亡走昭夫人之宫。叶公闻白公为乱，率其国人攻白公。白公之徒败，亡走山中，自杀，而虏石乞，而问白公尸处，不言将烹。石乞曰："事成为卿，不成而亨，固其职也。"终不肯告其尸处。遂亨石乞，而求惠王，复立之。

太史公曰：怨毒之于人其他矣哉！王者尚不能行之于臣下，况同列乎！向令伍子胥从奢俱死，何异蝼蚁。弃小义，雪大耻，名垂于后世。悲夫！方子胥窘于江上，道乞食，志岂尝须臾忘郢邪？故隐忍就功名，非烈丈夫孰能致此哉？白公如不自立为君者，其功谋亦不可胜道者哉！

---

①诟（gòu，音够）：耻辱。
②陈：通"阵"。列阵。
③平：媾和。
④重味：美味佳肴。
⑤易种：新的宗族。
⑥详：通"佯"。
⑦梓：木名。生长较快，可制家具。
⑧器：棺材。
⑨贼：杀害君主之人。
⑩比周：密切连结。

史记卷六十七

仲尼弟子列传第七

孔子曰："受业身通者七十有七人"，皆异能之士也。德行：颜渊，闵子骞，冉伯牛，仲弓。政事：冉有，季路。言语：宰我，子贡。文学：子游，子夏。师也辟①，参也鲁②，柴也愚③，由也喭④，回也屡空⑤；赐不受命而货殖焉⑥，亿则屡中⑦。

孔子之所严事⑧：于周则老子；于卫，蘧伯玉；于齐，晏平仲；于楚，老莱子；于郑，子产；于鲁，孟公绰。数称臧文仲、柳下惠、铜鞮伯华、介山子然。孔子皆后之，不并世。

颜回者，鲁人也，字子渊，少孔子三十岁。

颜渊问仁，孔子曰："克己复礼，天下归仁焉。"

孔子曰："贤哉回也！一箪食⑨，一瓢饮，在陋巷，人不堪其忧，回也不改其乐。""回也如愚；退而省其私⑩，亦足以发⑪，回也不愚。""用之则行，舍之则藏，唯我与尔有是夫⑫！"

回年二十九，发尽白，蚤死⑬。孔子哭之恸，曰："自吾有回，门人益亲。"鲁哀公问："弟子孰为好学？"孔子对曰："有颜回者好学，不迁怒，不贰过⑭。不幸短命死矣，今也则亡。"

闵损，字子骞，少孔子十五岁。

孔子曰："孝哉闵子骞！人不间于其父母昆弟之言⑮。"不仕大夫，不食污君之禄。"如有复我者⑯，必在汶上矣！"

冉耕，字伯牛，孔子以为有德行。伯牛有恶疾，孔子往问之，自牖执其手⑰，曰："命也夫！斯人也而有斯疾，命也夫！"

冉雍，字仲弓。仲弓问政，孔子曰："出门如见大宾，使民如承大祭⑱。在邦无怨⑲，在家无怨。"孔子以仲弓为有德行，曰："雍也，可使南面。"仲弓父，贱人。孔子曰："犁牛之子骍且角⑳，虽欲勿用㉑，山川其舍诸？"

冉求，字子有，少孔子二十九岁。为季氏宰。

季康子问孔子曰："冉求仁乎？"曰："千室之邑，百乘之家，求也可使治其赋。仁则吾不知也。"复问："子路仁乎？"孔子对曰："如求。"

求问曰："闻斯行诸㉒？"子曰："行之。"子路问"闻斯行诸？"子曰："有父兄在，如之何其闻斯行之！"子华怪之，"敢问问同而答异？"孔子曰："求也退㉓，故进之㉔；由也兼人㉕，故退之㉖。"

仲由，字子路，卞人也，少孔子九岁。

子路性鄙，好勇力，志伉直，冠雄鸡，佩豭豚，陵暴孔子。孔子设礼稍诱子路㉗，子路后儒服、委质㉘，因门人请为弟子。

子路问政，孔子曰："先之劳之㉙。"请益㉚，曰："无倦㉛。"

子路问："君子尚勇乎？"孔子曰："义之为上。君子好勇而无义则乱，小人好勇而无义则盗㉜。"

子路有闻，未之能行，唯恐有闻。

孔子曰："片言可以折狱者㉝，其由也与！""由也好勇过我，无所取材。""若由也，不得其死然㉞。""衣敝缊袍与衣狐貉者立而不耻者，其由也与！""由也升堂矣，未入于室也。"

季康子问："仲由仁乎？"孔子曰："千乘之国可使治其赋。不知其仁。"

子路喜从游，遇长沮、桀溺、荷蓧丈人。

子路为季氏宰。季孙问曰："子路可谓大臣与？"孔子曰："可谓具臣矣。"

子路为蒲大夫，辞孔子。孔子曰："蒲多壮士，又难治。然吾语汝：恭以敬，可以执勇；宽以正，可以比众㉟；恭正以静，可以报上。"

初，卫灵公有宠姬曰南子。灵公太子蒉聩得过南子，惧诛，出奔。及灵公卒，而夫人欲立公子郢。郢不肯，曰："亡人太子之子辄在。"于是卫立辄为君，是为出公。出公立十二年，其父蒉聩居外，不得入。子路为卫大夫孔悝之邑宰。蒉聩乃与孔悝作乱，谋入孔悝家，遂与其徒袭攻出公。出公奔鲁，而蒉聩入，立，是为庄公。方孔悝作乱，子路在外，闻之而驰往。遇子羔出卫城门，谓子路曰："出公去矣，而门已闭，子可还矣，毋空受其祸。"子路曰："食其食者不避其难。"子羔卒去。有使者入城，城门开，子路随而入，造蒉聩㊱。蒉聩与孔悝登台，子路曰："君焉用孔悝？请得而杀之。"蒉聩弗听，于是子路欲燔台。蒉聩惧，乃下石乞、壶黡攻子路，击断子路之缨。子路曰："君子死而冠不免。"遂结缨而死。

孔子闻卫乱，曰："嗟乎，由死矣！"已而果死。故孔子曰："自吾得由，恶言不闻于耳。"是时子贡为鲁使于齐。

宰予，字子我，利口辩辞。既受业，问："三年之丧不已久乎？君子三年不为礼，礼必坏，三年不为乐，乐必崩。旧谷既没，新谷既升，钻燧改火，期可已矣。"子曰："于汝安乎？"曰；

"安。""汝安则为之。君子居丧，食旨不甘，闻乐不乐，故弗为也。"宰我出，子曰："予之不仁也！子生三年然后免于父母之怀。夫三年之丧，天下之通义也。"

宰我昼寝，子曰："朽木不可雕也，粪土之墙不可圬也㊲。"

宰我问五帝之德，子曰："予非其人也。"

宰我为临淄大夫，与田常作乱，以夷其族，孔子耻之。

端木赐，卫人，字子贡，少孔子三十一岁。

子贡利口巧辞，孔子常黜其辩。问曰："汝与回也孰愈㊳？"对曰："赐也何敢望回！回也闻一以知十，赐也闻一以知二。"

子贡既已受业，问曰："赐何人也？"孔子曰："汝器也。"曰："何器也？"曰："瑚琏也㊴。"

陈子禽问子贡曰："仲尼焉学？"子贡曰："文武之道未坠于地。在人，贤者识其大者，不贤者识其小者，莫不有文武之道。夫子焉不学，而亦何常师之有！"又问曰："孔子适是国必闻其政。求之与，抑与之与？"子贡曰："夫子温良恭俭让以得之。夫子之求之也，其诸异乎人之求之也。"

子贡问曰："富而无骄，贫而无谄，何如？"孔子曰："可也！不如贫而乐道，富而好礼。"

田常欲作乱于齐，惮高、国、鲍、晏，故移其兵欲以伐鲁。孔子闻之，谓门弟子曰："夫鲁，坟墓所处，父母之国，国危如此，二三子何为莫出？"子路请出，孔子止之。子张、子石请行，孔子弗许。子贡请行，孔子许之。

遂行，至齐，说田常曰："君之伐鲁过矣。夫鲁，难伐之国。其城薄以卑，其地狭以泄㊵；其君愚而不仁，大臣伪而无用；其士民又恶甲兵之事，此不可与战。君不如伐吴。夫吴，城高以厚，地广以深，甲坚以新，士选以饱，重器精兵尽在其中，又使明大夫守之，此易伐也。"田常忿然作色曰："子之所难，人之所易；子之所易，人之所难。而以教常，何也？"子贡曰："臣闻之，忧在内者攻强，忧在外者攻弱。今君忧在内。吾闻君三封而三不成者，大臣有不听者也。今君破鲁以广齐，战胜以骄主，破国以尊臣，而君之功不与焉，则交日疏于主。是君上骄主心，下恣群臣，求以成大事，难矣。夫上骄则恣，臣骄则争，是君上与主有郤，下与大臣交争也。如此，则君之立于齐危矣。故曰不如伐吴。伐吴不胜，民人外死，大臣内空，是君上无强臣之敌，下无民人之过，孤主制齐者唯君也。"田常曰："善。虽然，吾兵业已加鲁矣。去而之吴，大臣疑我，奈何？"子贡曰："君按兵无伐。臣请往使吴王，令之救鲁而伐齐，君因以兵迎之。"田常许之，使子贡南见吴王。说曰："臣闻之，王者不绝世，霸者无强敌，千钧之重加铢两而移。今以万乘之齐而私千乘之鲁㊶，与吴争强，窃为王危之。且夫救鲁，显名也；伐齐，大利也。以抚泗上诸侯，诛暴齐以服强晋，利莫大焉。名存亡鲁，实困强齐，智者不疑也。"吴王曰："善。虽然，吾尝与越战，栖之会稽。越王苦身养士，有报我心。子待我伐越而听子。"子贡曰："越之劲不过鲁，吴之强不过齐，王置齐而伐越，则齐已平鲁矣。且王方以存亡继绝为名，夫伐小越而畏强齐，非勇也。夫勇者不避难，仁者不穷约，智者不失时，王者不绝世，以立其义。今存越示诸侯以仁，救鲁伐齐，威加晋国，诸侯必相率而朝吴，霸业成矣。且王必恶越㊷，臣请东见越王，令出兵以从，此实空越，名从诸侯以伐也。"

吴王大说，乃使子贡之越。越王除道郊迎，身御至舍而问曰："此蛮夷之国，大夫何以俨然辱而临之？"子贡曰："今者吾说吴王以救鲁伐齐，其志欲之而畏越，曰'待我伐越乃可'。如此，破越必矣。且夫无报人之志而令人疑之，拙也；有报人之志，使人知之，殆也，事未发而先闻，危也。三者举事之大患。"勾践顿首再拜曰："孤尝不料力，乃与吴战，困于会稽，痛入于骨髓，日夜焦唇干舌，徒欲与吴王接踵而死，孤之愿也。"遂问子贡。子贡曰："吴王为人猛暴，君臣不堪，国家敝以数战，士卒弗忍；百姓怨上，大臣内变；子胥以谏死，太宰嚭用事，顺君之过以安其私。是残国之治也。今王诚发士卒佐之以徼其志㊸，重宝以说其心，卑辞以尊其礼，其伐齐必也。彼战不胜，王之福矣。战胜，必以兵临晋，臣请北见晋君，令共攻之，弱吴必矣。其锐兵尽于齐，重甲困于晋，而王制其敝，此灭吴必矣。"越王大说，许诺。送子贡金百镒，剑一，良矛二。子贡不受，遂行。

报吴王曰："臣敬以大王之言告越王，越王大恐，曰：'孤不幸，少失先人，内不自量，抵罪于吴，军败身辱，栖于会稽，国为虚莽㊹。赖大王之赐，使得奉俎豆而修祭祀，死不敢忘，何谋之敢虑？'"后五日，越使大夫种顿首言于吴王曰："东海役臣孤勾践使者臣种，敢修下吏问于左右。今窃闻大王将兴大义，诛强救弱，因暴齐而抚周室，请悉起境内士卒三千人，孤请自被坚执锐，以先受矢石。因越贱臣种奉先人藏器、甲二十领、铁屈卢之矛、步光之剑㊺，以贺军吏。"吴王大说，以告子贡曰："越王欲身从寡人伐齐，可乎？"子贡曰："不可。夫空人之国，悉人之众，又从其君，不义。君受其币，许其师，而辞其君。"吴王许诺，乃谢越王。于是，吴王乃遂发九郡兵伐齐。

子贡因去之晋，谓晋君曰："臣闻之，虑不先定不可以应卒㊻，兵不先辨不可以胜敌㊼。今夫齐与吴将战，彼战而不胜，越乱之必矣；与齐战而胜，必以其兵临晋。"晋君大恐，曰："为之奈何？"子贡曰："修兵休卒以待之。"晋君许诺。

子贡去而之鲁。吴王果与齐人战于艾陵，大破齐师，获七将军之兵而不归，果以兵临晋，与晋人相遇黄池之上。吴、晋争强。晋人击之，大败吴师。越王闻之，涉江袭吴，去城七里而军。吴王闻之，去晋而归，与越战于五湖。三战不胜，城门不守，越遂围王宫，杀夫差而戮其相。破吴三年，东向而霸。

故子贡一出，存鲁，乱齐，破吴，强晋而霸越；子贡一使，使势相破，十年之中，五国各有变。

子贡好废举㊽，与时转货赀。喜扬人之美，不能匿人之过。常相鲁、卫，家累千金。卒终于齐。

言偃，吴人，字子游，少孔子四十五岁。

子游既已受业，为武城宰。孔子过，闻弦歌之声。孔子莞尔而笑曰㊾："割鸡焉用牛刀？"子游曰："昔者偃闻诸夫子曰：君子学道则爱人，小人学道则易使。"孔子曰："二三子，偃之言是也。前言戏之耳。"孔子以为子游习于文学。

卜商，字子夏，少孔子四十四岁。

子夏问："'巧笑倩兮，美目盼兮，素以为绚兮'，何谓也？"子曰："绘事后素。"曰："礼后乎？"孔子曰："商始可与言《诗》已矣。"

子贡问："师与商孰贤？"子曰："师也过，商也不及。""然则师愈与？"曰："过犹不及。"

子谓子夏曰："汝为君子儒，无为小人儒。"

孔子既没，子夏居西河教授，为魏文侯师。其子死，哭之失明。

颛孙师，陈人，字子张，少孔子四十八岁。

子张问干禄㊿，孔子曰："多闻阙疑51，慎言其余，则寡尤52；多见阙殆，慎行其余，则寡悔。言寡尤，行寡悔，禄在其中矣。"他日从在陈、蔡间，困，问行。孔子曰："言忠信，行笃敬，虽蛮貊之国行也；言不忠信，行不笃敬，虽州里行乎哉！立则见其参于前也，在舆则见其倚于衡，夫然后行。"子张书诸绅53。

子张问："士何如斯可谓之达矣？"孔子曰："何哉，尔所谓达者？"子张对曰："在国必闻54，在家必闻。"孔子曰："是闻也，非达也。夫达者，质直而好义⑤，察言而观色，虑以下人，在国及家必达。夫闻也者，色取仁而行违⑥，居之不疑，在国及家必闻。"

曾参，南武城人，字子舆，少孔子四十六岁。孔子以为能通孝道，故授之业。作《孝经》。死于鲁。

澹台灭明，武城人，字子羽，少孔子三十九岁。状貌甚恶。欲事孔子，孔子以为材薄，既已受业，退而修行，行不由径，非公事不见卿大夫。南游至江，从弟子三百人，设取予去就，名施乎诸侯。孔子闻之，曰："吾以言取人，失之宰予，以貌取人，失之子羽。"

宓不齐，字子贱，少孔子三十岁。

孔子谓"子贱君子哉！鲁无君子，斯焉取斯？"⑰

子贱为单父宰，反命于孔子，曰："此国有贤不齐者五人，教不齐所以治者。"孔子曰："惜哉，不齐所治者小！所治者大，则庶几矣。"

原宪，字子思。

子思问耻，孔子曰："国有道，谷⑱。国无道，谷，耻也。"

子思曰："克、伐、怨、欲不行焉⑲，可以为仁乎？"孔子曰："可以为难矣！仁则吾弗知也。"

孔子卒，原宪遂亡，在草泽中。子贡相卫，而结驷连骑，排藜藋⑳，入穷阎㉑，过谢原宪。宪摄敝衣冠见子贡。子贡耻之，曰："夫子岂病乎？"原宪曰："吾闻之，无财者谓之贫，学道而不能行者谓之病。若宪，贫也，非病也。"子贡惭，不怿而去，终身耻其言之过也。

公冶长，齐人，字子长。孔子曰："长可妻也，虽在累绁之中㉒，非其罪也。"以其子妻之。

南宫括，字子容。问孔子曰："羿善射，奡荡舟，俱不得其死然；禹、稷躬稼而有天下？"孔子弗答。容出，孔子曰："君子哉若人！上德哉若人！""国有道，不废；国无道，免于刑戮。"三复"白珪之玷㉓"，以其兄之子妻之。

公皙哀，字季次。孔子曰："天下无行，多为家臣，仕于都；唯季次未尝仕。"

曾蒧，字晳。侍孔子，孔子曰："言尔志。"蒧曰："春服既成，冠者五六人，童子六七人，浴乎沂，风乎舞雩，咏而归。"孔子喟尔叹曰："吾与蒧也！"

颜无繇，字路。路者，颜回父，父子尝各异时事孔子。

颜回死，颜路贫，请孔子车以葬㉔。孔子曰："材不材，亦各言其子也。鲤也死，有棺而无椁，吾不徒行以为之椁，以吾从大夫之后，不可以徒行。"

商瞿，鲁人，字子木，少孔子二十九岁。

孔子传《易》于瞿，瞿传楚人馯臂子弘，弘传江东人矫子庸疵，疵传燕人周子家竖，竖传淳于人光子乘羽，羽传齐人田子庄何，何传东武人王子中同，同传淄川人杨何。何，元朔中以治《易》为汉中大夫。

高柴，字子羔，少孔子三十岁。子羔长不盈五尺，受业孔子，孔子以为愚。

子路使子羔为费郈宰，孔子曰："贼夫人之子！"子路曰："有民人焉，有社稷焉，何必读书然后为学！"孔子曰："是故恶夫佞者。"

漆雕开，字子开。孔子使开仕，对曰："吾斯之未能信。"孔子说。

公伯缭，字子周。周愬子路于季孙，子服景伯以告孔子，曰："夫人固有惑志，缭也吾力犹能肆诸市朝㉕。"孔子曰："道之将行，命也；道之将废，命也。公伯缭其如命何！"

司马耕，字子牛。牛多言而躁。问仁于孔子，孔子曰："仁者，其言也讱㉖。"曰："其言也讱，斯可谓之仁乎？"子曰："为之难，言不得无讱乎！"问君子，子曰："君子不忧不惧。"曰：

"不忧不惧，斯可谓之君子乎？"子曰："内省不疚，夫何忧何惧！"

樊须，字子迟，少孔子三十六岁。樊迟请学稼，孔子曰："吾不如老农。"请学圃，曰："吾不如老圃。"樊迟出，孔子曰："小人哉樊须也！上好礼，则民莫敢不敬；上好义，则民莫敢不服，上好信，则民莫敢不用情。夫如是，则四方之民襁负其子而至矣，焉用稼！"樊迟问仁，子曰："爱人。"问智，曰："知人。"

有若，少孔子四十三岁。有若曰："礼之用，和为贵，先王之道斯为美。小大由之，有所不行；知和而和，不以礼节之，亦不可行也。""信近于义，言可复也；恭近于礼，远耻辱也；因不失其亲，亦可宗也。"

孔子既没，弟子思慕，有若状似孔子，弟子相与共立为师，师之如夫子时也。他日，弟子进问曰："昔夫子当行，使弟子持雨具，已而果雨。弟子问曰：'夫子何以知之？'夫子曰：'《诗》不云乎："月离于毕⑰，俾滂沱矣。"昨暮月不宿毕乎？'他日，月宿毕，竟不雨。商瞿年长无子，其母为取室。孔子使之齐，瞿母请之。孔子曰：'无忧，瞿年四十后当有五丈夫子。'已而果然。敢问夫子何以知此？"有若默然无以应。弟子起曰：'有子避之，此非子之座也！'"

公西赤，字子华，少孔子四十二岁。子华使于齐，冉有为其母请粟。孔子曰："与之釜⑱"。请益，曰："与之庾⑲。"冉子与之粟五秉⑳。孔子曰："赤之适齐也，乘肥马，衣轻裘。吾闻君子周急不继富㉑。

巫马施，字子旗，少孔子三十岁。

陈司败问孔子曰："鲁昭公知礼乎？"孔子曰："知礼。"退而揖巫马旗曰："吾闻君子不党，君子亦党乎？鲁君娶吴女为夫人，命之为孟子。孟子姓姬，讳称同姓，故谓之孟子。鲁君而知礼，孰不知礼！"施以告孔子，孔子曰："丘也幸，苟有过，人必知之。臣不可言君亲之恶，为讳者，礼也。"

梁鳣，字叔鱼，少孔子二十九岁。

颜幸，字子柳，少孔子四十六岁。

冉孺，字子鲁，少孔子五十岁。

曹恤，字子循，少孔子五十岁。

伯虔，字子析，少孔子五十岁。

公孙龙，字子石，少孔子五十三岁。

自子石已右三十五人，显有年名及受业闻见于书传。其四十有二人，无年及不见书传者纪于左：

冉季，字子产。

公祖句兹，字子之。

秦祖，字子南。

漆雕哆，字子敛。

颜高，字子骄。

漆雕徒父。

壤驷赤，字子徒。

商泽。

石作蜀，字子明。

任不齐，字选。

公良孺，字子正。

后处，字子里。

秦冉，字开。

公夏首，字乘。

奚容箴，字子晳。

公肩定，字子中。

颜祖，字襄。

鄡单，字子家。

句井疆。

罕父黑，字子索。

秦商，字子丕。

申党，字周。

颜之仆，字叔。

荣旂，字子祈。

县成，字子祺。

左人郢，字行。

燕伋，字思。

郑国，字子徒。

秦非，字子之。

施之常，字子恒。

颜哙，字子声。

步叔乘，字子车。

原亢籍。

乐欬，字子声。

廉絜，字庸。

叔仲会，字子朝。

颜何，字冉。

狄黑，字晳。

邦巽，字子敛。

孔忠。

公西舆如，字子上。

公西葴，字子上。

　　太史公曰：学者多称七十子之徒，誉者或过其实，毁者或损其真，钧之未睹厥容貌。则论言弟子籍出孔氏古文，近是。余以弟子名姓文字悉取《论语》弟子问，并次为篇，疑者阙焉。

---

①辟：不诚实；邪僻。

②鲁：迟纯。

③愚：愚直。

④喭（yàn，音宴）：粗鲁。

⑤空：虚中；虚心。

⑥不受命：不听凭命运的安排。　　货殖：经商。

⑦亿：揣度行情。　　中：中的；准确。

⑧严：敬重；尊敬。

⑨箪（dān，音单）：盛饭的用具。

⑩私：私下与他人的交谈。

⑪发：阐发新论；发明另议。

⑫有是夫：有这样的操行。

⑬蚤：通"早"。

⑭贰过：两次相同的错误。

⑮间：邪行；恶道。

⑯复：重新召唤。

⑰牖（yǒu，音有）：窗户。

⑱承：承担；负责。

⑲无怨：无人怨恨。

⑳犂：杂色。　　　骍：赤色。

㉑勿用：不用于祭祀。

㉒斯行：指赈济贫穷之举。

㉓退：性情谦退。

㉔进：鼓励；激励。

㉕兼人：胜过人；为人好胜。

㉖退：压制；抑制。

㉗诱：诱导；教导。

㉘委质：古代卑幼见尊长的一种礼节，即将所持礼物恭敬地置于地上，而后退出，以示崇敬。

㉙先之：先以礼教民。　　劳之：然后再使用他们。

㉚请益：要求再多讲一些。

㉛无倦：指行前言无倦即可。

㉜盗：劫掠。

㉝片言：一方的讼辞。片，偏。

㉞不得其死然：不得以寿终。

㉟比众：使众人归附。

㊱造：到；往。

㊲圬：涂抹。

㊳愈：胜。

㊴瑚琏：古代宗庙中盛黍稷的祭器。也比喻人有立朝执政的才能。

㊵泄：繁杂。

㊶私：私吞。

㊷恶：担忧。

㊸徼：通"邀"。　　迎合；投合。

㊹虚莽：荒无、杂草丛生之地。

㊺铁：通"斧"。　　屈卢：矛名。　　步光：剑名。

㊻卒：通"猝"。突发变故。

㊼辨：明察；查清敌情。

㊽废举：积存货物。

㊾莞尔：微笑的样子。

㊿干禄：求取俸禄。

51阙疑：指有疑问暂置不论，不作主观臆测。

52尤：过错；失误。

(53)绅：束腰的宽带。

(54)闻：显名。

(55)质直：正直；质朴而率直。

(56)色：表面；表情。

(57)鲁无君子，斯焉取斯：言鲁国若无君子的话，子贱怎么会是这样的人呢？意谓鲁国多君子之人。

(58)谷：食禄。

(59)克：争强好胜。 伐：自伐己功。 怨：忌妒他人。 欲：贪财。

(60)藜藿：粗劣的饭菜。

(61)阎：巷门；里巷。

(62)累绁：囚牢；监禁。

(63)玷：玉上的斑点。

(64)车：卖掉车。

(65)肆：陈尸。

(66)讱（rèn，音认）：语言不流畅。

(67)毕：二十八宿之一。

(68)釜：古代衡制。六斗四升为釜。

(69)庾：古代衡制。十六斗为庾。

(70)秉：古代衡制。十六斛为秉。

(71)周急：周济急难。 继：增加。

史记卷六十八

商君列传第八

商君者，卫之诸庶孽公子也①，名鞅，姓公孙氏，其祖本姬姓也。

鞅少好刑名之学，事魏相公叔座，为中庶子。公孙座知其贤，未及进。会座病，魏惠王亲往问病，曰："公孙病有如不可讳，将奈社稷何？"公叔曰："座之中庶子公孙鞅，年虽少，有奇才，愿王举国而听之。"王嘿然②。王且去，座屏人③，言曰："王即不听用鞅，必杀之，无令出境。"王许诺而去。公叔座召鞅谢曰："今者王问可以为相者，我言若，王色不许我。我方先君后臣，因谓王即弗用鞅，当杀之。王许我。汝可疾去矣，且见禽。"鞅曰："彼王不能用君之言任臣，又安能用君之言杀臣乎？"卒不去。惠王既去，而谓左右曰："公叔病甚，悲乎！欲令寡人以国听公孙鞅也，岂不悖哉？"

公叔既死，公孙鞅闻秦孝公下令国中求贤者，将修缪公之业，东复侵地。乃遂西入秦，因孝公宠臣景监以求见孝公。孝公既见卫鞅，语事良久，孝公时时睡，弗听。罢而孝公怒景监曰："子之客妄人耳，安足用邪！"景监以让卫鞅，卫鞅曰："吾说公以帝道，其志不开悟矣。"后五日，复求见鞅。鞅复见孝公，益愈，然而未中旨。罢而孝公复让景监，景监亦让鞅。鞅曰："吾说公以王道而未入也。请复见鞅。"鞅复见孝公，孝公善之而未用也。罢而去。孝公谓景监曰："汝客善，可与语矣。"鞅曰："吾说公以霸道，其意欲用之矣。诚复见我，我知之矣。"卫鞅复见孝公。公与语，不自知膝之前于席也。语数日不厌。景监曰："子何以中吾君？吾君之欢甚也。"鞅曰："吾说君以帝王之道比三代，而君曰：'久远，吾不能待。且贤君者，各及其身显名天下，安能邑邑待数十百年以成帝王乎？'故吾以强国之术说君，君大说之耳。然亦难以比德于殷、周矣。"

孝公既用卫鞅，鞅欲变法，恐天下议己。卫鞅曰："疑行无名，疑事无功。且夫有高人之行者，固见非于世；有独知之虑者，必见敖于民。愚者暗于成事④，知者见于未萌。民不可与虑始而可与乐成。论至德者不和于俗，成大功者不谋于众。是以圣人苟可以强国，不法其故；苟可以利民，不循其礼。"孝公曰："善！"甘龙曰："不然！圣人不易民而教，知者不变法而治⑤。因民而教，不劳而成功；缘法而治者，吏习而民安之。"卫鞅曰："龙之所言，世俗之言也。常人安于故俗，学者溺于所闻。以此两者居官守法可也，非所与论于法之外也。三代不同礼而王，五伯不同法而霸。智者作法，愚者制焉；贤者更礼，不肖者拘焉。"杜挚曰："利不百，不变法；功不十，不易器。法古无过，循礼无邪。"卫鞅曰："治世不一道，便国不法古。故汤、武不循古而王，夏、殷不易礼而亡。反古者不可非，而循礼者不足多⑥。"孝公曰："善。"以卫鞅为左庶长，卒定变法之令。

令民为什五，而相牧司连坐。不告奸者腰斩，告奸者，与斩敌首同赏；匿奸者，与降敌同罚。民有二男以上不分异者，倍其赋。有军功者，各以率受上爵⑦；为私斗者，各以轻重被刑大小。僇力本业，耕织致粟帛多者复其身；事末利及怠而贫者⑧，举，以为收孥⑨。宗室非有军功论，不得为属籍⑩。明尊卑爵秩等级，各以差次名田宅，臣妾衣服以家次。有功者显荣，无功者虽富无所芬华。

令既具，未布，恐民之不信，已乃立三丈之木于国都市南门，募民有能徙置北门者予十金。民怪之，莫敢徙。复曰"能徙者予五十金。"有一人徙之，辄予五十金，以明不欺。卒下令。

令行于民期年，秦民之国都言初令之不便者以千数。于是太子犯法。卫鞅曰："法之不行，自上犯之。"将法太子。太子，君嗣也，不可施刑，刑其傅公子虔，黥其师公孙贾。明日，秦人皆趋令。

行之十年，秦民大说。道不拾遗，山无盗贼，家给人足；民勇于公战，怯于私斗，乡邑大治。秦民初言令不便者有来言令便者，卫鞅曰："此皆乱化之民也。"尽迁之于边城。其后民莫敢议令。

于是以鞅为大良造，将兵围魏安邑，降之。

居三年，作为筑冀阙宫庭于咸阳，秦自雍徙都之。而令民父子兄弟同室内息者为禁。而集小乡邑聚为县，置令、丞，凡三十一县。为田开阡陌封疆，而赋税平。平斗桶权衡丈尺。

行之四年，公子虔复犯约，劓之。居五年，秦人富强，天子致胙于孝公⑪，诸侯毕贺。

其明年，齐败魏兵于马陵，虏其太子申，杀将军庞涓。其明年，卫鞅说孝公曰："秦之与魏，譬若人之有腹心疾，非魏并秦，秦即并魏。何者？魏居岭厄之西，都安邑，与秦界河，而独擅山东之利。利则西侵秦，病则东收地。今以君之贤圣，国赖以盛。而魏往年大破于齐，诸侯畔之，可因此时伐魏。魏不支秦，必东徙。东徙，秦据河山之固，东乡以制诸侯，此帝王之业也。"孝公以为然，使卫鞅将而伐魏。魏使公子卬将而击之。军既相距，卫鞅遗魏将公子卬书曰："吾始与公子欢，今俱为两国将，不忍相攻，可与公子面相见，盟，乐饮而罢兵，以安秦、魏。"魏公子卬以为然。会盟已，饮，而卫鞅伏甲士而袭虏魏公子卬，因攻其军，尽破之以归秦。魏惠王兵数破于齐、秦，国内空，日以削，恐，乃使使割河西之地献于秦以和。而魏遂去安邑，徙都大梁。梁惠王曰："寡人恨不用公叔座之言也。"卫鞅既破魏还，秦封之於、商十五邑，号为商君。

商君相秦十年，宗室贵戚多怨望者。赵良见商君，商君曰："鞅之得见也，从孟兰皋，今鞅请得交，可乎？"赵良曰："仆弗敢愿也。孔丘有言曰：'推贤而戴者进，聚不肖而王者退。'仆不肖，故不敢受命。仆闻之曰：'非其位而居之曰贪位，非其名而有之曰贪名。'仆听君之义，则恐仆贪位贪名也。故不敢闻命。"商君曰："子不说吾治秦与？"赵良曰："反听之谓聪，内视之谓明，自胜之谓强。虞舜有言曰：'自卑也尚矣。'君不若道虞舜之道，无为问仆矣。"商君曰："始秦戎翟之教，父子无别，同室而居。今我更制其教，而为其男女之别，大筑冀阙，营如鲁卫矣。子观我治秦也，孰与五羖大夫贤？"赵良曰："千羊之皮，不如一狐之掖；千人之诺诺，不如一士之谔谔。武王谔谔以昌，殷纣墨墨以亡。君若不非武王乎，则仆请终日正言而无诛，可乎？"商君曰："语有之矣，貌言华也，至言实也，苦言药也，甘言疾也。夫子果肯终日正言，鞅之药也。鞅将事子，子又何辞焉！"赵良曰："夫五羖大夫，荆之鄙人也。闻秦缪公之贤而愿望见，行而无资，自粥于秦客[12]，被褐食牛。期年，缪公知之，举之牛口之下，而加之百姓之上，秦国莫敢望焉。相秦六七年，而东伐郑，三置晋国之君，一救荆国之祸。发教封内，而巴人致贡；施德诸侯，而八戎来服。由余闻之，款关请见[13]。五羖大夫之相秦也，劳不坐乘，暑不张盖；行于国中，不从车乘，不操干戈；功名藏于府库，德行施于后世。五羖大夫死，秦国男女流涕，童子不歌谣，舂者不相杵。此五羖大夫之德也。今君之见秦王也，因嬖人景监以为主，非所以为名也。相秦不以百姓为事，而大筑冀阙，非所以为功也。刑黥太子之师傅，残伤民以骏刑，是积怨畜祸也。教之化民也深于命[14]，民之效上也捷于令。今君又左建外易[15]，非所以为教也。君又南面而称寡人，日绳秦之贵公子。《诗》曰：'相鼠有体，人而无礼，人而无礼，何不遄死。'以《诗》观之，非所以为寿也。公子虔杜门不出已八年矣，君又杀祝懽而黥公孙贾。《诗》曰：'得人者兴，失人者崩。'此数事者，非所以得人也。君之出也，后车十数，从车载甲；多力而骈胁者，为骖乘；持矛而操阖戟者[16]，旁车而趋。此一物不具，君固不出。《书》曰：'恃德者昌，恃力者亡。'君之危若朝露，尚将欲延年益寿乎？则何不归十五都，灌园于鄙，劝秦王显岩穴之士，养老存孤，敬父兄，序有功，尊有德，可以少安。君尚将贪商、於之富，宠秦国之教，畜百姓之怨，秦王一旦捐宾客而不立朝，秦国之所以收君者，岂其微哉[17]？亡可翘足而待。"商君弗从。

后五月而秦孝公卒，太子立。公子虔之徒告商君欲反，发吏捕商君。商君亡至关下，欲舍客舍，客人不知其是商君也，曰："商君之法，舍人无验者坐之。"商君喟然叹曰："嗟乎，为法之敝一至此哉！"去之魏，魏人怨其欺公子卬而破魏师，弗受。商君欲之他国。魏人曰："商君，秦之贼。秦强而贼入魏，弗归，不可。"遂内秦。商君既复入秦，走商邑，与其徒属发邑兵北出击郑。秦发兵攻商君，杀之于郑黾池。秦惠王车裂商君以徇，曰："莫如商鞅反者！"遂灭商君之家。

太史公曰：商君，其天资刻薄人也。迹其欲干孝公以帝王术，挟持浮说，非其质矣。且所因由嬖臣，及得用，刑公子虔，欺魏将卬，不师赵良之言，亦足发明商君之少恩矣。余尝读商君《开塞》、《耕战》书，与其人行事相类。卒受恶名于秦，有以也夫！

---

①孽：庶子。

②嘿：通"默"。

③屏：通"摒"。逐出；赶走。

④暗，不明白。

⑤知；通"智"。

⑥多；称道；称颂。

⑦率：通"律"。法律。

⑧事末利：从事工商业。

⑨收孥：强迫为奴。

⑩属籍：入官爵籍册。

⑪胙：祭祀用肉。

⑫粥：通"鬻"。卖。

⑬款关：叩关。

⑭教之化民也深于命：用礼教来教化民众要比用严刑峻法深刻得多。

⑮左建：以邪门歪道建立权威。　　外易：在外变易君命。

⑯阘（sà，音萨）戟：兵器名。

⑰微：少。

史记卷六十九

苏秦列传第九

苏秦者，东周洛阳人也。东事师于齐，而习之于鬼谷先生。

出游数岁，大困而归。兄弟嫂妹妻妾窃皆笑之，曰："周人之俗，治产业，力工商，逐什二以为务。今子释本而事口舌，困，不亦宜乎！"

苏秦闻之而惭，自伤，乃闭室不出，出其书遍观之，曰："夫士业已屈首受书，而不能以取尊荣，虽多亦奚以为？"于是得周书《阴符》，伏而读之。期年，以出揣摩①，曰："此可以说当世之君矣。"求说周显王。显王左右素习知苏秦，皆少之②，弗信。

乃西至秦。秦孝公卒。说惠王曰："秦四塞之国，被山带渭，东有关河，西有汉中，南有巴、蜀，北有代、马，此天府也。以秦士民之众，兵法之教，可以吞天下，称帝而治。"秦王曰："毛羽未成，不可以高蜚③；文理未明，不可以并兼。"方诛商鞅，疾辩士，弗用。

乃东之赵。赵肃侯令其弟成为相，号奉阳君。秦阳君弗说之，去。

游燕，岁余而后得见。说燕文侯曰："燕东有朝鲜、辽东，北有林胡、楼烦，西有云中、九原，南有嘑沱、易水，地方二千余里，带甲数十万，车六百乘，骑六千匹，粟支数年。南有碣石、雁门之饶，北有枣栗之利，民虽不佃作而足于枣栗矣。此所谓天府者也。夫安乐无事，不见覆军杀将，无过燕者。大王知其所以然乎？夫燕之所以不犯寇被甲兵者，以赵之为蔽其南也。秦、赵五战，秦再胜而赵三胜。秦、赵相毙，而王以全燕制其后，此燕之所以不犯寇也。且夫秦之攻燕也，逾云中、九原，过代、上谷，弥地数千里，虽得燕城，秦计固不能守也。秦之不能害燕亦明矣。今赵之攻燕也，发号出令，不至十日而数十万之军军于东垣矣。渡嘑沱，涉易水，不至四五日而距国都矣。故曰秦之攻燕也，战于千里之外；赵之攻燕也，战于百里之内。夫不忧百里之患而重千里之外，计无过于此者。是故愿大王与赵从亲④，天下为一，则燕国必无患矣。"文侯曰："子言则可，然吾国小，西迫强赵，南近齐，齐、赵强国也。子必欲合从以安燕，寡人请以国从。"

于是资苏秦车马金帛以至赵。而奉阳君已死，即因说赵肃侯曰："天下卿相人臣及布衣之士，皆高贤君之行义，皆愿奉教陈忠于前之日久矣。虽然，奉阳君妒而君不任事，是以宾客游士莫敢自尽于前者。今奉阳君捐馆舍，君乃今复与士民相亲也，臣故敢进其愚虑。

"窃为君计者，莫若安民无事，且无庸有事于民也。安民之本，在于择交，择交而得则民安，择交而不得则民终身不安。请言外患：齐、秦为两敌而民不得安，倚秦攻齐而民不得安，倚齐攻秦而民不得安，故夫谋人之主，伐人之国，常苦出辞断绝人之交也，愿君慎勿出于口。请别白黑，所以异阴阳而已矣。君诚能听臣，燕必致旃裘狗马之地，齐必致鱼盐之海，楚必致橘柚之园，韩、魏、中山皆可使致汤沐之奉，而贵戚父兄皆可以受封侯。夫割地包利，五伯之所以覆军禽将而求也；封侯贵戚，汤、武之所以放弑而争也。今君高拱而两有之，此臣之所以为君愿也。

"今大王与秦，则秦必弱韩、魏；与齐，则齐必弱楚、魏。魏弱，则割河外；韩弱，则效宜阳。宜阳效，则上郡绝；河外割，则道不通。楚弱则无援。此三策者，不可不孰计也。

"夫秦下轵道，则南阳危；劫韩包周，则赵氏自操兵；据卫取卷，则齐必入朝秦。秦欲已得乎山东，则必举兵而向赵矣。秦甲渡河逾漳，据番吾，则兵必战于邯郸之下矣。此臣之所为君患也。

"当今之时，山东之建国莫强于赵。赵地方二千余里，带甲数十万，车千乘，骑万匹，粟支数年。西有常山，南有河漳，东有清河，北有燕国。燕固弱国，不足畏也。秦之所害于天下者莫如赵，然而秦不敢举兵伐赵者，何也？畏韩、魏之议其后也。然则韩、魏，赵之南蔽也。秦之攻韩、魏也，无有名山大川之限，稍蚕食之，傅国都而止[5]。韩、魏不能支秦，必入臣于秦。秦无韩、魏之规[6]，则祸必中于赵矣[7]。此臣之所为君患也。

"臣闻尧无三夫之分[8]，舜无咫尺之地，以有天下；禹无百人之聚，以王诸侯；汤、武之士不过三千，车不过三百乘，卒不过三万，立为天子：诚得其道也。是故明主外料其敌之强弱，内度其士卒贤不肖，不待两军相当而胜败存亡之机固已形于胸中矣，岂揜于众人之言而以冥冥决事哉[9]！

"臣窃以天下之地图案之[10]：诸侯之地五倍于秦，料度诸侯之卒十倍于秦[11]。六国为一，并力西乡而攻秦，秦必破矣。今西面而事之，见臣于秦。夫破人之与破于人也，臣人之与臣于人也，岂可同日而论哉！

"夫衡人者[12]，皆欲割诸侯之地以予秦。秦成，则高台榭，美宫室，听竽瑟之音；前有楼阙轩辕，后有长姣美人，国被秦患而不与其忧。是故夫衡人日夜务以秦权恐愒诸侯以求割地[13]，故愿大王孰计之也。

"臣闻明主绝疑去谗，屏流言之迹，塞朋党之门，故尊主广地强兵之计臣得陈忠于前矣。故窃为大王计，莫如一韩、魏、齐、楚、燕、赵以从亲，以畔秦。令天下之将相会于洹水之上，通质[14]，刳白马而盟，要约[15]，曰：'秦攻楚，齐、魏各出锐师以佐之，韩绝其粮道，赵涉河漳，燕守常山之北。秦攻韩、魏，则楚绝其后，齐出锐师而佐之，赵涉河漳、燕守云中。秦攻齐，则楚绝其后，韩守城皋，魏塞其道，赵涉河漳、博关，燕出锐师以佐之。秦攻燕，则赵守常山，楚军武关，齐涉勃海，韩、魏皆出锐师以佐之。秦攻赵，则韩军宜阳，楚军武关，魏军河外，齐涉清河，燕出锐师以佐之。诸侯有不如约者，以五国之兵共伐之。'六国从亲以宾秦[16]，则秦甲必不敢出于函谷以害山东矣。如此，则霸王之业成矣。"

赵王曰："寡人年少，立国日浅，未尝得闻社稷之长计也。今上客有意存天下，安诸侯，寡人敬以国从。"乃饰车百乘，黄金千溢[17]，白璧百双，锦绣千纯，以约诸侯。

是时周天子致文、武之胙于秦惠王。惠王使犀首攻魏，禽将龙贾，取魏之雕阴，且欲东兵。苏秦恐秦兵之至赵也，乃激怒张仪，人之于秦。

于是说韩宣王曰：

"韩北有巩、成皋之固，西有宜阳、商阪之塞，东有宛、穰、洧水，南有陉山，地方九百余里，带甲数十万，天下之强弓劲弩皆从韩出。谿子、少府时力、距来者⑱，皆射六百步之外。韩卒超足而射⑲，百发不暇止，远者括蔽洞胸⑳，近者镝弇心㉑。韩卒之剑戟皆出于冥山、棠谿、墨阳、合赙、邓师、宛冯、龙渊、太阿，皆陆断牛马，水截鹄雁，当敌则斩坚甲铁幕㉒、革抉㕭芮㉓，无不毕具。以韩卒之勇，被坚甲，蹠劲弩㉔，带利剑，一人当百，不足言也。夫以韩之劲与大王之贤，乃西面事秦，交臂而服，羞社稷而为天下笑无大于此者矣。是故愿大王孰计之。

"大王事秦，秦必求宜阳、成皋。今兹效之，明年又复求割地。与则无地以给之，不与则弃前功而受后祸。且大王之地有尽而秦之求无已，以有尽之地而逆无已之求㉕，此所谓市怨结祸者也，不战而地已削矣。臣闻鄙谚曰：'宁为鸡口，无为牛后。'今西面交臂而臣事秦，何异于"牛后"乎？夫以大王之贤，挟强韩之兵，而有"牛后"之名，臣窃为大王羞之。"

于是韩王勃然作色，攘臂瞋目㉖，按剑仰天太息曰："寡人虽不肖，必不能事秦。今主君诏以赵王之教㉗，敬奉社稷以从。"

又说魏襄王曰："大王之地，南有鸿沟、陈、汝南、许、郾、昆阳、召陵、舞阳、新都、新郪，东有淮、颍、煮枣、无胥，西有长城之界，北有河外、卷、衍、酸枣，地方千里。地名虽小，然而田舍庐庑之数㉘，曾无所刍牧㉙。人民之众，车马之多，日夜行不绝，輷輷殷殷㉚，若有三军之众。臣窃量大王之国不下楚。然衡人怵王交强虎狼之秦以侵天下㉛，卒有秦患，不顾其祸。夫挟强秦之势以内劫其主，罪无过此者。魏，天下之强国也；王，天下之贤王也。今乃有意西面而事秦，称东藩，筑帝宫，受冠带，祠春秋，臣窃为大王耻之。

"臣闻越王勾践战敝卒三千人，禽夫差于干遂；武王卒三千人，革车三百乘，制纣于牧野。岂其士卒众哉，诚能奋其威也。今窃闻大王之卒，武士二十万、苍头二十万、奋击二十万、厮徒十万㉜，车六百乘，骑五千匹。此其过越王勾践、武王远矣，今乃听于群臣之说而欲臣事秦。夫事秦必割地以效实㉝，故兵未用而国已亏矣。凡群臣之言事秦者，皆奸人，非忠臣也。夫为人臣，割其主之地以求外交，偷取一时之功而不顾其后，破公家而成私门，外挟强秦之势以内劫其主，以求割地，愿大王孰察之。

"《周书》曰：'绵绵不绝㉞，蔓蔓奈何㉟？豪氂不伐㊱，将用斧柯。'前虑不定，后有大患，将奈之何？大王诚能听臣，六国从亲，专心并力壹意，则必无强秦之患。故敝邑赵王使臣效愚计，奉明约，在大王之诏诏之。"

魏王曰："寡人不肖，未尝得闻明教。今主君以赵王之诏诏之，敬以国从。"

因东说齐宣王曰：

"齐南有泰山，东有琅邪，西有清河，北有勃海，此所谓四塞之国也。齐地方二千余里，带甲数十万，粟如丘山。三军之良，五家之兵，进如锋矢，战如雷霆，解如风雨。即有军役，未尝倍泰山，绝清河，涉勃海也。临淄之中七万户，臣窃度之，不下户三男子，三七二十一万，不待发于远县，而临淄之卒固已二十一万矣。临淄甚富而实，其民无不吹竽鼓瑟、弹琴击筑、斗鸡走狗、六博蹹鞠者。临淄之涂，车毂击，人肩摩，连袵成帷，举袂成幕，挥汗成雨；家殷人足，志高气扬。夫以大王之贤与齐之强，天下莫能当。今乃西面而事秦，臣窃为大王羞之。

"且夫韩、魏之所以重畏秦者，为与秦接境壤界也。兵出而相当，不出十日而战胜存亡之机决矣。韩、魏战而胜秦，则兵半折，四境不守；战而不胜，则国已危，亡随其后。是故韩、魏之所以重与秦战，而轻为之臣也。今秦之攻齐则不然。倍韩、魏之地，过卫阳晋之道，径乎亢父之险，车不得方轨㊲，骑不得比行，百人守险，千人不敢过也。秦虽欲深入，则狼顾、恐韩、魏之议其后也。是故恫疑虚猲㊳，骄矜而不敢进，则秦之不能害齐亦明矣。

"夫不深料秦之无奈齐何，而欲西面而事之，是群臣之计过也。今无臣事秦之名而有强国之实，臣是故愿大王少留意计之。"

齐王曰："寡人不敏，僻远守海，穷道东境之国也，未尝得闻余教。今足下以赵王诏诏之，敬以国从。"

乃西南说楚威王曰：

"楚，天下之强国也；王，天下之贤王也。西有黔中、巫郡，东有夏州、海阳，南有洞庭、苍梧，北有陉塞、郇阳，地方五千余里，带甲百万，车千乘，骑万匹，粟支十年，此霸王之资也。夫以楚之强与王之贤，天下莫能当也。今乃欲西面而事秦，而诸侯莫不西面而朝于章台之下矣㊳。

"秦之所害莫如楚，楚强则秦弱，秦强则楚弱，其势不两立。故为大王计，莫如从亲以孤秦。大王不从亲，秦必起两军，一军出武关，一军下黔中，则鄢、郢动矣。

"臣闻治之其未乱也，为之其未有也。患至而后忧之，则无及已。故愿大王早孰计之。大王诚能听臣，臣请令山东之国奉四时之献，以承大王之明诏，委社稷，奉宗庙，练士厉兵，在大王之所用之。大王诚能用臣之愚计，则韩、魏、齐、燕、赵、卫之妙音、美人必充后宫，燕、代橐驼、良马必实外厩㊵。故从合，则楚王；衡成，则秦帝。今释霸王之业，而有事人之名，臣窃为大王不取也。

"夫秦，虎狼之国也，有吞天下之心。秦，天下之仇雠也。衡人皆欲割诸侯之地以事秦，此所谓养仇而奉雠者也。夫为人臣，割其主之地以外交强虎狼之秦，以侵天下，卒有秦患，不顾其祸。夫外挟强秦之威以内劫其主，以求割地，大逆不忠，无过此者。故从亲则诸侯割地以事楚，衡合则楚割地以事秦，此两策者相去远矣。二者大王何居焉？故敝邑赵王使臣效愚计，奉明约，在大王诏之。"

楚王曰："寡人之国西与秦接境，秦有举巴蜀、并汉中之心。秦，虎狼之国，不可亲也。而韩、魏迫于秦患，不可与深谋。与深谋恐反人以入于秦，故谋未发而国已危矣。寡人自料以楚当秦，不见胜也；内与群臣谋，不足恃也。寡人卧不安席，食不甘味，心摇摇然如县旌而无所终薄㊶。今主君欲一天下，收诸侯，存危国，寡人谨奉社稷以从。"

于是六国从合而并力焉。苏秦为从约长，并相六国。

北报赵王，乃行过洛阳，车骑辎重，诸侯各发使送之甚众，疑于王者。周显王闻之，恐惧，除道，使人郊劳。苏秦之昆弟妻嫂侧目不敢仰视，俯伏侍取食。苏秦笑谓其嫂曰："何前倨而后恭也？"嫂委蛇蒲服㊷，以面掩地而谢曰："见季子位高金多也！"苏秦喟然叹曰："此一人之身，富贵则亲戚畏惧之，贫贱则轻易之，况众人乎！且使我有洛阳负郭田二顷㊸，吾岂能佩六国相印乎？"于是散千金以赐宗族朋友。

初，苏秦之燕，贷人百钱为资，及得富贵，以百金偿之。遍报诸所尝见德者。其从者有一人独未得报，乃前自言，苏秦曰："我非忘子。子之与我至燕，再三欲去我易水之上。方是时，我困，故望子深㊹，是以后子。子今亦得矣。"

苏秦既约六国从亲，归赵，赵肃侯封为武安君，乃投从约书于秦。秦兵不敢窥函谷关十五年。

其后秦使犀首欺齐、魏，与共伐赵，欲败从约。齐、魏伐赵，赵王让苏秦。苏秦恐，请使燕，必报齐。苏秦去赵而从约皆解。

秦惠王以其女为燕太子妇。是岁，文侯卒，太子立，是为燕易王。易王初立，齐宣王因燕丧，伐燕，取十城。易王谓苏秦曰："往日先生至燕，而先王资先生见赵，遂约六国从。今齐先伐赵，次至燕，以先生之故为天下笑，先生能为燕得侵地乎？"苏秦大惭，曰："请为王取之。"

　　苏秦见齐王，再拜，俯而庆，仰而吊。齐王曰："是何庆吊相随之速也？"苏秦曰："臣闻饥人所以饥而不食乌喙者⑤，为其愈充腹而与饿死同患也。今燕虽弱小，即秦王之少婿也。大王利其十城而长与强秦为仇。今使弱燕为雁行而强秦敝其后⑥，以招天下之精兵，是食乌喙之类也。"齐王愀然变色曰⑦："然则奈何？"苏秦曰："臣闻古之善制事者，转祸为福，因败为功。大王诚能听臣计，即归燕之十城，燕无故而得十城，必喜；秦王知以己之故而归燕之十城，亦必喜。此所谓弃仇雠而得石交者也⑧。夫燕、秦俱事齐，则大王号令天下，莫敢不听。是王以虚辞附秦，以十城取天下，此霸王之业也。"王曰："善。"于是乃归燕之十城。

　　人有毁苏秦者曰："左右卖国反覆之臣也，将作乱。"苏秦恐得罪，归，而燕王不复官也。苏秦见燕王曰："臣，东周之鄙人也，无有分寸之功，而王亲拜之于庙而礼之于廷。今臣为王却齐之兵而得十城，宜以益亲。今来而王不官臣者，人必有以不信伤臣于王者。臣之不信，王之福也。臣闻忠信者，所以自为也；进取者，所以为人也。且臣之说齐王，曾非欺之也。臣弃老母于东周，固去自为而行进取也。今有孝如曾参，廉如伯夷，信如尾生。得此三人者以事大王，何若？"王曰："足矣。"苏秦曰："孝如曾参，义不离其亲一宿于外，王又安能使之步行千里而事弱燕之危王哉？廉如伯夷，义不为孤竹君之嗣，不肯为武王臣，不受封侯而饿死首阳山下。有廉如此，王又安能使之步行千里而行进取于齐哉？信如尾生，与女子期于梁下，女子不来，水至不去，抱柱而死。有信如此，王又安能使之步行千里却齐之强兵哉？臣所谓以忠信得罪于上者也。"燕王曰："若不忠信耳，岂有以忠信而得罪者乎？"苏秦曰："不然。臣闻客有远为吏而其妻私于人者，其夫将来，其私者忧之，妻曰'勿忧，吾已作药酒待之矣'。居三日，其夫果至，妻使妾举药酒进之。妾欲言酒之有药，则恐其逐主母也；欲勿言乎，则恐其杀主父也。于是乎详僵而弃酒⑨。主父大怒，笞之五十。故妾一僵而覆酒，上存主父，下存主母，然而不免于笞，恶在乎忠信之无罪也⑩？夫臣之过，不幸而类是乎！"燕王曰："先生复就故官。"益厚遇之。

　　易王母，文侯夫人也，与苏秦私通。燕王知之，而事之加厚。苏秦恐诛，乃说燕王曰："臣居燕不能使燕重，而在齐则燕必重。"燕王曰："唯先生之所为。"于是苏秦详为得罪于燕而亡走齐，齐宣王以为客卿。

　　齐宣王卒，湣王即位，说湣王厚葬以明孝，高宫室大苑囿以明得意，欲破敝齐而为燕。燕易王卒，燕哙立为王。其后齐大夫多与苏秦争宠者，而使人刺苏秦，不死，殊而走⑪。齐王使人求贼，不得。苏秦且死，乃谓齐王曰："臣即死，车裂臣以徇于市，曰'苏秦为燕作乱于齐'，如此则臣之贼必得矣。"于是如其言，而杀苏秦者果自出，齐王因而诛之。燕闻之，曰："甚矣，齐之为苏生报仇也！"

　　苏秦既死，其事大泄。齐后闻之，乃恨怒燕。燕甚恐。苏秦之弟曰代，代弟苏厉，见兄遂⑫，亦皆学。及苏秦死，代乃求见燕王，欲袭故事⑬，曰："臣，东周之鄙人也。窃闻大王义甚高。鄙人不敏，释锄耨而干大王。至于邯郸，所见者绌于所闻于东周，臣窃负其志。及至燕廷，观王之群臣下吏，王，天下之明王也。"燕王曰："子所谓明王者何如也？"对曰："臣闻明王务闻其过，不欲闻其善，臣请谒王之过。夫齐、赵者，燕之仇雠也；楚、魏者，燕之援国也。今王奉仇雠以伐援国，非所以利燕也。王自虑之，此则计过，无以闻者，非忠臣也。"王曰："夫齐者固寡人之仇，所欲伐也，直患国敝力不足也。子能以燕伐齐，则寡人举国委子。"对曰："凡天下战国七，燕处弱焉。独战则不能，有所附则无不重。南附楚，楚重；西附秦，秦重；中附韩、魏，韩、魏重。且苟所附之国重，此必使王重矣。今夫齐，长主而自用也。南攻楚五年，畜聚竭；西困秦三年，士卒罢敝；北与燕人战，覆三军，得二将。然而以其余兵南面举五千乘之大宋，而包十二诸侯。此其君欲得，其民力竭，恶足取乎！且臣闻之，数战则民劳，久师则兵敝矣。"燕王曰：“吾闻齐有清济、浊河可以为固，长城、巨防足以为塞，诚有之乎？”对曰：“天时不与，虽有清济、浊河，恶足以为固！民力罢敝，虽有长城、巨防，恶足以为塞！且异日济西不师㉞，所以备赵也；河北不师，所以备燕也。今济西河北尽已役矣，封内敝矣㉟。失骄君必好利，而亡国之臣必贪于财。王诚能无羞从子母弟以为质，宝珠玉帛以事左右，彼将有德燕而轻亡宋，则齐可亡已。”燕王曰；“吾终以子受命于天矣。”燕乃使一子质于齐。而苏厉因燕质子而求见齐王。齐王怨苏秦，欲囚苏厉。燕质子为谢，已，遂委质为齐臣。

燕相子之与苏代婚，而欲得燕权，乃使苏代侍质子于齐。齐使代报燕，燕王哙问曰：“齐王其霸乎？”曰：“不能。”曰：“何也？”曰：“不信其臣。”于是燕王专任子之，已而让位，燕大乱。齐伐燕，杀王哙、子之。燕立昭王，而苏代、苏厉遂不敢入燕，皆终归齐，齐善待之。

苏代过魏，魏为燕执代。齐使人谓魏王曰：“齐请以宋地封泾阳君，秦必不受。秦非不利有齐而得宋地也，不信齐王与苏子也。今齐、魏不和如此其甚，则齐不欺秦。秦信齐，齐、秦合，泾阳君有宋地，非魏之利也。故王不如东苏子，秦必疑齐而不信苏子矣。齐、秦不合，天下无变，伐齐之形成矣。”于是山苏代。代之宋，宋善待之。

齐伐宋，宋急，苏代乃遗燕昭王书曰：

“夫列在万乘而寄质于齐，名卑而权轻；奉万乘助齐伐宋，民劳而实费；夫破宋，残楚淮北，肥大齐，仇强而国害，此三者皆国之大败也。然且王行之者，将以取信于齐也。齐加不信于王，而忌燕愈甚，是王之计过矣。夫以宋加之淮北，强万乘之国也。而齐并之，是益一齐也。北夷方七百里，加之以鲁、卫，强万乘之国也，而齐并之，是益二齐也。夫一齐之强，燕犹狼顾而不能支，今以三齐临燕，其祸必大矣。虽然，智者举事，因祸为福，转败为功。齐紫㊱，败素也，而贾十倍；越王勾践栖于会稽，复残强吴而霸天下。此皆因祸为福，转败为功者也。今王若欲因祸为福，转败为功，则莫若挑霸齐而尊之，使使盟于周室，焚秦符，曰‘其大上计，破秦；其次，必长宾之’。秦挟宾以待破，秦王必患之。秦五世伐诸侯，今为齐下，秦王之志苟得穷齐，不惮以国为功。然则王何不使辩士以此言说秦王曰：‘燕、赵破宋肥齐，尊之为之下者，燕、赵非利之也。燕、赵不利而势为之者，以不信秦王也。然则王何不使可信者接收燕、赵，令泾阳君、高陵君先于燕、赵？秦有变，因以为质，则燕、赵信秦。秦为西帝，燕为北帝，赵为中帝，立三帝以令于天下。韩、魏不听则秦伐之，齐不听则燕、赵伐之，天下孰敢不听？天下服听，因驱韩、魏以伐齐，曰“必反宋地，归楚淮北。”反宋地，归楚淮北，燕、赵之所利也；并立三帝，燕、赵之所愿也。夫实得所利，尊得所愿，燕、赵弃齐如脱躧矣㊲。今不收燕、赵，齐霸必成。诸侯赞齐而王不从，是国伐也；诸侯赞齐而王从之，是名卑也。今收燕、赵，国安而名尊；不收燕、赵，国危而名卑。夫去尊安而取危卑，智者不为也。’秦王闻若说，必若刺心然。则王何不使辩士以此若言说秦？秦必取，齐必伐矣。夫取秦，厚交也；伐齐，正利也。尊厚交，务正利，圣王之事也。”

燕昭王善其书，曰：“先人尝有德苏氏，子之之乱而苏氏去燕。燕欲报仇于齐，非苏氏莫可。”乃召苏代，复善待之，与谋伐齐。竟破齐，湣王出走。

久之。秦召燕王，燕王欲往，苏代约燕王曰：“楚得枳而国亡，齐得宋而国亡，齐、楚不得以有枳、宋而事秦者，何也？则有功者，秦之深仇也。秦取天下，非行义也，暴也。秦之行暴，正告天下。

“告楚曰：‘蜀地之甲，乘船浮于汶，乘夏水而下江，五日而至郢。汉中之甲，乘船出于巴，乘夏水而下汉，四日而至五渚。寡人积甲宛东下随，智者不及谋，勇士不及怒，寡人如射隼矣。王乃欲待天下之攻函谷，不亦远乎！’楚王为是故，十七年事秦。

"秦正告韩曰：'我起乎少曲，一日而断太行。我起乎宜阳而触平阳，二日而莫不尽繇。我离两周而触郑，五日而国举。'韩氏以为然，故事秦。

"秦正告魏曰：'我举安邑，塞女戟，韩氏太原卷。我下轵，道南阳，封冀，包两周。乘夏水，浮轻舟，强弩在前，锬戈在后，决荥口，魏无大梁；决白马之口，魏无外黄、济阳；决宿胥之口，魏无虚、顿丘。陆攻则击河内，水攻则灭大梁。'魏氏以为然，故事秦。

"秦欲攻安邑，恐齐救之，则以宋委于齐。曰：'宋王无道，为木人以象寡人，射其面。寡人地绝兵远，不能攻也。王苟能破宋有之，寡人如自得之。'已得安邑，塞女戟，因以破宋为齐罪。

"秦欲攻韩，恐天下救之，则以齐委于天下。曰：'齐王四与寡人约，四欺寡人，必率天下以攻寡人者三。有齐无秦，有秦无齐，必伐之，必亡之。'已得宜阳、少曲、致蔺、离石，因以破齐为天下罪。

"秦欲攻魏重楚，则以南阳委于楚。曰：'寡人固与韩且绝矣。残均陵，塞鄳厄苟利于楚，寡人如自有之。'魏弃与国而合于秦，因以塞鄳厄，为楚罪。

"兵困于林中，重燕、赵，以胶东委于燕，以济西委于赵。已得，讲于魏⑤，至公子延，因犀首属行而攻赵⑥。

"兵伤于谯石，而遇败于阳马，而重魏，则以叶、蔡委于魏。已得讲于赵，则劫魏。魏不为割，困，则使太后弟穰侯为和；赢，则兼欺舅与母。

"适燕者曰'以胶东'，适赵者曰'以济西'，适魏者曰'以叶、蔡'，适楚者曰'以塞鄳厄'，适齐者曰'以宋'。此必令言如循环，用兵如刺蜚⑦，母不能制，舅不能约。

"龙贾之战，岸门之战，封陵之战，高商之战，赵庄之战，秦之所杀三晋之民数百万，今其生者皆死秦之孤也。西河之外，上洛之地，三川晋国之祸，三晋之半，秦祸如此其大也。而燕、赵之秦者，皆以争事秦说其主，此臣之所大患也。"

燕昭王不行。苏代复重于燕。燕使约诸侯从亲如苏秦时，或从或不，而天下由此宗苏氏之从约。代、厉皆以寿死，名显诸侯。

太史公曰：苏秦兄弟三人，皆游说诸侯以显名，其术长于权变。而苏秦被反间以死，天下共笑之，讳学其术。然世言苏秦多异，异时事有类之者皆附之苏秦。夫苏秦起闾阎，连六国从亲，此其智有过人者。吾故列其行事，次其时序，毋令独蒙恶声焉。

---

①以出揣摩：揣摩出生存之道。

②少：轻犯。

③蜚：通"飞"。

④从：通"纵"。

⑤傅：通"附"。附着；贴。

⑥规：通"窥。"

⑦中：降临。

⑧夫：百亩之地。古制一夫耕百亩之田。

⑨揜（yǎn，音眼）：蒙蔽；蒙骗。

⑩案：通"按"。究查；考察。

⑪料度：估计；估算。

⑫衡人者：游说连横之人。

⑬恐猲（hè，音贺）：恐吓；胁迫。

⑭通质：互相交换人质。

⑮要约：订立盟约。

⑯宾：通“摈”。排斥；弃绝。

⑰溢：通“镒”。古代重量单位。

⑱谿子：弩名。　时力：弩名。　距来：弩名。

⑲超足而射：用脚将弩拉开后放箭。

⑳括蔽洞胸：箭头洞穿胸部。括：箭镞。

㉑镝：箭镞。　弇：遮蔽；深入。

㉒铁幕：保护手臂和小腿的铁衣。

㉓革抉：射箭时套在左臂上的皮袖。　吠（fá，音伐）芮：系盾牌的带子。

㉔蹠（zhí，音直）：踏。

㉕逆：迎合；接受。

㉖攘臂：捋起袖子。　瞋目：怒睁双眼。

㉗主君：指苏秦。

㉘数：密度。

㉙曾无所刍牧：没有放牧牲畜之处。

㉚輷（hōng，音洪）輷殷殷：象声词。车走的声音。形容车多。

㉛怵（xū，音虚）：利诱。

㉜武士、苍头、奋击、厮徒：都为常备兵名目。

㉝效实：表示忠诚。

㉞绵绵：幼小的萌芽。

㉟蔓蔓：长大的样子。

㊱豪氂：通“毫厘”。幼小；微小。

㊲车不得方轨：战车不能两辆并行。

㊳猲（hè，音贺）：吓唬。

㊴章台：秦国渭南离宫中台名。

㊵橐驼：即骆驼。

㊶终薄：安定。

㊷蒲服：伏地而行。

㊸负：靠近；挨着。

㊹望：埋怨，责备。

㊺乌喙：植物名。剧毒。

㊻为雁行：喻走在最前列。

㊼愀然：神色严肃状。

㊽石交：关系像石头一样坚固的朋友。

㊾详僵：假装摔倒。

㊿恶：何；怎么。

(51)殊：受致命伤。

(52)遂：成功；遂愿。

(53)袭故事：承袭旧业。

(54)不师：免除兵役。

(55)封内：封地全境。

(56)齐紫：齐国人喜好紫色，于是商人便纷纷用不洁的素帛染成紫色，牟取暴利。所以，下句称之为“败素”。

(57)蹝（xǐ，音洗），草鞋。

(58)讲：媾和；订立和约。

(59)属行：组织军队。

(60)刺蜚：杀死小飞虫。比喻轻易获胜。

史记卷七十

张仪列传第十

张仪者，魏人也。始尝与苏秦俱事鬼谷先生学术。苏秦自以不及张仪。

张仪已学而游说诸侯。尝从楚相饮，已而楚相亡璧，门下意张仪①，曰："仪贫无行，必此盗相君之璧。"共执张仪，掠笞数百，不服，醳之②。其妻曰："嘻！子毋读书游说，安得此辱乎？"张仪谓其妻曰："视吾舌尚在不？"其妻笑曰："舌在也。"仪曰："足矣。"

苏秦已说赵王而得相约从亲③，然恐秦之攻诸侯，败约后负，念莫可使用于秦者，乃使人微感张仪曰④："子始与苏秦善，今秦已当路⑤，子何不往游，以求通子之愿？"张仪于是之赵，上谒求见苏秦⑥。苏秦乃诫门下人不为通，又使不得去者数日。已而见之，坐之堂下，赐仆妾之食。因而数让之曰⑦："以子之材能，乃自令困辱至此。吾宁不能言而富贵子，子不足收也。"谢去之。张仪之来也，自以为故人，求益，反见辱，怒，念诸侯莫可事，独秦能苦赵，乃遂入秦。

苏秦已而告其舍人曰："张仪，天下贤士，吾殆弗如也，今吾幸先用。而能用秦柄者，独张仪可耳。然贫，无因以进。吾恐其乐小利而不遂，故召辱之，以激其意。子为我阴奉之。"乃言赵王，发金币车马，使人微随张仪，与同宿舍，稍稍近就之，奉以车马金钱，所欲用，为取给，而弗告。张仪遂得以见秦惠王。惠王以为客卿，与谋伐诸侯。

苏秦之舍人乃辞去。张仪曰："赖子得显，方且报德，何故去也？"舍人曰："臣非知君，知君乃苏君。苏君忧秦伐赵败从约，以为非君莫能得秦柄，故感怒君，使臣阴奉给君资，尽苏君之计谋。今君已用，请归报。"张仪曰："嗟乎，此在吾术中而不悟，吾不及苏君明矣！吾又新用，安能谋赵乎？为吾谢苏君，苏君之时，仪何敢言。且苏君在，仪宁渠能乎⑧？"张仪既相秦。为文檄告楚相曰："始吾从若饮，我不盗而璧，若笞我。若善守汝国，我顾且盗而城！"

苴、蜀相攻击，各来告急于秦。秦惠王欲发兵以伐蜀，以为道险狭难至，而韩又来侵秦。秦惠王欲先伐韩，后伐蜀，恐不利；欲先伐蜀，恐韩袭秦之敝。犹豫未能决。司马错与张仪争论于惠王之前，司马错欲伐蜀，张仪曰："不如伐韩。"王曰；"请闻其说。"

仪曰："亲魏善楚，下兵三川，塞什谷之口，当屯留之道，魏绝南阳，楚临南郑，秦攻新城、宜阳，以临二周之郊，诛周王之罪，侵楚、魏之地。周自知不能救，九鼎宝器必出。据九鼎，案图籍，挟天子以令于天下，天下莫敢不听，此王业也。今夫蜀，西僻之国而戎、翟之伦也。敝兵劳众不足以成名，得其地不足以为利。臣闻争名者于朝，争利者于市。今三川、周室，天下之朝市也，而王不争焉，顾争于戎、翟，去王业远矣。"

司马错曰："不然！臣闻之，欲富国者务广其地，欲强兵者务富其民，欲王者务博其德。三资者备而王随之矣。今王地小民贫，故臣愿先从事于易。夫蜀，西僻之国也，而戎、翟之长也，有桀、纣之乱。以秦攻之，譬如使豺狼逐群羊。得其地足以广国，取其财足以富民缮兵，不伤众而彼已服焉。拔一国而天下不以为暴，利尽西海而天下不以为贪，是我一举而名实附也，而又有禁暴止乱之名。今攻韩，劫天子，恶名也，而未必利也，又有不义之名，而攻天下所不欲，危矣。臣请谒其故⑨：周，天下之宗室也；齐，韩之与国也⑩。周自知失九鼎，韩自知亡三川，将二国并力合谋,以因乎齐、赵而求解乎楚、魏,以鼎与楚,以地与魏,王弗能止也。此臣之所谓危也。不如伐蜀完。"

惠王曰:"善!寡人请听子。"卒起兵伐蜀。十月,取之,遂定蜀,贬蜀王更号为侯,而使陈庄相蜀,蜀既属秦,秦以益强富厚,轻诸侯。

秦惠王十年,使公子华与张仪围蒲阳,降之。仪因言秦复与魏,而使公子繇质于魏。仪因说魏王曰:"秦王之遇魏甚厚,魏不可以无礼。"魏因入上郡、少梁,谢秦惠王。惠王乃以张仪为相,更名少梁曰夏阳。

仪相秦四岁,立惠王为王。居一岁,为秦将,取陕。筑上郡塞。

其后二年,使与齐、楚之相会啮桑。东还而免相,相魏以为秦,欲令魏先事秦而诸侯效之。魏王不肯听仪。秦王怒,伐取魏之曲沃、平周,复阴厚张仪益甚。张仪惭,无以归报。留魏四岁而魏襄王卒,哀王立。张仪复说哀王,哀王不听,于是张仪阴令秦伐魏。魏与秦战,败。

明年,齐又来败魏于观津。秦复欲攻魏,先败韩申差军,斩首八万,诸侯震恐。而张仪复说魏王曰:"魏地方不至千里,卒不过三十万;地四平,诸侯四通辐凑,无名山大川之限。从郑至梁二百余里,车驰人走,不待力而至。梁南与楚境,西与韩境,北与赵境,东与齐境,卒戍四方,守亭鄣者不下十万。梁之地势,固战场也。梁南与楚而不与齐,则齐攻其东;东与齐而不与赵,则赵攻其北,不合于韩,则韩攻其西;不亲于楚,则楚攻其南:此所谓四分五裂之道也。且夫诸侯之为从者,将以安社稷、尊主、强兵、显名也。今从者一天下,约为昆弟,刑白马以盟洹水之上,以相坚也。而亲昆弟同父母尚有争钱财,而欲恃诈伪反覆苏秦之余谋,其不可成亦明矣。大王不事秦,秦下兵攻河外,据卷、衍、燕、酸枣,劫卫取阳晋,则赵不南;赵不南而梁不北,梁不北则从道绝,从道绝则大王之国欲毋危不可得也。秦折韩而攻梁,韩怯于秦,秦、韩为一,梁之亡可立而须也①。此臣之所为大王患也。为大王计,莫如事秦,事秦则楚、韩必不敢动。无楚、韩之患,则大王高枕而卧,国必无忧矣。且夫秦之所欲弱者莫如楚,而能弱楚者莫如梁。楚虽有富大之名而实空虚;其卒虽多,然而轻走易北,不能坚战。悉梁之兵南面而伐楚,胜之必矣。割楚而益梁,亏楚而适秦②,嫁祸安国,此善事也。大王不听臣,秦下甲士而东伐,虽欲事秦,不可得矣。且夫从人多奋辞而少可信,说一诸侯而成封侯,是故天下之游谈士莫不日夜扼腕瞋目切齿以言从之便,以说人主。人主贤其辩而牵其说,岂得无眩哉。臣闻之:积羽沉舟,群轻折轴;众口铄金,积毁销骨。故愿大王审定计议,且赐骸骨辟魏。"哀王于是乃倍从约而因仪请成于秦。

张仪归,复相秦。三岁而魏复背秦为从。秦攻魏,取曲沃。明年,魏复事秦。

秦欲伐齐,齐、楚从亲,于是张仪往相楚。楚怀王闻张仪来,虚上舍而自馆之,曰:"此僻陋之国,子何以教之?"

仪说楚王曰:"大王诚能听臣,闭关绝约于齐,臣请献商、于之地六百里,使秦女得为大王箕帚之妾。秦、楚娶妇嫁女,长为兄弟之国,此北弱齐而西益秦也,计无便此者。"

楚王大说而许之。群臣皆贺,陈轸独吊之。楚王怒曰:"寡人不兴师发兵得六百里地,群臣皆贺,子独吊,何也?"陈轸对曰:"不然!以臣观之,商、于之地不可得而齐、秦合。齐、秦合,则患必至矣。"楚王曰:"有说乎?"陈轸对曰:"夫秦之所以重楚者,以其有齐也。今闭关绝约于齐,则楚孤。秦奚贪夫孤国而与之商、于之地六百里?张仪至秦,必负王,是北绝齐交,西生患于秦也,而两国之兵必俱至。善为王计者,不若阴合而阳绝于齐,使人随张仪。苟与吾地,绝齐未晚也;不与吾地,阴合谋计也。"楚王曰:"愿陈子闭口毋复言,以待寡人得地。"乃以相印授张仪,厚赂之。于是遂闭关绝约于齐,使一将军随张仪。张仪至秦,详失绥堕车③,不朝三月。楚王闻之，曰："仪以寡人绝齐未甚邪！"乃使勇士至宋，借宋之符⑭，北骂齐王。齐王大怒，折节而下秦。

秦、齐之交合，张仪乃朝，谓楚使者曰："臣有奉邑六里，愿以献大王左右。"楚使者曰："臣受令于王，以商、於之地六百里，不闻六里。"还报楚王。楚王大怒，发兵而攻秦。陈轸曰："轸可发口言乎？攻之不如割地反以赂秦与之并兵而攻齐，是我出地于秦，取偿于齐也，王国尚可存。"楚王不听，卒发兵而使将军屈匄击秦。秦、齐共攻楚，斩首八万，杀屈匄，遂取丹阳、汉中之地。楚又复益发兵而袭秦，至蓝田，大战，楚大败，于是楚割两城以与秦平。

秦要楚欲得黔中地，欲以武关外易之。楚王曰："不愿易地，愿得张仪而献黔中地。"秦王欲遣之，口弗忍言。张仪乃请行。惠王曰："彼楚王怒子之负以商、於之地，是且甘心于子！"张仪曰："秦强楚弱，臣善靳尚，尚得事楚夫人郑袖，袖所言皆从。且臣奉王之节使楚，楚何敢加诛。假令诛臣而为秦得黔中之地，臣之上愿。"遂使楚。楚怀王至则囚张仪，将杀之。靳尚谓郑袖曰："子亦知子之贱于王乎？"郑袖曰："何也？"靳尚曰："秦王甚爱张仪而不欲出之，今将以上庸之地六县赂楚，以美人聘楚，以宫中善歌讴者为媵⑮。楚王重地尊秦，秦女必贵而夫人斥矣，不若为言而出之。"于是，郑袖日夜言怀王曰："人臣各为其主用，今地未入秦，秦使张仪来，至重王。王未有礼而杀张仪，秦必大怒攻楚。妾请子母俱迁江南。毋为秦所鱼肉也。"怀王后悔，赦张仪，厚礼之如故。

张仪既出，未去，闻苏秦死，乃说楚王曰："秦地半天下，兵敌四国，被险带河⑯，四塞以为固；虎贲之士百余万，车千乘，骑万匹，积粟如丘山；法令既明，士卒安难乐死，主明以严，将智以武，虽无出甲，席卷常山之险，必折天下之脊，天下有后服者先亡。且夫为从者，无以异于驱群羊而攻猛虎，虎之与羊不格明矣⑰。今王不与猛虎而与群羊，臣窃以为大王之计过也。凡天下强国，非秦而楚，非楚而秦，两国交争，其势不两立。大王不与秦，秦下甲据宜阳，韩之上地不通；下河东，取成皋，韩必入臣，梁则从风而动。秦攻楚之西，韩、梁攻其北，社稷安得毋危？且夫从者聚群弱而攻至强，不料敌而轻战，国贫而数举兵，危亡之术也。臣闻之，兵不如者勿与挑战，粟不如者勿与持久。夫从人饰辩虚辞，高主之节，言其利不言其害，卒有秦祸，无及为已。是故愿大王之孰计之。秦西有巴、蜀，大船积粟，起于汶山，浮江已下，至楚三千余里。舫船载卒，一舫载五十人与三月之食，下水而浮，一日行三百余里，里数虽多，然而不费牛马之力，不至十日而距捍关。捍关惊，则从境以东尽城守矣，黔中、巫郡非王之有。秦举甲出武关，南面而伐，则北地绝。秦兵之攻楚也，危难在三月之内，而楚待诸侯之救，在半岁之外，此其势不相及也。夫恃弱国之救，忘强秦之祸，此臣所以为大王患也。大王尝与吴人战，五战而三胜，阵卒尽矣；偏守新城，存民苦矣。臣闻功大者易危，而民敝者怨上。夫守易危之功而逆强秦之心，臣窃为大王危之。且夫秦之所以不出兵函谷十五年以攻齐、赵者，阴谋有合天下之心。楚尝与秦构难，战于汉中，楚人不胜，列侯执珪死者七十余人，遂亡汉中。楚王大怒，兴兵袭秦，战于蓝田。此所谓两虎相搏者也。夫秦、楚相敝，而韩、魏以全制其后，计无危于此者矣。愿大王孰计之，秦下甲攻卫阳晋，必大关天下之匈⑱。大王悉起兵以攻宋，不至数月而宋可举，举宋而东指，则泗上十二诸侯尽王之有也。凡天下而以信约从亲相坚者苏秦，封武安君，相燕，即阴与燕王谋伐破齐而分其地。乃详有罪出，走入齐，齐王因受而相之。居二年而觉，齐王大怒，车裂苏秦于市。夫以一诈伪之苏秦，而欲经营天下，混一诸侯，其不可成亦明矣。今秦与楚接境壤界，固形亲之国也。大王诚能听臣，臣请使秦太子入质于楚，楚太子入质于秦，请以秦女为大王箕帚之妾，效万室之都以为汤沐之邑，长为昆弟之国，终身无相攻伐。臣以为计无便于此者。"

于是，楚王已得张仪而重出黔中地与秦，欲许之。屈原曰："前大王见欺于张仪，张仪至，臣以为大王烹之；今纵弗忍杀之，又听其邪说，不可。"怀王曰："许仪而得黔中，美利地。后而倍之，不可。"故卒许张仪，与秦亲。

张仪去楚，因遂之韩，说韩王曰；"韩地险恶山居，五谷所生非菽而麦⑲，民之食大抵菽饭藿羹⑳。一岁不收，民不餍糟糠㉑。地不过九百里，无二岁之食。料大王之卒，悉之不过三十万，而厮徒、负养在其中矣㉒。除守徼亭鄣塞㉓，见卒不过二十万而已矣。秦带甲百余万，车千乘，骑万匹，虎贲之士跿跔科头贯颐奋戟者㉔，至不可胜计。秦马之良，戎兵之众，探前趹后蹄间三寻腾者，不可胜数。山东之士被甲蒙胄以会战，秦人捐甲徒裼以趋敌㉕，左挈人头，右挟生虏。夫秦卒与山东之卒，犹孟贲之与怯夫；以重力相压，犹乌获之与婴儿。夫战孟贲、乌获之士以攻不服之弱国。无异垂千钧之重于鸟卵之上，必无幸矣。夫群臣、诸侯不料地之寡，而听从人之甘言好辞，比周以相饰也，皆奋曰：'听吾计可以强霸天下'。夫不顾社稷之长利而听须臾之说，诖误人主㉖，无过此者。大王不事秦，秦下甲据宜阳，断韩之上地，东取成皋、荥阳，则鸿台之宫、桑林之苑非王之有也。夫塞成皋，绝上地，则王之国分矣。先事秦则安，不事秦则危。夫造祸而求其福报，计浅而怨深，逆秦而顺楚，虽欲毋亡，不可得也。故为大王计，莫如为秦。秦之所欲莫如弱楚，而能弱楚者莫如韩。非以韩能强于楚也，其地势然也。今王西面而事秦以攻楚，秦王必喜。夫攻楚以利其地，转祸而说秦，计无便于此者。"

韩王听议计。张仪归报，秦惠王封仪五邑，号曰武信君。使张仪东说齐湣王，曰："天下强国无过齐者，大臣父兄殷众富乐。然而为大王计者，皆为一时之说，不顾百世之利。从人说大王者，必曰：'齐西有强赵，南有韩与梁。齐，负海之国也，地广民众，兵强士勇，虽有百秦，将无奈齐何'。大王贤其说而不计其实。夫从人朋党比周，莫不以从为可。臣闻之：齐与鲁三战而鲁三胜，国以危，亡随其后，虽有战胜之名，而有亡国之实。是何也？齐大而鲁小也。今秦之与齐也，犹齐之与鲁也。秦、赵战于河漳之上，再战而赵再胜秦；战于番吾之下，再战又胜秦。四战之后，赵之亡卒数十万，邯郸仅存，虽有战胜之名而国已破矣。是何也？秦强而赵弱。今秦、楚嫁女娶妇，为昆弟之国。韩献宜阳，梁效河外；赵入朝渑池，割河间以事秦。大王不事秦，秦驱韩、梁攻齐之南地，悉赵兵渡清河，指博关，临菑、即墨非王之有也。国一日见攻，虽欲事秦，不可得也。是故愿大王孰计之也。"齐王曰："齐僻陋，隐居东海之上，未尝闻社稷之长利也。"乃许张仪。

张仪去，西说赵王，曰："敝邑秦王使使臣效愚计于大王。大王收率天下以宾秦，秦兵不敢出函谷关十五年。大王之威行于山东，敝邑恐惧慑伏，缮甲厉兵，饰车骑，习驰射，力田积粟，守四封之内，愁居慑处，不敢动摇，唯大王有意督过之也。今以大王之力，举巴、蜀，并汉中，包两周，迁九鼎，守白马之津。秦虽僻远，然而心忿含怒之日久矣。今秦有敝甲凋兵㉗，军于渑池，愿渡河逾漳，据番吾，会邯郸之下，愿以甲子合战，以正殷纣之事，敬使使臣先闻左右。凡大王之所信为从者恃苏秦。苏秦荧惑诸侯，以是为非，以非为是，欲反齐国，而自令车裂于市。夫天下之不可一亦明矣。今楚与秦为昆弟之国，而韩、梁称为东藩之臣，齐献鱼盐之地，此断赵之右臂也。夫断右臂而与人斗，失其党而孤居，求欲毋危，岂可得乎？今秦发三将军：其一军塞午道，告齐使兴师渡清河，军于邯郸之东；一军军成皋，驱韩、梁军于河外；一军军于渑池。约四国为一以攻赵，赵破，必四分其地，是故不敢匿意隐情，先以闻于左右。臣窃为大王计，莫如与秦王遇于渑池，面相见而口相结，请案兵无攻，愿大王之定计。"

赵王曰："先王之时，奉阳君专权擅势，蔽欺先王，独擅绾事㉘，寡人居属师傅，不与国谋计。先王弃群臣，寡人年幼，奉祀之日新，心固窃疑焉，以为一从不事秦，非国之长利也。乃且愿变心易虑，割地谢前过以事秦。方将约车趋行，适闻使者之明诏。"

赵王许张仪，张仪乃去。北之燕，说燕昭王曰："大王之所亲莫如赵。昔赵襄子尝以其姊为代王妻，欲并代，约与代王遇于句注之塞。乃令工人作为金斗，长其尾，令可以击人。与代王饮，阴告厨人曰：'即酒酣乐，进热啜㉒，反斗以击之。'于是酒酣乐，进热啜，厨人进斟，因反斗以击代王，杀之，王脑涂地。其姊闻之，因摩笄以自刺，故至今有摩笄之山。代王之亡，天下莫不闻。夫赵王之很戾无亲，大王之所明见，且以赵王为可亲乎？赵兴兵攻燕，再围燕都而劫大王，大王割十城以谢。今赵王已入朝渑池，效河间以事秦。今大王不事秦，秦下甲云中、九原，驱赵而攻燕，则易水、长城非大王之有也。且今时赵之于秦犹郡县也，不敢妄举师以攻伐。今王事秦，秦王必喜，赵不敢妄动，是西有强秦之援，而南无齐、赵之患，是故愿大王孰计之。"燕王曰："寡人蛮夷僻处，虽大男子裁如婴儿㉓，言不足以采正计。今上客幸教之，请西面而事秦，献恒山之尾五城。"燕王听仪。

仪归报，未至咸阳而秦惠王卒，武王立。武王自为太子时不说张仪，及即位，群臣多谗张仪曰："无信，左右卖国以取容。秦必复用之，恐为天下笑。"诸侯闻张仪有郤武王，皆畔衡，复合从。

秦武王元年，群臣日夜恶张仪未已，而齐让又至。张仪惧诛，乃因谓秦武王曰："仪有愚计，愿效之。"王曰："奈何？"对曰："为秦社稷计者，东方有大变，然后王可以多割得地也。今闻齐王甚憎仪，仪之所在，必兴师伐之。故仪愿乞其不肖之身之梁，齐必兴师而伐梁。梁、齐之兵连于城下而不能相去，王以其间伐韩，入三川，出兵函谷而毋伐，以临周，祭器必出。挟天子，按图籍，此王业也。"秦王以为然，乃具革车三十乘，入仪之梁。

齐果兴师伐之。梁哀王恐。张仪曰："王勿患也！请令罢齐兵。"乃使其舍人冯喜之楚，借使之齐，谓齐王曰："王甚憎张仪。虽然，亦厚矣王之托仪于秦也！"齐王曰："寡人憎仪，仪之所在，必兴师伐之，何以托仪？"对曰："是乃王之托仪也。夫仪之出也，固与秦王约曰：'为王计者，东方有大变，然后王可以多割得地。今齐王甚憎仪，仪之所在，必兴师伐之。故仪愿乞其不肖之身之梁。齐必兴师伐之。齐、梁之兵连于城下而不能相去，王以其间伐韩，入三川，出兵函谷而无伐，以临周，祭器必出。挟天子，案图籍，此王业也'。秦王以为然，故具革车三十乘而入之梁也。今仪入梁，王果伐之，是王内罢国而外伐与国，广邻敌以内自临，而信仪于秦王也。此臣之所谓'托仪'也。"齐王曰："善。"乃使解兵。

张仪相魏一岁，卒于魏也。

陈轸者，游说之士。与张仪俱事秦惠王，皆贵重，争宠。张仪恶陈轸于秦王曰："轸重币轻使秦、楚之间，将为国交也。今楚不加善于秦而善轸者，轸自为厚而为王薄也。且轸欲去秦而之楚，王胡不听乎？"王谓陈轸曰："吾闻子欲去秦之楚，有之乎？"轸曰："然！"王曰："仪之言果信矣。"轸曰："非独仪知之也，行道之士尽知之矣。昔子胥忠于其君而天下争以为臣，曾参孝于其亲而天下愿以为子。故卖仆妾不出闾巷而售者，良仆妾也；出妇嫁于乡曲者，良妇也。今轸不忠其君，楚亦何以轸为忠乎？忠且见弃，轸不之楚何归乎？"王以其言为然，遂善待之。

居秦期年，秦惠王终相张仪，而陈轸奔楚。楚未之重也，而使陈轸使于秦。过梁，欲见犀首。犀首谢，弗见。轸曰："吾为事来，公不见轸，轸将行，不得待异日。"犀首见之。陈轸曰："公何好饮也？"犀首曰："无事也。"曰："吾请令公厌事可乎？"曰："奈何？"曰："田需约诸侯从亲，楚王疑之，未信也。公谓于王曰：'臣与燕、赵之王有故，数使人来，曰："无事何不相见"，愿谒行于王。'王虽许公，公请毋多年，以车三十乘，可陈之于庭，明言之燕、赵。"燕、赵客闻之，驰车告其王，使人迎犀首。楚王闻之大怒，曰："田需与寡人约，而犀首之燕、赵，是欺我也"怒而不听其事。齐闻犀首之北，使人以事委焉。犀首遂行，三国相事皆断于犀首。轸遂至秦。

　　韩、魏相攻，期年不解。秦惠王欲救之。问于左右。左右或曰救方便，或曰勿救便，惠王未能为之决。陈轸适至秦，惠王曰："子去寡人之楚，亦思寡人不？"陈轸对曰："王闻夫越人庄舄乎？"王曰："不闻。"曰："越人庄舄仕楚执珪，有顷而病。楚王曰：'舄故越之鄙细人也，今仕楚执珪，贵富矣，亦思越不？'中谢对曰：'凡人之思故，在其病也。彼思越则越声，不思越则楚声。'使人往听之，犹尚越声也。今臣虽弃逐之楚，岂能无秦声哉！"惠王曰："善！今韩、魏相攻，期年不解，或谓寡人救之便，或曰勿救便，寡人不能决，愿子为子主计之余，为寡人计之。"陈轸对曰："亦尝有以夫卞庄子刺虎闻于王者乎？庄子欲刺虎，馆竖子止之，曰：'两虎方且食牛，食甘必争，争则必斗，斗则大者伤，小者死。从伤而刺之，一举必有双虎之名。'卞庄子以为然，立须之。有顷，两虎果斗，大者伤，小者死。庄子从伤者而刺之，一举果有双虎之功。今韩、魏相攻，期年不解，是必大国伤，小国亡。从伤而伐之，一举必有两实。此犹庄子刺虎之类也。臣主与主何异也。"惠王曰："善！"卒弗救。大国果伤，小国亡，秦兴兵而伐，大克之。此陈轸之计也。

　　犀首者，魏之阴晋人也，名衍，姓公孙氏。与张仪不善。

　　张仪为秦之魏，魏王相张仪。犀首弗利，故令人谓韩公叔曰："张仪已合秦、魏矣，其言曰：'魏攻南阳，秦攻三川。'魏王所以贵张子者，欲得韩地也。且韩之南阳已举矣，子何不少委焉以为衍功，则秦、魏之交可错矣③。然则魏必图秦而弃仪，收韩而相衍。"公叔以为便，因委之犀首以为功。果相魏。张仪去。

　　义渠君朝于魏。犀首闻张仪复相秦，害之。犀首乃谓义渠君曰："道远不得复过，请谒事情。"曰："中国无事，秦得烧掇焚杆君之国，有事，秦将轻使重币事君之国。"其后五国伐秦。会陈轸谓秦王曰："义渠君者，蛮夷之贤君也。不如赂之，以抚其志。"秦王曰："善！"乃以文绣千纯，妇女百人遗义渠君。义渠君致群臣而谋曰："此公孙衍所谓邪？"乃起兵袭秦，大败秦人李伯之下。

　　张仪已卒之后，犀首入相秦。尝佩五国之相印，为约长。

　　太史公曰：三晋多权变之士，夫言从衡强秦者大抵皆三晋之人也。夫张仪之行事甚于苏秦，然世恶苏秦者，以其先死，而仪振暴其短以扶其说，成其衡道。要之，此两人真倾危之士哉！

①意：怀疑，认定。
②醳：通"释"。释放。
③从亲：合纵相亲。
④微感：私下劝说。
⑤当路：当官；任职。
⑥谒：名片。
⑦让：遣责，责备。
⑧宁渠（jù，音巨）：难道。
⑨谒：述说；阐明。
⑩与国：结盟的国家。
⑪须：等待。

⑫适：归。

⑬绥：登车时拉手中的绳索。

⑭符：使者用的符节。

⑮讴：（ōu，音殴）：唱歌。

⑯带：围绕。

⑰格：格斗，抵敌。

⑱匈：通"胸"。

⑲菽：豆类的总称。

⑳藿羹：豆叶汤。

㉑餍：吃饱。

㉒厮徒：勤杂兵。　　　负养：搬运夫。

㉓徼：边境；边界。

㉔趹跔（tú jū，音图拘）：跳跃。　　科头：不戴头盔。　　颐：下巴。

㉕裼：袒胸露背。

㉖诖（guā，音瓜）误：连累；贻误。

㉗潏兵：残兵。

㉘绾（wǎn，音挽）：控制。

㉙啜：肉汁。

㉚裁：通"才"。仅仅：只是。

㉛辍：停止。

史记卷七十一

樗里子甘茂列传第十一

樗里子者，名疾，秦惠王之弟也，与惠王异母。母，韩女也。樗里子滑稽多智，秦人号曰"智囊"。

秦惠王八年，爵樗里子右更，使将而伐曲沃，尽出其人①，取其城，地入秦。秦惠王二十五年，使樗里子为将，伐赵，虏赵将军庄豹，拔蔺。明年，助魏章攻楚，败楚将屈丐，取汉中地。秦封樗里子，号为严君。

秦惠王卒，太子武王立，逐张仪、魏章，而以樗里子、甘茂为左、右丞相。秦使甘茂攻韩，拔宜阳。使樗里子以车百乘入周。周以卒迎之，意甚敬。楚王怒，让周②，以其重秦客。游腾为周说楚王，曰："知伯之伐仇犹，遗之广车，因随之以兵，仇犹遂亡。何则？无备故也。齐桓公伐蔡，号曰诛楚，其实袭蔡。今秦，虎狼之国，使樗里子以车百乘入周，周以仇犹、蔡观焉，故使长戟居前，强弩在后，名曰卫疾，而实囚之。且夫周岂能无忧其社稷哉！恐一旦亡国以忧大王。"楚王乃悦。

秦武王卒，昭王立，樗里子又益尊重。

昭王元年，樗里子将伐蒲，蒲守恐，请胡衍。胡衍为蒲谓樗里子曰："公之攻蒲，为秦乎？为魏乎？为魏则善矣，为秦则不为赖矣③。夫卫之所以为卫者，以蒲也。今伐蒲入于魏，卫必折而从之。魏亡西河之外而无以取者，兵弱也。今并卫于魏，魏必强。魏强之日，西河之外必危矣。且秦王将观公之事，害秦而利魏，王必罪公。"樗里子曰："奈何？"胡衍曰："公释蒲勿攻，臣试为公入言之，以德卫君。"樗里子曰："善！"胡衍入蒲，谓其守曰："樗里子知蒲之病矣，其言曰必拔蒲。衍能令释蒲勿攻。"蒲守恐，因再拜曰："愿以请。"因效金三百斤，曰："秦兵苟退，请必言子于卫君，使子为南面。"故胡衍受金于蒲以自贵于卫。于是遂解蒲而去。还击皮氏，皮氏未降，又去。

昭王七年，樗里子卒，葬于渭南章台之东。曰："后百岁，是当有天子之宫夹我墓。"樗里子疾室在于昭王庙西渭南阴乡樗里，故俗谓之樗里子。至汉兴，长乐宫在其东，未央宫在其西，武库正直其墓。秦人谚曰："力则任鄙，智则樗里。"

甘茂者，下蔡人也。事下蔡史举先生，学百家之术。因张仪、樗里子而求见秦惠王。王见而说之，使将，而佐魏章略定汉中地。惠王卒，武王立。张仪、魏章去，东之魏。蜀侯辉、相壮反，秦使甘茂定蜀。还，而以甘茂为左丞相，以樗里子为右丞相。

秦武工二年，谓甘茂曰："寡人欲容车通三川，以窥周室，而寡人死不朽矣。"甘茂曰："请之魏，约以伐韩，而令向寿辅行。"甘茂至，谓向寿："子归，言之于王曰：'魏听臣矣，然愿王勿伐'事成，尽以为子功。"向寿归，以告王，王迎甘茂于息壤。甘茂至，王问其故。对曰："宜阳，大县也，上党、南阳积之久矣。名曰县，其实郡也。今王倍数险，行千里攻之，难。昔曾参之处费，鲁人有与曾参同姓名者杀人，人告其母曰：'曾参杀人。'其母织自若也。顷之，一人又告之曰：'曾参杀人。'其母尚织自若也。顷，又一人告之曰：'曾参杀人'。其母投杼下机，逾墙而走。夫以曾参之贤与其母信之也，三人疑之，其母惧焉。今臣之贤不若曾参，王之信臣又不如曾参之母信曾参也，疑臣者非特三人[④]，臣恐大王之'投杼'也。始张仪西并巴、蜀之地，北开西河之外，南取上庸，天下不以多张子而以贤先王[⑤]。魏文侯令乐羊将而攻中山，三年而拔之。乐羊返而论功，文侯示之谤书一箧。乐羊再拜稽首曰：'此非臣之功也，主君之力也。'今臣，羁旅之臣也。樗里子、公孙奭二人者挟韩而议之，王必听之，是王欺魏王而臣受公仲侈之怨也。"王曰："寡人不听也，请与子盟。"卒使丞相甘茂将兵伐宜阳。五月而不拔，樗里子、公孙奭果争之。武王召甘茂，欲罢兵。甘茂曰："息壤在彼。"王曰："有之。"因大悉起兵，使甘茂击之。斩首六万，遂拔宜阳。韩襄王使公仲侈入谢，与秦平[⑥]。

武王竟至周，而卒于周。其弟立，为昭王。王母宣太后，楚女也。楚怀王怨前秦败楚于丹阳而韩不救，乃以兵围韩雍氏。韩使公仲侈告急于秦。秦昭王新立，太后楚人，不肯救。公仲因甘茂[⑦]，茂为韩言于秦昭王曰："公仲方有得秦救，故敢捍楚也。今雍氏围，秦师不下殽，公仲且仰首而不朝，公叔且以国南合于楚。楚、韩为一，魏氏不敢不听，然则伐秦之形成矣。不识坐而待伐孰与伐人之利？"秦王曰："善！"乃下师于殽以救韩。楚兵去。

秦使向寿平宜阳，而使樗里子、甘茂伐魏皮氏。向寿者，宣太后外族也，而与昭王少相长，故任用。向寿如楚，楚闻秦之贵向寿，而厚事向寿。向寿为秦守宜阳，将以伐韩。韩公仲使苏代谓向寿曰："禽困覆车[⑧]。公破韩，辱公仲，公仲收国复事秦，自以为必可以封。今公与楚解口地，封小令尹以杜阳。秦、楚合，复攻韩，韩必亡。韩亡，公仲且躬率其私徒以阋于秦[⑨]。愿公孰虑之也！"向寿曰："吾合秦、楚非以当韩也[⑩]，子为寿谒之公仲，曰秦、韩之交可合也。"苏代对曰："愿有谒于公。人曰：'贵其所以贵者贵。'王之爱习公也[⑪]，不如公孙奭，其智能公也，不如甘茂。今二人者皆不得亲于秦事，而公独与王主断于国者何？彼有以失之也。公孙奭党于韩，而甘茂党于魏，故王不信也。今秦、楚争强而公党于楚，是与公孙奭、甘茂同道也，公何以异之？人皆言楚之善变也，而公必亡之，是自为责也。公不如与王谋其变也，善韩以备楚，如此则无患矣。韩氏必先以国从公孙奭而后委国于甘茂。韩，公之仇也。今公言善韩以备楚，是外举不僻仇也。"向寿曰："然，吾甚欲韩合。"对曰；"甘茂许公仲以武遂，反宜阳之民，今公徒收之，甚难。"向寿曰："然则奈何？武遂终不可得也？"对曰："公奚不以秦为韩求颍川于楚？此韩之寄地也。公求而得之，是令行于楚而以其地德韩也。公求而不得，是韩、楚之怨不解而交走秦也⑫。秦、楚争强，而公徐过楚以收韩⑬，此利于秦。"向寿曰："奈何？"对曰："此善事也。甘茂欲以魏取齐，公孙奭欲以韩取齐。今公取宜阳以为功，收楚、韩以安之，而诛齐、魏之罪，是以公孙奭、甘茂无事也。"

甘茂竟言秦昭王，以武遂复归之韩。向寿、公孙奭争之，不能得。向寿，公孙奭由此怨，谗甘茂。茂惧，辍伐魏薄阪，亡去。樗里子与魏讲，罢兵。

甘茂之亡秦，奔齐，逢苏代。代为齐使于秦。甘茂曰："臣得罪于秦，惧而遁逃，无所容迹。臣闻贫人女与富人女会绩，贫人女曰：'我无以买烛，而子之烛光幸有余，子可分我余光，无损子明而得一斯便焉。'今臣困而君方使秦而当路矣。茂之妻子在焉，愿君以余光振之。"苏代许诺。遂致使于秦。已，因说秦王曰："甘茂，非常士也。其居于秦，累世重矣。自殽塞及至鬼谷，其地形险易皆明知之。彼以齐约韩、魏反以图秦，非秦之利也。"秦王曰："然则奈何？"苏代曰："王不若重其贽⑭，厚其禄以迎之，使彼来则置之鬼谷，终身勿出。"秦王曰："善！"即赐之上卿，以相印迎之于齐。甘茂不往。苏代谓齐湣王曰："夫甘茂，贤人也。今秦赐之上卿，以相印迎之。甘茂德王之赐，好为王臣，故辞而不往。今王何以礼之？"齐王曰："善。"即位之上卿而处之。秦因复甘茂之家以市于齐。

齐使甘茂于楚，楚怀王新与秦合婚而欢。而秦闻甘茂在楚，使人谓楚王曰："愿送甘茂于秦。"楚王问于范蜎曰："寡人欲置相于秦，孰可？"对曰："臣不足以识之。"楚王曰："寡人欲相甘茂，可乎？"对曰："不可。夫史举，下蔡之监门也，大不为事君，小不为家室，以苟贱不廉闻于世，甘茂事之顺焉。故惠王之明，武王之察，张仪之辩，而甘茂事之，取十官而无罪。茂诚贤者也，然不可相于秦。夫秦之有贤相，非楚国之利也。且王前尝用召滑于越，而内行章义之难，越国乱，故楚南塞厉门而郡江东。计王之功所以能如此者，越国乱而楚治也。今王知用诸越而忘用诸秦，臣以王为巨过矣。然则王若欲置相于秦，则莫若向寿者可。夫向寿之于秦王，亲也，少与之同衣，长与之同车，以听事。王必相向寿于秦，则楚国之利也。"于是使使请秦相向寿于秦。秦卒相向寿。而甘茂竟不得复入秦，卒于魏。

甘茂有孙曰甘罗。甘罗者，甘茂孙也。茂既死后，甘罗年十二，事秦相文信侯吕不韦。

秦始皇帝使刚成君蔡泽于燕，三年而燕王喜使太子丹入质于秦。秦使张唐往相燕，欲与燕共伐赵以广河间之地。张唐谓文信侯曰："臣尝为秦昭王伐赵，赵怨臣，曰：'得唐者与百里之地。'今之燕必经赵，臣不可以行。"文信侯不快，未有以强也⑮。甘罗曰："君侯何不快之甚也？"文信侯曰："吾令刚成君蔡泽事燕三年，燕太子丹已入质矣，吾自请张卿相燕而不肯行。"甘罗曰："臣请行之。"文信侯叱曰："去！我身自请之而不肯，女焉能行之？"甘罗曰："大项橐生七岁为孔子师。今臣生十二岁于兹矣，君其试臣，何遽叱乎？"于是甘罗见张卿曰："卿之功孰与武安君？"卿曰："武安君南挫强楚，北威燕、赵，战胜攻取，破城堕邑，不知其数，臣之功不如也。"甘罗曰："应侯之用于秦也，孰与文信侯专？"张卿曰："应侯不如文信侯专。"甘罗曰："卿明知其不如文信侯专与？"曰："知之。"甘罗曰："应侯欲攻赵，武安君难之，去咸阳七里而立死于杜邮。今文信侯自请卿相燕而不肯行，臣不知卿所死处矣。"张唐曰："请因孺子行。"令装治行。

行有日，甘罗谓文信侯曰："借臣车五乘，请为张唐先报赵。"文信侯乃入言之于始皇曰："昔甘茂之孙甘罗，年少耳，然名家之子孙，诸侯皆闻之。今者张唐欲称疾不肯行，甘罗说而行之。今愿先报赵，请许遣之。"始皇召见，使甘罗于赵。赵襄王郊迎甘罗。甘罗说赵王曰："王闻燕太子丹入质秦欤？"曰："闻之。"曰："闻张唐相燕欤？"曰："闻之。""燕太子丹入秦者，燕不欺秦也。张唐相燕者，秦不欺燕也。燕、秦不相欺者，伐赵，危矣。燕、秦不相欺无异故，欲攻赵而广河间。王不如赍臣五城以广河间，请归燕太子，与强赵攻弱燕。"赵王立自割五城以广河间。秦归燕太子。赵攻燕，得上谷三十城，令秦有十一。甘罗还报秦，乃封甘罗以为上卿，复以始甘茂田宅赐之。

太史公曰：樗里子以骨肉重，固其理，而秦人称其智，故颇采焉⑯。甘茂起下蔡间阎，显名诸侯，重强齐、楚。甘罗年少，然出一奇计，声称后世。虽非笃行之君子，然亦战国之策士也。方秦之强时，天下尤趋谋诈哉。

---

①出：驱逐。
②让：责备；责怪。
③赖：利益。
④特：仅仅；只。
⑤多：称赞；推崇。
⑥平：讲和；媾和。
⑦因：请托。
⑧禽困覆车：飞禽困于危难能将车倾覆。
⑨阏：阻遏；阻塞。
⑩当：抵御；抵敌。
⑪爱习：宠爱；亲近。
⑫交走：交相奔走。
⑬徐：逐渐。
⑭赘：初次见面所持的礼物。
⑮强：勉强。
⑯采：采录；记录。

史记卷七十二

穰侯列传第十二

穰侯魏冉者，秦昭王母宣太后弟也。其先楚人，姓芈氏。

秦武王卒，无子，立其弟为昭王。昭王母故号为芈八子，及昭王即位，芈八子号为宣太后。宣太后非武王母，武王母号曰惠文后，先武王死。宣太后二弟：其异父长弟曰穰侯，姓魏氏，名冉；同父弟曰芈戎，为华阳君。而昭王同母弟曰高陵君、泾阳君。而魏冉最贤，自惠王、武王时任职用事。武王卒，诸弟争立，唯魏冉力为能立昭王。昭王即位，以冉为将军，卫咸阳，诛季君之乱，而逐武王后，出之魏，昭王诸兄弟不善者皆灭之，威振秦国。昭王少，宣太后自治，任魏冉为政。

昭王七年，樗里子死，而使泾阳君质于齐。赵人楼缓来相秦，赵不利，乃使仇液之秦，请以魏冉为秦相。仇液将行，其客宋公谓液曰："秦不听公，楼缓必怨公。公不若谓楼缓曰：'请为公毋急秦。'秦王见赵请相魏冉之不急，且不听公。公言而事不成，以德楼子；事成，魏冉故德公矣。"于是仇液从之。而秦果免楼缓而魏冉相秦。欲诛吕礼，礼出奔齐。

昭王十四年，魏冉举白起，使代向寿将而攻韩、魏，败之伊阙，斩首二十四万，虏魏将公孙喜。明年，又取楚之宛、叶。魏冉谢病免相，以客卿寿烛为相。其明年，烛免，复相冉，乃封魏冉于穰，复益封陶，号曰穰侯。

穰侯封四岁，为秦将攻魏。魏献河东方四百里。拔魏之河内，取城大小六十余。

昭王十九年，秦称西帝，齐称东帝。月余，吕礼来，而齐、秦各复归帝为王。魏冉复相秦，六岁而免。免二岁，复相秦。四岁，而使白起拔楚之郢，秦置南郡。乃封白起为武安君。白起者，穰侯之所任举也，相善。于是穰侯之富，富于王室。

昭王三十二年，穰侯为相国，将兵攻魏，走芒卯，入北宅，遂围大梁，梁大夫须贾说穰侯曰："臣闻魏之长吏谓魏王曰：'昔梁惠王伐赵，战胜三梁，拔邯郸；赵氏不割，而邯郸复归。齐人攻卫，拔故国，杀子良；卫人不割。而故地复反。卫、赵之所以国全兵劲而地不并于诸侯者，以其能忍难而重出地也。宋、中山数伐割地，而国随以亡。臣以为卫、赵可法，而宋、中山可为戒也。秦，贪戾之国也，而毋亲。蚕食魏氏，又尽晋国，战胜暴子，割八县，地未毕入，兵复出矣。夫秦何厌之有哉！今又走芒卯，入北宅，此非敢攻梁也，且劫王以求多割地。王必勿听也。今王背楚、赵而讲秦①，楚、赵怒而去王，与王争事秦，秦必受之。秦挟楚、赵之兵以复攻梁，则国求无亡不可得也。愿王之必无讲也。王若欲讲，少割而有质；不然，必见欺。'此臣之所闻于魏也，愿君之以是虑事也。《周书》曰：'惟命不于常②。'此言幸之不可数也③。夫战胜暴子，割八县，此非兵力之精也，又非计之工也，天幸为多矣。今又走芒卯，入北宅，以攻大梁，是以天幸自为常也，智者不然。臣闻魏氏悉其百县胜甲以上戍大梁，臣以为不下三十万。以三十万之众守梁七仞之城，臣以为汤、武复生，不易攻也。夫轻背楚、赵之兵，陵七仞之城，战三十万之众，而志必举之，臣以为自天地始分以至于今，未尝有者也。攻而不拔，秦兵必罢，陶邑必亡，则前功必弃矣。今魏氏方疑，可以少割收也。愿君逮楚、赵之兵未至于梁④，亟以少割收魏。魏方疑而得以少割为利，必欲之，则君得所欲矣。楚、赵怒于魏之先己也，必争事秦，从以此散，而君后择焉。且君之得地岂必以兵哉！割晋国，秦兵不攻，而魏必效绛安邑。又为陶开两道，几尽故宋，卫必效单父。秦兵可全，而君制之，何索而不得，何为而不成！愿君熟虑之而无行危。"穰侯曰："善。"乃罢梁围。

明年，魏背秦，与齐从亲。秦使穰侯伐魏，斩首四万，走魏将暴鸢，得魏三县。穰侯益封。

明年，穰侯与白起客卿胡阳复攻赵、韩、魏，破芒卯于华阳下，斩首十万，取魏之卷、蔡阳、长社，赵氏观津。且与赵观津，益赵以兵，伐齐。齐襄王惧，使苏代为齐阴遗穰侯书曰："臣闻往来者言曰：'秦将益赵甲四万以伐齐。'臣窃必之敝邑之王曰⑤：'秦王明而熟于计，穰侯智而习于事，必不益赵甲四万以伐齐。'是何也？夫三晋之相与也，秦之深仇也。百相背也，百相欺也，不为不信，不为无行。今破齐以肥赵。赵，秦之深仇，不利于秦。此一也。秦之谋者，必曰：'破齐，弊晋、楚，而后制晋、楚之胜。'夫齐，罢国也⑥，以天下攻齐，如以千钧之弩决溃痈也，必死，安能弊晋、楚？此二也。秦少出兵，则晋、楚不信也；多出兵，则晋、楚为制于秦。齐恐，不走秦，必走晋、楚。此三也。秦割齐以啖晋、楚⑦，晋、楚案之以兵⑧，秦反受敌。

此四也。是晋、楚以秦谋齐，以齐谋秦也，何晋、楚之智而秦、齐之愚？此五也。故得安邑以善事之，亦必无患矣，秦有安邑，韩氏必无上党矣，取天下之肠胃与出兵而惧其不反也，孰利？臣故曰：'秦王明而熟于计，穰侯智而习于事，必不益赵甲四万以伐齐矣。'"于是穰侯不行，此兵而归。

昭王三十六年，相国穰侯言客卿灶，欲伐齐取刚、寿，以广其陶邑。于是魏人范睢自谓张禄先生，讥穰侯之伐齐，乃越三晋以攻齐也，以此时奸说秦昭王。昭王于是用范睢。范睢言宣太后专制，穰侯擅权于诸侯，泾阳君、高陵君之属太侈，富于王室。于是秦昭王悟，乃免相国，令泾阳之属皆出关，就封邑。穰侯出关，辎车千乘有余。

穰侯卒于陶，而因葬焉。秦复收陶为郡。

太史公曰：穰侯，昭王亲舅也，而秦所以东益地，弱诸侯，尝称帝于天下，天下皆西乡稽首者，穰侯之功也。及其贵极富溢，一夫开说，身折势夺而以忧死，况于羁旅之臣乎！

①讲：议和；讲和。
②惟命不于常：天命不是固定不变的。
③幸：天幸；　　数：屡次；频繁。
④逮：及；到。
⑤必之：肯定不会。
⑥罢：通"疲"。疲惫。
⑦唊：利诱；引诱。
⑧案：压制；控制。

史记卷七十三

白起王翦列传第十三

白起者，郿人也，善用兵，事秦昭王。

昭王十三年，而白起为左庶长，将而击韩之新城。是岁，穰侯相秦，举任鄙以为汉中守。其明年，白起为左更，攻韩、魏于伊阙，斩首二十四万，又虏其将公孙喜，拔五城。起迁为国尉。涉河取韩安邑以东，到乾河。明年，白起为大良造。攻魏，拔之，取城小大六十一。明年，起与客卿错攻垣城，拔之。后五年，白起攻赵，拔光狼城。后七年，白起攻楚，拔鄢、邓五城。其明年，攻楚，拔郢，烧夷陵，遂东至竟陵。楚王亡去郢，东走①，徙陈。秦以郢为南郡。白起迁为武安君。武安君因取楚，定巫、黔中郡。昭王三十四年，白起攻魏，拔华阳，走芒卯，而虏三晋将，斩首十三万。与赵将贾偃战，沈其卒二万人于河中②。昭王四十三年，白起攻韩陉城，拔五城，斩首五万。四十四年，白起攻南阳太行道，绝之③。

四十五年，伐韩之野王。野王降秦，上党道绝。其守冯亭与民谋，曰："郑道已绝，韩必不可得为民。秦兵日进，韩不能应，不如以上党归赵。赵若受我，秦怒，必攻赵。赵被兵，必亲韩。韩、赵为一，则可以当秦。"因使人报赵。赵孝成王与平阳君、平原君计之。平阳君曰："不如勿受。受之，祸大于所得。"平原君曰："无故得一郡，受之便。"赵受之，因封冯亭为华阳君。四十六年，秦攻韩缑氏、蔺，拔之。

四十七年，秦使左庶长王龁攻韩，取上党。上党民走赵。赵军长平，以按据上党民④。四月，龁因攻赵。赵使廉颇将。赵军士卒犯秦斥兵⑤，秦斥兵斩赵裨将茄。六月，陷赵军，取二鄣、四尉⑥。七月，赵军筑垒壁而守之。秦又攻其垒，取二尉，败其阵，夺西垒壁。廉颇坚壁以待秦，秦数挑战，赵兵不出。赵王数以为让。而秦相应侯又使人行千金于赵为反间，曰：'秦之所恶，独畏马服子赵括将耳，廉颇易与⑦，且降矣。"赵王既怒廉颇军多失亡，军数败，又反坚壁不敢战，而又闻秦反间之言，因使赵括代廉颇将以击秦。秦闻马服子将，乃阴使武安君白起为上将军，而王龁为尉裨将，令军中有敢泄武安君将者斩。赵括至，则出兵击秦军。秦军详败而走，张二奇兵以劫之⑧。赵军逐胜⑨，追造秦壁⑩，壁坚拒，不得入。而秦奇兵二万五千人绝赵军后，又一军五千骑绝赵壁间，赵军分而为二，粮道绝。而秦出轻兵击之。赵战不利，因筑壁坚守，以待救至。秦王闻赵食道绝，王自之河内，赐民爵各一级，发年十五以上悉诣长平⑪，遮绝赵救及粮食。

至九月，赵卒不得食四十六日，皆内阴相杀食。来攻秦垒，欲出，为四队，四五复之⑫，不能出。其将军赵括出锐卒自搏战，秦军射杀赵括。括军败，卒四十万人降武安君。武安君计曰："前秦已拔上党，上党民不乐为秦而归赵。赵卒反覆，非尽杀之恐为乱。"乃挟诈而尽坑杀之，遗其小者二百四十人归赵。前后斩首虏四十五万人，赵人大震。

四十八年十月，秦复定上党郡。秦分军为二，王龁攻皮牢，拔之；司马梗定太原。韩、赵恐，使苏代厚币说秦相应侯曰："武安君擒马服子乎？"曰："然！"又曰："即围邯郸乎？"曰："然！""赵亡则秦王王矣，武安君为三公。武安君所为秦战胜攻取者七十余城，南定鄢、郢、汉中，北擒赵括之军，虽周、召、吕望之功不益于此矣。今赵亡，秦王王，则武安君必为三公，君能为之下乎？虽无欲为之下，固不得已矣。秦尝攻韩，围邢丘，困上党，上党之民皆反为赵，天下不乐为秦民之日久矣。今亡赵，北地入燕，东地入齐，南地入韩、魏，则君之所得民亡几何人。故不如因而割之，无以为武安君功也。"于是应侯言于秦王曰："秦兵劳，请许韩、赵之割地以和，且休士卒。"王听之，割韩垣雍、赵六城以和。正月，皆罢兵。武安君闻之，由是与应侯有隙。

其九月，秦复发兵，使五大夫王陵攻赵邯郸。是时武安君病，不任行⑬。四十九年正月，陵攻邯郸，少利，秦益发兵佐陵。陵兵亡五校。武安君病愈，秦王欲使武安君代陵将。武安君言曰："邯郸实未易攻也。且诸侯救日至，彼诸侯怨秦之日久矣，今秦虽破长平军，而秦卒死者过半，国内空。远绝河山而争人国都，赵应其内，诸侯攻其外，破秦军必矣。不可！"秦王自命⑭，不行；乃使应侯请之，武安君终辞不肯行，遂称病。

秦王使王龁代陵将，八九月围邯郸，不能拔。楚使春申君及魏公子将兵数十万攻秦军，秦军多失亡，武安君言曰："秦不听臣计，今如何矣！"秦王闻之，怒，强起武安君，武安君遂称病笃。应侯请之，不起。于是免武安君为士伍，迁之阴密。武安君病，未能行。居三月，诸侯攻秦军急，秦军数却，使者日至。秦王乃使人遣白起，不得留咸阳中。

武安君既行，出咸阳西门十里，至杜邮。秦昭王与应侯群臣议曰："白起之迁，其意尚怏怏不服，有余言。"秦王乃使使者赐之剑，自裁。武安君引剑将自刭，曰："我何罪于天而至此哉？"良久，曰："我固当死。长平之战，赵卒降者数十万人，我诈而尽坑之，是足以死。"遂自杀。武安君之死也，以秦昭王五十年十一月，死而非其罪，秦人怜之，乡邑皆祭祀焉。

王翦者，频阳东乡人也。少而好兵，事秦始皇。

始皇十一年，翦将攻赵阏与，破之，拔九城。十八年，翦将攻赵。岁余，遂拔赵，赵王降，尽定赵地为郡。明年，燕使荆轲为贼于秦，秦王使王翦攻燕。燕王喜走辽东，翦遂定燕蓟而还。秦使翦子王贲击荆。荆兵败。还击魏，魏王降，遂定魏地。

秦始皇既灭三晋，走燕王，而数破荆师。秦将李信者，年少壮勇，尝以兵数千逐燕太子丹至于衍水中，卒破得丹，始皇以为贤勇。于是始皇问李信："吾欲攻取荆，于将军度用几何人而足？"李信曰："不过用二十万人。"始皇问王翦，王翦曰："非六十万人不可。"始皇曰："王将军老矣，何怯也！李将军果势壮勇，其言是也。"遂使李信及蒙恬将二十万南伐荆。王翦言不用，因谢病，归老于频阳。李信攻平与，蒙恬攻寝，大破荆军。信又攻鄢郢，破之，于是引兵而西，与蒙恬会城父。荆人因随之，三日三夜不顿舍，大破李信军，入两壁，杀七都尉，秦军走。

始皇闻之，大怒，自驰如频阳，见谢王翦曰："寡人以不用将军计，李信果辱秦军。今闻荆兵日进而西，将军虽病，独忍弃寡人乎！"王翦谢曰："老臣罢病悖乱，唯大王更择贤将。"始皇谢曰："已矣，将军勿复言！"王翦曰："大王必不得已用臣，非六十万人不可。"始皇曰："为听将军计耳。"于是王翦将兵六十万人，始皇自送至灞上。王翦行，请美田宅园池甚众。始皇曰："将军行矣，何忧贫乎？"王翦曰："为大王将，有功终不得封侯，故及大王之向臣[15]，臣亦及时以请园池为子孙业耳。"始皇大笑。王翦既至关，使使还请善田者五辈[16]。或曰："将军之乞贷，亦已甚矣。"王翦曰："不然，夫秦王怚而不信人[17]。今空秦国甲士而专委于我，我不多请田宅为子孙业以自坚[18]，顾令秦王坐而疑我邪？"

王翦果代李信击荆。荆闻王翦益军而来，乃悉国中兵以拒秦。王翦至，坚壁而守之，不肯战。荆兵数出挑战，终不出。王翦日休士洗沐而善饮食抚循之，亲与士卒同食。久之，王翦使人问军中戏乎？对曰："方投石、超距[19]。"于是王翦曰："士卒可用矣。"

荆数挑战而秦不出，乃引而东。翦因举兵追之，令壮士击，大破荆军，至蕲南，杀其将军项燕，荆兵遂败走。秦因乘胜略定荆地城邑。岁余，虏荆王负刍，竟平荆地为郡县。因南征百越之君。而王翦子王贲与李信破定燕、齐地。

秦始皇二十六年，尽并天下，王氏、蒙氏功为多，各施于后世。

秦二世之时，王翦及其子贲皆已死，而又灭蒙氏。陈胜之反秦，秦使王翦之孙王离击赵，围赵王及张耳巨鹿城。或曰："王离，秦之名将也。今将强秦之兵，攻新造之赵，举之必矣。"客曰："不然！夫为将三世者必败。必败者何也？必其所杀伐多矣，其后受其不祥。今王离已三世将矣。"居无何[20]，项羽救赵，击秦军，果虏王离，王离军遂降诸侯。

太史公曰：鄙语云："尺有所短，寸有所长。"白起料敌合变，出奇无穷，声震天下，然不能救患于应侯。王翦为秦将，夷六国，当是时，翦为宿将，始皇师之，然不能辅秦建德，固其根本，偷合取容，以至殁身。及孙王离为项羽所虏，不亦宜乎！彼各有所短也。

①走：逃跑；逃亡。
②沈：通"沉"。淹死。
③绝：遮断，断绝。

④按据：安抚，安定。

⑤犯：侵犯；进攻。　　斥兵：侦察兵。

⑥鄣：通"障"。　　要塞；城堡。

⑦易与：容易对付。

⑧张：布置；埋伏。　　劫：强取。

⑨逐胜：乘胜追击。

⑩造：到达；抵。

⑪诣：到；往。

⑬复：反复。

⑬不任行：不能行动。

⑭自命：亲自下令。

⑮向：亲近；宠信。

⑯辈：批。

⑰俎：通"粗"。粗暴；残忍。

⑱自坚：自己主动表示坚定的忠心。

⑲超距：跳越障碍物。

⑳居无何：过了不久。

史记卷七十四

孟子荀卿列传第十四

　　太史公曰：余读《孟子》书，至梁惠王问"何以利吾国"，未尝不废书而叹也①。曰：嗟乎，利诚乱之始也！夫子罕言利者②，常防其原也③。故曰"放于利而行，多怨"。自天子至于庶人，好利之弊何以异哉！

　　孟轲，邹人也。受业子思之门人。道既通，游事齐宣王，宣王不能用。适梁，梁惠王不果所言④，则见以为迂远而阔于事情，当是之时，秦用商君，富国强兵；楚、魏用吴起，战胜弱敌；齐威王、宣王用孙子、田忌之徒，而诸侯东面朝齐。天下方务于合从连衡，以攻伐为贤，而孟轲乃述唐、虞、三代之德，是以所如者不合。退而与万章之徒序《诗》、《书》，述仲尼之意，作《孟子》七篇。

　　其后有邹子之属。齐有三邹子。其前邹忌，以鼓琴干威王⑤，因及国政，封为成侯而受相印，先孟子。其次邹衍，后孟子。

　　邹衍睹有国者益淫侈，不能尚德，若《大雅》整之于身，施及黎庶矣。乃深观阴阳消息而作怪迂之变，《终始》、《大圣》之篇十余万言。其语闳大不经，必先验小物，推而大之，至于无垠。先序今以上至黄帝，学者所共术，大并世盛衰，因载其禨祥度制，推而远之，至天地未生，窈冥不可考而原也。先列中国名山大川，通谷禽兽，水土所殖，物类所珍，因而推之，及海外人之所不能睹。称引天地剖判以来，五德转移，治各有宜，而符应若兹。以为儒者所谓中国者，于天下乃八十一分居其一分耳。中国名曰赤县神州。赤县神州内自有九州，禹之序九州是也，不得为州数。中国外如赤县神州者九，乃所谓九州也。于是有裨海环之⑥，人民禽兽莫能相通者，如一区中者，乃为一州。如此者九，乃有大瀛海环其外⑦，天地之际焉。其术皆此类也。然要其归，必止乎仁义节俭，君臣上下六亲之施，始也滥耳⑧。

王公大人初见其术，惧然顾化⑨，其后不能行之。是以邹子重于齐。适梁，惠王郊迎，执宾主之礼。适赵，平原君侧行撇席⑩。如燕，昭王拥彗先驱⑪，请列弟子之座而受业，筑碣石宫，身亲往师之。作《主运》。其游诸侯见尊礼如此，岂与仲尼菜色陈、蔡，孟轲困于齐、梁同乎哉！故武王以仁义伐纣而王，伯夷饿不食周粟；卫灵公问陈，而孔子不答；梁惠王谋欲攻赵，孟轲称大王去邠。此岂有意阿世俗苟合而已哉！持方枘欲内圜凿⑫，其能入乎？或曰，伊尹负鼎而勉汤以王，百里奚饭牛车下而缪公用霸，作先合，然后引之大道。邹衍其言虽不轨，傥亦有牛鼎之意乎⑬？

自邹衍与齐之稷下先生，如淳于髡、慎到、环渊、接子、田骈、邹奭之徒，各著书言治乱之事，以干世主，岂可胜道哉！

淳于髡，齐人也。博闻强记，学无所主。其谏说，慕晏婴之为人也，然而承意观色为务。客有见髡于梁惠王，惠王屏左右，独坐而再见之，终无言也。惠王怪之，以让客曰："子之称淳于先生，管、晏不及，及见寡人，寡人未有得也。岂寡人不足为言邪？何故哉？"客以谓髡。髡曰："固也，吾前见王，王志在驱逐；后复见王，王志在音声。吾是以默然。"客具以报王，王大骇，曰：嗟乎，淳于先生诚圣人也！前淳于先生之来，人有献善马者，寡人未及视，会先生至；后先生之来，人有献讴者，未及试，亦会先生来。寡人虽屏人，然私心在彼，有之。"后淳于髡见，壹语连三日三夜无倦。惠王欲以卿相位待之，髡因谢去。于是送以安车驾驷、束帛加璧、黄金百镒。终身不仕。

慎到，赵人；田骈、接子，齐人；环渊，楚人。皆学黄老道德之术，因发明序其指意，故慎到著十二论，环渊著上下篇，而田骈、接子皆有所论焉。

邹奭者，齐诸邹子，亦颇采邹衍之术以纪文。

于是齐王嘉之，自如淳于髡以下，皆命曰列大夫，为开第康庄之衢⑭，高门大屋，尊宠之。览天下诸侯宾客，言齐能致天下贤士也。

荀卿，赵人。年五十始来游学于齐，邹衍之术迂大而闳辩，奭也文具难施，淳于髡久与处，时有得善言。故齐人颂曰："谈天衍，雕龙奭，炙毂过髡⑮。"田骈之属皆已死。齐襄王时，而荀卿最为老师，齐尚修列大夫之缺，而荀卿三为祭酒焉。齐人或谗荀卿，荀卿乃适楚，而春申君以为兰陵令。春申君死而荀卿废，因家兰陵。李斯尝为弟子，已而相秦。荀卿嫉浊世之政，亡国乱君相属，不遂大道而营于巫祝，信机祥，鄙儒小拘，如庄周等又猾稽乱俗。于是推儒、墨、道德之行事兴坏，序列著数万言而卒。因葬兰陵。

而赵亦有公孙龙为坚白同异之辩⑯，剧子之言。魏有李悝，尽地力之教。楚有尸子、长卢；阿之吁子焉。

自如孟子至于吁子，世多有其书，故不论其传云。

盖墨翟，宋之大夫，善守御，为节用。或曰并孔子时，或曰在其后。

---

①废书：放下书。

②夫子：指孔子。

③原：通"源"。

④不果：不赞成。

⑤干：求取。

⑥裨海：小海。

⑦瀛海：大海。

⑧滥：空泛。

⑨顾化：欲遵照实行。

⑩撤席：拂试坐席。

⑪拥彗先驱：拿着扫帚在前面清扫道路。

⑫枘（ruì，音瑞）：榫头。　凿：榫眼。

⑬俔：通"倩"。

⑭开第：修建住宅。　　康庄之衢：宽阔平坦的道路。

⑮炙毂过：烘烤润车油的锅。油虽尽，但仍留余泽于过中。喻智慧丰富，难以穷尽。

⑯坚白：指石头的坚硬与白色两个属性。代指石头。

史记卷七十五

孟尝君列传第十五

　　孟尝君，名文，姓田氏。文之父曰靖郭君田婴。田婴者，齐威王少子而齐宣王庶弟也。田婴自威王时任职用事，与成侯邹忌及田忌将而救韩伐魏。成侯与田忌争宠，成侯卖田忌。田忌惧，袭齐之边邑，不胜，亡走。会威王卒，宣王立，知成侯卖田忌，乃复召田忌以为将。宣王二年，田忌与孙膑、田婴俱伐魏，败之马陵，虏魏太子申而杀魏将庞涓。宣王七年，田婴使于韩、魏，韩、魏服于齐。婴与韩昭侯、魏惠王会齐宣王东阿南，盟而去。明年，复与梁惠王会甄。是岁，梁惠王卒。宣王九年，田婴相齐。齐宣王与魏襄王会徐州而相王也①，楚威王闻之，怒田婴。明年，楚伐败齐师于徐州，而使人逐田婴。田婴使张丑说楚威王②，威王乃止。田婴相齐十一年，宣王卒，湣王即位。即位三年，而封田婴于薛。

　　初，田婴有子四十余人，其贱妾有子名文，文以五月五日生。婴告其母曰："勿举也③。"其母窃举生之④。及长，其母因兄弟而见其子文于田婴⑤。田婴怒其母曰："吾令若去此子⑥，而敢生之，何也？"文顿首⑦，因曰："君所以不举五月子者，何故？"婴曰："五月子者，长与户齐⑧，将不利其父母⑨。"文曰："人生受命于天乎？将受命于户邪？"婴默然。文曰："必受命于天，君何忧焉？必受命于户，则可高其户耳，谁能至者！"婴曰："子休矣。"

　　久之，文承间问其父婴曰："子之子为何？"曰："为孙。""孙之孙为何？"曰："为玄孙。""玄孙之孙为何？"曰："不能知也。"文曰："君用事相齐，至今三王矣，齐不加广而君私家富累万金，门下不见一贤者。文闻将门必有将，相门必有相。今君后宫蹈绮縠而士不得裋褐⑩，仆妾余粱肉而士不厌糟糠⑪。今君又尚厚积余藏，欲以遗所不知何人，而忘公家之事日损，文窃怪之。"于是婴乃礼文，使主家待宾客。宾客日进，名声闻于诸侯。诸侯皆使人请薛公田婴以文为太子，婴许之。婴卒，谥为靖郭君。而文果代立于薛，是为孟尝君。

　　孟尝君在薛。招致诸侯宾客及亡人有罪者，皆归孟尝君。孟尝君舍业厚遇之⑫，以故倾天下之士⑬。食客数千人，无贵贱一与文等。孟尝君待客坐语，而屏风后常有侍史，主记君所与客语，问亲戚居处。客去，孟尝君已使使存问，献遗其亲戚。孟尝君曾待客夜食，有一人蔽火光。

客怒，以饭不等，辍食辞去。孟尝君起，自持其饭比之。客惭，自刭。士以此多归孟尝君。孟尝君客无所择，皆善遇之，人人各自以为孟尝君亲己。

秦昭王闻其贤，乃先使泾阳君为质于齐，以求见孟尝君。孟尝君将入秦，宾客莫欲其行，谏，不听。苏代谓曰："今旦代从外来，见木禺人与土禺人相与语⑭。木禺人曰：'天雨，子将败矣。'土禺人曰：'我生于土，败则归土。今天雨，流子而行⑮，未知所止息也。'今秦，虎狼之国也，而君欲往，如有不得还，君得无为土禺人所笑乎？"孟尝君乃止。

齐湣王二十五年，复卒使孟尝君入秦⑯，昭王即以孟尝君为秦相。人或说秦昭王曰："孟尝君贤，而又齐族也，今相秦，必先齐而后秦⑰，秦其危矣。"于是秦昭王乃止。囚孟尝君，谋欲杀之。孟尝君使人抵昭王幸姬求解，幸姬曰："妾愿得君狐白裘。"此时孟尝君有一狐白裘，直千金⑱，天下无双，入秦献之昭王，更无他裘。孟尝君患之⑲，遍问客，莫能对。最下坐有能为狗盗者，曰："臣能得狐白裘。"乃夜为狗，以入秦宫藏中，取所献狐白裘至，以献秦王幸姬。幸姬为言昭王，昭王释孟尝君。孟尝君得出，即驰去，更封传、变名姓⑳，以出关。夜半至函谷关。秦昭王后悔出孟尝君，求之，已去，即使人驰传逐之㉑。孟尝君至关，关法鸡鸣而出客，孟尝君恐追至，客之居下坐者有能为鸡鸣，而鸡齐鸣，遂发传出。出如食顷㉒，秦追果至关，已后孟尝君出，乃还。始孟尝君列此二人于宾客，宾客尽羞之，及孟尝君有秦难，卒此二人拔之㉓。自是之后，客皆服。

孟尝君过赵，赵平原君客之。赵人闻孟尝君贤，出观之，皆笑曰："始以薛公为魁然也，今视之，乃眇小丈夫耳㉔。"孟尝君闻之，怒。客与俱者下㉕，斫击杀数百人㉖，遂灭一县以去。

齐湣王不自得㉗，以其遣孟尝君。孟尝君至，则以为齐相，任政。

孟尝君怨秦，将以齐为韩、魏攻楚㉘，因与韩、魏攻秦，而借兵食于西周。苏代为西周谓曰："君以齐为韩、魏攻楚九年，取宛、叶以北以强韩、魏，今复攻秦以益之。韩、魏南无楚忧，西无秦患，则齐危矣。韩、楚必轻齐畏秦，臣为君危之。君不如令敝邑深合于秦，而君无攻，又无借兵食。君临函谷而无攻，令敝邑以君之情谓秦昭王曰：'薛公必不破秦以强韩、魏。其攻秦也，欲王之令楚王割东国以与齐，而秦出楚怀王以为和。'君令敝邑以此惠秦，秦得无破而以东国自免也，秦必欲之。楚王得出，必德齐。齐得东国益强，而薛世世无患矣。秦不大弱，而处三晋之西，三晋必重齐。"薛公曰："善。"因令韩、魏贺秦，使三国无攻，而不借兵食于西周矣。是时，楚怀王入秦，秦留之，故欲出之。秦不果出楚怀王。

孟尝君相齐，其舍人魏子为孟尝君收邑入，三反而不致一人㉙，孟尝君问之，对曰："有贤者，窃假与之，以故不致入。"孟尝君怒而退魏子。居数""及田甲劫湣王，湣王意疑孟尝君，孟尝君乃奔。魏子所与粟贤者闻之，乃上书言孟尝君不作乱，请以身为盟，遂自刭宫门以明孟尝君。湣王乃惊，而踪迹验问，孟尝君果无反谋，乃复召孟尝君。孟尝君因谢病，归老于薛。湣王许之。

其后，秦亡将吕礼相齐，欲困苏代。代乃谓孟尝君曰："周最于齐，至厚也，而齐王逐之，而听亲弗相吕礼者，欲取秦也。齐、秦合，则亲弗与吕礼重矣。有用，齐、秦必轻君。君不如急北兵趋赵以和秦、魏，收周最，以厚行㉚，且反齐王之信㉛，又禁天下之变。齐无秦，则天下集齐，亲弗必走，则齐王孰与为其国也！"于是孟尝君从其计，而吕礼嫉害于孟尝君。孟尝君惧，乃遗秦相穰侯魏冉书，曰："吾闻秦欲以吕礼收齐。齐，天下之强国也，子必轻矣。齐、秦相取以临三晋，吕礼必并相矣，是子通齐以重吕礼也。若齐免于天下之兵，其仇子必深矣。子不如劝秦王伐齐。齐破，吾请以所得封子。齐破，秦畏晋之强，秦必重子以取晋。晋国敝于齐而畏秦㉜，晋必重子以取秦。是子破齐以为功，挟晋以为重。是子破齐定封，秦、晋交重子。若齐不破，吕礼复用，子必大穷。"于是穰侯言于秦昭王伐齐，而吕礼亡。

后齐湣王灭宋，益骄，欲去孟尝君。孟尝君恐，乃如魏。魏昭王以为相，西合于秦、赵，与燕共伐破齐。齐湣王亡在莒，遂死焉。齐襄王立，而孟尝君中立于诸侯，无所属。齐襄王新立，畏孟尝君，与连和，复亲薛公。文卒，谥为孟尝君。诸子争立，而齐、魏共灭薛。孟尝君绝嗣无后也。

初，冯驩闻孟尝君好客，蹑蹻而见之㉝。孟尝君曰："先生远辱，何以教文也？"冯驩曰："闻君好士，以贫身归于君。"孟尝君置传舍十日。孟尝君问传舍长曰："客何所为？"答曰："冯先生甚贫，犹有一剑耳，又蒯缑㉞。弹其剑而歌曰：'长铗归来乎㉟，食无鱼。'"孟尝君迁之幸舍㊱，食有鱼矣。五日，又问传舍长。答曰："客复弹剑而歌曰：'长铗归来乎，出无舆。'"孟尝君迁之代舍㊲，出入乘舆车矣。五日，孟尝君复问传舍长。舍长答曰："先生又尝弹剑而歌曰：'长铗归来乎，无以为家。'"孟尝君不悦。

居期年㊳，冯驩无所言。孟尝君时相齐，封万户于薛。其食客三千人，邑入不足以奉客。使人出钱于薛㊴，岁余不入，贷钱者多不能与其息，客奉将不给。孟尝君忧之，问左右："何人可使收债于薛者？"传舍长曰："代舍客冯公形容状貌甚辩，长者，无他伎能，宜可令收债。"孟尝君乃进冯驩，而请之曰㊵："宾客不知文不肖，幸临文者三千余人，邑人不足以奉宾客，故出息钱于薛。薛岁不入，民颇不与其息。今客食恐不给，愿先生责之㊶。"冯驩曰："诺。"辞行。至薛，召取孟尝君钱者皆会，得息钱十万。乃多酿酒，买肥牛，召诸取钱者，能与息者皆来，不能与息者亦来，皆持取钱之券书合之。齐为会，日杀牛置酒。酒酣，乃执券如前合之，能与息者，与为期；贫不能与息者，取其券而烧之。曰："孟尝君所以贷钱者，为民之无者以为本业也；所以求息者，为无以奉客也。今富给者以要期㊷，贫穷者燔券书以捐之。诸君强饮食。有君如此，岂可负哉！"坐者皆起，再拜。

孟尝君闻冯驩烧券书，怒而使使召驩。驩至，孟尝君曰："文食客三千人，故贷钱于薛。文奉邑少，而民尚多不以时与其息，客食恐不足，故请先生收责之。闻先生得钱，即以多具牛酒而烧券书，何？"冯驩曰："然！不多具牛酒即不能毕会，无以知其有余不足。有余者，为要期。不足者，虽守而责之十年，息愈多，急，即以逃亡自捐之㊸。若急，终无以偿。上则为君好利不爱士民，下则有离上抵负之名，非所以厉士民彰君声也㊹。焚无用虚债之券，捐不可得之虚计，令薛民亲君而彰君之善声也，君有何疑焉！"孟尝君乃拊手而谢之㊺。

齐王惑于秦、楚之毁㊻，以为孟尝君名高其主而擅齐国之权，遂废孟尝君。诸客见孟尝君废，皆去。冯驩曰："借臣车一乘，可以入秦者，必令君重于国而奉邑益广，可乎？"孟尝君乃约车币而遣之㊼。冯驩乃西说秦王曰："天下之游士冯轼结靷西入秦者㊽，无不欲强秦而弱齐；冯轼结靷东入齐者，无不欲强齐而弱秦。此雄雌之国也，势不两立为雄，雄者得天下矣。"秦王跽而问之曰㊾："何以使秦无为雌而可？"冯驩曰："王亦知齐之废孟尝君乎？"秦王曰："闻之。"冯驩曰："使齐重于天下者，孟尝君也。今齐王以毁废之，其心怨，必背齐；背齐入秦，则齐国之情、人事之诚㊿，尽委之秦，齐地可得也，岂直为雄也！君急使使载币阴迎孟尝君，不可失时也。如有齐觉悟，复用孟尝君，则雌雄之所在未可知也。"秦王大悦，乃遣车十乘黄金百镒以迎孟尝君。冯驩辞以先行，至齐，说齐王曰："天下之游士冯轼结靷东入齐者，无不欲强齐而弱秦者；冯轼结靷西入秦者，无不欲强秦而弱齐者。夫秦、齐，雄雌之国，秦强则齐弱矣，此势不两雄。今臣窃闻秦遣使车十乘载黄金百镒以迎孟尝君。孟尝君不西则已，西入相秦则天下归之，秦为雄而齐为雌，雌则临淄、即墨危矣。王何不先秦使之未到，复孟尝君，而益与之邑以谢之？孟尝君必喜而受之。秦虽强国，岂可以请人相而迎之哉！折秦之谋，而绝其霸强之略。"齐王曰："善！"乃使人至境候秦使。秦使车适入齐境，使还驰告之，王召孟尝君而复其相位，而与其故邑之地，又益以千户。秦之使者闻孟尝君复相齐，还车而去矣。

自齐王毁废孟尝君，诸客皆去。后召而复之，冯驩迎之。未到，孟尝君太息叹曰："文常好客，遇客无所敢失，食客三千有余人，先生所知也。客见文一日废，皆背文而去，莫顾文者。今赖先生得复其位，客亦有何面目复见文乎！如复见文者，必唾其面而大辱之。"冯驩结辔下拜，孟尝君下车接之，曰："先生为客谢乎？"冯驩曰："非为客谢也，为君之言失。夫物有必至，事有固然，君知之乎？"孟尝君曰："愚不知所谓也。"曰："生者必有死，物之必至也；富贵多士，贫贱寡友，事之固然也。君独不见夫趣市朝者乎？明旦，侧肩争门而入；日暮之后，过市朝者掉臂而不顾。非好朝而恶暮，所期物忘其中㉚。今君失位，宾客皆去，不足以怨士而徒绝宾客之路。愿君遇客如故。"孟尝君再拜曰："敬从命矣！闻先生之言，敢不奉教焉！"

太史公曰：吾尝过薛，其俗闾里率多暴桀子弟，与邹、鲁殊。问其故，曰："孟尝君招致天下任侠、奸人入薛中盖六万余家矣。"世之传孟尝君好客自喜，名不虚矣。

---

①相王：互相承认对方称王。

②说：劝说。

③举：抚养。

④生：养育。

⑤因：通过；经由。

⑥若：你。

⑦顿首：叩头而拜。

⑧户：门户；门。

⑨不利其父母：古代习俗认为五月五日生子，男害父，女害母。

⑩绮縠（hú，音湖）：华美的丝衣。　　裋（shū，音书）褐：粗陋的衣服。

⑪粱肉：精美的食物。　　厌：吃饱。

⑫业：家产。

⑬倾：穷尽；尽数。

⑭禺：通"偶"。

⑮流子而行：把你浮起漂流而行。

⑯卒：终于。

⑰先：优先。

⑱直：通"值"。

⑲患：忧虑；担心。

⑳封传：通行证。

㉑驰传：乘驿传车急行。

㉒食顷：一顿饭的工夫。

㉓拔：救难；拯救。

㉔眇：通"渺"。

㉕客与俱者：跟随的宾客。　　下：下车。

㉖斫：砍。　　击：槌打。

㉗不自得：认为自己无德。得，通"德"。

㉘为：帮助。

㉙反：通"返"。往返。

㉚厚行：增益品行。

③反齐王之信：挽回齐王（对孟尝君）的信任。

㉜敝：危困；挫败。

㉝蹑蹻（nièjué，音聂决）：穿着草鞋。

㉞𦸑缏：用草绳缠的剑柄。

㉟铗：剑。

㊱幸舍：中等客房。

㊲代舍：上等客房。

㊳期年：一年。

㊴出钱：放债。

㊵进：请来；召来。

㊶责：索取。

㊷要期：约定期限。

㊸捐：放弃。

㊹厉：通"励"。勉励；劝勉。

㊺拊手：拍手；鼓掌。

㊻毁：诋毁；诽谤。

㊼约：收集；准备。

㊽冯轼结靷：驾车往来奔走。冯，通"凭"，倚靠；靠。轼，车厢前供人凭倚的横木。结，扎缚。靷（yǐn，音引），驾车的皮带。

㊾跽（jì，音计）：双膝着地、上身挺直的跪恣。

㊿情：情报。　　诚：真实情况。

51所期物：所期望得到的东西。　　忘：无；没有。

史记卷七十六

平原君虞卿列传第十六

平原君赵胜者，赵之诸公子也。诸子中胜最贤，喜宾客，宾客盖至者数千人①。平原君相赵惠文王及孝成王，三去相，三复位，封于东武城。

平原君家楼临民家。民家有躄者②，槃散行汲③。平原君美人居楼上，临见，大笑之。明日，躄者至平原君门，请曰："臣闻君之喜士，士不远千里而至者，以君能贵士而贱妾也。臣不幸有罢癃之病④，而君之后宫临而笑臣，臣愿得笑臣者头。"平原君笑应曰："诺！"躄者去，平原君笑曰："观此竖子，乃欲以一笑之故杀吾美人，不亦甚乎！"终不杀。居岁余，宾客门下舍人稍稍引去者过半。平原君怪之，曰："胜所以待诸君者未尝敢失礼，而去者何多也？"门下一人前对曰："以君之不杀笑躄者，以君为爱色而贱士，士即去耳。"于是平原君乃斩笑躄者美人头，自造门进躄者，因谢焉。其后门下乃复稍稍来。是时齐有孟尝，魏有信陵，楚有春申，故争相倾以待士。

秦之围邯郸，赵使平原君求救，合从于楚，约与食客门下有勇力文武备具者二十人偕。平原君曰："使文能取胜，则善矣。文不能取胜，则歃血于华屋之下⑤，必得定从而还⑥。士不外索，取于食客门下足矣。"得十九人，余无可取者，无以满二十人。门下有毛遂者，前，自赞于平原君曰："遂闻君将合从于楚，约与食客门下二十人偕，不外索。今少一人，愿君即以遂备员而行矣。"平原君曰："先生处胜之门下几年于此矣？"毛遂曰："三年于此矣。"平原君曰："夫贤士之处世也，譬若锥之处囊中，其末立见。今先生处胜之门下三年于此矣，左右未有所称诵，胜未有所闻，是先生无所有也。先生不能！先生留。"毛遂曰："臣乃今日请处囊中耳。使遂早得处囊中，乃颖脱而出，非特其末见而已。"平原君竟与毛遂偕。十九人相与目笑之而未废也。

　　毛遂比至楚，与十九人论议，十九人皆服。平原君与楚合从，言其利害，日出而言之，日中不决。十九人谓毛遂曰："先生上。"毛遂按剑历阶而上⑦，谓平原君曰："从之利害，两言而决耳。今日出而言从，日中不决，何也？"楚王谓平原君曰："客何为者也？"平原君曰："是胜之舍人也。"楚王叱曰："胡不下！吾乃与而君言，汝何为者也！"毛遂按剑而前曰："王之所以叱遂者，以楚国之众也。今十步之内，王不得恃楚国之众也，王之命县于遂手。吾君在前，叱者何也？且遂闻汤以七十里之地王天下，文王以百里之壤而臣诸侯，岂其士卒众多哉！诚能据其势而奋其威。今楚地方五千里，持戟百万，此霸王之资也。以楚之强，天下弗能当。白起，小竖子耳，率数万之众，兴师以与楚战，一战而举鄢、郢，再战而烧夷陵，三战而辱王之先人。此百世之怨，而赵之所羞，而王弗知恶焉。合从者为楚，非为赵也。吾君在前，叱者何也？"楚王曰："唯唯⑧，诚若先生之言，谨奉社稷而以从。"毛遂曰："从定乎？"楚王曰："定矣。"毛遂谓楚王之左右曰："取鸡狗马之血来。"毛遂奉铜槃而跪进之楚王⑨，曰："王当歃血而定从，次者吾君，次者遂。"遂定从于殿上。毛遂左手持槃血而右手招十九人曰："公相与歃此血于堂下。公等录录⑩，所谓因人成事者也。"平原君已定从而归，归至于赵，曰："胜不敢复相士。胜相士多者千人，寡者百数，自以为不失天下之士，今乃于毛先生而失之也。毛先生一至楚，而使赵重于九鼎大吕⑪。毛先生以三寸之舌，强于百万之师。胜不敢复相士。"遂以为上客。

　　平原君既返赵，楚使春申君将兵赴救赵，魏信陵君亦矫夺晋鄙军往救赵，皆未至。秦急围邯郸，邯郸急，且降，平原君甚患之。邯郸传舍吏子李同说平原君曰："君不忧赵亡邪？"平原君曰："赵亡则胜为虏，何为不忧乎？"李同曰："邯郸之民，炊骨易子而食，可谓急矣，而君之后宫以百数，婢妾被绮縠，余粱肉，而民褐衣不完，糟糠不厌；民困兵尽，或剡木为矛矢，而君器物钟磬自若。使秦破赵，君安得有此？使赵得全，君何患无有？今君诚能令夫人以下编于士卒之间，分功而作，家之所有尽散以飨士，士方其危苦之时，易德耳。"于是平原君从之，得敢死之士三千人。李同遂与三千人赴秦军，秦军为之却三十里。亦会楚、魏救至，秦兵遂罢，邯郸复存。李同战死，封其父为李侯。

　　虞卿欲以信陵君之存邯郸为平原君请封。公孙龙闻之，夜驾见平原君曰："龙闻虞卿欲以信陵君之存邯郸为君请封，有之乎？"平原君曰："然。"龙曰："此甚不可。且王举君而相赵者，非以君之智能为赵国无有也；割东武城而封君者，非以君为有功也，而以国人无勋，乃以君为亲戚故也。君受相印不辞无能，割地不言无功者，亦自以为亲戚故也。今信陵君存邯郸而请封，是亲戚受城而国人计功也。此甚不可。且虞卿操其两权，事成，操右券以责；事不成，以虚名德君。君必勿听也。"平原君遂不听虞卿。

　　平原君以赵孝成王十五年卒。子孙代。后竟与赵俱亡。

　　平原君厚待公孙龙。公孙龙善为坚白之辩，及邹衍过赵言至道，乃绌公孙龙⑫。

　　虞卿者，游说之士也。蹑屩檐簦说赵孝成王⑬。一见，赐黄金百镒，白璧一双；再见，为赵上卿，故号为虞卿。秦、赵战于长平，赵不胜，亡一都尉。赵王召楼昌与虞卿曰："军战不胜，尉复死，寡人使束甲而趋之，何如？"楼昌曰："无益也，不如发重使为媾。"虞卿曰："昌言媾者，以为不媾军必破也。而制媾者在秦。且王之论秦也，欲破赵之军乎？不邪？"王曰："秦不遗余力矣，必且欲破赵军！"虞卿曰："王听臣，发使出重宝以附楚、魏，楚、魏欲得王之重宝，必内吾使。赵使入楚、魏，秦必疑天下之合从，且必恐。如此，则媾乃可为也。"赵王不听，与平阳君为媾，发郑朱入秦。秦内之。赵王召虞卿曰："寡人使平阳君为媾于秦，秦已内郑朱矣，卿以为奚如？"虞卿对曰："王不得媾，军必破矣。天下贺战胜者皆在秦矣。郑朱，贵人也，入秦，秦王与应侯必显重以示天下。楚、魏以赵为媾，必不救王。秦知天下不救王，则媾不可得成也。"应侯果显郑朱以示天下贺战胜者，终不肯媾。长平大败，遂围邯郸，为天下笑。

秦既解邯郸围，而赵王入朝，使赵郝约事于秦，割六县而媾。虞卿谓赵王曰："秦之攻王也，倦而归乎？王以其力尚能进，爱王而弗攻乎？"王曰："秦之攻我也，不遗余力矣，必以倦而归也。"虞卿曰："秦以其力攻其所不能取，倦而归，王又以其力之所不能取以送之，是助秦自攻也。来年秦复攻王，王无救矣。"王以虞卿之言告赵郝，赵郝曰："虞卿诚能尽秦力之所至乎？诚知秦力之所不能进，此弹丸之地弗予，令秦来年复攻王，王得无割其内而媾乎？"王曰："请听子割矣。子能必使来年秦之不复攻我乎？"赵郝对曰："此非臣之所敢任也。他日三晋之交于秦，相善也。今秦善韩、魏而攻王，王之所以事秦必不如韩、魏也。今臣为足下解负亲之攻⑭，开关通币，齐交韩、魏。至来年而王独取攻于秦，此王之所以事秦必在韩、魏之后也。此非臣之所敢任也。"

王以告虞卿，虞卿对曰："郝言'不媾，来年秦复攻王，王得无割其内而媾乎'。今媾，郝又以不能必秦之不复攻也。今虽割六城何益！来年复攻，又割其力之所不能取而媾，此自尽之术也，不如无媾。秦虽善攻，不能取六县；赵虽不能守，终不失六城。秦倦而归，兵必罢。我以六城收天下以攻罢秦，是我失之于天下而取偿于秦也，吾国尚利，孰与坐而割地自弱以强秦哉？今郝曰'秦善韩、魏而攻赵者，必王之事秦不如韩、魏也'，是使王岁以六城事秦也，即坐而城尽。来年秦复求割地，王将与之乎？弗与，是弃前功而挑秦祸也；与之，则无地而给之。语曰：'强者善攻，弱者不能守'。今坐而听秦，秦兵不弊而多得地，是强秦而弱赵也。以益强之秦而割愈弱之赵，其计故不止矣。且王之地有尽而秦之求无已，以有尽之地而给无已之求，其势必无赵矣。"

赵王计未定，楼缓从秦来，赵王与楼缓计之，曰："予秦地如毋予，孰吉？"缓辞让曰："此非臣之所能知也。"王曰："虽然，试言公之私。"楼缓对曰："王亦闻夫公甫文伯母乎？公甫文伯仕于鲁，病死，女子为自杀于房中者二人。其母闻之，弗哭也。其相室曰⑮：'焉有子死而弗哭者乎？'其母曰：'孔子，贤人也，逐于鲁，而是人不随也。今死而妇人为之自杀者二人，若是者必其于长者薄而于妇人厚也。'故从母言之，是为贤母；从妻言之，是必不免为妒妻。故其言一也，言者异则人心变矣。今臣新从秦来而言勿予，则非计也；言予之，恐王以臣为为秦也。故不敢对。使臣得为大王计，不如予之。"王曰："诺！"

虞卿闻之，入见王曰："此饰说也，王慎勿予！"楼缓闻之，往见王。王又以虞卿之言告楼缓，楼缓对曰："不然！虞卿得其一，不得其二。夫秦、赵构难而天下皆说，何也？曰：'吾且因强而乘弱矣。'今赵兵困于秦，天下之贺战胜者则必尽在于秦矣。故不如亟割地为和，以疑天下而慰秦之心。不然，天下将因秦之怒，乘赵之弊，瓜分之。赵且亡，何秦之图乎？故曰虞卿得其一，不得其二。愿王以此决之，勿复计也。"

虞卿闻之，往见王，曰："危哉楼子之所以为秦者！是愈疑天下，而何慰秦之心哉？独不言其示天下弱乎？且臣言勿予者，非固勿予而已也。秦索六城于王，而王以六城赂齐。齐，秦之深仇也，得王之六城，并力西击秦。齐之听王，不待辞之毕也。则是王失之于齐而取偿于秦也。而齐、赵之深仇可以报矣，而示天下有能为也。王以此发声⑯，兵未窥于境，臣见秦之重赂至赵而反媾于王也。从秦为媾，韩、魏闻之，必尽重王；重王，必出重宝以先于王。则是王一举而结三国之亲，而与秦易道也⑰。"赵王曰："善！"则使虞卿东见齐王，与之谋秦。虞卿未返，秦使者已在赵矣。楼缓闻之，亡去。赵于是封虞卿以一城。

居顷之，而魏请为从。赵孝成王召虞卿谋。过平原君⑱，平原君曰："愿卿之论从也。"虞卿入见王。王曰："魏请为从。"对曰："魏过。"王曰："寡人固未之许。"对曰："王过。"王曰："魏请从，卿曰魏过，寡人未之许，又曰寡人过。然则从终不可乎？"对曰："臣闻小国之与大国从事也，有利则大国受其福，有败则小国受其祸。今魏以小国请其祸，而王以大国辞其福，臣故曰王过，魏亦过。窃以为从便。"王曰："善。"乃合魏为从。

虞卿既以魏齐之故，不重万户侯卿相之印，与魏齐间行，卒去赵，困于梁。魏齐已死，不得意，乃著书，上采《春秋》，下观近世，曰《节义》、《称号》、《揣摩》、《政谋》，凡八篇。以刺讥国家得失，世传之曰《虞氏春秋》。

太史公曰：平原君，翩翩浊世之佳公子也，然未睹大体。鄙语曰'利令智昏'，平原君贪冯亭邪说，使赵陷长平兵四十余万众，邯郸几亡。虞卿料事揣情，为赵画策，何其工也！及不忍魏齐，卒困于大梁，庸夫且知其不可，况贤人乎？然虞卿非穷愁，亦不能著书以自见于后世云。

---

①盖：大约；约略。

②蹩（bié，音别）：跛子。

③桀散：一瘸一拐。 行汲：担水。

④罢癃：残疾；残废。

⑤华屋：高大宽敞的屋子。指议事或会盟的大房子。

⑥定从：订立盟约。

⑦历阶：一步一阶地登上台阶。

⑧唯唯：谦卑之音。

⑨桀：通"盘"。

⑩录录：通"碌碌"。平庸不用。

⑪九鼎大吕：最宝贵的传国器物。九鼎传为夏禹所铸，大吕为周庙中的大钟。

⑫绌：通"黜"。疏远；排斥。

⑬檐簦（dēng，音灯）：打着伞。

⑭负亲：背叛亲交。

⑮相室：保姆。

⑯发声：宣布；声张。

⑰易道：更换了主动与被动的地位。

⑱过：拜访；造访。

史记卷七十七

魏公子列传第十七

　　魏公子无忌者，魏昭王少子而魏安釐王异母弟也。昭王薨，安釐王即位，封公子为信陵君。是时范睢亡魏相秦，以怨魏齐故，秦兵围大梁，破魏华阳下军①，走芒卯。魏王及公子患之。

　　公子为人仁而下士，士无贤不肖皆谦而礼交之，不敢以其富贵骄士。士以此方数千里争往归之，致食客三千人。当是时，诸侯以公子贤，多客，不敢加兵谋魏十余年。

　　公子与魏王博②，而北境传举烽③，言"赵寇至，且入界"。魏王释博，欲召大臣谋。公子止王曰："赵王田猎耳，非为寇也。"复博如故。王恐，心不在博。居顷④，复从北方来传言曰："赵王猎耳，非为寇也。"魏王大惊，曰："公子何以知之？"公子曰："臣之客有能探得赵王阴事者，赵王所为，客辄以报臣，臣以此知之。"是后魏王畏公子之贤能，不敢任公子以国政。

　　魏有隐士曰侯嬴，年七十，家贫，为大梁夷门监者。公子闻之，往请，欲厚遗之⑤。不肯受，曰："臣修身絜行数十年，终不以监门困故而受公子财。"公子于是乃置酒大会宾客。坐定，公子从车骑⑥，虚左⑦，自迎夷门侯生。侯生摄敝衣冠⑧，直上，载公子上坐⑨，不让，欲以观公子。公子执辔愈恭。侯生又谓公子曰："臣有客在市屠中，愿枉车骑过之⑩。"公子引车入市，侯生下见其客朱亥，俾倪⑪，故久立与其客语，微察公子。公子颜色愈和。当是时，魏将相宗室宾客满堂，待公子举酒。市人皆观公子执辔，从骑皆窃骂侯生。侯生视公子色终不变，乃谢客就车。至家，公子引侯生坐上坐，遍赞宾客，宾客皆惊。酒酣，公子起，为寿侯生前。侯生因谓公子曰："今日嬴之为公子亦足矣。嬴乃夷门抱关者也⑫，而公子亲枉车骑，自迎嬴于众人广坐之中，不宜有所过，今公子故过之。然嬴欲就公子之名，故久立公子车骑市中，过客以观公子，公子愈恭。市人皆以嬴为小人，而以公子为长者能下士也。"于是罢酒。侯生遂为上客。

　　侯生谓公子曰："臣所过屠者朱亥，此子贤者，世莫能知，故隐屠间耳。"公子往数请之，朱亥故不复谢⑬，公子怪之。

　　魏安釐王二十年，秦昭王已破赵长平军，又进兵围邯郸。公子姊为赵惠文王弟平原君夫人，数遗魏王及公子书，请救于魏。魏王使将军晋鄙将十万众救赵。秦王使使者告魏王曰："吾攻赵旦暮且下，而诸侯敢救者，已拔赵，必移兵先击之。"魏王恐，使人止晋鄙，留军壁邺⑭，名为救赵，实持两端以观望。平原君使者冠盖相属于魏⑮，让魏公子曰："胜所以自附为婚姻者，以公子之高义，为能急人之困。今邯郸旦暮降秦而魏救不至，安在公子能急人之困也！且公子纵轻胜⑯，弃之降秦，独不怜公子姊邪？"公子患之，数请魏王，及宾客辩士说王万端⑰。魏王畏秦，终不听公子。公子自度终不能得之于王，计不独生而令赵亡，乃请宾客，约车骑百余乘⑱，欲以客往赴秦军，与赵俱死。

　　行过夷门，见侯生，具告所以欲死秦军状。辞决而行，侯生曰："公子勉之矣，老臣不能从。"公子行数里，心不快，曰："吾所以待侯生者备矣⑲，天下莫不闻。今吾且死而侯生曾无一言半辞送我，我岂有所失哉？"复引车还，问侯生。侯生笑曰："臣固知公子之还也。"曰："公子喜士，名闻天下。今有难，无他端而欲赴秦军，譬若以肉投馁虎，何功之有哉？尚安事客？然公子遇臣厚，公子往而臣不送，以是知公子恨之复返也。"公子再拜，因问。侯生乃屏人间语，曰："嬴闻晋鄙之兵符常在王卧内，而如姬最幸，出入王卧内，力能窃之。嬴闻如姬父为人所杀，如姬资之三年②，自王以下欲求报其父仇，莫能得。如姬为公子泣，公子使客斩其仇头，敬进如姬。如姬之欲为公子死无所辞，顾未有路耳。公子诚一开口，请如姬，如姬必许诺，则得虎符夺晋鄙军，北救赵而西却秦，此五霸之伐也。"公子从其计，请如姬。如姬果盗晋鄙兵符与公子。

公子行，侯生曰："将在外，主令有所不受，以便国家。公子即合符，而晋鄙不授公子兵而复请之，事必危矣。臣客屠者朱亥可与俱，此人力士。晋鄙听，大善；不听，可使击之。"于是公子泣。侯生曰："公子畏死邪？何泣也？"公子曰："晋鄙嚄唶宿将②，往，恐不听，必当杀之，是以泣耳，岂畏死哉？"于是公子请朱亥。朱亥笑曰："臣乃市井鼓刀屠者，而公子亲数存之②，所以不报谢者，以为小礼，无所用。今公子有急，此乃臣效命之秋也。"遂与公子俱。公子过谢侯生，侯生曰："臣宜从，老不能。请数公子行日，以至晋鄙军之日，北乡自刭，以送公子。"公子遂行。

至邺，矫魏王令代晋鄙。晋鄙合符，疑之，举手视公子曰："今吾拥十万之众，屯于境上，国之重任，今单车来代之，何如哉？"欲无听。朱亥袖四十斤铁椎，椎杀晋鄙。公子遂将晋鄙军，勒兵下令军中曰："父子俱在军中，父归；兄弟俱在军中，兄归；独子无兄弟，归养。"得选兵八万人，进兵击秦军。秦军解去，遂救邯郸，存赵。赵王及平原君自迎公子于界，平原君负韊矢为公子先引③。赵王再拜曰："自古贤人未有及公子者也！"当此之时，平原君不敢自比于人。公子与侯生决，至军，侯生果北乡自刭。

魏王怒公子之盗其兵符，矫杀晋鄙，公子亦自知也。已却秦存赵，使将将其军归魏，而公子独与客留赵。赵孝成王德公子之矫夺晋鄙兵而存赵，乃与平原君计，以五城封公子。公子闻之，意骄矜而有自功之色。客有说公子曰："物有不可忘，或有不可不忘。夫人有德于公子，公子不可忘也；公子有德于人，愿公子忘之也。且矫魏王令、夺晋鄙兵以救赵，于赵则有功矣，于魏则未为忠臣也。公子乃自骄而功之，窃为公子不取也。"于是公子立自责，似若无所容者。赵王扫除自迎，执主人之礼，引公子就西阶；公子侧行辞让，从东阶上。自言罪过：以负于魏，无功于赵。赵王侍酒至暮，口不忍献五城，以公子退让也。公子竟留赵。赵王以鄗为公子汤沐邑，魏亦复以信陵奉公子。公子留赵。

公子闻赵有处士毛公藏于博徒、薛公藏于卖浆家。公子欲见两人，两人自匿，不肯见公子。公子闻所在，乃间步往从此两人游④，甚欢。平原君闻之，谓其夫人曰："始吾闻夫人弟公子天下无双，今吾闻之，乃妄从博徒、卖浆者游。公子妄人耳。"夫人以告公子。公子乃谢夫人去，曰："始吾闻平原君贤，故负魏王而救赵，以称平原君⑤。平原君之游，徒豪举耳，不求士也。无忌自在大梁时，常闻此两人贤，至赵，恐不得见。以无忌从之游，尚恐其不我欲也。今平原君乃以为羞，其不足从游。"乃装，为去⑥。夫人具以语平原君，平原君乃免冠谢，固留公子。平原君门下闻之，半去平原君，归公子。天下士复往归公子。公子倾平原君客⑦。

公子留赵十年不归，秦闻公子在赵，日夜出兵东伐魏。魏王患之，使使往请公子。公子恐其怒之，乃诫门下："有敢为魏王使通者死。"宾客皆背魏之赵，莫敢劝公子归。毛公、薛公两人往见公子曰："公子所以重于赵、名闻诸侯者，徒以有魏也。今秦攻魏，魏急而公子不恤，使秦破大梁而夷先王之宗庙，公子当何面目立天下乎？"语未及卒，公子立变色，告车趣驾归救魏。魏王见公子，相与泣，而以上将军印授公子，公子遂将。

魏安釐王三十年，公子使使遍告诸侯。诸侯闻公子将，各遣将将兵救魏。公子率五国之兵破秦军于河外，走蒙骜。遂乘胜逐秦军至函谷关，抑秦兵，秦兵不敢出。当是时，公子威振天下，诸侯之客进兵法，公子皆名之㉘，故世俗称《魏公子兵法》。

秦王患之，乃行金万斤于魏，求晋鄙客，令毁公子于魏王曰："公子亡在外十年矣，今为魏将，诸侯将皆属，诸侯徒闻魏公子，不闻魏王。公子亦欲因此时定南面而王。诸侯畏公子之威，方欲共立之。"秦数使反间，伪贺公子得立为魏王未也。魏王日闻其毁，不能不信，后果使人代公子将。公子自知再以毁废，乃谢病不朝，与宾客为长夜饮，饮醇酒，多近妇女。日夜为乐饮者四岁，竟病酒而卒。其岁，魏安釐王亦薨。

秦闻公子死，使蒙骜攻魏，拔二十城，初置东郡。其后秦稍蚕食魏，十八岁而虏魏王，屠大梁。

高祖始微少时㉔，数闻公子贤，及即天子位，每过大梁，常祠公子。高祖十二年，从击黥布还，为公子置守冢五家，世世岁以四时奉祠公子。

太史公曰：吾过大梁之墟，求问其所谓夷门。夷门者，城之东门也。天下诸公子亦有喜士者矣，然信陵君之接岩穴隐者，不耻下交，有以也㉚；名冠诸侯，不虚耳。高祖每过之而令民奉祠不绝也。

---

①华阳下军：驻扎在华阳的军队。

②博：下棋。

③烽：烽火。

④居顷：过了不久。

⑤遗（wèi，音卫）：赠礼；给予。

⑥从车骑：让车骑随从自己。

⑦虚左：空着左边的座位。古代车乘以左边为尊。

⑧摄：整理。　　敝：破旧。

⑨载：乘坐。

⑩过：拜访。

⑪俾倪（bì nì，音毕拟）：通"睥睨"。斜着眼看。

⑫关：门闩。

⑬不复谢：不回访；不答谢。

⑭壁：驻营垒。

⑮相属：相连。

⑯纵：即使。　　轻：轻视。

⑰端：理由。

⑱约：凑集；聚集。

⑲备：周到。

⑳资：怀恨。

㉑嚄唶（huò zé，音祸择）：威风、有气派的样子。

㉒存：慰问；慰劳。

㉓韊（lán，音兰）：古代盛弩矢的器具。

㉔间：秘密地；偷偷地。

㉕称：满足。

㉖为：准备。

㉗倾：超过；胜过。

㉘名：命名；署名。
㉙高祖：指汉高祖刘邦。
㉚以：道理。

史记卷七十八

春申君列传第十八

春申君者，楚人也，名歇，姓黄氏，游学博闻，事楚顷襄王。

顷襄王以歇为辩，使于秦。秦昭王使白起攻韩、魏，败之于华阳，禽魏将芒卯①，韩、魏服而事秦。秦昭王方令白起与韩、魏共伐楚，未行，而楚使黄歇适至于秦，闻秦之计。当是之时，秦已前使白起攻楚，取巫、黔中之郡，拔鄢、郢，东至竟陵，楚顷襄王东徙，治于陈县。黄歇见楚怀王之为秦所诱而入朝，遂见欺，留死于秦。顷襄王，其子也，秦轻之。恐壹举兵而灭楚，歇乃上书说秦昭王曰：

"天下莫强于秦、楚。今闻大王欲伐楚，此犹两虎相与斗。两虎相与斗而驽犬受其弊，不如善楚。臣请言其说：臣闻物至则反，冬夏是也；致至则危②，累棋是也。今大国之地，遍天下有其二垂③，此从生民已来，万乘之地未尝有也。先帝文王、庄王之身，三世不妄接地于齐，以绝从亲之要④。今王使盛桥守事于韩，盛桥以其地入秦，是王不用甲，不信威，而得百里之地，王可谓能矣；王又举甲而攻魏，杜大梁之门，举河内，拔燕、酸枣、虚、桃，入邢，魏之兵云翔而不敢捄⑤，王之功亦多矣。王休甲息众，二年而后复之，又并蒲、衍、首、垣，以临仁、平丘，黄、济阳婴城而魏氏服⑥；王又割濮、磿之北，注齐、秦之要⑦，绝楚、赵之脊，天下五合六聚而不敢救。王之威亦单矣⑧。王若能持功守威，绌攻取之心而肥仁义之地，使无后患，三王不足四，五伯不足六也。王若负人徒之众，仗兵革之强，乘毁魏之威，而欲以力臣天下之主，臣恐其有后患也。《诗》曰：'靡不有初，鲜克有终。'《易》曰：'狐涉水，濡其尾。'此言始之易，终之难也。何以知其然也？昔智氏见伐赵之利而不知榆次之祸，吴见伐齐之便而不知干隧之败。此二国者，非无大功也，没利于前而易患于后也。吴之信越也，从而伐齐，既胜齐人于艾陵，还为越王禽三渚之浦⑨。智氏之信韩、魏也，从而伐赵，攻晋阳城，胜有日矣，韩、魏叛之，杀智伯瑶于凿台之下。今王妒楚之不毁也，而忘毁楚之强韩、魏也，臣为王虑而不取也。《诗》曰：'大武远宅而不涉⑩。'从此观之，楚国，援也；邻国，敌也。《诗》云：'趯趯毚兔⑪，遇犬获之。他人有心，余忖度之。'今王中道而信韩、魏之善王也，此正吴之信越也。臣闻之，'敌不可假，时不可失。'臣恐韩、魏卑辞除患而实欲欺大国也。何则？王无重世之德于韩、魏，而有累世之怨焉。夫韩、魏父子兄弟接踵而死于秦者将十世矣。本国残，社稷坏，宗庙毁；刳腹绝肠，折颈摺颐⑫，首身分离，暴骸骨于草泽；头颅僵仆，相望于境；父子老弱系脰束手为群虏者⑬，相及于路；鬼神孤伤，无所血食⑭；人民不聊生，族类离散，流亡为仆妾者，盈满海内矣。故韩、魏之不亡，秦社稷之忧也。今王资之与攻楚，不亦过乎？且王攻楚将恶出兵？王将借路于仇雠之韩、魏乎？兵出之日而王忧其不返也！是王以兵资于仇雠之韩、魏也。王若不借路于仇雠之韩、魏，必攻随水右壤。随水右壤，此皆广川大水、山林溪谷，不食之地也。王虽有之，不为得地。是王有毁楚之名而无得地之实也。且王攻楚之日，四国必悉起兵以应王。秦、楚之兵构而不离，魏氏将出而攻留、方与、铚、湖陵、砀、萧、相，故宋必尽。齐人南面攻楚，泗上必举。此皆平原四达，膏腴之地，而使独攻。王破楚以肥韩、魏于中国，而劲齐。韩、魏之强，足以校于秦[15]。齐南以泗水为境，东负海，北倚河，而无后患。天下之国莫强于齐、魏，齐、魏得地葆利而详事下吏[16]。一年之后，为帝未能，其于禁王之为帝有余矣。夫以王壤土之博，人徒之众，兵革之强，壹举事而树怨于楚，迟令韩、魏归帝重于齐[17]，是王失计也。臣为王虑，莫若善楚。秦、楚合而为一以临韩，韩必敛手。王施以东山之险，带以曲河之利，韩必为关内之侯。若是而王以十万戍郑，梁氏寒心，许、鄢陵婴城，而上蔡、召陵不往来也，如此而魏亦关内侯矣。王壹善楚，而关内两万乘之主注地于齐[18]，齐右壤可拱手而取也。王之地一经两海，要约天下，是燕、赵无齐、楚，齐、楚无燕、赵也。然后危动燕、赵，直摇齐、楚，此四国者不待痛而服矣。”

昭王曰：“善。”于是乃止白起，而谢韩、魏。发使赂楚，约为与国[19]。

黄歇受约，归楚。楚使歇与太子完入质于秦，秦留之数年。楚顷襄王病，太子不得归。而楚太子与秦相应侯善，于是黄歇乃说应侯曰：“相国诚善楚太子乎？”应侯曰：“然！”歇曰：“今楚王恐不起疾，秦不如归其太子。太子得立，其事秦必重而德相国无穷，是亲与国而得储万乘也[20]；若不归，则咸阳一布衣耳。楚更立太子，必不事秦。夫失与国而绝万乘之和，非计也。愿相国孰虑之。”应侯以闻秦王，秦王曰：“令楚太子之傅先往问楚王之疾，返而后图之。”黄歇为楚太子计曰：“秦之留太子也，欲以求利也。今太子力未能有以利秦也，歇忧之甚。而阳文君子二人在中，王若卒大命，太子不在，阳文君子必立为后，太子不得奉宗庙矣。不如亡秦，与使者俱出。臣请止[21]，以死当之。”楚太子因变衣服为楚使者御以出关，而黄歇守舍，常为谢病。度太子已远，秦不能追，歇乃自言秦昭王曰：“楚太子已归，出远矣。歇当死，愿赐死。”昭王大怒，欲听其自杀也。应侯曰：“歇为人臣，出身以徇其主，太子立，必用歇，故不如无罪而归之，以亲楚。”秦因遣黄歇。

歇至楚三月，楚顷襄王卒，太子完立，是为考烈王。考烈王元年，以黄歇为相，封为春申君，赐淮北地十二县。后十五岁，黄歇言之楚王曰：“淮北地边齐，其事急，请以为郡便。”因并献淮北十二县，请封于江东。考烈王许之。春申君因城故吴墟，以自为都邑。

春申君既相楚，是时齐有孟尝君，赵有平原君，魏有信陵君，方争下士，招致宾客，以相倾夺，辅国持权。

春申君为楚相四年，秦破赵之长平军四十余万。五年，围邯郸。邯郸告急于楚，楚使春申君将兵往救之，秦兵亦去，春申君归。春申君相楚八年，为楚北伐灭鲁，以荀卿为兰陵令。当是时，楚复强。

赵平原君使人于春申君，春申君舍之于上舍。赵使欲夸楚，为玳瑁簪，刀剑室以珠玉饰之[22]，请命春申君客。春申君客三千余人，其上客皆蹑珠履以见赵使，赵使大惭。

春申君相十四年，秦庄襄王立，以吕不韦为相，封为文信侯，取东周。

春申君相二十二年，诸侯患秦攻伐无已时，乃相与合从，西伐秦，而楚王为从长，春申君用事。至函谷关，秦出兵攻，诸侯兵皆败走。楚考烈王以咎春申君，春申君以此益疏。

客有观津人朱英，谓春申君曰：“人皆以楚为强而君用之弱，其于英不然。先君时善秦二十年而不攻楚，何也？秦逾黾隘之塞而攻楚，不便；假道于两周，背韩、魏而攻楚，不可。今则不然，魏旦暮亡，不能爱许、鄢陵，其许魏割以与秦。秦兵去陈百六十里，臣之所观者，见秦、楚之日斗也。”楚于是去陈徙寿春，而秦徙卫野王，作置东郡。春申君由此就封于吴，行相事。

楚考烈王无子，春申君患之，求妇人宜子者进之甚众②，卒无子。赵人李园持其女弟，欲进之楚王，闻其不宜子，恐久毋宠。李园求事春申君为舍人，已而谒归，故失期。还谒，春申君问之状，对曰："齐王使使求臣之女弟，与其使者饮，故失期。"春申君曰："娉人乎②？"对曰："未也！"春申君曰："可得见乎？"曰："可！"于是李园乃进其女弟，即幸于春申君。知其有身，李园乃与其女弟谋。园女弟承间以说春申君曰⑤："楚王之贵幸君，虽兄弟不如也。今君相楚二十余年，而王无子，即百岁后将更立兄弟，则楚更立君后，亦各贵其故所亲，君又安得长有宠乎？非徒然也，君贵用事久，多失礼于王兄弟，兄弟诚立，祸且及身，何以保相印江东之封乎？今妾自知有身矣，而人莫知。妾幸君未久，诚以君之重而进妾于楚王，王必幸妾；妾赖天有子男，则是君之子为王也，楚国尽可得，孰与身临不测之罪乎？"春申君大然之。乃出李园女弟，谨舍⑥，而言之楚王。楚王召入幸之，遂生子男，立为太子，以李园女弟为王后。楚王贵李园，园用事。

李园既人其女弟，立为王后，子为太子，恐春申君语泄而益骄，阴养死士，欲杀春申君以灭口，而国人颇有知之者。

春申君相二十五年，楚考烈王病。朱英谓春申君曰："世有毋望之福，又有毋望之祸。今君处毋望之世，事毋望之主，安可以无毋望之人乎？"春申君曰："何谓毋望之福？"曰："君相楚二十余年矣，虽名相国，实楚王也。今楚王病，旦暮且卒，而君相少主，因而代立当国，如伊尹、周公，王长而反政，不即遂南面称孤而有楚国？此所谓毋望之福也。"春申君曰："何谓毋望之祸？"曰："李园不治国而君之仇也，不为兵而养死士之日久矣。楚王卒，李园必先入据权而杀君以灭口，此所谓毋望之祸也。"春申君曰："何谓毋望之人？"对曰："君置臣郎中，楚王卒，李园必先入，臣为君杀李园。此所谓毋望之人也。"春申君曰："足下置之。李园，弱人也，仆又善之，且又何至此！"朱英知言不用，恐祸及身，乃亡去。后十七日，楚考烈王卒，李园果先入，伏死士于棘门之内⑦。春申君入棘门，园死士侠刺春申君，斩其头，投之棘门外。于是遂使吏尽灭春申君之家。而李园女弟初幸春申君有身而入之王所生子者遂立，是为楚幽王。

是岁也，秦始皇帝立九年矣。嫪毐亦为乱于秦，觉，夷其三族，而吕不韦废。

太史公曰：吾适楚，观春申君故城，宫室盛矣哉！初，春申君之说秦昭王，及出身遣楚太子归，何其智之明也！后制于李园，旄矣⑧。语曰："当断不断，反受其乱。"春申君失朱英之谓邪？

---

①禽：通"擒"。

②致至：发展到极点。

③二垂：指东西极远边境。

④要：通"腰"。指韩、魏两国。

⑤捄：通"救"。

⑥婴城：环城固守。婴，环绕。

⑦注：勾连；接通。

⑧单：通"殚"。尽。

⑨浦：水边。

⑩大武：指军队。　　远宅：远离根据地。　　涉：跋涉。

⑪趩趩（tì，音替）：跳跃的样子。　　毚（chán，音缠）兔：大兔子；狡兔。

⑫摺：通"折"。颐：脸。

⑬脰（dòu，音豆）：脖子。

⑭血食：祭祀。

⑮校：通"较"。较量。

⑯葆：通"保"。　详：通"佯"。　下吏：下级官吏。

⑰迟（zhí，音直）：乃。

⑱注：割取。

⑲与国：盟国。

⑳储：保存。

㉑止：停留；置留。

㉒室：鞘。

㉓宜子：宜于生子。

㉔娉：订婚的财礼；订婚。

㉕承间（jiàn，音溅）：趁机会。

㉖谨舍：谨慎地守护馆舍。

㉗棘门：宫门。棘，通"戟"。古代宫门插戟，以示威严。

㉘庬：通"耄"。糊涂。

史记卷七十九

范睢蔡泽列传第十九

范睢者，魏人也，字叔。游说诸侯，欲事魏王，家贫无以自资，乃先事魏中大夫须贾。

须贾为魏昭王使于齐，范睢从。留数月，未得报。齐襄王闻睢辩口，乃使人赐睢金十斤及牛酒，睢辞谢不敢受。须贾知之，大怒，以为睢持魏国阴事告齐，故得此馈。令睢受其牛酒，还其金。既归，心怒睢，以告魏相。魏相，魏之诸公子，曰魏齐。魏齐大怒，使舍人笞击睢，折胁摺齿①。睢详死，即卷以箦②，置厕中。宾客饮者醉，更溺睢，故僇辱以惩后，令无妄言者。睢从箦中谓守者曰："公能出我，我必厚谢公。"守者乃请出弃箦中死人。魏齐醉，曰："可矣！"范睢得出。后魏齐悔，复召求之。魏人郑安平闻之，乃遂操范睢亡，伏匿，更名姓，曰张禄。

当此时，秦昭王使谒者王稽于魏。郑安平诈为卒，侍王稽。王稽问："魏有贤人可与俱西游者乎？"郑安平曰："臣里中有张禄先生，欲见君，言天下事。其人有仇，不敢昼见。"王稽曰："夜与俱来。"郑安平夜与"张禄"见王稽。语未究③，王稽知范睢贤，谓曰："先生待我于三亭之南。"与私约而去。

王稽辞魏去，过④，载范睢入秦。至湖，望见车骑从西来。范睢曰："彼来者为谁？"王稽曰："秦相穰侯东行县邑。"范睢曰："吾闻穰侯专秦权，恶内诸侯客。此恐辱我，我宁且匿车中。"有顷，穰侯果至，劳王稽，因立车而语曰："关东有何变？"曰："无有。"又谓王稽曰："谒君得无与诸侯客子俱来乎？无益，徒乱人国耳！"王稽曰："不敢！"即别去。范睢曰："吾闻穰侯智士也，其见事迟⑤，乡者疑车中有人⑥，忘索之。"于是范睢下车走，曰："此必悔之。"行十余里，果使骑还索车中，无客，乃已。王稽遂与范睢入咸阳。已报使，因言曰："魏有张禄先生，天下辩士也，曰：'秦王之国危于累卵，得臣则安。然不可以书传也。'臣故载来。"秦王弗信，使舍食草具⑦。待命岁余。

当是时，昭王已立三十六年。南拔楚之鄢、郢，楚怀王幽死于秦；秦东破齐，湣王尝称帝，后去之；数困三晋。厌天下辩士，无所信。

穰侯，华阳君，昭王母宣太后之弟也；而泾阳君、高陵君皆昭王同母弟也。穰侯相，三人者更将，有封邑。以太后故，私家富重于王室。及穰侯为秦将，且欲越韩、魏而伐齐纲、寿，欲以广其陶封。范睢乃上书曰：

"臣闻明主立政，有功者不得不赏，有能者不得不官；劳大者其禄厚，功多者其爵尊，能治众者其官大。故无能者不敢当职焉，有能者亦不得蔽隐。使以臣之言为可，愿行而益利其道；以臣之言为不可，久留臣无为也。语曰：'庸主赏所爱而罚所恶；明主则不然，赏必加于有功，而刑必断于有罪。'今臣之胸不足以当椹质⑧，而要不足以待斧钺，岂敢以疑事尝试于王哉？虽以臣为贱人而轻辱，独不重任臣者之无反复于王邪？且臣闻周有砥砨，宋有结绿，梁有县藜，楚有和朴，此四宝者，土之所生，良工之所失也，而为天下名器。然则圣王之所弃者，独不足以厚国家乎？臣闻善厚家者取之于国，善厚国者取之于诸侯。天下有明主则诸侯不得擅厚者，何也？为其割荣也⑨。良医知病人之死生，而圣主明于成败之事。利则行之，害则舍之，疑则少尝之，虽舜、禹复生，弗能改已。语之至者，臣不敢载之于书，其浅者又不足听也。意者臣愚而不概于王心邪⑩？亡其言臣者贱而不可用乎⑪？自非然者，臣愿得少赐游观之间，望见颜色。一语无效，请伏斧质。"于是秦昭王大说，乃谢王稽，使以传车召范睢。

于是范睢乃得见于离宫。详为不知永巷而入其中，王来，而宦者怒逐之，曰："王至！"范睢缪为曰⑫："秦安得王？秦独有太后、穰侯耳！"欲以感怒昭王⑬。昭王至，闻其与宦者争言，遂延迎⑭，谢曰："寡人宜以身受命久矣！会义渠之事急⑮，寡人旦暮自请太后；今义渠之事已，寡人乃得受命。窃闵然不敏⑯，敬执宾主之礼。"范睢辞让。是日观范睢之见者，群臣莫不洒然变色易容者。

秦王屏左右，宫中虚无人。秦王跽而请曰⑰："先生何以幸教寡人？"范睢曰："唯唯。"有间，秦王复跽而请曰："先生何以幸教寡人？"范睢曰："唯唯。"若是者三。秦王跽曰："先生卒不幸教寡人邪？"范睢曰："非敢然也。臣闻昔者吕尚之遇文王也，身为渔父而钓于渭滨耳。若是者，交疏也。已说而立为太师，载与俱归者，其言深也。故文王遂收功于吕尚而卒王天下。乡使文王疏吕尚而不与深言，是周无天子之德，而文、武无与成其王业也。今臣羁旅之臣也，交疏于王，而所愿陈者皆匡君之事，处人骨肉之间，愿效愚忠而未知王之心也。此所以王三问而不敢对者也。臣非有畏而不敢言也。臣知今日言之于前而明日伏诛于后，然臣不敢避也。大王信行臣之言，死不足以为臣患，亡不足以为臣忧，漆身为厉被发为狂不足以为臣耻。且以五帝之圣焉而死，三王之仁焉而死，五伯之贤焉而死，乌获、任鄙之力焉而死，成荆、孟贲、王庆忌、夏育之勇焉而死。死者，人之所必不免也。处必然之势，可以少有补于秦，此臣之所大愿也，臣又何患哉！伍子胥橐载而出昭关，夜行昼伏，至于陵水，无以糊其口，膝行蒲伏，稽首肉袒，鼓腹吹篪⑱，乞食于吴市，卒兴吴国，阖闾为伯。使臣得尽谋如伍子胥，加之以幽囚，终身不复见，是臣之说行也，臣又何忧？箕子、接舆漆身为厉，被发为狂，无益于主。假使臣得同行于箕子，可以有补于所贤之主，是臣之大荣也，臣有何耻？臣之所恐者，独恐臣死之后，天下见臣之尽忠而身死，因以是杜口裹足，莫肯乡秦耳。足下上畏太后之严，下惑于奸臣之态，居深宫之中，不离阿保之手⑲，终身迷惑，无与昭奸。大者宗庙灭覆，小者身以孤危，此臣之所恐耳。若夫穷辱之事，死亡之患，臣不敢畏也。臣死而秦治，是臣死贤于生。"秦王跽，曰："先生是何言也！夫秦国辟远，寡人愚不肖，先生乃幸辱至于此，是天以寡人恩先生而存先王之宗庙也⑳。寡人得受命于先生，是天所以幸先王而不弃其孤也。先生奈何而言若是！事无小大，上及太后，下至大臣，愿先生悉以教寡人，无疑寡人也。”范雎拜，秦王亦拜。

范雎曰：“大王之国，四塞以为固：北有甘泉、谷口，南带泾、渭，右陇、蜀，左关、阪。奋击百万，战车千乘，利则出攻，不利则入守，此王者之地也；民怯于私斗而勇于公战，此王者之民也，王并此二者而有之。夫以秦卒之勇，车骑之众，以治诸侯，譬若施韩卢而搏蹇兔也②，霸王之业可致也。而群臣莫当其位。至今闭关十五年，不敢窥兵于山东者，是穰侯为秦谋不忠，而大王之计有所失也。”

秦王跽，曰：“寡人愿闻失计。”然左右多窃听者，范雎恐，未敢言内，先言外事，以观秦王之俯仰。因进曰：“夫穰侯越韩、魏而攻齐纲、寿，非计也。少出师则不足以伤齐，多出师则害于秦。臣意王之计，欲少出师而悉韩、魏之兵也，则不义矣。今见与国之不亲也，越人之国而攻，可乎？其于计疏矣。且昔齐湣王南攻楚，破军杀将，再辟地千里，而齐尺寸之地无得焉者。岂不欲得地哉！形势不能有也。诸侯见齐之罢弊，君臣之不和也，兴兵而伐齐，大破之。士辱兵顿，皆咎其王，曰：‘谁为此计者乎？’王曰：‘文子为之。’大臣作乱，文子出走。故齐所以大破者，以其伐楚而肥韩、魏也。此所谓借贼兵而赍盗粮者也。王不如远交而近攻，得寸则王之寸也，得尺亦王之尺也。今释此而远攻，不亦缪乎！且昔者中山之国地方五百里，赵独吞之，功成名立而利附焉，天下莫之能害也。今夫韩、魏，中国之处而天下之枢也，王其欲霸，必亲中国以为天下枢，以威楚、赵。楚强则附赵，赵强则附楚，楚、赵皆附，齐必惧矣。齐惧，必卑辞重币以事秦。齐附，而韩、魏因可虏也。”昭王曰：“吾欲亲魏久矣，而魏，多变之国也，寡人不能亲。请问亲魏奈何？”对曰：“王卑词重币以事之；不可，则割地而赂之；不可，因举兵而伐之。”王曰：“寡人敬闻命矣。”乃拜范雎为客卿，谋兵事。卒听范雎谋，使五大夫绾伐魏，拔怀。后二岁，拔邢丘。

客卿范雎复说昭王曰：“秦、韩之地形，相错如绣。秦之有韩也，譬如木之有蠹也，人之有心腹之病也。天下无变则已，天下有变，其为秦患者孰大于韩乎？王不如收韩。”昭王曰：“吾固欲收韩，韩不听，为之奈何？”对曰：“韩安得无听乎？王下兵而攻荥阳，则巩、成皋之道不通；北断太行之道，则上党之师不下。王一兴兵而攻荥阳，则其国断而为三。夫韩见必亡，安得不听乎？若韩听，而霸事因可虑矣。”王曰：“善。”且欲发使于韩。

范雎日益亲，复说用数年矣，因请间说曰：“臣居山东时，闻齐之有田文，不闻其有王也；闻秦之有太后、穰侯、华阳、高陵、泾阳，不闻其有王也。夫擅国之谓王，能利害之谓王，制杀生之威之谓王。今太后擅行不顾，穰侯出使不报，华阳、泾阳等击断无讳②，高陵进退不请。四贵备而国不危者，未之有也。为此四贵者下，乃所谓无王也。然则权安得不倾，令安得从王出乎？臣闻善治国者，乃内固其威而外重其权。穰侯使者操王之重，决制于诸侯，剖符于天下，政适伐国②，莫敢不听。战胜攻取则利归于陶，国弊御于诸侯；战败则结怨于百姓，而祸归于社稷。《诗》曰：‘木实繁者披其枝，披其枝者伤其心；大其都者危其国，尊其臣者卑其主。’崔杼、淖齿管齐，射王股，擢王筋，县之于庙梁，宿昔而死。李兑管赵，囚主父于沙丘，百日而饿死。今臣闻秦太后、穰侯用事，高陵、华阳、泾阳佐之，卒无秦王，此亦淖齿、李兑之类也。且夫三代所以亡国者，君专授政，纵酒驰骋弋猎，不听政事。其所授者，妒贤嫉能，御下蔽上，以成其私，不为主计，而主不觉悟，故失其国。今自有秩以上至诸大吏，下及王左右，无非相国之人者。见王独立于朝，臣窃为王恐，万世之后，有秦国者非王子孙也。”昭王闻之大惧，曰：“善！”于是废太后，逐穰侯、高陵、华阳、泾阳君于关外。秦王乃拜范雎为相。收穰侯之印，使归陶。因使县官给车牛以徙，千乘有余，到关，关阅其宝器，宝器珍怪多于王室。

秦封范雎以应，号为应侯。当是时，秦昭王四十一年也。

范雎既相秦，秦号曰"张禄"，而魏不知，以为范雎已死久矣。魏闻秦且东伐韩、魏，魏使须贾于秦。范雎闻之，为微行，敝衣闲步之邸，见须贾。须贾见之而惊曰："范叔固无恙乎！"范雎曰："然。"须贾笑曰："范叔有说于秦邪？"曰："不也！雎前日得过于魏相，故亡逃至此，安敢说乎？"须贾曰："今叔何事？"范雎曰："臣为人庸赁。"须贾意哀之，留与坐饮食，曰："范叔一寒如此哉！"乃取其一绨袍以赐之。须贾因问曰："秦相张君，公知之乎？吾闻幸于王，天下之事皆决于相君。今吾事之去留在张君。孺子岂有客习于相君者哉㉕？"范雎曰："主人翁习知之。唯雎亦得谒，雎请为见君于张君。"须贾曰："吾马病，车轴折，非大车驷马，吾固不出。"范雎曰："愿为君借大车驷马于主人翁。"

范雎归，取大车驷马，为须贾御之，入秦相府。府中望见，有识者皆避匿，须贾怪之。至相舍门，谓须贾曰："待我，我为君先入通于相君。"须贾待门下，持车良久，问门下曰："范叔不出，何也？"门下曰："无范叔。"须贾曰："乡者与我载而入者。"门下曰："乃吾相张君也。"须贾大惊，自知见卖，乃肉袒膝行，因门下人谢罪，于是范雎盛帷帐，侍者甚众，见之。须贾顿首言死罪，曰："贾不意君能自致于青云之上，贾不敢复读天下之书，不敢复与天下之事。贾有汤镬之罪，请自屏于胡貉之地，唯君死生之！"范雎曰："汝罪有几？"曰："擢贾之发以续贾之罪，尚未足。"范雎曰："汝罪有三耳。昔者楚昭王时而申包胥为楚却吴军，楚王封之以荆五千户，包胥辞不受，为丘墓之寄于荆也。今雎之先人丘墓亦在魏，公前以雎为有外心于齐而恶雎于魏齐，公之罪一也。当魏齐辱我于厕中，公不止，罪二也。更醉而溺我，公其何忍乎？罪三矣。然公之所以得无死者，以绨袍恋恋，有故人之意，故释公。"乃谢罢。入言之昭王，罢归须贾。

须贾辞于范雎，范雎大供具，尽请诸侯使，与坐堂上，食饮甚设。而坐须贾于堂下，置莝豆其前㉖，令两黥徒夹而马食之，数曰："为我告魏王，急持魏齐头来！不然者，我且屠大梁。"须贾归，以告魏齐。魏齐恐，亡走赵，匿平原君所。

范雎既相，王稽谓范雎曰："事有不可知者三，有不可奈何者亦三。宫车一日晏驾㉖，是事之不可知者一也。君卒然捐馆舍，是事之不可知者二也。使臣卒然填沟壑，是事之不可知者三也。宫车一日晏驾，君虽恨于臣，无可奈何。君卒然捐馆舍，君虽恨于臣，亦无可奈何。使臣卒然填沟壑，君虽恨于臣，亦无可奈何。"范雎不怿㉗，乃入言于王曰："非王稽之忠，莫能内臣于函谷关；非大王之贤圣，莫能贵臣。今臣官至于相，爵在列侯，王稽之官尚止于谒者，非其内臣之意也。"昭王召王稽，拜为河东守，三岁不上计㉘。又任郑安平，昭王以为将军。范雎于是散家财物，尽以报所尝困厄者。一饭之德必偿，睚眦之怨必报。

范雎相秦二年，秦昭王之四十二年，东伐韩少曲、高平，拔之。

秦昭王闻魏齐在平原君所，欲为范雎必报其仇，乃详为好书遗平原君曰："寡人闻君之高义，愿与君为布衣之友。君幸过寡人，寡人愿与君为十日之饮。"平原君畏秦，且以为然，而入秦见昭王。昭王与平原君饮数日，昭王谓平原君曰："昔周文王得吕尚以为太公，齐桓公得管夷吾以为仲父，今范君亦寡人之叔父也。范君之仇在君之家，愿使人归取其头来；不然，吾不出君于关。"平原君曰："贵而为交者，为贱也；富而为交者，为贫也。夫魏齐者，胜之友也，在，固不出也；今又不在臣所。"昭王乃遗赵王书曰："王之弟在秦，范君之仇魏齐在平原君之家。王使人疾持其头来；不然，吾举兵而伐赵，又不出王之弟于关。"赵孝成王乃发卒围平原君家，急，魏齐夜亡出，见赵相虞卿。虞卿度赵王终不可说，乃解其相印，与魏齐亡，间行，念诸侯莫可以急抵者，乃复走大梁，欲因信陵君以走楚。信陵君闻之，畏秦，犹豫未肯见，曰："虞卿何如人也？"时侯嬴在旁，曰："人固未易知，知人亦未易也。夫虞卿蹑屩檐簦㉙，一见赵王，赐白璧一双，黄金百镒；再见，拜为上卿；三见，卒受相印，封万户侯。当此之时，天下争知之。夫魏齐穷困过虞卿，虞卿不敢重爵禄之尊，解相印，捐万户侯而间行。急士之穷而归公子，公子曰'何如人？'人固不易知，知人亦未易也！"信陵君大惭，驾如野迎之。魏齐闻信陵君之初难见之，怒而自到。赵王闻之，卒取其头予秦，秦昭王乃出平原君归赵。

昭王四十三年，秦攻韩汾陉，拔之，因城河上广武。

后五年，昭王用应侯谋，纵反间卖赵。赵以其故，令马服子代廉颇将。秦大破赵于长平，遂围邯郸。已而与武安君白起有隙，言而杀之，任郑安平，使击赵。郑安平为赵所围，急，以兵二万人降赵。应侯席稿请罪㉚。秦之法，任人而所任不善者，各以其罪罪之。于是应侯罪当收三族。秦昭王恐伤应侯之意，乃下令国中："有敢言郑安平事者，以其罪罪之。"而加赐相国应侯食物日益厚，以顺适其意。后二岁，王稽为河东守，与诸侯通，坐法诛。而应侯日益以不怿。

昭王临朝叹息，应侯进曰："臣闻'主忧臣辱，主辱臣死'。今大王中朝而忧，臣敢请其罪。"昭王曰："吾闻楚之铁剑利而倡优拙。夫铁剑利则士勇，倡优拙则思虑远。夫以远思虑而御勇士，吾恐楚之图秦也。夫物不素具，不可以应卒。今武安君既死，而郑安平等畔，内无良将而外多敌国，吾是以忧。"欲以激励应侯。应侯惧，不知所出。蔡泽闻之，往入秦也。

蔡泽者，燕人也，游学干诸侯小大甚众㉛，不遇。而从唐举相，曰："吾闻先生相李兑，曰'百日之内持国秉'，有之乎？"曰："有之。"曰："若臣者何如？"唐举孰视而笑曰："先生曷鼻、巨肩、魋颜、蹙齃、膝挛㉜。吾闻圣人不相，殆先生乎？"蔡泽知唐举戏之，乃曰："富贵吾所自有，吾所不知者寿也，愿闻之。"唐举曰："先生之寿，从今以往者四十三岁。"蔡泽笑谢而去，谓其御者曰："吾持粱刺齿肥㉝，跃马疾驱，怀黄金之印，结紫绶于要，揖让人主之前，食肉富贵，四十三年足矣。"去之赵，见逐。之韩、魏，遇夺釜鬲于涂。闻应侯任郑安平、王稽皆负重罪于秦，应侯内惭，蔡泽乃西入秦。

将见昭王，使人宣言以感怒应侯曰："燕客蔡泽，天下雄俊弘辩智士也。彼一见秦王，秦王必困君而夺君之位。"应侯闻，曰："五帝、三代之事，百家之说，吾既知之，众口之辩，吾皆摧之，是恶能困我而夺我位乎？"使人召蔡泽。蔡泽入，则揖应侯。应侯固不快，及见之，又倨㉞，应侯因让之曰："子尝宣言欲代我相秦，宁有之乎？"对曰："然！"应侯曰："请闻其说。"蔡泽曰："吁，君何见之晚也！夫四时之序，成功者去。夫人生百体坚强，手足便利，耳目聪明而心圣智，岂非士之愿与？"应侯曰："然！"蔡泽曰："质仁秉义，行道施德，得志于天下，天下怀乐敬爱而尊慕之，皆愿以为君王，岂不辩智之期与？"应侯曰："然！"蔡泽复曰："富贵显荣，成理万物，使各得其所；性命寿长，终其天年而不夭伤；天下继其统，守其业，传之无穷；名实纯粹，泽流千里，世世称之而无绝，与天地终始。岂道德之符而圣人所谓吉祥善事者与？"应侯曰："然！"蔡泽曰："若夫秦之商君，楚之吴起，越之大夫种，其卒然亦可愿与？"应侯知蔡泽之欲困己以说，复谬曰："何为不可？夫公孙鞅之事孝公也，极身无贰虑，尽公而不顾私；设刀锯以禁奸邪，信赏罚以致治。披腹心，示情素，蒙怨咎，欺旧友，夺魏公子印，安秦社稷，利百姓，卒为秦禽将破敌，攘地千里。吴起之事悼王也，使私不得害公，谗不得蔽忠；言不取苟合，行不取苟容；不为危易行，行义不辟难，然为霸主强国，不辞祸凶。大夫种之事越王也，主虽困辱，悉忠而不解，主虽绝亡，尽能而弗离，成功而弗矜，富贵而不骄怠。若此三子者，固义之至也，忠之节也。是故君子以义死难，视死如归，生而辱不如死而荣。士固有杀身以成名，唯义之所在，虽死无所恨。何为不可哉？"

蔡泽曰："主圣臣贤，天下之盛福也；君明臣直，国之福也；父慈子孝，夫信妻贞，家之福也。故比干忠而不能存殷，子胥智而不能完吴，申生孝而晋国乱。是皆有忠臣孝子，而国家灭乱者，何也？无明君贤父以听之，故天下以其君父为僇辱而怜其臣子。今商君、吴起、大夫种之为人臣，是也；其君，非也。故世称三子致功而不见德，岂慕不遇世死乎？夫待死而后可以立忠成名，是微子不足仁，孔子不足圣，管仲不足大也。夫人之立功，岂不期于成全邪？身与名俱全者，上也；名可法而身死者，其次也；名在僇辱而身全者，下也。"于是应侯称善。

蔡泽少得间，因曰："夫商君、吴起、大夫种，其为人臣尽忠致功则可愿矣，闳夭事文王，周公辅成王也，岂不亦忠圣乎？以君臣论之，商君、吴起、大夫种其可愿孰与闳夭、周公哉？"应侯曰："商君、吴起、大夫种弗若也。"蔡泽曰："然则君之主慈仁任忠，惇厚旧故，其贤智与有道之士为胶漆，义不倍功臣，孰与秦孝公、楚悼王、越王乎？"应侯曰："未知何如也。"蔡泽曰："今主亲忠臣，不过秦孝公、楚悼王、越王。君之设智，能为主安危修政，治乱强兵，批患折难，广地殖谷，富国足家，强主，尊社稷，显宗庙，天下莫敢欺犯其主；主之威盖震海内，功彰万里之外，声名光辉传于千世，君孰与商君、吴起、大夫种？"应侯曰："不若。"蔡泽曰："今主之亲忠臣不忘旧故不若孝公、悼王、勾践，而君之功绩爱信亲幸又不若商君、吴起、大夫种，然而君之禄位贵盛，私家之富过于三子，而身不退者，恐患之甚于三子，窃为君危。语曰'日中则移，月满则亏'。物盛则衰，天地之常数也。进退盈缩，与时变化，圣人之常道也。故'国有道则仕，国无道则隐'。圣人曰'飞龙在天，利见大人'。'不义而富且贵，于我如浮云'。今君之怨已雠而德已报，意欲至矣，而无变计，窃为君不取也。且夫翠、鹄、犀、象，其处势非不远死也，而所以死者，惑于饵也。苏秦、智伯之智，非不足以辟辱远死也，而所以死者，惑于贪利不止也。是以圣人制礼节欲，取于民有度，使之以时，用之有止，故志不溢，行不骄，常与道俱而不失，故天下承而不绝。昔者齐桓公九合诸侯，一匡天下，至于葵丘之会，有骄矜之志，畔者九国。吴王夫差兵无敌于天下，勇强以轻诸侯，陵齐、晋，故遂以杀身亡国。夏育、太史噭叱呼骇三军，然而身死于庸夫。此皆乘至盛而不返道理，不居卑退处俭约之患也。夫商君为秦孝公明法令，禁奸本，尊爵必赏，有罪必罚；平权衡，正度量，调轻重，决裂阡陌；以静生民之业而一其俗，劝民耕农利土，一室无二事，力田稸积，习战陈之事，是以兵动而地广，兵休而国富，故秦无敌于天下，立威诸侯，成秦国之业。功已成矣，而遂以车裂。楚地方数千里，持戟百万，白起率数万之师以与楚战，一战举鄢、郢以烧夷陵，再战南并蜀、汉；又越韩、魏而攻强赵，北坑马服，诛屠四十余万之众，尽之于长平之下，流血成川，沸声若雷，遂入围邯郸，使秦有帝业。楚、赵天下之强国而秦之仇敌也，自是之后，楚、赵皆慑伏不敢攻秦者，白起之势也。身所服者七十余城，功已成矣，而遂赐剑死于杜邮。吴起为楚悼王立法，卑减大臣之威重，罢无能，废无用，损不急之官，塞私门之请，一楚国之俗，禁游客之民，精耕战之士，南收杨越，北并陈、蔡，破横散从，使驰说之士无所开其口，禁朋党以励百姓，定楚国之政，兵震天下，威服诸侯。功已成矣，而卒枝解。大夫种为越王深谋远计，免会稽之危，以亡为存，因辱为荣，垦草入邑，辟地殖谷，率四方之士，专上下之力。辅勾践之贤，报夫差之仇，卒擒劲吴，令越成霸。功已彰而信矣，勾践终负而杀之。此四子者，功成不去，祸至于此。此所谓信而不能诎，往而不能返者也。范蠡知之，超然辟世，长为陶朱公。君独不观夫博者乎？或欲大投㉟，或欲分功㊱，此皆君之所明知也。今君相秦，计不下席，谋不出廊庙，坐制诸侯，利施三川，以实宜阳，决羊肠之险，塞太行之道，又斩范、中行之涂，六国不得合从，栈道千里，通于蜀、汉，使天下皆畏秦，秦之欲得矣，君之功极矣，此亦秦之分功之时也。如是而不退，则商君、白公、吴起、大夫种是也。吾闻之，'鉴于水者见面之容，鉴于人者知吉与凶'。《书》曰：'成功之下，不可久处'。四子之祸，君何居焉？君何不以此时归相印，让贤者而授之，退而岩居川观，必有伯夷之廉，长为应侯，世世称孤，而有许由、延陵季子之让，乔松之寿，孰与以祸终哉？即君何居焉？忍不能自离，疑不能自决，必有四子之祸矣。《易》曰'亢龙有悔㉗'，此言上而不能下，信而不能诎，往而不能自返者也。愿君孰计之！"

应侯曰："善。吾闻'欲而不知足，失其所以欲，有而不知止，失其所以有'。先生幸教，睢敬受命。"于是乃延入坐，为上客。

后数日，入朝，言于秦昭王曰："客新有从山东来者曰蔡泽，其人辩士，明于三王之事、五伯之业、世俗之变，足以寄秦国之政。臣之见人甚众，莫及，臣不如也。臣敢以闻。"秦昭王召见，与语，大说之，拜为客卿。

应侯因谢病请归相印。昭王强起应侯，应侯遂称病笃。范睢免相，昭王新说蔡泽计画，遂拜为秦相，东收周室。

蔡泽相秦数月，人或恶之，惧诛，乃谢病归相印，号为纲成君。居秦十余年，事昭王、孝文王、庄襄王。卒事始皇帝，为秦使于燕，三年而燕使太子丹入质于秦。

太史公曰：韩子称"长袖善舞，多钱善贾"。信哉是言也！范睢、蔡泽世所谓一切辩士㉘，然游说诸侯至白首无所遇者，非计策之拙，所为说力少也。及二人羁旅入秦，继踵取卿相，垂功于天下者，固强弱之势异也。然士亦有偶合，贤者多如此二子，不得尽意，岂可胜道哉！然二子不困厄，恶能激乎？

---

①摺：拉折。

②簀（zé，音责）：竹席；苇席。

③究：完；尽。

④过：经过约定的地点。

⑤见事迟：遇事反应慢些。

⑥乡者：刚才；方才。

⑦草具：粗茶淡饭。

⑧椹（zhēn，音真）质：古代杀人行刑时所用的垫板。

⑨割荣：分割荣耀。

⑩意：猜想。　　概：通"溉"。关涉；涉及。

⑪亡（wú，音吴）：抑或；还是。　　言臣：指王稽。

⑫缪为：胡说；乱说。

⑬感怒：激怒。

⑭延迎：亲自迎接。

⑮义渠之事：指秦宣太后与西戎义渠王私通，后将其杀死，秦国逐起兵灭义渠之事。

⑯闵然：糊涂不明的样子。

⑰跽：长跪。古礼，两膝着地，上身挺直，表示庄重、恭敬。

⑱篪（chí，音持）：乐器名。类似笛子。

⑲阿保：保姆。古代在贵族家负责教育贵族子弟的妇女。

⑳慁（hùn，音混）：打扰；烦劳。

㉑韩卢：韩国猎狗，黑色。当时以善奔跑与格斗而闻名。　　蹇兔：跛腿兔子。

㉒击断：惩处吏民。

㉓政适：征讨敌军。

㉔习：熟悉。

㉕莝（cuō，音撮）：铡碎的草。

㉖宫车：指秦昭王。　　晏驾：死。

㉗怿（yì，音译）：高兴。

㉘上计：向中央报告地方政情。

㉙蹻屩：穿着草鞋。檐簦：扛着伞。

㉚席稿：坐在草垫上。

㉛干：求取功名。

㉜曷鼻：塌鼻梁。　　巨肩：两肩上耸。　　魋（tuí，音颓）颜：大脸庞。　　蹙齃（è，音饿）：鼻子起皱。齃，鼻梁。
膝挛：双膝蜷曲。

㉝持梁刺齿肥：端美食吃肥肉。

㉞倨（jù，音具）：傲慢。

㉟大投：下大赌注。

㊱分功：分次下注。

㊲亢龙：比喻地位很高之人。

㊳一切：一般的。

史记卷八十

乐毅列传第二十

乐毅者，其先祖曰乐羊。乐羊为魏文侯将，伐取中山，魏文侯封乐羊以灵寿。乐羊死，葬于灵寿，其后子孙因家焉。中山复国，至赵武灵王时复灭中山，而乐氏后有乐毅。

乐毅贤，好兵，赵人举之。及武灵王有沙丘之乱，乃去赵适魏。闻燕昭王以子之之乱而齐大败燕，燕昭王怨齐，未尝一日而忘报齐也。燕国小，僻远，力不能制，于是屈身下士，先礼郭隗以招贤者。乐毅于是为魏昭王使于燕，燕王以客礼待之。乐毅辞让，遂委质为臣①，燕昭王以为亚卿，久之。

当是时，齐湣王强，南败楚相唐眛于重丘，西摧三晋于观津；遂与三晋击秦，助赵灭中山，破宋，广地千余里；与秦昭王争重为帝，已而复归之，诸侯皆欲背秦而服于齐。湣王自矜，百姓弗堪。于是燕昭王问伐齐之事，乐毅对曰："齐，霸国之余业也，地大人众，未易独攻也。王必欲伐之，莫如与赵及楚、魏。"于是使乐毅约赵惠文王，别使连楚、魏。令赵啖说秦以伐齐之利。诸侯害齐湣王之骄暴，皆争合从与燕伐齐。

乐毅还报，燕昭王悉起兵，使乐毅为上将军，赵惠文王以相国印授乐毅。乐毅于是并护赵、楚、韩、魏、燕之兵以伐齐，破之济西。诸侯兵罢归，而燕军乐毅独追，至于临菑。

齐湣王之败济西，亡走，保于莒。乐毅独留徇齐，齐皆城守。乐毅攻入临菑，尽取齐宝财物祭器输之燕。燕昭王大说，亲至济上劳军，行赏飨士，封乐毅于昌国，号为昌国君。于是燕昭王收齐卤获以归②，而使乐毅复以兵平齐城之不下者。

乐毅留徇齐五岁，下齐七十余城，皆为郡县以属燕。唯独莒、即墨未服。

会燕昭王死，子立为燕惠王。惠王自为太子时尝不快于乐毅，及即位，齐之田单闻之，乃纵反间于燕曰："齐城不下者两城耳。然所以不早拔者，闻乐毅与燕新王有隙，欲连兵且留齐，南面而王齐。齐之所患，唯恐他将之来。"于是燕惠王固已疑乐毅，得齐反间，乃使骑劫代将，而召乐毅。乐毅知燕惠王之不善代之，畏诛，遂西降赵。赵封乐毅于观津，号曰望诸君。尊宠乐毅以警动于燕、齐。

齐田单后与骑劫战，果设诈诳燕军，遂破骑劫于即墨下，而转战逐燕，北至河上，尽复得齐城，而迎襄王于莒，入于临菑。

燕惠王后悔使骑劫代乐毅，以故破军亡将失齐；又怨乐毅之降赵，恐赵用乐毅而乘燕之弊以伐燕。燕惠王乃使人让乐毅，且谢之曰："先王举国而委将军，将军为燕破齐，报先王之仇，天下莫不震动，寡人岂敢一日而忘将军之功哉！会先王弃群臣，寡人新即位，左右误寡人。寡人之使骑劫代将军，为将军久暴露于外，故召将军且休，计事。将军过听，以与寡人有隙，遂捐燕归赵。将军自为计则可矣，而亦何以报先王之所以遇将军之意乎？"

乐毅报遗燕惠王书曰："臣不佞，不能奉承王命，以顺左右之心。恐伤先王之明，有害足下之义，故遁逃走赵。今足下使人数之以罪，臣恐侍御者不察先王之所以畜幸臣之理，又不自臣之所以事先王之心，故敢以书对。臣闻贤圣之君不以禄私亲，其功多者赏之，其能当者处之。故察能而授官者，成功之君也；论行而结交者，立名之士也。臣窃观先王之举也，见有高世主之心，故假节于魏，以身得察于燕③。先王过举，厕之宾客之中④，立之群臣之上，不谋父兄，以为亚卿。臣窃不自知，自以为奉令承教，可幸无罪，故受令而不辞。先王命之曰：'我有积怨深怒于齐，不量轻弱，而欲以齐为事。'臣曰：'夫齐，霸国之余业而最胜之遗事也⑤，练于兵甲，习于战攻。王若欲伐之，必与天下图之。与天下图之，莫若结于赵。且又淮北、宋地，楚、魏之所欲也。赵若许而约四国攻之，齐可大破也。'先王以为然，具符节南使臣于赵。顾反命，起兵击齐。以天之道，先王之灵，河北之地随先王而举之济上。济上之军受命击齐，大败齐人。轻卒锐兵，长驱至国。齐王遁而走莒，仅以身免；珠玉财宝车甲珍器尽收入于燕。齐器设于宁台，大吕陈于元英，故鼎反乎历室，蓟丘之植植于汶篁。自五伯已来，功未有及先王者也。先王以为慊于志，故裂地而封之，使得比小国诸侯。臣窃不自知，自以为奉命承教，可幸无罪，是以受命不辞。臣闻贤圣之君，功立而不废，故著于《春秋》；早知之士，名成而不毁，故称于后世。若先王之报怨雪耻，夷万乘之强国，收八百岁之蓄积，及至弃群臣之日，余教未衰，执政任事之臣，修法令，慎庶孽，施及乎萌隶，皆可以教后世。臣闻之，善作者不必善成，善始者不必善终。昔伍子胥说听于阖闾，而吴王远迹至郢；夫差弗是也，赐之鸱夷而浮之江。吴王不寤先论之可以立功，故沈子胥而不悔；子胥不早见主之不同量，是以至于入江而不化。夫免身立功，以明先王之迹，臣之上计也。离毁辱之诽谤，堕先王之名，臣之所大恐也。临不测之罪，以幸为利，义之所不敢出也。臣闻古之君子，交绝不出恶声，忠臣去国，不絜其名。臣虽不佞，数奉教于君子矣。恐侍御者之亲左右之说，不察疏远之行，故敢献书以闻，唯君王之留意焉。"

于是燕王复以乐毅子乐间为昌国君；而乐毅往来复通燕，燕、赵以为客卿。乐毅卒于赵。

乐间居燕三十余年，燕王喜用其相栗腹之计，欲攻赵，而问昌国君乐间。乐间曰："赵，四战之国也，其民习兵，伐之不可。"燕王不听，遂伐赵。赵使廉颇击之，大破栗腹之军于鄗，禽栗腹、乐乘。乐乘者，乐间之宗也。于是乐间奔赵，赵遂围燕。燕重割地以与赵和，赵乃解而去。

燕王恨不用乐间，乐间既在赵，乃遗乐间书曰："纣之时，箕子不用，犯谏不怠，以冀其听；商容不达，身祇辱焉，以冀其变。及民志不入，狱囚自出，然后二子退隐。故纣负桀暴之累，二子不失忠圣之名。何者？其忧患之尽矣。今寡人虽愚，不若纣之暴也；燕民虽乱，不若殷民之甚也。室有语，不相尽，以告邻里。二者，寡人不为君取也。"

乐间、乐乘怨燕不听其计，二人卒留赵。赵封乐乘为武襄君。

其明年，乐乘、廉颇为赵围燕，燕重礼以和，乃解。

后五岁，赵孝成王卒。襄王使乐乘代廉颇。廉颇攻乐乘，乐乘走，廉颇亡入魏。其后十六年而秦灭赵。

其后二十余年，高帝过赵，问："乐毅有后世乎？"对曰："有乐叔。"高帝封之乐卿，号曰华成君。华成君，乐毅之孙也。而乐氏之族有乐瑕公、乐臣公，赵且为秦所灭，亡之齐高密。乐臣公善修黄帝、老子之言，显闻于齐，称贤师。

太史公曰：始齐之蒯通及主父偃读乐毅之报燕王书，未尝不废书而泣也。乐臣公学黄帝、老子，其本师号曰河上丈人，不知其所出。河上丈人教安期生，安期生教毛翕公，毛翕公教乐瑕公，乐瑕公教乐臣公，乐臣公教盖公。盖公教于齐高密、胶西，为曹相国师。

---

①委质：献身。委，交付。质，礼物。

②卤：掠夺物。

③察：考察。

④厕：置于。

⑤最：汇集。

史记卷八十一

廉颇蔺相如列传第二十一

廉颇者，赵之良将也。赵惠文十六年，廉颇为赵将，伐齐，大破之，取阳晋，拜为上卿，以勇气闻于诸侯。

蔺相如者，赵人也，为赵宦者令缪贤舍人①。

赵惠文王时，得楚和氏璧。秦昭王闻之，使人遗赵王书②，愿以十五城请易璧③。赵王与大将军廉颇诸大臣谋：欲予秦，秦城恐不可得，徒见欺④；欲勿予，即患秦兵之来。计未定，求人可使报秦者，未得。宦者令缪贤曰："臣舍人蔺相如可使。"王问："何以知之？"对曰："臣尝有罪，窃计欲亡走燕，臣舍人相如止臣，曰：'君何以知燕王？'臣语曰：'臣尝从大王与燕王会境上，燕王私握臣手，曰"愿结友"。以此知之，故欲往。'相如谓臣曰：'夫赵强而燕弱，而君幸于赵王⑤，故燕王欲结于君。今君乃亡赵走燕，燕畏赵，其势必不敢留君，而束君归赵矣。君不如肉袒伏斧质请罪⑥，则幸得脱矣。'臣从其计，大王亦幸赦臣。臣窃以为其人勇士，有智谋，宜可使。"

于是，王召见，问蔺相如，曰："秦王以十五城请易寡人之璧，可予不？"相如曰："秦强而赵弱，不可不许。"王曰："取吾璧，不予我城，奈何？"相如曰："秦以城求璧而赵不许，曲在赵⑦；赵予璧而秦不予赵城，曲在秦。均之二策⑧，宁许以负秦曲⑨。"王曰："谁可使者？"相如曰："王必无人，臣愿奉璧往使。城入赵而璧留秦；城不入，臣请完璧归赵。"赵王于是遂遣相如奉璧西入秦。

秦王坐章台见相如，相如奉璧奏秦王⑩。秦王大喜，传以示美人及左右，左右皆呼万岁。相如视秦王无意偿赵城，乃前曰："璧有瑕，请指示王。"王授璧，相如因持璧却立⑪，倚柱，怒发上冲冠，谓秦王曰："大王欲得璧，使人发书至赵王，赵王悉召群臣议，皆曰：'秦贪，负其强⑫，以空言求璧，偿城恐不可得。'议不欲予秦璧。臣以为，布衣之交尚不相欺，况大国乎！且以一璧之故逆强秦之欢⑬，不可。于是赵王乃斋戒五日，使臣奉璧，拜送书于庭。何者？严大国之威以修敬也。今臣至，大王见臣列观⑭，礼节甚倨；得璧，传之美人，以戏弄臣。臣观大王无意偿赵王城邑，故臣复取璧。大王必欲急臣⑮，臣头今与璧俱碎于柱矣！"相如持其璧睨柱，欲以击柱。秦王恐其破璧，乃辞谢，固请，召有司案图，指从此以往十五都予赵。相如度秦王特以诈详为予赵城，实不可得，乃谓秦王曰："和氏璧，天下所共传宝也，赵王恐，不敢不献。赵王送璧时，斋戒五日，今大王亦宜斋戒五日，设九宾于廷⑯，臣乃敢上璧。"秦王度之，终不可强夺，遂许斋五日，舍相如广成传。相如度秦王虽斋，决负约不偿城，乃使其从者衣褐，怀其璧，从径道亡⑰，归璧于赵。

秦王斋五日后，乃设九宾礼于廷，引赵使者蔺相如。相如至，谓秦王曰："秦自缪公以来二十余君⑱，未尝有坚明约束者也⑲。臣诚恐见欺于王而负赵，故令人持璧归，间至赵矣。且秦强而赵弱，大王遣一介之使至赵，赵立奉璧来。今以秦之强而先割十五都予赵，赵岂敢留璧而得罪于大王乎？臣知欺大王之罪当诛，臣请就汤镬，唯大王与群臣孰计议之。"秦王与群臣相视而嘻⑳。左右或欲引相如去，秦王因曰："今杀相如，终不能得璧也，而绝秦赵之欢，不如因而厚遇之，使归赵，赵王岂以一璧之故欺秦邪！"卒廷见相如，毕礼而归之。

相如既归，赵王以为贤大夫，使不辱于诸侯，拜相如为上大夫。秦亦不以城予赵，赵亦终不予秦璧。

其后秦伐赵，拔石城。明年，复攻赵，杀二万人。

秦王使使者告赵王，欲与王为好会于西河外渑池㉑。赵王畏秦，欲毋行。廉颇、蔺相如计曰："王不行，示赵弱且怯也。"赵王遂行，相如从。廉颇送至境，与王诀曰："王行，度道里会遇之礼毕，还，不过三十日。三十日不还，则请立太子为王，以绝秦望。"王许之，遂与秦王会渑池。

秦王饮酒酣，曰："寡人窃闻赵王好音，请奏瑟。"赵王鼓瑟。秦御史前书曰："某年月日，秦王与赵王会饮，令赵王鼓瑟。"蔺相如前曰："赵王窃闻秦王善为秦声，请奏盆缻秦王，以相娱乐。"秦王怒，不许。于是相如前进缻，因跪请秦王。秦王不肯击缻。相如曰："五步之内，相如请得以颈血溅大王矣！"左右欲刃相如，相如张目叱之，左右皆靡。于是秦王不怿，为一击缻。相如顾召赵御史书曰："某年月日，秦王为赵王击缻"。秦之群臣曰："请以赵十五城为秦王寿"。蔺相如亦曰："请以秦之咸阳为赵王寿。"秦王竟酒，终不能加胜于赵。赵亦盛设兵以待秦，秦不敢动。

既罢归国，以相如功大，拜为上卿，位在廉颇之右。廉颇曰："我为赵将，有攻城野战之大功，而蔺相如徒以口舌为劳，而位居我上。且相如素贱人，吾羞，不忍为之下。"宣言曰："我见相如，必辱之。"相如闻，不肯与会。相如每朝时常称病，不欲与廉颇争列。已而相如出，望见廉颇，相如引车避匿。

于是舍人相与谏曰："臣所以去亲戚而事君者，徒慕君之高义也。今君与廉颇同列，廉君宣恶言而君畏匿之，恐惧殊甚，且庸人尚羞之，况于将相乎！臣等不肖，请辞去。"蔺相如固止之，曰："公之视廉将军孰与秦王？"曰："不若也。"相如曰："夫以秦王之威，而相如廷叱之，辱其群臣，相如虽驽，独畏廉将军哉？顾吾念之，强秦之所以不敢加兵于赵者，徒以吾两人在也。今两虎共斗，其势不俱生。吾所以为此者，以先国家之急而后私仇也。"廉颇闻之，肉袒负荆，因宾客至蔺相如门谢罪。曰："鄙贱之人，不知将军宽之至此也。"卒相与欢，为刎颈之交。

是岁，廉颇东攻齐，破其一军。居二年，廉颇复伐齐几，拔之。后三年，廉颇攻魏之防陵、安阳，拔之。后四年，蔺相如将而攻齐，至平邑而罢。其明年，赵奢破秦军阏与下。

赵奢者，赵之田部吏也。收租税而平原君家不肯出租，奢以法治之，杀平原君用事者九人。平原君怒，将杀奢。奢因说曰："君于赵为贵公子，今纵君家而不奉公则法削，法削则国弱，国弱则诸侯加兵，诸侯加兵，是无赵也，君安得有此富乎？以君之贵，奉公如法则上下平，上下平则国强，国强则赵固，而君为贵戚，岂轻于天下邪？"平原君以为贤，言之于王。王用之治国赋，国赋大平，民富而府库实。

秦伐韩，军于阏与。王召廉颇而问曰："可救不？"对曰："道远险狭，难救。"又召乐乘而问焉，乐乘对如廉颇言。又召问赵奢，奢对曰："其道远险狭，譬之犹两鼠斗于穴中，将勇者胜。"王乃令赵奢将，救之。

兵去邯郸三十里，而令军中曰："有以军事谏者死。"秦军军武安西，秦军鼓噪勒兵，武安屋瓦尽振。军中候有一人言急救武安，赵奢立斩之。坚壁，留二十八日不行，复益增垒。秦间来入，赵奢善食而遣之。间以报秦将，秦将大喜曰："夫去国三十里而军不行，乃增垒，阏与非赵地也。"

赵奢既已遣秦间，乃卷甲而趋之，二日一夜至，令善射者去阏与五十里而军。军垒成，秦人闻之，悉甲而至。军士许历请以军事谏，赵奢曰："内之。"许历曰："秦人不意赵师至此，其来气盛，将军必厚集其阵以待之。不然，必败。"赵奢曰："请受令。"许历曰："请就铁质之诛。"赵奢曰："胥后令邯郸[2]。"许历复请谏，曰："先据北山上者胜，后至者败。"赵奢许诺，即发万人趋之。秦兵后至，争山不得上，赵奢纵兵击之，大破秦军。秦军解而走，遂解阏与之围而归。

赵惠文王赐奢号为马服君，以许历为国尉。赵奢于是与廉颇、蔺相如同位。

后四年，赵惠文王卒，子孝成王立。七年，秦与赵兵相距长平。时赵奢已死，而蔺相如病笃。赵使廉颇将攻秦，秦数败赵军，赵军固壁不战。秦数挑战，廉颇不肯。赵王信秦之间。秦之间言曰："秦之所恶，独畏马服君赵奢之子赵括为将耳。"赵王因以括为将，代廉颇。蔺相如曰："王以名使括，若胶柱而鼓瑟耳[2]。括徒能读其父书传，不知合变也。"赵王不听，遂将之。

赵括自少时学兵法，言兵事，以天下莫能当。尝与其父奢言兵事，奢不能难，然不谓善。括母问奢其故，奢曰："兵，死地也，而括易言之。使赵不将括即已，若必将之，破赵军者必括也。"及括将行，其母上书言于王曰："括不可使将。"王曰："何以？"对曰："始妾事其父，时为将，身所奉饭饮而进食者以十数，所友者以百数，大王及宗室所赏赐者尽以予军吏士大夫，受命之日，不问家事。今括一旦为将，东向而朝，军吏无敢仰视之者，王所赐金帛，归藏于家，而日视便利田宅可买者买之。王以为何如其父？父子异心，愿王勿遣。"王曰："母置之，吾已决矣。"括母因曰："王终遣之，即有如不称，妾得无随坐乎？"王许诺。

赵括既代廉颇，悉更约束，易置军吏。秦将白起闻之，纵奇兵，详败走，而绝其粮道，分断其军为二。士卒离心。四十余日，军饿，赵括出锐卒自博战，秦军射杀赵括。括军败，数十万之众遂降秦，秦悉坑之。赵前后所亡凡四十五万。明年，秦兵遂围邯郸，岁余，几不得脱。赖楚、魏诸侯来救，乃得解邯郸之围。赵王亦以括母先言，竟不诛也。

自邯郸围解五年，而燕用栗腹之谋，曰"赵壮者尽于长平，其孤未壮"，举兵击赵。赵使廉颇将，击，大破燕军于鄗，杀栗腹，遂围燕。燕割五城请和，乃听之。赵以尉文封廉颇为信平君，为假相国。

廉颇之免长平归也，失势之时，故客尽去。及复用为将，客又复至。廉颇曰："客退矣！"客曰："吁！君何见之晚也？夫天下以市道交㉔，君有势，我则从君，君无势则去，此固其理也，有何怨乎？"居六年，赵使廉颇伐魏之繁阳，拔之。

赵孝成王卒，子悼襄王立，使乐乘代廉颇。廉颇怒，攻乐乘，乐乘走。廉颇遂奔魏之大梁。其明年，赵乃以李牧为将而攻燕，拔武遂、方城。

廉颇居梁，久之，魏不能信用。赵以数困于秦兵，赵王思复得廉颇，廉颇亦思复用于赵。赵王使使者视廉颇尚可用否。廉颇之仇郭开多与使者金，令毁之。赵使者既见廉颇，廉颇为之一饭斗米，肉十斤，被甲上马，以示尚可用。赵使还报王曰："廉将军虽老，尚善饭，然与臣坐，顷之三遗矢矣⑤。"赵王以为老，遂不召。

楚闻廉颇在魏，阴使人迎之。廉颇一为楚将，无功，曰："我思用赵人。"廉颇卒死于寿春。

李牧者，赵之北边良将也。常居代雁门，备匈奴。以便宜置吏，市租皆输入莫府㉖，为士卒费。日击数牛飨士，习射骑，谨烽火，多间谍，厚遇战士。为约曰："匈奴即入盗，急入收保，有敢捕虏者斩，"匈奴每入，烽火谨，辄入收保，不敢战。如是数岁，亦不亡失。然匈奴以李牧为怯，虽赵边兵亦以为吾将怯。赵王让李牧，李牧如故。赵王怒，召之，使他人代将。

岁余，匈奴每来，出战。出战，数不利，失亡多，边不得田畜。复请李牧。牧杜门不出，固称疾。赵王乃复强起使将兵。牧曰："王必用臣，臣如前，乃敢奉令。"王许之。

李牧至，如故约。匈奴数岁无所得。终以为怯。边士日得赏赐而不用，皆愿一战。于是乃具选车得千三百乘，选骑得万三千匹，百金之士五万人㉗，彀者十万人㉘，悉勒习战。大纵畜牧，人民满野。匈奴小入，详北不胜，以数千人委之。单于闻之，大率众来入。李牧多为奇陈，张左右翼击之，大破杀匈奴十余万骑。灭襜褴；破东胡，降林胡，单于奔走。其后十余岁，匈奴不敢近赵边城。

赵悼襄王元年，廉颇既亡入魏，赵使李牧攻燕，拔武遂、方城。居二年，庞煖破燕军，杀剧辛。后七年，秦破杀赵将扈辄于武遂，斩首十万。赵乃以李牧为大将军，击秦军于宜安，大破秦军，走秦将桓齮。封李牧为武安君。居三年，秦攻番吾，李牧击破秦军。南距韩、魏。

赵王迁七年，秦使王翦攻赵，赵使李牧、司马尚御之。秦多与赵王宠臣郭开金，为反间，言李牧、司马尚欲反。赵王乃使赵葱及齐将颜聚代李牧。李牧不受命，赵使人微捕得李牧，斩之。废司马尚。后三月，王翦因急击赵，大破杀赵葱，虏赵王迁及其将颜聚，遂灭赵。

太史公曰：知死必勇，非死者难也，处死者难。方蔺相如引璧睨柱，及叱秦王左右，势不过诛，然士或怯懦而不敢发。相如一奋其气，威信敌国；退而让颇，名重太山㉙。其处智勇，可谓兼之矣！

---

①舍人：家臣。

②遗（wèi，音卫）：送给。

③易：交换。

④徒见欺：白白地被欺骗。

⑤幸：宠幸；宠信。

⑥斧质：古代杀人的刑具。斧，刀斧。质，椹板；铁砧。

⑦曲：理亏。

⑧均：比较；衡量。

⑨负：承担。

⑩奏：进献。

⑪却：后退。

⑫负：凭靠；倚仗。

⑬逆：违背；触犯。

⑭列观：一般的宫殿，此指章台。章台为秦离宫中的台观。秦昭王在此接见赵国使臣，明显对赵国持轻视之意。

⑮急：逼迫。

⑯九宾：古代朝会大典时使用的最隆重的礼节，由九个迎宾礼官依次传呼，引客上殿。

⑰径道：小道；便道。

⑱缪公：即秦穆公。缪，通"穆"。

⑲坚明约束：坚定明确地恪守信约。

⑳嘻：又惊又怒之声。

㉑好会：友好相会。

㉒胥后令邯郸：等回到邯郸后再处治你。

㉓胶柱而鼓瑟：调弦的弦柱被粘住，音调就不能有变化。比喻赵王死守成规，不知变通。

㉔以市道交：用市上的交易关系交友。

㉕遗矢：拉屎。

㉖莫府：地方军政高级长官的官署。

㉗百金之士：曾破敌擒将得赏百金的勇士。

㉘彀者：善射者。

㉙太山：即泰山。

史记卷八十二

田单列传第二十二

田单者，齐诸田疏属也①。湣王时，单为临菑市掾，不见知。及燕使乐毅伐破齐，齐湣王出奔，已而保莒城。燕师长驱平齐，而田单走安平，令其宗人尽断其车轴末而傅铁笼②。已而燕军攻安平，城坏，齐人走，争涂，以辖折车败③，为燕所虏，唯田单宗人以铁笼故得脱，东保即墨。

燕既尽降齐城，唯独莒、即墨不下。燕军闻齐王在莒，并兵攻之。淖齿既杀湣王于莒，因坚守，距燕军，数年不下。燕引兵东围即墨，即墨大夫出与战，败死。城中相与推田单，曰："安平之战，田单宗人以铁笼得全，习兵。"立以为将军，以即墨距燕。

顷之，燕昭王卒，惠王立，与乐毅有隙。田单闻之，乃纵反间于燕，宣言曰："齐王已死，城之不拔者二耳。乐毅畏诛而不敢归，以伐齐为名，实欲连兵南面而王齐。齐人未附，故且缓攻即墨以待其事。齐人所惧，唯恐他将之来，即墨残矣。"燕王以为然，使骑劫代乐毅。

乐毅因归赵，燕人士卒忿。而田单乃令城中人食必祭其先祖于庭，飞鸟悉翔舞城中下食。燕人怪之。田单因宣言曰："神来下教我。"乃令城中人曰："当有神人为我师。"有一卒曰："臣可以为师乎？"因反走。田单乃起，引还，东乡坐，师事之。卒曰："臣欺君，诚无能也。"田单曰：

"子勿言也！"因师之。每出约束，必称神师。乃宣言曰："吾唯惧燕军之劓所得齐卒，置之前行，与我战，即墨败矣。"燕人闻之，如其言。城中人见齐诸降者尽劓，皆怒，坚守，唯恐见得④。单又纵反间曰："吾惧燕人掘吾城外冢墓，僇先人，可为寒心。"燕军尽掘垄墓，烧死人。即墨人从城上望见，皆涕泣，俱欲出战，怒自十倍。

田单知士卒之可用，乃身操版插⑤，与士卒分功⑥，妻妾编于行伍之间，尽散饮食飨士。令甲卒皆伏，使老弱女子乘城，遣使约降于燕，燕军皆呼万岁。田单又收民金，得千溢⑦，令即墨富豪遗燕将，曰："即墨即降，愿无虏掠吾族家妻妾，令安堵⑧。"燕将大喜，许之。燕军由此益懈。

田单乃收城中得千余牛，为绛缯衣⑨，画以五彩龙文，束兵刃于其角，而灌脂束苇于尾，烧其端，凿城数十穴，夜纵牛，壮士五千人随其后。牛尾热，怒而奔燕军，燕军夜大惊。牛尾炬火光明炫耀，燕军视之皆龙文，所触尽死伤。五千人因衔枚击之⑩，而城中鼓噪从之，老弱皆击铜器为声，声动天地。燕军大骇，败走。齐人遂夷杀其将骑劫。燕军扰乱奔走，齐人追亡逐北，所过城邑皆畔燕而归田单，兵日益多。乘胜，燕日败亡，卒至河上，而齐七十余城皆复为齐。乃迎襄王于莒，入临菑而听政。

襄王封田单，号曰安平君。

太史公曰：兵以正合，以奇胜。善之者，出奇无穷。奇正还相生，如环之无端。夫始如处女，适人开户；后如脱兔，适不及距⑪：其田单之谓邪！

初，淖齿之杀湣王也，莒人求湣王子法章，得之太史嫩之家，为人灌园。嫩女怜而善遇之。后法章私以情告女，女遂与通。及莒人共立法章为齐王，以莒距燕，而太史氏女遂为后，所谓"君王后"也。

燕之初入齐，闻画邑人王蠋贤，令军中曰："环画邑三十里无入"，以王蠋之故。已而使人谓蠋曰："齐人多高子之义，吾以子为将，封子万家。"蠋固谢。燕人曰："子不听，吾引三军而屠画邑。"王蠋曰："忠臣不事二君，贞女不更二夫。齐王不听吾谏，故退而耕于野。国既破亡，吾不能存；今又劫之以兵为君将，是助桀为暴也。与其生而无义，固不如烹！"遂经其颈于树枝⑫，自奋绝脰而死⑬。齐亡大夫闻之，曰："王蠋，布衣也，义不北面于燕，况在位食禄者乎！"乃相聚如莒，求诸子，立为襄王。

---

①疏属：旁支亲属；远亲。

②傅：包裹。　　铁笼：铁箍；铁帽。

③镼（wèi，音卫）：车轴两端。

④见得：被俘虏。

⑤版：筑城墙用的夹板。　　插：掘土工具。

⑥分功：一同劳作。

⑦溢：通"镒"。古代黄金称量单位。

⑧安堵：不受骚扰。

⑨绛：红色。　　缯：帛绢。

⑩枚：古代行军或突袭敌军，令士兵衔在口里防止喧哗的东西，像筷子，有绳系住，可套在颈上。

⑪适：通"敌"。　　距：通"拒"。

⑫经：自缢。

⑬脰（dòu，音豆）：脖力；颈项。

史记卷八十三

鲁仲连邹阳列传第二十三

鲁仲连者，齐人也。好奇伟俶傥之画策①，而不肯仕宦任职，好持高节。游于赵。

赵孝成王时，而秦王使白起破赵长平之军前后四十余万，秦兵遂东围邯郸。赵王恐，诸侯之救兵莫敢击秦军。魏安釐王使将军晋鄙救赵，畏秦，止于荡阴不进。魏王使客将军新垣衍间入邯郸，因平原君谓赵王曰②："秦所为急围赵者，前与齐湣王争强为帝，已而复归帝；今齐已益弱，方今唯秦雄天下，此非必贪邯郸，其意欲复求为帝。赵诚发使尊秦昭王为帝，秦必喜，罢兵去。"平原君犹豫未有所决。

此时鲁仲连适游赵，会秦围赵，闻魏将欲令赵尊秦为帝，乃见平原君曰："事将奈何？"平原君曰："胜也何敢言事！前亡四十万之众于外，今又内围邯郸而不能去。魏王使客将军新垣衍令赵帝秦，今其人在是。胜也何敢言事！"鲁仲连曰："吾始以君为天下之贤公子也，吾乃今然后知君非天下之贤公子也。梁客新垣衍安在？吾请为君责而归之。"平原君曰："胜请为绍介而见之于先生③。"平原君遂见新垣衍曰："东国有鲁仲连先生者，今其人在此，胜请为绍介，交之于将军④。"新垣衍曰："吾闻鲁仲连先生，齐国之高士也。衍，人臣也，使事有职，吾不愿见鲁仲连先生。"平原君曰："胜既已泄之矣。"新垣衍许诺。

鲁连见新垣衍而无言。新垣衍曰："吾视居此围城之中者，皆有求于平原君者也。今吾观先生之玉貌，非有求于平原君者也，曷为久居此围城之中而不去？"鲁仲连曰："世以鲍焦为无从颂而死者⑤，皆非也。众人不知，则为一身⑥。彼秦者，弃礼义而上首功之国也，权使其士，虏使其民。彼即肆然而为帝，过而为政于天下⑦，则连有蹈东海而死耳，吾不忍为之民也。所为见将军者，欲以助赵也。"

新垣衍曰："先生助之将奈何？"鲁连曰："吾将使梁及燕助之，齐、楚则固助之矣。"新垣衍曰："燕则吾请以从矣；若乃梁者，则吾乃梁人也，先生恶能使梁助之？"鲁连曰："梁未睹秦称帝之害故耳。使梁睹秦称帝之害，则必助赵矣。"

新垣衍曰："秦称帝之害何如？"鲁连曰："昔者齐威王尝为仁义矣，率天下诸侯而朝周。周贫且微，诸侯莫朝，而齐独朝之。居岁余，周烈王崩，齐后往，周怒，赴于齐曰⑧：'天崩地坼，天子下席。东藩之臣因齐后至，则斮⑨。'齐威王勃然怒曰：'叱嗟，而母婢也！'卒为天下笑。故生则朝周，死则叱之，诚不忍其求也。彼天子固然，其无足怪。"

新垣衍曰："先生独不见夫仆乎？十人而从一人者，宁力不胜而智不若邪？畏之也。"鲁仲连曰："呜呼！梁之比于秦若仆邪？"新垣衍曰："然！"鲁仲连曰："吾将使秦王烹醢梁王⑩。"新垣衍快然不悦，曰："噫嘻！亦太甚矣先生之言也！先生又恶能使秦王烹醢梁王？"鲁仲连曰："固也，吾将言之。昔者九侯、鄂侯、文王，纣之三公也。九侯有子而好，献之于纣，纣以为恶，醢九侯。鄂侯争之强，辩之疾，故脯鄂侯⑪。文王闻之，喟然而叹，故拘之牖里之库百日，欲令之死。曷为与人俱称王，卒就脯醢之地？齐湣王之鲁，夷维子为执策而从，谓鲁人曰：'子将何以待吾君?'鲁人曰:'吾将以十太牢待子之君。'夷维子曰:'子安取礼而待吾君? 彼吾君者,天子也。天子巡狩,诸侯辟舍[12],纳管籥[13],摄衽抱机[14],视膳于堂下,天子已食,乃退而听朝也。'鲁人投其籥,不果纳。不得入于鲁。将之薛,假途于邹。当是时,邹君死,湣王欲入吊,夷维子谓邹之孤曰:'天子吊,主人必将倍殡棺,设北面于南方,然后天子南面吊也。'邹之群臣曰:'必若此,吾将伏剑而死。'固不敢入于邹。邹、鲁之臣,生则不得事养,死则不得赙襚[15],然且欲行天子之礼于邹、鲁,邹、鲁之臣不果纳。今秦万乘之国也,梁亦万乘之国也。俱据万乘之国,各有称王之名,睹其一战而胜,欲从而帝之,是使三晋之大臣不如邹、鲁之仆妾也。且秦无已而帝,则且变易诸侯之大臣。彼将夺其所不肖而与其所贤,夺其所憎而与其所爱。彼又将使其子女谗妾为诸侯妃姬,处梁之宫。梁王安得晏然而已乎? 而将军又何以得故宠乎?"

于是新垣衍起,再拜谢曰:"始以先生为庸人,吾乃今日知先生为天下之士也。吾请出,不敢复言帝秦。"秦将闻之,为却军五十里。适会魏公子无忌夺晋鄙军以救赵,击秦军。秦军遂引而去。

于是平原君欲封鲁连,鲁连辞让者三,终不肯受。平原君乃置酒,酒酣起前,以千金为鲁连寿。鲁连笑曰:"所贵于天下之士者,为人排患释难解纷乱而无取也。即有取者,是商贾之事也,而连不忍为也。"遂辞平原君而去,终身不复见。

其后二十余年,燕将攻下聊城,聊城人或谗之燕。燕将惧诛,因保守聊城,不敢归。齐田单攻聊城岁余,士卒多死而聊城不下。鲁连乃为书,约之矢以射城中,遗燕将。书曰:

"吾闻之,智者不倍时而弃利,勇士不却死而灭名,忠臣不先身而后君。今公行一朝之忿,不顾燕王之无臣,非忠也;杀身亡聊城,而威不信于齐,非勇也;功败名灭,后世无称焉,非智也。三者世主不臣,说士不载,故智者不再计,勇士不怯死。今死生荣辱,贵贱尊卑,此时不再至,愿公详计而无与俗同。

且楚攻齐之南阳,魏攻平陆,而齐无南面之心,以为亡南阳之害小,不如得济北之利大,故定计审处之。今秦人下兵,魏不敢东面;衡秦之势成,楚国之形危;齐弃南阳,断右壤,定济北,计犹且为之也。且夫齐之必决于聊城,公勿再计。今楚、魏交退于齐,而燕救不至。以全齐之兵,无天下之规[16],与聊城共据期年之敝,则臣见公之不能得也。且燕国大乱,君臣失计,上下迷惑,栗腹以十万之众五折于外,以万乘之国被围于赵,壤削主困,为天下僇笑[17]。国敝而祸多,民无所归心。今公又以敝聊之民距全齐之兵,是墨翟之守也。食人炊骨,士无反外之心,是孙膑之兵也。能见于天下。虽然,为公计者,不如全车甲以报于燕。车甲全而归燕,燕王必喜;身全而归于国,士民如见父母,交游攘臂而议于世,功业可明。上辅孤主以制群臣,下养百姓以资说士,矫国更俗,功名可立也。亡意亦捐燕弃世,东游于齐乎? 裂地定封,富比乎陶、卫,世世称孤,与齐久存,又一计也。此两计者,显名厚实也,愿公详计而审处一焉。

且吾闻之,规小节者不能成荣名,恶小耻者不能立大功。昔者管夷吾射桓公,中其钩,篡也;遗公子纠不能死[18],怯也;束缚桎梏,辱也。若此三行者,世主不臣而乡里不通。乡使管子幽囚而不出,身死而不反于齐,则亦名不免为辱人贱行矣。臧获且羞与之同名矣[19],况世俗乎! 故管子不耻身在缧绁之中而耻天下之不治,不耻不死公子纠而耻威之不信于诸侯,故兼三行之过而为五霸首,名高天下而光烛邻国。曹子为鲁将,三战三北,而亡地五百里。乡使曹子计不反顾,议不还踵,刎颈而死,则亦名不免为败军禽将矣。曹子弃三北之耻,而退与鲁君计。桓公朝天下,会诸侯,曹子以一剑之任,枝桓公之心于坛坫之上[20],颜色不变,辞气不悖,三战之所亡一朝而复之,天下震动,诸侯惊骇,威加吴、越。若此二士者,非不能成小廉而行小节也,以为杀身亡躯,绝世灭后,功名不立,非智也。故去感忿之怨,立终身之名;弃忿悁之节,定累世之功，是以业与三王争流，而名与天壤相弊也㉗。愿公择一而行之。"

燕将见鲁连书，泣三日，犹豫不能自决。欲归燕，已有隙，恐诛；欲降齐，所杀虏于齐甚众，恐已降而后见辱。喟然叹曰："与人刃我，宁自刃！"乃自杀。聊城乱，田单遂屠聊城。归而言鲁连，欲爵之。鲁连逃隐于海上，曰："吾与富贵而诎于人㉒，宁贫贱而轻世肆志焉。"

邹阳者，齐人也。游于梁，与故吴人庄忌夫子、淮阴枚生之徒交。上书而介于羊胜、公孙诡之间。胜等嫉邹阳，恶之梁孝王。孝王怒，下之吏，将欲杀之。邹阳客游，以谗见禽，恐死而负累㉓，乃从狱中上书曰：

"臣闻'忠无不报，信不见疑'。臣常以为然，徒虚语耳。昔者荆轲慕燕丹之义，白虹贯日㉔，太子畏之；卫先生为秦画长平之事，太白蚀昴㉕，而昭王疑之。夫精变天地而信不喻两主㉖，岂不哀哉！今臣尽忠竭诚，毕议愿知，左右不明，卒从吏讯，为世所疑。是使荆轲、卫先生复起，而燕、秦不悟也。愿大王孰察之。

昔卞和献宝，楚工刖之；李斯竭忠，胡亥极刑。是以箕子详狂，接舆辟世，恐遭此患也。愿大王孰察卞和、李斯之意，而后楚王、胡亥之听，无使臣为箕子、接舆所笑。臣闻比干剖心，子胥鸱夷㉗，臣始不信，乃今知之。愿大王孰察，少加怜焉。

谚曰：'有白头如新㉘，倾盖如故㉙。'何则？知与不知也。故昔樊於期逃秦之燕，藉荆轲首以奉丹之事；王奢去齐之魏，临城自刭以却齐而存魏。夫王奢、樊於期非新于齐、秦而故于燕、魏也，所以去二国、死两君者，行合于志而慕义无穷也。是以苏秦不信于天下，而为燕尾生㉚；白圭战亡六城，为魏取中山。何则？诚有以相知也。苏秦相燕，燕人恶之于王，王按剑而怒，食以駃騠㉛；白圭显于中山，中山人恶之魏文侯，文侯投之以夜光之璧。何则？两主二臣，剖心坼肝相信，岂移于浮辞哉！

故女无美恶，入宫见妒；士无贤不肖，入朝见嫉。昔者司马喜膑脚于宋，卒相中山；范雎摺胁折齿于魏，卒为应侯。此二人者，皆信必然之画，捐朋党之私，挟孤独之位，故不能自免于嫉妒之人也。是以申徒狄自沈于河㉜，徐衍负石入海。不容于世，义不苟取，比周于朝，以移主上之心。故百里奚乞食于路，缪公委之以政；宁戚饭牛车下，而桓公任之以国。此二人者，岂借宦于朝，假誉于左右，然后二主用之哉！感于心，合于行，亲于胶漆，昆弟不能离，岂惑于众口哉？故偏听生奸，独任成乱。昔者鲁听季孙之说而逐孔子，宋信子罕之计而囚墨翟。夫以孔、墨之辩，不能自免于谗谀，而二国以危。何则？众口铄金，积毁销骨也。是以秦用戎人由余而霸中国，齐用越人蒙而强威、宣。此二国，岂拘于俗，牵于世，系阿偏之辞哉？公听并观，垂名当世。故意合则胡越为昆弟，由余、越人蒙是矣；不合则骨肉出逐不收，朱、象、管、蔡是矣。今人主诚能用齐、秦之义，后宋、鲁之听，则五伯不足称，三王易为也。

是以圣王觉寤，捐子之之心㉝，而能不说于田常之贤；封比干之后，修孕妇之墓，故功业复就于天下。何则？欲善无厌也。夫晋文公亲其仇，强霸诸侯；齐桓公用其仇，而一匡天下。何则？慈仁殷勤，诚加于心，不可以虚辞借也。

至夫秦用商鞅之法，东弱韩、魏，兵强天下，而卒车裂之；越用大夫种之谋，禽劲吴，霸中国，而卒诛其身，是以孙叔敖三去相而不悔，於陵子仲辞三公为人灌园。今人主诚能去骄慠之心㉞，怀可报之意，披心腹，见情素，堕肝胆，施德厚，终与之穷达，无爱于士，则桀之狗可使吠尧，而蹠之客可使刺由，况因万乘之权，假圣王之资乎？然则荆轲之湛七族㉟，要离之烧妻子，岂足道哉？

臣闻明月之珠，夜光之璧，以暗投人于道路，人无不按剑相眄者㊱。何则？无因而至前也。

蟠木根柢�37，轮囷离诡�38，而为万乘器者。何则？以左右先为之容也。故无因至前，虽出随侯之珠，夜光之璧，犹结怨而不见德。故有人先谈，则以枯木朽株树功而不忘。今夫天下布衣穷居之士，身在贫贱，虽蒙尧、舜之术，挟伊、管之辩，怀龙逢、比干之意，欲尽忠当世之君，而素无根柢之容，虽竭精思，欲开忠信，辅人主之治，则人主必有按剑相眄之迹，是使布衣不得为枯木朽株之资也。

是以圣王制世御俗，独化于陶钧之上�39，而不牵于卑乱之语，不夺于众多之口。故秦皇帝任中庶子蒙嘉之言，以信荆轲之说，而匕首窃发；周文王猎泾、渭，载吕尚而归，以王天下。故秦信左右而杀，周用乌集而王㊵。何则？以其能越挛拘之语㊶，驰域外之议，独观于昭旷之道也㊷。

今人主沉于谄谀之辞，牵于帷裳之制㊸，使不羁之士与牛骥同皂㊹，此鲍焦所以忿于世而不留富贵之乐也。

臣闻盛饰入朝者不以利污义，砥厉名号者不以欲伤行，故县名胜母而曾子不入，邑号朝歌而墨子回车。今欲使天下寥廓之士摄于威重之权㊺，主于位势之贵，故回面污行以事谄谀之人而求亲近于左右㊻，则士伏死堀穴岩薮之中耳，安肯有尽忠信而趋阙下者哉！"

书奏梁孝王，孝王使人出之，卒为上客。

太史公曰：鲁连其指意虽不合大义，然余多其在布衣之位㊼，荡然肆志，不诎于诸侯；谈说于当世，折卿相之权。邹阳辞虽不逊，然其比物连类，有足悲者，亦可谓抗直不桡矣㊽，吾是以附之列传焉。

①俶傥（tì tǎng，音替党）：通"倜傥"。

②因：通过。

③绍介：介绍。

④交：结交；结识。

⑤从颂：从容。

⑥一身：自己。

⑦过而：甚至；进而。

⑧赴：通"讣"。报丧。

⑨斮（zhuó，音轴）：斩杀。

⑩醢（hǎi，音海）：做成肉酱。

⑪脯（fǔ，音府）：做成肉干。

⑫辟舍：离开自己的正宫。

⑬管籥：钥匙。

⑭摄衽：撩起衣襟。　抱机：安排几桌。机，通"几"。

⑮赙襚：将钱物送给死人。

⑯规：贪求。

⑰僇笑：耻笑。

⑱遗：舍弃。

⑲臧获：奴婢。

⑳枝：比划。

㉑弊：通"毙"。死亡。

㉒与：与其。　诎：屈身。

㉓累：不实之罪。

㉔白虹贯日：古人迷信，认为白虹贯日是刺杀君主的征兆。燕太子丹送荆轲赴秦刺秦王，临行见白虹贯日不彻，畏其此行

不能成功。

㉕太白蚀昴（mǎo，音卯）：太白为主战争之星，昴宿位在赵国。预示赵国将有战祸。当时秦将白起围赵邯郸，派卫先生回催粮加兵，昭王听应侯范雎谗言，反而怀疑白起、卫先生欲反叛。

㉖精变天地：真诚地使天地发生变化。　喻：开导。

㉗鸱夷：皮袋子。伍子胥自杀后，尸体装入鸱夷丢入江中。

㉘白头如新：相处到头发都白了仍不相认知对方。

㉙倾盖如故：相遇途中，交谈几句便如同故交。倾盖，倾斜车篷，以便坐在各自的车上相互靠近以交谈。

㉚为燕尾生：对于燕国来说是尾生一样的人物。尾生是传说中鲁国一很讲信用的人。

㉛駃騠：骏马名。

㉜沈：通"沉"。

㉝捐：放弃。

㉞傲：通"傲"。

㉟湛：灭；沉没。

㊱眇（miǎo，音秒）：斜视。

㊲蟠：盘曲、弯曲。　柢：树根。

㊳轮囷：屈曲的样子。　离诡：奇形怪状。

㊴陶钧：制作陶器所用的陶轮。

　集：乌鸟的偶然集合。

　拘：拘束。

㊷昭旷：光明、宽阔。

㊸帷裳：古代车厢旁的围布，亦代指妇女乘坐的车。比喻姬妾。

㊹骥：千里马。　皁：通"槽"。

㊺寥廓：广阔；高远。

㊻回：丑化。

㊼多：赞许；赞美。

㊽桡：通"挠"。屈服；屈从。

史记卷八十四

屈原贾生列传第二十四

　　屈原者，名平，楚之同姓也。为楚怀王左徒。博闻强志①，明于治乱，娴于辞令②。入则与王图议国事，以出号令；出则接遇宾客，应对诸侯。王甚任之。

　　上官大夫与之同列，争宠而心害其能③。怀王使屈原造为宪令④，屈平属草稿未定⑤，上官大夫见而欲夺之，屈平不与，因谗之曰："王使屈平为令，众莫不知，每一令出，平伐其功⑥，以为'非我莫能为'也。"王怒而疏屈平。

　　屈平疾王听之不聪也，谗谄之蔽明也，邪曲之害公也，方正之不容也，故忧愁幽思而作《离骚》。

　　离骚者，犹离忧也。夫天者，人之始也；父母者，人之本也。人穷则反本，故劳苦倦极，未尝不呼天也；疾痛惨怛⑦，未尝不呼父母也。屈平正道直行，竭忠尽智以事其君，谗人间之，可谓穷矣。信而见疑，忠而被谤，能无怨乎？屈平之作《离骚》，盖自怨生也。《国风》好色而不淫，《小雅》怨诽而不乱，若《离骚》者，可谓兼之矣。上称帝喾，下道齐桓，中述汤武，以刺世事。明道德之广崇，治乱之条贯，靡不毕见。其文约，其辞微，其志絜，其行廉，其称文小而其指极大，举类迩而见义远。其志絜，故其称物芳⑧。其行廉，故死而不容自疏。濯淖污泥之中，蝉蜕于浊秽，以浮游尘埃之外，不获世之滋垢，皭然泥而不滓者也⑨。推此志也。虽与日月争光可也。

　　屈平既绌，其后秦欲伐齐，齐与楚从亲，惠王患之，乃令张仪详去秦，厚币委质事楚，曰："秦甚憎齐，齐与楚从亲，楚诚能绝齐，秦愿献商、於之地六百里。"楚怀王贪而信张仪，遂绝齐，使使如秦受地。张仪诈之曰："仪与王约六里，不闻六百里。"楚使怒去，归告怀王。怀王怒，大兴师伐秦。秦发兵击之，大破楚师于丹、淅，斩首八万，虏楚将屈匄，遂取楚之汉中地。怀王乃悉发国中兵以深入击秦，战于蓝田。魏闻之，袭楚至邓。楚兵惧，自秦归。而齐竟怒不救楚，楚大困。

　　明年，秦割汉中地与楚以和。楚王曰："不愿得地，愿得张仪而甘心焉！"张仪闻，乃曰："以一仪而当汉中地，臣请往如楚。"如楚，又因厚币用事者臣靳尚，而设诡辩于怀王之宠姬郑袖。怀王竟听郑袖，复释去张仪。是时屈平既疏，不复在位，使于齐，顾反⑩，谏怀王曰："何不杀张仪？"怀王悔，追张仪，不及。

　　其后诸侯共击楚，大破之，杀其将唐眜。

　　时秦昭王与楚婚，欲与怀王会。怀王欲行，屈平曰："秦，虎狼之国，不可信，不如毋行。"怀王稚子子兰劝王行："奈何绝秦欢！"怀王卒行。入武关，秦伏兵绝其后，因留怀王以求割地。怀王怒，不听，亡走赵，赵不内。复之秦，竟死于秦而归葬。

　　长子顷襄王立，以其弟子兰为令尹。楚人既咎子兰以劝怀王入秦而不反也⑪。

　　屈平既嫉之，虽放流，眷顾楚国⑫，系心怀王，不忘欲反，冀幸君之一悟，俗之一改也。其存君兴国而欲反覆之，一篇之中三致志焉。然终无可奈何，故不可以反，卒以此见怀王之终不悟也。人君无愚智贤不肖，莫不欲求忠以自为，举贤以自佐，然亡国破家相随属，而圣君治国累世而不见者，其所谓忠者不忠，而所谓贤者不贤也。怀王以不知忠臣之分，故内惑于郑袖，外欺于张仪，疏屈平而信上官大夫、令尹子兰，兵挫地削，亡其六郡，身客死于秦，为天下笑。此不知人之祸也。《易》曰："井泄不食⑬，为我心恻⑭，可以汲。王明，并受其福。"王之不明，岂足福哉！

　　令尹子兰闻之大怒，卒使上官大夫人短屈原于顷襄王⑮，顷襄王怒而迁之。

　　屈原至于江滨，被发行吟泽畔。颜色憔悴，形容枯槁。渔父见而问之曰："子非三闾大夫欤？何故而至此？"屈原曰："举世混浊而我独清，众人皆醉而我独醒，是以见放。"渔父曰："夫圣人者，不凝滞于物而能与世推移。举世混浊，何不随其流而扬其波？众人皆醉，何不餔其糟而啜其醨⑯？何故怀瑾握瑜而自令见放为⑰？"屈原曰："吾闻之，新沐者必弹冠，新浴者必振衣，人又谁能以身之察察受物之汶汶者乎⑱！宁赴常流而葬乎江鱼腹中耳，又安能以皓皓之白而蒙世俗之温蠖乎⑲！"乃作《怀沙》之赋。其辞曰：

　　"陶陶孟夏兮⑳，草木莽莽。伤怀永哀兮，汩徂南土㉑。眴兮窈窈㉒，孔静幽墨㉓。冤结纡轸兮㉔，离愍之长鞠㉕；抚情效志兮，俛诎以自抑㉖。

　　刓方以为圜兮㉗，常度未替㉘；易初本由兮，君子所鄙。章画职墨兮㉙，前度未改㉚；内直质重兮，大人所盛。巧匠不斲兮，孰察其揆正㉛？玄文幽处兮㉜，矇谓之不章㉝；离娄微睇兮㉞，瞽以为无明。变白而为黑兮，倒上以为下。凤皇在笯兮㉟，鸡雉翔舞。同糅玉石兮，一概而相量。

夫党人之鄙妒兮，羌不知吾所臧。

任重载盛兮，陷滞而不济；怀瑾握瑜兮，穷不得余所示。邑犬群吠兮，吠所怪也；诽骏疑桀兮⑧，固庸态也。文质疏内兮⑰，众不知吾之异采；材朴委积兮⑱，莫知余之所有。重仁袭义兮，谨厚以为丰；重华不可牾兮⑲，孰知余之从容！古固有不并兮，岂知其故也？汤禹久远兮，邈不可慕也。惩违改忿兮，抑心而自强，离湣而不迁兮⑳，愿志之有象㉑，进路北次兮㉒，日昧昧其将暮；含忧虞哀兮，限之以大故㉔。

乱曰㉕：浩浩沅、湘兮，分流汩兮。修路幽拂兮，道远忽兮。曾吟恒悲兮，永叹慨兮。世既莫吾知兮，人心不可谓兮。怀情抱质兮，独无匹兮㉖。伯乐既殁兮，骥将焉程兮㉗？人生禀命兮㉘，各有所错兮㉙。定心广志，余何畏惧兮？曾伤爰哀㉚，永叹喟兮。世溷不吾知㉛，心不可谓兮。知死不可让兮，愿勿爱兮。明以告君子兮，吾将以为类兮㉜。"

于是怀石遂自沉汨罗以死。

屈原既死之后，楚有宋玉、唐勒、景差之徒者，皆好辞而以赋见称。然皆祖屈原之从容辞令，终莫敢直谏。其后楚日以削，数十年竟为秦所灭。

自屈原沈汨罗后百有余年，汉有贾生，为长沙王太傅，过湘水，投书以吊屈原。

贾生，名谊，洛阳人也。年十八，以能诵诗属书闻于郡中。吴廷尉为河南守，闻其秀才，召置门下，甚幸爱。孝文皇帝初立，闻河南守吴公治平为天下第一，故与李斯同邑而常学事焉，乃征为廷尉。廷尉乃言贾生年少，颇通诸子百家之书。文帝召以为博士。

是时贾生年二十余，最为少。每诏令议下，诸老先生不能言，贾生尽为之对，人人各如其意所欲出。诸生于是乃以为能不及也。孝文帝说之，超迁㉝，一岁中至太中大夫。

贾生以为汉兴至孝文二十余年，天下和洽，而固当改正朔㉞，易服色，法制度㉟，定官名，兴礼乐，乃悉草具其事仪法，色尚黄，数用五，为官名，悉更秦之法。孝文帝初即位，谦让未遑也㊱。诸律令所更定及列侯悉就国，其说皆自贾生发之。于是天子议以为贾生任公卿之位。绛、灌、东阳侯、冯敬之属尽害之，乃短贾生曰："洛阳之人，年少初学，专欲擅权，纷乱诸事。"于是天子后亦疏之，不用其议，乃以贾生为长沙王太傅。

贾生既辞往行，闻长沙卑湿，自以寿不得长，又以适去㊲，意不自得。及渡湘水，为赋以吊屈原。其辞曰：

"共承嘉惠兮㊳，俟罪长沙㊴。侧闻屈原兮㊵，自沈汨罗。造托湘流兮㊶，敬吊先生。遭世罔极兮㊷，乃殒厥身。呜呼哀哉，逢时不祥！鸾凤伏窜兮，鸱枭翱翔。闒茸尊显兮㊸，谗谀得志；贤圣逆曳兮㊹，方正倒植㊺。世谓伯夷贪兮，谓盗跖廉；莫邪为钝兮㊻，铅刀为铦。于嗟嚜嚜兮㊼，生之无故㊽！斡弃周鼎兮宝康瓠㊾，腾驾罢牛兮骖蹇驴㊿，骥垂两耳兮服盐车㊿。章甫荐屦兮㊿，渐不可久；嗟苦先生兮，独离此咎㊿！

讯曰㊿：已矣，国其莫我知，独壹郁兮其谁语㊿？凤漂漂其高逝兮㊿，夫固自缩而远去㊿。袭九渊之神龙兮，沕深潜以自珍㊿。弥融爚以隐处兮㊿，夫岂从蚁与蛭螾？所贵圣人之神德兮，远浊世而自藏。使骐骥可得系羁兮，岂云异夫犬羊！般纷纷其离此尤兮㊿，亦夫子之辜也㊿！瞝九州而相君兮㊿，何必怀此都也？凤皇翔于千仞之上兮，览德辉而下之㊿。见细德之险征兮㊿，摇增翮逝而去之。彼寻常之污渎兮㊿，岂能容吞舟之鱼！横江湖之鳣鲸兮，固将制于蚁蝼。"

贾生为长沙王太傅三年，有鸮飞入贾生舍，止于坐隅㊿。楚人命鸮曰"服"。贾生既以适居长沙，长沙卑湿，自以为寿不得长，伤悼之，乃为赋以自广㊿。其辞曰：

"单阏之岁兮㊿，四月孟夏，庚子日施兮服集予舍㊿，止于坐隅，貌甚闲暇。异物来集兮，私怪其故，发书占之兮，策言其度⑫。曰'野鸟入处兮，主人将去'。请问于服兮：'予去何之？吉乎告我，凶言其灾。淹数之度兮⑬，语予其期。'服乃叹息，举首奋翼，口不能言，请对以意。

万物变化兮，固无休息。斡流而迁兮⑭，或推而还。形气转续兮，变化而嬗⑮。沕穆无穷兮⑯，胡可胜言！祸兮福所倚，福兮祸所伏；忧喜聚门兮，吉凶同域。彼吴强大兮，夫差以败；越栖会稽兮，勾践霸世。斯游遂成兮⑰，卒被五刑；傅说胥靡兮⑱，乃相武丁。夫祸之与福兮，何异纠缠。命不可说兮，孰知其极？水激则旱兮，矢激则远。万物回薄兮⑲，振荡相转。云蒸雨降兮，错缪相纷。大专槃物兮⑳，坱轧无垠㉑。天不可与虑兮，道不可与谋。迟数有命兮，恶识其时？

且夫天地为炉兮，造化为工；阴阳为炭兮，万物为铜。合散消息兮㉒，安有常则；千变万化兮，未始有极。忽然为人兮㉓，何足控抟；化为异物兮，又何足患！小知自私兮，贱彼贵我；通人大观兮㉔，物无不可。贪夫徇财兮，烈士徇名；夸者死权兮㉕，品庶冯生㉖。怵迫之徒兮㉗，或趋西东；大人不曲兮，亿变齐同。拘士系俗兮，攌如囚拘㉘；至人遗物兮，独与道俱。众人或或兮㉙，好恶积意；真人淡漠兮，独与道息。释知遗形兮，超然自丧；寥廓忽荒兮㉚，与道翱翔。乘流则逝兮，得坻则止；纵躯委命兮，不私与己。其生若浮兮，其死若休；澹乎若深渊之静㉛，泛乎若不系之舟㉜。不以生故自宝兮，养空而浮㉝；德人无累兮㉞，知命不忧。细故蒂葪兮㉟，何足以疑！"

后岁余，贾生征见。孝文帝方受釐㊱，坐宣室。上因感鬼神事，而问鬼神之本。贾生因具道所以然之状，至夜半，文帝前席㊲。既罢，曰："吾久不见贾生，自以为过之，今不及也。"居顷之，拜贾生为梁怀王太傅。梁怀王，文帝之少子；爱，而好书，故令贾生傅之。

文帝复封淮南厉王子四人皆为列侯。贾生谏，以为患之兴自此起矣。贾生数上疏，言诸侯或连数郡，非古之制，可稍削之，文帝不听。

居数年，怀王骑，堕马而死，无后。贾生自伤为傅无状㊳，哭泣岁余，亦死。贾生之死时年三十三矣。及孝文崩，孝武皇帝立，举贾生之孙二人至郡守，而贾嘉最好学，世其家㊴，与余通书。至孝昭时，列为九卿。

太史公曰：余读《离骚》、《天问》、《招魂》、《哀郢》，悲其志。适长沙，观屈原所自沈渊，未尝不垂涕，想见其为人。及见贾生吊之，又怪屈原以彼其材，游诸侯，何国不容，而自令若是。读《服鸟赋》，同死生㊵，轻去就，又爽然㊶自失矣。

①志：记忆。

②娴：熟练。　辞令：交际应酬之辞。

③害：嫉妒。

④宪令：法令。

⑤属（zhǔ，音主）：写作。

⑥伐：自夸。

⑦惨怛：内心痛苦。

⑧其称物芳：指《离骚》多用花草作比喻。

⑨皭（jiào，音叫）然：洁白的样子。

⑩顾反：等到返回时。

⑪既：尽；全部。

⑫眷顾：怀念；思念。

⑬泄：淘去污泥。　　不食：不来饮水。

⑭为我心恻：使我内心伤痛。

⑮短：说坏话。

⑯醨：薄酒。

⑰瑾：美玉。　　　瑜：美玉。

⑱察察：洁白的样子。　　汶汶：昏暗的样子。

⑲温蠖：尘秽重积之状。

⑳陶陶：天气和暖。

㉑汩徂：来到。

㉒眴：观察；察看。　　窈窈：深远。

㉓孔：非常。　　幽墨：寂静。

㉔纡轸：委屈隐痛。

㉕慜：忧伤。　　鞠：穷困。

㉖俇诎：冤屈。

㉗刓：削。

㉘替：废弃。

㉙章画职墨：彰明计策，考虑规则。

㉚度：法令。

㉛揆：尺度。

㉜玄文幽处：黑色花纹放在暗处。

㉝矇：盲人；瞎子。

㉞离娄：传说中视力很强的人。　　睇：斜视。

㉟筊：竹笼。

㊱桀：通"杰"。豪杰。

㊲文质：文采、本质。　　内：朴实无华

㊳材朴：木材、木皮。　　委积：丢弃堆积。

㊴重华：舜的名字。　　牾：逢。

㊵溷：病困。

㊶象：法则。

㊷次：途中短时逗留。

㊸含忧：忍受忧愁。　　虞哀：转哀为乐。虞，通"娱"。

㊹大故：死亡。

㊺乱：总理；总结。

㊻匹：双。

㊼程：计量。

㊽禀：承受。

㊾错：通"措"。安排；安置。

㊿曾：重重。　　爱：愁。

51溷：通"混"。混浊。

52类：榜样。

53超迁：越级提拔。

54改正朔：改用新历法。

55法：创立；创建。

56未遑（huáng，音皇）：来不及；无空闲。

57适：通"谪"。贬谪。

58共：通"恭"。恭敬。　　嘉惠：美好的恩惠。

59俟罪：待罪。

⑥侧闻：从旁人口中听说。

⑥造：到。

⑥罔极：没有定准，变化无常。

⑥阘茸：指品格平庸，才能低下的人。

⑥逆曳：向逆向拉扯。

⑥倒植：倒立；颠倒易位。

⑥莫邪：春秋吴国的著名宝剑名。

⑥铦（xiān，音先）：锋利。

⑥嘿嘿：通"默默"。不遂意；不得意。

⑥生之无故：先生无辜受难。生，指屈原。

⑦斡弃：丢弃。　宝康瓠（hù，音户）：以康瓠为宝贝。康瓠，大瓦器。

⑦腾：骑乘。　罢：通"疲"。　骖蹇驴：让跛足的驴拉车。

⑦服：拉车。

⑦章甫：殷商贵族所戴的帽子。　荐屦（jù，音巨）：垫鞋底。

⑦咎：灾祸。

⑦讯：告诉。

⑦堙郁：郁闷；烦愁。

⑦逝（shì，音世）：通"逝"。离去。

⑦自缩：深藏自己的才智。

⑦汨（mì，音密）：深藏貌。

⑧弥：覆盖。　融爚（yuè，音月）：光亮。

⑧般纷纷：乱纷纷的谗言碎语。　尤：怨恨；罪过。

⑧夫子：指屈原。　辜：通"故"。原因。指屈原不如麟凤翔逝之故。

⑧瞝（chī，音吃）：遍视。相：辅助。

⑧览：看。　德辉：指君主有德而发光辉。

⑧细德：寡德。　险征：危险的征兆。

⑧增翮：增加羽翮。

⑧污渎：水停滞不流的小沟渠。

⑧坐隅：座位旁边。

⑧自广：自我宽慰。

⑨单阏：卯年的别称。其时为汉文帝六年。

⑨日施：太阳西斜。

⑨策：占卜用的蓍草。　度：占卜的结果。

⑨淹数：指生死的迟速。

⑨斡流：运转。

⑨嬗：蜕化。

⑨沕穆：深微之貌。

⑨斯游遂成：李斯游说成功。

⑨胥靡：用绳索将罪犯连在一起劳役。

⑨薄：冲激。

⑩大专（jūn，音均）：制作陶器用的转轮。　椠物：盘旋地生产东西。

⑩块（yǎng，音仰）轧：无边无际。

⑩合散消息：指万物的生长与衰亡。

⑩忽然：偶然。

⑩控抟（tuán，音团）：贪恋。

⑩通人：指修养极高的人。　大观：胸襟大度，高瞻远瞩。

⑩夸者死权：贪求权势以自夸的人死于权势。

⑩品庶冯生：一般之人贪恋生命。

⑱怵：为名利所诱。　　迫：为贫穷所窘迫。

⑩大人：有很高修养的人。

⑩摲（huǎn，音缓）：拘禁。

⑪至人：德美之极的圣人。　　遗物：遗弃物的拖累。

⑫或或：迷惑。

⑬真人：超凡脱俗的圣人。

⑭忽荒：看不见，摸不着。

⑮澹：水波之貌。

⑯泛：浮行。

⑰养空而浮：养空性而心若浮舟。

⑱德人无累：上德之人心中没有物累。

⑲芥蒂（dì jiè；音帝借）：细小的梗塞物。

⑳受釐：祭祀完毕后虔诚地等待神的降临。

㉑前席：坐在席了上向前移动。

㉒无状：没有尽职。

㉓世：继承。

㉔同死生：对生死同等看待。

㉕轻去就：对当官与否看得很轻。

㉖爽然：形容内心茫然无所依据。

史记卷八十五

吕不韦列传第二十五

吕不韦者，阳翟大贾人也。往来贩贱卖贵，家累千金。

秦昭王四十年，太子死。其四十二年，以其次子安国君为太子。安国君有子二十余人，安国君有所甚爱姬，立以为正夫人，号曰华阳夫人。华阳夫人无子。安国君中男名子楚，子楚母曰夏姬，毋爱。子楚为秦质子于赵。秦数攻赵，赵不甚礼子楚。

子楚，秦诸庶孽孙，质于诸侯，车乘进用不饶，居处困，不得意。吕不韦贾邯郸，见而怜之，曰："此奇货可居。"乃往见子楚，说曰："吾能大子之门。"子楚笑曰："且自大君之门，而乃大吾门！"吕不韦曰："子不知也，吾门待子门而大。"子楚心知所谓，乃引与坐，深语。吕不韦曰："秦王老矣，安国君得为太子。窃闻安国君爱幸华阳夫人，华阳夫人无子，能立适嗣者独华阳夫人耳。今子兄弟二十余人，子又居中，不甚见幸，久质诸侯。即大王薨，安国君立为王，则子毋几得与长子及诸子旦暮在前者争为太子矣。"子楚曰："然！为之奈何？"吕不韦曰："子贫，客于此，非有以奉献于亲及结宾客也。不韦虽贫，请以千金为子西游，事安国君及华阳夫人，立子为适嗣。"子楚乃顿首曰："必如君策，请得分秦国与君共之。"

吕不韦乃以五百金与子楚，为进用，结宾客；而复以五百金买奇物玩好，自奉而西游秦，求见华阳夫人姊，而皆以其物献华阳夫人。因言子楚贤智，结诸侯宾客遍天下，常曰"楚也以夫人为天，日夜泣思太子及夫人"。夫人大喜。不韦因使其姊说夫人曰："吾闻之，以色事人者，色衰而爱弛。今夫人事太子，甚爱而无子，不以此时早自结于诸子中贤孝者，举立以为适而子之①夫在则重尊，夫百岁之后，所子者为王，终不失势，此所谓一言而万世之利也。不以繁华时树本，即色衰爱弛后，虽欲开一语，尚可得乎？今子楚贤，而自知中男也，次不得为适，其母又不得幸，自附夫人。夫人诚以此时拔以为适，夫人则竟世有宠于秦矣。"华阳夫人以为然，承太子间，从容言子楚质于赵者绝贤，来往者皆称誉之。乃固涕泣曰："妾幸得充后宫，不幸无子，愿得子楚立以为适嗣，以托妾身。"安国君许之。乃与夫人刻玉符，约以为适嗣。安国君及夫人因厚馈遗子楚，而请吕不韦傅之。子楚以此名誉益盛于诸侯。

吕不韦取邯郸诸姬绝好善舞者与居，知有身。子楚从不韦饮，见而说之，因起为寿②，请之。吕不韦怒，念业已破家为子楚，欲以钓奇，乃遂献其姬。姬自匿有身，至大期时③，生子政。子楚遂立姬为夫人。

秦昭王五十年，使王齮围邯郸，急，赵欲杀子楚，子楚与吕不韦谋，行金六百斤予守者吏，得脱，亡赴秦军，遂以得归。赵欲杀子楚妻子。子楚夫人赵豪家女也，得匿，以故母子竟得活。秦昭王五十六年，薨，太子安国君立为王，华阳夫人为王后，子楚为太子。赵亦奉子楚夫人及子政归秦。

秦王立一年，薨。谥为孝文王。太子子楚代立，是为庄襄王。庄襄王所母华阳后为华阳太后，真母夏姬尊以为夏太后。庄襄王元年，以吕不韦为丞相，封为文信侯，食河南洛阳十万户。

庄襄王即位三年，薨，太子政立为王，尊吕不韦为相国，号称"仲父"。秦王年少，太后时时窃私通吕不韦。不韦家僮万人。

当是时，魏有信陵君，楚有春申君，赵有平原君，齐有孟尝君，皆下士喜宾客以相倾④。吕不韦以秦之强，羞不如，亦招致士，厚遇之，至食客三千人。是时诸侯多辩士，如荀卿之徒，著书布天下。吕不韦乃使其客人人著所闻，集论以为八览、六论、十二纪，二十余万言，以为备天地万物古今之事，号曰《吕氏春秋》。布咸阳市门，悬千金其上，延诸侯游士宾客有能增损一字者予千金。

始皇帝益壮，太后淫不止。吕不韦恐觉祸及己，乃私求大阴人嫪毐以为舍人⑤，时縦倡乐，使毐以其阴关桐轮而行⑥，令太后闻之，以啗太后⑦。太后闻，果欲私得之。吕不韦乃进嫪毐，诈令人以腐罪告之⑧。不韦又阴谓太后曰："可事诈腐，则得给事中⑨。"太后乃阴厚赐主腐者吏，诈论之，拔其须眉为宦者，遂得侍太后。太后私与通，绝爱之。有身，太后恐人知之，诈卜当避时，徙宫居雍。嫪毐常从，赏赐甚厚，事皆决于嫪毐。嫪毐家僮数千人，诸客求宦为嫪毐舍人千余人。

始皇七年，庄襄王母夏太后薨。孝文王后曰华阳太后，与孝文王会葬寿陵。夏太后子庄襄王葬芷阳，故夏太后独别葬杜东，曰"东望吾子，西望吾夫。后百年，旁当有万家邑。"

始皇九年，有告嫪毐实非宦者，常与太后私乱，生子二人，皆匿之。与太后谋曰"王即薨，以子为后"。于是秦王下吏治，具得情实。事连相国吕不韦。九月，夷嫪毐三族，杀太后所生两子，而遂迁太后于雍。诸嫪毐舍人皆没其家而迁之蜀。王欲诛相国，为其奉先王功大，及宾客辩士为游说者众，王不忍致法。

秦王十年十月，免相国吕不韦。及齐人茅焦说秦王，秦王乃迎太后于雍，归复咸阳，而出文信侯就国河南。

岁余，诸侯宾客使者相望于道，请文信侯。秦王恐其为变，乃赐文信侯书曰："君何功于秦？秦封君河南，食十万户。君何亲于秦？号称"仲父"！其与家属徙处蜀！"吕不韦自度稍侵，恐诛，乃饮酖而死⑩。秦王所加怒吕不韦、嫪毐皆已死，乃皆复归嫪毐舍人迁蜀者。

始皇十九年，太后薨，谥为帝太后，与庄襄王会葬茝阳。

太史公曰：不韦及嫪毐贵，封号文信侯。人之告嫪毐，毐闻之。秦王验左右，未发。上之雍郊，毐恐祸起，乃与党谋，矫太后玺发卒以反蕲年宫。发吏攻毐，毐败亡走，追斩之好畤，遂灭其宗，而吕不韦由此绌矣。孔子之所谓"闻"者⑪，其吕子乎？

---

① 適：通"嫡"。继承人。
② 为寿：祝酒。
③ 大期：生孕之时。
④ 倾：压倒；胜过。
⑤ 阴：生殖器。
⑥ 关：贯穿。　桐轮：桐木做的车轮。
⑦ 啗（dàn，音旦）：引诱。
⑧ 腐罪：宫刑。割去生殖器的刑罚。
⑨ 给事中：供取服务于宫中。
⑩ 酖：毒酒。
⑪ 闻：表里如一的名声。

史记卷八十六

刺客列传第二十六

曹沫者，鲁人也，以勇力事鲁庄公。庄公好力。曹沫为鲁将，与齐战，三败北。鲁庄公惧，乃献遂邑之地以和。犹复以为将。

齐桓公许与鲁会于柯而盟。桓公与庄公既盟于坛上，曹沫执匕首劫齐桓公，桓公左右莫敢动，而问曰："子将何欲？"曹沫曰："齐强鲁弱，而大国侵鲁亦以甚矣。今鲁城坏即压齐境①，君其图之。"桓公乃许尽归鲁之侵地。既已言，曹沫投其匕首，下坛，北面就群臣之位，颜色不变，辞令如故。桓公怒，欲倍其约。管仲曰："不可！夫贪小利以自快，弃信于诸侯，失天下之援，不如与之。"于是桓公乃遂割鲁侵地。曹沫三战所亡地尽复予鲁。

其后百六十有七年而吴有专诸之事。

专诸者，吴堂邑人也。伍子胥之亡楚而如吴也，知专诸之能。伍子胥既见吴王僚，说以伐楚之利。吴公子光曰："彼伍员父兄皆死于楚而员言伐楚，欲自为报私仇也，非能为吴。"吴王乃止。伍子胥知公子光之欲杀吴王僚，乃曰："彼光将有内志，未可说以外事。"乃进专诸于公子光。

光之父曰吴王诸樊。诸樊弟三人：次曰余祭，次曰夷眛，次曰季子札。诸樊知季子札贤而不立太子，以次传三弟，欲卒致国于季子札。诸樊既死，传余祭。余祭死，传夷眛。夷眛死，当传季子札；季子札逃不肯立，吴人乃立夷眛之子僚为王。公子光曰："使以兄弟次邪，季子当立；必以子乎，则光真适嗣，当立。"故尝阴养谋臣以求立。

光既得专诸，善客待之。九年而楚平王死。春，吴王僚欲因楚丧，使其二弟公子盖余、属庸将兵围楚之灊；使延陵季子于晋，以观诸侯之变。楚发兵绝吴将盖余、属庸路，吴兵不得还，于是公子光谓专诸曰："此时不可失，不求何获！且光真王嗣，当立，季子虽来，不吾废也。"专诸曰："王僚可杀也。母老子弱，而两弟将兵伐楚，楚绝其后。方今吴外困于楚，而内空无骨鲠之臣，是无如我何。"公子光顿首曰："光之身，子之身也。"

四月丙子，光伏甲士于窟室中，而具酒请王僚。王僚使兵陈自宫至光之家，门户阶陛左右皆王僚之亲戚也。夹立侍，皆持长铍②。酒既酣，公子光详为足疾③，入窟室中，使专诸置匕首鱼炙之腹中而进之。既至王前，专诸擘鱼④，因以匕首刺王僚，王僚立死。左右亦杀专诸。王人扰乱。公子光出其伏甲以攻王僚之徒，尽灭之。遂自立为王，是为阖闾。阖闾乃封专诸之子以为上卿。

其后七十余年而晋有豫让之事。

豫让者，晋人也，故尝事范氏及中行氏，而无所知名。去而事智伯，智伯甚尊宠之。及智伯伐赵襄子，赵襄子与韩、魏合谋灭智伯。灭智伯之后而三分其地。赵襄子最怨智伯，漆其头以为饮器。豫让遁逃山中，曰："嗟乎！士为知己者死，女为说己者容。今智伯知我，我必为报仇而死，以报智伯，则吾魂魄不愧矣！"乃变名姓为刑人，入宫涂厕，中挟匕首，欲以刺襄子。襄子如厕，心动，执问涂厕之刑人，则豫让，内持刀兵，曰："欲为智伯报仇！"左右欲诛之。襄子曰："彼义人也，吾谨避之耳。且智伯亡无后，而其臣欲为报仇，此天下之贤人也。"卒醳去之。

居顷之，豫让又漆身为厉⑤，吞炭为哑，使形状不可知，行乞于市，其妻不识也。行见其友，其友识之，曰："汝非豫让邪？"曰："我是也。"其友为泣曰："以子之才，委质而臣事襄子，襄子必近幸子。近幸子，乃为所欲，顾不易邪？何乃残身苦形，欲以求报襄子，不亦难乎！"豫让曰："既已委质臣事人，而求杀之，是怀二心以事其君也。且吾所为者极难耳！然所以为此者，将以愧天下后世之为人臣怀二心以事其君者也。"既去，顷之，襄子当出，豫让伏于所当过之桥下。襄子至桥，马惊，襄子曰："此必是豫让也。"使人问之，果豫让也。于是襄子乃数豫让曰："子不尝事范、中行氏乎？智伯尽灭之，而子不为报仇，而反委质臣于智伯。智伯亦已死矣，而子独何以为之报仇之深也？"豫让曰："臣事范、中行氏，范、中行氏皆众人遇我，我故众人报之。至于智伯，国士遇我，我故国士报之。"襄子喟然叹息而泣曰："嗟乎豫子！子之为智伯，名既成矣，而寡人赦子，亦已足矣；子其自为计，寡人不复释子！"使兵围之。豫让曰："臣闻明主不掩人之美，而忠臣有死名之义，前君已宽赦臣，天下莫不称君之贤。今日之事，臣固伏诛，然愿请君之衣而击之焉，以致报仇之意，则虽死不恨。非所敢望也，敢布腹心！"于是襄子大义之，乃使使持衣与豫让。豫让拔剑三跃而击之，曰："吾可以下报智伯矣！"遂伏剑自杀。死之日，赵国志士闻之，皆为涕泣。

其后四十余年而轵有聂政之事。

聂政者，轵深井里人也。杀人避仇，与母、姊如齐，以屠为事。

久之，濮阳严仲子事韩哀侯，与韩相侠累有卻。严仲子恐诛，亡去，游求人可以报侠累者。至齐，齐人或言聂政勇敢士也，避仇隐于屠者之间。严仲子至门请，数反，然后具酒自畅聂政母前。酒酣，严仲子奉黄金百溢，前为聂政母寿。聂政惊怪其厚，固谢严仲子。严仲子固进，而聂政谢曰："臣幸有老母，家贫，客游以为狗屠，可以旦夕得甘毳以养亲⑥。亲供养备，不敢当仲子之赐。"严仲子辟人，因为聂政言曰："臣有仇，而行游诸侯众矣。然至齐，窃闻足下义甚高，故进百金者，将用为大人粗粝之费⑦，得以交足下之欢，岂敢以有求望邪！"聂政曰："臣所以降志辱身居市井屠者，徒幸以养老母。老母在，政身未敢以许人也。"严仲子固让，聂政竟不肯受也。然严仲子卒备宾主之礼而去。

久之，聂政母死。既已葬，除服，聂政曰："嗟乎！政乃市井之人，鼓刀以屠；而严仲子乃诸侯之卿相也，不远千里，枉车骑而交臣。臣之所以待之，至浅鲜矣，未有大功可以称者，而严仲子奉百金为亲寿。我虽不受，然是者徒深知政也。夫贤者以感忿睚眦之意而亲信穷僻之人，而政独安得嘿然而已乎！且前日要政，政徒以老母；老母今以天年终，政将为知己者用。"乃遂西至濮阳，见严仲子曰："前日所以不许仲子者，徒以亲在，今不幸而母以天年终。仲子所欲报仇者为谁？请得从事焉！"严仲子具告曰："臣之仇韩相侠累，侠累又韩君之季父也，宗族盛多，居处兵卫甚设，臣欲使人刺之，终莫能就。今足下幸而不弃，请益其车骑壮士可为足下辅翼者。"聂政曰："韩之与卫，相去中间不甚远，今杀人之相，相又国君之亲，此其势不可以多人，多人不能无生得失，生得失则语泄，语泄是韩举国而与仲子为仇，岂不殆哉！"遂谢车骑人徒，聂政乃辞独行。

杖剑至韩，韩相侠累方坐府上，持兵戟而卫侍者甚众。聂政直入，上阶刺杀侠累，左右大乱。聂政大呼，所击杀者数十人，因自皮面决眼⑧，自屠出肠，遂以死。

韩取聂政尸暴于市，购问莫知谁子。于是韩县购之⑨，有能言杀相侠累者予千金。久之，莫知也。

政姊荣闻人有刺杀韩相者，贼不得，国不知其名姓，暴其尸而县之千金，乃于邑曰："其是吾弟与！嗟乎，严仲子知吾弟！"立起，如韩，之市，而死者果政也，伏尸哭极哀，曰："是轵深井里所谓聂政者也。"市行者诸众人皆曰："此人暴虐吾国相，王县购其名姓千金，夫人不闻与？何敢来识之也？"荣应之曰："闻之。然政所以蒙污辱自弃于市贩之间者，为老母幸无恙，妾未嫁也。亲既以天年下世，妾已嫁夫，严仲子乃察举吾弟困污之中而交之，泽厚矣，可奈何！士固为知己者死，今乃以妾尚在之故，重自刑以绝从，妾其奈何畏殁身之诛，终灭贤弟之名！"大惊韩市人。乃大呼天者三，卒于邑悲哀而死政之旁。

晋、楚、齐、卫闻之，皆曰："非独政能也，乃其姊亦烈女也。乡使政诚知其姊无濡忍之志⑩，不重暴骸之难，必绝险千里以列其名，姊弟俱僇于韩市者⑪，亦未必敢以身许严仲子也。严仲子亦可谓知人能得士矣！"

其后二百二十余年秦有荆轲之事。

荆轲者，卫人也。其先乃齐人，徙于卫，卫人谓之庆卿。而之燕，燕人谓之荆卿。荆卿好读书、击剑，以术说卫元君，卫元君不用。其后秦伐魏，置东郡，徙卫元君之支属于野王。荆轲尝游过榆次，与盖聂论剑，盖聂怒而目之。荆轲出，人或言复召荆卿。盖聂曰："曩者吾与论剑有不称者，吾目之；试往，是宜去，不敢留。"使使往之主人，荆卿则已驾而去榆次矣。使者还报，盖聂曰："固去也，吾曩者目摄之。"荆轲游于邯郸，鲁勾践与荆轲博，争道，鲁勾践怒而叱之，荆轲嘿而逃去⑫，遂不复会。荆轲既至燕，爱燕之狗屠及善击筑者高渐离。荆轲嗜酒，日与狗屠及高渐离饮于燕市，酒酣以往，高渐离击筑，荆轲和而歌于市中，相乐也，已而相泣，旁若无人者。荆轲虽游于酒人乎，然其为人沈深好书；其所游诸侯，尽与其贤豪长者相结。其之燕，燕之处士田光先生亦善待之，知其非庸人也。

居顷之，会燕太子丹质秦亡归燕。燕太子丹者，故尝质于赵，而秦王政生于赵，其少时与丹欢。及政立为秦王，而丹质于秦。秦王之遇燕太子丹不善，故丹怨而亡归。归而求为报秦王者。国小，力不能。其后秦日出兵山东以伐齐、楚、三晋，稍蚕食诸侯，且至于燕。燕君臣皆恐祸之至。太子丹患之，问其傅鞠武。武对曰："秦地遍天下，威胁韩、魏、赵氏。北有甘泉、谷口之固，南有泾、渭之沃，擅巴、汉之饶，右陇、蜀之山，左关、殽之险，民众而士厉，兵革有余。意有所出，则长城之南、易水以北未有所定也。奈何以见陵之怨⑬，欲批其逆鳞哉⑭！"丹曰："然则何由？"对曰："请入图之。"

居有间，秦将樊于期得罪于秦王，亡之燕，太子受而舍之。鞠武谏曰："不可！夫以秦王之暴而积怒于燕，足为寒心，又况闻樊将军之所在乎？是谓'委肉当饿虎之蹊⑮'也，祸必不振矣⑯！虽有管、晏，不能为之谋也。愿太子疾遣樊将军入匈奴以灭口。请西约三晋，南连齐、楚，北购于单于⑰，其后乃可图也。"太子曰："太傅之计，旷日弥久，心惛然⑱，恐不能须臾。且非独于此也，夫樊将军穷困于天下，归身于丹，丹终不以迫于强秦而弃所哀怜之交，置之匈奴，是固丹命卒之时也。愿太傅更虑之！"鞠武曰："夫行危欲求安，造祸而求福，计浅而怨深；连结一人之后交，不顾国家之大害，此所谓'资怨而助祸'矣。夫以鸿毛燎于炉炭之上，必无事矣。且以雕鸷之秦，行怨暴之怒，岂足道哉！燕有田光先生，其为人智深而勇沈，可与谋。"太子曰："愿因太傅而得交于田先生，可乎？"鞠武曰："敬诺！"

出见田先生，道："太子愿图国事于先生也。"田光曰："敬奉教！"乃造焉⑲。太子逢迎，却行为导，跪而蔽席⑳。田光坐定，左右无人，太子避席而请曰："燕、秦不两立，愿先生留意也。"田光曰："臣闻骐骥盛壮之时，一日而驰千里；至其衰老，驽马先之。今太子闻光盛壮之时，不知臣精已消亡矣。虽然，光不敢以图国事，所善荆卿可使也。"太子曰："愿因先生得结交于荆卿，可乎？"田光曰："敬诺！"即起，趋出。太子送至门，戒曰："丹所报，先生所言者，国之大事也，愿先生勿泄也！"田光俯而笑曰："诺！"

偻行见荆卿㉑，曰："光与子相善，燕国莫不知。今太子闻光壮盛之时，不知吾形已不逮也㉒。幸而教之曰'燕、秦不两立，愿先生留意也'。光窃不自外，言足下于太子也。愿足下过太子于宫。"荆轲曰："谨奉教！"田光曰："吾闻之：长者为行，不使人疑之。今太子告光曰'所言者，国之大事也，愿先生勿泄'，是太子疑光也。夫为行而使人疑之，非节侠也。"欲自杀以激荆卿，曰："愿足下急过太子，言光已死，明不言也。"因遂自刎而死。

荆轲遂见太子，言田光已死，致光之言。太子再拜而跪，膝行流涕，有顷而后言曰："丹所以诫田先生毋言者，欲以成大事之谋也。今田先生以死明不言，岂丹之心哉？"荆轲坐定，太子避席顿首曰："田先生不知丹之不肖，使得至前，敢有所道，此天之所以哀燕而不弃其孤也。今秦有贪利之心，而欲不可足也。非尽天下之地，臣海内之王者，其意不厌。今秦已虏韩王，尽纳其地。又举兵南伐楚，北临赵。王翦将数十万之众距漳、邺，而李信出太原、云中。赵不能支秦，必入臣，入臣则祸至燕。燕小弱，数困于兵，今计举国不足以当秦。诸侯服秦，莫敢合从。丹之私计愚，以为诚得天下之勇士使于秦，窥以重利㉓。秦王贪，其势必得所愿矣。诚得劫秦王，使悉反诸侯侵地，若曹沫之与齐桓公，则大善矣；则不可，因而刺杀之。彼秦大将擅兵于外而内有乱，则君臣相疑，以其间诸侯得合从，其破秦必矣。此丹之上愿，而不知所委命，唯荆卿留意焉。"久之，荆轲曰："此国之大事也，臣驽下，恐不足任使。"太子前顿首，固请毋让。然后许诺。

于是尊荆卿为上卿，舍上舍。太子日造门下，供太牢具㉔，异物间进，车骑美女恣荆轲所欲，以顺适其意。

久之，荆轲未有行意，秦将王翦破赵，虏赵王，尽收入其地，进兵北略地，至燕南界。太子丹恐惧，乃请荆轲曰："秦兵旦暮渡易水，则虽欲长侍足下，岂可得哉！"荆轲曰："微太子言，臣愿谒之。今行而毋信，则秦未可亲也。夫樊将军，秦王购之金千斤、邑万家。诚得樊将军首与燕督亢之地图，奉献秦王，秦王必说见臣，臣乃得有以报。"太子曰："樊将军穷困来归丹，丹不忍以己之私而伤长者之意，愿足下更虑之！"

荆轲知太子不忍，乃遂私见樊于期，曰："秦之遇将军可谓深矣，父母宗族皆为戮没。今闻购将军首金千斤、邑万家，将奈何？"于期仰天太息流涕曰："于期每念之，常痛于骨髓，顾计不知所出耳！"荆轲曰："今有一言可以解燕国之患、报将军之仇者，何如？"于期乃前曰："为之奈何？"荆轲曰："愿得将军之首以献秦王，秦王必喜而见臣，臣左手把其袖，右手揕其匈㉕，然则将军之仇报而燕见陵之愧除矣。将军岂有意乎？"樊于期偏袒扼腕而进曰："此臣之日夜切齿腐心也，乃今得闻教！"遂自刭。太子闻之，驰往，伏尸而哭，极哀。既已不可奈何，乃遂盛樊于期首函封之。

于是太子豫求天下之利匕首㉖，得赵人徐夫人匕首，取之百金，使工以药焠之，以试人，血濡缕，人无不立死者。乃装为遣荆卿。燕国有勇士秦舞阳，年十三，杀人，人不敢忤视㉗。乃令秦舞阳为副。荆轲有所待，欲与俱；其人居远未来，而为治行。顷之，未发，太子迟之，疑其改悔。乃复请曰："日已尽矣，荆卿岂有意哉？丹请得先遣秦舞阳。"荆轲怒，叱太子曰："何太子之遣？往而不反者，竖子也！且提一匕首入不测之强秦，仆所以留者，待吾客与俱，今太子迟之，请辞决矣！"遂发。

太子及宾客知其事者，皆白衣冠以送之。至易水之上，既祖㉘，取道。高渐离击筑，荆轲和而歌，为变徵之声，士皆垂泪涕泣。又前而为歌曰："风萧萧兮易水寒，壮士一去兮不复还！"复为羽声慷慨。士皆瞋目，发尽上指冠。于是荆轲就车而去。终已不顾。

遂至秦，持千金之资币物，厚遗秦王宠臣中庶子蒙嘉。嘉为先言于秦王曰："燕王诚振怖大王之威，不敢举兵以逆军吏，愿举国为内臣，比诸侯之列，给贡职如郡县，而得奉守先王之宗庙。恐惧不敢自陈，谨斩樊于期之头，及献燕督亢之地图，函封，燕王拜送于庭，使使以闻大王，唯大王命之。"秦王闻之，大喜，乃朝服，设九宾，见燕使者咸阳宫。

荆轲奉樊于期头函，而秦舞阳奉地图柙，以次进。至陛，秦舞阳色变振恐，群臣怪之。荆轲顾笑舞阳，前谢曰："北蕃蛮夷之鄙人，未尝见天子，故振慑㉙。愿大王少假借之㉚，使得毕使于前㉛。"秦王谓轲曰："取舞阳所持地图。"轲既取图奏之秦王，发图，图穷而匕首见。因左手把秦王之袖，而右手持匕首揕之。未至身，秦王惊，自引而起，袖绝。拔剑，剑长，操其室㉜。时惶急，剑坚，故不可立拔。荆轲逐秦王，秦王环柱而走。群臣皆愕，卒起不意，尽失其度。而秦法，群臣侍殿上者不得持尺寸之兵；诸郎中执兵皆陈殿下，非有诏召不得上。方急时，不及召下兵，以故荆轲乃逐秦王。而卒惶急，无以击轲，而以手共搏之。是时侍医夏无且以其所奉药囊提荆轲也㉝。秦王方环柱走，卒惶急，不知所为，左右乃曰："王负剑㉞！"负剑，遂拔以击荆轲，断其左股。荆轲废，乃引其匕首以擿秦王，不中，中桐柱。秦王复击轲，轲被八创。轲自知事不就，倚柱而笑，箕踞以骂曰㉟："事所以不成者，以欲生劫之，必得约契以报太子也。"

于是左右既前杀轲，秦王不怡者良久。已而论功，赏群臣及当坐者各有差，而赐夏无且黄金二百溢，曰："无且爱我，乃以药囊提荆轲也。"

于是秦王大怒，益发兵诣赵，诏王翦军以伐燕。十月而拔蓟城。燕王喜、太子丹等尽率其精兵东保于辽东。秦将李信追击燕王急，代王嘉乃遗燕王喜书曰："秦所以尤追燕急者，以太子丹故也。今王诚杀丹献之秦王，秦王必解，而社稷幸得血食㉜。"其后李信追丹，丹匿衍水中。燕王乃使使斩太子丹，欲献之秦。秦复进兵攻之。后五年，秦卒灭燕，虏燕王喜。

其明年，秦并天下，立号为皇帝。于是秦逐太子丹、荆轲之客，皆亡。

高渐离变名姓为人庸保，匿作于宋子。久之，作苦，闻其家堂上客击筑，傍徨不能去。每出言曰："彼有善有不善。"从者以告其主，曰："彼庸乃知音，窃言是非。"家丈人召使前击筑，一坐称善，赐酒。而高渐离念久隐畏约无穷时㉝，乃退，出其装匣中筑与其善衣，更容貌而前。举坐客皆惊，下与抗礼，以为上客。使击筑而歌，客无不流涕而去者。宋子传客之㉞，闻于秦始皇。秦始皇召见，人有识者，乃曰："高渐离也。"秦皇帝惜其善击筑，重赦之，乃矐其目㉟。使击筑，未尝不称善，稍益近之。高渐离乃以铅置筑中，复进得近，举筑朴秦皇帝㊵，不中。于是遂诛高渐离，终身不复近诸侯之人。

鲁勾践已闻荆轲刺秦王，私曰："嗟乎，惜哉其不讲于刺剑之术也！甚矣吾不知人也！曩者吾叱之，彼乃以我为非人也！"

太史公曰：世言荆轲，其称太子丹之命，"天雨粟，马生角"也，太过。又言荆轲伤秦王，皆非也。始公孙季功、董生与夏无且游，具知其事，为余道之如是。自曹沫至荆轲五人，此其义或成或不成，然其立意较然㊶，不欺其志，名垂后世，岂妄也哉！

①鲁城坏即压齐境：言齐境已迫近鲁城。

②长铍（pī，音披）：兵器名。

③详：通"佯"。

④擘：剖开。

⑤厉：通"癞"。恶疮。

⑥毳（cuì，音脆）：兽毛皮。

⑦大人：母亲。　粗粝：粗米。

⑧皮面：剥去面皮。　决眼：剜出眼睛。

⑨县：通"悬"。悬赏。

⑩濡忍：软弱忍耐。

⑪僇：通"戮"。

⑫嘿：通"默"。不说话。

⑬见陵：受凌辱。

⑭批：触犯；冒犯。　逆鳞：龙颈上逆向生长的鳞，触动后龙就要吃人。后代指高位势重之人。

⑮委：扔；丢。　蹊：小路。

⑯振：救。

⑰购：通"媾"。媾和。

⑱愗然：烦乱。

⑲造：造访。

⑳蔽席：掸拂席上尘土。

㉑偻行：曲腰弯背而行。意谓悄悄地去找荆轲。

㉒不逮：不行。

㉓窥：示；诱。

㉔太牢：古代帝王、诸侯祭祀社稷时，牛、羊、猪三牲全备的祭礼。此指给荆轲奉上整牛、整羊、整猪，让他食用。

㉕揕：直刺。　匈：通"胸"。

㉖豫：通"预"。预先。

㉗怵视：迎逆目光。

㉘祖：祭祀路神。

㉙诔愵（zhé，音折）：害怕；恐惧。

㉚假借：宽容。

㉛毕使：完成使命。

㉜室：剑鞘。

㉝提：投击。

㉞负剑：把剑推到背后。

㉟箕踞：两腿伸直敞开而坐。

㊱血食：祭祀。

㊲隐：躲藏；埋名。　　约：穷困。

㊳传客：互以为客。

㊴曤（huò，音祸）：弄瞎。用马粪熏眼。

㊵朴：击打。

㊶较然：明白、显现的样子。

史记卷八十七

李斯列传第二十七

　　李斯者，楚上蔡人也。年少时，为郡小吏，见吏舍厕中鼠食不絜，近人犬，数惊恐之。斯入仓，观仓中鼠，食积粟，居大庑之下①，不见人犬之忧。于是李斯乃叹曰："人之贤不肖譬如鼠矣②，在所自处耳③！"乃从荀卿学帝王之术。学已成，度楚王不足事④，而六国皆弱，无可为建功者，欲西入秦。辞于荀卿曰："斯闻得时无怠，今万乘方争时⑤，游者主事⑥。今秦王欲吞天下，称帝而治，此布衣驰骛之时而游说者之秋也⑦。处卑贱之位而计不为者⑧，此禽鹿视肉⑨、人面而能强行者耳⑩。故诟莫大于卑贱⑪，而悲莫甚于穷困。久处卑贱之位、困苦之地，非世而恶利⑫，自托于无为，此非士之情也⑬，故斯将西说秦王矣。"

　　至秦，会庄襄王卒，李斯乃求为秦相文信侯吕不韦舍人。不韦贤之，任以为郎。李斯因以得说⑭，说秦王曰："胥人者⑮，去其几也⑯；成大功者，在因瑕衅而遂忍之⑰。昔者秦穆公之霸，终不东并六国者，何也？诸侯尚众，周德未衰，故五伯迭兴，更尊周室。自秦孝公以来，周室卑微，诸侯相兼，关东为六国，秦之乘胜役诸侯⑱，盖六世矣。今诸侯服秦，譬若郡县。夫以秦之强，大王之贤，由灶上骚除⑲，足以灭诸侯，成帝业，为天下一统，此万世之一时也。今怠而不急就，诸侯复强，相聚约从⑳，虽有黄帝之贤，不能并也。"秦王乃拜斯为长史，听其计，阴遣谋士赍持金玉以游说诸侯㉑。诸侯名士可下以财者㉒，厚遗结之㉓；不肯者，利剑刺之。离其君臣之计，秦王乃使其良将随其后。秦王拜斯为客卿。

　　会韩人郑国来间秦㉔，以作注溉渠㉕，已而，觉。秦宗室大臣皆言秦王曰："诸侯人来事秦者，大抵为其主游间于秦耳，请一切逐客。"李斯议亦在逐中。斯乃上书曰：

　　"臣闻吏议逐客，窃以为过矣。昔缪公求士㉖，西取由余于戎，东得百里奚于宛，迎蹇叔于宋，来丕豹、公孙支于晋。此五子者，不产于秦，而缪公用之，并国二十，遂霸西戎。孝公用商鞅之法，移风易俗，民以殷盛，国以富强，百姓乐用，诸侯亲服，获楚、魏之师，举地千里，至今治强。惠王用张仪之计，拔三川之地，西并巴、蜀，北收上郡，南取汉中，包九夷，制鄢、郢，东据成皋之险，割膏腴之壤，遂散六国之从，使之西面事秦，功施到今。昭王得范雎，废穰侯，逐华阳，强公室，杜私门，蚕食诸侯，使秦成帝业。此四君者，皆以客之功。由此观之，客何负于秦哉！向使四君却客而不内，疏士而不用，是使国无富利之实而秦无强大之名也。

今陛下致昆山之玉，有随、和之宝㉗，垂明月之珠，服太阿之剑㉘，乘纤离之马㉙，建翠凤之旗㉚，树灵鼍之鼓㉛。此数宝者，秦不生一焉，而陛下说之，何也？必秦国之所生然后可，则是夜光之璧不饰朝廷，犀象之器不为玩好，郑、卫之女不充后宫，而骏良駃騠不实外厩㉜，江南金锡不为用，西蜀丹青不为采。所以饰后宫、充下陈、娱心意、说耳目者㉝，必出于秦然后可，则是宛珠之簪、傅玑之珥、阿缟之衣、锦绣之饰不进于前㉞，而随俗雅化、佳冶窈窕赵女不立于侧也。夫击瓮叩缶、弹筝搏髀㉟，而歌呼呜呜快耳者，真秦之声也；《郑》、《卫》、《桑间》、《昭》、《虞》、《武》、《象》者㊱，异国之乐也。今弃击瓮叩缶而就《郑》、《卫》，退弹筝而取《昭》、《虞》，若是者何也？快意当前，适观而已矣。

今取人则不然。不问可否，不论曲直，非秦者去，为客者逐。然则是所重者在乎色乐珠玉，而所轻者在乎人民也。此非所以跨海内制诸侯之术也。臣闻地广者粟多，国大者人众，兵强则士勇。是以太山不让土壤㊲，故能成其大；河海不择细流，故能就其深；王者不却众庶，故能明其德。是以地无四方，民无异国，四时充美，鬼神降福，此五帝、三王之所以无敌也。今乃弃黔首以资敌国㊳，却宾客以业诸侯㊴，使天下之士退而不敢西向，裹足不入秦，此所谓‘藉寇兵而赍盗粮’者也。夫物不产于秦，可宝者多；士不产于秦，而愿忠者众。今逐客以资敌国，损民以益仇，内自虚而外树怨于诸侯，求国无危，不可得也。”

秦王乃除逐客之令，复李斯官，卒用其计谋。官至廷尉。

二十余年，竟并天下，尊主为皇帝，以斯为丞相。夷郡县城，销其兵刃，示不复用。使秦无尺土之封，不立子弟为王、功臣为诸侯者，使后无战攻之患。

始皇三十四年，置酒咸阳宫，博士仆射周青臣等颂称始皇威德。齐人淳于越进谏曰：“臣闻之，殷、周之王千余岁㊵，封子弟功臣自为支辅。今陛下有海内，而子弟为匹夫，卒有田常、六卿之患㊶，臣无辅弼，何以相救哉？事不师古而能长久者，非所闻也。今青臣等又面谀以重陛下过，非忠臣也。”

始皇下其议丞相。丞相谬其说，绌其辞，乃上书曰：“古者天下散乱，莫能相一，是以诸侯并作。语皆道古以害今，饰虚言以乱实，人善其所私学，以非上所建立。今陛下并有天下，别白黑而定一尊㊷，而私学乃相与非法教之制；闻令下，即各以其私学议之，入则心非，出则巷议；非主以为名，异趣以为高，率群下以造谤。如此不禁，则主势降乎上，党与成乎下。禁之便。臣请诸有文学《诗》、《书》、百家语者，蠲除去之㊸。令到满三十日弗去，黥为城旦㊹。所不去者，医药、卜筮、种树之书。若有欲学者，以吏为师。”

始皇可其议㊺，收去《诗》、《书》、百家之语，以愚百姓，使天下无以古非今。明法度，定律令，皆以始皇起。同文书㊻。治离宫别馆，周遍天下。明年，又巡狩，外攘四夷，斯皆有力焉。

斯长男由为三川守，诸男皆尚秦公主㊼，女悉嫁秦诸公子。三川守李由告归咸阳，李斯置酒于家，百官长皆前为寿，门廷车骑以千数。李斯喟然而叹曰：“嗟乎！吾闻之荀卿曰‘物禁大盛’。夫斯乃上蔡布衣，闾巷之黔首，上不知其驽下㊽，遂擢至此㊾。当今人臣之位无居臣上者，可谓富贵极矣。物极则衰，吾未知所税驾也㊿！"

始皇三十七年十月，行出游会稽，并海上㉛，北抵琅邪。丞相斯、中车府令赵高兼行符玺令事，皆从。始皇有二十余子，长子扶苏以数直谏上，上使监兵上郡，蒙恬为将。少子胡亥，爱，请从，上许之。余子莫从。

其年七月，始皇帝至沙丘，病甚，令赵高为书赐公子扶苏曰："以兵属蒙恬，与丧会咸阳而葬。"书已封，未授使者，始皇崩。书及玺皆在赵高所，独子胡亥、丞相李斯、赵高及幸宦者五六人知始皇崩，余群臣皆莫知也。李斯以为上在外崩，无真太子，故秘之。置始皇居辒辌车中㉜，百官奏事、上食如故，宦者辄从辒辌车中可诸奏事。

赵高因留所赐扶苏玺书，而谓公子胡亥曰："上崩，无诏封王诸子而独赐长子书。长子至，即立为皇帝，而子无尺寸之地，为之奈何？"胡亥曰："固也。吾闻之，明君知臣，明父知子。父捐命，不封诸子，何可言者！"赵高曰："不然。方今天下之权，存亡在子与高及丞相耳，愿子图之。且夫臣人与见臣于人，制人与见制于人，岂可同日道哉！"胡亥曰："废兄而立弟，是不义也；不奉父诏而畏死，是不孝也；能薄而材谫㉝，强因人之功㉞，是不能也。三者逆德，天下不服，身殆倾危，社稷不血食。"高曰："臣闻汤、武杀其主，天下称义焉，不为不忠；卫君杀其父，而卫国载其德，孔子著之，不为不孝。夫大行不小谨，盛德不辞让，乡曲各有宜而百官不同功㉟。故顾小而忘大，后必有害；狐疑犹豫，后必有悔。断而敢行，鬼神避之，后有成功。愿子遂之！"胡亥喟然叹曰："今大行未发㊱，丧礼未终，岂宜以此事干丞相哉㊲！"赵高曰："时乎时乎，间不及谋！赢粮跃马㊳，唯恐后时！"

胡亥既然高之言，高曰："不与丞相谋，恐事不能成。臣请为子与丞相谋之。"高乃谓丞相斯曰："上崩，赐长子书，与丧会咸阳而立为嗣。书未行，今上崩，未有知者也。所赐长子书及符玺皆在胡亥所，定太子在君侯与高之口耳。事将何如？"斯曰："安得亡国之言？此非人臣所当议也！"高曰："君侯自料能孰与蒙恬？功高孰与蒙恬？谋远不失孰与蒙恬？无怨于天下孰与蒙恬？长子旧而信之孰与蒙恬㊴？"斯曰："此五者皆不及蒙恬，而君责之何深也？"高曰："高固内官之厮役也，幸得以刀笔之文进入秦宫，管事二十余年，未尝见秦免罢丞相、功臣有封及二世者也，卒皆以诛亡。皇帝二十余子，皆君之所知。长子刚毅而武勇，信人而奋士，即位必用蒙恬为丞相，君侯终不怀通侯之印归于乡里，明矣。高受诏教习胡亥，使学以法事数年矣，未尝见过失。慈仁笃厚，轻财重士，辩于心而诎于口，尽礼敬士，秦之诸子未有及此者，可以为嗣。君计而定之。"斯曰："君其反位！斯奉主之诏，听天之命，何虑之可定也？"高曰："安可危也，危可安也。安危不定，何以贵圣？"斯曰："斯，上蔡闾巷布衣也，上幸擢为丞相，封为通侯，子孙皆至尊位重禄者，故将以存亡安危属臣也。岂可负哉！夫忠臣不避死而庶几㊵，孝子不勤劳而见危㊶，人臣各守其职而已矣。君其勿复言，将令斯得罪。"高曰："盖闻圣人迁徙无常，就变而从时，见末而知本，观指而睹归。物固有之，安得常法哉！方今天下之权命悬于胡亥，高能得志焉！且夫从外制中谓之惑，从下制上谓之贼。故秋霜降者草花落，水摇动者万物作㊷，此必然之效也，君何见之晚？"斯曰："吾闻晋易太子，三世不安。齐桓兄弟争位，身死为戮。纣杀亲戚，不听谏者，国为丘墟，遂危社稷。三者逆天，宗庙不血食。斯其犹人哉，安足为谋！"高曰："上下合同，可以长久；中外若一，事无表里。君听臣之计，即长有封侯，世世称孤，必有乔松之寿，孔、墨之智。今释此而不从，祸及子孙，足以为寒心。善者因祸为福，君何处焉？"斯乃仰天而叹，垂泪太息曰："嗟乎！独遭乱世，既以不能死，安托命哉！"于是斯乃听高。高乃报胡亥曰："臣请奉太子之明命以报丞相，丞相斯敢不奉令！"

于是乃相与谋，诈为受始皇诏丞相，立子胡亥为太子。更为书赐长子扶苏曰："朕巡天下，祷祠名山诸神以延寿命。今扶苏与将军蒙恬将师数十万以屯边，十有余年矣，不能进而前，士卒多秏，无尺寸之功，及反数上书直言诽谤我所为，以不得罢归为太子，日夜怨望。扶苏为人子不孝，其赐剑以自裁！将军恬与扶苏居外，不匡正，宜知其谋，为人臣不忠，其赐死，以兵属裨将王离。”封其书以皇帝玺，遣胡亥客奉书赐扶苏于上郡。

使者至，发书，扶苏泣，入内舍，欲自杀。蒙恬止扶苏曰：“陛下居外，未立太子，使臣将三十万众守边，公子为监，此天下重任也。今一使者来，即自杀，安知其非诈？请复请，复请而后死，未暮也⑥。”使者数趣之⑥④。扶苏为人仁，谓蒙恬曰：“父而赐子死，尚安复请！”即自杀。蒙恬不肯死，使者即以属吏⑥⑤，系于阳周⑥⑥。

使者还报，胡亥、斯、高大喜。至咸阳，发丧，太子立为二世皇帝。以赵高为郎中令，常侍中用事。

二世燕居⑥⑦，乃召高与谋事，谓曰：“夫人生居世间也，譬犹骋六骥过决隙也⑥⑧。吾既已临天下矣，欲悉耳目之所好，穷心志之所乐，以安宗庙而乐万姓，长有天下，终吾年寿，其道可乎？”高曰：“此贤主之所能行也，而昏乱主之所禁也。臣请言之，不敢避斧钺之诛，愿陛下少留意焉。夫沙丘之谋，诸公子及大臣皆疑焉，而诸公子尽帝兄，大臣又先帝之所置也。今陛下初立，此其属意怏怏皆不服，恐为变。且蒙恬已死，蒙毅将兵居外，臣战战栗栗，唯恐不终。且陛下安得为此乐乎？”二世曰：“为之奈何？”赵高曰：“严法而刻刑，令有罪者相坐诛，至收族，灭大臣而远骨肉；贫者富之，贱者贵之。尽除去先帝之故臣，更置陛下之所亲信者近之。此则阴德归陛下，害除而奸谋塞，群臣莫不被润泽，蒙厚德，陛下则高枕肆志宠乐矣。计莫出于此。”二世然高之言，乃更为法律。

于是群臣诸公子有罪，辄下高，令鞫治之⑥⑨。杀大臣蒙毅等。公子十二人僇死咸阳市⑦⑩，十公主矺死于杜⑦⑦，财物入于县官⑦②。相连坐者不可胜数。公子高欲奔，恐收族，乃上书曰：“先帝无恙时，臣入则赐食，出则乘舆。御府之衣，臣得赐之；中厩之宝马，臣得赐之。臣当从死而不能，为人子不孝，为人臣不忠。不忠者无名以立于世，臣请从死，愿葬郦山之足。唯上幸哀怜之。”书上，胡亥大说，召赵高而示之，曰：“此可谓急乎⑦③？”赵高曰：“人臣当忧死而不暇，何变之得谋⑦④！”胡亥可其书，赐钱十万以葬。法令诛罚日益刻深，群臣人人自危，欲畔者众⑦⑤。又作阿房之宫。治直道、驰道，赋敛愈重，戍徭无已。于是楚戍卒陈胜、吴广等乃作乱，起于山东，杰俊相立，自置为侯王，叛秦，兵至鸿门而却。

李斯数欲请间谏⑦⑥，二世不许。而二世责问李斯曰：“吾有私议而有所闻于韩子也⑦⑦，曰：‘尧之有天下也，堂高三尺⑦⑧，采椽不斫，茅茨不剪，虽逆旅之宿不勤于此矣。冬日鹿裘，夏日葛衣⑦⑨，粢粝之食⑧⑩，藜藿之羹⑧⑧，饭土匦⑧②，啜土铏⑧③，虽监门之养不觳于此矣⑧④。禹凿龙门，通大夏，疏九河，曲九防⑧⑤，决渟水致之海⑧⑥，而股无胈⑧⑦，胫无毛，手足胼胝⑧⑧，面目黎黑，遂以死于外，葬于会稽，臣虏之劳不烈于此矣⑧⑨。’然则夫所贵于有天下者，岂欲苦形劳神，身处逆旅之宿，口食监门之养，手持臣虏之作哉？此不肖人之所勉也⑨⑩，非贤者之所务也。彼贤人之有天下也，专用天下适己而已矣，此所以贵于有天下也。夫所谓贤人者，必能安天下而治万民，今身且不能利，将恶能治天下哉！故吾愿赐志广欲⑨⑩，长享天下而无害，为之奈何？”

李斯子由为三川守，群盗吴广等西略地，过去弗能禁。章邯以破逐广等兵，使者覆案三川相属⑨⑧，诮让斯居三公位⑨②，如何令盗如此。李斯恐惧，重爵禄，不知所出，乃阿二世意，欲求容，以书对曰：

“夫贤主者，必且能全道而行督责之术者也。督责之，则臣不敢不竭能以徇其主矣⑨③。此臣主之分定，上下之义明，则天下贤不肖莫敢不尽力竭任以徇其君矣。是故主独制于天下而无所制也，能穷乐之极矣。贤明之主也，可不察焉！故申子曰'有天下而不恣睢㉞，命之曰以天下为桎梏'者，无他焉，不能督责，而顾以其身劳于天下之民，若尧、禹然，故谓之'桎梏'也。夫不能修申、韩之明术，行督责之道，专以天下自适也，而徒务苦形劳神，以身徇百姓，则是黔首之役，非畜天下者也，何足贵哉！夫以人徇己，则己贵而人贱；以己徇人，则己贱而人贵。故徇人者贱，而人所徇者贵。自古及今，未有不然者也。凡古之所为尊贤者，为其贵也；而所为恶不肖者，为其贱也。而尧、禹以身徇天下者也，因随而尊之，则亦失所为尊贤之心矣，夫可谓大缪矣㉟。谓之为'桎梏'，不亦宜乎？不能督责之过也。故韩子曰'慈母有败子而严家无格虏㊱'者，何也？则能罚之加焉必也㊲。故商君之法，刑弃灰于道者。夫弃灰，薄罪也；而被刑，重罚也。彼唯明主为能深督轻罪。夫罪轻且督深，而况有重罪乎？故民不敢犯也。是故韩子曰'布帛寻常，庸人不释；铄金百镒，盗跖不搏㊳'者，非庸人之心重，寻常之利深，而盗跖之欲浅也。又不以盗跖之行，为轻百镒之重也。搏必随手刑，则盗跖不搏百镒；而罚不必行也，则庸人不释寻常。是故城高五丈，而楼季不轻犯也；泰山之高百仞，而跛牂牧其上㊴。夫楼季也而难五丈之限，岂跛牂也而易百仞之高哉？峭堑之势异也。明主圣王之所以能久处尊位，长执重势，而独擅天下之利者，非有异道也，能独断而审督责，必深罚，故天下不敢犯也。今不务所以不犯，而事慈母之所以败子也，则亦不察于圣人之论矣。夫不能行圣人之术，则舍为天下役何事哉？可不哀邪！且夫俭节仁义之人立于朝，则荒肆之乐辍矣；谏说论理之臣间于侧，则流漫之志诎矣㊵；烈士死节之行显于世，则淫康之虞废矣㊶。故明主能外此三者，而独操主术以制听从之臣，而修其明法，故身尊而势重也。凡贤主者，必将能拂世磨俗㊷，而废其所恶，立其所欲，故生则有尊重之势，死则有贤明之谥也。是以明君独断，故权不在臣也。然后能灭仁义之涂㊸，掩驰说之口，困烈士之行。塞聪掩明，内独视听。故外不可倾以仁义烈士之行，而内不可夺以谏说忿争之辩。故能荦然独行恣睢之心而莫之敢逆。若此，然后可谓能明申、韩之术，而修商君之法。法修术明而天下乱者，未之闻也。故曰"王道约而易操㊹"也，唯明主为能行之，若此则谓督责之诚，则臣无邪，臣无邪则天下安，天下安则主严尊，主严尊则督责必，督责必则所求得，所求得则国家富，国家富则君乐丰。故督责之术设，则所欲无不得矣，群臣百姓救过不给，何变之敢图？若此则帝道备，而可谓能明君臣之术矣。虽申、韩复生，不能加也。"

书奏，二世悦。于是行督责益严，税民深者为明吏。二世曰："若此则可谓能督责矣。"刑者相半于道，而死人日成积于市㊺，杀人众者为忠臣。二世曰："若此则可谓能督责矣。"

初，赵高为郎中令，所杀及报私怨众多，恐大臣入朝奏事毁恶之，乃说二世曰："天子所以贵者，但以闻声，君臣莫得见其面，故号曰'朕'。且陛下富于春秋㊻，未必尽通诸事，今坐朝廷，谴举有不当者，则见短于大臣，非所以示神明于天下也。且陛下深拱禁中，与臣及侍中习法者待事，事来有以揆之㊼。如此则大臣不敢奏疑事，天下称圣主矣。"二世用其计，乃不坐朝廷见大臣，居禁中。赵高常侍中用事，事皆决于赵高。

高闻李斯以为言，乃见丞相曰："关东群盗多，今上急益发徭治阿房宫，聚狗马无用之物。臣欲谏，为位贱。此真君侯之事，君何不谏？"李斯曰："固也，吾欲言之久矣。今时上不坐朝廷，上居深宫，吾有所言者不可传也，欲见无间。"赵高谓曰："君诚能谏，请为君候上间语君。"

于是赵高待二世方燕乐，妇女居前，使人告丞相："上方间，可奏事。"丞相至宫门上谒，如此者三。二世怒曰："吾常多间日，丞相不来。吾方燕私，丞相辄来请事。丞相岂少我哉？且固我哉㊽？"赵高因曰："如此殆矣！夫沙丘之谋，丞相与焉。今陛下已立为帝，而丞相贵不益，此其意亦望裂地而王矣。且陛下不问臣，臣不敢言。丞相长男李由为三川守，楚盗陈胜等皆丞相傍县之子㊾，以故楚盗公行㊿，过三川，城守，不肯击。高闻其文书相往来，未得其审，故未敢以闻。且丞相居外，权重于陛下。"二世以为然，欲案丞相⑫，恐其不审，乃使人案验三川守与盗通状。李斯闻之。

是时二世在甘泉方作觳抵优俳之观⑬。李斯不得见，因上书言赵高之短曰："臣闻之，臣疑其君，无不危国；妾疑其夫，无不危家。今有大臣于陛下擅利擅害，与陛下无异，此甚不便。昔者司城子罕相宋，身行刑罚，以威行之，期年遂劫其君。田常为简公臣，爵列无敌于国，私家之富与公家均，布惠施德，下得百姓，上得群臣，阴取齐国，杀宰予于庭，即弑简公于朝，遂有齐国。此天下所明知也。今高有邪佚之志，危反之行，如子罕相宋也；私家之富，若田氏之于齐也。兼行田常、子罕之逆道而劫陛下之威信，其志若韩玘为韩安相也。陛下不图，臣恐其为变也。"二世曰："何哉？夫高，故宦人也，然不为安肆志，不以危易心，絜行修善，自使至此，以忠得进，以信守位，朕实贤之，而君疑之，何也？且朕少失先人，无所识知，不习治民，而君又老，恐与天下绝矣。朕非属赵君，当谁任哉？且赵君为人精廉强力，下知人情，上能适朕。君其勿疑。"李斯曰："不然。夫高，故贱人也，无识于理，贪欲无厌，求利不止，列势次主，求欲无穷，臣故曰殆。"二世已前信赵高，恐李斯杀之，乃私告赵高。高曰："丞相所患者独高，高已死，丞相即欲为田常所为。"于是二世曰："其以李斯属郎中令！"

赵高案治李斯。李斯拘执束缚，居囹圄中，仰天而叹曰："嗟乎，悲夫！不道之君，何可为计哉！昔者桀杀关龙逢，纣杀王子比干，吴王夫差杀伍子胥，此三臣者，岂不忠哉？然而不免于死，身死而所忠者非也。今吾智不及三子，而二世之无道过于桀、纣、夫差，吾以忠死，宜矣。且二世之治岂不乱哉！日者夷其兄弟而自立也⑭，杀忠臣而贵贱人，作为阿房之宫，赋敛天下，吾非不谏也，而不吾听也。凡古圣王，饮食有节，车器有数，宫室有度，出令造事，加费而无益于民利者禁，故能长久治安。今行逆于昆弟，不顾其咎；侵杀忠臣，不思其殃；大为宫室，厚赋天下，不爱其费：三者已行，天下不听。今反者已有天下之半矣，而心尚未寤也，而以赵高为佐，吾必见寇至咸阳，麋鹿游于朝也。"

于是二世乃使高案丞相狱，治罪，责斯与子由谋反状，皆收捕宗族宾客。赵高治斯，榜掠千余⑮，不胜痛，自诬服。斯所以不死者，自负其辩，有功，实无反心，幸得上书自陈，幸二世之寤而赦之。李斯乃从狱中上书曰："臣为丞相治民，三十余年矣。逮秦地之陕隘⑯，先王之时秦地不过千里，兵数十万。臣尽薄材，谨奉法令，阴行谋臣，资之金玉，使游说诸侯；阴修甲兵，饰政教，官斗士，尊功臣，盛其爵禄。故终以胁韩弱魏，破燕、赵，夷齐、楚，卒兼六国，虏其王，立秦为天子，罪一矣。地非不广，又北逐胡、貉，南定百越，以见秦之强，罪二矣。尊大臣，盛其爵位，以固其亲，罪三矣。立社稷，修宗庙，以明主之贤，罪四矣。更克画⑰，平斗斛度量文章，布之天下，以树秦之名，罪五矣。治驰道，兴游观，以见主之得意，罪六矣。缓刑罚，薄赋敛，以遂主得众之心，万民戴主，死而不忘，罪七矣。若斯之为臣者，罪足以死固久矣。上幸尽其能力，乃得至今，愿陛下察之！"书上，赵高使吏弃去不奏，曰："囚安得上书！"

赵高使其客十余辈诈为御史、谒者、侍中，更往复讯斯。斯更以其实对，辄使人复榜之。后二世使人验斯，斯以为如前，终不敢更言，辞服。奏当上⑱，二世喜曰："微赵君，几为丞相所卖。"及二世所使案三川之守至，则项梁已击杀之。使者来，会丞相下吏，赵高皆妄为反辞。

二世二年七月，具斯五刑，论腰斩咸阳市。斯出狱，与其中子俱执，顾谓其中子曰："吾欲与若复牵黄犬俱出上蔡东门逐狡兔，岂可得乎！"遂父子相哭。而夷三族。

李斯已死，二世拜赵高为中丞相，事无大小辄决于高。高自知权重，乃献鹿，谓之马。二世问左右："此乃鹿也？"左右皆曰："马也。"二世惊，自以为惑，乃召太卜，令卦之。太卜曰："陛下春秋郊祀，奉宗庙鬼神，斋戒不明，故至于此。可依盛德而明斋戒。"于是乃入上林斋戒。

日游弋猎，有行人入上林中，二世自射杀之。赵高教其女婿咸阳令阎乐劾不知何人贼杀人移上林。高乃谏二世曰："天子无故贼杀不辜人，此上帝之禁也，鬼神不享，天且降殃，当远避宫以禳之㉖。"二世乃出居望夷之宫。

留三日，赵高诈诏卫士，令士皆素服持兵内乡，入告二世曰："山东群盗兵大至！"二世上观而见之，恐惧，高即因劫令自杀。引玺而佩之，左右百官莫从；上殿，殿欲坏者三。高自知天弗与，君臣弗许，乃召始皇弟㉗，授之玺。

子婴即位，患之，乃称疾不听事，与宦者韩谈及其子谋杀高。高上谒，请病，因召入，令韩谈刺杀之，夷其三族。

子婴立三月，沛公兵从武关入，至咸阳，群臣百官皆畔，不适㉘。子婴与妻子自系其颈以组㉙，降轵道旁，沛公因以属吏。项王至而斩之。遂以亡天下。

太史公曰：李斯以闾阎历诸侯，入事秦，因以瑕衅，以辅始皇，卒成帝业。斯为三公，可谓尊用矣。斯知六蓺之归，不务明政以补主上之缺，持爵禄之重，阿顺苟合，严威酷刑，听高邪说，废适立庶㉚。诸侯已畔，斯乃欲谏争，不亦末乎！人皆以斯极忠而被五刑死，察其本，乃与俗议之异。不然，斯之功且与周、召列矣。

---

①大庑（wǔ，音吾）：有廊的大屋子。

②贤不肖：出息与没出息。

③处：所处的环境。

④度（duó，音夺）：估计；预料。

⑤万乘：指各诸侯。

⑥游者：游说者。　　主事：掌权。

⑦布衣：指平民。　　驰骛（wù，音误）：奔走。

⑧计不为：没有什么打算。

⑨禽鹿视肉：只吃现成食物的禽兽。禽鹿，禽兽。

⑩人面而能强行者：长着一副人脸而只能勉强行走的动物。

⑪诟：耻辱。

⑫非世：非议世俗。

⑬情：本意；意愿。

⑭说：游说。

⑮胥人：小人；地位低贱之人。

⑯去：丧失。　　几：机会；时机。

⑰因：趁；乘。　　瑕衅：可乘之机。　　忍：下狠心。

⑱役：奴役；压制。

⑲灶：灶台；炉灶。　　骚除：扫除；打扫。

⑳从：通"纵"。合纵。

㉑赍（jī，音机）：携带。

㉒下：收买。

㉓遗（wèi，音卫）：赠送。

㉔间：做间谍。

㉕作：干凿；修筑。　　注溉：灌溉。

㉖缪：通"穆"。

㉗随：随侯珠。传说随侯曾救一大蛇，后此蛇从江中衔一大珠来报答，后人称此珠为随珠。　　和：和氏璧。

㉘太阿：宝剑名。

㉙纤离：骏马名。

㉚翠凤之旗：用翠凤羽毛装饰的大旗。

㉛灵鼍（tuó，音驮）：一种爬行动物，短吻，形似鳄鱼。皮可制鼓。

㉜駃騠：良马名。

㉝下陈：指左右姬妾。

㉞傅：通"附"。粘贴。　　玑：小玉珠。　　珥：耳饰；耳环。　　阿：轻细的丝织物。　　缟：白色的细绢。

㉟缶（fǒu，音否）：瓦器。秦用瓮、缶作打击乐器。　　搏髀（bì，音毕）：拍大腿。髀，大腿。

㊱《郑》、《卫》：指郑、卫两国的民间乐曲。　　《桑间》：指地方音乐。　　《昭》、《虞》：虞舜时的乐曲。　　《武》、《象》：周武王时的舞曲。

㊲太山：即泰山。

㊳黔首：普通民众。

㊴业：成功立业。

㊵王（wàng，音旺）：统治。

㊶田常、六卿之患：指臣下弑君篡政之事。田常弑齐简公，最终田氏代齐。六卿指晋国六家大夫掌权，最后韩、赵、魏三家分晋。

㊷定一遵：确定一个至尊的皇帝。

㊸蠲（juān，音捐）除：清除；排除。

㊹黥：古代在面上刺字然后涂墨的肉刑。　　城旦：修筑城墙。

㊺可：批准；同意。

㊻同文书：统一文字。

㊼尚：男子娶等级高于己身的女子为妻。

㊽驽下：才智浅薄。

㊾擢：提拔。

㊿税驾：归宿。

51并：沿；依傍。

52辒辌车：封闭式的卧车，两旁有窗，闭则温，开则凉。

53谫（jiǎn，音剪）：浅陋。

54强因人之功：勉强去劫取他人的功业。

55乡曲：穷乡僻壤。

56大行：指刚死的皇帝。

57干：烦劳；干扰。

58赢：携带。

59旧：故旧；旧情。

60庶几：也许可以。

61不勤劳：不宜过于勤劳。

62作：生长；复苏。

63暮：迟。

64趣：通"促"。催促。

65属吏：交给狱吏看押。

66系：关押；囚禁。

67燕居：闲居。

68决隙：缝隙。

69鞫治：审讯定罪。

70缪：通"戮"。

71磔：古代分裂肢体而死的酷刑。

72县官：指皇帝。

⑦急：急迫无奈。

⑦何变之得谋：哪里还有心思谋反。

⑦畔：通"叛"。反叛。

⑦请间谏：请求给时间以进谏。

⑦韩子：指韩非。

⑦堂：殿堂的地基。

⑦葛：麻布。

⑧粢粝：粗糙的米谷。

⑧藜：野草名。　藿：豆叶。

⑧土瓯：陶土制的食器。

⑧歠：喝水；喝汤。　土铏：陶土制的汤罐。

⑧觳（què，音却）：节俭。

⑧曲九防：在河道多处弯曲之处修筑堤防。

⑧淳水：积水。

⑧股：大腿。　胈（bá，音拔）：腿上的毛。

⑧胼胝（piánzhī，音便支）：茧子。

⑧臣虏：奴仆；奴隶。

⑧勉：勤勉劳作。

⑨赐志：尽情；机尽所愿。

⑨覆案：调查。

⑨诮让：责备。

⑨徇：服从；顺从。

⑨恣睢：放纵。

⑨缪：通"谬"。谬误。

⑨格虏：强悍的奴仆。

⑨加：施行。

⑨搏：攫取。

⑨牂（zāng，音脏）：母羊。

⑩流漫：放荡无忌。　诎：绝；止。

⑩淫康之虞：尽情玩乐的娱乐活动。

⑩拂世：抵制世情。　磨俗：磨砺风俗。

⑩涂：通"途"。道路。

⑩约：简约。

⑩积：堆积。

⑩朕：本意为预兆。

⑩富于春秋：年纪轻；年龄小。

⑩揆：研究；协商。

⑩固：鄙视。

⑩傍县：邻县。

⑪公：公然；公开地。

⑫案：审问。

⑬觳抵：摔跤。　优俳：化装表演。

⑭日者：往日；前日。

⑮榜掠：拷打。

⑯逮：到；及。

⑰克画：指文字。克，通"刻"。古代有纸以前在竹简上刻字。

⑱当：审讯结果。

⑲ 禳：祈祷消除灾祸。

⑳ 弟：有误，当为"孙"。

㉑ 适：通"敌"。抵抗。

㉒ 组：丝带。

㉓ 适：通"嫡"。嫡长子。

史记卷八十八

蒙恬列传第二十八

蒙恬者，其先齐人也。恬大父蒙骜，自齐事秦昭王，官至上卿。秦庄襄王元年，蒙骜为秦将，伐韩，取成皋、荥阳，作置三川郡。二年，蒙骜攻赵，取三十七城。始皇三年，蒙骜攻韩，取十三城。五年，蒙骜攻魏，取二十城，作置东郡。始皇七年，蒙骜卒。骜子曰武，武子曰恬。恬尝书狱典文学①。始皇二十三年，蒙武为秦裨将军，与王翦攻楚，大破之，杀项燕。二十四年，蒙武攻楚，虏楚王。蒙恬弟毅。

始皇二十六年，蒙恬因家世得为秦将，攻齐，大破之，拜为内史。秦已并天下，乃使蒙恬将三十万众北逐戎、狄，收河南；筑长城，因地形，用制险塞，起临洮，至辽东，延袤万余里。于是渡河，据阳山，逶蛇而北。暴师于外十余年，居上郡。是时，蒙恬威振匈奴。始皇甚尊宠蒙氏，信任贤之，而亲近蒙毅，位至上卿，出则参乘②，入则御前。恬任外事而毅常为内谋，名为忠信，故虽诸将相莫敢与之争焉。

赵高者，诸赵疏远属也。赵高昆弟数人，皆生隐宫③，其母被刑僇，世世卑贱。秦王闻高强力，通于狱法，举以为中车府令，高即私事公子胡亥，喻之决狱④。高有大罪，秦王令蒙毅法治之。毅不敢阿法，当高罪死⑤，除其宦籍。帝以高之敦于事也⑥，赦之，复其官爵。

始皇欲游天下，道九原，直抵甘泉，乃使蒙恬通道，自九原抵甘泉，堑山堙谷，千八百里。道未就。

始皇三十七年冬，行出游会稽，并海上⑦，北走琅邪。道病，使蒙毅还祷山川，未反。始皇至沙丘崩，秘之，群臣莫知。是时丞相李斯、公子胡亥、中车府令赵高常从。高雅得幸于胡亥⑧，欲立之，又怨蒙毅法治之而不为己也⑨，因有贼心，乃与丞相李斯、公子胡亥阴谋，立胡亥为太子。太子已立，遣使者以罪赐公子扶苏、蒙恬死。扶苏已死，蒙恬疑而复请之。使者以蒙恬属吏，更置⑩。胡亥以李斯舍人为护军。使者还报，胡亥已闻扶苏死，即欲释蒙恬。赵高恐蒙氏复贵而用事，怨之。

毅还至，赵高因为胡亥忠计，欲以灭蒙氏，乃言曰："臣闻先帝欲举贤立太子久矣，而毅谏曰'不可'。若知贤而俞弗立⑪，则是不忠而惑主也。以臣愚意，不若诛之。"胡亥听而系蒙毅于代。前已囚蒙恬于阳周。丧至咸阳，已葬，太子立为二世皇帝，而赵高亲近，日夜毁恶蒙氏，求其罪过，举劾之。

子婴进谏曰："臣闻故赵王迁杀其良臣李牧而用颜聚，燕王喜阴用荆轲之谋而倍秦之约，齐王建杀其故世忠臣而用后胜之议。此三君者，皆各以变古者失其国而殃及其身。今蒙氏，秦之大臣谋士也，而主欲一旦弃去之，臣窃以为不可。臣闻轻虑者不可以治国，独智者不可以存君。诛杀忠臣而立无节行之人，是内使群臣不相信而外使斗士之意离也，臣窃以为不可。"

胡亥不听，而遣御史曲宫乘传之代⑫，令蒙毅曰："先主欲立太子而卿难之，今丞相以卿为不忠，罪及其宗。朕不忍，乃赐卿死，亦甚幸矣。卿其图之！"毅对曰："以臣不能得先主之意，则臣少宦，顺幸没世，可谓知意矣。以臣不知太子之能，则太子独从，周旋天下，去诸公子绝远，臣无所疑矣。夫先主之举用太子，数年之积也，臣乃何言之敢谏，何虑之敢谋！非敢饰辞以避死也，为羞累先主之名，愿大夫为虑焉。使臣得死情实。且夫顺成全者，道之所贵也；刑杀者，道之所卒也。昔者秦穆公杀三良而死，罪百里奚而非其罪也，故立号曰'缪'；昭襄王杀武安君白起；楚平王杀伍奢；吴王夫差杀伍子胥。此四君者，皆为大失，而天下非之，以其君为不明，以是籍于诸侯⑬，故曰'用道治者不杀无罪，而罚不加于无辜'。唯大夫留心！"使者知胡亥之意，不听蒙毅之言，遂杀之。

二世又遣使者之阳周，令蒙恬曰："君之过多矣，而卿弟毅有大罪，法及内史。"恬曰："自吾先人及至于孙，积功信于秦三世矣。今臣将兵三十余万，身虽囚系，其势足以倍畔，然自知必死而守义者，不敢辱先人之教，以不忘先主也。昔周成王初立，未离襁褓，周公旦负王以朝，卒定天下。及成王有病甚殆，公旦自揃其爪以沉于河⑭，曰：'王未有识，是旦执事。有罪殃，旦受其不祥。'乃书而藏之记府，可谓信矣。及王能治国，有贼臣言：'周公旦欲为乱久矣，王若不备，必有大事。'王乃大怒，周公旦走而奔于楚。成王观于记府，得周公旦沉书，乃流涕曰：'孰谓周公旦欲为乱乎！'杀言之者而反周公旦。故《周书》曰'必参而伍之⑮'。今恬之宗，世无二心，而事卒如此，是必孽臣逆乱，内陵之道也。夫成王失而复振则卒昌；桀杀关龙逢，纣杀王子比干而不悔，身死则国亡。臣故曰：过可振而谏可觉也。察于参伍，上圣之法也。凡臣之言，非以求免于咎也，将以谏而死，愿陛下为万民思从道也⑯。"使者曰："臣受诏行法于将军，不敢以将军言闻于上也。"蒙恬喟然太息曰："我何罪于天，无过而死乎？"良久，徐曰："恬罪固当死矣。起临洮属之辽东，城堑万余里，此其中不能无绝地脉哉？此乃恬之罪也。"乃吞药自杀。

太史公曰：吾适北边，自直道归，行观蒙恬所为秦筑长城亭障，堑山堙谷，通直道，固轻百姓力矣。夫秦之初灭诸侯，天下之心未定，痍伤者未瘳⑰，而恬为名将，不以此时强谏，振百姓之急，养老存孤，务修众庶之和，而阿意兴功，此其兄弟遇诛，不亦宜乎！何乃罪地脉哉！

①书狱：学习法律。　典文学：担任审理狱讼的文书官。

②参乘：陪同乘车。参，通"骖"。骖乘，居车厢右边。

③隐宫：指宫刑。言赵高昆弟数人皆受宫刑。

④喻：教导；教育。

⑤当：判决；判处。

⑥敦于事：办事努力、认真。

⑦并：沿着。

⑧雅：向来。

⑨为：帮助；保护。

⑩更置：更换统兵将领。

⑪俞：通"逾"。延迟，拖延。

⑫乘传：乘坐驿站的车马。　之：到。

⑬籍：记载于史书上。

⑭揃（jiǎn，音剪）：剪断。　　爪：指甲。

⑮参而伍之：反复咨询，多方比较。

⑯从道：遵从古道。

⑰瘳：痊愈。

史记卷八十九

张耳陈余列传第二十九

张耳者，大梁人也。其少时，及魏公子毋忌为客。张耳尝亡命游外黄①。外黄富人女甚美，嫁庸奴，亡其夫，去抵父客②。父客素知张耳，乃谓女曰：“必欲求贤夫，从张耳。”女听，乃卒为请决③，嫁之张耳。张耳是时脱身游④，女家厚奉给张耳，张耳以故致千里客⑤。乃宦魏为外黄令，名由此益贤。

陈余者，亦大梁人也，好儒术，数游赵苦陉。富人公乘氏以其女妻之，亦知陈余非庸人也。余年少，父事张耳，两人相与为刎颈交⑥。

秦之灭大梁也，张耳家外黄。高祖为布衣时，尝数从张耳游，客数月。秦灭魏数岁，已闻此两人魏之名士也，购求，有得张耳千金，陈余五百金。张耳、陈余乃变名姓，俱之陈，为里监门以自食。两人相对。里吏尝有过笞陈余，陈余欲起，张耳蹑之⑦，使受笞。吏去，张耳乃引陈余之桑下而数之曰：“始吾与公言何如？今见小辱而欲死一吏乎？”陈余然之。秦诏书购求两人，两人亦反用门者以令里中⑧。

陈涉起蕲，至入陈，兵数万。张耳、陈余上谒陈涉。涉及左右生平数闻张耳、陈余贤，未尝见，见即大喜。

陈中豪杰父老乃说陈涉曰：“将军身被坚执锐，率士卒以诛暴秦，复立楚社稷，存亡继绝，功德宜为王。且夫监临天下诸将，不为王不可，愿将军立为楚王也。”陈涉问此两人，两人对曰：“夫秦为无道，破人国家，灭人社稷，绝人后世，罢百姓之力，尽百姓之财。将军瞋目张胆，出万死不顾一生之计，为天下除残也。今始至陈而王之，示天下私。愿将军毋王。急引兵而西，遣人立六国后，自为树党，为秦益敌也。敌多则力分，与众则兵强⑨。如此野无交兵，县无守城，诛暴秦，据咸阳以令诸侯。诸侯亡而得立，以德服之，如此则帝业成矣。今独王陈，恐天下解也⑩。”陈涉不听，遂立为王。

陈余乃复说陈王曰：“大王举梁、楚而西，务在入关，未及收河北也。臣尝游赵，知其豪杰及地形，愿请奇兵北略赵地。”于是陈王以故所善陈人武臣为将军，邵骚为护军，以张耳、陈余为左右校尉，予卒三千人，北略赵地。

武臣等从白马渡河，至诸县，说其豪杰曰：“秦为乱政虐刑以残贼天下数十年矣；北有长城之役，南有五岭之戍，外内骚动，百姓罢敝，头会箕敛⑪，以供军费，财匮力尽，民不聊生；重之以苛法峻刑，使天下父子不相安。陈王奋臂为天下倡始，王楚之地⑫，方二千里，莫不响应，家自为怒，人自为斗，各报其怨而攻其仇，县杀其令丞，郡杀其守尉。今已张大楚，王陈，使吴广、周文将卒百万西击秦。于此时而不成封侯之业者，非人豪也。诸君试相与计之！夫天下同心而苦秦久矣。因天下之力而攻无道之君，报父兄之怨而成割地有土之业，此士之一时也。"豪杰皆然其言。乃行收兵，得数万人，号武臣为武信君。下赵十城，余皆城守，莫肯下。

乃引兵东北击范阳。范阳人蒯通说范阳令曰："窃闻公之将死，故吊。虽然，贺公得通而生。"范阳令曰："何以吊之？"对曰："秦法重，足下为范阳令十年矣，杀人之父，孤人之子，断人之足，黥人之首，不可胜数。然而慈父孝子莫敢倳刃公之腹中者[13]，畏秦法耳。今天下大乱，秦法不施，然则慈父孝子且倳刃公之腹中以成其名，此臣之所以吊公也。今诸侯畔秦矣，武信君兵且至，而君坚守范阳，少年皆争杀君，下武信君[14]。君急遣臣见武信君，可转祸为福，在今矣。"

范阳令乃使蒯通见武信君曰："足下必将战胜然后略地，攻得然后下城，臣窃以为过矣。诚听臣之计，可不攻而降城，不战而略地，传檄而千里定，可乎"？武信君曰："何谓也？"蒯通曰："今范阳令宜整顿其士卒以守战者也，怯而畏死，贪而重富贵，故欲先天下降，畏君以为秦所置吏，诛杀如前十城也[15]。然今范阳少年亦方杀其令，自以城距君。君何不赍臣侯印，拜范阳令。范阳令则以城下君，少年亦不敢杀其令。令范阳令乘朱轮华毂[16]，使驱驰燕、赵郊。燕、赵郊见之，皆曰：此范阳令，先下者也。即喜矣，燕、赵城可毋战而降也。此臣之所谓传檄而千里定者也。"武信君从其计，因使蒯通赐范阳令侯印。赵地闻之，不战以城下者三十余城。

至邯郸，张耳、陈余闻周章军入关，至戏却；又闻诸将为陈王徇地，多以谗毁得罪诛，怨陈王不用其策，不以为将而以为校尉。乃说武臣曰："陈王起蕲，至陈而王，非必立六国后。将军今以三千人下赵数十城，独介居河北，不王无以填之。且陈王听谗，还报，恐不脱于祸。又不如立其兄弟；不，即立赵后。将军毋失时，时间不容息。"武臣乃听之，遂立为赵王。以陈余为大将军，张耳为右丞相，邵骚为左丞相。

使人报陈王，陈王大怒，欲尽族武臣等家，而发兵击赵。陈王相国房君谏曰："秦未亡而诛武臣等家，此又生一秦也。不如因而贺之，使急引兵西击秦。"陈王然之，从其计，徙系武臣等家宫中，封张耳子敖为成都君。

陈王使使者贺赵，令趣发兵西入关。张耳、陈余说武臣曰："王王赵，非楚意，特以计贺王。楚已灭秦，必加兵于赵，愿王毋西兵，北徇燕、代，南收河内以自广。赵南据大河，北有燕、代，楚虽胜秦，必不敢制赵。"赵王以为然，因不西兵，而使韩广略燕，李良略常山，张黡略上党。

韩广至燕，燕人因立广为燕王。赵王乃与张耳、陈余北略地燕界。赵王间出，为燕军所得。燕将囚之，欲与分赵地半，乃归王。使者往，燕辄杀之以求地。张耳、陈余患之。有厮养卒谢其舍中曰[17]："吾为公说燕，与赵王载归。"舍中皆笑曰："使者往十余辈，辄死，若何以能得王？"乃走燕壁[18]，燕将见之。问燕将曰："知臣何欲？"燕将曰："若欲得赵王耳。"曰："君知张耳、陈余何如人也？"燕将曰："贤人也。"曰："知其志何欲？"曰："欲得其王耳"，赵养卒乃笑曰："君未知此两人所欲也。夫武臣、张耳、陈余杖马棰下赵数十城，此亦各欲南面而王，岂欲为卿相终己邪？夫臣与主岂可同日而道哉，顾其势初定，未敢参分而王，且以少长先立武臣为王，以持赵心。今赵地已服，此两人亦欲分赵而王，时未可耳。今君乃囚赵王。此两人名为求赵王，实欲燕杀之，此两人分赵自立。夫以一赵尚易燕[19]，况以两贤王左提右挈，而责杀王之罪，灭燕易矣。"燕将以为然，乃归赵王。养卒为御而归。

李良已定常山，还报，赵王复使良略太原。至石邑，秦兵塞井陉，未能前。秦将诈称二世使人遗李良书，不封，曰："良尝事我得显幸。良诚能反赵为秦，赦良罪，贵良。"良得书，疑，不信。乃还之邯郸，益请兵。未至，道逢赵王姊出饮，从百余骑。李良望见，以为王，伏谒道旁。王姊醉，不知其将，使骑谢李良。李良素贵，起，惭其从官。从官有一人曰："天下畔秦，能者先立。且赵王素出将军下，今女儿乃不为将军下车，请追杀之。"李良已得秦书，固欲反赵，未决，因此怒，遣人追杀王姊道中，乃遂将其兵袭邯郸，邯郸不知，竟杀武臣、邵骚。赵人多为张耳、陈余耳目者，以故得脱出。收其兵，得数万人。客有说张耳曰："两君羁旅，而欲附赵，难；独立赵后，扶以义，可就功。"乃求得赵歇，立为赵王，居信都。李良进兵击陈余，陈余败李良，李良走归章邯。

章邯引兵至邯郸，皆徙其民河内，夷其城郭。张耳与赵王歇走入巨鹿城，王离围之。陈余北收常山兵，得数万人，军巨鹿北。章邯军巨鹿南棘原，筑甬道属河②，饷王离。王离兵食多，急攻巨鹿。巨鹿城中食尽兵少，张耳数使人召前陈余，陈余自度兵少，不敌秦，不敢前。数月，张耳大怒，怨陈余，使张黡、陈泽往让陈余曰："始吾与公为刎颈交，今王与耳旦暮且死，而公拥兵数万，不肯相救，安在其相为死！苟必信，胡不赴秦军俱死？且有十一二相全。"陈余曰："吾度前终不能求赵，徒尽亡军。且余所以不俱死，欲为赵王、张君报秦。今必俱死，如以肉委饿虎，何益？"张黡、陈泽曰："事已急，要以俱死立信，安知后虑？"陈余曰："吾死顾以为无益，必如公言。"乃使五千人令张黡、陈泽先尝秦军②，至皆没。

当是时，燕、齐、楚闻赵急，皆来救。张敖亦北收代兵，得万余人，来，皆壁余旁，未敢击秦。项羽兵数绝章邯甬道，王离军乏食，项羽悉引兵渡河，遂破章邯。章邯引兵解，诸侯军乃敢击围巨鹿秦军，遂虏王离。涉间自杀。卒存巨鹿者，楚力也。

于是赵王歇、张耳乃得出巨鹿，谢诸侯。张耳与陈余相见，责让陈余以不肯救赵，及问张黡、陈泽所在。陈余怒曰："张黡、陈泽以必死责臣，臣使将五千人先尝秦军，皆没不出。"张耳不信，以为杀之，数问陈余，陈余怒曰："不意君之望臣深也②！岂以臣为重去将哉？"乃脱解印绶，推予张耳。张耳亦愕不受。陈余起如厕，客有说张耳曰："臣闻'天与不取，反受其咎'。今陈将军与君印，君不受，反，天不祥，急取之！"张耳乃佩其印，收其麾下。而陈余还，亦望张耳不让，遂趋出。张耳遂收其兵。陈余独与麾下所善数百人之河上泽中渔猎。由此陈余、张耳遂有郤。

赵王歇复居信都，张耳从项羽诸侯入关。汉元年二月，项羽立诸侯王。张耳雅游③，人多为之言。项羽亦素数闻张耳贤，乃分赵立张耳为常山王，治信都。信都更名襄国。

陈余客多说项羽曰："陈余、张耳一体有功于赵。"项羽以陈余不从入关，闻其在南皮，即以南皮旁三县以封之，而徙赵王歇王代。

张耳之国，陈余愈益怒，曰："张耳与余功等也，今张耳王，余独侯，此项羽不平。"及齐王田荣畔楚，陈余乃使夏说说田荣曰："项羽为天下宰不平，尽王诸将善地，徙故王王恶地，今赵王乃居代！愿王假臣兵，请以南皮为扞蔽④。"田荣欲树党于赵以反楚，乃遣兵从陈余。陈余因悉三县兵袭常山王张耳。张耳败走，念诸侯无可归者，曰："汉王与我有旧故，而项羽又强，立我，我欲之楚。"甘公曰："汉王之入关，五星聚东井⑤。东井者，秦分也。先至必霸。楚虽强，后必属汉。"故耳走汉。汉王亦还定三秦，方围章邯废丘。张耳谒汉王，汉王厚遇之。

陈余已败张耳，皆复收赵地，迎赵王于代，复为赵王。赵王德陈余，立以为代王，陈余为赵王弱，国初定，不之国，留傅赵王，而使夏说以相国守代。

汉二年，东击楚，使使告赵，欲与俱。陈余曰："汉杀张耳乃从。"于是汉王求人类张耳者斩之，持其头遗陈余。陈余乃遣兵助汉，汉之败于彭城西，陈余亦复觉张耳不死，即背汉。

汉三年，韩信已定魏地。遣张耳与韩信击破赵井陉，斩陈余泜水上，追杀赵王歇襄国。汉立张耳为赵王。汉五年，张耳薨，谥为景王。子敖嗣立为赵王。高祖长女鲁元公主为赵王敖后。

汉七年，高祖从平城过赵，赵王朝夕袒韝蔽㉖，自上食，礼甚卑，有子婿礼。高祖箕踞詈㉗，甚慢易之。赵相贯高、赵午等年六十余，故张耳客也。生平为气，乃怒曰："吾王孱王也㉘！"说王曰："夫天下豪杰并起，能者先立。今王事高祖甚恭，而高祖无礼，请为王杀之！"张敖啮其指出血，曰："君何言之误！且先人亡国，赖高祖得复国，德流子孙，秋豪皆高祖力也。愿君无复出口。"贯高、赵午等十余人皆相谓曰："乃吾等非也。吾王长者，不倍德。且吾等义不辱。今怨高祖辱我王，故欲杀之，何乃污王为乎？令事成归王，事败独身坐耳。"

汉八年，上从东坦还，过赵，贯高等乃壁人柏人㉙，要之置厕㉚。上过，欲宿，心动，问曰："县名为何？"曰："柏人。""柏人者，迫于人也！"不宿而去。

汉九年，贯高怨家知其谋，乃上变告之。于是上皆并逮捕赵王、贯高等。十余人皆争自到，贯高独怒骂曰："谁令公为之？今王实无谋，而并捕王；公等皆死，谁白王不反者！"乃辎车胶致㉛，与王诣长安㉜。治张敖之罪。上乃诏赵群臣宾客有敢从王皆族。贯高与客孟舒等十余人，皆自髡钳，为王家奴，从来。贯高至，对狱，曰："独吾属为之，王实不知。"吏治榜笞数千，刺剟，身无可击者，终不复言。吕后数言张王以鲁元公主故，不宜有此。上怒曰："使张敖据天下，岂少而女乎！"不听。廷尉以贯高事辞闻，上曰："壮士！谁知者，以私问之。"中大夫泄公曰："臣之邑子，素知之。此固赵国立名义不侵为然诺者也。"上使泄公持节问之箯舆前㉝。仰视曰："泄公邪？"泄公劳苦如生平欢，与语，问张王果有计谋不。高曰："人情宁不各爱其父母妻子乎？今吾三族皆以论死，岂以王易吾亲哉！顾以王实不反，独吾等为之。"具道本指所以为者王不知状。于是泄公入，具以报，上乃赦赵王。

上贤贯高为人能立然诺，使泄公具告之曰："张王已出。"因赦贯高。贯高喜曰："吾王审出乎"？泄公曰："然。"泄公曰："上多足下㉞，故赦足下。"贯高曰："所以不死一身无余者，白张王不反也。今王已出，吾责已塞，死不恨矣。且人臣有篡弑之名，何面目复事上哉！纵上不杀我，我不愧于心乎"？乃仰绝肮㉟，遂死。当此之时，名闻天下。

张敖已出，以尚鲁元公主故，封为宣平侯。于是上贤张王诸客，以钳奴从张王入关，无不为诸侯相、郡守者。及孝惠、高后、文帝、孝景时，张王客子孙皆得为二千石。

张敖，高后六年薨。子偃为鲁元王。以母吕后女故，吕后封为鲁元王。元王弱，兄弟少，乃封张敖他姬子二人：寿为乐昌侯，侈为信都侯。高后崩，诸吕无道，大臣诛之，而废鲁元王及乐昌侯、信都侯。孝文帝即位，复封故鲁元王偃为南宫侯，续张氏。

太史公曰：张耳、陈余，世传所称贤者；其宾客厮役，莫非天下俊杰，所居国无不取卿相者。然张耳、陈余始居约时㊱，相然信以死，岂顾问哉㊲。及据国争权，卒相灭亡，何乡者相慕用之诚，后相倍之戾也！岂非以势利交哉？名誉虽高，宾客虽盛，所由殆与太伯、延陵季子异矣㊳。

---

①亡命：逃脱户籍。

②抵：投奔。

③请决：提出离婚。

④脱身：身无一物。

⑤致：招致。

⑥刎颈交：生死之交。

⑦蹑：用脚踩。

⑧门者：指张耳、陈余二人的里监门身份。

⑨与：同盟者。

⑩解：分解；瓦解。

⑪头会箕敛：家家户户按人头上缴谷物，官府用畚箕装敛。言赋税繁重。

⑫王：统治；治理。

⑬傅（zì，音字）：用刀刺进去。

⑭下：投降。

⑮方：将要；且要。

⑯朱轮华毂：指装饰华丽的车子。

⑰厮养卒：服杂役的士卒。　　谢，告诉；诉说。

⑱壁：军营。

⑲易：轻视。

⑳甬道：两边有护墙的道路。　　属：接；相连。

㉑尝：试探。

㉒望：怨恨。

㉓雅游：素来喜好交游。

㉔扞蔽：屏障。

㉕东井：星宿名。

㉖袒：脱去外衣。　　韝（gōu，音沟）蔽：套上套袖。

㉗箕踞：岔开双腿而坐。　　詈：骂。

㉘孱（chán，音谗）：懦弱。

㉙壁人：把人藏在夹壁中。

㉚要：刺杀。

㉛胶致：囚车封死，送到京城。

㉜诣：到。

㉝筼舆：竹编躺椅。

㉞多：称赞。

㉟肮：动脉。

㊱约：贫困。

㊲顾问：顾虑。

㊳所由：所走的道路。　　殆：恐怕。

史记卷九十

魏豹彭越列传第三十

魏豹者，故魏诸公子也。其兄魏咎，故魏时封为宁陵君。秦灭魏，迁咎为家人①。陈胜之起王也，咎往从之。陈王使魏人周市徇魏地，魏地已下，欲相与立周市为魏王。周市曰："天下昏乱，忠臣乃见。今天下共畔秦，其义必立魏王后乃可。"齐、赵使车各五十乘，立周市为魏王。市辞不受，迎魏咎于陈。五反②，陈王乃遣立咎为魏王。

　　章邯已破陈王，乃进兵击魏王于临济。魏王乃使周市出，请救于齐、楚。齐、楚遣项它、田巴将兵随市救魏。章邯遂击破杀周市等军，围临济。咎为其民约降。约定，咎自烧杀。

　　魏豹亡走楚。楚怀王予魏豹数千人，复徇魏地。项羽已破秦，降章邯，豹下魏二十余城，立豹为魏王。豹引精兵从项羽入关。汉元年，项羽封诸侯，欲有梁地，乃徙魏王豹于河东，都平阳，为西魏王。汉王还定三秦，渡临晋，魏王豹以国属焉，遂从击楚于彭城。汉败，还至荥阳，豹请归视亲病③，至国，即绝河津畔汉。汉王闻魏豹反，方东忧楚，未及击，谓郦生曰："缓颊往说魏豹④，能下之，吾以万户封若。"郦生说豹。豹谢曰："人生一世间，如白驹过隙耳。今汉王慢而侮人，骂詈诸侯群臣如骂奴耳，非有上下礼节也，吾不忍复见也。"于是汉王遣韩信击虏豹于河东，传诣荥阳，以豹国为郡。汉王令豹守荥阳。楚围之急，周苛遂杀魏豹。

　　彭越者，昌邑人也，字仲。常渔巨野泽中，为群盗。陈胜、项梁之起，少年或谓越曰："诸豪杰相立畔秦，仲可以来，亦效之。"彭越曰："两龙方斗，且待之。"居岁余，泽间少年相聚百余人，往从彭越，曰："请仲为长。"越谢曰："臣不愿与诸君。"少年强请，乃许。与期旦日日出会，后期者斩。旦日日出，十余人后，后者至日中。于是越谢曰："臣老，诸君强以为长。今期而多后，不可尽诛，诛最后者一人。"令校长斩之。皆笑曰："何至是？请后不敢。"于是越乃引一人斩之，设坛祭，乃令徒属。徒属皆大惊，畏越，莫敢仰视。乃行略地，收诸侯散卒，得千余人。

　　沛公之从砀北击昌邑，彭越助之。昌邑未下，沛公引兵西。彭越亦将其众居巨野中，收魏散卒。项籍入关，王诸侯，还归，彭越众万余人毋所属。汉元年秋，齐王田荣畔项王，乃使人赐彭越将军印，使下济阴以击楚。楚命萧公角将兵击越，越大破楚军。汉王二年春，与魏王豹及诸侯东击楚，彭越将其兵三万余人归汉于外黄。汉王曰："彭将军收魏地得十余城，欲急立魏后。今西魏王豹亦魏王咎从弟也，真魏后。"乃拜彭越为魏相国，擅将其兵，略定梁地。

　　汉王之败彭城解而西也，彭越皆复亡其所下城，独将其兵北居河上。汉王三年，彭越常往来为汉游兵，击楚，绝其后粮于梁地。汉四年冬，项王与汉王相距荥阳，彭越攻下睢阳、外黄十七城。项王闻之，乃使曹咎守成皋，自东收彭越所下城邑，皆复为楚。越将其兵北走谷城。汉五年秋，项王之南走阳夏，彭越复下昌邑旁二十余城，得谷十余万斛，以给汉王食。

　　汉王败，使使召彭越并力击楚。越曰："魏地初定，尚畏楚，未可去。"汉王追楚，为项籍所败固陵。乃谓留侯曰："诸侯兵不从，为之奈何"？留侯曰："齐王信之立，非君王之意，信亦不自坚。彭越本定梁地，功多，始君王以魏豹故，拜彭越为魏相国。今豹死毋后，且越亦欲王，而君王不早定。与此两国约：即胜楚，睢阳以北至谷城，皆以王彭相国，从陈以东傅海⑤，与齐王信。齐王信家在楚，此其意欲复得故邑。君主能出捐此地许二人，二人今可致；即不能，事未可知也。"于是汉王乃发使使彭越，如留侯策。使者至，彭越乃悉引兵会垓下，遂破楚。项籍已死。春，立彭越为梁王，都定陶。

　　六年，朝陈。九年，十年，皆来朝长安。十年秋，陈豨反代地，高帝自往击，至邯郸，征兵梁王。梁王称病，使将将兵诣邯郸。高帝怒，使人让梁王。梁王恐，欲自往谢。其将扈辄曰："王始不往，见让而往，往则为禽矣。不如遂发兵反。"梁王不听，称病。梁王怒其太仆，欲斩之。太仆亡走汉，告梁王与扈辄谋反。于是上使使掩梁王⑥，梁王不觉，捕梁王，囚之洛阳。有司治反形已具，请论如法。上赦以为庶人，传处蜀青衣⑦。西至郑，逢吕后从长安来，欲之洛阳，道见彭王。彭王为吕后泣涕，自言无罪，愿处故昌邑。吕后许诺，与俱东至洛阳。吕后白上曰："彭王壮士，今徙之蜀，此自遗患，不如遂诛之。妾谨与俱来。"于是吕后乃令其舍人告彭越复谋反，廷尉王恬开奏请族之。上乃可，遂夷越宗族，国除。

太史公曰：魏豹、彭越虽故贱，然已席卷千里，南面称孤，喋血乘胜日有闻矣。怀畔逆之意，及败，不死而虏囚，身被刑戮，何哉？中材已上且羞其行，况王者乎！彼无异故，智略绝人，独患无身耳。得摄尺寸之柄⑧，其云蒸龙变⑨，欲有所会其度⑩，以故幽囚而不辞云。

---

①家人：庶人；平民。

②五反：五次往返。

③亲：父母亲。

④缓颊：婉言劝解。

⑤傅：靠近。

⑥掩：偷袭。

⑦传：用驿传的车送。　　处：居住。

⑧摄尺寸之柄：掌握微少的权力。

⑨云蒸龙变：像龙借助云雾之势腾飞变化。

⑩会其度：实现自己的抱负。

史记卷九十一

黥布列传第三十一

黥布者，六人也，姓英氏，秦时为布衣。少年，有客相之曰："当刑而王。"及壮，坐法黥。布欣然笑曰："人相我当刑而王，几是乎？"人有闻者，共俳笑之①。布已论，输丽山，丽山之徒数十万人，布皆与其徒长豪杰交通，乃率其曹偶，亡之江中为群盗。

陈胜之起也，布乃见番君，与其众叛秦，聚兵数千人。番君以其女妻之。章邯之灭陈胜，破吕臣军，布乃引兵北击秦左右校，破之清波，引兵而东。闻项梁定江东会稽，涉江而西。陈婴以项氏世为楚将，乃以兵属项梁，渡淮南，英布、薄将军亦以兵属项梁。

项梁涉淮而西，击景驹、秦嘉等，布常冠军。项梁至薛，闻陈王定死②，乃立楚怀王。项梁号为武信君，英布为当阳君。项梁败死定陶，怀王徙都彭城，诸将英布亦皆保聚彭城。当是时，秦急围赵，赵数使人请救。怀王使宋义为上将，范增为末将，项籍为次将，英布、蒲将军皆为将军，悉属宋义，北救赵。及项籍杀宋义于河上，怀王因立籍为上将军，诸将皆属项籍。项籍使布先渡河击秦。布数有利，籍乃悉引兵涉河从之，遂破秦军，降章邯等。楚兵常胜，功冠诸侯。诸侯兵皆以服属楚者，以布数以少败众也。

项籍之引兵西至新安，又使布等夜击坑章邯秦卒二十余万人。至关，不得入，又使布等先从间道破关下军，遂得入，至咸阳。布常为军锋。项王封诸将，立布为九江王，都六。汉元年四月，诸侯皆罢戏下，各就国。项氏立怀王为义帝，徙都长沙，乃阴令九江王布等行击之③。其八月，布使将击义帝，追杀之郴县。

汉二年，齐王田荣畔楚，项王往击齐，征兵九江，九江王布称病不往，遣将将数千人行，汉之败楚彭城，布又称病不佐楚。项王由此怨布，数使使者诮让，召布④。布愈恐，不敢往。项王方北忧齐、赵，西患汉，所与者独九江王⑤，又多布材⑥，欲亲用之，以故未击。

汉三年，汉王击楚，大战彭城，不利，出梁地，至虞，谓左右曰："如彼等者，无足与计天下事。"谒者随何进曰："不审陛下所谓⑦。"汉王曰："孰能为我使淮南，令之发兵倍楚，留项王于齐数月，我之取天下可以百全。"随何曰："臣请使之。"乃与二十人俱，使淮南。至，因太宰主之⑧，三日不得见。随何因说太宰曰："王之不见何，必以楚为强，以汉为弱，此臣之所以为使。使何得见，言之而是邪，是大王所欲闻也；言之而非邪，使何等二十人伏斧质淮南市，以明王倍汉而与楚也。"太宰乃言之王，王见之。随何曰："汉王使臣敬进书大王御者，窃怪大王与楚何亲也。"淮南王曰："寡人北乡而臣事之。"随何曰："大王与项王俱列为诸侯，北乡而臣事之，必以楚为强，可以托国也。项王伐齐，身负板筑，以为士卒先。大王宜悉淮南之众，身自将之，为楚军前锋，今乃发四千人以助楚。夫北面而臣事人者，固若是乎？夫汉王战于彭城，项王未出齐也，大王宜骚淮南之兵渡淮⑨，日夜会战彭城下。大王抚万人之众，无一人渡淮者，垂拱而观其孰胜。夫托国于人者，固若是乎？大王提空名以乡楚，而欲厚自托，臣窃为大王不取也。然而大王不背楚者，以汉为弱也。夫楚兵虽强，天下负之以不义之名，以其背盟约而杀义帝。然而楚王恃战胜自强，汉王收诸侯，还守成皋、荥阳，下蜀、汉之粟，深沟壁垒，分卒守徼乘塞⑩。楚人还兵，间以梁地⑪，深入敌国八九百里，欲战则不得，攻城则力不能，老弱转粮千里之外；楚兵至荥阳、成皋，汉坚守而不动，进则不得攻，退则不能解。故曰楚兵不足恃也。使楚胜汉，则诸侯自危惧而相救。夫楚之强，适足以致天下之兵耳。故楚不如汉，其势易见也。今大王不与万全之汉而自托于危亡之楚，臣窃为大王惑之。臣非以淮南之兵足以亡楚也。夫大王发兵而倍楚，项王必留；留数月，汉之取天下可以万全。臣请与大王提剑而归汉，汉王必裂地而封大王，又况淮南。淮南必大王有也！故汉王敬使使臣进愚计，愿大王之留意也。"淮南王曰："请奉命！"阴许畔楚与汉，未敢泄也。

楚使者在，方急责英布发兵，舍传舍，随何直入，坐楚使者上坐，曰："九江王已归汉，楚何以得发兵？"布愕然。楚使者起。何因说布曰："事已构⑫，可遂杀楚使者，无使归，而疾走汉并力。"布曰："如使者教，因起兵而击之耳。"于是杀使者，因起兵而攻楚。楚使项声、龙且攻淮南，项王留而攻下邑。数月，龙且击淮南，破布军。布欲引兵走汉，恐楚王杀之，故间行与何俱归汉。

淮南王至，上方踞床洗，召布入见，布大怒，悔来，欲自杀。出就舍，帐御饮食从官如汉王居，布又大喜过望。于是乃使人入九江。楚已使项伯收九江兵，尽杀布妻子。布使者颇得故人幸臣，将众数千人归汉。汉益分布兵而与俱，北收兵至成皋。四年七月，立布为淮南王，与击项籍。

汉五年，布使人入九江，得数县。六年，布与刘贾入九江，诱大司马周殷。周殷反楚，遂举九江兵与汉击楚，破之垓下。

项籍死，天下定，上置酒。上折随何之功，谓何为腐儒，为天下安用腐儒。随何跪曰："夫陛下引兵攻彭城，楚王未去齐也，陛下发步卒五万人、骑五千，能以取淮南乎？"上曰："不能。"随何曰："陛下使何与二十人使淮南，至，如陛下之意，是何之功贤于步卒五万人、骑五千也。然而陛下谓何腐儒，为天下安用腐儒，何也？"上曰："吾方图子之功⑬。"乃以随何为护军中尉。布遂剖符为淮南王，都六。九江、庐江、衡山、豫章郡皆属布。

　　七年，朝陈。八年，朝洛阳。九年，朝长安。十一年，高后诛淮阴侯，布因心恐。夏，汉诛梁王彭越，醢之⑭，盛其醢遍赐诸侯。至淮南，淮南王方猎，见醢，因大恐，阴令人部聚兵，候伺旁郡警急。

　　布所幸姬疾，请就医，医家与中大夫贲赫对门。姬数如医家，贲赫自以为侍中，乃厚馈遗，从姬饮医家。姬侍王，从容语次，誉赫长者也。王怒曰："汝安从知之？"具说状。王疑其与乱。赫恐，称病。王愈怒，欲搏赫。赫言变事，乘传诣长安。布使人追，不及。赫至，上变⑮，言布谋反有端，可先未发诛也。上读其书，语萧相国。相国曰："布不宜有此，恐仇怨妄诬之。请系赫，使人微验淮南王。"淮南王布见赫以罪亡，上变，固已疑其言国阴事；汉使又来，颇有所验，遂族赫家，发兵反。反书闻，上乃赦贲赫，以为将军。

　　上召诸将问曰："布反，为之奈何？"皆曰："发兵击之，坑竖子耳！何能为乎？"汝阴侯滕公召故楚令尹问之。令尹曰："是故当反。"滕公曰："上裂地而王之，疏爵而贵之⑯，南面而立万乘之主，其反何也？"令尹曰："往年杀彭越，前年杀韩信，此三人者，同功一体之人也。自疑祸及身，故反耳。"滕公言之上曰："臣客故楚令尹薛公者，其人有筹策之计，可问。"上乃召见，问薛公。薛公对曰："布反不足怪也。使布出于上计，山东非汉之有也；出于中计，胜败之数未可知也；出于下计，陛下安枕而卧矣。"上曰："何谓上计？"令尹对曰："东取吴，西取楚，并齐取鲁，传檄燕、赵，固守其所，山东非汉之有也。""何谓中计？""东取吴，西取楚，并韩取魏，据敖庾之粟，塞成皋之口，胜败之数未可知也。""何谓下计？""东取吴，西取下蔡，归重于越⑰，身归长沙，陛下安枕而卧，汉无事矣。"上曰："是计将安出？"令尹对曰："出下计。"上曰："何谓废上中计而出下计？"令尹曰："布，故丽山之徒也，自致万乘之主，此皆为身，不顾后为百姓万世虑者也，故曰出下计。"上曰："善！"封薛公千户。乃立皇子长为淮南王。上遂发兵自将东击布。

　　布之初反，谓其将曰："上老矣，厌兵，必不能来。使诸将，诸将独患淮阴、彭越，今皆已死，余不足畏也。"故遂反。果如薛公筹之，东击荆，荆王刘贾走死富陵，尽劫其兵；渡淮击楚。楚发兵与战徐、僮间，为三军，欲以相救为奇。或说楚将曰："布善用兵，民素畏之。且兵法，诸侯战其地为散地⑱。今别为三，彼败吾一军，余皆走，安能相救！"不听。布果破其一军，其二军散走。

　　遂西，与上兵遇蕲西会甀。布兵精甚，上乃壁庸城，望布军置陈如项籍军，上恶之。与布相望见，遥谓布曰："何苦而反？"布曰："欲为帝耳。"上怒骂之，遂大战。布军败走，渡淮，数止战，不利，与百余人走江南。布故与番君婚，以故长沙哀王使人绐布，伪与亡，诱走越，故信而随之番阳。番阳人杀布兹乡民田舍，遂灭黥布。立皇子为淮南王，封贲赫为期思侯。诸将率多以功封者。

　　太史公曰：英布者，其先岂《春秋》所见楚灭英、六，皋陶之后哉？身被刑法，何其拔兴之暴也⑲！项氏之所坑杀人以千万数，而布常为首虐。功冠诸侯，用此得王，亦不免于身为世大谬。祸之兴自爱姬殖⑳，妒媚㉑生患，竟以灭国！

---

　　①俳笑：戏笑；讥笑。

　　②定：确定。

　　③行击：在半路上劫杀。

④诮让：责备。

⑤与：结盟；同盟。

⑥多：欣赏。

⑦不审：不明白；不清楚。

⑧主：接待。

⑨骚：通"扫"。尽数出动。

⑩徼：边境；边界。

⑪间：间隔。

⑫事已构：事情已经计划好。

⑬图：考虑。

⑭醢（hǎi，音海）：把人剁成肉酱。

⑮上变：上书报告急变之事。

⑯疏：分赐。

⑰归重于越：寄重托于越人身上。

⑱散地：士兵在本土作战，战败容易逃散，归家。故在本上作战称散地。

⑲拔兴：迅速兴发。

⑳殖：萌发。

㉑妒媢（mào，音冒）：嫉妒。

史记卷九十二

淮阴侯列传第三十二

淮阴侯韩信者，淮阴人也。始为布衣时，贫无行①，不得推择为吏②，又不能治生商贾③，常从人寄食饮，人多厌之者。常数从其下乡南昌亭长寄食，数月，亭长妻患之，乃晨炊蓐食④。食时，信往，不为具食⑤。信亦知其意，怒，竟绝去。

信钓于城下，诸母漂⑥，有一母见信饥，饭信，竟漂数十日。信喜，谓漂母曰："吾必有以重报母。"母怒曰："大丈夫不能自食，吾哀王孙而进食⑦，岂望报乎！"

淮阴屠中少年有侮信者，曰："若虽长大，好带刀剑，中情怯耳。"众辱之，曰："信能死，刺我；不能死，出我袴下。"于是信孰视之，俯出袴下，蒲伏⑧。一市人皆笑信，以为怯。

及项梁渡淮，信杖剑从之，居戏下，无所知名。项梁败，又属项羽，羽以为郎中。数以策干项羽，羽不用。汉王之人蜀，信亡楚归汉，未得知名，为连敖⑨。坐法当斩，其辈十三人皆已斩，次至信，信乃仰视，适见滕公，曰："上不欲就天下乎？何为斩壮士！"滕公奇其言，壮其貌，释而不斩。与语，大说之。言于上，上拜以为治粟都尉，上未之奇也。

信数与萧何语，何奇之。至南郑，诸将行道亡者数十人，信度何等已数言上，上不我用，即亡。何闻信亡，不及以闻，自追之。人有言上曰："丞相何亡。"上大怒，如失左右手。居一二日，何来谒上，上且怒且喜，骂何曰："若亡，何也？"何曰："臣不敢亡也，臣追亡者。"上曰："若所追者谁？"何曰："韩信也。"上复骂曰："诸将亡者以十数，公无所追；追信，诈也。"何曰："诸将易得耳。至如信者，国士无双。王必欲长王汉中，无所事信；必欲争天下，非信无所与计事者。顾王策安所决耳！"王曰："吾亦欲东耳，安能郁郁久居此乎？"何曰："王计必欲东，能用信，信即留；不能用，信终亡耳。"王曰："吾为公以为将。"何曰："虽为将，信必不留。"王曰："以为大将。"何曰："幸甚。"于是王欲召信拜之。何曰："王素慢无礼，今拜大将如呼小儿耳，此乃信所以去也。王必欲拜之，择良日，斋戒，设坛场，具礼，乃可耳。"王许之。诸将皆喜，人人各自以为得大将。至拜大将，乃韩信也，一军皆惊。

信拜礼毕，上坐。王曰："丞相数言将军，将军何以教寡人计策？"信谢，因问王曰："今东乡争权天下，岂非项王邪？"汉王曰："然！"曰："大王自料勇悍仁强孰与项王？"汉王默然良久，曰："不如也。"信再拜贺曰："惟信亦为大王不如也。然臣尝事之，请言项王之为人也。项王暗噁叱咤⑩，千人皆废⑪，然不能任属贤将，此特匹夫之勇耳。项王见人恭敬慈爱，言语呕呕。人有疾病，涕泣分食饮，至使人有功当封爵者，印刓敝⑫，忍不能予，此所谓妇人之仁也。项王虽霸天下而臣诸侯，不居关中而都彭城，有背义帝之约，而以亲爱王，诸侯不平。诸侯之见项王迁逐义帝，置江南，亦皆归逐其主而自王善地。项王所过无不残灭者，天下多怨，百姓不亲附，特劫于威强耳。名虽为霸，实失天下心。故曰其强易弱。今大王诚能反其道，任天下武勇，何所不诛！以天下城邑封功臣，何所不服！以义兵从思东归之士，何所不散！且三秦王为秦将，将秦子弟数岁矣，所杀亡不可胜计，又欺其众降诸侯，至新安，项王诈坑秦降卒二十余万，唯独邯、欣、翳得脱，秦父兄怨此三人，痛入骨髓。今楚强以威王此三人，秦民莫爱也。大王之入武关，秋豪无所害，除秦苛法，与秦民约法三章耳，秦民无不欲得大王王秦者。于诸侯之约，大王当王关中，关中民咸知之。大王失职入汉中，秦民无不恨者。今大王举而东，三秦可传檄而定也。"于是汉王大喜，自以为得信晚。遂听信计，部署诸将所击。

八月，汉王举兵东出陈仓，定三秦。汉二年，出关，收魏、河南，韩、殷王皆降。合齐、赵共击楚。四月，至彭城，汉兵败散而还。信复收兵与汉王会荥阳，复击破楚京、索之间，以故楚兵卒不能西。

汉之败却彭城，塞王欣、翟王翳亡汉降楚，齐、赵亦反汉与楚和。六月，魏王豹谒归视亲疾，至国，即绝河关反汉，与楚约和。汉王使郦生说豹，不下。其八月，以信为左丞相，击魏。魏王盛兵蒲坂，塞临晋，信乃益为疑兵，陈船欲度临晋，而伏兵从夏阳以木罂瓿渡军，袭安邑。魏王豹惊，引兵迎信。信遂虏豹，定魏为河东郡。汉王遣张耳与信俱，引兵东，北击赵、代。后九月，破代兵，擒夏说阏与。信之下魏破代，汉辄使人收其精兵，诣荥阳以距楚。

信与张耳以兵数万欲东下井陉，击赵。赵王、成安君陈余闻汉且袭之也，聚兵井陉口，号称二十万。广武君李左车说成安君曰："闻汉将韩信涉西河，虏魏王，禽夏说，新喋血阏与，今乃辅以张耳，议欲下赵，此乘胜而去国远斗，其锋不可当。臣闻千里馈粮，士有饥色；樵苏后爨⑬，师不宿饱。今井陉之道，车不得方轨⑭，骑不得成列，行数百里，其势粮食必在其后。愿足下假臣奇兵三万人，从间道绝其辎重。足下深沟高垒，坚营勿与战。彼前不得斗，退不得还，吾奇兵绝其后，使野无所掠，不至十日，而两将之头可致于戏下。愿君留意臣之计。否，必为二子所禽矣。"成安君，儒者也，常称义兵不用诈谋奇计，曰："吾闻兵法十则围之，倍则战。今韩信兵号数万，其实不过数千。能千里而袭我，亦已罢极。今如此避而不击，后有大者，何以加之！则诸侯谓吾怯，而轻来伐我。"不听广武君策。广武君策不用。

韩信使人间视，知其不用，还报，则大喜，乃敢引兵遂下。未至井陉口三十里，止舍。夜半传发，选轻骑二千人，人持一赤帜，从间道萆山而望赵军⑮，诫曰："赵见我走，必空壁逐我，若疾入赵壁，拔赵帜，立汉赤帜。"令其裨将传飧，曰："今日破赵会食！"诸将皆莫信，详应曰："诺。"谓军吏曰："赵已先据便地为壁，且彼未见吾大将旗鼓，未肯击前行。恐吾至阻险而还。"

信乃使万人先行，出，背水陈。赵军望见而大笑。平旦^⑯，信建大将之旗鼓，鼓行出井陉口，赵开壁击之，大战良久。于是信、张耳详弃鼓旗，走水上军。水上军开入之，复疾战。赵果空壁争汉旗鼓，逐韩信、张耳。韩信、张耳已入水上军，军皆殊死战，不可败。信所出奇兵二千骑，共候赵空壁逐利，则驰入赵壁，皆拔赵旗，立汉赤帜二千。赵军已不胜，不能得信等，欲还归壁，壁皆汉赤帜，而大惊，以为汉皆已得赵王将矣，兵遂乱，遁走，赵将虽斩之，不能禁也。于是汉兵夹击，大破虏赵军，斩成安君泜水上，禽赵王歇。

信乃令军中毋杀广武君，有能生得者购千金^⑰。于是有缚广武君而致戏下者，信乃解其缚，东乡坐，西乡对，师事之。

诸将效首虏，毕贺，因问信曰："兵法右倍山陵，前左水泽，今者将军令臣等反背水陈，曰破赵会食，臣等不服。然竟以胜，此何术也？"信曰："此在兵法，顾诸君不察耳。兵法不曰'陷之死地而后生，置之亡地而后存'？且信非得素拊循士大夫也^⑱，此所谓'驱市人而战之'，其势非置之死地，使人人自为战；今予之生地，皆走，宁尚可得而用之乎！"诸将皆服，曰："善！非臣所及也。"

于是信问广武君曰"仆欲北攻燕，东伐齐，何若而有功？"广武君辞谢曰："臣闻败军之将，不可以言勇；亡国之大夫，不可以图存。今臣败亡之虏，何足以权大事乎？"信曰："仆闻之，百里奚居虞而虞亡，在秦而秦霸，非愚于虞而智于秦也，用与不用，听与不听也。诚令成安君听足下计，若信者亦已为禽矣。以不用足下，故信得侍耳。"因固问曰："仆委心归计，愿足下勿辞。"广武君曰："臣闻智者千虑，必有一失；愚者千虑，必有一得。故曰'狂夫之言，圣人择焉'。顾恐臣计未必足用，愿效愚忠。夫成安君有百战百胜之计，一旦而失之，军败鄗下，身死泜上。今将军涉西河，虏魏王，禽夏说阏与，一举而下井陉，不终朝破赵二十万众，诛成安君。名闻海内，威震天下，农夫莫不辍耕释耒，褕衣甘食^⑲，倾耳以待命者。若此，将军之所长也。然而众劳卒罢，其实难用。今将军欲举倦弊之兵，顿之燕坚城之下，欲战恐久力不能拔，情见势屈，旷日粮竭，而弱燕不服，齐必距境以自强也。燕、齐相持而不下，则刘、项之权未有所分也^⑳。若此者，将军所短也。臣愚，窃以为亦过矣。故善用兵者不以短击长，而以长击短。"韩信曰："然则何由？"广武君对曰："方今为将军计，莫如案甲休兵，镇赵，抚其孤，百里之内，牛酒日至，以飨士大夫醲兵^㉑，北首燕路^㉒，而后遣辩士奉咫尺之书，暴其所长于燕，燕必不敢不听从。燕已从，使谊言者东告齐^㉓，齐必从风而服，虽有智者，亦不知为齐计矣。如是，则天下事皆可图也。兵固有先声而后实者，此之谓也。"韩信曰："善！"从其策，发使使燕，燕从风而靡。乃遣使报汉，因请立张耳为赵王，以镇抚其国，汉王许之，乃立张耳为赵王。

楚数使奇兵渡河击赵，赵王耳、韩信往来救赵，因行定赵城邑，发兵诣汉。楚方急围汉王于荥阳，汉王南出，之宛、叶间，得黥布，走入成皋，楚又复急围之。六月，汉王出成皋，东渡河，独与滕公俱，从张耳军修武。至，宿传舍。晨，自称汉使，驰入赵壁。张耳、韩信未起，即其卧内上夺其印符，以麾召诸将，易置之。信、耳起，乃知汉王来，大惊。汉王夺两人军，即令张耳备守赵地，拜韩信为相国，收赵兵未发者击齐。

信引兵东，未渡平原，闻汉王使郦食其已说下齐，韩信欲止。范阳辩士蒯通说信曰："将军受诏击齐，而汉独发间使下齐，宁有诏止将军乎？何以得毋行也！且郦生一士，伏轼掉三寸之舌^㉔，下齐七十余城；将军将数万众，岁余乃下赵五十余城，为将数岁，反不如一竖儒之功乎？"于是信然之，从其计，遂渡河。齐已听郦生，即留纵酒，罢备汉守御。信因袭齐历下军，遂至临菑。齐王田广以郦生卖己，乃亨之^㉕，而走高密，使使之楚请救。韩信已定临菑，遂东追广至高密西。楚亦使龙且将，号称二十万，救齐。

　　齐王广、龙且并军与信战，未合，人或说龙且曰："汉兵远斗穷战，其锋不可当。齐、楚自居其地战，兵易败散。不如深壁，令齐王使其信臣招所亡城，亡城闻其王在，楚来救，必反汉。汉兵二千里客居，齐城皆反之，其势无所得食，可无战而降也。"龙且曰："吾平生知韩信为人，易与耳㉖。且夫救齐不战而降之，吾何功？今战而胜之，齐之半可得，何为止！"遂战，与信夹潍水陈。韩信乃夜令人为万余囊，满盛沙，壅水上流㉗，引军半渡，击龙且，详不胜，还走。龙且果喜曰："固知信怯也。"遂追信渡水。信使人决壅囊，水大至，龙且军大半不得渡。即急击，杀龙且。龙且水东军散走，齐王广亡去。信遂追北至城阳，皆虏楚卒。

　　汉四年，遂皆降平齐。使人言汉王曰："齐伪诈多变，反复之国也，南边楚，不为假王以镇之，其势不定。愿为假王便。"当是时，楚方急围汉王于荥阳。韩信使者至，发书，汉王大怒，骂曰："吾困于此，旦暮望若来佐我，乃欲自立为王！"张良、陈平蹑汉王足㉘，因附耳语曰："汉方不利，宁能禁信之王乎？不如因而立，善遇之，使自为守。不然，变生。"汉王亦悟，因复骂曰："大丈夫定诸侯，即为真王耳，何以假为！"乃遣张良往立信为齐王，征其兵击楚。

　　楚已亡龙且，项王恐，使盱眙人武涉往说齐王信曰："天下共苦秦久矣，相与戮力击秦。秦已破，计功割地，分土而王之，以休士卒。今汉王复兴兵而东，侵人之分，夺人之地。已破三秦，引兵出关，收诸侯之兵以东击楚，其意非尽吞天下者不休，其不知厌足如是甚也。且汉王不可必㉙，身居项王掌握中数矣，项王怜而活之；然得脱，辄倍约，复击项王，其不可亲信如此。今足下虽自以与汉王为厚交，为之尽力用兵，终为之所禽矣。足下所以得须臾至今者，以项王尚存也。当今二王之事，权在足下。足下右投则汉王胜，左投则项王胜。项王今日亡，则次取足下，足下与项王有故，何不反汉与楚连和，参分天下王之？今释此时，而自必于汉以击楚，且为智者固若此乎？"韩信谢曰："臣事项王，官不过郎中，位不过执戟；言不听，画不用，故倍楚而归汉。汉王授我上将军印，予我数万众，解衣衣我，推食食我，言听计用，故吾得以至于此。夫人深亲信我，我倍之，不祥，虽死不易！幸为信谢项王。"

　　武涉已去，齐人蒯通知天下权在韩信，欲为奇策而感动之，以相人说韩信曰㉚："仆尝受相人之术。"韩信曰："先生相人何如？"对曰："贵贱在于骨法，忧喜在于容色，成败在于决断，以此参之㉛，万不失一。"韩信曰："善！先生相寡人何如？"对曰："愿少间㉜。"信曰："左右去矣。"通曰："相君之面，不过封侯，又危不安。相君之背，贵乃不可言。"韩信曰"何谓也？"蒯通曰："天下初发难也，俊雄豪杰建号壹呼，天下之士云合雾集，鱼鳞襍逯㉝，熛至风起。当此之时，忧在亡秦而已。今楚汉分争，使天下无罪之人肝胆涂地，父子暴骸骨于中野，不可胜数。楚人起彭城，转斗逐北，至于荥阳，乘利席卷，威震天下。然兵困于京、索之间，迫西山而不能进者，三年于此矣。汉王将数十万之众，距巩、洛，阻山河之险，一日数战，无尺寸之功，折北不救，败荥阳，伤成皋，遂走宛、叶之间，此所谓智勇俱困者也。夫锐气挫于险塞，而粮食竭于内府，百姓罢极怨望，容容无所倚。以臣料之，其势非天下之贤圣固不能息天下之祸。当今两主之命县于足下，足下为汉则汉胜，与楚则楚胜。臣愿披腹心，输肝胆，效愚计，恐足下不能用也。诚能听臣之计，莫若两利而俱存之，参分天下，鼎足而居，其势莫敢先动。夫以足下之贤圣，有甲兵之众，据强齐，从燕、赵，出空虚之地而制其后，因民之欲，西乡为百姓请命，则天下风走而响应矣，孰敢不听！割大弱强，以立诸侯，诸侯已立，天下服听而归德于齐。案齐之故㉞，有胶、泗之地，怀诸侯以德，深拱揖让，则天下之君王相率而朝于齐矣。盖闻天与弗取，反受其咎；时至不行，反受其殃。愿足下熟虑之。"

　　韩信曰："汉王遇我甚厚，载我以其车，衣我以其衣，食我以其食。吾闻之，乘人之车者载人之患，衣人之衣者怀人之忧，食人之食者死人之事，吾岂可以乡利倍义乎？"蒯生曰："足下自以为善汉王，欲建万世之业，臣窃以为误矣。始常山王、成安君为布衣时，相与为刎颈之交，后争张黡、陈泽之事，二人相怨，常山王背项王，奉项婴头而窜逃，归于汉王。汉王借兵而东下，杀成安君泜水之南，头足异处，卒为天下笑。此二人相与，天下至欢也。然而卒相禽者，何也？患生于多欲而人心难测也。今足下欲行忠信以交于汉王，必不能固于二君之相与也，而事多大于张黡、陈泽。故臣以为足下必汉王之不危己，亦误矣。大夫种、范蠡存亡越，霸勾践，立功成名而身死亡。野兽已尽而猎狗亨。夫以交友言之，则不如张耳之与成安君者也；以忠信言之，则不过大夫种、范蠡之于勾践也。此二人者，足以观矣，愿足下深虑之。且臣闻勇略震主者身危，而功盖天下者不赏。臣请言大王功略：足下涉西河，虏魏王，禽夏说；引兵下井陉，诛成安君，徇赵，胁燕，定齐；南摧楚人之兵二十万，东杀龙且，西乡以报，此所谓功无二于天下，而略不世出者也⑤。今足下戴震主之威，挟不赏之功，归楚，楚人不信；归汉，汉人震恐。足下欲持是安归乎？夫势在人臣之位而有震主之威，名高天下，窃为足下危之。”韩信谢曰：“先生且休矣，吾将念之。”

　　后数日，蒯通复说曰：“夫听者事之候也㊱，计者事之机也㊲，听过计失而能久安者㊳，鲜矣。听不失一二者，不可乱以言；计不失本末者，不可纷以辞㊴。夫随厮养之役者，失万乘之权；守儋石之禄者，阙卿相之位㊵。故知者决之断也，疑者事之害也，审毫氂之小计，遗天下之大数，智诚知之，决弗敢行者，百事之祸也。故曰‘猛虎之犹豫，不若蜂虿之致螫；骐骥之踟蹰，不如驽马之安步；孟贲之狐疑，不如庸夫之必至也；虽有舜、禹之智，吟而不言，不如喑聋之指麾也’。此言贵能行之。夫功者难成而易败，时者难得而易失也。时乎时，不再来，愿足下详察之。”韩信犹豫，不忍倍汉，又自以为功多，汉终不夺我齐，遂谢蒯通。蒯通说不听，已详狂为巫。

　　汉王之困固陵，用张良计，召齐王信，遂将兵会垓下。项羽已破，高祖袭夺齐王军。汉五年正月，徙齐王信为楚王，都下邳。信至国，召所从食漂母，赐千金。及下乡南昌亭长，赐百钱，曰：“公，小人也，为德不卒。”召辱己之少年令出胯下者以为楚中尉。告诸将相曰：“此壮士也。方辱我时，我宁不能杀之邪？杀之无名，故忍而就于此。”

　　项王亡将钟离眜家在伊庐，素与信善。项王死后，亡归信。汉王怨眜，闻其在楚，诏楚捕眜。信初之国，行县邑，陈兵出入。汉六年，人有上书告楚王信反。高帝以陈平计，天子巡狩会诸侯，南方有云梦，发使告诸侯会陈：“吾将游云梦。”实欲袭信，信弗知。高祖且至楚，信欲发兵反，自度无罪，欲谒上，恐见禽。人或说信曰：“斩眜谒上，上必喜，无患。”信见眜计事，眜曰：“汉所以不击取楚，以眜在公所。若欲捕我以自媚于汉，吾今日死，公亦随手亡矣。”乃骂信曰：“公非长者！”卒自刭。信持其首，谒高祖于陈。上令武士缚信，载后车。信曰：“果若人言‘狡兔死，良狗亨；高鸟尽，良弓藏；敌国破，谋臣亡’。天下已定，我固当亨！”上曰：“人告公反。”遂械系信。至洛阳，赦信罪，以为淮阴侯。

　　信知汉王畏恶其能，常称病不朝从。信由此日夜怨望，居常鞅鞅，羞与绛、灌等列。信常过樊将军哙，哙跪拜送迎，言称臣，曰：“大王乃肯临臣！”信出门，笑曰：“生乃与哙等为伍㊶！”

　　上常从容与信言诸将能不，各有差。上问曰：“如我能将几何？”信曰：“陛下不过能将十万。”上曰：“于君何如？”曰：“臣多多而益善耳。”上笑曰：“多多益善，何为为我禽？”信曰：“陛下不能将兵，而善将将，此乃信之所以为陛下禽也。且陛下所谓天授，非人力也。”

　　陈豨拜为巨鹿守，辞于淮阴侯。淮阴侯挈其手，辟左右㊷，与之步于庭，仰天叹曰：“子可与言乎？欲与子有言也。”豨曰：“唯将军令之。”淮阴侯曰：“公之所居，天下精兵处也；而公，陛下之信幸臣也。人言公之畔，陛下必不信；再至，陛下乃疑矣；三至，必怒而自将。吾为公从中起，天下可图也。"陈豨素知其能也，信之，曰："谨奉教！"

汉十年，陈豨果反。上自将而往，信病不从。阴使人至豨所，曰："弟举兵，吾从此助公。"信乃谋与家臣夜诈诏赦诸官徒奴，欲发以袭吕后、太子。部署已定，待豨报。其舍人得罪于信，信囚，欲杀之。舍人弟上变，告信欲反状于吕后。吕后欲召，恐其党不就，乃与萧相国谋，诈令人从上所来，言豨已得死，列侯群臣皆贺。相国给信曰："虽疾，强入贺。"信入，吕后使武士缚信，斩之长乐钟室。信方斩，曰："吾悔不用蒯通之计，乃为儿女子所诈，岂非天哉！"遂夷信三族。

高祖已从豨军来，至，见信死，且喜且怜之，问："信死亦何言？"吕后曰："信言恨不用蒯通计。"高祖曰："是齐辩士也。"乃诏齐捕蒯通。蒯通至，上曰："若教淮阴侯反乎？"对曰："然！臣固教之。竖子不用臣之策，故令自夷于此。如彼竖子用臣之计，陛下安得而夷之乎！"上怒曰："亨之。"通曰："嗟乎，冤哉亨也！"上曰："若教韩信反，何冤？"对曰："秦之纲绝而维弛，山东大扰，异姓并起，英俊乌集。秦失其鹿，天下共逐之，于是高材疾足者先得焉。蹠之狗吠尧，尧非不仁，狗因吠非其主。当是时，臣唯独知韩信，非知陛下也。且天下锐精持锋欲为陛下所为者甚众，顾力不能耳，又可尽亨之邪？"高帝曰："置之。"乃释通之罪。

太史公曰：吾如淮阴，淮阴人为余言，韩信虽为布衣时，其志与众异。其母死，贫无以葬，然乃行营高敞地㊸，令其旁可置万家。余视其母冢，良然。假令韩信学道谦让，不伐己功，不矜其能，则庶几哉，于汉家勋可以比周、召、太公之徒，后世血食矣。不务出此，而天下已集，乃谋畔逆，夷灭宗族，不亦宜乎！

---

①行：品行。

②推择：推选。

③治生：谋生。

④蓐食：坐在被褥中吃饭。

⑤具：准备。

⑥漂：洗絮类东西。

⑦王孙：公子。对青年人的敬称。

⑧蒲伏：匍匐。

⑨连敖：官名，负责接待等事。

⑩喑噁（yìnwù，音阴误）：怀怒气。

⑪废：仆伏，不敢动。

⑫印刓敝：把官印放在手中玩弄，舍不得授人。刓（wán，音完），通"玩"。

⑬樵苏后爨（cuàn，音篡）：临时打柴割草再烧火做饭。樵，砍柴。苏，割草。

⑭方轨：两车并行。

⑮草（bì，音毕）：隐蔽。

⑯平旦：太阳露出北面时。

⑰购：赏赐。

⑱拊循：训练。　士大夫：指兵将们。

⑲褕衣：穿上漂亮衣服。　甘食：手捧香甜的食物。

⑳权：胜负的结果。

㉑醳兵：用酒食养兵。

㉒首：面向。

㉓谊言者：善辩之人。

㉔掉：鼓动。

㉕亨：通"烹"。

㉖与：对付。

㉗壅：堵塞。

㉘蹑：用脚踩。

㉙必：靠得住。

㉚相人：看相之人。

㉛参：参验。

㉜少间：请暂摒退左右之人。

㉝襟遝（tà，音踏）：杂乱的样子。襟，同"杂"。

㉞案：占据。　　故：故地。

㉟略不世出：当世之人再无这样的谋略。

㊱听者事之候：善于听取意见的人就能看出事物的征兆。候，先兆；征候。

㊲计者事之机：善于思考的人就能把握事情成败的关键。

㊳听过：不善于听取意见。

㊴纷：乱。

㊵阙：通"缺"。

㊶生：生平；一生。

㊷辟：躲避。

㊸行营：到处寻找。

史记卷九十三

韩信卢绾列传第三十三

韩王信者，故韩襄王孽孙也①，长八尺五寸，及项梁之立楚后怀王也，燕、齐、赵、魏皆已前王，唯韩无有后，故立韩诸公子横阳君成为韩王，欲以抚定韩故地。项梁败死定陶，成奔怀王。沛公引兵击阳城，使张良以韩司徒降下韩故地，得信，以为韩将，将其兵从沛公入武关。

沛公立为汉王，韩信从入汉中，乃说汉王曰："项王王诸将近地，而王独远居此，此左迁也②。士卒皆山东人，跂而望归③，及其锋东向，可以争天下。"汉王还定三秦，乃许信为韩王，先拜信为韩太尉，将兵略韩地。

项籍之封诸王皆就国，韩王成以不从，无功，不遣就国，更以为列侯。及闻汉遣韩信略韩地，乃令故项籍游吴时吴令郑昌为韩王以距汉。汉二年，韩信略定韩十余城。汉王至河南，韩信急击韩王昌阳城。昌降，汉王乃立韩信为韩王，常将韩兵从。三年，汉王出荥阳，韩王信、周苛等守荥阳。及楚败荥阳，信降楚，已而得亡，复归汉，汉复立以为韩王，竟从击破项籍，天下定。五年春，遂与剖符为韩王，王颍川。

明年春，上以韩信材武，所王北近巩、洛，南迫宛、叶，东有淮阳，皆天下劲兵处，乃诏徙韩王信王太原以北，备御胡，都晋阳。信上书曰："国被边，匈奴数入，晋阳去塞远，请治马邑。"上许之，信乃徙治马邑。秋，匈奴冒顿大围信，信数使使胡求和解。汉发兵救之，疑信数间使，有二心，使人责让信。信恐诛，因与匈奴约共攻汉，反，以马邑降胡，击太原。

七年冬，上自往击，破信军铜鞮，斩其将王喜。信亡走匈奴。其将白土人曼丘臣、王黄等立赵苗裔赵利为王，复收信败散兵，而与信及冒顿谋攻汉。匈奴使左右贤王将万余骑与王黄等屯广武以南，至晋阳，与汉兵战。汉大破之，追至于离石，复破之。匈奴复聚兵楼烦西北，汉令车骑击破匈奴。匈奴常败走，汉乘胜追北，闻冒顿居代谷，高皇帝居晋阳，使人视冒顿，还报曰"可击"。上遂至平城。上出白登，匈奴骑围上。上乃使人厚遗阏氏④，阏氏乃说冒顿曰："今得汉地，犹不能居；且两主不相厄⑤。"居七日，胡骑稍引去。时天大雾，汉使人往来，胡不觉。护军中尉陈平言上曰："胡者全兵⑥，请令强弩傅两矢外向，徐行出围。"入平城，汉救兵亦到，胡骑遂解去。汉亦罢兵归。韩信为匈奴将兵往来击边。

汉十年，信令王黄等说误陈豨。十一年春，故韩王信复与胡骑入居参合，距汉。汉使柴将军击之，遗信书曰："陛下宽仁，诸侯虽有畔亡，而复归，辄复故位号，不诛也。大王所知。今王以败亡走胡，非有大罪，急自归！"韩王信报曰："陛下擢仆起闾巷，南面称孤，此仆之幸也。荥阳之事，仆不能死，囚于项籍，此一罪也。及寇攻马邑，仆不能坚守，以城降之，此二罪也。今反为寇将兵，与将军争一旦之命，此三罪也。夫种、蠡无一罪，身死亡；今仆有三罪于陛下，而欲求活于世，此伍子胥所以偾于吴也⑦。今仆亡匿山谷间，旦暮乞贷蛮夷，仆之思归，如痿人不忘起⑧，盲者不忘视也，势不可耳。"遂战，柴将军屠参合，斩韩王信。

信之入匈奴，与太子俱；及至颓当城，生子，因名曰颓当。韩太子亦生子，命曰婴。至孝文十四年，颓当及婴率其众降汉。汉封颓当为弓高侯，婴为襄城侯。吴、楚军时，弓高侯功冠诸将。传子至孙，孙无子，失侯。婴孙以不敬失侯。颓当孽孙韩嫣，贵幸，名富显于当世。其弟说，再封，数称将军，卒为案道侯。子代，岁余，坐法死。后岁余，说孙曾拜为龙额侯，续说后。

卢绾者，丰人也，与高祖同里。卢绾亲与高祖太上皇相爱。及生男，高祖、卢绾同日生，里中持羊酒贺两家。及高祖、卢绾壮，俱学书，又相爱也。里中嘉两家亲相爱，生子同日，壮又相爱，复贺两家羊酒。高祖为布衣时，有吏事辟匿⑨，卢绾常随出入上下。及高祖初起沛，卢绾以客从，入汉中，为将军，常侍中。从东击项籍，以太尉常从，出入卧内，衣被饮食赏赐，群臣莫敢望。虽萧、曹等，特以事见礼⑩，至其亲幸，莫及卢绾。绾封为长安侯。长安，故咸阳也。

汉五年冬，以破项籍，乃使卢绾别将，与刘贾击临江王共尉，破之。七月还，从击燕王臧荼。臧荼降。高祖已定天下，诸侯非刘氏而王者七人。欲王卢绾，为群臣觖望⑪。及虏臧荼，乃下诏诸将相列侯，择群臣有功者以为燕王。群臣知上欲王卢绾，皆言曰："太尉长安侯卢绾常从平定天下，功最多，可王燕。"诏许之。汉五年八月，乃立卢绾为燕王。诸侯王得幸莫如燕王。

汉十一年秋，陈豨反代地，高祖如邯郸击豨兵，燕王绾亦击其东北。当是时，陈豨使王黄求救匈奴。燕王绾亦使其臣张胜于匈奴，言豨等军破。张胜至胡，故燕王臧荼子衍出亡在胡，见张胜曰："公所以重于燕者，以习胡事也。燕所以久存者，以诸侯数反，兵连不决也。今公为燕，欲急灭豨等。豨等已尽，次亦至燕，公等亦且为虏矣。公何不令燕且缓陈豨而与胡和？事宽，得长王燕；即有汉急，可以安国。"张胜以为然，乃私令匈奴助豨等击燕。燕王绾疑张胜与胡反，上书请族张胜。胜还，具道所以为者。燕王寤，乃诈论它人，脱胜家属，使得为匈奴间，而阴使范齐之陈豨所，欲令久亡，连兵勿决。

汉十二年，东击黥布。豨常将兵居代，汉使樊哙击斩豨。其裨将降，言燕王绾使范齐通计谋于豨所。高祖使使召卢绾，绾称病。上又使辟阳侯审食其、御史大夫赵尧往迎燕王，因验问左右。绾愈恐，闭匿，谓其幸臣曰："非刘氏而王，独我与长沙耳。往年春，汉族淮阴；夏，诛彭越，皆吕后计。今上病，属任吕后。吕后妇人，专欲以事诛异姓王者及大功臣。"乃遂称病不行。其左右皆亡匿。语颇泄，辟阳侯闻之，归具报上，上益怒。又得匈奴降者，降者言张胜亡在匈奴，为燕使。于是上曰："卢绾果反矣！"使樊哙击燕。燕王绾悉将其宫人家属骑数千居长城下，候伺，幸上病愈，自入谢。四月，高祖崩，卢绾遂将其众亡入匈奴，匈奴以为东胡卢王。绾为蛮夷所侵夺，常思复归。居岁余，死胡中。

高后时，卢绾妻子亡降汉，会高后病，不能见，舍燕邸，为欲置酒见之。高后竟崩，不得见。卢绾妻亦病死。

孝景中六年，卢绾孙他之以东胡王降，封为亚谷侯。

陈豨者，宛胸人也，不知始所以得从。及高祖七年冬，韩王信反，入匈奴，上至平城还，乃封豨为列侯，以赵相国将监赵、代边兵。边兵皆属焉。

豨常告归过赵[12]，赵相周昌见豨宾客随之者千余乘，邯郸官舍皆满。豨所以待宾客布衣交，皆出客下。豨还之代，周昌乃求入见。见上，具言豨宾客盛甚，擅兵于外数岁，恐有变。上乃令人覆案豨客居代者财物诸不法事，多连引豨。豨恐，阴令客通使王黄、曼丘臣所。及高祖十年七月，太上皇崩，使人召豨，豨称病甚。九月，遂与王黄等反，自立为代王，劫略赵、代。

上闻，乃赦赵、代吏人为豨所诖误劫略者[13]，皆赦之。上自往，至邯郸，喜曰："豨不南据漳水，北守邯郸，知其无能为也。"赵相奏斩常山守、尉，曰："常山二十五城，豨反，亡其二十城。"上问曰："守、尉反乎？"对曰："不反。"上曰："是力不足也。"赦之，复以为常山守、尉。上问周昌曰："赵亦有壮士可令将者乎？"对曰："有四人。"四人谒，上谩骂曰："竖子能为将乎？"四人惭伏。上封之各千户，以为将。左右谏曰："从入蜀、汉，伐楚，功未遍行，今此何功而封？"上曰："非若所知！陈豨反，邯郸以北皆豨有，吾以羽檄征天下兵，未有至者，今唯独邯郸中兵耳。吾胡爱四千户封四人，不能慰赵子弟！"皆曰："善！"于是上曰："陈豨将谁？"曰："王黄、曼丘臣，皆故贾人。"上曰："吾知之矣。"乃各以千金购黄、臣等。

十一年冬，汉兵击斩陈豨将侯敞、王黄于曲逆下，破豨将张春于聊城，斩首万余。太尉勃入定太原、代地。十二月，上自击东垣，东垣不下，卒骂上；东垣降，卒骂者斩之，不骂者黥之。更名东垣为真定。王黄、曼丘臣其麾下受购赏之，皆生得，以故陈豨军遂败。上还至洛阳。上曰："代居常山北，赵乃从山南有之，远。"乃立子恒为代王，都中都，代、雁门皆属代。高祖十二年冬，樊哙军卒追斩豨于灵丘。

太史公曰：韩信、卢绾非素积德累善之世，徼一时权变[14]，以诈力成功，遭汉初定，故得列地，南面称孤。内见疑强大，外倚蛮貊以为援，是以日疏自危，事穷智困，卒赴匈奴，岂不哀哉！陈豨，梁人，其少时数称慕魏公子；及将军守边，招致宾客而下士，名声过实。周昌疑之，疵瑕颇起，惧祸及身，邪人进说，遂陷无道。於戏悲夫！夫计之生孰成败于人也深矣。

①孽孙：庶子的儿子。

②左迁：贬职。

③跂：踮着脚尖。

④阏氏（yānzhī，音烟支）：匈奴单于的正妻。

⑤厄：为难；受困。

⑥全兵：保全军力。

⑦偾：僵仆。

⑧痿：瘫痪。

⑨吏事：指干了违法之事。　　辟：通"避"。

⑩特：只是。

⑪欺：不满。　　望：怨。

⑫常：通"尝"。曾经。

⑬诖（guà，音挂）误：连累。

⑭徼：侥幸。

史记卷九十四

田儋列传第三十四

田儋者，狄人也，故齐王田氏族也。儋从弟田荣，荣弟田横，皆豪，宗强，能得人。

陈涉之初起王楚也，使周市略定魏地，北至狄。狄城守。田儋详为缚其奴，从少年之廷，欲谒杀奴，见狄令，因击杀令，而召豪吏子弟曰："诸侯皆反秦自立。齐，古之建国。儋，田氏，当王。"遂自立为齐王，发兵以击周市。周市军还去，田儋因率兵东略定齐地。秦将章邯围魏王咎于临济，急。魏王请救于齐，齐王田儋将兵救魏。章邯夜衔枚击，大破齐、魏军，杀田儋于临济下。儋弟田荣收儋余兵东走东阿。

齐人闻王田儋死，乃立故齐王建之弟田假为齐王，田角为相，田间为将，以距诸侯①。田荣之走东阿，章邯追围之。项梁闻田荣之急，乃引兵击破章邯军东阿下。章邯走而西，项梁因追之。而田荣怒齐之立假，乃引兵归，击逐齐王假。假亡走楚。齐相角亡走赵，角弟田间前求救赵，因留不敢归。田荣乃立田儋子市为齐王，荣相之，田横为将，平齐地。

项梁既追章邯，章邯兵益盛，项梁使使告赵、齐，发兵共击章邯。田荣曰："使楚杀田假，赵杀田角、田间，乃肯出兵。"楚怀王曰："田假，与国之王，穷而归我，杀之不义。"赵亦不杀田角、田间以市于齐。齐曰："蝮螫手则斩手，螫足则斩足。何者？为害于身也。今田假、田角、田间于楚、赵，非直手足戚也②，何故不杀？且秦复得志于天下，则龂龂用事者坟墓矣③。"楚、赵不听。齐亦怒，终不肯出兵。章邯果败杀项梁，破楚兵，楚兵东走，而章邯渡河围赵于巨鹿。项羽往救赵，由此怨田荣。

项羽既存赵，降章邯等，西屠咸阳，灭秦而立侯王也，乃徙齐王田市更王胶东，治即墨。齐将田都从共救赵，因入关，故立都为齐王，治临淄。故齐王建孙田安，项羽方渡河救赵，田安下济北数城，引兵降项羽，项羽立田安为济北王，治博阳。田荣以负项梁不肯出兵助楚、赵攻秦，故不得王。赵将陈余亦失职，不得王。二人俱怨项王。

项王既归，诸侯各就国。田荣使人将兵助陈余，令反赵地，而荣亦发兵以距击田都。田都亡走楚。田荣留齐王市，无令之胶东。市之左右曰："项王强暴，而王当之胶东，不就国，必危。"

市惧，乃亡就国。田荣怒，追，击杀齐王市于即墨；还，攻杀济北王安。于是田荣乃自立为齐王，尽并三齐之地。

项王闻之，大怒，乃北伐齐。齐王田荣兵败，走平原，平原人杀荣，项王遂烧夷齐城郭，所过者尽屠之。齐人相聚畔之。荣弟横，收齐散兵，得数万人，反击项羽于城阳。而汉王率诸侯败楚，入彭城。项羽闻之，乃释齐而归，击汉于彭城，因连与汉战，相距荥阳。以故田横复得收齐城邑，立田荣子广为齐王，而横相之，专国政，政无巨细皆断于相。

横定齐三年，汉王使郦生往说下齐王广及其相国横。横以为然，解其历下军。汉将韩信引兵且东击齐。齐初使华无伤、田解军于历下以距汉。汉使至，乃罢守战备，纵酒，且遣使与汉平。汉将韩信已平赵、燕，用蒯通计，度平原，袭破齐历下军，因入临淄。齐王广、相横怒，以郦生卖己，而亨郦生。齐王广东走高密，相横走博，守相田光走城阳，将军田既军于胶东。楚使龙且救齐，齐王与合军高密。汉将韩信与曹参破杀龙且，虏齐王广。汉将灌婴追得齐守相田光，至博。而横闻齐王死，自立为齐王，还击婴。婴败横之军于嬴下，田横亡走梁，归彭越。彭越是时居梁地，中立，且为汉，且为楚。韩信已杀龙且，因令曹参进兵破杀田既于胶东，使灌婴破杀齐将田吸于千乘。韩信遂平齐，乞自立为齐假王，汉因而立之。

后岁余，汉灭项籍，汉王立为皇帝，以彭越为梁王。田横惧诛，而与其徒属五百余人入海，居岛中。高帝闻之，以为田横兄弟本定齐，齐人贤者多附焉，今在海中不收，后恐为乱，乃使使赦田横罪而召之。田横因谢曰："臣亨陛下之使郦生，今闻其弟郦商为汉将而贤，臣恐惧，不敢奉诏。请为庶人，守海岛中。"使还报，高皇帝乃诏卫尉郦商曰："齐王田横即至，人马从者敢动摇者致族夷！"乃复使使持节具告以诏商状，曰："田横来，大者王，小者乃侯耳；不来，且举兵加诛焉。"田横乃与其客二人乘传诣洛阳。

未至三十里，至尸乡厩置，横谢使者曰："人臣见天子当洗沐。"止留。谓其客曰："横始与汉王俱南面称孤，今汉王为天子，而横乃为亡虏而北面事之，其耻固已甚矣。且吾亨人之兄，与其弟并肩而事其主，纵彼畏天子之诏不敢动我，我独不愧于心乎？且陛下所以欲见我者，不过欲一见吾面貌耳。今陛下在洛阳，今斩吾头，驰三十里间，形容尚未能败，犹可观也。"遂自刭。令客奉其头，从使者驰奏之高帝。高帝曰："嗟乎，有以也夫④！起自布衣，兄弟三人更王，岂不贤乎哉！"为之流涕，而拜其二客为都尉，发卒二千人，以王者礼葬田横。既葬，二客穿其冢旁孔，皆自刭，下从之。高帝闻之，乃大惊，以田横之客皆贤，吾闻其余尚五百人在海中，使使召之。至则闻田横死，亦皆自杀。于是乃知田横兄弟能得士也。

太史公曰：甚矣，蒯通之谋！乱齐、骄淮阴，其卒亡此两人。蒯通者，善为长短说，论战国之权变，为八十一首⑤。通善齐人安期生。安期生尝干项羽，项羽不能用其策。已而项羽欲封此两人，两人终不肯受，亡去。田横之高节，宾客慕义而从横死，岂非至贤！余因而列焉。不无善画者，莫能图⑥，何哉？

①距：通"拒"。抵抗。

②戚：亲戚。

③隋阰：毁伤。

④以：缘由。

⑤首：篇。

⑥图：绘图画。

史记卷九十五

樊郦滕灌列传第三十五

　　舞阳侯樊哙者，沛人也，以屠狗为事，与高祖俱隐。

　　初从高祖起丰，攻下沛。高祖为沛公，以哙为舍人。从攻胡陵、方与，还守丰，击泗水监丰下，破之。复东定沛，破泗水守薛西。与司马𡰥战砀东，却敌，斩首十五级，赐爵国大夫。常从。沛公击章邯军濮阳，攻城先登，斩首二十三级，赐爵列大夫。复常从。从攻城阳，先登。下户牖，破李由军，斩首十六级，赐上间爵。从攻围东郡守尉于成武，却敌，斩首十四级，搏虏十一人，赐爵五大夫。从击秦军，出亳南。河间守军于杠里，破之。击破赵贲军开封北，以却敌先登，斩侯一人，首六十八级，捕虏二十七人，赐爵卿。从攻破杨熊军于曲遇。攻宛陵，先登，斩首八级，捕虏四十四人，赐爵封号贤成君。从攻长社、辕辕，绝河津，东攻秦军于尸，南攻秦军于犨。破南阳守齮于阳城。东攻宛城，先登。西至郦，以却敌，斩首二十四级，捕虏四十人，赐重封[1]。攻武关，至霸上，斩都尉一人，首十级，捕虏百四十六人，降卒二千九百人。

　　项羽在戏下，欲攻沛公。沛公从百余骑因项伯面见项羽，谢无有闭关事。项羽既飨军士，中酒，亚父谋欲杀沛公，令项庄拔剑舞坐中，欲击沛公，项伯常屏蔽之。时独沛公与张良得入坐，樊哙在营外，闻事急，乃持铁盾入到营。营卫止哙，哙直撞入，立帐下。项羽目之，问为谁。张良曰："沛公参乘樊哙。"项羽曰："壮士！"赐之卮酒彘肩。哙既饮酒，拔剑切肉，食尽之。项羽曰："能复饮乎？"哙曰："臣死且不辞，岂特卮酒乎！且沛公先入，定咸阳，暴师霸上，以待大王。大王今日至，听小人之言，与沛公有隙，臣恐天下解，心疑大王也。"项羽默然。沛公如厕，麾樊哙去[2]。既出，沛公留车骑，独骑一马，与樊哙等四人步从，从间道山下归走霸上军，而使张良谢项羽。项羽亦因遂已[3]，无诛沛公之心矣。是日，微樊哙奔入营谯让项羽，沛公事几殆。

　　明日，项羽入屠咸阳。立沛公为汉王。汉王赐哙爵为列侯，号临武侯，迁为郎中，从入汉中。

　　还定三秦，别击西丞白水北。雍轻车骑于雍南，破之。从攻雍、斄城，先登。击章平军好畤，攻城，先登，陷阵，斩县令、丞各一人，首十一级，虏二十人，迁郎中骑将。从击秦车骑壤东，却敌，迁为将军。攻赵贲，下郿、槐里、柳中、咸阳；灌废丘，最[4]。至栎阳，赐食邑杜之樊乡。从攻项籍，屠煮枣。击破王武、程处军于外黄。攻邹、鲁、瑕丘、薛。项羽败汉王于彭城，尽复取鲁、梁地。哙还至荥阳，益食平阴二千户，以将军守广武。一岁，项羽引而东。从高祖击项籍，下阳夏，虏楚周将军卒四千人。围项籍于陈，大破之。屠胡陵。

　　项籍既死，汉王为帝，以哙坚守战有功，益食八百户。从高帝攻反燕王臧荼，虏荼，定燕地。楚王韩信反，哙从至陈，取信，定楚。更赐爵列侯，与诸侯剖符，世世勿绝，食舞阳，号为舞阳侯，除前所食。以将军从高祖攻反韩王信于代。自霍人以往至云中，与绛侯等共定之。益食千五百户。因击陈豨与曼丘臣军，战襄国，破柏人，先登，降定清河、常山凡二十七县，残东垣，迁为左丞相。破得綦毋卬、尹潘军于无终、广昌。破豨别将胡人王黄军于代南。因击韩信军于参合，军所将卒斩韩信。破豨胡骑横谷，斩将军赵既，虏代丞相冯梁、守孙奋、大将王黄、将军、太仆解福等十人。与诸将共定代乡邑七十三。其后燕王卢绾反，哙以相国击卢绾，破其丞相抵蓟南，定燕地，凡县十八，乡邑五十一，益食邑千三百户，定食舞阳五千四百户。从，斩首百七十六级，虏二百八十八人。别，破军七，下城五，定郡六，县五十二，得丞相一人，将军十二人，二千石已下至三百石十一人。哙以吕后女弟吕须为妇，生子伉，故其比诸将最亲。

先黥布反时，高祖尝病甚，恶见人，卧禁中，诏户者无得入群臣。群臣绛、灌等莫敢入。十余日，哙乃排闼直入，大臣随之。上独枕一宦者卧。哙等见上，流涕曰：“始陛下与臣等起丰、沛，定天下，何其壮也！今天下已定，又何惫也！且陛下病甚，大臣震恐；不见臣等计事，顾独与一宦者绝乎？且陛下独不见赵高之事乎？”高帝笑而起。

其后卢绾反，高帝使哙以相国击燕。是时高帝病甚，人有恶哙党于吕氏，即上一日宫车晏驾⑤，则哙欲以兵尽诛灭戚氏，赵王如意之属。高帝闻之大怒，乃使陈平载绛侯代将，而即军中斩哙。陈平畏吕后，执哙诣长安。至则高祖已崩，吕后释哙，使复爵邑。

孝惠八年，樊哙卒，谥为武侯。子伉代侯，而伉母吕须亦为临光侯。高后时用事专权，大臣尽畏之。伉代侯九岁，高后崩，大臣诛诸吕、吕须婘属⑥，因诛伉。舞阳侯中绝数月。孝文帝既立，乃复封哙他庶子市人为舞阳侯，复故爵邑。市人立二十九岁卒，谥为荒侯。子他广代侯。六岁，侯家舍人得罪他广，怨之，乃上书曰：“荒侯市人病不能为人⑦，令其夫人与其弟乱而生他广，他广实非荒侯子，不当代后。”诏下吏。孝景中六年，他广夺侯为庶人，国除。

曲周侯郦商者，高阳人。陈胜起时，商聚少年东西略人，得数千。沛公略地至陈留，六月余，商以将卒四千人属沛公于岐。从攻长社，先登，赐爵封信成君。从沛公攻缑氏，绝河津，破秦军洛阳东。从攻下宛、穰，定十七县。别将攻旬关，定汉中。

项羽灭秦，立沛公为汉王。汉王赐商爵信成君，以将军为陇西都尉，别将定北地、上郡。破雍将军焉氏，周类军枸邑，苏驵军于泥阳。赐食邑武成六千户。以陇西都尉从击项籍军五月。出巨野，与钟离眛战，疾斗。受梁相国印，益食邑四千户。以梁相国将从击项羽二岁三月，攻胡陵。

项羽既已死，汉王为帝。其秋，燕王臧荼反，商以将军从击荼，战龙脱，先登，陷阵，破荼军易下，却敌，迁为右丞相，赐爵列侯，与诸侯剖符，世世勿绝，食邑涿五千户，号曰涿侯。以右丞相别定上谷，因攻代，受赵相国印。以右丞相赵相国别与绛侯等定代、雁门，得代丞相程纵、守相郭同、将军已下至六百石十九人。还，以将军为太上皇卫一岁七月。以右丞相击陈豨，残东垣。又以右丞相从高帝击黥布，攻其前拒⑧，陷两陈，得以破布军。更食曲周五千一百户，除前所食。凡别破军三，降定郡六，县七十三，得丞相、守相、大将各一人，小将二人，二千石已下至六百石十九人。

商事孝惠。高后时，商病，不治⑨。其子寄，字况，与吕禄善。及高后崩，大臣欲诛诸吕，吕禄为将军，军于北军，太尉勃不得入北军，于是乃使人劫郦商，令其子况绐吕禄⑩。吕禄信之，故与出游，而太尉勃乃得入据北军，遂诛诸吕。是岁，商卒，谥为景侯。子寄代侯。天下称“郦况卖交”也⑪。

孝景前三年，吴、楚、齐、赵反，上以寄为将军，围赵城十月，不能下。得俞侯栾布自平齐来，乃下赵城，灭赵，王自杀，除国。孝景中二年，寄欲取平原君为夫人⑫，景帝怒，下寄吏，有罪，夺侯。景帝乃以商他子坚封为缪侯，续郦氏后。缪靖侯卒，子康侯遂成立。遂成卒，子怀侯世宗立。世宗卒，子侯终根立，为太常，坐法，国除。

　　汝阴侯夏侯婴，沛人也。为沛厩司御。每送使客还，过沛泗上亭，与高祖语，未尝不移日也。婴已而试补县吏，与高祖相爱。高祖戏而伤婴，人有告高祖。高祖时为亭长，重坐伤人，告故不伤婴；婴证之。后狱覆⑬，婴坐高祖系岁余，掠笞数百，终以是脱高祖。

　　高祖之初与徒属欲攻沛也，婴时以县令史为高祖使。上降沛一日。高祖为沛公，赐婴爵七大夫，以为太仆。从攻胡陵，婴与萧何降泗水监平，平以胡陵降。赐婴爵五大夫。从击秦军砀东，攻济阳，下户牖，破李由军雍丘下，以兵车趣攻战疾⑭，赐爵执帛。常以太仆奉车从击章邯军东阿、濮阳下，以兵车趣攻战疾，破之，赐爵执珪。复常奉车从击赵贲军开封、杨熊军曲遇。婴从捕虏六十八人，降卒八百五十人，得印一匮。因复常奉车从击秦军洛阳东，以兵车趣攻战疾，赐爵封转为滕公。因复奉车从攻南阳，战于蓝田、芷阳，以兵车趣攻战疾，至霸上。项羽至，灭秦，立沛公为汉王。汉王赐婴爵列侯，号昭平侯。复为太仆，从入蜀、汉。

　　还定三秦。从击项籍。至彭城，项羽大破汉军。汉王败，不利，驰去。见孝惠、鲁元，载之。汉王急，马罢，虏在后⑮，常蹶两儿欲弃之，婴常收，竟载之，徐行面雍树乃驰⑯。汉王怒，行欲斩婴者十余，卒得脱，而致孝惠、鲁元于丰。

　　汉王既至荥阳，收散兵，复振，赐婴食祈阳。复常奉车从击项籍，追至陈，卒定楚，至鲁，益食兹氏。

　　汉王立为帝。其秋，燕王臧荼反，婴以太仆从击荼。明年，从至陈，取楚王信。更食汝阴，剖符世世勿绝。以太仆从击代，至武泉、云中，益食千户。因从击韩信军胡骑晋阳旁，大破之。追北至平城，为胡所围，七日不得通。高帝使使厚遗阏氏。冒顿开围一角。高帝出欲驰，婴固徐行，弩皆持满外向，卒得脱。益食婴细阳千户。复以太仆从击胡骑句注北，大破之。以太仆击胡骑平城南，三陷陈，功为多，赐所夺邑五百户。以太仆击陈豨、黥布军，陷陈却敌，益食千户，定食汝阴六千九百户，除前所食。

　　婴自上初起沛，常为太仆，竟高祖崩。以太仆事孝惠。孝惠帝及高后德婴之脱孝惠、鲁元于下邑之间也，乃赐婴县北第第一⑰，曰"近我"，以尊异之。孝惠帝崩，以太仆事高后。高后崩，代王之来，婴以太仆与东牟侯入清宫⑱，废少帝，以天子法驾迎代王代邸，与大臣共立为孝文皇帝，复为太仆。八岁卒，谥为文侯。子夷侯灶立，七年卒。子共侯赐立，三十一年卒。子侯颇尚平阳公主，立十九岁，元鼎二年，坐与父御婢奸罪⑲，自杀，国除。

　　颍阴侯灌婴者，睢阳贩缯者也。高祖之为沛公，略地至雍丘下，章邯败杀项梁，而沛公还军于砀，婴初以中涓从击破东郡尉于成武及秦军于扛里，疾斗，赐爵七大夫。从攻秦军亳南、开封、曲遇，战疾力，赐爵执帛，号宣陵君。从攻阳武以西至洛阳，破秦军尸北，北绝河津，南破南阳守齮阳城东，遂定南阳郡。西入武关，战于蓝田，疾力，至霸上，赐爵执珪，号昌文君。

　　沛公立为汉王，拜婴为郎中。从入汉中，十月，拜为中谒者，从还定三秦，下栎阳，降塞王。还围章邯于废丘，未拔。从东出临晋关，击降殷王，定其地。击项羽将龙且、魏相项他军定陶南，疾战，破之。赐婴爵列侯，号昌文侯，食杜平乡。

　　复以中谒者从降下砀，以至彭城。项羽击，大破汉王。汉王遁而西，婴从还，军于雍丘。王武、魏公申徒反，从击，破之。攻下黄，西收兵，军于荥阳。楚骑来众，汉王乃择军中可为骑将者，皆推故秦骑士重泉人李必、骆甲习骑兵，今为校尉，可为骑将。汉王欲拜之，必、甲曰："臣故秦民，恐军不信臣，臣愿得大王左右善骑者傅之。"灌婴虽少，然数力战，乃拜灌婴为中大夫，令李必、骆甲为左右校尉，将郎中骑兵击楚骑于荥阳东，大破之。受诏别击楚军后，绝其饷道，起阳武至襄邑。击项羽之将项冠于鲁下，破之，所将卒斩右司马、骑将各一人。击破柘公王武军于燕西，所将卒斩楼烦将五人，连尹一人。击王武别将桓婴白马下，破之，所将卒斩都尉一人。以骑渡河南，送汉王到洛阳，使北迎相国韩信军于邯郸。还至敖仓，婴迁为御史大夫。

三年，以列侯食邑杜平乡。以御史大夫受诏将郎中骑兵东属相国韩信，击破齐军于历下，所将卒虏车骑将军华毋伤及将吏四十六人。降下临菑，得齐守相田光。追齐相田横至嬴、博，破其骑，所将卒斩骑将一人，生得骑将四人。攻下嬴、博，破齐将军田吸于千乘，所将卒斩吸。东从韩信攻龙且、留公旋于高密，卒斩龙且，生得右司马、连尹各一人，楼烦将十人，身生得亚将周兰。

齐地已定，韩信自立为齐王，使婴别将击楚将公杲于鲁北，破之。转南，破薛郡长，身虏骑将一人，攻傅阳，前至下相以东南僮、取虑、徐。度淮，尽降其城邑，至广陵。项羽使项声、薛公、郯公复定淮北。婴度淮北，击破项声、郯公下邳，斩薛公，下下邳。击破楚骑于平阳，遂降彭城，虏柱国项佗。降留、薛、沛、酇、萧、相。攻苦、谯，复得亚将周兰。与汉王会颐乡。从击项籍军于陈下，破之，所将卒斩楼烦将二人，虏骑将八人。赐益食邑二千五百户。

项籍败垓下去也。婴以御史大夫受诏将车骑别追项籍至东城，破之，所将卒五人共斩项籍，皆赐爵列侯。降左、右司马各一人，卒万二千人，尽得其军将吏。下东城、历阳。渡江，破吴郡长吴下，得吴守，遂定吴、豫章、会稽郡。还定淮北，凡五十二县。

汉王立为皇帝，赐益婴邑三千户。其秋，以车骑将军从击破燕王臧荼。明年，从至陈，取楚王信。还，剖符，世世勿绝，食颍阴二千五百户，号曰颍阴侯。

以车骑将军从击反韩王信于代，至马邑，受诏别降楼烦以北六县，斩代左相，破胡骑于武泉北；复从击韩信胡骑晋阳下，所将卒斩胡白题将一人⑳。受诏并将燕、赵、齐、梁、楚车骑，击破胡骑于硰石。至平城，为胡所围，从还军东垣。

从击陈豨，受诏别攻豨丞相侯敞军曲逆下，破之，卒斩敞及特将五人㉑。降曲逆、卢奴、上曲阳、安国、安平。攻下东垣。

黥布反，以车骑将军先出，攻布别将于相，破之，斩亚将楼烦将三人。又进击破布上柱国军及大司马军。又进破布别将肥诛。婴身生得左司马一人，所将卒斩其小将十人，追北至淮上。益食二千五百户。布已破，高帝归，定令婴食颍阴五千户，除前所食邑。凡从得二千石二人，别破军十六，降城四十六，定国一，郡二，县五十二，得将军二人，柱国、相国各一人，二千石十人。

婴自破布归，高帝崩，婴以列侯事孝惠帝及吕太后。太后崩，吕禄等以赵王自置为将军，军长安，为乱。齐哀王闻之，举兵西，且入诛不当为王者。上将军吕禄等闻之，乃遣婴为大将，将军往击之。婴行至荥阳，乃与绛侯等谋，因屯兵荥阳，风齐王以诛吕氏事㉒，齐兵止不前。绛侯等既诛诸吕，齐王罢兵归，婴亦罢兵自荥阳归，与绛侯、陈平共立代王为孝文皇帝。孝文皇帝于是益封婴三千户，赐黄金千斤，拜为太尉。三岁，绛侯勃免相就国，婴为丞相，罢太尉官。是岁，匈奴大入北地、上郡。令丞相婴将骑八万五千往击匈奴，匈奴去。济北王反，诏乃罢婴之兵。后岁余，婴以丞相卒。谥曰懿侯。子平侯阿代侯，二十八年卒。子强代侯。十三年，强有罪，绝二岁，元光三年，天子封灌婴孙贤为临汝侯，续灌世后。八岁，坐行赇有罪㉓，国除。

太史公曰：吾适丰、沛，问其遗老，观故萧、曹、樊哙、滕公之家，及其素，异哉所闻！方其鼓刀屠狗卖缯之时，岂自知附骥之尾，垂名汉廷，德流子孙哉！余与他广通，为言高祖功臣之兴时若此云。

①重：增加。

②麾：用手招唤。

③遂已：满足心意。

④最：功劳的最高等级。

⑤宫车晏驾：指皇帝死。

⑥婘属：通"眷属"。

⑦为人：行房事。

⑧前拒：前沿阵地。

⑨不治：不能理政。

⑩绐：骗。

⑪卖交：出卖朋友。

⑫平原君：汉景帝王皇后的母亲。

⑬狱覆：讼辞翻覆。

⑭趣：急速。　疾：迅猛。

⑮虏：追兵。对敌人的蔑称。

⑯雍树：小孩搂着大人的脖子。

⑰县北第：皇宫北阙外的住宅。

⑱清宫：清理宫中。

⑲御婢：皇帝赐予的宫婢。

⑳白题：匈奴的一支。

㉑特将：能独挡一面的将领。

㉒风：示意。

㉓赇：贿赂。

史记卷九十六

张丞相列传第三十六

张丞相苍者，阳武人也。好书律历①。秦时为御史，主柱下方书②。有罪，亡归。及沛公略地过阳武，苍以客从攻南阳。苍坐法当斩，解衣，伏质③，身长大，肥白如瓠④，时王陵见而怪其美士，乃言沛公，赦勿斩。遂从西入武关，至咸阳。

沛公立为汉王，入汉中。还定三秦。陈余击走常山王张耳，耳归汉，汉乃以张苍常山守。从淮阴侯击赵，苍得陈余。赵地已平，汉王以苍为代相，备边寇。已而徙为赵相，相赵王耳。耳卒，相赵王敖。复徙相代王。燕王臧荼反，高祖往击之，苍以代相从攻臧荼，有功，以六年中封为北平侯，食邑千二百户。

迁为计相⑤，一月，更以列侯为主计四岁。是时萧何为相国，而张苍乃自秦时为柱下史，明习天下图书计籍。苍又善用算律历，故令苍以列侯居相府，领主郡国上计者。黥布反亡，汉立皇子长为淮南王，而张苍相之。十四年，迁为御史大夫。

周昌者，沛人也。其从兄曰周苛，秦时皆为泗水卒史。及高祖起沛，击破泗水守监，于是周昌、周苛自卒史从沛公，沛公以周昌为职志，周苛为客。从入关，破秦。沛公立为汉王，以周苛为御史大夫，周昌为中尉。

汉王四年，楚围汉王荥阳急，汉王遁出，去，而使周苛守荥阳城。楚破荥阳城，欲令周苛将，苛骂曰："若趣降汉王！不然，今为虏矣！"项羽怒，亨周苛。

于是乃拜周昌为御史大夫，常从击破项籍。以六年中与萧、曹等俱封。封周昌为汾阴侯；周苛子周成以父死事，封为高景侯。

昌为人强力，敢直言，自萧、曹等皆卑下之。昌尝燕时入奏事⑥，高帝方拥戚姬，昌还走。高帝逐得，骑周昌项，问曰："我何如主也？"昌仰曰："陛下即桀、纣之主也。"于是上笑之，然尤惮周昌。及帝欲废太子，而立戚姬子如意为太子，大臣固争之，莫能得；上以留侯策即止。而周昌廷争之强。上问其说，昌为人吃，又盛怒，曰："臣口不能言，然臣期期知其不可。陛下虽欲废太子，臣期期不奉诏！"上欣然而笑。既罢，吕后侧耳于东厢，听，见周昌，为跪谢曰："微君，太子几废"

是后戚姬子如意为赵王，年十岁，高祖忧即万岁之后不全也。赵尧年少，为符玺御史。赵人方与公谓御史大夫周昌曰："君之史赵尧，年虽少，然奇才也，君必异之，是且代君之位。"周昌笑曰："尧年少，刀笔吏耳，何能至是乎！"居顷之，赵尧侍高祖。高祖独心不乐，悲歌，群臣不知上之所以然。赵尧进请问曰："陛下所为不乐，非为赵王年少而戚夫人与吕后有郤邪？备万岁之后而赵王不能自全乎⑦？"高祖曰："然！吾私忧之，不知所出。"尧曰："陛下独宜为赵王置贵强相，及吕后、太子、群臣素所敬惮乃可。"高祖曰："然！吾念之欲如是，而群臣谁可者？"尧曰："御史大夫周昌，其人坚忍质直，且自吕后、太子及大臣皆素敬惮之。独昌可。"高祖曰："善！"于是乃召周昌，谓曰："吾欲固烦公，公强为我相赵王。"周昌泣曰："臣初起从陛下，陛下独奈何中道而弃之于诸侯乎？"高祖曰："吾极知其左迁⑧！然吾私忧赵王，念非公无可者。公不得已强行！"于是徙御史大夫周昌为赵相。

既行，久之，高祖持御史大夫印弄之，曰："谁可以为御史大夫者？"孰视赵尧，曰："无以易尧。"遂拜赵尧为御史大夫。尧亦前有军功食邑，及以御史大夫从击陈豨有功，封为江邑侯。

高祖崩，吕太后使使召赵王，其相周昌令王称疾不行。使者三反，周昌固为不遣赵王。于是高后患之，乃使使召周昌。周昌至，谒高后，高后怒而骂周昌曰："尔不知我之怨戚氏乎？而不遣赵王，何？"昌既征⑨，高后使使召赵王，赵王果来。至长安月余，饮药而死。周昌因谢病不朝见，三岁而死。后五岁，高后闻御史大夫江邑侯赵尧高祖时定赵王如意之画，乃抵尧罪⑩，以广阿侯任敖为御史大夫。

任敖者，故沛狱吏。高祖尝辟吏，吏系吕后，遇之不谨⑪。任敖素善高祖，怒，击伤主吕后吏。及高祖初起，敖以客从，为御史，守丰二岁。高祖立为汉王，东击项籍，敖迁为上党守。陈豨反时，敖坚守，封为广阿侯，食千八百户。高后时，为御史大夫，三岁，免。以平阳侯曹窋为御史大夫。高后崩，与大臣共诛吕禄等，免。以淮南相张苍为御史大夫。苍与绛侯等尊立代王为孝文皇帝。四年，丞相灌婴卒。张苍为丞相。

自汉兴至孝文二十余年，会天下初定，将相公卿皆军吏。张苍为计相时，绪正律历，以高祖十月始至霸上，因故秦时本以十月为岁首，弗革。推五德之运，以为汉当水德之时，尚黑如故。吹律调乐，入之音声，及以比定律令，若百工，天下作程品，至于为丞相，卒就之，故汉家言律历者，本之张苍。苍本好书，无所不观，无所不通，而尤善律历。

张苍德王陵。王陵者，安国侯也。及苍贵，常父事王陵。陵死后，苍为丞相，洗沐，常先朝陵夫人上食，然后敢归家。

苍为丞相十余年，鲁人公孙臣上书言汉土德时，其符有黄龙当见。诏下其议张苍，张苍以为非是，罢之。其后黄龙见成纪，于是文帝召公孙臣以为博士，草土德之历制度，更元年。张丞相由此自绌，谢病称老。苍任人为中候，大为奸利，上以让苍，苍遂病免。苍为丞相十五岁而免。孝景前五年，苍卒。谥为文侯，子康侯代，八年卒。子类代为侯，八年，坐临诸侯丧后就位，不敬，国除。

初，张苍父长不满五尺，及生苍，苍长八尺余，为侯、丞相。苍子复长。及孙类，长六尺余，坐法失侯。苍之免相后，老，口中无齿，食乳，女子为乳母。妻妾以百数，尝孕者不复幸。苍年百有余岁而卒。

申屠丞相嘉者，梁人，以材官蹶张从高帝击项籍[12]，迁为队率[13]。从击黥布军，为都尉。孝惠时，为淮阳守。孝文帝元年，举故吏士二千石从高皇帝者，悉以为关内侯，食邑二十四人，而申屠嘉食邑五百户。张苍已为丞相，嘉迁为御史大夫。张苍免相，孝文帝欲用皇后弟窦广国为丞相，曰："恐天下以吾私广国。"广国贤有行，故欲相之，念久之，不可。而高帝时大臣又皆多死，余见无可者，乃以御史大夫嘉为丞相，因故邑封为故安侯。

嘉为人廉直，门不受私谒。是时太中大夫邓通方隆爱幸，赏赐累巨万。文帝尝燕饮通家，其宠如是。是时丞相入朝，而通居上傍，有怠慢之礼。丞相奏事毕，因言曰："陛下爱幸臣，则富贵之；至于朝廷之礼，不可以不肃！"上曰："君勿言，吾私之。"罢朝坐府中，嘉为檄召邓通诣丞相府，不来，且斩通。通恐，入言文帝。文帝曰："汝第往[14]，吾今使人召若。"通至丞相府，免冠，徒跣，顿首谢。嘉坐自如，故不为礼，责曰："夫朝廷者，高皇帝之朝廷也。通小臣，戏殿上，大不敬，当斩。吏今行斩之！"通顿首，首尽出血，不解。文帝度丞相已困通，使使者持节召通，而谢丞相曰："此吾弄臣，君释之。"邓通既至，为文帝泣曰："丞相几杀臣。"

嘉为丞相五岁，孝文帝崩，孝景帝即位。二年，晁错为内史，贵幸用事，诸法令多所请变更，议以谪罚侵削诸侯。而丞相嘉自绌所言不用，疾错。错为内史，门东出，不便，更穿一门南出。南出者，太上皇庙堧垣[15]。嘉闻之，欲因此以法错擅穿宗庙垣为门，奏请诛错。错客有语错，错恐，夜入宫上谒，自归景帝。至朝，丞相奏请诛内史错。景帝曰："错所穿非真庙垣，乃外堧垣，故他官居其中，且又我使为之，错无罪。"罢朝，嘉谓长史曰："吾悔不先斩错，乃先请之，为错所卖。"至舍，因呕血而死。谥为节侯。子共侯蔑代，三年卒。子侯去病代，三十一年卒。子侯臾代，六岁，坐为九江太守受故官送有罪，国除。

自申屠嘉死之后，景帝时开封侯陶青、桃侯刘舍为丞相。及今上时，柏至侯许昌、平棘侯薛泽、武强侯庄青翟、高陵侯赵周等为丞相。皆以列侯继嗣，娖娖廉谨[16]，为丞相，备员而已[17]，无所能发明功名有著于当世者。

太史公曰：张苍文学律历，为汉名相，而绌贾生、公孙臣等言正朔服色事而不遵，明用秦之《颛顼历》，何哉？周昌，木强人也。任敖以旧德用。申屠嘉可谓刚毅守节矣，然无术学，殆与萧、曹、陈平异矣。

孝武时丞相多甚，不记，莫录其行起居状略。且纪征和以来。

有车丞相，长陵人也，卒而有韦丞相代。

韦丞相贤者，鲁人也，以读书术为吏，至大鸿胪，有相工相之，当至丞相。有男四人，使相工相之，至第二子，其名玄成。相工曰："此子贵，当封。"韦丞相言曰："我即为丞相，有长子，是安从得之？"后竟为丞相，病死；而长子有罪论，不得嗣，而立玄成。玄成时佯狂，不肯立，竟立之，有让国之名。后坐骑至庙，不敬，有诏夺爵一级，为关内侯，失列侯，得食其故国邑。韦丞相卒，有魏丞相代。

魏丞相相者，济阴人也。以文吏至丞相。其人好武，皆令诸吏带剑，带剑前奏事。或有不带剑者，当入奏事，至乃借剑而敢入奏事。其时京兆尹赵君，丞相奏以免罪⑱，使人执魏丞相，欲求脱罪而不听。复使人胁恐魏丞相，以夫人贼杀侍婢事而私独奏请验之，发吏卒至丞相舍，捕奴婢笞击问之，实不以兵刃杀也。而丞相司直繁君奏京兆尹赵君迫胁丞相，诬以夫人贼杀婢，发吏卒围捕丞相舍，不道；又得擅屏骑士事，赵京兆坐要斩。又有使掾陈平等，劾中尚书，疑以独擅劫事而坐之，大不敬，长史以下皆坐死，或下蚕室。而魏丞相竟以丞相病死。子嗣。后坐骑至庙，不敬，有诏夺爵一级，为关内侯，失列侯，得食其故国邑。魏丞相卒，以御史大夫邴吉代。

邴丞相吉者，鲁国人也，以读书好法令至御史大夫。孝宣帝时，以有旧故，封为列侯，而因为丞相。明于事，有大智，后世称之。以丞相病死。子显嗣。后坐骑至庙，不敬，有诏夺爵一级，失列侯，得食故国邑。显为吏至太仆，坐官秏乱⑲，身及子男有奸赃，免为庶人。

邴丞相卒，黄丞相代。长安中有善相工田文者，与韦丞相、魏丞相、邴丞相微贱时会于客家，田文言曰："今此三君者，皆丞相也。"其后三人竟更相代为丞相，何见之明也！

黄丞相霸者，淮阳人也。以读书为吏，至颍川太守。治颍川，以礼义条教喻告化之。犯法者，风晓令自杀。化大行，名声闻。孝宣帝下制曰："颍川太守霸，以宣布诏令治民，道不拾遗，男女异路，狱中无重囚。赐爵关内侯，黄金百斤。"征为京兆尹而至丞相，复以礼义为治。以丞相病死。子嗣，后为列侯。黄丞相卒，以御史大夫于定国代。于丞相已有廷尉传，在《张廷尉》语中。于丞相去，御史夫韦玄成代。

韦丞相玄成者，即前韦丞相子也。代父，后失列侯。其人少时好读书，明于《诗》、《论语》。为吏至卫尉，徙为太子太傅。御史大夫薛君免，为御史大夫。于丞相乞骸骨免⑳，而为丞相。因封故邑为扶阳侯。数年，病死。孝元帝亲临丧，赐赏甚厚。子嗣后。其治容容㉑，随世俗浮沉，而见谓谄巧。而相工本谓之当为侯代父，而后失之；复自游宦而起，至丞相。父子俱为丞相，世间美之，岂不命哉！相工其先知之。韦丞相卒，御史大夫匡衡代。

丞相匡衡者，东海人也。好读书，从博士受《诗》。家贫，衡佣作以给食饮。才下，数射策不中㉒，至九，乃中丙科。其经以不中科故明习。补平原文学卒史。数年，郡不尊敬。御史征之，以补百石属，荐为郎，而补博士，拜为太子少傅，而事孝元帝。孝元好《诗》，而迁为光禄勋，居殿中为师，授教左右，而县官坐其旁听㉓，甚善之，日以尊贵。御史大夫郑弘坐事免，而匡君为御史大夫。岁余，韦丞相死，匡君代为丞相，封乐安侯。以十年之间，不出长安城门而至丞相，岂非遇时而命也哉！

太史公曰㉔：深惟士之游宦所以至封侯者微甚，然多至御史大夫即去者。诸为大夫而丞相次也，其心冀幸丞相物故也。或乃阴私相毁害，欲代之。然守之日久不得，或为之日少而得之，至于封侯，真命也夫！御史大夫郑君守之数年不得，匡君居之未满岁，而韦丞相死，即代之矣，岂可以智巧得哉！多有贤圣之才，困厄不得者众甚也。

①书：诗书。　　律：音律。　　历：历算。

②柱：殿柱。　　方书：天下四方的文书。

③质：通"锧"。执行死刑时用的砧板。

④瓠：葫芦。

⑤计相：主管财务的长官。

⑥燕：闲暇。

⑦备：担心。

⑧左迁：降职；贬秩。

⑨征：皇帝征召。

⑩抵：以职务抵罪。

⑪谨：恭敬；谨慎。

⑫材官蹶张：一种力大、勇敢的特种兵。

⑬队率：队长。

⑭第：仅管。

⑮埂（yuán，音元）：余地。

⑯娖娖（chù，音处）：小心拘谨的样子。

⑰备员：充数。

⑱免罪：当免职的罪名。

⑲耗：通"耗"。挥霍浪费。

⑳乞骸骨：申请退休。

㉑容容：敷衍的样子。

㉒射策：考试求官。

㉓县官：皇帝的代称。

㉔太史公：此为续作者假冒司马迁。前文自"太史公曰"语之后，为他人补记。

史记卷九十七

郦生陆贾列传第三十七

郦生食其者，陈留高阳人也。好读书，家贫落魄，无以为衣食业，为里监门吏。然县中贤豪不敢役，县中皆谓之狂生。及陈胜、项梁等起，诸将徇地过高阳者数十人，郦生闻其将皆握龊①，好苛礼自用②，不能听大度之言，郦生乃深自藏匿。后闻沛公将兵略地陈留郊，沛公麾下骑士适郦生里中子也③。沛公时时问邑中贤士豪俊。骑士归，郦生见，谓之曰："吾闻沛公慢而易人，多大略，此真吾所愿从游，莫为我先。若见沛公，谓曰：'臣里中有郦生，年六十余，长八尺，人皆谓之狂生，生自谓我非狂生'。"骑士曰："沛公不好儒，诸客冠儒冠来者，沛公辄解其冠，溲溺其中。与人言，常大骂。未可以儒生说也。"郦生曰："弟言之。"骑士从容言如郦生所诫者④。

沛公至高阳传舍，使人召郦生。郦生至，入谒⑤，沛公方倨床使两女子洗足⑥，而见郦生。郦生入，则长揖不拜，曰："足下欲助秦攻诸侯乎？且欲率诸侯破秦也？"沛公骂曰："竖儒！夫天下同苦秦久矣，故诸侯相率而攻秦，何谓助秦攻诸侯乎？"郦生曰："必聚徒合义兵诛无道秦，不宜倨见长者。"于是沛公辍洗，起，摄衣⑦，延郦生上坐⑧，谢之。郦生因言六国从横时。沛公喜，赐郦生食，问曰："计将安出？"郦生曰："足下起纠合之众，收散乱之兵，不满万人，欲以径入强秦，此所谓探虎口者也。夫陈留，天下之冲，四通五达之郊也，今其城又多积粟。臣善其令，请得使之，令下足下⑨。即不听，足下举兵攻之，臣为内应。"于是遣郦生行，沛公引兵随之，遂下陈留。号郦食其为广野君。

郦生言其弟郦商，使将数千人从沛公西南略地。郦生常为说客，驰使诸侯。

汉三年秋，项羽击汉，拔荥阳，汉兵遁，保巩、洛。楚人闻淮阴侯破赵，彭越数反梁地，则分兵救之。淮阴方东击齐，汉王数困荥阳、成皋，计欲捐成皋以东，屯巩、洛，以拒楚。郦生因曰："臣闻知天之天者⑩，王事可成；不知天之天者，王事不可成。王者以民人为天，而民人以食为天。夫敖仓，天下转输久矣，臣闻其下乃有藏粟甚多。楚人拔荥阳，不坚守敖仓，乃引而东，令適卒分守成皋⑪，此乃天所以资汉也。方今楚易取而汉反却，自夺其便，臣窃以为过矣。且两雄不俱立，楚、汉久相持不决，百姓骚动，海内摇荡，农夫释耒，工女下机，天下之心未有所定也。愿足下急复进兵，收取荥阳，据敖仓之粟，塞成皋之险，杜大行之道，距蜚狐之口，守白马之津，以示诸侯效实形制之势⑫，则天下知所归矣。方今燕、赵已定，唯齐未下。今田广据千里之齐，田间将二十万之众，军于历城，诸田宗强，负海阻河、济，南近楚，人多变诈，足下虽遣数十万师，未可以岁月破也。臣请得奉明诏说齐王，使为汉而称东藩。"上曰："善！"

乃从其画，复守敖仓，而使郦生说齐王曰："王知天下之所归乎？"王曰："不知也。"曰："王知天下之所归，则齐国可得而有也；若不知天下之所归，即齐国未可得保也。"齐王曰："天下何所归？"曰："归汉。"曰："先生何以言之？"曰："汉王与项王戮力西面击秦，约先入咸阳者王之。汉王先入咸阳，项王负约不与而王之汉中。项王迁杀义帝，汉王闻之，起蜀、汉之兵击三秦，出关而责义帝之处⑬，收天下之兵，立诸侯之后。降城即以侯其将，得赂即以分其士，与天下同其利，豪英贤才皆乐为之用。诸侯之兵四面而至，蜀、汉之粟方船而下⑭。项王有倍约之名，杀义帝之负⑮；于人之功无所记，于人之罪无所忘；战胜而不得其赏，拔城而不得其封；非项氏莫得用事；为人刻印，刓而不能授⑯；攻城得赂，积而不能赏。天下畔之，贤才怨之，而莫为之用。故天下之士归于汉王，可坐而策也。夫汉王发蜀、汉，定三秦；涉西河之外，援上党之兵⑰；下井陉，诛成安君；破北魏，举三十二城。此蚩尤之兵也，非人之力也，天之福也。今已据敖仓之粟，塞成皋之险，守白马之津，杜大行之阪⑱，距蜚狐之口，天下后服者先亡矣。王疾先下汉王，齐国社稷可得而保也；不下汉王，危亡可立而待也。"田广以为然，乃听郦生，罢历下兵守战备，与郦生日纵酒。

淮阴侯闻郦生伏轼下齐七十余城⑲，乃夜度兵平原袭齐，齐王田广闻汉兵至，以为郦生卖己，乃曰："汝能止汉军，我活汝；不然，我将亨汝！"郦生曰："举大事不细谨，盛德不辞让。而公不为若更言⑳！"齐王遂亨郦生，引兵东走。

汉十二年，曲周侯郦商以丞相将兵击黥布有功。高祖举列侯功臣，思郦食其。郦食其子疥数将兵，功未当侯，上以其父故，封疥为高梁侯。后更食武遂，嗣三世。元狩元年中，武遂侯平坐诈诏衡山王取百斤金，当弃市，病死，国除。

陆贾者，楚人也。以客从高祖定天下，名为有口辩士，居左右，常使诸侯。

及高祖时，中国初定，尉他平南越，因王之。高祖使陆贾赐尉他印，为南越王。陆生至，尉他魋结、箕倨见陆生㉑。陆生因进说他曰："足下中国人，亲戚昆弟坟墓在真定。今足下反天性，弃冠带，欲以区区之越与天子抗衡，为敌国，祸且及身矣。且夫秦失其政，诸侯豪杰并起，唯汉王先入关，据咸阳。项羽倍约，自立为西楚霸王，诸侯皆属，可谓至强。然汉王起巴、蜀，鞭笞天下，劫略诸侯，遂诛项羽灭之。五年之间海内平定，此非人力，天之所建也。天子闻君王王南越，不助天下诛暴逆，将相欲移兵而诛王，天子怜百姓新劳苦，故且休之，遣臣授君王印，剖符，通使。君王宜郊迎，北面称臣，乃欲以新造未集之越，屈强于此。汉诚闻之，掘烧王先人冢，夷灭宗族，使一偏将将十万众临越，则越杀王降汉，如反覆手耳。"

于是尉他乃蹶然起坐，谢陆生曰："居蛮夷中久，殊失礼义。"因问陆生曰："我孰与萧何、曹参、韩信贤？"陆生曰："王似贤。"复曰："我孰与皇帝贤？"陆生曰："皇帝起丰、沛，讨暴秦，诛强楚，为天下兴利除害，继五帝三王之业，统理中国，中国之人以亿计，地方万里，居天下之膏腴，人众车舆[22]，万物殷富，政由一家，自天地剖泮未始有也[23]。今王众不过数十万，皆蛮夷，崎岖山海间，譬若汉一郡，王何乃比于汉！"尉他大笑曰："吾不起中国，故王此。使我居中国，何渠不若汉？"乃大说陆生，留与饮数月。曰："越中无足与语，至生来，令我日闻所不闻。"赐陆生橐中装直千金，他送亦千金。陆生卒拜尉他为南越王，令称臣奉汉约。归报，高祖大悦，拜贾为太中大夫。

陆生时时前说称《诗》、《书》。高帝骂之曰："乃公居马上而得之，安事《诗》、《书》！"陆生曰："居马上得之，宁可以马上治之乎！且汤、武逆取而以顺守之，文武并用，长久之术也。昔者吴王夫差、智伯，极武而亡；秦任刑法不变，卒灭赵氏[24]。乡使秦已并天下，行仁义，法先圣，陛下安得而有之？"高帝不怿而有惭色，乃谓陆生曰："试为我著秦所以失天下，吾所以得之者何，及古成败之国。"陆生乃粗述存亡之征，凡著十二篇。每奏一篇，高帝未尝不称善，左右呼万岁，号其书曰"新语"。

孝惠帝时，吕太后用事，欲王诸吕，畏大臣有口者[25]。陆生自度不能争之，乃病免，家居。以好畤田地善，可以家焉。有五男，乃出所使越得橐中装，卖千金，分其子，子二百金，令为生产。陆生常安车驷马，从歌舞鼓琴瑟侍者十人，宝剑直百金，谓其子曰："与汝约：过汝，汝给吾人马酒食，极欲，十日而更。所死家，得宝剑车骑侍从者。一岁中往来过他客，率不过再[26]，三过，数见不鲜[27]，无久慁公为也[28]。"

吕太后时，王诸吕，诸吕擅权，欲劫少主，危刘氏。右丞相陈平患之，力不能争，恐祸及己，常燕居深念。陆生往请，直入坐，而陈丞相方深念，不时见陆生。陆生曰："何念之深也？"陈平曰："生揣我何念？"陆生曰："足下位为上相，食三万户侯，可谓极富贵无欲矣。然有忧念，不过患诸吕、少主耳。"陈平曰："然！为之奈何？"陆生曰："天下安，注意相；天下危，注意将。将相和调，则士务附；士务附，天下虽有变，即权不分。为社稷计，在两君掌握耳。臣常欲谓太尉绛侯，绛侯与我戏，易吾言。君何不交欢太尉，深相结？"为陈平画吕氏数事。陈平用其计，乃以五百金为绛侯寿，厚具乐饮；太尉亦报如之。此两人深相结，则吕氏谋益衰。陈平乃以奴婢百人，车马五十乘，钱五百万，遗陆生为饮食费。陆生以此游汉廷公卿间，名声藉甚。及诛诸吕，立孝文帝，陆生颇有力焉。

孝文帝即位，欲使人之南越，陈丞相等乃言陆生为太中大夫，往使尉他，令尉他去黄屋称制，令比诸侯，皆如意旨。语在《南越》语中。陆生竟以寿终。

平原君朱建者，楚人也。故尝为淮南王黥布相，有罪去，后复事黥布。布欲反时，问平原君，平原君非之，布不听而听梁父侯，遂反。汉已诛布，闻平原君谏，不与谋，得不诛。语在《黥布》语中。

平原君为人辩有口，刻廉刚直，家于长安。行不苟合，义不取容。辟阳侯行不正，得幸吕太后。时辟阳侯欲知平原君②，平原君不肯见。及平原君母死，陆生素与平原君善，过之。平原君家贫，未有以发丧，方假贷服具，陆生令平原君发丧。陆生往见辟阳侯，贺曰："平原君母死。"辟阳侯曰："平原君母死，何乃贺我乎?"陆贾曰："前日君侯欲知平原君，平原君义不知君，以其母故。今其母死，君诚厚送丧，则彼为君死矣。"辟阳侯乃奉百金往税③。列侯贵人以辟阳侯故，往税凡五百金。

辟阳侯幸吕太后，人或毁辟阳侯于孝惠帝，孝惠帝大怒，下吏，欲诛之。吕太后惭，不可以言。大臣多害辟阳侯行，欲遂诛之。辟阳侯急，因使人欲见平原君。平原君辞曰："狱急，不敢见君。"乃求见孝惠帝幸臣闳籍儒，说之曰："君所以得幸帝，天下莫不闻。今辟阳侯幸太后而下吏。道路皆言君谗，欲杀之，今日辟阳侯诛，旦日太后含怒，亦诛君，何不肉袒为辟阳侯言于帝?帝听君出辟阳侯，太后大欢，两主共幸君，君贵富益倍矣。"于是闳籍儒大恐，从其计，言帝，果出辟阳侯。辟阳侯之囚，欲见平原君，平原君不见辟阳侯，辟阳侯以为倍己，大怒。及其成功出之，乃大惊。

吕太后崩，大臣诛诸吕，辟阳侯于诸吕至深，而卒不诛，计画所以全者，皆陆生、平原君之力也。孝文帝时，淮南厉王杀辟阳侯，以诸吕故。文帝闻其客平原君为计策，使吏捕欲治。闻吏至门，平原君欲自杀，诸子及吏皆曰："事未可知，何早自杀为?"平原君曰："我死祸绝，不及而身矣。"遂自刭。孝文帝闻而惜之，曰："吾无意杀之。"乃召其子，拜为中大夫。使匈奴，单于无礼，乃骂单于，遂死匈奴中。

初，沛公引兵过陈留，郦生踵军门上谒曰："高阳贱民郦食其，窃闻沛公暴露③，将兵助楚讨不义，敬劳从者，愿得望见，口画天下便事。"使者入通，沛公方洗，问使者曰："何如人也?"使者对曰："状貌类大儒，衣儒衣，冠侧注②。"沛公曰："为我谢之，言我方以天下为事，未暇见儒人也。"使者出，谢曰："沛公敬谢先生，方以天下为事，未暇见儒人也。"郦生瞋目案剑叱使者曰："走!复入言沛公，吾高阳酒徒也，非儒人也。"使者惧而失谒，跪拾谒，还走，复入报曰："客，天下壮士也，叱臣，臣恐，至失谒。曰'走!复入言，而公高阳酒徒也'。"沛公遽雪足杖矛曰③："延客入!"郦生入，揖沛公曰："足下甚苦，暴衣露冠，将兵助楚讨不义，足下何不自喜也?臣愿以事见，而曰：'吾方以天下为事，未暇见儒人也。'夫足下欲兴天下之大事而成天下之大功，而以目皮相，恐失天下之能士。且吾度足下之智不如吾，勇又不如吾。若欲就天下而不相见，窃为足下失之。"沛公谢曰："乡者闻先生之容。今见先生之意矣。"乃延而坐之，问所以取天下者。郦生曰："夫足下欲成大功，不如止陈留。陈留者，天下之据冲也，兵之会地也，积粟数千万石，城守甚坚。臣素善其令，愿为足下说之。不听臣，臣请为足下杀之，而下陈留。足下将陈留之众，据陈留之城，而食其积粟，招天下之从兵④；从兵已成，足下横行天下，莫能有害足下者矣。"沛公曰："敬闻命矣!"

于是郦生乃夜见陈留令，说之曰："夫秦为无道而天下畔之，今足下与天下从则可以成大功。今独为亡秦婴城而坚守⑤，臣窃为足下危之。"陈留令曰："秦法至重也，不可以妄言，妄言者无类，吾不可以应。先生所以教臣者，非臣之意也，愿勿复道。"郦生留宿卧，夜半时斩陈留令首，逾城而下，报沛公。沛公引兵攻城，县令首于长竿以示城上人③，曰："趣下，而令头已断矣!今后下者必先斩之!"于是陈留人见令已死，遂相率而下沛公。沛公舍陈留南城门上，因其库兵，食积粟，留，出入三月，从兵以万数，遂入破秦。

太史公曰：世之传郦生书，多曰汉王已拔三秦，东击项籍而引军于巩、洛之间，郦生被儒衣往说汉王，乃非也。自沛公未入关，与项羽别而至高阳，得郦生兄弟。余读陆生《新语书》十二篇，固当世之辩士。至平原君子与余善，是以得具论之。

①握齪（chuò，音辍）：器量小。

②苛礼：苛繁的礼节。

③适：恰好。

④从容：找机会。

⑤入谒：递入自己的名片。

⑥倨：坐。

⑦摄：整理。

⑧延：请。

⑨下：投降。

⑩天之天：指粮食。

⑪適卒：因罪而被征发的士卒。適，通"谪"。

⑫效实：注重实效。

⑬处：处所。

⑭方：并列。

⑮负：罪行；罪名。

⑯刓：通"玩"。玩弄。

⑰援：征发；征调。

⑱阪：阪道。

⑲伏轼：乘车四处为说客。

⑳而：你的。

㉑魋结：挽发于项，像锥一样。魋，通"锥"。

㉒輂：通"舆"。

㉓泮：分开；散开。

㉔赵氏：指秦朝。秦姓嬴，与赵姓同出一祖。

㉕口：据理力争。

㉖率：大概。

㉗不鲜：不新鲜。

㉘愿（hùn，音混）：污辱。

㉙知：结交。

㉚税：遇丧葬而送的礼物。

㉛暴露：暴露于野，风吹雨淋。

㉜侧注：当时儒者所戴的帽子。

㉝雪：揩拭。

㉞从兵：愿意随从的军队。

㉟婴：绕。

㊱县：通"悬"。

史记卷九十八

傅靳蒯成列传第三十八

阳陵侯傅宽，以魏五大夫骑将从，为舍人，起横阳。从攻安阳、杠里，击赵贲军于开封，及击杨熊曲遇、阳武，斩首十二级，赐爵卿。从至霸上。沛公立为汉王，汉王赐宽封号共德君。从入汉中，迁为右骑将。从定三秦，赐食邑雕阴。从击项籍，待怀，赐爵通德侯。从击项冠、周兰、龙且，所将卒斩骑将一人敖下，益食邑。属淮阴，击破齐历下军，击田解。属相国参，残博，益食邑。因定齐地，剖符世世勿绝，封为阳陵侯，二千六百户，除前所食。为齐右丞相，备齐。五岁为齐相国。

四月，击陈豨，属太尉勃，以相国代丞相哙击豨，一月，徙为代相国，将屯①。二岁，为代丞相，将屯。

孝惠五年卒，谥为景侯。子顷侯精立，二十四年卒。子共侯则立，十二年卒。子侯偃立，三十一年，坐与淮南王谋反，死，国除。

信武侯靳歙，以中涓从，起宛朐，攻济阳。破李由军。击秦军亳南、开封东北，斩骑千人将一人，首五十七级，捕虏七十三人，赐爵封号临平君。又战蓝田北，斩车司马二人，骑长一人，首二十八级，捕虏五十七人。至霸上。沛公立为汉王，赐歙爵建武侯，迁为骑都尉。

从定三秦。别西击章平军于陇西，破之，定陇西六县，所将卒斩车司马、候各四人，骑长十二人。从东击楚，至彭城。汉军败，还保雍丘，去击反者王武等。略梁地，别将击邢说军菑南，破之，身得说都尉二人，司马、候十二人，降吏卒四千一百八十人。破楚军荥阳东。三年，赐食邑四千二百户。

别之河内，击赵将贲郝军朝歌，破之，所将卒得骑将二人，车马二百五十四。从攻安阳以东，至棘蒲，下七县。别攻破赵军，得其将司马二人，候四人，降吏卒二千四百人，从攻下邯郸。别下平阳，身斩守相，所将卒斩兵守、郡守各一人，降邺。从攻朝歌、邯郸，及别击破赵军，降邯郸郡六县。还军敖仓，破项籍军成皋南，击绝楚饷道，起荥阳至襄邑，破项冠军鲁下。略地东至缯、郯、下邳，南至蕲、竹邑。击项悍济阳下。还击项籍陈下，破之。别定江陵，降江陵柱国、大司马以下八人，身得江陵王，生致之洛阳，因定南郡。从至陈，取楚王信。剖符世世勿绝，定食四千六百户，号信武侯。

以骑都尉从击代，攻韩信平城下，还军东垣。有功，迁为车骑将军，并将梁、赵、齐、燕、楚车骑。别击陈豨丞相敞，破之，因降曲逆。从击黥布有功，益封，定食五千三百户。凡斩首九十级，虏百三十二人；别破军十四，降城五十九，定郡、国各一，县二十三；得王、柱国各一人，二千石以下至五百石三十九人。

高后五年，歙卒，谥为肃侯，子亭代侯。二十一年，坐事国人过律②，孝文后三年，夺侯，国除。

　　蒯成侯緤者，沛人也，姓周氏。常为高祖参乘，以舍人从起沛。至霸上，西入蜀、汉，还定三秦，食邑池阳。东绝甬道，从出度平阴，遇淮阴侯兵襄国，军乍利乍不利，终无离上心。以緤为信武侯，食邑三千三百户。高祖十二年，以緤为蒯成侯，除前所食邑。上欲自击陈豨，蒯成侯泣曰："始秦攻破天下，未尝自行。今上常自行，是为无人可使者乎？"上以为"爱我"，赐入殿门不趋，杀人不死。

　　至孝文五年，緤以寿终，谥为贞侯。子昌代侯，有罪，国除。至孝景中二年，封緤子居代侯。至元鼎三年，居为太常，有罪，国除。

　　太史公曰："阳陵侯傅宽、信武侯靳歙皆高爵，从高祖起山东，攻项籍，诛杀名将，破军降城以十数，未尝困辱，此亦天授也。蒯成侯周緤操心坚正，身不见疑，上欲有所之，未尝不垂涕，此有伤心者然，可谓笃厚君子矣。

---

　　①将屯：领兵驻边。
　　②坐：坐罪。　　事：役使。

史记卷九十九

刘敬叔孙通列传第三十九

　　刘敬者，齐人也。汉五年，戍陇西，过洛阳，高帝在焉。娄敬脱挽辂①，衣其羊裘，见齐人虞将军曰："臣愿见上言便事②。"虞将军欲与之鲜衣③，娄敬曰："臣衣帛，衣帛见；衣褐，衣褐见。终不敢易衣。"于是虞将军入言上。上召入见，赐食。

　　已而问娄敬，娄敬说曰："陛下都洛阳，岂欲与周室比隆哉？"上曰："然！"娄敬曰："陛下取天下与周室异。周之先自后稷，尧封之邰，积德累善十有余世。公刘避桀居豳。太王以狄伐故去豳，杖马箠居岐④，国人争随之。及文王为西伯，断虞、芮之讼，始受命，吕望、伯夷自海滨来归之。武王伐纣，不期而会孟津之上八百诸侯，皆曰纣可伐矣，遂灭殷。成王即位，周公之属傅相焉，乃营成周洛邑，以此为天下之中也。诸侯四方纳贡职，道里均矣。有德则易以王，无德则易以亡。凡居此者，欲令周务以德致人，不欲依阻险，令后世骄奢以虐民也。及周之盛时，天下和洽，四夷乡风慕义，怀德附离⑤，而并事天子。不屯一卒，不战一士，八夷大国之民莫不宾服，效其贡职。及周之衰也，分而为两，天下莫朝，周不能制也。非其德薄也，而形势弱也。今陛下起丰、沛，收卒三千人，以之径往而卷蜀、汉，定三秦，与项羽战荥阳，争成皋之口，大战七十，小战四十，使天下之民肝脑涂地，父子暴骨中野，不可胜数。哭泣之声未绝，伤痍者未起，而欲比隆于成、康之时，臣窃以为不侔也⑥。且夫秦地被山带河，四塞以为固，卒然有急，百万之众可具也。因秦之故，资甚美膏腴之地，此所谓天府者也。陛下入关而都之，山东虽乱，秦之故地可全而有也。夫与人斗，不搤其亢、拊其背⑦，未能全其胜也。今陛下入关而都，案秦之故地，此亦搤天下之亢而拊其背也。"高帝问群臣，群臣皆山东人，争言周王数百年，秦二世即亡，不如都周。上疑未能决。及留侯明言入关便，即日车驾西都关中。于是上曰："本言都秦地者娄敬，'娄'者乃'刘'也。"赐姓刘氏，拜为郎中，号为奉春君。

汉七年，韩王信反，高帝自往击之。至晋阳，闻信与匈奴欲共击汉，上大怒，使人使凶奴。匈奴匿其壮士、肥牛马，但见老弱及羸畜。使者十辈来，皆言匈奴可击。上使刘敬复往使匈奴，还报曰："两国相击，此宜夸矜见所长⑧。今臣往，徒见羸瘠老弱，此必欲见短，伏奇兵以争利。愚以为匈奴不可击也。"是时汉兵已逾句注，二十余万兵已业行。上怒，骂刘敬曰："齐虏！以口舌得官，今乃妄言沮吾军！"械系敬广武。遂往，至平城，匈奴果出奇兵围高帝白登，七日然后得解。高帝至广武，赦敬，曰："吾不用公言，以困平城。吾皆已斩前使十辈言可击者矣。"乃封敬二千户，为关内侯，号为建信侯。

高帝罢平城归，韩王信亡入胡。当是时，冒顿为单于，兵强，控弦三十万，数苦北边。上患之，问刘敬。刘敬曰："天下初定，士卒罢于兵，未可以武服也。冒顿杀父代立，妻群母，以力为威，未可以仁义说也。独可以计久远子孙为臣耳，然恐陛下不能为。"上曰："诚可，何为不能！顾为奈何？"刘敬对曰："陛下诚能以適长公主妻之，厚奉遗之，彼知汉適女，送厚，蛮夷必慕以为阏氏，生子必为太子，代单于。何者？贪汉重币。陛下以岁时汉所余彼所鲜数问遗，因使辩士风谕以礼节。冒顿在，固为子婿；死，则外孙为单于。岂尝闻外孙敢与大父抗礼者哉？兵可无战以渐臣也⑨。若陛下不能遣长公主，而令宗室及后宫诈称公主，彼亦知，不肯贵近，无益也。"高帝曰："善！"欲遣长公主。吕后日夜泣，曰："妾唯太子、一女，奈何弃之匈奴？"上竟不能遣长公主，而取家人子名为长公主，妻单于。使刘敬往结和亲约。

刘敬从匈奴来，因言："匈奴河南白羊、楼烦王，去长安近者七百里，轻骑一日一夜可以至秦中。秦中新破，少民，地肥饶，可益实。夫诸侯初起时，非齐诸田，楚昭、屈、景莫能兴。今陛下虽都关中，实少人。北近胡寇，东有六国之族，宗强，一日有变，陛下亦未得高枕而卧也。臣愿陛下徙齐诸田，楚昭、屈、景，燕、赵、韩、魏后，及豪杰名家居关中。无事，可以备胡；诸侯有变，亦足率以东伐。此强本弱末之术也。"上曰："善！"乃使刘敬徙所言关中十余万口。

叔孙通者，薛人也。秦时以文学征，待诏博士。数岁，陈胜起山东，使者以闻，二世召博士诸儒生问曰："楚戍卒攻蕲入陈，于公如何？"博士诸生三十余人前曰："人臣无将⑩，将即反，罪死无赦。愿陛下急发兵击之。"二世怒，作色。叔孙通前曰："诸生言皆非也。夫天下合为一家，毁郡县城，铄其兵，示天下不复用。且明主在其上，法令具于下，使人人奉职，四方辐辏，安敢有反者！此特群盗鼠窃狗盗耳，何足置之齿牙间！郡守尉今捕论，何足忧！"二世喜曰："善！"尽问诸生，诸生或言反，或言盗。于是二世乃御史案诸生言反者下吏，非所宜言。诸言盗者皆罢之。乃赐叔孙通帛二十匹，衣一袭，拜为博士。叔孙通已出宫，反舍，诸生曰："先生何言之谀也？"通曰："公不知也，我几不脱于虎口！"乃亡去，之薛，薛已降楚矣。及项梁之薛，叔孙通从之。败于定陶，从怀王。怀王为义帝，徙长沙，叔孙通留事项王。汉二年，汉王从五诸侯入彭城，叔孙通降汉王。汉王败而西，因竟从汉。

叔孙通儒服，汉王憎之；乃变其服，服短衣，楚制，汉王喜。叔孙通之降汉，从儒生弟子百余人，然通无所言进，专言诸故群盗壮士进之。弟子皆窃骂曰："事先生数岁，幸得从降汉，今不能进臣等，专言大猾，何也？"叔孙通闻之，乃谓曰："汉王方蒙矢石争天下，诸生宁能斗乎？故先言斩将搴旗之士。诸生且待我，我不忘矣。"汉王拜叔孙通为博士，号稷嗣君。

汉五年，已并天下，诸侯共尊汉王为皇帝于定陶，叔孙通就其仪号⑪，高帝悉去秦苛仪法，为简易。群臣饮酒争功，醉或妄呼，拔剑击柱，高帝患之。叔孙通知上益厌之也。说上曰："夫儒者难与进取，可与守成。臣愿征鲁诸生，与臣弟子共起朝仪。"高帝曰："得无难乎？"叔孙通曰："五帝异乐，三王不同礼。礼者，因时世人情为之节文者也。故夏、殷、周之礼所因损益可知者，谓不相复也。臣愿颇采古礼与秦仪杂就之。"上曰："可试为之。令易知，度吾所能行为之。"

于是叔孙通使征鲁诸生三十余人。鲁有两生不肯行，曰："公所事者且十主，皆面谀以得亲贵。今天下初定，死者未葬，伤者未起，又欲起礼乐。礼乐所由起，积德百年而后可兴也。吾不忍为公所为。公所为不合古，吾不行。公往矣，无污我！"叔孙通笑曰："若真鄙儒也，不知时变。"

遂与所征三十人西，及上左右为学者与其弟子百余人为绵蕞野外⑫。习之月余，叔孙通曰："上可试观。"上既观，使行礼，曰："吾能为此。"乃令群臣习肄⑬。会十月。

汉七年，长乐宫成，诸侯群臣皆朝十月。仪：先平明，谒者治礼，引以次入殿门，廷中陈车骑步卒卫宫，设兵张旗志。传言"趋"。殿下郎中侠陛，陛数百人。功臣列侯诸将军军吏以次陈西方，东乡；文官丞相以下陈东方，西乡。大行设九宾，胪传。于是皇帝辇出房，百官执职传警。引诸侯王以下至吏六百石以次奉贺，自诸侯王以下莫不振恐肃敬。至礼毕，复置法酒。诸侍坐殿上皆伏抑首，以尊卑次起上寿。觞九行⑭，谒者言"罢酒"。御史执法举不如仪者辄引去。竟朝置酒，无敢谨哗失礼者。于是高帝曰："吾乃今日知为皇帝之贵也。"乃拜叔孙通为太常，赐金五百斤。叔孙通因进曰："诸弟子儒生随臣久矣，与臣共为仪，愿陛下官之。"高帝悉以为郎。叔孙通出，皆以五百斤金赐诸生。诸生乃皆喜曰："叔孙生诚圣人也，知当世之要务。"

汉九年，高帝徙叔孙通为太子太傅。汉十二年，高祖欲以赵王如意易太子，叔孙通谏上曰："昔者晋献公以骊姬之故废太子，立奚齐，晋国乱者数十年，为天下笑。秦以不早定扶苏，令赵高得以诈立胡亥，自使灭祀，此陛下所亲见。今太子仁孝，天下皆闻之；吕后与陛下攻苦食啖⑮，其可背哉！陛下必欲废適而立少，臣愿先伏诛，以颈血污地。"高帝曰："公罢矣，吾直戏耳⑯。"叔孙通曰："太子天下本，本一摇，天下振动，奈何以天下为戏？"高帝曰："吾听公言。"及上置酒，见留侯所招客从太子入见，上乃遂无易太子志矣。

高帝崩，孝惠即位，乃谓叔孙生曰："先帝园陵寝庙，群臣莫习。"徙为太常，定宗庙仪法，及稍定汉诸仪法，皆叔孙生为太常所论著也。

孝惠帝为东朝长乐宫，及间往，数跸烦人⑰，乃作复道⑱，方筑武库南，叔孙生奏事，因请间曰⑲："陛下何自筑复道高寝，衣冠月出游高庙？高庙，汉太祖，奈何令后世子孙乘宗庙道上行哉？"孝惠帝大惧，曰"急坏之。"叔孙生曰："人主无过举，今已作，百姓皆知之，今坏此，则示有过举。愿陛下为原庙渭北⑳，衣冠月出游之，益广多宗庙，大孝之本也。"上乃诏有司立原庙。原庙起，以复道故。

孝惠帝曾春出游离宫，叔孙生曰："古者有春尝果，方今樱桃孰，可献，愿陛下出，因取樱桃献宗庙。"上乃许之。诸果献由此兴。

太史公曰：语曰"千金之裘，非一狐之腋也；台榭之榱，非一木之枝也；三代之际，非一士之智也"。信哉！夫高祖起微细，定海内，谋计用兵，可谓尽之矣。然而刘敬脱挽辂一说，建万世之安，智岂可专邪！叔孙通希世度务㉑，制礼进退，与时变化，卒为汉家儒宗。"大直若诎，道固委蛇"，盖谓是乎？

①挽辂：拉车。辂，车辕上供人牵拉的横木。

②便事：有利于国家的事。

③鲜衣：漂亮的衣服。

④杖马箠：策马而行。箠，马鞭。

⑤附离：使不归顺者转而依附。

⑥不侔：不相等。

⑦亢：通"吭"。咽喉。　　拊：击打。

⑧夸矜：夸耀。　　见：表现；显现。

⑨臣：臣服。

⑩将：图谋叛乱。

⑪就：制定。

⑫绵：牵拉绳索以表示演礼位置。　　蕝（zuì，音最）：演习时树立起的表示尊卑位次的扎束茅草。

⑬习肄：学习；练习。

⑭觞：敬酒。

⑮唊：清淡。

⑯直：只是。

⑰跸：清道。

⑱复道：架空的通道。

⑲间：空隙。

⑳原：别的；另。

㉑希世：迎合世俗。　　度：考虑。

史记卷一百

季布栾布列传第四十

　　季布者，楚人也。为气任侠①，有名于楚。项籍使将兵，数窘汉王。乃项羽灭，高祖购求布千金：敢有舍匿，罪及三族。季布匿濮阳周氏，周氏曰："汉购将军急，迹且至臣家②，将军能听臣，臣敢献计；即不能，愿先自刭。"季布许之。乃髡钳季布，衣褐衣，置广柳车中③，并与其家僮数十人，之鲁朱家所卖之。朱家心知是季布，乃买而置之田，诫其子曰："田事听此奴，必与同食。"朱家乃乘轺车之洛阳，见汝阴侯滕公。滕公留朱家饮数日，因谓滕公曰："季布何大罪，而上求之急也？"滕公曰："布数为项羽窘上，上怨之，故必欲得之。"朱家曰："君视季布何如人也？"曰："贤者也。"朱家曰："臣各为其主用，季布为项籍用，职耳。项氏臣可尽诛邪？今上始得天下，独以己之私怨求一人，何示天下之不广也！且以季布之贤而汉求之急如此，此不北走胡即南走越耳。夫忌壮士以资敌国，此伍子胥所以鞭荆平王之墓也。君何不从容为上言邪？"汝阴侯滕公心知朱家大侠，意季布匿其所④，乃许曰："诺。"待间⑤，果言如朱家指⑥。上乃赦季布。当是时，诸公皆多季布能摧刚为柔。朱家亦以此名闻当世。

　　季布召见，谢⑦，上拜为郎中。孝惠时，为中郎将。单于尝为书嫚吕后⑧，不逊，吕后大怒，召诸将议之。上将军樊哙曰："臣愿得十万众，横行匈奴中。"诸将皆阿吕后意⑨，曰："然。"季布曰："樊哙可斩也！夫高帝将兵四十余万众，困于平城，今哙奈何以十万众横行匈奴中？面欺⑩！且秦以事于胡⑪，陈胜等起。于今创痍未瘳，哙又面谀，欲摇动天下。"是时殿上皆恐，太后罢朝，遂不复议击匈奴事。

季布为河东守，孝文时，人有言其贤者，孝文召，欲以为御史大夫。复有言其勇，使酒难近。至，留邸一月，见罢。季布因进曰："臣无功窃宠，待罪河东。陛下无故召臣，此人必有以臣欺陛下者。今臣至，无所受事，罢去，此人必有以毁臣者。夫陛下以一人之誉而召臣，一人之毁而去臣，臣恐天下有识闻之有以窥陛下也。"上默然惭，良久曰："河东吾股肱郡，故特召君耳。"布辞，之官。

楚人曹丘生，辩士，数招权顾金钱，事贵人赵同等，与窦长君善。季布闻之，寄书谏窦长君曰："吾闻曹丘生非长者，勿与通。"及曹丘生归，欲得书请季布⑫。窦长君曰："季将军不说足下，足下无往。"固请书，遂行。使人先发书，季布果大怒，待曹丘。曹丘至，即揖季布曰⑬："楚人谚曰'得黄金百，不如得季布一诺'，足下何以得此声于梁、楚间哉？且仆，楚人，足下亦楚人也。仆游扬足下之名于天下，顾不重邪⑭？何足下距仆之深也！"季布乃大说，引入，留数月，为上客，厚送之。季布名所以益闻者，曹丘扬之也。

季布弟季心，气盖关中，遇人恭谨，为任侠，方数千里，士皆争为之死。尝杀人，亡之吴，从袁丝匿。长事袁丝，弟畜灌夫、籍福之属。尝为中司马，中尉郅都不敢不加礼。少年多时时窃籍其名以行。当是时，季心以勇，布以诺，著闻关中。

季布母弟丁公，为楚将。丁公为项羽逐窘高祖彭城西，短兵接，高祖急，顾丁公曰："两贤岂相厄哉！"于是丁公引兵而还，汉王遂解去。及项王灭，丁公谒见高祖。高祖以丁公徇军中，曰："丁公为项王臣不忠，使项王失天下者，乃丁公也。"遂斩丁公，曰："使后世为人臣者无效丁公！"

栾布者，梁人也。始梁王彭越为家人时⑮，尝与布游。穷困，赁佣于齐，为酒人保。数岁，彭越去，之巨野中为盗，而布为人所略卖，为奴于燕。为其家主报仇，燕将臧荼举以为都尉。臧荼后为燕王，以布为将。及臧荼反，汉击燕，虏布。梁王彭越闻之，乃言上，请赎布以为梁大夫。

使于齐，未还，汉召彭越，责以谋反，夷三族。已而枭彭越头于洛阳下，诏曰："有敢收视者，辄捕之。"布从齐还，奏事彭越头下，祠而哭之。吏捕布以闻。上召布，骂曰："若与彭越反邪？吾禁人勿收，若独祠而哭之，与越反明矣。趣亨之。"方提趣汤，布顾曰："愿一言而死。"上曰："何言？"布曰："方上之困于彭城，败荥阳、成皋间，项王所以不能西，徒以彭王居梁地，与汉合从苦楚也。当是之时，彭王一顾，与楚则汉破，与汉而楚破。且垓下之会，微彭王，项氏不亡。天下已定，彭王剖符受封，亦欲传之万世。今陛下一征兵于梁，彭王病不行，而陛下疑以为反，反形未见，以苛小案诛灭之，臣恐功臣人人自危也。今彭王已死，臣生不如死，请就亨。"于是上乃释布罪，拜为都尉。

孝文时，为燕相，至将军。布乃称曰："穷困不能辱身下志，非人也；富贵不能快意，非贤也。"于是尝有德者厚报之，有怨者必以法灭之。吴楚反时，以军功封俞侯，复为燕相。燕、齐之间皆为栾布立社⑯，号曰栾公社。景帝中五年薨。子贲嗣，为太常，牺牲不如令，国除。

太史公曰：以项羽之气，而季布以勇显于楚，身屦军搴旗者数矣⑰，可谓壮士。然至被刑戮，为人奴而不死，何其下也！彼必自负其材，故受辱而不羞，欲有所用其未足也，故终为汉名将。贤者诚重其死。夫婢妾贱人感慨而自杀者，非能勇也，其计画无复之耳。栾布哭彭越，趣汤如归者，彼诚知所处，不自重其死。虽往古烈士，何以加哉⑱！

---

① 为气：好逞意气。　　任侠：爱打抱不平。

② 迹：跟踪；追踪。

③ 广柳车：运货车。轴距略长于普通乘车。一说为丧车，拉棺材之用。

④ 意：估计；猜想。

⑤ 待间：等待机会。

⑥ 指：想法；意图。

⑦ 谢：谢罪。

⑧ 嫚：侮辱；羞辱。

⑨ 阿：迎奉。

⑩ 面欺：当众撒谎。

⑪ 事：用兵；进攻。

⑫ 请：拜访；进见。

⑬ 揖：古代拱手之礼。言不卑不亢。

⑭ 重：力量；份量。

⑮ 家人：平民；庶人。

⑯ 社：祠庙。

⑰ 屦（jù，音巨）军：战胜敌军。屦，践踏。　　搴：拔。

⑱ 加：胜过；超过。

史记卷一百一

袁盎晁错列传第四十一

袁盎者，楚人也，字丝。父故为群盗，徙处安陵。高后时，盎尝为吕禄舍人。及孝文帝即位，盎兄哙任盎为中郎。

绛侯为丞相，朝罢趋出，意得甚。上礼之恭，常自送之。袁盎进曰："陛下以丞相何如人？"上曰："社稷臣。"盎曰："绛侯所谓功臣，非社稷臣。社稷臣主在与在，主亡与亡。方吕后时，诸吕用事，擅相王，刘氏不绝如带。是时绛侯为太尉，主兵柄，弗能正。吕后崩，大臣相与共畔诸吕，太尉主兵，适会其成功，所谓功臣，非社稷臣。丞相如有骄主色，陛下谦让，臣主失礼，窃为陛下不取也。"后朝，上益庄①，丞相益畏。已而绛侯望袁盎曰："吾与而兄善，今儿廷毁我！"盎遂不谢。

及绛侯免相，之国，国人上书告以为反，征系清室②，宗室诸公莫敢为言，唯袁盎明绛侯无罪。绛侯得释，盎颇有力。绛侯乃大与盎结交。

淮南厉王朝，杀辟阳侯，居处骄甚。袁盎谏曰："诸侯大骄必生患，可適削地③。"上弗用。淮南王益横。及棘蒲侯柴武太子谋反事觉，治，连淮南王。淮南王征，上因迁之蜀，轞车传送④。袁盎时为中郎将，乃谏曰："陛下素骄淮南王，弗稍禁，以至此，今又暴摧折之。淮南王为人刚，如有遇雾露，行道死，陛下竟为以天下之大弗能容，有杀弟之名，奈何？"上弗听，遂行之。

淮南王至雍病死，闻，上辍食，哭甚哀。盎入，顿首请罪。上曰："以不用公言至此。"盎曰："上自宽，此往事，岂可悔哉！且陛下有高世之行者三，此不足以毁名。"上曰："吾高世行三者何事？"盎曰："陛下居代时，太后尝病，三年，陛下不交睫，不解衣，汤药非陛下口所尝弗进。夫曾参以布衣犹难之，今陛下亲以王者修之，过曾参孝远矣。夫诸吕用事，大臣专制，然陛下从代乘六乘传驰不测之渊，虽贲、育之勇不及陛下。陛下至代邸，西向让天子位者再，南面让天子位者三。夫许由一让，而陛下五以天下让，过许由四矣。且陛下迁淮南王，欲以苦其志，使改过，有司卫不谨，故病死。"于是上乃解⑤，曰："将奈何？"盎曰："淮南王有三子，唯在陛下耳。"于是文帝立其三子皆为王。盎由此名重朝廷。

袁盎常引大体慷慨。宦者赵同以数幸，常害袁盎，袁盎患之。盎兄子种为常侍骑，持节夹乘⑥，说盎曰："君与斗，廷辱之，使其毁不用。"孝文帝出，赵同参乘，袁盎伏车前曰："臣闻天子所与共六尺舆者，皆天下豪英。今汉虽乏人，陛下独奈何与刀锯余人载！"于是上笑，下赵同。赵同泣下车。

文帝从霸陵上，欲西驰下峻阪。袁盎骑，并车揽辔。上曰："将军怯邪？"盎曰："臣闻千金之子坐不垂堂⑦，百金之子不骑衡⑧，圣主不乘危而徼幸⑨。今陛下骋六骓⑩，驰下峻山，如有马惊车败，陛下纵自轻，奈高庙、太后何？"上乃止。

上幸上林，皇后、慎夫人从。其在禁中，常同席坐。及坐，郎署长布席，袁盎引却慎夫人坐⑪。慎夫人怒，不肯坐。上亦怒，起，入禁中。盎因前说曰："臣闻尊卑有序则上下和。今陛下既已立后，慎夫人乃妾，妾主岂可与同坐哉！适所以失尊卑矣。且陛下幸之，即厚赐之。陛下所以为慎夫人，适所以祸之，陛下独不见'人彘'乎⑫？"于是上乃说，召语慎夫人，慎夫人赐盎金五十斤。

然袁盎亦以数直谏，不得久居中。调为陇西都尉，仁爱士卒，士卒皆争为死。迁为齐相。徙为吴相，辞行，种谓盎曰："吴王骄日久，国多奸。今苟欲劾治⑬，彼不上书告君，即利剑刺君矣。南方卑湿，君能日饮，毋何，时说王曰'毋反'而已。如此幸得脱。"盎用种之计，吴王厚遇盎。

盎告归，道逢丞相申屠嘉。下车拜谒，丞相从车上谢袁盎。袁盎还，愧其吏，乃之丞相舍上谒，求见丞相。丞相良久而见之。盎因跪曰："愿请间⑭。"丞相曰："使君所言公事，之曹与长史掾议⑮，吾且奏之；即私邪，吾不受私语。"袁盎即跪说曰："君为丞相，自度孰与陈平、绛侯？"丞相曰："吾不如。"袁盎曰："善！君即自谓不如。夫陈平、绛侯辅翼高帝，定天下，为将相，而诛诸吕，存刘氏；君乃为材官蹶张，迁为队率⑯，积功至淮阳守，非有奇计攻城野战之功。且陛下从代来，每朝，郎官上书疏，未尝不止辇受其言。言不可用，置之；言可受，采之。未尝不称善。何也？则欲以致天下贤士大夫。上日闻所不闻，明所不知，日益圣智。君今自闭钳天下之口而日益愚。夫以圣主责愚相，君受祸不久矣。"丞相乃再拜曰："嘉，鄙野人，乃不知，将军幸教。"引入与坐，为上客。

盎素不好晁错，晁错所居坐，盎去；盎坐，错亦去，两人未尝同堂语。及孝文帝崩，孝景帝即位，晁错为御史大夫，使吏案袁盎受吴王财物，抵罪⑰。诏赦以为庶人。

吴、楚反闻，晁错谓丞史曰："夫袁盎多受吴王金钱，专为蔽匿，言不反。今果反，欲请治盎宜知计谋。"丞史曰："事未发，治之有绝⑱。今兵西乡，治之何益！且袁盎不宜有谋。"晁错犹与未决⑲。人有告袁盎者，袁盎恐，夜见窦婴，为言吴所以反者，愿至上前口对状。窦婴入言上，上乃召袁盎入见。晁错在前，及盎请辟人赐间，错去，固恨甚。袁盎具言吴所以反状，以错故，独急斩错以谢吴，吴兵乃可罢。其语具在《吴事》中。使袁盎为太常，窦婴为大将军。两人素相与善。逮吴反，诸陵长者、长安中贤大夫争附两人⑳，车随者日数百乘。

及晁错已诛，袁盎以太常使吴。吴王欲使将，不肯；欲杀之，使一都尉以五百人围守盎军中。袁盎自其为吴相时，有从史尝盗爱盎侍儿㉑，盎知之，弗泄，遇之如故。人有告从史，言："君知尔与侍者通。"乃亡归。袁盎驱自追之，遂以侍者赐之，复为从史。及袁盎使吴见守㉒，从史适为守盎校尉司马，乃悉以其装赍置二石醇醪㉓。会天寒，士卒饥渴，饮酒醉，西南陬卒皆卧㉔，司马夜引袁盎起，曰："君可以去矣，吴王期旦日斩君㉕。"盎弗信，曰："公何为者？"司马曰："臣故为从史盗君侍儿者。"盎乃惊谢曰："公幸有亲㉖，吾不足以累公㉗。"司马曰："君弟去㉘，臣亦且亡，辟吾亲㉙，君何患！"乃以刀决张㉚，道从醉卒隧直出㉛。司马与分背㉜。袁盎解节毛怀之，杖，步行七八里。明，见梁骑，骑驰去，遂归报。

吴楚已破，上更以元王子平陆侯礼为楚王，袁盎为楚相。尝上书有所言，不用。袁盎病免居家，与闾里浮沈㉝，相随行，斗鸡走狗。洛阳剧孟尝过袁盎㉞，盎善待之。安陵富人有谓盎曰："吾闻剧孟博徒，将军何自通之㉟？"盎曰："剧孟虽博徒，然母死，客送葬车千余乘，此亦有过人者。且缓急，人所有㊱。夫一旦有急叩门，不以亲为解㊲，不以存亡为辞㊳，天下所望者，独季心、剧孟耳。今公常从数骑，一旦有缓急，宁足恃乎！"骂富人，弗与通。诸公闻之，皆多袁盎㊴。

袁盎虽家居，景帝时时使人问筹策。梁王欲求为嗣，袁盎进说，其后语塞㊵。梁王以此怨盎，曾使人刺盎。刺者至关中，问袁盎，诸君誉之皆不容口㊶，乃见袁盎曰："臣受梁王金来刺君。君长者，不忍刺君。然后刺君者十余曹㊷，备之！"袁盎心不乐，家又多怪，乃之棓生所问占，还，梁刺客后曹辈果遮刺杀盎安陵郭门外㊸。

晁错者，颍川人也。学申、商刑名于轵张恢先所，与洛阳宋孟及刘礼同师。以文学为太常掌故。错为人陗直刻深㊹。孝文帝时，天下无治《尚书》者，独闻济南伏生故秦博士，治《尚书》，年九十余，老不可征，乃诏太常使人往受之。太常遣错受《尚书》伏生所。还，因上便宜事㊺，以《书》称说。诏以为太子舍人、门大夫、家令。以其辩得幸太子，太子家号曰"智囊"。数上书孝文，时言削诸侯事，及法令可更定者。书数十上，孝文不听，然奇其材，迁为中大夫。当是时，太子善错计策，袁盎诸大功臣多不好错。

景帝即位，以错为内史。错常数请间言事，辄听，宠幸倾九卿，法令多所更定。丞相申屠嘉心弗便，力未有以伤。内史府居太上庙壖中㊻，门东出，不便，错乃穿两门南出，凿庙壖垣。丞相嘉闻，大怒，欲因此过为奏，请诛错。错闻之，即夜请间，具为上言之。丞相奏事，因言错擅凿庙垣为门，请下廷尉诛。上曰："此非庙垣，乃壖中垣，不致于法。"丞相谢，罢朝，怒谓长史曰："吾当先斩以闻。乃先请，为儿所卖，固误。"丞相遂发病死。错以此愈贵。

迁为御史大夫，请诸侯之罪过，削其地，收其枝郡。奏上，上令公卿列侯宗室集议，莫敢难，独窦婴争之，由此与错有郤㊼。错所更令三十章，诸侯皆喧哗疾晁错。错父闻之，从颍川来，谓错曰："上初即位，公为政用事，侵削诸侯，别疏人骨肉，人口议多怨公者，何也？"晁错曰："固也！不如此，天子不尊，宗庙不安。"错父曰："刘氏安矣，而晁氏危矣，吾去公归矣！"遂饮药死，曰："吾不忍见祸及吾身。"死十余日，吴、楚七国果反，以诛错为名。及窦婴、袁盎进说，上令晁错衣朝衣，斩东市。

晁错已死，谒者仆射邓公为校尉，击吴、楚军，为将。还，上书言军事，谒见上。上问曰："道军所来，闻晁错死，吴、楚罢不?"邓公曰："吴王为反数十年矣，发怒削地，以诛错为名，其意非在错也。且臣恐天下之士噤口㊽，不敢复言也!"上曰："何哉?"邓公曰："夫晁错患诸侯强大不可制，故请削地以尊京师，万世之利也。计画始行，卒受大戮，内杜忠臣之口，外为诸侯报仇，臣窃为陛下不取也。"于是景帝默然良久，曰："公言善，吾亦恨之㊾。"乃拜邓公为城阳中尉。

邓公，成固人也，多奇计。建元中，上招贤良，公卿言邓公。时邓公免，起家为九卿㊿。一年，复谢病免归。其子章以修黄老言显于诸公间。

太史公曰：袁盎虽不好学，亦善傅会，仁心为质，引义慷慨。遭孝文初立，资适逢世(51)，时以变易。及吴楚一说(52)，说虽行哉，然复不遂。好声矜贤，竟以名败。晁错为家令时，数言事不用；后擅权，多所变更。诸侯发难，不急匡救，欲报私仇，反以亡躯。语曰"变古乱常(53)，不死则亡"，岂错等谓邪!

---

①庄：恭敬。

②征：皇帝下令征召入京。　系：拘禁；关押。　清室：囚禁官吏的牢狱。

③適：通"谪"。惩罚。

④槛车：囚车。

⑤解：解脱。

⑥夹乘：言跟随在皇帝左右。

⑦垂堂：靠近房檐的下方。

⑧骑：倚靠。　衡：楼台的栏杆。

⑨徼幸：侥幸。

⑩騑：驾车的马，居中称服，位两边称騑。

⑪引却：拉后拉退。　坐：通"座"。座位。

⑫人彘：人猪。吕后掌权时，曾将刘邦宠妃戚夫人砍断手足，挖出眼睛，弄聋耳朵，搞哑嗓子，置于厕中，称"人彘"。

⑬劾：揭发罪行。

⑭请间：请摒退左右谈话。

⑮曹：官署。

⑯队率：小军官。

⑰抵罪：以官抵罪。

⑱绝：绝断吴王的反意。

⑲犹与：犹豫。

⑳诸陵：指长安附近长陵、安陵、霸陵等县。

㉑侍儿：婢女。

㉒见守：被围困。

㉓装赍：随着携带。

㉔陬（zōu，音邹）：角落；隅。

㉕期：约定；下令。

㉖亲：父母双亲。

㉗累：拖累；连累。

㉘弟：只管；仅管。

㉙辟：隐藏；隐蔽。

㉚决：劈开；划开。　张：营帐；帐幕。

㉛道：引导。　　隧：隧道；夹道。
㉜分背：分别向相反方向走。
㉝浮沈：随俗。
㉞过：拜访；造访。
㉟通：交往；结交。
㊱缓急：指轻重缓急之事。
㊲以亲为解：用父母健在为解脱。
㊳辞：托辞。
㊴多：赞扬；赏识。
㊵语塞：使梁王为皇位继承人的议论被阻止。
㊶不容口：口中装不下。
㊷曹：批；辈。
㊸遮：半路拦截。
㊹陗直刻深：严正刚直，苛刻严深。
㊺便宜事：利国宜民之事。
㊻壖：亦作“堧”。空地。
㊼郤：通“隙”。隔阂；过结。
㊽噤口：闭口不言。
㊾恨：悔恨；后悔。
㊿起家：由庶民起用。
(51)资：才能。
(52)说：杀晁错的说法。
(53)常：法规；法令。

史记卷一百二

张释之冯唐列传第四十二

张廷尉释之者，堵阳人也，字季。有兄仲同居。以訾为骑郎[①]，事孝文帝，十岁不得调，无所知名。释之曰：“久宦减仲之产，不遂[②]。”欲自免归。中郎将袁盎知其贤，惜其去，乃请徙释之补谒者。

释之既朝毕，因前言便宜事。文帝曰：“卑之[③]，毋甚高论，令今可施行也。”于是释之言秦汉之间事，秦所以失而汉所以兴者，久之，文帝称善，乃拜释之为谒者仆射。

释之从行，登虎圈。上问上林尉诸禽兽簿。十余问，尉左右视，尽不能对。虎圈啬夫从旁代尉对上所问禽兽簿甚悉，欲以观其能口对响应无穷者[④]。文帝曰：“吏不当若是邪？尉无赖[⑤]！”乃诏释之拜啬夫为上林令。释之久之前曰：“陛下以绛侯周勃何如人也？”上曰：“长者也。”又复问：“东阳侯张相如何如人也？”上复曰：“长者。”释之曰：“夫绛侯、东阳侯称为长者，此两人言事曾不能出口，岂斅此啬夫谍谍利口捷给哉[⑥]！且秦以任刀笔之吏，吏争以亟疾苛察相高[⑦]，然其敝，徒文具耳[⑧]，无恻隐之实[⑨]，以故不闻其过，陵迟而至于二世[⑩]，天下土崩。今陛下以啬夫口辩而超迁之，臣恐天下随风靡靡，争为口辩而无其实。且下之化上[11]，疾于景响[12]，举错不可不审也。"文帝曰："善！"乃止，不拜啬夫。

上就车，召释之参乘[13]。徐行，问释之秦之敝，具以质言。至宫，上拜释之为公车令。

顷之，太子与梁王共车入朝，不下司马门，于是释之追止太子、梁王无得入殿门。遂劾不下公门不敬，奏之。薄太后闻之，文帝免冠谢曰："教儿子不谨。"薄太后乃使使承诏赦太子、梁王，然后得入。文帝由是奇释之，拜为中大夫。

顷之，至中郎将。从行至霸陵，居北临厕[14]。是时慎夫人从，上指示慎夫人新丰道，曰："此走邯郸道也。"使慎夫人鼓瑟，上自倚瑟而歌，意惨悽悲怀，顾谓群臣曰："嗟乎！以北山石为椁，用纻絮斮陈[15]，蕠漆其间，岂可动哉！"左右皆曰："善！"释之前进曰："使其中有可欲者，虽锢南山犹有郄[16]；使其中无可欲者，虽无石椁，又何戚焉[17]！"文帝称善。其后拜释之为廷尉。

顷之，上行出中渭桥，有一人从桥下走出，乘舆马惊。于是使骑捕，属之廷尉。释之治问。曰："县人来[18]，闻跸[19]，匿桥下。久之，以为行已过，即出，见乘舆车骑，即走耳。"廷尉奏当，一人犯跸，当罚金。文帝怒曰："此人亲惊吾马，吾马赖柔和，令他马，固不败伤我乎？而廷尉乃当之罚金！"释之曰："法者，天子所与天下公共也。今法如此而更重之，是法不信于民也。且方其时，上使立诛之则已，今既下廷尉，廷尉，天下之平也。一倾而天下用法皆为轻重[20]，民安所措其手足？唯陛下察之。"良久，上曰："廷尉当是也。"

其后有人盗高庙坐前玉环，捕得，文帝怒，下廷尉治。释之案律盗宗庙服御物者为奏，奏当弃市。上大怒曰："人之无道，乃盗先帝庙器！吾属廷尉者，欲致之族，而君以法奏之，非吾所以共承宗庙意也。"释之免冠顿首谢曰："法如是足也[21]。且罪等，然以逆顺为差[22]。今盗宗庙器而族之，有如万分之一，假令愚民取长陵一抔土[23]，陛下何以加其法乎？"久之，文帝与太后言之，乃许廷尉当[24]。

是时，中尉条侯周亚夫与梁相山都侯王恬开见释之持议平，乃结为亲友。张廷尉由此天下称之。

后文帝崩，景帝立，释之恐，称病。欲免去，惧大诛至；欲见谢，则未知何如。用王生计，卒见谢，景帝不过也。

王生者，善为黄老言，处士也。尝召居廷中，三公九卿尽会立，王生老人，曰"吾袜解"，顾谓张廷尉："为我结袜！"释之跪而结之。既已，人或谓王生曰："独奈何廷辱张廷尉，使跪结袜？"王生曰："吾老且贱，自度终无益于张廷尉。张廷尉，方今天下名臣，吾故聊辱廷尉[25]，使跪结袜，欲以重之。"诸公闻之，贤王生而重张廷尉。

张廷尉事景帝岁余，为淮南王相，犹尚以前过也。久之，释之卒。其子曰张挚，字长公，官至大夫，免。以不能取容当世，故终身不仕。

冯唐者，其大父赵人。父徙代。汉兴，徙安陵。唐以孝著，为中郎署长，事文帝。文帝辇过[26]，问唐曰："父老何自为郎[27]？家安在？"唐具以实对。文帝曰"吾居代时，吾尚食监高袪数为我言赵将李齐之贤，战于巨鹿下。今吾每饭，意未尝不在巨鹿也。父知之乎？"唐对曰："尚不如廉颇、李牧之为将也。"上曰："何以？"唐曰："臣大父在赵时，为官率将，善李牧。臣父故为代相，善赵将李齐，知其为人也。"上既闻廉颇、李牧为人，良说[28]，而搏髀曰[29]："嗟乎！吾独不得廉颇、李牧时为吾将，吾岂忧匈奴哉！"唐曰："主臣！陛下虽得廉颇、李牧，弗能用也。"上怒起，入禁中。良久，召唐让曰："公奈何众辱我，独无间处乎[30]？"唐谢曰："鄙人不知忌讳。"

当是之时，匈奴新大入朝那，杀北地都尉卬。上以胡寇为意，乃卒复问唐曰："公何以知吾不能用廉颇、李牧也？"唐对曰："臣闻上古王者之遣将也，跪而推毂③，曰：'阃以内者②，寡人制之；阃以外者，将军制之'。军功爵赏皆决于外，归而奏之。此非虚言也。臣大父言，李牧为赵将居边，军市之租皆自用飨士，赏赐决于外，不从中扰也。委任而责成功，故李牧乃得尽其智能，遣选车千三百乘，毂骑万三千③，百金之士十万④，是以北逐单于，破东胡，灭澹林，西抑强秦，南支韩、魏。当是之时，赵几霸。其后会赵王迁立，其母倡也。王迁立，乃用郭开谗，卒诛李牧，令颜聚代之。是以兵破士北，为秦所禽灭。今臣窃闻魏尚为云中守，其军市租尽以飨士卒，出私养钱，五日一椎牛⑤，飨宾客军吏舍人，是以匈奴远避，不近云中之塞。虏曾一入，尚率车骑击之，所杀甚众。夫士卒尽家人子，起田中从军，安知尺籍五符⑥。终日力战，斩首捕虏，上功莫府，一言不相应，文吏以法绳之。其赏不行而吏奉法必用。臣愚，以为陛下法太明，赏太轻，罚太重。且云中守魏尚坐上功首虏差六级，陛下下之吏，削其爵，罚作之。由此言之，陛下虽得廉颇、李牧，弗能用也。臣诚愚，触忌讳，死罪死罪！"文帝说，是日令冯唐持节赦魏尚，复以为云中守。而拜唐为车骑都尉，主中尉及郡国车士。

七年，景帝立，以唐为楚相，免。武帝立，求贤良，举冯唐。唐时年九十余，不能复为官，乃以唐子冯遂为郎。遂字王孙，亦奇士，与余善。

太史公曰：张季之言长者，守法不阿意；冯公之论将率，有味哉！有味哉！语曰"不知其人，视其友"。二君之所称诵，可著廊庙。《书》曰："不偏不党，王道荡荡；不党不偏，王道便便。"张季、冯公近之矣。

①訾：财产；家产。西汉时规定，家有财产500万钱可选一弟子为郎官。

②遂：安心。

③卑之：言语的论调低下，不要唱高调。

④观：显示。

⑤无赖：没有才能。

⑥敩：通"学"。　　捷给：敏捷。

⑦相高：互比高低。

⑧文具：具备官样文书。

⑨恻隐：真诚。

⑩陵迟：衰落；衰亡。

⑪下之化上：下面受上面的教化。

⑫疾：迅速。　　景：通"影"。影子。　　响：回声。

⑬参乘：坐在车的右边陪乘。

⑭临厕：站在边上。厕，通"侧"。

⑮斲（zhuó，音苗）：砍；斩。

⑯郤：通"隙"。裂缝。

⑰戚：悲伤；悲切。

⑱县人：郊区县的人。

⑲跸：清道；戒严。

⑳倾：生气；气愤。

㉑足：极限。

㉒逆顺：犯罪的轻重程度。

㉓抔（póu，音掊）：用手捧。

㉔当：判决。

㉕聊：姑且。

㉖过：经过。

㉗父老：对老者的称呼。

㉘良说（yuè，音悦）：非常高兴。

㉙搏髀（bì，音必）：拍大腿。

㉚间：无人之处。

㉛推毂：推车。

㉜阃（kǔn，音捆）：都城城门。一说为国门。

㉝彀：张弓。

㉞百金之士：可获百金之赏的勇猛之士。

㉟椎牛：杀牛。

㊱尺籍五符：指军法、军令。

史记卷一百三

万石张叔列传第四十三

万石君名奋，其父赵人也，姓石氏。赵亡，徙居温。高祖东击项籍，过河内，时奋年十五，为小吏，侍高祖。高祖与语，爱其恭敬，问曰："若何有？"对曰："奋独有母，不幸失明。家贫。有姊，能鼓琴。"高祖曰："若能从我乎？"曰："愿尽力。"于是高祖召其姊为美人，以奋为中涓，受书谒。徙其家长安中戚里①，以姊为美人故也。其官至孝文时，积功劳至大中大夫。无文学，恭谨无与比。

文帝时，东阳侯张相如为太子太傅，免。选可为傅者，皆推奋，奋为太子太傅。及孝景即位，以为九卿。迫近，惮之，徙奋为诸侯相。奋长子建，次子甲，次子乙，次子庆，皆以驯行孝谨，官皆至二千石。于是景帝曰："石君及四子皆二千石，人臣尊宠乃集其门。"号奋为万石君。

孝景帝季年，万石君以上大夫禄归老于家，以岁时为朝臣。过宫门阙，万石君必下车趋，见路马必式焉②。子孙为小吏，来归谒，万石君必朝服见之，不名③。子孙有过失，不谯让。为便坐，对案不食。然后诸子相责，因长老肉袒固谢罪，改之，乃许。子孙胜冠者在侧，虽燕居必冠，申申如也④。僮仆䜣䜣如也⑤，唯谨。上时赐食于家，必稽首俯伏而食之，如在上前。其执丧，哀戚甚悼。子孙遵教，亦如之。万石君家以孝谨闻乎郡国，虽齐、鲁诸儒质行⑥，皆自以为不及也。

建元二年，郎中令王臧以文学获罪。皇太后以为儒者文多质少。今万石君家不言而躬行，乃以长子建为郎中令，少子庆为内史。

建老，白首，万石君尚无恙。建为郎中令，每五日洗沐归谒亲。入子舍，窃问侍者，取亲中裙厕牏⑦，身自浣涤，复与侍者，不敢令万石君知，以为常。建为郎中令，事有可言，屏人恣言⑧，极切；至廷见，如不能言者。是以上乃亲尊礼之。

万石君徙居陵里。内史庆醉归，入外门不下车。万石君闻之，不食。庆恐，肉袒请罪，不许。举宗及兄建肉袒，万石君让曰："内史，贵人。入闾里，里中长老皆走匿，而内史坐车中自如，固当⑨！"乃谢罢庆。庆及诸子弟入里门，趋至家。

万石君以元朔五年中卒。长子郎中令建哭泣哀思，扶杖乃能行。岁余，建亦死。诸子孙咸孝，然建最甚，甚于万石君。

建为郎中令，书奏事，事下，建读之，曰："误书！'马'者与尾当五，今乃四，不足一，上遣死矣！"甚惶恐。其为谨慎，虽他皆如是。

万石君少子庆为太仆，御出，上问车中几马，庆以策数马毕，举手曰："六马。"庆于诸子中最为简易矣，然犹如此。为齐相，举齐国皆慕其家行，不言而齐国大治，为立石相祠。

元狩元年，上立太子，选群臣可为傅者，庆自沛守为太子太傅，七岁迁为御史大夫。

元鼎五年秋，丞相有罪，罢。制诏御史："万石君先帝尊之，子孙孝，其以御史大夫庆为丞相，封为牧丘侯。"是时汉方南诛两越，东击朝鲜，北逐匈奴，西伐大宛，中国多事。天子巡狩海内，修上古神祠，封禅，兴礼乐。公家用少，桑弘羊等致利，王温舒之属峻法，儿宽等推文学。至九卿更进用事，事不关决于丞相，丞相醇谨而已。在位九岁，无能有所匡言。尝欲请治上近臣所忠、九卿咸宣罪，不能服，反受其过，赎罪。

元封四年中，关东流民二百万口，无名数者四十万，公卿议欲请徙流民于边以適之⑩。上以为丞相老谨，不能与其议，乃赐丞相告归，而案御史大夫以下议为请者。丞相惭不任职，乃上书曰："庆幸得待罪丞相，罢驽无以辅治，城郭仓库空虚，民多流亡，罪当伏斧质，上不忍致法。愿归丞相侯印，乞骸骨归，避贤者路。"天子曰："仓廪既空，民贫流亡，而君欲请徙之，摇荡不安，动危之，而辞位，君欲安归难乎？"以书让庆，庆甚惭，遂复视事。

庆文深审谨，然无他大略，为百姓言。后三岁余，太初二年中，丞相庆卒，谥为恬侯。庆中子德，庆爱用之，上以德为嗣，代侯，后为太常，坐法当死，赎免为庶人。庆方为丞相，诸子孙为吏更至二千石者十三人。及庆死后，稍以罪去，孝谨益衰矣。

建陵侯卫绾者，代大陵人也。绾以戏车为郎⑪，事文帝。功次迁为中郎将⑫，醇谨无他。孝景为太子时，召上左右饮，而绾称病不行。文帝且崩时，属孝景曰⑬："绾，长者，善遇之。"及文帝崩，景帝立，岁余不噍呵绾⑭，绾日以谨力。

景帝幸上林，诏中郎将参乘⑮，还而问曰："君知所以得参乘乎？"绾曰："臣从车士幸得以功次迁为中郎将，不自知也。"上问曰："吾为太子时召君，君不肯来，何也？"对曰："死罪，实病。"上赐之剑。绾曰："先帝赐臣剑凡六，剑，不敢奉诏。"上曰："剑，人之所施易，独至今乎？"绾曰："具在。"上使取六剑，剑尚盛⑯，未尝服也⑰。

郎官有谴，常蒙其罪，不与他将争；有功，常让他将。上以为廉忠实无他肠，乃拜绾为河间王太傅。吴、楚反，诏绾为将，将河间兵击吴楚，有功，拜为中尉。三岁，以军功，孝景前六年中封绾为建陵侯。

其明年，上废太子，诛栗卿之属。上以为绾长者，不忍，乃赐绾告归，而使郅都治捕栗氏。既已，上立胶东王为太子，召绾，拜为太子太傅。久之，迁为御史大夫。五岁，代桃侯舍为丞相，朝奏事如职所奏。然自初官以至丞相，终无可言。天子以为敦厚，可相少主，尊宠之，赏赐甚多。

为丞相三岁，景帝崩，武帝立。建元年中，丞相以景帝疾时诸官囚多坐不辜者，而君不任职，免之。其后绾卒，子信代，坐酎金失侯⑱。

塞侯直不疑者，南阳人也。为郎，事文帝。其同舍有告归，误持同舍郎金去，已而金主觉，妄意不疑，不疑谢有之，买金偿。而告归者来而归金，而前郎亡金者大惭，以此称为长者。文帝称举，稍迁至太中大夫。朝，廷见，人或毁曰："不疑状貌甚美，然独无奈其善盗嫂何也！"不疑闻，曰："我乃无兄。"然终不自明也。

吴、楚反时，不疑以二千石将兵击之。景帝后元年，拜为御史大夫。天子修吴、楚时功，乃封不疑为塞侯。武帝建元年中，与丞相绾俱以过免。

不疑学《老子》言。其所临，为官如故，唯恐人知其为吏迹也。不好立名称，称为长者。不疑卒。子相如代。孙望，坐酎金失侯。

郎中令周文者，名仁，其先故任城人也。以医见。景帝为太子时，拜为舍人，积功稍迁。孝文帝时至太中大夫。景帝初即位，拜仁为郎中令。

仁为人阴重不泄⑲。常衣敝补衣，溺袴，期为不絜清，以是得幸。景帝入卧内，于后宫秘戏，仁常在旁。至景帝崩，仁尚为郎中令，终无所言。上时问人，仁曰："上自察之。"然亦无所毁。以此景帝再自幸其家。家徙阳陵，上所赐甚多，然常让，不敢受也。诸侯群臣赂遗，终无所受。

武帝立，以为先帝臣，重之。仁乃病免，以二千石禄归老。子孙咸至大官矣。

御史大夫张叔者，名欧，安丘侯说之庶子也。孝文时，以治刑名言事太子。然欧虽治刑名家，其人长者。景帝时尊重，常为九卿。至武帝元朔四年，韩安国免，诏拜欧为御史大夫。自欧为吏，未尝言案人⑳，专以诚长者处官。官属以为长者，亦不敢大欺。上具狱事，有可却，却之；不可者，不得已，为涕泣面对而封之。其爱人如此。

老病笃，请免。于是天子亦策罢，以上大夫禄归老于家。家于阳陵。子孙咸至大官矣。

太史公曰：仲尼有言曰"君子欲讷于言而敏于行㉑"，其万石、建陵、张叔之谓邪？是以其教不肃而成，不严而治。塞侯微巧，而周文处谄㉒，君子讥之，为其近于佞也。然斯可谓笃行君子矣。

---

①戚里：与皇帝有姻亲关系的人所居住的地方。

②路马：给皇帝驾车的马。　式：起身示敬意。

③不名：不称呼名字。

④申申：整齐严肃的样子。

⑤訢訢：肃敬严谨的样子。

⑥质行：庄重的举止。

⑦中裙：内衣。　厕牏（tóu，音头）：便盆。

⑧恣言：尽情奏报。

⑨当：罪有应得。

⑩適：通"谪"。戍边；流放。

⑪戏车：在车上杂耍。

⑫次：等第。

⑬属：通"嘱"。嘱咐。

⑭嚄呵：斥责；训斥。

⑮参乘：同车陪乘。古代车乘，御者居中，尊者居左，右乘者称参乘。

⑯盛：装在剑鞘中。

⑰服：佩带。

⑱酎金：皇帝祭祀宗庙时诸侯进奉的助祭金。

⑲阴重：谨慎持重。

⑳案：惩治。

㉑讷：言语迟钝。

㉒谲：通"诮"。

史记卷一百四

田叔列传第四十四

　　田叔者，赵陉城人也。其先，齐田氏苗裔也①。叔喜剑，学黄老术于乐巨公所。叔为人刻廉自喜②，喜游诸公。赵人举之赵相赵午，午言之赵王张敖所，赵王以为郎中。数岁，切直廉平，赵王贤之。未及迁，会陈豨反代。汉七年，高祖往诛之，过赵，赵王张敖自持案进食，礼恭甚，高祖箕踞骂之③。是时赵相赵午等数十人皆怒，谓张王曰："王事上礼备矣，今遇王如是，臣等请为乱。"赵王啮指出血④，曰："先人失国，微陛下，臣等当虫出⑤。公等奈何言若是！毋复出口矣！"于是贯高等曰："王，长者，不倍德。"卒私相与谋弑上。会事发觉，汉下诏捕赵王及群臣反者。于是赵午等皆自杀，唯贯高就系。是时汉下诏书："赵有敢随王者罪三族。"唯孟舒、田叔等十余人赭衣自髡钳⑥，称王家奴，随赵王敖至长安。贯高事明白，赵王敖得出。废为宣平侯，乃进言田叔等十余人。上尽召见，与语，汉廷臣毋能出其右者，上说，尽拜为郡守、诸侯相。叔为汉中守十余年，会高后崩，诸吕作乱，大臣诛之，立孝文帝。

　　孝文帝既立，召田叔问之曰："公知天下长者乎？"对曰："臣何足以知之！"上曰："公，长者也，宜知之。"叔顿首曰："故云中守孟舒，长者也。"是时孟舒坐虏大入塞盗劫，云中尤甚，免。上曰："先帝置孟舒云中十余年矣，虏曾一入，孟舒不能坚守，毋故士卒战死者数百人。长者固杀人乎？公何以言孟舒为长者也？"叔叩头对曰："是乃孟舒所以为长者也。夫贯高等谋反，上下明诏，赵有敢随张王，罪三族。然孟舒自髡钳，随张王敖之所在。欲以身死之，岂自知为云中守哉！汉与楚相距，士卒罢敝。匈奴冒顿新服北夷，来为边害。孟舒知士卒罢敝，不忍出言，士争临城死敌，如子为父，弟为兄，以故死者数百人。孟舒岂故驱战之哉！是乃孟舒所以为长者也。"于是上曰："贤哉孟舒！"复召孟舒以为云中守。

　　后数岁，叔坐法失官。梁孝王使人杀故吴相袁盎，景帝召田叔案梁⑦，具得其事，还报。景帝曰："梁有之乎？"叔对曰："死罪！有之。"上曰："其事安在？"田叔曰："上毋以梁事为也。"上曰："何也？"曰："今梁王不伏诛，是汉法不行也；如其伏法，而太后食不甘味，卧不安席，此忧在陛下也。"景帝大贤之，以为鲁相。

鲁相初到，民自言相，讼王取其财物百余人。田叔取其渠率二十人，各笞五十，余各搏二十，怒之曰："王非若主邪？何自敢言若主！"鲁王闻之大惭，发中府钱，使相偿之。相曰："王自夺之，使相偿之，是王为恶而相为善也。"相毋与偿之，于是王乃尽偿之。

鲁王好猎，相常从入苑中，王辄休相就馆舍。相出，常暴坐待王苑外⑧。王数使人请相休，终不休，曰："我王暴露苑中，我独何为就舍！"鲁王以故不大出游。

数年，叔以官卒，鲁以百金祠，少子仁不受也，曰："不以百金伤先人名。"

仁以壮健为卫将军舍人，数从击匈奴。卫将军进言仁，仁为郎中。数岁，为二千石丞相长史。失官。其后使刺举三河⑨。上东巡，仁奏事有辞，上说，拜为京辅都尉。月余，上迁拜为司直。数岁，坐太子事。时左丞相自将兵，令司直田仁主闭守城门。坐纵太子，下吏诛死。仁发兵，长陵令车千秋上变仁，仁族死。陉城今在中山国。

太史公曰：孔子称曰"居是国必闻其政"，田叔之谓乎！义不忘贤，明主之美以救过。仁与余善，余故并论之。

---

①苗裔：后代。

②刻：苛严。

③箕踞：两腿劈开坐，像簸箕。这是傲慢无礼的坐姿。

④啮：咬。

⑤虫出：指死后无人收尸，蛆虫爬出尸体。

⑥赭衣：罪徒穿的赤褐色的衣服。　髡钳：剃去头发，颈项上戴着刑具。

⑦案：侦察；审理。

⑧暴坐：坐在太阳下。

⑨刺举：侦察揭发（罪行）。

史记卷一百五

扁鹊仓公列传第四十五

扁鹊者，勃海郡郑人也，姓秦氏，名越人，少时为人舍长①。舍客长桑君过，扁鹊独奇之，常谨遇之。长桑君亦知扁鹊非常人也。出入十余年，乃呼扁鹊私坐，间与语曰②："我有禁方，年老，欲传与公，公毋泄！"扁鹊曰："敬诺！"乃出其怀中药予扁鹊："饮是以上池之水③，三十日当知物矣④。"乃悉取其禁方书尽与扁鹊，忽然不见。殆非人也⑤。

扁鹊以其言饮药三十日，视见垣一方人⑥。以此视病，尽见五藏症结，特以诊脉为名耳。为医，或在齐，或在赵。在赵者名扁鹊。

当晋昭公时，诸大夫强而公族弱，赵简子为大夫，专国事。简子疾，五日不知人，大夫皆惧，于是召扁鹊。扁鹊入视病，出，董安于问扁鹊，扁鹊曰："血脉治也⑦，而何怪！昔秦穆公尝如此，七日而寤⑧。寤之日，告公孙支与子舆曰：'我之帝所⑨，甚乐。吾所以久者，适有所学也。帝告我："晋国且大乱，五世不安。其后将霸，未老而死⑩。霸者之子且令而国男女无别。"'公孙支书而藏之，秦策于是出。夫献公之乱，文公之霸，而襄公败秦师于殽而归纵淫，此子之所闻。今主君之病与之同，不出三日必间⑪，间必有言也。"

居二日半，简子寤，语诸大夫曰："我之帝所，甚乐，与百神游于钧天⑫；广乐九奏万舞⑬，不类三代之乐，其声动心。有一熊欲援我⑭，帝命我射之，中熊，熊死。有罴来⑮，我又射之，中罴，罴死。帝甚喜，赐我二笥⑯皆有副。吾见儿在帝侧，帝属我一翟犬⑰，曰：'及而子之壮也以赐之。'帝告我：'晋国且世衰，七世而亡。嬴姓将大败周人于范魁之西，而亦不能有也。'"董安于受言，书而藏之。以扁鹊言告简子，简子赐扁鹊田四万亩。

其后扁鹊过虢。虢太子死，扁鹊至虢宫门下，问中庶子喜方者曰："太子何病，国中治穰过于众事⑱？"中庶子曰："太子病血气不时，交错而不得泄，暴发于外，则为中害。精神不能止邪气，邪气畜积而不得泄，是以阳缓而阴急，故暴蹶而死⑲。"扁鹊曰："其死何如时？"曰："鸡鸣至今。"曰："收乎⑳？"曰："未也，其死未能半日也。""言臣齐勃海秦越人也，家在于郑，未尝得望精光侍谒于前也㉑。闻太子不幸而死，臣能生之。"中庶子曰："先生得无诞之乎？何以言太子可生也！臣闻上古之时，医有俞跗，治病不以汤液醴洒㉒，镵石、挢引、案扤、毒熨，一拨见病之应，因五脏之输，乃割皮解肌，诀脉结筋，搦髓脑，揲荒爪幕，湔浣肠胃，漱涤五脏，练精易形㉓。先生之方能若是，则太子可生也；不能若是而欲生之，曾不可以告咳婴之儿！"终日，扁鹊仰天叹曰："夫子之为方也，若以管窥天，以郄视文㉔；越人之为方也，不待切脉、望色、听声、写形，言病之所在。闻病之阳，论得其阴；闻病之阴，论得其阳。病应见于大表㉕，不出千里，决者至众㉖，不可曲止也㉗。子以吾言为不诚，试入诊太子，当闻其耳鸣而鼻张，循其两股以至于阴，当尚温也。"中庶子闻扁鹊言，目眩然而不瞚㉘，舌挢然而不下㉙，乃以扁鹊言入报虢君。

虢君闻之，大惊，出见扁鹊于中阙，曰："窃闻高义之日久矣，然未尝得拜谒于前也。先生过小国，幸而举之，偏国寡臣幸甚！有先生则活，无先生则弃捐填沟壑，长终而不得反㉚。"言未卒，因嘘唏服臆㉛，魂精泄横㉜，流涕长潸㉝，忽忽承睫㉞，悲不能自止，容貌变更。扁鹊曰："若太子病，所谓'尸蹶'者也。夫以阳入阴中，动胃缠缘，中经维络，别下于三焦、膀胱，是以阳脉下遂，阴脉上争，会气闭而不通，阴上而阳内行，下内鼓而不起，上外绝而不为使，上有绝阳之络，下有破阴之纽，破阴绝阳，色废脉乱，故形静如死状。太子未死也。夫以阳入阴支兰藏者生，以阴入阳支兰藏者死。凡此数事，皆五藏蹶中之时暴作也㉟。良工取之，拙者疑殆。"

扁鹊乃使弟子子阳厉针砥石，以取外三阳五会。有间，太子苏。乃使子豹为五分之熨，以八减之齐和煮之，以更熨两胁下。太子起坐。更适阴阳，但服汤二旬而复故。故天下尽以扁鹊为能生死人。扁鹊曰："越人非能生死人也，此自当生者，越人能使之起耳。"

扁鹊过齐，齐桓侯客之。入朝见，曰："君有疾有腠理㊱，不治将深。"桓侯曰："寡人无疾。"扁鹊出，桓侯谓左右曰："医之好利也，欲以不疾者为功。"后五日，扁鹊复见，曰："君有疾在血脉，不治恐深。"桓侯曰："寡人无疾。"扁鹊出，桓侯不悦。后五日，扁鹊复见，曰："君有疾在肠胃间，不治将深。"桓侯不应。扁鹊出，桓侯不悦。后五日，扁鹊复见，望见桓侯而退走。桓侯使人问其故，扁鹊曰："疾之居腠理也，汤熨之所及也；在血脉，针石之所及也；其在肠胃，酒醪之所及也；其在骨髓，虽司命无奈之何㊲。今在骨髓，臣是以无请也。"后五日，桓侯体病，使人召扁鹊，扁鹊已逃去。桓侯遂死。

使圣人预知微㊳，能使良医得蚤从事㊴，则疾可已，身可活也。人之所病㊵，病疾多；而医之所病，病道少㊶。故病有六不治：骄恣不论于理㊷，一不治也；轻身重财，二不治也；衣食不能适，三不治也；阴阳并，藏气不定，四不治也；形羸不能服药㊸，五不治也；信巫不信医，六不治也。有此一者，则重难治也㊹。

扁鹊名闻天下，过邯郸，闻贵妇人，即为带下医㊺；过洛阳，闻周人爱老人，即为耳目痹医㊻；来入咸阳，闻秦人爱小儿，即为小儿医。随俗为变。秦太医令李醯自知伎不如扁鹊也㊼，使人刺杀之。至今天下言脉者，由扁鹊也。

太仓公者，齐太仓长，临菑人也，姓淳于氏，名意，少而喜医方术。高后八年，更受师同郡元里公乘阳庆㊽。庆年七十余，无子，使意尽去其故方㊾，更悉以禁方予之，传黄帝、扁鹊之脉书，五色诊病，知人死生，决嫌疑，定可治，及药论，甚精。受之三年，为人治病，决死生，多验㊿。然左右行游诸侯，不以家为家，或不为人治病，病家多怨之者。

文帝四年中，人上书言意，以刑罪当传西之长安(51)。意有五女，随而泣。意怒，骂曰："生子不生男，缓急无可使者(52)！"于是少女缇萦伤父之言(53)，乃随父西。上书曰："妾父为吏，齐中称其廉平，今坐法当刑。妾切痛死者不可复生，而刑者不可复续，虽欲改过自新，其道莫由，终不可得。妾愿入身为官婢，以赎父刑罪，使得改行自新也。"书闻，上悲其意。此岁中亦除肉刑法。

意家居，诏召问所为治病死生验者几何人也，主名为谁。

诏问故太仓长臣意："方伎所长，及所能治病者？有其书无有？皆安受学？受学几何岁？尝有所验，何县里人也？何病？医药已，其病之状皆何如？具悉而对。"臣意对曰：

"自意少时，喜医药，医药方试之多不验者。至高后八年，得见师临菑元里公乘阳庆。庆年七十余，意得见事之。谓意曰：'尽去而方书，非是也(54)。庆有古先道遗传黄帝、扁鹊之脉书，五色诊病，知人生死，决嫌疑，定可治，及药论书，甚精；我家给富，心爱公，欲尽以我禁方书悉教公。'臣意即曰：'幸甚！非意之所敢望也。'臣意即避席再拜谒，受其脉书上下经、五色诊、奇咳术、揆度阴阳外变、药论、石神、接阴阳禁书，受读解验之，可一年所(55)。明岁即验之，有验，然尚未精也。要事之三年所(56)，即尝已为人治，诊病决死生，有验，精良。今庆已死十年所，臣意年尽三年，年三十九岁也。

"齐侍御史成自言病头痛，臣意诊其脉，告曰：'君之病恶，不可言也。'即出，独告成弟昌曰：'此病疽也(57)，内发于肠胃之间，后五日当臃肿，后八日呕脓死。'成之病得之饮酒且内(58)。成即如期死。所以知成之病者，臣意切其脉，得肝气。肝气浊而静，此内关之病也。脉法曰：'脉长而弦，不得代四时者，其病主在于肝，和即经主病也，代则络脉有过'。经主病和者，其病得之筋髓里。其代绝而脉贲者，病得之酒且内。所以知其后五日而臃肿，八日呕脓死者，切其脉时，少阳初代。代者经病，病去过人，人则去。络脉主病，当其时，少阳初关一分，故中热而脓未发也；及五分，则至少阳之界；及八日，则呕脓死。故上二分而脓发，至界而臃肿，尽泄而死。热上则熏阳明，烂流络，流络动则脉结发，脉结发则烂解，故络交。热气已上行，至头而动，故头痛。

"齐王中子诸婴儿小子病，召臣意诊切其脉，告曰：'气鬲病。病使人烦懑，食不下，时呕沫，病得之心忧，数忔食饮(59)。'臣意即为之作下气汤以饮之，一日气下，二日能食，三日即病愈。所以知小子之病者，诊其脉，心气也，浊躁而经也(60)，此络阳病也。脉法曰：'脉来数疾去难而不一者，病主在心'。周身热，脉盛者，为重阳。重阳者，逿心主(61)。故烦懑食不下则络脉有过。络脉有过则血上出，血上出者死。此悲心所生也，病得之忧也。

　　"齐郎中令循病，众医皆以为蹙入中，而刺之。臣意诊之，曰：'涌疝也，令人不得前后溲⑫。'循曰：'不得前后溲三日矣。'臣意饮以火齐汤，一饮得前后溲，再饮大溲⑬，三饮而疾愈。病得之内。所以知循病者，切其脉时，右口气急，脉无五藏气，右口脉大而数。数者中下热而涌，左为下，右为上，皆无五藏应，故曰涌疝。中热，故溺赤也。

　　"齐中御府长信病，臣意入诊其脉，告曰：'热病气也。然暑汗，脉少衰，不死。'曰：'此病得之当浴流水而寒甚，已则热'信曰：'唯，然！往冬时，为王使于楚，至莒县阳周水，而莒桥梁颇坏，信则擥⑭车辕未欲渡也，马惊，即堕，信身入水中，几死。吏即来救信，出之水中，衣尽濡⑮。有间而身寒⑯，已，热如火，至今不可以见寒。'臣意即为之液汤火齐逐热，一饮汗尽，再饮热去，三饮病已。即使服药，出入二十日，身无病者。所以知信之病者，切其脉时，并阴，脉法曰：'热病阴阳交者死。'切之不交，并阴。并阴者，脉顺清而愈，其热虽未尽，犹活也。肾气有时间浊，在太阴脉口而希，是水气也。肾固主水，故以此知之。失治一时，即转为寒热。

　　"齐王太后病，召臣意入诊脉。曰：'风瘅客脬⑰，难于大小溲，溺赤。'臣意饮以火齐汤，饮即前后溲，再饮病已，溺如故。病得之流汗出滫⑱。滫者，去衣而汗晞也。所以知齐王太后病者，臣意诊其脉，切其太阴之口，湿然风气也。脉法曰：'沈之而大坚，浮之而大紧者，病主在肾'。肾切之而相反也，脉大而躁。大者，膀胱气也；躁者，中有热而溺赤。

　　"齐章武里曹山跗病，臣意诊其脉，曰：'肺消瘅也，加以寒热。'即告其人曰：'死，不治。适其供养，此不当医治。'法曰：'后三日而当狂，妄起行，欲走；后五日死'。即如期死。山跗病得之盛怒而以接内。所以知山跗之病者，臣意切其脉，肺气热也。脉法曰：'不平不鼓，形弊'。此五藏高之远数以经病也，故切之时不平而代。不平者，血不居其处；代者，时参击并至，乍躁乍大也。此两络脉绝，故死不治。所以加寒热者，言其人尸夺⑲。尸夺者，形弊；形弊者，不当关灸镵石及饮毒药也。臣意未往诊时，齐太医先诊山跗病，灸其足少阳脉口，而饮之半夏丸，病者即泄注，腹中虚；又灸其少阴脉，是坏肝刚绝深，如是重损病者气，以故加寒热。所以后三日而当狂者，肝一络连属结绝乳下阳明，故络绝，开阳明脉，阳明脉伤，即当狂走。后五日死者，肝与心相去五分，故曰五日尽，尽即死矣。

　　"齐中尉潘满如病少腹痛⑳，臣意诊其脉，曰：'遗积瘕也。'臣意即谓齐太仆臣饶、内史臣繇曰：'中尉不复自止于内，则三十日死。'后二十余日，溲血死。病得之酒且内。所以知潘满如病者，臣意切其脉深小弱，其卒然合。合也，是脾气也。右脉口气至紧小，见瘕气也。以次相乘，故三十日死。三阴俱抟者㉑，如法；不俱抟者，决在急期㉒；一抟一代者，近也。故其三阴抟，溲血如前止。

　　"阳虚侯相赵章病，召臣意。众医皆以为寒中，臣意诊其脉，曰：'迵风㉓。'迵风者，饮食下嗌而辄出不留。法曰'五日死'，而后十日乃死。病得之酒。所以知赵章之病者，臣意切其脉，脉来滑，是内风气也。饮食下嗌而辄出不留者㉔，法五日死，皆为前分界法。后十日乃死，所以过期者，其人嗜粥，故中藏实；中藏实，故过期。师言曰：'安谷者过期，不安谷者不及期。'

　　"济北王病，召臣意诊其脉，曰：'风蹶胸满。'即为药酒，尽三石，病已。得之汗出伏地㉕。所以知济北王病者，臣意切其脉时，风气也，心脉浊。病法'过入其阳，阳气尽而阴气入'。阴气入张，则寒气上而热气下，故胸满。汗出伏地者，切其脉，气阴。阴气者，病必入中，出及瀺水也㉖。

　　"齐北宫司空命妇出於病，众医皆以为风入中，病主在肺，刺其足少阳脉。臣意诊其脉，曰：'病气疝，客于膀胱，难于前后溲，而溺赤。病见寒气则遗溺，使人腹肿。'出於病得之欲溺不得，因以接内。所以知出於病者，切其脉大而实，其来难，是蹶阴之动也。脉来难者，疝气之客于膀胱也。腹之所以肿者，言蹶阴之络结小腹也。蹶阴有过则脉结动，动则腹肿。臣意即灸其足蹶阴之脉，左右各一所，即不遗溺而溲清，小腹痛止。即更为火齐汤以饮之，三日而疝气散，即愈。

"故济北王阿母自言足热而懑⑦，臣意告曰：'热蹶也。'则刺其足心各三所；案之无出血，病旋已。病得之饮酒大醉。

"济北王召臣意诊脉诸女子侍者，至女子竖，竖无病。臣意告永巷长曰：'竖伤脾，不可劳，法当春呕血死。'臣意言王曰：'才人女子竖何能？'王曰：'是好为方⑧，多伎能，为所是案法新⑨。往年市之民所⑩，四百七十万，曹偶四人㉛。'王曰：'得毋有病乎？'臣意对曰：'竖病重，在死法中。'王召视之，其颜色不变，以为不然，不卖诸侯所。至春，竖奉剑从王之厕，王去，竖后，王令人召之，即仆于厕，呕血死。病得之流汗。流汗者，法病内重，毛发而色泽，脉不衰，此亦内关之病也。

"齐中大夫病龋齿，臣意灸其左大阳明脉，即为苦参汤，日嗽三升，出入五六日，病已。得之风，及卧开口食，食而不嗽。

"菑川王美人怀子而不乳，来召臣意。臣意往，饮以莨菪药一撮，以酒饮之，旋乳。臣意复诊其脉，而脉躁。躁者有余病，即饮以消石一齐，出血，血如豆比五六枚。

"齐丞相舍人奴从朝入宫，臣意见之食闺门外，望其色有病气。臣意即告宦者平。平好为脉，学臣意所，臣意即示之舍人奴病，告之曰：'此伤脾气也，当至春鬲塞不通，不能食饮，法至夏泄血死。'宦者平即往告相曰：'君之舍人奴有病，病重，死期有日。'相君曰：'卿何以知之？'曰：'君朝时入宫，君之舍人奴尽食闺门外，平与仓公立，即示平曰，病如是者死。'相即召舍人而谓之曰：'公奴有病不？'舍人曰：'奴无病，身无痛者。'至春果病，至四月，泄血死。所以知奴病者，脾气周乘五藏，伤部而交，故伤脾之色也，望之杀然黄，察之如死青之兹。众医不知，以为大虫，不知伤脾。所以至春死病者，胃气黄，黄者土气也，土不胜木，故至春死。所以至夏死者，脉法曰'病重而脉顺清者曰内关'。内关之病，人不知其所痛，心急然无苦。若加以一病，死中春；一愈顺，及一时。其所以四月死者，诊其人时愈顺。愈顺者，人尚肥也。奴之病得之流汗数出，灸于火而以出见大风也。

"菑川王病，召臣意诊脉，曰：'蹶上为重，头痛身热，使人烦懑。'臣意即以寒水拊其头，刺足阳明脉，左右各三所，病旋已。病得之沐发未干而卧。诊如前，所以蹶，头热至肩。

"齐王黄姬兄黄长卿家有酒召客，召臣意。诸客坐，未上食。臣意望见王后弟宋建，告曰：'君有病，往四五日，君要胁痛不可俯仰，又不得小溲。不亟治，病即入濡肾。及其未舍五藏，急治之。病方今客肾濡，此所谓"肾痹"也。'宋建曰：'然建故有要脊痛。往四五日，天雨，黄氏诸倩见建家京下方石㉜，即弄之，建亦欲效之㉝，效之不能起，即复置之。暮，要脊痛，不得溺，至今不愈。'建病得之好持重。所以知建病者，臣意见其色，太阳色乾，肾部上及界要以下者枯四分所，故以往四五日知其发也。臣意即为柔汤使服之，十八日所而病愈。

"济北王侍者韩女病，要背痛，寒热，众医皆以为寒热也。臣意诊脉，曰：'内寒，月事不下也㉞。'即窜以药，旋下，病已。病得之欲男子而不可得也。所以知韩女之病者，诊其脉时，切之，肾脉也，啬而不属。啬而不属者，其来难，坚，故曰月不下。肝脉弦，出左口，故曰欲男子不可得也。

"临菑汜里女子薄吾病甚，众医皆以为寒热笃，当死，不治。臣意诊其脉，曰：'蛲瘕㉟。'蛲瘕为病，腹大，上肤黄粗，循之戚戚然。臣意饮以芫华一撮，即出蛲可数升，病已，三十日如故。病蛲得之于寒湿，寒湿气宛笃不发，化为虫。臣意所以知薄吾病者，切其脉，循其尺，其尺索刺粗，而毛美奉发，是虫气也。其色泽者，中藏无邪气及重病。

"齐淳于司马病，臣意切其脉，告曰：'当病迥风。迥风之状，饮食下嗌辄后之。病得之饱食而疾走。'淳于司马曰：'我之王家食马肝，食饱甚，见酒来，即走去，驱疾至舍，即泄数十出。'臣意告曰：'为火齐米汁饮之，七八日而当愈。'时医秦信在旁，臣意去，信谓左右阁都尉曰：'意以淳于司马病为何？'曰：'以为迥风，可治。'信即笑曰：'是不知也。淳于司马病，法当后九日死。'即后九日不死，其家复召臣意。臣意往问之，尽如意诊。臣即为一火齐米汁，使服之，七八日病已。所以知之者，诊其脉时，切之，尽如法，其病顺，故不死。

"齐中郎破石病，臣意诊其脉，告曰：'肺伤。不治，当后十日丁亥溲血死。'即后十一日，溲血而死。破石之病，得之堕马僵石上。所以知破石之病者，切其脉，得肺阴气，其来散，数道至而不一也。色又乘之。所以知其堕马者，切之得番阴脉。番阴脉入虚里，乘肺脉。肺脉散者，固色变也乘之。所以不中期死者，师言曰：'病者安谷即过期，不安谷则不及期。'其人嗜黍，黍主肺，故过期。所以溲血者，诊脉法曰'病养喜阴处者顺死，养喜阳处者逆死'。其人喜自静，不躁，又久安坐，伏几而寐，故血下泄。

"齐王侍医遂病，自练五石服之。臣意往过之，遂谓意曰：'不肖有病，幸诊遂也。'臣意即诊之，告曰：'公病中热。论曰"中热不溲者，不可服五石"。石之为药精悍，公服之不得数溲，亟勿服。色将发臃。'遂曰：'扁鹊曰"阴石以治阴病，阳石以治阳病"。夫药石者有阴阳水火之齐，故中热，即为阴石柔齐治之；中寒，即为阳石刚齐治之。'臣意曰：'公所论远矣。扁鹊虽言若是，然必审诊，起度量，立规矩，称权衡，合色脉，表里有余不足顺逆之法，参其人动静与息相应，乃可以论。论曰"阳疾处内，阴形应外者，不加悍药及镵石"。夫悍药入中，则邪气辟矣，而宛气愈深。诊法曰"二阴应外，一阳接内者，不可以刚药"。刚药入则动阳，阴病益衰，阳病益著，邪气流行，为重困于俞，忿发为疽。'意告之后百余日，果为疽发乳上，入缺盆，死。此谓论之大体也，必有经纪⑱。拙工有一不习⑲，文理阴阳失矣。

"齐王故为阳虚侯时，病甚，众医皆以为蹶。臣意诊脉，以为痹，根在右胁下，大如覆杯，令人喘，逆气不能食。臣意即以火齐粥且饮，六日气下；即令更服丸药，出入六日⑳，病已。病得之内。诊之时不能识其经解，大识其病所在㉑。

"臣意尝诊安阳武都里成开方，开方自言以为不病，臣意谓之病苦沓风㉒，三岁四支不能自用，使人喑㉓，喑即死。今闻其四支不能用，喑而未死也。病得之数饮酒以见大风气。所以知成开方病者，诊之，其脉法奇咳言曰'藏气相反者死'。切之，得肾反肺，法曰'三岁死'也。

"安陵阪里公乘项处病，臣意诊脉，曰：'牡疝。'牡疝在鬲下，上连肺。病得之内。臣意谓之：'慎毋为劳力事，为劳力事则必呕血死。'处后蹴踘㉔，要蹶寒，汗出多，即呕血。臣意复诊之，曰：'当旦日日夕死。'即死。病得之内。所以知项处病者，切其脉得番阳。番阳入虚里，处旦日死。一番一络者，牡疝也。"

臣意曰："他所诊期决死生及所治已病众多，久颇忘之，不能尽识，不敢以对。"

问臣意："所诊治病，病名多同而诊异，或死或不死，何也？"对曰："病名多相类，不可知，故古圣人为之脉法，以起度量，立规矩，县权衡，案绳墨，调阴阳，别人之脉各名之，与天地相应，参合于人，故乃别百病以异之，有数者能异之，无数者同之。然脉法不可胜验，诊疾人以度异之，乃可别同名，命病主在所居。今臣意所诊者，皆有诊籍。所以别之者，臣意所受师方适成，师死，以故表籍所诊，期决死生，观所失所得者合脉法，以故至今知之。"

问臣意曰："所期病决死生，或不应期，何故？"对曰："此皆饮食喜怒不节，或不当饮药，或不当针灸，以故不中期死也。"

问臣意："意方能知病死生，论药用所宜，诸侯王大臣有尝问意者不？及文王病时，不求意诊治，何故？"对曰："赵王、胶西王、济南王、吴王皆使人来召臣意，臣意不敢往。文王病时，臣意家贫，欲为人治病，诚恐吏以除拘臣意也㊳，故移名数左右，不修家生，出行游国中，问善为方数者事之久矣，见事数师，悉受其要事，尽其方书意，及解论之。身居阳虚侯国，因事侯。侯入朝，臣意从之长安，以故得诊安陵项处等病也。"

问臣意："知文王所以得病不起之状？"臣意对曰："不见文王病，然窃闻文王病喘，头痛，目不明。臣意心论之，以为非病也。以为肥而蓄精，身体不得摇，骨肉不相任，故喘，不当医治。脉法曰：'年二十脉气当趋㊴，年三十当疾步，年四十当安坐，年五十当安卧，年六十已上气当大董㊵。'文王年未满二十，方脉气之趋也而徐之，不应天道四时。后闻医灸之即笃㊶，此论病之过也。臣意论之，以为神气争而邪气入，非年少所能复之也，以故死。所谓气者，当调饮食，择晏日㊷，车步广志㊸，以适筋骨肉血脉，以泻气。故年二十，是谓'易贸'，法不当砭灸，砭灸至气逐。"

问臣意："师庆安受之？闻于齐诸侯不？"对曰："不知庆所师受。庆家富，善为医，不肯为人治病，当以此故不闻。庆又告臣意曰：'慎毋令我子孙知若学我方也。'"

问臣意："师庆何见于意而爱意，欲悉教意方？"对曰："臣意不闻师庆为方善也。意所以知庆者，意少时好诸方事，臣意试其方，皆多验，精良。臣意闻菑川唐里公孙光善为古传方，臣意即往谒之。得见事之，受方化阴阳及传语法，臣意悉受书之。臣意欲尽受他精方，公孙光曰：'吾方尽矣，不为爱公所。吾身已衰，无所复事之。是吾年少所受妙方也，悉与公，毋以教人。'臣意曰：'得见事侍公前，悉得禁方，幸甚。意死不敢妄传人。'居有间，公孙光闲处，臣意深论方，见言百世为之精也。师光喜曰：'公必为国工㊹。吾有所善者皆疏，同产处临菑㊺，善为方，吾不若，其方甚奇，非世之所闻也。吾年中时，尝欲受其方，杨中倩不肯，曰："若非其人也。"胥与公往见之，当知公喜方也。其人亦老矣，其家给富。'时者未往，会庆子男殷来献马，因师光奏马王所，意以故得与殷善。光又属意于殷曰：'意好数㊻，公必谨遇之，其人圣儒。'即为书以意属阳庆，以故知庆。臣意事庆谨，以故爱意也。"

问臣意曰："吏民尝有事学意方，及毕尽得意方不？何县里人？"对曰："临菑人宋邑。邑学，臣意教以五诊，岁余。济北王遣太医高期、王禹学，臣意教以经脉高下及奇络结，当论俞所居，及气当上下出入邪正逆顺，以宜镵石，定砭灸处，岁余。菑川王时遣太仓马长冯信正方，臣意教以案法逆顺，论药法，定五味及和齐汤法。高永侯家丞杜信，喜脉，来学，臣意教以上下经脉五诊，二岁余。临菑召里唐安来学，臣意教以五诊上下经脉，奇咳，四时应阴阳重，未成，除为齐王侍医。"

问臣意："诊病决死生，能全无失乎？"臣意对曰："意治病人，必先切其脉，乃治之。败逆者不可治，其顺者乃治之。心不精脉，所期死生视可治，时时失之，臣意不能全也。"

太史公曰：女无美恶，居宫见妒；士无贤不肖，入朝见疑。故扁鹊以其伎见殃，仓公乃匿迹自隐而当刑。缇萦通尺牍㊼，父得以后宁。故老子曰"美好者不祥之器"，岂谓扁鹊等邪？若仓公者，可谓近之矣。

---

①舍长：旅店管理人。

②间（jiàn，音见）：秘密地；悄悄地。

③上池之水：露水。

④知物：明白事理；洞察事物。

⑤殆：大概。

⑥视见垣一方人：看见了墙那边的人。

⑦治：井然有序；太平；正常。

⑧寤（wǔ，音捂）：苏醒；清醒。

⑨之：到；去。　　帝：天帝；上帝。

⑩老：长久；持久。

⑪间（jiàn，音见）：病愈。

⑫钧天：天的中央。

⑬广乐：多种乐器合奏的乐曲。

⑭援：拉；拽。

⑮罴：马熊。

⑯笥（sì，音似）：盛饭食或衣服的竹器。

⑰属（zhǔ，音主）：托付；委托。

⑱治穰：举行祈祷祭礼。

⑲蹙（jué，音决）：通"蹶"。突然昏厥倒地。

⑳收：收殓。

㉑望：看；见。　　精光：尊容；容貌。　　侍谒：拜见。

㉒醴（lǐ，音礼）酒：甜酒。

㉓练精：修炼精神。　　易形：改换形体。

㉔文：斑纹。

㉕病应：疾病的外在反应。　　大表：身体表面。

㉖决者：决断的办法。

㉗曲止：停止在一个角度上。

㉘瞋（shùn，音顺）：眨眼。

㉙挢（jiǎo，音矫）：翘起；抬起。

㉚长终：永远死去。

㉛服臆：上气不接下气。

㉜魂精泄横：精神恍惚。

㉝潸（shān，音衫）：流泪的样子。

㉞忽忽：眼泪流动得很快的样子。　　承睫（jié，音洁）：眼泪挂在睫毛上。

㉟蹙（cù，音促）：迫促。

㊱腠理：皮肤下。

㊲司命：掌生命之神。

㊳微：隐微；不易见之事。

㊴蚤：通"早"。

㊵病：担忧；忧愁。

㊶病道少：治病的方法少。

㊷骄恣：骄横放纵。　　不论于理：不讲道理。

㊸羸：虚弱；消瘦。

㊹重：非常；很。

㊺带下医：即妇科医生。

㊻痹：麻木。

㊼伎：通"技"。技术；技艺。

㊽更受师：再次拜师。

㊾去：倾出；和盘端出。

㊿验：验证；灵验。

51传：专车押送。

52缓急：轻重缓急之事。

53伤：感伤；刺痛。

54非是也：都不正确。

55可：大约。　　　所：左右。

56要：总共。

57疽：毒疮。

58内：房事过度。

59忔（yì，音义）：烦厌。

60经：通"轻"。轻浮。

61逿（táng，音堂）：摇荡；冲击。

62前后溲：大小便。

63大溲：大小便畅通。

64擥（lǎn，音览）：通"揽"。

65濡：湿。

66有间：过了一会儿。

67脬（pāo，音抛）：膀胱。

68潘（xún，音循）：流动的样子。

69尸夺：言神散惟留尸身。

70少：通"小"。

71抟（tuán，音团）：聚；合。

72急期：短期；近期。

73迵（dòng，音洞）风：一种饮食即吐泻的病症。

74嗌（ài，音爱）：咽喉窒塞。

75汗出伏地：出汗时席地而卧。

76出及灊水：病随汗水而出。

77阿母：乳母。

78方：方术。

79为所是案法新：依据旧的方法技能而探究出新的花样。

80市：购买。

81曹偶：一共。

82倩：女婿。　　　京：仓库。

83效：效法。

84月事：月经。

85蛲：蛲虫。人体内的寄生虫。　　　瘕：结成块。

86经纪：规则；原则。

87拙工：庸医。

88出入：大约。

89大：大略；大概。

90沓风：中风病。

91喑：哑。

92蹴踘：古代一种踢球的游戏。

93除：任官职。

94趋：快跑。

95气：元气。　　　董：深藏。

96笃：病加重。

㊲晏：天晴朗无云。
㊳车步广志：或乘车，或步行，心胸开阔。
㊴国工：举国皆知的良医。
⑩同产：同胞（兄弟）。
⑩数：医术。
⑩通：递交。　尺牍：书信。

史记卷一百六

吴王濞列传第四十六

吴王濞者，高帝兄刘仲之子也。高帝已定天下，七年，立刘仲为代王。而匈奴攻代，刘仲不能坚守，弃国亡，间行走洛阳①，自归天子。天子为骨肉故，不忍致法，废以为郃阳侯。高帝十一年秋，淮南王英布反，东并荆地，劫其国兵，西度淮，击楚，高帝自将往诛之。刘仲子沛侯濞年二十，有气力，以骑将从破布军蕲西会甄，布走。荆王刘贾为布所杀，无后。上患吴、会稽轻悍，无壮王以填之②，诸子少，乃立濞于沛，为吴王，王三郡五十三城。已拜受印，高帝召濞相之③，谓曰："若状有反相。"心独悔，业已拜，因拊其背④，告曰："汉后五十年东南有乱者，岂若邪？然天下同姓为一家也，慎无反！"濞顿首曰："不敢。"

会孝惠、高后时，天下初定，郡国诸侯各务自拊循其民⑤。吴有豫章郡铜山，濞则招致天下亡命者盗铸钱，煮海水为盐，以故无赋，国用富饶。

孝文时，吴太子入见，得侍皇太子饮，博⑥。吴太子师傅皆楚人，轻悍，又素骄，博，争道，不恭，皇太子引博局提吴太子⑦，杀之。于是遣其丧归葬。至吴，吴王愠曰⑧："天下同宗，死长安即葬长安，何必来葬为！"复遣丧之长安葬。吴王由此稍失藩臣之礼，称病不朝。京师知其以子故称病不朝，验问实不病，诸吴使来，辄系责治之。吴王恐，为谋滋甚。及后使人为秋请⑨，上复责问吴使者，使者对曰："王实不病，汉系治使者数辈，以故遂称病。且夫'察见渊中鱼⑩，不祥'。今王始诈病，及觉，见责急，愈益闭，恐上诛之，计乃无聊⑪。唯上弃之而与更始⑫。"于是天子乃赦吴使者，归之，而赐吴王几杖，老，不朝。

吴得释其罪，谋亦益解。然其居国以铜盐故，百姓无赋。卒践更⑬，辄与平贾⑭。岁时存问茂材⑮，赏赐闾里。佗郡国吏欲来捕亡人者⑯，讼共禁弗予⑰。如此者四十余年，以故能使其众。

晁错为太子家令，得幸太子⑱，数从容言吴过可削⑲。数上书说孝文帝，文帝宽，不忍罚，以此吴日益横。及孝景帝即位，错为御史大夫，说上曰："昔高帝初定天下，昆弟少，诸子弱，大封同姓，故王孽子悼惠王王齐七十余城⑳，庶弟元王王楚四十余城，兄子濞王吴五十余城。封三庶孽，分天下半。今吴王前有太子之郄㉑，诈称病不朝，于古法当诛，文帝弗忍，因赐几杖，德至厚，当改过自新。乃益骄溢，即山铸钱㉒，煮海水为盐，诱天下亡人，谋作乱。今削之亦反，不削之亦反。削之，其反亟㉓，祸小；不削，反迟，祸大。"三年冬，楚王朝，晁错因言楚王戊往年为薄太后服㉔，私奸服舍，请诛之。诏赦，罚削东海郡。因削吴之豫章郡、会稽郡。及前二年赵王有罪，削其河间郡。胶西王卬以卖爵有奸，削其六县。

汉廷臣方议削吴。吴王濞恐削地无已，因以此发谋，欲举事。念诸侯无足与计谋者，闻胶西王勇，好气，喜兵，诸齐皆惮畏，于是乃使中大夫应高诳胶西王㉕。无文书，口报曰："吴王不肖，有宿夕之忧，不敢自外，使喻其欢心。"王曰："何以教之？"高曰："今者主上兴于奸，饰于邪臣，好小善，听谗贼，擅变更律令，侵夺诸侯之地，征求滋多，诛罚良善，日以益甚。里语有之，'舐糠及米㉖'。吴与胶西，知名诸侯也，一时见察，恐不得安肆矣。吴王身有内病，不能朝请二十余年，尝患见疑，无以自白，今胁肩累足㉗，犹惧不见释。窃闻大王以爵事有適㉘。所闻诸侯削地，罪不至此，此恐不得削地而已。"王曰："然！有之。子将奈何？"高曰："同恶相助，同好相留，同情相成，同欲相趋，同利相死。今吴王自以为与大王同忧，愿因时循理，弃躯以除患害于天下，亿亦可乎㉙？"王瞿然骇曰㉚："寡人何敢如是？今主上虽急㉛，固有死耳，安得不戴？"高曰："御史大夫晁错，荧惑天子，侵夺诸侯，蔽忠塞贤，朝廷疾怨，诸侯皆有倍畔之意，人事极矣。彗星出，蝗虫数起，此万世一时，而愁劳圣人之所以起也。故吴王欲内以晁错为讨，外随大王后车，彷徉天下，所乡者降，所指者下，天下莫敢不服。大王诚幸而许之一言，则吴王率楚王略函谷关，守荥阳、敖仓之粟，距汉兵。治次舍㉜，须大王。大王有幸而临之，则天下可并，两主分割，不亦可乎？"王曰："善！"高归报吴王，吴王犹恐其不与，乃身自为使，使于胶西，面结之。

胶西群臣或闻王谋㉝，谏曰："承一帝，至乐也。今大王与吴西乡，弟令事成㉞，两主分争，患乃始结。诸侯之地不足为汉郡什二㉟，而为畔逆以忧太后，非长策也。"王弗听。遂发使约齐、菑川、胶东、济南、济北，皆许诺。而曰"城阳景王有义，攻诸吕，勿与㊱，事定分之耳"。

诸侯既新削罚，振恐，多怨晁错。及削吴会稽、豫章郡书至，则吴王先起兵，胶西正月丙午诛汉吏二千石以下，胶东、菑川、济南、楚、赵亦然，遂发兵西。齐王后悔，饮药自杀，畔约。济北王城坏未完，其郎中令劫守其王，不得发兵。胶西为渠率㊲，胶东、菑川、济南共攻围临菑。赵王遂亦反，阴使匈奴与连兵。

七国之发也，吴王悉其士卒，下令国中曰："寡人年六十二，身自将。少子年十四，亦为士卒先。诸年上与寡人比，下与少子等者，皆发。"发二十余万人。南使闽越、东越。东越亦发兵从。

孝景帝三年正月甲子，初起兵于广陵。西涉淮，因并楚兵。发使遗诸侯书曰：

"吴王刘濞敬问胶西王、胶东王、菑川王、济南王、赵王、楚王、淮南王、衡山王、庐江王、故长沙王子：幸教寡人！以汉有贼臣，无功天下，侵夺诸侯地，使吏劫系讯治，以僇辱之为故，不以诸侯人君礼遇刘氏骨肉，绝先帝功臣，进任奸宄，诖乱天下㊳，欲危社稷。陛下多病志失，不能省察。欲举兵诛之，谨闻教。敝国虽狭，地方三千里；人虽少，精兵可具五十万。寡人素事南越三十余年，其王君皆不辞，分其卒以随寡人，又可得三十余万。寡人虽不肖，愿以身从诸王。越直长沙者㊴，因王子定长沙以北，西走蜀、汉中。告越、楚王、淮南三王，与寡人西面；齐诸王与赵王定河间、河内，或入临晋关，或与寡人会洛阳；燕王、赵王固与胡王有约，燕王北定代、云中，抟胡众入萧关，走长安，匡正天子，以安高庙。愿王勉之。楚元王子、淮南三王或不沐洗十余年，怨入骨髓，欲一有所出之久矣，寡人未得诸王之意，未敢听。今诸王苟能存亡继绝，振弱伐暴，以安刘氏，社稷之所愿也。敝国虽贫，寡人节衣食之用，积金钱、修兵革、聚谷食，夜以继日三十余年矣。凡为此，愿诸王勉用之。能斩捕大将者，赐金五千斤，封万户；列将，三千斤，封五千户；裨将，二千斤，封二千户；二千石，千斤，封千户；千石，五百斤，封五百户：皆为列侯。其以军若城邑降者，卒万人、邑万户，如得大将；人户五千，如得列将；人户三千，如得裨将；人户千，如得二千石；其小吏皆以差次受爵金。佗封赐皆倍军法㊶。其有故爵邑者，更益勿因㊷。愿诸王明以令士大夫，弗敢欺也。寡人金钱在天下者往往而有，非必取于吴，诸王日夜用之弗能尽。有当赐者告寡人，寡人且往遗之。敬以闻。"

七国反书闻天子，天子乃遣太尉条侯周亚夫将三十六将军，往击吴楚；遣曲周侯郦寄击赵；将军栾布击齐；大将军窦婴屯荥阳，监齐、赵兵。

吴楚反书闻，兵未发，窦婴未行，言故吴相袁盎。盎时家居，诏召入见。上方与晁错调兵筭军食㊸，上问袁盎曰："君尝为吴相，知吴臣田禄伯为人乎？今吴楚反，于公何如？"对曰："不足忧也，今破矣。"上曰："吴王即山铸钱，煮海水为盐，诱天下豪杰，白头举事。若此，其计不百全，岂发乎？何以言其无能为也？"袁盎对曰："吴有铜盐，利则有之，安得豪杰而诱之！诚令吴得豪杰，亦且辅王为义，不反矣。吴所诱皆无赖子弟、亡命铸钱奸人，故相率以反。"晁错曰："袁盎策之善。"上问曰："计安出？"盎对曰："愿屏左右。"上屏人，独错在。盎曰："臣所言，人臣不得知也。"乃屏错。错趋避东厢，恨甚。上卒问盎，盎对曰："吴楚相遗书，曰'高帝王子弟各有分地，今贼臣晁错擅适过诸侯，削夺之地'。故以反为名，西共诛晁错，复故地而罢。方今计独斩晁错，发使赦吴楚七国，复其故削地，则兵可无血刃而俱罢。"于是上嘿然良久，曰："顾诚何如，吾不爱一人以谢天下。"盎曰："臣愚，计无出此，愿上孰计之。乃拜盎为太常，吴王弟子德侯为宗正。盎装治行。后十余日，上使中尉召错，绐载行东市㊹。错衣朝衣斩东市。则遣袁盎奉宗庙，宗正辅亲戚，使告吴如盎策。至吴，吴楚兵已攻梁壁矣。宗正以亲故，先入见，谕吴王使拜受诏。吴王闻袁盎来，亦知其欲说己，笑而应曰："我已为东帝，尚何谁拜？"不肯见盎而留之军中，欲劫使将。盎不肯。使人围守，且杀之。盎得夜出，步亡去，走梁军，遂归报。

条侯将，乘六乘传㊺，会兵荥阳。至洛阳，见剧孟，喜曰："七国反，吾乘传至此，不自意全。又以为诸侯已得剧孟，剧孟今无动，吾据荥阳，以东无足忧者。"至淮阳，问父绛侯故客邓都尉曰："策安出？"客曰："吴兵锐甚，难与争锋。楚兵轻，不能久。方今为将军计，莫若引兵东北壁昌邑，以梁委吴㊻，吴必尽锐攻之。将军深沟高垒，使轻兵绝淮泗口，塞吴饷道。彼吴梁相敝而粮食竭，乃以全强制其罢极，破吴必矣。"条侯曰："善！"从其策，遂坚壁昌邑南，轻兵绝吴饷道。

吴王之初发也，吴臣田禄伯为大将军。田禄伯曰："兵屯聚而西，无佗奇道，难以就功。臣愿得五万人，别循江、淮而上，收淮南、长沙，入武关，与大王会，此亦一奇也。"吴王太子谏曰："王以反为名，此兵难以藉人，藉人亦且反王，奈何？且擅兵而别，多佗利害，未可知也，徒自损耳。"吴王即不许田禄伯。

吴少将桓将军说王曰："吴多步兵，步兵利险；汉多车骑，车骑利平地。愿大王所过城邑不下，直弃去，疾西据洛阳武库，食敖仓粟，阻山河之险以令诸侯，虽毋入关，天下固已定矣。即大王徐行，留下城邑，汉军车骑至，驰入梁、楚之郊，事败矣。"吴王问诸老将，老将曰："此少年推锋之计可耳㊼，安知大虑乎㊽！"于是王不用桓将军计。

吴王专并将其兵，未度淮，诸宾客皆得为将、校尉、候、司马，独周丘不得用。周丘者，下邳人，亡命吴，酤酒无行，吴王濞薄之，弗任。周丘上谒，说王曰："臣以无能，不得待罪行间。臣非敢求有所将，愿得王一汉节，必有以报王。"王乃予之。周丘得节，夜驰入下邳。下邳时闻吴反，皆城守。至传舍，召令。令入户，使从者以罪斩令。遂召昆弟所善豪吏告曰："吴反兵且至，至，屠下邳不过食顷㊾。今先下，家室必完，能者封侯矣。"出乃相告，下邳皆下。周丘一夜得三万人，使人报吴王，遂将其兵北略城邑。比至城阳，兵十余万，破城阳中尉军。闻吴王败走，自度无与共成功，即引兵归下邳。未至，疽发背死。

二月中，吴王兵既破，败走，于是天子制诏将军曰："盖闻为善者，天报之以福；为非者，天报之以殃。高皇帝亲表功德，建立诸侯，幽王、悼惠王绝无后，孝文皇帝哀怜加惠，王幽王子遂、悼惠王子卬等，令奉其先王宗庙，为汉藩国，德配天地，明并日月。吴王濞倍德反义，诱受天下亡命罪人，乱天下币⑩，称病不朝二十余年，有司数请濞罪，孝文皇帝宽之，欲其改行为善。今乃与楚王戊、赵王遂、胶西王卬、济南王辟光、菑川王贤、胶东王雄渠约从反，为逆无道，起兵以危宗庙，贼杀大臣及汉使者，迫劫万民，夭杀无罪，烧残民家，掘其丘冢，甚为暴虐。今卬等又重逆无道，烧宗庙，卤御物㉛，联甚痛之。朕素服避正殿，将军其劝士大夫击反虏。击反虏者，深入多杀为功，斩首捕虏比三百石以上者皆杀之，无有所置。敢有议诏及不如诏者，皆要斩㉜。"

初，吴王之度淮，与楚王遂西败棘壁，乘胜前，锐甚。梁孝王恐，遣六将军击吴，又败梁两将，士卒皆还走梁。梁数使使报条侯求救，条侯不许。又使使恶条侯于上，上使人告条侯救梁。复守便宜不行。梁使韩安国及楚死事相弟张羽为将军㉝，乃得颇败吴兵。吴兵欲西，梁城守坚，不敢西；即走条侯军，会下邑，欲战，条侯壁，不肯战。吴粮绝，卒饥，数挑战，遂夜奔条侯壁，惊东南。条侯使备西北，果从西北入。吴大败，士卒多饥死，乃畔散。于是吴王乃与其麾下壮士数千人夜亡去，度江走丹徒，保东越。东越兵可万余人，乃使人收聚亡卒。汉使人以利啖东越。东越即绐吴王，吴王出劳军，即使人鏦杀吴王，盛其头，驰传以闻。吴王子子华、子驹亡走闽越。吴王之弃其军亡也，军遂溃，往往稍降太尉、梁军。楚王戊军败，自杀。

三王之围齐临菑也，三月不能下。汉兵至，胶西、胶东、菑川王各引兵归。胶西王乃袒跣㉞，席稿，饮水，谢太后。王太子德曰："汉兵远，臣观之已罢，可袭，愿收大王余兵击之，击之不胜，乃逃入海，未晚也。"王曰："吾士卒皆已坏，不可发用。"弗听。汉将弓高侯頹当遗王书曰："奉诏诛不义，降者赦其罪，复故；不降者灭之。王何处？须以从事。"王肉袒叩头汉军壁，谒曰："臣卬奉法不谨，惊骇百姓，乃苦将军远道至于穷国，敢请菹醢之罪㉟。"弓高侯执金鼓见之，曰："王苦军事，愿闻王发兵状。"王顿首膝行对曰："今者，晁错天子用事臣，变更高皇帝法令，侵夺诸侯地。卬等以为不义，恐其败乱天下，七国发兵，且以诛错。今闻错已诛，卬等谨以罢兵归。"将军曰："王苟以错不善，何不以闻？及未有诏、虎符，擅发兵击义国。以此观之，意非欲诛错也。"乃出诏书为王读之。读之讫，曰："王其自图。"王曰："如卬等死有余罪。"遂自杀。太后、太子皆死。胶东、菑川、济南王皆死，国除，纳于汉。郦将军围赵十月而下之，赵王自杀。济北王以劫故，得不诛，徙王菑川。

初，吴王首反，并将楚兵，连齐、赵。正月起兵，三月皆破，独赵后下。复置元王少子平陆侯礼为楚王，续元王后。徙汝南王非王吴故地，为江都王。

太史公曰：吴王之王，由父省也㊱。能薄赋敛，使其众，以擅山海利。逆乱之萌，自其子兴。争技发难，卒亡其本；亲越谋宗，竟以夷陨。晁错为国远虑，祸反近身。袁盎权说㊲，初宠后辱。故古者诸侯地不过百里，山海不以封。"毋亲夷狄，以疏其属"，盖谓吴邪？"毋为权首㊳，反受其咎"，岂盎、错邪？

①间行：从小路逃走。
②壮：壮年；成年。
③相：相面。
④拊：拍；抚摸。
⑤拊循：安抚。

⑥博：下棋。

⑦博局：棋盘。　　提：掷击。

⑧愠：怒；怨。

⑨秋请：秋天朝见皇帝称"秋请"。春天则称"春朝"。

⑩察：洞察。　　渊中鱼：比喻臣下的阴私。

⑪无聊：无计可施。

⑫唯：希望；期望。　　更始：重新开始。

⑬卒：士兵。　　践更：自身亲服兵役。

⑭平贾：现行的代役价格。

⑮茂材：有优秀才能的人。

⑯佗：通"他"。其他。

⑰讼（róng，音容）：收容。

⑱幸：宠爱。

⑲从容（sǒng yǒng，音怂勇）：通"怂恿"。

⑳孽子：庶子。非正妻所生之子。

㉑郤（xī，音西）：裂痕；嫌隙。

㉒即山：依山。

㉓亟：迫切；急迫。

㉔服：守丧；居丧。

㉕洮（tiǎo，音挑）：引诱；挑逗。

㉖舐糠及米：开始吃糠到最后吃米。比喻得寸进尺。

㉗胁肩累足：两肩耸起，双足迭站。比喻畏惧至深。

㉘适：通"谪"。惩罚；处罚。

㉙亿：通"臆"。估计；揣度。

㉚瞿然：惊视的样子。

㉛急：急躁；办事浮燥。

㉜次舍：行辕。

㉝须：等待。

㉞或：有人；有的。

㉟弟令：即使；即便。

㊱什二：十分之二。

㊲与：结盟；联合。

㊳渠率：首领。

㊴诖（guà，音挂）乱：扰乱；惑乱。

㊵直：直通；连接。

㊶倍军法：按军法所规定的加倍奖赏赐予。

㊷勿因：不会只保有旧爵邑。

㊸笇（suàn，音算）：计算；核算。

㊹绐：欺骗。

㊺乘传：劣马驾的传车。汉制：上等马驾传车称置传，中等马驾传车称驰传。

㊻委：委付；托付。

㊼推锋：冲锋。

㊽大虑：大谋略。

㊾食顷：一顿饭的工夫。

㊿乱天下币：扰乱汉朝的币制。

51卤：通"掳"。

52要斩：腰斩。

(53)楚死事相：楚相张尚谏吴王而死。

(54)袒：脱去上衣。跣：脱掉鞋子。

(55)菹醢（zū hǎi，音租海）：把人剁成肉酱。

(56)省：降级。

(57)权说：随机而变以为辞说。

(58)权首：主谋。

史记卷一百七

魏其武安侯列传第四十七

魏其侯窦婴者，孝文后从兄子也。父世观津人①，喜宾客。孝文时，婴为吴相，病免。孝景初即位，为詹事。

梁孝王者，孝景弟也，其母窦大后爱之。梁孝王朝，因昆弟燕饮。是时上未立太子，酒酣，从容言曰："千秋之后传梁王。"太后欢。窦婴引卮酒进上，曰："天下者，高祖天下，父子相传，此汉之约也，上何以得擅传梁王！"太后由此憎窦婴。窦婴亦薄其官②，因病免。太后除窦婴门籍③，不得入朝请④。

孝景三年，吴、楚反，上察宗室诸窦毋如窦婴贤，乃召婴。婴入见，固辞谢病不足任。太后亦惭。于是上曰："天下方有急，王孙宁可以让邪⑤？"乃拜婴为大将军，赐金千斤。婴乃言袁盎、栾布诸名将贤士在家者进之。所赐金，陈之廊庑下，军吏过，辄令财取为用，金无入家者。窦婴守荥阳，监齐、赵兵。七国兵已尽破，封婴为魏其侯。诸游士宾客争归魏其侯。孝景时每朝议大事，条侯、魏其侯，诸列侯莫敢与亢礼⑥。

孝景四年，立栗太子，使魏其侯为太子傅。孝景七年，栗太子废，魏其数争不能得。魏其谢病，屏居蓝田南山之下数月⑦，诸宾客辩士说之，莫能来。梁人高遂乃说魏其曰："能富贵将军者，上也；能亲将军者，太后也。今将军傅太子，太子废而不能争；争不能得，又弗能死。自引谢病，拥赵女⑧，屏间处而不朝。相提而论，是自明扬主上之过。有如两宫螫将军⑨，则妻子毋类矣⑩。"魏其侯然之，乃遂起，朝请如故。

桃侯免相，窦太后数言魏其侯。孝景帝曰："太后岂以为臣有爱，不相魏其？魏其者，沾沾自喜耳，多易⑪，难以为相持重。"遂不用，用建陵侯卫绾为丞相。

武安侯田蚡者，孝景后同母弟也，生长陵。魏其已为大将军后，方盛，蚡为诸郎，未贵，往来侍酒魏其，跪起如子姓⑫。及孝景晚节⑬，蚡益贵幸，为太中大夫。蚡辩有口⑭，学《槃盂》诸书，王太后贤之。孝景崩，即日太子立，称制，所镇抚多有田蚡宾客计策。蚡弟田胜。皆以太后弟，孝景后三年封蚡为武安侯，胜为周阳侯。

武安侯新欲用事为相，卑下宾客，进名士家居者贵之，欲以倾魏其诸将相⑮。建元元年，丞相绾病免，上议置丞相、太尉。籍福说武安侯曰："魏其贵久矣，天下士素归之。今将军初兴，未如魏其，即上以将军为丞相，必让魏其。魏其为丞相，将军必为太尉。太尉、丞相尊等耳，又有让贤名。"武安侯乃微言太后风上⑯。于是乃以魏其侯为丞相，武安侯为太尉。籍福贺魏其侯，因吊曰："君侯资性喜善疾恶，方今善人誉君侯，故至丞相；然君侯且疾恶，恶人众，亦且毁君侯。君侯能兼容，则幸久；不能，今以毁去矣。"魏其不听。

· 魏其、武安俱好儒术，推毂赵绾为御史大夫⑰，王臧为郎中令。迎鲁申公，欲设明堂⑱，令列侯就国，除关⑲，以礼为服制，以兴太平。举適诸窦宗室毋节行者，除其属籍。时诸外家为列侯，列侯多尚公主，皆不欲就国，以故毁日至窦太后。太后好黄老之言，而魏其、武安、赵绾、王臧等务隆推儒术，贬道家言，是以窦太后滋不说魏其等。及建元二年，御史大夫赵绾请无奏事东宫。窦太后大怒，乃罢逐赵绾、王臧等，而免丞相、太尉，以柏至侯许昌为丞相，武疆侯庄青翟为御史大夫。魏其、武安由此以侯家居。

武安侯虽不任职，以王太后故，亲幸，数言事多效，天下吏士趋势利者，皆去魏其归武安。武安日益横。建元六年，窦太后崩，丞相昌、御史大夫青翟坐丧事不办，免。以武安侯蚡为丞相，以大司农韩安国为御史大夫。天下士郡诸侯愈益附武安。

武安者，貌侵⑳，生贵甚。又以为诸侯王多长，上初即位，富于春秋，蚡以肺腑为京师相，非痛折节以礼诎之，天下不肃。当是时，丞相入奏事，坐语移日，所言皆听。荐人或起家至二千石，权移主上。上乃曰："君除吏已尽未？吾亦欲除吏。"尝请考工地益宅，上怒曰："君何不遂取武库！"是后乃退。尝召客饮，坐其兄盖侯南乡，自坐东乡，以为汉相尊，不可以兄故私桡㉑。武安由此滋骄，治宅甲诸第。田园极膏腴，而市买郡县器物相属于道。前堂罗钟鼓，立曲旃㉒；后房妇女以百数。诸侯奉金玉狗马玩好，不可胜数。

魏其失窦太后，益疏不用，无势，诸客稍稍自引而怠傲，唯灌将军独不失故。魏其日默默不得志，而独厚遇灌将军。

灌将军夫者，颍阴人也。夫父张孟，尝为颍阴侯婴舍人，得幸，因进之至二千石，故蒙灌氏姓为灌孟。吴、楚反时，颍阴侯灌何为将军，属太尉，请灌孟为校尉。夫以千人与父俱。灌孟年老，颍阴侯强请之，郁郁不得意，故战常陷坚，遂死吴军中。军法，父子俱从军，有死事，得与丧归。灌夫不肯随丧归，奋曰："愿取吴王若将军头㉓，以报父之仇。"于是灌夫被甲持戟，募军中壮士所善愿从者数十人，及出壁门，莫敢前，独二人及从奴十数骑驰入吴军，至吴将麾下，所杀伤数十人。不得前，复驰还，走入汉壁，皆亡其奴，独与一骑归。夫身中大创十余，适有万金良药，故得无死。夫创少瘳㉔，又复请将军曰："吾益知吴壁中曲折，请复往。"将军壮义之，恐亡夫，乃言太尉，太尉乃固止之。吴已破，灌夫以此名闻天下。

颍阴侯言之上，上以夫为中郎将。数月，坐法去。后家居长安，长安中诸公莫弗称之㉕。孝景时，至代相。孝景崩，今上初即位，以为淮阳天下交，劲兵处，故徙夫为淮阳太守。建元元年，入为太仆。二年，夫与长乐卫尉窦甫饮，轻重不得㉖，夫醉，搏甫㉗。甫，窦太后昆弟也。上恐太后诛夫，徙为燕相。数岁，坐法去官，家居长安。

灌夫为人刚直，使酒㉘，不好面谀。贵戚诸有势在己之右㉙，不欲加礼，必陵之；诸士在己之左，愈贫贱，尤益敬，与钧㉚。稠人广众，荐宠下辈。士亦以此多之。

夫不喜文学，好任侠，已然诺㉛。诸所与交通，无非豪杰大猾。家累数千万，食客日数十百人。陂池田园，宗族宾客为权利，横于颍川。颍川儿乃歌之曰："颍水清，灌氏宁；颍水浊；灌氏族。"

灌夫家居虽富，然失势，卿相、侍中、宾客益衰。及魏其侯失势，亦欲倚灌夫引绳批根生平慕之后弃之者㉜。灌夫亦倚魏其而通列侯宗室为名高。两人相为引重，其游如父子然，相得欢甚，无厌㉝，恨相知晚也。

灌夫有服㉞，过丞相。丞相从容曰："吾欲与仲孺过魏其侯，会仲孺有服。"灌夫曰："将军乃肯幸临况魏其侯⑤，夫安敢以服为解！请语魏其侯帐具，将军旦日蚤临。"武安许诺。灌夫具语魏其侯如所谓武安侯。魏其与其夫人益市牛酒，夜洒埽，早帐具至旦。平明，令门下候伺。至日中，丞相不来。魏其谓灌夫曰："丞相岂忘之哉？"灌夫不怿，曰："夫以服请，宜往。"乃驾，自往迎丞相。丞相特前戏许灌夫，殊无意往。及夫至门，丞相尚卧。于是夫人见，曰："将军昨日幸许过魏其，魏其夫妻治具，自旦至今，未敢尝食。"武安鄂㊱，谢曰："吾昨日醉，忽忘与仲孺言。"乃驾往。又徐行，灌夫愈益怒。及饮酒酣，夫起舞属丞相㊲，丞相不起，夫从坐上语侵之。魏其乃扶灌夫去，谢丞相。丞相卒饮至夜，极欢而去。

丞相尝使籍福请魏其城南田。魏其大望曰："老仆虽弃，将军虽贵，宁可以势夺乎！"不许。灌夫闻，怒，骂籍福。籍福恶两人有郤㊳，乃谩自好谢丞相曰㊴："魏其老且死，易忍，且待之。"已而武安闻魏其、灌夫实怒不予田，亦怒曰："魏其子尝杀人，蚡活之。蚡事魏其无所不可，何爱数顷田？且灌夫何与也㊵？吾不敢复求田。"武安由此大怨灌夫、魏其。

元光四年春，丞相言灌夫家在颍川，横甚，民苦之，请案。上曰："此丞相事，何请？"灌夫亦持丞相阴事，为奸利，受淮南王金与语言。宾客居间㊶，遂止，俱解。

夏，丞相取燕王女为夫人，有太后诏，召列侯宗室皆往贺。魏其侯过灌夫，欲与俱。夫谢曰："夫数以酒失得过丞相，丞相今者又与夫有郤。"魏其曰："事已解。"强与俱。饮酒酣，武安起为寿，坐皆避席伏。已魏其侯为寿，独故人避席耳，余半膝席。灌夫不悦，起行酒，至武安，武安膝席曰："不能满觞。"夫怒，因嘻笑曰："将军贵人也，属之！"时武安不肯。行酒次至临汝侯，临汝侯方与程不识耳语，又不避席。夫无所发怒，乃骂临汝侯曰："生平毁程不识不直一钱，今日长者为寿，乃效女儿呫嗫耳语！"武安谓灌夫曰："程、李俱东西宫卫尉，今众辱程将军，仲孺独不为李将军地乎？"灌夫曰："今日斩头陷匈，何知程、李乎！"坐乃起更衣㊷，稍稍去。魏其侯去，麾灌夫出㊸。武安遂怒曰："此吾骄灌夫罪。"乃令骑留灌夫。灌夫欲出不得。籍福起为谢，案灌夫项令谢㊹。夫愈怒，不肯谢。武安乃麾骑缚夫置传舍，召长史曰："今日召宗室，有诏。"劾灌夫骂坐不敬，系居室㊺。遂按其前事，遣吏分曹逐捕诸灌氏支属，皆得弃市罪。魏其侯大愧，为资使宾客请，莫能解。武安吏皆为耳目，诸灌氏皆亡匿，夫系，遂不得告言武安阴事。

魏其锐身为救灌夫㊻，夫人谏魏其曰："灌将军得罪丞相，与太后家忤，宁可救邪？"魏其侯曰："侯自我得之，自我捐之，无所恨。且终不令灌仲孺独死，婴独生。"乃匿其家，窃出上书。立召入，具言灌夫醉饱事，不足诛。上然之，赐魏其食，曰："东朝廷辩之。"

魏其之东朝，盛推灌夫之善，言其醉饱得过，乃丞相以他事诬罪之。武安又盛毁灌夫所为横恣，罪逆不道。魏其度不可奈何，因言丞相短。武安曰："天下幸而安乐无事，蚡得为肺腑，所好音乐狗马田宅。蚡所爱倡优巧匠之属，不如魏其、灌夫日夜招聚天下豪杰壮士与论议，腹诽而心谤，不仰视天而俯画地，辟倪两宫间㊼，幸天下有变，而欲有大功。臣乃不知魏其等所为。"于是上问朝臣："两人孰是？"御史大夫韩安国曰："魏其言灌夫父死事，身荷戟驰入不测之吴军，身被数十创，名冠三军，此天下壮士。非有大恶，争杯酒，不足引他过以诛也。魏其言是也。丞相亦言灌夫通奸猾，侵细民，家累巨万，横恣颍川，凌轹宗室，侵犯骨肉，此所谓'枝大于本，胫大于股，不折必披'，丞相言亦是。唯明主裁之。"主爵都尉汲黯是魏其。内史郑当时是魏其，后不敢坚对。余皆莫敢对。上怒内史曰："公平生数言魏其、武安长短，今日廷论，局趣效辕下驹㊽，吾并斩若属矣。"即罢起入，上食太后。太后亦已使人候伺，具以告太后。太后怒，不食，曰："今我在也，而人皆藉吾弟㊾，令我百岁后，皆鱼肉之矣。且帝宁能为石人邪！此特帝在，即录录㊿，设百岁后，是属宁有可信者乎？"上谢曰："俱宗室外家，故廷辩之。不然，此一狱吏所决耳。"是时郎中令石建为上分别言两人事⑤。

武安已罢朝，出止车门，召韩御史大夫载，怒曰："与长孺共一老秃翁，何为首鼠两端?"韩御史良久谓丞相曰："君何不自喜? 夫魏其毁君，君当免冠解印绶归，曰'臣以肺腑幸得待罪，固非其任，魏其言皆是。'如此，上必多君有让，不废君。魏其必内愧，杜门龁舌自杀②。今人毁君，君亦毁人，譬如贾竖女子争言，何其无大体也!"武安谢罪曰："争时急，不知出此。"

于是上使御史簿责魏其所言灌夫㉝，颇不雠㉞，欺谩。劾系都司空。孝景时，魏其常受遗诏⑤，曰"事有不便，以便宜论上。"及系，灌夫罪至族，事日急，诸公莫敢复明言于上。魏其乃使昆弟子上书言之，幸得复召见。书奏上，而案尚书大行无遗诏。诏书独藏魏其家，家丞封。乃劾魏其矫先帝诏，罪当弃市。五年十月，悉论灌夫及家属。魏其良久乃闻，闻即恚，病痱，不食欲死。或闻上无意杀魏其，魏其复食，治病。议定不死矣。乃有蜚语为恶言闻上，故以十二月晦论弃市渭城。

其春，武安侯病，专呼服谢罪。使巫视鬼者视之，见魏其、灌夫共守，欲杀之。竟死。子恬嗣。元朔三年，武安侯坐衣襜褕入宫㊱，不敬。

淮南王安谋反觉，治㊲。王前朝㊳，武安侯为太尉，时迎王至霸上，谓王曰："上未有太子，大王最贤，高祖孙，即宫车晏驾，非大王立当谁哉!"淮南王大喜，厚遗金财物。上自魏其时不直武安㊴，特为太后故耳。及闻淮南王金事，上曰："使武安侯在者，族矣。"

太史公曰：魏其、武安皆以外戚重，灌夫用一时决策而名显。魏其之举以吴、楚，武安之贵在日月之际。然魏其诚不知时变，灌夫无术而不逊，两人相翼，乃成祸乱。武安负贵而好权，杯酒责望，陷彼两贤。呜呼哀哉! 迁怒及人，命亦不延。众庶不载㊱，竟被恶言。呜呼哀哉! 祸所从来矣!

---

①父世：父祖辈世代。

②薄：轻视；嫌弃。

③门籍：进出宫门的名籍。

④朝：诸侯春天朝见天子称朝，秋天称请。

⑤王孙：窦婴的字。

⑥亢：通"抗"。

⑦屏：隐退。

⑧赵女：美女。

⑨两宫：指住在西宫（未央宫）的景帝和住在东宫（长乐宫）的窦太后。　螫：怨恨

⑩毋类：无一幸免。

⑪易：轻率。

⑫子姓：儿孙。

⑬晚节：晚年。

⑭辩：善于辞令。　口：口才。

⑮倾：倾轧。

⑯风：示意；暗示。

⑰推毂：推荐。

⑱明堂：帝王宣明政教的大殿。

⑲关：关禁。

⑳侵：短小、丑恶。

㉑桡（náo，音挠）：委曲；曲就。

㉒曲旃：曲柄旗。古代君王用来招士的旗子。

㉓若：或者。

㉔少瘳：稍稍有些愈合。

㉕莫弗称之：没有不称赞他的。

㉖轻重不得：酒饮得太多不知事之轻重。

㉗搏：殴打。

㉘使酒：酗酒使气。

㉙右：汉以右为尊左为卑。

㉚与钧：平等相待。

㉛已然诺：答应的事必做。已，兑现。

㉜引绳批根：教训；惩戒。

㉝厌：嫌弃。

㉞有服：家中有人去世。

㉟临况：惠顾；光临。

㊱鄂：惊讶；吃惊。

㊲属：邀请；劝说。

㊳恶：不愿意。

㊴谩：假装。　　好谢：好言劝说。

㊵与：干涉。

㊶居间：从中调解。

㊷坐：在坐的宾客。　　更衣：上厕所。

㊸麾：招手示意。

㊹案：通“按”。

㊺居室：关押官吏的囚室。

㊻锐身：挺身而出。

㊼辟倪：邪视。

㊽局趣：通“局促”。

㊾藉：蹈；踏。

㊿录录：随声附合。

51分别：避开众人。

52啧（zé，音责）：咬。

53簿：案卷。　　责：调查。指依案卷上的记载的罪状调查。

54雠：对答。

55常：通“尝”。曾经。

56襜褕（chān yú，音搀于）：短衣。

57治：严加追查。

58前朝：前次入朝觐见。

59不直：行事不公。

60载：爱戴；拥护。

史记卷一百八

韩长孺列传第四十八

御史大夫韩安国者，梁成安人也，后徙睢阳。尝受《韩子》、杂家说于驺田生所。事梁孝王为中大夫。吴、楚反时，孝王使安国及张羽为将，扞吴兵于东界①。张羽力战，安国持重，以故吴不能过梁。吴、楚已破，安国、张羽名由此显。

梁孝王，景帝母弟，窦太后爱之，令得自请置相、二千石，出入游戏，僭于天子。天子闻之，心弗善也。太后知帝不善，乃怒梁使者，弗见，案责王所为。韩安国为梁使，见大长公主而泣曰：“何梁王为人子之孝，为人臣之忠，而太后曾弗省也？夫前日吴、楚、齐、赵七国反时，自关以东皆合从西乡，惟梁最亲为艰难。梁王念太后、帝在中，而诸侯扰乱，一言泣数行下，跪送臣等六人将兵击却吴、楚，吴、楚以故兵不敢西，而卒破亡，梁王之力也。今太后以小节苛礼责望梁王。梁王父兄皆帝王，所见者大，故出称跸，入言警，车旗皆帝所赐也，即欲以侘鄙县②，驱驰国中，以夸诸侯，令天下尽知太后、帝爱之也。今梁使来，辄案责之。梁王恐，日夜涕泣思慕，不知所为。何梁王之为子孝，为臣忠，而太后弗恤也？”大长公主具以告太后，太后喜曰：“为言之帝。”言之，帝心乃解，而免冠谢太后曰：“兄弟不能相教，乃为太后遗忧。”悉见梁使，厚赐之。其后梁王益亲欢。太后、长公主更赐安国可直千余金③。名由此显，结于汉。

其后安国坐法抵罪，蒙狱吏田甲辱安国。安国曰：“死灰独不复然乎？”田甲曰：“然即溺之。”居无何，梁内史缺，汉使使者拜安国为梁内史，起徒中为二千石。田甲亡走。安国曰：“甲不就官，我灭而宗。”甲因肉袒谢。安国笑曰：“可溺矣！公等足与治乎？”卒善遇之。

梁内史之缺也，孝王新得齐人公孙诡，说之，欲请以为内史。窦太后闻，乃诏王以安国为内史。

公孙诡、羊胜说孝王求为帝太子及益地事，恐汉大臣不听，乃阴使人刺汉用事谋臣。及杀故吴相袁盎，景帝遂闻诡、胜等计画，乃遣使捕诡、胜，必得。汉使十辈至梁，相以下举国大索，月余不得。内史安国闻诡、胜匿孝王所，安国入见王而泣曰：“主辱臣死。大王无良臣，故事纷纷至此。今诡、胜不得，请辞赐死。”王曰：“何至此？”安国泣数行下，曰：“大王自度于皇帝孰与太上皇之与高皇帝及皇帝之与临江王亲？”孝王曰：“弗如也。”安国曰：“夫太上、临江亲父子之间，然而高帝曰‘提三尺剑取天下者朕也’，故太上皇终不得制事，居于栎阳。临江王，適长太子也④，以一言过，废王临江；用宫垣事，卒自杀中尉府。何者？治天下终不以私乱公。语曰：‘虽有亲父，安知其不为虎？虽有亲兄，安知其不为狼？’今大王列在诸侯，悦一邪臣浮说，犯上禁，桡明法。天子以太后故，不忍致法于王。太后日夜涕泣，幸大王自改⑤，而大王终不觉寤。有如太后宫车即晏驾，大王尚谁攀乎？”语未卒，孝王泣数行下，谢安国曰：“吾今出诡、胜。”诡、胜自杀。汉使还报，梁事皆得释，安国之力也。于是景帝、太后益重安国。

孝王卒，共王即位，安国坐法失官，居家。

建元中，武安侯田蚡为汉太尉，亲贵用事，安国以五百金物遗蚡。蚡言安国太后，天子亦素闻其贤，即召以为北地都尉，迁为大司农。闽越、东越相攻，安国及大行王恢将。兵未至越，越杀其王降，汉兵亦罢。

建元六年，武安侯为丞相，安国为御史大夫。

匈奴来请和亲，天子下议。大行王恢，燕人也，数为边吏，习知胡事。议曰："汉与匈奴和亲，率不过数岁即复倍约。不如勿许，兴兵击之。"安国曰："千里而战，兵不获利。今匈奴负戎马之足，怀禽兽之心，迁徙鸟举⑥，难得而制也。得其地不足以为广，有其众不足以为强。自上古不属为人⑦。汉数千里争利，则人马罢，虏以全制其敝。且强弩之极，矢不能穿鲁缟；冲风之末，力不能漂鸿毛。非初不劲，末力衰也。击之不便，不如和亲。"群臣议者多附安国，于是上许和亲。

其明年，则元光元年，雁门马邑豪聂翁壹因大行王恢言上曰："匈奴初和亲，亲信边，可诱以利。"阴使聂翁壹为间，亡入匈奴，谓单于曰："吾能斩马邑令丞吏，以城降，财物可尽得。"单于爱信之，以为然，许聂翁壹。聂翁壹乃还，诈斩死罪囚，县其头马邑城，示单于使者为信。曰："马邑长吏已死，可急来。"于是单于穿塞将十余万骑⑧，入武州塞。

当是时，汉伏兵车骑材官三十余万，匿马邑旁谷中。卫尉李广为骁骑将军，太仆公孙贺为轻车将军，大行王恢为将屯将军，太中大夫李息为材官将军，御史大夫韩安国为护军将军，诸将皆属护军。约单于入马邑而汉兵纵发。王恢、李息、李广别从代主击其辎重。于是单于入汉长城武州塞。未至马邑百余里，行掠卤，徒见畜牧于野，不见一人。单于怪之，攻烽燧，得武州尉史，欲刺问尉史。尉史曰："汉兵数十万伏马邑下。"单于顾谓左右曰："几为汉所卖！"乃引兵还。出塞，曰："吾得尉史，乃天也。"命尉史为"天王"。塞下传言单于已引去。汉兵追至塞，度弗及，即罢。王恢等兵三万，闻单于不与汉合⑨，度往击辎重，必与单于精兵战，汉兵势必败，则以便宜罢兵。皆无功。

天子怒王恢不出击单于辎重，擅引兵罢也。恢曰："始约虏人马邑城，兵与单于接，而臣击其辎重，可得利。今单于闻，不至而还，臣以三万人众不敌，祗取辱耳⑩。臣固知还而斩，然得完陛下士三万人。"于是下恢廷尉。廷尉当恢逗桡⑪，当斩。恢私行千金丞相蚡。蚡不敢言上，而言于太后曰："王恢首造马邑事，今不成而诛恢，是为匈奴报仇也。"上朝太后，太后以丞相言告上。上曰："首为马邑事者，恢也，故发天下兵数十万，从其言，为此。且纵单于不可得，恢所部击其辎重，犹颇可得，以慰士大夫心⑫。今不诛恢，无以谢天下。"于是恢闻之，乃自杀。

安国为人多大略，智足以当世取合，而出于忠厚焉。贪嗜于财，所推举皆廉士，贤于己者也。于梁举壶遂、臧固、郅他，皆天下名士，士亦以此称慕之，唯天子以为国器。安国为御史大夫四岁余，丞相田蚡死，安国行丞相事，奉引堕车蹇⑬。天子议置相，欲用安国，使使视之，蹇甚，乃更以平棘侯薛泽为丞相。安国病免数月，蹇愈，上复以安国为中尉。岁余，徙为卫尉。

车骑将军卫青击匈奴，出上谷，破胡茏城。将军李广为匈奴所得，复失之；公孙敖大亡卒：皆当斩，赎为庶人。明年，匈奴大入边，杀辽西太守，及入雁门，所杀略数千人。车骑将军卫青击之，出雁门，卫尉安国为材官将军，屯于渔阳。安国捕生虏，言匈奴远去。即上书言方田作时，请且罢军，屯。罢军屯月余，匈奴大入上谷、渔阳。安国壁乃有七百余人，出与战，不胜，复入壁。匈奴虏略千余人及畜产而去。天子闻之，怒，使使责让安国。徙安国益东，屯右北平，是时匈奴虏言当入东方。

安国始为御史大夫及护军，后稍斥疏，下迁。而新幸壮将军卫青等有功，益贵。安国既疏远，默默也；将屯又为匈奴所欺，失亡多，甚自愧。幸得罢归，乃益东徙屯。意忽忽不乐，数月，病欧血死。安国以元朔二年中卒。

太史公曰：余与壶遂定律历，观韩长孺之义，壶遂之深中隐厚⑭。世之言梁多长者，不虚哉！壶遂官至詹事，天子方倚以为汉相，会遂卒，不然。壶遂之内廉行修，斯鞠躬君子也。

---

①扞：抵御；抵抗。

②佗：通"诧"。夸耀。

③可：大约。

④適：通"嫡"。

⑤幸：希望。

⑥鸟举：像鸟一样飞来飞去。

⑦不属为人：不内属为中国人民。

⑧穿：通过。

⑨合：交战。

⑩梶：通"只"。

⑪当：判处；判罪。　　逗桡：避敌观望。

⑫士大夫：指将士。

⑬蹇：跛足。

⑭深中隐厚：内心忠厚。

史记卷一百九

李将军列传第四十九

李将军广者，陇西成纪人也。其先曰李信，秦时为将，逐得燕太子丹者也。故槐里，徙成纪。广家世世受射。孝文帝十四年，匈奴大入萧关，而广以良家子从军击胡①，用善骑射，杀首虏多，为汉中郎。广从弟李蔡亦为郎，皆为武骑常侍，秩八百石。尝从行，有所冲陷折关及格猛兽，而文帝曰："惜乎，子不遇时！如令子当高帝时，万户侯岂足道哉！"

及孝景初立，广为陇西都尉，徙为骑郎将。吴、楚军时，广为骁骑都尉，从太尉亚夫击吴、楚军，取旗，显功名昌邑下。以梁王授广将军印，还，赏不行。徙为上谷太守，匈奴日以合战。典属国公孙昆邪为上泣曰："李广才气，天下无双，自负其能，数与虏敌战，恐亡之。"于是乃徙为上郡太守。后广转为边郡太守，徙上郡。尝为陇西、北地、雁门、代郡、云中太守，皆以力战为名。

匈奴大入上郡，天子使中贵人从广勒习兵击匈奴②。中贵人将骑数十纵，见匈奴三人，与战。三人还射，伤中贵人，杀其骑且尽。中贵人走广。广曰："是必射雕者也。"广乃遂从百骑往驰三人。三人亡马步行，行数十里。广令其骑张左右翼，而广身自射彼三人者，杀其二人，生得一人。果匈奴射雕者也。已缚之上马，望匈奴有数千骑，见广，以为诱骑，皆惊，上山陈。广之百骑皆大恐，欲驰还走。广曰："吾去大军数十里，今如此以百骑走，匈奴追射我立尽。今我留，匈奴必以我为大军之诱，必不敢击我。"广令诸骑曰："前！"前未到匈奴陈二里所，止，令曰："皆下马解鞍！"其骑曰："虏多且近，即有急，奈何？"广曰："彼虏以我为走，今皆解鞍以示不走，用坚其意。"于是胡骑遂不敢击。有白马将出护其兵，李广上马与十余骑奔射杀胡白马将，而复还至其骑中，解鞍，令士皆纵马卧。是时会暮，胡兵终怪之，不敢击。夜半时，胡兵亦以为汉有伏军于旁欲夜取之，胡皆引兵而去。平旦，李广乃归其大军。大军不知广所之，故弗从。

居久之，孝景崩，武帝立，左右以为广名将也。于是广以上郡太守为未央卫尉，而程不识亦为长乐卫尉。程不识故与李广俱以边太守将军屯，及出击胡，而广行无部伍行陈，就善水草屯，舍止，人人自便，不击刀斗以自卫③，莫府省约文书籍事，然亦远斥候，未尝遇害。程不识正部曲行伍营陈、击刀斗，士吏治军簿至明，军不得休息，然亦未尝遇害。不识曰："李广军极简易，然虏卒犯之，无以禁也；而其士卒亦佚乐，咸乐为之死。我军虽烦扰，然虏亦不得犯我。"是时汉边郡李广、程不识皆为名将，然匈奴畏李广之略，士卒亦多乐从李广而苦程不识。程不识孝景时以数直谏为太中大夫，为人廉，谨于文法。

后汉以马邑城诱单于，使大军伏马邑旁谷。而广为骁骑将军，领属护军将军。是时单于觉之，去，汉军皆无功。其后四岁，广以卫尉为将军，出雁门击匈奴。匈奴兵多，破败广军，生得广。单于素闻广贤，令曰："得李广必生致之。"胡骑得广，广时伤病，置广两马间，络而盛卧广④。行十余里，广详死⑤，睨其旁有一胡儿骑善马，广暂腾而上胡儿马⑥，因推堕儿，取其弓，鞭马南驰数十里，复得其余军，因引而入塞。匈奴捕者骑数百追之，广行取胡儿弓，射杀追骑，以故得脱。于是至汉，汉下广吏。吏当广所失亡多，为虏所生得，当斩，赎为庶人。

顷之，家居数岁。广家与故颍阴侯孙屏野居蓝田南山中射猎⑦。尝夜从一骑出，从人田间饮。还至霸陵亭，霸陵尉醉，呵止广。广骑曰："故李将军。"尉曰："今将军尚不得夜行，何乃故也！"止广宿亭下。

居无何，匈奴入杀辽西太守，败韩将军，后韩将军徙右北平。于是天子乃召拜广为右北平太守。广即请霸陵尉与俱，至军而斩之。

广居右北平，匈奴闻之，号曰："汉之飞将军"，避之，数岁不敢入右北平。

广出猎，见草中石，以为虎而射之，中石没镞。视之，石也。因复更射之，终不能复入石矣。广所居郡闻有虎，尝自射之。及居右北平射虎，虎腾伤广，广亦竟射杀之。

广廉，得赏赐辄分其麾下，饮食与士共之。终广之身，为二千石四十余年，家无余财，终不言家产事。广为人长，猿臂，其善射亦天性也，虽其子孙他人学者，莫能及广。广讷口少言，与人居则画地为军陈，射阔狭以饮。专以射为戏，竟死。广之将兵，乏绝之处，见水，士卒不尽饮，广不近水。士卒不尽食，广不尝食。宽缓不苛，士以此爱乐为用。其射，见敌急，非在数十步之内，度不中不发，发即应弦而倒。用此，其将兵数困辱，其射猛兽亦为所伤云。

居顷之，石建卒，于是上召广代建为郎中令。元朔六年，广复为后将军，从大将军军出定襄击匈奴。诸将多中首虏率，以功为侯者，而广军无功。后二岁，广以郎中令将四千骑出右北平，博望侯张骞将万骑与广俱，异道。行可数百里，匈奴左贤王将四万骑围广，广军士皆恐，广乃使其子敢往驰之。敢独与数十骑驰，直贯胡骑，出其左右而还，告广曰："胡虏易与耳⑧。"军士乃安。广为圜陈外向，胡急击之，矢下如雨。汉兵死者过半，汉矢且尽。广乃令士持满毋发，而广身自以大黄射其裨将⑨，杀数人，胡虏益解。会日暮，吏士皆无人色，而广意气自如，益治军。军中自是服其勇也。明日，复力战，而博望侯军亦至，匈奴军乃解去。汉军罢，弗能追。是时广军几没，罢归。汉法，博望侯留迟后期，当死，赎为庶人。广军功自如⑩，无赏。

初，广之从弟李蔡与广俱事孝文帝。景帝时，蔡积功劳至二千石。孝武帝时，至代相。以元朔五年为轻车将军，从大将军击右贤王，有功，中率①，封为乐安侯。元狩二年中，代公孙弘为丞相。蔡为人在下中，名声出广下甚远，然广不得爵邑，官不过九卿，而蔡为列侯，位于三公。诸广之军吏及士卒或取封侯。广尝与望气王朔燕语，曰：“自汉击匈奴而广未尝不在其中，而诸部校尉以下，才能不及中人，然以击胡军功取侯者数十人，而广不为后人，然无尺寸之功以得封邑者，何也？岂吾相不当侯邪？且固命也？”朔曰：“将军自念，岂尝有所恨乎？”广曰：“吾尝为陇西守，羌尝反，吾诱而降，降者八百余人，吾诈而同日杀之。至今大恨独此耳。”朔曰：“祸莫大于杀已降，此乃将军所以不得侯者也。”

　　后二岁，大将军、骠骑将军大出击匈奴，广数自请行。天子以为老，弗许；良久乃许之，以为前将军。是岁，元狩四年也。

　　广既从大将军青击匈奴，既出塞，青捕虏知单于所居，乃自以精兵走之②，而令广并于右将军军，出东道。东道少回远，而大军行水草少，其势不屯行。广自请曰：“臣部为前将军，今大将军乃徙令臣出东道，且臣结发而与匈奴战，今乃一得当单于，臣愿居前，先死单于。”大将军青亦阴受上诫，以为李广老，数奇③，毋令当单于，恐不得所欲。而是时公孙敖新失侯，为中将军从大将军，大将军亦欲使敖与俱当单于，故徙前将军广。广时知之，固自辞于大将军。大将军不听，令长史封书与广之莫府，曰：“急诣部，如书。”广不谢大将军而起行，意甚愠怒而就部，引兵与右将军食其合军出东道。军亡导，或失道，后大将军。大将军与单于接战，单于遁走，弗能得而还。南绝幕④，遇前将军、右将军。广已见大将军，还入军。大将军使长史持糒醪遗广⑤，因问广、食其失道状，青欲上书报天子军曲折⑯。广未对，大将军使长史急责广之幕府对簿。广曰：“诸校尉无罪，乃我自失道。吾今自上簿。”

　　至莫府，广谓其麾下曰：“广结发与匈奴大小七十余战，今幸从大将军出接单于兵，而大将军又徙广部行回远，而又迷失道，岂非天哉！且广年六十余矣，终不能复对刀笔之吏。”遂引刀自刭。广军士大夫一军皆哭。百姓闻之，知与不知，无老壮皆为垂涕。而右将军独下吏，当死，赎为庶人。

　　广子三人，曰当户、椒、敢，为郎。天子与韩嫣戏，嫣少不逊，当户击嫣，嫣走。于是天子以为勇。当户早死，拜椒为代郡太守，皆先广死。当户有遗腹子名陵。广死军时，敢从骠骑将军。广死明年，李蔡以丞相坐侵孝景园壖地⑰，当下吏治，蔡亦自杀，不对狱，国除。李敢以校尉从骠骑将军击胡左贤王，力战，夺左贤王鼓旗，斩首多，赐爵关内侯，食邑二百户，代广为郎中令。顷之，怨大将军青之恨其父，乃击伤大将军，大将军匿讳之。居无何，敢从上雍，至甘泉宫猎。骠骑将军去病与青有亲，射杀敢。去病时方贵幸，上讳云鹿触杀之。居岁余，去病死。而敢有女为太子中人，爱幸。敢男禹有宠于太子，然好利，李氏陵迟衰微矣⑱。

　　李陵既壮，选为建章监，监诸骑。善射，爱士卒。天子以为李氏世将，而使将八百骑。尝深入匈奴二千余里，过居延，视地形，无所见虏而还。拜为骑都尉，将丹阳楚人五千人，教射酒泉、张掖以屯卫胡。数岁。

　　天汉二年秋，贰师将军李广利将三万骑击匈奴右贤王于祁连、天山，而使陵将其射士步兵五千人出居延北可千余里，欲以分匈奴兵，毋令专走贰师也。陵既至期还，而单于以兵八万围击陵军。陵军五千人，兵矢既尽，士死者过半，而所杀伤匈奴亦万余人。且引且战，连斗八日，还，未到居延百余里，匈奴遮狭绝道。陵食乏而救兵不到，虏急击，招降陵。陵曰：“无面目报陛下。”遂降匈奴。其兵尽没，余亡散得归汉者四百余人。

　　单于既得陵，素闻其家声，及战又壮，乃以其女妻陵而贵之。汉闻，族陵母妻子。自是之后，李氏名败，而陇西之士居门下者皆用为耻焉。

太史公曰：《传》曰"其身正，不令而行；其身不正，虽令不从。"其李将军之谓也？余睹李将军悛悛如鄙人，口不能道辞。及死之日，天下知与不知，皆为尽哀。彼其忠实心诚信于士大夫也？谚曰"桃李不言，下自成蹊⑲"。此言虽小，可以谕大也。

---

①良家子：非医、巫、商贾、百工之家的子弟。

②勒：统领。

③刀斗：铜锅。白天煮饭，晚上报警巡逻。

④络：编网。

⑤详：通"佯"。

⑥暂：突然。

⑦屏：隐居；闲居。

⑧与：对付。

⑨大黄：一种强弓弩。

⑩军功自如：军功与罪过相当。

⑪中率：符合法令规定。

⑫走：通"逐"。追逐。

⑬数奇：命运不好。

⑭绝幕：通过沙漠。

⑮糒醪：食物与甜酒。

⑯曲折：详情。

⑰壖：空地。

⑱陵迟：渐渐。

⑲蹊：道路。

史记卷一百十

匈奴列传第五十

匈奴，其先祖夏后氏之苗裔也①，曰淳维。唐虞以上有山戎、猃狁、荤粥，居于北蛮，随畜牧而转移。其畜之所多则马、牛、羊，其奇畜则橐驼、驴、骡、駃騠、騊駼、驒騱②。逐水草迁徙，毋城郭常处耕田之业③，然亦各有分地。毋文书，以言语为约束。儿能骑羊，引弓射鸟鼠，少长则射狐兔，用为食。士力能毋弓④，尽为甲骑。其俗，宽则随畜⑤，因射猎禽兽为生业，急则人习战攻以侵伐，其天性也。其长兵则弓矢，短兵则刀铤⑥。利则进，不利则退，不羞遁走。苟利所在⑦，不知礼义。自君王以下，咸食畜肉⑧，衣其皮革，被旃裘⑨。壮者食肥美，老者食其余，贵壮健，贱老弱。父死，妻其后母；兄弟死，皆取其妻妻之。其俗，有名不讳，而无姓字。

夏道衰，而公刘失其稷官，变于西戎⑩，邑于豳⑪。其后三百有余岁，戎狄攻大王亶父，亶父亡走岐下，而豳人悉从亶父而邑焉，作周。其后百有余岁，周西伯昌伐畎夷氏。后十有余年，武王伐纣而营洛邑，复居于酆鄗，放逐戎夷泾、洛之北，以时入贡⑫，命曰"荒服"。其后二百有余年，周道衰，而穆王伐犬戎，得四白狼、四白鹿以归。自是之后，荒服不至。于是周遂作《甫刑》之辟⑬。穆王之后二百有余年，周幽王用宠姬褒姒之故，与申侯有郤⑭。申侯怒而与犬戎共杀周幽王于骊山之下，遂取周之焦获，而居于泾、渭之间，侵暴中国。秦襄公救周，于是周平王去酆鄗而东徙洛邑。当是之时，秦襄公伐戎至岐，始列为诸侯。是后六十有五年。而山戎越燕而伐齐，齐釐公与战于齐郊。其后四十四年，而山戎伐燕。燕告急于齐，齐桓公北伐山戎，山戎走。其后二十有余年，而戎狄至洛邑，伐周襄王，襄王奔于郑之氾邑。

初，周襄王欲攻郑，故娶戎狄女为后，与戎狄兵共伐郑。已而黜狄后，狄后怨，而襄王后母曰惠后，有子子带，欲立之，于是惠后与狄后、子带为内应，开戎狄⑮，戎狄以故得入，破逐周襄王，而立子带为天子。

于是戎狄或居于陆浑，东至于卫，侵盗暴虐中国。中国疾之，故诗人歌之曰"戎狄是应⑯"；"薄伐猃狁，至于大原"；"出舆彭彭⑰，城彼朔方"。周襄王既居外四年，乃使使告急于晋。晋文公初立，欲修霸业，乃兴师伐逐戎翟，诛子带，迎内周襄王，居于洛邑。

当是之时，秦、晋为强国。晋文公攘戎翟，居于河西圁、洛之间，号曰赤翟、白翟。秦穆公得由余，西戎八国服于秦，故自陇以西有绵诸、绲戎、翟、豲之戎，岐、梁山、泾、漆之北有义渠、大荔、乌氏、朐衍之戎。而晋北有林胡、楼烦之戎，燕北有东胡、山戎。各分散居溪谷，自有君长，往往而聚者百有余戎，然莫能相一⑱。

自是之后百有余年，晋悼公使魏绛和戎翟，戎翟朝晋。后百有余年，赵襄子逾句注而破并代以临胡貉。其后既与韩、魏共灭智伯，分晋地而有之，而赵有代、句注之北，魏有河西、上郡，以与戎界边。其后义渠之戎筑城郭以自守，而秦稍蚕食，至于惠王，遂拔义渠二十五城。惠王击魏，魏尽入西河及上郡于秦。秦昭王时，义渠戎王与宣太后乱⑲，有二子。宣太后诈而杀义渠戎王于甘泉，遂起兵伐残义渠⑳。于是秦有陇西、北地、上郡，筑长城以拒胡。而赵武灵王亦变俗胡服，习骑射，北破林胡、楼烦。筑长城，自代并阴山下㉑，至高阙为塞，而置云中、雁门、代郡。其后燕有贤将秦开，为质于胡，胡甚信之。归而袭破走东胡，东胡却千余里。与荆轲刺秦王秦舞阳者，开之孙也。燕亦筑长城，自造阳至襄平，置上谷、渔阳、右北平、辽西、辽东郡以拒胡。当是之时，冠带战国七㉒，而三国边于匈奴。其后赵将李牧时，匈奴不敢入赵边。后秦灭六国，而始皇帝使蒙恬将十万之众北击胡，悉收河南地，因河为塞，筑四十四县城临河，徙适戍以充之㉓。而通直道，自九原至云阳，因边山险堑溪谷可缮者治之㉔，起临洮至辽东万余里。又度河据阳山北假中。

当是之时，东胡强而月氏盛。匈奴单于曰头曼，头曼不胜秦，北徙。十余年而蒙恬死，诸侯畔秦，中国扰乱，诸秦所徙适戍边者皆复去，于是匈奴得宽，复稍度河南与中国界于故塞。

单于有太子名冒顿。后有所爱阏氏㉕，生少子。而单于欲废冒顿而立少子，乃使冒顿质于月氏。冒顿既质于月氏，而头曼急击月氏。月氏欲杀冒顿，冒顿盗其善马，骑之亡归。头曼以为壮，令将万骑。冒顿乃作为鸣镝，习勒其骑射㉖，令曰："鸣镝所射而不悉射者，斩之。"行猎鸟兽，有不射鸣镝所射者，辄斩之。已而冒顿以鸣镝自射其善马，左右或不敢射者，冒顿立斩不射善马者。居顷之，复以鸣镝自射其爱妻，左右或颇恐，不敢射，冒顿又复斩之。居顷之，冒顿出猎，以鸣镝射单于善马，左右皆射之。于是冒顿知其左右皆可用。从其父单于头曼猎，以鸣镝射头曼，其左右亦皆随鸣镝而射杀单于头曼，遂尽诛其后母与弟及大臣不听从者。冒顿自立为单于。

冒顿既立，是时东胡强盛，闻冒顿杀父自立，乃使使谓冒顿，欲得头曼时有千里马。冒顿问群臣，群臣皆曰："千里马，匈奴宝马也，勿与。"冒顿曰："奈何与人邻国而爱一马乎？"遂与之千里马。居顷之，东胡以为冒顿畏之，乃使使谓冒顿，欲得单于一阏氏。冒顿复问左右，左右皆怒曰："东胡无道，乃求阏氏！请击之。"冒顿曰："奈何与人邻国爱一女子乎？"遂取所爱阏氏予东胡。东胡王愈益骄，西侵。与匈奴间㉗，中有弃地，莫居，千余里，各居其边为瓯脱㉘。东胡使使谓冒顿曰："匈奴所与我界瓯脱外弃地，匈奴非能至也，吾欲有之。"冒顿问群臣，群臣或曰："此弃地，予之亦可，勿予亦可。"于是冒顿大怒曰："地者，国之本也，奈何予之！"诸言予之者，皆斩之。冒顿上马，令国中有后者斩，遂东袭击东胡。东胡初轻冒顿，不为备。及冒顿以兵至，击，大破灭东胡王，而虏其民人及畜产。既归，西击走月氏，南并楼烦、白羊河南王。悉复收秦所使蒙恬所夺匈奴地者，与汉关故河南塞，至朝那、肤施，遂侵燕、代。是时汉兵与项羽相距㉙，中国罢于兵革㉚，以故冒顿得自强，控弦之士三十余万㉛。

自淳维以至头曼，千有余岁，时大时小，别散分离，尚矣㉜，其世传不可得而次云㉝。然至冒顿而匈奴最强大，尽服从北夷，而南与中国为敌国，其世传国官号乃可得而记云。

置左右贤王，左右谷蠡王，左右大将，左右大都尉，左右大当户，左右骨都侯。匈奴谓贤曰"屠耆"，故常以太子为左屠耆王。自如左右贤王以下至当户㉞，大者万骑，小者数千，凡二十四长，立号曰"万骑"。诸大臣皆世官㉟。呼衍氏，兰氏，其后有须卜氏，此三姓其贵种也。诸左方王将居东方，直上谷以往者㊱，东接秽貉、朝鲜；右方王将居西方，直上郡以西，接月氏、氐、羌；而单于之庭直代、云中：各有分地，逐水草移徙。而左右贤王、左右谷蠡王最为大，左右骨都侯辅政。诸二十四长亦各自置千长、百长、什长、裨小王、相封、都尉、当户、且渠之属。

岁正月，诸长小会单于庭，祠。五月，大会茏城，祭其先、天地、鬼神。秋，马肥，大会蹛林，课校人畜计。其法，拔刃尺者死，坐盗者没入其家㊲；有罪，小者轧㊳，大者死。狱久者不过十日，一国之囚不过数人。而单于朝出营，拜日之始生㊴，夕拜月。其坐，长左而北乡㊵。日上戊己㊶。其送死，有棺椁金银衣裘，而无封树丧服㊷；近幸臣妾从死者，多至数千百人。举事而候星月，月盛壮则攻战，月亏则退兵。其攻战，斩首虏赐一卮酒，而所得卤获因以予之，得人以为奴婢。故其战，人人自为趣利，善为诱兵以冒敌㊸。故其见敌则逐利，如鸟之集；其困败，则瓦解云散矣。战而扶舆死者㊹，尽得死者家财。

后北服浑庾、屈射、丁零、鬲昆、薪犁之国。于是匈奴贵人大臣皆服，以冒顿单于为贤。

是时汉初定中国，徙韩王信于代，都马邑。匈奴大攻围马邑，韩王信降匈奴。匈奴得信，因引兵南逾句注，攻太原，至晋阳下。高帝自将兵往击之。会冬，大寒雨雪，卒之堕指者十二三，于是冒顿详败走，诱汉兵。汉兵逐击冒顿，冒顿匿其精兵，见其羸弱。于是汉悉兵，多步兵，三十二万，北逐之。高帝先至平城，步兵未尽到，冒顿纵精兵四十万骑围高帝于白登。七日，汉兵中外不得相救饷。匈奴骑，其西方尽白马，东方尽青駹马㊺，北方尽乌骊马㊻，南方尽骍马㊼。高帝乃使使间厚遗阏氏，阏氏乃谓冒顿曰："两主不相困。今得汉地，而单于终非能居之也。且汉王亦有神，单于察之。"冒顿与韩王信之将王黄、赵利期㊽，而黄、利兵又不来，疑其与汉有谋，亦取阏氏之言，乃解围之一角。于是高帝令士皆持满傅矢外乡㊾，从解角直出，竟与大军合，而冒顿遂引兵而去。汉亦引兵而罢，使刘敬结和亲之约。

是后韩王信为匈奴将，及赵利、王黄等数倍约，侵盗代、云中。居无几何，陈豨反，又与韩信合谋击代。汉使樊哙往击之，复拔代、雁门、云中郡县，不出塞。是时匈奴以汉将众往降，故冒顿常往来侵盗代地。于是汉患之，高帝乃使刘敬奉宗室女公主为单于阏氏，岁奉匈奴絮缯酒米食物各有数，约为昆弟以和亲(50)，冒顿乃少止。后燕王卢绾反，率其党数千人降匈奴，往来苦上谷以东。

高祖崩，孝惠、吕太后时，汉初定，故匈奴以骄。冒顿乃为书遗高后，妄言。高后欲击之，诸将曰："以高帝贤武，然尚困于平城。"于是高后乃止，复与匈奴和亲。至孝文帝初立，复修和亲之事。其三年五月，匈奴右贤王入居河南地，侵盗上郡葆塞蛮夷(51)，杀略人民。于是孝文帝诏丞相灌婴发车骑八万五千，诣高奴，击右贤王。右贤王走，出塞。文帝幸太原。是时济北王反，文帝归，罢丞相击胡之兵。

其明年，单于遗汉书曰："天所立匈奴大单于敬问皇帝无恙。前时皇帝言和亲事，称书意(52)，合欢(53)。汉边吏侵侮右贤王，右贤王不请，听后义卢侯难氏等计，与汉吏相距，绝二主之约，离兄弟之亲。皇帝让书再至(54)，发使以书报，不来(55)。汉使不至，汉以其故不和，邻国不附。今以小吏之败约故，罚右贤王，使之西求月氏击之。以天之福，吏卒良，马强力，以夷灭月氏，尽斩杀降下之。定楼兰、乌孙、呼揭及其旁二十六国，皆以为匈奴。诸引弓之民，并为一家。北州已定，愿寝兵休士卒养马，除前事，复故约，以安边民，以应始古，使少者得成其长，老者安其处，世世平乐。未得皇帝之志也，故使郎中系雩浅奉书请，献橐他一匹(56)，骑马二匹，驾二驷。皇帝即不欲匈奴近塞，则且诏吏民远舍。使者至，即遣之。"以六月中来至薪望之地。书至，汉议击与和亲孰便。公卿皆曰："单于新破月氏，乘胜，不可击。且得匈奴地，泽卤(57)，非可居也。和亲甚便。"汉许之。

孝文皇帝前六年，汉遗匈奴书曰："皇帝敬问匈奴大单于无恙。使郎中系雩浅遗朕书曰：'右贤王不请，听后义卢侯难氏等计，绝二主之约，离兄弟之亲，汉以故不和，邻国不附。今以小吏败约，故罚右贤王使西击月氏，尽定之。愿寝兵休士卒养马，除前事，复故约，以安边民，使少者得成其长，老者安其处，世世平乐。'朕甚嘉之，此古圣主之意也。汉与匈奴约为兄弟，所以遗单于甚厚。倍约离兄弟之亲者，常在匈奴。然右贤王事已在赦前，单于勿深诛。单于若称书意，明告诸吏，使无负约，有信，敬如单于书。使者言单于自将伐国有功，甚苦兵事。服绣袷绮衣、绣袷长襦、锦袷袍各一，比余一(58)，黄金饰具带一，黄金胥纰一(59)，绣十匹，锦三十匹，赤绨、绿缯各四十匹，使中大夫意、谒者令肩遗单于。"

后顷之，冒顿死，子稽粥立，号曰老上单于。

老上稽粥单于初立，孝文皇帝复遣宗室女公主为单于阏氏，使宦者燕人中行说傅公主。说不欲行，汉强使之。说曰："必我行也，为汉患者。"中行说既至，因降单于，单于甚亲幸之。

初，匈奴好汉缯絮食物，中行说曰："匈奴人众不能当汉之一郡，然所以强者，以衣食异，无仰于汉也。今单于变俗好汉物，汉物不过什二，则匈奴尽归于汉矣。其得汉缯絮，以驰草棘中，衣袴皆裂敝，以示不如旃裘之完善也。得汉食物皆去之，以示不如湩酪之便美也(60)。"于是说教单于左右疏记(61)，以计课其人众畜物。

汉遗单于书，牍以尺一寸，辞曰"皇帝敬问匈奴大单于无恙"，所遗物及言语云云。中行说令单于遗汉书以尺二寸牍，及印封皆令广大长，倨傲其辞曰"天地所生日月所置匈奴大单于敬问汉皇帝无恙"，所以遗物言语亦云云。

汉使或言曰："匈奴俗贱老。"中行说穷汉使曰(62)："而汉俗屯戍从军当发者，其老亲岂有不自脱温厚肥美以赍送饮食行戍乎？"汉使曰："然。"中行说曰："匈奴明以战攻为事，其老弱不能斗，故以其肥美饮食壮健者，盖以自为守卫，如此父子各得久相保，何以言匈奴轻老也？"汉使曰："匈奴父子乃同穹庐而卧(63)。父死，妻其后母；兄弟死，尽取其妻妻之。无冠带之饰、阙庭之礼(64)。"中行说曰："匈奴之俗，人食畜肉，饮其汁，衣其皮；畜食草饮水，随时转移。故其急则人习骑射，宽则人乐无事，其约束轻，易行也。君臣简易，一国之政犹一身也。父子兄弟死，取其妻妻之，恶种姓之失也。故匈奴虽乱，必立宗种。今中国虽详不取其父兄之妻，亲属益疏则相杀，至乃易姓，皆从此类。且礼义之敝⑥，上下交怨望；而室屋之极⑥，生力必屈⑥。夫力耕桑以求衣食，筑城郭以自备，故其民急则不习战功，缓则罢于作业。嗟土室之人，顾无多辞令，喋喋而占占⑥，冠固何当？"

自是之后，汉使欲辩论者，中行说辄曰："汉使无多言，顾汉所输匈奴缯絮米糵，令其量中，必善美而已矣，何以为言乎！且所给备善则已；不备，苦恶，则候秋孰，以骑驰蹂而稼穑耳。"日夜教单于候利害处。

汉孝文皇帝十四年，匈奴单于十四万骑入朝那、萧关，杀北地都尉印，虏人民畜产甚多，遂至彭阳。使奇兵入烧回中宫，候骑至雍甘泉⑥。于是文帝以中尉周舍、郎中令张武为将军，发车千乘，骑十万，军长安旁以备胡寇。而拜昌侯卢卿为上郡将军，宁侯魏遫为北地将军，隆虑侯周灶为陇西将军，东阳侯张相如为大将军，成侯董赤为前将军，大发车骑往击胡。单于留塞内月余乃去，汉逐出塞即还，不能有所杀。匈奴日已骄，岁入边，杀略人民畜产甚多，云中、辽东最甚，至代郡万余人。汉患之，乃使使遗匈奴书。单于亦使当户报谢，复言和亲事。

孝文帝后二年，使使遗匈奴书曰："皇帝敬问匈奴大单于无恙。使当户且居雕渠难、郎中韩辽遗朕马二匹，已至，敬受。先帝制：长城以北，引弓之国，受命单于；长城以内，冠带之室，朕亦制之。使万民耕织射猎衣食，父子无离，臣主相安，俱无暴逆。今闻渫恶民贪降其进取之利⑥，倍义绝约，忘万民之命，离两主之欢，然其事已在前矣。书曰：'二国已和亲，两主欢说，寝兵休卒养马，世世昌乐，阕然更始⑦。'朕甚嘉之。圣人者日新，改作更始，使老者得息，幼者得长，各保其首领而终其天年。朕与单于俱由此道，顺天恤民，世世相传，施之无穷，天下莫不咸便。汉与匈奴，邻国之敌。匈奴处北地，寒，杀气早降，故诏吏遗单于秫糵金帛丝絮佗物岁有数⑦。今天下大安，万民熙熙，朕与单于为之父母。朕追念前事，薄物细故，谋臣计失，皆不足以离兄弟之欢。朕闻天下颇覆，地不偏载，朕与单于皆捐往细故，俱蹈大道，堕坏前恶，以图长久，使两国之民若一家子。元元万民，下及鱼鳖，上及飞鸟，跂行喙息蠕动之类，莫不就安利而辟危殆。故来者不止，天之道也。俱去前事，朕释逃虏民，单于无言章尼等。朕闻古之帝王，约分明而无食言。单于留志，天下大安，和亲之后，汉过不先。单于其察之。"

单于既约和亲，于是制诏御史曰："匈奴大单于遗朕书，言和亲已定，亡人不足以益众广地，匈奴无入塞，汉无出塞，犯今约者杀之，可以久亲，后无咎，俱便，朕已许之。其布告天下，使明知之。"

后四岁，老上稽粥单于死，子军臣立为单于。既立，孝文皇帝复与匈奴和亲。而中行说复事之。

军臣单于立四岁，匈奴复绝和亲，大入上郡、云中各三万骑，所杀略甚众而去。于是汉使三将军军屯北地，代屯句注，赵屯飞狐口，缘边亦各坚守以备胡寇。又置三将军，军长安西细柳、渭北棘门、霸上，以备胡。胡骑入代句注边，烽火通于甘泉、长安。数月，汉兵至边，匈奴亦去远塞，汉兵亦罢。后岁余，孝文帝崩，孝景帝立，而赵王遂乃阴使人于匈奴。吴、楚反，欲与赵合谋入边。汉围破赵，匈奴亦止。自是之后，孝景帝复与匈奴和亲，通关市，给遗匈奴，遣公主，如故约。终孝景时，时小入盗边，无大寇。

今帝即位，明和亲约束，厚遇，通关市，饶给之⑦。匈奴自单于以下皆亲汉，往来长城下。

汉使马邑下人聂翁壹奸兰出物⑦，与匈奴交，详为卖马邑城以诱单于。单于信之，而贪马邑财物，乃以十万骑入武州塞。汉伏兵三十余万马邑旁，御史大夫韩安国为护军，护四将军以伏单于㉔。单于既入汉塞，未至马邑百余里，见畜布野而无人牧者，怪之，乃攻亭。是时雁门尉史行徼㉕，见寇，葆此亭，知汉兵谋。单于得，欲杀之，尉史乃告单于汉兵所居。单于大惊曰："吾固疑之。"乃引兵还。出曰："吾得尉史，天也，天使若言。"以尉史为"天王"。汉兵约单于入马邑而纵，单于不至，以故汉兵无所得。汉将军王恢部出代击胡辎重，闻单于还，兵多，不敢出。汉以恢本造兵谋而不进，斩恢。自是之后，匈奴绝和亲，攻当路塞，往往入盗于汉边，不可胜数。然匈奴贪，尚乐关市，嗜汉财物，汉亦尚关市不绝以中之。

自马邑军后五年之秋，汉使四将军各万骑击胡关市下。将军卫青出上谷，至茏城，得胡首虏七百人。公孙贺出云中，无所得。公孙敖出代郡，为胡所败七千余人。李广出雁门，为胡所败，而匈奴生得广，广后得亡归。汉囚敖、广，敖、广赎为庶人。其冬，匈奴数入盗边，渔阳尤甚。汉使将军韩安国屯渔阳备胡。其明年秋，匈奴二万骑入汉，杀辽西太守，略二千余人。胡又入败渔阳太守军千余人，围汉将军安国。安国时千余骑亦且尽，会燕救至，匈奴乃去。匈奴又入雁门，杀略千余人。于是汉使将军卫青将三万骑出雁门，李息出代郡，击胡，得其虏数千人。其明年，卫青复出云中以西至陇西，击胡之楼烦、白羊王于河南，得胡首虏数十，牛羊百余万。于是汉遂取河南地，筑朔方，复缮故秦时蒙恬所为塞，因河为固。汉亦弃上谷之什辟县造阳地以予胡㉖。是岁，汉之元朔二年也。

其后冬，匈奴军臣单于死。军臣单于弟左谷蠡王伊稚斜自立为单于，攻破军臣单于太子於单。於单亡降汉，汉封於单为涉安侯，数月而死。

伊稚斜单于既立，其夏，匈奴数万骑入杀代郡太守恭友，略千余人。其秋，匈奴又入雁门，杀略千余人。其明年，匈奴又复入代郡、定襄、上郡，各三万骑，杀略数千人。匈奴右贤王怨汉夺之河南地而筑朔方，数为寇，盗边，及入河南，侵扰朔方，杀略吏民甚众。

其明年春，汉以卫青为大将军，将六将军，十余万人，出朔方、高阙击胡。右贤王以为汉兵不能至，饮酒醉，汉兵出塞六七百里，夜围右贤王。右贤王大惊，脱身逃走，诸精骑往往随后去。汉得右贤王众男女万五千人，裨小王十余人。其秋，匈奴万骑入杀代郡都尉朱英，略千余人。

其明年春，汉复遣大将军卫青将六将军，兵十余万骑，乃再出定襄数百里击匈奴，得首虏前后凡万九千余级，而汉亦亡两将军、军三千余骑。右将军建得以身脱，而前将军翕侯赵信兵不利，降匈奴。赵信者，故胡小王，降汉，汉封为翕侯，以前将军与右将军并军分行，独遇单于兵，故尽没。单于既得翕侯，以为自次王㉗，用其姊妻之，与谋汉。信教单于益北绝幕，以诱罢汉兵，徼极而取之㉘，无近塞。单于从其计。其明年，胡骑万人入上谷，杀数百人。

其明年春，汉使骠骑将军去病将万骑出陇西，过焉支山千余里，击匈奴，得胡首虏万八千余级，破得休屠王祭天金人。其夏，骠骑将军复与合骑侯数万骑出陇西、北地二千里，击匈奴。过居延，攻祁连山，得胡首虏三万余人，裨小王以下七十余人。是时匈奴亦来入代郡、雁门，杀略数百人。汉使博望侯及李将军广出右北平，击匈奴左贤王。左贤王围李将军，卒可四千人㉙，且尽，杀虏亦过当。会博望侯军救至，李将军得脱。汉失亡数千人。合骑侯后骠骑将军期，及与博望侯皆当死，赎为庶人。

其秋，单于怒浑邪王、休屠王居西方为汉所杀虏数万人，欲召诛之。浑邪王与休屠王恐，谋降汉，汉使骠骑将军往迎之。浑邪王杀休屠王，并将其众降汉。凡四万余人，号十万。于是汉已得浑邪王，则陇西、北地、河西益少胡寇，徙关东贫民处所夺匈奴河南、新秦中以实之，而减北地以西戍卒半。其明年，匈奴入右北平、定襄各数万骑，杀略千余人而去。

其明年春，汉谋曰"翕侯信为单于计，居幕北，以为汉兵不能至。"乃粟马㉚，发十万骑，私负从马凡十四万匹[31]，粮重不与焉[32]，令大将军青、骠骑将军去病中分军，大将军出定襄，骠骑将军出代，咸约绝幕击匈奴。单于闻之，远其辎重，以精兵待于幕北。与汉大将军接战一日，会暮，大风起，汉兵纵左右翼围单于。单于自度战不能如汉兵，单于遂独身与壮骑数百溃汉围西北遁走。汉兵夜追不得。行斩捕匈奴首虏万九千级，北至阗颜山赵信城而还。

单于之遁走，其兵往往与汉兵相乱而随单于。单于久不与其大众相得，其右谷蠡王以为单于死，乃自立为单于。真单于复得其众，而右谷蠡王乃去其单于号，复为右谷蠡王。

汉骠骑将军之出代二千余里，与左贤王接战，汉兵得胡首虏凡七万余级，左贤王将皆遁走。骠骑封于狼居胥山，禅姑衍，临翰海而还。

是后匈奴远遁，而幕南无王庭。汉度河自朔方以西至令居，往往通渠置田官，吏卒五六万人，稍蚕食，地接匈奴以北。

初，汉两将军大出围单于，所杀虏八九万，而汉士卒物故亦数万[33]，汉马死者十余万。匈奴虽病，远去，而汉亦马少，无以复往。匈奴用赵信之计，遣使于汉，好辞请和亲。天子下其议，或言和亲，或言遂臣之[34]。丞相长史任敞曰："匈奴新破，困，宜可使为外臣，朝请于边。"汉使任敞于单于。单于闻敞计，大怒，留之不遣。先是汉亦有所降匈奴使者，单于亦辄留汉使相当。汉方复收士马，会骠骑将军去病死。于是汉久不北击胡。

数岁，伊稚斜单于立十三年死，子乌维立为单于。是岁，汉元鼎三年也。乌维单于立，而汉天子始出巡郡县。其后汉方南诛两越，不击匈奴，匈奴亦不侵入边。

乌维单于立三年，汉已灭南越，遣故太仆贺将万五千骑出九原二千余里，至浮苴井而还，不见匈奴一人。汉又遣故从骠侯赵破奴万余骑出令居数千里，至匈河水而还，亦不见匈奴一人。

是时天子巡边，至朔方，勒兵十八万骑以见武节[35]，而使郭吉风告单于[36]。郭吉既至匈奴，匈奴主客问所使，郭吉礼卑言好，曰："吾见单于而口言。"单于见吉，吉曰："南越王头已悬于汉北阙。今单于即能前与汉战，天子自将兵待边；单于即不能，即南面而臣于汉。何徒远走，亡匿于幕北寒苦无水草之地，毋为也。"语卒而单于大怒，立斩主客见者，而留郭吉不归，迁之北海上。而单于终不肯为寇于汉边，休养息士马，习射猎，数使使于汉，好辞甘言求请和亲。

汉使王乌等窥匈奴。匈奴法，汉使非去节而以墨黥其面者不得入穹庐。王乌，北地人，习胡俗，去其节，黥面，得入穹庐。单于爱之，详许甘言[37]，为遣其太子入汉为质，以求和亲。

汉使杨信于匈奴。是时汉东拔秽貉、朝鲜以为郡，而西置酒泉郡以鬲绝胡与羌通之路[38]。汉又西通月氏、大夏，又以公主妻乌孙王，以分匈奴西方之援国。又北益广田至眩雷为塞，而匈奴终不敢以为言。是岁，翕侯信死，汉用事者以匈奴为已弱，可臣从也。杨信为人则直屈强，素非贵臣，单于不亲。单于欲召入，不肯去节，单于乃坐穹庐外见杨信。杨信既见单于，说曰："即欲和亲，以单于太子为质于汉。"单于曰："非故约。故约，汉常遣翁主[39]，给缯絮食物有品，以和亲，而匈奴亦不扰边。今乃欲反古，令吾太子为质，无几矣[40]。"匈奴俗，见汉使非中贵人，其儒先[41]，以为欲说，折其辩；其少年，以为欲刺，折其气。每汉使入匈奴，匈奴辄报偿。汉留匈奴使，匈奴亦留汉使，必得当乃肯止。

杨信既归，汉使王乌，而单于复谄以甘言[42]，欲多得汉财物，绐谓王乌曰："吾欲入汉见天子，而相约为兄弟。"王乌归报汉，汉为单于筑邸于长安。匈奴曰："非得汉贵人使，吾不与诚语。"匈奴使其贵人至汉，病，汉予药，欲愈之，不幸而死。而汉使路充国佩二千石印绶往使，因送其丧，厚葬直数千金，曰"此汉贵人也"。单于以为汉杀吾贵使者，乃留路充国不归。诸所言者，单于特空给王乌，殊无意入汉及遣太子来质。于是匈奴数使奇兵侵犯边。汉乃拜郭昌为拔胡将军，及浞野侯屯朔方以东，备胡。路充国留匈奴三岁，单于死。

　　乌维单于立十岁而死，子乌师庐立为单于。年少，号为儿单于。是岁元封六年也。自此之后，单于益西北，左方兵直云中，右方直酒泉、燉煌郡。

　　儿单于立，汉使两使者，一吊单于，一吊右贤王，欲以乖其国㉝。使者入匈奴，匈奴悉将致单于。单于怒而尽留汉使。汉使留匈奴者前后十余辈，而匈奴使来，汉亦辄留相当。

　　是岁，汉使贰师将军广利西伐大宛，而令因杅将军敖筑受降城。其冬，匈奴大雨雪，畜多饥寒死。儿单于年少，好杀伐，国人多不安。左大都尉欲杀单于，使人间告汉曰："我欲杀单于降汉，汉远，即兵来迎我，我即发。"初，汉闻此言，故筑受降城，犹以为远。

　　其明年春，汉使浞野侯破奴将二万余骑出朔方西北二千余里，期至浚稽山而还。浞野侯既至期而还，左大都尉欲发而觉，单于诛之，发左方兵击浞野。浞野侯行捕首虏得数千人。还，未至受降城四百里，匈奴兵八万骑围之。浞野侯夜自出求水，匈奴间捕，生得浞野侯，因急击其军。军中郭纵为护，维王为渠，相与谋曰："及诸校尉畏亡将军而诛之，莫相劝归。"军遂没于匈奴。匈奴儿单于大喜，遂遣奇兵攻受降城。不能下，乃寇入边而去。其明年，单于欲自攻受降城，未至，病死。

　　儿单于立三岁而死。子年少，匈奴乃立其季父乌维单于弟右贤王呴犁湖为单于。是岁太初三年也。

　　呴犁湖单于立，汉使光禄徐自为出五原塞数百里，远者千余里，筑城鄣列亭至庐朐，而使游击将军韩说、长平侯卫伉屯其旁，使强弩都尉路博德筑居延泽上。

　　其秋，匈奴大入定襄、云中，杀略数千人，败数二千石而去，行破坏光禄所筑城列亭鄣。又使右贤王入酒泉、张掖，略数千人。会任文击救，尽复失所得而去。是岁，贰师将军破大宛，斩其王而还。匈奴欲遮之㉞，不能至。其冬，欲攻受降城，会单于病死。

　　呴犁湖单于立一岁死，匈奴乃立其弟左大都尉且鞮侯为单于。

　　汉既诛大宛，威震外国。天子意欲遂困胡，乃下诏曰："高皇帝遗朕平城之忧，高后时单于书绝悖逆。昔齐襄公复九世之仇，《春秋》大之。"是岁太初四年也。

　　且鞮侯单于既立，尽归汉使之不降者。路充国等得归。单于初立，恐汉袭之，乃自谓"我儿子，安敢望汉天子！汉天子，我丈人行也㉟"。汉遣中郎将苏武厚币赂遗单于。单于益骄，礼甚倨，非汉所望也。其明年，浞野侯破奴得亡归汉。

　　其明年，汉使贰师将军广利以三万骑出酒泉，击右贤王于天山，得胡首虏万余级而还。匈奴大围贰师将军，几不脱，汉兵物故什六七。汉复使因杅将军敖出西河，与强弩都尉会涿涂山，毋所得。又使骑都尉李陵将步骑五千人，出居延北千余里，与单于会。合战，陵所杀伤万余人，兵及食尽，欲解归。匈奴围陵，陵降匈奴，其兵遂没，得还者四百人。单于乃贵陵，以其女妻之。

　　后二岁，复使贰师将军将六万骑、步兵十万出朔方，强弩都尉路博德将万余人与贰师会，游击将军说将步骑三万人出五原，因杅将军敖将万骑、步兵三万人出雁门。匈奴闻，悉远其累重于余吾水北，而单于以十万骑待水南，与贰师将军接战。贰师乃解而引归，与单于连战十余日。贰师闻其家以巫蛊族灭，因并众降匈奴，得来还千人一两人耳。游击说无所得。因杅敖与左贤王战，不利，引归。是岁汉兵之出击匈奴者不得言功多少，功不得御㊳。有诏捕太医令随但，言贰师将军家室族灭，使广利得降匈奴。

　　太史公曰：孔氏著《春秋》，隐、桓之间则章㊲，至定、哀之际则微㊳，为其切当世之文而罔褒㊴，忌讳之辞也。世俗之言匈奴者，患其徼一时之权㊵，而务谄纳其说，以便偏指，不参彼己。将率席中国广大㊶，气奋㊷，人主因以决策，是以建功不深。尧虽贤，兴事业不成，得禹而九州宁。且欲兴圣统，唯在择任将相哉！唯在择任将相哉！

---

①苗裔：后裔；后代。

②橐驰：骆驼。

③常处：固定的居处。

④士：成年男子。　　毌：通"弯"。

⑤宽：平时。

⑥鋋（chán，音谗）：短矛。

⑦苟：只要；假如。

⑧咸：都；全。

⑨旃裘：用野兽毛皮制成的大衣。

⑩变：变革。

⑪邑：聚居。

⑫以时：按季节。

⑬辟：法律。

⑭郤：仇隙；瞭怨。

⑮开：开城门迎接。

⑯应：打击。

⑰出舆彭彭：车马大出进攻敌人。

⑱相一：互相统一。

⑲乱：通奸；淫乱。

⑳伐残：攻灭；消灭。

㉑并：傍依。

㉒冠带：古代士大夫戴帽束带子。此喻为文明之邦。

㉓適（zhé，音折）戍：受罚戍边的人。

㉔堲：通"堙"。

㉕阏氏：正妻的称号。

㉖习勒：约束训练。

㉗间：间隔。

㉘瓯脱：边界上的堡垒。

㉙相距：相争；相斗。距，通"拒"。

㉚罢：通"疲"。

㉛控弦之士：善射的战士。

㉜尚：久远。

㉝次：排列次序。

㉞自如：自从。

㉟世官：世袭为官。

㊱直：正对。

㊲没入其家：没收其家全部财产。

㊳轧：压碎踝骨。

㊴始生：刚刚露出地面。

㊵乡：通"向"。

㊶日上戊己：占卜重视戊日和己日。日，指日辰的吉凶禁忌。上，重视；看重。

㊷封树：堆坟植树。

㊸冒敌：围歼敌人。冒，包围。

㊹扶舆：将阵亡者的尸体用车运载回家。

㊺駹（máng，音忙）：青色马。暗色毛而面额白色马。杂色牲口。
㊻骊（lí，音离）：纯黑色的马。
㊼骍（xīn，音辛）：赤色马。
㊽期：约定时间会师。
㊾持满：拉开弓弩。　　傅矢：搭上箭。
㊿昆弟：兄弟。昆，兄。
(51)葆：通“保”。
(52)称书意：与书信中所表达的意思一致。
(53)合欢：皆大欢喜；双方均满意。
(54)让：责备；责难。
(55)不来：不归；不得回来。
(56)橐他：骆驼。
(57)泽卤：盐碱地。
(58)比余：一种金制发饰。
(59)胥纰：带钩。
(60)湩（dòng，音动）：乳汁。
(61)疏（shù，音树）记：分条记录；逐项记载。
(62)穷：诘难。
(63)穹庐：旃帐；帐篷。
(64)阙庭：朝廷。
(65)极：穷奢极欲。
(66)生力：人力。
(67)占占：衣帽整齐的样子。
(68)候骑：侦察骑兵。
(69)渫恶：邪恶。
(70)阒然：安定平静的样子。　　更始：重新开始。
(71)佗：通“他”。其他；其它。
(72)饶：多；丰。
(73)奸兰出物：偷越关卡运出违禁物。
(74)护：监督、统领。
(75)行徼：巡察。
(76)辟：通“僻”。偏僻。
(77)自次王：地位仅次于单于自己的王。
(78)徼极：疲劳之极。
(79)可：大约。
(80)粟马：以粟喂马。
(81)私负：自己负担衣粮。
(82)不与：无法统计。
(83)物故：死亡。
(84)臣：为臣下。
(85)见：显示。　　武节：军威。
(86)风：暗示。
(87)甘言：好话。
(88)鬲：通“隔”。
(89)翁主：诸侯王的女儿。
(90)几：希望。
(91)儒先：儒生。先，先生。

㊈阘：通"谄"。

㊉乘：离间。

㊊遮：截杀；拦截。

㊋丈人：老人。　　行：辈。

㊌御：相当；相等。

㊍章：通"彰"。显著。

㊎微：隐晦。

㊏切：贴近。　　闵褒：虚饰；虚美。

⑩徼：通"侥"。侥幸。

⑩将率：将帅。　　席：倚仗；凭借。

⑩气奋：气壮奋勇。

史记卷一百一十一

卫将军骠骑列传第五十一

　　大将军卫青者，平阳人也。其父郑季，为吏，给事平阳侯家，与侯妾卫媪通，生青。青同母兄卫长子，而姊卫子夫自平阳公主家得幸天子，故冒姓为卫氏①。字仲卿。长子更字长君。长君母号为卫媪。媪长女卫孺，次女少儿，次女即子夫。后子夫男弟步、广皆冒卫氏。

　　青为侯家人，少时归其父，其父使牧羊。先母之子皆奴畜之，不以为兄弟数②。青尝从入至甘泉居室，有一钳徒相青曰③："贵人也！官至封侯。"青笑曰："人奴之生，得毋笞骂即足矣，安得封侯事乎！"

　　青壮，为侯家骑，从平阳主。建元二年春，青姊子夫得入宫幸上。皇后，堂邑大长公主女也，无子，妒。大长公主闻卫子夫幸，有身，妒之，乃使人捕青。青时给事建章，未知名。大长公主执囚青，欲杀之。其友骑郎公孙敖与壮士往篡取之④，以故得不死。上闻，乃召青为建章监，侍中。及同母昆弟贵，赏赐数日间累千金。孺为太仆公孙贺妻，少儿故与陈掌通，上召贵掌。公孙敖由此益贵。子夫为夫人。青为大中大夫。

　　元光五年，青为车骑将军，击匈奴，出上谷；太仆公孙贺为轻车将军，出云中；大中大夫公孙敖为骑将军，出代郡；卫尉李广为骁骑将军，出雁门。军各万骑。青至茏城，斩首虏数百。骑将军敖亡七千骑；卫尉李广为虏所得，得脱归。皆当斩，赎为庶人。贺亦无功。

　　元朔元年春，卫夫人有男，立为皇后。其秋，青为车骑将军，出雁门，三万骑击匈奴，斩首虏数千人。明年，匈奴入杀辽西太守，虏略渔阳二千余人，败韩将军军。汉令将军李息击之，出代；令车骑将军青出云中以西至高阙。遂略河南地，至于陇西，捕首虏数千，畜数十万，走白羊、楼烦王。遂以河南地为朔方郡。以三千八百户封青为长平侯。青校尉苏建有功，以千一百户封建为平陵侯。使建筑朔方城。青校尉张次公有功，封为岸头侯。天子曰："匈奴逆天理，乱人伦，暴长虐老，以盗窃为务，行诈诸蛮夷，造谋藉兵，数为边害，故兴师遣将，以征厥罪。《诗》不云乎，'薄伐猃狁，至于太原'；'出车彭彭，城彼朔方'。今车骑将军青度西河至高阙，获首虏二千三百级，车辎畜产毕收为卤，已封为列侯，遂西定河南地，按榆溪旧塞，绝梓领⑤，梁北河⑥，讨蒲泥，破符离，斩轻锐之卒，捕伏听者三千七十一级⑦，执讯获丑⑧，驱马牛羊百有余万，全甲兵而还，益封青三千户。"

其明年，匈奴入杀代郡太守友，入略雁门千余人。其明年，匈奴大入代、定襄、上郡，杀略汉数千人。

其明年，元朔之五年春，汉令车骑将军青将三万骑，出高阙；卫尉苏建为游击将军，左内史李沮为强弩将军，太仆公孙贺为骑将军，代相李蔡为轻车将军，皆领属车骑将军，俱出朔方；大行李息、岸头侯张次公为将军，出右北平。咸击匈奴。匈奴右贤王当卫青等兵⑨，以为汉兵不能至此，饮醉。汉兵夜至，围右贤王。右贤王惊，夜逃，独与其爱妾一人壮骑数百驰，溃围北去。汉轻骑校尉郭成等逐数百里，不及。得右贤裨王十余人，众男女万五千余人，畜数千百万，于是引兵而还。至塞，天子使使者持大将军印即军中拜车骑将军青为大将军，诸将皆以兵属大将军。大将军立号而归。天子曰："大将军青躬率戎士，师大捷，获匈奴王十有余人。益封青六千户。"而封青子伉为宜春侯，青子不疑为阴安侯，青子登为发干侯。青固谢曰："臣幸得待罪行间，赖陛下神灵，军大捷，皆诸校尉力战之功也。陛下幸已益封臣青。臣青子在襁褓中，未有勤劳，上幸列地封为三侯⑩，非臣待罪行间所以劝士力战之意也。伉等三人何敢受封！"天子曰："我非忘诸校尉功也，今固且图之。"乃诏御史曰："护军都尉公孙敖三从大将军击匈奴，常护军，傅校获王⑪，以千五百户封敖为合骑侯。都尉韩说从大将军出窳浑，至匈奴右贤王庭，为麾下搏战获王，以千三百户封说为龙额侯。骑将军公孙贺从大将军获王，以千三百户封贺为南窌侯。轻车将军李蔡再从大将军获王，以千六百户封蔡为乐安侯。校尉李朔、校尉赵不虞、校尉公孙戎奴，各三从大将军获王，以千三百户封朔为涉轵侯，以千三百户封不虞为随成侯，以千三百户封戎奴为从平侯。将军李沮、李息及校尉豆如意有功，赐爵关内侯，食邑各三百户。"其秋，匈奴入代，杀都尉朱英。

其明年春，大将军青出定襄。合骑侯敖为中将军，太仆贺为左将军，翕侯赵信为前将军，卫尉苏建为右将军，郎中令李广为后将军，左内史李沮为强弩将军，咸属大将军，斩首数千级而还。月余，悉复出定襄击匈奴，斩首虏万余人。右将军建、前将军信并军三千余骑，独逢单于兵，与战一日余，汉兵且尽。前将军故胡人，降为翕侯，见急，匈奴诱之，遂将其余骑可八百奔降单于。右将军苏建尽亡其军，独以身得亡去，自归大将军。大将军问其罪正闳、长史安、议郎周霸等："建当云何？"霸曰："自大将军出，未尝斩裨将。今建弃军，可斩以明将军之威。"闳、安曰："不然。兵法'小敌之坚⑫，大敌之禽⑬'。今建以数千当单于数万，力战一日余，士尽，不敢有二心，自归。自归而斩之，是示后无反意也。不当斩。"大将军曰："青幸得以肺腑待罪行间，不患无威，而霸说我以明威，甚失臣意。且使臣职虽当斩将，以臣之尊宠而不敢自擅专诛于境外，而具归天子，天子自裁之，于是以见为人臣不敢专权，不亦可乎？"军吏皆曰"善"。遂囚建诣行在所⑭。入塞罢兵。

是岁也，大将军姊子霍去病年十八，幸，为天子侍中。善骑射，再从大将军，受诏与壮士⑮，为剽姚校尉，与轻勇骑八百直弃大军数百里赴利，斩捕首虏过当。于是天子曰："剽姚校尉去病斩首虏二千二十八级，及相国、当户，斩单于大父行籍若侯产⑯，生捕季父罗姑比，再冠军，以千六百户封去病为冠军侯。上谷太守郝贤四从大将军，捕斩首虏二千余人，以千一百户封贤为众利侯。"是岁，失两将军军，亡翕侯，军功不多，故大将军不益封。右将军建至，天子不诛，赦其罪，赎为庶人。

大将军既还，赐千金。是时王夫人方幸于上，宁乘说大将军曰："将军所以功未甚多，身食万户，三子皆为侯者，徒以皇后故也。今王夫人幸而宗族未富贵，愿将军奉所赐千金为王夫人亲寿。"大将军乃以五百金为寿。天子闻之，问大将军，大将军以实言，上乃拜宁乘为东海都尉。

张骞从大将军，以尝使大夏，留匈奴中久，导军，知善水草处，军得以无饥渴，因前使绝国功，封骞博望侯。

冠军侯去病既侯三岁，元狩二年春，以冠军侯去病为骠骑将军，将万骑出陇西，有功。天子曰："骠骑将军率戎士逾乌盭，讨遬濮，涉狐奴，历五王国，辎重人众慴慑者弗取⑰，冀获单于子。转战六日，过焉支山千有余里，合短兵，杀折兰王，斩卢胡王，诛全甲，执浑邪王子及相国、都尉，首虏八千余级，收休屠祭天金人。益封去病二千户。"

其夏，骠骑将军与合骑侯敖俱出北地，异道；博望侯张骞、郎中令李广俱出右北平，异道。皆击匈奴。郎中令将四千骑先至，博望侯将万骑在后至。匈奴左贤王将数万骑围郎中令，郎中令与战二日，死者过半，所杀亦过当。博望侯至，匈奴兵引去。博望侯坐行留⑱，当斩，赎为庶人。而骠骑将军出北地，已遂深入，与合骑侯失道⑲，不相得。骠骑将军逾居延至祁连山，捕首虏甚多。天子曰："骠骑将军逾居延，遂过小月氏，攻祁连山，得酋涂王，以众降者二千五百人，斩首虏三万二百级，获五王，五王母，单于阏氏、王子五十九人，相国、将军、当户、都尉六十三人，师大率减什三⑳，益封去病五千户。赐校尉从至小月氏爵左庶长。鹰击司马破奴再从骠骑将军斩遬濮王，捕稽沮王，千骑将得王、王母各一人，王子以下四十一人，捕虏三千三百三十人，前行捕虏千四百人，以千五百户封破奴为从骠侯。校尉句王高不识，从骠骑将军捕呼于屠王王子以下十一人，捕虏千七百六十八人，以千一百户封不识为宜冠侯。校尉仆多有功，封为辉渠侯。合骑侯敖坐行留不与骠骑会，当斩，赎为庶人。"诸宿将所将士马兵亦不如骠骑，骠骑所将常选，然亦敢深入，常与壮骑先其大军，军亦有天幸，未尝困绝也。然而诸宿将常坐留落不遇。由此骠骑日以亲贵，比大将军㉑。

其秋，单于怒浑邪王居西方数为汉所破，亡数万人，以骠骑之兵也。单于怒，欲召诛浑邪王。浑邪王与休屠王等谋欲降汉，使人先要边㉒。是时大行李息将城河上㉓，得浑邪王使，即驰传以闻㉔。天子闻之，于是恐其以诈降而袭边，乃令骠骑将军将兵往迎之。骠骑既渡河，与浑邪王众相望。浑邪王裨将见汉军而多欲不降者，颇遁去。骠骑乃驰入与浑邪王相见，斩其欲亡者八千人，遂独遣浑邪王乘传先诣行在所㉕，尽将其众渡河，降者数万，号称十万。既至长安，天子所以赏赐者数十巨万。封浑邪王万户，为漯阴侯。封其裨王呼毒尼为下摩侯，鹰庇为辉渠侯，禽梨为河綦侯，大当户铜离为常乐侯。于是天子嘉骠骑之功曰："骠骑将军去病率师攻匈奴西域王浑邪，王及阏众萌咸相奔，率以军粮接食，并将控弦万有余人，诛獟駻㉖，获首虏八千余级，降异国之王三十二人，战士不离伤，十万之众咸怀集服，仍与之劳㉗，爰及河塞，庶几无患，幸既永绥矣。以千七百户益封骠骑将军。"减陇西、北地、上郡戍卒之半，以宽天下之徭。居顷之，乃分徙降者边五郡故塞外，而皆在河南，因其故俗，为属国。

其明年，匈奴入右北平、定襄，杀略汉千余人。其明年，天子与诸将议曰："翕侯赵信为单于画计，常以为汉兵不能度幕轻留㉘，今大发士卒，其势必得所欲。"是岁元狩四年也。

元狩四年春，上令大将军青、骠骑将军去病将各五万骑，步兵、转者踵军数十万㉙。而敢力战深入之士皆属骠骑。骠骑始为出定襄，当单于。捕虏言单于东，乃更令骠骑出代郡，今大将军出定襄。郎中令为前将军，太仆为左将军，主爵赵食其为右将军，平阳侯襄为后将军，皆属大将军。兵即度幕，人马凡五万骑，与骠骑等咸击匈奴单于。赵信为单于谋曰："汉兵既度幕，人马罢，匈奴可坐收虏耳。"乃悉远北其辎重，皆以精兵待幕北。而适值大将军军出塞千余里，见单于兵陈而待，于是大将军令武刚车自环为营，而纵五千骑往当匈奴。匈奴亦纵可万骑。会日且入，大风起，沙砾击面，两军不相见，汉益纵左右翼绕单于。单于视汉兵多，而士马尚强，战而匈奴不利。薄莫㉚，单于遂乘六骡，壮骑可数百，直冒汉围西北驰去㉛。时已昏，汉、匈奴相纷挈㉜，杀伤大当。汉军左校捕虏言单于未昏而去，汉军因发轻骑夜追之，大将军军因随其后。匈奴兵亦散走。迟明㉝，行二百余里，不得单于，颇捕斩首虏万余级，遂至寞颜山赵信城，得匈奴积粟食军。军留一日而还，悉烧其城余粟以归。

大将军之与单于会也，而前将军广、右将军食其军别从东道，或失道，后击单于。大将军引还过幕南，乃得前将军、右将军。大将军欲使使归报，令长史簿责前将军广，广自杀。右将军至，下吏，赎为庶人。大将军军入塞，凡斩捕首虏万九千级。

是时匈奴众失单于十余日，右谷蠡王闻之，自立为单于。单于后得其众，右王乃去单于之号。

骠骑将军亦将五万骑，车重与大将军军等，而无裨将。悉以李敢等为大校，当裨将，出代、右北平千余里，直左方兵，所斩捕功已多大将军。军既还，天子曰："骠骑将军去病率师，躬将所获荤粥之士，约轻赍，绝大幕，涉获章渠，以诛比车耆，转击左大将，斩获旗鼓。历涉离侯，济弓闾，获屯头王、韩王等三人，将军、相国、当户、都尉八十三人，封狼居胥山，禅于姑衍，登临翰海。执卤获丑七万有四百四十三级，师率减什三，取食于敌，逴行殊远而粮不绝㉝。以五千八百户益封骠骑将军。右北平太守路博德属骠骑将军，会与城，不失期，从至梼余山，斩首捕虏二千七百级，以千六百户封博德为符离侯。北地都尉邢山从骠骑将军获王，以千二百户封山为义阳侯。故归义因淳王复陆支、楼专王伊即靬皆从骠骑将军有功，以千三百户封复陆支为壮侯，以千八百户封伊即靬为众利侯。从骠侯破奴、昌武侯安稽从骠骑有功，益封各三百户。校尉敢得旗鼓，为关内侯，食邑二百户。校尉自为爵大庶长。"军吏卒为官，赏赐甚多。而大将军不得益封，军吏卒皆无封侯者。

两军之出塞，塞阅官及私马凡十四万匹㉟，而复入塞者不满三万匹。乃益置大司马位，大将军、骠骑将军皆为大司马。定令，令骠骑将军秩禄与大将军等。自是之后，大将军青日退，而骠骑日益贵。举大将军故人门下多去事骠骑㊱，辄得官爵，唯任安不肯。

骠骑将军为人少而不泄㊲，有气敢任㊳。天子尝欲教之孙、吴兵法，对曰："顾方略何如耳，不至学古兵法㊴。"天子为治第，令骠骑视之，对曰："匈奴未灭，无以家为也。"由此上益重爱之。然少而侍中，贵，不省士㊵。其从军，天子为遣太官赍数十乘㊶，既还，重车余弃粱肉㊷，而士有饥者。其在塞外，卒乏粮，或不能自振，而骠骑尚穿域蹋鞠㊸。事多此类。大将军为人仁善退让，以和柔自媚于上，然天下未有称也。

骠骑将军自四年军后三年，元狩六年而卒。天子悼之，发属国玄甲军，陈自长安至茂陵，为冢象祁连山。谥之，并武与广地㊹，曰景桓侯。子嬗代侯。嬗少，字子侯，上爱之，幸其壮而将之。居六岁，元封元年，嬗卒，谥哀侯。无子，绝，国除。

自骠骑将军死后，大将军长子宜春侯伉坐法失侯。后五岁，伉弟二人，阴安侯不疑及发干侯登皆坐酎金失侯。失侯后二岁，冠军侯国除。其后四年，大将军青卒，谥为烈侯。子伉代为长平侯。

自大将军围单于之后十四年而卒，竟不复击匈奴者，以汉马少，而方南诛两越，东伐朝鲜，击羌、西南夷，以故久不伐胡。

大将军以其得尚平阳长公主故，长平侯伉代侯。六岁，坐法失侯。

左方两大将军及诸裨将名：

最大将军青㊺，凡七出击匈奴，斩捕首虏五万余级。一与单于战，收河南地，遂置朔方郡，再益封，凡万一千八百户。封三子为侯，侯千三百户。并之，万五千七百户。其校尉裨将以从大将军侯者九人。其裨将及校尉已为将者十四人。为裨将者曰李广，自有传。无传者曰：

将军公孙贺。贺，义渠人，其先胡种。贺父浑邪，景帝时为平曲侯，坐法失侯。贺，武帝为太子时舍人。武帝立八岁，以太仆为轻车将军，军马邑。后四岁，以轻车将军出云中。后五岁，以骑将军从大将军有功，封为南窌侯。后一岁，以左将军再从大将军出定襄，无功。后四岁，以坐酎金失侯。后八岁，以浮沮将军出五原二千余里，无功。后八岁，以太仆为丞相，封葛绎侯。贺七为将军，出击匈奴无大功，而再侯，为丞相。坐子敬声与阳石公主奸，为巫蛊，族灭，无后。

将军李息，郁郅人。事景帝。至武帝立八岁，为材官将军，军马邑。后六岁，为将军，出代。后三岁，为将军。从大将军出朔方。皆无功。凡三为将军，其后常为大行。

将军公孙敖，义渠人。以郎事武帝。武帝立十二岁，为骑将军，出代，亡卒七千人，当斩，赎为庶人。后五岁，以校尉从大将军有功，封为合骑侯。后一岁，以中将军从大将军再出定襄，无功。后二岁，以将军出北地，后骠骑期，当斩，赎为庶人。后二岁，以校尉从大将军，无功。后十四岁，以因杆将军筑受降城。七岁，复以因杆将军再出击匈奴，至余吾，亡士卒多，下吏，当斩，诈死，亡居民间五六岁。后发觉，复系。坐妻为巫蛊，族。凡四为将军，出击匈奴，一侯。

将军李沮，云中人。事景帝。武帝立十七岁，以左内史为强弩将军。后一岁，复为强弩将军。

将军李蔡，成纪人也。事孝文帝、景帝、武帝。以轻车将军从大将军有功，封为乐安侯。已为丞相，坐法死。

将军张次公，河东人。以校尉从卫将军青有功，封为岸头侯。其后太后崩，为将军，军北军。后一岁，为将军，从大将军，再为将军，坐法失侯。次公父隆，轻车武射也。以善射，景帝幸近之也。

将军苏建，杜陵人。以校尉从卫将军青，有功，为平陵侯。以将军筑朔方。后四岁，为游击将军，从大将军出朔方。后一岁，以右将军再从大将军出定襄，亡翕侯，失军，当斩，赎为庶人。其后为代郡太守，卒。冢在大犹乡。

将军赵信，以匈奴相国降，为翕侯。武帝立十七岁，为前将军，与单于战，败，降匈奴。

将军张骞，以使通大夏，还，为校尉。从大将军有功，封为博望侯。后三岁，为将军，出右北平，失期，当斩，赎为庶人。其后使通乌孙，为大行，而卒。冢在汉中。

将军赵食其，祋祤人也。武帝立二十二岁，以主爵为右将军，从大将军出定襄，迷失道，当斩，赎为庶人。

将军曹襄，以平阳侯为后将军，从大将军出定襄。襄，曹参孙也。

将军韩说，弓高侯庶孙也。以校尉从大将军有功，为龙额侯，坐酎金失侯。元鼎六年，以待诏为横海将军，击东越有功，为按道侯。以太初三年为游击将军，屯于五原外列城。为光禄勋，掘蛊太子宫，卫太子杀之。

将军郭昌，云中人也。以校尉从大将军。元封四年，以太中大夫为拔胡将军，屯朔方。还击昆明，毋功，夺印。

将军荀彘，太原广武人。以御见⑯，侍中，为校尉，数从大将军。以元封三年为左将军击朝鲜，毋功。以捕楼船将军坐法死。

最骠骑将军去病，凡六出击匈奴，其四出以将军，斩捕首虏十一万余级。及浑邪王以众降数万，遂开河西酒泉之地，西方益少胡寇。四益封，凡万五千一百户。其校吏有功为侯者凡六人，而后为将军二人。

将军路博德，平州人。以右北平太守从骠骑将军，有功，为符离侯。骠骑死后，博德以卫尉为伏波将军，伐破南越，益封。其后坐法失侯。为强弩都尉，屯居延，卒。

将军赵破奴，故九原人。尝亡入匈奴，已而归汉，为骠骑将军司马。出北地，时有功，封为从骠侯。坐酎金失侯。后一岁，为匈河将军，攻胡至匈河水，无功。后二岁，击虏楼兰王，复封为浞野侯。后六岁，为浚稽将军，将二万骑击匈奴左贤王。左贤王与战，兵八万骑围破奴，破奴生为虏所得，遂没其军。居匈奴中十岁，复与其太子安国亡入汉。后坐巫蛊，族。

自卫氏兴，大将军青首封，其后枝属为五侯。凡二十四岁而五侯尽夺，卫氏无为侯者。

太史公曰：苏建语余曰："吾尝责大将军至尊重，而天下之贤人大毋称焉，愿将军观古名将所招选择贤者，勉之哉。大将军谢曰：'自魏其、武安之厚宾客，天子常切齿。彼亲附士大夫，招贤绌不肖者，人主之柄也。人臣奉法遵职而已，何与招士！'"骠骑亦放此意㊼，其为将如此。

---

① 冒：冒名。

② 数：数目。

③ 钳徒：受罚戴钳的刑徒。

④ 篡：抢夺。

⑤ 绝：横绝。

⑥ 梁：架桥。

⑦ 伏听者：间谍；侦察兵。

⑧ 获丑：俘虏。

⑨ 当：面对；正对。

⑩ 列：通"裂"。

⑪ 傅：率领。　　校：汉代军事单位。500人为一校。

⑫ 坚：拼死力战。

⑬ 禽：通"擒"。

⑭ 行在所：皇帝居处。

⑮ 与：给予。

⑯ 大父行：祖父辈的人。

⑰ 慑慴：害怕；畏惧。

⑱ 行留：行动迟缓。

⑲ 失道：迷路；走错了道。

⑳ 大率：大约；大概。

㉑ 比：相当；并列。

㉒ 要边：在边境拦截汉人以转达意图。

㉓ 城：筑城。

㉔ 驰传：四匹中等马驾的传车。

㉕ 乘传：四匹下等马（走得慢）驾的传车。

㉖ 桀黠：骁勇凶悍不易服之人。

㉗ 仍与：频繁出动。

㉘度幕：横过沙漠。

㉙转者：负责运输的民夫。　　踵：跟随。

㉚薄莫：天将黑。莫，犹暮。

㉛冒：破围；突围。

㉜纷挐：混战。

㉝迟明：天快亮的时候。

㉞逴（chuò，音绰）：远。

㉟塞阅：守边塞的官吏查阅。

㊱举：全部；都。

㊲不泄：不露声色。

㊳气：气魄。

㊴不至：不必。

㊵不省士：不关心士卒。

㊶赍：物资；食物。

㊷重车：辎重车。　　梁肉：好吃的食物。

㊸穿域：画地为球场。　　蹋鞠：踢球。

㊹并武与广地：合并远征扩疆的功劳。

㊺最：总计；共计。

㊻御：善驾车。

㊼放：仿照

史记卷一百一十二

平津侯主父列传第五十二

丞相公孙弘者，齐菑川国薛县人也，字季。少时为薛狱吏，有罪，免。家贫，牧豕海上①。年四十余，乃学《春秋》杂说。养后母孝谨。

建元元年，天子初即位，招贤良文学之士。是时弘年六十，征以贤良为博士②。使匈奴，还报，不合上意，上怒，以为不能。弘乃病免归。

元光五年，有诏征文学，菑川国复推上公孙弘。弘让，谢国人曰："臣已尝西应命，以不能罢归。愿更推选。"国人固推弘，弘至太常。太常令所征儒士各对策，百余人，弘第居下。策奏，天子擢弘对为第一③。召入见，状貌甚丽，拜为博士。

是时通西南夷道，置郡，巴、蜀民苦之，诏使弘视之。还奏事，盛毁西南夷无所用，上不听。

弘为人恢奇多闻④，常称以为人主病不广大⑤，人臣病不俭节。弘为布被，食不重肉⑥。后母死，服丧三年。每朝会议，开陈其端，令人主自择，不肯面折庭争。于是天子察其行敦厚，辩论有余，习文法吏事，而又缘饰以儒术，上大说之。二岁中，至左内史。弘奏事，有不可，不庭辩之。尝与主爵都尉汲黯请间⑦，汲黯先发之，弘推其后。天子常说，所言皆听，以此日益亲贵。尝与公卿约议，至上前，皆倍其约以顺上旨。汲黯庭诘弘曰："齐人多诈而无情实，始与臣等建此议，今皆倍之，不忠。"上问弘。弘谢曰："夫知臣者以臣为忠，不知臣者以臣为不忠。"上然弘言。左右幸臣每毁弘，上益厚遇之。

元朔三年，张欧免，以弘为御史大夫。是时通西南夷，东置沧海，北筑朔方之郡。弘数谏，以为罢敝中国以奉无用之地，愿罢之。于是天子乃使朱买臣等难弘置朔方之便⑧。发十策，弘不得一。弘乃谢曰："山东鄙人，不知其便若是，愿罢西南夷、沧海而专奉朔方。"上乃许之。

汲黯曰："弘位在三公，奉禄甚多，然为布被，此诈也。"上问弘。弘谢曰："有之。夫九卿与臣善者无过黯，然今日庭诘弘，诚中弘之病。夫以三公为布被，诚饰诈欲以钓名。且臣闻管仲相齐，有三归⑨，侈拟于君，桓公以霸，亦上僭于君。晏婴相景公，食不重肉，妾不衣丝，齐国亦治，此下比于民。今臣弘位为御史大夫，而为布被，自九卿以下至于小吏，无差，诚如汲黯言。且无汲黯忠，陛下安得闻此言！"天子以为谦让，愈益厚之。卒以弘为丞相，封平津侯。

弘为人意忌⑩，外宽内深。诸尝与弘有郤者⑪，虽详与善⑫，阴报其祸。杀主父偃，徙董仲舒于胶西，皆弘之力也。食一肉脱粟之饭⑬。故人、所善宾客，仰衣食，弘奉禄皆以给之，家无所余。士亦以此贤之。

淮南、衡山谋反，治党与方急⑭。弘病甚，自以为无功而封，位至丞相，宜佐明主填抚国家，使人由臣子之道。今诸侯有畔逆之计，此皆宰相奉职不称，恐窃病死，无以塞责。乃上书曰："臣闻天下之通道五，所以行之者三。曰君臣、父子、兄弟、夫妇、长幼之序，此五者，天下之通道也。智、仁、勇，此三者，天下之通德，所以行之者也。故曰'力行近乎仁，好问近乎智，知耻近乎勇'。知此三者，则知所以自治；知所以自治，然后知所以治人。天下未有不能自治而能治人者也，此百世不易之道也。今陛下躬行大孝。鉴三王⑮，建周道，兼文武；厉贤予禄⑯，量能授官。今臣弘罢驽之质，无汗马之劳，陛下过意擢臣弘卒伍之中，封为列侯，致位三公。臣弘行能不足以称，素有负薪之病⑰，恐先狗马填沟壑，终无以报德塞责。愿归侯印，乞骸骨，避贤者路。"天子报曰："古者赏有功，褒有德；守成尚文，遭遇右武⑱，未有易此者也。朕宿昔庶几获承尊位⑲，惧不能宁，惟所与共为治者，君宜知之。盖君子善善恶恶，君若谨行，常在朕躬。君不幸罹霜露之病⑳，何恙不已，乃上书归侯，乞骸骨，是章朕之不德也。今事少间，君其省思虑，一精神，辅以医药。"因赐告牛酒杂帛。居数月，病有瘳，视事。

元狩二年，弘病，竟以丞相终。子度嗣为平津侯。度为山阳太守十余岁，坐法失侯。

主父偃者，齐临菑人也。学长短纵横之术，晚乃学《易》、《春秋》、百家言。游齐诸生间，莫能厚遇也。齐诸儒生相与排摈，不容于齐。家贫，假贷无所得，乃北游燕、赵、中山，皆莫能厚遇，为客甚困。孝武元光元年中，以为诸侯莫足游者，乃西入关见卫将军。卫将军数言上，上不召。资用乏，留久，诸公宾客多厌之，乃上书阙下。朝奏，暮召入见。所言九事，其八事为律令，一事谏伐匈奴。其辞曰：

"臣闻明主不恶切谏以博观，忠臣不敢避重诛以直谏，是故事无遗策而功流万世。今臣不敢隐忠避死以效愚计，愿陛下幸赦而少察之。

"《司马法》曰：'国虽大，好战必亡；天下虽平，忘战必危。'天下既平，天子大凯㉑，春蒐秋狝㉒，诸侯春振旅、秋治兵，所以不忘战也。且夫怒者逆德也，兵者凶器也。争者末节也。古之人君一怒必伏尸流血，故圣王重行之㉓。夫务战胜穷武事者，未有不悔者也。昔秦皇帝任战胜之威，蚕食天下，并吞战国，海内为一，功齐三代。务胜不休，欲攻匈奴。李斯谏曰：'不可。夫匈奴无城郭之居、委积之守㉔，迁徙鸟举㉕，难得而制也。轻兵深入，粮食必绝；踵粮以行，重不及事。得其地不足以为利也，遇其民不可役而守也。胜必杀之，非民父母也。靡弊中国，快心匈奴，非长策也。'秦皇帝不听，遂使蒙恬将兵攻胡，辟地千里，以河为境；地固泽卤，不生五谷。然后发天下丁男以守北河。暴兵露师十有余年，死者不可胜数，终不能逾河而北。是岂人众不足，兵革不备哉？其势不可也。又使天下蜚刍挽粟②，起于黄、腄、琅邪负海之郡，转输北河，率三十钟而致一石。男子疾耕不足于粮饷，女子纺绩不足于帷幕。百姓靡敝，孤寡老弱不能相养，道路死者相望，盖天下始畔秦也。

"及至高皇帝定天下，略地于边，闻匈奴聚于代谷之外而欲击之。御史成进谏曰：'不可。夫匈奴之性，兽聚而鸟散，从之如捕影。今以陛下盛德攻匈奴，臣窃危之。'高帝不听，遂北至于代谷，果有平城之围。高皇帝盖悔之甚，乃使刘敬往结和亲之约，然后天下忘干戈之事。故兵法曰：'兴师十万，日费千金。'夫秦常积众暴兵数十万人，虽有覆军杀将系虏单于之功，亦适足以结怨深仇，不足以偿天下之费。夫上虚府库，下敝百姓，甘心于外国，非完事也。夫匈奴难得而制，非一世也。行盗侵驱，所以为业也，天性固然。上及虞、夏、殷、周，固弗程督⑦，禽兽畜之，不属为人㉘。夫上不观虞、夏、殷、周之统，而下循近世之失，此臣之所大忧，百姓之所疾苦也。且夫兵久则变生，事苦则虑易㉙。乃使边境之民獘靡愁苦而有离心，将吏相疑而外市，故尉佗、章邯得以成其私也。夫秦政之所以不行者，权分乎二子，此得失之效也。故《周书》曰：'安危在出令，存亡在所用。'愿陛下详察之，少加意而熟虑焉。"

是时赵人徐乐、齐人严安俱上书言世务，各一事。

徐乐曰："臣闻天下之患在于土崩，不在于瓦解，古今一也。何谓土崩？秦之末世是也。陈涉无千乘之尊、尺土之地，身非王公大人名族之后，无乡曲之誉，非有孔、墨、曾子之贤，陶朱、猗顿之富也，然起穷巷，奋棘矜，偏袒大呼而天下从风，此其故何也？由民困而主不恤，下怨而上不知，俗已乱而政不修，此三者陈涉之所以为资也。是之谓土崩。故曰天下之患在于土崩。何谓瓦解？吴、楚、齐、赵之兵是也。七国谋为大逆，号皆称万乘之君，带甲数十万，威足以严其境内，财足以劝其士民，然不能西攘尺寸之地而身为禽于中原者，此其故何也？非权轻于匹夫而兵弱于陈涉也。当是之时，先帝之德泽未衰而安土乐俗之民众，故诸侯无境外之助。此之谓瓦解。故曰天下之患不在瓦解。由是观之，天下诚有土崩之势，虽布衣穷处之士或首恶而危海内，陈涉是也，况三晋之君或存乎！天下虽未有大治也，诚能无土崩之势，虽有强国劲兵，不得旋踵而身为禽矣，吴、楚、齐、赵是也，况群臣百姓能为乱乎哉！此二体者，安危之明要也，贤主所留意而深察也。

"间者关东五谷不登，年岁未复，民多穷困，重之以边境之事，推数循理而观之，则民且有不安其处者矣。不安故易动。易动得，土崩之势也。故贤主独观万化之原，明于安危之机，修之庙堂之上，而销未形之患。其要，期使天下无土崩之势而已矣。故虽有强国劲兵，陛下逐走兽，射蜚鸟，弘游燕之囿，淫纵恣之观，极驰骋之乐，自若也。金石丝竹之声不绝于耳，帷帐之私俳优侏儒之笑不乏于前，而天下无宿忧。名何必汤、武，俗何必成、康！虽然，臣窃以为陛下天然之圣，宽仁之资，而诚以天下为务，则汤、武之名不难侔，而成、康之俗可复兴也。此二体者立，然后处尊安之实，扬名广誉于当世，亲天下而服四夷，余恩遗德为数世隆，南面负扆摄袂而揖王公㉚，此陛下之所服也㉛。臣闻图王不成㉜，其敝足以安。安则陛下何求而不得，何为而不成，何征而不服乎哉！"

严安上书曰："臣闻周有天下，其治三百余岁，成、康其隆也㉝，刑错四十余年而不用。及其衰也，亦三百余岁，故五伯更起。五伯者，常佐天子兴利除害，诛暴禁邪，匡正海内，以尊天子。五伯既没，贤圣莫续，天子孤弱，号令不行；诸侯恣行，强陵弱，众暴寡；田常篡齐，六卿分晋，并为战国。此民之始苦也。于是强国务攻，弱国备守，合从连横，驰车击毂，介胄生虮虣，民无所告愬。及至秦王，蚕食天下，并吞战国，称号曰皇帝；主海内之政，坏诸侯之城；销其兵，铸以为钟虡，示不复用。元元黎民得免于战国，逢明天子，人人自以为更生。向使秦缓其刑罚，薄赋敛，省徭役；贵仁义，贱权利；上笃厚，下智巧；变风易俗，化于海内，则世世必安矣。秦不行是风而循其故俗，为智巧权利者进，笃厚忠信者退；法严政峻，谄谀者众，日闻其美，意广心轶。欲肆威海外，乃使蒙恬将兵以北攻胡，辟地进境，戍于北河，蜚刍挽粟以随其后。又使尉屠睢将楼船之士南攻百越，使监禄凿渠运粮，深入越，越人遁逃。旷日持久，粮食绝乏，越人击之，秦兵大败。秦乃使尉佗将卒以戍越。当是时，秦祸北构于胡，南挂于越，宿兵无用之地，进而不得退。行十余年，丁男被甲，丁女转输，苦不聊生；自经于道树，死者相望。及秦皇帝崩，天下大叛。陈胜、吴广举陈，武臣、张耳举赵，项梁举吴，田儋举齐，景驹举郢，周市举魏，韩广举燕，穷山通谷豪士并起，不可胜载也。然皆非公侯之后，非长官之吏也。无尺寸之势，起闾巷，杖棘矜，应时而皆动，不谋而俱起，不约而同会，壤长地进㉞，至于霸王，时教使然也。秦贵为天子，富有天下，灭世绝祀者，穷兵之祸也。故周失之弱，秦失之强，不变之患也。

"今欲招南夷，朝夜郎，降羌僰，略濊州，建城邑，深入匈奴，燔其茏城，议者美之。此人臣之利也，非天下之长策也。今中国无狗吠之惊，而外累于远方之备，靡敝国家，非所以子民也。行无穷之欲，甘心快意，结怨于匈奴，非所以安边也。祸结而不解，兵休而复起，近者愁苦，远者惊骇，非所以持久也。今天下锻甲砥剑，桥箭累弦㉟，转输运粮，未见休时，此天下之所共忧也。夫兵久而变起，事烦而虑生。今外郡之地或几千里，列城数十，形束壤制㊱，旁胁诸侯，非公室之利也。上观齐、晋之所以亡者，公室卑削，六卿大盛也；下观秦之所以灭者，严法刻深，欲大无穷也。今郡守之权，非特六卿之重也；地几千里，非特闾巷之资也，甲兵器械，非特棘矜之用也。以遭万世之变，则不可称讳也。"

书奏天子，天子召见三人，谓曰："公等皆安在？何相见之晚也！"于是上乃拜主父偃、徐乐、严安为郎中。偃数见，上疏言事。诏拜偃为谒者，迁为中大夫。一岁中四迁偃。

偃说上曰："古者诸侯不过百里，强弱之形易制。今诸侯或连城数十，地方千里，缓则骄奢易为淫乱，急则阻其强而合从以逆京师。今以法割削之，则逆节萌起，前日晁错是也。今诸侯子弟或十数，而適嗣代立，余虽骨肉，无尺寸地封，则仁孝之道不宣。愿陛下令诸侯得推恩分子弟，以地侯之。彼人人喜得所愿，上以德施，实分其国，不削而稍弱矣。"于是上从其计。又说上曰："茂陵初立，天下豪杰并兼之家，乱众之民，皆可徙茂陵，内实京师，外销奸猾，此所谓不诛而害除。"上又从其计。

尊立卫皇后，及发燕王定国阴事，盖偃有功焉。大臣皆畏其口，赂遗累千金。人或说偃曰："太横矣。"主父曰："臣结发游学四十余年，身不得遂㊲，亲不以为子㊳，昆弟不收，宾客弃我，我厄日久矣㊴。且丈夫生不五鼎食㊵，死即五鼎烹耳。吾日暮途远，故倒行暴施之。"

偃盛言朔方地肥饶，外阻河㊶，蒙恬城之以逐匈奴，内省转输戍漕，广中国，灭胡之本也。上览其说，下公卿议，皆言不便。公孙弘曰："秦时常发三十万众筑北河，终不可就，已而弃之。"主父偃盛言其便。上竟用主父计，立朔方郡。

元朔二年，主父言齐王内淫佚行僻，上拜主父为齐相。至齐，遍召昆弟宾客，散五百金予之，数之曰："始吾贫时，昆弟不我衣食，宾客不我内门；今吾相齐，诸君迎我或千里。吾与诸君绝矣，毋复入偃之门！"乃使人以王与姊奸事动王㊷，王以为终不得脱罪，恐效燕王论死，乃自杀。有司以闻㊸。

主父始为布衣时，尝游燕、赵，及其贵，发燕事。赵王恐其为国患，欲上书言其阴事，为偃居中，不敢发。及为齐相，出关，即使人上书，告言主父偃受诸侯金，以故诸侯子弟多以得封者。及齐王自杀，上闻大怒，以为主父劫其王令自杀，乃征，下吏治。主父服受诸侯金，实不劫王令自杀。上欲勿诛，是时公孙弘为御史大夫，乃言曰："齐王自杀无后，国除为郡，人汉，主父偃本首恶，陛下不诛主父偃，无以谢天下。"乃遂族主父偃㊹。

主父方贵幸时，宾客以千数，及其族死，无一人收者，唯独洨孔车收葬之。天子后闻之，以为孔车长者也。

太史公曰：公孙弘行义虽修，然亦遇时。汉兴八十余年矣，上方乡文学，招俊乂㊺，以广儒、墨，弘为举首。主父偃当路，诸公皆誉之，及名败身诛，士争言其恶。悲夫！

太皇太后诏大司徒大司空㊻："盖闻治国之道，富民为始；富民之要，在于节俭。《孝经》曰：'安上治民，莫善于礼。''礼，与奢也宁俭㊼。'昔者管仲相齐桓，霸诸侯，有九合一匡之功，而仲尼谓之不知礼，以其奢泰侈拟于君故也。夏禹卑宫室，恶衣服，后圣不循。由此言之，治之盛也，德优矣，莫高于俭。俭化俗民，则尊卑之序得，而骨肉之恩亲，争讼之原息。斯乃家给人足，刑错之本也欤？可不务哉！夫三公者，百寮之率㊽，万民之表也。未有树直表而得曲影者也。孔子不云乎，'子率而正，孰敢不正'；'举善而教不能则劝'。维汉兴以来，股肱宰臣身行俭约，轻财重义，较然著明，未有若故丞相平津侯公孙弘者也。位在丞相而为布被、脱粟之饭，不过一肉。故人所善宾客皆分奉禄以给之，无有所余。诚内自克约而外从制。汲黯诘之，乃闻于朝，此可谓减于制度而可施行者也㊾。德优则行，否则止，与内奢泰而外为诡服以钓虚誉者殊科。以病乞骸骨，孝武皇帝即制曰：'赏有功，褒有德，善善恶恶，君宜知之。其省思虑，存精神，辅以医药。'赐告治病，牛酒杂帛。居数月，有瘳，视事。至元狩二年，竟以善终于相位。夫知臣莫若君，此其效也。弘子度嗣爵，后为山阳太守，坐法失侯。夫表德章义，所以率俗厉化，圣王之制，不易之道也。其赐弘后子孙之次当为后者爵关内侯，食邑三百户，征诣公车㊿，上名尚书，朕亲临拜焉。"

班固称曰："公孙弘、卜式、儿宽皆以鸿渐之翼困于燕雀㉛，远迹羊豕①之间，非遇其时，焉能致此位乎？是时汉兴六十余载，海内乂安㉜，府库充实，而四夷未宾，制度多阙㉝，上方欲用文武，求之如弗及。始以蒲轮迎枚生，见主父而叹息。群臣慕向，异人并出。卜式试于刍牧，弘羊擢于贾竖，卫青奋于奴仆，日䃅出于降虏，斯亦曩时版筑饭牛之朋矣。汉之得人，于兹为盛。儒雅则公孙弘、董仲舒、儿宽，笃行则石建、石庆，质直则汲黯、卜式，推贤则韩安国、郑当时，定令则赵禹、张汤，文章则司马迁、相如，滑稽则东方朔、枚皋，应对则严助、朱买臣，历数则唐都、落下闳，协律则李延年，运筹则桑弘羊，奉使则张骞、苏武，将帅则卫青、霍去病，受遗则霍光、金日䃅。其余不可胜纪。是以兴造功业，制度遗文，后世莫及。孝宣承统，纂修洪业，亦讲论六艺，招选茂异，而萧望之、梁丘贺、夏侯胜、韦玄成、严彭祖、尹更始以儒术进，刘向、王褒以文章显。将相则张安世、赵充国、魏相、邴吉、于定国、杜延年，治民则黄霸、王成、龚遂、郑弘、邵信臣、韩延寿、尹翁归、赵广汉之属，皆有功迹见述于后。累其名臣㉞，亦其次也。"

---

①豕：猪。

②征：征召。

③擢：提拔。

④恢奇：不同寻常。

⑤广大：度量扩大。

⑥重：两种。

⑦请间：请求独自召见。

⑧难：驳斥；反驳。

⑨三归：多处储藏金银的府库。

⑩意忌：猜疑妒忌。

⑪郄：通"隙"。嫌隙。

⑫详：通"佯"。假装。

⑬脱粟之饭：仅脱去谷皮的糙米。

⑭党与：党羽；朋党。

⑮鉴：借鉴。

⑯厉：通"励"。勉励。

⑰负薪之病：意谓力不能胜任。

⑱遭遇：遭遇祸乱。　　右武：崇尚武力。

⑲宿昔：过去；往日。　　庶几：侥幸。

⑳霜露之病：一般的小病。

㉑大凯：班师整军之乐。

㉒蒐（sōu，音搜）：春天打猎。　　狝（xiǎn，音显）：秋天打猎。

㉓重：慎重。

㉔委积：积蓄的财物。

㉕鸟举：像鸟一样飞来飞去。

㉖蜚刍挽粟：紧急运送粮草。蜚，通"飞"。

㉗程：征收赋税。　　督：管理；治理。

㉘不属为人：不使之归属为中国人。

㉙虑易：内心起变化。言生离异之心。

㉚负扆：依靠屏风。　　摄袂：整理袖子。

㉛服：应做的事情。

㉜王：王业。

㉝隆：鼎盛。

㉞壤长地进：地盘逐渐扩大。

㉟挢：通"矫"。矫正。　　累：积累。

㊱形束：山川之势可约束百姓。　　壤制：地理范围足以制约百姓。

㊲遂：成功。功成名就。

㊳亲：父母亲。

㊴厄：困厄；背运。

㊵五鼎食：古代诸侯会饮时将牛、羊、猪、鱼、鹿肉分置5鼎中待客。后喻生活侈华。

㊶阻：倚仗；凭借。

㊷动：触动；捍动。

㊸有司：有关官吏。　　以闻：向上面报告。

㊹族：灭族；夷族。

㊺俊乂（yì，音义）：俊杰；俊士。

㊻太皇太后：汉平帝祖母王政君。其诏及以下班固所称为后人附录于此，以续卷后。

㊼与：与其。宁：毋宁。

㊽寮：通"僚"。　　率：首长。

㊾减于制度：比制度规定得要低。

㊿公车：官署名。

㉛鸿渐：大雁。

㉜乂安：安定。

㉝阙：不健全；不完善。

㉞累：比较。

史记卷一百一十三

南越列传第五十三

南越王尉佗者，真定人也，姓赵氏。秦时已并天下，略定杨越，置桂林、南海、象郡，以谪徙民①，与越杂处十三岁。佗，秦时用为南海龙川令。至二世时，南海尉任嚣病且死，召龙川令赵佗语曰："闻陈胜等作乱，秦为无道，天下苦之，项羽、刘季、陈胜、吴广等州郡各共兴军聚众，虎争天下。中国扰乱，未知所安，豪杰畔秦相立，南海僻远，吾恐盗兵侵地至此，吾欲兴兵绝新道，自备，待诸侯变，会病甚。且番禺负山险，阻南海，东西数千里，颇有中国人相辅，此亦一州之主也，可以立国。郡中长吏无足与言者，故召公告之。"即被佗书②，行南海尉事。嚣死，佗即移檄告横浦、阳山、湟溪关曰："盗兵且至，急绝道，聚兵自守！"因稍以法诛秦所置长吏，以其党为假守。秦已破灭，佗即击并桂林、象郡，自立为南越武王。

高帝已定天下，为中国劳苦，故释佗弗诛。汉十一年，遣陆贾因立佗为南越王，与剖符通使③，和集百越，毋为南边患害，与长沙接境。

高后时，有司请禁南越关市铁器。佗曰："高帝立我，通使物，今高后听谗臣，别异蛮夷，隔绝器物，此必长沙王计也，欲倚中国，击灭南越而并王之，自为功也。"于是佗乃自尊号为南越武帝，发兵攻长沙边邑，败数县而去焉。高后遣将军隆虑侯灶往击之。会暑湿，士卒大疫，兵不能逾岭。岁余，高后崩，即罢兵。佗因此以兵威边，财物赂遗闽越、西瓯、骆，役属焉，东西万余里。乃乘黄屋左纛④，称制，与中国侔。

及孝文帝元年，初镇抚天下，使告诸侯四夷从代来即位意，喻盛德焉。乃为佗亲冢在真定，置守邑，岁时奉祀。召其从昆弟⑤，尊官厚赐宠之。诏丞相陈平等举可使南越者，平言好畤陆贾，先帝时习使南越⑥。乃召贾以为太中大夫，往使。因让佗自立为帝⑦，曾无一介之使报者。陆贾至南越，王甚恐，为书谢⑧，称曰："蛮夷大长老夫臣佗，前日高后隔异南越，窃疑长沙王谗臣，又遥闻高后尽诛佗宗族，掘烧先人冢，以故自弃，犯长沙边境。且南方卑湿，蛮夷中间，其东闽越千人众号称王，其西瓯骆裸国亦称王。老臣妄窃帝号，聊以自娱，岂敢以闻天王哉！"乃顿首谢，愿长为藩臣，奉贡职。于是乃下令国中曰："吾闻两雄不俱立，两贤不并世。皇帝，贤天子也。自今以后，去帝制、黄屋、左纛⑨。"陆贾还报，孝文帝大说⑨。遂至孝景时，称臣，使人朝请。然南越其居国窃如故号名，其使天子，称王朝命如诸侯⑩。至建元四年卒。

佗孙胡为南越王。此时闽越王郢兴兵击南越边邑，胡使人上书曰："两越俱为藩臣，毋得擅兴兵相攻击。今闽越兴兵侵臣，臣不敢兴兵，唯天子诏之。"于是天子多南越义⑪，守职约，为兴师，遣两将军往讨闽越。兵未逾岭，闽越王弟余善杀郢以降，于是罢兵。

天子使庄助往谕意南越王，胡顿首曰："天子乃为臣兴兵讨闽越，死无以报德！"遣太子婴齐入宿卫。谓助曰："国新被寇，使者行矣。胡方日夜装入见天子[12]。"助去后，其大臣谏胡曰："汉兴兵诛郢，亦行以惊动南越。且先王昔言，事天子期无失礼，要之不可以说好语入见[13]。入见则不得复归，亡国之势也。"于是胡称病，竟不入见。后十余岁，胡实病甚，太子婴齐请归。胡薨，谥为文王。

婴齐代立，即藏其先武帝玺。婴齐其入宿卫在长安时，取邯郸樛氏女，生子兴。及即位，上书请立樛氏女为后，兴为嗣。汉数使使者风谕婴齐[14]。婴齐尚乐擅杀生自恣，惧入见要用汉法，比内诸侯，固称病，遂不入见。遣子次公入宿卫。婴齐薨，谥为明王。

太子兴代立，其母为太后。太后自未为婴齐姬时，尝与霸陵人安国少季通。及婴齐薨后，元鼎四年，汉使安国少季往谕王、王太后以入朝，比内诸侯。令辩士谏大夫终军等宣其辞，勇士魏臣等辅其缺，卫尉路博德将兵屯桂阳，待使者。王年少，太后中国人也，尝与安国少季通，其使复私焉[15]。国人颇知之，多不附太后。太后恐乱起，亦欲倚汉威，数劝王及群臣求内属。即因使者上书，请比内诸侯。三岁一朝，除边关。于是天子许之，赐其丞相吕嘉银印，及内史、中尉、大傅印，余得自置。除其故黥劓刑，用汉法，比内诸侯。使者皆留填抚之。王、王太后饬治行装重赉，为入朝具。

其相吕嘉年长矣，相三王，宗族官仕为长吏者七十余人，男尽尚王女，女尽嫁王子兄弟宗室，及苍梧秦王有连[16]。其居国中甚重，越人信之，多为耳目者，得众心愈于王。王之上书，数谏止王，王弗听。有畔心，数称病不见汉使者。使者皆注意嘉，势未能诛。王、王太后亦恐嘉等先事发，乃置酒，介汉使者权[17]，谋诛嘉等。使者皆东乡，太后南乡，王北乡，相嘉、大臣皆西乡，侍坐饮。嘉弟为将，将卒居宫外。酒行，太后谓嘉曰："南越内属，国之利也，而相君苦不便者，何也？"以激怒使者。使者孤疑相杖[18]，遂莫敢发。嘉见耳目非是，即起而出。太后怒，欲纵嘉以矛[19]，王止太后。嘉遂出，分其弟兵就舍，称病，不肯见王及使者，乃阴与大臣作乱。王素无意诛嘉，嘉知之，以故数月不发。太后有淫行，国人不附，欲独诛嘉等，力又不能。

天子闻嘉不听王，王、太后弱孤不能制，使者怯无决。又以为王、王太后已附汉，独吕嘉为乱，不足以兴兵，欲使庄参以二千人往使。参曰："以好往，数人足矣；以武往，二千人无足以为也。"辞不可，天子罢参也。郏壮士故济北相韩千秋奋曰："以区区之越，又有王、太后应，独相吕嘉为害，愿得勇士二百人，必斩嘉以报。"于是天子遣千秋与王太后弟樛乐将二千人往。入越境，吕嘉等乃遂反，下令国中曰："王年少。太后，中国人也，又与使者乱，专欲内属，尽持先王宝器入献天子以自媚，多从人，行至长安，虏卖以为僮仆。取自脱一时之利，无顾赵氏社稷，为万世虑计之意。"乃与其弟将卒攻杀王、太后及汉使者。遣人告苍梧秦王及其诸郡县，立明王长男越妻子术阳侯建德为王。而韩千秋兵入，破数小邑。其后越直开道给食，未至番禺四十里，越以兵击千秋等，遂灭之。使人函封汉使者节置塞上，好为谩辞谢罪[20]，发兵守要害处。于是天子曰："韩千秋虽无成功，亦军锋之冠。"封其子延年为成安侯。樛乐，其姊为王太后，首愿属汉，封其子广德为龙亢侯。乃下赦曰："天子微，诸侯力政，讥臣不讨贼。今吕嘉、建德等反，自立晏如，令罪人及江淮以南楼船十万师往讨之。"

元鼎五年秋，卫尉路博德为伏波将军，出桂阳，下汇水；主爵都尉杨仆为楼船将军，出豫章，下横浦；故归义越侯二人为戈船、下厉将军，出零陵，或下离水，或抵苍梧；使驰义侯因巴蜀罪人，发夜郎兵，下牂柯江。咸会番禺。

元鼎六年冬，楼船将军将精卒先陷寻陕，破石门，得越船粟，因推而前，挫越锋，以数万人待伏波。伏波将军将罪人，道远，会期后，与楼船会乃有千余人，遂俱进。楼船居前，至番禺。建德、嘉皆城守。楼船自择便处，居东南面；伏波居西北面。会暮，楼船攻败越人，纵火烧城。越素闻伏波名，日暮，不知其兵多少。伏波乃为营，遣使者招降者，赐印，复纵㉑，令相招。楼船力攻烧敌，反驱而入伏波营中。犁旦，城中皆降伏波。吕嘉、建德已夜与其属数百人亡入海，以船西去。伏波又因问所得降者贵人，以知吕嘉所之，遣人追之。以其故校尉司马苏弘得建德，封为海常侯；越郎都稽得嘉，封为临蔡侯。

苍梧王赵光者，越王同姓，闻汉兵至，及越揭阳令定。自定属汉㉒；越桂林监居翁，谕瓯骆属汉。皆得为侯。戈船、下厉将军兵及驰义侯所发夜郎兵未下，南越已平矣。遂为九郡。伏波将军益封。楼船将军兵以陷坚为将梁侯。

自尉佗初王后，五世九十三岁而国亡焉。

太史公曰：尉佗之王，本由任嚣。遭汉初定，列为诸侯。隆虑离湿疫㉓，佗得以益骄。瓯骆相攻，南越动摇。汉兵临境，婴齐入朝。其后亡国，征自樛女㉔；吕嘉小忠，令佗无后。楼船从欲，怠傲失惑；伏波困穷，智虑愈殖，因祸为福。成败之转，譬若纠墨。

①谪（zhé，音折）：因罪而流放、戍边。

②被佗书：假造诏书给赵佗。

③剖符：古代帝王分封诸侯或臣下，将符节剖分为二，双方各执一半，以为信约。

④黄屋：皇帝车乘。　　纛（dào，音道）：皇帝车上插在左边用牦牛尾做的装饰物。

⑤从昆弟：堂兄弟。

⑥习：熟悉。

⑦让：责难；责备。

⑧谢：谢罪。

⑨大说：大喜。

⑩朝命：接受朝命（天子的命令）。

⑪多：称赞；赞扬。

⑫装：整装；收拾行李。

⑬要之：总之。　　说好语：听了好听的话感到高兴。

⑭风：用含蓄的话劝告。

⑮复私：又与之通奸。

⑯连：联姻。

⑰介：依仗。

⑱相杖：相对；相视。

⑲钑（cōng，音匆）：冲刺；刺杀。

⑳谩：欺骗。

㉑纵：释放。

㉒及：与；同。

㉓离：遭遇。

㉔征：征兆。

史记卷一百一十四

东越列传第五十四

闽越王无诸及越东海王摇者,其先皆越王勾践之后也,姓驺氏。秦已并天下,皆废为君长,以其地为闽中郡。及诸侯畔秦①,无诸、摇率越归鄱阳令吴芮,所谓鄱君者也,从诸侯灭秦。当是之时,项籍主命,弗王,以故不附楚。汉击项籍,无诸、摇率越人佐汉。汉五年,复立无诸为闽越王,王闽中故地,都东冶。孝惠三年,举高帝时越功,曰闽君摇功多,其民便附,乃立摇为东海王,都东瓯,世俗号为东瓯王。

后数世,至孝景三年,吴王濞反,欲从闽越,闽越未肯行,独东瓯从吴。及吴破,东瓯受汉购②,杀吴王丹徒,以故皆得不诛,归国。

吴王子子驹亡走闽越,怨东瓯杀其父,常劝闽越击东瓯。至建元三年,闽越发兵围东瓯。东瓯食尽,困,且降,乃使人告急天子。天子问太尉田蚡,蚡对曰:"越人相攻击,固其常,又数反覆,不足以烦中国往救也。自秦时弃弗属③。"于是中大夫庄助诘蚡曰④:"特患力弗能救,德弗能覆。诚能,何故弃之?且秦举咸阳而弃之,何乃越也!今小国以穷困来告急天子,天子弗振,彼当安所告愬⑤?又何以子万国乎?"上曰:"太尉未足与计。吾初即位,不欲出虎符发兵郡国。"乃遣庄助以节发兵会稽。会稽太守欲距不为发兵⑥,助乃斩一司马,谕意指,遂发兵浮海救东瓯。未至,闽越引兵而去。东瓯请举国徙中国,乃悉举众来,处江、淮之间。

至建元六年,闽越击南越。南越守天子约,不敢擅发兵击而以闻。上遣大行王恢出豫章,大农韩安国出会稽,皆为将军。兵未逾岭,闽越王郢发兵距险。其弟余善乃与相、宗族谋曰:"王以擅发兵击南越,不请,故天子兵来诛。今汉兵众强,今即幸胜之,后来益多,终灭国而止。今杀王以谢天子,天子听,罢兵,固一国完;不听,乃力战,不胜,即亡入海。"皆曰"善"。即纵杀王,使使奉其头致大行。大行曰:"所为来者诛王。今王头至,谢罪,不战而耘,利莫大焉。"乃以便宜案兵告大农军⑦,而使使奉王头驰报天子。诏罢两将兵,曰:"郢等首恶,独无诸孙繇君丑不与谋焉。"乃使郎中将立丑为越繇王,奉闽越先祭祀。

余善已杀郢,威行于国,国民多属,窃自立为王。繇王不能矫其众持正⑧。天子闻之,为余善不足复兴师,曰:"余善数与郢谋乱,而后首诛郢,师得不劳。"因立余善为东越王,与繇王并处。

至元鼎五年,南越反,东越王余善上书,请以卒八千人从楼船将军击吕嘉等。兵至揭扬,以海风波为解⑨,不行,持两端,阴使南越。及汉破番禺,不至。是时楼船将军杨仆使使上书,愿便引兵击东越。上曰:"士卒劳倦。"不许,罢兵。令诸校屯豫章梅岭待命

元鼎六年秋,余善闻楼船请诛之,汉兵临境,且往,乃遂反,发兵距汉道。号将军驺力等为"吞汉将军",入白沙、武林、梅岭,杀汉三校尉。是时汉使大农张成、故山州侯齿将屯,弗敢击,却就便处,皆坐畏懦诛。

余善刻"武帝"玺自立,诈其民,为妄言。天子遣横海将军韩说出句章,浮海从东方往;楼

船将军杨仆出武林；中尉王温舒出梅岭；越侯为戈船、下濑将军，出若邪、白沙。元封元年冬，咸入东越。东越素发兵距险，使徇北将军守武林，败楼船军数校尉，杀长吏。楼船将军率钱唐辕终古斩徇北将军，为御儿侯。自兵未往⑩。

故越衍侯吴阳前在汉，汉使归谕余善，余善弗听。及横海将军先至，越衍侯吴阳以其邑七百人反，攻越军于汉阳。从建成侯敖，与其率，从繇王居股谋曰："余善首恶，劫守吾属。今汉兵至，众强，计杀余善，自归诸将，傥幸得脱。"乃遂俱杀余善，以其众降横海将军，故封繇王居股为东成侯，万户；封建成侯敖为开陵侯；封越衍侯吴阳为北石侯；封横海将军说为案道侯；封横海校尉福为缭荌侯。福者，成阳共王子，故为海常侯，坐法失侯。旧从军无功，以宗室故侯。诸将皆无成功，莫封。东越将多军，汉兵至，弃其军降，封为无锡侯。

于是天子曰："东越狭多阻，闽越悍，数反覆。"诏军吏皆将其民徙处江、淮间。东越地遂虚。

太史公曰：越虽蛮夷，其先岂尝有大功德于民哉，何其久也！历数代常为君王，勾践一称伯。然余善至大逆，灭国迁众，其先苗裔繇王居股等犹尚封为万户侯，由此知越世世为公侯矣。盖禹之余烈也。

---

① 畔：反叛。
② 购：收买。
③ 属：归属。隶属。
④ 诘：质问。
⑤ 告愬：控告，诉说。
⑥ 距：通"拒"。拒绝。
⑦ 便宜：自己采取行动。　　案兵：停止军事行动。
⑧ 持正：拥护自己的正统地位。
⑨ 解：托辞；借口。
⑩ 自兵：自己的部属。

史记卷一百一十五

朝鲜列传第五十五

朝鲜王满者，故燕人也。自始全燕时尝略属真番、朝鲜①，为置吏，筑鄣塞②。秦灭燕，属辽东外徼③。汉兴，为其远，难守，复修辽东故塞，至浿水为界，属燕。燕王卢绾反，入匈奴，满亡命，聚党千余人，魋结、蛮夷服而东走出塞④，渡浿水，居秦故空地上下鄣，稍役属真番、朝鲜蛮夷及故燕、齐亡命者王之⑤，都王险。

会孝惠、高后时，天下初定，辽东太守即约满为外臣，保塞外蛮夷，无使盗边；诸蛮夷君长欲入见天子，勿得禁止。以闻⑥，上许之，以故满得兵威财物侵降其旁小邑，真番、临屯皆来服属，方数千里。

传子至孙右渠，所诱汉亡人滋多，又未尝入见；真番旁众国欲上书见天子，又拥阏不通⑦。元封二年，汉使涉何谯谕右渠⑧，终不肯奉诏。何去至界上，临浿水，使御刺杀送何者朝鲜裨王长，即渡，驰入塞，遂归报天子曰"杀朝鲜将"。上为其名美，即不诘⑨，拜何为辽东东部都尉。朝鲜怨何，发兵袭攻杀何。

天子募罪人击朝鲜。其秋，遣楼船将军杨仆从齐浮渤海，兵五万人；左将军荀彘出辽东，讨右渠。右渠发兵距险。左将军卒正多率辽东兵先纵⑩，败散，多还走，坐法斩。楼船将军将齐兵七千人先至王险。右渠城守，窥知楼船军少，即出城击楼船。楼船军败散走，将军杨仆失其众，遁山中十余日，稍求收散卒，复聚。左将军击朝鲜浿水西军，未能破自前⑪。

天子为两将未有利，乃使卫山因兵威往谕右渠。右渠见使者，顿首谢："愿降，恐两将诈杀臣；今见信节，请服降。"遣太子入谢，献马五千匹，及馈军粮。人众万余，持兵，方渡浿水，使者及左将军疑其为变，谓太子已服降，宜命人毋持兵。太子亦疑使者、左将军诈杀之，遂不渡浿水，复引归。山还报天子，天子诛山。

左将军破浿水上军，乃前，至城下。围其西北。楼船亦往会，居城南。右渠遂坚守城。数月未能下。

左将军素侍中，幸，将燕、代卒，悍，乘胜，军多骄。楼船将齐卒，入海，固已多败亡；其先与右渠战，困辱亡卒，卒皆恐，将心惭，其围右渠，常持和节。左将军急击之，朝鲜大臣乃阴间使人私约降楼船，往来言，尚未肯决。左将军数与楼船期战，楼船欲急就其约，不会；左将军亦使人求间郤降下朝鲜，朝鲜不肯，心附楼船。以故两将不相能⑫。左将军心意楼船前有失军罪，今与朝鲜私善而又不降，疑其有反计，未敢发。天子曰将率不能，前乃使卫山谕降右渠，右渠遣太子，山使不能剸决⑬，与左将军计相误，卒沮约。今两将围城，又乖异，以故久不决，使济南太守公孙遂往正之，有便宜得以从事。遂至，左将军曰："朝鲜当下久矣，不下者有状。"言楼船数期不会，具以素所意告遂，曰："今如此不取，恐为大害，非独楼船，又且与朝鲜共灭吾军。"遂亦以为然，而以节召楼船将军入左将军营计事，即命左将军麾下执捕楼船将军，并其军，以报天子。天子诛遂。

左将军已并两军，即急击朝鲜。朝鲜相路人、相韩阴、尼溪相参、将军王唊相与谋曰："始欲降楼船，楼船今执，独左将军并将，战益急，恐不能与，王又不肯降。"阴、唊、路人皆亡降汉。路人道死。元封三年夏，尼溪相参乃使人杀朝鲜王右渠来降。王险城未下，故右渠之大臣成巳又反，复攻吏。左将军使右渠子长降、相路人之子最告谕其民，诛成巳，以故遂定朝鲜，为四郡。封参为澅清侯，阴为狄苴侯，唊为平州侯，长降为几侯。最以父死颇有功，为温阳侯。

左将军征至，坐争功相嫉，乖计，弃市。楼船将军亦坐兵至洌口，当待左将军，擅先纵，失亡多，当诛，赎为庶人。

太史公曰：右渠负固，国以绝祀。涉何诬功，为兵发首。楼船将狭⑭，及难离咎。悔失番禺⑮，乃反见疑。荀彘争劳，与遂皆诛。两军俱辱，将率莫侯矣⑯。

---

①全燕时：指燕国全盛时。　　　略属：攻取使之归属。

②鄣：边境上的城堡。

③鄣：边界。

④魋（zhuī，音追）结：同"椎髻"。把头发盘起来，形似椎。

⑤稍：逐渐地。　　役属：奴役使之归属。

⑥以闻：向上面通报。

⑦拥阏（è，音饿）：堵塞。

⑧谯：责备，指责。

⑨诘：责骂；责问。

⑩纵：追击；进攻。

⑪破自前：从正面攻破。

⑫不相能：不团结。

⑬刬决：当机立断。

⑭狭：心胸狭隘。

⑮悔失番禺：后悔攻以前攻番禺时没有立功。

⑯将率：领兵的将领。　　莫侯：不被封侯。

史记卷一百一十六

西南夷列传第五十六

西南夷君长以什数，夜郎最大。其西，靡莫之属以什数，滇最大；自滇以北君长以什数，邛都最大，此皆魋结①，耕田，有邑聚。其外，西自同师以东，北至楪榆，名为巂、昆明，皆编发，随畜迁徙，毋常处，毋君长，地方可数千里。自巂以东北，君长以什数，徙、筰都最大；自筰以东北，君长以什数，冉駹最大，其俗或土箸②，或移徙，在蜀之西。自冉駹以东北，君长以什数，白马最大，皆氐类也。此皆巴蜀西南外蛮夷也。

始楚威王时，使将军庄蹻将兵循江上，略巴、黔中以西。庄蹻者，故楚庄王苗裔也。蹻至滇池，方三百里，旁平地，肥饶数千里，以兵威定属楚。欲归报，会秦击夺楚巴、黔中郡，道塞不通，因还，以其众王滇，变服，从其俗，以长之。秦时，常頞略通五尺道，诸此国颇置吏焉。十余岁，秦灭。及汉兴，皆弃此国而开蜀故徼。巴、蜀民或窃出商贾，取其筰马、僰僮、髦牛，以此巴、蜀殷富。

建元六年，大行王恢击东越，东越杀王郢以报。恢因兵威使番阳令唐蒙风指晓南越。南越食蒙蜀枸酱，蒙问所从来，曰："道西北牂柯，牂柯江广数里，出番禺城下。"蒙归至长安，问蜀贾人，贾人曰："独蜀出枸酱，多持窃出市夜郎。夜郎者，临牂柯江，江广百余步，足以行船。南越以财物役属夜郎，西至同师，然亦不能臣使也。"蒙乃上书说上曰："南越王黄屋左纛③，地东西万余里，名为外臣，实一州主也。今以长沙、豫章往，水道多绝，难行。窃闻夜郎所有精兵，可得十余万，浮船牂柯江，出其不意，此制越一奇也。诚以汉之强，巴、蜀之饶，通夜郎道，为置吏，易甚。"上许之。乃拜蒙为郎中将，将千人，食重万余人④，从巴、蜀筰关入，遂见夜郎侯多同。蒙厚赐，喻以威德，约为置吏，使其子为令。夜郎旁小邑皆贪汉缯帛，以为汉道险，终不能有也，乃且听蒙约。还报，乃以为犍为郡。发巴、蜀卒治道，自僰道指牂柯江。蜀人司马相如亦言西夷邛、筰可置郡。使相如以郎中将往喻，皆如南夷，为置一都尉，十余县，属蜀。

当是时，巴、蜀四郡通西南夷道，戍转相饷⑤。数岁，道不通，士罢饿离湿死者甚众；西南夷又数反，发兵兴击，耗费无功。上患之，使公孙弘往视问焉。还对，言其不便。及弘为御史大夫，是时方筑朔方以据河逐胡，弘因数言西南夷害，可且罢，专力事匈奴。上罢西夷，独置南夷夜郎两县一都尉，稍令犍为自葆就⑥。

及元狩元年，博望侯张骞使大夏来，言居大夏时见蜀布、邛竹杖，使问所从来，曰"从东南身毒国，可数千里，得蜀贾人市"。或闻邛西可二千里有身毒国。骞因盛言大夏在汉西南，慕中国，患匈奴隔其道，诚通蜀，身毒国，道便近，有利无害。于是天子乃令王然于、柏始昌、吕越人等，使间出西夷西⑦，指求身毒国。至滇，滇王尝羌乃留，为求道西十余辈。岁余，皆闭昆明，莫能通身毒国。滇王与汉使者言曰："汉孰与我大？"及夜郎侯亦然。以道不通故，各自以为一州主，不知汉广大。使者还，因盛言滇大国，足事亲附。天子注意焉。

及至南越反，上使驰义侯因犍为发南夷兵。且兰君恐远行，旁国虏其老弱，乃与其众反，杀使者及犍为太守。汉乃发巴、蜀罪人尝击南越者八校尉击破之。会越已破，汉八校尉不下，即引兵还，行诛头兰。头兰，常隔滇道者也。已平头兰，遂平南夷为牂柯郡。夜郎侯始倚南越，南越已灭，会还诛反者，夜郎遂入朝。上以为夜郎王。

南越破后，及汉诛且兰、邛郡，并杀筰侯，冉駹皆振恐，请臣置吏。乃以邛都为越巂郡，筰都为沈犁郡，冉駹为汶山郡，广汉西白马为武都郡。

上使王然于以越破及诛南夷兵威风喻滇王入朝。滇王者，其众数万人，其旁东北有劳浸、靡莫，皆同姓相扶，未肯听。劳浸、靡莫数侵犯使者吏卒。元封二年，天子发巴、蜀兵击灭劳浸、靡莫，以兵临滇。滇王始首善，以故弗诛。滇王离难西南夷，举国降，诸置吏入朝。于是以为益州郡，赐滇王王印，复长其民。西南夷君长以百数，独夜郎、滇受王印。滇小邑，最宠焉。

太史公曰：楚之先岂有天禄哉？在周为文王师，封楚。及周之衰，地称五千里。秦灭诸侯，唯楚苗裔尚有滇王。汉诛西南夷，国多灭矣，唯滇复为宠王。然南夷之端，见枸酱番禺，大夏杖邛竹。西夷后揃⑧，剽分二方，卒为七郡。

---

①魋结：把头发结成椎形的发髻。

②土箸：定居。

③黄屋：皇帝乘车。　左纛（dào，音道）：皇帝乘舆上的装饰物。

④食重：负责押运粮食辎重。

⑤转：运输。

⑥葆：通"保"。保全。

⑦间：走小路。

⑧揃（jiǎn，音简）：分割。

史记卷一百一十七

司马相如列传第五十七

司马相如者，蜀郡成都人也，字长卿。少时好读书，学击剑，故其亲名之曰犬子①。相如既学②，慕蔺相如之为人，更名相如。以赀为郎，事孝景帝，为武骑常侍，非其好也。会景帝不好辞赋，是时梁孝王来朝，从游说之士齐人邹阳、淮阴枚乘、吴庄忌夫子之徒。相如见而说之，因病免，客游梁。梁孝王令与诸生同舍，相如得与诸生游士居数岁，乃著《子虚之赋》。

会梁孝王卒，相如归，而家贫，无以自业。素与临邛令王吉相善，吉曰："长卿久宦游不遂，而来过我③。"于是相如往，舍都亭。临邛令缪为恭敬④，日往朝相如。相如初尚见之，后称病，使从者谢吉，吉愈益谨肃。临邛中多富人，而卓王孙家僮八百人，程郑亦数百人，二人乃相谓曰："令有贵客，为具召之⑤。"并召令。令既至，卓氏客以百数。至日中，谒司马长卿，长卿谢病不能往，临邛令不敢尝食，自往迎相如。相如不得已，强往，一坐尽倾。酒酣，临邛令前奏琴曰："窃闻长卿好之，愿以自娱。"相如辞谢，为鼓一再行⑥。是时卓王孙有女文君新寡，好音，故相如缪与令相重，而以琴心挑之。相如之临邛，从车骑，雍容闲雅甚都⑦。及饮卓氏，弄琴，文君窃从户窥之，心悦而好之，恐不得当也⑧。既罢，相如乃使人重赐文君侍者通殷勤⑨。文君夜亡奔相如，相如乃与驰归成都。家居徒四壁立。卓王孙大怒曰："女至不材，我不忍杀，不分一钱也。"人或谓王孙，王孙终不听。文君久之不乐，曰："长卿第俱如临邛⑩，从昆弟假贷犹足为生，何至自苦如此！"相如与俱之临邛，尽卖其车骑，买一酒舍酤酒，而令文君当炉⑪。相如身自著犊鼻裈⑫，与保庸杂作⑬，涤器于市中。卓王孙闻而耻之，为杜门不出。昆弟诸公更谓王孙曰："有一男两女，所不足者非财也。今文君已失身于司马长卿，长卿故倦游⑭，虽贫，其人材足依也。且又令客，独奈何相辱如此！"卓王孙不得已，分予文君僮百人，钱百万，及其嫁时衣被财物。文君乃与相如归成都，买田宅，为富人。

居久之，蜀人杨得意为狗监，侍上。上读《子虚赋》而善之，曰："朕独不得与此人同时哉！"得意曰："臣邑人司马相如自言为此赋。"上惊，乃召问相如。相如曰："有是。然此乃诸侯之事，未足观也。请为天子游猎赋，赋成奏之。"上许，令尚书给笔札。相如以"子虚"，虚言也，为楚称；"乌有先生"者，乌有此事也，为齐难⑮；"无是公"者，无是人也，明天子之义。故空藉此三人为辞，以推天子诸侯之苑囿。其卒章归之于节俭，因以风谏。奏之天子，天子大说。其辞曰：

楚使子虚使于齐，齐王悉发境内之士，备车骑之众，与使者出田⑯。田罢，子虚过诧乌有先生⑰，而无是公在焉。坐定，乌有先生问曰："今日田乐乎？"子虚曰："乐。""获多乎？"曰："少。""然则何乐？"曰："仆乐齐王之欲夸仆以车骑之众⑱，而仆对以《云梦》之事也。"曰："可得闻乎？"子虚曰："可。王驾车千乘，选徒万骑，田于海滨。列卒满泽，罘罔弥山⑲，掩兔辚鹿⑳，射麋脚麟㉑。骛于盐浦㉒，割鲜染轮㉓。射中获多，矜而自功。顾谓仆曰：'楚亦有平原广泽游猎之地饶乐若此者乎？楚王之猎何与寡人？'仆下车对曰：'臣，楚国之鄙人也，幸得宿卫十有余年，时从出游，游于后园，览于有无，然犹未能遍睹也，又恶足以言其外泽者乎！'齐王曰：'虽然，略以子之所闻见而言之。'

"仆对曰：'唯唯。臣闻楚有七泽，尝见其一，未睹其余也。臣之所见，盖特其小小者耳，名曰云梦。云梦者，方九百里，其中有山焉。其山则盘纡弗郁㉔，隆崇嵂崒㉕；岑岩参差㉖，日月蔽亏㉘；交错纠纷，上干青云㉙；罷池陂陁㉚，下属江河㉛。其土则丹青赭垩，雌黄白坿㉜，锡碧金银，众色炫燿，照烂龙鳞。其石则赤玉玫瑰，琳珉琨珸㉝，瑊玏玄厉㉞，瑌石武夫㉟。其东则有蕙圃衡兰㊱，芷若射干㊲，穹穷昌蒲，江离蘪芜㊳，诸蔗猼且㊴。其南则有平原广泽，登降陁靡㊶，案衍坛曼㊷。缘以大江，限以巫山。其高燥则生葴薪苞荔，薛莎青薠；其卑湿则生藏莨蒹葭，东蔷雕胡，莲藕菰芦，菴䕡轩芋。众物居之，不可胜图。其西则有涌泉清池，激水推移，外发芙蓉菱华，内隐巨石白沙。其中则有神龟蛟鼍，玳瑁鳖鼋。其北则有阴林巨树，楩楠豫章，桂椒木兰，蘗离朱杨，楂梸梬栗，橘柚芬芳。其上则有赤猿蠷蝚，鹓雏孔鸾，腾远射干。其下则有白虎玄豹，蟃蜒貙犴，兕象野犀，穷奇獌狿。

"'于是乃使专诸之伦，手格此兽。楚王乃驾驯驳之驷，乘雕玉之舆，靡鱼须之桡旃㊸，曳明月之珠旗㊹，建干将之雄戟㊺，左乌嗥之雕弓㊻，右夏服之劲箭。阳子骖乘㊽，纤阿为御㊾，案节未舒㊿，即陵狡兽[51]。轶邛邛[52]，蹴距虚[53]，轶野马而辚騊駼[54]，乘遗风而射游骐[55]。倏眒凄浰[56]，雷动熛至[57]，星流霆击。弓不虚发，中必决眦，洞胸达腋，绝乎心系。获若雨兽[59]，揜草蔽地。于是楚王乃弭节裴回[60]，翱翔容与[61]，览乎阴林，观壮士之暴怒，与猛兽之恐惧。徼𧴭受诎[62]，殚睹众物之变态[63]。

"'于是郑女曼姬[64]，被阿锡[65]，揄纻缟[66]，杂纤罗[67]，垂雾縠[68]。襞积褰绉[69]，纡徐委曲[70]，郁桡溪谷[71]，衯衯裶裶[72]，扬袘恤削[73]，蜚纤垂髾[74]。扶与猗靡，噏呷萃蔡[75]，下摩兰蕙，上拂羽盖，错翡翠之威蕤[77]，缪绕玉绥[78]。缥乎忽忽，若神仙之仿佛。

"'于是乃相与獠于蕙圃[79]，媻珊勃窣上金堤[80]。揜翡翠，射鵕鸃[81]；微矰出[82]，纤缴施[83]；弋白鹄[84]，连驾鹅[85]；双鸧下，玄鹤加。怠而后发，游于清池；浮文鹢[87]，扬桂枻[88]；张翠帷，建羽盖；罔瑇瑁，钓紫贝。摐金鼓[89]，吹鸣籁；榜人歌[91]，声流喝；水虫骇，波鸿沸；涌泉起，奔扬会[92]。礧石相击[93]，硠硠磕磕，若雷霆之声，闻乎数百里之外。

"'将息獠者[93]，击灵鼓[94]，起烽燧；车案行，骑就队，缬乎淫淫[95]，班乎裔裔[96]。于是楚王乃登阳云之台，泊乎无为[97]，澹乎自持[98]，勺药之和具而后御之[99]。不若大王终日驰骋而不下舆，脟割轮淬[100]，自以为娱。臣窃观之，齐殆不如。'于是王默然无以应仆也。"

乌有先生曰："是何言之过也！足下不远千里，来况齐国[101]，王悉发境内之士，而备车骑之众，以出田，乃欲戮力致获，以娱左右也，何名为夸哉！问楚地之有无者，愿闻大国之风烈、先生之余论也[102]。今足下不称楚王之德厚，而盛推云梦以为高，奢言淫乐而显侈靡，窃为足下不取也。必若所言，固非楚国之美也。有而言之，是章君之恶；无而言之，是害足下之信。章君之恶而伤私义。二者无一可，而先生行之，必且轻于齐而累于楚矣。且齐东陼巨海[103]，南有琅邪；观乎成山，射乎之罘；浮勃澥[104]，游孟诸；邪与肃慎为邻[105]，右以汤谷为界；秋田乎青丘，傍偟乎海外。吞若云梦者八九，其于胸中曾不蒂芥[106]。若乃俶傥瑰伟，异方殊类，珍怪鸟兽，万端鳞萃[107]，充仞其中者，不可胜记，禹不能名，契不能计。然在诸侯之位，不敢言游戏之乐、苑囿之大。先生又见客，是以王辞而不复，何为无用应哉！"

无是公听然而笑曰："楚则失矣，齐亦未为得也。夫使诸侯纳贡者，非为财币，所以述职也；封疆画界者，非为守御，所以禁淫也。今齐列为东藩，而外私肃慎，捐国逾限，越海而田，其于义故未可也，且二君之论，不务明君臣之义而正诸侯之礼，徒事争游猎之乐、苑囿之大，欲以奢侈相胜，荒淫相越，此不可以扬名发誉，而适足以贬君自损也。且夫齐、楚之事又焉足道邪！君未睹夫巨丽也[⑨]，独不闻天子之上林乎？左苍梧，右西极，丹水更其南，紫渊径其北[⑩]；终始霸、浐，出入泾、渭；酆、鄗、潦、潏，纡余委蛇，经营乎其内[⑪]。荡荡兮八川分流，相背而异态。东西南北，驰骛往来，出乎椒丘之阙[⑫]，行乎洲淤之浦[⑬]，径乎桂林之中，过乎泱莽之野[⑭]。汩乎浑流[⑰]，顺阿而下[⑱]，赴隘陕之口，触穿石[⑲]，激堆埼[⑳]，沸乎暴怒，汹涌滂湃[㉑]，滭浡滵汩[㉒]，湢测泌瀄[㉓]，横流逆折，转腾潎洌，澎濞沆瀣[㉔]，穹隆云桡[㉕]，蜿蟺胶戾[㉖]，逾波趋浥[㉗]，莅莅下濑[㉘]，批扼冲壅[㉙]，奔扬滞沛[㉚]，临坻注壑[㉛]，瀺灂贾坠[㉜]，湛湛隐隐[㉝]，砰磅訇礚[㉞]，潏潏淈淈，湁潗鼎沸[㉟]，驰波跳沫，汩㵲漂疾[㊱]，悠远长怀，寂漻无声，肆乎永归。然后灏溔潢漾[㊲]，安翔徐徊[㊳]，翯乎滈滈[㊴]，东注大湖，衍溢陂池[㊵]。于是乎蛟龙赤螭[㊶]，𩸳䲉鰬魼[㊷]，鰅鳙鳍魠[㊸]，禺禺鱋魶[㊹]，揵鳍掉尾[㊺]，振鳞奋翼，潜处于深岩。鱼鳖欢声，万物众夥；明月珠子，玓瓅江靡[㊻]；蜀石黄碝[㊼]，水玉磊砢[㊽]；磷磷烂烂，采色澔旰[㊾]，丛积乎其中。鸿鹄鹔鸨[㊿]，䴔鹅鸀鳿[51]，鵁鸬鸀目[52]，烦鹜鷛𪆻[53]，鹝鸥䴋鸬[54]，群浮乎其上，泛淫泛滥，随风澹淡，与波摇荡，掩薄草渚[55]，唼喋菁藻[56]，咀嚼菱藕。

"于是乎崇山矗崒[57]，崔巍嵯峨[58]，深林巨木，崭岩嵾嵯[59]，九嵕嶻嶭[60]、南山峨峨，岩陁甗锜[61]，摧萃崛崎[62]；振溪通谷[63]，蹇产沟渎[64]，谽呀豁閜[65]，阜陵别岛，崴磈嵔瘣[66]，丘虚崛垒[67]，隐辚郁嶨[68]，登降施靡[69]，陂池貏豸[70]。沇溶淫鬻[71]，散涣夷陆[72]，亭皋千里，靡不被筑，掩以绿蕙，被以江离[73]，糅以蘪芜[74]，杂以流夷[75]。布结缕[76]，欑戾莎[77]，揭车衡兰[78]，稿本射干[79]，茈姜蘘荷[80]，葴橙若荪[81]，鲜枝黄砾[82]，蒋芋青薠[83]，布濩闳泽[84]，延曼太原[85]，丽靡广衍，应风披靡，吐芳扬烈，郁郁斐斐，众香发越，肸蚃布写[86]，晻暧苾勃[87]。

"于是乎周览泛观，瞑盼轧沕[88]，芒芒恍忽[89]，视之无端，察之无崖。日出东沼，入于西陂。其南则隆冬生长，踊水跃波；兽则㺎旄貘犛[90]，沈牛麈麋[91]，赤首圜题[92]，穷奇[93]象犀。其北则盛夏含冻裂地，涉冰揭河；兽则麒麟角䚡[94]，騊駼橐驼[95]，蛩蛩驒騱[96]，駃騠驴骡[97]。

"于是乎离宫别馆，弥山跨谷，高廊四注[98]，重坐曲阁[99]，华榱璧珰[100]，辇道骊属[101]，步櫩周流[102]，长途中宿，夷嵕筑堂[103]，累台增成[104]，岩突洞房[105]，俯杳眇而无见，仰攀橑而扪天[106]，奔星更于闺闼[107]，宛虹拖于楯轩[108]。青虬蚴蟉于东箱[109]，象舆婉蝉于西清[110]，灵圉燕于间观[111]，偓佺之伦暴于南荣[112]，醴泉涌于清室，通川过乎中庭。槃石裖崖[113]，嶔岩倚倾[114]，嵯峨磜碨[115]，刻削峥嵘，玫瑰碧琳，珊瑚丛生，珉玉旁唐[116]，璸斒文鳞[117]，赤瑕驳荦[118]，杂臿其间[119]，垂绥琬琰[120]，和氏出焉。

"于是乎卢橘夏孰[121]，黄甘橙楱[122]，枇杷橪柿[123]，樿柰厚朴[124]，樗枣杨梅，樱桃蒲陶[125]，隐夫郁棣[126]，楱樱荔枝[127]，罗乎后宫，列乎北园。貤丘陵[128]，下平原，扬翠叶，扤紫茎[129]，发红华，秀朱荣，煌煌扈扈[130]，照曜巨野。沙棠栎槠[131]，华氾檗栌[132]，留落胥余[133]，仁频并闾[134]，欀檀木兰[135]，豫章女贞[136]，长千仞，大连抱[137]，夸条直畅，实叶葰茂[138]，攒立丛倚，连卷累佹[139]，崔错癹骫[140]，坑衡閜砢[141]，垂条扶于[142]，落英幡纚[143]，纷容萧蔘[144]，旖旎从风，浏莅芔吸[145]，盖象金石之声、管籥之音。柴池茈虒[146]，旋环后宫，杂遝累辑[147]，被山缘谷，循阪下隰[148]，视之无端，究之无穷。

"于是玄猿素雌[149]，蜼玃飞鸓[150]，蛭蜩蠷蝚[151]，螹胡縠蛫[152]，栖息乎其间；长啸哀鸣，翩幡互经[153]，夭蟜枝格[154]，偃蹇杪颠[155]。于是乎隃绝梁，腾殊榛[156]，捷垂条，踔稀间[157]，牢落陆离，烂曼远迁[158]。

"若此辈者数千百处。嬉游往来，宫宿馆舍，庖厨不徙，后宫不移，百官备具。

"于是乎背秋涉冬，天子校猎。乘镂象[159]，六玉虬[160]，拖蜺旌[161]，靡云旗[162]，前皮轩[163]，后道游[164]；孙叔奉辔，卫公骖乘，扈从横行，出乎四校之中。鼓严簿[165]，纵猎者，江河为阹[166]，泰山为橹，车骑雷起，隐天动地，先后陆离，离散别追，淫淫裔裔，缘陵流泽，云布雨施。

"生貔豹，搏豺狼，手熊罴，足野羊，蒙鹖苏，绔白虎，被幽文，跨野马。陵三峻之危，下碛历之坻；径陵赴险，越壑厉水。推蜚廉，弄解豸，格瑕蛤，铤猛氏，罥騕褭，射封豕。箭不苟害，解脰陷脑；弓不虚发，应声而倒。

"于是乎乘舆弥节裵回，翱翔往来，睨部曲之进退，览将率之变态，然后浸潭促节，倏夐远去。流离轻禽，蹴履狡兽；辖白鹿，捷狡兔；轶赤电，遗光耀；追怪物，出宇宙；弯繁弱，满白羽，射游枭，栎蜚虡；择肉后发，先中命处；弦矢分，艺殪仆。

"然后扬节而上浮，陵惊风，历骇飙，乘虚无，与神俱，粦玄鹤，乱昆鸡，遒孔鸾，促鹌鸡，拂鹥鸟，捎凤皇，捷鸳雏，掩焦明。

"道尽涂殚，回车而还；招摇乎襄羊，降集乎北纮；率乎直指，闇乎反乡。蹷石关，历封峦，过鳷鹊，望露寒，下棠梨，息宜春，西驰宣曲，濯鹢牛首，登龙台，掩细柳，观士大夫之勤略，钧猎者之所得获。徒车之所轹轹，乘骑之所蹂若，人民之所蹈䠐。与其穷极倦饮、惊惮慑伏、不被创刃而死者，佗佗籍籍，填坑满谷，掩平弥泽。

"于是乎游戏懈怠，置酒乎昊天之台，张乐乎轇辀之宇；撞千石之钟，立万石之钜；建翠华之旗，树灵鼍之鼓；奏陶唐氏之舞，听葛天氏之歌；千人唱，万人和。山陵为之震动，川谷为之荡波。《巴俞》、宋蔡，淮南《于遮》，文成颠歌。族举递奏，金鼓迭起，铿锵铛㧹，洞心骇耳。荆、吴、郑、卫之声，《韶》、《濩》、《武》、《象》之乐，阴淫案衍之音，鄢郢缤纷，《激楚》结风，俳优侏儒，狄鞮之倡，所以娱耳目而乐心意者，丽靡烂漫于前，靡曼美色于后。

"若夫青琴、宓妃之徒，绝殊离俗，姣冶娴都，靓庄刻饰，便嬛绰约，柔桡嬛嬛，妩媚姌嫋；抴独茧之褕袘，眇阎易以戌削，媥姺徶徶，与世殊服；芬香沤郁，酷烈淑郁；皓齿粲烂，宜笑旳皪；长眉连娟，微睇绵藐；色授魂与，心愉于侧。

"于是酒中乐酣，天子芒然而思，似若有亡。曰：'嗟乎，此泰奢侈！朕以览听余闲，无事弃日，顺天道以杀伐，时休息于此，恐后世靡丽，遂往而不反，非所以为继嗣创业垂统也。'于是乃解酒罢猎，而命有司曰：'地可以垦辟，悉为农郊，以赡萌隶；隤墙填堑，使山泽之民得至焉。实陂池而勿禁，虚宫观而勿仞。发仓廪以振贫穷，补不足，恤鳏寡，存孤独。出德号，省刑罚，改制度，易服色，更正朔，与天下为始。'

"于是历吉日以斋戒，袭朝衣，乘法驾，建华旗，鸣玉鸾，游乎六艺之囿，骛乎仁义之途，览观《春秋》之林，射《狸首》，兼《驺虞》，弋玄鹤，建干戚，载云罕，掩群雅，悲《伐檀》，乐《乐胥》，修容乎《礼》园，翱翔乎《书》圃，述《易》道，放怪兽，登明堂，坐清庙，恣群臣，奏得失，四海之内，靡不受获。于斯之时，天下大说，向风而听，随流而化，喟然兴道而迁义，刑错而不用。德隆乎三皇，功羡于五帝。若此，故猎乃可喜也。

"若夫终日暴露驰骋，劳神苦形，罢车马之用，抏士卒之精，费府库之财，而无德厚之恩，务在独乐，不顾众庶，忘国家之政，而贪雉兔之获，而仁者不由也。从此观之，齐、楚之事，岂不哀哉！地方不过千里，而囿居九百，是草木不得垦辟，而民无所食。夫以诸侯之细，而乐万乘之所侈，仆恐百姓之被其尤也。"

于是二子愀然改容，超若自失，逡巡避席曰："鄙人固陋，不知忌讳，乃今日见教，谨闻命矣。"

赋奏，天子以为郎。无是公言天子上林广大，山谷水泉万物，及子虚言楚云梦所有甚众，侈靡过其实，且非义理所尚，故删取其要，归正道而论之。

相如为郎数岁，会唐蒙使略通夜郎西僰中，发巴、蜀吏卒千人，郡又多为发转漕万余人，用兴法诛其渠帅，巴、蜀民大惊恐。上闻之，乃使相如责唐蒙，因喻告巴、蜀民以非上意。檄曰："告巴蜀太守：蛮夷自擅，不讨之日久矣，时侵犯边境，劳士大夫。陛下即位，存抚天下，辑安中国。然后兴师出兵，北征匈奴，单于怖骇，交臂受事，诎膝请和。康居、西域，重译请朝，稽首来享。移师东指，闽越相诛。右吊番禺^⑩，太子入朝。南夷之君，西僰之长，常效贡职，不敢怠堕，延颈举踵，喁喁然皆争归义，欲为臣妾，道里辽远，山川阻深，不能自致。夫不顺者已诛，而为善者未赏，故遣中郎将往宾之^⑩，发巴、蜀士民各五百人，以奉币帛，卫使者不然，靡有兵革之事、战斗之患。今闻其乃发军兴制，惊惧子弟，忧患长老。郡又擅为转粟运输，皆非陛下之意也。当行者或亡逃自贼杀，亦非人臣之节也。夫边郡之士，闻烽举燧燔，皆摄弓而驰，荷兵而走，流汗相属，唯恐居后；触白刃，冒流矢，义不反顾，计不旋踵，人怀怒心，如报私仇。彼岂乐死恶生，非编列之民，而与巴、蜀异主哉？计深虑远，急国家之难，而乐尽人臣之道也。故有剖符之封，析珪而爵，位为通侯，居列东第。终则遗显号于后世，传土地于子孙，行事甚忠敬，居位甚安佚，名声施于无穷，功烈著而不灭。是以贤人君子，肝脑涂中原，膏液润野草而不辞也。今奉币役至南夷，即自贼杀，或亡逃抵诛，身死无名，谥为至愚，耻及父母，为天下笑。人之度量相越，岂不远哉！然此非独行者之罪也，父兄之教不先，子弟之率不谨也，寡廉鲜耻而俗不长厚也。其被刑戮，不亦宜乎！陛下患使者有司之若彼，悼不肖愚民之如此，故遣信使晓喻百姓以发卒之事，因数之以不忠死亡之罪，让三老孝弟以不教诲之过。方今田时，重烦百姓，已亲见近县，恐远所溪谷山泽之民不遍闻，檄到，亟下县道，使咸知陛下之意，唯毋忽也。"

相如还报。唐蒙已略通夜郎，因通西南夷道，发巴、蜀、广汉卒，作者数万人。治道二岁，道不成，士卒多物故^⑩，费以巨万计。蜀民及汉用事者多言其不便。是时邛、筰之君长闻南夷与汉通，得赏赐多，多欲愿为内臣妾，请吏，比南夷。天子问相如，相如曰："邛、筰、冉、駹者，近蜀，道亦易通，秦时尝通为郡县，至汉兴而罢。今诚复通，为置郡县，愈于南夷。"天子以为然，乃拜相如为中郎将，建节往使。副使王然于、壶充国、吕越人驰四乘之传，因巴、蜀吏币物以赂西夷。至蜀，蜀太守以下郊迎，县令负弩矢先驱，蜀人以为宠。于是卓王孙、临邛诸公皆因门下献牛酒以交欢。卓王孙喟然而叹，自以得使女尚司马长卿晚，而厚分与其女财，与男等同。司马长卿便略定西夷。邛、筰、冉、駹、斯榆之君皆请为内臣。除边关，关益斥^⑩，西至沫、若水，南至牂柯为徼，通零关道，桥孙水以通邛都。还报天子，天子大说。

相如使时，蜀长老多言通西南夷不为用，唯大臣亦以为然。相如欲谏，业已建之，不敢，乃著书，籍以蜀父老为辞，而己诘难之，以风天子，且因宣其使指，令百姓知天子之意。其辞曰：

汉兴七十有八载，德茂存乎六世，威武纷纭，湛恩汪濊，群生澍濡，洋溢乎方外。于是乃命使西征，随流而攘，风之所被，罔不披靡。因朝冉从駹，定筰存邛，略斯榆，举苞满，结轶还辕，东乡将报，至于蜀都。

耆老大夫荐绅先生之徒二十有七人，俨然造焉。辞毕，因进曰："盖闻天子之于夷狄也，其义羁縻勿绝而已。今罢三郡之士，通夜郎之涂，三年于兹，而功不竟，士卒劳倦，万民不赡。今又接以西夷，百姓力屈，恐不能卒业，此亦使者之累也，窃为左右患之。且夫邛、筰、西僰之与中国并也，历年兹多，不可记已。仁者不以德来，强者不以力并，意者其殆不可乎！今割齐民以附夷狄，弊所恃以事无用，鄙人固陋，不识所谓。"

使者曰："乌谓此邪？必若所云，则是蜀不变服而巴不化俗也。余尚恶闻若说。然斯事体大，固非观者之所觐也^⑩。余之行急，其详不可得闻已，请为大夫粗陈其略。盖世必有非常之人，然后有非常之事；有非常之事，然后有非常之功。非常者，固常人之所异也。故曰非常之原^⑩，黎民惧焉；及臻厥成^⑧，天下晏如也。

"昔者鸿水浡出^⑧，泛滥衍溢，民人登降移徙，陭区则不安^⑧。夏后氏戚之，乃堙鸿水，决江疏河，漉沈赡灾^⑧，东归之于海，而天下永宁。当斯之勤，岂唯民哉。心烦于虑而身亲其劳，躬兹兹^⑧。

"且夫贤君之践位也，岂特委琐握龊、拘文牵俗、循诵习传、当世取说云尔哉！必将崇论闳议，创业垂统，为万世规。故驰骛乎兼容并包，而勤思乎参天贰地。且《诗》不云乎：'普天之下，莫非王土；率土之滨，莫非王臣。'是以六合之内，八方之外，浸浔衍溢，怀生之物有不浸润于泽者，贤君耻之。今封疆之内，冠带之伦，咸获嘉祉，靡有阙遗矣。而夷狄殊俗之国，辽绝异党之地，舟舆不通，人迹罕至，政教未加，流风犹微。内之则犯义侵礼于边境，外之则邪行横作，放弑其上。君臣易位，尊卑失序，父兄不辜，幼孤为奴，系累号泣，内向而怨，曰'盖闻中国有至仁焉，德洋而恩普，物靡不得其所，今独曷为遗己'。举踵思慕，若枯旱之望雨。鸷夫为之垂涕^⑧，况乎上圣，又恶能已？故北出师以讨强胡，南驰使以诮劲越。四面风德，二方之君鳞集仰流，愿得受号者以亿计。故乃关沫、若，徼牂柯^⑧，镂零山^⑧，梁孙原^⑧。创道德之涂，垂仁义之统。将博恩广施，远抚长驾，使疏逖不闭^⑧，阻深暗得耀乎光明，以偃甲兵于此，而息诛伐于彼。遐迩一体^⑧，中外提福^⑧，不亦康乎？夫拯民于沈溺，奉至尊之休德^⑧，反衰世之陵迟^⑧，继周氏之绝业，斯乃天子之急务也。百姓虽劳，又恶可以已哉？

"且夫王事固未有不始于忧勤而终于佚乐者也、然则受命之符，合在于此矣。方将增泰山之封，加梁父之事，鸣和鸾，扬乐颂，上咸五^⑧，下登三^⑧。观者未睹指，听者未闻音，犹鹔鹴已翔乎寥廓^⑧，而罗者犹视乎薮泽^⑧。悲夫！"

于是诸大夫芒然丧其所怀来而失厥所以进，喟然并称曰："允哉汉德^⑧，此鄙人之所愿闻也。百姓虽怠，请以身先之。"敞罔靡徙^⑧，因迁延而辞避^⑧。

其后人有上书言相如使时受金，失官。居岁余，复召为郎。

相如口吃而善著书。常有消渴疾。与卓氏婚，饶于财。其进仕宦，未尝肯与公卿国家之事，称病间居，不慕官爵。常从上至长杨猎。是时天子方好自击熊、彘，驰逐野兽，相如上疏谏之。其辞曰：

"臣闻物有同类而殊能者，故力称乌获，捷言庆忌，勇期贲、育。臣之愚，窃以为人诚有之，兽亦宜然。今陛下好陵阻险、射猛兽，卒然遇轶材之兽^⑧，骇不存之地^⑧，犯属车之清尘^⑧，舆不及还辕，人不暇施巧，虽有乌获、逢蒙之伎，力不得用，枯木朽株尽为害矣。是胡、越起于毂下^⑧，而羌、夷接轸也^⑧，岂不殆哉！虽万全无患，然本非天子之所宜近也。且夫清道而后行，中路而后驰^⑧，犹时有衔橛之变^⑧，而况涉乎蓬蒿，驰乎丘坟，前有利兽之乐而内无存变之意，其为祸也不亦难矣！夫轻万乘之重不以为安，而乐出于万有一危之途以为娱，臣窃为陛下不取也。盖明者远见于未萌，而智者避危于无形。祸固多藏于隐微而发于人之所忽者也。故鄙谚曰'家累千金，坐不垂堂^⑧'。此言虽小，可以喻大。臣愿陛下之留意幸察。"

上善之。还过宜春宫，相如奏赋以哀二世行失也。其辞曰：

"登陂陁之长阪兮，坌入曾宫之嵯峨^⑧。临曲江之隑州兮^⑧，望南山之参差。岩岩深山之谾谾兮^⑧，通谷嵾兮谽谺^⑧。汩淢靸以永逝兮，注平皋之广衍。观众树之蓊薆兮^⑧，览竹林之榛榛。东驰土山兮，北揭石濑^⑧。弥节容与兮，历吊二世。持身不谨兮，亡国失势。信谗不寤兮，宗庙灭绝。呜呼哀哉！操行之不得兮，坟墓芜秽而不修兮，魂无归而不食。敻邈绝而不齐兮^⑧，弥久远而愈休^⑧。精罔阆而飞扬兮^⑧，拾九天而永逝。呜呼哀哉！"

相如拜为孝文园令。天子既美子虚之事，相如见上好仙道，因曰："上林之事未足美也，尚有靡者。臣尝为《大人赋》，未就，请具而奏之。"相如以为列仙之传居山泽间，形容甚臞Ⓐ，此非帝王之仙意也，乃遂就《大人赋》。其辞曰：

"世有大人兮，在于中州。宅弥万里兮，曾不足以少留。悲世俗之迫隘兮Ⓐ，朅轻举而远游Ⓑ。垂绛幡之素蜺兮Ⓒ，载云气而上浮。建格泽之长竿兮，总光耀之采旄。垂旬始以为幓兮Ⓓ，抴彗星而为髾Ⓔ。掉指桥以偃蹇兮Ⓕ，又旖旎以招摇Ⓖ。揽欃枪以为旌兮，靡屈虹而为绸。红杳渺以眩湣兮，焱风涌而云浮。驾应龙、象舆之蠖略逶丽兮，骖赤螭青虬之蚴蟉蜿蜒Ⓗ。低卬夭蟜据以骄骜兮，诎折隆穷躨以连卷。沛艾赳螑仡以佁儗兮，放散畔岸骧以孱颜。跮踱輵辖容以委丽兮，绸缪偃蹇怵奂以梁倚。纠蓼叫奡蹋以艐路兮Ⓘ，蔑蒙踊跃腾而狂趡Ⓙ。莅飒卉翕熛至电过兮Ⓚ，焕然雾除，霍然云消。

"邪绝少阳而登太阴兮Ⓛ，与真人乎相求。互折窈窕以右转兮，横厉飞泉以正东Ⓜ。悉征灵圉而选之兮Ⓝ，部乘众神于瑶光Ⓞ。使五帝先导兮，反太一而后陵阳。左玄冥而右含雷兮Ⓟ，前陆离而后潏湟Ⓠ。厮征伯侨而役羡门兮，属岐伯使尚方。祝融惊而跸御兮，清雰气而后行Ⓡ。屯余车其万乘兮，綷云盖而树华旗。使句芒其将行兮，吾欲往乎南嬉。

"历唐尧于崇山兮，过虞舜于九疑。纷湛湛其差错兮，杂遝胶葛以方驰。骚扰冲苁其相纷挐兮，滂濞泱轧洒以林离。钻罗列聚丛以茏茸兮，衍曼流烂坛以陆离。径入雷室之砰磷郁律兮，洞出鬼谷之堀礧嵬礳。遍览八纮而观四荒兮，朅渡九江而越五河。经营炎火而浮弱水兮Ⓢ，杭绝浮渚而涉流沙。奄息总极泛滥水嬉兮，使灵娲鼓瑟而舞冯夷。时若薆薆将混浊兮，召屏翳诛风伯而刑雨师Ⓣ。西望昆仑之轧沕洸忽兮，直径驰乎三危。排阊阖而入帝宫兮，载玉女而与之归。舒阆风而摇集兮，亢乌腾而一止。低回阴山翔以纡曲兮，吾乃今目睹西王母皬然白首Ⓤ。载胜而穴处兮，亦幸有三足乌为之使。必长生若此而不死兮，虽济万世不足以喜。

"回车揭来兮，绝道不周Ⓥ，会食幽都。呼吸沆瀣兮餐朝霞，噍咀芝英兮叽琼华Ⓦ。嬐侵浔而高纵兮，纷鸿涌而上厉Ⓧ。贯列缺之倒景兮，涉丰隆之滂沛Ⓨ。驰游道而修降兮，骛遗雾而远逝。迫区中之隘陕兮，舒节出乎北垠。遗屯骑于玄阙兮，轶先驱于寒门Ⓩ。下峥嵘而无地兮，上寥廓而无天。视眩眠而无见兮，听惝恍而无闻。乘虚无而上假兮，超无友而独存。"

相如既奏《大人之颂》，天子大说，飘飘有凌云之气，似游天地之间意。

相如既病免，家居茂陵。天子曰："司马相如病甚，可往从悉取其书；若不然，后失之矣。"使所忠往，而相如已死，家无书。问其妻，对曰："长卿固未尝有书也。时时著书，人又取去，即空居。长卿未死时，为一卷书，曰有使者来求书，奏之。无他书。"其遗札书言封禅事，奏所忠。忠奏其书，天子异之。其书曰：

"伊上古之初肇，自昊穹兮生民，历撰列辟Ⓐ，以迄于秦。率迩者踵武，逖听者风声。纷纶葳蕤Ⓐ，堙灭而不称者，不可胜数也。续《昭》、《夏》Ⓑ，崇号谥，略可道者七十有二君。罔若淑而不昌，畴逆失而能存？

"轩辕之前，遐哉邈乎，其详不可得闻也。五、三、六经载籍之传Ⓒ，维见可观也。《书》曰：'元首明哉，股肱良哉。'因斯以谈，君莫盛于唐尧，臣莫贤于后稷。后稷创业于唐，公刘发迹于西戎，文王改制，爰周郅隆Ⓓ，大行越成Ⓔ，而后陵夷衰微，千载无声，岂不善始善终哉！然无异端，慎所由于前，谨遗教于后耳。故轨迹夷易Ⓕ，易遵也；湛恩濛涌Ⓖ，易丰也；宪度著明，易则也；垂统理顺，易继也。是以业隆于褟褓而崇冠于二后Ⓗ。揆厥所元Ⓘ，终都攸卒Ⓙ，未有殊尤绝迹可考于今者也。然犹蹑梁父，登泰山，建显号，施尊名。

"大汉之德，逢涌原泉，沕潏漫衍^⑩，旁魄四塞，云专雾散，上畅九垓，下泝八埏^⑩。怀生之类沾濡浸润，协气横流，武节飘逝，迩陜游原，迥阔泳沫，首恶湮没，暗昧昭皙^⑩，昆虫凯泽，回首面内。然后囿驺虞之珍群，徼麋鹿之怪兽，挦一茎六穗于庖^⑩，牺双觡共抵之兽^⑩，获周余珍收龟于岐^⑩，招翠黄乘龙于沼^⑩。鬼神接灵圉，宾于闲馆。奇物谲诡，俶傥穷变。钦哉！符瑞臻兹^⑩，犹以为薄，不敢道封禅。盖周跃鱼陨杭，休之以燎^⑩，微夫斯之为符也，以登介丘^⑩，不亦恧乎^⑩！进让之道，其何爽与^⑩？"

于是大司马进曰："陛下仁育群生，义征不憓^⑩，诸夏乐贡，百蛮执贽^⑩，德侔往初，功无与二，休烈浃洽^⑩，符瑞众变，期应绍至^⑩，不特创见。意者泰山、梁父设坛场望幸，盖号以况荣^⑩，上帝垂恩储祉^⑩，将以荐成^⑩，陛下谦让而弗发也，挈三神之欢^⑩，缺王道之仪，群臣恧焉。或谓且天为质暗，珍符固不可辞；若然辞之，是泰山靡记而梁父靡几也^⑩。亦各并时而荣，咸济世而屈^⑩，说者尚何称于后，而云七十二君乎？夫修德以锡符^⑩，奉符以行事，不为进越^⑩。故圣王弗替^⑩，而修礼地祇，谒款天神，勒功中岳，以彰至尊，舒盛德，发号荣，受厚福，以浸黎民也。皇皇哉斯事！天下之壮观，王者之丕业^⑩，不可贬也。愿陛下全之。而后因杂荐绅先生之略术，使获耀日月之末光绝炎，以展采错事^⑩。犹兼正列其义^⑩，校饬厥文，作《春秋》一艺。将袭旧六为七，摅之无穷^⑩，俾万世得激清流，扬微波，蜚英声，腾茂实。前圣之所以永保鸿名而常为称首者用此。宜命掌故悉奏其义而览焉。"

于是天子沛然改容^⑩，曰："愉乎，朕其试哉！"乃迁思回虑，总公卿之议，询封禅之事，诗大泽之博，广符瑞之富，乃作颂曰：

"自我天覆，云之油油^⑩。甘露时雨，厥壤可游。滋液渗漉^⑩，何生不育！嘉谷六穗，我穑曷蓄？

非唯雨之，又润泽之；非唯濡之，泛尃濩之^⑩。万物熙熙，怀而慕思。名山显位，望君之来。君乎君乎，侯不迈哉^⑩！

般般之兽，乐我君囿；白质黑章，其仪可嘉；旼旼睦睦^⑩，君子之能。盖闻其声，今观其来。厥涂靡踪^⑩，天瑞之征。兹亦于舜，虞氏以兴。

濯濯之麟^⑩，游彼灵畤。孟冬十月，君徂郊祀。驰我君舆，帝以享祉。三代之前，盖未尝有。

宛宛黄龙，兴德而升；采色炫耀，熿炳辉煌^⑩。正阳显见^⑩，觉寤黎烝^⑩。于传载之，云受命所乘。

厥之有章^⑩，不必谆谆。依类托寓，谕以封峦^⑩。"

披艺观之^⑩，天人之际已交，上下相发允答。圣王之德，兢兢翼翼也。故曰"兴必虑衰，安必思危"。是以汤、武至尊严，不失肃祇；舜在假典，顾省厥遗。此之谓也。

司马相如既卒五岁，天子始祭后土。八年而遂先礼中岳，封于太山，至梁父禅肃然。

相如他所著，若《遗平陵侯书》、《与五公子相难》、《草木书》篇不采，采其尤著公卿者云。

太史公曰：《春秋》推见至隐，《易》本隐之以显，《大雅》言王公大人而德逮黎庶，《小雅》讥小己之得失，其流及上。所以言虽外殊，其合德一也。相如虽多虚辞滥说，然其要归引之节俭，此与《诗》之风谏何异！扬雄以为靡丽之赋，劝百风一，犹驰骋郑、卫之声，曲终而奏雅，不已亏乎^⑩？余采其语可论者著于篇。

────────────────────────

①亲：父母。

②既学：完成学业。

③过：拜访。

④缪：假装。

⑤为具：准备酒食。

⑥鼓：弹奏。　　　　一再行：一两曲。

⑦都：姣好。

⑧当：匹配。

⑨殷勤：深情厚意。

⑩第：只。

⑪当炉：主持酒肆。

⑫犊鼻裈（kūn，音昆）：围裙。

⑬保庸：佣人；雇工。

⑭游：宦游官场。

⑮为齐难：替齐国诘难楚国。

⑯田：打猎。

⑰侘：夸耀。

⑱仆：我。

⑲罘（fú，音扶）：捕兔的网。

⑳掩：罩住。　　　　辚（lín，音林）：追逐。

㉑脚：拌住脚。　　　　麟：大雄鹿。

㉒骛：奔驰。　　　　盐浦：海边的盐滩。

㉓鲜：生肉。

㉔弟（fú，音扶）郁：山势曲折的样子。

㉕隆崇：山势高耸的样子。

㉖嶙崒（lǜ zú，音绿族）：山势高峻危险的样子。

㉗岑：小而高的山。

㉘蔽：全部遮隐。　　　亏：部分遮隐。

㉙干：触及。

㉚罢（pí，音皮）池：倾斜而下的样子。　　　陂陁（pō tuó，音坡陀）：倾斜而下的样子。

㉛属：连接。

㉜白坿（fù，音父）：白石英。

㉝琳珉琨珸：均为玉石。

㉞瑊玏（jiān lè，尖乐）：似玉的美石。　　　玄厉：可以雕琢的黑石。

㉟瑌（ruǎn，音软）石：似玉的美石。　　　武夫：赤地白纹的美石。

㊱蕙：一种香草。　　　衡：杜衡。香草名。　　　兰：秋兰。

㊲芷：白芷。香草名。　　　若：杜若。香草名。　　　射干：草名。

㊳穹穷：香草名。　　　昌蒲：草名。

㊴江离：水草名。　　　麋芜：香草名。

㊵诸蔗：甘蔗。　　　猼且（pò jù，音破具）：芭蕉。

㊶登降：高低不平的地势。　　　陁靡：山势绵延的样子。

㊷案衍：地势宽广的样子。　　　坛曼：地势平坦的样子。

㊸靡：挥舞。　　　鱼须之橈旃：用鲸鱼须制作的曲柄旗。

㊹曳：悬挂。

㊺建：高举。　　　干将：古代著名工匠。

㊻乌嗥：良弓名。

㊼夏：指后羿。亦称夏羿。　　　服：箭袋。

㊽阳子：即伯乐。名孙阳，字伯乐。　　　骖乘：陪乘。

㊾纤阿：为月神驾车的仙女。

㊿案节：马走得缓慢而有节奏。　　　舒：驰骋。

51陵：侵陵；胜过。

52邛邛：古代传说中的异兽，似马，善奔跑。

53蹴：踩踏。　　距虚：即邛邛。

54轶：侵凌。　　辒（wèi，音卫）：用车轴冲撞。　　駼驉：野马。

55遗风：千里马名。　　骐：似马，头上有角。

56倏（shū，音书）：极快地。　　眒（shùn，音顺）：飞快地。　　凄浰：均为快速的样子。

57熛（biào，音摽）：暴风雨。

58决：裂。　　眥：眼眶。

59雨：像下雨似的。

60弭节：按辔。　　裴回：徐行；徘徊。

61容与：逍遥自在的样子。

62徼：拦截。　　劇（jù，音巨）：极度疲倦。　　受：收拾；抓捕。　　诎：力尽的野兽。

63殚：尽。

64郑女：美女。　　曼姬：美女。

65阿：丝织品。　　锡：细布。

66揄：拖拉。

67杂：各种颜色相配。　　纤罗：丝织物。

68雾縠：丝织物。

69襞积：衣服上的褶子。　　褰（qiān，音千）绉：折皱的样子。

70纡徐：缓步走的样子。

71郁桡：幽深、曲折的样子。

72衯衯裶裶：衣服长的样子。

73袣（yì，音义）：衣袖。　　恤削：裁剪合体。

74蜚：通"飞"。　　纤：衣服上的长带。　　髾（shāo，音稍）：衣服上似燕尾形的装饰。

75与：车舆。　　猗靡：婉顺相随的样子。

76噏呷（xì xiá，音细狭）：衣服飘起的样子。　　萃蔡：衣服摩擦的声音。

77错：交错。　　蕤（ruí，音锐阳）：下垂的装饰物。

78缪：缭绕。　　绥：上车用的扶绳。

79獠：打猎。

80蹩珊：同"蹒跚"。　　勃窣：匍匐而行。

81鷩雉：锦鸡。

82矰：射飞鸟的短箭，上系细绳以便收回。

83缴：系在矰上的细绳。

84弋：射。　　白鹄：天鹅。

85连：牵拉。　　驾鹅：野鹅。

86加：中箭。

87浮：划船。　　文鹢：划有鹢鸟的船。

88桂枻：桂木做的船桨。

89拟：敲击。

90榜人：船夫。

91奔扬：奔流

92礧（lèi，音类）石：滚动的石头。

93息：停止。

94灵鼓：一种六面鼓。

95辐乎：接连不断的样子。　　淫淫：众多的样子。

㊱班乎：依次相连的样子。　　裔裔：行进不断的样子。

㊲泊乎：恬静；安祥。

㊳澹乎：宁静；安然。

㊴勺药之和具：调和、准备好芍药。　　御：食用。

⑩脟（luō，音啰）割：把肉切成一小块一小块。　　淬（cuì，音翠）：浸染。

⑩齐殆不如：齐王恐怕不如楚王。

⑩况：访问；拜访。

⑩风烈：风俗教化、功勋业绩。　　余论：美论；高论。

⑩陼（zhǔ，音主）：同"渚"。水中的小洲。

⑩勃澥：勃海。

⑩邪：通"斜"。侧翼。

⑩蒂芥：极其微小。

⑩鳞萃：像鱼鳞一样聚集在一起。

⑩听然：笑的样子。

⑩巨丽：最美丽的东西。

⑪更：流经；流过。

⑫径：经过；穿过。

⑬经营：周旋。

⑭阙：缺口；豁口。

⑮浦：水边。

⑯泱莽：无边无垠。

⑰汩乎：水流湍急的样子。　　浑：水势很大。

⑱阿：大土山。

⑲穹石：巨石。

⑳堆埼（qí，音奇）：两岸突入水流中的凸出部位。

㉑潜溰：水向岸上溢溅的样子。

㉒洑浡（bì bó，音毕伯）：水流盛出的样子。　　滵汩：水流湍急的样子。

㉓湢测：水势迫蹙的样子。　　泌㳽：水涌相击的样子。

㉔潎洌（piē liè，音憋烈）：水流湍急的样子。

㉕澎濞：同"澎湃"。水波相击之声。　　沆瀣（hàng xiè，音杭去，谢）：水流徐缓之状。

㉖穹隆：水势高起的样子。　　云挠：水势回旋环绕似云翻的样子。

㉗蜿蟺（wān shàn 音弯善）：屈曲盘旋。　　胶戾：回旋曲折。

㉘逾波：后波逾越前波。　　趋滥：流入深渊。

㉙莅莅：水流声。　　濑：从沙石上流过的急水。

⑩批：撞击。　　㟪（yán，音严）：山崖。　　壅：河堤。

㉛滞沛：水浪四溅的样子。

㉜坻：水中的小高地。　　堑：深沟。

㉝瀺灂（chán zhuó，音蝉汋）：小水声。　　贾：通"陨"。坠落。

㉞湛湛（chén，音沉）：水深。　　隐隐：盛大。

㉟砰磅訇（hōng，音轰）礚：均为水流怒击之声。

㊱潏潏（jué，音决）：水涌出的样子。　　淈淈（gǔ，音古）：水流决通的样子。

㊲湁潗（chī jí，音赤集）：水翻腾的样子。

㊳洶急（xǐ，音西）：水急流的样子。

㊴怀：来。

㊵寂漻（liáo，音辽）：寂静。

㊶灏溔（hào yǎo，音号杳）：水无边无际的样子。　　潢漾：水无边无际。

㊷㶇（háo，音毫）乎：水发光的样子。　　滴滴（hào，音浩）：水发白光。

⑷衍溢：水满而溢出。

⑷螭：雌龙。一说龙子。无角。

⑷鮔鳙（gèng méng，音亘蒙）：鱼名。　鱭（jiàn，音渐）离：鱼名。

⑷鰅（yú，音愚）：鱼名。　鳙（yōng，音拥）：鱼名。　鳛（qián，音钱）：鱼名。　鮀（tuō，音托）：鱼名。

⑷禺禺：鱼名。　鱵（xū，音虚）：鱼名。　魶（nà，音纳）：鱼名。

⑷揵（qián，音虔）：扬；举。　擢（zhuó，音苗）：摇摆。

⑷玓瓅（dì lì，音地利）：珠发光的样子。　靡：水边。

⑸蜀石：美石名。　黄碝（yuǎn，音软）：美石名。

⑸水玉：即水晶。　磊砢：众多的样子。

⑸磷磷烂烂：色泽灿烂夺目的样子。

⑸澔旰（hào hàn，音浩汉）：交相辉映。

⑸鸿：大雁。　鹄：天鹅。　鹔（sù，音肃）：鸟名。　鸨（bǎo，音保）：鸟名。

⑸鴐鹅：即野鹅。　鸀䴔（zhú yù，音烛玉）：水鸟名。

⑸鵁鶄（jiāo jìng，音交颈）：水鸟名。　鹮（xuán，音旋）目：鸟名。

⑸烦鹜：水鸟名：鹓鹭（yōng qú，音拥渠）：水鸟名。

⑸䴏鹚（zhē sī，音真丝）：水鸟名。　鵁（jiāo，音交）：鸟名。　鸬（lú，音卢）：鸟名。

⑸泛淫：漂浮。

⑹澹淡：漂动的样子。

⑹掩：遮盖。　薄：聚集。　渚：水中小洲。

⑹唼喋（shà zhá，音霎铡）：水鸟或鱼类在一起吃食的样子。

⑹巃嵸（lóng zōng，音龙宗）：山高耸的样子。

⑹崔巍：山高峻的样子。　嵯峨（cuó é，音痤俄）：山高峻的样子。

⑹巉（chán，音蝉）：山高峻的样子。　岩：险峻。　参（cēn，音参阴）嵯：山势高下突起不齐的样子。

⑹九嵕（zōng，音宗）：山名。　嶻嶭（jié niè，音截聂）：山名。

⑹南山：即终南山。　峨峨：山高峻的样子。

⑹陁（yǐ，音以）：山名。　巘崎（yǎn qí，音演奇）：指大大小小、高高低低的山头。

⑹摧崣（cuī wěi，音崔委）：山高峻险的样子。　崛崎（jué qí，音决奇）：山高低不平的样子。

⑺振：冲破；开通。

⑺蹇（jiǎn，音简）产：屈折。

⑺谽呀（hān xiā，音酣虾）：山深的样子。　豁閜（xiā，音虾）：开阔、广大。

⑺阜陵：大土山。　岛：水中山。

⑺崴魂（wēi kuǐ，音微窥）：山高和起伏不平的样子。　嵬瘣（wèi guī，音畏归）：山高耸险峻的样子。

⑺丘虚：小山丘。　垒（lěi，音垒）：高地起伏不平的样子。

⑺隐辚郁㠑（lù，音陆）：均为形容山势起伏不平之势的样子。

⑺登降：地势的高低。施靡：山势绵延的样子。

⑺豾豸（bèi zhì，音备质）：山势渐平的样子。

⑺沇（yǎn，音演）溶：水流动的样子。　淫鬻：水从溪谷中流。

⑻散涣：水泛滥。　夷陆：平地。

⑻亭：淹没。　皋：水边地。

⑻筑：捣土使结实。

⑻蕙：香草。

⑻江离：香草名。

⑻蘪芜：香草名。

⑻流夷：香草名。

⑻结缕：草名。

⑻欑（cuán，音攒）：丛聚；积聚。　庚莎：草名。

⑻揭车：草名。　衡兰：草名。

⑲稿本、射干：均为香草名。

⑲茈（zǐ，音子）姜：植物名。　　蘘（ráng，音攘）荷：植物名。

⑲葴（zhēn，音真）：草名。　　若荪：香草名。

⑲鲜枝：香草名。　　黄砾：香草名。

⑲蒋：草名。　　芧：草名。　　青薠：草名。

⑲布濩（huò，音货）：散布；分布。　　闳泽：大泽。

⑲延曼：蔓延。　　太原：广阔的原野。

⑲丽靡：相接不绝。　　广衍：延伸不断。

⑲扬烈：散发浓烈的芳香。

⑲郁郁菲菲：香气四散。

⑳发越：散发。

㉑肸蚃（xī xiǎng，音西想）：繁盛。　　布写：散布、渲泄。

㉒晻暧（àn ài，音按爱）：芳香之盛。　　芯勃：芳香之气。

㉓瞋盼：睁大眼睛看。　　轧沕（mì，音密）：不可分辨的样子。

㉔芒芒：模糊不清。

㉕端：头绪。

㉖崖：边际。

㉗㸲：野牛的一种。　　旄：旄牛。　　貘：一种长得像熊的兽。　　犛（máo，音毛）：牦牛。

㉘沈牛：水牛。　　麈（zhǔ，音主）：一种似鹿的兽，比鹿大。

㉙赤首、圜题：均为兽名。

㉑穷奇：兽名。

⑪揭河：撩起衣服过河。

⑫角端（duān，音端）：兽名。

⑬騊駼（táo tú，音逃涂）：马名。

⑭蛩蛩（qióng，音穷）：传说中似马的兽。　　驒騱（tuó xī，音驼希）：似马而小的兽。

⑮駃騠：良马名。

⑯四注：四面相连。

⑰重坐：两层的楼房。　　曲阁：曲折的阁道。

⑱华榱（cuī，音催）：雕花的屋椽屋桷。　　璧珰：以璧玉装饰的瓦当。

⑲骊属：相接不绝。

⑳步檐（yán，音严）：走廊。　　周流：周游。

㉑夷嵕（zōng，音宗）：削去高山。嵕，数峰并峙的山。

㉒累台：台阁重叠。　　增成：重叠。

㉓窔（yào，音要）：深底；幽深。　　洞房：深邃的内室。

㉔杳眇：遥远。

㉕橑：屋椽。　　扪（mén，音门）：摸。

㉖奔星：流星。　　更：经过。　　闺、闼：均为宫中小门。

㉗宛：屈曲。　　拖：下垂。　　楯、轩：均为宫中栏杆。

㉘虬（qiú，音求）：古代传说中的一种龙。　　蜿蟉（yòu liú，音友流）：屈曲行动的样子；屈曲盘绕的样子。

㉙婉蝉：摇摆舞动的样子。　　西清：西厢清静之处。

㉚灵圉：神仙。　　燕：休息。　　间观：休息的楼台。

㉛偓佺（wò quán，音卧权）：仙人名。　　伦：类。　　暴：晒太阳。　　荣：屋檐两头翘起的部分。

㉜裖（zhèn，音振）：盛多。

㉝嵚（qīn，音亲）：小而高的山。

㉞礁砨（zā jí，音咂集）：山高的样子。

㉟璸玉：似玉的美石。　　旁唐：有花纹的石头。

㊱璸斒（bīn bān，音宾班）：玉名。

㉓⑦赤瑕：玉上的赤色斑点。　　驳荦（luò，音络）：文采交错。

㉓⑧臿：插。

㉓⑨垂绥：玉名。　　琬琰：玉名。

㉔⓪卢橘：水果名。　　夏孰：美果名。

㉔①黄甘、橙、楱：均为水果名。

㉔②橪：酸枣。

㉔③楟：山梨。　　柰：苹果。　　厚朴：植物名。

㉔④貤（yì，音义）：延伸。

㉔⑤杌（wù，音误）：摇摆；摇动。

㉔⑥秀：吐穗开花。　　朱荣：红花。

㉔⑦煌煌扈扈：光彩鲜艳的样子。

㉔⑧沙棠：果树名。　　栎、槠：均为木名。

㉔⑨华、汜、檘、栌：均为木名。

㉕⓪留、落、胥余：均为木名。

㉕①仁频、并闾：均为木名。

㉕②欃檀、木兰：均为木名。

㉕③豫章、女贞：均为木名。

㉕④连抱：合抱。

㉕⑤攒立：聚合、耸立。　　丛倚：互相倚靠。

㉕⑥连卷：屈曲；弯屈。　　累佹（guī，音归）：支撑；支持。

㉕⑦崔错：交错。　　癹骫（bā wěi，音巴委）：盘纡纠结的样子。

㉕⑧阬衡：径直的样子。阿砢（kě luǒ，音可老）：交错叠压盘曲的样子。

㉕⑨扶于：枝叶茂盛分披的样子。

㉖⓪落英：落花。　　幡纚：飞扬。

㉖①纷容：茂盛的样子。　　萧蓼：繁盛的样子。

㉖②旖旎（yī nǐ，音衣你）：随风摇曳的样子。

㉖③浏莅卉吸：均为林木鼓动之声。

㉖④柴（cī，音疵）池：参差不齐。　　茈虒：不齐。

㉖⑤杂遝（tà，音踏）：杂乱的样子。　　累辑：集合；聚集。

㉖⑥隰（xí，音席）：低湿地。

㉖⑦玄猿：黑色的雄猿。　　素雌：白色的雌猿。

㉖⑧蜼（wèi，音卫）：一种长尾猿。　　玃（jué，音觉）：大母猴。　　飞鸓（lěi，音垒）：古代传说中的鸟名。

㉖⑨蛭（zhì，音至）：兽名。　　蜩（tiáo，音条）：兽名。　　蠗（zhuó，音卓）：猴的一种。　　蝚（náo，音挠）：猿猴类动物。

㉗⓪蟖（chán，音残）胡：猿类动物。　　縠（hú，音胡）：兽名。　　蛫（guǐ，音鬼）：猿类动物。

㉗①翩幡：上下翻飞。　　互经：交错。

㉗②夭蟜：屈伸四肢　　枝格：突出的枝条。

㉗③偃蹇：猿猴在树上互相戏嬉的恣态。　　杪（miǎo，音秒）颠：树梢。

㉗④隃：通“逾”。逾越。　　绝梁：没有桥梁的山涧。

㉗⑤殊：奇异：奇形怪状。　　榛：丛林。

㉗⑥捷：抓。

㉗⑦踔（chuō，音卓）：践踏。　　稀间：树枝稀少处。

㉗⑧牢落：奔走蹦跳的样子。　　陆离：分散开来的样子。

㉗⑨烂曼：杂乱；散乱。

㉘⓪校猎：四面用木栏围困，猎取禽兽。

㉘①镂象：指以象牙为饰的乘车。

㉘②玉虬：用玉装饰的骏马。

㉘蜺旌：古代皇帝出巡仪仗的一种。

㉘靡：通"麾"。舞动。　　云旗：画有熊虎形似云气的旌旗。

㉘皮轩：用虎皮作装饰的乘车。

㉘道：道车。古时天子出行跟随道车五乘。　　游：游车。古时天子出行跟随游车九乘。

㉘严：警肃。　　簿：古时天子出行紧随其前后的仪仗。

㉘獠者：猎手。

㉘阹（qū，音区）：围猎之圈。

㉘橹：瞭望台。

㉘生：生擒。　　貔（pí，音皮）：古籍古的一种猛兽。

㉘鹖（hé，音河）：鸟名。　　苏：鸟尾。

㉘绔白虎：穿白虎纹的裤子。

㉘斒（bīn，音宾）文：有斑纹的衣服。

㉘陵：超越；登上。　　三嵕：数峰并峙之山。

㉘碛历：浅水中的沙石。

㉘径（jìng，音静）：直往。

㉘厉：着衣涉水。

㉘菫廉：古代传说中的兽名。

㉚解豸（zhì，音质）：古代传说中的野兽。

㉑瑕蛤：兽名。

㉒綎：疾走；奔逃。　　猛氏：兽名。

㉓胃（juàn，音倦）：缠绕。　　要褭（niǎo，音鸟）：神马名。

㉔封：大。　　豕：野猪。

㉕胆：脖颈。

㉖弭节：按辔。　　裴回：徘徊。

㉗睨：斜视。　　部曲：侍卫部队。

㉘将率：将帅。

㉙浸潭（xún，音寻）：循序渐进。

㉚倏敻（shū xiòng，音书兄去）：转眼之间。

㉑轻禽：飞鸟。

㉒蹴履：踩踏。

㉓辖（wèi，音卫）：用车轴头冲而冲之。

㉔轶：超越。

㉕繁弱：良弓名。

㉖白羽：白羽箭。

㉗枭：狒狒。

㉘栎：击打。　　菫虡（jù，音具）：神兽名。

㉙艺：箭中目标。　　殪（yì，音艺）：一发命中。

㉚辚：踩踏；践踏。

㉑遒（qiú，音求）：迫近；逼近。

㉒捎：掠过。　　凤皇：凤凰。

㉓焦明：神鸟名。

㉔襄羊：自由自在地往来。

㉕北纮（hóng，音宏）：北极。

㉖阇（yǎn，音掩）：忽然。　　反：返回。

㉗蹶（jué，音决）：经过。　　石关：甘泉宫外观名。

㉘封峦：甘泉宫外观名。

㉙婍鹊：甘泉宫外观名。

(330)露寒：甘泉宫名观名。
(331)棠梨：宫名。
(332)宜春：宫名。
(333)宣曲：宫名。
(334)牛首：上林苑池名。
(335)掩：休息。　细柳：观名。
(336)勤略：勤奋和智略。
(337)徒车：步卒和车乘。
(338)蹂若：践踏。
(339)蹈躪：践踏。
(340)穷极倦谻（jù，音具）：疲惫之极。
(341)佗佗籍籍：杂乱众多的样子。
(342)轇轕（jiāo gé，音交葛）：广大的样子。
(343)钜：钩子。
(344)巴俞：舞名。　宋：宋国的音乐。　蔡：蔡国的歌。
(345)于遮：歌曲名。
(346)文成：文成人的歌。　颠歌：颠人的歌。
(347)族举：聚集在一起。　递奏：一个挨一个地演奏。
(348)铿枪铛鼞（tà，音踏）：钟鼓之声。
(349)阴淫案衍：指没有节拍放任无韵的音乐。
(350)青琴、宓妃：均为女神名。
(351)姣冶：美艳。　娴都：文雅艳丽。
(352)庄：通“妆”。化装。　刻饬：装饰鬓发。
(353)便嬛（xuàn，音眩）：恣态轻盈的样子。　绰约：恣态轻盈的样子。
(354)柔桡嫚嫚：恣态柔美的样子。
(355)妩媚姌嫋：恣态娇好、纤细柔弱的样子。
(356)抴：曳。　独茧之褕袘：独茧丝织成的衣袖。
(357)眇：细看。　阎易：衣服长大的样子。　戌削：衣服裁剪得像刻画一样的合身。
(358)媥姺：衣服婆娑的样子。　徶循（bié xiè，音别泄）：衣服飘舞的样子。
(359)沤郁：气味浓郁。
(360)淑郁：气味浓厚。
(361)粲烂：鲜亮。
(362)旳皪（dì lì，音地丽）：明快；鲜明。
(363)连娟：弯曲。
(364)睇：斜视；顾盼；　绵藐：漂亮。
(365)色授魂与：意谓见到如此美色，魂飞与之相连。
(366)览听余闲：听政的闲暇时间。
(367)萌隶：臣民。
(368)仞：聚满。
(369)始：除旧布新。
(370)云罕（hǎn，音喊）：旌旗；旗帜。
(371)揜群雅：网罗众雅士。
(372)抏：消耗；耗费。
(373)尤：过错。
(374)右吊：后又安抚。
(375)宾：顺从；归服。
(376)物故：死亡。

⑦斥：宽广。

⑦觏（gòu，音构）：遇见。

⑦原：开始；源头。

⑳及臻厥成：等到了成功之时。

㉛鸿水：洪水。　　浡：水翻腾的样子。

㉜陭区：崎岖。

㉝滰：使干润。

㉞浃：通彻。

㉟嘉祉：吉庆；福气。

㊱螚（lì，音厉）：残暴。

㊲诮：遣责；责备。

㊳徼：以……为边界。

㊴镂：勾通；交通。

㊵梁：架桥。

㊶疏逖：疏远封闭之地。

㊷遐迩：远近。

㊸提福：安康、幸福。

㊹康：乐。

㊺休德：美德。

㊻陵迟：衰颓。

⑨上咸五：上与五帝相等。

⑨下登三：下超于三王之上。

⑨鹪明：传说中的神鸟名。　　寥廓：空阔。

⑩罗者：张网捕鸟者。

⑪允；公正；公平。

⑫敞罔：失容。　　靡徙：移足。

⑬迁延：拖延。　　辞避：告辞而退。

⑭轶材之兽：特别强壮且狡猾的野兽。

⑮骇：马受惊。

⑯属车：皇帝的副车、从车。代指皇帝的乘车。　　清尘：代指皇帝。

⑰毂下：车轮下。

⑱轸：舆车后的横木。

⑲中路：中断交通。

⑩衔橛之变：指驾驭不当而致车翻人伤的事故。

⑪垂堂：屋檐下。

⑫坌（bèn，音笨）：一起。　　曾：重叠。

⑬岜州：堤岸曲折的水中小洲。

⑭岩岩：山高峻的样子。　　箜箜（hōng，音红）：山谷空深的样子。

⑮谣：同"谿"。　　谽谺（hān xiā，青酣虾）：山谷空大的样子。

⑯减（yù，音域）：急流。　　嚤（xī，音西）习：舒缓。

⑰平皋：平原沼泽。　　衍：低平之地。

⑱塕菱（wěng āi，音翁上爱）：树木茂盛、阴暗不明的样子。

⑲揭：撩起衣服过河。　　濑：水流沙上。

⑳弥节：途中留宿。　　容与：迟缓不前的样子。

㉑复貌绝：绝远。　　齐：极限。

㉒侏（mèi，音妹）：昏暗。

㉓精：神怪。　　罔阆（liǎng，音两）：古代传说中的精怪名。

㉔臒：瘦。

㉕迫隘：逼迫、狭窄。

㉖褐（jiē，音接）：离去。　　轻举：轻装疾走。

㉗绛幡：红色的幡旗。　　素蜺：白色的副虹。

㉘幓：旌旗上的装饰。

㉙髾（shāo，音稍）：旌旗上所垂的羽毛。

㉚掉：摆动；摇动。　　指桥：随风飘动。　　偃蹇：屈曲宛转的样子。

㉛旖旎（yǐ ní，音椅泥）：随风飘扬。

㉜猋（biǒo，音彪）风：暴风。

㉝应龙：一种有翼会飞的龙。　　象舆：用大象驾的车。　　蠖：昆虫名。屈伸其体而行。　　略：巡行。　　透丽：曲折前进。

㉞骖：驾驭。　　螭（chī，音吃）：一种无角的龙。　　虬：一种龙。　　蚴蟉（yōu liú，音优流）：屈曲行动的样子。

㉟卬（yāng，音仰）：举首向上；仰望。夭蟜：屈曲。据：挺直了脖子。骄骜：恣纵。

㊱诎折：弯曲；曲折。　　隆穷：高大而中央穹起。　　蟉：龙的形态。　　连卷：蜷曲的样子。

㊲沛艾：马摇头的样子。　　赳螑：伸颈低头昂首的样子。仡（yì，音义）：抬头。　　佁儗（chǐ yǐ，音亦义）：停滞不前的样子。

㊳放散：恣意放纵。　　畔岸：放纵任性。骧：马昂首。　　虦（càn，音灿）颜：马昂首、张嘴威风的样子。

㊴踮踱（dié duó，叠毒）：走路时忽进忽退。　　辖辖（gé xiá，音葛狭）：前行欲正。　　容：从容。　　委丽：相随。

㊵绸缪：缠绵。　　偃蹇：屈曲宛转的样子。　　吺（chuò，音绰）：同"兔"。小兔。　　梁倚：紧密依偎。

㊶纠蓼：缠绕。　　叫奡（ào，音傲）：叫嚣；呼唤。　　䏶（jiè，音届）：古"界"字。

㊷蔑蒙：飞扬。　　趡（cuǐ，音催上）：走；奔跑。

㊸苍颯：迅捷。　　卉翕：呼吸。　　熛（biāo，音标）：闪动；疾速。

㊹邪：通"斜"。　　少阳：东极。　　太阴：北极。

㊺厉：渡。

㊻灵圉：众仙。

㊼部乘：部署。　　瑶光：星名。

㊽太一：星名。　　陵阳：仙名。

㊾玄冥：水神；雨神。　　含雷：造化之神；水神。

㊿陆离：神名。　　潏湟：神名

51斯：役使。　　征伯侨：仙人名。　　羡门：仙人名。

52岐伯：黄帝太医。　　尚：主掌。　　方：方剂；药方。

53祝融：火神。　　惊：警戒。　　跸：清路。

54雾气：雾气。

55焠：合。　　云盖：画五彩云的车盖。

56句芒：神名。

57差错：交错杂乱。

58杂遝（tà，音踏）：杂乱的样子。　　胶葛：驱驰。

59冲苃：相互碰撞。

60滂濞：澎湃。　　泱轧：无涯无际的样子。　　林离：同"淋漓"。水流不绝的样子。

61茏茸：聚集的样子。

62衍曼流烂：形容水流散广布。

63砰磷郁律：深峻的样子。

64崝嶒嶵礨：凹凸不平的样子。

65经营：往来。

66杭：船；乘船

67奄：突然。　　息：停止。　　总极：山名。

68灵娲：即女娲。　　冯夷：河伯神的字。

(469)菱菱：阴暗不明的样子。
(470)屏翳：天神之使。雷师。
(471)轧沕洸忽：模糊不清的样子。
(472)三危：山名。
(473)阊阖：天门。
(474)舒：登。　阆风：山名。
(475)亢：高。　乌腾：像鸟一样腾飞。
(476)纡曲：曲折；盘旋。
(477)皬（hè，音贺）然：雪白的样子。
(478)胜：首饰。
(479)三足乌：专为西王母取食的青鸟。
(480)不周：山名。
(481)幽都：山名。
(482)沆瀣（hàng xiē，音杭去谢）：夜间的水气；露水。
(483)噍咀：咀嚼。　叽：小食。
(484)妗：仰望；仰视。　侵浔：渐进。　高纵：高耸。
(485)鸿涌：波涛汹涌的样子。　上厉：向上疾飞。
(486)列缺：天缝；天门。闪电。
(487)丰隆：云神。　滂沛：雨大的样子。
(488)游：游车。　道：道车。　修降：长下。
(489)区中：人世。　陕：通“狭”。
(490)玄阙：北极之山。
(491)轶：丢失。　寒门：天北门。
(492)眩眠：眼昏花的样子。
(493)假：通“遐”。远。
(494)无友：无有。
(495)昊穹：上苍，上天。
(496)历撰：历数。　辟：帝王。
(497)率：循。　迩：近。　武：足迹。
(498)逖：远。　风声：遗风美名。
(499)纷纶威蕤（ruí，音蕊平）：杂乱众多。
(500)《韶》：传为舜乐。此代指舜。　《夏》传为禹乐。此代指禹。
(501)若：顺从。　淑：善良。
(502)畴：谁。　逆失：逆德；失德。
(503)五：五帝。　三：三王。
(504)爰：至。　郅隆：大盛；鼎盛。
(505)大行：大道。　越：于是。
(506)轨迹：规范；法令。　夷易：简单易行。
(507)湛恩：厚恩。
(508)二后：二王。指周文王、周武王。
(509)揆：度量。
(510)都：于。
(511)沕（mì，音密）：深。　潏（yù，音玉）：水涌出的样子。
(512)泝（sù，音宿）：流。　八埏：八方边际之地。
(513)暗昧：愚昧之人。指周边夷逖之族。　昭晳：开化。
(514)䆃（dào，音到）：择米。
(515)觡：角。

(516)余珍：周朝的鼎名。
(517)翠黄：一种龙翼马身的神兽。
(518)臻：至；到。
(519)跃鱼陨杭，休之以燎：据载：周武王渡黄河，白鱼跃入王舟，王取之烘烤祭天。杭，船。休，吉庆。
(520)介丘：指泰山。
(521)恧（nǜ，女去）、惭愧。
(522)进：指周封禅。　让：指汉不封禅。
(523)爽：差异。
(524)憓（音惠）：顺从。
(525)执贽：执礼。
(526)浃洽：和洽。
(527)绍：连续；持续。
(528)况：比。
(529)储祉：积福。
(530)荐：进献。　成：宣告成功。
(531)挈：缺少。
(532)天为质暗：上天给与确实的暗示。质，实在；诚信。
(533)符：瑞符。
(534)记：表记。　儿（yì，意义）：希望。
(535)屈：绝。
(536)锡：通“赐”。
(537)越：逾越。
(538)弗替：不废封禅之事。
(539)丕：大。
(540)炎：焰。
(541)采：官职。　错：施展。
(542)正列：正天时，列人事。
(543)摅：传布；流传。
(544)沛然：感动的样子。
(545)油油：云行的样子。
(546)漉：流下。
(547)氾：普遍。　尃濩（huò，音获）：散布。尃，古“布”字。
(548)俟：何。　迈：行封禅之事。
(549)旼旼（mín，音民）：和蔼的样子。
(550)厥涂靡踪：其所来路非有踪迹。
(551)濯濯（zhuó，音浊）：光泽。
(552)熿（huàng，音晃）：光明。
(553)正阳：指皇帝。
(554)黎烝：百姓；万民。
(555)厥之有章：天命之瑞明彰。
(556)披：翻阅。
(557)假典：大典。
(558)已：太；甚。

史记卷一百一十八

淮南衡山列传第五十八

　　淮南厉王长者，高祖少子也，其母故赵王张敖美人。高祖八年，从东垣过赵，赵王献之美人。厉王母得幸焉，有身。赵王敖弗敢内宫，为筑外宫而舍之。及贯高等谋反柏人事发觉，并逮治王，尽收捕王母、兄弟、美人，系之河内。厉王母亦系，告吏曰："得幸上，有身。"吏以闻上，上方怒赵王，未理厉王母。厉王母弟赵兼因辟阳侯言吕后，吕后妒，弗肯白，辟阳侯不强争。及厉王母已生厉王，恚，即自杀。吏奉厉王诣上，上悔，令吕后母之，而葬厉王母真定。真定，厉王母之家在焉，父世县也①。

　　高祖十一年七月，淮南王黥布反。立子长为淮南王，王黥布故地，凡四郡。上自将兵击灭布，厉王遂即位。厉王蚤失母②，常附吕后，孝惠、吕后时以故得幸无患害，而常心怨辟阳侯，弗敢发。及孝文帝初即位，淮南王自以为最亲，骄蹇③，数不奉法。上以亲故，常宽赦之。三年，入朝，甚横。从上入苑囿猎，与上同车，常谓上"大兄"。厉王有材力，力能扛鼎，乃往请辟阳侯。辟阳侯出见之，即自袖铁椎椎辟阳侯，令从者魏敬刭之。厉王乃驰走阙下，肉袒谢曰："臣母不当坐赵事，其时辟阳侯力能得之吕后，弗争，罪一也。赵王如意子母无罪，吕后杀之，辟阳侯弗争，罪二也。吕后王诸吕，欲以危刘氏，辟阳侯弗争，罪三也。臣谨为天下诛贼臣辟阳侯，报母之仇，谨伏阙下请罪。"孝文伤其志④，为亲故，弗治，赦厉王。当是时，薄太后及太子诸大臣皆惮厉王，厉王以此归国益骄恣，不用汉法，出入称警跸⑤，称制，自为法令，拟于天子。

　　六年，令男子但等七十人与棘蒲侯柴武太子奇谋，以辇车四十乘反谷口，令人使闽越、匈奴。事觉，治之，使使召淮南王。淮南王至长安。

　　"丞相臣张仓，典客臣冯敬，行御史大夫事、宗正臣逸，廷尉臣贺，备盗贼中尉臣福昧死言：淮南王长废先帝法，不听天子诏，居处无度，为黄屋盖乘舆，出入拟于天子，擅为法令，不用汉法。及所置吏，以其郎中春为丞相，聚收汉诸侯人及有罪亡者，匿与居，为治家室，赐其财物爵禄田宅，爵或至关内侯，奉以二千石所不当得，欲以有为。大夫但、士五开章等七十人与棘蒲侯太子奇谋反，欲以危宗庙社稷。使开章阴告长，与谋使闽越及匈奴发其兵。开章之淮南见长，长数与坐语饮食，为家室娶妇，以二千石俸奉之。开章使人告但，已言之王。春使使报但等。吏觉知，使长安尉奇等往捕开章。长匿不予，与故中尉蕑忌谋，杀以闭口。为棺椁衣衾，葬之肥陵邑，谩吏曰：'不知安在。'又详聚土⑥，树表其上，曰：'开章死，埋此下。'及长身自贼杀无罪者一人；令吏论杀无罪者六人；为亡命弃市罪诈捕命者以除罪；擅罪人，罪人无告劾，系治城旦春以上十四人；赦免罪人，死罪十八人，城旦春以下五十八人；赐人爵关内侯以下九十四人。前日长病，陛下忧苦之，使使者赐书、枣脯。长不欲受赐，不肯见拜使者。南海民处庐江界中者反，淮南吏卒击之。陛下以淮南民贫苦，遣使者赐长帛五千匹，以赐吏卒劳苦者。长不欲受赐，谩言曰：'无劳苦者。'南海民王织上书献璧皇帝，忌擅燔其书，不以闻。吏请召治忌，长不遣，谩言曰：'忌病。'春又请长，愿入见，长怒曰：'女欲离我自附汉。'长当弃市，臣请论如法。"

制曰："朕不忍致法于王，其与列侯二千石议。"

"臣仓、臣敬、臣逸、臣福、臣贺昧死言：臣谨与列侯吏二千石臣婴等四十三人议，皆曰：'长不奉法度，不听天子诏，乃阴聚徒党及谋反者，厚养亡命，欲以有为。'臣等议论如法。"

制曰："朕不忍致法于王，其赦长死罪，废勿王。"

"臣仓等昧死言：长有大死罪，陛下不忍致法，幸赦，废勿王。臣请处蜀郡严道邛邮，遣其子母从居，县为筑盖家室，皆廪食、给薪、菜、盐、豉、炊食器、席蓐。臣等昧死请，请布告天下。"

制曰："计食：长给肉日五斤、酒二斗。令故美人、才人得幸者十人从居。他可。"

尽诛所与谋者。于是乃遣淮南王，载以辎车，令县以次传。是时袁盎谏上曰："上素骄淮南王，弗为置严傅、相，以故至此。且淮南王为人刚，今暴摧折之，臣恐卒逢雾露病死，陛下为有杀弟之名，奈何？"上曰："吾特苦之耳，今复之⑦。"

县传淮南王者皆不敢发车封。淮南王乃谓侍者曰："谁谓乃公勇者？吾安能勇！吾以骄故不闻吾过至此，人生一世间，安能邑邑如此！⑧"乃不食死。至雍，雍令发封，以死闻。上哭甚悲，谓袁盎曰："吾不听公言，卒亡淮南王。"盎曰："不可奈何，愿陛下自宽。"上曰："为之奈何？"盎曰："独斩丞相、御史以谢天下乃可。"上即令丞相、御史逮考诸县传送淮南王不发封馈侍者，皆弃市。乃以列侯葬淮南王于雍，守冢三十户。

孝文八年，上怜淮南王，淮南王有子四人，皆七八岁，乃封子安为阜陵侯、子勃为安阳侯、子赐为阳周侯、子良为东成侯。

孝文十二年，民有作歌歌淮南厉王曰："一尺布，尚可缝；一斗粟，尚可舂。兄弟二人不能相容。"上闻之，乃叹曰："尧、舜放逐骨肉，周公杀管、蔡，天下称圣。何者？不以私害公。天下岂以我为贪淮南王地邪？"乃徙城阳王王淮南故地，而追尊谥淮南王为厉王，置园复如诸侯仪。

孝文十六年，徙淮南王喜复故城阳。上怜淮南王废法不轨，自使失国蚤死，乃立其三子：阜陵侯安为淮南王，安阳侯勃为衡山王，阳周侯赐为庐江王，皆复得厉王时地，参分之。东城侯良前薨，无后也。

孝景三年，吴楚七国反，吴使者至淮南，淮南王欲发兵应之。其相曰："大王必欲发兵应吴，臣愿为将。"王乃属相兵。淮南相已将兵，因城守，不听王而为汉，汉亦使曲城侯将兵救淮南，淮南以故得完。吴使者至庐江，庐江王弗应，而往来使越。吴使者至衡山王，衡山王坚守无二心。孝景四年，吴、楚已破，衡山王朝，上以为贞信，乃劳苦之曰："南方卑湿。"徙衡山王王济北，所以褒之。及薨，遂赐谥为贞王。庐江王边越，数使使相交，故徙为衡山王，王江北。淮南王如故。

淮南王安为人好读书鼓琴，不喜弋猎狗马驰骋，亦欲以行阴德拊循百姓，流誉天下。时时怨望厉王死，时欲畔逆，未有因也。及建元二年，淮南王入朝。素善武安侯，武安侯时为太尉，乃逆王霸上，与王语曰："方今上无太子，大王亲高皇帝孙，行仁义，天下莫不闻。即宫车一日晏驾，非大王当谁立者！"淮南王大喜，厚遗武安侯金财物。阴结宾客，拊循百姓，为畔逆事。建元六年，彗星见，淮南王心怪之。或说王曰："先吴军起时，彗星出长数尺，然尚流血千里；今彗星长竟天，天下兵当大起。"王心以为上无太子，天下有变，诸侯并争，愈益治器械攻战具，积金钱赂遗郡国诸侯游士奇材。诸辨士为方略者，妄作妖言，谄谀王。王喜，多赐金钱，而谋反滋甚。

淮南王有女陵，慧，有口辩。王爱陵，常多予金钱，为中诇长安⑨，约结上左右。元朔三年，上赐淮南王几杖，不朝。淮南王王后荼，王爱幸之。王后生太子迁，迁取王皇太后外孙修成君女为妃。王谋为反具，畏太子妃知而内泄事，乃与太子谋，令诈弗爱，三月不同席。王乃详为怒太子，闭太子使与妃同内三月，太子终不近妃。妃求去，王乃上书谢归去之。王后荼、太子迁及女陵得爱幸王，擅国权，侵夺民田宅，妄致系人。

元朔五年，太子学用剑，自以为人莫及。闻郎中雷被巧，乃召与戏。被一再辞让，误中太子。太子怒，被恐。此时有欲从军者辄诣京师，被即愿奋击匈奴。太子迁数恶被于王，王使郎中令斥免，欲以禁后。被遂亡至长安，上书自明。诏下其事廷尉、河南。河南治，逮淮南太子。王、王后计欲无遣太子，遂发兵反，计犹豫，十余日未定。会有诏，即讯太子。当是时，淮南相怒寿春丞留太子逮不遣，劾不敬。王以请相，相弗听。王使人上书告相，事下廷尉治。踪迹连王，王使人候伺汉公卿，公卿请逮捕治王。王恐事发，太子迁谋曰："汉使即逮王，王令人衣卫士衣，持戟居庭中，王旁有非是，则刺杀之，臣亦使人刺杀淮南中尉，乃举兵，未晚。"是时上不许公卿请，而遣汉中尉宏即讯验王。王闻汉使来，即如太子谋计。汉中尉至，王视其颜色和，讯王以斥雷被事耳，王自度无何，不发。中尉还，以闻。公卿治者曰："淮南王安拥阏奋击匈奴者雷被等[①]，废格明诏，当弃市。"诏弗许。公卿请废勿王，诏弗许。公卿请削五县，诏削二县。使中尉宏赦淮南王罪，罚以削地。中尉入淮南界，宣言赦王。王初闻汉公卿请诛之，未知得削地。闻汉使来，恐其捕之，乃与太子谋刺之如前计。及中尉至，即贺王，王以故不发。其后自伤曰："吾行仁义见削，甚耻之。"然淮南王削地之后，其为反谋益甚。诸使道从长安来，为妄妖言，言上无男，汉不治，即喜；即言汉廷治，有男，王怒，以为妄言，非也。

王日夜与伍被、左吴等案舆地图，部署兵所从入。王曰："上无太子，宫车即晏驾，廷臣必征胶东王，不，即常山王。诸侯并争，吾可以无备乎！且吾高祖孙，亲行仁义，陛下遇我厚，吾能忍之；万世之后，吾宁能北面臣事竖子乎？"

王坐东宫，召伍被与谋，曰："将军上。"被怅然曰："上宽赦大王，王复安得此亡国之语乎！臣闻子胥谏吴王，吴王不用，乃曰'臣今见麋鹿游姑苏之台也'。今臣亦见宫中生荆棘，露沾衣也。"王怒，系伍被父母，囚之三月。复召曰："将军许寡人乎？"被曰："不，直来为大王画耳。臣闻聪者听于无声，明者见于未形，故圣人万举万全。昔文王一动而功显于千世，列为三代。此所谓因天心以动作者也，故海内不期而随。此千岁之可见者。夫百年之秦，近世之吴、楚，亦足以喻国家之存亡矣。臣不敢避子胥之诛，愿大王毋为吴王之听。昔秦绝圣人之道，杀术士，燔《诗》、《书》，弃礼义；尚诈力，任刑罚，转负海之粟致之西河。当是之时，男子疾耕不足于糟糠，女子纺绩不足于盖形。遣蒙恬筑长城，东西数千里，暴兵露师常数十万，死者不可胜数，僵尸千里，流血顷亩，百姓力竭，欲为乱者十家而五。又使徐福入海求神异物，还，为伪辞曰：'臣见海中大神，言曰："汝西皇之使邪？"臣答曰："然。""汝何求？"曰："愿请延年益寿药。"神曰："汝秦王之礼薄，得观而不得取。"即从臣东南至蓬莱山，见芝成宫阙，有使者铜色而龙形，光上照天。于是臣再拜问曰："宜何资以献？"海神曰："以令名男子若振女与百工之事，即得之矣。"秦皇帝大说，遣振男女三千人，资之五谷种种、百工而行。徐福得平原广泽，止王不来。于是百姓悲痛相思，欲为乱者十家而六。又使尉佗逾五岭攻百越。尉佗知中国劳极，止王不来，使人上书，求女无夫家者三万人，以为士卒衣补。秦皇帝可其万五千人。于是百姓离心瓦解，欲为乱者十家而七。客谓高皇帝曰：'时可矣。'高皇帝曰：'待之，圣人当起东南。'间不一年，陈胜、吴广发矣。高皇始于丰、沛，一倡天下不期而响应者不可胜数也。此所谓蹈瑕候间，因秦之亡而动者也。百姓愿之，若旱之望雨，故起于行陈之中而立为天子，功高三王，德传无穷。今大王见高皇帝得天下之易也，独不观近世之吴、楚乎？夫吴王赐号为刘氏祭酒，复不朝，王四郡之众，地方数千里，内铸消铜以为钱，东煮海水以为盐，上取江陵木以为船，一船之载当中国数十两车，国富民众。行珠玉金帛赂诸侯宗室大臣，独窦氏不与。计定谋成，举兵而西。破于大梁，败于狐父，奔走而东，至于丹徒，越人禽之，身死绝祀，为天下笑。夫以吴、越之众不能成功者何？诚逆天道而不知时也。方今大王之兵众不能十分吴、楚之一，天下安宁有万倍于秦之时，愿大王从臣之计。大王不从臣之计，今见大王事必不成而语先泄也。臣闻微子过故国而悲，于是作《麦秀之歌》，是痛纣之不用王子比干也。故《孟子》曰：'纣贵为天子，死曾不若匹夫。'是纣先自绝于天下久矣，非死之日而天下去之。今臣亦窃悲大王弃千乘之君，必且赐绝命之书，为群臣先，死于东宫也。"于是气怨结而不扬，涕满匡而横流，即起，历阶而去。

　　王有孽子不害，最长，王弗爱，王、王后、太子皆不以为子兄数。不害有子建，材高有气，常怨望太子不省其父；又怨时诸侯皆得分子弟为侯，而淮南独二子，一为太子，建父独不得为侯。建阴结交，欲告败太子，以其父代之。太子知之，数捕系而榜笞建。建具知太子之谋欲杀汉中尉，即使所善寿春庄芷以元朔六年上书于天子曰："毒药苦于口利于病，忠言逆于耳利于行。今淮南王孙建，材能高，淮南王王后荼、荼子太子迁常疾害建。建父不害无罪，擅数捕系，欲杀之。今建在，可征问，具知淮南阴事。"书闻，上以其事下廷尉，廷尉下河南治。是时故辟阳侯孙审卿善丞相公孙弘，怨淮南厉王杀其大父，乃深购淮南事于弘，弘乃疑淮南有畔逆计谋，深穷治其狱。河南治建，辞引淮南太子及党与。淮南王患之，欲发，问伍被曰："汉廷治乱？"伍被曰："天下治。"王意不悦，谓伍被曰："公何以言天下治也？"被曰："被窃观朝廷之政，君臣之义、父子之亲、夫妇之别、长幼之序，皆得其理，上之举错遵古之道，风俗纪纲未有所缺也。重装富贾，周流天下，道无不通，故交易之道行。南越宾服，羌、僰人献，东瓯入降；广长榆，开朔方，匈奴折翅伤翼，失援不振。虽未及古太平之时，然犹为治也。"王怒，被谢死罪。王又谓被曰："山东即有兵，汉必使大将军将而制山东，公以为大将军何如人也？"被曰："被所善者黄义，从大将军击匈奴，还，告被曰：'大将军遇士大夫有礼，于士卒有恩，众皆乐为之用。骑上下山若蜚，材干绝人。'被以为材能如此，数将习兵，未易当也。及谒者曹梁使长安来，言大将军号令明，当敌勇敢，常为士卒先。休舍，穿井未通，须士卒尽得水，乃敢饮。军罢，卒尽已度河，乃度。皇太后所赐金帛，尽以赐军吏。虽古名将弗过也。"王默然。

　　淮南王见建已征治，恐国阴事且觉，欲发，被又以为难，乃复问被曰："公以为吴兴兵是邪非也？"被曰："以为非也。吴王至富贵也，举事不当，身死丹徒，头足异处，子孙无遗类。臣闻吴王悔之甚。愿王孰虑之，无为吴王之所悔。"王曰："男子之所死者一言耳。且吴何知反，汉将一日过成皋者四十余人。今我令楼缓先要成皋之口，周被下颍川兵塞轘辕、伊阙之道，陈定发南阳兵守武关。河南太守独有洛阳耳，何足忧！然此北尚有临晋关、河东、上党与河内、赵国。人言曰'绝成皋之口，天下不通'。据三川之险，招山东之兵，举事如此，公以为何如？"被曰："臣见其祸，未见其福也。"王曰："左吴、赵贤、朱骄如皆以为有福，什事九成，公独以为有祸无福，何也？"被曰："大王之群臣近幸素能使众者，皆前系诏狱，余无可用者。"王曰："陈胜、吴广无立锥之地，千人之聚，起于大泽，奋臂大呼而天下响应，西至于戏而兵百二十万。今吾国虽小，然而胜兵者可得十余万，非直适戍之众，锄凿棘矜也，公何以言有祸无福？"被曰："往者秦为无道，残贼天下。兴万乘之驾，作阿房之宫，收太半之赋，发闾左之戍，父不宁子，兄不便弟，政苛刑峻，天下熬然若焦，民皆引领而望，倾耳而听，悲号仰天，叩心而怨上，故陈胜大呼，天下响应。当今陛下临制天下，一齐海内，泛爱蒸庶，布德施惠。口虽未言，声疾雷霆；令虽未出，化驰如神；心有所怀，威动万里；下之应上，犹影响也。而大将军材能不特章邯、杨熊也。大王以陈胜、吴广谕之，被以为过矣。"王曰："苟如公言，不可侥幸邪？"被曰："被有愚计。"王曰："奈何？"被曰："当今诸侯无异心，百姓无怨气。朔方之郡田地广、水草美，民徙者不足以实其地。臣之愚计，可伪为丞相、御史请书，徙郡国豪杰任侠及有耐罪以上，赦令除其罪，产五十万以上者，皆徙其家属朔方之郡，益发甲卒，急其会日。又伪为左右都司空上林中都官诏狱书，逮诸侯太子幸臣。如此则民怨，诸侯惧，即使辩武随而说之，傥可徼幸什得一乎？”王曰：“此可也。虽然，吾以为不至若此。”于是王乃令官奴入宫，作皇帝玺，丞相、御史、大将军、军吏、中二千石、都官令、丞印，及旁近郡太守、都尉印，汉使节法冠，欲如伍被计。使人伪得罪而西，事大将军、丞相；一日发兵，使人即刺杀大将军青，而说丞相下之，如发蒙耳⑪。

王欲发国中兵，恐其相、二千石不听。王乃与伍被谋，先杀相、二千石。伪失火宫中，相、二千石救火，至即杀之。计未决，又欲令人衣求盗衣，持羽檄，从东方来，呼曰“南越兵入界”，欲因以发兵。乃使人至庐江、会稽为求盗，未发。王问伍被曰：“吾举兵西乡，诸侯必有应我者；即无应，奈何？”被曰：“南收衡山以击庐江，有寻阳之船，守下雉之城，结九江之浦，绝豫章之口；强弩临江而守，以禁南郡之下；东收江都、会稽，南通劲越，屈强江、淮间，犹可得延岁月之寿。”王曰：“善！无以易此。急则走越耳。”

于是廷尉以王孙建辞连淮南王太子迁闻。上遣廷尉监因拜淮南中尉，逮捕太子。至淮南，淮南王闻，与太子谋召相、二千石，欲杀而发兵。召相，相至。内史以出为解⑫。中尉曰：“臣受诏使，不得见王。”王念独杀相而内史、中尉不来，无益也，即罢相。王犹豫，计未决。太子念所坐者谋刺汉中尉，所与谋者已死，以为口绝，乃谓王曰：“群臣可用者皆前系，今无足与举事者。王以非时发，恐无功，臣愿会逮。”王亦偷欲休，即许太子。太子即自刭，不殊⑬。伍被自诣吏，因告与淮南王谋反，反踪迹具如此。

吏因捕太子、王后，围王宫，尽求捕王所与谋反宾客在国中者，索得反具以闻。上下公卿治，所连引与淮南王谋反列侯、二千石、豪杰数千人，皆以罪轻重受诛。衡山王赐，淮南王弟也，当坐收，有司请逮捕衡山王。天子曰：“诸侯各以其国为本，不当相坐。与诸侯王列侯会肆丞相侯议⑭。”赵王彭祖、列侯臣等四十三人议，皆曰：“淮南王安甚大逆无道，谋反明白，当伏诛。”胶西王臣端议曰：“淮南王安废法行邪，怀诈伪心，以乱天下，荧惑百姓，倍畔宗庙，妄作妖言。《春秋》曰‘臣无将⑮，将而诛’。安罪重于将，谋反形已定，臣端所见其书节印图及他逆无道事验明白，甚大逆无道，当伏其法。而论国吏二百石以上及比者，宗室近幸臣不在法中者，不能相教，当皆免官削爵为士伍，毋得宦为吏。其非吏，他赎死金二斤八两。以章臣安之罪⑯，使天下明知臣子之道，毋敢复有邪僻倍畔之意。”丞相弘、廷尉汤等以闻，天子使宗正以符节治王。未至，淮南王安自刭杀。王后荼、太子迁诸所与谋反者皆族。天子以伍被雅辞多引汉之美，欲勿诛。廷尉汤曰：“被首为王画反谋，被罪无赦。”遂诛被。国除为九江郡。

衡山王赐，王后乘舒生子三人。长男爽为太子，次男孝，次女无采。又姬徐来生子男女四人，美人厥姬生子二人。衡山王、淮南王兄弟相责望礼节⑰，间不相能。衡山王闻淮南王作为畔逆反具，亦心结宾客以应之，恐为所并。

元光六年，衡山王入朝，其谒者卫庆有方术，欲上书事天子。王怒，故劾庆死罪，强榜服之⑱。衡山内史以为非是，却其狱。王使人上书告内史，内史治，言王不直。王又数侵夺人田，坏人冢以为田。有司请逮治衡山王，天子不许，为置吏二百石以上。衡山王以此恚，与奚慈、张广昌谋，求能为兵法候星气者，日夜从容王密谋反事。

王后乘舒死，立徐来为王后。厥姬俱幸。两人相妒，厥姬乃恶王后徐来于太子曰：“徐来使婢蛊道杀太子母。”太子心怨徐来。徐来兄至衡山，太子与饮，以刃刺伤王后兄。王后怨怒，数毁恶太子于王。太子女弟无采，嫁弃归，与奴奸，又与客奸。太子数让无采，无采怒，不与太子通。王后闻之，即善遇无采。无采及中兄孝少失母，附王后，王后以计爱之，与共毁太子，王以故数击笞太子。元朔四年中，人有贼伤王后假母者，王疑太子使人伤之，笞太子。后王病，太子时称病不侍。孝、王后、无采恶太子："太子实不病，自言病，有喜色。"王大怒，欲废太子，立其弟孝。王后知王决废太子，又欲并废孝，王后有侍者，善舞，王幸之，王后欲令侍者与孝乱以污之，欲并废兄弟而立其子广代太子。太子爽知之，念后数恶己无已时，欲与乱以止其口。王后饮，太子前为寿，因据王后股，求与王后卧。王后怒，以告王。王乃召，欲缚而笞之。太子知王常欲废己立其弟孝，乃谓王曰："孝与王御者奸，无采与奴奸，王强食，请上书。"即倍王去。王使人止之，莫能禁，乃自驾追捕太子。太子妄恶言，王械系太子宫中。孝日益亲幸。王奇孝材能，乃佩之王印，号曰将军，令居外宅，多给金钱，招致宾客。宾客来者，微知淮南、衡山有逆计，日夜从容劝之。王乃使孝客江都人救赫、陈喜作輣车、镞矢⑲，刻天子玺、将相军吏印。王日夜求壮士如周丘等，数称引吴、楚反时计画，以约束。衡山王非敢效淮南王求即天子位，畏淮南起并其国，以为淮南已西，发兵定江、淮之间而有之，望如是。

元朔五年秋，衡山王当朝，过淮南，淮南王乃昆弟语，除前郤，约束反具。衡山王即上书谢病，上赐书不朝。

元朔六年中，衡山王使卜上书请废太子爽，立孝为太子。爽闻，即使所善白嬴之长安上书，言孝作輣车、镞矢，与王御者奸，欲以败孝。白嬴至长安，未及上书，吏捕嬴，以淮南事系。王闻爽使白嬴上书，恐言国阴事，即上书反告太子爽所为不道弃市罪事。事下沛郡治。元狩元年冬，有司公卿下沛郡求捕所与淮南谋反者，未得，得陈喜于衡山王子孝家。吏劾孝首匿喜。孝以为陈喜雅数与王计谋反，恐其发之，闻律先自告除其罪，又疑太子使白嬴上书发其事，即先自告，告所与谋反者救赫、陈喜等。廷尉治验，公卿请逮捕衡山王治之。天子曰："勿捕。"遣中尉安、大行息即问王，王具以情实对。吏皆围王宫而守之。中尉、大行还，以闻，公卿请遣宗正、大行与沛郡杂治王。王闻，即自刭杀。孝先自告反，除其罪；坐与王御婢奸，弃市。王后徐来亦坐蛊杀前王后乘舒，及太子爽坐王告不孝，皆弃市。诸与衡山王谋反者皆族。国除为衡山郡。

太史公曰：《诗》之所谓"戎、狄是膺㉑，荆、舒是惩"，信哉是言也。淮南、衡山亲为骨肉，疆土千里，列为诸侯，不务遵蕃臣职以承辅天子，而专挟邪僻之计，谋为畔逆，仍父子再亡国，各不终其身，为天下笑，此非独王过也，亦其俗薄，臣下渐靡使然也。夫荆楚僄勇轻悍，好作乱，乃自古记之矣。

---

①父世县：父祖世代居住的县。

②蚤：通"早"。

③骄蹇：骄横不法。

④伤：哀怜。

⑤跸：皇帝出巡时的清道。

⑥详：通"佯"。

⑦今：很快。　　复：返回。

⑧邑邑：忧闷不乐的样子。不舒畅。

⑨调：刺探情报。

⑩拥阏：阻塞。

⑪发蒙：揭开蒙巾。

⑫解：解脱。

⑬不殊：不死。

⑭肄：研习。

⑮将：叛君；谋反。

⑯章：彰明。

⑰责望：责怪；责备。

⑱榜：捶打。

⑲辒车：战车。

⑳膺：抵御。

史记卷一百一十九

循吏列传第五十九

太史公曰：法令所以导民也，刑罚所以禁奸也。文武不备，良民惧然身修者，官未曾乱也。奉职循理，亦可以为治，何必威严哉？

孙叔敖者，楚之处士也。虞丘相进之于楚庄王以自代也。三月为楚相，施教导民，上下和合，世俗盛美，政缓禁止，吏无奸邪，盗贼不起。秋冬则劝民山采，春夏以水①，各得其所便，民皆乐其生。

庄王以为币轻，更以小为大，百姓不便，皆去其业。市令言之相曰："市乱，民莫安其处，次行不定②。"相曰："如此几何顷乎？"市令曰："三月顷。"相曰："罢。吾今令之复矣。"后五日，朝，相言之王曰："前日更币，以为轻。今市令来言曰'市乱，民莫安其处，次行之不定'。臣请遂令复如故。"王许之，下令三日而市复如故。

楚民俗好庳车③，王以为庳车不便马，欲下令使高之。相曰："令数下，民不知所从，不可。王必欲高车，臣请教闾里使高其梱④。乘车者皆君子，君子不能数下车。"王许之。居半岁，民悉自高其车。

此不教而民从其化，近者视而效之，远者四面望而法之。故三得相而不喜，知其材自得之也；三去相而不悔，知非己之罪也。

子产者，郑之列大夫也。郑昭君之时，以所爱徐挚为相，国乱，上下不亲，父子不和。大宫子期言之君，以子产为相。为相一年，竖子不戏狎，斑白不提挈⑤，僮子不犁畔⑥。二年，市不豫贾⑦。三年，门不夜关，道不拾遗。四年，田器不归⑧。五年，士无尺籍⑨，丧期不令而治。治郑二十六年而死，丁壮号哭，老人儿啼，曰："子产去我死乎！民将安归？"

公仪休者，鲁博士也。以高弟为鲁相⑩。奉法循理，无所变更，百官自正。使食禄者不得与下民争利，受大者不得取小。客有遗相鱼者，相不受。客曰："闻君嗜鱼，遗君鱼，何故不受也？"相曰："以嗜鱼，故不受也。今为相，能自给鱼；今受鱼而免，谁复给我鱼者？吾故不受也。"食茹而美⑪，拔其园葵而弃之。见其家织布好，而疾出其家妇，燔其机，云"欲令农士工女安所雠其货乎⑫"？

石奢者，楚昭王相也。坚直廉正，无所阿避。行县，道有杀人者，相追之，乃其父也。纵其父而还自系焉。使人言之王曰："杀人者，臣之父也。夫以父立政，不孝也；废法纵罪，非忠也。臣罪当死。"王曰："追而不及，不当伏罪，子其治事矣。"石奢曰："不私其父，非孝子也；不奉主法，非忠臣也。王赦其罪，上惠也；伏诛而死，臣职也。"遂不受令，自刎而死。

李离者，晋文公之理也⑬。过听杀人⑭，自拘当死。文公曰："官有贵贱，罚有轻重。下吏有过，非子之罪也。"李离曰："臣居官为长，不与吏让位；受禄为多，不与下分利。今过听杀人，傅其罪下吏，非所闻也。"辞不受令。文公曰："子则自以为有罪⑮，寡人亦有罪邪？"李离曰："理有法，失刑则刑，失死则死。公以臣能听微决疑⑯，故使为理。今过听杀人，罪当死。"遂不受令，伏剑而死。

太史公曰：孙叔敖出一言，郢市复，子产病死，郑民号哭；公仪子见好布而家妇逐；石奢纵父而死，楚昭名立；李离过杀而伏剑，晋文以正国法。

---

①春夏以水：春夏时趁雨水大将砍伐的竹木运出。

②次行：秩序。

③庳（bēi，音卑）车：一种小车轮低车厢的乘车。庳，矮。

④梱（kǔn，音捆）：门槛。

⑤斑白：老人。

⑥畔：田地。

⑦豫贾：交易前先虚定价格。豫：通"预"。

⑧田器不归：农具不用每天拿回家。

⑨士无尺籍：士民不用服兵役获战功。尺籍，用以记军令或载战功的木板，一尺见方。

⑩高弟：德高望众。

⑪茹：菜蔬的总称。

⑫鬻：出售。

⑬理：狱官。

⑭过听：误听。

⑮则：假如。

⑯微：隐情。

史记卷一百二十

汲郑列传第六十

汲黯字长孺，濮阳人也。其先有宠于古之卫君。至黯七世，世为卿大夫。黯以父任，孝景时为太子洗马，以庄见惮①。

孝景帝崩，太子即位，黯为谒者。东越相攻，上使黯往视之。不至，至吴而还，报曰："越人相攻，固其俗然，不足以辱天子之使。"河内失火，延烧千余家，上使黯往视之。还报曰："家人失火，屋比延烧，不足忧也。臣过河南。河南贫人伤水旱万余家，或父子相食，臣谨以便宜，持节发河南仓粟以振贫民。臣请归节，伏矫制之罪。"上贤而释之。迁为荥阳令。黯耻为令，病归田里。上闻，乃召拜为中大夫。以数切谏，不得久留内，迁为东海太守。

黯学黄老之言，治官理民，好清静，择丞史而任之。其治，责大指而已，不苛小。黯多病，卧闺阁内不出。岁余，东海大治，称之。上闻，召以为主爵都尉，列于九卿。治务在无为而已，弘大体，不拘文法。

黯为人性倨②，少礼，面折，不能容人之过。合己者善待之，不合己者不能忍见，士亦以此不附焉。然好学，游侠，任气节，内行修絜，好直谏，数犯主之颜色，常慕傅柏、袁盎之为人也。善灌夫、郑当时及宗正刘弃。亦以数直谏，不得久居位。

当是时，太后弟武安侯蚡为丞相，中二千石来拜谒，蚡不为礼。然黯见蚡未尝拜，常揖之。天子方招文学儒者，上曰吾欲云云，黯对曰："陛下内多欲而外施仁义，奈何欲效唐虞之治乎！"上默然，怒，变色而罢朝。公卿皆为黯惧。上退，谓左右曰："甚矣！汲黯之戆也！"群臣或数黯，黯曰："天子置公卿辅弼之臣，宁令从谀承意，陷主于不义乎？且已在其位，纵爱身，奈辱朝廷何！"

黯多病，病且满三月，上常赐告者数，终不愈。最后病，庄助为请告。上曰："汲黯何如人哉？"助曰："使黯任职居官，无以逾人。然至其辅少主，守城深坚，招之不来，麾之不去，虽自谓贲、育亦不能夺之矣。"上曰："然！古有社稷之臣，至如黯，近之矣。"

大将军青侍中，上踞厕而视之③。丞相弘燕见，上或时不冠。至如黯见，上不冠不见也。上尝坐武帐中，黯前奏事，上不冠，望见黯，避帐中，使人可其奏。其见敬礼如此。

张汤方以更定律令，为廷尉，黯数质责汤于上前，曰："公为正卿，上不能褒先帝之功业，下不能抑天下之邪心，安国富民，使囹圄空虚，二者无一焉。非苦就行④，放析就功⑤，何乃取高皇帝约束纷更之为⑥？公以此无种矣。"黯时与汤论议，汤辩常在文深小苛，黯伉厉守高不能屈，忿发骂曰："天下谓刀笔吏不可以为公卿，果然。必汤也⑦，令天下重足而立，侧目而视矣！"

是时，汉方征匈奴，招怀四夷。黯务少事，乘上间，常言与胡和亲，无起兵。上方向儒术，尊公孙弘。及事益多，吏民巧弄。上分别文法，汤等数奏决谳以幸⑧。而黯常毁儒，面触弘等徒怀诈饰智以阿人主取容；而刀笔吏专深文巧诋，陷人于罪，使不得反其真，以胜为功。上愈益贵弘、汤，弘、汤深心疾黯，唯天子亦不说也，欲诛之以事。弘为丞相，乃言上曰："右内史界部中多贵人宗室，难治，非素重臣不能任，请徙黯为右内史。"为右内史数岁，官事不废。

大将军青既益尊，姊为皇后，然黯与亢礼。人或说黯曰："自天子欲群臣下大将军，大将军尊重益贵，君不可以不拜。"黯曰："夫以大将军有揖客，反不重邪？"大将军闻，愈贤黯，数请问国家朝廷所疑，遇黯过于平生。淮南王谋反，惮黯，曰："好直谏，守节死义，难惑以非。至如说丞相弘，如发蒙振落耳。"天子既数征匈奴有功，黯之言益不用。

始黯列为九卿，而公孙弘、张汤为小吏。及弘、汤稍益贵，与黯同位，黯又非毁弘、汤等。已而弘至丞相，封为侯；汤至御史大夫，故黯时丞相史皆与黯同列，或尊用过之。黯褊心，不能无少望，见上，前言曰："陛下用群臣如积薪耳，后来者居上。"上默然。有间黯罢，上曰："人果不可以无学，观黯之言也日益甚。"

居无何，匈奴浑邪王率众来降，汉发车二万乘。县官无钱，从民贳马。民或匿马，马不具。上怒，欲斩长安令。黯曰："长安令无罪，独斩黯，民乃肯出马。且匈奴畔其主而降汉，汉徐以县次传之，何至令天下骚动，罢獘中国而以事夷狄之人乎！"上默然。及浑邪至，贾人与市者，坐当死者五百余人。黯请间，见高门，曰："夫匈奴攻当路塞，绝和亲，中国兴兵诛之，死伤者不可胜计，而费以巨万百数。臣愚以为陛下得胡人，皆以为奴婢，以赐从军死事者家；所卤获，因予之，以谢天下之苦，塞百姓之心。今纵不能，浑邪率数万之众来降，虚府库赏赐，发良民侍养，譬若奉骄子。愚民安知市买长安中物而文吏绳以为阑出财物于边关乎？陛下纵不能得匈奴之资以谢天下，又以微文杀无知者五百余人，是所谓'庇其叶而伤其枝'者也。臣窃为陛下不取也。"上默然，不许，曰："吾久不闻汲黯之言，今又复妄发矣。"后数月，黯坐小法，会赦，免官。于是黯隐于田园。

居数年，会更五铢钱，民多盗铸钱，楚地尤甚。上以为淮阳，楚地之郊，乃召拜黯为淮阳太守。黯伏谢不受印，诏数强予，然后奉诏。诏召见黯，黯为上泣曰："臣自以为填沟壑，不复见陛下，不意陛下复收用之。臣常有狗马病，力不能任郡事，臣愿为中郎，出入禁闼，补过拾遗，臣之愿也。"上曰："君薄淮阳邪？吾今召君矣。顾淮阳吏民不相得，吾徒得君之重，卧而治之。"黯既辞行，过大行李息，曰："黯弃居郡，不得与朝廷议也。然御史大夫张汤智足以拒谏，诈足以饰非，务巧佞之语，辩数之辞，非肯正为天下言，专阿主意。主意所不欲，因而毁之；主意所欲，因而誉之。好兴事，舞文法，内怀诈以御主心，外挟贼吏以为威重。公列九卿，不早言之，公与之俱受其僇矣。"息畏汤，终不敢言。黯居郡如故治，淮阳政清。后张汤果败，上闻黯与息言，抵息罪。令黯以诸侯相秩居淮阳。七岁而卒。

卒后，上以黯故，官其弟汲仁至九卿，子汲偃至诸侯相。黯姑姊子司马安亦少与黯为太子洗马。安文深巧善宦⑨，官四至九卿，以河南太守卒。昆弟以安故，同时至二千石者十人。濮阳段宏始事盖侯信，信任宏，宏亦再至九卿。然卫人仕者皆严惮汲黯，出其下。

　　郑当时者，字庄，陈人也。其先郑君尝为项籍将，籍死，已而属汉。高祖令诸故项籍臣名籍，郑君独不奉诏。诏尽拜名籍者为大夫，而逐郑君。郑君死孝文时。

郑庄以任侠自喜，脱张羽于厄⑩，声闻梁、楚之间。孝景时，为太子舍人，每五日洗沐，常置驿马长安诸郊，存诸故人，请谢宾客，夜以继日，至其明旦，常恐不遍。庄好黄老之言，其慕长者如恐不见。年少官薄，然其游知交皆其大父行，天下有名之士也。武帝立，庄稍迁为鲁中尉、济南太守、江都相，至九卿为右内史。以武安侯、魏其时议，贬秩为詹事，迁为大农令。

庄为太史，诫门下："客至，无贵贱无留门者。"执宾主之礼，以其贵下人。庄廉，又不治其产业，仰奉赐以给诸公。然其馈遗人，不过算器食⑪。每朝，候上之间，说未尝不言天下之长者。

其推毂士及官属丞史⑫，诚有味其言之也⑬，常引以为贤于己。未尝名吏⑭，与官属言，若恐伤之。闻人之善言，进之上，唯恐后。山东士诸公以此翕然称郑庄⑮。

郑庄使视决河，自请治行五日。上曰："吾闻'郑庄行，千里不赍粮'，请治行者何也？"然郑庄在朝，常趋和承意，不敢甚引当否。及晚节，汉征匈奴，招四夷，天下费多，财用益匮。庄任人宾客为大农僦人⑯，多逋负⑰。司马安为淮阳太守，发其事，庄以此陷罪，赎为庶人。顷之，守长史。上以为老，以庄为汝南太守。数岁，以官卒。

郑庄、汲黯始列为九卿，廉，内行修絜。此两人中废，家贫，宾客益落。及居郡，卒后家无余赀财。庄兄弟子孙以庄故，至二千石六七人焉。

太史公曰：夫以汲、郑之贤，有势则宾客十倍，无势则否，况众人乎！下邽翟公有言，始翟公为廷尉，宾客阗门⑱；及废，门外可设雀罗。翟公复为廷尉，宾客欲往，翟公乃大署其门曰："一死一生，乃知交情，一贫一富，乃知交态。一贵一贱，交情乃见⑲。"汲、郑亦云，悲夫！

---

①庄：庄严肃穆。

②倨：孤傲。

③厕（cè，音侧）：床边。

④非苦：陷人于罪使受苦。

⑤放析：随意破析解释法律。

⑥乃：竟。　　纷：纷乱。　　更：变更。

⑦必：假如。

⑧谳（yàn，音厌）：审判定案。

⑨深巧：善于耍弄权术。

⑩厄：困境。

⑪算器：竹器。

⑫推毂：推荐、抬举。

⑬味：感到津津有味。

⑭名：直呼名讳。

⑮翕然：不约而同地；协调一致地。

⑯僦人：受雇服役的人。

⑰逋负：拖欠货款。

⑱阗门：满门。

⑲见：通"现"。

史记卷一百二十一

儒林列传第六十一

太史公曰：余读功令①，至于广厉学官之路②，未尝不废书而叹也，曰：嗟乎！夫周室衰而《关雎》作，幽厉微而礼乐坏，诸侯恣行，政由强国。故孔子闵王路废而邪道兴③，于是论次《诗》、《书》④，修起礼乐。适齐闻《韶》，三月不知肉味。自卫返鲁，然后乐正，《雅》、《颂》各得其所。世以混浊莫能用，是以仲尼干七十余君无所遇⑤，曰："苟有用我者，期月而已矣⑥。"西狩获麟，曰："吾道穷矣。"故因史记作《春秋》，以当王法，以辞微而指博，后世学者多录焉。

自孔子卒后，七十子之徒散游诸侯，大者为师傅卿相，小者友教士大夫，或隐而不见。故子路居卫，子张居陈，澹台子羽居楚，子夏居西河，子贡终于齐。如田子方、段干木、吴起、禽滑釐之属，皆受业于子夏之伦⑦，为王者师。是时独魏文侯好学。后陵迟以至于始皇⑧，天下并争于战国，儒术既绌焉，然齐鲁之间，学者独不废也。于威、宣之际，孟子、荀卿之列，咸遵夫子之业而润色之，以学显于当世。

及至秦之季世，焚《诗》、《书》，坑术士，六艺从此缺焉。陈涉之王也，而鲁诸儒持孔氏之礼器往归陈王。于是孔甲为陈涉博士，卒与涉俱死。陈涉起匹夫，驱瓦合適戍⑨，旬月以王楚，不满半岁竟灭亡，其事至微浅，然而缙绅先生之徒负孔子礼器往委质为臣者，何也？以秦焚其业，积怨而发愤于陈王也。

及高皇帝诛项籍，举兵围鲁，鲁中诸儒尚讲诵习礼乐，弦歌之音不绝，岂非圣人之遗化，好礼乐之国哉？故孔子在陈，曰"归与归与⑩！吾党之小子狂简，斐然成章，不知所以裁之⑪"。夫齐鲁之间于文学，自古以来，其天性也。故汉兴，然后诸儒始得修其经藝，讲习大射乡饮之礼。叔孙通作汉礼仪，因为太常，诸生弟子共定者，咸为选首，于是喟然叹兴于学。然尚有干戈，平定四海，亦未暇遑庠序之事也⑫。孝惠、吕后时，公卿皆武力有功之臣。孝文时颇征用，然孝文帝本好刑名之言。及至孝景，不任儒者，而窦太后又好黄老之术，故诸博士具官待问，未有进者。

及今上即位，赵绾、王臧之属明儒学，而上亦乡之，于是招方正贤良文学之士。自是之后，言《诗》于鲁则申培公，于齐则辕固生，于燕则韩太傅。言《尚书》自济南伏生。言《礼》自鲁高堂生。言《易》自菑川田生。言《春秋》于齐鲁自胡毋生，于赵自董仲舒。及窦太后崩，武安侯田蚡为丞相，绌黄老、刑名百家之言，延文学儒者数百人，而公孙弘以《春秋》白衣为天子三公，封以平津侯。天下之学士靡然乡风矣。

公孙弘为学官，悼道之郁滞⑬，乃请曰："丞相御史言：制曰'盖闻导民以礼，风之以乐。婚姻者，居室之大伦也。今礼废乐崩，朕甚愍焉。故详延天下方正博闻之士，咸登诸朝。其令礼官劝学，讲议洽闻兴礼，以为天下先。太常议，与博士弟子，崇乡里之化，以广贤材焉'。谨与太常臧、博士平等议曰：闻三代之道，乡里有教，夏曰校，殷曰序，周曰庠。其劝善也，显之朝廷；其惩恶也，加之刑罚。故教化之行也，建首善自京师始，由内及外。今陛下昭至德，开大明，配天地，本人伦⑭，劝学修礼，崇化厉贤，以风四方，太平之原也。古者政教未洽，不备其礼，请因旧官而兴焉。为博士官置弟子五十人，复其身。太常择民年十八已上，仪状端正者，补博士弟子。郡国县道邑有好文学，敬长上，肃政教，顺乡里，出入不悖所闻者，令相长丞上属所二千石。二千石谨察可者，当与计偕，诣太常，得受业如弟子。一岁皆辄试，能通一艺以上，补文学掌故缺；其高第可以为郎中者，太常籍奏。即有秀才异等，辄以名闻。其不事学若下材及不能通一艺，辄罢之，而请诸不称者罚。臣谨案诏书律令下者，明天人分际，通古今之义，文章尔雅，训辞深厚，恩施甚美。小吏浅闻，不能究宣⑮，无以明布谕下。治礼次治掌故，以文学礼义为官，迁留滞。请选择其秩比二百石以上，及吏百石通一艺以上，补左右内史、大行卒史；比百石已下，补郡太守卒史。皆各二人，边郡一人。先用诵多者，若不足，乃择掌故补中二千石属，文学掌故补郡属，备员。请著功令。佗如律令⑯。"制曰："可"。自此以来，则公卿大夫士吏斌斌多文学之士矣⑰。

申公者，鲁人也。高祖过鲁，申公以弟子从师入见高祖于鲁南宫。吕太后时，申公游学长安，与刘郢同师。已而郢为楚王，令申公傅其太子戊。戊不好学，疾申公。及王郢卒，戊立为楚王，胥靡申公⑱。申公耻之，归鲁，退居家教，终身不出门，复谢绝宾客，独王命召之乃往。弟子自远方至受业者百余人。申公独以经《诗》为训以教，无传，疑者则阙不传。

兰陵王臧既受《诗》，以事孝景帝为太子少傅，免，去。今上初即位，臧乃上书宿卫上，累迁，一岁中为郎中令。乃代赵绾亦尝受《诗》申公。绾为御史大夫。绾、臧请天子，欲立明堂以朝诸侯，不能就其事，乃言师申公。于是天子使使束帛加璧安车驷马迎申公，弟子二人乘轺传从。至，见天子。天子问治乱之事，申公时已八十余，老，对曰："为治者不在多言，顾力行何如耳。"是时天子方好文词，见申公对，默然。然已招致，则以为太中大夫，舍鲁邸，议明堂事。太皇窦太后好老子言，不说儒术，得赵绾、王臧之过以让上，上因废明堂事，尽下赵绾、王臧吏，后皆自杀。申公亦疾免以归，数年卒。

弟子为博士者十余人：孔安国至临淮太守，周霸至胶西内史，夏宽至城阳内史，砀鲁赐至东海太守，兰陵缪生至长沙内史，徐偃为胶西中尉，邹人阙门庆忌为胶东内史。其治官民皆有廉节，称其好学。学官弟子行虽不备，而至于大夫、郎中、掌故以百数。言《诗》虽殊，多本于申公。

清河王太傅辕固生者，齐人也。以治《诗》，孝景时为博士。与黄生争论景帝前。黄生曰："汤、武非受命，乃弑也。"辕固生曰："不然。夫桀、纣虐乱，天下之心皆归汤、武，汤、武与天下之心而诛桀、纣。桀、纣之民不为之使而归汤、武，汤、武不得已而立，非受命为何？"黄生曰："冠虽敝，必加于首；履虽新，必关于足⑲。何者、上下之分也。今桀、纣虽失道，然君上也；汤、武虽圣，臣下也。夫主有失行，臣下不能正言匡过以尊天子，反因过而诛之，代立践南面，非弑而何也？"辕固生曰："必若所云，是高帝代秦即天子之位，非邪？"于是景帝曰："食肉不食马肝，不为不知味；言学者无言汤、武受命，不为愚。"遂罢。是后学者莫敢明受命放杀者⑳。

窦太后好《老子》书，召辕固生问《老子》书。固曰："此是家人言耳。"太后怒曰："安得司空城旦书乎？"乃使固入圈刺豕。景帝知太后怒而固直言无罪，乃假固利兵，下圈刺豕，正中其心，一刺，豕应手而倒。太后默然，无以复罪，罢之。居顷之，景帝以固为廉直，拜为清河王太傅。久之，病免。

今上初即位，复以贤良征固。诸谀儒多疾毁固，曰"固老"，罢归之。时固已九十余矣。固之征也，薛人公孙弘亦征，侧目而视固。固曰："公孙子，务正学以言，无曲学以阿世！"自是之后，齐言《诗》皆本辕固生也。诸齐人以《诗》显贵，皆固之弟子也。

韩生者，燕人也。孝文帝时为博士，景帝时为常山王太傅。韩生推《诗》之意而为内外传数万言，其语颇与齐鲁间殊，然其归一也。淮南贲生受之。自是之后，而燕、赵间言《诗》者由韩生。韩生孙商为今上博士。

伏生者，济南人也。故为秦博士。孝文帝时，欲求能治《尚书》者，天下无有，乃闻伏生能治，欲召之。是时伏生年九十余，老，不能行，于是乃诏太常使掌故朝错往受之。秦时焚书，伏生壁藏之。其后兵大起，流亡。汉定，伏生求其书，亡数十篇，独得二十九篇，即以教于齐鲁之间。学者由是颇能言《尚书》，诸山东大师无不涉《尚书》以教矣㉑。

伏生教济南张生及欧阳生。欧阳生教千乘兒宽。兒宽既通《尚书》，以文学应郡举，诣博士受业，受业孔安国。兒宽贫无资用，常为弟子都养㉒，及时时间行佣赁，以给衣食。行常带经，止息则诵习之。以试第次，补廷尉史。是时张汤方乡学，以为奏谳掾，以古法议决疑大狱，而爱幸宽。宽为人温良，有廉智，自持，而善著书、书奏，敏于文，口不能发明也。汤以为长者，数称誉之。及汤为御史大夫，以兒宽为掾，荐之天子。天子见，问，说之。张汤死后六年，兒宽位至御史大夫。九年而以官卒。

宽在三公位，以和良承意从容得久，然无有所匡谏。于官，官属易之㉓，不为尽力。张生亦为博士。而伏生孙以治《尚书》征，不能明也。自此之后，鲁周霸、孔安国，洛阳贾嘉，颇能言《尚书》事。孔氏有古文《尚书》，而安国以今文读之，因以起其家。逸《书》得十余篇，盖《尚书》滋多于是矣。

诸学者多言《礼》，而鲁高堂生最本。《礼》固自孔子时而其经不具，及至秦焚书，书散亡益多，于今独有《士礼》，高堂生能言之。而鲁徐生善为容㉔。孝文帝时，徐生以容为礼官大夫。传子至孙徐延、徐襄。襄，其天姿善为容，不能通《礼经》；延颇能，未善也。襄以容为汉礼官大夫，至广陵内史。延及徐氏弟子公户满意、桓生、单次，皆尝为汉礼官大夫。而瑕丘萧奋以《礼》为淮阳太守。是后能言《礼》为容者，由徐氏焉。

自鲁商瞿受《易》孔子，孔子卒，商瞿传《易》，六世至齐人田何，字子庄，而汉兴。田何传东武人王同子仲，子仲传菑川人杨何。何以《易》，元光元年征，官至中大夫。齐人即墨成以《易》至城阳相。广川人孟但以《易》为太子门大夫。鲁人周霸，莒人衡胡，临菑人主父偃，皆以《易》至二千石。然要言《易》者本于杨何之家㉕。

董仲舒，广川人也。以治《春秋》，孝景时为博士。下帷讲诵，弟子传以久次相受业，或莫见其面，盖三年董仲舒不观于舍园，其精如此。进退容止，非礼不行，学士皆师尊之。今上即位，为江都相。以《春秋》灾异之变推阴阳所以错行㉖。故求雨闭诸阳，纵诸阴，其止雨反是。行之一国，未尝不得所欲。中废为中大夫，居舍，著《灾异之记》。是时辽东高庙灾，主父偃疾之，取其书奏之天子。天子召诸生示其书，有刺讥。董仲舒弟子吕步舒不知其师书，以为下愚。于是下董仲舒吏，当死，诏赦之。于是董仲舒竟不敢复言灾异。

董仲舒为人廉直。是时方外攘四夷，公孙弘治《春秋》不如董仲舒，而弘希世用事，位至公卿。董仲舒以弘为从谀，弘疾之，乃言上曰："独董仲舒可使相胶西王。"胶西王素闻董仲舒有行，亦善待之。董仲舒恐久获罪，疾免居家。至卒，终不治产业，以修学著书为事。故汉兴至于五世之间，唯董仲舒名为明于《春秋》，其传公羊氏也。

胡毋生，齐人也。孝景时为博士，以老归教授。齐之言《春秋》者多受胡毋生，公孙弘亦颇受焉。瑕丘江生为《谷梁春秋》。自公孙弘得用，尝集比其义，卒用董仲舒。

仲舒弟子遂者⑳：兰陵褚大、广川殷忠、温吕步舒。褚大至梁相。步舒至长史，持节使决淮南狱，于诸侯擅专断，不报，以《春秋》之义正之，天子皆以为是。弟子通者，至于命大夫；为郎、谒者、掌故者以百数。而董仲舒子及孙皆以学至大官。

---

①功令：学令。

②厉：通"励"。

③闵：通"悯"。忧伤。

④论次：编定整理。

⑤干：求仕；求取。

⑥期月：一年。

⑦伦：辈；类。

⑧陵迟：逐渐向衰落发展。

⑨瓦合：乌合。　　适：通"谪"。

⑩与：通"欤"。

⑪裁：教导；指导。

⑫暇逮：空闲。

⑬悼：担心。　　郁滞：停滞不前。

⑭本：根本。

⑮究宣：深究、宣传。

⑯佗：通"它"。其它。

⑰斌斌：同"彬彬"。

⑱胥靡：刑名。罚犯人作苦工的刑罚。

⑲关：入。

⑳杀：通"弑"。

㉑涉：涉猎。

㉒都养：做饭。

㉓易：轻视。

㉔容：礼仪。

㉕要：精要。

㉖错：交替；更替。

㉗遂：成就。

史记卷一百二十二

酷吏列传第六十二

孔子曰："导之以政，齐之以刑，民免而无耻①；导之以德，齐之以礼，有耻且格②。"老氏称："上德不德，是以有德；下德不失德，是以无德。""法令滋章，盗贼多有。"太史公曰：信哉是言也！法令者治之具，而非制治清浊之源也。昔天下网尝密矣，然奸伪萌起，其极也，上下相遁③，至于不振。当是之时，吏治若救火扬沸，非武健严酷，恶能胜其任而愉快乎！言道德者，溺其职矣。故曰"听讼，吾犹人也④，必也使无讼乎"。"下士闻道大笑之。"非虚言也。汉兴，破觚而为圜⑤，斲雕而为朴⑥，网漏于吞舟之鱼，而吏治烝烝，不至于奸，黎民艾安。由是观之，在彼不在此⑦。

高后时，酷吏独有侯封，刻轹宗室，侵辱功臣。吕氏已败，遂夷侯封之家。孝景时，晁错以刻深，颇用术辅其资，而七国之乱，发怒于错，错卒以被戮。其后有郅都、宁成之属。

郅都者，杨人也。以郎事孝文帝。孝景时，都为中郎将，敢直谏，面折大臣于朝。尝从入上林，贾姬如厕，野彘卒入厕。上目都，都不行。上欲自持兵救贾姬，都伏上前曰："亡一姬复一姬进，天下所少宁贾姬等乎？陛下纵自轻，奈宗庙、太后何！"上还，彘亦去。太后闻之，赐都金百斤，由此重郅都。

济南瞷氏，宗人三百余家，豪猾，二千石莫能制，于是景帝乃拜都为济南太守。至则族灭瞷氏首恶，余皆股栗。居岁余，郡中不拾遗。旁十余郡守畏都如大府。都为人勇，有气力，公廉，不发私书；问遗无所受⑧，请寄无所听⑨。常自称曰："已倍亲而仕，身固当奉职死节官下，终不顾妻子矣。"郅都迁为中尉，丞相条侯至贵倨也，而都揖丞相。是时民朴，畏罪自重，而都独先严酷，致行法不避贵戚，列侯宗室见都，侧目而视，号曰"苍鹰"。

临江王征诣中尉府对簿。临江王欲得刀笔为书谢上，而都禁吏不予。魏其侯使人以间与临江王。临江王既为书谢上，因自杀。窦太后闻之，怒，以危法中都。都免归家。孝景帝乃使使持节拜都为雁门太守，而便道之官，得以便宜从事。匈奴素闻郅都节，居边，为引兵去，竟郅都死不近雁门。匈奴至为偶人象郅都，令骑驰射，莫能中，见惮如此。匈奴患之。窦太后乃竟中都以汉法。景帝曰："都，忠臣。"欲释之。窦太后曰："临江王独非忠臣邪？"于是遂斩郅都。

宁成者，穰人也。以郎谒者事景帝。好气，为人小吏，必陵其长吏；为人上，操下如束湿薪。滑贼任威。稍迁至济南都尉，而郅都为守。始前数都尉皆步入府，因吏谒守如县令，其畏郅都如此。及成往，直陵都出其上。都素闻其声，于是善遇，与结欢。久之，郅都死，后长安左右宗室多暴犯法，于是上召宁成为中尉。其治效郅都，其廉弗如，然宗室豪杰皆人人惴恐。

武帝即位，徙为内史。外戚多毁成之短，抵罪髡钳。是时九卿罪死即死，少被刑，而成极刑，自以为不复收⑩，于是解脱，诈刻传出关归家。称曰："仕不至二千石，贾不至千万，安可比人乎！"乃贳贷买陂田千余顷，假贫民，役使数千家。数年，会赦。致产数千金，为任侠，持吏长短，出从数十骑。其使民威重于郡守。

周阳由者，其父赵兼以淮南王舅父侯周阳，故因姓周阳氏。由以宗家任为郎，事孝文及景帝。景帝时，由为郡守。武帝即位，吏治尚循谨甚，然由居二千石中最为暴酷骄恣。所爱者，挠法活之；所憎者，曲法诛灭之。所居郡，必夷其豪。为守，视都尉如令。为都尉，必陵太守，夺之治。与汲黯俱为忮⑪，司马安之文恶⑫，俱在二千石列，同车未尝敢均茵伏⑬。

由后为河东都尉，时与其守胜屠公争权，相告言罪。胜屠公当抵罪，义不受刑，自杀，而由弃市。

自宁成、周阳由之后，事益多，民巧法，大抵吏之治类多成、由等矣。

赵禹者，斄人。以佐史补中都官，用廉为令史，事太尉亚夫。亚夫为丞相，禹为丞相史，府中皆称其廉平。然亚夫弗任，曰："极知禹无害⑭，然文深⑮，不可以居大府。"今上时，禹以刀笔吏积劳，稍迁为御史。上以为能，至太中大夫。与张汤论定诸律令⑯，作"见知"⑰，吏传得相监司。用法益刻，盖自此始。

张汤者，杜人也。其父为长安丞，出，汤为儿，守舍。还而鼠盗肉，其父怒，笞汤。汤掘窟得盗鼠及余肉，劾鼠掠治，传爰书⑱，讯鞫论报，并取鼠与肉，具狱磔堂下。其父见之，视其文辞如老狱吏，大惊，遂使书狱。父死后，汤为长安吏，久之。

周阳侯始为诸卿时，尝系长安，汤倾身为之。及出为侯，大与汤交，遍见汤贵人。汤给事内史，为宁成掾，以汤为无害，言大府⑲，调为茂陵尉，治方中⑳。

武安侯为丞相，征汤为史，时荐言之天子，补御史，使案事。治陈皇后蛊狱，深竟党与。于是上以为能，稍迁至太中大夫。与赵禹共定诸律令，务在深文，拘守职之吏㉑。已而赵禹迁为中尉，徙为少府，而张汤为廷尉，两人交欢，而兄事禹。禹为人廉倨，为吏以来，舍毋食客。公卿相造请禹，禹终不报谢，务在绝知友宾客之请，孤立行一意而已。见文法辄取，亦不覆案，求官属阴罪。汤为人多诈，舞智以御人。始为小吏，干没㉒，与长安富贾田甲、鱼翁叔之属交私。及列九卿，收接天下名士大夫，己心内虽不合，然阳浮慕之。

是时上方乡文学，汤决大狱，欲傅古义，乃请博士弟子治《尚书》、《春秋》，补廷尉史，亭疑法㉓。奏谳疑事，必豫先为上分别其原，上所是，受而著谳决法廷尉，絜令扬主之明。奏事即遣，汤应谢，乡上意所便，必引正、监、掾史贤者，曰："固为臣议，如上责臣，臣弗用，愚抵于此。"罪常释。间即奏事，上善之，曰："臣非知为此奏，乃正、监、掾史某为之。"其欲荐吏，扬人之善蔽人之过如此。所治即上意所欲罪，予监史深祸者；即上意所欲释，与监史轻平者。所治即豪，必舞文巧诋；即下户羸弱，时口言，虽文致法，上财察。于是往往释汤所言。汤至于大吏，内行修也。通宾客饮食，于故人子弟为吏及贫昆弟，调护之尤厚，其造请诸公，不避寒暑。是以汤虽文深意忌不专平，然得此声誉。而刻深吏多为爪牙用者，依于文学之士，丞相弘数称其美。及治淮南、衡山、江都反狱，皆穷根本。严助及伍被，上欲释之。汤争曰："伍被本画反谋，而助亲幸出入禁闼爪牙臣，乃交私诸侯如此，弗诛，后不可治。"于是上可论之。其治狱所排大臣自为功，多此类。于是汤益尊任，迁为御史大夫。

会浑邪等降，汉大兴兵伐匈奴。山东水旱，贫民流徙，皆仰给县官，县官空虚。于是丞上指，请造白金及五铢钱，笼天下盐铁，排富商大贾，出告缗令，锄豪强并兼之家，舞文巧诋以辅法。汤每朝奏事，语国家用，日晏，天子忘食。丞相取充位，天下事皆决于汤。百姓不安其生，骚动。县官所兴，未获其利，奸吏并侵渔，于是痛绳以罪。则自公卿以下，至于庶人，咸指汤。汤尝病，天子至自视病，其隆贵如此。

匈奴来请和亲，群臣议上前。博士狄山曰："和亲便。"上问其便，山曰："兵者凶器，未易数动。高帝欲伐匈奴，大困平城，乃遂结和亲。孝惠、高后时，天下安乐。及孝文帝欲事匈奴，北边萧然苦兵矣。孝景时，吴、楚七国反，景帝往来两宫间，寒心者数月。吴、楚已破，竟景帝不言兵，天下富实。今自陛下举兵击匈奴，中国以空虚，边民大困贫。由此观之，不如和亲。"上问汤，汤曰："此愚儒，无知。"狄山曰："臣固愚忠，若御史大夫汤乃诈忠。若汤之治淮南、江都，以深文痛诋诸侯，别疏骨肉，使蕃臣不自安。臣固知汤之为诈忠。"于是上作色曰："吾使生居一郡，能无使虏入盗乎？"曰："不能。"曰："居一县？"对曰："不能。"复曰："居一障间㉔？"山自度辩穷且下吏，曰："能。"于是上遣山乘鄣。至月余，匈奴斩山头而去。自是以后，群臣震慑。

汤之客田甲，虽贾人，有贤操。始汤为小吏时，与钱通，及汤为大吏，甲所以责汤行义过失，亦有烈士风。汤为御史大夫七岁，败。

河东人李文尝与汤有郤，已而为御史中丞，恚，数从中文书事有可以伤汤者，不能为地㉕。汤有所爱史鲁谒居，知汤不平。使人上蜚变告文奸事，事下汤，汤治，论杀文，而汤心知谒居为之。上问曰："言变事踪迹安起？"汤详惊曰："此殆文故人怨之。"谒居病卧闾里主人，汤自往视疾，为谒居摩足。赵国以冶铸为业，王数讼铁官事，汤常排赵王㉖。赵王求汤阴事。谒居尝案赵王，赵王怨之，并上书告："汤，大臣也，史谒居有病㉗，汤至为摩足，疑与为大奸。"事下廷尉，谒居病死，事连其弟，弟系导官。汤亦治他囚导官，见谒居弟，欲阴为之，而详不省。谒居弟弗知，怨汤，使人上书告汤与谒居谋，共变告李文。事下减宣。宣尝与汤有郤，及得此事，穷竟其事，未奏也。会人有盗发孝文园瘗钱，丞相青翟朝，与汤约俱谢，至前，汤念独丞相以四时行园，当谢，汤无与也，不谢。丞相谢，上使御史案其事。汤欲致其文丞相见知，丞相患之。三长史皆害汤，欲陷之。

始长史朱买臣，会稽人也。读《春秋》。庄助使人言买臣，买臣以《楚辞》与助俱幸，侍中，为太中大夫，用事；而汤乃为小吏，跪伏使买臣等前。已而汤为廷尉，治淮南狱，排挤庄助，买臣固心望。及汤为御史大夫，买臣以会稽守为主爵都尉，列于九卿。数年，坐法废，守长史，见汤。汤坐床上，丞史遇买臣弗为礼。买臣，楚士，深怨，常欲死之。王朝，齐人也。以术至右内史。边通，学长短，刚暴强人也。官再至济南相。故皆居汤右，已而失官，守长史，诎体于汤。汤数行丞相事，知此三长史素贵，常凌折之。以故三长史合谋曰："始汤约与君谢，已而卖君；今欲劾君以宗庙事，此欲代君耳。吾知汤阴事。"使吏捕案汤左田信等㉘，曰："汤且欲奏请，信辄先知之，居物致富，与汤分之。"及他奸事。事辞颇闻。上问汤曰："吾所为，贾人辄先知之，益居其物，是类有以吾谋告之者。"汤不谢。汤又详惊曰："固宜有。"减宣亦奏谒居等事。天子果以汤怀诈面欺，使使八辈簿责汤。汤具自道无此，不服。于是上使赵禹责汤。禹到，让汤曰："君何不知分也。君所治夷灭者几何人矣？今人言君皆有状，天子重致君狱，欲令君自为计，何多以对簿为？"汤乃为书谢曰："汤无尺寸功，起刀笔吏，陛下幸致为三公，无以塞责。然谋陷汤罪者，三长史也。"遂自杀。

汤死，家产直不过五百金，皆所得奉赐，无他业。昆弟诸子欲厚葬汤，汤母曰："汤为天子大臣，被污恶言而死，何厚葬乎！"载以牛车，有棺无椁。天子闻之，曰："非此母不能生此子。"乃尽案诛三长史。丞相青翟自杀。出田信。上惜汤，稍迁其子安世。

赵禹中废，已而为廷尉。始条侯以为禹贼深，弗任。及禹为少府，比九卿。禹酷急，至晚节，事益多，吏务为严峻，而禹治加缓，而名为平。王温舒等后起，治酷于禹。禹以老，徙为燕相。数岁，乱悖有罪，免归，后汤十余年，以寿卒于家。

义纵者，河东人也。为少年时，尝与张次公俱攻剽为群盗。纵有姊姁，以医幸王太后。王太后问："有子兄弟为官者乎？"姊曰："有弟无行，不可。"太后乃告上，拜义姁弟纵为中郎，补上党郡中令。治敢行，少蕴藉㉑，县无逋事㉒，举为第一。迁为长陵及长安令，直法行治，不避贵戚。以捕案太后外孙修成君子仲，上以为能，迁为河内都尉。至则族灭其豪穰氏之属，河内道不拾遗。而张次公亦为郎，以勇悍从军，敢深入，有功，为岸头侯。

宁成家居，上欲以为郡守。御史大夫弘曰："臣居山东为小吏时，宁成为济南都尉，其治如狼牧羊。成不可使治民。"上乃拜成为关都尉。岁余，关东吏隶郡国出入关者，号曰："宁见乳虎㉛，无值宁成之怒㉜。"义纵自河内迁为南阳太守，闻宁成家居南阳，及纵至关，宁成侧行送迎，然纵气盛，弗为礼。至郡，遂案宁氏，尽破碎其家。成坐有罪，及孔、暴之属皆奔亡，南阳吏民重足一迹㉝。而平氏朱强、杜衍、杜周为纵牙爪之吏，任用，迁为廷史。军数出定襄，定襄吏民乱败，于是徙纵为定襄太守。纵至，掩定襄狱中重罪轻系二百余人㉞，及宾客昆弟私人相视亦二百余人。纵一捕鞠㉟，曰："为死罪解脱。"是日皆报杀四百余人。其后郡中不寒而栗，猾民佐吏为治。

是时赵禹、张汤以深刻为九卿矣，然其治尚宽，辅法而行，而纵以鹰击毛挚为治。后会五铢钱白金起，民为奸，京师尤甚，乃以纵为右内史。王温舒为中尉。温舒至恶，其所为不先言纵，纵必以气凌之，败坏其功。其治，所诛杀甚多，然取为小治，奸益不胜，直指始出矣。吏之治以斩杀缚束为务，阎奉以恶用矣。纵廉，其治放郅都。上幸鼎湖，病久，已而卒起幸甘泉，道多不治。上怒曰："纵以我为不复行此道乎？"嗛之㊱。至冬，杨可方受告缗，纵以为此乱民，部吏捕其为可使者。天子闻，使杜式治。以为废格沮事㊲，弃纵市。后一岁，张汤亦死。

王温舒者，阳陵人也。少时椎埋为奸㊳。已而试补县亭长，数废。为吏，以治狱至廷史。事张汤，迁为御史。督盗贼，杀伤甚多，稍迁至广平都尉。择郡中豪敢任吏十余人以为爪牙，皆把其阴重罪㊴，而纵使督盗贼。快其意所欲得。此人虽有百罪，弗法；即有避，因其事夷之，亦灭宗。以其故齐、赵之郊盗贼不敢近广平，广平声为道不拾遗。上闻，迁为河内太守。

素居广平时，皆知河内豪奸之家。及往，九月而至，令郡具私马五十匹，为驿自河内至长安，部吏如居广平时方略，捕郡中豪猾，郡中豪猾相连坐千余家。上书请，大者至族，小者乃死，家尽没入偿藏。奏行不过二三日，得可事。论报，至流血十余里。河内皆怪其奏，以为神速。尽十二月，郡中毋声，毋敢夜行，野无犬吠之盗。其颇不得，失之旁郡国，黎来㊵、会春，温舒顿足叹曰："嗟乎！令冬月益展一月，足吾事矣！"其好杀伐行威不爱人如此。天子闻之，以为能，迁为中尉。其治复放河内，徙诸名祸猾吏与从事，河内则杨皆、麻戊，关中杨赣、成信等。义纵为内史，惮未敢恣治。及纵死，张汤败后，徙为廷尉，而尹齐为中尉。

尹齐者，东郡茌平人。以刀笔稍迁至御史。事张汤，张汤数称以为廉武，使督盗贼，所斩伐不避贵戚。迁为关内都尉，声甚于宁成。上以为能，迁为中尉，吏民益凋敝。尹齐木强少文，豪恶吏伏匿而善吏不能为治，以故事多废，抵罪。上复徙温舒为中尉，而杨仆以严酷为主爵都尉。

杨仆者，宜阳人也。以千夫为吏。河南守案举以为能，迁为御史，使督盗贼关东。治放尹齐，以为敢挚行。稍迁至主爵都尉，列九卿。天子以为能。南越反，拜为楼船将军，有功，封将梁侯。为荀彘所缚。居久之，病死。

而温舒复为中尉。为人少文，居廷惛惛不辩，至于中尉则心开。督盗贼，素习关中俗，知豪恶吏，豪恶吏尽复为用，为方略。吏苛察，盗贼恶少年投缿购告言奸⁴¹，置伯格长以牧司奸盗贼⁴²。温舒为人谄⁴³，善事有势者，即无势者，视之如奴。有势家，虽有奸如山，弗犯；无势者，贵戚必侵辱。舞文巧诋下户之猾，以焄大豪⁴⁴。其治中尉如此。奸猾穷治，大抵尽靡烂狱中，行论无出者。其爪牙吏虎而冠。于是中尉部中中猾以下皆伏，有势者为游声誉，称治。治数岁，其吏多以权富。温舒击东越还，议有不中意者，坐小法抵罪免。是时天子方欲作通天台而未有人，温舒请覆中尉脱卒⁴⁵，得数万人作。上说，拜为少府。徙为右内史，治如其故，奸邪少禁。坐法失官。复为右辅，行中尉事，如故操。

岁余，会宛军发，诏征豪吏，温舒匿其吏华成。及人有变告温舒受员骑钱、他奸利事，罪至族，自杀。其时两弟及两婚家亦各自坐他罪而族。光禄徐自为曰："悲夫！夫古有三族，而王温舒罪至同时而五族乎！"温舒死，家直累千金⁴⁶。后数岁，尹齐亦以淮阳都尉病死，家直不满五十金。所诛灭淮阳甚多，及死，仇家欲烧其尸，尸亡去归葬。

自温舒等以恶为治，而郡守、都尉、诸侯二千石欲为治者，其治大抵尽放温舒，而吏民益轻犯法，盗贼滋起。南阳有梅免、白政，楚有殷中、杜少，齐有徐勃，燕、赵之间有坚卢、范生之属。大群至数千人，擅自号，攻城邑，取库兵，释死罪，缚辱郡太守、都尉，杀二千石，为檄告县趣具食；小群以百数，掠卤乡里者，不可胜数也。于是天子始使御史中丞、丞相长史督之。犹弗能禁也，乃使光禄大夫范昆、诸辅都尉及故九卿张德等衣绣衣，持节，虎符发兵以兴击，斩首大部或至万余级，及以法诛通饮食⁴⁷，坐连诸郡，甚者数千人。数岁，乃颇得其渠率。散卒失亡，复聚党阻山川者，往往而群居，无可奈何。于是作"沈命法"，曰群盗起不发觉，发觉而捕弗满品者⁴⁸，二千石以下至小吏主者皆死。其后小吏畏诛，虽有盗不敢发，恐不能得，坐课累府，府亦使其不言。故盗贼寖多，上下相为匿，以文辞避法焉。

减宣者，杨人也。以佐史无害给事河东守府。卫将军青使买马河东，见宣无害，言上，征为大厩丞。官事办，稍迁至御史及中丞。使治主父偃及治淮南反狱，所以微文深诋，杀者甚众，称为敢决疑。数废数起，为御史及中丞者几二十岁。王温舒免中尉，而宣为左内史。其治米盐，事大小皆关其手⁴⁹，自部署县名曹实物，官吏令丞不得擅摇，痛以重法绳之。居官数年，一切郡中为小治办，然独宣以小致大，能因力行之，难以为经。中废。为右扶风，坐怨成信，信亡藏上林中，宣使郿令格杀信。吏卒格信时，射中上林苑门，宣下吏诋罪，以为大逆，当族，自杀。而杜周任用。

杜周者，南阳杜衍人。义纵为南阳守，以为爪牙，举为廷尉史。事张汤，汤数言其无害，至御史。使案边失亡，所论杀甚众。奏事中上意，任用，与减宣相编，更为中丞十余岁。其治与宣相放，然重迟，外宽，内深次骨。宣为左内史，周为廷尉，其治大放张汤而善候伺。上所欲挤者，因而陷之；上所欲释者，久系待问而微见其冤状。客有让周曰："君为天子决平，不循三尺法⁵⁰，专以人主意指为狱。狱者固如是乎？"周曰："三尺安出哉？前主所是著为律，后主所是疏为令。当时为是，何古之法乎？"

至周为廷尉，诏狱亦益多矣。二千石系者新故相因，不减百余人。郡吏大府举之廷尉，一岁至千余章。章大者连逮证案数百，小者数十人；远者数千，近者数百里。会狱，吏因责如章告劾，不服，以笞掠定之。于是闻有逮皆亡匿。狱久者至更数赦十有余岁而相告言，大抵尽诋以不道以上。廷尉及中都官诏狱逮至六七万人，吏所增加十万余人。

周中废，后为执金吾，逐盗，捕治桑弘羊、卫皇后昆弟子刻深，天子以为尽力无私，迁为御史大夫。家两子，夹河为守。其治暴酷皆甚于王温舒等矣。杜周初征为廷史，有一马，且不全；及身久任事，至三公列，子孙尊官，家訾累数巨万矣。

　　太史公曰：自郅都、杜周十人者，此皆以酷烈为声。然郅都伉直，引是非，争天下大体。张汤以知阴阳，人主与俱上下，时数辩当否，国家赖其便。赵禹时据法守正。杜周从谀，以少言为重。自张汤死后，网密，多诋严，官事寖以耗废⑤。九卿碌碌奉其官，救过不赡，何暇论绳墨之外乎！然此十人中，其廉者足以为仪表，其污者足以为戒，方略教导，禁奸止邪，一切亦皆彬彬，质有其文武焉。虽惨酷，斯称其位矣。至若蜀守冯当暴挫㉜，广汉李贞擅磔人，东郡弥仆锯项，天水骆璧推成，河东褚广妄杀，京兆无忌、冯翊殷周蝮鸷㉝，水衡阎奉朴击卖请㉞，何足数哉！何足数哉！

---

①免：避免犯罪。

②格：端正。

③遒：欺骗。

④吾犹人也：我与别人一样。

⑤觚：方。　　圜：圆。

⑥雕：华丽的纹饰。

⑦彼：指德。　　此：指刑。

⑧问遗（wèi，音卫）：赠送礼物。

⑨请寄：请托私事。

⑩收：任用。

⑪忮：刚愎自用。

⑫文恶：以法令条文伤害人。

⑬茵：车中铺的蓐子。　　伏：凭倚车轼。

⑭无害：公正；公平。

⑮文深：执法苛酷。

⑯论：编。

⑰见知：官吏知人犯罪而不检举。

⑱爰书：记录囚犯供辞的文书。

⑲大府：丞相府。

⑳方中：陵墓。

㉑拘：限制；监控。　　守职：在职。

㉒干：得利。　　没：失利。

㉓亭：均平；调整。

㉔障：边塞城堡。

㉕为地：余地。

㉖排：打击；压制。

㉗史：当初。

㉘左：指知情者。

㉙蕴藉：宽容。

㉚逋事：延迟之事。

㉛乳虎：正在哺乳的母虎。

㉜值：遭遇；遇见。

㉝重足一迹：双足叠立，只留一足迹。形容惊恐万状。

㉞掩：乘人不备而进袭或逮捕。

㉟鞫：审问。

㊱嗛：怨恨。

㊲废格：不执行诏令。　　沮：败坏。

㊳椎埋为奸：捶击人致死，埋尸，构成奸罪。

㊴把：抓住。

㊵黎来：等到。

㊶蚚（xiàng，音项）：古时接受告密文件的器具，形状如瓶，上有小孔，可入不可出。

㊷伯：街道。　　格：乡村。

㊸谄（chǎn，音谗）：同"谄"。谄媚。

㊹焄（xūn，音熏）：威胁。

㊺覆：核查。

㊻直：通"值"。

㊼通：供给。

㊽品：比率。

㊾关：通过。

㊿三尺法：古法书于三尺竹简之上。

51耗（hào，音号）：同"耗"。

52暴挫：暴虐、摧残。

53蝮鸷：如毒蛇、猛禽般凶恶。

54朴击：刑讯逼供。　　卖请：用金钱赎罪。

史记卷一百二十三

大宛列传第六十三

　　大宛之迹，见自张骞。张骞，汉中人，建元中为郎。是时天子问匈奴降者，皆言匈奴破月氏王，以其头为饮器，月氏遁逃，而常怨仇匈奴，无与共击之。汉方欲事灭胡，闻此言，因欲通使。道必更匈奴中①，乃募能使者。骞以郎应募，使月氏，与堂邑氏故胡奴甘父俱出陇西。经匈奴，匈奴得之，传诣单于。单于留之，曰："月氏在吾北，汉何以得往使？吾欲使越，汉肯听我乎？"留骞十余岁，与妻，有子，然骞持汉节不失。

　　居匈奴中，益宽②，骞因与其属亡乡月氏③，西走数十日，至大宛。大宛闻汉之饶财，欲通不得，见骞，喜，问曰："若欲何之？"骞曰："为汉使月氏，而为匈奴所闭道。今亡，唯王使人导送我。诚得至，反汉，汉之赂遗王财物不可胜言。"大宛以为然，遣骞，为发导驿，抵康居，康居传致大月氏。大月氏王已为胡所杀，立其太子为王。既臣大夏而居，地肥饶，少寇，志安乐。又自以远汉，殊无报胡之心。骞从月氏至大夏，竟不能得月氏要领④。

　　留岁余，还，并南山，欲从羌中归，复为匈奴所得。留岁余，单于死，左谷蠡王攻其太子，自立，国内乱，骞与胡妻及堂邑父俱亡归汉。汉拜骞为太中大夫，堂邑父为奉使君。

骞为人强力，宽大信人，蛮夷爱之。堂邑父故胡人，善射，穷急射禽兽给食。初，骞行时百余人，去十三岁，唯二人得还。

骞身所至大宛、大月氏、大夏、康居，而传闻其旁大国五六，具为天子言之。曰：

大宛在匈奴西南，在汉正西，去汉可万里⑤。其俗土著，耕田，田稻麦。有蒲陶酒。多善马，马汗血，其先天马子也。有城郭屋室。其属邑大小七十余城，众可数十万。其兵弓矛骑射。其北则康居，西则大月氏，西南则大夏，东北则乌孙，东则扜罙、于阗。于阗之西，则水皆西流，注西海；其东水东流，注盐泽，盐泽潜行地下。其南则河源出焉，多玉石，河注中国。而楼兰、姑师邑有城郭，临盐泽。盐泽去长安可五千里。匈奴右方居盐泽以东，至陇西长城，南接羌，隔汉道焉。

乌孙在大宛东北可二千里，行国⑥，随畜，与匈奴同俗。控弦者数万，敢战。故服匈奴，及盛，取其羁属，不肯往朝会焉。

康居在大宛西北可二千里，行国，与月氏大同俗。控弦者八九万人。与大宛邻国。国小，南羁事月氏，东羁事匈奴。

奄蔡在康居西北可二千里，行国，与康居大同俗。控弦者十余万。临大泽，无崖⑦，盖乃北海云。

大月氏在大宛西可二三千里，居妫水北。其南则大夏，西则安息，北则康居。行国也，随畜移徙，与匈奴同俗。控弦者可一二十万。故时强，轻匈奴。及冒顿立，攻破月氏，至匈奴老上单于，杀月氏王，以其头为饮器。始月氏居敦煌、祁连间，及为匈奴所败，乃远去，过宛，西击大夏而臣之，遂都妫水北，为王庭。其余小众不能去者，保南山羌，号小月氏。

安息在大月氏西可数千里，其俗土著，耕田，田稻麦，蒲陶酒。城邑如大宛。其属小大数百城，地方数千里，最为大国。临妫水，有市，民商贾用车及船，行旁国或数千里。以银为钱，钱如其王面，王死辄更钱，效王面焉。画革旁行以为书记⑧。其西则条枝，北有奄蔡、黎轩。

条枝在安息西数千里，临西海。暑湿。耕田，田稻。有大鸟，卵如瓮。人众甚多，往往有小君长，而安息役属之，以为外国。国善眩⑨。安息长老传闻条枝有弱水、西王母，而未尝见。

大夏在大宛西南二千余里，妫水南。其俗土著，有城屋，与大宛同俗。无大君长，往往城邑置小长。其兵弱，畏战。善贾市。及大月氏西徙，攻败之，皆臣畜大夏。大夏民多，可百余万。其都曰蓝市城，有市，贩贾诸物。其东南有身毒国。

骞曰："臣在大夏时，见邛竹杖、蜀布。问曰：'安得此？'大夏国人曰：'吾贾人往市之身毒。身毒在大夏东南可数千里。其俗土著，大与大夏同，而卑湿暑热云。其人民乘象以战。其国临大水焉。'以骞度之，大夏去汉万二千里，居汉西南。今身毒国又居大夏东南数千里，有蜀物，此其去蜀不远矣。今使大夏，从羌中，险，羌人恶之；少北，则为匈奴所得；从蜀宜径，又无寇。"天子既闻大宛及大夏、安息之属皆大国，多奇物，土著，颇与中国同业，而兵弱，贵汉财物；其北有大月氏、康居之属，兵强，可以赂遗设利朝也。且诚得而以义属之，则广地万里，重九译⑩，致殊俗，威德遍于四海。天子欣然，以骞言为然，乃令骞因蜀犍为发间使，四道并出：出駹，出冉，出徙，出邛、僰，皆各行一二千里。其北方闭氏、筰⑪，南方闭巂、昆明。昆明之属，无君长，善寇盗，辄杀略汉使，终莫得通。然闻其西可千余里有乘象国，名曰滇越，而蜀贾奸出物者或至焉，于是汉以求大夏道始通滇国。初，汉欲通西南夷，费多，道不通，罢之。及张骞言可以通大夏，乃复事西南夷。

骞以校尉从大将军击匈奴，知水草处，军得以不乏，乃封骞为博望侯。是岁元朔六年也。其明年，骞为卫尉，与李将军俱出右北平击匈奴。匈奴围李将军，军失亡多；而骞后期，当斩，赎为庶人。是岁汉遣骠骑破匈奴西域数万人，至祁连山。其明年，浑邪王率其民降汉，而金城、河西西并南山至盐泽空无匈奴。匈奴时有候者到，而希矣。其后二年，汉击走单于于幕北。

是后天子数问骞大夏之属。骞既失侯，因言曰："臣居匈奴中，闻乌孙王号昆莫，昆莫之父，匈奴西边小国也。匈奴攻杀其父，而昆莫生，弃于野。乌嗛肉蜚其上，狼往乳之。单于怪以为神，而收长之。及壮，使将兵，数有功，单于复以其父之民予昆莫，令长守于西域。昆莫收养其民，攻旁小邑，控弦数万，习攻战。单于死，昆莫乃率其众远徙，中立，不肯朝会匈奴。匈奴遣奇兵击，不胜，以为神而远之，因羁属之，不大攻。今单于新困于汉，而故浑邪地空无人。蛮夷俗贪汉财物，今诚以此时而厚币赂乌孙，招以益东，居故浑邪之地，与汉结昆弟，其势宜听，听则是断匈奴右臂也。既连乌孙，自其西大夏之属皆可招来而为外臣。"天子以为然，拜骞为中郎将，将三百人，马各二匹，牛羊以万数，赍金币帛直数千巨万，多持节副使，道可使，使遗之他旁国。

骞既至乌孙，乌孙王昆莫见汉使如单于礼，骞大惭，知蛮夷贪，乃曰："天子致赐，王不拜则还赐。"昆莫起拜赐，其他如故。骞谕使指曰[12]："乌孙能东居浑邪地，则汉遣翁主为昆莫夫人。"乌孙国分，王老，而远汉，未知其大小，素服属匈奴日久矣，且又近之，其大臣皆畏胡，不欲移徙，王不能专制。骞不得其要领。昆莫有十余子，其中子曰大禄，强，善将众，将众别居万余骑。大禄兄为太子，太子有子曰岑娶，而太子蚤死。临死谓其父昆莫曰："必以岑娶为太子，无令他人代之。"昆莫哀而许之，卒以岑娶为太子。大禄怒其不得代太子也，乃收其诸昆弟，将其众畔，谋攻岑娶及昆莫。昆莫老，常恐大禄杀岑娶，予岑娶万余骑别居，而昆莫有万余骑自备，国众分为三，而其大总取羁属昆莫，昆莫亦以此不敢专约于骞。

骞因分遣副使使大宛、康居、大月氏、大夏、安息、身毒、于阗、扞窠及诸旁国。乌孙发导译送骞还，骞与乌孙遣使数十人，马数十匹报谢，因令窥汉，知其广大。

骞还到，拜为大行，列于九卿。岁余，卒。

乌孙使既见汉人众富厚，归报其国，其国乃益重汉。其后岁余，骞所遣使通大夏之属者皆颇与其人俱来，于是西北国始通于汉矣。然张骞凿空，其后使往者皆称博望侯，以为质于外国，外国由此信之。

自博望侯骞死后，匈奴闻汉通乌孙，怒，欲击之。及汉使乌孙，若出其南，抵大宛、大月氏相属，乌孙乃恐，使使献马，愿得尚汉女翁主，为昆弟。天子问群臣议计，皆曰"必先纳聘，然后乃遣女。"初，天子发书《易》云"神马当从西北来"。得乌孙马好，名曰"天马"。及得大宛汗血马，益壮，更名乌孙马曰"西极"，名大宛马曰"天马"云。而汉始筑令居以西，初置酒泉郡以通西北国。因益发使抵安息、奄蔡、黎轩、条枝、身毒国。而天子好宛马，使者相望于道。诸使外国一辈大者数百，少者百余人，人所赍操大放博望侯时[13]。其后益习而衰少焉[14]。汉率一岁中使多者十余，少者五六辈。远者八九岁，近者数岁而反。

是时汉既灭越，而蜀、西南夷皆震，请吏入朝。于是置益州、越巂、牂柯、沈黎、汶山郡，欲地接以前通大夏。乃遣使柏始昌、吕越人等，岁十余辈，出此初郡，抵大夏，皆复闭昆明，为所杀，夺币财，终莫能通至大夏焉。于是汉发三辅罪人，因巴蜀士数万人，遣两将军郭昌、卫广等往击昆明之遮汉使者，斩首虏数万人而去。其后遣使，昆明复为寇，竟莫能得通。而北道酒泉抵大夏，使者既多，而外国益厌汉币，不贵其物。

自博望侯开外国道以尊贵，其后从吏卒皆争上书，言外国奇怪利害，求使。天子为其绝远。非人所乐往，听其言，予节，募吏民毋问所从来，为具备人众遣之，以广其道。来还不能毋侵盗币物，及使失指，天子为其习之，辄覆案致重罪，以激怒令赎，复求使。使端无穷，而轻犯法。

其吏卒亦辄复盛推外国所有，言大者予节，言小者为副，故妄言无行之徒皆争效之。其使皆贫人子，私县官赍物，欲贱市以私其利外国。外国亦厌汉使人人有言轻重，度汉兵远，不能至，而禁其食物以苦汉使。汉使乏绝积怨，至相攻击。而楼兰、姑师小国耳，当空道⑮，攻劫汉使王恢等尤甚。而匈奴奇兵时时遮击使西国者。使者争遍言外国灾害，皆有城邑，兵弱易击。于是天子以故遣从骠侯破奴将属国骑及郡兵数万，至匈河水，欲以击胡，胡皆去。其明年，击姑师，破奴与轻骑七百余先至，虏楼兰王，遂破姑师。因举兵威以困乌孙、大宛之属。还，封破奴为浞野侯。王恢数使，为楼兰所苦，言天子。天子发兵，令恢佐破奴击破之，封恢为浩侯。于是酒泉列亭鄣至玉门矣。

乌孙以千匹马聘汉女。汉遣宗室女江都翁主往妻乌孙，乌孙王昆莫以为右夫人。匈奴亦遣女妻昆莫，昆莫以为左夫人。昆莫曰"我老"，乃令其孙岑娶妻翁主。乌孙多马，其富人至有四五千匹马。

初，汉使至安息，安息王令将二万骑迎于东界。东界去王都数千里。行比至，过数十城，人民相属甚多。汉使还，而后发使随汉使来观汉广大，以大鸟卵及黎轩善眩人献于汉。及宛西小国欢潜、大益，宛东姑师、扞冞、苏薤之属，皆随汉使献见天子。天子大悦。

而汉使穷河源。河源出于阗，其山多玉石，采来，天子案古图书，名河所出山曰昆仑云。

是时上方数巡狩海上，乃悉从外国客，大都多人则过之，散财帛以赏赐，厚具以饶给之，以览示汉富厚焉。于是大觳抵，出奇戏诸怪物，多聚观者，行赏赐，酒池肉林，令外国客遍观各仓库府藏之积，见汉之广大，倾骇之。及加其眩者之工。而觳抵奇戏岁增变，甚盛益兴，自此始。

西北外国使，更来更去。宛以西，皆自以远，尚骄恣晏然，未可诎以礼羁縻而使也。自乌孙以西至安息，以近匈奴，匈奴困月氏也。匈奴使持单于一信，则国国传送食，不敢留苦；及至汉使，非出币帛不得食，不市畜不得骑用。所以然者，远汉，而汉多财物，故必市乃得所欲，然以畏匈奴于汉使焉。宛左右以蒲陶为酒，富人藏酒至万余石，久者数十岁不败。俗嗜酒，马嗜苜蓿。汉使取其实来⑯，于是天子始种苜蓿、蒲陶，肥饶地。及天马多，外国使来众，则离宫别观旁尽种蒲萄、苜蓿，极望。自大宛以西至安息，国虽颇异言，然大同俗，相知言。其人皆深眼，多须髯，善市贾，争分铢。俗贵女子，女子所言而丈夫乃决正。其地皆无丝漆，不知铸钱器，及汉使亡卒降，教铸作他兵器。得汉黄白金，辄以为器，不用为币。

而汉使者往既多，其少从率多进熟于天子⑰，言曰："宛有善马在贰师城，匿不肯与汉使。"天子既好宛马，闻之甘心，使壮士车令等持千金及金马以请宛王贰师城善马。宛国饶汉物，相与谋曰："汉去我远，而盐水中数败，出其北有胡寇，出其南乏水草。又且往往而绝邑，乏食者多。汉使数百人为辈来，而常乏食，死者过半，是安能致大军乎？无奈我何。且贰师马，宛宝马也"遂不肯予汉使。汉使怒，妄言，椎金马而去。宛贵人怒曰："汉使至轻我！"遣汉使去，令其东边郁成遮攻杀汉使，取其财物。于是天子大怒。诸尝使宛姚定汉等言宛兵弱，诚以汉兵不过三千人，强弩射之，即尽虏破宛矣。天子已尝使浞野侯攻楼兰，以七百骑先至，虏其王，以定汉等言为然，而欲侯宠姬李氏，拜李广利为贰师将军，发属国六千骑，及郡国恶少年数万人，以往伐宛。期至贰师城取善马，故号"贰师将军"。赵始成为军正，故浩侯王恢使导军，而李哆为校尉，制军事。是岁太初元年也，而关东蝗大起，蜚西至敦煌。

贰师将军军既西过盐水，当道小国恐，各坚城守，不肯给食。攻之不能下。下者得食，不下者数日则去。比至郁成，士至者不过数千，皆饥罢。攻郁成，郁成大破之，所杀伤甚众。贰师将军与哆、始成等计："至郁成尚不能举，况至其王都乎？"引兵而还。往来二岁。还至敦煌，士不过什一二。使使上书言："道远多乏食，且士卒不患战，患饥。人少，不足以拔宛。愿且罢兵。

益发而复往。"天子闻之，大怒，而使使遮玉门，曰军有敢入者辄斩之！贰师恐，因留敦煌。

其夏，汉亡浞野之兵二万余于匈奴。公卿及议者皆愿罢击宛军，专力攻胡。天子已业诛宛，宛小国而不能下，则大夏之属轻汉，而宛善马绝不来，乌孙、仑头易苦汉使矣，为外国笑。乃案言伐宛尤不便者邓光等，赦囚徒材官，益发恶少年及边骑，岁余而出敦煌者六万人，负私从者不与[18]。牛十万，马三万余匹，驴、骡、橐它以万数[19]。多赍粮，兵弩甚设，天下骚动，传相奉伐宛，凡五十余校尉。宛王城中无井，皆汲城外流水，于是乃遣水工徙其城下水空以空其城。益发戍甲卒十八万，酒泉、张掖北，置居延、休屠以卫酒泉，而发天下七科適，及载糒给贰师。转车人徒相连属至敦煌。而拜习马者二人为执驱校尉，备破宛择取其善马云。

于是贰师后复行，兵多，而所至小国莫不迎，出食给军。至仑头，仑头不下，攻数日，屠之。自此而西，平行至宛城，汉兵到者三万人。宛兵迎击汉兵，汉兵射败之，宛走入葆乘其城。贰师兵欲行攻郁成，恐留行而令宛益生诈，乃先至宛，决其水源，移之，则宛固已忧困。围其城，攻之四十余日，其外城坏，虏宛贵人勇将煎靡。宛大恐，走入中城。宛贵人相与谋曰："汉所为攻宛，以王毋寡匿善马而杀汉使。今杀王毋寡而出善马，汉兵宜解；即不解，乃力战而死，未晚也。"宛贵人皆以为然，共杀其王毋寡，持其头遣贵人使贰师，约曰："汉毋攻我，我尽出善马，恣所取，而给汉军食。即不听，我尽杀善马，而康居之救且至。至，我居内，康居居外，与汉军战。汉军熟计之，何从？"是时康居候视汉兵，汉兵尚盛，不敢进。贰师与赵始成、李哆等计："闻宛城中新得秦人，知穿井，而其内食尚多。所为来，诛首恶者毋寡，毋寡头已至，如此而不许解兵，则坚守，而康居候汉罢而来救宛，破汉军必矣。"军吏皆以为然，许宛之约。宛乃出其善马，令汉自择之，而多出食食给汉军。汉军取其善马数十匹，中马以下牡牝三千余匹，而立宛贵人之故待遇汉使善者名昧蔡以为宛王，与盟而罢兵。终不得入中城，乃罢而引归。

初，贰师起敦煌西，以为人多，道上国不能食，乃分为数军，从南北道。校尉王申生、故鸿胪壶充国等千余人，别到郁成。郁成城守，不肯给食其军。王申生去大军二百里，偫而轻之[20]，责郁成。郁成食不肯出，窥知申生军日少，晨用三千人攻，戮杀申生等，军破，数人脱亡，走贰师。贰师令搜粟都尉上官桀往攻破郁成。郁成王亡走康居，桀追至康居。康居闻汉已破宛，乃出郁成王予桀，桀令四骑士缚守诣大将军。四人相谓曰："郁成王汉国所毒，今生将去，卒失大事。"欲杀，莫敢先击。上邽骑士赵弟最少，拔剑击之，斩郁成王，赍头。弟、桀等遂及大将军。

初，贰师后行，天子使使告乌孙，大发兵并力击宛。乌孙发二千骑往，持两端，不肯前。贰师将军之东，诸所过小国闻宛破，皆使其子弟从军入献，见天子，因以为质焉。贰师之伐宛也，而军正赵始成力战，功最多；及上官桀敢深入，李哆为谋计，军入玉门者万余人，军马千余匹。贰师后行，军非乏食，战死不能多，而将吏贪，多不爱士卒，侵牟之，以此物故众[21]。天子为万里而伐宛，不录过，封广利为海西侯。又封身斩郁成王者骑士赵弟为新畤侯，军正赵始成为光禄大夫，上官桀为少府，李哆为上党太守。军官吏为九卿者三人，诸侯相、郡守、二千石者百余人，千石以下千余人。奋行者官过其望[22]，以適过行者皆绌其劳。士卒赐直四万金。伐宛再，反，凡四岁而得罢焉。

汉已伐宛，立昧蔡为宛王而去。岁余，宛贵人以为昧蔡善谀，使我国遇屠，乃相与杀昧蔡，立毋寡昆弟曰蝉封为宛王，而遣其子入质于汉，汉因使使赂赐以镇抚之。

而汉发使十余辈至宛西诸外国，求奇物，因风览以伐宛之威德。而敦煌置酒泉都尉，西至盐水，往往有亭。而仑头有田卒数百人，因置使者护田积粟，以给使外国者。

太史公曰：《禹本纪》言"河出昆仑。昆仑其高二千五百余里，日明所相避隐为光明也。其上有醴泉、瑶池"。今自张骞使大夏之后也，穷河源，恶睹本纪所谓昆仑者乎？故言九州山川，《尚书》近之矣。至《禹本纪》、《山海经》所有怪物，余不敢言之也。

---

①更：经过。

②益宽：看管越来越宽松。

③乡：通"向"。

④要领：意图；主旨。

⑤可：大约。

⑥行国：逐草而居到处迁徙之国。

⑦崖：通"涯"。

⑧旁行：横着书写文字。

⑨眩（huàn，音唤）：通"幻"。幻术，即吞刀、吐火等术。

⑩重九译：辗转多次翻译语言。

⑪闭：被阻塞。

⑫指：通"旨"。旨意。

⑬放：通"仿"。仿照。

⑭习：熟习。

⑮空道：孔道。

⑯实：果实。

⑰熟：美言。

⑱不与：不在其中。

⑲橐它：骆驼。

⑳俛（fù，音付）：自负。

㉑物故：死亡。

㉒奋行者：自愿随军出征者。

史记卷一百二十四

游侠列传第六十四

　　韩子曰："儒以文乱法，而侠以武犯禁。"二者皆讥①，而学士多称于世云。至如以术取宰相卿大夫，辅翼其世主，功名俱著于春秋，固无可言者。及若季次、原宪，闾巷人也，读书怀独行君子之德，义不苟合当世，当世亦笑之。故季次、原宪终身空室蓬户，褐衣疏食不厌；死而已四百余年，而弟子志之不倦。今游侠，其行虽不轨于正义，然其言必信，其行必果；已诺必诚，不爱其躯，赴士之厄困。既已存亡死生矣，而不矜其能，羞伐其德，盖亦有足多者焉②。

　　且缓急，人之所时有也。太史公曰：昔者虞舜窘于井廪，伊尹负于鼎俎，傅说匿于傅险，吕尚困于棘津；夷吾桎梏，百里饭牛；仲尼畏匡，菜色陈、蔡。此皆学士所谓有道仁人也，犹然遭此灾，况以中材而涉乱世之末流乎？其遇害何可胜道哉！

鄙人有言曰："何知仁义，已飨其利者为有德③。"故伯夷丑周，饿死首阳山，而文、武不以其故贬王；跖、蹻暴戾，其徒诵义无穷。由此观之，"窃钩者诛，窃国者侯，侯之门仁义存"，非虚言也。

今拘学或抱咫尺之义，久孤于世，岂若卑论侪俗④，与世沉浮而取荣名哉！而布衣之徒，设取予然诺，千里诵义，为死不顾世，此亦有所长，非苟而已也，故士穷窘而得委命，此岂非人之所谓贤豪间者邪？诚使乡曲之侠予季次、原宪比权量力，效功于当世，不同日而论矣。要以功见言信，侠客之义又曷可少哉⑤！

古布衣之侠，靡得而闻已。近世延陵、孟尝、春申、平原、信陵之徒，皆因王者亲属，藉于有士卿相之富厚，招天下贤者，显名诸侯，不可谓不贤者矣。比如顺风而呼，声非加疾，其势激也。至如闾巷之侠，修行砥名，声施于天下，莫不称贤，是为难耳。然儒、墨皆排摈不载。自秦以前，匹夫之侠，湮灭不见，余甚恨之。以余所闻，汉兴有朱家、田仲、王公、剧孟、郭解之徒，虽时扞当世之文罔⑥，然其私义廉絜退让，有足称者。名不虚立，士不虚附。至如朋党宗强比周，设财役贫，豪暴侵凌孤弱，恣欲自快，游侠亦丑之。余悲世俗不察其意，而猥以朱家、郭解等令与暴豪之徒同类而共笑之也⑦。

鲁朱家者，与高祖同时。鲁人皆以儒教，而朱家用侠闻。所藏活豪士以百数，其余庸人不可胜言。然终不伐其能，歆其德，诸所尝施，唯恐见之。振人不赡，先从贫贱始。家无余财，衣不完采，食不重味，乘不过軥牛⑧。专趋人之急，甚己之私。既阴脱季布将军之厄，及布尊贵，终身不见也。自关以东，莫不延颈愿交焉。

楚田仲以侠闻，喜剑，父事朱家，自以为行弗及。田仲已死，而洛阳有剧孟。周人以商贾为资，而剧孟以任侠显诸侯。吴、楚反时，条侯为太尉，乘传车将至河南，得剧孟，喜曰："吴、楚举大事而不求孟，吾知其无能为已矣。"天下骚动，宰相得之若得一敌国云。剧孟行大类朱家，而好博，多少年之戏。然剧孟母死，自远方送丧盖千乘。及剧孟死，家无余十金之财。而符离人王孟亦以侠称江、淮之间。

是时济南瞷氏、陈周庸，亦以豪闻，景帝闻之，使使尽诛此属。其后代诸白⑨、梁韩无辟、阳翟薛兄、郏韩孺纷纷复出焉。

郭解、轵人也，字翁伯，善相人者许负外孙也。解父以任侠，孝文时诛死。解为人短小精悍，不饮酒。少时阴贼⑩，慨不快意，身所杀甚众。以躯借交报仇，藏命作奸剽攻休⑪，乃铸钱掘冢，固不可胜数。适有天幸，窘急常得脱，若遇赦。及解年长，更折节为俭，以德报怨，厚施而薄望。然其自喜为侠益甚，既已振人之命，不矜其功，其阴贼著于心，卒发于睚眦如故云。而少年慕其行，亦辄为报仇，不使知也。解姊子负解之势⑫，与人饮，使之嚼⑬。非其任，强必灌之。人怒，拔刀刺杀解姊子，亡去。解姊怒曰："以翁伯之义，人杀吾子，贼不得。"弃其尸于道，弗葬，欲以辱解。解使人微知贼处。贼窘自归，具以实告解，解曰："公杀之固当，吾儿不直。"遂去其贼，罪其姊子，乃收而葬之。诸公闻之，皆多解之义，益附焉。

解出入，人皆避之。有一人独箕倨视之，解遣人问其名姓。客欲杀之。解曰："居邑屋至不见敬，是吾德不修也，彼何罪！"乃阴属尉史曰："是人，吾所急也⑭，至践更时脱之⑮。"每至践更，数过，吏弗求。怪之，问其故，乃解使脱之。箕踞者乃肉袒谢罪。少年闻之，愈益慕解之行。

洛阳人有相仇者，邑中贤豪居间者以十数，终不听。客乃见郭解。解夜见仇家，仇家曲听解。解乃谓仇家曰："吾闻洛阳诸公在此间，多不听者。今子幸而听解，解奈何乃从他县夺人邑中贤大夫权乎！"乃夜去，不使人知，曰："且无用，待我去，令洛阳豪居其间，乃听之。"

解执恭敬，不敢乘车入其县廷。之旁郡国，为人请求事，事可出，出之；不可者，各厌其意⑯，然后乃敢尝酒食。诸公以故严重之，争为用。邑中少年及旁近县贤豪，夜半过门常十余车，请得解客舍养之。

及徙豪富茂陵也，解家贫，不中訾⑰。吏恐，不敢不徙。卫将军为言："郭解家贫不中徙"。上曰："布衣权至使将军为言，此其家不贫。"解家遂徙。诸公送者出千余万。轵人杨季主子为县掾，举徙解。解兄子断杨掾头。由此杨氏与郭氏为仇。

解入关，关中贤豪知与不知，闻其声，争交欢解。解为人短小，不饮酒，出未尝有骑。已又杀杨季主。杨季主家上书，人又杀之阙下。上闻，乃下吏捕解。解亡，置其母家室夏阳，身至临晋。临晋籍少公素不知解，解冒⑱，因求出关。籍少公已出解，解转入太原，所过辄告主人家。吏逐之，迹至籍少公。少公自杀，口绝。久之，乃得解。穷治所犯，为解所杀，皆在赦前。轵有儒生侍使者坐，客誉郭解，生曰："郭解专以奸犯公法，何谓贤！"解客闻，杀此生，断其舌。吏以此责解，解实不知杀者。杀者亦竟绝，莫知为谁。吏奏解无罪。御史大夫公孙弘议曰："解布衣，为任侠行权，以睚眦杀人。解虽弗知，此罪甚于解杀之，当大逆无道。"遂族郭解翁伯。

自是之后，为侠者极众，敖而无足数者⑲。然关中长安樊仲子、槐里赵王孙、长陵高公子，西河郭公仲，太原卤公孺，临淮儿长卿，东阳田君孺，虽为侠而逡逡有退让君子之风。至若北道姚氏，西道诸杜，南道仇景，东道赵他、羽公子、南阳赵调之徒，此盗跖居民间者耳，曷足道哉！此乃乡者朱家之羞也。

太史公曰：吾视郭解，状貌不及中人，言语不足采者。然天下无贤与不肖，知与不知，皆慕其声，言侠者皆引以为名。谚曰："人貌荣名，岂有既乎⑳！"於戏，惜哉！

---

①讥：非议；非难。

②多：称颂；称赞。

③飨：通"享"。享受。

④卑论：降低论调。　　侪俗：迁就世俗。

⑤少：轻视；蔑视。

⑥扞：违反；触犯。　　文罔：法网；法禁。

⑦猥：鄙贱；污秽。

⑧軥牛：小牛。

⑨代：代郡。

⑩阴贼：内心残忍。

⑪藏命：亡命。

⑫负：恃；凭借。

⑬嚼：酒喝光。

⑭急：重视。

⑮践更：服徭役。

⑯厌：满意；满足。

⑰不中訾：家财未达到标准。

⑱冒：冒充他人。

⑲敖：傲慢无理。

⑳既：穷尽。

史记卷一百二十五

佞幸列传第六十五

谚曰："力田不如逢年，善仕不如遇合。"固无虚言。非独女以色媚，而士宦亦有之。

昔以色幸者多矣。至汉兴，高祖至暴抗也①，然籍孺以佞幸②；孝惠时有闳孺，此两人非有材能，徒以婉佞贵幸，与上卧起，公卿皆因关说③。故孝惠时郎侍中皆冠鵔鸃，贝带，傅脂粉，化闳、籍之属也④。两人徙家安陵。

孝文时，中宠臣，士人则邓通，宦者则赵同、北宫伯子。北宫伯子以爱人长者；而赵同以星气幸，常为文帝参乘；邓通无伎能。

邓通，蜀郡南安人也，以濯船为黄头郎⑤。孝文帝梦欲上天，不能，有一黄头郎从后推之上天，顾见其衣裻带后穿⑥。觉而之渐台，以梦中阴目求推者郎，即见邓通，其衣后穿，梦中所见也。召问其名姓，姓邓氏，名通，文帝说焉⑦，尊幸之日异。通亦愿谨，不好外交，虽赐洗沐⑧，不欲出。于是文帝赏赐通巨万以十数，官至上大夫。文帝时时如邓通家游戏。然邓通无他能，不能有所荐士，独自谨其身以媚上而已，上使善相者相通，曰"当贫饿死"。文帝曰："能富通者在我也，何谓贫乎？"于是赐邓通蜀严道铜山，得自铸钱，"邓氏钱"布天下。其富如此。

文帝尝病痈⑨，邓通常为帝唶吮之。文帝不乐，从容问通曰："天下谁最爱我者乎？"通曰："宜莫如太子。"太子入问病，文帝使唶痈，唶痈而色难之。已而闻邓通常为帝唶吮之，心惭，由此怨通矣。及文帝崩，景帝立，邓通免，家居。居无何，人有告邓通盗出徼外铸钱⑩。下吏验问，颇有之，遂竟案，尽没入邓通家，尚负责数巨万⑪。长公主赐邓通，吏辄随没入之，一簪不得著身。于是长公主乃令假衣食。竟不得名一钱，寄死人家。

孝景帝时，中无宠臣，然独郎中令周文仁，仁宠最过庸⑫，乃不甚笃⑬。

今天子中宠臣，士人则韩王孙嫣，宦者则李延年。嫣者，弓高侯孽孙也。今上为胶东王时，嫣与上学书相爱。及上为太子，愈益亲嫣。嫣善骑射，善佞。上即位，欲事伐匈奴，而嫣先习胡兵，以故益尊贵，官至上大夫，赏赐拟于邓通。时嫣常与上卧起。江都王入朝，有诏得从入猎上林中。天子车驾跸道未行，而先使嫣乘副车，从数十百骑，骛驰视兽。江都王望见，以为天子，辟从者，伏谒道傍。嫣驱不见。既过，江都王怒，为皇太后泣曰："请得归国入宿卫，比韩嫣。"太后由此嗛嫣。嫣侍上，出入永巷不禁⑭，以奸闻皇太后。皇太后怒，使使赐嫣死。上为谢，终不能得，嫣遂死。而案道侯韩说，其弟也，亦佞幸。

李延年，中山人也。父母及身兄弟及女，皆故倡也。延年坐法腐，给事狗中。而平阳公主言延年女弟善舞，上见，心说之，及入永巷，而召贵延年。延年善歌，为变新声，而上方兴天地祠，欲造乐诗歌弦之。延年善承意，弦次初诗⑮。其女弟亦幸，有子男。延年佩二千石印，号协声律。与上卧起，甚贵幸，埒如韩嫣也⑯。久之，寖与中人乱⑰，出入骄恣。及其女弟李夫人卒后，爱弛，则禽诛延年昆弟也。

自是之后，内宠嬖臣大底外戚之家，然不足数也。卫青、霍去病亦以外戚贵幸，然颇用材能自进。

太史公曰：甚哉！爱憎之时⑱！弥子瑕之行，足经观后人佞幸矣。虽百世可知也。

---

①至：最。　　暴抗：暴猛伉直。

②孺：孺子；幼小。

③关说：通关节，说人情。

④化：效仿；效法。

⑤濯船：以棹摇船。

⑥裻（dū，音督）：腰带下的衣背缝处。

⑦说：通"悦"。

⑧洗沐：放假。

⑨痈：毒疮。

⑩徼：边界

⑪责：通"债"。

⑫庸：一般人。

⑬笃：深厚。

⑭永巷：指后宫。

⑮初诗：即所作的新乐章。

⑯埒：相等；等同。

⑰寖：逐渐。

⑱爱憎之时：受天子爱憎的时机不同，结局也不同。

史记卷一百二十六

滑稽列传第六十六

孔子曰："六蓺于治一也①。《礼》以节人，《乐》以发和，《书》以道事，《诗》以达意，《易》以神化，《春秋》以义。"

太史公曰：天道恢恢，岂不大哉！谈言微中，亦可以解纷。

淳于髡者，齐之赘婿也。长不满七尺，滑稽多辩，数使诸侯；未尝屈辱。齐威王之时，喜隐②，好为淫乐长夜之饮，沈湎不治③，委政卿大夫。百官荒乱，诸侯并侵，国且危亡在于旦暮，左右莫敢谏。淳于髡说之以隐曰："国中有大鸟，止王之庭，三年不蜚又不鸣④，王知此鸟何也？"王曰："此鸟不飞则已，一飞冲天；不鸣则已，一鸣惊人。"于是乃朝诸县令长七十二人，赏一人，诛一人，奋兵而出。诸侯振惊，皆还齐侵地。威行三十六年。语在《田完世家》中。

威王八年，楚大发兵加齐。齐王使淳于髡之赵请救兵，赍金百斤，车马十驷。淳于髡仰天大笑，冠缨索绝⑤。王曰："先生少之乎？"髡曰："何敢！"王曰："笑，岂有说乎？"髡曰："今者臣从东方来，见道傍有禳田者⑥，操一豚蹄，酒一盂，祝曰：'瓯窭满篝⑦，污邪满车⑧；五谷蕃熟，穰穰满家。'臣见其所持者狭而所欲者奢，故笑之。"于是齐威王乃益赍黄金千镒，白璧十双，车马百驷。髡辞而行，至赵，赵王与之精兵十万、革车千乘。楚闻之，夜引兵而去。

　　威王大说，置酒后宫，召髡，赐之酒，问曰："先生能饮几何而醉？"对曰："臣饮一斗亦醉，一石亦醉。"威王曰："先生饮一斗而醉，恶能饮一石哉！其说可得闻乎？"髡曰："赐酒大王之前，执法在傍，御史在后，髡恐惧俯伏而饮，不过一斗径醉矣。若亲有严客，髡帣韝鞠䠆⑨，侍酒于前，时赐余沥⑩，奉觞上寿，数起，饮不过二斗径醉矣。若朋友交游，久不相见，卒然相睹，欢然道故，私情相语，饮可五六斗径醉矣。若乃州闾之会，男女杂坐，行酒稽留，六博投壶，相引为曹，握手无罚，目眙不禁⑪，前有堕珥，后有遗簪，髡窃乐此，饮可八斗而醉二参。日暮酒阑⑫，合尊促坐⑬，男女同席，履舄交错，杯盘狼藉，堂上烛灭，主人留髡而送客，罗襦襟解，微闻芗泽，当此之时，髡心最欢，能饮一石。故曰酒极则乱，乐极则悲，万事尽然。"言不可极，极之而衰，以讽谏焉。齐王曰："善。"乃罢长夜之饮，以髡为诸侯主客。宗室置酒，髡尝在侧⑭。

　　其后百余年，楚有优孟。优孟，故楚之乐人也。长八尺，多辩，常以谈笑讽谏。楚庄王之时，有所爱马，衣以文绣，置之华屋之下，席以露床，啖以枣脯。马病肥死，使群臣丧之，欲以棺椁大夫礼葬之。左右争之，以为不可。王下令曰："有敢以马谏者，罪至死。"优孟闻之，入殿门，仰天大哭。王惊而问其故。优孟曰："马者，王之所爱也。以楚国堂堂之大，何求不得，而以大夫礼葬之，薄，请以人君礼葬之。"王曰："何如？"对曰："臣请以雕玉为棺，文梓为椁，楩枫豫章为题凑，发甲卒为穿圹⑮，老弱负土，齐、赵陪位于前，韩、魏翼卫其后，庙食太牢，奉以万户之邑。诸侯闻之，皆知大王贱人而贵马也。"王曰："寡人之过一至此乎！为之奈何？"优孟曰："请为大王六畜葬之，以垄灶为椁，铜历为棺⑯，赍以姜枣⑰，荐以木兰⑱，祭以粳稻，衣以火光，葬之于人腹肠。"于是王乃使以马属太官，无令天下久闻也。

　　楚相孙叔敖知其贤人也，善待之，病且死，属其子曰⑲："我死，汝必贫困。若往见优孟，言'我孙叔敖之子也'。"居数年，其子穷困负薪，逢优孟，与言曰："我，孙叔敖子也。父且死时，属我贫困往见优孟。"优孟曰："若无远有所之⑳。"即为孙叔敖衣冠，抵掌谈语㉑。岁余，像孙叔敖，楚王及左右不能别也。庄王置酒，优孟前为寿。庄王大惊，以为孙叔敖复生也，欲以为相。优孟曰："请归与妇计之，三日而为相。"庄王许之。三日后，优孟复来。王曰："妇言谓何？"孟曰："妇言慎无为，楚相不足为也。如孙叔敖之为楚相，尽忠为廉以治楚，楚王得以霸。今死，其子无立锥之地，贫困负薪以自饮食。必如孙叔敖，不如自杀。"因歌曰："山居耕田苦，难以得食。起而为吏，身贪鄙者余财，不顾耻辱。身死家室富，又恐受赇枉法，为奸触大罪，身死而家灭。贪吏安可为也！念为廉吏，奉法守职，竟死不敢为非。廉吏安可为也！楚相孙叔敖持廉至死，方今妻子穷困，负薪而食，不足为也！"于是庄王谢优孟，乃召孙叔敖子，封之寝丘四百户，以奉其祀。后十世不绝。此知可以言时矣。

　　其后二百余年，秦有优旃。优旃者，秦倡侏儒也。善为笑言，然合于大道。秦始皇时，置酒而天雨，陛楯者皆沾寒㉒。优旃见而哀之，谓之曰："汝欲休乎？"陛楯者皆曰："幸甚。"优旃曰："我即呼汝，汝疾应曰诺。"居有顷，殿上上寿呼万岁。优旃临槛大呼曰："陛楯郎！"郎曰："诺。"优旃曰："汝虽长，何益，幸雨立。我虽短也，幸休居。"于是始皇使陛楯者得半相代。

　　始皇尝议欲大苑囿，东至函谷关，西至雍、陈仓。优旃曰："善！多纵禽兽于其中，寇从东方来，令麋鹿触之足矣。"始皇以故辍止。

二世立，又欲漆其城。优旃曰："善！主上虽无言，臣固将请之。漆城虽于百姓愁费，然佳哉！漆城荡荡，寇来不能上。即欲就之，易为漆耳，顾难为荫室㉓。于是二世笑之，以其故止。居无何，二世杀死，优旃归汉，数年而卒。

太史公曰：淳于髡仰天大笑，齐威王横行；优孟摇头而歌，负薪者以封；优旃临槛疾呼，陛楯得以半更。岂不亦伟哉！

---

①六蓺于治一也：六蓺对于治国来说作用是一样的。

②隐：隐语。

③沈：通"沉"。

④蜚：通"飞"。

⑤索：尽；全部。　　绝：断。

⑥禳：求福消灾。

⑦瓯窭满篝：高地狭田出产的粮食装满笼筐。

⑧污邪满车：下等贫瘠之田出产的粮食盛满车辆。

⑨帣韝（juàn gōu，音绢勾）：卷起衣袖。　　鞠䠶（jī，音忌）：躬腰下跪。

⑩余沥：剩余的酒。

⑪眙：瞪眼直视。

⑫阑：尽。

⑬合尊：把盛食物的器皿放在一起。　　促坐：挤坐在一起。

⑭尝：通"常"。经常。

⑮穿圹：挖掘坟墓。

⑯历：锅。

⑰赍：调剂。

⑱荐：添加。

⑲属：通"嘱"。嘱咐。

⑳若：你。　　无：不要。　　所：居住。

㉑抵掌谈语：指模仿其父的言谈举止。

㉒陛楯者：指站在台阶上手持武器的卫士。

㉓荫室：阴干油漆的棚屋。

史记卷一百二十七

日者列传第六十七

自古受命而王，王者之兴何尝不以卜筮决于天命哉！其于周尤甚，及秦可见。代王之入，任于卜者。太卜之起，由汉兴而有。

司马季主者，楚人也，卜于长安东市。宋忠为中大夫，贾谊为博士，同日俱出洗沐①，相从论议，诵易先王圣人之道术②，究遍人情，相视而叹。贾谊曰："吾闻古之圣人，不居朝廷，必在卜医之中。今吾已见三公九卿朝士大夫，皆可知矣。试之卜数中以观采③。"二人即同舆而之市，游于卜肆中。天新雨，道少人。司马季主闲坐，弟子三四人侍，方辩天地之道，日月之运，阴阳吉凶之本。二大夫再拜谒，司马季主视其状貌。如类有知者，即礼之，使弟子延之坐。坐定，司马季主复理前语，分别天地之终始，日月星辰之纪，差次仁义之际，列吉凶之符。语数千言，莫不顺理。

宋忠、贾谊瞿然而悟，猎缨正襟危坐，曰："吾望先生之状，听先生之辞，小子窃观于世，未尝见也。今何居之卑，何行之污？"

司马季主捧腹大笑曰："观大夫类有道术者，今何言之陋也，何辞之野也！今夫子所贤者何也？所高者谁也？今何以卑污长者？"

二君曰："尊官厚禄，世之所高也，贤才处之。今所处非其地，故谓之卑。言不信，行不验，取不当，故谓之污。夫卜筮者，世俗之所贱简也。世皆言曰：'夫卜者多言夸严以得人情，虚高人禄命以说人志，擅言祸灾以伤人心，矫言鬼神以尽人财，厚求拜谢以私于己。'此吾之所耻，故谓之卑污也。"

司马季主曰："公且安坐。公见夫被发童子乎？日月照之则行，不照则止，问之日月疵瑕吉凶，则不能理。由是观之，能知别贤与不肖者寡矣。贤之行也，直道以正谏，三谏不听则退。其誉人也不望其报，恶人也不顾其怨，以便国家利众为务。故官非其任不处也，禄非其功不受也；见人不正，虽贵不敬也；见人有污，虽尊不下也；得不为喜，去不为恨；非其罪也，虽累辱而不愧也。今公所谓贤者，皆可为羞矣。卑疵而前④，孅趋而言⑤；相引以势，相导以利；比周宾正，以求尊誉，以受公奉；事私利，枉主法，猎农民；以官为威，以法为机，求利逆暴：譬无异于操白刃劫人者也。初试官时，倍力为巧诈，饰虚功、执空文，以调主上⑥，用居上为右；试官不让贤陈功，见伪增实，以无为有，以少为多，以求便势尊位；食饮驱驰，从姬歌儿，不顾于亲，犯法害民，虚公家。此夫为盗不操矛弧者也，攻而不用弦刃者也，欺父母未有罪而弑君未伐者也，何以为高贤才乎？盗贼发不能禁，夷貊不服不能摄，奸邪起不能塞，官秏乱不能治，四时不知不能调，岁谷不孰不能适。才贤不为，是不忠也；才不贤而托官位，利上奉，妨贤者处，是窃位也；有人者进，有财者礼，是伪也。子独不见鸱枭之与凤皇翔乎？兰芷芎䕛弃于广野⑦，蒿萧成林⑧，使君子退而不显众，公等是也。述而不作⑨，君子义也。今夫卜者，必法天地，象四时，顺于仁义，分策定卦，旋式正棋⑩，然后言天地之利害、事之成败。昔先王之定国家，必先龟策日月，而后乃敢代；正时日，乃后入家；产子必先占吉凶，后乃有之。自伏羲作八卦，周文王演三百八十四爻而天下治。越王勾践放文王八卦以破敌国⑪，霸天下。由是言之，卜筮有何负哉！且夫卜筮者，埽除设坐，正其冠带，然后乃言事，此有礼也。言而鬼神或以飨，忠臣以事其上，孝子以养其亲，慈父以畜其子，此有德者也。而以义置数十百钱，病者或以愈，且死或以生，患或以免，事或以成，嫁子娶妇或以养生，此之为德，岂直数十百钱哉！此夫老子所谓'上德不德，是以有德'。今夫卜筮者利大而谢少⑫，老子之云岂异于是乎？庄子曰：'君子内无饥寒之患，外无劫夺之忧，居上而敬，居下不为害，君子之道也'今夫卜筮者之为业也，积之无委聚，藏之不用府库，徙之不用辎车，负装之不重，止而用之无尽索之时；持不尽索之物，游于无穷之世，虽庄氏之行未能增于是也，子何故而云不可卜哉？天不足西北，星辰西北移；地不足东南，以海为池；日中必移，月满必亏；先王之道，乍存乍亡。公责卜者言必信，不亦惑乎！公见夫谈士辩人乎？虑事定计，必是人也。然不能以一言说人主意，故言必称先王，语必道上古；虑事定计，饰先王之成功，语其败害，以恐喜人主之志，以求其欲。多言夸严，莫大于此矣。然欲强国成功，尽忠于上，非此不立。今夫卜者，导惑教愚也。夫愚惑之人，岂能以一言而知之哉！言不厌多。故骐骥不能与罢驴为驷，而凤皇不与燕雀为群，而贤者亦不与不肖者同列。故君子处卑隐以辟众，自匿以辟伦[13]，微见德顺以除群害，以明天性，助上养下，多其功利，不求尊誉。公之等喁喁者也[14]，何知长者之道乎！"

宋忠、贾谊忽而自失，芒乎无色，怅然噤口不能言。于是摄衣而起，再拜而辞。行洋洋也[15]，出门仅能自上车，伏轼低头，卒不能出气。

居三日，宋忠见贾谊于殿门外，乃相引屏语相谓自叹曰："道高益安，势高益危。居赫赫之势，失身且有日矣。夫卜而有不审[16]，不见夺糈[17]；为人主计而不审，身无所处。此相去远矣，犹天冠地屦也。此老子之所谓'无名者，万物之始也'。天地旷旷，物之熙熙，或安或危，莫知居之。我与若，何足预彼哉[18]！彼久而愈安，虽曾氏之义未有以异也[19]。"

久之，宋忠使匈奴，不至而还，抵罪。而贾谊为梁怀王傅，王堕马薨，谊不食，毒恨而死。此务华绝根者也[20]。

太史公曰：古者卜人所以不载者，多不见于篇。及至司马季主，余志而著之[21]。

---

①洗沐：放假。

②诵易：交谈。

③观采：物色。

④卑疵：低三下四的样子。

⑤媻趋：过分谦虚。

⑥谰：欺骗。

⑦兰芷芎䓖：泛指香草，喻贤士。

⑧蒿萧：蒿草，喻小人。

⑨述：陈述旧的。　　作：创新。

⑩式：通"栻"。占卜用具。

⑪放：通"仿"。仿照。

⑫谢少：受感谢少。

⑬辟伦：躲避人伦。

⑭喁喁（yú，音于）：只会应和附会者。

⑮洋洋：昏头昏脑，辨不清方向的样子。

⑯不审：不周全，不灵验。

⑰糈（xǔ，音许）：糈米。指祭神或占卜所献的精米。

⑱预：参与。

⑲曾氏：即庄子。古"曾"通"庄"。

⑳务华：追求浮华、显贵。

㉑志：记述。

史记卷一百二十八

龟策列传第六十八

太史公曰：自古圣王将建国受命，兴动事业，何尝不宝卜筮以助善！唐虞以上，不可记已。自三代之兴，各据祯祥①。涂山之兆从而夏启世②，飞燕之卜顺故殷兴，百谷之筮吉故周王③。王者决定诸疑，参以卜筮，断以蓍龟④，不易之道也。

蛮、夷、氐、羌虽无君臣之序，亦有决疑之卜，或以金石，或以草木，国不同俗。然皆可以战伐攻击，推兵求胜，各信其神，以知来事。

略闻夏、殷欲卜者，乃取蓍龟，已则弃去之，以为龟藏则不灵，蓍久则不神。至周室之卜官，常宝藏蓍龟；又其大小先后，各有所尚，要其归等耳⑤。或以为圣王遭事无不定，决疑无不见，其设稽神求问之道者，以为后世衰微，愚不师智，人各自安，化分为百室，道散而无垠，故推归之至微，要絜于精神也⑥。或以为昆虫之所长，圣人不能与争。其处吉凶，别然否，多中于人。至高祖时，因秦太卜官，天下始定，兵革未息。及孝惠享国日少，吕后女主，孝文、孝景因袭掌故，未遑讲试⑦，虽父子畴官⑧，世世相传，其精微深妙，多所遗失。至今上即位，博开艺能之路，悉延百端之学，通一伎之士咸得自效，绝伦超奇者为右，无所阿私，数年之间，太卜大集。会上欲击匈奴，西攘大宛，南收百越，卜筮至预见表象，先图其利。及猛将推锋执节，获胜于彼，而蓍龟时日亦有力于此。上尤加意，赏赐至或数千万。如丘子明之属，富溢贵宠，倾于朝廷。至以卜筮射蛊道，巫蛊时或颇中。素有眦睚不快⑨，因公行诛，恣意所伤，以破族灭门者，不可胜数。百僚荡恐，皆曰龟策能言；后事觉奸穷，亦诛三族。

夫摓策定数⑩，灼龟观兆，变化无穷，是以择贤而用占焉，可谓圣人重事者乎！周公卜三龟，而武王有瘳⑪。纣为暴虐，而元龟不占。晋文将定襄王之位，卜得黄帝之兆，卒受彤弓之命⑫。献公贪骊姬之色，卜而兆有口象⑬，其祸竟流五世。楚灵将背周室，卜而龟逆，终被乾谿之败。兆应信诚于内，而时人明察见之于外，可不谓两合者哉！君子谓夫轻卜筮无神明者，悖；背人道，信祯祥者，鬼神不得其正。故《书》建稽疑⑭，五谋而卜筮居其二，五占从其多，明有而不专之道也。

余至江南，观其行事，问其长老，云：龟千岁乃游莲叶之上，蓍百茎共一根。又其所生，兽无虎狼，草无毒螫。江傍家人常畜龟饮食之，以为能导引致气，有益于助衰养老，岂不信哉！

---

①祯祥：吉兆；吉祥。

②世：世代相袭。

③王（wàng，音望）：称王；统治。

④蓍：占卜用的蓍草。　　龟：龟甲。

⑤要其归等耳：概括起来目的都是相同的。

⑥絜（xié，音斜）：衡量。

⑦遑：空闲。

⑧畴官：掌天文历算及巫筮之官。

⑨眦睚不快：小有不快；小隙小怨。

⑩摓（féng，音冯）：通"捧"。

⑪瘳：病愈。

⑫彤弓：古代天子赏赐诸侯使其享有征伐之权的朱红色的弓。

⑬口象：似口中齿牙之状的兆象。

⑭稽：考证。

史记卷一百二十九

货殖列传第六十九

老子曰："至治之极，邻国相望，鸡狗之声相闻，民各甘其食，美其服，安其俗，乐其业，至老死不相往来。"必用此为务，挽近世涂民耳目①，则几无行矣②。

太史公曰：夫神农以前，吾不知已。至若《诗》、《书》所述虞夏以来，耳目欲极声色之好，口欲穷刍豢之味③，身安逸乐，而心夸矜埶能之荣④，使俗之渐民久矣。虽户说以眇论⑤，终不能化。故善者因之，其次利道之，其次教诲之，其次整齐之，最下者与之争。

夫山西饶材、竹、谷、垆、旄、玉石；山东多鱼、盐、漆、丝、声色；江南出楠、梓、姜、桂、金、锡、连、丹沙、犀、玳瑁、珠玑、齿革；龙门、碣石北多马、牛、羊、旃裘、筋角；铜、铁则千里往往山出棋置⑥，此其大较也⑦。皆中国人民所喜好，谣俗被服饮食奉生送死之具也。故待农而食之，虞而出之⑧，工而成之，商而通之。此宁有政教发征期会哉⑨？人各任其能、竭其力，以得所欲。故物贱之征贵⑩，贵之征贱，各劝其业、乐其事，若水之趋下，日夜无休时，不召而自来，不求而民出之。岂非道之所符⑪，而自然之验邪？

《周书》曰："农不出则乏其食，工不出则乏其事，商不出则三宝绝，虞不出则财匮少。"财匮少而山泽不辟矣⑫。此四者，民所衣食之原也⑬。原大则饶，原小则鲜；上则富国，下则富家。贫富之道，莫之夺予，而巧者有余，拙者不足。故太公望封于营丘，地潟卤⑭，人民寡，于是太公劝其女功，极技巧，通鱼盐，则人物归之，缲至而辐凑⑮。故齐冠带衣履天下，海岱之间敛袂而往朝焉。其后齐中衰，管子修之，设轻重九府，则桓公以霸，九合诸侯，一匡天下；而管氏亦有三归，位在陪臣，富于列国之君。是以齐富强至于威、宣也。

故曰："仓廪实而知礼节，衣食足而知荣辱。"礼生于有而废于无。故君子富，好行其德；小人富，以适其力。渊深而鱼生之，山深而兽往之，人富而仁义附焉。富者得埶益彰，失埶则客无所之，以而不乐。夷狄益甚。谚曰："千金之子，不死于市。"此非空言也。故曰："天下熙熙，皆为利来；天下壤壤，皆为利往。"夫千乘之王，万家之侯，百室之君，尚犹患贫，而况匹夫编户之民乎！

昔者越王勾践困于会稽之上，乃用范蠡、计然。计然曰："知斗则修备⑯。时用则知物⑰，二者形则万货之情可得而观已⑱。故岁在金，穰⑲；水，毁；木，饥；火，旱。旱则资舟⑳，水则资车，物之理也。六岁穰，六岁旱，十二岁一大饥。夫粜，二十病农，九十病末。末病则财不出，农病则草不辟矣。上不过八十，下不减三十，则农末俱利，平粜齐物，关市不乏，治国之道也。积著之理㉑，务完物，无息币。以物相贸易，腐败而食之货勿留，无敢居贵。论其有余不足，则知贵贱。贵上极则反贱，贱下极则反贵。贵出如粪土，贱取如珠玉。财币欲其行如流水。"修之十年，国富，厚赂战士，士赴矢石，如渴得饮，遂报强吴，观兵中国，称号"五霸"。

范蠡既雪会稽之耻，乃喟然而叹曰："计然之策七，越用其五而得意。既已施于国，吾欲用之家。"乃乘扁舟，浮于江湖，变名易姓。适齐为鸱夷子皮，之陶为朱公。朱公以为陶天下之中，诸侯四通，货物所交易也。乃治产积居，与时逐而不责于人。故善治生者，能择人而任时。十九年之中三致千金，再分散与贫交疏昆弟。此所谓富好行其德者也。后年衰老而听子孙，子孙修业而息之，遂至巨万。故言富者皆称陶朱公。

子赣既学于仲尼，退而仕于卫，废著鬻财于曹、鲁之间㉒。七十子之徒，赐最为饶益。原宪不厌糟糠，匿于穷巷。子贡结驷连骑，束帛之币以聘享诸侯，所至，国君无不分庭与之抗礼。夫使孔子名布扬于天下者，子贡先后之也。此所谓得埶而益彰者乎？

白圭，周人也。当魏文侯时，李克务尽地力，而白圭乐观时变，故人弃我取，人取我与。夫岁孰取谷，予之丝漆；茧出取帛絮，予之食。太阴在卯，穰；明岁衰恶。至午，旱；明岁美。至酉，穰；明岁衰恶。至子，大旱；明岁美，有水。至卯，积著率岁倍。欲长钱，取下谷；长石斗，取上种。能薄饮食，忍嗜欲，节衣服，与用事僮仆同苦乐，趋时若猛兽挚鸟之发。故曰："吾治生产，犹伊尹、吕尚之谋，孙、吴用兵，商鞅行法是也。是故其智不足与权变，勇不足以决断，仁不能以取予，强不能有所守，虽欲学吾术，终不告之矣。"盖天下言治生祖白圭。白圭其有所试矣，能试有所长，非苟而已也。

猗顿用盬盐起。而邯郸郭纵以铁冶成业，与王者埒富。

乌氏倮畜牧，及众，斥卖，求奇缯物，间献遗戎王。戎王什倍其偿，与之畜，畜至用谷量马牛。秦始皇帝令倮比封君，以时与列臣朝请。而巴寡妇清，其先得丹穴，而擅其利数世，家亦不訾。清，寡妇也，能守其业，用财自卫，不见侵犯。秦皇帝以为贞妇而客之，为筑女怀清台。夫倮，鄙人牧长；清，穷乡寡妇，礼抗万乘，名显天下，岂非以富邪？

汉兴，海内为一，开关梁，弛山泽之禁，是以富商大贾周流天下，交易之物莫不通，得其所欲，而徙豪杰诸侯强族于京师。

关中自汧、雍以东至河、华，膏壤沃野千里，自虞夏之贡以为上田，而公刘适邠，大王、王季在岐，文王作丰，武王治镐，故其民犹有先王之遗风，好稼穑，殖五谷，地重，重为邪。及秦文、德、缪居雍，隙陇蜀之货物而多贾㉓。献公徙栎邑，栎邑北却戎翟，东通三晋，亦多大贾。孝、昭治咸阳，因以汉都，长安诸陵，四方辐凑并至而会，地小人众，故其民益玩巧而事末也。南则巴蜀。巴蜀亦沃野，地饶卮、姜、丹沙、石、铜、铁、竹木之器。南御滇僰、僰僮㉔。西近邛、笮，笮马、旄牛。然四塞，栈道千里，无所不通，唯褒斜绾毂其口，以所多易所鲜。天水、陇西、北地、上郡与关中同俗，然西有羌中之利，北有戎翟之畜，畜牧为天下饶；然地亦穷险，唯京师要其道。故关中之地，于天下三分之一，而人众不过什三，然量其富，什居其六。

昔唐人都河东，殷人都河内，周人都河南。夫三河在天下之中，若鼎足，王者所更居也，建国各数百千岁，土地小狭，民人众，都国诸侯所聚会，故其俗纤俭习事㉕。杨、平阳陈西贾秦、翟，北贾种、代。种、代，石北也，地边胡，数被寇，人民矜懻忮㉖，好气，任侠为奸，不事农商。然迫近北夷，师旅亟往，中国委输时有奇羡㉗。其民羯羠不均㉘，自全晋之时固已患其僄悍，而武灵王益厉之，其谣俗犹有赵之风也。故杨、平阳陈掾其间，得所欲。温、轵西贾上党，北贾赵、中山。中山地薄人众，犹有沙丘纣淫地余民，民俗懁急㉘，仰机利而食㉙。丈夫相聚游戏，悲歌忼慨，起则相随椎剽㉚，休则掘冢作巧奸冶，多美物，为倡优；女子则鼓鸣瑟，跕屣，游媚贵富，入后宫，遍诸侯。

然邯郸亦漳、河之间一都会也，北通燕、涿，南有郑、卫。郑、卫俗与赵相类，然近梁、鲁，微重而矜节。濮上之邑徙野王，野王好气任侠，卫之风也。

夫燕亦勃、碣之间一都会也，南通齐、赵，东北边胡。上谷至辽东，地踔远，人民希，数被寇，大与赵、代俗相类，而民雕捍少虑，有鱼盐枣栗之饶。北邻乌桓、夫余，东绾秽貉、朝鲜、真番之利。

洛阳东贾齐、鲁，南贾梁、楚，故泰山之阳则鲁，其阴则齐。

齐带山海，膏壤千里，宜桑麻，人民多文彩布帛鱼盐。临菑亦海岱之间一都会也，其俗宽缓阔达，而足智，好议论，地重，难动摇，怯于众斗，勇于持刺，故多劫人者，大国之风也，其中具五民。

而邹、鲁滨洙、泗，犹有周公遗风，俗好儒，备于礼，故其民龊龊。颇有桑麻之业，无林泽之饶。地小人众，俭啬，畏罪远邪。及其衰，好贾趋利，甚于周人。

夫自鸿沟以东，芒、砀以北，属巨野，此梁、宋也。陶、睢阳亦一都会也。昔尧作于成阳，舜渔于雷泽，汤止于亳。其俗犹有先王遗风，重厚多君子，好稼穑，虽无山川之饶，能恶衣食，致其蓄藏。

越、楚则有三俗。夫自淮北沛、陈、汝南、南郡，此西楚也。其俗剽轻，易发怒，地薄，寡于积聚。江陵故郢都，西通巫、巴，东有云梦之饶。陈在楚、夏之交，通鱼盐之货，其民多贾。徐、僮、取虑，则清刻㉛，矜己诺。彭城以东，东海、吴、广陵，此东楚也。其俗类徐、僮。朐、缯以北，俗则齐。浙江南则越。夫吴自阖庐、春申、王濞三人招致天下之喜游子弟，东有海盐之饶、章山之铜，三江、五湖之利，亦江东一都会也。衡山、九江、江南、豫章、长沙，是南楚也，其俗大类西楚。郢之后徙寿春，亦一都会也。而合肥受南北潮，皮革、鲍、木输会也。与闽中、干越杂俗，故南楚好辞，巧说少信。江南卑湿，丈夫早夭，多竹木。豫章出黄金，长沙出连、锡，然堇堇物之所有㉜，取之不足以更费㉝。九疑、苍梧以南至儋耳者，与江南大同俗，而杨越多焉。番禺亦其一都会也，珠玑、犀、玳瑁、果、布之凑。

颍川、南阳，夏人之居也。夏人政尚忠朴，犹有先王之遗风。颍川敦愿。秦末世，迁不轨之民于南阳。南阳西通武关、郧关，东南受汉、江、淮。宛亦一都会也。俗杂好事，业多贾。其任侠，交通颍川，故至今谓之"夏人"。

夫天下物所鲜所多，人民谣俗，山东食海盐，山西食盐卤，领南、沙北固往往出盐，大体如此矣。

总之，楚、越之地，地广人希，饭稻羹鱼，或火耕而水耨，果隋蠃蛤㉞，不待贾而足，地埶饶食，无饥馑之患，以故呰窳偷生㉟，无积聚而多贫。是故江、淮以南，无冻饿之人，亦无千金之家。沂、泗水以北，宜五谷桑麻六畜，地小人众，数被水旱之害，民好畜藏，故秦、夏、梁、鲁好农而重民。三河、宛、陈亦然，加以商贾。齐、赵设智巧，仰机利。燕、代田畜而事蚕。

由此观之，贤人深谋于廊庙，论议朝廷，守信死节隐居岩穴之士设为名高者安归乎？归于富厚也。是以廉吏久，久更富，廉贾归富。富者，人之情性，所不学而俱欲者也。故壮士在军，攻城先登，陷阵却敌，斩将搴旗，前蒙矢石，不避汤火之难者，为重赏使也。其在闾巷少年，攻剽椎埋，劫人作奸，掘冢铸币，任侠并兼，借交报仇，篡逐幽隐，不避法禁，走死地如骛者，其实皆为财用耳。今夫赵女郑姬，设形容，揳鸣琴，揄长袂，蹑利屣，目挑心招，出不远千里，不择老少者，奔富厚也。游闲公子，饰冠剑，连车骑，亦为富贵容也。弋射渔猎，犯晨夜，冒霜雪，驰坑谷，不避猛兽之害，为得味也。博戏驰逐，斗鸡走狗，作色相矜，必争胜者，重失负也。医方诸食技术之人，焦神极能，为重稖也。吏士舞文弄法，刻章伪书，不避刀锯之诛者，没于赂遗也。农工商贾畜长，固求富益货也。此有知尽能索耳，终不余力而让财矣。

谚曰："百里不贩樵，千里不贩籴。"居之一岁，种之以谷；十岁，树之以木；百岁，来之以德。德者，人物之谓也。今有无秩禄之奉，爵邑之入，而乐与之比者，命曰"素封"。封者食租税，岁率户二百。千户之君则二十万，朝觐聘享出其中。庶民农工商贾，率亦岁万息二千，百万之家则二十万，则更徭租赋出其中。衣食之欲，恣所好美矣。故曰陆地牧马二百蹄，牛蹄角千，千足羊，泽中千足彘，水居千石鱼陂，山居千章之材。安邑千树枣；燕、秦千树栗；蜀、汉、江陵千树橘；淮北、常山已南，河济之间千树萩；陈、夏千亩漆；齐、鲁千亩桑麻；渭川千亩竹。及名国万家之城，带郭千亩亩钟之田，若千亩卮茜，千畦姜韭。此其人皆与千户侯等。然是富给之资也，不窥市井，不行异邑，坐而待收，身有处士之义而取给焉。若至家贫亲老，妻子软弱，岁时无以祭祀进醵㊲，饮食被服不足以自通，如此不惭耻，则无所比矣。是以无财作力，少有斗智，既饶争时，此其大经也。今治生不待危身取给，则贤人勉焉。是故本富为上，末富次之，奸富最下。无岩处奇士之行，而长贫贱，好语仁义，亦足羞也。

凡编户之民，富相什则卑下之㊳，伯则畏惮之㊴，千则役，万则仆，物之理也。夫用贫求富，农不如工，工不如商，刺绣文不如倚市门。此言末业，贫者之资也。通邑大都，酤一岁千酿，醯酱千瓨，浆千甔，屠牛羊彘千皮，贩谷粜千钟，薪稿千车，船长千丈，木千章，竹竿万个，其轺车百乘，牛车千两，木器髤者千枚，铜器千钧，素木铁器若卮茜千石，马蹄躈千，牛千足，羊彘千双，僮手指千，筋角丹沙千斤，其帛絮细布千钧，文采千匹，榻布皮革千石，漆千斗，蘖曲盐豉千苔，鲐鮆千斤，鲰千石，鲍千钧，枣栗千石者三之，狐貂裘千皮，羔羊裘千石，旃席千具，佗果菜千钟，子贷金钱千贯，节驵会㊵，贪贾三之，廉贾五之，此亦比千乘之家，其大率也。佗杂业不中什二，则非吾财也。

请略道当世千里之中，贤人所以富者，令后世得以观择焉。

蜀卓氏之先，赵人也。用铁冶富。秦破赵，迁卓氏。卓氏见虏略，独夫妻推辇，行诣迁处。诸迁虏少有余财，争与吏，求近处，处葭萌。唯卓氏曰："此地狭薄。吾闻汶山之下，沃野，下有蹲鸱，至死不饥。民工于市，易贾。"乃求远迁。致之临邛，大喜，即铁山鼓铸，运筹策，倾滇蜀之民，富至僮千人。田池射猎之乐，拟于人君。

程郑，山东迁虏也，亦冶铸，贾椎髻之民，富埒卓氏，俱居临邛。

宛孔氏之先，梁人也，用铁冶为业。秦伐魏，迁孔氏南阳。大鼓铸，规陂池，连车骑，游诸侯，因通商贾之利，有游闲公子之赐与名。然其赢得过当，愈于纤啬，家致富数千金。故南阳行贾尽法孔氏之雍容。

鲁人俗俭啬，而曹邴氏尤甚，以铁冶起，富至巨万。然家自父兄子孙约，俯有拾，仰有取，贳贷行贾遍郡国。邹、鲁以其故多去文学而趋利者，以曹邴氏也。

齐俗贱奴虏，而刁间独爱贵。桀黠奴，人之所患也，唯刁间收取，使之逐渔盐商贾之利，或连车骑，交守相，然愈益任之。终得其力，起富数千万。故曰"宁爵毋刁"，言其能使豪奴自饶而尽其力。

周人既纤，而师史尤甚，转毂以百数，贾郡国，无所不至。洛阳街居在齐、秦、楚、赵之中，贫人学事富家，相矜以久贾，数过邑不入门，设任此等，故师史能致七千万。

宣曲任氏之先，为督道仓吏。秦之败也，豪杰皆争取金玉，而任氏独窖仓粟。楚、汉相距荥阳也，民不得耕种，米石至万，而豪杰金玉尽归任氏，任氏以此起富。富人争奢侈，而任氏折节为俭，力田畜。田畜人争取贱贾，任氏独取贵善。富者数世。然任公家约，非田畜所出弗衣食，公事不毕则身不得饮酒食肉。以此为闾里率，故富而主上重之。

塞之斥也，唯桥姚已致马千匹，牛倍之，羊万头，粟以万钟计。吴、楚七国兵起时，长安中列侯封君行从军旅，赍贷子钱，子钱家以为侯邑国在关东，关东成败未决，莫肯与。唯无盐氏出捐千金贷，其息什之。三月，吴、楚平。一岁之中，则无盐氏之息什倍，用此富埒关中。

关中富商大贾，大抵尽诸田，田啬、田兰。韦家栗氏，安陵、杜杜氏，亦巨万。

此其章章尤异者也④。皆非有爵邑奉禄弄法犯奸而富，尽椎埋去就，与时俯仰，获其赢利，以末致财，用本守之；以武一切②，用文持之，变化有概③，故足术也。若至力农畜，工虞商贾，为权利以成富，大者倾郡，中者倾县，下者倾乡里者，不可胜数。

夫纤啬筋力，治生之正道也，而富者必用奇胜。田农，掘业，而秦阳以盖一州。掘冢，奸事也，而田叔以起。博戏，恶业也，而桓发用富。行贾，丈夫贱行也，而雍乐成以饶。贩脂，辱处也，而雍伯千金。卖浆，小业也，而张氏千万。洒削，薄技也，而郅氏鼎食。胃脯，简微耳，浊氏连骑。马医，浅方，张里击钟。此皆诚壹之所致。

由是观之，富无经业，则货无常主，能者辐凑，不肖者瓦解。千金之家比一都之君，巨万者乃与王者同乐。岂所谓"素封"者邪？非也？

---

①挽：通"晚"。离现代最近的时代。　涂：堵塞。

②无行：无法实行。

③刍豢之味：泛指美味。

④埶：威势。　能：才能。　荣：荣华。

⑤眇论：美妙的道理。

⑥山出棋置：形容出产铜、铁的山像棋子一样遍布各地。

⑦大较：大略；大概。

⑧虞：掌管山林水泽出产的官吏。

⑨期会：约会。

⑩征：求。

⑪符：符合。

⑫辟：通畅。

⑬原：通"源"。

⑭潟卤：盐碱地。

⑮彊（qiǎng，音强上）：连续不断。

⑯斗：战争；交战。　修备：做备战的工作。

⑰时用：按季节所需购求商品。

⑱形：表露。

⑲穰：丰收。

⑳资：积蓄。

㉑积著：囤积货物。

㉒废著：出卖和积聚货物。

㉓隙：垄断。

㉔僮：奴仆。

㉕纤俭：小气吝啬。

㉖慓悍：强暴凶狠。

㉗奇羡：剩余。

㉘羯羠不均：意谓其地居民像羊一样好斗。

㉙悁（juān，音绢）：急。

㉚机：投机。

㉛椎：杀人。　剽：劫财。

㉜清刻：对自己约束严。

㉝堇：少。

㉞更：抵偿。

㉟隋：裂肉。

㊱呰窳（zǐ yǔ，音紫雨）：苟且、懒散。

㊲醵：聚餐。

㊳相什：相差十倍。

㊴伯：通"佰"。

㊵驵会：牙商。

㊶章章：显著。

㊷以武一切：用强力去挣得一切。

㊸概：节制。

史记卷一百三十

太史公自序第七十

昔在颛顼，命南正重以司天，火正黎以司地。唐虞之际，绍重、黎之后①，使复典之，至于夏、商，故重、黎氏世序天地②。其在周，程伯休甫其后也。当周宣王时，失其守而为司马氏。司马氏世典周史。惠、襄之间，司马氏去周，适晋。晋中军随会奔秦，而司马氏入少梁。

自司马氏去周适晋，分散，或在卫，或在赵，或在秦。其在卫者，相中山；在赵者，以传剑论显③，蒯聩其后也；在秦者名错，与张仪争论，于是惠王使错将伐蜀，遂拔，因而守之。错孙靳，事武安君白起。而少梁更名曰夏阳。靳与武安君坑赵长平军，还而与之俱赐死杜邮，葬于华池。靳孙昌，昌为秦主铁官，当始皇之时。

蒯聩玄孙卬为武信君将而徇朝歌④。诸侯之相王，王卬于殷。汉之伐楚。卬归汉，以其地为河内郡。

昌生无泽，无泽为汉市长。无泽生喜，喜为五大夫，卒，皆葬高门。喜生谈，谈为太史公。

太史公学天官于唐都，受《易》于杨何，习道论于黄子。太史公仕于建元、元封之间，愍学者之不达其意而师悖⑤，乃论六家之要指曰：

《易大传》："天下一致而百虑，同归而殊途。"夫阴阳、儒、墨、名、法、道德，此务为治者也，直所从言之异路，有省不省耳。尝窃观阴阳之术，大祥而众忌讳，使人拘而多所畏，然其序四时之大顺，不可失也。儒者博而寡要，劳而少功，是以其事难尽从，然其序君臣父子之礼，列夫妇长幼之别，不可易也。墨者俭而难遵，是以其事不可遍循；然其强本节用，不可废也。法家严而少恩，然其正君臣上下之分，不可改矣。名家使人俭而善失真，然其正名实，不可不察也。

道家使人精神专一，动合无形，赡足万物。其为术也，因阴阳之大顺，采儒、墨之善，撮名、法之要，与时迁移，应物变化，立俗施事，无所不宜，指约而易操，事少而功多。儒者则不然，以为人主天下之仪表也，主倡而臣和，主先而臣随。如此，则主劳而臣逸。至于大道之要，去健羡，绌聪明，释此而任术。夫神大用则竭，形大劳则敝。形神骚动，欲与天地长久，非所闻也。

夫阴阳四时、八位、十二度、二十四节各有教令，顺之者昌，逆之者不死则亡。未必然也，故曰"使人拘而多畏"。夫春生夏长，秋收冬藏，此天道之大经也，弗顺则无以为天下纲纪，故曰"四时之大顺，不可失也"。

夫儒者以六藝为法，六藝经传以千万数，累世不能通其学，当年不能究其礼，故曰"博而寡要，劳而少功"。若夫列君臣父子之礼，序夫妇长幼之别，虽百家弗能易也。

墨者亦尚尧、舜道，言其德行曰："堂高三尺，土阶三等，茅茨不翦，采椽不刮。食土簋，啜土刑，粝粱之食，藜藿之羹。夏日葛衣，冬日鹿裘。"其送死，桐棺三寸，举音不尽其哀。教丧礼，必以此为万民之率。使天下法若此，则尊卑无别也。夫世异时移，事业不必同，故曰"俭而难遵"。要曰强本节用，则人给家足之道也。此墨子之所长，虽百家弗能废也。

法家不别亲疏，不殊贵贱，一断于法，则亲亲尊尊之恩绝矣。可以行一时之计，而不可长用也，故曰"严而少恩"。若尊主卑臣，明分职不得相逾越，虽百家弗能改也。

名家苟察缴绕⑥，使人不得反其意，专决于名而失人情，故曰"使人俭而善失真"。若夫控名责实，参伍不失，此不可不察也。

道家无为，又曰无不为；其实易行，其辞难知；其术以虚无为本，以因循为用；无成埶，无常形，故能究万物之情。不为物先，不为物后，故能为万物主。有法无法，因时为业；有度无度，因物与合。故曰"圣人不巧，时变是守"。虚者，道之常也；因者，君之纲也。群臣并至，使各自明也。其实中其声者谓之端，实不中其声者谓之窾⑦。窾言不听，奸乃不生，贤不肖自分，白黑乃形。在所欲用耳，何事不成。乃合大道，混混冥冥，光耀天下，复反无名。凡人所生者神也，所托者形也。神大用则竭，形大劳则敝，形神离则死。死者不可复生，离者不可复反，故圣人重之。由是观之，神者生之本也，形者生之具也。不先定其神形，而曰"我有以治天下"，何由哉？

太史公既掌天官，不治民。有子曰迁。

迁生龙门，耕牧河山之阳。年十岁则诵古文，二十而南游江、淮，上会稽，探禹穴，窥九疑，浮于沅、湘；北涉汶、泗，讲业齐、鲁之都，观孔子之遗风，乡射邹、峄；厄困鄱、薛、彭城、过梁、楚以归。于是迁仕为郎中，奉使西征巴、蜀以南，南略邛、笮、昆明，还报命。

是岁天子始建汉家之封，而太史公留滞周南，不得与从事，故发愤且卒。而子迁适使反，见父于河、洛之间。太史公执迁手而泣曰："余先周室之太史也，自上世尝显功名于虞夏，典天官事。后世中衰，绝于予乎？汝复为太史，则续吾祖矣。今天子接千岁之统，封泰山，而余不得从行，是命也夫！命也夫！余死，汝必为太史。为太史，无忘吾所欲论著矣。且夫孝始于事亲，中于事君，终于立身。扬名于后世，以显父母，此孝之大者。夫天下称诵周公，言其能论歌文、武之德，宣周、邵之风，达太王、王季之思虑，爰及公刘，以尊后稷也。幽、厉之后，王道缺，礼乐衰，孔子修旧起废，论《诗》《书》，作《春秋》，则学者至今则之。自获麟以来四百有余岁⑧，而诸侯相兼，史记放绝。今汉兴，海内一统，明主贤君忠臣死义之士，余为太史而弗论载，废天下之史文，余甚惧焉，汝其念哉！"迁俯首流涕曰："小子不敏，请悉论先人所次旧闻，弗敢阙。"

卒三岁而迁为太史令，紬史记石室金匮之书⑨。五年而当太初元年，十一月甲子朔旦冬至，天历始改，建于明堂，诸神受纪。

太史公曰："先人有言：'自周公卒五百岁而有孔子。孔子卒后至于今五百岁，有能绍明世，正《易传》，继《春秋》，本《诗》、《书》、《礼》、《乐》之际？'意在斯乎！意在斯乎！小子何敢让焉。"

上大夫壶遂曰："昔孔子何为而作《春秋》哉？"太史公曰："余闻董生曰：'周道衰废，孔子为鲁司寇，诸侯害之，大夫壅之。孔子知言之不用，道之不行也，是非二百四十二年之中，以为天下仪表，贬天子，退诸侯，讨大夫，以达王事而已矣。'子曰：'我欲载之空言，不如见之于行事之深切著明也。'夫《春秋》，上明三王之道，下辨人事之纪，别嫌疑，明是非，定犹豫，善善恶恶，贤贤贱不肖，存亡国，继绝世，补敝起废，王道之大者也。《易》著天地阴阳四时五行，故长于变；《礼》经纪人伦，故长于行；《书》记先王之事，故长于政；《诗》记山川溪谷禽兽草木牝牡雌雄，故长于风；《乐》乐所以立，故长于和；《春秋》辩是非，故长于治人。是故《礼》以节人，《乐》以发和，《书》以道事，《诗》以达意，《易》以道化，《春秋》以道义。拨乱世反之正，莫近于《春秋》。《春秋》文成数万，其指数千。万物之散聚皆在《春秋》。《春秋》之中，弑君三十六，亡国五十二，诸侯奔走不得保其社稷者不可胜数。察其所以，皆失其本已。故《易》曰'失之毫厘，差以千里'。故曰'臣弑君，子弑父，非一旦一夕之故也，其渐久矣'。故有国者不可以不知《春秋》，前有谗而弗见，后有贼而不知。为人臣者不可以不知《春秋》，守经事而不知其宜，遭变事而不知其权。为人君父而不通于《春秋》之义者，必蒙首恶之名。为人臣子而不通于《春秋》之义者，必陷篡弑之诛，死罪之名。其实皆以为善，为之不知其义，被之空言而不敢辞。夫不通礼义之旨，至于君不君，臣不臣，父不父，子不子。夫君不君则犯，臣不臣则诛，父不父则无道，子不子则不孝。此四行者，天下之大过也。以天下之大过予之，则受而弗敢辞。故《春秋》者，礼义之大宗也。夫礼禁未然之前，法施已然之后；法之所为用者易见，而礼之所为禁者难知。"

壶遂曰："孔子之时，上无明君，下不得任用，故作《春秋》，垂空文以断礼义，当一王之法。今夫子上遇明天子，下得守职，万事既具，咸各序其宜，夫子所论，欲以何明？"

太史公曰："唯唯，否否，不然。余闻之先人曰：'伏羲至纯厚，作《易》八卦。尧、舜之盛，《尚书》载之，礼乐作焉。汤、武之隆，诗人歌之。《春秋》采善贬恶，推三代之德，褒周室，非独刺讥而已也。'汉兴以来，至明天子，获符瑞，封禅，改正朔，易服色，受命于穆清⑩，泽流罔极，海外殊俗，重译款塞，请来献见者，不可胜道。臣下百官力诵圣德，犹不能宣尽其意。且士贤能而不用，有国者之耻；主上明圣而德不布闻，有司之过也。且余尝掌其官，废明圣盛德不载，灭功臣世家贤大夫之业不述，堕先人所言，罪莫大焉。余所谓述故事，整齐其世传，非所谓作也，而君比之于《春秋》，谬矣。"

于是论次其文。七年而太史公遭李陵之祸，幽于缧绁。乃喟然而叹曰："是余之罪也夫！是余之罪也夫！身毁不用矣。"退而深惟曰⑪："夫《诗》、《书》隐约者，欲遂其志之思也。昔西伯拘羑里，演《周易》；孔子厄陈、蔡，作《春秋》；屈原放逐，著《离骚》；左丘失明，厥有《国语》；孙子膑脚，而论兵法；不韦迁蜀，世传《吕览》；韩非囚秦，《说难》、《孤愤》；《诗》三百篇，大抵贤圣发愤之所为作也。此人皆意有所郁结，不得通其道也，故述往事，思来者。"于是卒述陶唐以来，至于麟止。自黄帝始。

维昔黄帝，法天则地。四圣遵序，各成法度；唐尧逊位，虞舜不台⑫；厥美帝功，万世载之。作《五帝本纪》第一。

维禹之功，九州攸同，光唐虞际，德流苗裔；夏桀淫骄，乃放鸣条。作《夏本纪》第二。

维契作商，爰及成汤；太甲居桐，德盛阿衡；武丁得说，乃称高宗；帝辛湛湎，诸侯不享。

作《殷本纪》第三。

维弃作稷，德盛西伯；武王牧野，实抚天下；幽、厉昏乱，既丧酆、镐；陵迟至赧，洛邑不祀。作《周本纪》第四。

维秦之先，伯翳佐禹；穆公思义，悼豪之旅；以人为殉，诗歌《黄鸟》；昭襄业帝。作《秦本纪》第五。

始皇既立，并兼六国，销锋铸鐻，维偃干革，尊号称帝，矜武任力；二世受运，子婴降虏。作《始皇本纪》第六。

秦失其道，豪桀并扰，项梁业之，子羽接之；杀庆救赵，诸侯立之；诛婴背怀，天下非之。作《项羽本纪》第七。

子羽暴虐，汉行功德；愤发蜀汉，还定三秦；诛籍业帝，天下惟宁，改制易俗。作《高祖本纪》第八。

惠之早霣⑬，诸吕不台；崇强禄、产，诸侯谋之；杀隐幽友，大臣洞疑，遂及宗祸。作《吕太后本纪》第九。

汉既初兴，继嗣不明，迎王践祚，天下归心；蠲除肉刑，开通关梁，广恩博施，厥称太宗。作《孝文本纪》第十。

诸侯骄恣，吴首为乱，京师行诛，七国伏辜，天下翕然，大安殷富。作《孝景本纪》第十一。

汉兴五世，隆在建元，外攘夷狄，内修法度，封禅，改正朔，易服色。作《今上本纪》第十二。

维三代尚矣，年纪不可考，盖取之谱牒旧闻，本于兹，于是略推，作《三代世表》第一。

幽、厉之后，周室衰微，诸侯专政，《春秋》有所不纪；而谱牒经略，五霸更盛衰，欲睹周世相先后之意，作《十二诸侯年表》第二。

春秋之后，陪臣秉政，强国相王；以至于秦，卒并诸夏，灭封地，擅其号。作《六国年表》第三。

秦既暴虐，楚人发难，项氏遂乱，汉乃扶义征伐；八年之间，天下三嬗，事繁变众，故详著《秦楚之际月表》第四。

汉兴已来，至于太初，百年，诸侯废立分削，谱纪不明，有司靡踵，强弱之原云以世。作《汉兴已来诸侯年表》第五。

维高祖元功，辅臣股肱，剖符而爵，泽流苗裔，忘其昭穆，或杀身陨国。作《高祖功臣侯者年表》第六。

惠景之间，维申功臣宗属爵邑，作《惠景间侯者年表》第七。

北讨强胡，南诛劲越，征伐夷蛮，武功爰列。作《建元以来侯者年表》第八。

诸侯既强，七国为从，子弟众多，无爵封邑，推恩行义，其埶销弱，德归京师。作《王子侯者年表》第九。

国有贤相良将，民之师表也。维见汉兴以来将相名臣年表，贤者记其治，不贤者彰其事。作《汉兴以来将相名臣年表》第十。

维三代之礼，所损益各殊务，然要以近性情，通王道，故礼因人质为之节文⑭，略协古今之变。作《礼书》第一。

乐者，所以移风易俗也。自《雅》《颂》声兴，则已好《郑》《卫》之音，《郑》《卫》之音所从来久矣。人情之所感，远俗则怀⑮。比《乐书》以述来古，作《乐书》第二。

非兵不强，非德不昌，黄帝、汤、武以兴，桀、纣、二世以崩，可不慎欤？《司马法》所从来尚矣，太公、孙、吴、王子能绍而明之，切近世，极人变。作《律书》第三。

律居阴而治阳，历居阳而治阴，律历更相治，间不容翲忽⑯。五家之文怫异⑰，维太初之元论。作《历书》第四。

星气之书，多杂机祥⑱，不经⑲；推其文，考其应，不殊⑳。比集论其行事，验于轨度以次，作《天官书》第五。

受命而王，封禅之符罕用，用则万灵罔不禋祀。追本诸神名山大川礼，作《封禅书》第六。

维禹浚川，九州攸宁；爰及宣防，决渎通沟。作《河渠书》第七。

维币之行，以通农商；其极则玩巧，并兼兹殖，争于机利，去本趋末。作《平准书》以观事变，第八。

太伯避历，江蛮是适；文武攸兴，古公王迹。阖庐弑僚，宾服荆楚；夫差克齐，子胥鸱夷，信嚭亲越，吴国既灭。嘉伯之让，作《吴世家》第一。

甲、呂肖矣㉑，尚父侧微，卒归西伯，文武是师；功冠群公，缪权于幽㉒；番番黄发，爰飨营丘。不背柯盟，桓公以昌，九合诸侯，霸功显彰。田、阚争宠，姜姓解亡。嘉父之谋，作《齐太公世家》第二。

依之违之，周公绥之；愤发文德，天下和之；辅翼成王，诸侯宗周。隐、桓之际，是独何哉？三桓争强，鲁乃不昌。嘉旦《金縢》，作《周公世家》第三。

武王克纣，天下未协而崩。成王既幼，管、蔡疑之，淮夷叛之，于是召公率德，安集王室，以宁东土。燕哙之禅，乃成祸乱。嘉《甘棠》之诗，作《燕世家》第四。

管蔡相武庚，将宁旧商；及旦摄政，二叔不飨；杀鲜放度，周公为盟；太任十子，周以宗强，嘉仲悔过，作《管蔡世家》第五。

王后不绝，舜、禹是说；维德休明，苗裔蒙烈。百世享祀，爰周、陈、杞，楚实灭之。齐、田既起，舜何人哉？作《陈杞世家》第六。

收殷余民，叔封始邑，申以商乱，《酒》、《材》是告。及朔之生，卫顷不宁；南子恶蒯聩，子父易名。周德卑微，战国既强，卫以小弱，角独后亡。嘉彼《康诰》，作《卫世家》第七。

嗟箕子乎！嗟箕子乎！正言不用，乃反为奴。武庚既死，周封微子。襄公伤于泓，君子孰称。景公谦德，荧惑退行。剔成暴虐，宋乃灭亡。嘉微子问太师，作《宋世家》第八。

武王既崩，叔虞邑唐。君子讥名，卒灭武公。骊姬之爱，乱者五世；重耳不得意，乃能成霸。六卿专权，晋国以耗。嘉文公赐珪鬯，作《晋世家》第九。

重黎业之，吴回接之；殷之季世，粥子牒子。周用熊绎，熊渠是续。庄王之贤，乃复国陈；既赦郑伯，班师华元。怀王客死，兰咎屈原；好谀信谗，楚并于秦。嘉庄王之义，作《楚世家》第十。

少康之子，实宾南海㉓，文身断发，鼋鳝与处，既守封禺，奉禹之祀。勾践困彼，乃用种、蠡。嘉勾践夷蛮能修其德，灭强吴以尊周室，作《越王勾践世家》第十一。

桓公之东，太史是庸㉔。及侵周禾，王人是议，祭仲要盟，郑久不昌。子产之仁，绍世称贤。三晋侵伐，郑纳于韩。嘉厉公纳惠王，作《郑世家》第十二。

维骥騄耳㉕，乃章造父。赵夙事献，衰续厥绪。佐文尊王，卒为晋辅。襄子困辱，乃禽智伯。主父生缚，饿死探爵㉖。王迁辟淫，良将是斥。嘉鞅讨周乱，作《赵世家》第十三。

毕万爵魏，卜人知之。及绛戮干，戎翟和之。文侯慕义，子夏师之。惠王自矜，齐、秦攻之。既疑信陵，诸侯罢之，卒亡大梁，王假厮之。嘉武佐晋文申霸道，作《魏世家》第十四。

　　韩厥阴德，赵武攸兴。绍绝立废，晋人宗之。昭侯显列，申子庸之。疑非不信，秦人袭之。嘉厥辅晋匡周天子之赋，作《韩世家》第十五。

　　完子避难，适齐为援，阴施五世，齐人歌之。成子得政，田和为侯。王建动心，乃迁于共。嘉威、宣能拨浊世而独宗周，作《田敬仲完世家》第十六。

　　周室既衰，诸侯恣行。仲尼悼礼废乐崩，追修经术，以达王道，匡乱世反之于正，见其文辞，为天下制仪法，垂六蓺之统纪于后世。作《孔子世家》第十七。

　　桀、纣失其道而汤、武作，周失其道而春秋作。秦失其政，而陈涉发迹，诸侯作难，风起云蒸，卒亡秦族。天下之端，自涉发难。作《陈涉世家》第十八。

　　成皋之台，薄氏始基。诎意适代，厥崇诸窦。栗姬偩贵㉗，王氏乃遂。陈后太骄，卒尊子夫。嘉夫德若斯，作《外戚世家》第十九。

　　汉既谲谋，禽信于陈；越、荆剽轻，乃封弟交为楚王，爰都彭城，以强淮、泗，为汉宗藩。戊溺于邪，礼复绍之。嘉游辅祖，作《楚元王世家》第二十。

　　维祖师旅㉘，刘贾是与；为布所袭，丧其荆、吴。营陵激吕，乃王琅邪；怵午信齐，往而不归，遂西入关，遭立孝文，获复王燕。天下未集，贾、泽以族，为汉藩辅。作《荆燕世家》第二十一。

　　天下已平，亲属既寡；悼惠先壮，实镇东土。哀王擅兴，发怒诸吕，驷钧暴戾，京师弗许。厉之内淫，祸成主父。嘉肥股肱，作《齐悼惠王世家》第二十二。

　　楚人围我荥阳，相守三年；萧何填抚山西，推计踵兵，给粮食不绝，使百姓爱汉，不乐为楚。作《萧相国世家》第二十三。

　　与信定魏、破赵、拔齐，遂弱楚人。续何相国，不变不革，黎庶攸宁。嘉参不伐功矜能，作《曹相国世家》第二十四。

　　运筹帷幄之中，制胜于无形，子房计谋其事，无知名，无勇功，图难于易，为大于细。作《留侯世家》第二十五。

　　六奇既用，诸侯宾从于汉；吕氏之事，平为本谋，终安宗庙，定社稷。作《陈丞相世家》第二十六。

　　诸吕为从，谋弱京师，而勃反经合于权㉘；吴、楚之兵，亚夫驻于昌邑，以厄齐、赵，而出委以梁。作《绛侯世家》第二十七。

　　七国叛逆，蕃屏京师，唯梁为扞。偩爱矜功，几获于祸。嘉其能距吴、楚，作《梁孝王世家》第二十八。

　　五宗既王，亲属洽和，诸侯大小为藩，爰得其宜，僭拟之事稍衰贬矣。作《五宗世家》第二十九。

　　三子之王，文辞可观。作《三王世家》第三十。

　　末世争利，维彼奔义；让国饿死，天下称之。作《伯夷列传》第一。

　　晏子俭矣，夷吾则奢；齐桓以霸，景公以治。作《管晏列传》第二。

　　李耳无为自化，清净自正；韩非揣事情，循埶理。作《老子韩非列传》第三。

　　自古王者而有《司马法》，穰苴能申明之。作《司马穰苴列传》第四。

　　非信廉仁勇不能传兵论剑，与道同符，内可以治身，外可以应变，君子比德焉。作《孙子吴起列传》第五。

　　维建遇谗，爰及子奢，尚既匡父，伍员奔吴。作《伍子胥列传》第六。

　　孔氏述文，弟子兴业，咸为师傅，崇仁厉义。作《仲尼弟子列传》第七。

鞅去卫适秦，能明其术，强霸孝公，后世遵其法。作《商君列传》第八。

天下患衡秦毋餍，而苏子能存诸侯，约从以抑贪强。作《苏秦列传》第九。

六国既从亲，而张仪能明其说，复散解诸侯。作《张仪列传》第十。

秦所以东攘雄诸侯，樗里、甘茂之策。作《樗里甘茂列传》第十一。

苞河山，围大梁，使诸侯敛手而事秦者，魏冉之功。作《穰侯列传》第十二。

南拔鄢、郢，北摧长平，遂围邯郸，武安为率。破荆灭赵，王翦之计。作《白起王翦列传》第十三。

猎儒、墨之遗文，明礼义之统纪，绝惠王利端，列往世兴衰。作《孟子荀卿列传》第十四。

好客喜士，士归于薛，为齐扞楚、魏。作《孟尝君列传》第十五。

争冯亭以权，如楚以救邯郸之围，使其君复称于诸侯。作《平原君虞卿列传》第十六。

能以富贵下贫贱，贤能诎于不肖，唯信陵君为能行之。作《魏公子列传》第十七。

以身徇君，遂脱强秦，使驰说之士南乡走楚者，黄歇之义。作《春申君列传》第十八。

能忍诃于魏、齐⑳，而信威于强秦，推贤让位，二子有之。作《范睢蔡泽列传》第十九。

率行其谋，连五国兵，为弱燕报强齐之仇，雪其先君之耻。作《乐毅列传》第二十。

能信意强秦，而屈体廉子，用徇其君，俱重于诸侯。作《廉颇蔺相如列传》第二十一。

湣王既失临淄而奔莒，唯田单用即墨破走骑劫，遂存齐社稷。作《田单列传》第二十二。

能设诡说解患于围城，轻爵禄，乐肆志。作《鲁仲连邹阳列传》第二十三。

作辞以讽谏，连类以争义，《离骚》有之。作《屈原贾生列传》第二十四。

结子楚亲，使诸侯之士斐然争入事秦。作《吕不韦列传》第二十五。

曹子匕首，鲁获其田，齐明其信；豫让义不为二心。作《刺客列传》第二十六。

能明其画，因时推秦，遂得意于海内，斯为谋首。作《李斯列传》第二十七。

为秦开地益众，北靡匈奴，据河为塞，因山为固，建榆中。作《蒙恬列传》第二十八。

填赵塞常山以广河内，弱楚权，明汉王之信于天下。作《张耳陈余列传》第二十九。

收西河、上党之兵，从至彭城；越之侵掠梁地以苦项羽。作《魏豹彭越列传》第三十。

以淮南叛楚归汉，汉用得大司马殷，卒破子羽于垓下。作《黥布列传》第三十一。

楚人迫我京、索，而信拔魏、赵，定燕、齐，使汉三分天下有其二，以灭项籍。作《淮阴侯列传》第三十二。

楚汉相距巩、洛，而韩信为填颍川，卢绾绝籍粮饷。作《韩信卢绾列传》第三十三。

诸侯畔项王，唯齐连子羽城阳，汉得以间遂入彭城。作《田儋列传》第三十四。

攻城野战，获功归报，哙、商有力焉，非独鞭策，又与之脱难。作《樊郦列传》第三十五。

汉既初定，文理未明，苍为主计，整齐度量，序律历。作《张丞相列传》第三十六。

结言通使，约怀诸侯；诸侯咸亲，归汉为藩辅，作《郦生陆贾列传》第三十七。

欲详知秦、楚之事，维周缬常从高祖，平定诸侯。作《傅靳蒯成列传》第三十八。

徙强族，都关中，和约匈奴；明朝廷礼，次宗庙仪法。作《刘敬叔孙通列传》第三十九。

能摧刚作柔，卒为列臣；栾公不劫于执而倍死。作《季布栾布列传》第四十。

敢犯颜色以达主义，不顾其身，为国家树长画。作《袁盎晁错列传》第四十一。

守法不失大理，言古贤人，增主之明。作《张释之冯唐列传》第四十二。

敦厚慈孝，讷于言，敏于行，务在鞠躬，君子长者。作《万石张叔列传》第四十三。

守节切直，义足以言廉，行足以厉贤，任重权不可以非理挠。作《田叔列传》第四十四。

扁鹊言医，为方者宗，守数精明；后世循序，弗能易也，而仓公可谓近之矣。作《扁鹊仓公列传》第四十五。

维仲之省，厥濞王吴，遭汉初定，以填抚江、淮之间。作《吴王濞列传》第四十六。

吴、楚为乱，宗属唯婴贤而喜士，士乡之③，率师抗山东荥阳。作《魏其武安列传》第四十七。

智足以应近世之变，宽足用得人。作《韩长孺列传》第四十八。

勇于当敌，仁爱士卒，号令不烦，师徒乡之。作《李将军列传》第四十九。

自三代以来，匈奴常为中国患害，欲知强弱之时，设备征讨，作《匈奴列传》第五十。

直曲塞，广河南，破祁连，通西国，靡北胡。作《卫将军骠骑列传》第五十一。

大臣宗室以侈靡相高，唯弘用节衣食为百吏先。作《平津侯列传》第五十二。

汉既平中国，而佗能集杨越以保南藩，纳贡职。作《南越列传》第五十三。

吴之叛逆，瓯人斩濞，葆守封禺为臣。作《东越列传》第五十四。

燕丹散乱辽间，满收其亡民，厥聚海东，以集真藩，葆塞为外臣。作《朝鲜列传》第五十五。

唐蒙使略通夜郎，而邛、筰之君请为内臣受吏。作《西南夷列传》第五十六。

《子虚》之事，《大人》赋税，靡丽多夸，然其指风谏，归于无为。作《司马相如列传》第五十七。

黥布叛逆，子长国之，以填江、淮之南，安剽楚庶民。作《淮南衡山列传》第五十八。

奉法循理之吏，不伐功矜能，百姓无称，亦无过行。作《循吏列传》第五十九。

正衣冠立于朝廷，而群臣莫敢言浮说，长孺矜焉；好荐人，称长者，壮有溉②。作《汲郑列传》第六十。

自孔子卒，京师莫崇庠序，唯建元、元狩之间，文辞粲如也。作《儒林列传》第六十一。

民倍本多巧，奸轨弄法，善人不能化，唯一切严削为能齐之。作《酷吏列传》第六十二。

汉既通使大夏，而西极远蛮，引领内乡，欲观中国。作《大宛列传》第六十三。

救人于厄，振人不赡，仁者有乎；不既信，不倍言，义者有取焉。作《游侠列传》第六十四。

夫事人君能说主耳目，和主颜色，而获亲近，非独色爱，能亦各有所长。作《佞幸列传》第六十五。

不流世俗，不争势利，上下无所凝滞，人莫之害，以道之用。作《滑稽列传》第六十六。

齐、楚、秦、赵为日者，各有俗所用。欲循观其大旨，作《日者列传》第六十七。

三王不同龟，四夷各异卜，然各以决吉凶。略窥其要，作《龟策列传》第六十八。

布衣匹夫之人，不害于政，不妨百姓，取与以时而息财富，智者有采焉。作《货殖列传》第六十九。

维我汉继五帝末流，接三代绝业。周道废，秦拨去古文，焚灭诗书，故明堂石室金匮玉版图籍散乱。于是汉兴，萧何次律令，韩信申军法，张苍为章程，叔孙通定礼仪，则文学彬彬稍进，《诗》《书》往往间出矣。自曹参荐盖公言黄、老，而贾生、晁错明申、商，公孙弘以儒显，百年之间，天下遗文古事靡不毕集太史公。太史公仍父子相续纂其职。曰："於戏！余维先人尝掌斯事，显于唐、虞，至于周，复典之，故司马氏世主天官。至于余乎，钦念哉！钦念哉！"罔罗天下放失旧闻，王迹所兴，原始察终，见盛观衰，论考之行事，略推三代，录秦汉，上记轩辕，下至于兹，著十二本纪，既科条之矣。并时异世，年差不明，作十表。礼乐损益，律历改易，兵权山川鬼神，天人之际，承敝通变，作八书。二十八宿环北辰，三十辐共一毂，运行无穷，辅拂股肱之臣配焉，忠信行道，以奉主上，作三十世家。扶义俶傥，不令己失时，立功名于天下，作七十列传。凡百三十篇，五十二万六千五百字，为《太史公书》。序略。以拾遗补蓺，成一家之言，厥协六经异传，整齐百家杂语，藏之名山，副在京师，俟后世圣人君子。第七十。

太史公曰：余述历黄帝以来至太初而讫，百三十篇。

①绍：继承。

②序：掌理。

③显：显扬。

④徇：领兵占领。

⑤愍：忧虑。

⑥缴绕：纠缠不清。

⑦窾：空。

⑧获麟：指《春秋》的终止年代。

⑨䌷（chōu，音抽）：缀集。

⑩穆清：上苍；天。

⑪惟：思考。

⑫台：通"怡"。高兴。

⑬早霣：早死。

⑭节文：节省繁文缛节。

⑮怀：人心归向。

⑯翾忽：均为长度单位。

⑰佛异：违背；相反。

⑱机祥：吉凶的先兆。

⑲不经：荒诞不经。

⑳不殊：不灵。

㉑肖：衰微。

㉒缪：缠结。

㉓宾：排斥。

㉔庸：任用。

㉕騄耳：骏马名。

㉖爵：麻雀。

㉗俦：恃仗；凭借。

㉘祖：指汉高祖。

㉙反经：背离常规。

㉚诟：耻辱。

㉛乡：通"向"。向望；归附。

㉜溉：通"概"。气节；气概。